Tim Pears
LAND DER FÜLLE

Tim Pears
LAND DER FÜLLE

Roman

Aus dem Englischen
von Gloria Ernst

Blanvalet

Originaltitel: »In a Land of Plenty«
Originalverlag: Doubleday, a division of
Transworld Publishers Ltd., London

Umwelthinweis
Dieses Buch und der Schutzumschlag
wurden auf chlorfrei gebleichtem Papier gedruckt.
Die Einschrumpffolie (zum Schutz vor Verschmutzung) ist aus
umweltschonender und recyclingfähiger PE-Folie.

Der Blanvalet Verlag
ist ein Unternehmen der Verlagsgruppe Bertelsmann

1. Auflage
© der Originalausgabe 1997 by Tim Pears
© der deutschsprachigen Ausgabe 1998
by Blanvalet Verlag, München
Satz: Uhl + Massopust, Aalen
Druck und Bindung:
Graphischer Großbetrieb Pößneck GmbH
Printed in Germany
ISBN 3-7645-0030-1

Für Hania

Inhalt

ERSTER TEIL

Das Krankenhaus I	11
1. Kricket auf dem Rasen	13
2. Wachstumsschmerzen	79
3. Der Swimmingpool	144
4. Willkommen auf der Arche	181

ZWEITER TEIL

Das Krankenhaus II	239
5. Klarheit	241
6. Die beharrliche Brautwerbung des Harry Singh	308
7. Die Freeman-Zehn	360
8. Freiheit und Einsamkeit	433

DRITTER TEIL

Das Krankenhaus III	497
9. Die Belagerung	499
10. Die Rivalin	538
11. Chinesisches Raunen im Wind	585
12. Topographie des menschlichen Herzens	618

VIERTER TEIL

Das Krankenhaus IV	655
13. Die Reisenden	659

ERSTER TEIL

DAS KRANKENHAUS I

»Wenn ich an den Anfang zurückdenke, habe ich keine früheste einzelne Erinnerung an dich, James«, sagte Zoe. »Eher eine Reihe von rasch aufeinanderfolgenden Bildern, in denen ich dich rennen sehe. Du rennst durch Zimmer, hinein und heraus, die Korridore des großen Hauses entlang; läufst mit deinen Brüdern um die Wette, jagst deiner Schwester hinterher, flüchtest vor deinem Vater über den Rasen. So sehe ich dich, als unruhiges, lachendes Kind. Ich sehe dich bei Sportfesten, wie du einem Fußball hinterherstürmst, wie du dir vorstellst, jemand anderer zu sein: Lederstrumpf, der in einer Ecke des Gartens zwischen den Bäumen hin und her jagt.«

James lag reglos da, eine Puppe aus Fleisch und Knochen, durch einen Tropf mit flüssiger Nahrung versorgt und durch Drähte mit Maschinen verbunden, die die Ströme seiner Lebensfunktionen maßen.

»Du bist immer so gern gerannt, so als wäre es dir unbehaglich mit dir selbst, als wärst du ungeduldig mit dir. Beim Rennen warst du glücklicher als beim Gehen, warst vor Atemlosigkeit fast high, hast lachend nach Luft geschnappt. Damit hat alles angefangen.«

Die Oberschwester im Stationszimmer beobachtete, wie Zoe mit James redete. »Er kann sie nicht hören«, sagte sie zu Gloria, der Krankenschwester. »Er kann kein Wort davon hören.«

»Vielleicht«, erwiderte Gloria ruhig. »Vielleicht auch nicht.«

Zoe holte ihre Zigaretten aus der Handtasche und wollte sich eine anzünden. Als sie die Schwester auf sich zukommen sah, fiel ihr wieder ein, wo sie war. Sie steckte die Zigarette ein.

»Die Besuchszeit ist vorbei«, sagte die Oberschwester. »Sie müssen jetzt gehen. Wir müssen seinen Tropf kontrollieren.«

»Ich komme morgen wieder«, sagte Zoe zu James. Sie drückte seine Hand, die schlaff auf der Bettdecke lag. Dann verließ sie die Intensivstation.

1

Kricket auf dem Rasen

Der siebte Juni 1952, ein Samstag, war der glücklichste Tag im Leben von Charles Freeman. Das war drei Wochen vor seiner Hochzeit.

»Ich habe eine Überraschung für dich, Liebling«, sagte er zu seiner Verlobten, Mary Wyndham, als er sie mit seinem Vorkriegs-Rover bei ihren Eltern in Northtown abholte. Anstatt, wie Mary erwartet hatte, nach rechts in die Stratford Road abzubiegen, fuhr Charles jedoch weiter in Richtung Zentrum.

»Ich dachte, wir besuchen den Vikar«, meinte Mary stirnrunzelnd.

»Programmänderung.«

»Wohin fahren wir dann?« fragte sie.

»Kann ich dir nicht sagen. Streng geheim«, erwiderte Charles. »Du wirst deine Neugier schon noch ein paar kurze Minuten im Zaum halten müssen«, sagte er in der sonderbaren Ausdrucksweise, die ihm eigen war.

»Wenn du es mir nicht auf der Stelle sagst, dann kitzle ich dich«, warnte Mary ihn, »und du kannst dich nicht wehren, weil du fahren mußt.«

»Ich bin nicht kitzlig.«

»Ich will aber –«

Mary schwieg, als ihr Verlobter ihr seinen dicken Zeigefinger auf die Lippen legte. Sie hielt seine Hand fest, fletschte die Zähne und biß ihm in den Finger. Charles sah grinsend nach vorn auf die Straße, auf der er dahinfuhr, als gehöre sie ihm. Mary hielt seine Hand in ihrem Schoß – beide Hände hoben sich gemeinsam, wenn er schalten mußte. Während sie am Stadtzentrum vorbeifuhren, lehnte sie sich entspannt in die Lederpolster des Rovers zurück und betrachtete ihren zukünftigen Ehemann.

Charles Freeman war ein großer, stattlicher Mann, dessen breite Schultern das zweireihige Jackett noch zusätzlich betonte. Er hatte tintenschwarze Haare, dichte Brauen, dunkelbraune Zigeuneraugen, eine stolze Nase und gierige Lippen.

»Es wird schon wärmer«, verkündete er, bis über beide Ohren grinsend, als sie die South Bridge überquerten und durch St. Peter's und dann den Hügel hinauffuhren. »Du wirst deine Begeisterung noch etwas zügeln müssen«, murmelte Charles. Er hatte eine volltönende, getragene Stimme, die aus den Tiefen seiner Lungen heraufrollte, als wären seine Worte dort bereits einer eingehenden Prüfung unterzogen worden, bevor sie seinen Mund verließen. Charles Freeman war vierunddreißig Jahre alt, ein Mann in der Blüte seines Lebens, mit einer Energie, deren Triebkraft dem Bewußtsein seines eigenen Wertes und seiner Bestimmung entsprang.

Oben auf dem Hügel zeigte Charles nach links, bog in ebendiese Richtung ab und fuhr durch ein schmiedeeisernes Tor.

»Ich weiß, wer hier wohnt!« rief Mary. »Diese beiden Schwestern, wie heißen sie noch gleich? Die Misses Fulbright. Sie sind Patientinnen von Papa. Nur, daß sie nie krank sind. Er nennt sie ›die munteren Matronen‹, weil keine von ihnen je einen Arzt braucht. Er muß sie besuchen und auf einer Routineuntersuchung bestehen, damit er überhaupt sein Honorar rechtfertigen kann.«

»Nun, vielleicht brauchen sie keinen Arzt«, informierte Charles sie, »aber die ältere ist letzten Monat gestorben.«

»Dann machen wir also einen Kondolenzbesuch?« fragte Mary. »Wie aufmerksam von dir. Ich wußte gar nicht, daß du die beiden kennst.«

»Jetzt halt um Himmels willen den Mund. Du verdirbst mir sonst noch die ganze Überraschung.«

Die Auffahrt führte hundert Meter weit durch den Garten bis zur Vorderseite des Hauses, vorbei an Rasenflächen, schattenspendenden Bäumen, einem mit Kalksteinplatten belegten Gehweg, einem Kräutergarten und wuchernden Rosen, alles umgeben von einer Begrenzungsmauer. An der Queen-Anne-Fassade des rechteckigen, zweistöckigen Hauses war an jeder Ecke ein Erkervorsprung, ein weiterer einstöckiger Erker schmückte die Westseite. Über der Eingangstür in der Mitte stützten ionische Pilaster einen Ziergiebel, der aussah wie eine Pfeilspitze. Darüber erhob sich hinter einer schnörkellosen Fensterbrüstung ein steiles mit Steinziegeln gedecktes Schrägdach – unterbrochen von Mansardenfenstern –, unter dem sich das Dachgeschoß befand. Die geometrische Strenge der Fassade wurde nur durch den goldenen Cotswoldstein gemildert.

Charles steuerte den Rover auf den Parkplatz und brachte ihn mit einem befriedigenden Knirschen auf dem Kies zum Stehen. Sie stiegen aus, und Mary ging die fächerförmige Treppenflucht zur Eingangstür hinauf.

»Ich werde klingeln«, sagte sie.

»Mach nur«, stimmte Charles zu, der noch auf der anderen Seite des Wagens stand.

Mary zog an der Klingelschnur. Als sie sie wieder losließ, hörte sie einen entfernten, dumpf-metallischen Ton. Sonst kam kein Geräusch aus dem Inneren des Hauses. Charles hatte ihr den Rücken zugekehrt und starrte in den Garten. Mary läutete ein zweites Mal und wartete.

»Macht wohl niemand auf, hm?« fragte Charles, während er zu ihr auf die Treppe kam. »Wie merkwürdig.« Er griff in die Jackentasche und holte einen großen Schlüssel hervor, mit dem er die Haustür aufsperrte. Er legte den Zeigefinger auf die Lippen und zwinkerte Mary zu, dann drückte er die Tür auf. Noch bevor sie wußte, wie ihr geschah, hatte er sich zu ihr hinuntergebeugt und sie hochgehoben.

»Charles! Laß mich runter!« kreischte sie. »Wenn uns jemand sieht und Papa davon erzählt! Laß mich runter!«

Charles ignorierte ihren Einwand und trug Mary über die Schwelle.

»Was soll das? Das bringt Unglück!« protestierte Mary.

Charles sah ihr, deren schlanken Körper er mühelos halten konnte, in die Augen. »Ich werde dich ehren und vor allem Übel beschützen, mein Liebling, Aberglauben eingeschlossen«, gelobte er mit seiner Löwenstimme, bevor er sie in einer großen, mit quadratischen Fliesen ausgelegten Diele absetzte. Eine breite Treppe mit gedrehten Geländersäulen zog sich an den Wänden entlang zu einem Treppenabsatz hoch. Von dort aus führten zu beiden Seiten und geradeaus Türen weg.

»Gehen wir auf Entdeckungsreise«, schlug Charles vor. Mary folgte ihm durch das Erdgeschoß des Hauses. Sie gingen vom großen Wohnzimmer mit dem breiten Erker, das auf der einen Seite der Diele lag, zur Bibliothek auf der anderen Seite, dann weiter durch das Eßzimmer in die Küche, an die sich eine feuchte, dumpfige Vorratskammer und ein Anrichteraum anschlossen. Es war, als ginge man durch ein Museum, das Hausbesetzer okkupiert hatten: Das edwardianische Wohnzimmer war vollgestopft mit prallen Sofas, tiefen, ramponierten Lehnsesseln und abgenutzten ledernen Polsterbänken. Verschlissene Kissen, aus Samt oder mit Petit-point-Stickerei, lagen verstreut herum. Schäbige Orientteppiche bedeckten den Boden. Auf durchhängenden Sitzpolstern und bestickten Schemeln stapelten sich Zeitschriften. Verwelkte Blumen in einer Vase ließen ihre Blätter auf ein prächtiges Piano am Fenster fallen, das ausgeblichene Chintzvorhänge und gekräuselte Querbehänge zierten. Dem Zimmer haftete eine Atmosphäre vergangenen Reichtums an, genauso wie der verstaubten Bibliothek mit ihren ledergebundenen Bänden und den in die Wand eingelassenen Regalen. Ebenso dem Eßzimmer mit seinem abgenutzten Parkettboden im Fischgrätenmuster, dem ovalen Mahagonitisch und den zerkratzten Regency-Stühlen.

Mary hatte ständig das Gefühl, sie würden gleich eine schwerhörige alte Dame überraschen, die in einem tiefen Lesesessel über ihrer Näharbeit eingenickt war und nun erschrocken aufspringen würde, um ihnen Tee anzubieten. Als sie zum Fuße der gewundenen Treppe zurückkehrten, konnte sie die offensichtliche Antwort auf das Rätsel, das Charles ihr gestellt hatte, immer noch nicht glauben.

»Nun, was denkst du?« fragte Charles.

»Es gehört dir, nicht wahr?« meinte Mary vorsichtig.

»Nein, Liebling«, korrigierte Charles sie. »Es gehört uns. Die Erbschaftssteuer«, erklärte er, als sie die Treppe hinaufstiegen. »Die jüngere Miss Fulbright wohnt bei ihrem Neffen. Ich habe das Haus mit allem Drum und Dran bar gekauft. Gestern ist sie ausgezogen.«

Mary war verwirrt. »Ich dachte, wir würden in St. Peter's wohnen. Du hast doch die Miete schon bezahlt?«

»Nun, ich hab's mir anders überlegt.«

Das erste Stockwerk unterschied sich vom Erdgeschoß. Die beiden Schwestern hatten dort offensichtlich nur ihre Schlafzimmer und ein gemeinsames Badezimmer benutzt. Charles und Mary öffneten Türen und sahen in stickige Zimmer, in denen ein schwacher Lavendelduft hing und in denen im Laufe zweier Generationen anscheinend nichts anderes passiert war, als daß sich eine Schicht grauen Staubes angesammelt hatte. Er hatte sich auf Himmelbetten, auf gestickte Bettwäsche, mit Spitzendeckchen geschmückte Frisierkommoden, auf Waschkrüge und -schüsseln aus Porzellan, auf Schreibtische und schräg hängende Spiegel, auf Eichentruhen und Geschirrschränke aus Walnußholz gelegt.

Mary stellte fest, daß sie nur zu pusten brauchte, damit sich der Staub von den Samtvorhängen und gesteppten Daunendecken hob. Die Farben, die dann zum Vorschein kamen – üppige Rot-, Grün- und Blautöne –, waren Farben aus einer anderen Zeit. Allmählich jedoch wich die Verzauberung angesichts der Serviertischchen aus Pappmaché, der chinesischen Vasenlampen und der Kutschenuhren, die in einem anderen Jahrhundert zu ticken aufgehört hatten, und machte dem Bewußtsein Platz, daß hier sehr viel getan werden mußte.

»Wir haben nur drei Wochen Zeit, um uns hier einzurichten«, protestierte sie.

»Leider nein, Liebling«, sagte Charles zu ihr. »Ich habe nämlich kein Geld mehr«, gestand er. »Abgesehen von«, er leerte sein Kleingeld aus den Taschen, »zwei Pfund... fünfzehn Shilling... und drei Pence.«

Mary ließ sich auf ein Bett fallen und wirbelte dabei eine Staubwolke auf.

»Was machen wir denn dann? In ein leeres Haus einziehen?«

Charles überlegte nur einen kurzen Augenblick. »Keineswegs«, verkündete er. »Wir lassen alles so, wie es ist. Wir frischen es hier und dort mit ein paar Spritzern Farbe auf, entstauben das Ganze und polieren es ein bißchen auf. Ansonsten aber gehört das alles jetzt uns. Wir tun einfach so, als wäre es schon seit Generationen in unserer Familie. Wie ein Arzt, weißt du, der mit einer Praxis auch das ganze Inventar übernimmt. Komm schon«, sagte er und nahm Mary bei der Hand, »das hier ist wunderbar.«

Sie gingen weiter. Charles zeigte ihr das große Schlafzimmer, in dem sie schlafen würden, schlug vor, welches Zimmer sie zu Marys Boudoir und welche Räume sie zu ihren Ankleidezimmern machen würden, erklärte, daß sie seine alternden Eltern hier und Gäste

dort unterbringen könnten. Oben im dritten Stock, dem Dachgeschoß, das über dem Westflügel lag, betraten sie ein Kinderzimmer,
komplett ausgestattet mit Schaukelpferd, Puppenhaus, Tieren aus
Zinn und Bleisoldaten, Bauklötzchen, einem Schaukelstuhl und
den ramponierten Stofftieren, die den viktorianischen Kindern auf
den Fotos an der Wand gehört haben mußten.

»Ich habe noch eine Überraschung für dich«, verriet Charles.
»Rate mal, mit wem ich heute telefoniert habe. Du kommst nicht
drauf? Nun, ich sage es dir: Ich habe Robbie Forsyth angerufen.
Du erinnerst dich vielleicht, die March-Joneses haben uns von ihr
erzählt. Sie war früher ihr Kindermädchen. Sie nannten sie ›alter
Drachen‹. Miss Feigensirup. Das klang nach einer wunderbaren
Frau. Sie ist einverstanden, zu uns zu kommen und für uns zu ar-
beiten.«

»Wovon redest du, Charles?« wollte Mary wissen.

»Sie sagte, daß sie gegenüber ihrem gegenwärtigen Arbeitgeber
eine Kündigungsfrist von einem Jahr einhalten müsse. Ich sagte ihr,
daß das zwar altmodisch sei, daß es aber keine Rolle spiele und uns
ein Jahr gut passen würde. Bis dahin hätten wir wohl Arbeit für
sie.« Charles lächelte verschmitzt. »Also müssen wir eine Arbeit
für sie finden, meine Süße. Das Problem ist nur, ich weiß nicht genau, was. Der einzige Anhaltspunkt, den wir haben, ist, daß sie
Kindermädchen ist. Aber«, murmelte er ihr mit einer Stimme ins
Ohr, die Mary durch und durch ging, »ich bin sicher, daß uns da
schon etwas einfallen wird.«

Charles zog Mary an sich, drückte sie fest wie ein Bär und preßte
seinen heißen Mund auf ihre Lippen.

»Doch nicht jetzt, Charles«, japste Mary und schnappte nach
Luft. »Nicht hier.«

»Keine Widerrede«, sagte Charles und packte noch fester zu.
»Ich will dich jetzt. Ich will dich hier.« Mary konnte spüren, wie
sowohl Zorn als auch Leidenschaft in ihm aufflammten, als sie
sich in seinem festen Griff wand. »Keine Bange, Liebling«, sagte
er, während er in eben jener Jackentasche herumfischte, aus der er
den Haustürschlüssel gezogen hatte. »Ich habe einen Pariser dabei.«

Er begann, ihr Kleid aufzuknöpfen, während er sie auf den staubigen Boden legte. Eine Lavendelstaubwolke hüllte sie ein. Mary

spürte, wie Charles sie mit seinen dicken Fingern liebkoste und ihren Rundungen folgte. Noch bevor sie halb ausgezogen waren, war er soweit: Er drang mit einem stöhnenden Seufzer in sie ein. Sie öffnete die Augen; Charles ragte über ihr auf.

»Weißt du, wie viele Zimmer dieses Haus hat?« fragte Charles.

»Achtundzwanzig. Wenn wir verheiratet sind, können wir uns in *jedem* davon lieben«, keuchte er. »Wo, glaubst du, wird er gezeugt werden? In der Bibliothek?«

»Und dann Schriftsteller werden?«

»Verdammt unwahrscheinlich! Soll er es sich aussuchen. Lassen wir ihm die Wahl. Wenn nicht in der Bibliothek, dann am nächsten Tag«, und Charles stieß zu, »im *Wohnzimmer.*«

Mary murmelte etwas und wechselte die Lage.

»Und wenn nicht *dort*«, grunzte Charles, »dann im *Eßzimmer.* Auf dem Eßzimmer*tisch.* Gedeckt für zwanzig gottverdammte *Gäste.* Und sie können alle *zusehen*, oh, Mary, verdammt süße Mary, wir werden in jedem Zimmer dieses Hauses *bumsen*, o Gott, langsamer, bleib so, ... Mutter ... Mary.«

Als sie spürte, wie sein Körper auf ihr erbebte, schrie Mary gequält auf, ein wortloser Schrei, den Charles nicht hörte, da er, während er über ihr zusammensackte, krampfhaft versuchte, ihr nicht ins Gesicht zu niesen.

Danach kletterten sie eine kurze Leiter hinauf, die aus einem Raum an der Ostseite des Dachgeschosses hinauf aufs Dach führte, und tasteten sich vorsichtig an der Brüstung entlang. Von der Rückseite des Hauses konnten sie über einen öffentlichen Park hinweg auf das Stadtzentrum sehen.

Charles zog einen Flachmann und zwei ledergebundene Becher aus seiner anderen Jackentasche. Sie nippten Whisky. Er hielt Mary dabei von hinten umarmt – eine zärtliche Version seiner Bärenumarmung.

»Als dieses Haus gebaut wurde«, erklärte er, »war es ein Landgut im Dorf Hillmorton. Mit der Zeit hat sich die Stadt ausgebreitet und es umschlossen. Weißt du was? Wenn du dir einen Stadtplan ansiehst, dann befindet sich dieses Haus heute genau in der Mitte. Das hier ist jetzt meine Stadt«, sagte Charles mit verträumter Stimme, dann änderte sich sein Ton, während er sie fest an sich drückte und ihr ins Ohr flüsterte: »Ich liebe dich, Mary. Ich will, daß du bei mir bist. Das hier ist *unsere* Stadt, Liebling.«

Mary war überzeugt, daß er recht hatte. Sie preßte Charles' Hände fest auf ihren Bauch in der Gewißheit, in seinen Armen sicher zu sein.

Die Stadt vor ihnen hatte die Form einer gespreizten, nach oben gedrehten linken Hand – sie standen an der Spitze des Zeigefingers. Der nördliche Rand bildete den Unterarm, an dem sich, umgeben von soliden Häusern aus dem späten neunzehnten und frühen zwanzigsten Jahrhundert, zwei Parallelstraßen wie Speiche und Elle entlangzogen. Die beiden Straßen liefen am Handgelenk zu einem breiten Boulevard zusammen, den stolze Bürgerhäuser flankierten. Zwischen breiten Bürgersteigen und Reihen von Platanen waren dort zu beiden Seiten Parkplätze angelegt, die am ersten Wochenende im September stets für den jährlichen Jahrmarkt geräumt werden mußten. Den Rest der Handfläche füllte das Einkaufszentrum aus.

Die neue Gesamtschule und die dazugehörigen Sportplätze lagen zu beiden Seiten des Daumens, der dann als Verbindungsstraße über morastige Weiden weiterführte, um am Zeigefinger, an der Flanke eines mit Häusern bestandenen Hügels, wieder in die Stadt zu münden. Auf diesem Hügel, oberhalb eines öffentlichen Parks, stand das Landgut Hillmorton Manor, ihr Haus.

An der Spitze des Mittelfingers lag Charles Freemans kleine Fabrik, und auf den Feldern darum breitete sich die Sozialsiedlung aus, in der die meisten der Fabrikarbeiter wohnten. Den Ringfinger und den kleinen Finger bildeten Straßen, die in die Vorstädte führten, ebenfalls mit Stadthäusern, aber weniger großartig als jene im Norden der Stadt.

Am äußeren Rand des kleinen Fingers, der Handfläche und des Handgelenks führte die Eisenbahnlinie entlang. Dahinter erstreckte sich ein Tal mit Wiesen, die in bewaldete Hänge übergingen, jenseits davon lagen die Weiden der Hochebene mit dem kleinen Bauernhof von Marys Schwester Margaret.

Zwischen diesen Fingern aus Straßen und Häusern war viel Grün: Sportplätze, Schrebergärten, Parks und Ödland. Auch in der Stadtmitte gab es eine gewisse Menge freien Raums um die Gebäude herum, dazu kamen der breite Boulevard, die Plätze und ein Park nördlich vom Zentrum. All das verlieh der Stadt etwas Luftiges, das im weichen Abendlicht durch den warmen braunen Sandstein der Gebäude noch betont wurde.

Mary Wyndham war achtzehn Jahre alt und wie Charles in der Stadt aufgewachsen, obwohl sich ihre Pfade erst vor einem Jahr gekreuzt hatten. Ihr Vater war Allgemeinmediziner und betreute sowohl Privatpatienten als auch Patienten, die auf den staatlichen Gesundheitsdienst angewiesen waren – gegen dessen Einführung er sich mit aller Entschiedenheit ausgesprochen hatte. Er hatte die Praxis von seinem Vater übernommen und gehörte der Mittelschicht an, die spürte, daß sie in den Nachkriegsjahren unter einer Regierung an Status verlor, in der es einen Minister gab, der sagte: »Wir wissen, daß die organisierten Arbeiter dieses Landes unsere Freunde sind. Der Rest spielt nicht die geringste Rolle.«

Dr. Wyndham war ein trübsinniger Mensch, der seiner eigenen Diagnose zufolge an Migräne litt, die durch seine Melancholie noch verschlimmert wurde. Ein- oder zweimal im Monat zog er sich in finsteres Schweigen zurück, worauf seine Frau beige Tücher über die Lampen hängte und ihre Kinder ermahnte, leise zu sein, wenn sie zu laut lachten. Seine Privatpatienten wurden alt, und er versäumte es, neue zu requirieren. Das Gewicht des Stethoskops um seinen Nacken schien ihn zu Boden zu ziehen.

Thomas Wyndham war im Jahre 1900 geboren. »Dieses Jahrhundert befindet sich im Niedergang«, sagte er gerne, »und ich ebenfalls.«

Marys Mutter war eine sanfte, ängstliche Frau, die ihr Bestes tat, um aus den faden, kärglichen Lebensmittelrationen etwas Schmackhaftes für die Familie zuzubereiten. Sie wusch und putzte mit rationierter Seife, flickte und änderte die minderwertige Nachkriegskleidung. Sie stand, ein lederfarbenes Buch mit Lebensmittelmarken an sich gedrückt, stundenlang an und füllte endlose Formulare aus, um Berechtigungsscheine für Brot, Benzin und Kohle zu erhalten.

Da Marys Schwestern beide wesentlich älter waren als sie, wuchs sie während des Krieges und der darauffolgenden entbehrungsreichen Zeit fast wie ein Einzelkind auf. Sie war ein zurückhaltendes und geistesabwesendes Mädchen. Sie vernachlässigte die Aufgaben, die man ihr im Haushalt zuteilte, sie kam nicht rechtzeitig zum Essen, weil sie, ganz in ein Buch vertieft, in einer Ecke saß, und sie redete mit ihrer Familie, als wären es Fremde. Einmal verschwand sie für zwei volle Tage. Die Polizei fand sie, wie sie in einer Straße auf der anderen Seite der Stadt herumbummelte.

»Warum bist du bloß ausgerissen?« rief ihre Mutter.

Mary lächelte alle strahlend an. »Das bin ich doch gar nicht. Ich bin einfach nur der Sonne gefolgt und dann dem Mond.«

»Sie trägt den Kopf in den Wolken«, klagte ihr Vater. »Sie schwebt durchs Leben.«

Dazu kam noch, daß sie das reizloseste der drei Mädchen war und ihre Zerstreutheit durch nichts aufwiegen konnte. In ihrer Weltfremdheit ähnelte sie einer jungen Färse, die im Haus herumwanderte, in der Küche abweidete, was immer sie dort fand, wenn sie hungrig war, und ansonsten geistesabwesend mit großen braunen Augen zum Himmel starrte.

Und dann kam Mary in die Pubertät. Ihre älteste Schwester Margaret, die aus dem Krieg zurückgekommen war, hatte sich zu einer kräftigen, derben Frau entwickelt. Clare war schlicht und fleißig. Es schien sicher, daß Mary wie ihre beiden Schwestern eine wenig anziehende Frau werden würde. Statt dessen verwandelte sie sich über eine Zeitspanne von mehreren Monaten in ein schlankes, anmutiges Wesen mit zartem, ovalem Gesicht. Sie war jetzt nicht nur die Hübscheste ihrer Familie, sondern auch die Hübscheste ihrer Schule und ihres Freundeskreises. Alles, was sie mit dem Kind von früher noch gemein hatte, waren ihre großen braunen Augen.

Marys Fehler wurden auf einmal zu ihren Tugenden: ihre Faulheit entpuppte sich als Sensibilität, ihre Unpünktlichkeit galt als originell, ihre gelegentlich nervöse Lebhaftigkeit als Charme und ihre Geistesabwesenheit als Beweis für eine melancholische, geistigen Dingen zugewandte Natur: Sie strahlte den Zauber wunderschöner Jugend aus.

Die Jungen machten ihr reihenweise den Hof, aber sie beachtete sie kaum. Sie träumte sich durch ihre Zeit an der Girl's High-School, wo sie sich nur in Englisch und Latein hervortat. Ihren Vater störte das jedoch nicht, denn die Fächer, die er für wichtig hielt, waren Poesie und Hauswirtschaftslehre, dazu ausreichende Kenntnisse des menschlichen Körpers, die eine nützliche Vorbereitung auf eine gute Ehe sowie eine zwischenzeitliche Beschäftigung als Krankenschwester darstellten.

Es kam Mary so vor, als hätte sie ihre Jugend in dem freudlosen Haus lesend verbracht, in einer Pfütze aus gelbem Licht. Entweder sie las für sich allein, oder aber sie las ihrem Vater – wenn er in der Lage war, den Lärm zu ertragen, den die Stimme eines anderen Menschen verursachte – Gedichte aus dem neunzehnten Jahrhundert vor. Sie konnte sich nicht erinnern, eine einzige Mahlzeit genossen zu haben, einmal ein passendes Kleid getragen oder jemals Musik in ihrem Elternhaus gehört zu haben. Die Erinnerungen an ihre Kindheit waren trübe getönt, khaki oder beige.

An einem Frühlingsabend des Jahres 1951 betrat Charles Freeman Dr. Wyndhams Praxis, um eine Routineuntersuchung vornehmen zu lassen, die seine private Krankenversicherung für die Versicherungspolice verlangte. Er erklärte, daß das natürlich alles reiner Unsinn wäre und ihm nichts fehle, er sei kerngesund. Das Ganze hätten sich irgendwelche verdammten Bürokraten ausgedacht, nur um einen vielbeschäftigten Mann wie ihn von der Arbeit abzuhalten. Der mürrische Doktor mußte Charles bitten, einen Moment den Mund zu halten, damit er ihm den Puls fühlen konnte, seine Reflexe prüfen, die Drüsen abtasten, seine Augen ansehen und seine Lunge abhören. Er bestätigte dem jungen Industriellen, daß er recht hätte. Er erfreue sich unverschämt guter Gesundheit. Es sei klar, daß sein hoher Blutdruck auf nichts anderes als den treibenden Puls seines Ehrgeizes hinweise.

Im Hausflur sah Charles Mary die Treppe herunterkommen. Dr. Wyndham machte ihn mit seiner Tochter bekannt. Mary spürte, wie sich Charles' dunkler Blick in ihre Augen bohrte und seine Stimme wie Honig durch sie hindurchströmte. Er schüttelte ihr lange die Hand, und sie fürchtete schon, ohnmächtig zu werden, wenn er sie nicht bald wieder losließ.

Am folgenden Abend erschien Charles wieder in der Praxis und klagte über Kopfschmerzen. Dr. Wyndham befragte ihn nach weiteren Symptomen, aber Charles tat das ab. Mary hörte seine Stimme in ihrem Zimmer im oberen Stockwerk und kam zufällig durch den Flur, als er gerade die Praxis verlassen wollte. Wieder gaben sie sich die Hände und wechselten ein paar höfliche Worte.

23

Am nächsten Tag kam Charles mit Verdauungsproblemen, am übernächsten war es Atemnot, und am Ende der Woche kam er mit echten Beschwerden. Er litt nämlich unter Schlaflosigkeit, weil er nachts wach lag und immerfort an die Tochter des Arztes mit ihrem ovalen Gesicht und den großen braunen Augen denken mußte.

»Ich habe keine Ahnung, was Ihnen fehlt«, gestand Dr. Wyndham wütend. »Sie scheinen sich in den fünf Tagen, die Sie jetzt mein Patient sind, von einem vitalen Menschen zu einem Hypochonder entwickelt zu haben.«

»Bei allem gebotenen Respekt, Doktor«, erklärte Charles ihm, »aber die Medizin ist direkt vor Ihrer Nase.«

Charles' Eltern besaßen eine kleine Firma für Elektrotechnik, dazu eine alte Gießerei, in der Gußwaren, Lampenfüße, Eisengeländer und einzelne landwirtschaftliche Maschinen hergestellt wurden. Ihr einziger Sohn fing direkt nach der Schule in der Firma an und hatte im September 1939 gerade seine Lehre – wie seine Mutter Beatrice es nannte – beendet, die ihn befähigen sollte, die Firma zu leiten.

Bei Kriegsausbruch war die Freeman Company weitgehend ein Montagebetrieb, in dem elektrische Bauteile zusammengesetzt wurden. Durch den dramatischen Rückgang des Auftragsumfangs kam die Produktion fast zum Erliegen. Die Arbeiter traten in die Armee ein. Zurück blieb eine erschöpfte, träge Belegschaft aus Schuljungen, alten Knastbrüdern und ein paar Frauen. Der Gewinn fiel jahrelang auf einen Tiefststand, und die Suche nach Aufträgen gestaltete sich wegen des Mangels an neuen Maschinen äußerst schwierig.

Da seine Eltern resigniert hatten, übernahm Charles im Alter von zweiundzwanzig Jahren rechtskräftig die Firma. Das erste, was er tat, war, dem Chefingenieur mit Entlassung zu drohen, falls er nicht in der Lage wäre, eine einfache, mit Riemenantrieb versehene Drehbank zu konstruieren, mit der man Patronenhülsen herstellen konnte. Durch diese Drehbank kam Charles zu seinem ersten Vertrag mit dem Versorgungsministerium. Von da an steckte er seine Energie und das Firmenkapital in die Rüstung.

Da das Land von seinen Importmärkten abgeschnitten war,

wurde es lebensnotwendig, Metallabfälle der militärischen Verwertung zuzuführen. Im Juli 1940 rief man eine Kampagne unter dem Motto »Kochtöpfe zu Spitfires« ins Leben. Die Öffentlichkeit war aufgerufen, alles, von alten Schlüsseln bis zum Industriesafe, abzugeben. Die Stadt wurde vom Sammelfieber gepackt: Büchereien opferten ihre alten eisernen Bücherregale, Kinder entwendeten ihren Müttern Küchenutensilien, Mary Wyndhams Grundschule sammelte eine Tonne Metallschrott, der Stadtrat ließ Straßenlaternen abbauen, eiserne Treppen wurden abgebrochen, so daß die Leute regelrecht in der Luft hingen. Patrioten bewiesen ihre Vaterlandstreue, indem sie die Eisengeländer von den Gräbern ihrer Vorfahren entfernten. Bis zum Herbst hatte die Stadt tausend Tonnen Metallschrott zusammengetragen.

Ein Großteil dieses Schrotts wurde zur Gießerei der Freeman Company gebracht – genaugenommen wurde ein gewisser Prozentsatz dorthin *zurückgebracht* – und, nachdem man ihn eingeschmolzen hatte, zu einer wachsenden Zahl von Fließbändern transportiert, auf denen Freeman im Auftrag des Luft- und des Marineministeriums Bomben, Flugzeugteile und Minensinker fertigte. Da der Krieg fortdauerte, wies Charles seine Ingenieure an, dies umzubauen und jenes umzustellen. In der Gießerei dröhnte und hämmerte es Tag und Nacht, und das Fabrikgelände breitete sich immer mehr aus. Gebäude mit geschwärzten Glaswänden füllten sich mit Reihen von Drehbänken, an denen Männer und Frauen Maschinengewehrlafetten, Raketenabschußvorrichtungen, Teile für Bren-Gewehrdrehkränze, Leitwerke für Hors-Gleiter, Gehäuse für Wasserbomben, Torpedos, Motorsensen, Tieflöffelbagger und Schutzwände für magnetische Seeminen herstellten.

»Unsere Flexibilität war der Schlüssel zum Erfolg«, sollte Charles Mary später erzählen. »Wir waren klein, aber in der Gießerei konnten wir unsere eigenen Bauteile fertigen. Und zum Glück hat uns die Luftwaffe nie getroffen.«

Bis Kriegsende hatte sich die Freeman Company von einem maroden Familienunternehmen zu einer blühenden Fabrik gemausert. Und dann wurde die riesige Verwertungsmaschinerie noch einmal umgekehrt: Aus Spitfires mußten wieder Kochtöpfe werden. Das bescheidene Wohnungsbauprogramm der Stadt konzentrierte sich darauf, die Siedlung um die Fabrik herum auszuweiten, da die zurückkehrenden Soldaten dort Arbeit fanden. Charles leitete sowohl ein intensiviertes Mechanisierungsprogramm als auch die Einrichtung einer einfachen Feinwerkzeugabteilung in die Wege. Dort stellte er die Bohrschablonen, Spannvorrichtungen, Formstücke, Pressen und anderen Werkzeuge her, von denen die übrige Fabrik abhängig war. Dort wurden auch die Lehrlinge zu den Facharbeitern ausgebildet, auf denen die Zukunft aufbauen würde.

»Das hier ist meine Stadt«, erklärte Charles Freeman seiner Verlobten auf dem Dach des Hauses, das er drei Wochen vor ihrer Hochzeit für sie beide gekauft hatte.

Er hatte ihr unter Aufsicht von Anstandsdamen bei verschiedenen Rendezvous den Hof gemacht. Dazwischen hatte er immer wieder köstliche Pralinen, glitzernden Schmuck und riesige Blumensträuße abgeben lassen, um das triste Zuhause der Wyndhams aufzuheitern. Am Ende des Sommers führte Charles Mary zum ersten Mal allein aus: Er fuhr mit ihr über die A1 nach London zum letzten Tag des Festival of Britain, bei dem man den Wiederaufschwung des Landes nach dem Krieg feierte.

Auf der South-Bank-Ausstellung mit ihrem angegliederten Vergnügungspark besuchten Charles und Mary den Fernsehpavillon und die Heim-und-Garten-Schau. Sie tranken auf einer Piazza an der Themse Kaffee und aßen in einem freundlichen, hellen Restaurant zu Mittag. Sie bewunderten Wandgemälde und moderne Skulpturen, fuhren mit der Emett-Eisenbahn und dem Mississippi-Showboat.

Nach Einbruch der Dunkelheit lachten sie über Richard Murdoch und Kenneth Horen, tanzten zur Musik von Geraldo und seinem Orchester auf dem Fairway und gesellten sich zu Gracie Fields und Tausenden von Menschen, die »Auld Lang Syne« und die Nationalhymne sangen.

Erschöpft und verliebt lehnte sich Mary an Charles' breite Schulter, während sie zu seinem Rover zurückgingen, wo er eine kleine Schachtel aus dem Handschuhfach nahm. Als er sie aufklappte, kam ein Diamantring zum Vorschein, dann machte er ihr einen Heiratsantrag. Bevor Mary auf dem Heimweg einschlummerte – während Charles' Stimme im Wagen widerhallte, als er seine Expansionspläne auflistete –, empfand sie die glückselige Gewißheit, daß der Mann neben ihr sie aus ihrer farblosen Jugend herausholen und in eine strahlende Zukunft führen würde.

Es dauerte nach ihrer Hochzeit noch ein Jahr, bis Mary mit ihrem ersten Kind schwanger wurde, allerdings nicht aus Mangel an Gelegenheit. Sie war sich nicht sicher, wo es passiert war, hoffte aber, daß es im dritten Gästezimmer war, wo sie sich an einem dunklen Sonntagnachmittag viel Zeit gelassen hatten. Sie hatte eine unproblematische Schwangerschaft. Das einzig Merkwürdige war, daß ihr Mann in dem Maße, in dem sie dicker wurde, ebenfalls an Gewicht zulegte. Er hielt Pfund um Pfund mit ihr Schritt, ob aus Sympathie oder Konkurrenzdenken war schwer zu sagen. Nach der Geburt ihres Sohnes Simon erlangte Mary schnell ihre schlanke Figur wieder, Charles aber ging weiter auseinander. Er hatte einen Appetit wie ein Wolf und war gereizt wie ein kleines Kind, wenn er Hunger hatte. Da die Lebensmittel jetzt nicht mehr rationiert waren, verlangte er vier ordentliche Mahlzeiten pro Tag und nahm auch zwischendrin häufig einen Happen zu sich. Als schließlich das letzte ihrer vier Kinder zur Welt kam, war Charles Freeman ein Koloß geworden.

Sein sexueller Appetit war ebenfalls unersättlich. Es war ein unwiderstehliches Bedürfnis, das ihn regelmäßig überkam: Er marschierte wie verwandelt in das gemeinsame Schlafzimmer und näherte sich Mary mit animalischen Geräuschen. Er kletterte über das breite Bett, während sein Körper vor Verlangen ganz weich geworden war, sich verflüssigt hatte: Das furchteinflößende Charisma und die Willenskraft, die ihn mit seiner massigen Statur wie einen schwarzbraunen Bullen aussehen ließen, hatten ihn verlassen. Dann war er nur noch ein Skelett, umgeben von einem Meer hilflosen Fleisches, sein Körper, außer jenem harten Ding, ganz weich. Er ergoß sich über Marys widerstandslosen Körper, machte sie ausfindig, stieß mit rollenden Wellen in sie hinein und kam mit einem dankbaren, stöhnenden Beben, das sie um ihre Rippen fürchten ließ.

Simon wurde 1954 geboren. Ihm folgten in zweijährigen Abständen James, Robert und Alice. Simon hatte dunkles, schlaffes Haar, braune Augen, einen sinnlichen Mund und Babyspeck, der ihn wie eine Miniaturausgabe seines Vaters aussehen ließ. Er entwickelte auch die für ältere Geschwister typische Blasiertheit. Eines Morgens im Herbst, er war gerade fünf Jahre alt, wachte er nach einer tiefsitzenden Erkältung auf und stellte fest, daß er wieder völlig gesund war. Als er jedoch den Mund öffnete, merkte er, daß seine Stimme heiser geblieben war.

»Sing uns doch ›Lili Marlen‹ vor«, sagte Charles zu ihm.

Simon gefiel seine krächzende Stimme so gut, daß er beschloß, sie zu behalten. Außerdem redete er jetzt langsam, so als würde er jedes Wort erst überdenken, bevor er es aussprach. Hatten die Leute den rundlichen Jungen vorher schon süß gefunden, so machte ihn seine Stimme jetzt noch anziehender.

Simon war ein kleiner Hypochonder. »Die Knochen in meinem Bauch tun weh«, klagte er. »Ich habe Fieber in den Knien, Mami.« Ein Wetterumschwung warf ihn um, er bekam Nasenbluten, wenn er allzu rasch die Treppe ins Dachgeschoß hinaufstieg, wo die Kinder ihre Zimmer hatten. Er hatte all die üblichen Kinderkrankheiten – Windpocken, Mumps, Masern –, da er aber nicht, wie normale Kinder, dagegen immun wurde, steckte er sich jedesmal, wenn eines seiner jüngeren Geschwister an der Reihe war, wieder an.

Mary sorgte sich sehr um ihren Erstgeborenen: Sie ließ ihn beim kleinsten Anlaß zu Hause bleiben, maß stündlich bei ihm Fieber und versorgte ihn als medizinische Maßnahme regelmäßig mit Schokoladenmilchshakes. Das einzige, worauf sie bestand, war, daß er entweder im Bett blieb, wo er die neuesten Comics lesen durfte, die sie per Eilzustellung aus Mr. Singhs Post- und Schreibwarenladen kommen ließ, oder aber daß er sich in ein Nest von Kissen und Decken unten aufs Sofa legte, wo er fernsehen konnte. Es waren dies Maßnahmen, die den Neid der anderen Kinder hervorriefen und Simon mit seiner zarten Gesundheit versöhnten.

James freute sich ebenfalls, wenn er krank wurde, da ihre Mutter dann immer sehr um ihre Kinder besorgt war: In solchen Fällen entriß sie ihrem Kindermädchen die Verantwortung für das Wohlergehen ihrer Sprößlinge. Robbie war der Ansicht, daß es den Kleinen nicht guttat, wenn Mary sie so verhätschelte. Ihrer Überzeugung nach wurde ein Kranker nur noch schwächer, wenn man sich allzusehr um ihn kümmerte. Sie empfahl, im Krankheitsfall streng vorzugehen: schlichte Kost, ergänzt von Lebertran, viel

Schlaf und die Verbannung in ein kühles Zimmer, frei von Zugluft und irgendwelchen Ablenkungen.

Eines Morgens, als James Grippe und so hohes Fieber hatte, daß laut Robbie das Thermometer springen würde, schwebte Mary in sein Zimmer.

»Was ist los, kleiner Mann? Hast du Schmerzen?« fragte sie ihn.

»Geh und kauf Stärke oder irgend etwas anderes, Nanny«, sagte sie dann zu Robbie. »Ich kümmere mich um James.«

Robbie verzog das Gesicht und murmelte leise: »Das werde ich mit Charles klären«, als sie das Zimmer verließ.

»Klär mit ihm, soviel du willst«, rief Mary ihr hinterher, worauf James wieder in die Kissen zurücksank. James war ein sonderbares, gefühlsbetontes Kind mit sandfarbenem Haar, das von der Sonne ganz ausgeblichen war und fast weiß wirkte. Er hatte sommersprossige, helle Haut und abstehende Ohren, so daß er im Sommer einer dahinhuschenden, ängstlichen Albinofledermaus ähnelte, aber einer, die immer wieder innehielt und durch die Brille, die unausweichlich von Klebeband zusammengehalten wurde, beobachtete, was um sie herum vor sich ging. Als er auf die Welt kam, guckte er gleichzeitig in zwei verschiedene Richtungen, bis eine Korrekturbrille seine auswärtsschielenden Augen langsam in Einklang brachte.

Mary drehte die Heizung hoch, öffnete die Vorhänge, brachte ihm Lucozade, eine Wärmflasche und ein Damespiel. Sie setzte sich zu ihm und spielte mit ihm, so daß er vergaß, was ihm jemals weh getan hatte.

»Ich will gar nicht gesund werden, Mami«, erklärte James ihr. »Ich möchte immer krank sein. Dann wirst du mein ganzes Leben lang hier bei mir bleiben.«

»Komm, laß dich umarmen«, tröstete Mary ihn. Der Duft ihres Parfüms hatte bei ihm eine heilsamere Wirkung als die schreckliche Medizin von Miss Feigensirup.

Das Problem war nur, daß Mary meistens schon wieder das Interesse verlor, bevor die Kinder gesund waren. Es gab wichtigere Dinge, an die sie denken mußte, selbst wenn nicht klar war, worum es sich dabei handelte.

»Du bist so süß, James«, sagte sie. »Ich komme später wieder, kleiner Mann.«

»Wohin gehst du?« krächzte er. »Du bist am Zug, Mami. Du bist in einer guten Position: Vielleicht gewinnst du dieses Spiel.«

»Ich muß etwas erledigen, mein Schatz. Ich werde Robbie sagen, sie soll nach dir sehen.«

»Das ist nicht nötig«, flehte er vergebens.

Robbie erschien selbstzufrieden und aufrecht. James sah, wie sie sich vor Schadenfreude die Hände rieb, bevor sie das Radio ausstöpselte, ihm den Teddybär wegnahm (»eine ausgezeichnete Brutstätte für Bazillen«) und nachsah, ob da nicht irgendwo ein Pflaster war, das sie ihm mit Genuß von der Haut reißen konnte.

Simon war von den Kindern am häufigsten krank. Niemand verstand, warum er seinem Vater näherstand als seiner Mutter, denn Charles zeigte gegenüber Simons zarter Gesundheit keinerlei Nachsicht. Krankheit war für ihn einfach nur ein anderes Wort für Simulieren. Er bildete sich ein, Angestellte, die sich telefonisch krank meldeten, würden sich über ihn lustig machen. Wahrscheinlich gruben sie zu Hause den Garten um oder machten einen Ausflug ans Meer und lachten sich dabei noch ins Fäustchen, weil sie »fürs Nichtstun bezahlt« wurden, wie er es nannte. Seiner Meinung nach war dies das größte Ziel im Leben der meisten Angehörigen der Arbeiterklasse.

»Wage es ja nicht, Simon zu tyrannisieren. Er ist ein so sensibler Junge«, erklärte Mary ihm. »Du mußt dich doch um Himmels willen noch daran erinnern können, wie es war, als du selbst Masern hattest.«

»Ich?« erwiderte er. »Ich war niemals krank, Frau, das habe ich dir doch gesagt. Ich habe in meiner gesamten Schulzeit keinen einzigen Tag gefehlt. Und hat es mir geschadet?«

Simon wandte sich daraufhin hilfesuchend an seine Großmutter Beatrice, die damals noch lebte, da das Gedächtnis seinen Vater in diesem Punkt offensichtlich im Stich ließ. Beatrice hatte jedoch niemals Notiz davon genommen, wenn ihre Sprößlinge krank waren.

»Wie, glaubst du, hätte ich das Geschäft führen sollen, wenn ich ihm ständig die Nase geputzt oder den Po abgewischt hätte?« wollte sie von ihrem Enkel wissen.

James konnte sich an seine Großmutter Beatrice gerade noch erinnern. Er war vier Jahre alt, als sie starb, und er hatte sie als kleine alte Frau in Erinnerung, die im Alter so sehr zusammenschrumpfte, daß sie genauso groß wie sein ältester Bruder Simon war. Er sah sie als altersschwache Zwergin vor sich, die wie eine Schnecke durchs Haus kroch und die Kinder verwünschte, wenn diese an ihr vorbeistürmten, so daß sie sich an irgendwelchen Möbelstücken festhalten mußte, um nicht umgerissen zu werden. Sie bewegte sich so langsam fort, daß man nie wußte, wo sie gerade war, und sie zur Essenszeit im ganzen Haus suchen mußte. Sie hinterließ jedoch eine Spur, der man folgen konnte, einen Geruch nach Ammoniak und Gesichtspuder. Wenn die Kinder dann ihre matten, bitteren Verwünschungen hörten, wußten sie, daß sie sie gefunden hatten, und führten sie ins Eßzimmer.

Er konnte sich daran erinnern, wie sie in dem kleinen Wohnzimmer in ihrer Zimmerflucht im Ostflügel des großen Hauses vornübergebeugt in einem riesigen Lehnsessel hockte. Auf dem Kaffeetisch vor ihr verstreut lagen Schwarzweißfotos: Sie hatte sie im Laufe ihres geschäftigen Lebens in verschiedenen Schachteln gesammelt, und jetzt versuchte Großmutter Beatrice, sie in Alben einzusortieren. Aber sie war dieser Aufgabe nicht mehr gewachsen: Beatrice nahm ein Foto in die Hand, starrte es an und versuchte, es anderen zuzuordnen, so als spiele sie ein quälendes Memoryspiel. Sie klebte auf die erste Seite eines Albums ein Bild, das sie als Kleinkind zeigte, daneben eines von ihrer Hochzeit, und fuhr in dieser Weise fort, ein sinnloses Mosaik zusammenzustellen. Sie hatte die Chronologie ihres eigenen Lebens verloren.

Viel später sollte sich James an seine frühe Kindheit als eine Reihe fotografischer Bilder erinnern. Er hatte ein schlechtes Gedächtnis. Freunde pflegten von ihren frühesten Erinnerungen zu erzählen – von Dingen, die sie von ihrem Kinderbettchen oder ihrem Kinderwagen aus gesehen hatten –, und er konnte nicht glauben, daß sie sich das nicht nur einbildeten.

James' Erinnerungen waren zum Teil deshalb fotografisch, weil die Fotos für ihn einen Ersatz für echte Erinnerungen darstellten. Sie bestätigten ihm, daß das, woran die anderen sich erinnerten, Wirklichkeit war. »Kein Wunder, daß James nicht stillsitzen kann!«

dröhnte sein Vater, wenn James darauf brannte, vom Abendbrottisch aufzuspringen, um vor Einbruch der Dunkelheit noch eine Runde Fußball zu spielen. »Er hat seine Prägephase ja auch in einem verdammten Schubkarren verbracht!« Tatsächlich gab es im Familienalbum Fotos, auf denen zu sehen war, wie James von Alfred, dem Gärtner, in einem schweren hölzernen Schubkarren herumgeschoben wurde oder wie er auf seinen wackligen Kleinkinderbeinchen an dem Karren lehnte, während Alfred die Rosen mulchte.

Als James zum ersten Mal Garfield Roberts sah, der Hand in Hand mit Pauline, der Schwester von Stanley, dem Hausverwalter, die Auffahrt heraufkam, war er, wie man ihm erzählte, ins Haus gerannt und hatte gekreischt: »Robbie! Robbie! Komm und schau! Da ist der kleine schwarze Sambo!« Die Puppe, die der Grund für seine Reaktion auf den ersten Schwarzen gewesen war, den er je gesehen hatte, und an die sich James selbst nicht mehr erinnern konnte, war auf einem Foto zu erkennen. Auf diesem Foto saßen Simon und er, die Puppe in der Hand, zusammen mit ihrer Mutter im Wohnzimmer.

Er betrachtete ein weiteres Foto: ein heißer Sommertag voll starker Kontraste, Simon, am Rand des Teichs stehend und dümmlich in die Kamera grinsend (das gleiche Grinsen wie das ihres Vaters und auch das gleiche Doppelkinn), er, James, die empfindlichen Augen vor der Sonne abschirmend und dabei anscheinend redend; am unteren Rand des Bildes, in den Rasen hineinwachsend, der Schatten des nicht identifizierbaren Fotografen; Robert an der einen Seite, auf seinem Gesicht... was? Ein finsterer Ausdruck? Eine Grimasse? Auf der anderen Seite die kleine Alice, nackt bis auf ein Laufgeschirr, das man ihr um die Brust geschnallt hatte. Es war ein Seil daran befestigt, das sich durch das Gras bis zu einem Stock zog, so daß sie nicht weiter als bis zum Rand des Teiches konnte.

Ihre Mutter saß auf der Mauer des Teiches, in der Nähe von Simon, eine Hand ruhte in ihrem Schoß, die andere schwebend in der Luft zwischen ihr und ihrem Sohn, während ihr Lächeln nicht nur unnahbar wirkte, sondern auch ein nervöses Zucken der Lippen verriet. Sie blickte in die Kamera, war sich aber auch bewußt, daß ihr rundlicher, grinsender Sohn auf der niedrigen Mauer herumwackelte, das Wasser im Rücken. Mary trug eine weiße Bluse und einen langen schwarzen Faltenrock. Ihr braunes Haar wurde von einer Spange gehalten. Sie sah wie eine junge, reizende und unverheiratete Tante aus, die die Gesellschaft dieser Kinder um sie herum genoß, dabei aber ein wenig verkrampft wirkte.

Wo aber war sein Vater? Er war bestimmt da, seine Gegenwart war an der Haltung der anderen zu erkennen: an Simons schmeichlerischer Begeisterung; an seinem, James', Selbstschutz; an Roberts mürrischer Zurückhaltung; an Alices verbotener Aktivität; am unsicheren Lächeln ihrer Mutter. Sein Vater war bestimmt da. James schien es, als könne er jetzt sogar hören, wie er Simon schmeichelte: »So ist's gut, mein Junge, mein kleiner Tanzbär«, hörte er sein volltönendes Lachen. »Tanz, mein Dickerchen, mein tanzendes Gummibärchen.« Und Simon grinste zurück, während er mit unsicherem Schritt auf der Mauer um den Teich herumbalancierte.

Er war bestimmt da. James konnte ihn hören, er konnte ihn spüren. Und dann sah er ihn. Natürlich, er war derjenige, der das Foto gemacht hatte: der Schatten, der ins Bild hineinfiel, der Schatten, den der 115 Kilo schwere Boß mit seiner Körperfülle warf.

Die Fotos in den Familienalben waren gewöhnlich enttäuschend: Es waren Schnappschnüsse, von Amateuren geknipst. Wichtige Details waren unscharf oder gar abgeschnitten worden, hingegen war viel Unwichtiges zu sehen – eine Hecke, der Teil eines Autos –, so daß der Blick des Betrachters in die Irre geleitet wurde. Als James die Fotos Jahre später genauer betrachtete, ertappte er sich ständig dabei, daß er die Augen schloß und die Bilder neu komponierte – die Anordnung der Personen verbesserte, Gesten veränderte –, so als würde er die Bilder in der Dunkelkammer seines Verstandes retuschieren.

Roberts linker Arm war bei seiner Geburt so um den Kopf geschlungen, daß er im Geburtskanal Quetschungen im Gesicht erlitten hatte: Als er die Augen öffnete, waren sie blutunterlaufen. Es sah so aus, als wäre er auf die ganze Welt wütend, und es sollte sich herausstellen, daß er das auch tatsächlich war. Anders als Simon oder James, die als Säuglinge einfach geweint hatten, wenn sie Hunger hatten, plärrte er wie eine kleine verärgerte Ziege. Wenn er sich dann satt getrunken hatte, schlummerte er auch nicht, wie seine Brüder, zufrieden in Marys Armen ein, sondern fing sofort wieder an zu plärren. Er hörte erst damit auf, wenn sie ihn wieder in sein Bettchen legte.

Wenn Mary ihm auf sein Bäuchlein pustete, Guck-Guck mit ihm machte und komische Grimassen schnitt, alles Dinge, die ihren ersten beiden Babys Spaß gemacht hatten, starrte Robert sie einfach nur mit grimmigem, verwirrtem Gesichtsausdruck an. Was ihn dagegen tatsächlich zum Lachen brachte, war, wenn sein lärmender Vater von der Arbeit nach Hause kam, den kleinen Jungen hochhob und ihn in die Luft warf. Robert liebte es, so behandelt zu werden, je wilder, desto besser, und er kicherte und gluckste, während er sich in der Luft gefährlich überschlug.

Robert kam voller Groll aus dem Mutterleib, seine Augen waren vor Eifersucht blutunterlaufen, und diese Eifersucht wurde noch schlimmer, als er, nicht ganz zwei Jahre alt, in ein und demselben Monat gleich zwei Schwestern bekam: Alice, seine leibliche Schwester, und Laura, die Tochter von Edna, der Köchin, und Stanley, dem Hausverwalter, die, wie sich herausstellen sollte, eine Art Ersatzschwester für die Kinder werden sollte.

Von da an wurde Roberts Kindheit von dem Zorn überschattet, den er angesichts der bevorzugten Behandlung, die andere erfuhren, empfand. Er konnte es einfach nicht ertragen, wenn er verlor oder wenn man ihn überging: Beim Essen verglich er die Nachtischportionen genau und schnappte sich dann selbst den vollsten Teller. Wenn eines der anderen Kinder ein Geschenk erhielt, bekam er einen Wutanfall und versuchte, es kaputtzumachen.

»Dieser Junge fühlt sich ständig angegriffen«, erklärte Edna Stanley.

»Das kann man ihm wohl kaum verübeln«, sagte Stanley, »bei zwei älteren Brüdern und im Grunde zwei jüngeren Schwestern.«

Mary versuchte, mit ihm zu reden. Er hörte mit ärgerlich eingezogenen Schultern, einem harten Gesichtsausdruck und wachsamem Blick zu und gab kein Wort von sich. Kaum aber hatte seine Mutter das Zimmer verlassen, sprang er auf und ging auf seine Geschwister los, weil sie ihn verpetzt hatten. Kam Mary dann jedoch zurück und sagte Robert, er solle sich entschuldigen, nahm er wieder die Haltung einer gekränkten Statue ein und gab deutlich zu verstehen, daß er lieber Zimmerarrest, Fernsehverbot und selbst Robbies schmerzhafte Ohrfeigen ertragen würde, als einem seiner Geschwister den kleinen Satz »Es tut mir leid« zu sagen.

Charles versuchte es mit einer anderen Methode: mit Spott. Wenn Robert sah, daß Alice und Laura mit ihren Puppen, Buntstiften oder Teddybären irgendein sentimentales Mädchenspiel spielten, packte ihn eine Art wütender Verwirrtheit. Er konnte es offensichtlich nicht ertragen, irgendwo ausgeschlossen zu sein, selbst wenn er eigentlich gar nicht mitmachen wollte. Wenn Charles Robert dann kurz vor einem Gewaltausbruch sah, lachte er seinen Sohn aus.

»Hört nur, wie unsere kleine Hornisse brummt!« spottete er. »Unser kleiner Tatar hat wieder einmal einen Wutanfall!« ärgerte er Robert – und übersah dabei die Tatsache, daß ebendies ein Charakterzug war, den sein Sohn ganz eindeutig von ihm geerbt hatte.

Der Spott seines Vaters hatte jedoch alles andere als eine besänftigende Wirkung auf Robert, und wenn Charles ihn dann kitzelte, wurde Robert so wütend, daß er puterrot anlief und Mary eingreifen mußte, um zu verhindern, daß ihrem Sohn eine Ader platzte.

Der Haken an der Sache war, daß niemand wußte, was Robert eigentlich wirklich wollte: Wenn jemand anders zuviel Aufmerksamkeit bekam und Robert ihn deshalb aus dem Scheinwerferlicht wegzerrte, dann nur, um daraufhin selbst einsilbig in der Mitte der Bühne zu stehen. Wenn irgendein Erwachsener ihn länger als einen Moment umarmte, kämpfte er sich unwirsch frei und wischte sich angeekelt onkelhafte Küsse vom Gesicht.

»Mach dir keine Sorgen, Liebling«, beruhigte Charles Mary. »Das legt sich schon noch, wenn er älter wird.«

»Meinst du wirklich?« zweifelte sie. »Bei *dir* war das jedenfalls nicht so.«

»Nun, er wird dieses Verhalten wohl irgendwann ablegen müssen, nicht wahr? Er kann schließlich nicht die ganze Welt verprügeln.«

Robert war ein zäher Bursche. Wenn er eine der Kinderkrankheiten bekam, weigerte er sich, ihr nachzugeben: Er rang mit ihr, als wäre sie Teil eines Initiationsritus, eine Herausforderung seiner kindlichen Maskulinität. Nachts hustete und stöhnte er mit dicker, zugeschwollener Nase, tauchte aber – zu Robbies Entzücken, die ihn den anderen gegenüber als leuchtendes Beispiel hinstellte – schlechtgelaunt und ungebrochen beim Frühstück auf. Er war ihr Liebling, was ihn nicht weiter störte, da er wußte, daß dies bei ihr weder mit unwillkommener Zärtlichkeit noch mit einer wie auch immer gearteten Intimität verbunden war.

Als Robert in die Schule kam, war er fast so groß wie James, sein nächstälterer Bruder (und er sollte sogar noch Simon einholen, allerdings wurde er schließlich von beiden wieder überholt). Niemand jedoch hätte James und Robert versehentlich für Zwillinge gehalten. Robert hatte dunkle, zusammengekniffene Augen und die feinmodellierten Gesichtszüge seiner Mutter. Er schien mit James und dessen widerspenstigem, strohigem Schopf sandfarbenen Haares, dessen abstehenden Ohren und seinen Sommersprossen, die er von bäuerlichen Vorfahren geerbt hatte, in keiner Weise verwandt zu sein. Und während James sich ebenso gesprächig und noch wortgewandter als Simon zeigte, war Robert überaus schweigsam und besaß eine Art grimmiges Charisma.

»Mußt du denn ständig irgendwelchen Unsinn plappern, James?« fragte Robbie ihn. Sie hatte recht. James schwatzte ständig, stellte endlose Fragen oder erzählte unendliche, unzusammenhängende Geschichten, die sich kein Mensch länger als dreißig Sekunden anhören konnte, ohne den Faden zu verlieren. Robert hingegen machte selten den Mund auf, es sei denn, um etwas zu essen. Dennoch hörte James zufällig mit an, wie Charles Mary erzählte:

»Weißt du, was Robert heute gesagt hat? Stanley hat es mir erzählt. Er hörte, wie Simon ihm erklärte, warum so viele Leute für mich arbeiten, und Robert sagte: ›Die Leute sind dumm. Sie verdienen es nicht besser.‹ Ist das nicht clever, Liebling? Der Junge ist nicht einmal sechs Jahre alt.«

Robert sagte wenig, aber an das, was er sagte, erinnerte man sich. Er lächelte selten, aber wenn er es tat, erhellte sein Lächeln ein ganzes Zimmer. James war enttäuscht, daß nicht einmal seine Mutter Robert durchschaute, da sie sich wie alle anderen von seinen verächtlichen Worten und seinem Hang zur Mißgunst beeindrucken ließ. Er selbst hingegen machte, wie er wußte, nur wenig Eindruck auf die Leute. Niemand hatte etwas gegen ihn, aber er war im Grunde auch niemandes Liebling. Mary vermittelte ihm das Gefühl, etwas Besonderes zu sein, wenn ihr danach war, aber es vergingen auch Wochen, in denen sie kaum Notiz von ihm nahm.

Charles hatte nicht nur ein Kindermädchen für die Kinder engagiert und Alfred, den Gärtner der Misses Fulbright, übernommen, er hatte auch einen Verwalter für das Haus und eine Köchin eingestellt. Mary stellte fest, daß sie in ihrem eigenen Zuhause entwurzelt dahintrieb. Ihr wurde alles abgenommen. Da für den Haushalt und das Wohlergehen der Kinder gesorgt war, zog sie sich immer mehr zurück.

Mary hatte von ihrem Vater die periodisch auftretenden Depressionen geerbt, aber in umgekehrtem Verhältnis. Sie blieb wochenlang in ihrem Ankleidezimmer, las und schrieb Gedichte am Tisch vor dem Fenster oder starrte einfach nur hinaus, und die Kinder lernten, daß sie sie dann nicht stören durften.

»Begreift ihr denn nicht, daß eure Mutter etwas Zeit für sich selbst braucht«, erklärte Charles ihnen. »Ich will nicht, daß ihr wie die verdammten Fliegen um sie herumschwirrt und sie nervös macht.«

Die Kinder übten sich in Geduld, und das wurde belohnt: Alle zwei oder drei Wochen tauchte Mary mit einem Strahlen in ihren braunen Augen und einem ironischen Lächeln auf den Lippen wieder auf, um sie wie eine kokette ältere Schwester zu necken und zu unterhalten.

Donnerstagabend ging Charles stets zu einer Konferenz am runden Tisch, und Mary lud zwei Freundinnen ein, um mit ihnen in ihrem Ankleidezimmer über die Gedichte zu sprechen, die sie geschrieben hatten. Eines Freitagabends, als Charles auf Geschäftsreise war, flüsterte sie James kurz vor dem Schlafengehen zu: »Hol deinen Mantel, wir treffen uns in fünf Minuten an der Hintertür. Und kein Wort zu den anderen.«

»Um James brauchst du dich nicht zu kümmern«, hörte er sie zu Robbie sagen. »Ich werde ihn zu Bett bringen. Er möchte, daß ich ihm noch eine Geschichte vorlese.«

Ein paar Minuten später fuhren sie in Marys Zephyr davon. James platzte fast vor Aufregung.

»Wohin fahren wir?« flüsterte er.

»Das ist eine Überraschung«, lachte Mary. »Ich habe dich mitgenommen, damit du mir Selbstvertrauen gibst, kleiner Mann.«

James versuchte, sich zu erinnern, ob er jemals so spät in der Nacht im Auto unterwegs gewesen war. Es war anders als an einem dunklen Nachmittag: Die Scheinwerfer entgegenkommender Autos blendeten ihn und verschwanden dann in der ländlichen Dunkelheit, in die das Licht des Zephyrs einen Tunnel zu schneiden schien.

»Wo sind wir?« fragte James, als sie wieder in eine Vorstadt hineinfuhren.

»Wir kommen jetzt nach Birmingham«, sagte Mary zu ihm. »Erkennst du die Stadt denn nicht?«

Sie betraten ein riesiges Zimmer, das über einem Pub lag und das verraucht, laut und völlig überfüllt war. Sie setzten sich an einer Wand auf den Boden. James konnte keine anderen Kinder entdecken. Da waren Männer, die dicke Arbeiterjacken und Dufflecoats trugen, und Frauen mit kurzgeschnittenem Haar und Herrenmänteln, was sie in gleicher Weise elegant aussehen ließ wie seine Mutter. Mary holte sich ein Bier und ließ James daran nippen: Es schmeckte nach Seife.

Dann stand vorn ein Mann auf und stellte einen anderen Mann vor, der sich, als alle zu klatschen begannen, ebenfalls erhob. Er hatte einen großen buschigen Bart und trug eine Sonnenbrille, obwohl er sich in einem geschlossenen Raum befand. Mary drückte James' Arm, und er blickte zu ihr hoch, sie aber sah den bärtigen Mann an, der nun anfing, mit einer Stimme wie ein Cowboy, Gedichte vorzulesen.

James trieb durch den Abend dahin, nickte immer wieder ein, wurde dann von Applaus oder Beifallsrufen geweckt und glitt so zwischen kurzen, unterbrochenen Träumen und dem schweißigen, verrauchten Zimmer hin und her. Nachdem der Amerikaner geendet hatte, wurden die Leute im Raum aufgefordert, eigene Gedichte vorzutragen. James wachte auf, als Mary abermals seinen Arm drückte, und stellte fest, daß sie gerade aufstand. Er wollte ihr schon folgen, weil er annnahm, es wäre Zeit zu gehen, da begann sie ein Gedicht vorzulesen. Es handelte von Blut und Eis. Als sie geendet hatte, herrschte zuerst Schweigen, dann klatschten alle Bei-

38

fall, und Mary nahm, die Wangen gerötet und heftig atmend, wieder neben James Platz. Sie legte den Arm um ihn und zog ihn an sich. James lehnte sich an sie und spürte, wie sich ihre Rippen hoben und senkten.

Stanley war ursprünglich Schweißer in Charles' Fabrik gewesen. Er war fünf Jahre jünger als sein Arbeitgeber, der ihn eines Tages zur Seite genommen und ihm besseren Verdienst und freie Unterkunft angeboten hatte, wenn er sich um das Haus der Freemans kümmerte. Stanley war der einzige Mensch, den Charles niemals anbrüllte. Wenn er schlechtgelaunt nach Hause kam, schrie er jeden an, der sich in Sichtweite befand, oder – da jedermann durch die Flure und über die Treppen flüchtete – jeden, von dem er wußte, daß er in Hörweite war. Seiner tiefen Stimme konnte niemand entkommen: »Wo ist meine verdammte Hausjacke? Was haben die Kinder schon wieder angestellt? Ich habe noch nie ein solches Durcheinander gesehen! Wann gibt es Abendessen? Ich habe Hunger, verdammt, bringt mir was zu essen!«

Wenn Mary in der Diele war, dann schrie sie zurück: »Werd endlich erwachsen, Charles! Was gibst du denn für ein Beispiel ab?«, und sie brüllten sich gegenseitig an, bis Charles ganz plötzlich noch lauter schrie:

»Es tut mir leid, Liebling. Ich bin ein richtiger Bauerntrampel, du hast recht, komm, laß dich umarmen. Verzeih mir.«

Öfter jedoch kümmerte sie sich gar nicht um Charles' Ausbrüche und schloß einfach die Tür ihres Ankleidezimmers hinter sich.

Jene, die wie Simon, Edna oder Robbie losrannten, um seinen Forderungen nachzukommen, machten Charles nur noch wütender, und oft brachte er sein Gegenüber mit seinen unbedachten, erniedrigenden Äußerungen dazu, in Tränen auszubrechen. Wenn er jedoch Stanley sah, beruhigte sich Charles auf der Stelle. Er hörte auf zu zittern, und seine Stimme nahm wieder eine normale Lautstärke an. Spielte sich das alles im Freien ab, dann drehte sich Stanley eine dicke Zigarette, während er Charles berichtete, was in Haus und Garten erledigt worden war und was noch anstand. Charles hörte ihm dann immer ungewöhnlich still zu.

Stanley und Edna hatten ein paar Jahre, nachdem Edna als Köchin ins Haus gekommen war, geheiratet. Das war für niemanden überraschend gekommen – immerhin waren sie fast gleich alt und arbeiteten und lebten zusammen –, wenn man einmal von ihrer körperlichen Unähnlichkeit absah: Stanley war ein kleiner, drahtiger Mann. Er besaß eine Gemütsruhe, die ihn kompakter erscheinen ließ, als er in Wirklichkeit war. Wenn Edna ihn nackt sah, war sie immer wieder erstaunt, denn im täglichen Leben wirkte seine Figur männlicher, als es seiner tatsächlichen Statur entsprach. Sie andererseits war sehr füllig, hatte einen großen Busen, breite Hüften und dicke Schenkel und war, obwohl nicht größer als Stanley, doppelt so breit und schwer wie er. Mein Pummelchen, pflegte er sie zu nennen.

Die beiden bewegten sich mit unterschiedlicher Geschwindigkeit durchs Leben. Stanley war präzise, schnell und flink. Er machte, wenn er etwas erledigte, nur die Bewegungen, die dafür wirklich notwendig waren. Oft sah es so aus, als würde er die Dinge regelrecht an sich reißen. Edna andererseits bewegte sich langsam, aber fließend. Für jeden, der ihr in der Küche zusah, schien es keine erkennbare Unterbrechung zwischen einer Aufgabe und der nächsten zu geben: Während sie eine Sache erledigte, plante sie bereits die nächste, räumte (zuerst im Geiste, dann tatsächlich) auf dem Tisch einen Platz für die Rührschüssel frei, griff nach dem Mehl im Regal, erinnerte sich dann aber daran, daß in dieser Tüte nur noch ein halbes Pfund war, und ging in die Vorratskammer, um Nachschub zu holen.

Sie hatte Stanley von Anfang an gemocht; sie fühlte sich von seiner ruhigen Autorität und seinem steinernen Gesichtsausdruck angezogen. Er hingegen brauchte länger, um sie überhaupt wahrzunehmen. Am Ende eines Abends war sie jedoch stets für ihn da. Sie fanden sich allein in der Küche wieder, besprachen die Ereignisse des Tages oder tranken einfach Tee und genossen, wie die stille Dämmerung in das geschäftige Haus einzog. Stanley konnte nie genau sagen, wann dieses vertraute Miteinander zur Brautwerbung wurde, und Edna mußte ihn an einen Blick erinnern, den sie gewechselt hatten – Augen, die in einem vertrauten Gesicht etwas Neues sahen, suchten, fanden –, daran, daß sie eines Sonntagabends Händchen gehalten hatten, und an einen Gutenachtkuß in der Tür zu ihrem Zimmer.

Als Stanley schließlich merkte, daß sie ihn verführt hatte, war es zu spät, aber das machte ihm überhaupt nichts aus. Er begann, ihre Üppigkeit zu lieben, die Fülle ihres Fleisches, die ein perfekter Ausdruck einer Stärke war, die er, wie er wußte, selbst nicht besaß. Er würde ihr immer dankbar dafür sein, daß sie ihn vor der Einsamkeit, die einem harten Mann drohte, gerettet hatte.

Während Stanley frei im Haus und im Garten herumwanderte und sein Territorium sich bis zur Umgrenzungsmauer erstreckte, war Ednas Wirkungskreis auf die weitläufige Küche beschränkt. Der Boden dort war mit großen Fliesen bedeckt, auf denen die Mädchen Himmel und Hölle spielten. Ein mächtiger, länglicher Tisch stand in der Mitte des Raumes. Das war der Platz, wo James saß, umgeben von Meßbechern, kalten Bratenstücken und anderen Zutaten und Speisen in verschiedenen Stadien der Zubereitung. Wenn er Glück hatte, stand da sogar eine Rührschüssel mit dem Rest des Kuchenteigs, die er auslecken durfte (*falls* er vor Simon da war). James saß auf dem Tisch und sah überwältigt zu, wie geschickt Edna mit ihren dicken Fingern Gemüse hackte oder neben ihm Teigflächen, groß wie Segel, ausrollte – dabei Mehl über seine nackten Beine verstreute – und komplizierte Formen ausschnitt, die sie dann auf ihre Pasteten legte. Die Ärmel hochgekrempelt, so daß man die großen weißen Keulen ihrer Unterarme sah, Schweißperlen auf der Stirn, bewegte sich Edna ruhig von einer Aufgabe zur nächsten und prüfte mit stets aufmerksamem Blick ständig diese Menge und jene Konsistenz, während auf dem Herd sechs verschiedene Töpfe vor sich hin murmelten und noch einige mehr im Ofen standen.

Ednas Körperfülle war etwas, worüber die Bewohner des Hauses oft ihre Bemerkungen machten und bei jeder Mahlzeit witzelten, denn sie hatte einen Appetit wie ein Spatz: Sie pflegte ihnen allen zu servieren und sich selbst dann nicht mehr als ein oder zwei Löffel zu nehmen. Und selbst davon ließ sie noch die Hälfte stehen. Aber James wußte es besser: Edna kostete den ganzen Tag ohne Unterlaß ihre Gerichte, fügte wenn nötig Kräuter, Gewürze, Zucker oder Salz hinzu, weil sie sich nicht sicher war und den Rezepten nicht traute. Das hatte zur Folge, daß sie, ohne es zu merken, Eßgewohnheiten entwickelte, die weniger denen eines Menschen als eher denen eines Weidetieres entsprachen, und sie nahm mit dieser beständigen Ansammlung winziger Bissen doppelt soviel zu sich wie alle anderen.

Wenn James zur Schlafenszeit noch nicht im Kinderzimmer war, dann wußte Robbie, wo sie ihn fand: mit einem Milchbart auf dem Küchentisch sitzend oder auf dem Fenstersims, die sinkende Sonne im Rücken, eine müde Silhouette mit durchscheinenden Ohren. Sie hatte es satt, ständig aus dem dritten Stock im Westflügel die Treppe zur Küche hinunterzurennen, um den Jungen zu holen, also bat sie Stanley, zwischen ihrem Zimmer und der Küche eine Glocke zu installieren. Wenn sie dreimal kurz klingelte, hob Edna James vom Tisch.

»Zeit fürs Bett, James«, sagte sie. Er roch den süßen Duft ihrer schweißnassen Haut, wenn sie ihn absetzte und in Richtung Tür schob, durch die er dann gehorsam und zufrieden nach oben lief.

Als Stanley und Edna heirateten, waren sie sich einig, daß sie viele Kinder haben wollten, aber sie bekamen nur ein einziges. Laura kam wenige Wochen vor Alice zur Welt, und sie teilte das Leben der Freeman-Kinder von Anfang an.

Die kleine Alice hatte blasse Haut und herbstliches Haar, ein üppiges Kastanienbraun, das sie wie eine präraffaelitische Gestalt en miniature aussehen ließ. Ihre Augen hatten unterschiedliche Farben – eines grün, eines blau –, was den Eindruck, daß Alice vielleicht an einen anderen Ort oder in eine andere Zeit gehörte, noch verstärkte. Sie war ein ernstes Kind, dabei aber spontan und wachsam. Aufmerksam beobachtete sie ihre Brüder, wie sie im Garten herumrannten oder auf Bäume kletterten, so als hoffe sie, in deren Verhalten einen Anhaltspunkt für ihr eigenes zu finden, spazierte dann aber in eine ganz andere Richtung davon. Sie entwickelte etwas von der geistesabwesenden Art ihrer Mutter und trat dabei in ein Paralleluniversum ein, das sie selbst erfunden hatte und das Phantasiegefährten bevölkerten. Aber genau dann, wenn sich irgend jemand ernstlich Sorgen um sie zu machen begann, stürzte Alice sich mit überschäumender Energie in alltägliche Aktivitäten und tobte stundenlang begeistert mit den Jungen herum. Sie war wie ein aufgezogenes Uhrwerk, bis sie plötzlich, als sei eine Feder gebrochen, wieder in Träumerei verfiel.

Es war gut, daß Alice noch eine Freundin im Haus hatte.

Laura war praktisch veranlagt und kümmerte sich viel um ihre geistesabwesende Halbschwester Alice, die, wenn sie sich selbst überlassen war, nie auf sich achtgab. Zu Beginn jedes Sommers riß sie sich bei der ersten Gelegenheit ihre Kleider vom Leib und setzte ihre helle Haut dem Licht aus, was stets schmerzhafte Folgen hatte: Der heiße Atem der Sonne ließ ihre Haut krebsrot werden, und Edna mußte sie dann immer mit Zinklotion einreiben. Ihre sanften Hände spürten dabei die Hitze, die die verbrannte Haut des schluchzenden Kindes abstrahlte. Aber Alice lernte nichts daraus: Jedes Jahr ertrug sie dieselbe Tortur, und Laura mußte den Rest des Sommers ein Auge auf sie haben – ihr Sonnenhüte auf den Kopf stülpen, ihr das Gesicht und die Schultern mit Skol-Lotion einreiben und sie in den Schatten zerren, wenn sie merkte, daß Alice zu lange in der Sonne gewesen war und ein Ausdruck verwirrter Begeisterung auf ihrem Gesicht lag.

Im Winter war es dasselbe. Alice weigerte sich beharrlich, ihren Schirm mit den Disneyfiguren zu benutzen, weil Pluto nicht naß werden wollte, und sie wollte ihre neuen Handschuhe nicht anziehen, damit der Schneematsch sie nicht ruinierte. Aber selbst wenn Laura es schaffte, Alice warm einzupacken, bevor sie das Haus verließ, zeigte sich, daß ihr Schützling das angeborene Talent einer Entfesselungskünstlerin besaß: Schals wickelten sich wie von selbst von ihrem Hals und schleiften in der Kälte hinter ihr her, ihr zusammengedrücktes kastanienbraunes Haar ließ Wollmützen in die frostige Luft schnellen, fest zugeknöpfte Mäntel sprangen auf und rutschten von ihren Schultern. Laura brauchte nur einer Spur von Winterkleidung durch den Garten zu folgen, um ihre Ersatzschwester mit roten Ohren, triefender Nase und klappernden Zähnen vorzufinden, eine bibbernde Elfe, die nicht verstand, warum sie fror.

Es sollte sich herausstellen, daß Alice das intelligenteste der Freeman-Kinder war oder zumindest das mit der größten akademischen Begabung. Sie war lediglich unfähig, gewisse Verbindungen zu knüpfen, und dafür mußte sie teuer bezahlen: ein ewig schniefendes, hustendes Kind, das den halben Winter unter einem Handtuch über einer Schüssel mit dampfendem Wasser verbrachte und Friar's Balsam inhalierte.

Laura hatte im Gegensatz zu Alice eine ruhige, kontrollierte Beziehung zu ihrem Körper: Während Alice stets völlig davon überrascht wurde, wenn sie niesen mußte, hatte Laura reichlich Zeit, ein Taschentuch zu suchen, es sich vors Gesicht zu halten und wohlerzogen ein »Hatschi!« hineinzuniesen. Wenn sie sich den Magen verdorben hatte, nahm sie die Signale ihres Körpers schnell wahr und wußte sie richtig zu deuten.

»Ich muß mich übergeben, Mama«, erklärte sie sachlich und ging ruhig ins Badezimmer. Sie lernte schon früh, bei sich selbst Fieber zu messen – und bei Alice ebenfalls –, ging unaufgefordert ins Bett, wenn sie müde war, und nahm sich ein Aspirin, wenn sie Kopfschmerzen hatte.

Seltsam war nur, daß es bei Familientreffen und anderen gesellschaftlichen Anlässen stets Alice war, die sich freiwillig erbot, auf noch jüngere Cousinen aufzupassen. Es war Alice, die mit ihnen spielte, sie fütterte und mit einem dickbäuchigen Kleinkind auf ihren schlanken Hüften durch die Gegend stolperte. Laura hingegen zog die Gesellschaft von Kindern vor, die älter als sie selbst waren und mit denen sie sich vernünftig unterhalten konnte. Zu ihrem Verdruß endete das Ganze allerdings stets damit, daß sie Alice aus einem wilden Haufen schreiender, hungriger Babys retten mußte und sich gezwungen sah, die Ordnung wiederherzustellen.

»Weißt du was?« fragte Alice Laura eines Tages. »Wenn ich erwachsen bin, werde ich ganz viele Kinder haben.«

»Sei doch nicht albern«, erklärte Laura ihr, »du kannst doch nicht einmal auf dich selbst aufpassen.«

»Ich weiß«, erwiderte Alice gleichmütig. »Aber das ist doch etwas ganz anderes.«

Laura brachte das bemerkenswerte Kunststück fertig, ihre Reise durch die Kindheit als Tochter ihrer Mutter zu beginnen und sie irgendwie als die ihres Vaters zu beenden. Sie hatte seine Mandelaugen geerbt, mit denen sie die Welt, die vor ihr lag, gelassen taxierte, vorbereitet auf alles, was auf sie zukommen mochte. Ansonsten aber war sie als Kind dick, mondgesichtig und offenherzig wie Edna. Sie zeigte die gleiche seltsame Mischung aus Unbeholfenheit und Anmut und war sich auf die gleiche Weise der Gegenwart anderer bewußt, selbst wenn sie gerade irgend etwas tat, das sie vollkommen in Anspruch zu nehmen schien: Wenn Alice oder

James in der Küche auftauchten, während sie ihrer Mutter gerade dabei half, Äpfel aus Margarets Obstgarten zu entkernen, oder am Küchentisch saß und malte, stellten sich die beiden einfach einen Augenblick still neben sie. Laura hob dann, ohne etwas zu sagen oder aufzublicken, die Hand und berührte sie beruhigend am Arm, um sie wissen zu lassen, daß sie sie bemerkt hatte und sie mitmachen konnten, wann immer sie wollten.

Ihre Entwicklung ging so allmählich vonstatten, daß niemand es bemerkte, aber als sie schließlich eine Frau wurde, hatte sie neben den Mandelaugen ihres Vaters auch dessen Gesichtsform und seine jungenhafte Figur. Sie sollte auch seine Selbstsicherheit, seine harte und einsame Beherztheit erwerben, und das war ganz gut so, denn es würde eine Zeit kommen, da Laura sie brauchen sollte.

Damals verabscheute und verehrte James seinen Vater gleichermaßen. Charles kam aus seiner Fabrik nach Hause, wo er Arbeiter entlassen und Sekretärinnen eingeschüchtert hatte, und ging schnurstracks ins Kinderzimmer, um mit seinen Kindern zu spielen. Manchmal brachte er wichtige Besucher, mit denen er in irgendwelchen geschäftlichen Verbindungen stand, mit nach Hause. Wenn er dann seine Söhne auf dem Rasen sah, vergaß er prompt seine Geschäftspartner. Er stürzte auf seine Kinder zu, während er unterwegs bereits sein Jackett auszog und die Krawatte lockerte. Die VIPs sahen zu, wie der Mann, der im Sitzungssaal ein harter Verhandlungspartner war, ein gefürchteter Faustkämpfer in der Fabrikantenwelt, mit seinen Kindern im Gras herumkugelte. Plötzlich war er einfach nur ein übergewichtiger Vater, den es nicht störte, daß seine Summer-Island-Baumwollhemden, seine Savile-Row-Hosen Grasflecken und seine handgenähten Schuhe aus der Jermyn Street Kratzer bekamen. Ihnen blieb schließlich nichts anderes übrig, als mitzumachen.

Tatsache war, daß Charles ein kindlicheres Gemüt hatte als seine Kinder. Er organisierte Krocketturniere auf dem Rasen, bat Alfred, hinten im Obstgarten ein Fußballtor aus Himbeernetzen zu bauen, und scheuchte am Sonntag nach dem Mittagessen alle hinaus zum Kricket, wo die Kinder dann gegen die Erwachsenen spielten und das Ganze unweigerlich in Tränen endete, da Charles ein noch schlechterer Verlierer war als Robert.

Mary wurde, ausgerüstet mit einem Paar Gartenhandschuhe, zur Torwächterin bestimmt – obwohl niemand sagen konnte, ob sie an diesem Tag in der Stimmung war, den Ball zu fangen, oder ob sie ihn verächtlich ignorieren würde. Robert forderte den ersten Schlag und zielte grinsend auf die Fenster. Alice wanderte am unmarkierten Spielfeldrand entlang und verlor das Interesse, während Laura links vom Werfer, im Silly Midoff, stand und den Spielverlauf dokumentierte. Simon hielt mit einer für ein dickes Kind überraschenden Behendigkeit tapfer mit und brachte neben Cousine Zoe in der Eckposition wahre Wunder zuwege. Edna hielt üppige Unterarme zum Wurf hin.

Alfred, der Gärtner, ein großgewachsener, schlacksiger Mann, der mit fünfundsechzig immer noch an seinen Nägeln kaute, beklagte den Schaden, der seinem Rasen zugefügt wurde. Aber Charles brüllte ihn an: »Dann säen Sie eben neuen, Mann!« Er überredete Alfred sogar, mitzumachen, was alle anderen jedoch bereuten, da Alfred in seiner lange zurückliegenden Jugend Kricket gespielt und immer noch einen frustrierend präzisen Schlag hatte. Er war zufrieden, an der Aufstellungslinie zu bleiben, ohne irgendwelche Läufe machen zu müssen, eine Strategie, die zwar für den Eröffnungstag einer internationalen Begegnung geeignet war, aber kaum für ein improvisiertes Kinderspiel im Garten des Hauses auf dem Hügel. Aber statt ihn beiseite zu nehmen und mit ihm zu reden, tat sich Charles mit ihm zu einer unverrückbaren Partnerschaft zusammen. Als sie das Halbstundenmal erreichten und auf Null standen, weil sie kein Tor kassiert hatten, verzog er, den jungen Geoffrey Boycott nachahmend, befriedigt den Mund.

So kam es, daß sich die Gemüter unvermeidlich erhitzten, als Robert weniger auf die Torstäbe als auf den Torwächter zielte und James sah, daß seine immer verzweifelteren Effetbälle entweder auf Alfreds geraden Schlag trafen oder auf den von Charles, der den Gärtner auf der anderen Spielfeldseite kopierte.

Das Ganze mußte mit Tränen enden, weil Charles, als James endlich einen Googlie, einen angeschnittenen Ball, zustande brachte, mit dem er den mittleren Dreistab seines Vaters wegfegte, losbrüllte: »Das war nicht fair! Ich war noch nicht soweit! Das ist nicht Kricket!«

»Ich habe ihn offen und ehrlich erwischt, Mami!« flehte James.

»Werd erwachsen, Mann«, sagte Mary zu ihm. »*Lauf*, Charles!«
»Kein Aus!« ertönte eine schottische Stimme von den Eingangsstufen her. Und dann brach die Hölle los, alles schrie oder schmollte, und
das Spiel löste sich in ein allgemeines Chaos auf. Schließlich stol-
zierten die Erwachsenen davon, und die Kinder wurden zu Bett geschickt.

Eines Samstags packte Charles die Familie in seinen Rover, um mit
ihnen einen spontanen Ausflug ins anderthalb Fahrtstunden entfernte Oxford zu machen und dort den Johannistag zu feiern. Er
schleppte sie durchs Stadtzentrum, zeigte ihnen das College, das
ein Großonkel besucht hatte (»Vielleicht wirst *du* eines Tages auch
dort studieren«, flüsterte Mary der fünfjährigen Alice ins Ohr), bevor sie dann den Fluß erreichten und einen Stakkahn mieteten. Sie
quetschten sich zu sechst hinein, stießen vom Ufer ab, und es gab
kein Entrinnen mehr.
Charles war in seinem Element. Nachdem er den Kahn eine
Weile im Kreis herum gesteuert hatte, ließ er es die Jungen versuchen. Er selbst legte sich in die Mitte, posaunte Ratschläge heraus, wie man den Stab richtig handhabe, und ergötzte mit seiner
Stimme, die laut wie ein Nebelhorn tönte, die anderen Bootsfahrer
ebenso wie die Spaziergänger am Ufer. Es war, als wären sie alle
seine Gäste, die er auf ein Fest eingeladen hatte, und nur gekom-
men, weil er da war.
»Ein wunderschöner Tag, nicht wahr?« dröhnte er. »Unsere
Gondoliere sind wirklich nicht zu gebrauchen«, lachte er.
»Hoppla! Das war ein Volltreffer, Robert, du ausgewachsener
Trottel!«
Mary setzte ihre dunkle Sonnenbrille auf, zündete sich eine Ziga-
rette an und ignorierte ihn einfach. Die Kinder hätten sich vor
Scham am liebsten hinter den niedrigen Bordwänden des Kahns
verkrochen – abgesehen von Simon, der Charles' unbeschwerte
Heiterkeit nachahmte und dessen Stimme wie ein heiseres Echo sei-
nes Vaters klang. Aber selbst die anderen konnten nicht umhin, zu
würdigen, daß alle, die Charles ansprach – obwohl es einen klaren
Bruch der englischen Etikette darstellte, einen Fremden anzusprechen –, sich anscheinend geehrt fühlten, so stark war sein Charisma.

Charles war überaus gesellig: Wenn er sah, daß seine Söhne ins Badezimmer gingen, fiel ihm ein, daß er selbst ebenfalls ein dringendes Bedürfnis hatte. Er folgte ihnen, um neben ihnen in die Toilettenschüssel zu pinkeln, wobei er ohne Unterlaß weiterplauderte. Wenn er ein größeres Geschäft zu erledigen hatte, ließ er die Tür offen und verwickelte jeden, der den Korridor entlangkam, in ein Gespräch. Er organisierte Überraschungsparties für seine Kinder, lud persönlich ihre Freunde ein und lachte dann über ihre verlegene Undankbarkeit. Er war ein mächtiger Vater, der keine Ahnung hatte, was er tat. Und seine Frau, die Mutter seiner Kinder, hatte überhaupt keine Lust, gegen ihn anzutreten.

Somit nahmen die Kinder, als sie größer wurden, für eine Übergangsphase zwischen Kinderzimmer und eigenen Interessen größtenteils am Leben ihrer Eltern teil. Jeden Abend um sechs Uhr aßen sie mit Robbie am Küchentisch ihr Abendessen, am Mittwoch aber saßen sie auf dem Treppenabsatz und beobachteten durch die Geländerstäbe, wie Marys Gäste eintrafen. Ihre Freunde hatten andere Freunde mitgebracht, bis es bald so viele waren, daß sie keinen Platz mehr in ihrem Ankleidezimmer fanden und ihre Diskussionsrunden ins Wohnzimmer verlegten.

»Seht zu, daß ihr mir nicht in die Quere kommt«, wies Mary ihre Kinder an. »Meine Freunde wollen nicht von euch gestört werden.«

Die Kinder waren vom Anblick der traurigen, unterernährten Fremden in ihren Rollkragenpullovern und den abgetragenen Jakketts, der Frauen in Jeans und auch von der Atmosphäre des Geheimnisses, die das Ereignis umgab, gefesselt: Die Dichter gingen stets kurz vor halb zehn.

Eines Mittwochs kam Charles früher als sonst nach Hause und stellte fest, daß die Wohnzimmertür nicht nur geschlossen, sondern zu seinem Erstaunen auch abgesperrt war. Während er noch verblüfft davorstand, öffnete sich die Tür, und ein fröhlicher Mann mittleren Alters, eine Soldatenmütze auf dem Kopf und eine Pfeife im Mund, kam heraus.

»Wer sind Sie?« fragte er Charles.

»Wer *ich* bin?« wunderte sich Charles. »WAS ZUM TEUFEL SOLL DIESE FRAGE?« polterte er los. »WER ZUM TEUFEL SIND SIE DENN?«

»Ich bin Brian«, sagte der Mann vergnügt. »Wer sind Sie?«

»Gehen Sie mir aus dem Weg!« befahl Charles ihm.

»Einen Moment, Freund«, meinte Brian lächelnd. »Ohne Gedicht dürfen Sie hier nicht rein. Haben Sie eins? Das ist nämlich Vorschrift.«

James und Simon, die auf dem Treppenabsatz saßen, wußten, daß sie in diesem Augenblick die moralische Verpflichtung gehabt hätten, den unglücklichen Brian zu warnen. Keiner von beiden rührte sich jedoch vom Fleck.

»Ich bin es, der hier die verdammten Vorschriften macht!« schrie Charles. »Das hier ist mein Haus, Sie verdammter Idiot!«

»Oh, gut, mein Freund«, meinte Brian lächelnd, »dann können Sie mir sicher sagen, wo hier die Toilette ist.«

»Ich bin nicht Ihr Freund, Sie Trottel!« brüllte Charles. Er schlug Brian die Mütze vom Kopf, schob ihn beiseite und ging mit großen Schritten ins Wohnzimmer, wo er die Gäste anbrüllte und sie dann einen nach dem anderen aus dem Haus warf. Als er das erledigt hatte, kam er wieder herein und stellte Mary zur Rede.

»Was soll das bedeuten?« wollte er wissen. »Wer waren diese Gammler? Wo sind die alle hergekommen? Warum war ich nicht eingeladen?«

Mary sah Charles mit kühlem Blick an, drückte ihre Zigarette aus, stand auf und ging aus dem Zimmer.

»Wohin gehst du? Komm sofort zurück!« rief Charles. Aber sie ging einfach weiter durch die Diele und die Treppen hinauf, vorbei an den reglos dakauernden Kindern. Charles rannte ihr hinterher und rief: »Komm zurück, Frau!«, während er Mary nach oben in ihr Ankleidezimmer folgte.

»Was geht hier eigentlich vor?« wetterte Charles. »Ich verlange eine Erklärung. Was soll das alles?«

Mary nahm keine Notiz von Charles, während sie ruhig ihre Kleider aus dem Schrank nahm, sie zusammenlegte und in einen Koffer packte.

»Halt, warte eine Minute«, sagte Charles zu ihr. »Rede mit mir! In Ordnung, Liebling, ich war vielleicht ein wenig heftig, das ist mir jetzt klar, aber würdest du mir bitte sagen, wer diese Leute

49

waren. Ich dachte, es wären Einbrecher. Was soll das denn werden, verdammt? HÖR DAMIT AUF! SOFORT!«

Mary ignorierte ihn weiterhin. Sie ging wieder die Treppe hinunter, an den Jungen vorbei, die noch genauso dasaßen wie vorher, und weiter durch die Diele. Charles rannte hinter ihr her und sagte: »Liebling, schau, ich weiß, daß ich falsch gehandelt habe, es tut mir leid, es wird nicht wieder vorkommen. Bestimmt. Ich verstehe jetzt, was du meinst, Liebling. Wohin gehst du? REDE mit mir, um Himmels willen! BITTE!«

Mary trat aus der Haustür und ging über den knirschenden Kies zu ihrem Auto. Sie warf ihren Koffer hinein und stieg ein. Charles war ihr gefolgt und bettelte jetzt: »Es sind deine Freunde, Liebling, das erkenne ich jetzt, es ist mir klar. Sie können kommen, wann immer sie wollen, sie sind hier willkommen, natürlich sind sie willkommen. Wenn sie wollen, können sie hier sogar ÜBERNACHTEN, das würde mich freuen. Nur REDE mit mir, Frau. Liebling. Sag mir, was du willst. Ich liebe dich, Mary, ich brauche dich. Ohne dich bin ich verloren. Ich könnte mir in den Hintern treten. Schau, ich knie vor dir. Auf diesem verdammten Kies.«

Mary sah Charles noch einmal an, immer noch mit kühlem Blick. Dann nickte sie, stieg langsam aus dem Auto, zerrte ihren Koffer wieder heraus und brachte ihn in ihr Ankleidezimmer zurück, wo sie die Vorhänge zuzog und sich für die nächsten drei Tage einsperrte.

Von da an fanden Marys Dichtertreffen jeden Mittwoch und in aller Offenheit statt, obwohl Außenstehende weiterhin keinen Zutritt hatten. Charles stand manchmal vor der geschlossenen Tür und kochte vor Wut: Wie sein jüngster Sohn konnte er es nicht ertragen, wenn man ihn von irgend etwas ausschloß, selbst wenn es etwas war, woran er gar nicht teilnehmen wollte (und Charles interessierte sich nicht im mindesten für Lyrik). Er fand es unerträglich, akzeptieren zu müssen, daß seine Frau eine Welt hatte, die sie nicht mit ihm teilte.

Einmal kam er nach Hause und stellte fest, daß zwei der faulen Beatniks in seinem Arbeitszimmer die alten Bücher durchblätterten, während sie sich an seinem Whisky gütlich taten. Charles beherrschte sich jedoch, lächelte unterwürfig und fragte, ob er ihnen etwas Eis bringen solle. Er schlug niemals wieder Krach, denn er

50

wurde zwar mit Marys kühler Distanz fertig, und es gelang ihm auch, ihr Bedürfnis nach Einsamkeit zu ignorieren, aber er hätte es nicht ertragen können, sie zu verlieren.

Die Wochenenden hingegen verliefen ganz anders. Dann nämlich trat Mary an die Seite ihres Mannes, um extravagante Cocktailparties zu geben, zu denen seine Geschäftspartner, Mitglieder des Stadtrats, Zeitungseigentümer und Verleger, Bankmanager, Rechtsanwälte, der Bürgermeister, Abgeordnete, Ärzte, Chirurgen und andere Persönlichkeiten der Stadt eingeladen wurden. Die Kinder schlangen unten in der Küche ihr Abendessen hinunter und rannten dann nach oben, um ihren Eltern dabei zu helfen, sich fertigzumachen. Simon und Alice wurden vom Parfüm, Lippenstift und den raschelnden Kleidern ihrer Mutter angezogen, während die beiden anderen zu Charles ins Ankleidezimmer rannten, wo James dann in das voluminöse Jackett seines Vaters schlüpfte und in dessen Schuhen herumschlurfte, bevor Robert sie ihm abnahm, um sie stumm und höchst konzentriert zu putzen.

»Robert! Bist du mit den verdammten Schuhen immer noch nicht fertig?« wollte Charles wissen. »Lieber Himmel, du bist mir vielleicht ein Rekrut.«

Dann ging James zu Simon und Alice hinüber, die ihrer Mutter im Ankleidezimmer zusahen, wie sie sich vor dem Spiegel schminkte, und sog den berauschenden Duft ihres Parfüms ein.

Wenn die Gäste eintrafen, wurden sie von der ganzen Familie empfangen, deren jüngere Mitglieder eine Zeitlang ihre besten Manieren an den Tag legten, während die Erwachsenen im Wohnzimmer Cocktails tranken. Bevor Robbie die Kinder dann nach oben scheuchte, sahen sie zu, wie ihr massiger Vater hofhielt. Sie konnten auch ihre Mutter beobachten, die zu jenen Gelegenheiten einer europäischen Prinzessin glich. Frauen, die sich ihr näherten, schienen gegen das seltsame Verlangen, einen Hofknicks zu machen, ankämpfen zu müssen. Ihre Mutter verwandelte junge Männer in sprachlose Idioten, so daß sie ihren gesamten Charme einsetzen mußte, um eine halbwegs normale Unterhaltung in Gang zu bringen, während ihre Gesellschaft alte Männer sichtbar verjüngte. Auf kaum einem der Bilder, die zu dieser Zeit von Charles in der Lokalzeitung erschienen, fehlte Mary. Die wunderschöne Ehefrau an der Seite des großen Bosses.

Als James sieben war, teilten er und Simon ein Zimmer. Trotz ihrer räumlichen Nähe betraten die Jungen, wenn sie erst einmal eingeschlafen waren, verschiedene Welten. James hatte prosaische, beruhigende Träume, in denen Menschen vorkamen, die er kannte, und die an vertrauten Orten spielten, so daß er sie schnell mit der Realität durcheinanderbrachte: Er fragte Alfred am Morgen, warum er denn seine Werkzeuge auf dem Rasen ausgebreitet hätte, und erklärte seiner Mutter, ihm hätte ihr Experiment, alle zusammen in einem einzigen Raum schlafen zu lassen, gefallen, nur daß das Wohnzimmer dazu vielleicht besser geeignet gewesen wäre als die Toilette im Erdgeschoß.

Simons Träume hingegen waren ausnahmslos phantastisch. Er war ein unbeschwertes Kind, das genauso gern lachte wie sein Vater, aber ohne dessen schlechte Laune. Wenn er jedoch erst einmal eingeschlafen war, übernahm seine Traumwelt die Kontrolle, und diese war entweder erschreckend oder märchenhaft, dazwischen gab es nichts. Am Morgen erzählte er Robbie dann von Reisen durch Phantasieländer mit Glaspalästen und sagenhaften wilden Tieren. Wenn sie ihn aber an seinen jüngeren Bruder geschmiegt in dessen Bett fand, wußte sie, daß er wieder einmal einen Alptraum gehabt hatte.

Simon begann, sich vor der Dunkelheit zu fürchten, und bestand darauf, daß man die Tür offenließ. Er wachte mitten in der Nacht auf, stolperte im Haus herum und knipste überall das Licht an, um den fremden Welten, die sein Geist geschaffen hatte, zu entfliehen. Manchmal stieß er dabei in einem Türrahmen mit seiner Mutter zusammen, und sie erschraken beide, denn während Simon sich gerade von einem Alptraum erholte, schlafwandelte Mary.

Dies passierte jedoch nur, wenn sie Depressionen hatte. Jeder wußte, wann es wieder einmal soweit war, denn dann war ihre elegante Mutter plötzlich blaß und lustlos, bekam schlaffe Wangen und ausdruckslose, verschwollene Augen. Sie verkroch sich darauf tagelang in ihrem Ankleidezimmer. Ihr Dichterzirkel wurde abgesagt, Charles mußte sie bei den Cocktailparties von seiner persönlichen Assistentin Judith Peach vertreten lassen, und die Kinder wagten nur noch zu flüstern, wenn sie an ihrer Tür vorbeikamen.

An den Abenden, an denen James' Eltern ihre Cocktailparties gaben, war das Wohnzimmer wie verzaubert und wirkte ganz fremd. Am folgenden Morgen war James dann stets enttäuscht. Seine Träume spannen das, was er in den Stunden vor dem Einschlafen erlebt hatte, oftmals fort, so daß er beim Aufwachen glaubte, die Party wäre noch im Gange. Wenn er dann nach unten ging, mußte er feststellen, daß bereits alles aufgeräumt war und Edna in der Küche gerade mit dem Abwasch fertig wurde.

Die Bibliothek hingegen war ein Raum, der eine ganz andere, eine tröstliche Wirkung auf ihn hatte: Dort fühlte er sich nur dann wirklich wohl, wenn er allein war. Die Bibliothek diente seinem Vater als Arbeitszimmer. Charles empfing dort seine wichtigen Besucher, und dorthin zogen sich die Männer nach einer kleineren Abendgesellschaft zurück, um vor dem Kamin Portwein zu trinken und Zigarre zu rauchen. Ein- oder zweimal belauschte James ihr schmutziges, heiseres Lachen, ihre spröde Vertrautheit, ihre laute Anmaßung.

Am liebsten schlich er sich nach der Schule dort hinein, um von den vielen Menschen fortzukommen. An einem Ende des Raums, zwischen zwei hohen Schiebefenstern, stand Charles' riesiger Schreibtisch. In der Mitte der linken Wand befand sich, umgeben von Lehnsesseln und kleinen Tischen, die sich bis in die Mitte des Raumes ausbreiteten, der Kamin. Bücherregale füllten die Alkoven zu beiden Seiten des Kamins und zogen sich über die gesamte rechte Wand. Rechts und links von der Flügeltür hingen zwei große Gemälde, beide im selben Format und vom selben Künstler im neunzehnten Jahrhundert gemalt. Es waren Ansichten der Stadt.

Die ledergebundenen Bücher der vorherigen Bewohner standen immer noch in den Regalen; sie wurden nur zum Abstauben aufgeschlagen. Außer gelegentlich von James. Er las die Bücher, die sonst niemand las, nahm eines davon aus dem Regal, atmete dessen moderigen Geruch ein – ein Geruch, der bei ihm später stets Erinnerungen an eine einsame, beinahe verbotene Tätigkeit auslöste – und vertiefte sich in die Abenteuergeschichten von Arthur Conan Doyle, H. Rider Higgard und James Fenimore Cooper, obwohl eine Unmenge von Wörtern darin vorkam, die er nicht verstand. Er war so versunken darin, daß er weder die Geräusche draußen vor der Bibliothekstür wahrnahm noch merkte, wie die Zeit verging.

Deshalb hörte James auch nicht, wenn sein Vater ins Haus gepoltert kam, selbst wenn er geradewegs in die Bibliothek hereinplatzte und zu seinem Schreibtisch ging, um von dort aus zu telefonieren. Auch Charles bemerkte seinen mittleren Sohn nicht, der da am Fuße eines Bücherregals saß, ganz versunken in irgendeine wunderbare Erzählung, und sich weniger in diesem Raum als auf irgendeinem anderen Kontinent befand. James war unsichtbar.

Gewöhnlich stürmte Charles, wenn er seine Telefonate beendet hatte, wieder aus dem Zimmer. Manchmal aber blieb er noch eine Weile und genoß *seine* wenigen Augenblicke des Alleinseins, während er mit einer Reihe hängender Kugeln herumspielte, die, wenn man sie in Schwung setzte, gegeneinanderstießen und den Bewegungsimpuls durch die Reihe hindurchschickten, so daß die Kugeln an den Enden abwechselnd hin- und herklackten, ad infinitum.

Charles saß dabei an seinem Schreibtisch und grübelte über irgendein neues Produkt nach, ohne seinen Sohn zu bemerken, während der Rhythmus des Pendels den Schlag und Schwung seiner Gedanken nachäffte und vielleicht auch unterstützte. James war durch die Geschichte, die er gerade las, von seinem Vater am Schreibtisch abgeschirmt, bis er schließlich vom Klick-klack, Klick-klack der Kugeln wachgerüttelt wurde. Benommen tauchte er dann aus einer anderen Welt auf und rappelte sich hoch, während das Buch schlaff in seiner Hand hing. Jetzt erst entdeckte ihn Charles.

»James«, brüllte er. »Wie lange hast du dich dort schon versteckt, du kleiner Witzbold? Leg dieses lächerliche Buch weg: Du verdirbst dir die Augen und kriegst Gehirnerweichung! Hast du nicht gehört, daß Edna schon zweimal gegongt hat. Komm schon, ab in die Küche, du Halunke.«

Charles betrachtete Lesen als Zeitverschwendung, als Verschwendung des kostbarsten Gutes, das man hatte, und er machte keinen Hehl daraus. Er hatte dabei in keiner Weise die Absicht, Mary zu ärgern oder sie herabzusetzen. Er tat sein Bestes, um ihre Schriftstellerei zu unterstützen, stellte aber einfach keine Verbindung zwischen Schreiben und Lesen her. Er nahm an, ihre Gedichte wären schlicht ein Hobby, dem sich Mary, in ihr Ankleidezimmer zurückgezogen, widmete, wenn sie in schlechter Stimmung war, und die sie ansonsten mit gleichgesinnten Enthusiasten an Mittwochabenden austauschte.

Als in diesem Jahr, 1963, ihr erster schlanker Gedichtband erschien, bei einer kleinen Druckerei am Ort, starrte Charles das Exemplar, das sie für ihn signiert hatte, an, als warte er darauf, daß sich ihm dessen Bedeutung auf magische Weise offenbare. Er drehte es hin und her, bis er den Preis sah, der auf der Rückseite stand: fünf Shilling.

»Wie viele habt ihr gedruckt, Liebling?« fragte er.

»Fünfhundert«, erklärte sie ihm.

»Das sind hundertfünfundzwanzig Pfund«, rechnete er sofort aus. »Wie hoch ist dein Anteil?«

»Schau, Charles«, sagte sie, »wenn wir alle verkaufen, dann deckt das die Kosten, okay?«

Charles runzelte die Stirn. »Das kapiere ich nicht«, rätselte er.

»Wenn ich daran denke, was für ein Barbar du bist«, sagte Mary zu ihm, »frage ich mich immer wieder, warum ich dich überhaupt geheiratet habe. Und weißt du was?«

»Was, Liebling?«

»Ich weiß es nicht mehr.«

Dennoch spendierte Charles den Champagner für das Fest, mit dem die Veröffentlichung gefeiert werden sollte, ein Fest, auf dem sich Marys Künstlerfreunde mit Charles' Geschäftspartnern mischten, weil er zeigen mußte, wie stolz er auf seine Frau war.

Mary schenkte James ein Exemplar ihres Gedichtbandes, in das sie als Widmung geschrieben hatte: »*Für meinen kleinen Mann, der mir half, meine Stimme zu finden.*«

»Das Gedicht auf Seite zwölf«, sagte sie zu ihm, »das habe ich an jenem Abend vorgetragen, weißt du noch?«

Er sagte ihr nicht, daß er sich nicht mehr an das Gedicht erinnern konnte, aber er wußte noch sehr gut, daß Mary ihn damals, als sie ihre Fassung wiedergewonnen hatte, fest an sich gedrückt und er ihre Rippen gespürt hatte.

Charles war sowohl großzügig als auch habgierig – und beides in extremem Maße: Er war großzügig mit dem, was er hatte, und gierig nach dem, was er nicht hatte. Er schickte oft seine persönliche

Assistentin Judith Peach los, um extravagante Geschenke zu kaufen. Niemand konnte seine Großzügigkeit in gleichem Umfang erwidern, aber das störte Charles nicht. Zu seinem fünfundvierzigsten Geburtstag schenkte Mary ihm ein Diktaphon, einen phantastischen kleinen Kassettenrekorder mit eingebautem Mikrophon.

»Damit kannst du alles, was dir einfällt, sofort aufzeichnen«, erklärte sie ihm. »Wann immer du willst und wo immer du bist.«

»Danke, Liebling«, sagte er und gab ihr einen Kuß. »Mir fällt in diesem Moment etwas ein«, flüsterte er heiser. »Aber ich würde es dir gern ins Ohr diktieren. Wenn wir ungestört sind. Du erinnerst mich in diesem Licht an Christine Keeler, und ich will keine Spuren hinterlassen.«

Charles war allerdings ein so unpraktischer Mensch, daß er, als er schließlich begriffen hatte, wie das Diktaphon funktionierte – Simon hatte es ihm erklärt –, nicht mehr wußte, was er eigentlich aufnehmen wollte. Also warf er das Gerät in eine Ecke und vergaß es völlig, bis er ein paar Tage später zufällig Simon fand, der damit in Marys Ankleidezimmer eine Bestandsaufnahme ihrer Garderobe machte.

»Heh, das gehört mir!« schrie Charles und riß seinem neunjährigen Sohn das Gerät aus der Hand. Er ging sofort in sein Arbeitszimmer und verbrachte die nächste halbe Stunde damit, seine Ideen auf Band zu sprechen, die sich in der Hauptsache um Bohrausrüstungen drehten, wie sie beim Bau eines Kanaltunnels erforderlich wären. Allerdings betätigte er statt der Starttaste den Rückspulknopf und sprach dann zehn Minuten lang mit gedrückter Pausentaste. Als es ihm schließlich gelungen war, etwas aufzunehmen, löschte er beim Abhören alles wieder. Das war der Augenblick, in dem Charles endgültig die Geduld verlor und das Diktaphon gegen die Tür schleuderte, wo es in tausend Plastiksplitter zersprang. Der Mann, der mit Technologie sein Geld machte, mußte vor ebendieser Technologie kapitulieren.

Als die ersten Plattenspieler mit separaten Lautsprecherboxen auf den Markt kamen, stellte die Freeman Company nicht nur die Einzelteile her, sondern baute die Geräte auch zusammen. Charles warf nur einen einzigen Blick auf das fertige Produkt und bestellte sofort einen Plattenspieler und achtundzwanzig Paar Lautsprecher.

Als sie ins Haus geliefert wurden, ließ er von Stanley in jedem Zimmer ein Paar davon installieren und sie alle mit dem Plattenspieler im Elternschlafzimmer verbinden. Charles liebte es nämlich, die schönen Dinge des Lebens mit anderen zu teilen. Er gewöhnte sich an, morgens, wenn es Zeit zum Aufstehen war, eine Schallplatte aufzulegen, denn warum sollte irgend jemand faul im Bett liegen bleiben, wenn *er* aufstehen mußte? Im Badezimmer sang er dann lauthals zu einer von Marys Beatles-Platten oder besser noch beim »Walkürenritt« mit, wobei sich sein Vergnügen dadurch verfünfzigfachte, daß die übrigen Miglieder des Haushalts gerade von demselben Schwulst, der in ihren Zimmern dröhnte, entzückt wurden.

Charles hatte monatelang seine Freude an dieser Beschallung, obwohl Mary schon bald dazu übergegangen war, Ohrstöpsel zu verwenden, und alle anderen im Haus einen Weg gefunden hatten, die Kabel an ihren Lautsprechern abzuklemmen.

Das einzige, wovon Charles wirklich etwas verstand, waren Zahlen. Sie waren für ihn greifbarer als Buchstaben: Er hatte eine ausgeprägte Rechtschreibschwäche und brachte als Legastheniker nicht mehr als für andere völlig unverständliche Memos zustande, die seine persönliche Assistentin dann ins Englische übertrug. Im Konferenzraum nervte er seine Geschäftspartner damit, daß er herumkritzelte, während sie mit ihm sprachen. Er kritzelte ganze Seiten mit Zahlen in verschiedenen Währungen voll, die er schneller als jeder Abakus in Pfund umrechnete und rasend schnell addierte.

Charles hielt sich für einen Pragmatiker, einen Menschen, der mit beiden Beinen fest auf dem Boden stand und gegen die Versuchungen abstrakter Gedanken oder die Gefahren der Selbstbeobachtung immun war. Er beurteilte alles im Leben hauptsächlich danach, welchen Einfluß es auf den Aktienmarkt hatte.

»Reichtum wird auf Schlamm und Schlick gebaut!« verkündete er. »Geld ist rund, und es rollt davon!« warnte er. »Wenn du eine gute Ernte eingebracht hast, dann stör dich nicht an ein paar Disteln«, riet er.

Die ehrgeizigeren unter seinen Angestellten griffen diese selbstgemachten Weisheiten auf, als wären sie komplizierte Akrosticha, diskutierten sie eifrig in der Personalkantine und versuchten, ihre wahre Bedeutung zu entschlüsseln.

Charles Freeman, ein tyrannischer Guru in Anzug und Krawatte, verwendete stets abstruse Verallgemeinerungen, wenn er mit anderen Menschen sprach. Gegenüber seinem Buchhalter, seinem Geschäftsführer und seinem Börsenmakler drückte er sich präzise aus, benutzte dabei aber nicht seine Muttersprache, sondern Zahlen. Er ließ seine Manager gern eine Art Reise nach Jerusalem spielen, was für die meisten von ihnen zur Folge hatte, daß sie zwar höhere Zuwendungen erhielten, aber Verantwortung abgeben mußten. Seine persönliche Assistentin sollte noch dreißig Jahre lang bei ihm bleiben, und zwar bis zu dem Tag, an dem er sich zur Ruhe setzte (dem Tag *seines* Bankrotts), normale Sekretärinnen wechselten jedoch mit erschreckender Regelmäßigkeit: Laufend fingen in der Firma selbstbewußte Damen von geradezu bezaubernder Tüchtigkeit an, nur um schon kurz darauf auf ihren hohen Absätzen davonzuwanken, während ihnen das Make-up über die Wangen lief, weil sie gerade ihr eigenes Kündigungsschreiben aufgenommen hatten.

Charles zeigte gegenüber den typisch weiblichen Beschwerden genausowenig Verständnis, wie er bei Rückenschmerzen oder Grippe hatte. »Wir arbeiten hier in täglichen Schichten, nicht nach einem monatlichen Dienstturnus!« stellte er fest, wenn eine seiner periodischen Sekretärinnen anrief und erklärte, daß sie unpäßlich sei. »Wenn Frauen nicht dieselben Arbeitszeiten wie Männer einhalten können, dann sollten sie auch nicht erwarten, denselben Lohn zu bekommen!« wetterte er.

»Den bekommen wir ja auch nicht«, erinnerte Judith Peach ihn ruhig. Ihr Nachname – Peach, Pfirsich – beschrieb sie treffend: Judith war noch keine Dreißig, aber sie hatte etwas Überreifes an sich, was sowohl auf anrüchige Weise attraktiv als auch matronenhaft wirkte, und sie war Charles' engste Vertraute.

Der einzig legitime Grund für ein Fernbleiben von der Arbeit war Charles' Meinung nach ein Arbeitsunfall. Wenn sich in der Fabrik auch nur ein kleiner Betriebsunfall ereignete, entließ er auf der Stelle den Abteilungsleiter, der für diese Gruppe verantwortlich war, und ordnete eine Untersuchung des Vorfalls an. Das verlegene Opfer stellte dann verwundert fest, daß es vom Chef persönlich im Krankenhaus besucht wurde: Charles stürmte mit Entschuldigungen und ermutigenden Worten ins Zimmer, setzte sein Autogramm auf den Gipsverband, schalt die Krankenschwester und schüttelte die Kissen auf. Dann ließ er durch seinen Chauffeur Blumen, Pralinen und Spielzeug abgeben, nicht nur für den Patienten selbst, sondern auch für dessen Familie, wobei die Geschenke sogar mit einem Anhängezettelchen versehen waren, auf dem der Name des jeweiligen Familienmitglieds stand. An der nächsten Lohntüte stellte der Betreffende dann fest, daß er eine Lohnerhöhung bekommen hatte.

»Aber wir brauchen für derartige Dinge ein ordentliches Verfahren«, beklagte sich der oberste Gewerkschaftsmann. »Sie können meine Mitglieder nicht mit Schmiergeldern kaufen, Mr. Freeman. Mehr noch, es verwässert die Gehaltsdifferenzen.«

»Quatsch!« erklärte Charles. »Wenn jemand zu Schaden kommt, während er für mich arbeitet, dann bringe ich das wieder in Ordnung.«

Wenn Charles die Flure entlang, durch Büros und über das Fabrikgelände marschierte, während seine Kurzzeitsekretärinnen und gedemütigten Verwaltungsbeamten hinter ihm herflatterten, wirkte das äußerst anspornend. Er konnte seine Stimme wie ein Megaphon bellen lassen. Wenn er jemanden ansprach, der mehr als einen halben Meter von ihm entfernt stand, hörten im Umkreis von einem Kilometer alle mit der Arbeit auf und hoben den Kopf, in der Angst, sie seien es, die gerügt würden.

Er hatte auch die Angewohnheit, ein wenig zu dicht an die Leute heranzutreten und dabei mit seinem Lachen, seinem Geruch, seiner Energie in ihre Privatsphäre einzudringen. Wenn der Betreffende dann einen Schritt rückwärts machte, folgte Charles ihm einfach und hielt ihn so in seinem Orbit gefangen. Charles Freeman behandelte jedermann gleich, nämlich als dummen, aber hochwichtigen Kollegen, der mit ihm zusammen an einem Projekt von ungeheurer Bedeutung arbeitete. Er blieb gerne an einer Schweißbank oder neben Garfield Roberts stehen, um einen Witz zu erzählen, sich nach den Kindern zu erkundigen oder aus dem Stegreif eine Anregung zu geben. Er konnte einem Drückeberger kollegial den Arm um die Schulter legen und ihn dabei grinsend zur Schnecke machen. Wenn er gut gelaunt war, kam es dagegen vor, daß er sein Opfer plötzlich in einer allmächtigen Bärenumarmung an sich zog und dabei so fest quetschte, daß diesem aus allen Körperöffnungen gleichzeitig die Luft entwich.

Er war bekannt dafür, berühmte Männer so weit zu bringen, daß sie in Tränen ausbrachen. Es gelang ihm stets, Tyrannen, die weniger mächtig waren als er, einzuschüchtern. Leute am Dienstag zu feuern und sie am Donnerstag in einer höheren Position wieder einzustellen war bei ihm nichts Ungewöhnliches, ebenso, wie Arbeiter in aller Öffentlichkeit als Vorbild hinzustellen und sie dann der Vergessenheit zu überlassen. In Verhandlungen um eine Lohnerhöhung einzutreten und sie vier schlaflose Tage und Nächte später mit einer linearen Lohnkürzung zu verlassen, nur um eine Woche darauf eine allgemeine Lohnerhöhung zu verkünden, die über das hinausging, was die Gewerkschaft ursprünglich gefordert hatte, war ebenfalls nichts Ungewöhnliches bei ihm.

Charles' außergewöhnliches Selbstbewußtsein riß die Arbeiterschaft mit, und die Produktivität stieg ständig. Die Arbeiter hielten ihn, trotz seiner Marotten und Launenhaftigkeit, paradoxerweise für einen guten Chef, sie empfanden ihn als hart, aber gerecht, während die Büroangestellten ihn als junggebliebenen Talentsucher, als Förderer ihres eigenen Potentials sahen. Und als er sich erst einmal der letzten Traditionalisten entledigt hatte, sahen ihn die Mitglieder seiner Führungscrew als ihren Kapitän auf einer aufregenden Reise in klare, unbekannte Wasser – die einzige Frage, die sie sich dabei stellten, war, ob er sie nicht unterwegs über Bord werfen würde.

An einem Dienstag in jenem Winter nahm Simon seine Cousine Zoe nach der Schule zur Fabrik seines Vaters mit, die am Stadtrand zwischen der Eisenbahnlinie und dem Kanal lag. Es war ein nasser, dunkler Nachmittag, und Zoe hatte den Verdacht, Simon, der gerade Ministrant geworden war, wolle sie bestrafen, weil sie sich über seine Frömmigkeit lustig gemacht hatte. Er führte sie auf dem Fabrikgelände herum, an Schlackehaufen vorbei und durch ölige Pfützen. Ständig mußten sie dabei Lastwagen, Gabelstaplern und Kippern ausweichen, die donnernd in der rauchigen, schwefligen Luft auftauchten, als kämen sie aus dem Nichts.

Simon deutete durch schmutzige Fenster auf Hochöfen mit orangen, tobenden Flammen, auf Ströme weißen geschmolzenen Metalls, auf die purpurnen Funkenschauer der Lichtbogenschweißgeräte, auf riesige Haken, die wie Anker an Drähten dick wie Pythonschlangen hingen. Er zeigte auf Maschinen, die groß und breit dahockten und in deren Innerem es surrte und rüttelte, als machte sie ihre Unbeweglichkeit wütend.

Zoe sah Männer in öligen Overalls und mit Eulenaugen, in deren schwarzen Gesichtern weiße Zähne aufblitzten, Grimassen, die wie ein rätselhaftes Lächeln wirkten, während der Ruß und der Schmutz im Laufe eines Arbeitstages die Rassenunterschiede immer mehr verwischten. Sie schrien einander, über den donnernden Strom aus Lärm hinweg, verzweifelt etwas zu. Das mußte die Hölle sein, dachte sie und fragte sich, welche Verbrechen diese Männer wohl begangen hatten, daß man sie verurteilt hatte, dort zu arbeiten.

Den ganzen Weg nach Hause rasselte Simon eine Liste von Gegenständen herunter, die in der Fabrik hergestellt wurden, eine Liste, die Zoe nicht hören konnte, weil ihre Ohren vom Lärm der Maschinen noch immer betäubt waren. Erst allmählich deckte sich Simons Stimme wieder mit seinen Lippen, so als käme sie aus großer Entfernung immer näher.

»Wir machen Schachtdeckel, Zoe, Eisengeländer, Präzisionswerkzeuge, Türgriffe, Angeln, Schnallen, Nägel und Schrauben.«

Der seltsame Ausdruck auf Simons Gesicht – so pummelig, daß der Speck über seinen Schuljungenkragen quoll – war, wie sich herausstellte, Stolz. »Wir machen Heftklammern, Teile von Zigarettenanzündern, Brillengestelle«, fuhr er fort, wobei seine Hände mitzählten, bis er mit allen Fingern durch war und wieder von vorn beginnen mußte. »Wir machen Kleiderbügel, Schlüssel, Haarklammern, Reißzwecken, Nadeln. Weißt du, Zoe, Vater macht einfach alles. Es sind Dinge, die die Leute brauchen, also macht er Millionen davon. Eines Tages wird es in jedem Haus in England etwas aus unserer Fabrik geben. Wir machen Krawattennadeln, Radiergummihalter für das Ende von Bleistiften und die Drähte, mit denen bei den Teddybären die Augen befestigt werden. Jetzt kannst du verstehen«, schloß Simon mit einem freundlichen Lächeln, »warum wir ganz reich sein werden.«

Als ihre Kinder alle in die Schule gingen, fand Mary, daß es nun an der Zeit wäre, sich um das Haus zu kümmern, mußte allerdings feststellen, daß ihr dieser Einfall zu spät gekommen war: Charles hatte bereits entschieden, einen Teil seines Vermögens für ihr Zuhause auszugeben.

Stanley kümmerte sich so unauffällig wie möglich um die Instandhaltung, die Reparaturen und Malerarbeiten. Eines Morgens wachte Mary auf und stellte fest, daß in ihrem Zuhause eine heimliche Invasion stattgefunden hatte: entferntes Stimmengemurmel, das offensichtlich von vielen Leuten stammte, veranlaßte sie, zum Ostflügel zu gehen, wo sie eine Gruppe von Männern in farbbespritzten weißen Overalls antraf. Einige von ihnen lösten mit Heißluftgebläsen die Farbe von den Türen, andere schrubbten die Decken ab, wieder andere kratzten die alten Tapeten von den Wänden. Sie arbeiteten in jedem Stockwerk. Mary stieg die Treppe hoch – auf der die Jüngsten, die Lehrlinge, die Geländerstäbe mit Sandpapier abschliffen, was offensichtlich die kniffligste, aber auch die langweiligste Arbeit war. Meistens arbeiteten sie stumm, gelegentlich jedoch beugte sich einer zu seinem Nachbarn hinüber und wechselte ein paar Worte mit ihm: Es sah aus, als gäben sie Anweisungen weiter. Ihr Flüstern war wie ein Strom, der durch die Zimmer und das Treppenhaus hinunterplätscherte, ein murmelnder Fluß aus Worten, der Ratschläge und Aufträge sprudeln ließ. Mary schlängelte sich weiter die Treppe hinauf. Sie folgte dabei diesem Säuseln bis zu dessen Quelle ganz oben, im dritten Stock, wo sie Stanley antraf, der ruhig Instruktionen erteilte.

»Genau, die Leiste muß einen anderen Ton bekommen als die Decke«, informierte er den Chef der Malerfirma. »Königsblau die untere Wandverkleidung, nach oben hin, zur Bildleiste, dann gedämpfter, so will es der Boß haben. Und daß du hier ja nichts verwässerst, Jocky, damit du dir dann ins Fäustchen lachen kannst.«

Mary ging nach draußen und begleitete Alfred auf einen Spaziergang durch den Garten. Jeder Quadratzentimeter des Grundstücks war sorgfältig aufgeteilt: Rosenbeete und Teiche, von Akazien gesäumte Wege und Steingärten, Kriechpflanzen und Ziersträucher, ein von einer Mauer umgebener Gemüsegarten und ein Krocketrasen. Das alles war auf einem Lageplan verzeichnet, der in Alfreds Geräteschuppen an der Wand hing. Er führte Mary zur anderen Wand hinüber, wo an großen Nägeln lauter Gartenwerkzeuge hingen. Dann nahm er eine kleine Gartenschere mit roten Griffen herunter.

»Die soll jetzt Ihnen gehören, Mary, und niemand anders wird sie benutzen«, sagte er. »Sie können damit die Rosen beschneiden, wann immer Sie Lust dazu haben. Ich habe gerade einige wunderschöne Trauerhochstämmchen gekauft: Heute früh habe ich eine Félicité Perpétué neben dem Tor gepflanzt.«

Dann jedoch machte Mary den Fehler, mit eigenen Vorschlägen aufzuwarten. Sie ging ohne Robbie Kinderkleidung einkaufen, schnitt aus einer Frauenzeitschrift ein Rezept für Schokoladenpudding aus Grahamcrackern aus, den sie dann eigenhändig in Ednas Küche zubereitete, kaufte ein paar Malerschablonen, um damit Rokokomuster auf die Wand im Hausflur zu malen, und bestellte aus einem Sutton's-Katalog Blumenzwiebeln und Samen, die sie direkt vor Alfreds Nase in den Garten pflanzte.

Stanley, Edna und Alfred begannen Mary daraufhin mit eisiger Höflichkeit zu behandeln, und Charles fand seine Frau bei zugezogenen Vorhängen in ihrem Ankleidezimmer.

»Sie glauben, du willst sie kritisieren«, erklärte er. »Sie haben das Gefühl, du willst ihnen ihre Arbeit wegnehmen. Das sind doch ohnehin niedrige Arbeiten, Liebling. Du weißt, daß ich es hasse, wenn du dich aufregst. Mir ist klar, daß du dich langweilst. Warum redest du nicht mit den Ehefrauen meiner Freunde? Geh mit ihnen zum Golfspielen und Einkaufen oder unterstütze sie bei ihrer Wohltätigkeitsarbeit, solche Dinge meine ich.«

Mary zuckte mit den Achseln. »Ich mag die Ehefrauen deiner Freunde nicht«, erklärte sie schlicht.

Bald darauf hatte Mary beim Schlafwandeln einen Unfall. Gewöhnlich fand man sie, während sie in irgendeinem Türrahmen stand, wo sie verharrte, als wolle sie eigentlich davonlaufen und könne sich nur nicht ganz dazu entschließen. Dann aber brachte Mary in ihrem Traum etwas durcheinander. Sie stieß eine Tür auf, die in Wirklichkeit ein Fenster war, durch dessen Scheibe sie ihre Arme stieß. Fünfunddreißig Stiche schienen sie zu kurieren; und vorerst taten sie das auch.

Morgens machten sich die Kinder gemeinsam auf den Weg zu ihrer Grundschule, die auf halbem Weg zwischen ihrem Haus auf dem Hügel und der Fabrik lag (wo die Väter der meisten Schüler und viele ihrer Mütter arbeiteten). Mary hatte angenommen, daß ihre Kinder auf die beiden Privatschulen – eine für Mädchen und eine für Jungen – im Norden der Stadt gehen würden, aber Charles lehnte dies kategorisch ab.

»Wenn es etwas gibt, was ich nicht ausstehen kann«, sagte er zu ihr, »dann sind das Privilegien. Die Ehemaligen mit ihrer Schulkrawatte und ihrer Vetternwirtschaft. Das war der Ruin dieses Landes, ein Irrweg, eine geteilte Nation, Mary. Die Sportplätze von Eton, die Oxbridge-Beziehung, das wird es in diesem Hause nicht geben.« Er bekam ein rotes Gesicht, und sein Blick bohrte sich in ihre Augen.

»Sieh mich an!« sagte er und führte sich selbst als Beispiel für das an, was er am meisten bewunderte. »Ich bin sofort arbeiten gegangen, in der Schule haben sie mir rein gar nichts beigebracht. Nein, Liebling, ich habe meine Ausbildung in der Fabrik erhalten. Ich habe mich aus eigener Kraft hochgearbeitet!« verkündete er und ignorierte dabei geflissentlich die Tatsache, daß die Firma ursprünglich seiner Mutter gehört hatte. »Wenn Simon die Firma übernehmen will«, schloß Charles, »dann wird er sich bewähren müssen, so wie ich das damals getan habe. *Und*«, fügte er mit einem Grinsen hinzu, »er wird mich als Konkurrenten haben.«

Mary sah jeden Morgen zu, wie die Kinder zur Schule gingen. Eines Tages folgte sie ihnen kurze Zeit später und marschierte dann nacheinander in ihre jeweiligen Klassenzimmer. »Es hat daheim leider eine Krise gegeben«, erklärte sie den Lehrern, sammelte ihre Kinder ein, packte sie in ihre Zephyr-Limousine und fuhr davon.

»Was ist passiert, Mami?« fragte James ängstlich.

»Was ist los?« wollte Simon wissen.

»Ihr bleibt nicht ewig jung«, sagte sie ihnen strahlend. »Jetzt ist euch das zwar noch nicht klar, aber genau das ist ja auch das Tragische daran«, erklärte sie, als sie ihre Kinder zu einem verrückten Abenteuer entführte: Sie fuhren an der Südküste entlang bis Brighton, wo sie ihnen erlaubte, an den Spielautomaten am Pier ebenso vergnügt wie sie selbst ihr Geld zu verspielen. Sie aßen kandierte Äpfel und Zuckerwatte, bis ihnen schlecht wurde, und sie sahen zu, wie sich Mary bis auf die Unterwäsche auszog, bevor sie ihrem Beispiel folgten und sie dann ins Meer jagten.

Irgendwann sagte Mary plötzlich: »Simon! James! Seht, wie spät es schon ist! Rasch, beeilt euch! Sucht Alice! Robert, komm her! Wir müssen zurück. Und daß *keiner* von euch eurem Vater etwas davon erzählt. Das hier bleibt unser Geheimnis, okay?«

An diesem Abend dauerte es lange, bis die Kinder einschliefen, und das trotz der frischen Seeluft in ihren Lungen und obwohl sie von der guten Laune ihrer Mutter und ihrem eigenen unerlaubten Verhalten wie berauscht waren.

Die Grundschule war ein kleines Ziegelgebäude mit vier Klassen, über die jeweils eine Frau herrschte. Wenn die Kinder versetzt wurden, reichte man sie von einer Lehrerin zur nächsten weiter: Bei Miss Shufflebotham in der ersten Klasse wußte man nie, wie sie reagieren würde, denn sie wechselte im Laufe des Tages zwischen Tränen, Zorn und Verzückung hin und her; Miss Edwards war eine strenge und bezaubernde Frau, und als sie zum ersten Mal lächelte, löste das im ganzen Klassenzimmer eine Woge der Glückseligkeit aus; Mrs. Beech – die Direktorin – war auf geistesabwesende Weise gütig, so daß viele Generationen ihrer Schüler in ihrem späteren Leben die Erinnerung an sie mit der an ihre Mutter verwechselten; und Mrs. Claiple schließlich war eine statuenhafte Matrone ohne jeden Sinn für Humor, die ärgerlich und verwirrt auf die groben Wortspiele und Andeutungen reagierte, die die Kinder in ihre Antworten auf die Fragen der Lehrerin einflochten und woraus sie einen richtigen Wettbeweb gemacht hatten.

James' Schulalltag wurde vom Wettkampf bestimmt: Dabei ging es zum Beispiel darum, wer in der draußen gelegenen, dachlosen Jungentoilette am höchsten pinkeln konnte. Die Jungen warteten bis nachmittags, wenn ihre Blasen so voll waren, daß es einem der Jungen manchmal sogar gelang, seinen Strahl direkt über die Wand bis auf den Schulhof zu schicken. Dann gab es auf den Sportfesten im Sommer Wettrennen, die James stets gewann, und im Herbst Kastanienspiele, die er stets verlor. Sie wetteiferten miteinander, wenn sie in ordentlichen Zweierreihen zum Schwimmbad an der Verbindungsstraße gingen und dann brüllend ins gechlorte Wasser sprangen (James bekam rote Augen, und er schluckte Wasser, so daß ihm schlecht wurde. Außerdem haßte er es, wenn Roberts Klasse ebenfalls kam, denn sein jüngerer Bruder pflügte im Becken auf und ab und brachte es dabei auf eine eindrucksvolle Zahl von Bahnen). Sie trugen ausgedehnte, hin- und herwogende winterliche Schneeballschlachten aus. Und da war schließlich die Mittagspause, in der Eleanor Patterson, ein Mädchen aus Mrs. Claiples Klasse über ihm, ihn in ihr Klassenzimmer einlud, während die anderen alle draußen auf dem Schulhof waren. Da sie keine Ahnung hatten, wie sie sonst hätten ausdrücken können, daß sie sich zueinander hingezogen fühlten, entschlossen sie sich zum Armdrücken. James wurde bei dieser Gelegenheit von seiner ersten Erektion überrascht.

In der Schule wurde James Fledermaus genannt, wegen seiner abstehenden Ohren und weil er die Angewohnheit hatte, sich mit den Knien eingehakt kopfunter ans Klettergerüst zu hängen, von wo aus er den Schulhof betrachtete und es genoß, wie ihm das Blut in den Kopf strömte. Der Spitzname machte ihm nichts aus, da im Fernsehen gerade eine *Batman*-Serie lief. Er nutzte den Spott sogar zu seinem Vorteil und kam eines Tages in einem schwarzen Umhang, den er aus Robbies Truhe gestohlen hatte, zur Schule. Außerdem brachte er eine selbstgebastelte Maske mit, die er Eleanor schenkte, und erklärte, sie könne Catwoman sein. So verkleidet sausten sie in der Pause auf dem Schulhof herum, und James war nun plötzlich nicht mehr der komische Kauz, sondern der coolste Junge in der Klasse. Die anderen standen Schlange, um ihn von ihrer Eignung als Robin, Penguin und Riddler zu überzeugen.

Was den Unterrichtsstoff anging, so hatte James den größten Spaß an Mrs. Beechs spontanen mündlichen Rechentests, weil sie sein Gehirn in Schwung brachten. Er war der erste, der seinen Finger hochschießen ließ und damit in der Luft herumfuchtelte, während er vor Wissen und Stolz fast platzte. Soweit James sich erinnerte, waren dies die wenigen Gelegenheiten, bei denen er sich im Unterricht nicht langweilte. Er hielt sich lieber im Freien auf, jagte auf dem Schulhof herum und beteiligte sich an jeder Art von Mannschaftssport, obwohl Fußball die Sportart war, die er von Anfang an am meisten mochte.

Einmal in der Woche kam Mr. Beech, der Ehemann der Direktorin, um die älteren Jungen zum Fußball mitzunehmen. Er teilte sie in zwei Mannschaften auf, verteilte verschiedenfarbige Leibchen und pfiff dann das Spiel. Er achtete so pedantisch genau auf die Regeln, daß es den Eindruck machte, als wäre das Spiel selbst nur eine Randerscheinung im Gegensatz zu dem weit wichtigeren Thema der Disziplin: Wenn einer der Jungen eine von Mr. Beechs

Entscheidungen auch nur mit einem fragenden Stirnrunzeln anzweifelte, verhängte er eine fünfminütige Zeitstrafe. Diese mußte auf der Seitenlinie, die als Strafbank diente, abgesessen werden. Wenn das Spiel länger als eine Minute im Fluß war, konnte man Mr. Beech deutlich ansehen, daß er immer frustrierter wurde. Schließlich wußte er sich nicht mehr zu beherrschen, unterbrach mit einem Pfiff und erfand dann rasch irgendeinen Regelverstoß. Das Spiel lief nur dann ohne Unterbrechung ab, wenn Mr. Beech sich hinreißen ließ, ihnen unablässig Anweisungen zuzurufen.

»Gib ihn ab, Junge!« brüllte er. »Spiel nicht mit dem Ball rum, Hayhurst! Hau einfach drauf!«

Er schrie, bis er heiser war und, wenn die Jungen Glück hatten, auch so außer Atem, daß er nicht mehr pfeifen konnte.

»Bleib dran, Junge! Zurück! Zurück! Schieß, du Flasche! Kick schon, Junge! Los, laß dich nicht ausspielen, greif an. Zeig Charakter, Freeman!«

Und eines Mittwochs dann kündigte Mr. Beech an, daß sie in der darauffolgenden Woche nicht gegeneinander spielen, sondern ein richtiges Match gegen die Grundschule auf der anderen Seite der Stadt austragen würden. Es war ein noch nie dagewesenes Ereignis, und die ganze Schule befand sich in heller Aufregung, weil an diesem Nachmittag alle freibekamen, damit sie die Mannschaft anfeuern konnten.

Mr. Beech erklärte, daß er sich inzwischen überlegen würde, wen er im Team haben wolle, und die Mannschaftsaufstellung dann am Tag vor dem Match am Schwarzen Brett der Schule bekanntgeben würde. James war überzeugt, daß Beech ihn aufstellen würde, da er zu den zwei oder drei besten Spielern der Schule gehörte. Bei seinem Freund Lewis war er sich da jedoch nicht so sicher, und so begann er, sich seinetwegen Sorgen zu machen.

Lewis war der älteste Sohn von Garfield, dem Einwanderer, und Stanleys Schwester Pauline. Garfield arbeitete in Charles' Fabrik am Montageband. Wie er James und jedem, der es hören wollte, oft erzählte, war es jedoch eher ein Versehen, daß er in England hängengeblieben war: Eigentlich war er nach Amerika unterwegs gewesen und hatte hier nur kurz einen Freund besucht. Garfield fand sich nie ganz mit der Tatsache ab, daß er immer noch da war, und behauptete sein ganzes Leben lang, er wäre »auf dem Weg nach Merika«. Er hatte vorläufig eine Arbeit in der Fabrik angenommen, dort Pauline kennengelernt, und bevor er sich versah, hatte er Ehefrau, Sohn und einen festen Job und nannte ein von der Kommunalverwaltung gebautes Haus in jener Siedlung sein eigen, die sich an der Ostseite der Stadt ausbreitete.

Garfield war ein hervorragender Kricketspieler und ein fast ebenso guter Schlagmann wie Harry Singhs Vater, dem der Post- und Schreibwarenladen gehörte und der, wie er, Gründungsmitglied der Kricketmannschaft des East Side Social Club war. Er konnte seinem Sohn nie ganz verzeihen, daß er nichts mehr von den endlosen, geduldigen Übungsanleitungen im Garten hinter dem Haus wissen wollte und das Fußballspielen dem Kricket vorzog – vor allem, da Mr. Singhs Sohn ein so vielversprechender Bursche war und kürzlich in der Fängerpartei ihres Teams mitgespielt hatte, als jemand ausgefallen war.

Harry ging mit James und Lewis in eine Klasse. Er hielt Fußball für eine ziemlich würdelose Sportart, bei der man sich vor allem im Schlamm suhlte, ein Spiel für Barbaren eben, fast genauso primitiv wie Rugby.

»Die Leute sollten nicht so auf das Empire schimpfen«, hatte Harrys Vater einmal zu ihm gesagt, »immerhin hat es der Welt Kricket geschenkt.« Das war eines der wenigen Themen, bei denen die beiden einer Meinung waren.

Lewis jedoch liebte Fußball, aber – er war kein guter Spieler. Er war schlacksig und linkisch, seine Arme und Beine – die ahnen ließen, wie groß er als Erwachsener werden würde – waren lang und unkoordiniert, sie wirkten wie die ungebändigten Triebe einer Wildpflanze. Niemand konnte sich erinnern, daß Lewis seine Freunde je um weniger als eine Haupteslänge überragt hätte. Seine Mutter Pauline erzählte, daß er schon als Kleinkind wie ein spindeldürrer Riese durch die Gegend gestolpert war. Sie wußte (und das war eine verbürgte Tatsache), daß er bei seiner Geburt ein durchaus normales Gewicht gehabt hatte – etwas mehr als siebeneinhalb Pfund –, und so kam sie zu dem Schluß, daß er schon als langes und dünnes Kind zur Welt gekommen sein mußte, obwohl er damals nicht diesen Eindruck auf sie gemacht hatte (immerhin war er ihr erstes Kind, und sie war nicht sicher gewesen, was sie erwartete). Also stellte sie sich immer vor, daß er davor mit fest zusammengerollten Gliedern in ihrem Bauch gelegen hatte, aufgewickelt wie eine Kette dünner Würstchen.

Lewis besaß zwar die Intelligenz eines Athleten, sein Körper aber ließ ihn im Stich, denn er tat einfach nicht das, was er wollte: Er schaffte es einfach nicht, den Ball zu stoppen, immer wieder prallte er von seinen Schienbeinen ab. Er konnte auch keinen geraden Paß spielen. Wann immer er schoß, bekam der Ball unweigerlich Effet und beschrieb eine Kurve. Auch besaß er bereits ein gewisses Gespür für persönliche Eleganz. Das hatte zur Folge, daß er den Ball nur ungern köpfte, weil dann seine Frisur durcheinandergeriet, und daß er jedem Zweikampf aus dem Weg ging, weil er sich nicht schmutzig machen wollte.

Wenn James ehrlich war, dann würde er, wenn er die Mannschaft aufstellen sollte, Lewis nicht nominieren. Zumindest nicht, weil er es verdient hatte, was sowohl sein Vater als auch seine Lehrer – und ganz gewiß auch Mr. Beech – als die einzige Grundlage für eine solche Auswahl betrachteten. Für James gab es jedoch noch einen anderen Grund: Lewis war sein bester Freund.

»Wir beide werden jeder drei Tore schießen, Jay«, sagte Lewis zu ihm. »Das habe ich nämlich heute nacht geträumt: eins mit jedem Fuß und eins mit dem Kopf.«

»Da hast du aber wirklich geträumt, Lew.«

»Oh, eigentlich habe ich gar nicht richtig geschlafen.«

Im Laufe der Woche bekam James jedoch allmählich den Eindruck, daß ihm weit mehr daran lag, seinen Freund in der Mannschaft zu sehen, als Lewis selbst. Während James immer aufgeregter wurde, schien Lewis das Interesse zu verlieren und wechselte stets das Thema, sobald er ihn auf das Match ansprach. Am Freitag nachmittag gingen sie nach der Schule gemeinsam zu Lewis nach Hause und sprachen dabei von ihrem Geographieprojekt über die Flüsse des afrikanischen Kontinents. Garfield war daheim, weil er Frühschicht gehabt hatte. Er hielt Lewis' kleine Schwester Gloria auf dem Schoß und spielte mit ihr.

»Sieh dir nur diese Händchen an, Mann«, sagte er zu James. »Sie ist der geborene Fänger.«

Lewis nahm sich eine Flasche Milch aus dem Kühlschrank und goß sich ein Glas ein, da sagte sein Vater zu James: »Ich hoffe, du bist anders als mein Sohn hier und machst dir nicht auch so viele Gedanken wegen einem albernen *Fußball*spiel. Als ich in deinem Alter war und mich in die Bridgetown Boys Eleven gekämpft habe, habe ich wenigstens keine Nägel mehr gekaut.«

James sah, wie Lewis' Augen funkelten.

»Ich hatte damals keine Schlafstörungen wie mein irregeleiteter Sohn, der um fünf Uhr früh, wenn ich zur Arbeit gehe, hellwach in seinem Bett liegt. Ich hoffe, du bist nicht so dumm, Junge.«

»Nein, Garfield.«

»Gut. Dann rede du mal ein Wort mit ihm.«

»Ja, Garfield.«

Natürlich tat James das nicht. Er versuchte, Lewis zu überreden, ihn irgendwelche Zahlen aus dem *Rothman's Football Year Book* abzufragen oder mit ihm in den Garten zu gehen und dort seine Kaninchen frei herumlaufen zu lassen. Selbst über das dämliche Geographieprojekt versuchte er mit ihm zu diskutieren. Alles, um Lewis aus seiner stummen Wut herauszuholen. Lewis aber hockte sich einfach vor den Fernseher und starrte böse auf die Mattscheibe, und so verließ James das Haus durch die Hintertür.

Auf dem Heimweg zermarterte er sich das Hirn, wie er dafür sorgen könnte, daß Lewis aufgestellt würde. Er überlegte sogar ernsthaft, ob er Mr. Beech eine Notiz schreiben sollte, in der er ihm mitteilte, daß *er* nur dann spielen würde, wenn Lewis ebenfalls mitspielte. Er hatte allerdings den Verdacht, daß sich Mr. Beech nicht erpressen lassen würde und James statt dessen als disziplinarische Maßnahme mit Vergnügen aus der Mannschaft nehmen würde. Und James war sich nicht sicher, ob er zu einem so großen persönlichen Opfer bereit war.

Das war der Zeitpunkt, als er an Gott dachte. Er wußte – zumindest hatte man ihm das gesagt –, daß Gott überall war, alles sah und jeden Gedanken hören konnte (das hieß, falls er überhaupt existierte, was das einzige Detail zu sein schien, über das sich die Erwachsenen nicht ganz einig waren). James schloß die Augen und legte den Kopf in den Nacken, während er die vorbeikommenden Fußgänger und Autofahrer ignorierte, die ihn aller Wahrscheinlichkeit nach für verrückt hielten. »Bitte, lieber Gott«, sagte er in Gedanken, »bitte, falls du da oben bist und falls du etwas für mich tun willst – und ich habe dich noch nie zuvor um irgend etwas gebeten, also sehe ich nicht ein, warum du mir nicht einmal helfen solltest –, bitte, mach, daß Mr. Beech Lewis für das Spiel am Mittwoch aufstellt. Wenn du es tust, dann ... dann ... gebe ich Simon seinen Action Man zurück, von dem er glaubt, er hätte ihn verloren.«

Am Mittwoch morgen ging James voller Zuversicht zum Schwarzen Brett im Schulflur und starrte dann entsetzt und bestürzt die Mannschaftsaufstellung an, die dort hing; Lewis' Name stand tatsächlich auf der Liste, aber er war nur als Ersatzspieler aufgestellt. Er war die Nummer zwölf.

»Du hast mir also nicht richtig zugehört, lieber Gott, oder?« ging es James in der ersten Glaubenskrise seines Lebens durch den Kopf, aber er hielt sich mit dieser religiösen Frage nicht weiter auf, da er ein weit dringlicheres Problem zu lösen hatte und sich damit nicht so schnell geschlagen geben wollte.

Als ihm noch am selben Vormittag mitten in der Biologiestunde die Lösung einfiel, war sie ganz einfach: Einer der anderen Spieler, die aufgestellt worden waren, mußte für das Spiel ausfallen. Angesichts der hierfür notwendigen Vorgehensweise fühlte sich James jedoch sowohl überfordert als auch gemein.

Robert war zwei Jahre jünger als James, aber er war genauso groß wie er und der gefürchtetste Junge der Schule. Wenn er sich an einem Spiel beteiligte, bedeutete das dessen baldiges Ende. Es gab ein Spiel, bei dem Jungen und Mädchen abwechselnd Gefangene machten, die dann zu einem Punkt in der Mitte des Hofes geschleppt wurden, wo sie sich küssen lassen mußten. Das Spiel funktionierte, weil die Kinder übereingekommen waren, daß ein Gefangener sich widerstandslos wegführen lassen mußte. Robert hielt sich jedoch nicht an die Regeln. Er schlug um sich und riß sich los, oder er machte sich, wenn er von zwei oder drei Mädchen festgehalten wurde, einfach schwer und wartete so lange, bis er spürte, daß eines der Mädchen seinen Griff lockerte. Dann riß er sich los, schlug auf die Mädchen ein und rannte davon, um Schmerzen, Tränen und ein zerstörtes Spiel zu hinterlassen.

Robert war acht Jahre alt, und jeder wußte, daß man ihm besser nicht in die Quere kam. Solange ihn niemand blöd oder dumm nannte, und diesen Fehler machten nur wenige, ließ er die anderen meistens in Ruhe: Die Kinder spürten instinktiv, daß es Robert sowohl wenig ausmachte, andere zu schlagen und ihnen Schmerz zuzufügen, als auch (und das war wirklich entnervend) selbst Schmerz zugefügt zu bekommen.

Jetzt machte sich James, sobald die Pausenglocke geläutet hatte, auf die Suche nach Robert. Er hatte bereits entschieden, welcher der Jungen aus der Mannschaft sich am besten einschüchtern lassen würde. Als er seinen Bruder gefunden hatte, sagte er einfach: »Komm und hilf mir einen Augenblick.« Robert fragte nicht, worum es ging, er folgte James einfach. Dann trieben sie Gary Evans hinten im Schulhof in die Enge.

»Wenn du Mr. Beech sagst, daß du ein schlimmes Knie hast und deine Mutter dich morgen nicht spielen lassen will, schenke ich dir alle Kaugummibildchen, die ich übrig habe«, sagte James zu ihm.

»Das ist kein fairer Tausch«, erwiderte Gary tapfer, während seine Unterlippe bebte, allerdings weniger wegen James als vielmehr wegen seines jüngeren Bruders, der drohend hinter ihm stand.

»Du nimmst sie besser«, sagte James und versuchte, seine Stimme dabei so energisch klingen zu lassen wie möglich.

»Und wenn nicht?« fragte Gary.

»Wenn du sie nicht nimmst«, sagte James so ruhig er konnte, »werden wir dich verdreschen.«

Gary wußte, daß das *wir* eigentlich *er* bedeutete. Mit James hätte er sich noch geprügelt, nicht aber mit dessen mürrischem Bruder. Er spürte, wie seine Lippen bebten.

»In Ordnung«, willigte er ein. »Gib mir deine Bildchen.«

James händigte sie ihm aus. »Und vergiß nicht, Mr. Beech das mit deinem Knie zu sagen«, fügte er hinzu. Er und Robert drehten sich um und gingen.

»Ich wollte sowieso nicht spielen!« rief Gary ihnen hinterher und machte sich bereit, zu Miss Shufflebotham am anderen Ende des Schulhofs zu rennen, falls seine trotzige Geste eine Reaktion provozieren sollte. Robert ging jedoch weiter, als hätte er nichts gehört.

Das Spiel war eine einzige Katastrophe. Sie verloren 13:0 – das offizielle Ergebnis gegen eine Mannschaft, die, wie sich herausstellte, das dritte Team der anderen Schule war, die im übrigen ungefähr dieselbe Schülerzahl hatte: Der Unterschied bestand darin, daß sie einmal in der Woche von einem Trainer des Profifußballclubs der Stadt trainiert wurde, und zwar weniger in Disziplin und Charakter als vielmehr in Taktik und Spieltechnik. James, Lewis und ihre Mannschaftskameraden stürmten während des gesamten Spiels als formloser, begeisterter Haufen hinter dem Ball her, so wie sie das jede Woche taten (mit leichtem Zögern, weil sie ständig den Pfiff des Trainers erwarteten), wogegen ihre Gegner die Positionen auf dem Spielfeld beibehielten, den Ball von einem ungedeckten Spieler zum nächsten abgaben und vor einer feindseligen Zuschauermenge, die die Mannschaft von James und Lewis anfangs noch laut anfeuerte, schließlich aber in philosophisches Schweigen verfiel, ungehindert ein Tor nach dem anderen schossen.

Ihre schlammigen Stiefel über die Schulter gehängt, gingen James und Lewis nach Hause. James war verwirrt. Er fragte Lewis, was ihnen seiner Meinung nach da vorhin widerfahren war, Lewis war jedoch nicht bereit zu reden: Er lief einfach mit gesenktem Kopf weiter.

»Was hat das Ganze noch für einen Sinn?« jammerte James. »Was machen wir denn jetzt? O Gott, was ist, wenn mein Dad das hört? Oder deiner? Sie werden es *bestimmt* erfahren. Wie hat Eric nur dieses zehnte Tor reingelassen? Er hat überhaupt nicht *reagiert*.«

Aber Lewis ging einfach mit gesenktem Kopf weiter. James hatte Lewis gegenüber mit keinem Wort erwähnt, daß er seine Aufstellung allein ihm verdankte, dennoch machte ihn Lewis' beharrliches Schweigen wütend: Er wußte, daß es unlogisch und unfair war, trotzdem hatte er das Gefühl, Lewis sei undankbar. Als Lewis ihm zum x-ten Mal eine Antwort verweigerte, reichte es James.

»Zum Teufel noch mal, Lew«, stieß er hervor. »Worüber bist du denn *jetzt* noch so wütend?«

Lewis erwachte aus seiner Trance und sah James mit geistesabwesendem, verwirrtem Gesichtsausdruck an. »Ich bin nicht wütend, Jay«, sagte er ruhig. »Ich denke nach.«

James war ein geselliges Kind, das gerne herumrannte und herumschrie. Wenn er lange stillsitzen mußte (es sei denn, in ein Buch vertieft, heimlich, in der Bibliothek seines Vaters auf dem Fußboden), begann sein Körper zu reagieren, noch bevor er selbst merkte, daß er sich langweilte. Sein Gesicht blieb ausdruckslos, aber sein Hintern rutschte auf dem Stuhl herum, seine Beine schlangen sich umeinander und verbogen sich in unangenehme Winkel, seine Arme griffen nach hinten über die Schultern, während seine Finger ungeduldig eine juckende Stelle auf dem Rücken zu kratzen versuchten, die sich gerade außerhalb seiner Reichweite befand. Für seine besorgten Lehrer sah das aus, als offenbarten sich ihnen dort in Zeitlupe die Symptome des Veitstanzes, bis sie erkannten, daß sie es mit etwas weit Bekannterem zu tun hatten, nämlich mit einem hyperaktiven Kind.

James war anscheinend nur dann richtig glücklich, wenn er sich bewegen konnte. Durfte er sich nicht vom Fleck rühren, dann redete er pausenlos, weil seine aufgestaute Energie irgendein Ventil suchte.

Er hatte seine Kleidung schon abgetragen, bevor er aus ihr herausgewachsen war: Seine Pullover wurden an den Ellbogen dünn, und seine Hosen zerrissen an den Knien; seine Unterwäsche bekam Löcher, als wären die Motten darüber hergefallen; seine Socken gingen einfach verloren, so daß er schließlich eine ganze Schublade voll einzelner Exemplare hatte; seine Schuhe nutzte er so schnell ab, daß sie ihm schließlich einfach von den Füßen fielen.

James ließ nicht, wie es vielleicht zu erwarten gewesen wäre, irgendwann die Abenteuergeschichten in der Bibliothek seines Vaters hinter sich, um zur ernsthafteren Literatur auf den anderen Regalbrettern überzugehen. Er hörte, als er auf die Gesamtschule kam, einfach auf, dort herumzuschmökern. Das einzige Vermächtnis der Bibliothek war somit eine Vorliebe für ihre Abgeschiedenheit. Und Mary schien bei ihren Kindern ebenso wie bei ihrem Ehemann aufgegeben zu haben und unternahm nur wenige Anstrengungen, ihnen jene Dinge, die ihr selbst Spaß machten, zu vermitteln.

Als James mit der Schule fertig war, verfügte er, wie ihm seine Cousine Zoe später voller Verzweiflung erklären sollte, praktisch über keinerlei Bildung. Es bestand kein Zweifel daran, wo er das, was er an ästhetischem Empfinden besaß, herhatte. Es kam nur ein einziger Ort in Frage: das Electra Cinema, das seine Großtante Agatha Freeman, die Großmutter seiner Cousine Zoe, betrieb.

Agatha hatte das Kino gegen Ende des Ersten Weltkriegs in der Lambert Street, die in nördlicher Richtung aus der Stadt hinausführte, bauen lassen. Der neunundneunzig Jahre laufende Pachtvertrag für das Grundstück hatte damals noch eine Laufzeit von fünfundsiebzig Jahren. Fast fünfzig Jahre später, zu der Zeit, als James und seine Geschwister an Samstagnachmittagen immer zu den Kindermatineen gingen, war Agatha in der Stadt bereits zu einer Legende geworden. Sie führte das Kino fast ohne fremde Hilfe – unterstützt wurde sie lediglich von einem stets unsichtbaren Filmvorführer, der fast schon so lange da war wie sie selbst. Es war nicht bekannt, daß sie sich, mit Ausnahme des ersten Weihnachtsfeiertags und des Ostersonntags, jemals einen Tag frei genommen, geschweige denn Urlaub gemacht hätte. Sie wählte die Filme aus, hängte die Plakate auf, tauschte die Beschriftung auf der neonerleuchteten Fassade aus, knipste die Eintrittskarten, verkaufte in der Pause Eiscreme und machte am Vormittag sauber. Ihr strenges Gesicht war mit der Zeit immer härter geworden, und sie war so mürrisch, daß Stammgäste jeden Alters es als ihre Pflicht ansahen, ihr ein Lächeln zu entlocken. Es glückte ihnen nie: Man hatte sie schon seit Jahren nicht mehr lächeln sehen. Wenn die Vorstellung angefangen hatte, sperrte sie jedoch oft die Glastüren am Eingang zu, schlich in den Zuschauerraum und sah sich dann von hinten einen Film zum x-ten Mal an. Bei Komödien konnte es durchaus vorkommen, daß eine Person im Publikum lauter als alle anderen lachte, und das war dann die gute alte Agatha, die im Dunkeln hinten wieherte wie ein Pferd.

Jeden Samstag gab es eine Kindermatinee, die Simon, James und Robert meistens besuchten. Sie wurden von Lewis begleitet und schließlich auch von Alice und Laura, als die beiden Mädchen alt genug waren. Zoe setzte sich ebenfalls zu ihnen in die Reihe.

»Matinee – das ist eine interessante Ableitung«, sagte Zoe zu James. »Es bedeutet *Nachmittags*vorstellung, kommt aber vom französischen Wort *matin*, und das heißt ›Morgen‹. Was für eine blöde Sprache. Ich verstehe nicht, warum ich sie in der Schule überhaupt lernen muß. Ich bekomme sowieso viel mehr davon mit, wenn ich mit Dad herumreise.«

Niemand wußte, wer der Vater von Agathas Sohn Harold war. Sie sagte es keinem Menschen, nicht einmal Harold selbst. Er wuchs als Einzelkind in der kleinen Wohnung über dem Electra auf, so wie später auch seine Tochter. Zoe war zwei Jahre älter als Simon. Sie sollte ihren Vater bald auf seinen Reisen begleiten, damals aber wohnte sie bei ihrer Großmutter über dem Kino und sah sich alle Filme an, die dort gezeigt wurden. Zoe hatte allerdings ein besonderes Interesse an jenen Filmen, die sie sich samstags ansahen: Harold rächte sich für den Umstand, daß Agatha ihm nicht sagte, wer sein Vater war, damit, daß er sich weigerte, sie über die Identität von Zoes Mutter aufzuklären. Er hatte Zoe als Säugling mit nach Hause gebracht, nachdem er zwei Jahre lang in Amerika gearbeitet und das Land bereist hatte. Das einzige Detail, das er einmal versehentlich verraten hatte, war, daß Zoes Mutter eine Art Schauspielerin war, und das brachte Zoe auf den Gedanken, daß sie ihre Mutter möglicherweise in einer jener Samstagsmatineen auf der Leinwand sehen würde. Vielleicht wußte sie, daß dies eine absurde Vorstellung war, ein Spiel, das sie spielen mußte; die anderen aber waren sich in diesem Punkt nie ganz sicher, weil Zoe unzweifelhaft den Eindruck vermittelte, daß sie das Ganze ernst nahm.

Robert hatte eine Vorliebe für die einsilbigen, schwarzgekleideten Revolverhelden in den Western, während Laura die Walt-Disney-Zeichentrickfilme – vor allem 101 *Dalmatiner* mit Cruella De Ville – am liebsten mochte, weil sie, wie sie immer behauptete, so realistisch waren. Genau wie James und Lewis zog Zoe die epischen Filme vor, weil die Frauen, die darin vorkamen, immer sehr edel und tragisch und, nicht zu vergessen, sehr exotisch waren und deshalb die wahrscheinlichsten Kandidatinnen für ihre Herkunft darstellten. Obwohl Zoe das dunkle Haar und die olivfarbene Haut ihres Vaters geerbt hatte, gelangte sie, nachdem sie die blonde Julie Christie als Lara in *Doktor Schiwago* gesehen hatte, zu der festen Überzeugung, daß ihre Mutter Russin war. Als *Die Wikinger* gezeigt wurde (Robert lief daraufhin drei Wochen lang mit einem dämonischen Gesichtsausdruck durch die Gegend und trug wie Kirk Douglas eine Augenklappe, die ihn noch grimmiger aussehen ließ), war sich Zoe sicher, daß ihre Mutter Dänin war und große Ähnlichkeit mit Janet Leigh hatte.

Lewis mochte die epischen Filme am liebsten, weil dort immer die Chance bestand, daß Woody Strode mitspielte: Ganz gleich, ob die Handlung bei den Gladiatoren in Rom, bei den Barbarenpiraten oder in Jerusalem zur Zeit von Jesus Christus spielte, immer war ein tapferer, kahler Schwarzer in einer wichtigen Nebenrolle dabei. Er wurde mit Sicherheit getötet, aber wenigstens führte er mit ebensolcher Sicherheit ein tapferes Leben, und sein Tod war stets heldenhaft. Nach jedem dieser Filme versuchte sich Lewis dazu zu überwinden, ebensolche Tapferkeit zu beweisen und sich den Kopf kahl rasieren zu lassen.

»*Ich* mach es dir«, erbot sich Laura.

»Mein Vater bringt mich um«, meinte Lewis ängstlich und kaute an seinen Nägeln.

»Wir können deine Haare ja in einer Tüte aufheben, und wenn er böse wird, kleben wir sie dir wieder an«, schlug James hilfsbereit vor. Sie setzten es nie in die Tat um, obwohl sie ziemlich nah dran waren, als sie Yul Brynner in *Taras Bulba* gesehen hatten und James spontan vorschlug, sie könnten sich *beide* den Kopf rasieren lassen, gewissermaßen als gegenseitigen Freundschaftsbeweis, und dann gemeinsam die Strafe auf sich nehmen, die da ihrer harrte.

»Also gut«, stimmte Lewis zu und kaute an seinen Nägeln.

»Eigentlich«, meinte James vorsichtig, nachdem er noch eine Weile über diese Idee nachgedacht hatte, »bin ich mir gar nicht so sicher. Ich denke, ich mag Tony Curtis *doch* lieber.«

Sie sahen jede Woche einen anderen Film und tauchten dann mit einer neuen Identität aus dem Kino auf, die zumindest den halben Heimweg lang anhielt. Bis dahin hatten James und Laura für gewöhnlich über irgendwelche Aspekte des Films zu streiten begonnen, da James derjenige war, der das Kino am meisten liebte, und Laura diejenige, die einen Streit am meisten genoß. Als sie nach *Cheyenne* nach Hause gingen, hätten sie fast angefangen, sich zu prügeln: James, der von der dort beschriebenen Ungerechtigkeit tief bewegt war, war verärgert, weil Laura sich über die amerikanischen Schauspieler, die mit Schminke und Perücken ausstaffiert waren, damit sie wie Indianer aussahen, lustig machte und über all jene, die dumm genug waren, auch noch darauf hereinzufallen.

Manchmal begannen sie sogar schon miteinander zu zanken, während der Film noch lief. Dann pflegte sich ihre Großtante

Agatha, der es vollkommen egal war, daß sie mit James verwandt war, von hinten an sie heranzupirschen, packte sie an den Ohren und bugsierte sie auf dieselbe Weise nach draußen, wie sie es in Hunderten von Stummfilmkomödien gesehen hatte. Das war etwas, was ihr offensichtlich ungeheures Vergnügen bereitete.

Wenn James sich zurückerinnerte, wurde ihm klar, daß Simon ein ebenso halsstarriger Banause wie sein Vater war. (»Geld«, erklärte Charles Mary, als er die Klavierstunden strich, für die sie Simon nach der Schule angemeldet hatte, »Geld, und nicht Musik, ist die internationale Sprache.«) Simon ging nicht gern ins Kino. Er sah sich nur dann einen Film an, wenn er nichts Besseres vorhatte. Alice hingegen durfte nur mitkommen, wenn sie absolut gesund war – was zuerst durch eine medizinische Untersuchung bewiesen werden mußte, bei der man ihre Drüsen abtastete und ihre Temperatur gemessen wurden. Ihre Mutter nämlich war sich in einem Punkt mit Robbie einig: daß das Kino ein schrecklich ungesunder Aufenthaltsort war, bei all den Kindern, die da zusammengepfercht waren, und all den Bazillen, die dort in der Dunkelheit ausgebrütet wurden und nur darauf warteten, über ein kleines zartes Mädchen wie Alice herzufallen.

James war sicher, daß sie nur zu fünft waren – Lewis, er selbst, Robert, Laura und Zoe –, als sie sich *Die schöne Helena* ansahen, einen Film, bei dem Zoe die griechischen Vorfahren ihrer Großmutter mit der Identität ihrer unbekannten Mutter durcheinanderbrachte und von da an überzeugt war, die Tochter von Rosanna Podesta zu sein, deren Gesicht Tausende von Schiffen und faszinierten zehnjährigen Jungen auf Abenteuerreise geschickt hatte.

Was James sich nicht hätte vorstellen können, war, daß ein Schnappschuß ihrer hypnotisierten Gesichter in dem wäßrigen Licht der Leinwand ein bezeichnendes frühes Bild abgegeben hätte, wenn jemals ein Film über *sein* Leben gedreht worden wäre. Er konnte nämlich nicht wissen, daß diese fünf (plus ein Kind, dessen Geburt noch in ferner Zukunft lag) trotz seines fünfzehnjährigen Bemühens, seine Kindheit und alles, was damit zusammenhing, hinter sich zu lassen, die Hauptfiguren in der Geschichte seines Lebens sein würden.

2

Wachstumsschmerzen

Das Haus auf dem Hügel war für die Freeman-Kinder das Zentrum ihrer Welt. Es wurde zu ebener Erde von der Mauer, die den Garten umgab, hermetisch abgeschlossen und bildete so eine Lagune privilegierter Existenz. Wenn man aber nach oben ging, konnte man sehen, daß sich unten die Stadt ausbreitete. Außerdem war es möglich, für Reparaturarbeiten vom dritten Stock über eine Leiter aufs Dach hinaufzusteigen. Einen Dachgarten oder etwas Ähnliches gab es nicht, und Robbie warnte die Kinder eindringlich davor, dort hochzuklettern.

»Wenn ein ordentlicher Wind weht, bläst er euch vom Dach herunter«, erklärte sie ihnen, »und ihr bleibt unten *zerschmettert* liegen.«

Wenn Robbie jedoch nicht in der Nähe war, stachelten sie sich manchmal gegenseitig an hinaufzuklettern, klammerten sich an den Ziegeln fest und krochen dann an den hölzernen Verstrebungen auf bleiernen Gassen zwischen den schräg abfallenden Abschnitten des Daches entlang. Als sie älter und kühner wurden, wagten sie sich weiter vor, Robert sogar bis zum Rand, zur Steinbalustrade, die um das gesamte Dach lief. James ging gelegentlich auch allein hinauf: Von der Brüstung, hinter der es jäh in die Tiefe ging, hielt er ein gutes Stück Abstand, aber er konnte immer noch alles sehen. Auf dem Hügel, der direkt zum Kanal hinunterführte (hinter der Kanalbrücke lag das Stadtzentrum), befand sich ein großer öffentlicher Park, bevölkert von Läufern und Hunden, Familien, die Drachen steigen ließen, und einsamen Spaziergängern. Der Hang zu beiden Seiten fiel sanft ab. Gewundene Sackgassen und Privatauffahrten führten zu Häusern mit Gärten, die wie Satelliten des großen Hauses wirkten. Manchmal stieg von der Brauerei der Geruch fermentierenden Hopfens auf.

Auf dem Plateau hinter dem Haus erstreckte sich ein Wohngebiet, in dem die Grundschule, Lewis' Elternhaus, Mr. Singhs Laden

und der Fußballplatz der Stadt lagen. An der Umgehungsstraße
dahinter drängten sich die Fabrikanlagen seines Vaters, um die sich
die Wohnsiedlung mit dem einzigen Hochhaus ausbreitete.

Nachts war es auf dem Dach am schönsten. Zum einen schien
es James gefährlicher und verbotener denn je, zum anderen kam
es ihm aber auch so vor, als wäre er dort nicht nur im Zentrum,
sondern auch auf dem *höchsten Punkt* der Welt, wobei das, was er
sah und hörte, im Dunkeln noch viel lebhafter wirkte: das unzu-
friedene Murmeln des Verkehrs, Autoscheinwerfer, die sich durch
überfüllte Straßen ihren Weg suchten, die strahlend hellen Flut-
lichter des Fußballplatzes und das geisterhafte Brüllen der Menge,
das wie der Schrei eines Höhlenmonsters in den Nachthimmel
aufstieg; in der Ferne die rauchenden Schlote und die kleinen
glühenden Flammen der Fabrik; unten im Stadtzentrum die Lichter der Häuser und Straßenlaternen und die angestrahlte Fassade der Stadtkirche und Menschen, die als kleine schemen-
hafte Punkte in die Schatten eintauchten oder aus ihnen heraus-
traten.

Es war der höchste Punkt der Welt, und James wäre am liebsten
die ganze Nacht dort oben geblieben, wenn er nicht schon bald
heftig gefroren und Hunger bekommen hätte. Fröstelnd stieg er
dann ins Erdgeschoß hinunter, ins warme Herz des Hauses, und
bat Edna, ihm einen Becher heiße Schokolade zu machen und sie,
so wie sie das immer tat, beim Erhitzen mit dem Schneebesen zu
schlagen, was die Schokolade so cremig schmecken ließ.

James gab Zucker hinein. »Rühr nicht mit einem Messer um,
das bringt Streit«, warnte Edna.

An einem heißen Nachmittag im Spätsommer 1965 tauchte Mary
plötzlich mit strahlenden Augen in der Schule auf.

»Ein Todesfall in der Familie«, erklärte sie den Lehrern.

»Oh, das tut uns aber leid«, meinten diese mitfühlend.

»Nein, das braucht es nicht«, versicherte Mary ihnen. »Es war
niemand Wichtiges.«

Mary trommelte James, Robert und Alice zusammen, bevor ihr
einfiel, daß Simon jetzt in die Gesamtschule ging. Also fuhr sie
dorthin und holte auch ihn aus der Klasse. Zoe, die das Auto gesehen hatte, sprang ebenfalls hinein.

»Du hast hoffentlich einen guten Grund, Mama«, warnte Simon
sie. »Hier ist es nämlich anders als in meiner alten Schule.«

»Oh, den habe ich«, rief sie. »Schaut!«

Sie spähten aus dem Autofenster, und ihnen ging auf, daß ihre
Mutter sie aus der Schule geholt hatte, nur weil warme Regen-
schauer vom blauen Himmel fielen und sich an jedem Horizont ein
Regenbogen bildete.

»Seht ihr? Ich konnte euch doch so etwas nicht entgehen lassen«, sagte Mary. Sie fuhr mit ihnen nach Westen aus der Stadt hinaus und parkte am Gattertor einer riesigen Wiese, hinter der der
Fluß vorbeifloß. Sie stiegen aus dem Auto, und Mary sagte: »Jetzt
machen wir zu der Kuh dort drüben ein Wettrennen. Der Gewinner bekommt von mir einen Riegel Schokolade.«

Sie rannten durch das Gras. James gewann, aber es stellte sich
heraus, daß Mary für jeden Schokolade mitgebracht hatte. Alice
hüpfte davon, in eine eigene Welt hinein, Simon rannte ihr hinterher, packte sie bei den Handgelenken und wirbelte sie im Kreis
herum. Sie sang, während sie dahinflog, ihre Stimme klang dabei
wie die eines seltsamen Vogels.

Mary nahm Robert an den Händen und tanzte mit ihm, woraufhin die anderen ein großes Geschrei anstimmten, bis sie mitmachen
durften. Sie bildeten einen Kreis und drehten sich, bis ihnen
schwindlig wurde und sie ins nasse, rutschige Gras plumpsten.

Ringsum glitzerte der Regen, und James dachte, sie würden sich
vielleicht alle darin auflösen. Sie gingen über das Feld, bis sie vom
warmen Regen ganz durchnäßt waren. Robert nahm Alice hucke-
pack. Simon erzählte ein paar Schwänen, daß er in einem früheren
Leben ebenfalls ein Schwan gewesen sei. Sie zischten ihn an.

»Heh, kleiner Mann«, sagte Mary und zog James an sich. Er
konnte durch ihr nasses Hemd ihre Rippen spüren.

Mary hatte Badesachen, Handtücher, Decken und ein Picknick
mitgenommen. Die Kinder badeten im Fluß. Simon war ein Del-
phin, der Alice mit ihren roten Schwimmflügeln hinter sich herzog.
James sprang lachend vom Ast einer Weide und bespritzte dabei
jeden, der in der Nähe war. Robert verschwand flußabwärts:
Ängstliche Stimmen riefen nach ihm, ein Hund bellte eine Antwort, Robert kam zurück, pflügte mit ruhigen Schwimmbewegun-
gen flußaufwärts.

Am Nachmittag schwammen sie über den Fluß ans andere Ufer. Weicher, warmer Regen sprenkelte die Oberfläche des Wassers und zog dann über die Felder weiter.

Die Sonne ging unter. Zoe ließ sich auf dem Rücken in der Flußmitte treiben. Mary saß rauchend am Ufer und starrte über die Köpfe der Kinder hinweg in die Landschaft. Sie hielt eine Zigarette stets so, als wäre sie ein schwerer Gegenstand. Am Horizont hinter ihr glühte orangefarben die Stadt. Dann rief sie sie aus dem Wasser: plötzliche Gänsehaut, bibbernde Kinder, die sich aus nassen Badesachen schälen, Handtücher, die Haare trockenrubbeln.

Sie teilten sich an diesem warmen Sommerabend karierte Decken, Sandwiches, Schokolade und heiße Getränke. Mary sammelte ihre müden und schläfrigen Kinder um sich, eine Steigerung ihrer Behaglichkeit. Dann schliefen sie alle, einschließlich Zoe, an Ort und Stelle ein.

Zoe erwachte fröstelnd inmitten weißer Wolken. Sie stand auf, erhob sich aus dem Nebel und sah zu, wie er sich auf dem Wasser bildete und dann über die Felder hinauszog. Ihre Schultern ragten aus der Nebelbank heraus, die anderen, die zu ihren Füßen schliefen, konnte sie nicht mehr sehen; sie sah nur noch die körperlosen Baumwipfel, den orangen Schein der Stadt und eine Million Sterne, die an den blauschwarzen Sommerhimmel geheftet waren, allein und weit über dem Nebelschleier im Mondlicht.

Das Frühstück in der Küche war stets ein Chaos, weil alle immer zu spät dran waren. Charles hatte bereits erste Telefongespräche hinter sich, James hatte zu lange unter der warmen Decke weitergedöst, Robert war verschwunden, Alice suchte nach ihren Kleidern und ihrer Schultasche, da sie vergessen hatte, wo sie sie tags zuvor hatte liegenlassen, Laura hatte sich im Badezimmer eingeschlossen, Stanley reinigte den Kamin, und Robbie beklagte sich: »Ich hab euch schon vor *Stunden* geweckt!«

Nur Simon saß am Tisch und hatte Zeit, sein Frühstück in aller Ruhe zu verzehren und es ordentlich zu verdauen, weil Essen für ihn oberste Priorität hatte.

Inmitten jenes Chaos erklärte Alice im Alter von sechseinhalb Jahren, daß sie Vegetarierin sei. Sie sagte das zu niemandem im besonderen und in einem Ton, der eher nach Überraschung denn nach Überzeugung klang – »Ich bin jetzt Vegetarierin, wißt ihr«, sagte sie, als wäre es etwas Offensichtliches, das sie nur gerade eben erst bemerkt hatte, oder aber ein Witz, an dessen Pointe sie sich weder erinnerte noch deren Notwendigkeit sie ganz einsah. Es war dies eine Angewohnheit, mit der Alice ihre älteren Brüder zum Wahnsinn treiben konnte.

»Was bekommt man, wenn man einen Elefanten mit einem Telefon kreuzt?« hatte sie Robert tags zuvor gefragt.

»Keine Ahnung«, antwortete er. »Was bekommt man denn, wenn man einen Elefanten mit einem Telefon kreuzt?«

Alice zuckte lediglich mit den Achseln.

»Aber wie lautet die *Antwort*?«

»Weiß *ich* doch nicht, Robert«, erwiderte Alice.

»Aber du *mußt* es wissen«, klagte er. »Was hat die Frage denn für einen Sinn, wenn du die Antwort nicht weißt?«

Alice sah ihn traurig an. »Nun«, improvisierte sie stirnrunzelnd, »man bekommt ein Telefon mit großen Ohren.« Dann spazierte sie davon. In Gedanken war sie bereits bei ganz anderen Dingen, während Robert wütend die Fäuste ballte und ihr hinterherschrie: »Ich bin nicht *blöd*, hörst du!«

Als Alice nun also ruhig verkündete, daß sie ab jetzt Vegetarierin sei, nahmen die anderen am Tisch, die, noch nicht ganz wach, ihr Frühstück herunterschlangen, in dem allgemeinen Durcheinander aus krachenden, knirschenden Getreideflocken, brutzelnden Eiern mit Speck und verschüttetem Tee keine Notiz davon. Erst hinterher, als die Erwachsenen verschwunden und die Kinder fluchend losgerannt waren, weil sie sonst zu spät zur Schule kamen, fand Edna beim Abräumen ein unberührtes Würstchen und eine schlaffe Speckscheibe auf Alices Teller, die ordentlich an den Rand geschoben waren. Als Edna sich später an diesem Vormittag als zweites Frühstück eine Tasse Milchkaffee gemacht hatte, begann sie, vegetarische Rezepte aus den Kochbüchern herauszuschreiben, die ihr Regal füllten, wobei sie die Mengenangaben so abänderte, daß sie Portionen für eine Person ergaben.

An diesem Abend ließ sich die übrige Familie ein dampfendes Rinds- und Nierenragout schmecken, während Alice ihr eigenes kleines Gericht, Pilze im Teigmantel, vor sich stehen hatte. Robbie konnte nicht ganz verstehen, was da vor sich ging: Sie starrte lediglich verblüfft Alices Teller an. Es war eines der ersten Anzeichen dafür, daß Robbie langsam alt wurde.

»Ich bin nicht sicher, ob wir Alice gewähren lassen sollten«, meinte Mary danach vorsichtig zu Edna. »Das ist doch eine kindliche Laune. Je eher sie sie wieder ablegt, desto besser. Sie verschwendet damit nur deine kostbare Zeit.«

»Ach, ich brauche dafür nicht lange«, versicherte Edna ihr. »Aber das Kind braucht Proteine. Mit Gemüse und Pastetenkruste allein bekommt sie die nicht.«

Im Laufe der nächsten Tage rief das, was zuerst als Witz angesehen worden war, weitere Reaktionen hervor.

»Wer hat dir diese Ideen in den Kopf gesetzt, junges Fräulein?« wollte Charles beim Abendessen wissen. »Hat das etwas mit deiner Cousine Zoe und den verrückten fernöstlichen Theorien, die ihr Vater verbreitet, zu tun? Zuerst vertilgt sie genüßlich unseren Sonntagsbraten, Mary, und dann geht sie nach oben und redet unseren Kindern ein, sie sollen sich von Nüssen und Salat ernähren!«

»Niemand hat mir irgend etwas eingeredet, Papa«, erklärte Alice ihm ruhig. »Ich bin jetzt einfach Vegetarierin, das ist alles.«

»Sie ist so ein Schlaffi, daß ihre Eingeweide mit richtigem Essen gar nicht fertig werden«, sagte Robert.

»Du hältst dich wohl für etwas Besseres, Ali«, sagte Laura gekränkt.

»Es gibt Buschmänner, glaube ich, in der Kalahari«, sinnierte der alte Alfred, »die wie Strandläufer im Wüstensand von getrockneten Früchten, Wurzeln und Erdnüssen leben…«

»Wirklich?« fragte Alice.

»O ja«, fuhr er fort, »und Pflanzenzwiebeln und wilden Beeren, und Schmetterlingen und Maden…«

»O nein«, wich sie zurück.

»Und von Schildkröten, Straußeneiern und Schlangen. Und *dann* gehen sie auf die Jagd.«

»In gewisser Weise hat sie recht«, meinte James. »Vielleicht sollten wir nur Fleisch von Tieren essen, die wir selbst getötet haben.«

»Das läßt sich durchaus arrangieren, Junge«, sagte Stanley zu ihm. »Wenn ich das nächste Mal auf die Jagd gehe, sage ich dir Bescheid.«

»Danke, Stanley«, flüsterte James. Ihm grauste davor, und er war sich bewußt, daß Stanley das nicht entgangen war.

»Mmmm«, murmelte Simon und putzte den letzten Rest seines mit Kartoffelpüree überbackenen Hackfleischs vom Teller. Als er sah, daß Alice etwas von ihrem Lauch in Käsesoße übriggelassen hatte, fragte er:»Bist du satt, Alice? Soll ich das aufessen?«

Als alles um ihn herum zu feixen begann, rief Simon:»Nun, ich sehe keinen Grund, warum jemand nicht halb Fleischesser, halb Vegetarier sein sollte.«

»Wohl eher halb Tölpel, halb Schwein«, erwiderte Robert.

»Halb Pflanzenfett, halb Schweinefett«, lachte Laura.

»Es gibt keinen Grund, grausam zu sein, Kinder«, erklärte Charles, während er selbst bis über beide Ohren grinste.

Alices fleischlose Kost rief die unterschiedlichsten Reaktionen hervor, eine Gemeinsamkeit gab es jedoch: Alle Mitglieder des Haushalts brauchten Jahre, um voll und ganz zu würdigen, daß ihr Vegetarismus mehr als nur eine vorübergehende Laune war. Alle bis auf Edna, die Alice von ihrer allererstem Erklärung an ernst genommen hatte. Sie hatte irgendwie gespürt, daß dieses rätselhafte, schwer faßbare Kind tatsächlich meinte, was es sagte. Niemand sonst nahm Alice ernst, weil in ihrem Charakter nichts Eigensinniges oder Hartnäckiges lag und sie in einem Haushalt voller starker Persönlichkeiten wie eine gütige Elfe ihren eigenen Weg ging. Aber Edna hatte recht: Alice war im Alter von sechseinhalb Jahren zu einer moralischen Überzeugung gelangt, so selbstverständlich, wie andere Kinder einen neuen Zahn bekamen, und es war eine Überzeugung, an der sie für den Rest ihres Lebens festhalten sollte.

Alfred, der Gärtner, setzte sich selten dazu, wenn die Familie zu Abend aß, und das auch nur im tiefsten Winter. Er konnte es nicht ertragen, nach drinnen zu gehen, solange es draußen noch hell war und es noch etwas zu tun gab. Selbst nach Einbruch der Dunkelheit konnte man ihn im Garten sehen, wo er im Schein einer Glühbirne arbeitete, die Stanley für ihn am Rasenmäher montiert hatte.

In den Schulferien, wenn James tagsüber zu Hause war, gab Edna ihm einen Teller mit Sandwiches, die er Alfred zum Mittagessen nach draußen bringen sollte, da dieser für gewöhnlich vergaß, sie sich selbst abzuholen. James schlich sich zwischen den Blu-

menbeeten von hinten an Alfred heran und hörte beim Näher-
kommen seine einschmeichelnde Stimme.

»Jetzt schieb deine Wurzeln gut in die Erde, meine Hübsche«,
hörte er. »Ich zwicke dir nur diese Triebe ab, nun gräm dich nicht,
ohne sie wächst du um so besser.«

Alfred redete nicht nur mit seinen Blumen, er sang ihnen auch
etwas vor. Oder besser, er sang leise vor sich hin, und sie hörten
ihm vielleicht zu. Wer konnte schon sagen, ob sie nicht genauso
reagierten wie menschliche Wesen? Sein Repertoire war stilistisch
begrenzt und wechselte zwischen sentimentalen Liebesliedern und
patriotischen Gassenhauern. »Easy come, easy go«, sang Alfred,
und »Cocktails and laughter, but what comes after?«

Oder aber: »It's a long way to Tipperary« und »Pack up your
troubles in your old kit bag«. Alfreds Problem (und damit das
eines jeden, der sich in Hörweite befand) war, daß er sich zu keinem einzigen Lied den gesamten Text merken konnte: Er sang
beim Arbeiten leise kurze Liedfetzen (und selbst die Fetzen waren
falsch) und machte nur ganz kurze Pausen dazwischen.

»There'll be blue crows over
The white cliffs of Dover…

It won't be a stylish marriage
You can't afford a carriage
But we'll look sweet
Upon…

I get no kick from cocaine
That kind of thing doesn't thrill me at all…

But smoke gets in your eyes.«

Hinzu kam, daß Alfred sich dieser entsetzlichen Medleys nicht bewußt war. Edna hörte ihn in der Nähe der Hintertür und sagte:
»Oh, sing weiter, wie geht diese Melodie?«

»Welche Melodie?«

»Na, die, die du eben gesungen hast.«

»Ich? Ich habe gesungen?« fragte Alfred erstaunt.

Es war eine unerträgliche Angewohnheit, und was das Ganze noch schlimmer machte, war, daß man zwangsläufig zuhörte. Mitglieder des Haushalts, die nichtsahnend in den Garten spazierten, waren regelrecht hypnotisiert und warteten auf das nächste Lied, nur um zu sehen, worum es sich handeln würde und ob Alfred es diesmal zu Ende brächte. Es gelang ihm nie. Statt dessen brach er wie immer plötzlich ab (ohne zu wissen, daß jemand in der Nähe ganz gebannt zuhörte), bevor er etwas anderes zu singen begann:

»Give me the moonlight
Give me the…

But more, much more than this
I did it my way.«

Und wenn es dem Zuhörer endlich gelang, sich loszureißen, dann mußte er später feststellen, daß ihm die Melodien für den Rest des Tages im Kopf herumgingen.

Alfred redete mit seinen Pflanzen, bevor das allgemein üblich wurde, weil er gerne redete und sonst niemand da war, mit dem er sich unterhalten konnte. Er mochte Menschen und er sprach gern mit ihnen, aber er hatte sich jahrelang geweigert, einen Gehilfen anzustellen, weil er es, wie er behauptete, nicht ertragen konnte, jemanden herumstümpern zu sehen.

»Es gibt in diesem Leben Perfektionisten und Pfuscher«, sagte er zu James. »Wenn eine Sache es wert ist, getan zu werden, und all das, behaupte ich.« Er arbeitete von morgens bis abends, und das jeden Tag der Woche. Wenn er wegen eines unvermeidlichen gesellschaftlichen Anlasses gezwungen war, einmal frei zu nehmen, dann amüsierte er sich mehr als jeder andere, denn Alfred war ein von Natur aus geselliger Mensch. Danach aber kehrte er schnurstracks wieder zu seiner Arbeit zurück, weil es stets Hunderte von Dingen gab, die erledigt werden mußten, bevor das Wetter umschlug. »Zeit und Gezeiten, und all das«, sagte er, wenn er sich verabschiedete.

»Die Leute sind entweder Praktiker oder Blender, zupackende

oder zudringliche Menschen«, erklärte Stanley andererseits. »Nun, ich bin ein Praktiker. Hier gibt es viel zuviel zu tun, um herumzutrödeln. Man bringt es in Ordnung und macht weiter.«

Robert, der in der Nähe stand, nickte in stummer Zustimmung. »Sieh es einmal so«, schloß Stanley: »Hättest du dein Auto lieber auf einer Rampe, wo es frisiert wird wie 'ne Lady im Frisiersalon, oder draußen auf der Straße, wo es dich von A nach B bringt?«

James fragte sich, was er einmal sein würde, wenn er erwachsen wäre, Perfektionist oder Praktiker. Aber im Grunde wußte er es bereits: Er war ein Pfuscher, weil er faul war. Das ärgerte ihn aber nur, weil er nicht den Wunsch hatte, sich Stanley anzuschließen, zumindest wollte er sich nicht gegen Alfred stellen.

Wenn Alfred den Rasen mähte, ging James ihm dabei zur Hand, obwohl Alfred ihm deutlich klargemacht hatte, daß er ihm eher eine Last denn eine Hilfe war. Alfred verwendete einen breiten, uralten Handrasenmäher, der das Gras »kürzer schnitt als den Rasen auf dem Center Court von Wimbledon«, wie er prahlte. Er steuerte den Rasenmäher in entnervend geraden Linien hin und her und hielt an jedem Ende an, um den Inhalt des Auffangbehälters in einen Schubkarren zu leeren. Wenn der Schubkarren voll war, schob er – oder James, der dabei überhängende Grasschnipsel auf dem perfekt gemähten Rasen verstreute – ihn zu dem Komposthaufen in einer Ecke des Gemüsegartens. Berge frisch gemähten Grases, dessen würziger Geruch, benzingetränkt, berauschend wirkte, kleine Grashalme, die an schweißnasser Haut klebten, darunter älteres Gras, mulchig und gelb.

An einem Donnerstag in Juli des Jahres 1966 mähte Alfred den Rasen mit besonderer Konzentration. »Der Rasen hier ist zehnmal besser als der von Wembley, darauf können Sie wetten«, sagte er zu Charles, als das große Zelt eintraf.

Es war die erste Hochzeit, die James und seine Geschwister miterlebten, und es war die letzte in der Generation ihrer Eltern.

Jack und Tante Clare, Marys Schwester, hatten sich viel Zeit gelassen und waren viele Jahre lang verlobt gewesen. Aber sie waren beide vorsichtige Menschen, die sich zu nichts drängen lassen wollten. Jack Smith hatte den Bauernhof seiner Familie im Westen der Stadt geerbt, wo das Flußtal langsam zur Hochebene anstieg.

Der Bauernhof war ein Viehzuchtbetrieb: Es gab hauptsächlich Schafe, dazu eine kleine Herde Jersey-Rinder.

»Ich kann mit diesem Getreide, den Rüben, der Gerste und was sonst einfach nichts anfangen« erzählte Jack, ein großer, gutmütig-derber Mann, seinem entfernten Cousin Stanley auf dem Junggesellenabschied, den Charles für ihn gab. »Das ist mir alles viel zu unberechenbar. Nein, ich will mit Tieren arbeiten, mit denen kenne ich mich aus.«

Jack entschied sich erst dann, endlich zu heiraten, als ihn jemand darauf hinwies, daß es, bevor er nicht verheiratet war, auch keine Söhne geben würde, die den Hof übernehmen konnten – er würde direkt an die Töchter seines jüngeren Bruders fallen. Es war gut, daß er das Ganze vorantrieb, Clare hätte nämlich ewig so weitergemacht, ohne zu einer Entscheidung zu kommen. Ihre jüngere Schwester Mary hatte den großen Boß geheiratet, kaum daß es ihr das Gesetz gestattete, während Margaret, die älteste, die Institution der Ehe verachtete.

Weder Jack noch Clare waren gläubig, aber sie waren sich einig, daß zu einer ordentlichen Hochzeit auch eine kirchliche Trauung gehörte. Um in ihrer Kirche heiraten zu können, machten sie sich die guten Beziehungen von Clares Schwester und ihrem Schwager zunutze, die regelmäßig den Gottesdienst besuchten.

Der Priester der Gemeinde war ein junger Mann mit tugendhafter Miene, der ständig kicherte. Alte Damen – Witwen, alte Jungfern und Frauen, die feststellen mußten, daß sie einen Heiden geheiratet hatten – machten die Mehrheit der Kirchengemeinde aus. Sie hielten den Vikar für einen Mann von seltener und hinreißender Spiritualität. Die anderen, selbst die Kinder, die jede Woche in die Sonntagsschule gingen und sich zum Familiengottesdienst dann wieder zu den Erwachsenen gesellten, taten sich schwer damit, ihn ernst zu nehmen.

Die Kirche war anglikanisch, ein Gebäude im neugotischen Stil. Die Kirchenvorsteher, der Küster und der Chorleiter sorgten gemeinsam dafür, daß der junge Priester alles so machte, wie sie das immer gemacht hatten, was ihm durchaus recht zu sein schien. Sie schwenkten Weihrauch und läuteten Glocken verschiedener Größe und mit verschiedenem Klang, sangen die Antwortstrophen und rezitierten die Gebete auf lateinisch. Verschiedene Verse eines Chorals wurden ohne Vorwarnung vollkommen unterschiedlich gesungen: Die Männer setzten eine Strophe aus, dann sangen die Frauen die Oberstimme, und in wieder einer anderen Strophe schwieg die ganze Gemeinde und ließ den Chor allein singen. Das Ganze verlief nach einem komplizierten Schema, das nur die begriffen, die seit ihrer Kindheit in dieselbe Kirche zum Gottesdienst gegangen waren, unwissende Besucher fühlten sich ertappt.

Es war das Jahr 1966. Der Kirchenvorstand hatte erst vor kurzem anerkannt, daß man im zwanzigsten Jahrhundert lebte, und mit einer knappen Mehrheit von einer Stimme Frauen überhaupt im Chor zugelassen. Ein lokales Schisma war nur dank dem Charme des jungen Vikars abgewendet worden, der die erzürnten alten Damen besänftigt hatte. Alice war die jüngste unter den Mädchen, die aufgenommen wurden. Simon war Ministrant. Er hatte die Aufgabe, gekleidet in ein Chorhemd mit Rüschenkragen, während der Gebete eine Glocke zu läuten.

James durchlief gerade jenes Stadium in der Entwicklung eines Jungen, das seine Eltern fürchten ließ, ihr Sohn sei eine Art gelehrter Idiot: Er war von Statistiken besessen und konnte sie herunterrasseln wie der Memory Man im Fernsehen. Bei James waren es jene, die mit Fußball zu tun hatten. Für ihn waren sie alles andere als die unwichtigen Mysterien, für die andere sie hielten. Im Gegenteil, sie weiteten seinen Verstand und weckten sein Interesse an jenen Schulfächern, die ihn bisher gelangweilt hatten. Unterstützt durch das übernatürliche Gedächtnis eines zehnjährigen Schuljungen, versah James die Landkarte Englands im Geiste mit den Heimstadien der 92 Clubs der verschiedenen Profiligen und entwickelte dadurch ein Bewußtsein für die Geographie seines Landes. Er merkte sich die Gründungsdaten eines jeden Clubs und erkannte allmählich die Bedeutung der Geschichte, und er studierte das Fassungsvermögen der Stadien nebst den durchschnittlichen Zuschauerzahlen und erfaßte so die unterschiedliche Bevölkerungsdichte von Städten und Großstädten und deren demographische Verschiebungen.

Als man im vorhergehenden Winter den Tag der Hochzeit festlegte – den 30. Juli –, war es niemandem in den Sinn gekommen, den Termin für das Weltcupfinale, das zum ersten Mal in England stattfinden sollte, in die Überlegung einzubeziehen. Genausowenig hatte jemand daran gedacht, daß die Engländer ins Finale kommen könnten. Aber genau das war geschehen. James und Lewis (dessen Familie ebenfalls eingeladen war) hatten die ganze Woche überlegt, wie sie es schaffen könnten, sich nur für einen Augenblick vom Empfang im großen Haus davonzustehlen – nun, nur für zwei Stunden. Robert betrachtete ihre furchtsame Planung mit Verachtung.

»Mach es doch einfach«, höhnte er. »Das Schlimmste, was dir passieren kann, ist, daß Papa dir ordentlich den Hintern versohlt.«

»Du hast leicht reden«, erwiderte James. »Du *magst* Fußball ja gar nicht.«

»Ja, aber wenn, dann hätte ich den Mumm, es zu tun. Und das weißt du auch.«

Bei ihren Eltern fanden die Jungen kein Verständnis. Für Charles war Sport unwichtig. »Das Leben ist ein Spiel«, sagte er zu James. »Das Leben als solches ist ein Wettkampf. Gewinner oder Verlierer ist man im *Leben*. Der Wettkampf ist zu wichtig, um damit Spielchen zu spielen. Verschwende deine verdammte Energie also nicht auf den *Sport*, James.«

Lewis' Vater war auch nicht hilfsbereiter. »Das hier ist die Hochzeit der zweiten Cousine deiner Mutter, Junge. Du solltest eigentlich langsam wissen: Die Familie ist wichtiger als der Sport und all das.«

»Was wäre, wenn das letzte der fünf Ausscheidungsspiele zwischen England und den Windies an diesem Tag stattfinden würde?« wollte Lewis von seinem Vater wissen.

»Untersteh dich, in diesem Ton mit einem Erwachsenen zu reden, Junge«, sagte Garfield zu ihm.

Mary sah, daß es bei James zur fixen Idee geworden war, dieses Ereignis, dessen Besonderheit sogar sie erkannte, zu verpassen. Das wiederum steigerte ihre eigene Nervosität, denn eine der wenigen Verpflichtungen, die sie übernommen hatte, war, dafür zu sorgen, daß die Kinder sich in der Öffentlichkeit ordentlich benahmen.

»Stell dir vor, du würdest dir einen Film ansehen«, sagte sie an dem betreffenden Morgen zu James. »Stell dir vor, du wärst im

Kino.« Sie überlegte ernsthaft, ob sie den Vikar bitten sollte,
Agatha während eines der Choräle Eiscreme und Popcorn verteilen zu lassen.

Es mußte die Idee mit dem Kino gewesen sein, die Mary auf den
plötzlichen Einfall mit dem Fotoapparat kommen ließ. Sie schickte
eilig jemanden los, um einen zu kaufen, und zeigte James, wie man
damit umging, während sie selbst damit beschäftigt war, sich anzuziehen. »Wann immer du merkst, daß es dir langweilig wird«,
empfahl sie ihm, »dann mach einfach ein Foto von Jack und Tante
Clare mit dem Vikar vorn am Altar und von Papa, der Clare zum
Altar führt, und von Ben, Jacks Trauzeugen. Aber du darfst nur
fotografieren«, fügte sie hastig hinzu, »wenn gerade gesungen
wird.«

Im Haus herrschte in diesem Augenblick außergewöhnlicher Betrieb. Gäste von außerhalb der Stadt stellten ihre Koffer geräuschvoll ab und zogen sich in den Gästezimmern um, Edna beaufsich-
tigte in der Küche ein Team von Lebensmittellieferanten, Stanley
und Alfred stellten Stühle und Tische in dem geräumigen Zelt auf,
das tags zuvor wie ein Ballon auf dem Rasen aufgeblasen worden
war.

Charles schritt umher und brüllte die Leute auf freundliche
Weise an. Er kam in Marys Ankleidezimmer und sagte: »Mein
Gott, du wirst der armen Braut noch die Schau stehlen, Liebling«,
und hatte ihr die Hand schon auf den Hintern gelegt, bevor er
merkte, daß James auf dem Boden mit der Kamera herumspielte.
»Ich hoffe, du bist fertig, James«, sagte Charles zu ihm. »Stör
deine Mutter nicht«, wies er ihn an und verließ das Zimmer.

James übte zu knipsen, tat so, als fotografierte er seine Mutter,
die sich vor dem Spiegel ihrer Frisierkommode die Wimpern
tuschte. »Wird die Hochzeit hier so wie deine damals?« fragte er
sie.

»Du bist doch ganz anders als er, oder?«

»Als wer?«

»Unsere war ein Fehler«, sagte sie zerstreut.

»Was?« fragte er.

»Ich meine, unsere Hochzeit war viel größer, James«, sagte
Mary. »Wir hatten *Hunderte* von Gästen. Jetzt lauf schon los, sieh
zu, daß die anderen fertig werden.«

Auf seinem Weg die Treppe hinunter wurde James fast von Robert umgerannt, der Alice und Laura – die eine bereits in ihrem Chorhemd, die andere in ihrem Brautjungfernkleid – den Korridor entlangjagte, bis er Laura zu Fall brachte und dabei ihr Kleid zerriß. Simon flickte es mit seinem persönlichen Nähzeug.

»Hör auf zu zittern, Laura«, sagte er zu ihr, »ich will dir mit der Nadel nicht ins Bein stechen. Hör auf zu weinen.«

»Eben, dir tut doch gar nichts *weh*«, sagte Robert.

»Halt den Mund«, erwiderte sie schniefend. »Ich krieg dich schon.«

»Pah!«

»Geh weg, Robert«, bat Simon. »Du machst alles nur noch schlimmer.«

James telefonierte gerade, als Mary sie alle zusammenrief, um mit ihnen den Hügel hinunter zur Kirche zu fahren. Lewis hatte ihn angerufen, weil er es einfach nicht mehr aushielt, weil er sicher war, daß sie ohne Jimmy Greaves in der Mannschaft verlieren würden. Ihm wäre deshalb ganz schlecht, sagte er.

»Mach dir keine Sorgen, Lew«, versuchte James ihn zu trösten, obwohl Lewis ihn mit seinem Gefühl des Unwohlseins angesteckt hatte. »Stanley sagt, wir haben sie in Dünkirchen geschlagen, und wir werden sie auch in Wembley schlagen.«

»Wir haben in Dünkirchen doch niemanden geschlagen«, kam Lewis' verwirrte Antwort.

»JAMES!« Marys Stimme hallte unnatürlich laut durch das Haus.

»Meine Mama ruft mich, Lew. Hast du das mit dem Fernseher auch wirklich organisiert?«

»Ja, wir gehen zu Harry Singh, das habe ich dir doch gesagt. Sein Vater arbeitet im Laden, und seine Großmutter kommt nicht aus ihrem Stuhl.«

»JAMES! WO BIST DU?«

»Ich muß los. Wir sehen uns in einer Minute.«

»Bis gleich in der Kirche.«

»Tschüs.«

»James! Da bist du ja! Wir kommen zu spät! Komm schon! Wo ist deine Nelke, um Himmels willen. In deiner Tasche! Sie ist ja ganz zerdrückt! Gib sie mir, James. Hast du die Kamera? Dann geh sie holen. Beeil dich. Dein Vater wartet im Auto. LAUF!«

Von dem Augenblick an, als sie auf ihrer Kirchenbank Platz genommen hatten, wurde James bewußt, daß etwas in der Luft lag, das er bislang noch nie mit der Kirche in Verbindung gebracht hatte. Im Grunde hatte er es noch mit nichts in Verbindung gebracht, weil er es noch nie zuvor gespürt hatte und nicht wußte, was es war.

Jack und Ben standen in schwarzgrau gestreiften Hosen und Jacketts mit langem Schoß ganz vorn. Der Chor stellte sich mit raschelnden Gewändern und raschelnden Notenblättern auf. Der Vikar flüsterte Simon etwas zu. Die Kirche füllte sich. James vergaß Lewis, der mit seinen Eltern und seiner kleinen Schwester Gloria ein paar Reihen hinter ihm saß und darauf wartete, daß sein Freund sich umdrehte, damit er einen Blick mit ihm wechseln konnte, in dem sie ihre beiderseitige Besorgnis wegen des bevorstehenden Matches teilen konnten. Als der Organist jedoch die ersten Töne des Hochzeitsmarsches anschlug und sich alle erhoben, drehte James sich um, aber er sah Lewis überhaupt nicht, er sah nur, wie Tante Clare ganz in Weiß am Arm seines Vaters den Gang hinaufschritt, gefolgt von Zoe, die die Schleppe trug, und Laura und den beiden anderen Brautjungfern, die kleine Blumensträuße in der Hand hielten.

James spürte, wie sich in seinem Hals etwas zusammenzog und er heiße Ohren bekam. Seine Augen prickelten, aber sie wurden auch ganz groß, als er zusah, wie die Zeremonie vor ihm ablief.

Es spielte sich alles mit der Geschwindigkeit und der Kontinuität eines Traumes ab. Zur Erleichterung seiner erstaunten Mutter saß James genauso still da wie Robert. So sehr, daß sie angesichts seiner Versunkenheit einen ärgerlichen Stich verspürte und sich während des letzten Chorals zu ihm herunterbeugte und ihn mit einem kurzen Flüstern an die Kamera erinnerte, die sie gekauft hatte, um eine gesellschaftliche Katastrophe zu verhindern. James runzelte irritiert die Stirn und sagte: »Psst!«

Hinterher gratulierte Charles Mary im großen Zelt dazu, daß sie ihren zappeligen Sprößling so gut unter Kontrolle gehabt hatte. Sie erklärte ihm, daß das nicht ihr Verdienst gewesen sei. James wäre von allem einfach völlig fasziniert gewesen.

»Ein Junge soll eine Hochzeit nicht *genießen*, er soll sie *ertragen*«, erklärte er. Er runzelte die Stirn. »Um Himmels willen, Mary, unser Sohn ist doch wohl nicht so einer, oder?«

»Sei nicht albern, Charles«, erwiderte Mary. »Ich finde das bei einem Jungen recht ansprechend.«

Charles marschierte, immer noch stirnrunzelnd, zur Bar davon. James stellte inzwischen fest, daß der Empfang ebenso fesselnd zu werden versprach, wie es der Hochzeitsgottesdienst gewesen war. Er beobachtete gerade, wie Jack und Clare die letzten in einer langen Reihe von Gästen begrüßten, als Lewis sich von hinten an ihn heranschlich und ihm ins Ohr flüsterte: »Komm schon, Jay, es ist Zeit zu gehen.«

James sah ihn nicht einmal an. »Geh du schon vor, Lewis«, antwortete er. »Frag Robert, ob er mitkommen will.« Und bevor Lewis etwas sagen konnte, marschierte James ins Zelt hinein und war in der Menge verschwunden.

Lewis war wie vom Donner gerührt. Er blieb einige Minuten wie angewurzelt stehen und wachte erst aus seiner Trance auf, als ihm sein Vater herzhaft auf die Schulter klopfte.

»*Da* bist du, mein Junge! Wir sitzen an dem Tisch dort drüben, Lewis. Sieh dir die Fressalien an. Was für ein fürstliches Mahl. Sieh zu, daß du an den Tisch kommst, bevor ich auch noch deine Portion aufgefuttert habe.«

Lewis stahl sich in das große Haus davon, um Zeit und Raum zum Nachdenken zu finden. Er wanderte in einem Zustand hoffnungsloser Einsamkeit durch das leere Haus, als er eine Anzahl von Männern unisono aufstöhnen hörte. Lewis ging weiter, an der Küche vorbei, und fand Charles' Chauffeur, den Trauzeugen, jemanden vom Barpersonal aus dem Zelt, ein Dutzend bereits betrunkener Hochzeitsgäste und den Vikar, die sich alle in Stanley und Ednas Wohnzimmer um einen kleinen Schwarzweißfernseher quetschten. Haller hatte gerade den ersten Treffer für Westdeutschland erzielt.

Zwei Stunden später drängten sich mehr Männer in dem kleinen Zimmer als im großen Zelt. Sie saßen, standen, knieten und hockten, stumm und nägelkauend. Alfred schob den Kopf zur Tür herein.

»Die Braut und der Bräutigam wollen jetzt fahren«, verkündete er.

»Warte, Kumpel«, erwiderte eine einzelne Stimme. Es war der Chauffeur.

»*Die Fans sind auf dem Spielfeld!*« verkündete der Kommentator. »*Sie denken, daß es vorbei ist... DAS IST ES JETZT!*«

Die Männer strömten aus dem Haus. Der Vikar tänzelte dabei wie Nobby Stiles und wünschte sich, er hätte ebenfalls ein Gebiß, das er sich wie Englands zahnloser Held herausnehmen konnte. Der Chauffeur stürzte zum Rover und fuhr zum Rasen hinüber, wo er mit quietschenden Reifen anhielt, gerade als Jack und Clare sich endgültig verabschiedeten – um durch eine Stadt davonzufahren, in der alle Bewohner mit ihnen ihre Hochzeit zu feiern schienen.

Im allerletzten Augenblick erinnerte sich James an die Kamera in seiner Tasche, gerade noch rechtzeitig, um ein einziges Foto zu schießen. Es sollte eine originelle Komposition werden, bei der die Welt in einem Winkel von fünfundvierzig Grad gekippt war. In der unteren linken Ecke kletterten gerade die Hälfte von Jack und der größte Teil Clares in einem Konfettiregen in den Fond von Charles' Rover. In der unteren rechten Ecke war ein Wald von Gästen zu sehen, die zum Abschied winkten und sich dabei wie Bäume in einem schrecklichen Sturm neigten, so als würden sie zwei ihrer Kameraden, die, entwurzelt, für immer davongeblasen wurden, Lebewohl wünschen. In der oberen linken Ecke, über dem Auto, schlug Lewis, in der Überzeugung, Alan Ball zu sein, auf dem Rasen ein Rad. Aufgrund des Kamerawinkels glich er dabei allerdings eher einem schwebenden Seestern. In der Bildmitte, aber unscharf, stand Mary mit erhobenem Arm, während in der oberen rechten Ecke, auf dem grünen Gras vor dem gefährlich schwankenden weißen Zelt, Robert Laura herumjagte, deren Kleid vom Saum bis über das Knie zerrissen war. Aufgrund der Unerfahrenheit des Fotografen befanden sich die beiden an der einzigen scharfen Stelle des Bilds, und obwohl sie so klein waren und es aussah, als versuchten sie zu fliegen, konnte man doch den Ausdruck übernervöser Aufregung auf Lauras Gesicht und die glühende Entschlossenheit in Roberts Augen erkennen.

An diesem Abend spulte James den Film zurück und gab ihn seiner Mutter, damit sie ihn zum Entwickeln brachte. Ein paar Tage später richtete er es so ein, daß er ihn selbst abholen konnte, um auf diese Weise die Tatsache vor ihr zu verheimlichen, daß er nur ein einziges Foto gemacht hatte. Aber dieses schiefe Foto sollte das erste in einem geheimen Album sein, das James niemals jemandem zeigen würde. Bis es viele Jahre später von einem kleinen Mädchen entdeckt wurde, dem es dabei half, sein zerbrochenes Leben zu kitten, weil es Bilder seiner eigenen Geschichte enthielt.

Ein Jahr später, im Frühling 1967, wachten die Kinder eines Morgens von ganz allein auf, weil sie niemand geweckt hatte: Sie fanden Robbie in ihrem Zimmer. Sie lag in ihrem Nachthemd auf dem Boden. Ihr kohlschwarzes Haar, das sie immer in einem festen Knoten trug, war wirr um sie herum ausgebreitet, was eine unheimliche Wirkung hatte. Einige Strähnen waren verblüffend weiß. Sie war im Tode genauso furchteinflößend, wie sie es im Leben gewesen war, und die Kinder wollten sie nur ungern stören. Robert jedoch nahm seinen Mut zusammen, beugte sich über sie und berührte ihre Wange.
»Sie ist kalt«, sagte er stirnrunzelnd.

Am folgenden Nachmittag hörte James, der sich allein im dritten Stock aufhielt, ein Weinen in Robbies Zimmer. Er schlich auf die offene Tür zu, spähte um die Ecke und seufzte erleichtert, als er sah, daß es nicht Robbies Geist war, sondern nur seine Mutter. Mary kniete auf dem Boden neben Robbies Schrank, wo sie gerade deren Garderobe in einen Koffer packte. Sie hatte ihre Arbeit unterbrochen, und ihre Schultern bebten. Sie hörte nicht, wie James ins Zimmer kam, und erschrak, als er ihr die Arme um die Schultern legte.
»Was ist los, Mami?« fragte er. »Weinst du wegen Robbie?«
»Ja«, sagte sie und schneuzte sich. »Ja, James. Natürlich. Komm, umarme mich, kleiner Mann.«

Charles und Mary beschlossen, kein neues Kindermädchen einzustellen, aber, besonders wegen Alice, wenigstens ein Au-pair-Mädchen für den Sommer zu beschäftigen. Pascale traf im Juni ein. Sie war siebzehn, konnte ein paar Worte Englisch, sprach mit starkem Akzent und leise. Als die Jungen ihre Stimme hörten, hätten sie sterben mögen. Sie starrten sie mit offenem Mund und weichen Knien an, ohne daß ihnen das bewußt gewesen wäre, bis Alice Pascale an der Hand nahm und sie nach oben führte, um ihr ihr Zimmer zu zeigen.

James verliebte sich hoffnungslos. Er kiekste, weil er im Stimmbruch war, seine Hoden hatten sich gesenkt, und seine Gliedmaßen waren schlacksig, sein gesamter Körper wirkte unbeholfen und leidenschaftlich, und Pascale segelte wie eine französische Helena von Troja in diese erste pubertäre Verwirrung hinein. Er lechzte regelrecht nach ihr: Zuerst ging er ihr aus dem Weg, weil schon der Klang ihrer Stimme im nächsten Zimmer oder der schwache Geruch nach Knoblauch, den sie in den Korridoren hinterließ, sofort eine Erektion bei ihm auslöste, die er nur schwer verbergen konnte. Sich tatsächlich in ihrer unmittelbaren Gegenwart wiederzufinden provozierte bei ihm einen Blutandrang, der sich zu einer medizinischen Krise steigerte, so daß er ohnmächtig wurde. Das Problem war, daß er sich nicht von ihr fernhalten konnte. Er folgte ihr in einem Zustand unterwürfiger Erregung durch das Haus, öffnete ihr die Türen, trug ihre Taschen, machte ihr kleine Tassen bitteren Kaffees, den sie mit sechs Teelöffeln Zucker gesüßt trank, ließ ihr Badewasser ein und legte ihr frische Handtücher hin, bis sie ihn rückwärts aus dem Badezimmer schob, wobei sein Ständer sich ihr schmerzhaft entgegenreckte und das letzte von ihm war, das den Raum verließ.

Pascale konnte nichts dafür, daß sie so aufreizend war. Sie rauchte dicke, weiße, übelriechende Zigaretten, die die Jungen ihr aus den Taschen stibitzten und von denen ihnen schlecht wurde. Binnen vierzehn Tagen beherrschte sie die englische Sprache soweit, daß sie in der Lage war, jeden, der dumm genug war, sich auf eine Diskussion mit ihr einzulassen, durch eine Kombination aus Frivolität und gallischer Logik zu verwirren und sprachlos zu machen. Wenn sie auf dem Rasen ein Sonnenbad nahm, prügelten sich James und Robert um das Privileg, ihr die braune Haut mit Ambre Solaire einreiben zu dürfen.

Robert war von Pascale ebenso gefangen wie James, nur daß er diese verwirrenden Gefühle nicht herausließ. Er musterte Pascale mit einem Blick, in dem weniger Leidenschaft als Mißtrauen lag, und es hatte den Anschein, als wäre ihm der Eindruck, den sie auf ihn machte und den er nicht verleugnen konnte, unangenehm. Seine Reaktion war verstohlen: Er versuchte, sie durch das Schlüsselloch im Badezimmer zu erspähen; er schlich sich in ihr Zimmer und streichelte ihre Unterwäsche, unsicher, ob er darin ersticken oder sie in Stücke reißen wollte. Selten kam er aus seiner Deckung: Einmal, als sie schwimmen gingen, tauchte Robert im Becken unter, schwamm unter Wasser auf Pascale zu und packte sie an den Beinen. Er zog sie nach unten und schlang seine Glieder um ihren Körper, eine Klette vorpubertärer Faszination, ohne Rücksicht darauf zu nehmen, daß ihnen beiden die Luft ausging. Es kostete Pascale ihre ganze Kraft, um sich zur Oberfläche zu kämpfen und den Beckenrand zu erreichen, wo sie aus dem Wasser kletterte, während der Junge sich immer noch an sie klammerte.

Simon war ebenfalls hilflos. Pascale flirtete mit jedem, weniger absichtlich als vielmehr aus dem absoluten Selbstbewußtsein ihrer Jugend heraus. Nur mit Simon flirtete Pascale offen – vielleicht wußte sie, daß es ungefährlich für sie war. Die Art und Weise, wie sie ihm einen Gutenachtkuß gab, ihm in der Tür schöne Augen machte und ihm Kußhände zuwarf, brachte ihn zum Lachen. Er ahmte sie nach, erwiderte ihre verführerischen Gesten, gab sie ihr zurück, und das wiederum brachte *sie* zum Lachen. Er trippelte herum, er ahmte sie nach, wie sie ihre widerwärtigen Zigaretten rauchte, er erzählte alberne Witze. Am meisten gefiel Pascale aber, wie Simon seine Brüder nachäffte, die ihr den Hof machten: Sowohl James als auch Robert waren viel zu gefühlsbetont, um selbstironisch sein zu können. Ihre Leidenschaft war verzweifelt und humorlos und damit reif für die Karikatur. Natürlich wußten sie das, und sie wußten auch, wann man sich über sie lustig machte. Sie hörten Pascale ein ganz klein wenig unkontrolliert lachen, und wenn sie ihrem Lachen durch das Haus nachgingen, fanden sie ihren älteren Bruder, der sie in ihrem hoffnungslosen, hilflosen Verlangen nachäffte. Wenn Simon seine Brüder, die vor Zorn regelrecht kochten, dann ebenfalls bemerkte, hörte er nicht etwa damit auf, sondern machte mit wachsender Begeisterung weiter, weil die Freude, die er empfand, wenn er Pascale zum Lachen brachte, größer war als die Angst, später vielleicht dafür bezahlen zu müssen.

Aber James war ihr Liebling: Seine schmeichelhafte Anbetung, unschuldiger als die von Robert, war ihr letztlich willkommener, als zum Lachen gebracht zu werden.

»Du bist meine kleine Prinz, *non?*« sagte sie zu ihm, »du mußt schnell groß werden, Jams«, forderte sie, »damit isch disch 'eiraten kann, *non*?« Er wußte, daß sie ihn auf den Arm nahm, und versuchte, sie zu kitzeln, also kitzelte sie ihn, und bald rangen sie miteinander. Glücklicherweise brauchte Pascale wenig Ermutigung, um mitzumachen. Es war ein sinnliches Spiel: Sie tat ihm nicht weh, sie war nicht unbeholfen wie Simon, der ihn unter seinem Gewicht schier zerquetschte. Sie kämpfte auch nicht hinterlistig wie Robert, der, wenn er gut gelaunt war, spielerisch einen Scheinkampf anfangen konnte, sobald er aber den kürzeren zog, mit einem raschen Tritt oder Faustschlag reagierte.

Bei Pascale war das anders. Sie umarmte ihn, und er umarmte sie, und dann kämpften sie um die Oberhand. Es war im Grunde gar kein richtiger Kampf. James merkte, daß es eine raffinierte Mischung war, nicht nur ein Ringkampf, sondern auch eine andere Art von Kampf. Er liebte ihren Geruch nach Schweiß und Knoblauch. Er liebte es, ihre Brüste, die er mit seinem Gewicht platt drückte, durch seinen Pullover zu spüren. Sie rollten langsam herum, woraufhin sie ihn mit großer Anstrengung, so, als befänden sie sich in einem Medium, das dicker war als Luft, wieder zurückrollte. All seine Glieder waren angespannt, aber er schaffte es nicht, sich ihr zu widersetzen. Er liebte die Farbe in ihren Wangen und den Schweiß auf ihrer Oberlippe, die Grimassen, die sie schnitt, und die Ächzer, die sie von sich gab, als befände sie sich in tödlichem Zweikampf, während er wußte, daß sie stärker war als er und sich nur verstellte.

Das Spiel war vorbei, wenn sie sich erhob und ihn zu Boden preßte. Dann kitzelte sie ihn und lachte: »Isch 'abe gewonnen, Jams, du kannst mir nischt mehr entkommen«, während er spuckte und gurgelte und um Gnade flehte.

In dieser Zeit herrschte zwischen den Kindern eine Art Bürgerkrieg. Und es waren nicht nur die Jungen davon betroffen. Alice hatte das Gefühl, vorher in einem Vakuum gelebt zu haben, das Pascale jetzt ausfüllte. Sie war große Schwester, beste Freundin, Beschützerin, weise Ratgeberin und Heldin, alles in einem. Pascale brachte ihr die französischen Worte für verschiedene Körperfunktionen bei, lieh ihr ihre Kleidung aus und zeigte Alice in diesem Sommer, wie man in zusammenhängender Handschrift schrieb, wobei sie merkwürdig karierte statt linierte Übungshefte benutzte. Von da an sollte Alice, als wiederholten Akt unbewußter Reverenz, ihre Siebenen auf französische Weise mit einem Querstrich versehen.

Für Laura, die sich ausgeschlossen fühlte, war es eine schwierige Zeit. Sie war die einzige, die gegen Pascales Charme immun war, und ging ihr deshalb aus dem Weg. Gegen Eifersucht war sie allerdings nicht immun, und so wartete sie ungeduldig darauf, daß Alice zu ihrer Freundschaft zurückfinden würde.

Obwohl es Sommer war, wurde Alice mehrmals von verschiedenen kleineren Krankheiten außer Gefecht gesetzt. Pascale legte sich zu ihr ins Bett, sang ihr mit unmelodiöser, heiserer Stimme Rolling-Stones-Lieder vor und streichelte ihre Stirn, damit sie einschlief. Robert, der einer Krankheit stets mit stoischem Mut Widerstand leistete, tat auf einmal so, als wäre er krank, nur um rausgeworfen zu werden, weil er die Symptome nicht simulieren konnte. Da er annahm, daß Alice auch simulierte, nur eben mit Erfolg, trieb er sie eines Tages bei den Obstbäumen in die Enge. Pascale erwischte ihn dabei, wie er Alice gerade nacheinander Hände und Arme verdrehte: Sie schnappte sich einen Stock und verabreichte Robert wütend eine Tracht Prügel, die sogar ihn laut aufheulen und in ungewohnte Tränen ausbrechen ließ, worauf Mary aus dem Haus stürzte und Pascale fast hinausgeworfen hätte. Allein ihre Fähigkeit, logisch zwingend zu argumentieren, bewahrte Pascale davor, daß man sie unverzüglich nach Frankreich zurückschickte: In Charles' Arbeitszimmer fand eine lange Diskussion statt, während in einem stillen Haus vier Kinder den Atem anhielten. Am Ende gelangte man zu einem Kompromiß, der so aussah, daß Pascale versprach, niemanden mehr mit einem spitzen oder stumpfen Gegenstand zu schlagen, und die Kinder es dafür unterließen, einander zu piesacken, sarkastische Bemerkungen zu machen und sich gegenseitig nachzuäffen. Es war dies eine einmalige Waffenruhe, die einen ganzen Tag anhielt.

Das Objekt der Begierde der Jungen war von kleiner Statur, hatte eine leicht gebogene Nase, eng zusammenstehende Augen, eine olivfarbene Haut und knabenhaft kurzgeschnittenes Haar. Sie war tatsächlich so sexy, wie die Jungen sie empfanden. Wenn sie die Kinder mitnahm, um in Mr. Singhs Laden Süßigkeiten einzukaufen, starrten sie die jungen Männer aus der Nachbarschaft von fern an.

»Was 'aben die englische Jungs denn?« fragte sie die siebenjährige Alice. »Sie wissen ja niscnt einmal, wie man pfeift.«

Sie zermarterten sich jedoch das Hirn nach einem Vorwand, das Haus auf dem Hügel zu besuchen, und Stanley und Edna hatten allmählich genug davon, sich an der Hintertür mit obskuren Hilfs- oder Verkaufsangeboten auseinandersetzen zu müssen. Ob sie jemanden brauchten, der ihren Rasen mähte? Ob sie diesen gebrauchten Kaninchenstall für die Kinder kaufen wollten oder jenes Radio aus zweiter Hand, das noch einwandfrei funktionierte? Edna dachte ausführlich über diese Angebote nach, aber Stanley hatte rasch begriffen, worum es eigentlich ging, und erklärte den Betreffenden, sie sollten sich verpissen.

Als die Kinder wieder zur Schule gingen, verließ Pascale die Familie, um ihr Studium an der Universität von Rennes aufzunehmen. Das Haus versank in Trauer, als wollte es damit wettmachen, daß eine solche nach Robbies Tod nicht aufgekommen war.

Von diesem Tag an begann James zuzunehmen, als wäre das eine psychometabolische Antwort auf die Abreise seiner ersten Liebe.

»Das ist nur Babyspeck, kleiner Mann,« versuchte seine Mutter ihn zu trösten. »Ich finde es süß.« Er hoffte, sie würde dies vielleicht dadurch beweisen, daß sie seine Pausbacken küßte oder seinen molligen Körper in die Arme schloß, aber sie schwebte schon an ihm vorüber.

»Du wirst immer langsamer!« schrie Lewis ihn auf dem Fußballplatz an, wenn James es nicht schaffte, einen Steilpaß auf dem Flügel zu erreichen.

»Du spielst besser im Mittelfeld«, erklärte ihm der Sportlehrer der Gesamtschule, in die er jetzt ging.

»Was ist denn überhaupt so schlecht daran, kein knochiges Skelett mehr zu sein?« beklagte sich Simon beim Tee. Simon war *immer* schon rundlich gewesen.

»Er hat recht«, stimmte Edna zu. »Dein Körper muß seine eigene Gestalt finden, und in deinem Alter probiert er verschiedene Formen aus, um zu sehen, welche zu ihm paßt.« Sie stellte Teller mit Sandwiches und klitschigem Kuchen auf den Tisch und goß ihnen Milch ein. James bemerkte, daß ihr der Ehering in die fleischigen Finger schnitt.

»Aber es tut manchmal weh, Edna«, sagte James zu ihr. »In meinen Beinen.«

»Ach, das sind Wachstumsschmerzen, Kind. Die hat jeder. Bevor du es richtig merkst, wirst du in die Höhe schießen.«

Vielleicht sagte sie das, weil sie erkannte, daß James seinen besten Freund beneidete: Lewis wurde von Tag zu Tag größer und noch dünner.

»Was für eine Verschwendung«, jammerte Garfield. »Der Herrgott hat dich zum Werfer *geschaffen*.«

Eines Samstags radelten James und Lewis langsam von einem ihrer Fußballspiele nach Hause. Sie fuhren auf dem breiten Radweg neben der Verbindungsstraße, die den Norden der Stadt, wo sich ihre Schule befand, mit dem Südosten, wo sie wohnten, verband.

»Was willst du einmal werden, wenn du erwachsen bist, Lew?« fragte James.

»Weiß ich doch nicht«, erwiderte er ungehalten, so als wäre das eine völlig absurde Frage. »Politiker, vermutlich. Oder ich mache irgendwas mit Musik. Keine Ahnung.« Er radelte stumm weiter, aber ihm fiel nichts mehr ein, also fragte er James: »Und? Was ist mit dir?«

»Ich werde natürlich Fußballer«, erwiderte James entschieden.

Lewis lachte nachsichtig. »Das ist dein Problem. Du bist ein Träumer, Jay.«

Wahrscheinlich hatte Lewis recht. James gefiel es auf seiner neuen Schule nicht besonders. Er war keiner der Banden beigetreten, die sich alle paar Wochen bildeten, zerschlugen und wieder neu formten. Er hatte sich unabhängig davon mit anderen Jungen und Mädchen angefreundet, von denen einige nur in seiner neutralen Gegenwart miteinander redeten, bis er zu einer Art Einzelgänger geworden war, aber mit einer eigenen alternativen Teilzeitbande. Der Unterricht langweilte ihn hier ebenso wie in der Grundschule, und er verlor seine Überlegenheit in Mathematik, mit der er sich getröstet hatte, denn andere Kinder waren intelligenter als er und überholten ihn schließlich. Er saß träumend im Klassenzimmer, hörte die Stimme des Lehrers nur noch aus der Ferne, sein Schulbuch verschwamm vor seinen Augen, der harte Stuhl und alles andere in der physikalischen Welt wurden weich, zogen sich zurück, verschwanden, während seine Gedanken in den Raum hinaustrieben. Der Unterricht floß an ihm vorüber. Er beteiligte sich nicht, warum, wußte er selbst nicht.

»Ich weiß, das ist mir auch schon aufgefallen«, stimmte Charles dem Direktor zu Beginn von James' zweitem Jahr an dieser Schule zu. »Wie seine Mutter. Scheuen Sie sich nicht, ihn zu züchtigen. Sie haben meine volle Unterstützung.«

Zu James' Glück kam die Prügelstrafe langsam aus der Mode. Es war der Sommer der Liebe, als man der Gewalt mit Blumen begegnete. Zoes Vater setzte seine Tochter nach einer sechsmonatigen Indienreise zu Hause ab. Sie kam in Simons Klasse – ihre Auslandsaufenthalte hatten sie insgesamt zwei Schuljahre zurückgeworfen –, rauchte flache Zigaretten, die wie verbranntes Unkraut rochen, und trug ein Stirnband und Perlenketten. Anstatt Zoe unverzüglich nach Hause zu schicken und ihr zu sagen, sie solle erst wiederkommen, wenn sie eine Schuluniform trug, bat ihre Klassenlehrerin, eine junge Frau, die selbst erst vor kurzem die pädagogische Hochschule verlassen hatte, sie lediglich, ob sie ihr auch ein solches Indienkleid besorgen könne.

Selbst Charles überraschte alle mit seiner Toleranz. Als eines Samstag nachmittags ein Open-air-Konzert im Park auf dem Hügel unterhalb des großen Hauses veranstaltet wurde, das die ganze Nacht dauerte, so daß kein Mensch schlafen konnte, kam Charles nicht, wie erwartet, mißmutig zum Frühstück herunter, sondern in bester Laune.

»Junge Leute sollten sich amüsieren, solange sie es noch können«, verkündete er. »Verantwortung müssen sie ohnehin früh genug übernehmen.«

Ermutigt durch die unerwartete Nachsicht seines Vaters, bat Simon Alfred um einen Strauß Ringelblumen, die er sich ins Haar flocht. Da er, von Zoe ermuntert, in letzter Zeit keine Schulkrawatte mehr trug und auch sein weißes Hemd nicht mehr in die Hose steckte, verlieh ihm die Blumengirlande das Aussehen eines jungen, dekadenten römischen Kaisers. Charles kam eines Tages von der Arbeit nach Hause und sah seinen pummeligen ältesten Sohn mit zwei seiner Freunde am Teich sitzen: Sie klimperten auf einer Gitarre herum, der eine Saite fehlte, spielten Mundharmonika, schlugen auf das Tambourin und sangen falsch, aber laut: *»Ihr Väter und Mütter, kommt und seht.«*

Alfred in den Rosenbeeten, Edna am Küchenfester, James und Alice, die gerade in diesem Augenblick aus der Haustür traten, und Charles' Chauffeur: Sie alle beobachteten, wie Charles aus dem Fond seines Wagens sprang und mit großen Schritten über den Rasen eilte.

»Tadelt nicht, was ihr nicht versteht.«

Die Zeugen konnten an der Schroffheit seiner Bewegungen und seinen eingezogenen Schultern sehen, daß der Boß gleich einen Wutanfall haben würde.

»Eure Kinder, sie unterstehn nicht eurer Gewalt.«

Simon und seine beiden Freunde spielten und sangen jedoch mit seelenvoll geschlossenen Augen, so daß sie Charles nicht kommen sahen und seine wütenden Schritte, die den Boden unter ihnen erbeben ließen, erst richtig deuteten, als es zu spät war. *»Und außerdem werdet ihr langsam alt.«*

Charles riß einem Jungen mit rotbraunem Haar die Mundharmonika aus dem Mund und warf sie in den Teich. Dann hob er den Jungen hoch und warf ihn hinterher.

Der Tambourin Man, ein kleiner, pickeliger Kerl mit Brille namens Rupert, sprang auf die Füße. Einer panischen Eingebung folgend, warf er, als Charles auf ihn zukam, sein Instrument eigenhändig in den Teich, vielleicht in der Hoffnung, durch ein solches Sühneopfer selbst diesem Schicksal zu entgehen. Doch er irrte sich. Er landete mit einem lauten Klatschen, das in keinerlei Relation zu seiner Größe stand, bäuchlings im Wasser.

Schäumend wandte Charles sich Simon zu, der in einer Art Schockzustand verharrte und in dieser Verfassung nicht in der Lage war, mit den verschiedenen Emotionen fertig zu werden, die das Verhalten seines Vaters in ihm auslöste: Angst, Scham, Verwirrung, Verlegenheit. Charles pflanzte sich vor Simon auf, aber er faßte ihn nicht an. Statt dessen beugte er sich zu seinem Sohn hinunter und brüllte ihm ins Gesicht.

*»*Wenn ich je wieder sehe, daß du Blumen im Haar hast, auf einer gottverdammten Gitarre herumklimperst, solche Lieder singst, dich mit diesen Idioten abgibst oder dich auf andere Weise über deinen Vater lustig machst, dann kannst du was erleben! Verstanden?«

Simon gab keine Antwort. Es hatte ihm schlicht und ergreifend die Sprache verschlagen.

»Dann wäre das ja geklärt«, stellte Charles fest und ging mit großen Schritten über den Rasen ins Haus. Es war Simons erster Akt der Rebellion, und auch der letzte.

Mary war über Charles' schändliches Verhalten wütend, aber vielleicht hatte er, abgesehen davon, daß er ein Tyrann war, ja noch andere Gründe dafür. Er war die ganze Woche schon in merkwürdiger Stimmung gewesen, und zwar seit vergangenem Sonntag, als Alice am Mittagstisch in einem Augenblick der Erleuchtung enthüllt hatte, daß sie sich ihrer eigenen Sterblichkeit bewußt war. Sie hatte eine Zeitlang mit dem für sie typischen abwesenden Blick, der zeigte, daß sie an etwas anderes dachte, dagesessen, ohne etwas zu sagen, als sie plötzlich wieder in die Realität zurückkehrte und ihren Vater unterbrach:

»Papa, ich werde eines Tages sterben, nicht wahr? Wir alle.«

Die meisten Menschen begreifen die Unausweichlichkeit ihres eigenen Ablebens angesichts ihrer Kinder, deren bloße Existenz den unerbittlichen Zyklus von Geburt und Tod offenbart, aber in milder Art und Weise. So war das auch bei Charles, nur daß in seinem Fall sein viertes Kind ihm dies nicht durch die schlichte Tatsache ihres Daseins bewußt machte, sondern mit einer direkten Aussage.

»Ich werde eines Tages sterben, nicht wahr?« sagte sie. »Wir alle.«

Charles sah sie an. »Tatsächlich?« fragte er. Dann faßte er sich und sagte: »Ich nicht.«

»Doch, du auch, Papa«, versicherte Alice ihm. »Ich habe es eben herausgefunden. Schau, wir wohnen lange Zeit bei den Engeln, dann sagen sie eines Tages: ›Du! Geh und lebe bei dieser Familie dort unten!‹ Und so werden wir geboren. Wir leben hier. Und dann sterben wir wieder.«

»Und was dann?« fragte Charles, den die Sachlichkeit seiner Tochter offensichtlich völlig entwaffnet hatte.

»Ich weiß nicht«, gestand Alice ein. »Vielleicht kehren wir zu den Engeln zurück, vielleicht schlafen wir auch nur für immer.«

»Oh«, erwiderte Charles.

»Es ist vermutlich ein bißchen traurig, aber es spielt nicht wirklich eine Rolle, oder?« schlug Alice vor. Dann fragte sie Edna, ob sie noch etwas Sommerpudding haben könne.

In der Grundschule hatten die Kinder kaum eine Vorstellung davon gehabt, was ihre Eltern machten und in welcher Beziehung sie zueinander standen. In seinem zweiten Jahr an der Gesamtschule jedoch wurde James allmählich klar, daß ziemlich viele Väter seiner Klassenkameraden – und Mütter, ältere Brüder, Tanten und Onkel – in der einen oder anderen Eigenschaft, in dieser oder jener Abteilung, in der Fabrik seines Vaters arbeiteten. Es war etwas, worüber keiner von ihnen sprach. Nur gelegentlich platzte er zufällig in eine Unterhaltung hinein und schloß aus den Wortfetzen, die er gehört hatte, daß sie über seinen Vater geredet und dabei irgendeine Geschichte über die Großzügigkeit, den Reichtum oder den Charakter des großen Bosses ausgetauscht hatten. Sie brachen das Gespräch ab und wechselten unbeholfen das Thema, mehr aus Verlegenheit denn aus irgendeiner Art von Groll, da ihre Eltern, abgesehen von den wenigen Vätern, die Charles in seiner Launenhaftigkeit gefeuert hatte, ihm meistens dankbar dafür waren, daß er ihnen eine wachsende Zahl von Arbeitsplätzen verschaffte: Es war die Zeit des wirtschaftlichen Aufschwungs. Die Geschäfte expandierten in alle Richtungen. Charles investierte in neue Geräte und Maschinen sowie in den Bau neuer Werkstätten und Lagerhäuser. Das Fabrikgelände begann langsam einem kleinen Industriedorf zu gleichen.

Als die Studenten des College of Further Education, einer Einrichtung der weiterführenden Bildung in der Stadt, versuchten, ihrem erfolgreichen Sit-in vor dem Büro des Direktors einen Marsch zu den Fabriktoren und eine Solidaritätserklärung mit den unterdrückten, ausgebeuteten Arbeitern folgen zu lassen, die mit ihnen gemeinsam dafür streiken sollten, diese Hölle an kapitalistischer Ausbeutung in eine Kooperative des Proletariats umzuwandeln, standen sie den ganzen Tag da und schrien, bis sie heiser waren. Als dann um vier Uhr die Fabriksirene ertönte und Hunderte von Männern in Overalls und mit Brotzeitbüchsen auf sie zukamen und zuradelten, dachten sie einen kurzen Moment lang, die Arbeiter hätten, veranlaßt durch ihren Aufruf, an den Montagebändern mobil gemacht.

Es war in der Tat ein kurzer Moment. Die Tore schwangen langsam per Fernsteuerung auf, die Fabrikarbeiter strömten heraus und machten sich nach ihrer Schicht auf den Heimweg. Die etwa fünfzig langhaarigen Studenten ignorierten sie dabei völlig. Desillusioniert, mit zerbrochenen Plakaten und blutigen Nasen, da sie sich hier und da an einem Ellbogen gestoßen hatten, blieben sie auf der Straße zurück. Sie studierten dummerweise in der falschen Stadt.

Auch in dem großen Haus auf dem Hügel gab es Veränderungen. Die Bewohner sahen Charles jetzt öfters in der Zeitung als daheim. Seine volltönende Stimme hörten sie häufiger im Radio als zu Hause. Er hatte ständig Konferenzen in London oder anderen Städten, manchmal reiste er in einem Hubschrauber, der vom Rasen aus startete.

Die Kinder bedauerten das nicht: Mary war entspannter, wenn Charles nicht da war. Nicht, daß sie viel von ihr gesehen hätten – wenn er unterwegs war, verbrachte sie sogar noch mehr Zeit in ihrem Ankleidezimmer, was in letzter Zeit mehr als nur ein Arbeitszimmer war. Mary hatte eine Bettcouch hineingestellt und auf diese Weise in ihrem eigenen Haus ein Einzimmerapartment geschaffen.

James kam zu ihr hinauf, um sie um zusätzliches Taschengeld für ein neues Paar Knieschützer zu bitten, und sah, daß sie am Fenster saß und hinausstarrte. Ihre Wangen waren käsig, er entdeckte Falten in ihren Augenwinkeln und graue Haare, die er in ihrem langen braunen Haar vorher nicht bemerkt hatte. Ihm fiel auf, daß seine Mutter älter wurde.

»Mami –«

»Huch!« Mary schrak zusammen. »Du sollst dich doch nicht so anschleichen, James«, sagte sie, als sie sich wieder erholt hatte. »Du hast mich ganz schön erschreckt.« Er konnte ihren unangenehmen Whiskyatem riechen.

»Mama, warum hast du jetzt ein Bett hier drin?« fragte er sie. »Braucht man mehr Schlaf, wenn man älter wird?«

»Sei doch nicht so grob!« japste sie. »Schau, das ist ganz normal. Du weißt, daß ich schlecht einschlafen kann, James. Ich muß deshalb Tabletten nehmen. Wenn dein Vater mich mit seinem Geschnaufe und Geschnaube erst einmal aufgeweckt hat, dann schlafe ich überhaupt nicht mehr ein. Ich bekomme Angst, daß er mich zerdrückt.« Mary lachte und zündete sich eine Zigarette an. »Und jetzt verschwinde, kleiner Mann. Ich arbeite.«

Um das Gesicht zu wahren, stellte Charles ein Bett in *sein* Ankleidezimmer. Er hoffte, die Kinder dadurch zu überzeugen, daß dies eine gegenseitige Übereinkunft war. Wenn Charles daheim war, kam Simon morgens zu ihm herein und leistete ihm Gesellschaft. Er setzte sich auf das Bett, während sein Vater sich beim Rasieren mit den Nachrichtensprechern der BBC und den Politikern im Radio anlegte.

Ohne Charles' laute, polternde Gegenwart wirkte das große Haus still und leer. Simon kam allein aus der Schule nach Hause und ging geradewegs in sein Zimmer, wo er blieb, bis er hörte, wie Edna den Gong zum Abendessen schlug. Nach dem Essen verschwand er wieder dorthin.

»He, Simon«, fragte James ihn, »willst du mit mir und Lewis in der Spülküche Darts spielen?«

»Lewis und mir«, korrigierte Simon ihn.

»Ja, okay. Lewis und mir. Willst du oder willst du nicht?«

»Nein.«

»Warum nicht?« beharrte James.

»Hausaufgaben«, erklärte Simon ihm. Charles hatte Simon zum vierzehnten Geburtstag ein eigenes Telefon geschenkt. Simons Freunde, die an die Tür klopften und nach ihm fragten, wurden zum Telefon in der Diele verwiesen, von wo aus sie ihn anrufen konnten.

»Was machst du gerade?« fragten sie. »Willst du rauskommen?«

»Ich habe zu tun«, erklärte er ihnen und legte auf. Seit sein Vater seine Freunde in den Teich geworfen hatte, schien Simon sie nicht mehr sehen zu wollen. Er hatte in seinem Zimmer auch einen Fernseher, und James und die anderen sahen oft das traurige blaue Licht, das unter seiner Tür hindurchschimmerte.

Roberts Schulfreunde gehörten nicht zu der Sorte, die einander besuchten, um zusammen zu spielen. Er freundete sich mit jenen Jungen an, mit denen er gekämpft hatte. Wenn sie sich erst einmal gegenseitig grün und blau geprügelt und die Nasen blutig geschlagen hatten, konnten sie sich hinterher als Blutsbrüder in die Arme fallen und von da an kriminellen Taten im Ödland und verlassenen Gebäuden widmen.

Wenn Robert daheim war, was selten geschah, schloß er sich Stanley an. Er folgte ihm, wie James einst Alfred im Garten gefolgt war, in seinem Fall allerdings weniger als brabbelnde Ablenkung denn als kleiner, stummer Schatten.

Stanley war ein praktisch veranlagter Mensch. Er war der Ansicht, daß er jedes Gerät verstehen konnte, da es von anderen Männern entworfen und gebaut worden war.

»Alles, was du brauchst, ist dein gesunder Menschenverstand, Junge«, sagte er zu Robert. »Hab keine Angst davor, etwas auszuprobieren.«

Stanley konnte jedes kaputte Gerät auseinandernehmen, seinen Mechanismus studieren, das defekte Teil finden und ersetzen und alles wieder so zusammenbauen, daß es funktionierte. Ob es sich dabei um einen Verbrennungsmotor, ein Elektrogerät oder eine Rohrleitung handelte, spielte keine Rolle: Nichts schreckte ihn ab. Er breitete ein altes Laken auf dem Boden aus und legte Schrauben und Bolzen, Unterlegscheiben, Kabeladern, Ventile und Dichtungsmanschetten darauf aus, während er sich einprägte, wie sie zusammenhingen. Seine Finger, von körperlicher Arbeit flach und dick geworden, schlossen sich um einen Schraubenschlüssel oder einen Schraubenzieher, während seine Knöchel groß wie Walnüsse waren.

Es lag nicht in Stanleys Natur, sich irgend jemandem gegenüber offen freundlich zu zeigen. Er forderte Robert weder auf, ihm zur Hand zu gehen, wenn er die lange Leiter herausholte, um die Dachrinne zu reinigen, noch fragte Robert ihn, ob er ihm helfen könne. Robert stellte sich einfach auf die unterste Stufe, um die Leiter mit seinem Gewicht zu stabilisieren. Die beiden verband eine fast wortlose Beziehung. Sie konnten mit dem Lieferwagen zum Bauhof fahren, um dort Sand und Zement, Nägel und Holz zu holen, und den ganzen Weg wieder zurückfahren, ohne ein einziges Wort miteinander zu wechseln.

Als James sah, wie fasziniert sein Bruder war, vermutete er, ihm entginge etwas. Es war offensichtlich, daß Roberts Schweigen nicht mangelnde Neugier, sondern Stolz war. Er wollte nur einfach nicht zeigen, daß er nicht wußte, wie die Dinge funktionierten: Alles, was sie unter der Haube von Marys Zephyr sagten, waren Dinge wie:»Reich mir den Franzosen, Junge« oder»Brauchst du den Schraubenzieher oder den Spanner, Stan?«

Also drängte sich James dazwischen und ging den beiden damit auf die Nerven, daß er Stanley eine Unmenge von Fragen stellte: »Wozu ist das gut? Wie kommt es, daß das so auf und ab hüpft? Warum ist der Stecker so klein? Vielleicht ist da ein Leck. Warum schlägst du nicht einfach mit einem großen Hammer drauf?« Bevor Stanley ihn fortschicken konnte, ging James jedoch von selbst wieder, da ihn ein Automotor ungefähr zweieinhalb Minuten lang zu fesseln vermochte, bis er vor Langeweile gähnte.

Robert wurde es niemals langweilig, obwohl das ein Außenstehender bei seinem versteinerten Gesichtsausdruck schwerlich hätte erkennen können. Er liebte den Geruch von Schmierfett, Öl und heißem Metall einer eingeschalteten Lötlampe, er liebte es, mit einer Ratsche eine Mutter festzuziehen, er genoß das Geräusch eines Automotors im Leerlauf, das immer runder klang, wenn die Unterbrecherkontakte eingestellt wurden. Er marschierte, in einem abgeschnittenen alten blauen Overall von Stanley und ausgerüstet mit einem Schraubenzieher, im Haus umher, blieb immer wieder stehen, um lockere Schrauben festzuziehen, etwa an Türknäufen oder Pfannengriffen. Draußen im Garten hinter dem Haus hielten Lieferanten den zehnjährigen Sohn des großen Bosses manchmal fälschlicherweise für einen zwergenhaften Mechaniker.

Wenn Stanley etwas schweißen mußte, wurde Robert von der blauvioletten Flamme und dem Funkenregen magisch angezogen. Stanley sagte ihm, er dürfte nicht in die Flamme sehen; als er aber erkannte, daß der Junge einfach nicht anders konnte, gab er ihm einen eigenen Helm, in dessen Kopfriemen er zusätzliche Löcher gestanzt hatte. Der Helm hing wie ein Schild vor Robert und bedeckte den größten Teil seines Rumpfes.

Edna schickte Laura mit Tee und Schmalzbroten für »die Männer«, wie sie sie nannte, hinaus. Als Robert das hörte, konnte er nicht verhindern, daß ihm ein flüchtiges Lächeln über sein versteinertes Gesicht huschte.

Nachdem sich Laura und Alice, die inzwischen neun Jahre alt waren, von Pascales kurzer Anwesenheit erholt hatten, waren sie mehr denn je wie Schwestern. Obwohl sie ganz unterschiedlich aussahen – Alice mit ihrer Porzellanhaut und ihrem üppigen kastanienbraunen Haar wirkte dünn und zerbrechlich, Laura mit kurzem braunen Haar ähnelte immer noch mehr ihrer Mutter als ihrem Vater und machte einen eher robusten und strammen Eindruck –, verbrachten sie so viel Zeit miteinander, daß sie eine Zeitlang dieselben Rhythmen und dieselben Gedanken hatten und voneinander ihre Marotten übernahmen. So pflegte Alice beim Tee ihrem Bruder geistesabwesend übers Haar zu streichen, während Laura sich angewöhnte, genau wie Alice plötzlich von irgendeiner seltsamen Idee gepackt, davonzulaufen und zu tun, was immer ihr gerade in den Sinn gekommen war: Ihre Puppen mußten nach draußen gebracht werden, damit sie die Abendluft genießen konnten, oder sie verspürte den Drang, nachzusehen, ob der Goldfisch im Teich nicht von der Nachbarskatze gefressen worden war. Oft schliefen sie zusammen. Mary oder Edna fanden sie dann in dem einen oder dem anderen ihrer Schlafzimmer und sahen keinen Sinn darin, sie umzuquartieren.

James stand den Mädchen näher als seinen Brüdern. Simon hatte es früher nie gestört, wenn James, der sich langweilte, an seinen Stegreifparties teilnahm, bei denen er, Simon, Gastgeber und Rädelsführer war. Sein plötzlicher Rückzug war unmißverständlich. Er wollte nicht belästigt werden, wenn er in seinem Zimmer vor dem Fernseher saß und, wie er sagte, versuchte, Hausaufgaben zu machen. Auch mit Robert, der gerne Tiere jagte, Motoren auseinanderbaute und der Ansicht war, Fußball sei etwas für Idioten, die wie wahnsinnige Ratten hinter einem Ball herrannten, hatte James keine gemeinsamen Interessen.

Lewis mußte seine Schwester Gloria aus der Grundschule abholen und auf sie aufpassen, bis seine Eltern von der Arbeit kamen. Häufig ordnete Garfield Lewis dann dazu ab, ihn in seinen Schrebergarten, der zwischen dem Fußballplatz und dem Friedhof lag, zu begleiten.

»Komm mit, Junge, so klein bist du nicht mehr, daß du dir nicht langsam deinen Unterhalt mit ein paar Hausarbeiten verdienen könntest«, sagte er zu ihm.

»*Papa*«, stöhnte Lewis. »Ich und James müssen mit dem Ball arbeiten.«

»Und wenn James helfen will, ein paar Kartoffeln auszugraben, ist er willkommen.«

James und Lewis wechselten gequälte Blicke. »Dann bis morgen, Lew«, sagte James ein wenig schuldbewußt: Freundschaft hatte ihre Grenzen, und Gartenarbeit war eine davon.

Also verbrachte James, da er nicht gern allein war, seine Zeit mit den Mädchen. Zuerst fühlte er sich in Lauras Gesellschaft ein wenig gehemmt: Ihre Gegenwart betonte die Tatsache, daß er der ältere Bruder war, der nicht recht wußte, was er mit sich anfangen sollte, und deshalb versuchte, sich in ihre Spiele hineinzudrängen. Es lag auch etwas in ihrem Verhalten, in ihrem Selbstbewußtsein und ihrer Gelassenheit, das in ihm den Eindruck erweckte, sie würde ihn insgeheim tadeln. Wenn er ehrlich war, wußte er auch, woran das lag: Sie vermittelte ihm das Gefühl, unreif zu sein, was er, wie er wußte, ja auch war. Erstens einmal war er ungeduldig: Er schaffte es nie, ein Bonbon länger als ein paar Sekunden zu lutschen, bevor er es zerbiß und herunterschluckte, ganz gleich, wie sehr er sich auch vornahm, es nicht zu tun. Laura hingegen lutschte stundenlang an ihrem Bonbon, und wenn sie die Zunge herausstreckte, lag dort immer noch ein Stückchen Gerstenzucker, das sich nicht aufgelöst hatte. Außerdem liebte es James noch immer, durch die Korridore des Hauses zu rennen, ganz ohne Grund, nur einfach um des Rennens willen, obwohl die Wachstumsschmerzen in seinen Hüften ihm inzwischen regelmäßig Beschwerden machten. Und es machte ihm Spaß, mit Hilfe von Tomatenketchup Nasenbluten vorzutäuschen und schreckliche Witze zu erzählen.

»Was ist der Unterschied zwischen einer Krähe?« fragte er beim Tee. Sie ignorierten ihn alle.

»Beide Beine sind gleich lang. Besonders das linke!« erklärte er.

»Aaach«, stöhnte Simon.

»Das ist nicht komisch, du Idiot«, sagte Robert, als James über seinen eigenen Witz lachte.

»*So* komisch ist es wirklich nicht«, stimmte Simon zu.

»Wo ist der Witz? Ich hab ihn nicht kapiert«, beklagte sich Alice.

»Ich gehe nach oben«, sagte Simon.

Nur Laura lächelte matt. »Ich finde das sehr witzig, James«, sagte sie zu ihm. Daraufhin hielt James den Mund. Von Laura ignoriert zu werden war ihm lieber als ihre gönnerhafte Nachsicht. Dennoch ärgerte ihn das nicht lange. Es machte ihm Spaß, den beiden zu zeigen, wo im Garten die besten Kletterbäume standen oder wie man sich in dem Haufen aus Herbstlaub verstecken konnte, um dann herauszuspringen und Alfred zu erschrecken, wenn er eine weitere Schubkarrenladung Laub ablud. Es machte ihm Spaß, ihnen dabei zu helfen, für Edna am Küchentisch Kastanien von ihrer Schale zu befreien.

»Warum hast du rotes Haar, Alice«, fragte Laura. »Ich denke schon die ganze Zeit darüber nach.«

»Robert hat mir erzählt, man hätte mich in einer Mülltonne in Gath gefunden«, erwiderte Alice gelassen.

»Nimm keine Notiz von dem da«, beruhigte Laura sie. »Er ist schrecklich.«

An Winternachmittagen spielten sie in Lauras Zimmer stundenlang Monopoly. Alice verlor allerdings bald das Interesse: Sie ging auf die Toilette und vergaß zurückzukommen, so daß James und Laura das Spiel allein zu Ende spielten. James brachte ihr mit einem Schachspiel, das Mary ihm geschenkt hatte, als er krank gewesen war, Schach bei, und ihre Beziehung fand so zu einer glücklichen Balance: Laura war von dem Spiel fasziniert, während James sich darüber freute, daß er sie schlagen konnte, und in ihrer Gegenwart seinen Minderwertigkeitskomplex vergaß.

Ein- oder zweimal schlief der dreizehnjährige James auf Lauras Bett ein, das Schachbrett und die Figuren zwischen ihnen verstreut. Als Alice sie fand, gähnte sie und legte sich kurzerhand dazu.

»Nun, ich finde das süß«, versicherte Mary Charles, die den Fehler gemacht hatte, ihm davon zu erzählen.

»Süß?« wiederholte er. »Er ist doch verdammt noch mal kein *Mädchen*, Frau! In seinem Alter sollte er versuchen, mit einer neunzehnjährigen Frau ins Bett zu kriechen, nicht mit neunjährigen Mädchen! Und noch dazu mit seiner eigenen Schwester! Gibt es denn niemanden, der hier aufpaßt, wenn ich nicht da bin?«

Charles hielt ihnen allen dreien eine Standpauke und verbot ihnen strikt, ein Bett miteinander zu teilen. Am nächsten Morgen fand man Alice in *James'* Bett, was zum ersten Mal geschehen war. Man befürchtete schon, sie könnte von ihrer Mutter die Neigung zum Schlafwandeln geerbt haben. Alice hatte jedoch einfach nur nicht begreifen können, was sie falsch gemacht haben sollte, und sich über die Tirade ihres Vaters geärgert. Simon mußte ihr erklären, daß es ja auch nicht falsch gewesen war, sondern nur eine Frage der Konvention, was Alice akzeptierte. Diese besondere Veranlagung sollte, wie sich herausstellte, eine Generation überspringen.

Es war an einem Samstagnachmittag im Oktober 1969, ein ruhiges Wochenende. Charles war nicht da. Stanley hatte Robert auf einen Jagdausflug mitgenommen, um auf Jacks Land Kaninchen zu schießen: Robert trug die gleiche flache Mütze wie Stanley, für eine Schrotflinte war er jedoch noch zu klein. Dafür hatte er sein eigenes Luftgewehr. Die Mädchen waren in den Kinderkinoclub gegangen und von Zoe hinterher auf einen Abschiedstee in Agathas Wohnung über dem Projektionsraum eingeladen worden. Am Vormittag war Zoe zum Haus hinaufgekommen, nur um James auf Wiedersehen zu sagen. Dieses Kompliment verwirrte ihn.

»Warum kommst du dich extra von mir verabschieden?« strahlte er.

»Weil du mein Liebling bist, Schätzchen«, erklärte Zoe ihm und zog an ihrer Kräuterzigarette. »Hast du das denn nicht gewußt? Ich meine, ihr seid ein hoffnungsloser Haufen mit diesem Tyrannen von einem Vater und eurer sonderbaren Mutter.«

»Sonderbar?«

»Aber du bist der Beste von dem ganzen Verein, James. Wie dem auch sei, ich muß dich um einen Gefallen bitten.«

»Was?« fragte er, während er sich überlegte, ob er Zoe erzählen sollte, daß in der Schule so ziemlich alle fanden, *sie* wäre der sonderbarste Mensch, den sie kannten. Sie machte niemals Hausaufgaben und las ständig irgendwelche merkwürdigen, verbotenen Bücher.

»Paß ein bißchen auf meine Großmutter auf, James. Sie würde niemals zugeben, daß sie alt geworden ist, und sie wird auch nicht aufhören, vierundzwanzig Stunden am Tag zu arbeiten. Papa ist in diesem Punkt keine große Hilfe, er bemerkt überhaupt nichts, aber ich. Und wenn sie zu tüttelig wird, dann schreib es mir. Ich gebe dir meine Adresse.«

»Wo fährst du denn hin?«

»In die Pyrenäen. Das ist in Frankreich. Papa kennt dort ein paar klasse Leute aus einer Kommune. Er will nur mal vorbeischauen, aber ich bleibe vielleicht eine Weile dort.«

»Und die Schule, Zoe?«

»Ich bin siebzehn, James. Ich muß nicht mehr zur Schule gehen, wenn ich nicht will. Und ich will nicht.«

Als sie ging, umarmte sie ihn. Es roch nach Kaftan und Patschuli. Ihre Armreifen klimperten, und sie mußte ihre Brille befreien, die sich in seinen Locken verheddert hatte.

»Paß auf dich auf«, sagte sie zu ihm.

James vergaß, Zoe darauf hinzuweisen, daß er nur noch selten ins Kino ging, da sich die Samstagsmatineen mit dem Fußball überschnitten.

An jenem Nachmittag fuhr Garfield James und Lewis zu ihrem Spiel gegen die Northtown Boys oben an der Stratford Road. James freute sich nicht darauf. Er liebte Fußball mehr als alles auf der Welt, deshalb fiel es ihm so schwer, zuzugeben, wie sehr er die Samstagsspiele inzwischen fürchtete. Binnen zwei Jahren hatte er sich vom Starspieler ihrer Grundschulmannschaft, dem schnellsten Läufer, dem Jungen, für den das Gehen eine vollkommen unnatürliche Fortbewegungsart darstellte, weil er ungeduldige Gliedmaßen hatte und sein Körper lieber rannte, in einen pummeligen, langsamen, linkischen Tolpatsch verwandelt, der beinahe ständig Beschwerden hatte. Sein Name stand inzwischen nicht mehr ganz oben auf der Mannschaftsliste, mehr noch, wenn es so weiterging wie bisher, wäre er bald gar nicht mehr in der Mannschaft.

Lewis entwickelte sich ironischerweise in die entgegengesetzte Richtung: Er hatte sich als Sportler zwar nicht verbessert, aber er hatte gelernt, das durch vorausschauendes Denken zu kompensieren. Er gebrauchte jetzt seinen Verstand, um dorthin zu kommen, wo sich der Ball aller Wahrscheinlichkeit nach gleich befinden würde, bevor Jungen, die zwar schneller waren als er, aber weniger intelligent, dort ankamen. Außerdem war er so viel größer als seine Gegenspieler, daß es diesen nie in den Sinn kam, er könne keinen Ball köpfen, und sie ihn selten zu einem solchen Zweikampf herausforderten. Vor allem aber hatte er bereits begonnen, Führungsqualitäten zu zeigen: Ohne daß das Wie und Warum erkennbar gewesen wäre, begannen andere Jungen einfach, seinem Rat zu folgen. Sie versammelten sich auf dem Sportplatz um ihn und suchten ganz allgemein sein Wohlwollen zu erlangen. Der Sportlehrer, Mr. Rudge, war so klug zu erkennen, welches Ansehen Lewis bei den Jungen genoß, und machte ihn zum Kapitän über talentiertere Spieler, womit Lewis' Platz in der Mannschaft gesichert war.

James wußte – sein Vater hatte ihn gewarnt –, daß er von einem großen Fisch in einem kleinen Teich zu einem kleinen Fisch in einem großen Weiher geworden war. Charles ermahnte ihn, ebenso hart zu arbeiten, wie *er* es einst getan hatte. »Das Leben ist ein Wettrennen, James«, erklärte er ihm in einer Sprache, die James seiner Meinung nach verstehen müßte. »Es ist absolut wichtig, daß man gut vom Start wegkommt.«

James wußte auch, daß der Speck, den er angesetzt hatte, ihn zwangsläufig langsam machte. »Da seh sich einer euch zwei beiden an!« feixte Garfield. »Ihr wachst in entgegengesetzte Richtungen, der eine in die Länge, der andere in die Breite. Nichts für ungut, Jungs!« meinte er lachend. »Das Komische ist nämlich, daß ihr am Ende wahrscheinlich gleich groß seid.« Für einen Jungen, der sich im Hier und Jetzt gefangen sah, war das allerdings kein großer Trost.

Dies aber waren, wie er wußte, Kleinigkeiten, verglichen mit dem, was alle seine Wachstumsschmerzen nannten. Seit er sie vor etwa einem Jahr das erste Mal gespürt hatte, waren sie ständig schlimmer geworden, hatten sich von gelegentlichen Beschwerden zu einem Dauerzustand entwickelt. Neuerdings wurde James zudem häufig von einem stechenden Schmerz überrascht, der durch seine Hüften schoß und ihm fast den Atem nahm. Am Mittwoch nach der Schule hatten sie mit Zirkeltraining begonnen, das Mr. Rudge aus der Armee mitgebracht hatte. Es bestand aus einer mörderischen Abfolge von Liegestützen vorlings, Liegestützen rücklings und Hocksprüngen und endete mit zwanzig Rumpfbeugen aus der Rückenlage: Jede davon ließ James vor Schmerz zusammenzucken. Zu dem Zeitpunkt, als die anderen mit ihren zwanzig fast fertig waren, hatte James gerade zehn geschafft. Er hielt die Augen geschlossen und die Zähne zusammengebissen.

»Ich beobachte dich, Junge!« hörte er Mr. Rudges Stimme und wußte, daß er damit gemeint war. Er hatte sich einen Platz ganz hinten ausgesucht, hinter Dave Broomfield, ihrem großgewachsenen Torwart, aber er wußte, daß Mr. Rudge ihn mit seinem Adlerblick unter den fünfzehn sich abmühenden Jungen mühelos ausmachen konnte. James machte weiter: *zwölf, dreizehn*. Er konnte hören, daß die anderen Jungen um ihn herum einer nach dem anderen mit ihren Übungen fertig wurden, jetzt japsten sie nur noch nach Luft. *Vierzehn*.

»Los, Junge, streng dich ein bißchen an!« An der Stimme merkte er, daß Mr. Rudge nach vorn gekommen war und jetzt über ihm stand. James hatte die Hände hinter dem Nacken verschränkt. Er berührte den Boden hinter sich, holte tief Luft und warf dann seinen Kopf und Rumpf nach oben und vorwärts in Richtung Knie. Wieder überfiel ihn der stechende Schmerz – ein entzündeter Nerv, der zwischen zwei Knochen eingeklemmt war –, und ihm entfuhr ein kurzes Wimmern.

»Ach, wer wird denn da jammern, Bursche? Habt ihr das gehört, Jungs? Dem armen James hier fällt es anscheinend schwerer als euch.«

James machte eine weitere Rumpfbeuge. Diesmal war der Schmerz noch schlimmer, aber er biß sich auf die Lippen, damit ihm kein Laut entschlüpfte. Sechzehn. Seine Augen in seinem verkniffenen Gesicht waren fest geschlossen, aber er spürte, wie Tränen in den Schweiß hineinsickerten, der ihm übers Gesicht lief.

Siebzehn.

Mr. Rudge, dem nichts entging, sah sie ebenfalls. Die Eltern der Jungen bewunderten, welche Geduld er mit ihren Söhnen hatte, und sie schätzten es, daß er ihnen Disziplin beibrachte. Außerdem hatte er eine Art, die Jungen gleichzeitig scharf zu kritisieren und zu ermahnen, die sie wissen ließ, daß er mehr von ihnen erwartete, als sie gerade gaben. Er traute ihnen weit mehr zu, und seine Flüche stachelten im allgemeinen den Ehrgeiz der Jungen an. Aber Mr. Rudge war Soldat gewesen, und wenn ihn etwas ärgerte, dann war das Schwäche.

»Der arme Bursche leidet, nicht wahr, Jungs? Los, James, das ist es, hoch mit dir!«

Achtzehn.

James glaubte, er würde nicht durchhalten, aber selbst mitten in dem Schmerz, der seinen Körper überflutete, war da etwas in seinem Innern, das sich lautstark Gehör verschaffen wollte, nicht direkt eine Stimme, nicht einmal ein Gedanke, sondern eine unartikulierte, ungeformte Kraft im Zentrum seines Wesens. Wenn dieses Etwas in diesem Augenblick der Krise hätte sprechen können, dann hätte es gerufen: »Ich schaffe es, ich werd es dir zeigen, du tyrannisches ARSCHLOCH.« Aber es kam nur ein zorniges Stöhnen durch seine zusammengebissenen Zähne: »Rrrch!« – *neunzehn* –, als sein Rumpf die Mauer aus Schmerz durchbrach, auf die er traf, wenn er einen bestimmten Neigungswinkel nach vorn erreicht hatte. Seine Stirn berührte die Knie und fiel dann wieder zurück.

»Du bist *verweichlicht*, Junge, nicht wahr?« kam die Stimme von draußen. Und die Stimme in seinem Inneren schrie zurück: »Rrrch!«, als James abermals den Schmerz durchbrach, das letzte Mal. Er hatte es geschafft, seine hinter dem Kopf verschränkten Hände schnellten auseinander und schlugen rechts und links neben seinen Beinen auf dem Boden auf, als er seinen Oberkörper aufrichtete, schweißüberströmt und mit hämmerndem Herzen.

James öffnete die Augen: Hinter seinen eigenen Füßen war ein Paar weit größerer zu sehen, gespreizt.

»Was hast du, Junge? Was ist los, hm? Warum hast *du* soviel mehr Probleme als die anderen?« dröhnte die Stimme zu ihm herunter.

James versuchte, ruhiger zu atmen, damit er antworten konnte, aber er keuchte weiter, ohne daß er etwas dagegen hätte tun können.

»Ich höre nichts, Junge. Ich habe dich etwas gefragt: Wo liegt das Problem?«

James lehnte sich ein Stück zurück, wobei er immer noch zu Boden sah. Er schnappte nach Luft.

»Es sind meine Beine, Mr. Rudge«, stotterte er. »Meine Beine tun weh. Wachstumsschmerzen in meinen Beinen.«

»Ach, *Wachstums*schmerzen sind das?« sagte Mr. Rudge mit hochtrabendem Sarkasmus. »Schon wieder *Wachstums*schmerzen?« Dann veränderte sich die Stimme abrupt. »Alle Jungen haben Wachstumsschmerzen. Bei dir sind sie auch nicht schlimmer als bei den anderen. Du mußt den Schmerz *bekämpfen*, Junge. Das ist es, was dich zum Mann macht. Also«, fügte er hinzu, und dann sah James entsetzt, wie diese beiden großen fußballschuhbewehrten Füße einen Schritt nach vorn machten und einer dieser Füße auf seine Knöchel trat. Die Stollen gruben sich schmerzhaft in seine Haut. »Also, da dir Rumpfbeugen solchen Spaß zu machen scheinen, kannst du für uns noch einmal fünf machen. Zeig den anderen Jungen, wie es *richtig* gemacht wird, hm?«

James wünschte sich, der Boden unter ihm würde weich, ganz weich werden, würde nachgeben, so daß er darin versinken konnte. Die anderen Jungen saßen und standen herum, beobachteten das Ganze und freuten sich über seine Demütigung. Sie haben keine Ahnung, dachte er. Sie haben keine *Ahnung*.

»Komm schon, Junge, wir warten«, erklärte Mr. Rudge und drückte die Stollen seines Stiefels ein wenig fester in James' Knöchel. »Wir haben nicht den ganzen Tag Zeit.«

James schloß die Augen, als er sich rückwärts fallen ließ, spürte, wie seine Augäpfel in den Augenhöhlen nach oben glitten, und verschränkte die Hände hinter dem Kopf. Du hast recht, Mr. Arschloch, dachte er, während seine Willenskraft eine innere Stimme fand. Ich werde es schaffen, während sein Gehirn glühte. Ich werde ein *Mann* sein!

Als Garfield Lewis und James jetzt zu dem Spiel fuhr, das James fürchtete, gestand er sich ein, daß er seine »Wachstumsschmerzen« am Mittwoch abend zum ersten Mal seit Monaten erwähnt hatte, und dann auch erst unter extremem Druck. Inzwischen hatte er nämlich aufgehört, darüber zu klagen, weil ihn niemand ernst nahm und er nicht wollte, daß ihn die Leute für einen Jammerlappen hielten. Aber die Schmerzen wurden immer schlimmer, und an einem bestimmten Punkt änderte sich der *Grund*, weshalb er sie nicht mehr erwähnte: Er wußte, daß in seinem Körper etwas schieflief, etwas Ernstes.

Es war ein durchschnittliches Spiel. Mr. Rudge setzte James im rechten Mittelfeld ein. »Du bist vielleicht nicht schnell, Junge«, sagte er zu ihm, »aber auf und ab rennen kann jeder. Geh nach hinten, und geh auch mal nach vorn. Ich will dich *arbeiten* sehen.«

Also versuchte James, so hart zu arbeiten wie er konnte. Aber das Spiel lief an ihm vorbei, und der Ball befand sich immer knapp außerhalb seiner Reichweite. Und obwohl sich die Schmerzen während der ersten Halbzeit ständig verschlimmerten, blieb er bis auf zweimal – einmal, als er versuchte, einem Gegner den Ball vom Fuß zu spitzeln, und einmal, als er gefoult wurde – von dem entsetzlichen Stechen verschont.

Wenigstens spielte James jetzt auf der anderen Spielfeldseite und war somit weit von Mr. Rudge entfernt, der wie üblich an der Seitenlinie entlang auf und ab ging und ohne Unterlaß eine Litanei von Anweisungen herausbellte: »Murks dort hinten nicht rum, Sean! Spiel ab! Guter Schuß, Junge! Jetzt – nach vorn! Nach vorn! Geh nach vorn! Ah, bleib dran, Junge! Jetzt – spiel den Ball! Zurück, Kenny! Geh zurück!«

In der zweiten Halbzeit war er jedoch ganz in der Nähe. Nur wenige Schritte entfernt, patrouillierte er an der Seitenlinie entlang, und James konnte seinen zornigen Atem fast im Nacken spüren: »Geh dort rein, James! Greif an, Junge! Gut gemacht! Jetzt spiel ab! Nicht nach *hinten*, Junge, spiel nach vorn in die Spitze! Was ist los mit dir, Junge?!«

Als James sah, daß der Ersatzspieler Steve Halliday seine Trainingshose auszog, während Mr. Rudge ihn mit Anweisungen bombardierte, wußte er mit absoluter Gewißheit, daß er gleich aus dem Spiel genommen werden würde. Er war noch nie ausgewechselt worden. Elend, Zorn und Erleichterung kämpften in seinem Inneren miteinander. Dann sah er, daß der Ball in seine Richtung kam.

Der Ball flog über das Feld, direkt an der Mittellinie entlang, folgte ihr wie ein Flugzeug im Landeanflug. Es war einfach nur ein Fehlpaß oder ein Preßschlag. Aber der Ball kam auf ihn zu.

»Guter Schuß, Junge!« hörte er Mr. Rudge rufen. James wußte, daß der Ball auf der Mittellinie aufprallen, dann ein paar Meter weiterfliegen und damit in seine Reichweite kommen würde. Er schoß auf diesen Punkt zu. Ein gegnerischer Spieler rannte ihm entgegen.

Ich kriege ihn, beschloß James, ich werde es ihm schon zeigen, als er mit aller Kraft losspurtete, dabei den Flug des Balles verfolgte und aus dem Augenwinkel seinen Gegenspieler auf sich zustürmen sah. Der Ball berührte jetzt den Boden, sprang wieder hoch und setzte seinen unbekümmerten Kurs fort. James fixierte ihn, der Gegenspieler kam immer noch näher, der Ball flog von der Seite auf ihn zu.

Zeit ist elastisch. Wenn ein Fußball im Strafraum herumschwirrt, ist die Zeit ganz panisch, alles überstürzt sich, und sie reicht nicht zum Nachdenken. Jetzt jedoch dehnte sich die Zeit aus. Jeder Muskel und jede Sehne in James' Körper strengten sich an, um den Ball vor seinem Gegner, der jetzt nur noch wenige Schritte entfernt war, zu erreichen. Aber die Zeit wurde immer langsamer, und sein Verstand war klar, obwohl seine Lungen zu bersten drohten und seine Muskeln bis zum äußersten angespannt waren, und er erkannte, daß, ja, daß er den Bruchteil einer Sekunde vor dem anderen Jungen an den Ball kommen würde. Der Ball wäre zu diesem Zeitpunkt einen knappen Meter über dem Boden, aber James konnte sein Bein ausstrecken und ihn davonspitzeln. Genauso sicher würde jedoch der Stiefel des anderen Jungen einen Augenblick darauf nach oben schnellen und von unten gegen seinen Fuß treten. Und weil sein Bein bereits ganz gestreckt wäre, würde der Stoß in seine Hüfte hinaufschießen und sich wie eine Klammer in seine Nerven hineingraben.

Die Zeit dehnte sich. James konnte klar sehen, was gleich passieren würde, wenn er weiterrannte. Er hatte viel Zeit, sich zu überlegen, ob er es bleibenlassen sollte. Es spielte im Grunde keine Rolle, denn das Ganze passierte auf einem unbedeutenden Teil des Spielfelds, James – oder der andere Junge, je nachdem, wer zuerst am Ball war – könnte kaum mehr tun, als ihn ins Aus zu spielen. Bei der ganzen Sache würde lediglich ein Einwurf für den Gegner herausspringen. Außerdem würde er sowieso gleich ausgewechselt werden. James hatte sogar die Idee, daß er im letzten Augenblick zurückziehen konnte, mit einer schwungvollen Gebärde wie ein Matador, und damit überdeutlich klarmachen, daß er seinen dummen, drauflosstürmenden Gegner reingelegt hatte. Dann konnte er selbstgefällig davontrotten, um den Ball für seinen Einwurf zurückzuholen. Aber damit würde er sich, wie er wußte, der Herausforderung des Augenblicks verweigern.

Also machte James einen Satz nach vorn, spannte sich an, streckte sein Bein aus, schob seinen Fuß auf den fliegenden Ball zu, während sein Gegenspieler ihn anging. James' Schuhspitze erreichte den Ball kurz bevor der Stiefel des anderen Jungen in seinen Fuß hineinkrachte: Er spürte einen durchdringenden, gräßlichen Stich und hörte sich aufjaulen wie ein gequältes Tier, während sich die Welt um ihn herum im Kreis drehte. Dann ging er zu Boden.

Steve Halliday trottete bereits auf das Feld, als Mr. Rudge James aufhalf.

»Braver Junge«, sagte er. »Gut gemacht, Sohn. Guter Zweikampf. Genau das wollen wir sehen.«

James warf kurz einen Blick über seine Schulter zurück und sah, wie einer der gegnerischen Spieler den Einwurf ausführte: Er hatte mit seinem vergeblichen Einsatz nicht einmal einen Freistoß für seine Mannschaft herausgeholt. Mr. Rudge tätschelte James den Kopf, wandte sich dann wieder dem Spiel zu und begann sofort, weiter Anweisungen zu rufen. James hinkte auf die Umkleidekabinen zu. Nach ein paar Schritten hörte er Mr. Rudges Stimme.

»Wo willst du hin, James? Zieh Stevens Trainingsanzug an, damit du warm bleibst.«

James ignorierte ihn und ging weiter.

»Hast du nicht gehört, Junge? Du kommst sofort zurück und feuerst die Mannschaft an!«

James biß die Zähne zusammen und hinkte weiter. Er konnte an Mr. Rudges Stimme hören, daß sein Trainer zornig war, und dieser Klang erfreute ihn fast ebensosehr, wie er ihm angst machte.

»Also *gut!* Geh weiter, James Freeman! Geh weiter, und du fliegst aus der Mannschaft!«

James blieb weder stehen noch drehte er sich um, hatte aber das Gefühl – er war sich nicht ganz sicher –, daß das Spiel unterbrochen worden war und daß nicht nur Mr. Rudge, sondern auch alle Spieler, der Schiedsrichter und die versammelten Eltern und anderen Zuschauer still dastanden und zusahen, wie er über den Rasen auf die Umkleidekabinen zuhinkte, weg von jenem Spiel, das er geliebt hatte und nun haßte. Als ihm bewußt wurde, daß er schluchzte, wußte er nicht, ob vor Schmerz oder Verwirrung. Mr. Rudge rief ihm jetzt wieder etwas hinterher, aber er konnte es nicht verstehen, weil die Stimme seines Trainers immer leiser wurde. Statt dessen hörte er in seinem Kopf seine eigene Stimme, die immer wieder flüsterte: »Ich bin ein Mann, ich bin ein Mann, ich bin ein Mann.«

James drehte die Dusche auf. Als er sich aus seiner Kleidung ge-
schält hatte, kam das Wasser bereits heiß aus der Leitung. Er trat
unter den Strahl. Das heiße Wasser durchnäßte sein Haar, es lief
ihm übers Gesicht, den Nacken, die Schultern, seine Vorderseite,
seinen Rücken, während er sich unter dem Strahl drehte und wendete. Es strömte über seinen Bauch, heißes Wasser, über seine
Genitalien, seinen Hintern, seine Schenkel, Knie, Knöchel, Füße,
heißes, heilsames Wasser. Er schluchzte jetzt nicht mehr, er weinte,
wurde richtig geschüttelt, aber es fühlte sich nicht wie Weinen an,
es fühlte sich gut an. Die Schmerzen in seinen Hüften schmolzen
dahin, und die Schmerzen in seinem Kopf ebenfalls. Auf der Ab-
lage neben den Hähnen fand er ein Stück Seife. Er seifte sich damit
die Haare ein, bis er dichten Schaum auf dem Kopf hatte, der ihm
übers Gesicht rann. Dann seifte er sich am ganzen Körper ein. Als
er damit fertig war, blieb er stehen, bis das heiße Wasser die ganze
Seife wieder abgespült hatte.

Nachdem er sich im leeren Ankleideraum abgetrocknet
hatte – allein in diesem widerhallenden Raum zu sein, der für
eine ganze Mannschaft gedacht war –, setzte er sich eine Weile
voll angekleidet, seine Sportsachen weggepackt, auf die Bank
und starrte ins Nichts. »Du kannst mich mal, Rudge«, sagte er
laut, und seine gebrochene Stimme klang tapfer und volltönend.
»Ich lebe, und bei mir ist alles in Ordnung. Ihr könnt mich alle
mal.« Der Widerhall seiner Stimme schwebte im Raum und er-
starb.

»Das hier passiert mir nicht, Gott«, flüsterte er.

James verließ den Umkleideraum, bevor die anderen kamen, und
setzte sich zu Garfield ins Auto, um auf Lewis zu warten. Er war
sicher, daß Garfield etwas sagen, ihm irgendeinen moralischen Rat
geben würde, wie sich ein Junge benehmen sollte. Aber Garfield
sagte nichts.

Lewis kam als erster aus dem Umkleideraum.

»Rudge hat sich ganz schön über dich aufgeregt«, erzählte er
James, als er ins Auto einstieg. Daß er das »Mr.« wegließ, war eine
kleine, aber tapfere Tat von Lewis: James sah Garfields Reaktion, den mißbilligenden Blick, den er seinem Sohn zuwarf. James
wußte, daß Lewis das ihm zuliebe getan hatte, es war eine kame-

radschaftliche Geste, und er freute sich darüber, obwohl er nicht antwortete. Schweigend fuhren sie nach Hause.

Sie setzten James am Tor zum großen Haus ab. Lewis reichte ihm seine Tasche und sah ihn an. »Das kommt schon wieder in Ordnung, Jay«, sagte er. James nickte und drehte sich zum Tor um.

Er hinkte die Auffahrt hinauf. Seine rechte Hüfte schmerzte mehr als die linke – das, was er in seiner linken spürte, war kaum Schmerz zu nennen, es fühlte sich nur einfach nicht richtig an, so wie das vor einem Jahr bei seiner rechten Hüfte der Fall gewesen war. Er überlegte, was er tun würde, wenn er im Haus war, und beschloß, ein Bad zu nehmen. Ein langes, heißes Bad nach dem Fußball. Dann wurde ihm klar, daß er sich, so kurz nach seiner ausgiebigen Dusche, lediglich eine weitere Linderung der Schmerzen erhoffte. Die Zeit wurde knapp. Sie hatten unrecht, sie hatten alle unrecht. Das waren keine Wachstumsschmerzen, es war irgend etwas Ernstes, es wurde immer schlimmer, und es war Zeit, jemandem davon zu erzählen.

Aber wem? Charles war nicht da, und das war auch ganz gut so: Sein Vater würde James herumhetzen, würde vielleicht eine Party für ihn organisieren oder die ganze Familie in sein Lieblingsrestaurant ausführen.

Natürlich mußte er seiner Mutter davon erzählen, und dort war sie, in einem alten Regenmantel und Gummistiefeln; in jener Ecke des Gartens, die ihr gehörte, steckte sie vornübergebeugt gerade Zwiebeln. Er bog ab und hinkte über den Rasen in ihre Richtung. Mami, ich bin krank, dachte er, nimm mich in die Arme und hilf mir. Mama, ich brauche dich. Und dann stellte er sich vor, wie sich ihr Gesicht umwölken, sich vage Ängstlichkeit darauf abzeichnen würde. James blieb stehen, vergaß einen Augenblick lang sein Selbstmitleid und beschloß, sie nicht zu belasten. Er drehte sich um und ging in Richtung Haus weiter.

Warum nur ging Zoe wieder fort? Sie würde ihn ernst nehmen, nicht wahr? Er näherte sich dem Haus. Das Tor links zum Garten hinter dem Haus war offen: Ein grauer Mini-Van stand dort mit offener Motorhaube. Der größte Teil des Motors lag daneben auf dem Boden, während sich verschiedene losgelöste Leitungen und Drähte über den Kühlergrill und die Kotflügel ergossen, geradeso wie bei einem Patienten, den man auf dem Operationstisch entsetzlich allein gelassen hatte. An Stanley konnte er sich nicht wenden. Er mochte James nicht, außerdem würde *er* niemanden um Hilfe bitten, er würde sich selbst um seine Probleme kümmern und würde erwarten, daß jeder andere das auch tat. Edna hingegen würde Mitgefühl zeigen. Vielleicht sollte er es Edna erzählen. Er blieb stehen. Sie würde ihn an sich drücken, ihm einen Becher heiße Schokolade geben, ein Stück Kuchen für ihn abschneiden und dafür sorgen, daß er sich viel besser fühlte: Mehr aber würde sie wohl nicht tun, denn im Grunde wußte sie nicht, was sie außerhalb der Küche anfangen sollte. Sie hatte in ihrer Vorratskammer zwar einen Erste-Hilfe-Koffer, und sie war diejenige, zu der sie liefen, wenn sie einen Ellbogen angeschlagen oder ein Knie aufgeschürft hatten. Er aber brauchte jetzt mehr als einen Spritzer Jodtinktur oder ein Pflaster.

Er ging weiter, nicht zur Hintertür wie üblich, sondern weiter an der Vorderseite des Hauses entlang. Schade, daß Simon sich in sein Zimmer zurückgezogen hatte. Simon hatte etwas Freundliches an sich, und wenn er nur er selbst gewesen wäre, anstatt wie ihr Vater sein zu wollen, wäre er möglicherweise der Mensch gewesen, mit dem er hätte reden können. Sonst gab es da niemanden, stellte James fest. Außer, so fiel ihm ein, außer Laura. Ein sardonisches Lachen brach aus ihm hervor: Sie war vier Jahre jünger als er, trotzdem war sie so ziemlich der vernünftigste und fähigste Mensch im ganzen Haushalt. Jemand, dem man mit seinem Körper *und* seinem verängstigten Herzen vertrauen konnte. Und sie war neun Jahre alt. Lächerlich.

James' bitteres Lachen war bereits erstorben, als er merkte, daß er an der Haustür vorbeigehinkt war. Langsam verlor er jede Hoffnung, noch irgendwo Hilfe zu finden, und begann, innerlich ganz klein zu werden. Er wollte sich verstecken, er wollte sich zusammenrollen und umsorgen lassen. Er wollte sich zu einem kleinen Jungen zusammenrollen und sich in einem Schubkarren davonschieben lassen, weg von seinem Körper, der sich aufrührerisch veränderte. Er ging zwischen den Rosenbeeten hindurch, an Komposthaufen und Bergen von Grasabfall vorbei. Eine schlanke Rauchsäule stieg aus einem Blätterhaufen auf.

James erreichte die geschlossene Tür des großen Geräteschuppens. Sie hing in gefederten Angeln, so daß Alfred sie wie ein Kellner auch dann aufdrücken konnte, wenn er beide Hände voll hatte. Alfred sorgte dafür, daß die Angeln immer gut geölt waren: Das leiseste Quietschen hätte ihn geärgert. James drückte gegen die Tür, die sich geräuschlos öffnete. Er trat in den Schuppen. Hinter ihm schwang die Tür lautlos wieder zu. Im großen Schuppen war es dämmrig. Tomatenstöcke, die an der Außenwand aufgebunden waren, ließen nur wenig Licht durch die Scheiben.

James stand still und atmete kaum, während sich seine Augen langsam an das Dunkel gewöhnten. An der Wand unter dem Fenster verlief ein langes, tiefes Regal, auf dem Saatschalen, Töpfe mit Setzlingen und Blumenzwiebeln standen. An der rückwärtigen Wand, direkt vor ihm, hingen an Nägeln Alfreds Werkzeuge. Während James dastand, tauchten sie aus der Dunkelheit auf, Gartenwerkzeuge jeder Größe und für jeden Zweck, angefangen bei Pflanzenhebern und Baumscheren über Spaten und Hacken bis hin zu Rechen und Sicheln. Sie alle hatten ihre speziell entwickelte Form, so alt wie Alfred selbst, dachte James.

Auf dem Ziegelboden des Schuppens standen Rasenmäher, Schubkarren und Handwagen. Das Licht breitete sich über den Schuppen bis zur anderen Wand aus, an der Alfreds breite Werkbank mit seinen beiden Schraubstöcken stand – einer leicht und einer schwer –, darunter lagen Sägemehl und verschiedene Holzstückchen. Aber James wollte nicht, daß sich seine Augen an die Dunkelheit gewöhnten, er wollte gar nicht alles sehen. Er kletterte in einen Handkarren, rollte sich zusammen und schloß die Augen.

Der Chirurg in der orthopädischen Klinik war ein hochgewachsener, würdevoller Mann mit weißem Haar und einer Fliege. James kannte ihn von den Cocktailparties seiner Eltern. Er drehte sein Bein in verschiedene, schmerzhafte Winkel und murmelte dabei zustimmend vor sich hin, wann immer James zusammenzuckte. Er zeigte wenig Verlangen, James in die Augen zu sehen, so als fiele es ihm schwer, den Jungen zu fixieren. Statt dessen wandte er sich an Mary: »Sie beide gehen jetzt und lassen ein Röntgenbild machen, und dann werde ich Ihnen das Problem erklären.«

Sie warteten in einem großen, hellen Zimmer mit hoher Decke, während eine Frau im weißen Kittel Leute hinter einen Schirm dirigierte und dann wieder hervorkam, um einen Knopf zu drücken:

Die Maschine summte, die Frau trat abermals kurz hinter den Schirm, tauchte wieder auf und drückte einen Knopf, ein halbes dutzendmal bei jedem Patienten. Die Frau arbeitete wie Stanley mit ruckartigen Bewegungen, methodisch und vollendet. James beobachtete sie. Er wollte, daß Mary seine Hand hielt. Er wartete nur ungern.

Schließlich kam er an die Reihe. Die Röntgenfrau, die ihm ebenfalls nicht in die Augen sah, wies ihn an, sich auf einen Tisch zu legen, und brachte seine Gliedmaßen mit der einen Hand in die richtige Lage, während sie mit der anderen die riesige Röntgenkamera manövrierte. Jedesmal, wenn sie verschwand und das Gerät wie ein Tier summte, das seine Beute hypnotisiert, bevor es zupackt, schloß James die Augen und wünschte sich, er könnte verschwinden.

Im Sprechzimmer des Chirurgen sahen sie sich dann die Röntgenbilder an, die an den Leuchtkasten angeheftet waren.

»Ihr Sohn hat ein verrutschtes Oberschenkelgelenk«, erklärte er Mary und deutete dabei auf die geisterhaften Bilder. »Der Gelenkkopf des Oberschenkelknochens sitzt normalerweise genau im Hüftgelenk. Bei einer kleinen Anzahl von Kindern – ungefähr einem von hunderttausend – rutscht der Gelenkkopf in der Pubertät, wenn die Knochen weich sind, aus der Pfanne, was zu einer Fehlstellung des Oberschenkelknochens führt.«

»Wie schlimm ist es?« fragte Mary.

»Rechtsseitig ist das Ganze ziemlich weit fortgeschritten. Wir werden den Oberschenkelknochen durchtrennen müssen, seine Position verändern und eine Platte einsetzen, um ihn an der richtigen Stelle zu fixieren. Links ist es viel besser. Dort werden wir nur ein paar Stifte einsetzen müssen. In ein oder zwei Jahren kommt James dann wieder, damit wir das ganze Metall entfernen können.«

James sah sich die geisterhaften Röntgenbilder seiner schadhaften Knochen genau an. Es fiel ihm schwer zu glauben, daß es seine waren. Für ihn sahen sie so aus, als wären sie in Ordnung, aber schließlich hatte er auch nichts, womit er sie hätte vergleichen können.

Seine Mutter stellte praktische Fragen. Sie klang, als wäre sie jemand anderes. »Wie lange wird er im Krankenhaus bleiben müssen?«

»Zwei oder drei Monate, Mary. Vielleicht auch etwas länger.«

»Wann wollen Sie operieren?«

»Bringen Sie ihn morgen wieder her, übermorgen operieren wir ihn dann.«

In dieser Nacht lag James mit klappernden Zähnen daheim in seinem Bett, aber er war auch erleichtert darüber, daß man sich mit ihm befassen würde. Er stellte fest, daß er sich, wenn er sich ganz fest konzentrierte, fast von seinem Körper loslösen konnte (bei seinem Gesicht gelang ihm das aus irgendeinem Grund nicht ganz, deshalb klapperten seine Zähne auch), und in seiner Vorstellung übergab er seinen Körper, ein williges Opfer, dem Messer des Chirurgen.

Im Krankenhaus roch es nach Angst und Desinfektionsmittel. Die Jungenabteilung hatte sechzehn Betten. In zwei oder drei davon lagen benommen und jammernd Patienten, die gerade erst aus dem Operationssaal gekommen waren. Die übrigen sahen gleichzeitig gelangweilt und wachsam aus: Sie waren in ihren Betten gefangen, mit Gipsbeinen oder im Streckverband, oder lagen träge unter Käfigen, die das Gewicht der Bettdecke von ihren Gliedmaßen fernhielten. Ein kleiner Junge mit krummen Beinen hüpfte an einem Paar winziger Krücken von Bett zu Bett.

»Bist du schon mal hier gewesen?« fragte er, als er bei James ankam. Seine Stimme klang entschlossen und fröhlich. »Ich bin zum neunten Mal hier. Einmal jedes Jahr. Ich bin neun, weißt du.«

»Aha.«

Der Junge sah aus, als wäre er noch zu klein, um überhaupt in die Schule zu gehen. »Es ist gar nicht so übel hier. Die Lehrerin ist ein Drachen, aber das Essen ist in Ordnung.«

»Ich darf heute nichts essen«, erklärte James ihm.

»Also, du willst doch nicht, daß dir schlecht wird, wenn man dich operiert, oder?«

James dachte darüber nach und stimmte zu. »Und was fehlt dir?« fragte er den Jungen.

»Diesmal sind es meine Beine. Man hat sie mir schon zweimal gerichtet.« Er stützte sich auf seine Krücken und schwang die Beine. »Sie haben die falsche Form, siehst du? Man hat schon jede

Menge bei mir gemacht«, fügte er stolz hinzu. »Hüften, Nieren, Blase, Knie. Wahrscheinlich wird man später noch mehr machen. Wie heißt du?«

»James Freeman.«

»Ich bin Graham Wrigley. Also, James, ich mach mich jetzt besser auf den Weg und sag den Mädchen hallo. Sie sind gleich hinter dieser Tür, weißt du? Das ist übrigens auch eine der guten Sachen hier.« Er drehte sich um und humpelte auf eine große Flügeltür zu.

Ein Krankenpfleger aus einer anderen Abteilung brachte James in ein kleines, schmuddeliges Badezimmer. »Ich muß dich für die Operation rasieren«, sagte er. James hatte keine Ahnung, was er damit meinte.

»Wegen der Hygiene. Zieh deine Pyjamahose runter.« Er verwendete einen Rasierapparat und warmes Wasser, aber keine Seife. Seine Finger waren dick und plump. James sah zu, wie er das Schamhaar rasierte, das ihm vor kurzem gewachsen war, und versuchte, sich noch weiter von seinem Körper zu entfernen. Ich werde davonschweben zu den Wolken, sagte er sich.

Der Chirurg kam zusammen mit vier Begleitern, die halb so alt und halb so breit wie er waren, auf die Station zur Visite. Wieder hatte er den Blick von ihm abgewandt und sprach mit seinen Assistenzärzten, während er James' Schenkel mit einem roten Filzstift markierte.

James wachte nach der Operation in einem düsteren Raum auf und hatte das Gefühl, in eine zähe, vergiftete Flüssigkeit getaucht zu sein. Der Schmerz war heiß und tief, und obwohl man ihm regelmäßig in längeren Abständen Schmerzmittel verabreichte, spürte er ihn nur dann nicht, wenn er in einen unruhigen Schlaf fiel. Am nächsten Tag erwachte er auf der Jungenstation. Allmählich ließ die Benommenheit der Narkose nach, und er merkte, daß er sich nicht bewegen konnte: Er war vom rechten Knöchel bis zum oberen Teil des Brustkorbs von Gips umschlossen. Nur sein linkes Bein und seine Leiste waren frei. Der Gips hielt ihn in ausgestreckter Lage.

Eine Schwester kam an seinem Bett vorbei. »Ich muß aufs Klo«, flüsterte James.

»Brauchst du eine Flasche oder eine Bettpfanne?« fragte sie. Auf seine verständnislose Reaktion fügte sie hinzu: »Willst du Wasser lassen?«

»Ich glaube schon«, flüsterte er.

Sie brachte ihm eine Glasflasche. Er legte sie sich zwischen die Beine und steckte seinen Penis in den Flaschenhals. Nichts passierte: Seine Blase blieb voll. Er wußte nicht, was er tun sollte. Pinkeln war nichts Mechanisches, es war nur ein Gedanke, aus dem sich die Handlung ergab. Es floß. Jetzt aber geschah nichts, und James hatte keine Ahnung, was er tun sollte. Die Schwester kehrte zurück.

»Ich bin noch nicht fertig«, flüsterte er, und sie ging wieder.

Panik und Verlegenheit ließen seine Haut prickeln. Schließlich nahm er die leere Flasche von seinen Beinen weg und stellte sie, die dazugehörige Papiertüte darübergestülpt, auf das Nachtschränkchen neben dem Bett. Eine Stunde später versuchte er es wieder. Wieder passierte nichts: Sein Muskel, seine Drüse, was immer es auch war, reagierte einfach nicht auf seine Gedanken. Es war Besuchszeit: Das Krankenzimmer füllte sich, Familien scharten sich um die anderen Betten. Er lag da, die Flasche zwischen den Beinen.

Ich möchte diesen Körper verlassen, aber ich kann nicht, dachte er. Ich möchte einfach ein Passagier sein, aber das Gefährt taugt nicht. Er hatte geplant, seinen Körper überflüssig zu machen, so als wäre er gar nicht da und der Gipsverband in Wirklichkeit hohl, aber es hatte nicht funktioniert. Er konnte nicht entkommen.

Schließlich, als er aufgegeben hatte und an etwas ganz anderes dachte, tröpfelte Urin in die Flasche, und seine Blase leerte sich.

Die Zeit verging langsam. James war nie bewußt gewesen, wie lang ein Tag dauert. Um sechs Uhr früh wurden sie von den Nachtschwestern unsanft geweckt. Man wusch sie, gab ihnen etwas zu trinken und ließ sie dann wie Fische, die aus dem Meer des Schlafes an Land gespült worden waren, stundenlang liegen, bis es Frühstück gab.

Da es sich um eine orthopädische Klinik handelte, in der Kinder sehr lange lagen, gab es eine Schule. Die Lehrerin war eine kräftige Frau mittleren Alters mit herzlichem Wesen und dem schlechten Atem eines Drachen. Sie setzte sich zu den Kindern aufs Bett, die – festgehalten von Streckverbänden, niedergedrückt von Gips –

keine Möglichkeit hatten zu entkommen, und hauchte sie mit ihrem Atem an, so daß die Blumen, die Besucher mitgebracht hatten, verwelkten und empfindlichere Kinder unerklärliche Rückfälle erlitten. Vielleicht war es das, was Graham gemeint hatte, fragte James sich. Aber er konnte das nicht nachprüfen, weil Graham inzwischen entlassen worden war.

»Ich gehe nach Hause. Ich habe nichts dagegen«, hatte er zu James gesagt.

»Mußt du noch einmal operiert werden?«

»Natürlich. Bei mir ist immer eine Operation nötig, verstehst du? Warum flüsterst du denn?«

»Ich flüstere doch nicht«, flüsterte James.

»Nun, es hat keinen Sinn, zu versuchen, hier drin irgendwelche Geheimnisse zu bewahren«, riet Graham ihm.

Mary besuchte James mit dem einen oder anderen seiner Geschwister. Simon konnte der Versuchung manchmal nicht widerstehen und stahl sich von James' Bett davon, um einen Blick in den Fernseher zu werfen, der in der entgegengesetzten Ecke des Krankenzimmers auf einem hohen Regal stand. Im allgemeinen aber war er so gesprächig wie früher. Er schien allmählich seine ursprüngliche Freundlichkeit wiederzufinden.

»Vater hat mich übers Wochenende nach München mitgenommen«, erzählte er James eines Montags. »Ich habe den ganzen Tag im Hotel verbracht.«

»Was in aller Welt hast du dort gemacht?« fragte James.

»Alles! Ich habe jede Menge ferngesehen, ich habe den Zimmerservice bestellt, wenn ich Hunger hatte, und ich habe alle Stockwerke erkundet. Die Portiers haben mir schmutzige Witze erzählt, um mir Deutsch beizubringen. Was sagte der Elefant zu dem nackten Mann? Ich erzähle es dir natürlich auf englisch.«

»Keine Ahnung, Simon. Was sagte der Elefant zu dem nackten Mann?«

»Der Elefant sagte: ›Wie schaffst du es nur, mit diesem Ding da zu essen?‹ Hast du's kapiert? Oh, da ist Mama. Ich erzähl dir das nächste Mal wieder einen.«

Robert sagte nicht mehr als gewöhnlich. Er saß da, aß James' Trauben und spuckte die Kerne in einen Plastikbecher. Eines Tages jedoch erschien Robert mit einem Geschenk: etwas Schweres, das in ein altes Comic-Heft eingewickelt war. James riß das Päckchen auf und fand eine Art Brechstange. Er musterte sie eine Weile und blickte dann Robert an, der ihn durchtrieben angrinste.

»Wozu ist das gut?« fragte James.

»Es ist ein Jemmy, ein Stemmeisen«, erklärte Robert ihm. »Damit du ausbrechen kannst, wenn du mußt. Ich könnte das nicht aushalten, hier drin eingepfercht zu sein.«

»Nun, danke«, sagte James.

»Weißt du, was ich gelesen habe?« fragte Robert. »›Bevor du irgendwo reingehst, mußt du planen, wie du wieder rauskommst.‹« Er strahlte James mit seinem steinernen Grinsen an.

»Das ist gut«, nickte James.

»Ja. Aber Jemmy«, rief Robert, »ist auch ein Spitzname für James, verstehst du?«

»Wirklich? Das wußte ich nicht.«

»Es stand im Lexikon.«

»Heh, das ist schlau, Rob.«

»Ja, also, die Leute halten mich für blöd, aber das bin ich nicht. Ich bin nicht blöd. Ich muß jetzt gehen.«

Charles war sich nicht sicher, ob James' Gesundheitszustand eher einer Krankheit oder einer Verletzung entsprach, und konnte sich nicht erklären, ob sein mittlerer Sohn Simulant oder heroisches Opfer war. Er besuchte James drei Tage hintereinander, um ihm Vorhaltungen zu machen, weil er den ganzen Tag im Bett lag, oder er ließ sich wochenlang nicht blicken und tauchte dann mit einer Kiste voller Geschenke auf, um seine Abwesenheit wiedergutzumachen. Es waren so viele Spielsachen, Spiele und Süßigkeiten, daß James sie, nachdem Charles gegangen war, an seine Mitpatienten verteilte. Er hoffte, daß sein Vater seine Geschenke nicht in den Händen der anderen Jungen wiedererkennen würde, aber er hätte sich deshalb keine Sorgen zu machen brauchen: Charles wußte nicht einmal, was er verschenkt hatte, weil er Judith Peach losgeschickt hatte, um die Präsente zu kaufen.

»Ich hoffe doch, mein Junge macht Ihnen keine Schwierigkeiten?« donnerte Charles die Schwestern an.

»Keine Sorge. In diesem Fall kitzeln wir ihn an den Füßen«, erklärten sie ihm.

»Bei Gott, James, ich hätte nichts dagegen, in deiner Lage zu sein!« erklärte er, bevor er wieder ging.

Mary besuchte ihn jeden Tag. Manchmal kam sie fröhlich lächelnd hereingeschwebt, so daß die älteren Jungen im Zimmer ihre eigenen Besucher ignorierten, um sie zu beobachten. Öfters jedoch sah sie in dem harten Licht müde und abgekämpft aus. Sie brachte James kleine, praktische Dinge mit: Papiertaschentücher, einen langen Strohhalm und einen Füller, bei dem die Tinte sich über die Gesetze der Schwerkraft hinwegsetzte, so daß er auf dem Rücken liegend schreiben konnte. Sie beriet sich mit dem Chirurgen, der Stationsschwester und der Lehrerin, aber wenn sie dann mit James sprach, ging ihnen der Gesprächsstoff aus.

»Du bist ein tapferer Junge«, sagte sie zu ihm. »Die Schwester meint, du würdest dich rascher erholen, als man hoffen konnte.«

»Danke, Mama«, flüsterte James. Er wußte, daß er viel mehr hätte sagen können, daß er Angst hatte und daß er keine Erklärung dafür hatte, warum ihm das passierte. Was hatte er falsch gemacht? Hatte er irgend etwas getan, um das zu verdienen, oder war jemand anderes daran schuld? Würde er wieder laufen können, rennen, Fußball spielen? Und wann durfte er wieder nach Hause? Wenn er die erste Frage stellte, die erste Sorge eingestand, dann würde der Rest aus ihm heraussprudeln, sein ganzes, tapfer zurückgehaltenes Elend. Dann würden all die anderen Fragen kommen, Dinge, die er sie fragen mußte. Er war sich nicht sicher, was genau, aber irgend etwas stimmte nicht, und er wollte nicht wissen, was es war.

»Ich bin hier gefangen«, sagte er einmal, als sie ihn besuchte und er angesichts seiner Unbeweglichkeit so frustriert war, daß er seine Zurückhaltung überwand. »Ich bin hier gefangen, Mama.«

»Ich weiß, James«, sagte sie, »ich kenne dieses Gefühl«, und ihr Gesicht umwölkte sich, wie das an jenen Tagen geschah, wenn sie sich in ihr dunkles Zimmer zurückzog. James fragte sich, wer hier wen besuchte. Fast hätte er sie daraufhin gefragt: »Was ist los, Mama! Was ist? Was stimmt nicht?« Statt dessen aber lag er da und starrte an die Decke, während sie schweigend auf ihrem Stuhl saß und im Krankenzimmer um sie herum eilige Geschäftigkeit herrschte.

Trotz solcher Peinlichkeiten genoß es James, Besuch zu bekommen, weil die Tage so lang und öde waren und ihn mit seinen Mitpatienten nur eine oberflächliche Kameradschaft verband. Edna brachte ihm Blumen von Alfred, die er nicht selbst bringen konnte, weil er zu beschäftigt war, und auch eine Papiertüte mit Doughnuts, Keksen und Sahnetörtchen, die sie gemacht hatte. Bevor sie sie ihm überreichte, sah sie sich verstohlen im Krankenzimmer um.

»Du bekommst hier drin nichts Ordentliches zu essen, das kann jeder sehen«, sagte sie zu ihm. James hatte nicht den Mut, Edna zu erklären, daß er ihre hausgemachten Delikatessen nicht haben wollte: Er war zu dem Schluß gekommen, daß das Gewicht, das er in den vergangenen Jahren zugelegt hatte, mit an seinem Zustand schuld war und daß er lieber wieder dünn sein wollte. Er ließ die Nachspeisen auf dem Servierwagen des Krankenhauses zurückgehen, aß statt dessen alles Obst, das Besucher brachten, und schickte Alice mit den Pralinenschachteln, die er geschenkt bekam, und mit Ednas Torten in die Mädchenabteilung.

»Wenn ich dieses Bett verlasse, werde ich dünner sein als zu dem Zeitpunkt, als ich mich hineingelegt habe«, sagte er sich. Seine Diät half ihm auch in anderer Hinsicht.

»Hat sich bei dir schon etwas gerührt?« fragte eine Schwester ihn und musterte dabei ihr Klemmbrett.

»Was?« flüsterte er.

»Hattest du schon Stuhlgang?«

Es war im Liegen nicht einfach, und James bemühte sich tagelang ohne Erfolg, während sich sein Körper mit Nahrung anfüllte. Man gab ihm Abführmittel und schob ihm Zäpfchen in den Po, aber nichts geschah, zum Teil auch deshalb, weil die Stiche in seinen Hüften entsetzlich schmerzten, wenn er drückte. Was für ein Tod, dachte er, sich von innen her in Scheiße zu verwandeln. Schließlich stellten sie um das Bett herum einen Wandschirm auf und machten ihm einen Einlauf. Er spürte, wie das Seifenwasser gurgelnd seinen Mastdarm flutete, und war unendlich erleichtert, als er merkte, wie die kompakte Masse in seinem Inneren aufbrach, als wäre sie ein riesiger, gefrorener Fluß, der auftaute und wunderbarerweise aus ihm herausfloß.

Der einzige Mensch, den er nicht so gern zu Besuch hatte, war sein bester Freund. Die übrige Zeit wunderte er sich selbst darüber, wie gut er mit seiner Unbeweglichkeit fertig wurde, aber wann immer Lewis kam, unterhielten sie sich düster über Fußball, da dies das einzige Thema war, über das sie sich unterhalten konnten. James' Invalidität lag dabei als Schatten über jedem Wort ihres Gesprächs. Lewis kam das Ganze ebenso hart an wie James.

»Du bist bald wieder draußen«, sagte er bei seinem ersten Besuch, zwei Tage nach der Operation, zu James. »Jetzt dauert es nicht mehr lange, Jay«, sagte er das nächste Mal.

Allerdings war Lewis derjenige, der James die Wasserpistolen mitbrachte. James hatte sich wie alle Jungen in der Abteilung in die Lernschwestern verliebt. Betört von ihrer Empfindsamkeit, ihrem Feinsinn und ihrer praktischen Vernunft, brachte er viel seiner immobilen Zeit damit zu, sich zu fragen, welche von ihnen seine Lieblingsschwester war. Das einzige, was er nicht mochte, war, daß sie ihn, wann immer sie an seinem Bett vorbeikamen, an den Zehen kitzelten. Er konnte nichts dagegen tun, außer heftig zu fluchen, was sie nur weiter ermunterte. Er war so kitzlig, daß er sich in seinem Gips wand, wobei der Schmerz in seinen Hüften hell aufloderte. Also bat er Lewis, ihm zwei Wasserpistolen zu besorgen, und wartete, bis seine beiden Lieblingsschwestern am Fuß seines Bettes vorbeikamen.

»Ich will euch nur warnen, das ist alles«, flüsterte er. Sie hatten ihn nicht gehört, also wiederholte er lauter und fand in diesem Augenblick wieder zu seiner normalen Stimme: »Ich warne euch nur«, sagte er.

Sie blieben stehen.

»Du warnst uns wovor?« fragten sie.

»Kitzelt mich nie wieder an den Füßen, das ist alles.«

»Das wollte ich gar nicht«, sagte die eine verblüfft.

»Gut. Dann hast du Glück gehabt.«

»Und was ist, wenn wir es doch tun?« fragte die andere kühner.

»Ihr werdet schon sehen. Versucht es doch«, forderte James sie heraus. Sie sahen einander an, grinsten und traten ans Fußende seines Bettes. Seine Hände lagen unter der Decke, die Finger umschlossen die Griffe der Wasserpistolen.

»Ich dachte halt, ich sollte euch warnen«, wiederholte er. »Nicht, daß ihr nachher sagt, ich hätte es nicht getan.«

Sie hoben das Ende der Decke hoch und nahmen jede einen Fuß. James wartete ein oder zwei Sekunden, bevor er seine Waffen zog und feuerte. Er traf sie beide mit einem dünnen Wasserstrahl. Erschrocken fuhren sie zurück, dann aber stürzten sie, dem herausschießenden Wasser trotzend, kichernd zu ihm vor, jede auf einer Seite des Bettes. Sie packten seine Arme und rauften alle drei miteinander. James war überrascht, wie kräftig er war: Er ließ sich die Finger nicht vom Abzug wegziehen. Das Wasser sprühte auf ihre Uniformen, ihre Gesichter und dann in die Luft. Alle drei sahen sie die Stationsschwester im selben Augenblick: Sie stand in der Tür zum Schwesternzimmer und funkelte sie böse an. Die Schwestern ließen James' Arme los und machten sich eilig davon.

Alice war die einzige, für die sein Eingekerkertsein nichts Außergewöhnliches zu sein schien. Für sie war es anscheinend die normalste Sache der Welt. Obwohl es das natürlich nicht war, aber es wurde dadurch, daß sie die Wirklichkeit leugnete, erträglicher. Alice akzeptierte James' Zustand, so als wäre es für sie ebenso natürlich, ihn nach der Schule im Krankenhaus zu besuchen, wie daheim in sein Zimmer hereinzuplatzen: Sie erzählte ihm, was sie in der Schule gemacht hatten, räumte sein Nachtschränkchen auf und tauschte die neuesten Witze und Rätsel mit ihm aus, bis sie irgendwann jenen Gesichtsausdruck bekam, der zeigte, daß sie an etwas anderes dachte, und davonstürmte. Sie machte regelmäßige Besuche in der Mädchenstation nebenan und verteilte dort nicht nur James' überschüssige Pralinen und klebrige Rosinenbrötchen, sie übernahm auch die Rolle des Kuriers und trug Grüße und Liebeserklärungen zwischen unbeweglichen Verehrern hin und her.

Laura kam zusammen mit Alice, und wenn Alice ihre Runde bei jenen Kindern machte, die keinen Besuch bekamen, blieb Laura bei James. Sie spielten Schach, und Laura streichelte geistesabwesend seinen Arm. Wenn er einen guten Zug machte, lächelte sie, und er bemerkte zum ersten Mal, daß dabei zwei kleine Grübchen oberhalb ihrer Wangenknochen erschienen.

»Eines Tages werde ich dich schlagen«, versprach sie.

»Schade, daß du nicht älter bist, Laura«, sagte er zu ihr.

»Warum?« fragte sie.

»Das weiß ich nicht, wirklich«, gestand er ein.

»Doch, das tust du«, stellte Laura fest. »Du würdest so etwas nämlich nicht sagen, wenn es keinen Grund dafür gäbe. Du solltest darüber nachdenken.«

»Du hast recht«, sagte er. »Sei nicht so erwachsen. Los, du bist am Zug.«

James träumte von einer Hochzeit im Krankenzimmer. Die Schwestern in ihren Uniformen waren die Brautjungfern und die Patienten in ihren Betten die Gemeinde, nur daß es hauptsächlich Mitglieder seiner eigenen Familie waren: Robert lag ein Bett weiter und starrte ihn an, Simon auf der anderen Seite erzählte zwei Pflegern irgendwelches unsinnige Zeug. Er redete sehr schnell. Die Lehrerin kam und beugte sich zu ihm hin.

»Ich bin dein Trauzeuge«, sagte sie zu James und hüllte ihn mit ihrem schlechten Atem ein. Er zog eine Grimasse, schloß die Augen und reckte sich nach vorn, um ihre Lippen zu akzeptieren. Sie begannen sich zu küssen, wurden aber von Musik unterbrochen. Die Stationsschwester spielte in einer Ecke des Krankenzimmers auf der Orgel und sah sich, während sie die Tasten drückte, mit bösem Blick im Raum um. In einem Bett gegenüber von James stöhnte seine Mutter vor Schmerzen.

»Sie kommt gerade aus dem Operationssaal«, sagte er laut. »Sie sollte noch gar nicht hier sein.«

Niemand nahm irgendwelche Notiz von ihm. Sie sahen alle Alice zu, die in der Mitte des Zimmers herumrannte und rief: »Wo ist sie? Wo ist sie?«

Offensichtlich war die Braut verschwunden. Alle waren gekränkt. James war von Angst und Scham erfüllt. Dann spürte er, daß jemand seinen Arm berührte. Als er den Kopf wandte, sah er Laura neben sich, die ruhig durch die riesigen Glastüren auf den grünen Rasen starrte und sanft seinen Arm tätschelte. Plötzlich wurde er von etwas getroffen. Er sah, daß Robert mit einer Wasserpistole auf ihn schoß, nur daß sich darin kein Wasser befand, sondern heißer Urin. Er spritzte über sein Gesicht. Er konnte sich nicht rühren, um zu entkommen, außerdem wollte er Laura seinen Arm nicht entziehen. Wie um ihn zu schützen, begann nun die Lehrerin, sein Gesicht zu liebkosen, dann seinen Nacken und seine Brust, wobei sie ihn unter ihren Händen und ihrem schlechten Atem begrub. Er merkte, daß er schon lange Zeit eine Flasche zwischen den Beinen hatte, und entweder nicht hatte pinkeln können oder wollen. Jetzt spürte er, wie es als krampfhafter Strom der Erleichterung aus ihm herausströmte, heiß und angenehm, und er erwachte mit nassem und klebrigem Schlafanzug aus seinem ersten feuchten Traum.

Als man nach drei Monaten den Gips abnahm, wand sich James in seinem Panzer. Man hätte ihn fast nicht aufzusägen brauchen: James hätte ihn beinahe aus eigener Kraft abstreifen können. Seine Kleidung sah komisch aus, sie beutelte an ihm herum, während gleichzeitig die Ärmel und Hosenbeine zu kurz waren. Er bekam einen Rollstuhl, in dem er mit einem anderen Jungen durch die Flure jagte, bis die Stationsschwester sie dabei erwischte und ihnen drohte, sie müßten noch eine zusätzliche Woche im Krankenhaus bleiben. Er hatte Krankengymnastik im Schwimmbecken und stieg vom Rollstuhl allmählich auf Krücken um: Auf ihnen war James ausgeglichen, behende, und er fühlte sich seltsamerweise *sportlicher*, als er sich die letzten zwei oder drei Jahre gefühlt hatte. Am Tag vor seiner Entlassung aus dem Krankenhaus – vier Monate, nachdem er aufgenommen worden war – kam Mary und ging mit ihm wieder ins Sprechzimmer des Chirurgen.

»Du hast sehr großes Glück, junger Mann«, sagte er zu James, während er auf die Röntgenbilder deutete, auf denen die Klammern und Stifte, die man James in den Oberschenkelknochen und die Hüften eingesetzt hatte, als deutlich abgegrenztes Metall im schemenhaften Knochen zu erkennen waren.

»Wäre das hier vor fünfzig oder hundert Jahren passiert«, fuhr der Chirurg fort, »wärst du verkrüppelt gewesen. Dank der modernen orthopädischen Chirurgie kannst du dich auf ein normales, einigermaßen aktives Leben freuen. Natürlich«, fügte er hinzu, »wirst du in mancher Weise eingeschränkt sein: keine Kontaktsportarten, und auf ein Fahrrad würde ich mich auch nicht setzen. Aber ansonsten ist alles prächtig. In zwei Jahren kommst du wieder, dann entfernen wir das ganze Metall.«

Mary schob James im Rollstuhl zum Krankenzimmer zurück, durch endlos lange, widerhallende Flure, die er auf dem Hinweg auf seinen Krücken zurückgelegt hatte und die ihn erschöpft hatten. Er kam sich vor wie Odysseus in einem Film, den er im Kino gesehen hatte – verwundet, aber ungebrochen, während er von Menelaus nach der Schlacht auf der Ebene von Troja in Sicherheit getragen wurde, und er hielt seine Krücken wie Speere.

Er legte sich wieder ins Bett.

»Sollen wir für die Schwestern eine große Schachtel Pralinen besorgen?« schlug Mary vor.

»Ja«, stimmte er zu, »und ein paar Blumen. Sie stellen immer für andere Leute Blumen in die Vase. Es wäre nett, wenn sie selbst einmal welche bekämen.«

Mary lächelte ihn an. »Bei dir wird alles wieder gut«, sagte sie nickend. »Du kommst in Ordnung, James. Du bist jetzt ein kleiner Mann. Und du wirst bald wieder frei sein, das ist das Wichtigste.« Sie goß ihm ein Glas Orangensaft ein. »Ich muß dir etwas sagen«, sagte sie.

»Was, Mama?« fragte er nüchtern, dann stieg Vorfreude in ihm auf, als er merkte, daß sie ihm gleich irgend etwas Besonderes, das ihn für sein Martyrium entschädigen sollte, ankündigen würde. Vielleicht einen Urlaub oder irgendein anderes extravagantes Geschenk. Ihr Gesicht war ernst.

»James, ich werde nicht dasein, wenn du nach Hause kommst.«

Das war ein kompliziertes Geschenk. Vielleicht ein Rätsel, das er zuerst lösen mußte? Dazu würde sie ihm aber einen Hinweis geben müssen.

»Was meinst du damit?«

»Ich bin geblieben, solange du im Krankenhaus warst. Ich gehe weg, James.«

James spürte, wie das Blut seinen Kopf verließ. Sein Verstand wurde dadurch in keiner Weise klarer.

»Fahren wir in den Urlaub?« flüsterte er.

Mary kaute einen Augenblick lang stirnrunzelnd auf der Innenseite ihrer Backe herum. »James«, sagte sie entschlossen und sah ihm dabei in die Augen. »Ich gehe von zu Hause fort.«

»Aber das kannst du nicht«, flüsterte er.

»Es ist für alle das Beste, auf lange Sicht ist es für euch alle das beste, da bin ich mir sicher.«

»Was hat er getan?« platzte es aus James heraus.

»Gib deinem Vater dafür nicht die Schuld, James«, sagte Mary. »Gib ihm nicht die Schuld. Das darf keiner von euch tun.«

James sank in die Kissen zurück.

»Der Entschluß ist mir nicht leichtgefallen«, sagte Mary. »Ich habe lange darüber nachgedacht.«

James starrte an die Decke und versuchte, sich zu verlieren, aber er konnte sich gegen den Klang ihrer Stimme nicht abschotten.

»Ich muß es einfach tun, James. Ich erwarte nicht, daß du das verstehst. Jedenfalls jetzt noch nicht. Eines Tages vielleicht.«

Es herrschte Schweigen. James war sich nicht sicher, ob es ihm gelungen war, vor der Stimme seiner Mutter die Ohren zu verschließen, oder ob sie zu reden aufgehört hatte. Vielleicht würde sie jetzt einfach gehen, sich einfach ohne ein weiteres Wort davonstehlen, das wäre das beste. Dann jedoch hörte er sie wieder sprechen.

»James?« sagte sie und hielt inne. »Es tut mir leid, James.«

»Geh«, sagte er, ohne daß ihm das bewußt war.

»Du weißt –«, begann sie.

» – geh«, unterbrach er sie diesmal flüsternd, weil Worte wie Ziegelsteine in einem Damm waren, ein jedes, das man aussprach, sprang heraus und lockerte ihn, und der Damm durfte jetzt nicht brechen, nicht vor ihr, nein, Sir, keinesfalls. Halte durch.

Es folgte langes Schweigen. Schließlich hörte er, wie sie den Stuhl quietschend zurückschob, wie ihr Kleid raschelte und ihre Schritte sich entfernten.

Er fragte sich, ob er in seinem Inneren verschwinden konnte. Manchmal, kurz vor dem Einschlafen, weitete sich das Krankenzimmer, und er fühlte sich winzig, ganz klein in einer Ecke des ins Gigantische vergrößerten Raums. Vielleicht konnte er jetzt dieselbe Wirkung durch Willenskraft erreichen, und statt *als* sein Körper zu leben, würde er dann tief in dessen Innerem wohnen und sein Leben damit verbringen, seine Tunnel und Höhlen, Flüsse, Kavernen und Kammern zu erkunden. Nein. Das war albern. Es war besser, seinen Körper ganz zu verlassen. Er wollte ihn nicht, er gefiel ihm nicht. Durch die Zimmerdecke davonfliegen. Dann kam ihm ein erschreckender Gedanke: Vielleicht lasse ich *mich* dort unten zurück. Ich bin nicht bereit zu sterben, ich habe Angst davor. Ich bin mein Körper. Ich bin, was ich nicht mag.

Draußen wurde es dunkel. Im Krankenzimmer gingen die Lichter an. Besucher gingen. James rührte sich nicht. Er war sich ziemlich sicher, daß ihn ein oder zwei Leute etwas gefragt oder etwas zu ihm gesagt hatten, aber er ignorierte sie, und sie mußten wieder gegangen sein.

Vielleicht, dachte er, kann ich ja auch einfach so hier liegen, reglos und fast ohne zu atmen, und die Zeit geht ohne mich weiter.

Anders als die übrigen Jungen in den anderen Betten bemerkte James den Wirbel aus Energie, der ins Krankenzimmer fegte, erst, als diejenige, die diesen Wirbel auslöste, ihn entdeckt hatte und an seinem Bett stand.

Einen Augenblick bevor er ihre Stimme hörte, roch er Patschuli-öl.

»Also, Schätzchen, ich mußte in jedem einzelnen Zimmer dieses verflixten Krankenhauses nachsehen, um dich zu finden.«

James öffnete die Augen. Es war Zoe, aber er hätte sie fast nicht erkannt: Sie hatte kurzgeschnittenes Haar, sonnengebräunte Haut und war in fließende Seide gehüllt.

»Wir sind gerade aus Goa zurückgekommen. Harry – ich nenne ihn jetzt nicht mehr Papa, James, das ist so *passé* – ist die Kohle ausgegangen. Man sagte mir, daß du schon seit *Monaten* hier drin bist, armer Schatz, ich hatte ja keine Ahnung.«

Plötzlich kam eine Schwester mittleren Alters mit großen Schritten auf sie zu.

»Sie müssen gehen, junge Dame«, rief sie. »Die Besuchszeit ist schon lange vorbei.«

Zoe machte sich nicht einmal die Mühe, sie anzusehen. »Verpiß dich, Schwester«, sagte sie über die Schulter gewandt.

Die Krankenschwester blieb stehen. »*Wie* bitte?«

»Er ist mein lange vermißter Cousin. Ich habe ihn seit Jahren nicht mehr gesehen. Gehen Sie, und lassen Sie uns allein.«

Zu James' Überraschung drehte sich die Schwester um und hastete davon.

»Also?« sagte Zoe. »Freust du dich nun, daß du mich siehst, oder was?«

James wollte lächeln, aber seine Unterlippe bebte. Er wußte, wenn er lächelte, würde der Damm brechen.

»Verdammt! Du könntest wenigstens *irgend etwas* sagen, bevor ich dich an meinen Busen drücke, James Freeman.«

James spürte, daß sein ganzes Gesicht bebte.

»Was ist los, Süßer?« fragte Zoe ihn, und ihr Grinsen verschwand. Sie beugte sich näher zu ihm.

»Was ist mit dir, Herzchen?« fragte sie wieder und streckte beide Arme aus. Eine Hand berührte seine Schulter, die andere seine Wange, und James, dessen Willenskraft erschöpft war, richtete sich stöhnend auf, sackte nach vorn in ihre Arme und ließ den Damm brechen.

3

Der Swimmingpool

In dieser Nacht fing Mary wieder mit dem Schlafwandeln an. So zumindest lautete die offizielle Version. Es war das, was Charles allen erzählte, und vielleicht glaubte er es auch selbst. Es wurde vom Coroner akzeptiert: Unglücksfall mit tödlichem Ausgang, ein tragischer Unfall. Vielleicht war es das wirklich. James sollte sich niemals sicher sein. Er erwähnte nicht, was sie ihm erzählt hatte, obwohl man in ihrem Ankleidezimmer einen halbgepackten Koffer fand.

Ihre Leiche lag im Garten hinter dem Haus, umgeben von Glasscherben und gesplitterten Fensterverstrebungen. Sie war direkt durch das Fenster ihres Ankleidezimmers im zweiten Stock gelaufen und für immer gegangen.

Charles sah zu, wie die Leichenbestatter mit Marys Leiche davonfuhren. Als sie durch das schmiedeeiserne Tor verschwunden waren, drehte er sich wortlos um und ging in sein Arbeitszimmer. Dort machte er Feuer im Kamin und setzte sich in einem Lehnsessel davor. Den Rest des Tages blieb er so sitzen, starrte in die Flammen und brütete dort vor sich hin, anscheinend in einer Mischung aus Kummer, Bestürzung und Zorn.

Einer nach dem anderen erschien im Türrahmen, um Charles etwas zu fragen oder ihm etwas zu erzählen, aber er wirkte in seiner grüblerischen Haltung so abweisend, daß niemand ihn zu stören wagte. Nur Robert ging am Spätnachmittag hinein und setzte sich bei seinem Vater auf die Armlehne, lehnte sich an seine Schulter und starrte eine Weile mit ins Feuer.

Charles blieb den ganzen Abend und die ganze Nacht so sitzen. Er überließ es Edna, seine trauernden Kinder zu trösten, und rührte sich nur vom Fleck, um Kohlen nachzulegen. Die Mitglieder des Haushalts gingen oben zu Bett, während er, von Zorn und Traurigkeit aufgewühlt, unten in seinem Arbeitszimmer blieb.

Am Morgen fand Edna Charles immer noch in seinem Sessel, wie er in die erkaltete Asche starrte. Sie machte ihm einen Becher Tee und stellte ihn auf den Lesetisch: Er beachtete weder Edna, noch rührte er den Tee an, auf dessen abkühlender Oberfläche sich langsam ein weißer Film bildete. Charles blieb bewegungslos, während sein Herz zu Asche zerfiel.

Die übrige Familie versammelte sich trauernd und führungslos zum Frühstück und blieb am Küchentisch sitzen. Bis um etwa zehn Uhr zu hören war, wie in dem stillen Haus jemand tief Luft holte, die Federn eines Sessels wieder in ihre ursprüngliche Lage zurückschnellten und sich die Schritte eines hundertfünfzehn Kilo schweren Mannes näherten.

Charles erschien in der Küchentür und sah die dort versammelten Kinder an. Sie erwiderten seinen Blick und warteten darauf, daß er die Führung übernahm. Wortlos ließ sich Charles auf ein Knie herunter, breitete die Arme aus, und die drei seiner Kinder, die da waren, stürzten auf ihn zu.

Charles Freeman wurde aktiv. Er machte ein königliches Bestattungsinstitut ausfindig, das eigens eine Maniküre, eine Kosmetikerin und eine Garderobiere aus London schickte. Zusammen mit letzterer sichtete Charles dann stundenlang Marys Garderobe. Er ignorierte den Rat des Vikars, der ihm empfohlen hatte, sich an die Bräuche der anglikanischen Kirche zu halten, und ließ Mary, geschmückt mit ihrem Hochzeitskleid, in einem offenen Sarg aufbahren: Das Wohnzimmer war von parfümierten Kerzen und einem wahren botanischen Garten erfüllt. Spiegel wurden verhangen und Stimmen zu einem Flüstern gesenkt, während Verwandte, Freunde und Bekannte durch das improvisierte Mausoleum marschierten, um der Toten ihre Referenz zu erweisen.

Den Leichenbestattern war es gelungen, die Krähenfüße um Marys Augen, ihre vereinzelten weißen Haare, die Resignation in ihren Mundwinkeln und ihr besorgtes Stirnrunzeln verschwinden zu lassen, so daß sie im Tod wieder wie die jugendliche Braut aussah, die sie einst gewesen war. Die Besucher warfen nur einen einzigen Blick auf Mary und brachen angesichts ihres tragischen, sinnlosen Hinscheidens in Tränen aus. Wenn sie sich wieder gefaßt hatten, erinnerten sie sich daran, daß die Verstorbene mit ihren fünfunddreißig Jahren auch vierfache Mutter gewesen war, und weinten abermals, diesmal aus Mitleid mit ihren armen Kindern und ihrem tapferen Ehemann.

Charles erstickte die Schluchzer, die seinen massigen Leib schüttelten, um die Trauernden zu trösten und ihnen eine kummervolle Version seiner Bärenumarmung anzubieten, wobei er sie schier erdrückte und gleichzeitig durchschüttelte. »Ja, ja«, schniefte Charles, »ja, laßt sie nur fließen.« In seinen Armen ließen Besucher – Stammgäste der Cocktailparties und Mitglieder der Dichtergruppe – ihrem Kummer geräuschvoll freien Lauf.

James wurde von Charles' Chauffeur aus dem Krankenhaus nach Hause gebracht und sah zu, wie Menschen in Charles' Armen schluchzten, von denen er sich sicher war, daß sie seine Mutter kaum gekannt hatten. Er konnte es nicht ertragen, mit seinem Vater in einem Zimmer zu sein.

Die anderen Kinder wurden in Charles' Kielwasser mitgerissen, sie wechselten sich im Wohnzimmer damit ab, Beileidsbezeugungen entgegenzunehmen. Simon blieb in der Nähe seines Vaters. Er ahmte ihn einerseits nach, andererseits füllte er, mehr in der Art einer ältesten Tochter als der eines Sohnes, den Platz aus, den Mary verwaist zurückgelassen hatte. Er nahm es auf sich, jene Besucher zu umarmen, die nicht in der Lage waren, der Umarmung seines Vaters standzuhalten.

Robert vergoß keine Träne. Es schien geradezu, als wäre der Tod seiner Mutter eine weitere Kinderkrankheit, gegen deren Symptome er ankämpfte, und die Leute deuteten seinen Stoizismus als Beweis für ein tiefes Gefühl. Alice wanderte zwischen dem Wohnzimmer, wo ihr in der duftenden, emotionalen Atmosphäre schlecht wurde, und der Küche, wo sie sich wieder erholte, hin und her, so daß Edna sie unter ihre Fittiche nahm.

James schlich erst in das Zimmer, nachdem alle anderen gegangen waren. Er zündete jeden Abend eine eigene Kerze für seine Mutter an und setzte sich still an ihren Sarg. Er überlegte, ob er einen Teil von sich im Krankenhausbett zurückgelassen hatte, weil er sich wie erstarrt fühlte. Es war, als wäre *er* durch jene Tage geschlafwandelt und beim Begräbnis wieder aufgewacht.

Die Beerdigung war ein eindrucksvolles Ereignis, das Charles mit noch mehr Großtuerei organisiert hatte als alle seine Parties.

Die Kirche war brechend voll. Der Chor war durch Sänger von anderen Kirchen verstärkt worden und sang Requiems wie für eine Königin. Den sorgfältig ausgewählten Lesungen, Gebeten und Chorälen folgte eine Lobrede des Diözesanbischofs, die den Eindruck verstärkte, daß die Verstorbene eine außergewöhnliche Ehefrau, eine wunderbare Mutter, eine gute Freundin, eine überaus begabte Dichterin, ein äußerst feinfühliger und ungewöhnlich glücklicher Mensch, kurz, der reinste Sonnenschein in Gestalt einer sterblichen Frau gewesen war.

James saß da und kochte vor Wut, doch jene, die einen Blick in seine Richtung warfen, sahen da nicht ein zorniges Kind sitzen, sondern einen Jungen, der mit äußerster Anstrengung tapfer seine Tränen zurückhielt.

Charles behielt die ganze Zeit eine feierliche und würdevolle Haltung bei, aber sein aschfahles Gesicht, die dunklen Ringe um seine Augen und seine eingezogenen Schultern machten allen klar, daß er während der vergangenen Tage in seinem Kummer weder geschlafen noch etwas gegessen hatte. Als der Sarg zum Friedhof hinausgetragen wurde, folgte Charles, die kleine Alice an der Hand, mit seinen drei Söhnen, wobei der mittlere davon, auf Krücken humpelnd, einen ergreifenden Anblick bot.

Es war dieses Bild, das in der Lokalzeitung erschien: Der große Boß schien die Dimensionen einer mythischen Gestalt anzunehmen, selbst wenn er sein Unglück tragen mußte wie jeder andere Mensch auch.

»Eure Mutter hat uns verlassen«, erklärte Charles, als sie sich daheim in seinem Arbeitszimmer versammelt hatten. »Wir werden zusammenhalten und miteinander auskommen müssen. Ich habe überlegt, wieder ein Kindermädchen oder ein Au-pair-Mädchen einzustellen, habe mich aber dagegen entschieden. Edna wird sich um uns alle kümmern, vor allem um Alice. Es ist das beste, wenn wir versuchen, so weiterzumachen, als wäre nichts geschehen. Noch irgendwelche Fragen?«

»Können wir jetzt gehen, Papa?« fragte Robert.

Sie reagierten jeder auf unterschiedliche Weise, aber alle nahmen sich Charles' Rat zu Herzen und folgten seinem Beispiel. Simon verbrachte mehr Zeit bei Charles als irgend jemand anders, ohne daß einer von beiden Marys Selbstmord erwähnt hätte: Durch dieses Verleugnen erreichten sie, während sie sich näherkamen, eine Art Ebenbürtigkeit und spendeten einander Trost, ohne es zu merken. Simon ging nach der Schule direkt in Charles' Büro und half dessen Sekretärinnen bei ihrer Arbeit. Er ähnelte seinem Vater immer mehr, da er inzwischen fast genauso groß und genauso schwer war wie er und selbst in der Schule die gleichen dunklen Anzüge, weißen Hemden und Seidenkrawatten trug und die gleiche Frisur mit kurzem Nacken und kurzgeschnittenen Schläfen hatte. Anders als bei seinem Vater waren sein Humor und sein Charme bei ihm jedoch nichts Unstetes, sondern beständige Eigenschaften, und die Sekretärinnen mochten ihn deshalb gern. Zuerst waren sie freundlich zu ihm, weil sie wußten, daß er gerade seine Mutter verloren hatte, aber er war ein so guter Zuhörer, daß sie ihm bald von ihren Freunden, ihren Ehemännern oder Kindern erzählten. Und bevor es irgend jemandem bewußt wurde, lauschten sie den vernünftigsten Ratschlägen, die sie außerhalb der Kummerkästen in den Zeitungen bekommen hatten, und handelten sogar danach.

Der sechzehnjährige Sohn des Chefs, sein Ebenbild, sein Klon, fand wieder zum Charme seiner Kindheit zurück. Charles stieß zufällig auf seinen Sohn, wie er den Frauen im Schreibpool gerade erzählte, was die Männer wirklich wollten, und es störte den großen Boß nicht, daß es gerade erst zwei Uhr nachmittags war. Als sie dann am Ende des Arbeitstages ins Auto stiegen, zauste er Simons Haar.

»Du kommst in Schwierigkeiten, bestimmt, mein Junge«, sagte er wohlwollend. »Ich sehe dich gern in der Fabrik, Simon. Guck dir an, wie das Ganze funktioniert, damit du alles rechtzeitig mitbekommst. Dort lernst du mehr als in der Schule. Schließlich mußt du einmal auf eigenen Beinen stehen. Hier ist ein Fünfer.«

Da Robert so verschlossen war, so eigenständig, fiel es niemandem auf, daß er das Haus ganz nach eigenem Gutdünken betrat und verließ. Er sagte Edna nie, wann oder ob er zum Tee oder zu anderen Mahlzeiten dasein würde.

»Laß den Jungen in Ruhe«, riet Stanley ihr. »Er kann schon auf sich selbst aufpassen.«

Sie versuchte, ihn mit seinen Lieblingsgerichten zu bestechen, da er sich aber – abgesehen von den Schmalzbroten und dem Tee – nie zu den Gerichten geäußert hatte, die sie ihm auftischte, merkte sie bald, daß das eine zwecklose Übung war; also kamen sie zu der stillschweigenden Übereinkunft, daß er die Speisekammer plündern durfte, wann immer er Hunger hatte.

Statt dessen richtete Edna ihre Aufmerksamkeit auf Alice, die inzwischen so viele Nächte in Lauras Bett gequetscht verbrachte, daß die beiden ständig mit steifem Nacken und steifen Gliedern aufwachten. Schließlich holte Stanley Robert, damit er ihm dabei half, Alices Bett nach unten zu tragen und es in Lauras enges Zimmer zu stellen. Wenn die Mädchen zusammen waren und Alice von Edna sprach, dann ließ sie gelegentlich das »deine« bei »deine Mama« fort. Der gedankenverlorene Ausrutscher ärgerte Laura. Sie wußte, es wäre grausam gewesen, Alice darauf hinzuweisen, daß Edna zufälligerweise *ihre* Mutter war. Aber es ärgerte sie ganz offensichtlich: Ihre Augen wurden schmal, und es folgte stets ein frostiges Schweigen, dessen Alice sich gar nicht bewußt war, welches allen anderen aber demonstrierte, daß Laura sich von der Tochter ihrer Mutter zu der ihres Vaters wandelte. Edna selbst schien das jedoch in keiner Weise zu stören: Sie besaß sowohl ein so großes Herz als auch einen so großen Körper, um noch ein weiteres Kind, den Zwilling ihrer Tochter, anzunehmen.

Andere sprangen ebenfalls in die Bresche: Garfield sagte Lewis, er solle auf seinen Freund aufpassen.

»Du darfst ihn einladen, hier zu übernachten, wenn du willst«, sagte er. »Unser Haus ist zwar nicht hochherrschaftlich, aber es ist gastfreundlich.«

Marys älteste Schwester, Tante Margaret, kam mit einem großen Bäckertablett voller Obst angefahren. Sie übergab es Edna, blieb zum Tee und erklärte den Kindern, daß sie sie auf ihrem Bauernhof besuchen konnten, wann immer sie wollten.

»Wenn ihr mal aus der Stadt raus wollt«, sagte sie. »Ein bißchen frische Luft schnappen.«

Eines Samstags in diesem Frühling des Jahres 1970 kam Lewis vorbei, um das Endspiel des FA Cups, in dem Leeds United Chelsea alles abforderte, die Mannschaft aus London aber nicht schlagen konnte, im Fernsehen anzusehen. Danach gingen er und James nach draußen, setzten sich auf den Rasen – James legte seine Krücken rechts und links neben sich ins Gras – und übten, einen Ball hin und her zu köpfen. Dann ließ sich Lewis zwei oder drei der Sahnetörtchen schmecken, die James nicht mehr aß, was er Edna aber nicht sagen konnte. James schälte sich eine Orange.

»Weißt du«, flüsterte James Lewis zu, »sie haben mir gesagt, ich darf nicht mehr Fußball spielen.«

»Fußball, das ist nicht das einzige im Leben, Jay«, erwiderte Lewis mit einer Stimme, die beides ausdrückte: Autorität, aber auch einen gewissen Mangel an Überzeugung.

»Ich weiß«, stimmte James zu.

»Du mußt dir eben etwas anderes ausdenken, was du später werden willst«, sagte Lewis zu ihm.

Erwachsen zu sein, das schien so weit weg, dann aber tauchte Zoe am Sonntag morgen auf. Die anderen waren alle schon aufgestanden und ausgeflogen, James aber lag noch im Bett. Zoe rauschte zur Tür herein und brachte eine Woge aus Farbe und Moschusduft mit.

»Raus aus dem Bett, du Faulpelz!« rief sie.

»Nnnnch«, erwiderte James und zog sich die Decke über den Kopf, als sie die Vorhänge aufzog und Licht über sein Bett flutete.

»Was ist das denn für ein Durcheinander hier!« rief Zoe. »Wie kannst du so nur *leben*? Ich gehe nach unten und mache Tee. Wenn du nicht in *fünf* Minuten gewaschen und angezogen bist, dann kitzle ich dich, bis dir Hören und Sehen vergeht. Hast du gehört, Herzchen?«

»Nnnnnn.«

Bei Tee und Orangensaft erzählte James Zoe davon, daß er sich, während er in seinem Krankenhausbett gefangen war, schwerelos gefühlt hatte, daß er das Gefühl gehabt hatte, da und doch nicht da zu sein, das Gefühl, gelegentlich an der Decke zu schweben und auf sich und alle anderen herunterzublicken.

»Das überrascht mich nicht, James«, erwiderte sie weniger beeindruckt, als er sich das erhofft hatte. »Wenn du lange Zeit so im Bett liegst, dann lockert dein Astralkörper zwangsläufig die Verbindung zu deinem physischen Körper. Wahrscheinlich ist er ziemlich viel herumgeflogen. Bei mir ist das auch so. He, wenn wir daran gedacht hätten, dann hätten wir uns auf der Astralebene treffen können. Hattest du auch sonderbare Träume?«

»Sonderbare Träume?« Er wurde rot. »Mm, nein, eigentlich nicht.«

»Ich habe ziemlich viele sonderbare Träume, James. Ich denke, meine Psyche ist etwas unstet. Du weißt schon.«

»Ja. Natürlich«, flüsterte er.

Simon und Alice kamen aus der Kirche zurück, gesellten sich zu ihnen und lauschten dem, was Zoe zu erzählen hatte. Es stellte sich heraus, daß sie und ihr Vater zwar in die Pyrenäen gefahren, dort aber nur eine Nacht geblieben waren. Sie waren durch Spanien rasch nach Afrika gefahren und dort monatelang herumgereist. Dann hatte sie jemand mit seinem Boot nach Goa mitgenommen, wo sie ein Flugzeug genommen hatten und direkt nach Hause geflogen waren. Aber nicht etwa, weil ihnen das Geld ausgegangen war (»Wir hatten ohnehin nie welches!« lachte Zoe), sondern weil Harold beschlossen hatte zu studieren.

In dem Alter, das für ein solches Unterfangen eher üblich gewesen wäre, hatte er dies nicht einmal in Erwägung gezogen, da er bereits mit Reisen angefangen hatte.

»Er wird eine Seminararbeit in vergleichender Religionswissenschaft schreiben«, erzählte Zoe ihnen stolz.

»Was ist eine Seminararbeit?« unterbrach Alice.

»So was wie ein Aufsatz, du Dummkopf«, sagte Robert, der unbemerkt ins Zimmer gekommen war.

»Ach, es tut mir ja *so* leid, daß ich das nicht gewußt habe«, sagte Alice zu ihm und zog eine Grimasse.

Laura erschien in der Tür. »In zehn Minuten gibt es Mittagessen. Oh, hallo, Zoe.«

Zoe streckte ihre Hand in Lauras Richtung. »Ich erzähle den anderen gerade von Harry. Er wird den englischen Klerus mit den Voodoopriestern in Benin vergleichen. He, wißt ihr«, sie hielt inne und sah Alice und Simon an, »vielleicht ist es sogar notwendig, daß er eure merkwürdige Kirche besucht.«

Zoe gesellte sich zum sonntäglichen Mittagessen, das, wie Charles beschlossen hatte, mehr denn je den Brennpunkt ihrer Woche bildete. Ganz gleich, wie seine geschäftlichen Verpflichtungen aussahen, er sorgte dafür, daß er am Sonntag zu Hause war. Seiner Meinung nach bestand die beste Methode, die Familie zusammenzuhalten, nämlich darin, Roastbeef, Yorkshirepudding, Bratkartoffeln, Gemüse und Soße miteinander zu teilen. Neben Stanley, Edna und Laura lud er auch Verwandte wie Tante Margaret mit ihrer Freundin Sarah und Jack und Clare ein, und er sagte jetzt auch Zoe, daß sie jeden Sonntag willkommen wäre.

»Danke, Charles, ich komme vielleicht darauf zurück«, erwiderte sie.

Nach dem Mittagessen gingen sie wieder nach oben. Zoe öffnete eine Umhängetasche aus Leinen und verteilte Geschenke: Alice und Laura bekamen bunte Schals aus Rhodesien, Robert ein krudes Fruchtbarkeitssymbol aus Moçambique, James einen Sandsteinelefanten aus Somalia. Simon ließ sie an dem dicken Joint ziehen, den sie vor ihren faszinierten Blicken in einem kunstvollen Ritual drehte.

»Gehst du wieder zur Schule?« fragte Simon sie. Er sah blaß aus.

»Weiß ich noch nicht. Ich muß nicht. Aber vielleicht mache ich es doch.«

Sie erzählte ihnen Geschichten von ihren Reisen, Land um Land, und sie konnten nicht glauben, daß das dieselbe, nur wenig ältere Cousine war, die vor ein paar Monaten noch neben ihnen im Kino gesessen hatte. Simon stolperte die Treppe hinunter, um einen Krug Limonade zu holen, weil er einen schrecklich trockenen Mund bekommen hatte.

Zoe nahm einen Schluck und sagte: »In Südafrika sind wir eines Tages einmal um fünf Uhr früh aufgebrochen, um den Tafelberg zu besteigen. Wir sind den ganzen Tag geklettert, während es immer heißer wurde. Als wir mittags den Gipfel erreichten, stand die Sonne direkt über uns. Es war drückend heiß, wir waren schweißgebadet. Dort oben gibt es ein Café, wo sie eisgekühlten Aprikosensaft verkauft haben. Wißt ihr«, sagte Zoe und schloß die Augen, »es war, als würde man Gold trinken.«

Charles erklärte James, daß er erst im Herbst, wenn das nächste Schuljahr begann, wieder zur Schule gehen müsse, vorausgesetzt, er arbeitete zu Hause genügend, damit er nicht den Anschluß verlor.

Befreit von dem geistlosen Stundenplan des Krankenhauses, blieb James noch lange im Bett, wenn die anderen zur Schule gegangen waren. Aber wenn er dann endlich aufstand, wußte er nicht, was er tun sollte. Er *mußte* nichts tun, und so begann er, unter zwei eng miteinander verknüpften Seinszuständen zu leiden, die seine Gefährten werden sollten und die er später heftig verteidigte: Freiheit und Einsamkeit.

James war angesichts dessen, was er bei seiner Rückkehr in seinem Zimmer vorgefunden hatte, ziemlich verwirrt. Seine Besitztümer, sein Spielzeug, das waren seltsame, fremde Objekte, die jemand anderem gehörten, dem Kind, das er gewesen war und das es, seit er im Gips gefangen gewesen war, nicht mehr gab. Nicht daß er schon ein Mann gewesen wäre. Er wußte nicht, was oder wer er war. Um elf Uhr vormittags humpelte er die Treppe hinunter, um zu frühstücken, dann stieg er sie langsam wieder hinauf. Er vermißte es nicht, die Korridore entlangzurennen. Erstaunlich, wie relativ Gesundheit und Sportlichkeit doch waren: Er war zufrieden damit, daß er spürte, wie er auf seinen Krücken kräftiger und schneller wurde.

Wieder in seinem Zimmer, sah James seine Regale und Schubladen durch und füllte Pappkartons mit Kleidung, Spielzeug, Büchern (bis auf einen Gedichtband), Postern, Airfixmodellen und Alben mit Fußballsammelbildern. Aufgrund seiner mangelnden Mobilität und seiner neu erlangten Geduld nahm diese Aufgabe mehrere Tage in Anspruch. James genoß jede einzelne Minute davon. Als er fertig war, sah sein Zimmer ganz kahl aus. Zu den wenigen Dingen, die er nicht wegwarf, gehörte die Kamera, die ihm seine Mutter vor nunmehr vier Jahren bei Jacks und Clares Hochzeit geschenkt hatte. Er hatte sie in der Zwischenzeit völlig vergessen. Jetzt nahm er den Objektivdeckel ab und blickte durch den Sucher. Er suchte das Zimmer ab und hielt inne, bewegte den Kopf, hielt wieder inne, rahmte dabei kleine Ausschnitte des leeren Zimmers ein.

»Das ist interessant«, flüsterte James. Er hängte sich die Kamera am Riemen um den Hals. Sie prallte bei jedem Schritt gegen seine Brust, als er die Treppe hinunterstieg, um Stanley zu bitten, die Kartons zu den Flohmarktsachen in die Garage zu stellen, und Edna, ihm einen Film mitzubringen, wenn sie das nächste Mal einkaufen ging.

Es wurde Sommer. James wechselte von Krücken zu Spazier-stöcken. Seine Geschicklichkeit beim Köpfen von Bällen verbes-serte sich fast genauso wie bei Lewis, aber James bezweifelte, ob er jemals wieder einen Ball kicken würde. Lewis kam vorbei, um sich mit ihm zusammen die Meisterschaftsspiele im Fernsehen anzuse-hen. Obwohl sein Freund ganz gebannt vom Spiel der Brasilianer war, wußte James, daß das ein Opfer für ihn war: Lewis wäre bes-ser dran gewesen, wenn er sich die Spiele zusammen mit den Jun-gen angesehen hätte, mit denen er tatsächlich Fußball spielte und mit denen er versuchen konnte, die klare Geometrie der Spielzüge, die sie auf dem Bildschirm sahen, auf dem Sportplatz in die Praxis umzusetzen.

James fühlte sich bei der eher bewegungslosen, mentalen Geo-metrie des Schachspiels weit wohler, dem er sich mit Laura in einer stillen Ecke des Hauses, wo sie niemand störte, widmete.

Inzwischen stellte sich heraus, daß Zoe und Harold gerade noch rechtzeitig zurückgekehrt waren. Die Nachbarn und die Stamm-gäste des Electra Cinema nämlich waren so an Agathas Exzentri-zitäten gewöhnt, daß niemand die Anzeichen einer Veränderung bemerkt hatte, während die einzige Person, die die Anweisung hatte, danach Ausschau zu halten, in einem Krankenbett gefangen gewesen war.

Agatha hatte einen blauen Morris Minor in der Garage auf der Rückseite des Kinos stehen. Einmal wöchentlich polierte ihn ein Junge aus der Nachbarschaft, und am Sonntag fuhr Agatha damit in die Kirche. Sie war eine kleine, unbeugsame Frau, die durch die Speichen des großen Lenkrads hindurch auf die Straße spähte. Fremde, die an einem Sonntagmorgen die Lambert Street ent-langspazierten, stutzten, wenn sie das uralte, tadellos gepflegte Auto anscheinend führerlos und wie ferngesteuert im Schnecken-tempo auf der verschlafenen Straße entlangkriechen sahen. Erst bei genauerem Hinsehen entdeckten sie schließlich den oberen Teil von Agathas Kopf, eine Zwergin am Steuer.

Agatha wäre im Grunde eine sichere Autofahrerin gewesen, nur daß sie diese knifflige Sache mit rechts und links nie ganz in den Griff bekam. Während der vielen Jahre, in denen sie ihre wöchent-lichen Fahrten von einer halben Meile unternahm, verursachte sie deshalb an die hundert Beinaheunfälle: Entweder sie blinkte links und bog dann nach rechts ab (ein komischer Anblick wie im Film, bei dem man der Illusion erlag, das Auto würde plötzlich beschleunigen), oder aber sie betätigte den Hebel an der falschen Seite der Lenksäule, so daß, wenn sie das Lenkrad einschlug, der Blinker zwar reglos blieb, dafür aber die Scheibenwischer über die trockene Scheibe kratzten.

Ortsansässige hatten sich, obwohl Agathas Ausflüge selten waren, an ihre unvorhersehbaren Manöver gewöhnt: Sie wußten, daß ein Hupen wahrscheinlich bedeutete, daß sie gleich einparken würde, daß ein Strahl Scheibenwischwasser, der über das Dach hinweg nach hinten sprühte, einen abrupten Schlenker in die St. Hilda's Road, in der die Kirche war, ankündigte. Also hielten sie amüsiert Abstand. Fremde andererseits mußten ihre trägen Sonntagmorgenreflexe mobilisieren, wenn vor ihnen ein führerloser Morris Minor völlig grundlos und ohne jegliche Vorwarnung eine Vollbremsung hinlegte.

Doch Agatha hatte einen Schutzengel – vielleicht weil sie immer nur zwischen Kirche und Kino hin und her fuhr –, die Stoßstange des Wagens bekam nicht eine einzige Delle, der blaue Lack keinen Kratzer.

Als Agatha ihre Fahrten zur Kirche einstellte, seufzten die Leute erleichtert auf. Sie nahmen an, Agatha hätte akzeptiert, daß sie inzwischen zu alt zum Autofahren war. Es kam niemandem in den Sinn, daß sie vergessen hatte, wo ihr Auto stand, und dann, daß sie überhaupt ein Auto besaß.

Tatsächlich war sie körperlich so fit wie eh und je. Sie hatte jahrelang täglich einen Löffel Apfelessig zu sich genommen, um Arthritis und Schwermut abzuwehren, den doppelten Fluch des Alters, was der Essig auch tat, nur um sie mit einem anderen zu belegen, der sie noch halsstarriger werden ließ als früher.

Als Agatha einer Besucherschlange im Foyer zurief, daß der heutige Film nicht nur mit Ton, sondern offensichtlich auch in Farbe gezeigt würde, beachtete das niemand. Auch nicht, als sie eine Vorführung unerwartet unterbrach und die Eintrittskarten der Leute ein zweites Mal knipste. Genausowenig wie bei jener Gelegenheit, als sie fragte, ob jemand den Klavierspieler gesehen hätte, und apropos, wo war überhaupt das verdammte Klavier? Als ihr Filmvorführer eines Tages zur Arbeit kam und sie ihm erklärte: »Ohne Eintrittskarte kommen Sie hier nicht rein«, beachtete selbst er das nicht, da er reichlich Zeit gehabt hatte, sich an ihre Grobheiten zu gewöhnen. Seit über einem Jahr drohte sie ihm nämlich jeden Abend, ihn zu entlassen, wenn er es nicht schaffte, den Film schärfer einzustellen, und sie schrie ihn an, er solle den Ton lauter drehen, selbst wenn die Leute sich beschweren kamen, weil ihnen die Ohren weh taten. Also hatte er gelernt, sie zu ignorieren.

Harold und Zoe jedoch waren über ihren Verfall erschrocken: Es war klar, daß sich nicht nur ihre Sinne, sondern gleichzeitig auch ihre sämtlichen Fähigkeiten auflösten. Zoe war nicht in der Lage, eine zusammenhängende Unterhaltung mit ihrer Großmutter zu führen, weil diese über irgendein falsches Wort stolperte und es unverwandt wiederholte, als wäre der Film in ihrem Kopf im Projektor hängengeblieben.

»Du bist genau wie deine Großtante Georgina, meine Schwester«, erzählte sie Zoe. »Du hast ihre Löffel.«

»Ihre was, Oma?«

»Ihre *Löffel*«, wiederholte Agatha mit Nachdruck, aber stirnrunzelnd. Sie deutete auf ihre Augen. »Genau wie ihre, dieselben grünen Löffel.«

Oder aber sie sagte Sätze, deren Teile in der falschen Reihenfolge herauskamen, so als wären die Filmbänder in den Dosen vertauscht worden.

»Es ist ein populärer Eiscreme im Bauchladen«, sagte sie, als Zoe sich erbot, als Platzanweiserin zu fungieren. »Sieh zu, daß du heute abend viel Film hineinlegst.«

Es stellte sich heraus, daß der Filmvorführer Agathas Vergeßlichkeit lange Zeit unbewußt vertuscht hatte – er hatte die Plakate aufgehängt, die Lokalzeitung angerufen, das Programm durchgegeben und das Popcorn bestellt. Schließlich vergaß Agatha sich selbst: Ein paar Tage nach Harolds und Zoes Rückkehr sah sie in den Spiegel, ohne die alte Frau zu erkennen, die sie anstarrte. Die vergangenen fünfzig Jahre waren ihrem Gedächtnis einfach entfallen.

Zoe machte ihr eine Tasse Tee, und Harold schlug so freundlich er konnte vor, daß sie sich vielleicht zur Ruhe setzen sollte.

»Was hast du gesagt?« fragte sie und starrte dabei ein paar Schritt links neben ihm an die Wand.

Harold wiederholte es.

»WAS HAST DU GESAGT, WILLIAM?« rief sie. Er wußte, daß das der Name eines ihrer längst verstorbenen Cousins war, und nahm an, daß ihr schlechtes Sehvermögen und ihre Erinnerung zusammengewirkt und sie aufgrund einer Familienähnlichkeit verwirrt hatten. Ihm war nicht klar, wie groß die Ähnlichkeit war, er erkannte nicht, daß sie, unabsichtlich und nur dieses eine Mal, die Identität seines Vaters preisgegeben hatte. Also sagte er sanft:

»Es ist schon in Ordnung, Mutter.«

»WAS HAST DU GESAGT, WILLI!?« brüllte sie ihn an.

Nachdem Agatha Freeman sich ein Leben lang streng unter Kontrolle gehabt hatte, löste sich ihre Persönlichkeit nun regelrecht auf, fiel auseinander, zerfaserte. In jener Nacht hörten Harold und Zoe Geräusche. Sie gingen aus der Wohnung über dem Kino nach unten und fanden Agatha im Zuschauerraum. Sie rief:

»MACHT DAS LICHT AN! WO BIN ICH? WO BIN ICH?«

Sie sagte Harold, er solle zurück zum Bahnhof gehen, und beruhigte sich erst, als Zoe sie bei der Hand nahm und nach oben in die Wohnung führte.

»Wohin gehen wir, Dorothy?« fragte Agatha.

»Wir gehen auf Reisen, Oma«, erklärte Zoe ihr.

»Ah, gut«, sagte sie. »Ah, gut. Da bin ich aber froh.«

Agathas Beerdigung fand in aller Stille statt. Es waren nur jene Familienangehörigen gekommen, die ihre Grobheiten nicht persönlich genommen hatten, dazu eine Gruppe Filmfreaks, die ihr dankbar dafür waren, daß sie sie mit dem »Neuen französischen Film« bekannt gemacht hatte. Während des Trauergottesdienstes in der Kirche, der vom Vikar (der inzwischen ein wenig älter war, aber immer noch viel kicherte) gehalten wurde, schienen sie sich noch wohl zu fühlen, doch als sie sich draußen mit ihren Sonnenbrillen und ihrer bleichen Haut um das Grab versammelt hatten, sahen sie aus, als wäre ihre Angst genauso groß wie ihre Trauer. James hätte gern ein Foto von ihren löchrigen Schuhen gemacht, scheute sich aber, die Kamera unter seinem zugeknöpften Mantel hervorzuholen. Er kam zu dem Schluß, daß ihm Hochzeiten lieber waren als Beerdigungen. Einer der Filmfreaks warf statt Erde eine Blume auf Agathas Sarg hinunter.

»Die Sechziger sind vorbei, Mann«, gestand er seinem Nachbarn.

Zoe hörte das und bedachte ihn mit einem verächtlichen Blick. »Sei nicht albern«, sagte sie zu ihm.

James nahm seine Kamera überallhin mit, obwohl die ersten Fotos, die er mit dem Film machte, den Edna ihm gekauft hatte, so enttäuschend waren, daß er lange Zeit zögerte, sie um einen weiteren zu bitten. Er war damit zufrieden, einfach durchs Objektiv zu sehen, sich daran zu gewöhnen, die Welt auf einzelne Rechtecke reduziert zu erleben. Eine Weile war er von der unendlichen Vielzahl der Möglichkeiten überwältigt: Es gab keinen festgelegten, idealen Rahmen für irgendein Motiv. Wann immer er auf den Auslöser drückte (was er tat, *obwohl* er keinen Film eingelegt hatte), war dies eine willkürliche Wahl. Es fiel ihm schwer, die Kamera ruhig zu halten. Lieber verfolgte er damit die Welt vor sich – die selbst selten ruhig war –, so als hielte er eine Schmalfilmkamera in der Hand.

Der Rest der Familie fragte ihn, was er da tat. »Ich übe«, flüsterte er.

Sie ließen ihn in Ruhe üben, da sie es satt hatten, sich zu ihm hinunterzubeugen, um zu verstehen, was er sagte, vor allem, weil er sie dabei nicht ansah. Er blickte zu Boden, so daß sie ihm nicht einmal von den Lippen ablesen konnten. Das redselige Kind, der gesellige Junge, hatte sich in sich selbst zurückgezogen.

James verbrachte Tage damit, das Haus durch seinen Sucher zu erforschen. Möbelstücke bewegten sich nicht. In den Gästezimmern, die monatelang unbewohnt waren, schien die Zeit stehengeblieben zu sein. Dort schaffte er es, seinen schweifenden Blick zur Ruhe zu bringen. Je näher er an ein Objekt heranging, sich ruhig einer Vase auf dem Fensterbrett näherte, einem Kissen, dem Paneel einer Tür, um so leichter war es. Je mehr er die Welt reduzierte, desto mehr Tiefe entdeckte er paradoxerweise, desto mehr Elemente der Oberflächenbeschaffenheit, der Farbe und des Lichts, desto unterschiedlichere Ebenen, Linien. Manchmal entmutigte ihn die Zerbrechlichkeit der Dinge. Er fragte sich, wie das alles zusammenhielt. Irgendwann dann hörte er den Gong zum Abendessen von unten heraufhallen, oder aber Alices Stimme platzte in die Stille eines Zimmers herein: »Da bist du ja, James! Komm schon, es ist Zeit fürs Kino.«

Er brauchte einen Augenblick, um sich daran zu erinnern, wie man Worte formte. Er blinzelte. »Geht ihr nur. Ich habe zu tun«, murmelte er.

Er betrachtete die Welt, kleine Ausschnitte der Welt, durch sein Objektiv. Es kam ihm vor, als würde er seine Umgebung aus einer Blase heraus betrachten. Hinter seiner Kamera war er geschützt. Er entdeckte, daß er in einer anderen Art von Blase auch die übrige Zeit überstehen konnte. Als er im Herbst schließlich wieder in die Schule zurückkehrte, setzte er sich in die Mitte der Klasse, und die Lehrer, die nicht verstanden, was er sagte, ließen ihn dort in Ruhe. Während die anderen Sportunterricht hatten – von dem er befreit war –, sah er sich das stille Klassenzimmer genau an und fotografierte mit seiner Kamera ohne Film alte Tintenflecken und Graffiti, die in die hölzernen Schulbänke eingeritzt waren.

Bei den Mahlzeiten daheim saß er still am Tisch, aber niemand beschwerte sich. James entdeckte, daß andere Leute nichts von einem verlangten, wenn man selbst nichts von ihnen verlangte. Wenn man nichts sagte, sprachen sie einen selten an.

»Ich gehe ein bißchen üben«, flüsterte er, erhob sich vom Abendbrottisch und torkelte davon: Er war inzwischen zwar nicht mehr auf die Spazierstöcke angewiesen, aber ihm war der schwankende Gang eines Seemanns geblieben.

»What shall we do with the drunken sailor?« dröhnte Charles hinter ihm her und gluckste in sich hinein. Als James die Treppe hochstieg, hörte er, wie sein Vater die anderen zu einem unmelodischen Vortrag dieses Liedes aus Kindertagen animierte.

»Weigh hey and up she rises
Weigh hey and up she rises
Weigh hey and up she rises
early in the morning.«

James stieg weiter die Treppe hinauf, entfernte sich von ihnen.

»Put him in the scuppers with the hosepipe on 'im
Put him in the scuppers with the hosepipe on 'im
Put him in the scuppers with the hosepipe on 'im
early in the morning.«

Der Chirurg hatte recht gehabt: James konnte sehr gut gehen. Aber er wagte sich nicht weit. Selten ging er mit Alice und Laura ins Kino, obwohl das eine Gelegenheit gewesen wäre, Zoe zu besuchen.

»Jemand muß Harold durchs College helfen«, sagte Zoe zu ihm, als sie sonntags zum Mittagessen kam, und so übernahm sie, anstatt selbst wieder zur Schule zu gehen, das Kino. »Es ist ein Zuhause, James«, sagte sie. »Für eine Weile habe ich genug vom Herumziehen. Und wenn ich mich erst einmal etabliert habe, werde ich meine Reisen selbst finanzieren können.«

Der alte Filmvorführer ging in den Ruhestand, und Zoe stellte einen Mann ein, den sie unterwegs nach Marrakesch kennengelernt hatte. Ansonsten aber machte sie alles selbst. Sie plazierte das Popcorn auf der einen Seite und füllte die Süßigkeitentheke mit Pfannkuchen, Haselnußriegeln und Schokoladenplätzchen, die sie von einem Hersteller für Vollwertnahrung in der Factory Road bezog. Sie fand Agathas tadellos erhaltenen blauen Morris Minor in der Garage: Solche Oldtimer kamen gerade wieder in Mode, also nahm Zoe Fahrunterricht, bestand die Prüfung und fuhr dann damit in der Stadt herum, was bei ihr beinah so gefährlich war wie dereinst bei ihrer Großmutter.

Jedesmal, wenn sie den Wagen in die Garage stellte, kam ihr das jedoch wie Platzverschwendung vor, da sie ihn auch kostenlos auf der Straße parken konnte. Ich könnte das hier anders nützen, dachte sie, aber sie wußte noch nicht, wofür.

Sie nahm einen Bankkredit auf und ersetzte die einst bequemen, jetzt aber altersschwachen Sitze durch neue, kleinere, in die sich ein großgewachsener Mann mehr oder weniger hineinquetschen mußte, die es ihr aber erlaubten, hinten im Zuschauerraum eine zusätzliche Reihe zu installieren.

»Ich habe einen Plan, wie ich das Kino zum Laufen bringe«, sagte sie an einem anderen Sonntag zu Charles.

Als nächstes nahm sich Zoe das Programm vor, das – wie schon seit Jahren – aus einem einzigen Film (dazu einem Vorfilm) bestand, der eine Woche lang viermal am Tag gezeigt wurde. Dann ging sie nach draußen, stellte sich vors Kino und beobachtete ein paar Minuten lang die Fußgänger, die die Lambert Street entlanggingen, bevor sie wieder nach drinnen zurückkehrte und per Telefon die Kataloge sämtlicher Filmverleihe anforderte.

Was Zoe Freeman tat, und damit war sie ihrer Zeit voraus, war, in einer Provinzstadt verschiedene Publikumsgruppen zu unterscheiden und diese mit den entsprechenden Filmgenres zu bedienen, wobei sie alte Filme neben neuen zeigte: Sie organisierte kleine Filmreihen, zeigte alte Ealing-Komödien, Bibelepen, Science-fiction-Filme, setzte einen ganzen irrwitzigen Abend mit Filmen der Marx Brothers ins Programm. Sie bot Shakespeare im Film an und Kinoversionen von was auch immer auf dem Lehrplan der Schulen stand. Während der kurzen Ferien liefen bei ihr Disney-Zeichentrickfilme.

Sie führte Spätvorstellungen ein: An Freitagen zeigte sie Pornofilme, die sie laut Gesetz selbst noch gar nicht ansehen durfte, geschweige denn ordern (auf den Bestellformularen benutzte sie den Namen ihres Vaters), und an Sonntagen Meilensteine der Sechziger wie *Zabriskie Point* und *Easy Rider*, *Woodstock* und *Tal der Puppen*, bei denen Hippies und Hell's Angels argwöhnisch Pfannkuchen und Marihuana miteinander teilten. Die Filmfreaks – die sich alles ansahen und die Zoe damit ärgerte, daß sie ihnen erzählte, die einzigen Filme, die sie nicht zu zeigen brauche, seien Horrorfilme, weil sie selbst wie Vampire aussähen – saßen am Montag neben den Rentnern, am Mittwoch neben den Schulkindern und am Donnerstagnachmittag neben den Hausfrauen im Publikum, die ihre Taschentücher zerknüllten, wenn sie Rock Hudson und Doris Day auf der Leinwand sahen. Zoe waren sie alle willkommen, sie hatte ein offenes Ohr für ihre Vorschläge und Beschwerden und arbeitete sechzehn Stunden am Tag, bis sie in der Stadt ebenso bekannt war, wie ihre Großmutter das gewesen war.

James verpaßte diese kleine Revolution: Er hatte alle Hände voll damit zu tun, Stilleben zu fotografieren. Schließlich nahm er seinen Mut zusammen und legte einen Film in die Kamera ein, was für ihn einen ungeheuren Schritt darstellte. Er verknipste eine Anzahl von Filmrollen, die Edna zu Boots brachte und wieder dort abholte, wenn sie am Mittwoch zum Markt ging. Er wollte die Fotos niemandem zeigen, widersetzte sich aber nicht energisch genug, als Simon, Alice und Laura sie sehen wollten: James war schon über ein Jahr lang durch die Gegend marschiert und hatte mit seiner blöden Kamera herumgeknipst. Wenn er seine Geschwister ansah, dann unausweichlich mit einem geschlossenen Auge, während das andere von der Kamera verdeckt wurde (so als wäre ihr armer Bruder nicht verkrüppelt, sondern blind, und die Kamera keine Kamera, sondern ein wunderbares neues medizinisches Hilfsmittel). In Wahrheit hofften sie aus einer ganz normalen menschlichen Eitelkeit heraus, Schnappschüsse von sich zu sehen: Die Nahaufnahmen von Bettpfosten, Stuhlbezügen und einer Ecke des Wohnzimmerteppichs enttäuschten und verblüfften sie.

Simon hatte die Fotos mitfühlend hin und her gedreht. »Also, so wie ich das sehe«, bedauerte er James, »stimmt etwas mit der verflixten Kamera nicht. Die Garantie ist inzwischen vermutlich abgelaufen?«

»Die Kamera ist in Ordnung«, flüsterte James. »Das ist genau das, was ich fotografieren wollte. Es nennt sich *Detailstilleben*.«

»Aber das ist doch total langweilig.« Simon runzelte die Stirn. »Es ist ja gar nichts Richtiges drauf.«

Alice ihrerseits sah ihren Bruder mitleidig an. »Du bist *seltsam*«, erklärte sie ihm, dann fiel ihr ein, daß sie eigentlich etwas anderes hatte tun wollen, und rannte davon.

»Ich finde die Bilder *sehr* interessant, James«, meinte Laura, aber ihm war klar, daß sie das nur ihm zuliebe sagte.

Als James allein war, sah er sich die Fotos genauer an. Er studierte sie durch ein Vergrößerungsglas. Er war ebenso verblüfft wie Simon, aber aus genau dem entgegengesetzten Grund: Es war *zuviel* darauf zu sehen. Er merkte, daß er allzu ehrgeizig gewesen war. Es wäre besser gewesen, wenn er versucht hätte, die Schlichtheit von Röntgenbildern zu erzielen.

»Natürlich«, flüsterte er. »Das ist es. Schwarzweiß.«

James bat Charles um ein bißchen mehr Taschengeld, Stanley baute eines der ungenutzten Gästebadezimmer in eine Dunkelkammer um, während sich Robert für eine Provision von zwanzig Prozent in bar erbot, die gesamte Ausrüstung, die James brauchte, zum halben Preis aus dem Großhandel zu besorgen.

»Das ist wirklich nett von dir, Robert«, flüsterte James überrascht.

»Nun ja, ich habe meine Beziehungen«, gestand Robert. »Gebrauchte Scheine, denk daran«, fügte er hinzu.

James blieb stundenlang in seinem neuen Refugium. Als er feststellte, daß es allein schon eine Kunst war, Abzüge zu machen, vor allem, wenn man niemanden hatte, der es einem beibrachte, war er zuerst entmutigt. Aber bald hielt er sich tatsächlich nirgends lieber auf als in der infraroten, gebärmutterähnlichen Isolation der Dunkelkammer, während draußen an der Tür ein BITTE NICHT STÖREN-Schild hing. Er mußte sich ranhalten, um genügend Fotos zu machen, die er dann entwickeln konnte. Nach einer Weile jedoch – vielleicht als Gegengewicht zu der hermetischen Abgeschlossenheit dieses Labors – wagte er sich mit seiner Kamera nach draußen und erforschte den Garten mit demselben eingehenden, prüfenden Blick wie das Haus: Er widmete sich einige Wochen lang systematisch dem Projekt, die Blütenblätter von Alfreds Rosen zu verschiedenen Tageszeiten und in aufeinanderfolgenden Stadien von Blühen und Verwelken zu fotografieren. Dann wählte er eine der Birken aus, die zu erklettern er Alice und Laura einst beigebracht hatte. Er machte von dem Baum eine Abfolge von Bildern, wobei er für jedes Foto einen Schritt weiter zurückging, angefangen bei einer Makroaufnahme der Rinde bis zu einer Studie in ganzer Länge.

Wenn James' Film voll war, trottete er schwankend ins Haus zurück und stieg die Treppe zur Dunkelkammer hinauf. Er legte den Film, eine Aufwickelspule, eine Entwicklungsdose und eine Schere in einen Wechselsack und steckte seine Hände durch die Gummimanschetten. Er schloß die Augen, sah im Geiste das, was seine Finger spürten, vor sich und freute sich darüber, daß er sich allmählich fachmännisches Geschick aneignete.

Was er wie jeder angehende Fotograf am meisten liebte, war der Augenblick, wenn auf dem weißen Papier in der Entwicklerschale ein Bild auftauchte. Es war dies ein magischer Moment, der ihn immer wieder faszinierte.

Einige Dinge ändern sich, andere bleiben ewig gleich. Und dann wird einem klar, daß sie sich ebenfalls geändert haben und man es einfach nicht bemerkt hat.

Simon, der in den meisten Fächern die mittlere Reife nicht geschafft hatte, verließ auf Anraten seines Vaters die Schule, um eine kaufmännische Lehre in den verschiedenen Abteilungen der Firma anzufangen. Der Sohn des Chefs entwickelte sich zu einem selbstbewußten und beliebten jungen Mann. Er und James hatten die Plätze getauscht: Der Junge, der im traurigen blauen Licht des Fernsehers mit seiner Wertlosigkeit kämpfte, hatte mit dem Leben einen Handel abgeschlossen, während das freundliche Kind, das lieber rannte als ging und pausenlos redete, sich in ein infrarotes Zimmer zurückgezogen hatte.

Robert, der die Pubertät inzwischen hinter sich hatte, war noch grimmiger als vorher. Seine Stimme klang barsch, wenn er einmal etwas sagte. Er wuchs nicht weiter in die Höhe, entwickelte aber eine männliche Figur mit breiten Schultern und einem kräftigen Brustkorb. Er kam und ging, wie er wollte, und bewegte sich gänzlich unbemerkt unter seinen Geschwistern. Der einzige Beweis für seine Gegenwart war ein vager Geruch nach Öl und Schweiß.

An den Wochenenden ging er mit Stanley auf die Jagd. Beide trugen sie die gleichen flachen Mützen und die gleichen Jacken. Robert, der inzwischen ein Gewehr Kaliber .22 benutzte, war für Stanley ein Ersatz für den Sohn, den er nicht hatte. Die beiden verband die natürliche Vertrautheit, die zwischen einem schweigsamen Meister und seinem demütigen Protegé herrschte. Aber selbst wenn sie von Natur aus redselig gewesen wären, hätte ihre Beziehung unausgesprochen, inoffiziell bleiben müssen, da Robert immerhin der Sohn des großen Bosses war.

Die einzige schulische Aktivität, an der Robert regelmäßig teilnahm, war eine außerlehrplanmäßige: An seinem dreizehnten Geburtstag trat er, ohne jemandem etwas davon zu sagen, in den Boxclub ein, dessen Training jeden Dienstag- und Donnerstagabend unter der Leitung des Biologielehrers in der Turnhalle der Schule stattfand. Robert liebte diesen Sport sofort: die Geräusche, die Gerüche, der Schweiß, der Schmerz, wenn zwanzig Jungen auf Sandsäcke eindroschen, schattenboxten, mörderische Gymnastikübungen machten und auf ein dickes Polster einschlugen, das Mr. Bowman ihnen hinhielt.

An diesem allerersten Abend, nachdem Robert von den Liegestützen und Rumpfbeugen, die er gemacht hatte, schon richtig schlecht war, reichte Mr. Bowman ihm ein Springseil und sagte: »Jetzt spring noch fünf Minuten, Junge.«

Robert war sprachlos. Er hatte noch nie gehört, daß *irgendein*

164

Junge, der älter als sieben war, seilhüpfte, geschweige denn ein Boxer. Er wußte gar nicht, wie das ging – er hatte es noch nie probiert. Rasch rief er sich ein Bild von Laura ins Gedächtnis, wie sie, was er viele Male beobachtet hatte, im Garten hinter dem Haus seilsprang, und stellte sich vor, daß seine eigenen Gliedmaßen dieselben Verrenkungen vollführten. Dann begann Robert, an den Wänden der Turnhalle entlang seilspringend seine Runden zu machen. Es war ein Wunder an Willenskraft und Koordination.

Zwanzig Jungen verschiedenen Alters, die eben noch grimmig auf Sandsäcke eingetrommelt oder schwere Medizinbälle von ihrer Brust weggestemmt hatten, sie alle hielten im selben Moment erstaunt inne, während das Geräusch von Leder auf Leinwand und das Ächzen und Keuchen verklang. Schweigend sahen sie zu, wie Robert in der Halle seilsprang.

Und dann begannen sie zu lachen: Kichern, Prusten und unterdrücktes Gelächter platzten in den offenen, widerhallenden Raum hinein und steigerten sich zu spöttischem Gekreische und wildem Gebrüll, das von der Decke abprallte und an den Sprossenwänden rüttelte.

Aber Robert hörte nichts von alledem. Er konzentrierte sich allein darauf, seine Arme und Beine zu koordinieren: Er machte das ganz ordentlich, dachte er erleichtert, während er den Blick gesenkt hielt, denn er wußte, daß er, wenn er ein klein wenig im Tempo nachließ, aus dem Tritt kommen und sich das Seil zwischen seinen Füßen verheddern würde. Also registrierte er weder die Jungen, die sich in hemmungslosem Entzücken auf den Boden geworfen hatten – unter ihnen auch Docker Boyle, der Schwergewichtler aus der fünften Klasse, der sich vor Lachen bepinkelte –, noch die anderen, die ihm zupfiffen und ihn ausbuhten, während ihnen die Tränen übers Gesicht liefen.

Robert hatte bereits drei Runden durch die Halle gedreht und fragte sich, ob Mr. Bowman ihm sagen würde, wann er aufhören könne, oder ob er einfach von selbst anhalten sollte. Das aber reichte aus, ihn so weit aus seiner Trance aufzuwecken, daß er sich der Kakophonie um ihn herum bewußt wurde. Als er stehenblieb und um sich blickte, wurde ihm klar, daß das Gelächter ihm galt.

»Nicht aufhören, Nancy Boy, du Süßer! Mach weiter!«

»Ja, mach weiter, du Tunte, das ist brillant!«

Robert spürte Scham in sich aufsteigen, dann Zorn. Er sah sich die grinsenden Gesichter vor ihm genau an und überlegte dabei, in welches er zuerst hineinschlagen würde. Und dann tat Robert etwas, das so inspiriert und so gegen seine Natur war, daß selbst er nicht wußte, woher er diesen Einfall genommen hatte: Er spitzte die Lippen zu einem neckischen Kußmund, hielt die Griffe des Springseils so, als wären sie der Saum eines Rocks, und machte einen Knicks. Dann warf er die Hacken hoch und fuhr mit dem Seilspringen fort, wobei er ein Flapper-Mädchen nachahmte, das er irgendwann einmal im Fernsehen gesehen haben mußte. Die Jungen in der Turnhalle brachen abermals vor Lachen zusammen, diesmal aber mischte sich in ihren Spott kameradschaftliche Zuneigung.

Docker Boyle kam schwerfällig zu Robert hinüber und zerzauste ihm mit seiner Hand, die im Boxhandschuh steckte, das Haar. »Du bist in Ordnung, Nancy Boy«, sagte er. »Du bist in Ordnung, Sohn.« Und damit gehörte Robert dazu.

Es war niemand von seiner Klasse da, und es war dies der einzige Ort, an dem Robert tatsächlich beliebt war. Während er ungestraft den Unterricht schwänzte, versäumte er niemals eine Trainingsstunde.

Zu Roberts Glück blieb das »Nancy« nicht an ihm haften, sobald Mr. Bowman erst einmal entschieden hatte, daß er seine Begeisterung für den Boxsport mit Schattenboxen und Übungen hinlänglich bewiesen hatte, und ihn mit den anderen Jungen tatsächlich Sparringskämpfe austragen ließ. Robert nämlich schickte, obwohl er nicht besonders groß war, fast alle Gegner auf die Bretter (außer Docker, der die gewaltigsten Schläge einfach wie ein Schwamm wegsteckte, und Weasel Tanner, ein Fliegengewicht, der so groß war, daß Robert nicht bis zu dessen Kinn hinaufreichte.) Das »Boy« aber blieb hängen, und so begann er, unter dem Namen Rob »Boy« Freeman gegen Burschen von anderen Schulen zu boxen.

Robert war für den Zweikampf geboren, aber Tatsache war, daß er fürs Boxen die falsche Statur hatte: Im Ring trat er gegen drahtige Jungen an, die zwar genauso schwer wie er, aber einen Kopf größer waren. Sie hielten sich seine Schwinger mit ihren langen Armen vom Leib und zermürbten ihn auf diese Weise. Wenn es ihm allerdings gelang, tatsächlich bei einem von ihnen einen Schlag zu landen, standen sie so schnell nicht wieder auf. Nach einer seiner vielen Niederlagen sagte er zu Mr. Bowman: »Vielleicht sollte ich mir einen Ringerclub suchen, Sir. Vielleicht wäre das das richtige für mich.«

»Ringen?« erwiderte der Lehrer. »Ringen ist etwas für *Mädchen*, Rob, mein Junge. Nein, bleib beim Boxen. Du hast Charakter.«

Robert verspürte offensichtlich kein Bedürfnis, sein Hobby mit seiner Familie zu teilen. Er erzählte niemandem, wann er einen Kampf hatte, geschweige denn, daß er jemanden einlud, dabei zuzuschauen und ihn anzufeuern. Erst hinterher, wenn Robert mit zugeschwollenen Augen und fürchterlichen blauen Flecken ankam, wußten sie, daß wieder ein solches Ereignis stattgefunden hatte.

Lauras Feingefühl bewies, daß sie nicht alle Qualitäten ihrer Mutter verloren hatte, denn sie brachte es fertig, zur selben Zeit wie Alice ihre Periode zu bekommen. Beim Abendessen in der Küche, an einem der seltenen Abende, an denen Charles zu Hause war, flüsterte Edna ihm zu, daß die beiden Mädchen jetzt junge Frauen seien.

Charles liebte es, mit anderen zu teilen, und Geheimnisse zu teilen war das Beste überhaupt. Er schlug auf den Tisch, sprang auf und erklärte der versammelten Gesellschaft, daß es Zeit für ein Glas Champagner sei, dann schleppte er Stanley hinunter in den Weinkeller.

Laura hatte ein selbstgefälliges, zufriedenes Lächeln auf dem Gesicht, Alice hatte die Hand auf Ednas Arm gelegt, während sie darauf warteten, daß ihre Väter zurückkehrten.

»Was ist denn los?« flüsterte James Simon zu. Robert, dessen Hörvermögen sich James' leiser Sprechweise angepaßt hatte, bekam das mit.

»Sie haben zu bluten angefangen, du Blödmann«, erklärte er James mit seiner kratzenden Stimme. »Weißt du, James«, fuhr Robert fort, »unsere kleinen Mädchen hier sind erwachsen geworden. Nett.« Er streckte Laura die Zunge heraus und wackelte damit hin und her. Bevor Edna ihn davon abhalten konnte, schnitt er Alice dieselbe anzügliche Grimasse. Laura starrte in einem Zustand puren Entsetzens vor sich hin. Alice brach in Tränen aus. Robert sprang vom Tisch auf und ging auf die Tür zu. Simon stürzte ihm hinterher.

»Komm zurück und entschuldige dich!« rief er.

Als Charles und Stanley – beide eine Flasche Dom Perignon in der Hand – wenige Augenblicke später einträchtig in die Küche zurückkehrten, die sie kurz zuvor in Festtagslaune verlassen hatten, fanden sie Alice, die sich gerade die Augen aus dem Kopf heulte, während Edna versuchte, Laura zu überreden, ihre Zimmertür wieder aufzusperren. Simon und Robert rangen auf dem Boden miteinander. James wankte gerade auf die Treppe zu, um in seine Dunkelkammer zu flüchten. Die beiden sahen sich verwirrt an, weder der große Boß noch der Meistermechaniker hatten eine Ahnung, was sie tun sollten. Also öffneten sie den Champagner in der vagen Hoffnung, daß sich ihre verrückten Sprößlinge angesichts der knallenden Korken beruhigen würden, und stießen miteinander an.

Es dauerte den ganzen Winter und Frühling, bis James davon überzeugt war, daß er den Garten ausreichend detailliert fotografiert hatte. Dann nahm er das Haus von außen in Angriff und fotografierte es aus jedem Winkel und in allen Einzelheiten. Und dann hatte er einen Traum.

Er stand oben auf der Treppe auf dem Treppenabsatz über der Diele. Unten drängelten sich Leute. Zu viele Leute. Einer von ihnen, ein Mann, den er nicht kannte, hatte ihn oben hinter dem Geländer gesehen und rief zu ihm hinauf: »Ah, da bist du ja!«

Andere, die um den Mann herumstanden, sahen jetzt ebenfalls hoch, lächelten und begannen im Chor zu rufen: »Eine Rede! Eine Rede!« und in die Hände zu klatschen. James drehte sich um und stürzte davon.

Er ging in die Dunkelkammer – oder, um es genau zu sagen, er stürzte von der Treppe weg und fand sich unvermittelt in der Dunkelkammer wieder –, zog an der Lampenschnur, woraufhin das Zimmer mit einem Klicken in infrarotes Licht getaucht wurde, und ging zur Entwicklerschale hinüber. In der Flüssigkeit schwamm ein weißes Blatt Fotopapier. Er starrte es an im Bewußtsein, daß er genau das tun mußte, damit das Bild erschien: einfach hinstarren.

Und das, was da langsam auftauchte, war ein Foto dessen, was sich, wie er wußte, einen Augenblick vorher draußen abgespielt hatte.

Seine Mutter, Mary, tanzte mit Simon in einem großen weißen Zelt. Es war kaum zu erkennen, daß Mary tanzte, sie stand einfach da, einen Fuß eine Handbreit vom Boden erhoben und das Bein leicht gebeugt. Aber Simon tanzte: Er hatte einen Arm ausgestreckt und ihre Hand genommen, während er sich in einer extrovertierten Pose von ihr wegbeugte, sein anderer Arm zeigte dabei zur Seite. Ein Bein in die Luft gestreckt, hatte er seinen ganzen pummeligen Körper der Kamera zugewandt.

Um die beiden herum standen Leute, Bekannte wie Fremde. Es sah aus, als hätten sie selbst gerade zu tanzen aufgehört, um Simons Exhibitionismus zu genießen und ihm zu applaudieren. Sie sahen Simon und Mary zu, alle bis auf Robert. Er starrte direkt in die Kamera. Und dann entwickelte sich das Bild weiter und wurde langsam immer dunkler. James wollte den Abzug herausnehmen und die Chemikalien abwaschen, aber er konnte sich nicht rühren: Er sah zu, wie das Bild ganz schwarz wurde und verschwand.

Als James aufwachte und den Schock, seine Mutter so deutlich vor sich gesehen zu haben, verdaut hatte, wurde ihm klar, daß das wieder ein Hochzeitstraum war. Er rief sich den letzten ins Gedächtnis (in einem Krankenzimmer) und hatte eine Vorahnung, daß dies zu etwas werden könnte, was Zoe, die über solche Dinge Bescheid wußte, einen wiederkehrenden Traum nannte. Er sollte recht behalten: Es war sein zweiter Hochzeitstraum von einer Serie, die er in den nächsten Jahren in regelmäßigen Abständen haben sollte und die von da an immer auf dieselbe Weise enden würden. Und James, der eine pedantische Veranlagung hatte und außerdem Wortspiele liebte, beschrieb sie für sich nicht als wiederkehrende, sondern als sich entwickelnde Träume.

Es war merkwürdig, ein Foto von Menschen zu träumen: Das war das letzte, was James als Motiv für seine Bilder haben wollte. Er hatte allerdings das Gefühl, es sei nun an der Zeit, sich über die Gartenmauern hinauszuwagen, und so verbrachte er den nächsten Samstag in der Stadt und studierte Geschäfte und andere Gebäude. Es war ein Alptraum: Er kam völlig verunsichert zurück, von Kindern, die ihm Grimassen schnitten, Radfahrern, die laut klingelten, als sie an ihm vorbeifuhren, und Leuten, die beim Einkaufen waren und fluchten, weil er ihnen vor die Füße lief. Er stellte fest, daß er hinter seiner Kamera alles andere als unsichtbar war. Sie machte ihn nur um so auffälliger.

Dort gehe ich nicht wieder hin, entschied er.

An einem heißen Samstag im Sommer, nachdem James seine mittlere Reife bestanden hatte, sprangen sie alle in Simons VW Käfer – Alice beanspruchte den Beifahrersitz, und Laura quetschte sich zu James und Robert auf die Rückbank –, um einen seltenen gemeinsamen Ausflug ins Schwimmbad zu machen, das neben der Schule in Northtown lag.

Als sie dort ankamen, bereute James bereits, daß er sich hatte überreden lassen, seine Dunkelkammer zu verlassen und mitzukommen. Er hatte Hemmungen wegen seines Körpers: Um die Narben zu verstecken, trug er lieber Bermudashorts als Badehosen, aber seinen eingesunkenen Brustkorb und seine dürren Beine konnte er nicht kaschieren. Also trottete er aus dem Umkleideraum in die widerhallende, schimmernde Halle und sprang gleich am flachen Ende des Beckens ins Wasser. Dann fiel ihm ein, daß er nicht einmal gerne schwamm. Zum einen war er nie ein guter Schwimmer gewesen. Er fühlte sich im Wasser nicht so wohl wie andere Menschen, vor allem Mädchen – was schade war, da dies ein gutes Training für ihn gewesen wäre, eines, von dem ihn seine instabilen Hüften nicht ausschlossen. Zum anderen machte die begrenzte Beweglichkeit seiner Gelenke das Schwimmen einfach noch frustrierender, als es für ihn ohnehin schon war. Außerdem war er nie damit klargekommen, wie man beim Schwimmen atmen mußte: Nach ein paar Kraulschlägen war er stets außer Atem und mußte sich umdrehen, um seine Bahn japsend auf dem Rücken zu beenden.

Robert schwamm zwar nicht schnell, hatte sich aber wenigstens die richtige Atemtechnik angeeignet. In der Badehose sah er mit seinem gedrungenen Körper, der wie der eines untersetzten Gewichthebers wirkte, einem Menschenaffen noch ähnlicher als voll bekleidet. Er ging langsam zum Rand des Beckens, sah sich mit zusammengekniffenen Augen die Bahnen an und machte über zwei überraschte Kinder hinweg einen Kopfsprung ins Wasser. Er pflügte gleichmäßig die Beckenlänge auf und ab und schob jeden zur Seite, der dumm genug war, ihm in die Quere zu kommen. Er kraulte gleichmäßig, wobei er den Kopf regelmäßig zum Luftholen seitlich aus dem Wasser drehte. Kraftvoll, langsam und rhythmisch. James beobachtete seinen jüngeren Bruder und versuchte, ihn zu kopieren. Es sah ganz leicht aus, aber er schaffte es nicht weiter als ein paar Meter, bevor er aus dem Rhythmus kam oder aber gechlortes Wasser schluckte, weil jemand an ihm vorbeigeschwommen war.

Simon konnte ebenfalls nicht besonders gut schwimmen, aber das störte ihn nicht im geringsten: Er hüpfte wie ein unbeholfener Tümmler durchs Wasser. Im normalen Leben trug er maßgefertigte Anzüge und Jacketts – die er auf samstäglichen Einkaufsbummeln mit den Mädchen vom Schreibpool kaufte, eine der seltenen Gelegenheiten, bei denen er den Rat anderer Leute annahm –, elegante Kleidung aus teurem Material, die so geschnitten war, daß sie die darunterliegende Figur verhüllte. Im Swimmingpool jedoch, in seiner unerhört knappen Badehose, gedacht für jemanden, der halb so schwer war wie er, wurden Simons wahre Dimensionen offenbar. Mit seinem faßartigen Brustkorb, seinem Hängebauch und den welligen Schenkeln sah er mehr denn je wie ein zu groß geratenes Baby aus. Er rollte mehr im Wasser herum, als er schwamm, lachte über sich selbst und hielt nur inne, um Müttern zu raten, wie sie ihre Kinder dazu bringen könnten, wie ein Hund im Wasser zu paddeln, oder um heranwachsenden Jungen zu zeigen, wie sie ins Wasser springen mußten, damit es besonders spritzte, auch dann noch, als der Bademeister sie zur Ordnung rief.

Als Alice und Laura endlich aus dem Umkleideraum kamen, hatte James eigentlich schon genug vom Wasser. Er schaute zu, wie die beiden auf den Rand des Beckens zukamen, und es überraschte ihn, wie absolut unterschiedlich sie waren – oder, vielleicht auch geworden waren. Laura hatte ihre schwesterliche Partnerschaft, ihren stillschweigenden Pakt mit Alice, sich körperlich und seelisch im gleichen Tempo wie sie zu entwickeln, gebrochen: Zuerst war sie plötzlich größer geworden. Über Nacht war sie aufgeschossen, hatte Alice, Edna und Robert überholt. Inzwischen war sie bereits fast so groß wie ihr Vater und wuchs immer noch weiter. Sie hatte den letzten Rest ihres mütterlichen Erbes an Fett verloren, und ihre Mandelaugen blieben die einzige Konstante, während ihre erwachsenen Züge allmählich aus ihrem kindlichen Babyspeckgesicht auftauchten.

Die »Zwillinge« sahen nun aus, als gehörten sie zwei verschiedenen Spezies an: Laura mit kurzem braunen Haar, einen ganzen Kopf größer als Alice, ihr gebräunter, schlanker Körper in einem schwarzen Badeanzug, wie sie am Rand des Beckens mit Alice redete, ihren Arm berührte, die Schultern leicht eingezogen, sich der Blicke der Jungen bewußt. Und Alice, die aussah, als hätte man ihr den Kopf geschoren, weil sie ihr präraffaelitisches, kastanienbraunes Haar unter einer weißen Badekappe versteckt hatte. Sie war in den Hüften und weißen Schenkeln bereits breiter geworden, ein fraulicher Busen zeichnete sich unter ihrem blauen Badeanzug ab. Anders als Laura sah sie nichts wirklich an und nahm weder das widerhallende Geschrei noch die wild herumtollenden Körper um sich herum wahr.

Keine der beiden sprang oder hüpfte ins Becken. Sie tauchten vorsichtig ihre Zehen ins Wasser und stiegen dann langsam hinein, so als wäre es möglicherweise zu heiß oder zu kalt, zu gechlort oder zu schmutzig, oder einfach zu *naß*, dachte James, als die beiden gemeinsam ihre weibliche Zerbrechlichkeit zur Schau stellten. Er legte sich auf den Rücken und strampelte davon.

Als sich die Mädchen erst einmal im Wasser befanden, entspannte sich Alice: Sie war die bessere Schwimmerin und trennte sich von Laura, um parallel zu Roberts kräftigem Kraulschlag brustschwimmend ihre Bahnen zu ziehen. Laura paddelte und planschte am flachen Beckenende herum. James, der sich langweilte, schwamm zu ihr hinüber. Laura stand, an den Beckenrand gelehnt und die Ellbogen auf den Fliesen aufgestützt, im Wasser und betrachtete die Lichtreflexe, die oben an der Decke schimmerten. James tauchte unter, ließ trotz des Chlors die Augen offen und schwamm auf Laura zu, während er mit dem Bauch den Boden des Beckens streifte. Er packte ihre Waden, überlegte, ob er sie umreißen sollte, und beschloß, es bleibenzulassen. Er ließ los und tauchte keuchend auf.

»Hi«, flüsterte er, als er wieder Luft bekam.

»Einen Moment lang habe ich gedacht, du wärst Robert«, sagte Laura.

James stand ihr gegenüber: Merkwürdig, wie groß sie neben Alice wirkte, wo sie doch immer noch um einiges kleiner war als er. Das Wasser reichte ihnen bis zu den Schenkeln.

»Du hast ja ganz schrumpelige Finger«, sagte Laura lächelnd.

»Ich bin schon zu lange im Wasser«, flüsterte er. »Dabei schwimme ich nicht mal gern«, fügte er hinzu.

»Es ist ganz nett«, meinte Laura achselzuckend. »Aber auch ein bißchen langweilig. Es sei denn, du hast ein so sonniges Gemüt wie er.« Sie machte eine Kopfbewegung in Simons Richtung, der ein paar Meter von ihnen entfernt ein kleines Mädchen mit gelben Schwimmflügeln, das heftig strampelte, hinter sich herzog. Laura beobachtete Simon lächelnd. James sah jedoch nur kurz zu ihm hinüber, dann kehrte sein Blick wieder zu Laura zurück: ihre kräftigen Schultern, ihre kleinen Brüste, die Brustwarzen, die von dem schwarzen Badeanzug platt gedrückt wurden, ihr Bauch, der Bauchnabel, der obere Teil ihrer Oberschenkel, der sich über dem Wasser befand, ihr Schamhügel. Während James seinen Blick an ihrem Körper herunterschweifen ließ, merkte er, daß er einen Steifen bekam – über dem Wasser. Er ging in die Knie, so daß sich sein Körper unter Wasser befand. Laura sah ihn wieder an.

»Was machst du denn da, James?« fragte sie. »Du willst doch nicht wieder auf mich losgehen«, rief sie und machte einen Satz nach vorn. James kauerte auf dem Beckenboden, nur sein Kopf und die Schultern befanden sich über der Wasseroberfläche.

»Nein!« flüsterte er, als Laura die Hände auf seinen Kopf legte und ihn untertauchte.

»Nein!« versuchte er noch einmal zu sagen, anstatt sinnvollerweise den Mund zu schließen. Er schluckte Chlorwasser und kam spuckend und würgend wieder nach oben, wobei er die Augen geschlossen hielt. Mit ausgestreckten Armen watschelte er nach vorn und fand den Beckenrand. Als er die Augen wieder öffnete, paddelte Laura zum Glück gerade auf Simon zu.

James ging wieder in die Hocke und wartete darauf, daß seine Erektion nachließ. Er preßte die Knie zusammen, damit niemand, der unter Wasser herumschwamm, etwas merkte. Er sah die Decke an und den strengen Bademeister, dann betrachtete er das Wasser in ein paar Zentimetern Entfernung, er sah überallhin, nur nicht zu Laura, aber sein Ständer blieb. Das kommt bestimmt vom Wasser, dachte James, dem warmen Wasser: Er würde ihn erst loswerden, wenn er das Becken verließ. Das Becken aber konnte er nicht verlassen, bevor nicht seine Erektion verschwunden war. Er stellte sich vor, wie er in gebückter Haltung zu den Umkleidekabinen hastete. Dann stellte er sich vor, wie er stolz über die Fliesen schritt, während sein steifer Schwanz aus seinen Bermudas ragte – und wurde schon bei dem Gedanken daran rot.

Schließlich spürte er, wie der Blutandrang nachließ und sein Glied langsam schlaff wurde. Aber dann konnte er absurderweise nicht anders, als mit den Augen das Becken abzusuchen, den Blick zwischen den vielen Leibern umherschweifen zu lassen: auf der Suche nach Laura. Er konnte einfach nicht anders. Er entdeckte sie außerhalb des Wassers, eine halbe Beckenlänge entfernt, wo sie sich gerade zu Alice hinunterbeugte und etwas zu ihr sagte. Sofort schoß sein Schwanz wieder in die Höhe. Dann sprang Laura neben Alice ins Wasser, und James sah weg.

Also blieb er, wo er war, gefangen. Zweimal verebbte seine Lust, aber er mußte Laura einfach immer wieder ansehen, was ausreichte, sie erneut aufflammen zu lassen. Irgendwann kam dann Alice zu ihm herübergeschwommen, wobei ihre weiße Bademütze vor ihr auf und ab hüpfte.

»Hast du irgendwelche Probleme, James?« fragte sie.

»Nein«, flüsterte er.

»Du bist schon eine Ewigkeit im Wasser«, bemerkte sie. »Du hast doch keinen Krampf oder so?« fragte sie.

»Nein, es ist nichts. Es geht mir gut, Alice.«

»Bist du sicher?« beharrte sie.

»Geh weg!« sagte er. »Laß mich in Ruhe!«

»O. k., o. k.«, sagte Alice und drehte sich um, »entschuldige, daß ich lebe.« Sie schwamm davon.

Robert verließ als erster das Becken. Er stieg, nicht weit von James entfernt, aus dem Wasser und sagte mit seiner kiesigen Stimme: »Dreißig Bahnen.« Simon war unten am tiefen Ende und plauderte mit den Jungen, die vorhin Wasserbombe gespielt hatten. Sie verließen alle zusammen das Becken und gingen zu den Umkleidekabinen.

Bald folgten auch die Mädchen.

»He, du Miesepeter!« rief Alice James zu, als sie am flachen

Ende vorbeikamen. »Wir gehen jetzt, Mr. Schrumpelstilzchen!«
James beschloß, die beiden zu ignorieren. Er schloß die Augen.

»Es sieht aus, als hätte Zoe ihm eine ihrer Yogapositionen beigebracht«, hörte er Alice zu Laura sagen.

»Wasseryoga!« stimmte Laura zu. »James ist ein Wasseryogi«,
hörte er noch, bevor ihre Stimme sich verlor.

Er öffnete die Augen wieder. »Ich bin eine Kamera«, flüsterte er.
»Ich bin ein Voyeur.« Er blieb noch eine Weile im Wasser und
fragte sich, ob diese beunruhigende und unwillkommene Begierde,
die er für Laura, die praktisch seine Schwester war, empfand, in-
zestuös war. Hoffentlich verschwand sie auch so plötzlich, wie sie
gekommen war. Er beschloß, niemals wieder mit Laura schwimmen zu gehen, er würde sich nicht einmal mehr vorstellen, wie sie
da in ihrem engen schwarzen Badeanzug stand, würde sich nicht
ausmalen, wie sie ihn auszog, zuerst eine Schulter, dann die andere,
den Stoff von ihren Brüsten schälte … und dann rief er sich Szenen
des letzten FA Cup-Finales ins Gedächtnis, konzentrierte sich auf
den Spielzug, der zu Alan Clarkes entscheidendem Tor geführt
hatte, bis sein launenhafter Schwanz wieder auf normale Größe
geschrumpft war.

Als James in der Umkleidekabine ankam, war Robert immer
noch dabei, sich abzutrocknen. James beeilte sich mit dem Umziehen. Mit einem heftigen Ruck zog er sein T-Shirt über den Kopf.

»Komm schon, Robert«, meinte er barsch und schnappte seine
Tasche, »warum brauchst du immer so verdammt lange?«

»Dreißig Bahnen«, sagte Robert zu ihm. »Dreißig Bahnen. Bis
Weihnachten schaffe ich fünfzig.«

Den folgenden Samstag verbrachte James in Alfreds Rosengarten
und fotografierte Insekten. Zumindest versuchte er es. Er besaß
kein Makroobjektiv und versuchte deshalb, nahe genug heranzu-
kommen, indem er das Ende seines Teleobjektivs benutzte. Mari-
enkäfer, Fruchtfliegen und Raupen krabbelten auf schwankenden
Blütenblättern ins Blickfeld und verschwanden wieder daraus.

Alfred werkelte herum und sang:

»Have you been in love, me visor, have you felt the pain?
I'd rather be in love meself than be in in jail again.

The girl I loved was beautiful, I'll have you all to know,
and I saw her in my garden where potatoes grow.«

Während James durch den Tunnel seines Teleobjektivs sah,
summte er Alfreds Melodien vor sich hin, einen wortlosen Refrain,
und so vergingen Stunden voll zufriedener Konzentration.

Da Edna samstags frei hatte, war sie ihre Schwester besuchen gefahren. Laura und Alice hatten in ihrer Abwesenheit die Küche
übernommen. Sie backten einen Kuchen in Form eines Märchen-
schlosses und versahen ihn dann mit Glasuren in allen Farben.

»Wenn wir Safran und Erdbeeressenz kombinieren, dann kriegen wir genau die Farbe, die du für den Turm haben willst«, schlug
Alice vor. »Das ist einfache Chemie.«

»Kümmere du dich nur um die Farben, Alice, und überlaß den
Geschmack mir«, meinte Laura zu ihr. Sie hatte die kulinarische
Begabung ihrer Mutter geerbt, allerdings weniger in bezug auf
Torten und Pasteten als auf exzentrische Kombinationen. »Ich
denke, für die Pilze auf dem Dach werde ich Walnüsse rösten.«

In diesem Augenblick stürmte Robert in die Küche und nahm
sich eine Hähnchenkeule und ein Stück Cheddar aus dem Kühlschrank.

»Gierschlund«, sagte Alice.

Robert warf einen Blick auf ihr Werk. »Ihr seid vielleicht kin-
disch«, knurrte er. »Es wird Zeit, daß ihr beide erwachsen werdet.«

»Ach, ja?« sagte Laura. »Und wer hat es in Mathe wieder einmal nicht geschafft, Mr. Supererwachsener? *Alle* haben davon
gehört.«

»Leck mich«, sagte Robert, als er sich zum Gehen wandte.

»Du bist doof«, sagte sie zu ihm.

Robert drehte sich um. Alice sah, wie er die Fäuste ballte.

»Sie hat es nicht so gemeint!« beeilte sie sich zu sagen. »Stimmt's,
Laura?«

»Schon gut, Ali«, versicherte ihr Laura mit einem ungeduldigen
Unterton in der Stimme. »Ich kann schon allein auf mich aufpassen.«

»Ich bin verdammt noch mal nicht blöd«, zischte Robert Laura
durch zusammengebissene Zähne an.

»Also gut«, sagte sie, »dann fordere ich dich zu einer Partie Schach.« Robert wurde grau im Gesicht. Laura wandte sich an Alice. »Er hat keine Ahnung, wie das geht«, erklärte sie ihr mit einem höhnischen Grinsen.

»Natürlich weiß ich es«, widersprach Robert. »Dieses alberne Spiel kann doch jeder.«

»Dann mach«, wiederholte Laura. »Spiel mit mir. Und der Verlierer muß morgen beim Abendessen aufstehen und vor allen anderen erklären, daß er dümmer ist als der Gewinner.«

Alice warf einen ängstlichen Blick auf ihren Bruder: Er funkelte Laura aus zusammengekniffenen Augen böse an.

»Ich weiß, wo James sein Spiel hat«, sagte Laura. »Und du kommst mit und machst den Schiedsrichter, Alice. Sorg dafür, daß er nicht mogelt.«

Sie legten das Brett in Roberts Zimmer auf den Boden. Er nahm sich Zeit, als er seine Figuren aufstellte, und setzte dabei einen professionell-bedächtigen Gesichtsausdruck auf, während er jedesmal mit einem schnellen Blick abguckte, wo Laura ihre hinstellte.

»*Nein*, Robert«, sagte Laura in feindseligem Ton. »Die *Königin* kommt auf ihre eigene Farbe. Weiter, du hast Weiß, du fängst an. *Diesen* Vorteil gebe ich dir.«

»*Du* nimmst Weiß«, meinte Robert barsch. »Wenn du schon so schlau bist, dann kannst du verdammt noch mal auch anfangen.«

Und so begannen sie zu spielen. Robert ahmte Laura so lange er konnte nach, dann aber bot sie ihm mit einem Läufer Schach, und er mußte mit eigenen Zügen aufwarten. Er nahm sich jedesmal eine Ewigkeit Zeit, durchforschte die leeren Korridore seiner Erinnerung, um herauszufinden, ob sich der Springer nun nach links und dann nach vorn bewegte oder nach rechts und zurück. Er machte einen unverbindlichen Zug mit einem Bauern, und Laura schnappte ihn vom Spielbrett.

»*En passant*«, sagte sie, und Robert wurde von Panik gepackt. Wie viele Dinge hatte er noch vergessen oder überhaupt erst gar nicht gewußt? Er verfluchte sich dafür, diese Herausforderung angenommen zu haben. Wenn er etwas nicht ertragen konnte, dann war es, dumm genannt zu werden. Aber er begann langsam einzusehen, wie dumm es gewesen war, sich in diese ausweglose Situation zu manövrieren.

Hinzu kam, daß er der für Schachspieler typischen Furcht anheimfiel, der Gegner könne seine Gedanken lesen. Laura saß ihm, ein selbstgefälliges, katzenhaftes Lächeln auf den Lippen, im Schneidersitz gegenüber und machte ihre Züge, sobald Robert seine Figur losgelassen hatte, was dazu führte, daß er das nächste Mal noch länger brauchte.

Keiner von beiden nahm groß Notiz davon, als Alice aus einem Nickerchen aufwachte, sagte: »Bin gleich wieder da«, aus dem Zimmer lief und die Treppe hinunter verschwand.

Laura wurde in ihrer Selbstzufriedenheit leichtsinnig. Sie machte einen Fehler und war vorübergehend eine Figur im Rückstand. Bald aber griff sie wieder an, setzte Roberts Figuren in einer immer kleiner werdenden Ecke des Bretts fest. Robert versuchte, sich auf seine Verteidigung zu konzentrieren, aber die Übelkeit, die er aus Angst vor dem Verlieren empfand, und der Haß auf seine Gegnerin, der in seiner Magengrube kochte, raubten ihm seine Konzentration.

James verknipste schließlich die letzten Bilder seines Films im Rosengarten mit einem Tausendfüßler, der sich einen Stengel hochwand. »Ich gehe jetzt rein«, rief er Alfred zu.

»Bis später«, erwiderte der alte Mann, ohne aufzusehen. »I see seas of green«, sang er vor sich hin, »skies of blue, and we all say, I love you.«

James holte sich in der Küche ein Glas Milch, das er in die Dunkelkammer mitnehmen wollte.

»Das sieht gut aus«, meinte er zu Alice, die zu ihrem eßbaren Schloß auf dem Küchentisch zurückgekehrt war.

»Warte, bis du es probiert hast«, sagte sie. »Laura ist eine erstaunliche Köchin, James. Anscheinend vererbt sich so was.«

»Wo ist sie? Hast du sie gesehen?«

»Laura? Nein«, Alice schüttelte den Kopf. »Oh, ja, warte. Sie spielt Schach.«

»Nein, tut sie nicht.« James belächelte seine zerstreute Schwester. »Ich war stundenlang draußen.«

»Ich *weiß*, daß sie nicht mit dir spielt, Dummerchen«, sagte Alice zu ihm. »Sie spielt mit Robert.«

»Robert? Erzähl kei… Wo?«

»In seinem Zimmer.«

James war schon auf dem Weg. Alice rief ihm hinterher: »James?«

Er blieb im Türrahmen stehen. »Was?«

»Reg dich nicht auf, James. Ich glaube, er ist nicht besonders gut.«

James trampelte die Treppen hoch, doch dann blieb er mitten auf den Stufen, die vom zweiten zum dritten Stock hinaufführten, stehen. Durch das Treppengeländer konnte er in Roberts Zimmer sehen. Er starrte Laura an, die im Schneidersitz dasaß und mit Robert, der ein Bein untergeschlagen und das andere auf dem Teppich ausgestreckt hatte, Schach spielte. James' erster Impuls war, ins Zimmer zu marschieren und sich sein Brett und die Spielfiguren zu schnappen, die Laura ohne seine Erlaubnis geholt hatte: Wie konnte sie das nur tun? Mit Robert zu spielen, ausgerechnet mit Robert! Statt dessen hob James jedoch still seine Kamera ans rechte Auge und sah sich das Ganze durch sein Teleobjektiv an.

Ganz egal, wie sehr er sich konzentrierte, Robert konnte nie mehr als einen einzigen Spielzug voraussehen, bevor sich seine Gedanken in bedeutungslose, verwischte Formen auflösten und er wieder von vorn anfangen mußte. Das ging so bis zu dem Moment, als er einen ungedeckten Turm hinterließ, den Laura so lässig wegnahm, als würde sie eine Fliege von ihrer Wange verscheuchen. Da sah Robert plötzlich klar die nächsten *drei* Züge vor sich und wußte, daß sie zu seinem unausweichlichen Schachmatt führen würden.

Aber vielleicht hatte Laura das noch gar nicht gemerkt. Vielleicht. Plötzlich stöhnte Robert laut auf.

»Ein Krampf!« japste er und streckte das Bein aus, das er untergeschlagen gehabt hatte. »Scheiße!« rief er, als er dabei ganz zufällig ans Schachbrett stieß, so daß die Figuren über den Teppich purzelten. Dann lag er ausgestreckt da und massierte sich den linken Oberschenkel. »Aah, verdammt, jetzt ist es besser«, seufzte er.

Laura starrte ihn ein paar Sekunden an. »Du verdammter Betrüger!« brach es aus ihr hervor. »Du verdammter, mieser Betrüger!«

Stimmt, dachte James. Das war nicht fair. Aber hattest du etwas anderes erwartet?

»Es war ein Versehen«, verteidigte sich Robert. »Scheiße, du könntest wenigstens ein wenig Mitgefühl zeigen, du blöde Kuh. So ein Krampf tut nämlich verdammt weh.«

Laura faltete ihre gekreuzten Beine auseinander und bewegte sich auf den Knien auf Roberts ausgestreckten Körper zu. »Das war's«, sagte sie. »Du hast verloren, Robert. So kommst du mir nicht davon.«

»Ich kann nichts dafür«, behauptete er. »Ich *wollte* das doch nicht, ich kam gerade so richtig rein. Ich hatte schon eine Taktik geplant, die du nicht gesehen hast.«

»Blödsinn!« zischte Laura. »Du wärst in drei Zügen schachmatt gewesen.« Sie kniete da und sah auf Robert hinunter, während ihre Augen vor Enttäuschung funkelten: Sie wußte, daß er gemogelt hatte, und sie wußte auch, daß sie das nicht beweisen konnte.

James war klar, daß er es bezeugen konnte, aber er war sich nicht sicher, ob er eingreifen wollte.

»Ich kann dich in zwei Zügen matt setzen«, knurrte Robert.

»Wovon redest du?« wollte Laura wissen.

Robert griff an Lauras Busen und drückte zu. James verfolgte die Szene durch sein Teleobjektiv. Er verstand nicht, warum Laura sich nicht rührte.

»Schach«, sagte Robert, dann stützte er sich auf den Ellbogen, nahm seine Hand von Lauras Brust und legte sie statt dessen um ihren Nacken. Er zog Lauras Gesicht zu sich herunter. Als sie sich küßten, schlossen sie die Augen, und James tat dasselbe. Er ließ seinen Körper die Treppe hinunter zum nächsten Absatz gleiten.

4

Willkommen auf der Arche

Es war ein frischer und windiger Herbstnachmittag. Laura und Alice wärmten sich nach der Schule in der Küche mit Tee und heißen, gebutterten Muffins auf. Edna rollte auf dem Tisch Teig aus. Laura biß von ihrem Muffin ab und hob den Kopf.

»Guck mal!« stieß sie hervor, wobei ihr Krümel von den Lippen bröselten. »Guck mal aus dem Fenster, Mama! Es schneit!«

Edna und Alice blickten auf und starrten auf einen wirbelnden Schauer – nicht aus Schneeflocken, sondern aus weißen und gelben Rosenblättern. Eine ganze Wolke davon stob am Fenster vorbei, dann war sie verschwunden. Edna wischte sich die Hände an der Schürze ab und zog sie aus.

»Wohin gehst du, Tantchen?« fragte Alice, aber Edna war bereits im Flur und warf sich ihren Mantel über. Die Mädchen folgten ihr. Draußen an der Hintertür fand Edna Alfreds Brote und seine Thermoskanne unberührt in dem Kasten, in den sie sie morgens gelegt hatte.

Die Mädchen fröstelten, als sie Edna hinterhereilten. Sobald sie jedoch den Hof verließen, legte sich der Wind. Sie bogen um die Hausecke und sahen den Rosengarten: Alle Sträucher hatten ihre Blütenblätter verloren, ein jeder stand nackt da und wirkte sehr zerbrechlich. Inmitten der Rosenstöcke stand Robert, den Schulranzen (in dem sich mehr Werkzeuge als Bücher befanden) auf dem Rücken, und starrte zu Boden. Er hörte Edna kommen und drehte sich um.

»Ich hatte so eine Vorahnung«, sagte er.

Als Laura und Alice zu Robert und Edna hinzutraten, sahen sie Alfred auf dem Boden. Er war halb in Rosenblättern versunken. Ein paar davon lagen auch auf seinem Gesicht, dennoch konnten sie in seinem starren Blick und an seinen hängenden Mundwinkeln einen Ausdruck höchster Enttäuschung ablesen.

Nach ein paar Sekunden sagte Edna: »Ich rufe den Arzt.« Sie

stürzte zum Haus zurück, wobei sie die Kinder hinter sich ganz vergaß.

Robert drehte sich zu Laura um. »Faß ihn an«, sagte er. »Er ist kalt wie ein Stein.«

Als Alfred starb, war James gerade im Krankenhaus, wo man ihm die Metallstifte und Platten aus den Hüften herausnahm und sie ihm dann in einer kleinen Pappschachtel nach Hause mitgab.

James, der mit Ach und Krach die mittlere Reife geschafft hatte, belegte in der Schule die Fächer Geschichte, Physik und Kunst, in denen er auch Abitur machen wollte. Es war eine absurde Fächerverbindung, die er entgegen allen wohlmeinenden Ratschlägen wählte. Sie war überhaupt nur möglich, weil sich die Fächer auf dem Lehrplan zufälligerweise nicht überschnitten.

»Was zum Teufel hat das eine denn mit dem anderen zu tun? Beziehungsweise, was soll das Ganze überhaupt?« wollte Charles wissen. »In deiner Schule werden doch Volkswirtschaft *und* Betriebswirtschaft angeboten, verdammt.«

»Das sind Fächer, die mich nicht interessieren«, flüsterte James unbeirrt.

»Gut, das ist dein Problem, Junge. Solange du nicht von mir erwartest, daß ich dich auch noch durchs College füttere.«

»Tu ich nicht, Vater«, murmelte James und hinkte davon. Es gab allerdings jemanden, der *tatsächlich* sowohl Volks- als auch Betriebswirtschaft belegte, und das war Harry Singh. Er hatte das Kricketspiel aufgegeben, um sich ganz aufs Lernen zu konzentrieren. Seinen Vater, der es lieber gesehen hätte, wenn Harry, statt seines jüngeren Bruders Anil das Geschäft übernehmen würde, beunruhigte das ein wenig. Aber Harry hatte andere Pläne.

Harry betrachtete seinen Vater, der mit seinen umflorten Augen und einem verantwortungsvollen müden Gesichtsausdruck hinter dem Postschalter stand, als den letzten in einer langen Kette von Beamten, auf deren Schultern die gesamte bürokratische Last der Welt ruhte. Und als den kleinsten: Harry hatte von Anfang an klargestellt, daß er nicht die Absicht hatte, ein solches Erbe anzutreten. Er sah sich als Engländer. Schon als kleines Kind hatte er sich in seiner eigenen Familie so verhalten, als wäre er ein Gast des Hauses. Er hatte ihre Sprache, Religion und Kleidung als wunderlich anmutende Rituale hingenommen, die er zwar wegen ihres nostalgischen Werts akzeptieren mußte, die aber nichts mit ihm zu tun hatten. Die indische Küche war die einzige kulturelle Errungenschaft, der Harry, wie er zugeben mußte, etwas abgewinnen konnte. Am Samstagabend kochte er gern mit seinem Vater zusammen, und er übernahm von ihm auch die Angewohnheit, während des Tages Kardamomsamen zu kauen. Abgesehen von dieser Aberration sah sich Harry jedoch als einen Menschen, der nur vorübergehend bei diesen unglücklichen Leuten einquartiert war, weniger zu seinem eigenen Wohl, als um ihnen dabei zu helfen, in der Mutterkultur zu überleben.

Als Harry in die Grundschule kam, sprach er bereits perfekt Englisch, seine Mutter hingegen überforderte es, sich ausreichende Sprachkenntnisse anzueignen, weshalb sie ihn zum Einkaufen oder zum Arzt stets als Dolmetscher mitnahm. Seine Großmutter machte ihrer Familie Vorwürfe, weil sie sie in dieses Land des Nieselregens und der Rachitis gebracht hatte, in dem alles grau und farblos war – Farben konnte sie allerdings ohnehin nicht sehen, weil sie, zweifellos wegen des winterlichen Schnees, grauen Star bekommen hatte –, und so saß sie den ganzen Tag in ihrem Sessel in der Wohnung über dem Geschäft und sah fern.

Harry wußte, daß er nicht zu diesen Leuten paßte. Man konnte nicht um die halbe Weltkugel reisen und so tun, als wäre man immer noch daheim. Man mußte sich anpassen. Das war nichts anderes als eine nüchterne Begründung für seine eigenen Vorlieben und sein Naturell: Harry fühlte sich wohl in der Welt, in der er aufwuchs. Nur wenn er zu Hause war, kam er sich vor, als gehöre er dort nicht hin.

Obwohl sie ganz unterschiedliche Fächer gewählt hatten, erklärte Harry James, daß er sich ebenfalls für die Fotografie interessierte, woraufhin James ihn in seine Dunkelkammer einlud. James freute sich über Gesellschaft, selbst wenn Harry ein eher unaufmerksamer Kollege war: Als James erklärte, welche Chemikalien in welcher Menge und auf welche Weise gemischt wurden, um Kratzer auf dem Negativ zu vermeiden, war von Harrys angeblichem Interesse schon nicht mehr viel zu merken. Sie machten lange Kaffeepausen und stellten dabei fest, daß sie sich beide darauf freuten, von zu Hause ausziehen zu können. Sie tauschten Geschichten über ihr beengtes Leben in ihrem Elternhaus aus. Allerdings sagte Harry James nicht, daß dessen Wunsch für ihn überhaupt keinen Sinn ergab. Warum sollte jemand ein Haus wie dieses verlassen wollen? Es war genau das, wo er *hin* wollte.

James merkte auch nicht, daß Harry sich in der Dunkelkammer tödlich langweilte. Wenn sie hochgingen, genoß Harry lediglich den Weg durch das Haus und danach den Rückweg: Er ging langsam und spähte in jedes Zimmer. Manchmal erhaschte er zur Belohnung auch einen kurzen Blick auf Alice. Er blieb atemlos in ihrer Tür stehen und wartete vergeblich darauf, daß sie ihn ebenfalls bemerkte, bis James sich umdrehte, um zu sehen, wo sein Begleiter geblieben war, und Harry sich beeilte, zu ihm aufzuschließen.

Lewis belegte ebenfalls vollkommen andere Fächer als James, und ihre Freundschaft verflachte sich noch mehr. Lewis war stets von Leuten umgeben, und James wollte einfach keiner von vielen sein.

»Hast du Lust, am Freitag abend mit uns wegzugehen, Jay?« lud Lewis ihn ein. »Wir gehen mit ein paar Leuten ins *Cave*.«

»Nein danke, Lewis«, flüsterte James. »Ich kann doch sowieso nicht tanzen«, meinte er mit einem Achselzucken.

»Ich doch auch nicht«, lachte Lewis. »Ich werde dem DJ dabei helfen, die Platten zu ruinieren. Mich wirst du nicht auf der Tanzfläche sehen. Komm schon, Jay, es macht dir bestimmt Spaß, am Freitag sind immer spanische Mädchen da.«

James betrachtete seine Schuhspitzen. »Danke, Lew. Ich überleg's mir. Okay?« flüsterte er ohne Überzeugung.

Lewis bat James nie, zu den Fußballspielen der Schulmannschaft zu kommen. Einerseits wußte er, wie schwer es James fallen würde, ihnen bei dem Spiel zuzusehen, das er so geliebt hatte und an dem er selbst nicht mehr teilnehmen konnte, andererseits dachte er, daß James eigentlich trotzdem einmal kommen und die Mannschaft anfeuern könnte, weshalb er sich über James' Rückzug ärgerte.

»Du warst schon immer ein Träumer, Jay, aber früher hast du deine Träume wenigstens geteilt«, sagte er ihm.

James träumte sich durch den Rest seiner Schulzeit. Geschichte entpuppte sich als Reinfall: Die Vergangenheit hatte keinerlei Verbindung zur Gegenwart. Anstatt, wie er gehofft hatte, wenigstens ein paar Hinweise darauf zu bekommen, wie er selbst in das Schema der Dinge hineinpaßte, stellte dieses Fach für James lediglich einen anstrengenden Kampf dar, bei dem es vor allem darum ging, sich die Namen und Daten von englischen Königen und Königinnen, Generälen und Herrschern zu merken, die nur Schatten wirklicher Menschen waren. Abgesehen von einer kurzen Periode, in der es um die Eigenschaften des Lichts und dessen Wahrnehmung durch das menschliche Auge ging, empfand James die Physik als eine enttäuschende Kombination aus Banalem und unergründlich Abstraktem. Überrascht sah er, wie Jungen und Mädchen, die er für weniger intelligent als sich selbst gehalten hatte, die zunehmend komplexeren wissenschaftlichen Konzepte, die ihnen vorgestellt wurden, ohne Schwierigkeiten begriffen – so als würde sich ihr Verstand erweitern, seiner dagegen nicht.

Er nahm Zuflucht zur Kunst. Obwohl er weder so gut zeichnen noch malen oder modellieren konnte wie andere Schüler und jede Themenstellung fotografisch löste, gab ihm seine Lehrerin keine schlechten Noten, wie er insgeheim befürchtet hatte, sondern ermutigte ihn statt dessen.

»Da du genau weißt, was du willst, werde ich dir nicht im Weg stehen, James«, sagte sie zu ihm. Sie war eine großgewachsene, ältere Dame, die kurz vor ihrer Pensionierung stand und sehr aristokratisch wirkte, was nicht so recht in eine Schule paßte. Jeden Versuch, etwas Bestehendes zu kopieren, mißbilligte sie.

»Glauben Sie, daß sie gut sind?« flüsterte James und zeigte ihr einige der Abzüge, die er von den Gartenbildern gemacht hatte.

»Sie sind wunderbar, James«, versicherte sie ihm. »Aber ziemlich naturgetreu, findest du nicht auch?« Sie runzelte die Stirn. »In der Fotografie ist ein gewisser Oberflächenrealismus eine gegebene Tatsache und daher um so leichter zu untergraben.«

»Aber sie *sollen* doch realistisch sein«, flüsterte er.

»Nun, ich will dir nichts vorschreiben, James. Aber denk einmal darüber nach. *Knips* um Himmels willen nicht einfach herum.«

Tatsache war, daß er über nicht viel anderes nachdachte. Er verbrachte mehr Zeit in seiner Dunkelkammer als sonst irgendwo. Wenn es Abendessen gab, stellte sich Edna an den Fuß der Treppe und schlug den Gong so lange, bis er endlich die Tür öffnete und die Stufen heruntergeschwankt kam.

»Heiliger Strohsack!« rief Alice und sah James, der gerade in die Küche gekommen war, mit erschrecktem Blick an. Sie drehten sich alle um und starrten ihn an. »Du lieber Himmel!« rief Alice. »Du warst so lange dort drin, daß deine Haut ganz infrarot geworden ist!« ärgerte sie ihn. Alle lachten. James wurde rot und machte ihren Scherz damit zur Wirklichkeit.

»Was stinkt denn hier so gräßlich?« wollte Charles wissen.

»Das sind diese verdammten Chemikalien«, sagte Robert mit seiner Sandpapierstimme.

»He, das Zeug ist wahrscheinlich giftig, James«, meinte Simon.

»Es ist nicht nötig, bei Tisch zu fluchen«, erklärte Laura Robert.

»Du wäschst dir am besten erst einmal die Hände, mein Schatz«, schlug Edna James vor.

»Autsch!« rief Robert. Er hatte versucht, Laura unter dem Tisch auf den Fuß zu treten, aber sie war oft genug von ihm getreten worden, um zu wissen was kam, und so hatte sich Robert, statt sie zu treffen, die Ferse auf dem Boden gestaucht.

Charles ignorierte ihn. Er nickte Stanley zu, der daraufhin eine bereits geöffnete Flasche Rotwein aus dem Nichts herbeizauberte.

»Wir haben heute abend etwas zu feiern«, verkündete Charles laut. »Edna, sei so gut und verdünn den Wein für die Mädchen mit Wasser.«

»Das ist nicht fair, Papa«, beklagte sich Alice. »Was ist denn mit ihm?« protestierte sie und zeigte dabei auf Robert.

»Aber, aber«, schalt Charles. »Er ist doch schon fünfzehn und kann schon ein Glas Wein vertragen.«

Robert bedachte Alice und Laura mit seinem steinernen Grinsen. Als die Gläser eingeschenkt waren, erhob sich Charles und sagte: »Ich würde gern auf Simon hier anstoßen. Er weiß es zwar noch nicht, aber er wird befördert: Er wird stellvertretender Leiter der Marketingabteilung. Man versichert mir von allen Seiten, daß er seinem Vater in der Firma alle Ehre macht. Wir sind *stolz* auf dich, Junge!«

Charles stieß mit Simon an, die anderen folgten seinem Beispiel, auch Robert, der sein Glas gegen das der anderen knallte, mit jedem Mal ein wenig heftiger, bis, als er bei Simon angelangt war, Glas splitterte und es Scherben in eine Schüssel mit Rosenkohl regnete.

»Ach du liebe Güte«, sagte Edna.

»Jetzt *schau* nur, was du gemacht hast«, sagte Laura.

»Es ist doch nur ein Glas«, flüsterte James.

»Es ist doch nur Blut«, sagte Robert und untersuchte seinen zerschnittenen Finger.

»Gratuliere, Junge«, sagte Stanley zu Simon und tadelte seinen Schützling Robert dadurch, daß er ihn ignorierte.

»Ach du liebe Güte«, sagte Edna und klaubte Glasscherben aus dem Rosenkohl.

Niemand war von Simons schneller Beförderung überrascht. Ganz abgesehen davon, daß sie unvermeidlich gewesen war – denn Charles Freeman hatte von den Abteilungsleitern seiner Firma zwar verlangt, sie sollten Simon genau wie jeden anderen jungen Trainee behandeln, diese waren jedoch sämtlich zum selben Schluß gekommen: nämlich daß es besser war, dem angenehmen und freundlichen Sohn des Chefs ihre Gunst zu gewähren, als sie ihm zu verweigern. Abgesehen davon konnte James selbst sehen, daß Simon sich positiv entwickelt hatte. Seine Fähigkeit, anderen Menschen mit einem geduldigen Lächeln zuzuhören und sie dann in den Genuß seines Rats kommen zu lassen, hatte er nicht verloren. Tatsächlich hatte er sie zu einem persönlichen Charakterzug entwickelt, nur daß er inzwischen weniger zuzuhören brauchte und mehr Ratschläge geben mußte: Simon (und jeder in seiner Umgebung) stellte fest, daß er zu jedem beliebigen Thema eine Meinung hatte und sich auf allen möglichen Gebieten als Experte zeigte.

»Sie pflanzen die Begonien am besten dort drüben in den Schatten«, sagte er zu einem der drei Gärtner, die als Ersatz für Alfred hatten eingestellt werden müssen. »An Ihrer Stelle würde ich die Klematis an einer Westmauer hochziehen und diese Tulpenzwiebeln im Juli setzen.«

»Ja, Sir«, erwiderte der Gärtner.

»Biegen Sie links ab, dann rechts, und dann fahren Sie geradeaus weiter über den Kreisverkehr«, erklärte Simon einer Handvoll deutscher Touristen, die sich eines Samstagnachmittags in ihre Auffahrt verirrt hatten. »An der Ampel rechts, und nach einer halben Meile sehen Sie es dann auf der linken Seite«, fuhr er fort.

»Danke, thank you«, nickten sie stirnrunzelnd, als sie im Rückwärtsgang davonfuhren.

»So kommen sie doch nicht einmal in die *Nähe* des Museums, Simon«, meinte James mißbilligend.

»Wenn du etwas nicht verstehst, James«, erklärte Simon ihm, »oder dir nicht sicher bist, dann denk dir einfach etwas aus.«

James sah seinen älteren Bruder skeptisch an, aber Simon wischte seine Einwände mit einer Handbewegung fort.

»Es ist besser, etwas Falsches zu sagen, als einen verwirrten Eindruck zu machen«, erläuterte er. »Denk dran, James. Die Leute fühlen sich dann sicherer.« Simon war überzeugt, immer recht zu haben, etwas, was er wahrscheinlich von seinem Vater übernommen hatte. Es war ein Selbstvertrauen, das nur selten durch einen Irrtum angekratzt wurde. Einmal kam Simon zufällig dazu, als Alice und Laura in Alices Zimmer mit einem Chemiebaukasten, den Alice zu Weihnachten geschenkt bekommen hatte, ein Experiment durchführten. Simon sah drei oder vier Sekunden lang von der Tür aus zu, bevor er mit großen Schritten ins Zimmer trat.

»Was in aller Welt macht ihr beide denn da?« wollte er wissen.

Alice erklärte, daß sie eine Verbindung aus Wasserstoff und Schwefel herstellen wollten. »Mr. Hughes sagte, daß wir das zu Hause nicht könnten«, meinte sie zu Simon, »aber ich werde ihm das Gegenteil beweisen.«

»Also, zuerst einmal ist eure Rohrleitung zu lang«, sagte Simon und schnappte sie sich. »Dieses Stück hier sollte kürzer sein«, sagte er und verdrehte es in sich. Es platzte auf wie eine Bohnenhülse.

»Simon!« rief Laura.

»Äh, ja, so ist es *viel* besser, seht ihr, schneidet es hier ab«, sagte er. Nachdem sie das getan hatten, riet er ihnen: »Ihr braucht mehr Hitze, der Bunsenbrenner ist zu niedrig eingestellt.«

»Woher weißt *du* das denn?« wollte Alice wissen.

»Oh, das haben wir alles in unserem vierten Jahr gemacht«, versicherte Simon und drehte die Flamme hoch, die ihre Farbe daraufhin von Gelb zu Blauweiß veränderte und den Destillierkolben, der darüber aufgehängt war, attackierte. Das Glas knirschte und zerplatzte in tausend Stücke, Flüssigkeit ergoß sich auf die offene Flamme, und das Zimmer war plötzlich von einem fauligen Gestank erfüllt.

»Simon!« kreischte Alice.

»Schaut«, sagte er ruhig. »Seht ihr? *Das* war euer Problem«, erklärte er, während er sich die Nase zuhielt und rückwärts den Raum verließ. »Euer Becherglas war zu dünn. Warum in aller Welt habt ihr kein stabileres genommen?«

Simon erwies sich nicht nur bei den kleinen, praktischen Details des Alltags als Experte. Er wußte auch über die tieferen Geheimnisse des Lebens Bescheid, und in jenen frühen Tagen antwortete er auf die persönlichen Probleme der Leute mit einer Mixtur aus astrologischen Weisheiten, die er sich aus Frauenzeitschriften zusammengesucht hatte, und Ednas Kalendersprüchen.

»Ich vermute, daß eine Angst, die du seit deiner Kindheit unbewußt mit dir herumträgst«, erklärte er einem der Mädchen aus dem Schreibpool, das ihn nach Hause begleitet hatte, um noch weiteren, noch privateren Rat zu erhalten, »ein zusätzlicher Faktor bei der Entstehungsgeschichte eines bestimmten Leidens sein könnte, Debbie.«

Sie dachte eine Weile darüber nach. »Unser Vater war ein Trinker und Schürzenjäger«, sagte sie kopfnickend zu Simon. »Mama hat sich das immer gefallen lassen. Sie war so dumm. Glaubst du, ich mache denselben Fehler wie sie?«

»Oder aber du unterstellst deinem Freund dasselbe Verhalten, Debbie. Du suchst nach etwas, was es vielleicht gar nicht gibt.«

»Ich bin *sicher*, daß er sich mit einer anderen trifft, ich kann es *fühlen*«, erwiderte sie heftig. »Ich weiß, daß er mich anlügt.«

»Dann laß dir von ihm zum Frühstück Toast machen«, riet Simon ihr. »Beobachte ihn dabei. Ich sage immer: Wenn jemand Brot nicht gerade schneiden kann, ist das ein untrügliches Zeichen für Unehrlichkeit.«

Einige Leute in der Firma glaubten, Simon besäße die Weisheit eines Orakels. Andere waren über diesen altklugen, übergewichtigen Weisen einfach nur verblüfft. Die *meisten* aber nannten ihn Simon, den Quatschkopf, zuerst hinter seinem Rücken (da niemand so dumm war, sich den Sohn des Chefs zum Feind zu machen), bis sich allmählich herausstellte, daß es Simon Spaß machte, auf den Arm genommen zu werden. Daß er sich selbst nicht ernst nahm, bewahrte ihn davor, unerträglich aufgeblasen zu wirken. Selbst die jungen Männer in seinem Alter, die ihn verspotteten, mochten Simon recht gern.

Das einzige, was Simon wirklich ernst nahm, war seine Gesundheit. Wie in seinen Kindertagen litt er auch als Erwachsener unter seiner hypochondrischen Veranlagung. Morgens wankte er die Treppe hinunter und umklammerte das Geländer, die Augen zugeklebt wie ein Baby. Er bekam sie erst auf, wenn Edna ihn mit einem Becher starken Kaffees versorgt hatte. Den Rest des Tages aber trank er keine einzige Tasse mehr, weil er, selbst wenn er sie sich zum zweiten Frühstück genehmigte, nachts vor Herzklopfen nicht einschlafen konnte. Er durfte nach dem Dessert keinen Käse essen, weil sich das verheerend auf seine Träume auswirkte, während Pralinen nach dem Mittagessen ihm mitten in der Nacht eine Migräne bescherten – und wenn *das* geschah, verbrachte er den folgenden Tag damit, in seinem Seidenpyjama und Morgenmantel im Haus herumzugeistern, und irritierte seinen Vater später dann mit einer Bitte um die erforderliche (und in seinem Fall elterliche) Krankmeldung.

Trotz seiner kräftigen Figur – dieselbe wie bei Charles, der aber über eine eiserne Konstitution verfügte – war Simon von zarter Gesundheit.

»Man ist, was man ißt«, schalt er Robert, der, wenn er an der Anrichte in der Küche vorbeikam, in sich hineinstopfte, was immer er dort fand.

»Zucker schadet dem Gehirn«, erklärte er Alice, die während einer einzigen Folge einer Seifenoper eine ganze Schachtel Pralinen verdrücken konnte.

Simon glaubte, daß Diäten den Schlüssel zu einem gesunden Leben darstellten. Er war ständig auf Diät, und er hielt mit unerschütterlicher Disziplin durch, allerdings handelte es sich dabei stets um eine andere Diät. Eine Zeitlang aß er nur Obst, und das in solchen Mengen, daß Edna auf dem Markt Großbestellungen aufgeben mußte.

»Du mußt dich abwechslungsreicher ernähren«, versuchte sie ihn zu überzeugen.

»Du hast absolut recht«, erwiderte er. »Vielleicht könntest du mir ein paar Kumquats besorgen?« Und so waren weitere Bestellungen beim ausländischen Gemüsehändler in der Factory Road vonnöten.

Beim Abendessen häufte Simon anstelle der normalen Speisen, die alle anderen aßen (Alice hatte natürlich ihr vegetarisches Gericht, und Robert war mit größter Wahrscheinlichkeit irgendwo anders), einen kleinen Berg von Bananen, Himbeeren, Orangen, Mangos, Äpfeln, Granatäpfeln und Birnen vor sich auf. Es war eine Pyramide aus Obst, hinter der er den anderen einen Vortrag über die wohltuende Wirkung hielt, wenn man den Körper mit Nahrung reinigte, die lediglich aus Wasser und Sonnenlicht bestand. Während er sich von oben nach unten durchfutterte, wurde er langsam sichtbar. Schließlich lag auf seinem Teller nur noch ein Berg von Schalen und Kernen.

»Und seht euch das an«, krönte er seinen Vortrag, »das hier eignet sich alles hervorragend für den Komposthaufen.«

Ein paar Tage darauf verkündete Simon, Obst sei ja schön und gut, aber der Magen produziere, wenn man übermäßig davon aß, zuviel Säure, und es gingen einem außerdem mehr Winde ab, als unbedingt nötig war (eine Tatsache, auf die man ihn bereits hingewiesen, die er aber geflissentlich ignoriert hatte). Sie nahmen an, Simon wäre zur Vernunft gekommen, dieser informierte sie jedoch gleich darauf mit derselben Überzeugung, daß der Körper am besten wisse, was er brauche, und man deshalb genau das essen solle, worauf man Appetit habe. Die nächsten paar Wochen trieb er Edna damit zum Wahnsinn, daß er zu den verschiedensten Zeiten in die Küche gestürmt kam und zum Frühstück *coq au vin* verlangte, zum Imbiß am Nachmittag *pâté de foie gras* mit Champagner und eine richtige Grillplatte mit »Würstchen, Pommes frites, Speck, Eiern, Tomaten, Bohnen, Blutwurst und geröstetem Brot, bitte, Edna« zum Abendessen.

Es war eine unberechenbare Diät, die Edna dank ihrer unerschöpflichen, unterwürfigen Großzügigkeit und der neuen Tiefkühltruhe, die sie vor kurzem erst in der Speisekammer hatte aufstellen lassen, klaglos bereitstellte.

»Zum Teufel noch mal, Mama! Laß ihn das doch selbst machen!« sagte Laura, die Simons Forderungen als jenseits aller Vernunft betrachtete und der es nicht gefiel, wie man ihre Mutter ausnutzte.

»Das ist doch gleich geschehen, Schatz«, sagte Edna zu ihr.

Dennoch hätte Simons wunderliche Diät selbst Edna fast soweit gebracht, daß ihr der Geduldsfaden riß. Da verkündete er plötzlich, daß an dem, was sie normalerweise aßen, nichts auszusetzen sei. Es wäre einfach eine Frage des Maßhaltens. Darüber hinaus könnten die meisten Befindlichkeitsstörungen – wie eine neue wissenschaftliche Untersuchung gezeigt hätte – auf die Tatsache zurückgeführt werden, daß die Leute ihr Essen zu hastig hinunterschlängen.

Der Rest der Familie atmete erleichtert auf, als Simon sich wieder zu ihnen an den Tisch setzte und dasselbe aß wie sie. Was spielte es da schon für eine Rolle, daß er sich von Edna nur die winzigsten Portionen servieren ließ? »Eine einzige dünne Scheibe Hühnerbrust, bitte, zwei Karotten, danke, eine halbe Kartoffel, ja, fünfundzwanzig Erbsen, bitte, nein, nicht dreißig, fünfundzwanzig, und eine Spur Soße, genau, einen Hauch mehr, *stopp*! Danke, Edna.«

Das war in Ordnung, an einem solchen Verhalten war nichts auszusetzen. Sie hießen Simon wieder im kulinarischen Schoß der Familie willkommen. Problematisch war nur, daß er darauf bestand, jeden kleinen Bissen zweiundfünfzigmal zu kauen.

»Ihr schlingt alle euer Essen herunter, wißt ihr«, sagte er zu ihnen. »Ihr laßt eurem Magen keine Zeit, eurem Gehirn zu sagen, daß er voll ist. Und wenn er sich dann später beklagt, seid ihr überrascht.« Simon schüttelte den Kopf. »Die Menschen sind *so* dumm.«

Bis Simon seinen Teller leer gegessen hatte, war die Soße geronnen und das Gemüse schlapp geworden, aber das beeinträchtigte seinen Appetit in keiner Weise: Er knabberte sich hartnäckig wie ein Kaninchen bis zur letzten Erbse durch, während die anderen zusehen mußten. Sie selbst waren schon vor einer Ewigkeit mit ihren weit größeren Portionen fertig geworden, aber die Tischmanieren erlaubten es nicht, mit dem Abräumen zu beginnen, bevor der letzte – Simon – sein Besteck weggelegt hatte.

Die anderen Kinder versuchten, ihren Vater dazu zu bewegen, die ungeschriebenen Tischsitten zu ändern. Er stand sogar kurz davor nachzugeben, als Simon eine neue Diät entdeckte.

»Wir sind doch keine Schafe!« erklärte er. »Wir sind keine Kühe! Wir sind *menschliche* Wesen! Fleischfresser, das sind wir. Wie wäre es mit einem Barbecue, hat jemand Lust?«

Und so ging es weiter. Simon widmete sich jeder seiner wahllosen Diäten voller Hingabe. Ob er nun eine Zeitlang stets mit seinem Taschenrechner bei Tisch erschien, damit er die Kalorien nachrechnen konnte, oder zwei Tage in der Woche nur Trauben aß, Simon hielt sich mit einem Ehrgeiz und einer Willenskraft an seine Diäten, die in seinem sonstigen Leben völlig fehlten. Seine Familie kochte vor Wut – und wunderte sich, wie es zuging, daß das einzige, was sich *nicht* änderte, Simons Gewicht war.

»Die Sache ist die, James«, sagte Simon zu seinem Bruder, »daß einige Leute es mögen, wenn ihnen jemand sagt, was sie tun sollen, während andere Leute gern vorgeben, niemals auf jemand anderen zu hören. Aber wir enden schließlich alle in der Scheiße.«

James bewunderte das Selbstbewußtsein seines Bruders und beneidete ihn darum, aber er wurde nicht klug aus ihm. Simons Beratertätigkeit hatte eindeutig etwas Parodistisches an sich. Sie stellte sowohl eine Vorübung für die tatsächliche Macht dar, die er von seinem Vater übernehmen würde, als auch eine Persiflage davon. Nur daß Simon seine Weisheiten selten ohne äußerste Überzeugung herausposaunte.

»Du hast von nichts eine Ahnung, Simon, warum tust du immer so, als wüßtest du Bescheid?« flüsterte James. »Warum sagst du jedem, wie er sein Leben leben soll?« wollte er wissen.

»Gute Frage«, erwiderte Simon. »Ich werfe Perlen vor die Säue. Ich meine, es ist egal, was du pflanzt, wenn es nicht regnet. Du verschwendest damit nur deinen Atem. Ich frage mich tatsächlich manchmal, warum ich mir Gedanken mache.«

»Du weißt, was ich meine«, beharrte James.

»Ich habe keine *Ahnung*«, meinte Simon achselzuckend.

Simon hatte wohl seine Gründe, vermutete James. Häufig verbrachten ein paar Mädchen den Abend mit ihm zusammen im ehemaligen Kinderzimmer oben im dritten Stock, das in ein Wohnzimmer umgewandelt worden war. Simon las ihnen ihr Horoskop vor oder Quizfragen aus den Frauenzeitschriften, die er immer kaufte, oder er beriet sie in Make-up-Fragen.

»Sie sind eine gute Tarnung«, vertraute Simon James sibyllinisch an. »Sie halten mir Papa von der Pelle. Bleib hier, James«, fuhr er fort. »Cheryl wird jede Minute kommen. Und Sue. Ich denke, sie mag dich. Komm zurück! Du kannst dich nicht jedesmal in der Dunkelkammer verstecken.«

Aber James fühlte sich in Gesellschaft dieser Mädchen nicht wohl. Erstens tauchte Robert, den man sonst tagelang immer nur ganz kurz sah, wenn er das Haus betrat oder verließ und sich im Vorbeigehen eine Handvoll Obst und Nüsse nahm, stets wie aus dem Nichts auf, wann immer Simons Freundinnen vom Schreibpool vor der Tür standen und von Charles mit einem verschwörerischen Augenzwinkern in den dritten Stock verwiesen wurden.

»Er riecht einfach ihr Parfüm, das ist alles«, sagte Alice.

»Er hat sehr gute Ohren«, sagte Simon. »Er hört sogar, was *du* sagst«, meinte er zu James.

»Er spioniert andere aus«, sagte Laura.

Die meisten von Simons Besucherinnen jedoch ignorierten James. Sie schätzten Simons gnomischen Rat, und sie hatten Spaß daran, wenn er sie zum Kichern brachte, indem er ihnen Artikel vorlas, in denen es darum ging, was wirkliche Männer wirklich wollten oder wie man eine unabhängige Frau sein und dennoch eine glückliche Beziehung führen konnte. James sah, daß sein älterer Bruder wie eine große Schwester für sie war. Wogegen er, James, nur ein kleiner Bruder war. Wenn er den Mut aufbrachte und etwas flüsterte, verloren sie bereits das Interesse, noch bevor er mit seinem Satz halb fertig war. Also setzte er sich, wenn er überhaupt ins Zimmer kam, in eine Ecke und gab sich damit zufrieden, imaginäre fotografische Porträts von Simons Damenbesuch zu komponieren.

Robert jedoch veränderte die Chemie im Raum, genau wie das vor Jahren bei Pascale der Fall gewesen war. Er saß mit gekreuzten Beinen in einer fernen Ecke des Zimmers und hantierte mit öligen Fingern an einem Vorhängeschloß herum: Er roch nach altem Motoröl und frischem Schweiß. Und die Mädchen hörten auf, mit Simon herumzuscherzen, sie wurden ernst, sagten weniger denn je und ließen Simon ganze Artikel vorlesen, ohne ihn zu unterbrechen. Hin und wieder warfen sie rasch einen Blick in die Ecke, der sich mit Roberts Blick traf, so daß es ein beinahe wahrnehmbares Schmirgelgeräusch gab. Gelegentlich erhob sich am Ende eines Abends eine der jungen Frauen zum Gehen und verlor auf einmal die Orientierung, ging die drei Treppen hinunter, die Flure entlang und durch die Diele, bis sie dann durch irgendeinen glücklichen Zufall nicht an der Haustür, sondern in Roberts Zimmer landete, welches sich genau neben dem ehemaligen Kinderzimmer befand.

James war der mittlere Sohn und hatte sich irgendwo zwischen Simons unfreiwillig komischem Selbstbewußtsein und Roberts sexueller Anziehungskraft verloren. Er merkte, daß er sich nicht hinter einer Kamera zu verstecken brauchte, um unsichtbar zu sein. Er konnte sich eine halbe Stunde lang in einem Zimmer aufhalten, und jemand stieß mit ihm zusammen und rief: »James! Wo kommst du denn plötzlich her?« In der Schule fragten ihn die Lehrer nach einer Entschuldigung für sein Fehlen am Vortag, an dem sie ihn offenbar nicht wahrgenommen hatten. Dennoch war er äußerst gehemmt und fürchtete, wenn er *keine* Zurückhaltung übte, mit seiner Häßlichkeit und Unbeholfenheit aufzufallen.

»Ich habe kein Zentrum«, flüsterte er. Ich bin hohl, dachte er. Er sah die Zielstrebigkeit anderer Menschen, die kompakte Struktur ihres Seins, und fragte sich, wie sie sich das angeeignet hatten. Er sah, daß sie sich in der Welt zu Hause fühlten. Er sah, wie sie sich änderten und nichts dabei verloren.

Kurz vor Weihnachten des Jahres 1972 organisierte die Kunstlehrerin eine Ausstellung mit den Arbeiten ihrer Schüler. Auch James' Fotos wurden dort gezeigt: Auf Druck von Miss Stubbs hatte er mit langen Belichtungszeiten experimentiert, und jedes Bild zeigte ein anderes, anscheinend leeres Klassenzimmer. Wenn man allerdings genauer hinsah, konnte man die geisterhaften Schemen von Lehrern und Schülern ausmachen.

Jede der künstlerischen Arbeiten stand für zehn Pfund zum Verkauf. Die Einnahmen sollten für die Anschaffung eines neuen Brennofens verwendet werden. Als Charles auf der Ausstellung ankam, musterte er zum ersten Mal die Resultate der fotografischen Bemühungen seines Sohnes und konnte sich einfach nicht vorstellen, warum jemand so viel Zeit, wie James das seines Wissens tat, für solch blödsinnigen Hokuspokus verschwendete. So jedenfalls beschrieb er James' Fotos der Direktorin. Dann aber bemerkte er die roten Aufkleber an der Wand daneben. Obwohl Charles noch nie in seinem Leben eine Kunstausstellung besucht hatte, war ihm sofort klar, was sie bedeuteten, und er orderte auf der Stelle eine Serie für sich.

»Ich habe die Fotos nur gekauft, weil ich irgend etwas spenden mußte«, erklärte Charles James, als sie wieder zu Hause waren. »Von jetzt an erwarte ich pro Monat ein gerahmtes Foto von dir, James. Wir werden sie im Eingangsflur aufhängen. Unsere Gäste beeindrucken, hm?«

James war sich nicht sicher, ob er sich geschmeichelt fühlen oder wütend sein sollte. »Nicht so schnell, Papa«, flüsterte er. »Diese Abzüge waren nur für Miss Stubbs. Ich habe nicht vor, in nächster Zeit noch weitere zu machen.«

»Unsinn, James«, widersprach Charles mit erhobener Hand. »Simon hat sich in deinem Alter schon seinen Lebensunterhalt verdient. Ich unterstütze dich: Deshalb gehören die Fotos genaugenommen auch mir.«

Und Charles marschierte davon, ohne sich auf eine Diskussion einzulassen. James stand da und kochte vor stummer Wut.

Es gab nur einen einzigen Menschen, der Charles Paroli bot. Das sonntägliche Mittagessen im Haus auf dem Hügel war, wie Charles es immer gewollt hatte, zu einer Familientradition geworden. Manchmal nahm Judith Peach daran teil und auch Verwandte wie Jack, Clare oder Zoe.

Zoe kam normalerweise schon früher und verbrachte ihre Zeit mit James, während die anderen in der Kirche waren und Laura ihrer Mutter in der Küche zur Hand ging. Wenn dann das Mittagessen auf dem Tisch stand, war es nur eine Frage der Zeit, bis Zoe und ihr Onkel sich in eine heftige Diskussion verstrickten.

Zoe glaubte noch immer an die Macht der Liebe, daran, daß Blumen stärker als Kugeln waren. Unschuld war für sie wahrer als Erfahrung, und das beste Heilmittel für Kapitalisten wie Charles Freeman wäre ihrer Meinung nach gewesen, splitternackt im Sommersonnenschein selbstangebautes Gras zu rauchen. Gleichzeitig war sie jedoch von deutschen Radikalen und südamerikanischen Revolutionären beeindruckt, über die sie gelesen hatte (und denen sie auf ihren Reisen gerne begegnet wäre). Es faszinierte sie, daß diese, anstatt wie die meisten Vertreter ihrer Generation still auszusteigen oder zu resignieren, einfach noch ein Stück weitergegangen waren, sich dann allerdings beim anderen Extrem wiederfanden und nun im Namen von Liebe und Gerechtigkeit grausame terroristische Akte verübten.

Aus diesem Grund war Zoes Beweisführung, so aufrichtig sie auch gemeint war, stets ein wenig wirr.

»Die Menschen, die Reichtum *schaffen*, das sind nicht du und deinesgleichen, Charles«, erklärte sie ihm. »Es sind die Arbeiter, die die Produkte *herstellen*. Und während du und deine Mitaktionäre im Luxus leben, vegetieren die Arbeiter in dieser abscheulichen Fabrik wie in einem Käfig dahin.«

»Meine Liebe, du bist alt genug, um inzwischen bemerkt zu haben«, erwiderte Charles, »daß die meisten Menschen wie Schafe sind. Sie brauchen Führung. Außer ihrem Haus und ihrem Hobby interessiert sie doch nichts, und wenn es nicht Männer wie mich gäbe, befänden wir uns immer noch in der Steinzeit.«

Charles führte diese Diskussion gutgelaunt bei Rinderbraten und Yorkshirepudding: Er fand die Vorstellung, mit seiner Nichte über Politik zu diskutieren, höchst absurd und trug bei ihren Diskussionen ein breites Grinsen auf dem Gesicht, was Zoe nur noch wütender machte.

»Es ist mir allerdings nicht entgangen«, meinte Charles lächelnd, »daß du recht gern hierherkommst, um dir mit dem Sonntagsessen dieses kapitalistischen Ausbeuters den Bauch vollzuschlagen, junge Dame.«

Zoe ließ ihr Besteck fallen und schob den Teller weg.

»Außerdem haben mir verschiedene, in der Regel gut informierte Kreise glaubhaft versichert«, fuhr Charles fort, während er eine vage Kopfbewegung in Richtung seiner Kinder am Tisch machte, »daß du die schmutzige Tradition aufrechterhältst, von Leuten, die sich in deinem Kinopalast einen Film ansehen wollen, Geld zu verlangen.«

»Verdammt. *Genau* das ist doch der entscheidende Punkt!« sprudelte es aus Zoe heraus. »Wir müssen uns alle nach euren Regeln richten, und deshalb werden wir sie ändern. Eines Tages wird es eine Welt *ohne* Geld geben.«

»Das ist eine sehr gute Idee«, stimmte Charles zu. »Und was noch dazu kommt, es wird sicher schon bald soweit sein. Geld ist eine Verschwendung von Papier und anderen Ressourcen, da hast du absolut recht, Zoe. Uns steht eine Computerrevolution bevor: In zwanzig Jahren bezahlen wir alle mit digital verschlüsselten Kreditkarten, und es wird nicht mehr notwendig sein, daß schmuddelige Banknoten und schmutzige Münzen die Hände wechseln.«

»Aber«, stotterte Zoe verwirrt und zornig, »aber *das* meine ich doch gar nicht. Und das weißt du auch.«

Niemand sonst beteiligte sich an diesen hitzigen Gesprächen. Aber James war davon fasziniert. Normalerweise haßte er Spannungen am Eßtisch und floh dann in seine Dunkelkammer. Am Sonntag aber war das anders. Es gefiel ihm, wie Zoe seinem Vater Widerpart bot, ohne sich von dessen Körperfülle, seiner Macht oder seinem Temperament einschüchtern zu lassen. James hätte sich gerne in das Streitgespräch eingeschaltet, aber dazu war er selbst in vertrauter Umgebung viel zu schüchtern. Abgesehen davon waren die beiden, wenn ihm tatsächlich einmal ein passendes Argument einfiel, bereits mit ihrem Gespräch fortgefahren, bevor er seine Gedanken in einem zusammenhängenden Satz formulieren konnte.

Ein- oder zweimal gelang es James, stotternd irgendein Argument einzuwerfen, mit dem er Zoes Ansicht unterstützen wollte. Charles reagierte darauf stets mit Spott. Er foppte Zoe dann nur noch mehr, meinte damit aber eigentlich seinen Sohn.

»Zoe hat recht, Vater«, wagte James zögernd zu sagen. »Jeder kann Verantwortung tragen, wenn er dazu ermutigt wird. Es sind die Anführer, die die Leute zu Schafen *machen*.«

»Ach, tatsächlich?« erwiderte Charles, lehnte sich auf seinem Stuhl zurück und zog die Augenbrauen hoch. »Ich verstehe«, fuhr er ernst fort. »Würdest du in diesem Fall vielleicht so freundlich sein und uns das erklären, James. Du bist ganz offensichtlich ein Experte in dieser Frage. Könntest du uns die einschlägigen Fakten liefern, junger Mann, damit wir an deinen Forschungsergebnissen teilhaben können? Wir *brennen* darauf, etwas von dir zu hören. Wir warten mit angehaltenem Atem auf deine weisen Worte, James. Du hast das Wort.«

James wurde rot und brachte keinen Ton mehr heraus, während seine Geschwister nervös und verlegen kicherten, bis Zoe schließlich zu seiner Rettung eilte. Sie hatte allerdings wenig Grund, James für seine Unterstützung dankbar zu sein, da dessen Demütigung sie nur noch wütender und Charles nur noch selbstgefälliger machte.

Ganz zufällig jedoch stieß sie auf einen Schwachpunkt in Charles' Rüstkammer, auf seine Achillesferse.

»Wenn du für all diese armen Seelen so wunderbar verantwortlich zeichnest«, verkündete sie, »dann ist es vermutlich deine Schuld, wenn jemand verletzt, verstümmelt oder sogar getötet wird.«

»Unsinn!« erklärte Charles. »Ich lege größten Wert auf die Sicherheitsstandards. Das ist allgemein bekannt.«

»Oh, tut mir leid, Charles, ich vergaß ganz, daß du ja ein fürsorglicher Kapitalist bist. Was für ein Jammer, daß letzten Monat dieser arme Mann in deiner Recyclinganlage *zerquetscht* wurde.«

»Ich habe eine ausführliche Untersuchung des Vorfalls angeordnet!« bellte Charles.

»Ich bin sicher, daß das nicht deine Schuld war«, meinte Zoe mitfühlend und wurde langsam wieder ruhiger. »Ich weiß, daß du nicht für diesen klapprigen Maschinenpark verantwortlich bist. Immerhin mußt du an deine Bilanzen denken, du kannst dich schließlich nicht um alles kümmern, wie zum Beispiel eine defekte Hydraulik, Charles. Du mußt deinen Profit absichern.«

»Ich tue, was ich kann!« brüllte Charles.

Zoe beugte sich über den Tisch. »Der Profit hat ihn umgebracht, *du* hast ihn umgebracht, es sollte dich nicht wundern, wenn die Leute dich einen Mörder nennen –«

»Was?«

»– weil dieser Mann schlicht und einfach wegen des Profits gestorben ist. Das Geld hat ihn umgebracht, und es ist dein Geld, Charles. Jetzt klebt sein Blut daran.«

»Wie kannst du es wagen!« donnerte Charles und schob seinen Stuhl zurück. »Du undankbares Gör! Kommst her, um mich zu beleidigen!«

Zoe entspannte sich, sah Charles durch halbgeschlossene Lider an und machte in ihrer Überlegenheit eine beiläufige – und vage obszöne – Geste, die sie in Sansibar gelernt hatte. Charles wurde puterrot. Er drehte sich auf dem Absatz um und verließ fluchend das Eßzimmer, während die Verwandten und Sprößlinge am Tisch wie verlegene Statuen aussahen. Bis auf Zoe, die in sich hineinlächelte, und Alice, die fragte: »Was ist passiert? Was ist passiert?«, weil sie wieder einmal geträumt und nichts mitbekommen hatte.

»Ich sollte hier raus, raus aus der Stadt«, flüsterte James bei sich.
»Ich sollte aufs Land gehen und fotografieren … Tiere.« Und dann
fiel ihm ein, daß seine Tante Margaret sie alle in ihrer rauhen, aber
herzlichen Art auf ihren Bauernhof eingeladen hatte. Er rief sie an
und fragte, ob er sie am Wochenende besuchen dürfe.

»Was hast du gesagt?« schrie sie ins Telefon. »Sprich lauter,
Junge, ich verstehe ja kein Wort!« James mußte den Hörer an Alice
weiterreichen, damit sie für ihn dolmetschte.

Eines Samstagmorgens im März nahm James dann einen Bus, der
in einer halben Meile Entfernung am Bauernhof seiner Tante vor-
beifuhr. Der Fahrer ließ ihn mitten im Nirgendwo auf der Land-
straße, gegenüber einem schmalen Feldweg, aussteigen, dem James
schwankend folgte. An einer Abzweigung stand ein Wegweiser mit
der Aufschrift Ruggadon Farm. James kam zu einem Hof, wo
ihm eine Herde Gänse zischend den Weg versperrte. Es waren acht
oder zehn Tiere. Sie stürmten, über den schlammigen Boden wat-
schelnd, mit platschenden Schwimmfüßen und schlagenden Flü-
geln auf ihn zu, so daß James Angst bekam und den Rückzug an-
trat. Die Gänse folgten ihm bis zu einer unsichtbaren Linie, die
anscheinend die Grenze ihres Territoriums markierte.

James faßte sich ein Herz und ging vorwärts, aber die Gänse
reckten ihm ihre gebogenen Hälse entgegen und streckten zischend
ihre Zungen heraus. Er zog sich wieder zurück. Bestimmt hat
jemand dieses Spektakel gehört, dachte er, und kommt mich retten.

»Hilfe!« rief er, aber er wußte, daß er wenig mehr als ein Murmeln herausbrachte. Wenn er doch nur sein Stativ mitgenommen
hätte, mit dem hätte er sich verteidigen können. Er überlegte, ob
er versuchen sollte, sich hinter seiner Kamera zu verstecken. Vielleicht funktionierte diese Tarnung bei Tieren ja besser als bei Menschen. Er zog den Apparat unter seiner Jacke hervor, hob ihn ans
Auge und fühlte sich sofort sicherer. Er machte einen Schritt auf
die Gänse zu, woraufhin sie ihm wieder drohten, aber er wußte,
daß er weitergehen mußte. Er hatte noch keinen Film in die Kamera eingelegt, also beschloß er, zu seiner alten Angewohnheit
zurückzukehren, imaginäre Fotos zu schießen, um sich wenigstens
von der Gefahr abzulenken. Er nahm die kühnste Gans, diejenige

mit dem längsten Hals, die ihm am nächsten stand, ins Visier, drückte ab und ging vorwärts.

James verlor sie sofort aus dem Fokus und hatte Mühe, ihn wieder einzustellen, da er sich selbst bewegte und um ihn herum ein wildes Durcheinander aus flatternden Gänseflügeln und gebogenen Hälsen wogte. Er war schon mitten in der Gänseschar, als er merkte, daß die Tiere tatsächlich nach seinen Beinen pickten. In diesem Augenbick tauchten Margaret und ihre beiden Betriebshelferinnen aus dem Bauernhaus auf, wo sie Kaffeepause gemacht hatten. Als sie den dünnen, unglücklichen Jungen sahen, der da, ein Auge zugekniffen, unbeholfen über den Hof tanzte, während die Gänse ihn bissen und kniffen, konnten sie sich vor Lachen nicht mehr halten.

Endlich fing sich eine der Helferinnen wieder und hatte Erbarmen mit ihm. Sie griff sich einen Stock und schlug nach den Tieren.

»Schsch! Verschwindet!« rief sie. »Haut ab! Weg da!« Die Gänse zischten und watschelten gereizt von dannen.

James hörte mit seinem Tanz auf. Er stellte das Objektiv wieder scharf und stellte fest, daß ihn eine blonde junge Frau mit schlammbesprenkeltem Gesicht anstarrte. Er nahm die Kamera herunter. Das Mädchen musterte ihn noch einen Augenblick, dann rief sie den anderen über die Schulter zu: »Sieht ganz so aus, als hätten wir hier eine richtige Stadtpflanze, Miss Marge.«

Margarets Bauernhof war ein kleiner landwirtschaftlicher Betrieb, auf dem alle Nutztierarten mit einigen Exemplaren vertreten waren. Margaret kultivierte verschiedene Obstsorten und eine Anzahl von Feldfrüchten, deren Anbau sie auf ihre wenigen Hektar Land verteilt hatte, nicht weil sie ihr Risiko minimieren wollte oder für landwirtschaftliche Vielfalt eintrat, sondern weil es sie langweilte, länger als ein paar Tage hintereinander dieselbe Arbeit zu tun. Deshalb konnte sie sich keine arbeitserleichternden Maschinen leisten, und sie selbst und ihre Helferinnen – zwei zogen jedes Jahr bei ihr ein, um in der Zeit zwischen Schule und landwirtschaftlichem College eine Art Praktikum zu machen – schufteten wie Sklaven. Die einzige Entschädigung für die Mädchen bestand darin, daß sie zumindest ein wenig Erfahrung in jedem Bereich der

Landwirtschaft sammeln konnten, die sie für ihre berufliche Zukunft brauchten.

Sie stellten sich James vor.

»Willkommen auf der Arche«, sagte Joanna, seine blonde Retterin.

»Willkommen auf Maggies Bauernhof«, sagte Hilary, die kleiner und dünner war und dunkelbraunes Haar hatte.

»Geh du schon rein, James«, sagte Margaret zu ihm. »Laß dir von Sarah einen Kaffee geben. Wir müssen noch ein bißchen ausmisten, stimmt's, Mädchen? Wir sehen uns dann beim Abendessen.«

Das alte Bauernhaus war ein schmales, langgestrecktes Gebäude, an dessen einem Ende sich ein Werkzeugschuppen, am anderen ein Vorratsraum mit einem Obergeschoß zum Lagern von Äpfeln befand. Die Wohnräume nahmen das Zentrum des Gebäudes ein. Man betrat sie durch einen ein wenig nach links versetzten hölzernen Vorbau, in dem lauter schlammige Stiefel und ein Kleiderständer mit zerrissenen, abgenutzten Jacken und Mänteln standen. Vom Vorbau aus gelangte man in einen kleinen Flur, der geradewegs bis zur Hintertür durchlief. An einer Seite des Flurs führte eine Treppe nach oben. Links vom Flur betrat man ein Eßzimmer, in dem die besten Möbel standen, eine Anrichte mit einem anscheinend unbenutzten tadellosen Eßservice, das wohl als Aussteuer gedacht gewesen war. Ringsum an den Wänden hingen Hunderte von unidentifizierbaren verschiedenfarbigen Rosetten.

Rechts vom Flur war eine riesige Küche. Sie nahm das Erdgeschoß zu zwei Dritteln in der Länge und in der gesamten Breite ein und diente als Küche, Eßzimmer und Wohnzimmer in einem. Der Küchenbereich lag am Ende des Raums mit einem Aga an der Wand zum Werkzeugschuppen. Auf diese Weise hatten es Margarets Hunde, die in dem Schuppen schliefen, den ganzen Winter warm. Die Mitte des Raumes beherrschte ein stabiler runder Tisch. In der Ecke links von der Tür stand Margarets Schreibtisch, überhäuft mit Rezepten und Rechnungen, rechts davon ein Fernseher, um den herum ein Sofa und Lehnsessel gruppiert waren. Die Sitzgelegenheiten sahen aus, als würden sie allmählich in den Boden sinken und auseinanderfließen. Sie hatten ihre aufrechte Haltung verloren und sich den menschlichen Wesen ergeben, die auf ihnen saßen.

Morgens scharten sich die Bewohner des Hauses um den Aga herum und tranken Tee, während sie langsam wach wurden. Sie nahmen ihre Mahlzeiten am Tisch ein und verbrachten die Abende in den bequemen Sesseln damit, Karten oder Scrabble zu spielen, Kreuzworträtsel zu lösen, zu stricken und zu lesen und selbstgekelterten Wein zu schlürfen. Nachts schleppten sie sich aus der schläfrigen Wärme widerstrebend die Treppe hinauf und fragten sich dabei, ob es sich nicht vielleicht organisieren ließe, auch ihre Betten in dem großen Zimmer unterzubringen.

Sarah, Margarets Kameradin aus Kriegstagen, stand dem Weiberhaushalt vor: Sie war Köchin und Haushälterin. Über ihren geblümten Kleidern trug sie bunte Schürzen, und sie setzte nur selten einen Fuß vor die Tür, weil sie ihre polierten Schuhe nicht mit Mist beschmutzen wollte. Ganz gleich, wieviel Arbeit es zu tun gab, Margaret drängte ihre Freundin niemals, ihr auf dem Hof zu helfen. Sie stand selbst einfach etwas früher auf und blieb dafür länger draußen auf dem Feld.

Tatsächlich dauerte es eine Weile, bis James merkte, daß allein Sarah für den Garten hinter dem Haus verantwortlich war – ein Stück Land mit Gemüse, Blumenbeeten und Rasen. Im vollkommenen Gegensatz zur Vorderseite des Hauses war der Garten adrett und ordentlich, der Boden so sauber, das Gras so getrimmt, als handle es sich um einen Vorstadtgarten und nicht einen Bauerngarten mitten auf dem Land. Er war so gepflegt, daß Sarah zum Schutz ihrer zarten Hände und lackierten Nägel nicht einmal Gärtnerhandschuhe brauchte. Sie zog einfach nur ein paar gelbe Spülhandschuhe über.

Sarah war so schmächtig, wie Margaret kräftig war. Sie behandelte ihre Helferinnen mit mütterlich pedantischer Fürsorglichkeit, paßte auf, ob sie auch ihr Gemüse gegessen hatten und warm angezogen waren, wenn sie nach draußen gingen.

»Mach doch keinen solchen Wirbel, Frau«, schalt Margaret sie. »Es kostet mich ganz schön Mühe, sie abzuhärten, wenn sie ankommen, und jetzt verwöhnst du sie mir wieder.«

»Sei nicht albern, Mig«, sagte Sarah zu ihr. »Es sind doch einfach nur Mädchen, die von zu Hause fort sind, und keine zähen alten Luder wie du.«

Sie hatte recht, Margaret trug dicke Kordhosen und etwas, das

James für fünf Schichten Cardigan hielt, dazu eine Tweedjacke, die keine Knöpfe mehr hatte und die sie an windigen Tagen einfach mit Packschnur zuband. Sie behandelte die Mädchen anmaßend wie eine große Schwester, wenn sie sie nicht gerade wie feudale Leibeigene herumscheuchte. Wenn sie jedoch ins Haus kam, ließ Margaret ihre Autorität zusammen mit ihren Gummistiefeln im Vorbau zurück, sie sprach dann in einer vernünftigen Lautstärke, anstatt zu bellen, und sie redete Sarah bei der Haushaltsführung weder drein, noch zeigte sie irgendein erkennbares Interesse daran. Statt dessen setzte sie sich in ihren Sessel, zündete sich eine Zigarette an und wartete auf den Tee.

Zuerst tat sich James schwer damit, Margaret und den Mädchen mit seiner Kamera nach draußen zu folgen, da Sarah ihn ständig drängte, im Haus zu bleiben. Sie sagte: »Was für ein magerer Junge du bist, James. Bekommst du zu Hause denn nichts Richtiges zu essen? Schau, ich habe einen Walnußkuchen gebacken, trink noch eine Tasse Tee, du liebe Güte, du wirst doch nicht nach draußen gehen wollen. Es stürmt.«

Die Mädchen grinsten ihn an und zwinkerten ihm zu, aber er war zu höflich, um Sarahs Freundlichkeiten auszuschlagen und mit ihnen hinauszugehen. Als es draußen langsam wärmer wurde, fiel es ihm jedoch leichter, sich davonzustehlen. Er spazierte auf dem Hof umher. Margaret hatte ihm erlaubt, alles zu fotografieren, was er wollte. Nachdem er so lange mit der leeren Kamera geübt hatte, bestand seine bevorzugte Methode darin, einfach seine Motive durch das Objektiv zu studieren, bevor er sie tatsächlich fotografierte. Und so verbrachte er Stunden damit, die verschiedenen Tiere zu beobachten. James war fasziniert von ihnen. In dem großen Haus auf dem Hügel hatten sie nie Haustiere gehabt, nicht einmal Springmäuse oder Hamster. Er staunte wie ein Sechsjähriger mit offenem Mund über die aufgeblasene Dummheit der Perlhühner, die Komik der Schweine, die Unbeholfenheit der Enten auf trockenem Land, die schwerfällige Würde der Kühe, die reizbare Intelligenz der beiden Pferde, die Furchtsamkeit der Schafe und die Schizophrenie der Schäferhunde: Um menschliche Zuneigung bettelten sie unterwürfig, ging es aber an die Arbeit, verfolgten sie die Schafe wie Berserker.

Bis Mai kannte James jeden Quadratzentimeter auf Margarets Hof und die dazugehörigen Felder zu beiden Seiten des Bachs, der sich durch ein Tal im tiefer gelegenen Hügelland schlängelte. Alles, bis auf das am weitesten entfernte Feld, denn hinter dem Zaun dort begann der Kiefernwald, der am Rande von Jacks Land lag und wo Robert am Samstag manchmal mit Stanley zusammen auf die Jagd ging. James hatte Robert dort zwar noch nie gesehen – außerdem nahm er lieber den Bus, als Stanley zu bitten, ihn mitzunehmen –, aber er hatte die beiden *gehört*: den erstickten Schrei von auffliegenden Fasanen, deren Schwingen wie alte Fußballrasseln klangen, und den dumpfen Büchsenknall.

James hielt sich von dort fern. Teils weil er, obwohl er nicht in den Wald hineinsehen konnte, wußte, daß man von dort auf das Feld hinausblicken konnte, und ihm die Vorstellung, von Robert beobachtet zu werden, nicht gefiel. Er konnte jedoch weit genug ins Gehölz sehen, um die Kadaver der Elstern zu erkennen, die an Drähten aufgehängt waren.

»Es ist schrecklich«, meinte James flüsternd zu Joanna, »die Vögel auf diese Weise abzuschrecken. Es ist die reine Schikane.«

Joanna sah ihn mitleidig an. »Du weißt aber auch rein gar nichts, James«, sagte sie zu ihm. »Sie hängen sie wegen der Maden auf. Die Maden fallen dann zu Boden, und die Fasane fressen sie. Das ist alles.«

James verbrachte die Wochenenden, an denen er eigentlich für seine Abschlußprüfungen hätte lernen sollen, tagsüber auf dem Bauernhof. Als die Prüfungen dann vorbei waren, hielt er sich wochenlang jeden Tag dort auf. Eines Tages im Juli legte er schließlich einen Film in die Kamera ein: Jetzt scheuchte er die Tiere nicht mehr auf, wenn er ein Feld betrat, die Vögel erhoben sich inzwischen nicht mehr voller Panik in den Himmel, die Kaninchen schossen nicht mehr davon, um vom Boden verschluckt zu werden, und er konnte jetzt um die Frauen herumstreichen, ohne daß sie gleich ihre Arbeit unterbrachen und beobachteten, was er gerade tat. Er bildete sich nicht mehr ein, unsichtbar zu sein, hoffte aber, daß er zumindest unauffällig wirkte. In Wirklichkeit dachten die Frauen, wann immer sie ihn, ein Auge zugekniffen, in der Gegend herumschleichen sahen, an die Pantomime, die er damals bei seiner Ankunft vollführt hatte, und mußten sich das Lachen verkneifen.

Allmählich jedoch gewann er sie durch seine intensive Beschäftigung mit seinem lächerlichen Hobby und durch seine Hartnäckigkeit für sich, und sie fanden ihn eher liebenswert als albern.

»Bist du sicher, daß du ein Freeman bist?« fragte Margaret ihn. Es war kein Geheimnis, daß sie ihre Verwandtschaft nicht besonders mochte. »Du bist wirklich kein übler Bursche«, sagte sie beifällig. »Und ich bin sicher, daß du eines Tages etwas Besseres mit dir anzufangen weißt«, fügte sie dann ermutigend hinzu. Sie erwähnte ihm gegenüber niemals seine Mutter, ihre Schwester Mary. Es war ihr stets unverständlich geblieben, warum ihre Schwester Charles Freeman geheiratet hatte, beziehungsweise wie es überhaupt irgend jemand länger als eine Woche unter dem Joch der Ehe aushielt. Und was Kinder anging, so hielten sie einen vierundzwanzig Stunden am Tag auf Trab und machten einem mit ihren Marotten und Krankheiten mehr Probleme als Truthähne. Nicht daß Margaret so unsensibel gewesen wäre, James ihre Meinung mitzuteilen. Es bedeutete jedoch, daß sie wenig Mitleid mit ihm hatte und ihn mit derselben Direktheit behandelte wie alle anderen auch.

»Warum verschwendest du denn deine Zeit damit, ausgerechnet *Schafe* zu knipsen, James?« wollte sie von ihm wissen, als er sie störte, während sie die Schafe am Abend vor der Schur gerade mit Streu versorgte. In diesem Falle bestand die Streu aber nicht aus Stroh, sondern aus Brennesseln, da diese sich nicht im Vlies verhaken würden. »Schafe sind doch alle gleich, sie haben keinen Charakter. Warum gehst du nicht die Schweine fotografieren? *Die* sind es nämlich wert.«

Die beiden Säue waren Margarets Lieblingstiere. Sie ließ weder Joanna noch Hilary in deren Nähe und bestand darauf, sie höchstpersönlich zu versorgen.

»Ein Hund sieht zu dir auf, James. Eine Katze sieht auf dich herab. Ein Schwein aber ist dir gleichgestellt. Du mußt die Gute hinter den Ohren kratzen, siehst du, so, das mag sie.«

James nahm jeden Tag den Bus und ging dann zu Fuß weiter zum Bauernhof. Er hatte sich ein Paar Gummistiefel gekauft, die seine Füße nicht nur sauberhielten, sondern auch vor den wütenden

Schnabelhieben der Gänse schützten, deren Angriffslust unvermindert war. Die Gänse waren die einzigen Tiere, die er nicht mochte, und es machte ihm großen Spaß, still dazustehen und sie auf dem Gummi herumpicken zu lassen, während er sich im Hof umsah. Das Anwesen war ziemlich verwahrlost. Einzelne Teile rostiger Landmaschinen ragten aus dem Gras und den Nesseln. Rauch erhob sich aus einem Abfallhaufen. Hennen pickten im Sand und im Schmutz. Er atmete den süßen Geruch der Silage ein, die als große Masse unter einer schwarzen Plastikplane lag und von Hunderten alter Reifen bedeckt war. Sie war zu einem riesigen Fladen zusammengesackt, von dem feuchte Ziegel abgeschnitten, auf einen Anhänger geladen und auf dem Feld verteilt wurden. Diese Mischung aus Mist und Stroh wirkte irgendwie eßbar, hatte etwas an sich, das einem das Wasser im Munde zusammenlaufen ließ. Sie sah so klitschig und schwer aus wie Sarahs Möhrentorte.

»Kann ich dir irgendwie helfen, Tante Margaret?« erbot sich James einmal beim Tee, da er der Meinung war, er sollte für all die Mahlzeiten, die Sarah ihm bereitete, auch eine Gegenleistung erbringen. »Soll ich vielleicht den Hof saubermachen oder so etwas?« fragte er.

»Was gibt's an dem Hof auszusetzen?« entgegnete sie. »Hast du das gehört, Sarah? So eine Frechheit!«

»Er hat recht. Der Hof ist ein Schlachtfeld.«

»Was?«

»Wir brauchen hier keine Hilfe von einem Mann, nicht wahr, Marge?« sagte Hilary.

»Natürlich nicht!« stimmte Margaret zu.

»Und seine Hilfe brauchen wir auch nicht«, sagte Joanna und nickte in James' Richtung.

»Du scheinst mir ein kräftiger junger Mann zu sein«, sagte Sarah, die bemerkte, daß James rot geworden war.

»Wir machen doch nur Quatsch, stimmt's, Mädchen?« sagte Margaret. »Nein, James«, meinte sie dann, »wirklich, es ist schon ziemlich komisch, einen Mann hier auf dem Hof zu haben.«

Die Zeit, in der James innerlich ganz erstarrt gewesen war, ging langsam zu Ende. Allerdings merkte er das vorerst noch nicht. Er verbrachte eine Woche damit, die beiden Pferde zu fotografieren:

ein altes Pony, das auf der Koppel sein Gnadenbrot bekam, und eine temperamentvolle Stute, um die Margaret sich kümmerte, weil irgendein Mädchen aus der Gegend nicht mit dem Tier zurechtkam. Joanna ritt sie abends meistens, und James machte, unter dem Vorwand, ein Pferd zu fotografieren, das gerade über ein Hindernis auf dem Pferdeacker sprang, seine ersten Fotos von einem menschlichen Wesen.

»Mach schon, leg dich direkt unter den Balken, James«, rief Joanna ihm zu. Nachdem sie ihn vor den Gänsen gerettet hatte, wollte sie ihn jetzt also zu Tode trampeln. »Guck nicht so verängstigt«, rief sie. »Ich komme da leicht drüber.«

»Ich habe keine Angst«, flüsterte er, während sein Finger auf dem Auslöser zitterte.

»Ich komme!« schrie sie, während die Pferdehufe immer lauter wurden.

Joanna war hochgewachsen und kräftig gebaut, und sie roch nach Milch. Sie und Hilary waren genauso alt wie damals die jungen Schwestern im Krankenhaus, und die beiden waren ebenso barsch und genauso weltklug. Es klang stets merkwürdig, wenn Margaret oder Sarah von ihnen als den »Mädchen« sprachen, aber James gefiel das sehr. Er fand, daß sie dann nicht mehr ganz so einschüchternd wirkten.

Joanna kümmerte sich um die Kühe: Das war beinahe ein Vollzeitjob, denn abgesehen von den Obstbäumen – deren Ertrag mit jedem Jahr geringer wurde, da Margaret sich nie Zeit nahm, die Bäume ordentlich zu beschneiden und neue anzupflanzen, die aber immer noch genügend Birnen für Birnenmost und genügend Äpfel für eine hiesige Chutneyfabrik lieferten – war die kleine Herde Milchvieh das einzige, womit sich wirklich etwas verdienen ließ. Joanna brachte die Kühe zweimal am Tag zum Melken in den Stall – oder besser gesagt, sie kamen von allein mit schwerem Euter über die Felder in den Hof getrabt.

Es war Joanna, die, wenn es an der Zeit war, die Kälber zu entwöhnen, die Mutterkühe auf das am weitesten entfernte Feld auf Margarets Land führte, jenes, das neben dem Kiefernwäldchen an Jacks weit größeren Bauernhof angrenzte.

»Warum bringst du sie denn so weit weg?« flüsterte James.

»Das wirst du schon sehen«, sagte Joanna zu ihm. Sie hatte

recht. Die Kühe muhten unablässig, es war ein Chor voller falschem Pathos. Am Mittag des nächsten Tages schließlich hielt es James nicht mehr aus, obwohl er eine halbe Meile entfernt gerade die Katzen fotografierte, die sich vor dem Bauernhaus in der Sonne räkelten.

»Ich sollte zurückfahren und ein paar von diesen Filmen entwickeln«, sagte er zu Joanna. »Ich denke, in einer halben Stunde geht ein Bus«, flüsterte er.

Sie sah ihn genau an. Ihr Gesicht war schmutzig. Sie kam mit ihrem Mund ganz nah an sein Ohr. »Das machen sie noch zwei Tage, dann haben sie ihre Kälber vergessen und hören auf damit«, flüsterte sie zurück. Sie roch nach Milch und Schweiß und machte James nervös. Er torkelte davon.

»Vergiß nicht wiederzukommen«, rief Joanna ihm hinterher.

»Verwandelt dich meine Schwägerin in einen Bauerntölpel?« dröhnte Charles am nächsten Morgen beim Frühstück. »Jedenfalls stinkst du jetzt nicht mehr nach Chemie, sondern nach Mist.«

Simon und Robert glucksten.

»Du redest mit den Tieren, nicht wahr?« fragte Robert ihn.

»Halt den Mund, Robert«, sagte Alice.

»I-aah. Oink, oink. Mäh«, äffte Robert, aber mit Flüsterstimme. Laura, die neben James saß, legte ihm eine Hand auf den Arm, die andere hielt sie sich vor den Mund. Als sie sich wieder gefaßt hatte, sah sie Robert mit bösem Blick an. Seine Augen waren schmal. Er beugte sich über den Tisch zu ihr herüber und gab obszöne Schnüffelgeräusche von sich.

»Aber, aber, *Kinder*!« erklärte Charles. »Hört mit dem Quatsch auf.« Es verwirrte Charles stets, daß seine Kinder soviel weniger unterwürfig waren als seine Angestellten.

»Möchtest du später eine Partie Schach mit mir spielen?« fragte Laura James nach dem Frühstück.

»Heute nicht, ich kann nicht«, erwiderte er. »Tut mir leid. Ich will nachher noch zur Schule. Ich muß etwas abholen.«

James wartete allerdings noch bis zum *nächsten* Tag, dem Samstag, bevor er mit den Ergebnissen seiner Abschlußprüfung vor dem Mittagessen zu seinem Vater ins Arbeitszimmer ging: Er hatte jeden Prüfungsteil mit der Mindestnote, einer Vier, bestanden, und dachte, daß Charles am Wochenende vielleicht in besserer Stimmung wäre als unter der Woche.

»Mein Gott! Drei Vierer!« brüllte Charles. »Weiter hat es mein Sohn also nicht gebracht? Mein Gott! Nur gut, daß ich keinen großen Wert auf Schulbildung lege.«

Es stellte sich heraus, daß Alice von den Kindern als einzige eine gute Schülerin war. Sie war Klassenbeste, bekam glatte Einsen, ohne dafür wirklich zu lernen und offensichtlich ohne jeden Ehrgeiz. Im Alter von vierzehn Jahren versuchte sie, ihren älteren Brüdern die zweiunddreißig euklidischen Lehrsätze zu erklären, woraufhin diese es sehr eilig hatten, eine passende Ausrede zu finden: »Ich habe jetzt keine Zeit, Alice, ich bin spät dran, ja, natürlich habe ich das verstanden, ich weiß noch, daß wir das auch gemacht haben, als ich so alt war wie du, eigentlich sogar noch ein bißchen jünger, aber ich muß jetzt wirklich los.«

In den künstlerischen Fächern war sie gut, aber es waren die Naturwissenschaften, in denen sie sich wirklich hervortat. Charles war verwirrt. Er hatte immer angenommen, daß Jungen gut mit Zahlen umgehen konnten, Mädchen mit Worten oder Bildern. Schließlich akzeptierte er, daß ausgerechnet Alice seine mathematische Begabung und seinen Geschäftssinn geerbt hatte. Allerdings erkannte er nach einer kurzen Durchsicht ihrer Hausaufgaben, daß die algebraischen Gleichungen, Formeln und Periodensysteme – mit ihren seltsamen Symbolen und den unter die Zahlen gemischten Buchstaben –, die seine Tochter so faszinierten, sich im Grunde sehr von jenen Zahlenkolonnen unterschieden, die für Geld standen.

Robert andererseits hatte in den meisten Fächern nicht einmal die mittlere Reife geschafft, aber schließlich hatte auch niemand erwartet, daß er überhaupt irgendeine Prüfung bestehen würde. Alle wußten, daß er sich in der Schule lediglich flüchtig blicken ließ und bereits dabei war, die alten Autos zu verkaufen, die Stanley ihm in den Hof schleppte. Er reparierte sie und probierte sie dann in der Auffahrt aus, wo er mit hoher Geschwindigkeit auf und ab fuhr, so daß es qualmte und nach verbranntem Gummi stank.

»Sieh dir Robert an!« sagte Charles in seinem Arbeitszimmer mit dröhnender Stimme zu James. »Er hat kaum *lesen* gelernt, der arme Junge. Sie haben ihm in der Schule nichts beibringen können.

Aber«, Charles tippte sich an seinen Schädel, »er weiß, wie man nach oben kommt. Er ist vielleicht ungebildet, aber er ist nicht dumm, da können die Leute sagen, was sie wollen, das ist mir egal. Aber du, junger Mann, was willst *du* einmal machen?«

James war sich nicht sicher. Seine Kunstlehrerin war ihm keine große Hilfe gewesen. Miss Stubbs war so überrascht, daß er bei seinen mäßigen Zeichnungen und schlichten Fotos überhaupt bestanden hatte, daß sie ihn, als er ihr tags zuvor in der Schule zufällig begegnet war, an ihren üppigen Busen drückte.

»Gut gemacht, du dickköpfiger Junge«, rief sie.

James befreite sich unelegant aus ihren Armen. »Was soll ich jetzt machen?« fragte er. »Meinen Sie, ich sollte gleich weiter aufs College gehen?«

»Darüber hättest du dir wie alle anderen letztes Jahr Gedanken machen sollen«, erklärte sie ihm. »Wie du weißt, ist es meiner Meinung nach nicht das Schlechteste, sich ein Jahr frei zu nehmen. Aber ich will dir gewiß nichts vorschreiben. Du mußt tun, was du tun willst, mein Lieber. Und das wirst du sicherlich auch, ganz egal, was ich sage.«

»Ich weiß nicht«, flüsterte er. »Wenn ich aufs College gehe, dann bekomme ich kein Stipendium, weil mein Vater zu reich ist. Andererseits will ich aber auch nicht, daß er mich unterhält.« Er schüttelte den Kopf. »Ich will einfach nur fotografieren.«

»Das hoffe ich doch«, erwiderte sie, »nachdem du dich zwei Jahre lang darum herumgedrückt hast, in meinem Unterricht nach der Natur zu zeichnen. Nur *knips* nicht einfach so herum«, bat sie. »Und studiere die großen Maler«, fügte sie noch hinzu, während sie sich einem anderen Schüler zuwandte, der gerade auf sie zukam, wieder einem, dem sie gratulieren oder den sie trösten würde.

»Was? Sie meinen wohl die großen Fotografen?« murmelte er hinter ihr her.

Sie wandte den Kopf, ohne ihren Schritt zu verlangsamen. »Die *Maler*, Junge. Turner, Vermeer, Caravaggio.« Sie machte eine ausladende Handbewegung, als stünden sie unter einer Gruppe von Schülern ein paar Meter entfernt. »Sie haben sich jahrzehntelang mit dem Licht auseinandergesetzt. Ihr Knipser habt gerade erst damit angefangen.«

»Ja, *du*, James!« drang die dröhnende Stimme seines Vaters in seine Gedanken. »Was willst du *machen*?«

James spürte, wie sein Herz raste und er heiße Wangen bekam. Auf diese Frage war er verhängnisvollerweise nicht vorbereitet gewesen, aber das konnte er, wollte er nicht zugeben. Er schluckte.

»Nun«, flüsterte er. »Ich habe schon darüber nachgedacht, Vater. Ich sollte nach London gehen. Und Amsterdam. Und Florenz. Um zu fotografieren, die Maler zu studieren, mich mit dem Licht zu beschäftigen –«

»In Ordnung, James«, unterbrach Charles. »Hör schon mit diesem Unsinn auf. Ich habe kein Wort verstanden. Du willst Urlaub machen, ist es das? Schön.«

James' Wangen glühten immer mehr. »Du hörst mir überhaupt nicht *zu*«, zischte er. »Du hörst mir nie zu. Das ist kein *Urlaub*.«

»Und wenn du zurückkommst, erwartest du vermutlich von mir, daß ich dir auch noch das College finanziere, hm? Du verläßt dich einfach auf deinen alten Herrn? Die Sache ist nur die, James, ich sehe in keiner Weise ein, welchen Sinn es haben sollte, dich weiterhin zu unterstützen. Du bist alt genug, dir selbst deinen Lebensunterhalt zu verdienen. Außerdem hast du, nach diesen erbärmlichen Zensuren zu urteilen, nicht einmal *Spaß* am Lernen.«

»Dann werde ich mir eine Arbeit suchen, Vater«, flüsterte James. »Unsinn!« verkündete Charles. »Ich möchte, daß wenigstens einer meiner Söhne auf die Universität geht. Wie dem auch sei, wer soll dir denn einen Job *geben*? Ich jedenfalls würde das nicht tun!« Charles lachte herzhaft. »Möchtest du einen Whisky, James? Ich genehmige mir jetzt einen.«

James spürte, wie er vor ohnmächtigem Zorn zu zittern anfing. »Nein«, flüsterte er.

»Bedien dich, Junge«, brüllte Charles vom Barschrank her.

»Nein«, wiederholte James. »Ich werde Fotograf, Vater. Ich werde mir einen Job als Fotograf suchen.« Er drehte sich um und ging mit schwankendem Gang zur Tür.

»Schön!« rief Charles ihm hinterher. »Na gut! Aber wo wirst du *studieren*? Auf welches College willst du gehen?« rief er. »Ich muß das wissen, wenn ich dir dabei helfen soll, einen Platz zu bekommen.« Aber James hinkte bereits die Treppe hinauf.

James ging geradewegs in die Dunkelkammer und blieb dort. Er entwickelte Negative und machte einen Abzug von der temperamentvollen Stute, nur daß er, anstatt das gesamte Bild abzuziehen, lediglich ein Detail vergrößerte, so daß von dem Pferd bis auf die Mähne nichts mehr zu sehen war. Was blieb, war eine körnige, weiche Nahaufnahme von Joannas Gesicht: Sie sah so ruhig und konzentriert aus, als säße sie in einem Sessel vor dem Fernseher und nicht auf einem Pferd, das gerade mitten im Sprung war.

Es war einer der heißesten Tage des Sommers, und James verpaßte, eingesperrt in der vom Infrarotlicht erhellten Dunkelkammer, den größten Teil davon. Während die Abzüge in der alten Gästebadewanne im Reinigungsbad lagen, ging er nach draußen, um ein wenig frische Luft zu schnappen. Das Licht war so grell, daß er es selbst mit zusammengekniffenen Augen nur ein paar Minuten ertrug.

»Hier draußen ist es zu hell«, sagte er.

»James!« hörte er Simon rufen. »Hier bist du. Hol deine Kamera. Ich habe Arbeit für dich. Robert braucht ein paar Fotos.«

Alice und Laura gingen noch immer jeden Samstagnachmittag ins Kino, jetzt allerdings weniger, um sich die Filme in den Kindermatineen anzusehen, als vielmehr, um Zoe in ihrer Kleidung und ihren Gesten zu kopieren. An warmen Nachmittagen saßen sie dann auf dem flachen Dach des Electra, wo sie Zoes Geschichten lauschten, die zusammen mit dem Filmvorführer einen guten roten Libanesen rauchte, während der Film unten über die Leinwand flackerte. Als Zoe von den Mädchen hörte, daß James auf Italienreise gehen wollte, eine Neuigkeit, die Charles beim Mittagessen sofort herausposaunt hatte, fuhr sie die beiden vom Kino nach Hause. Die Aussicht, daß noch ein Mitglied der Familie »Wanderlust« in den Genen hatte, versetzte sie in Begeisterung. Außerdem vermutete sie, daß James ein paar Reisetips gebrauchen konnte, da er bestimmt zu schüchtern wäre, um nach dem Weg zu fragen. Abgesehen davon, wenn die Leute nicht einmal verstanden, was er auf englisch sagte, wie sollte er sich dann in Italien zurechtfinden?

»Also geht James auf Reisen«, sagte sie, während sie auf dem Weg den Hügel hinauf mit einem überaus gewagten Überholmanöver an einem Doppeldeckerbus vorbeizog. »Der Zinnsoldat macht sich allein auf den Weg.«

Die Jungen hatten sich alle hinter dem Haus versammelt und boten ein seltenes Bild brüderlicher Eintracht: James hatte sich einverstanden erklärt, ein paar von Roberts aufgemöbelten Klapperkästen für den *Midlands Trader* zu fotografieren. Simon beriet ihn gerade, welches die vorteilhaftesten Ansichten waren, während Robert ihm gleichzeitig erklärte, wie er dem schwachbrüstigen Motor irgendeiner Schrottmühle einen saftigeren Klang verlieh. Die Mädchen schlossen die Augen und krallten sich am Sitz fest, als Zoe mit ihrem Morris Minor um das Haus bog, dann wieder beschleunigte und nur wenige Zentimeter vor dem Schrotthaufen, an dem Robert gerade arbeitete, knirschend zum Stehen kam. Robert war der einzige, der sich nicht bewegt hatte: Simon und James, die sich instinktiv auf den Boden geworfen hatten, rappelten sich wieder auf. Als Zoe aus ihrem Auto stieg, wagten auch die Mädchen, wieder die Augen zu öffnen.

»Wieviel willst du für diesen alten Klapperkasten haben?« fragte Robert sie mit seiner kiesigen Stimme und klopfte auf die Motorhaube ihres Wagens.

»Der ist nicht zu verkaufen, Mighty Mouse«, sagte Zoe und ging zu ihm hinüber. »Und noch was: Meine Kartenverkäuferin sagte mir, sie hätte dich dabei erwischt, wie du Donnerstag abend wieder versucht hast, in den nicht jugendfreien Film reinzukommen. Ich habe dir schon einmal gesagt, du Zwerg, ich habe keine Lust, deinetwegen meine Lizenz zu verlieren. Ich warne dich, Robert, mach das nicht noch einmal. Zumindest nicht«, fügte sie hinzu, »bevor du noch einige Zentimeter gewachsen bist.«

Die Mädchen kicherten. Robert blickte finster drein. Er nahm einen Schraubenschlüssel, tauchte wieder unter die hochgeklappte Motorhaube ab und schlug sich dabei den Kopf an.

Simon war gerade damit fertig, sein elegantes Jackett und seine Hose abzustauben. »Ich dachte, diese Drogen wären zum Entspannen da, Schätzchen«, sagte er kläglich zu Zoe.

»Jetzt tu nicht so naiv, Simon«, erwiderte Zoe.

»Und was ist das für ein außergewöhnliches Tier, das du da anhast?« fuhr er fort. »Ich muß dich irgendwann mal zum Einkaufen mitnehmen.«

Zoe trug Clogs, Loonpants und ein Gazehemd, darüber einen Afghanenmantel. Außerdem hatte sie zwei Regenbogenschals um den Hals geschlungen und einen in ihr gelocktes Haar gewunden. Sie reckte ihr Kinn in Simons Richtung und fuhr sich mit dem Daumen in einer verächtlichen Geste darüber, während sie auf James zuging, der bis über beide Ohren grinste. Ihre Cousine Zoe war seines Wissens die einzige Frau, die sich weder von Simon einwickeln noch von Robert beeindrucken ließ und die tatsächlich seine, James', Gesellschaft vorzuziehen schien.

»Hi, Herzchen«, sagte sie und küßte ihn dreimal auf die Wangen. »Was habe ich gehört, du willst auf Reisen gehen, du hinterhältiger Maulwurf, du?«

Sie setzten sich an den Teich und tranken Tee. James versuchte, eine von Zoes bunten Sobranie-Zigaretten zu rauchen.

»Warum bist du in letzter Zeit nicht mehr zu mir ins Kino gekommen, du alter Stubenhocker?« wollte sie wissen. »Hat Alice dir denn nicht das Programm gezeigt? Und erzähl mir jetzt nicht, dich würden Untertitel abschrecken, sonst werf ich auf der Stelle deinen Kuchen ins Wasser.«

»Wovon redest du überhaupt?« fragte er. »Ich dachte, du magst deine Filme im Grunde gar nicht wirklich.«

»Das hat sich geändert, James«, sagte sie zu ihm. »Ich bin bekehrt worden. Gerade eben habe ich eine Kopie von diesem Film gesehen, den irgendein Idiot im Radio so hochgejubelt hat.« Seit Zoe zuletzt als Kind im Kino ihrer Großmutter *Der Zauberer von Oz* gesehen und sich dabei gefragt hatte, ob ihre Mutter wohl der bösen Hexe ähnlich sah, war dies, wie sie gestand, das erste Mal, daß sie sich einen ganzen Film angesehen hatte, ohne dabei einzuschlafen.

»Er heißt *Solaris*, James.«

»Worum geht es?«

»Ich habe keinen blassen Schimmer. Ich habe nicht eine einzige Szene verstanden«, sagte sie zu ihm. »Ich war einfach nur wie hypnotisiert. Ich dachte, das muß irgendeine Art Trick sein. Ich meine, das Ganze soll ein Science-fiction-Film sein, aber das ist es nicht. Nachts konnte ich nicht schlafen. Ständig hatte ich irgendwelche Bilder aus dem Film vor Augen.« Sie schüttelte entschieden den Kopf, so als versuche sie, die Bilder, die sie vor ihrem inneren Auge sah, wieder in die richtige Reihenfolge zu bringen. »Also«, fuhr Zoe fort, »habe ich mir den Film am nächsten Tag noch einmal angesehen.«

»Und?« flüsterte James.

»Tja, der Schleier hat sich gehoben. Wie bei Siddhartha am Fluß. Ich kam mir vor, als würde ich mein eigenes Leben betrachten. Oder, genauer gesagt, meine eigenen Träume. Es war unheimlich, James. Ich dachte immer, daß ich einen Vergnügungstempel betreiben würde, eine Groschen-Peep-Show. Mir war nicht klar, daß Filme die menschliche Seele zeigen können. Ich werde ihn für das Kino bestellen. Und noch mehr solche Filme. Wart's nur ab.«

In den folgenden Monaten und Jahren sollte Zoe sich zu dem entwickeln, das zu sein sie bis dahin nur vorgegeben hatte: eine absolute Expertin auf dem Gebiet des internationalen Films. Sie brachte mit einer sich stets erweiternden Auswahl von Filmen Abwechslung ins Programm. Darunter auch Filme, die in Großbritannien noch nie zu sehen gewesen waren. Zoe zeigte sie nicht nur im Electra, sondern verkaufte sie, um die Kosten einzuspielen, auch an andere Kinos. Binnen kurzer Zeit sollten die Electra Pictures zu einem der bedeutendsten Verleihe werden. Zoe wurde zur Spezialistin für die großen japanischen Künstler, die verbotenen Meisterwerke der Sowjetunion und das neue südafrikanische Kino. Die Cineasten begrüßten ihre Filme, als wären sie aus einem El Dorado zu ihnen gekommen, so als enthielten die Stapel runder Filmdosen pures Gold.

»Anstatt zu reisen, werde ich mir die Welt nach Hause holen, James«, sagte sie am Teich zu ihm. »Tut mir leid, Süßer, aber der Fotografie ist ihr uneheliches Kind anscheinend über den Kopf gewachsen. Du solltest dich dieses altmodischen Kastens um deinen Hals entledigen und dir eine Filmkamera kaufen.«

James lächelte. Es fehlte ihm an Intelligenz, um mit Zoe zu streiten, selbst wenn er anderer Meinung war.

»Die Sache ist die«, fuhr sie fort, »daß das Kino die *Zeit* zeigen kann, James. *Du* kannst nur Schnappschüsse machen, kurze Augenblicke einfangen, flüchtige Momente. Filme können die Bewegungen der Seele beschreiben, denk nur, auf einer geteilten Leinwand oder mit Hilfe von Querschnitten könnte man sogar Bilokationen zeigen.«

»Vielleicht solltest du selbst Filme machen«, flüsterte James.

»Sei nicht albern, Herzchen«, sagte sie und wischte diesen Vorschlag beiseite. »Es ist schon schwer genug, einen Film richtig *anzusehen*. Um einen zu machen, mußt du ein Genie sein. Wie dem auch sei, ich habe sowieso anderes im Kopf: Habe ich dir von meinem neuen Lehrer erzählt?«

»Gurdjieffs Patenkind?«

»Das ist doch schon *Monate* her.«

»Du meinst die Chanting-Gruppe?«

»Nein, James, mit denen habe ich mich verkracht. Nein, mein *neuer* Lehrer. Er ist hundert Jahre alt, vielleicht sogar noch älter. Er ist zum ersten Mal in England und bringt uns Traumyoga bei. Es ist eine Technik, bei der du lernst, in einem Zustand zwischen Wachsein und Schlaf zu verharren und deine Träume zu steuern.« Zoe warf einen Blick auf ihre Uhr. »Ich erzähle dir mehr davon, wenn du wieder zurück bist, Herzchen, jetzt muß ich gehen. Die Abendvorstellung ruft. Ich kann mir nämlich nur eine Teilzeitkraft leisten.« Sie stand mit dem Teetablett auf. »Sag mir, wohin du willst. Ich habe eine Unmenge von Karten und anderem Zeug. Das kannst du alles haben. Hier, fang damit an. Es ist eine Kassette *Italienisch für Anfänger*.«

Charles hatte für den August einen zweiwöchigen Familienurlaub in der Dordogne organisiert. James, der nicht mitkommen wollte, durfte daheim bleiben.

Stanley, Edna und Laura fuhren zusammen mit Stanleys Schwester Pauline und deren Familie – Garfield, Lewis und Gloria – in die Ferien. Sie hatten vor, in zwei kleinen benachbarten Privatpensionen in Weymouth, die Bed and Breakfast anboten, ihren Urlaub zu verbringen.

»Er wird hier ganz allein zurückbleiben«, meinte Edna besorgt. »Wer wird dafür sorgen, daß er ordentlich ißt?«

»Das geht schon in Ordnung«, flüsterte James. »Ich werde bei Tante Margaret auf dem Bauernhof wohnen.«

»Du kannst bestimmt auch mit uns mitkommen«, schlug Laura vor, als sie allein waren. »Lewis würde das bestimmt gefallen. Ich glaube nämlich, daß er sich nicht besonders auf diesen Urlaub freut.«

»Vergiß es, Laura«, sagte James zu ihr. Sie sah verletzt aus. »Tut mir leid«, flüsterte er. »Ich weiß, daß du mir nur helfen wolltest.«

Glücklicherweise machten Margaret und Sarah niemals Urlaub. James fuhr mit einem Rucksack und einem neuen Teleobjektiv auf seiner Kamera zu ihnen. Nachdem Sarah ihm das Gästezimmer gezeigt hatte, brachten ihn Margaret und die Mädchen in der Küche damit in Verlegenheit, daß sie das Teleobjektiv vor- und zurückdrehten.

»Es ist obszön«, stellte Margaret fest.

»Eine typisch männliche Erfindung«, stimmte Hilary zu. Sie richtete es auf das Fenster und stellte den Fokus ein.

»Schuß!« rief sie.

»Beachte sie einfach nicht«, meinte Sarah zu ihm. »Sie haben nicht die geringste Ahnung vom Fotografieren, mein Lieber. Hier, James, trink noch einen Becher Tee.«

»Ich habe es gekauft, um wildlebende Tiere zu fotografieren«, flüsterte James und wurde dabei rot.

James ließ das Teleobjektiv die meiste Zeit auf seiner Kamera: Er fotografierte kleine Vögel, ein oder zwei Kaninchen, einen Reiher und sogar einen Fuchs, dem er an einem heißen, blauen Nachmittag durch den Birnengarten hinterhergeschlichen war. Meistens jedoch benutzte er das Objektiv als Fernrohr, um Joanna zu beobachten. Er redete sich dabei ein, er würde ihre Physiognomie studieren, um sich auf das erste Porträt vorzubereiten, das nächste Stadium, das er in seiner fotografischen Entwicklung in Angriff nehmen wollte. Er beobachtete sie, wie sie die Schafe mit den Köpfen ins Tauchbad drückte, er beobachtete, wie sie Stroh mit der Heugabel wendete, als sie die Felder abbrannten (und fragte sich dabei, ob er einen Sprung zurück zum Farbfilm wagen sollte), er beobachtete sie, wie sie die Milchkannen ausspülte.

»Es sieht ganz danach aus, als hätte unser neugieriger Fotograf ein neues Motiv gefunden«, sagte Hilary laut hinter ihm. James nahm sofort die Kamera herunter.

»Im Melkstall flattert ein Spatz herum«, flüsterte er verwirrt. »Er findet nicht heraus.«

»Da ist er nicht der einzige«, sagte Hilary kurz. Dann sah sie zu Joanna hinüber, und beide mußten lachen.

Wochen vergingen, und James dachte nicht mehr daran, nach Hause zu fahren. Eines Freitags, Mitte September, brachten

Joanna und Hilary das letzte Heu ein. Sie hatten zwischen dem Anhänger und dem Heuboden ein Förderband montiert: Hilary
wuchtete die Ballen auf das Band, und Joanna hob sie am anderen
Ende herunter. Sie packte sie dazu an der Schnur und schwang sie
mit Unterstützung ihres Knies herum. Hilary mußte immer wieder
eine Pause beim Beladen des Bandes machen, damit Joanna die
Ballen weiter hinten auf dem Heuboden aufstapeln konnte. Die
letzten ließ Joanna einfach um sich herum stehen. Als Hilary den
Anhänger geleert hatte, fuhr sie davon und ließ Joanna den Rest
allein stapeln.

James sah ihr von der Küche aus zu, wo Sarah ihm von ihrem
Pfefferkuchen, den sie zum Tee gebacken hatte, zu kosten gab.

»Er ist zu feucht, nicht wahr?« fragte sie von der Spüle her besorgt.

»Er ist prima, Sarah«, versicherte er ihr mit vollem Mund,
während er aus dem Fenster sah.

»Nein, er ist ganz pappig«, beharrte sie.

»Er ist köstlich, Sarah«, flüsterte er und säuberte seine Zähne
mit der Zunge von klebrigen Stückchen Kuchen, während er über
den Hof starrte. Er hob die Kamera ans Auge und nahm Joanna
ins Visier, eine dunkle Gestalt auf dem Heuboden, die die letzten
Ballen aufstapelte. Es konnte kein gutes Jahr gewesen sein: Bis zur
Tür des Bodens war noch viel Platz.

»Fotografierst du wieder die Gänse, Lieber?« hörte er Sarah fragen. Am Klang ihrer Stimme erkannte er, daß sie sich umgedreht
hatte und ihn ansah. Ihm stockte das Herz, aber er merkte rasch,
daß sie von ihrem Standpunkt aus nicht sehen konnte, was er sah.

»Da draußen sind ein paar, äh, Rotdrosseln«, sagte er.

»Das ist aber nett«, erwiderte Sarah zerstreut. Er konnte hören,
daß sie auf der Arbeitsfläche Teig schlug. »Zu dieser Jahreszeit
sehen wir hier sonst noch keine«, fuhr sie fort. »Ich glaube, sie
kommen normalerweise erst in ein, zwei Monaten.«

Es war gespenstisch, etwas zu betrachten, das man mit dem Objektiv ganz nah herangeholt hatte, während das andere Auge fest
zugekniffen war: Das lag daran, daß das Bild trotz seiner augen-
scheinlichen Nähe *stumm* blieb. Natürlich konnte er etwas hören
– Sarahs Stimme zum Beispiel –, aber nicht das Rascheln des Heus,
das über die Holzdielen gefegt wurde, und auch nicht Joannas an-

gestrengtes Keuchen. Sie war isoliert und unwirklich. Sie mußte ihre Arbeit beendet haben, weil sie nun einen Schritt nach vorn machte, ihre Unterarme gegen den oberen Balken der Bodentür lehnte und unter ihnen hindurch die Gegend betrachtete. Sie sah sich geistesabwesend um. Ein paar Sekunden lang schien sich ihr Blick auf James zu heften. Wieder stockte ihm das Herz, aber er rührte sich nicht. Er sah sie weiter an und verließ sich darauf, daß sie ihn mit bloßem Auge nicht erkennen konnte. Oder vielleicht hoffte er auch, daß sie es konnte. Sie nahm ihre Arme vom Türrahmen und machte ein, zwei träge Schritte rückwärts, hielt inne … und dann *fiel* sie einfach in die Dunkelheit.

James wollte seinen Augen nicht trauen. Hatte sie das wirklich einfach getan? Sich einfach fallen lassen, mit ausgebreiteten Armen, rückwärts? Lag sie jetzt gerade auf dem staubigen Boden?

Nichts rührte sich. Sie ist ohnmächtig geworden, dachte James. Er ließ die Kamera sinken und hastete zur Tür, während er in seinen Socken über den gefliesten Boden schlitterte.

»Bist du sicher, daß du nichts mehr von dem Kuchen willst, Lieber?« rief Sarah ihm hinterher, aber er gab keine Antwort. »Nein«, sagte sie zu sich. »Zu viel Honig.«

James zog sich im Vorbeigehen hastig seine Gummistiefel an und schwankte über den Hof. Ein Socken war ihm bereits über die Ferse gerutscht, als er in den Schuppen lief. Er blieb stehen und lauschte, atmete lautlos. Vom Heuboden oben kam kein Geräusch. Er ging zur Leiter hinüber, hielt inne und begann hinaufzuklettern.

Balken von Licht stießen durch das geflickte Dach. Spreuteilchen und Staubpartikel funkelten in den Sonnenstrahlen. James' Haut prickelte. Es herrschte vollkommene Stille, die durch den Klang von Margarets Stimme, die ihren Schäferhunden in der Ferne barsch Kommandos zurief, nicht unterbrochen, sondern eher betont wurde. Seine Augen hatten sich an die Dunkelheit gewöhnt, als er oben auf dem Holzboden angekommen war: Joanna lag mit geschlossenen Augen auf dem Rücken. Sie atmete friedlich. Wenn sie tatsächlich ohnmächtig geworden war, dann hatte ein Teppich aus verstreuten Heuresten ihren Fall ein wenig gemildert. Aber es sah nicht aus, als würde sie sich unwohl fühlen. Sie wirkte entspannt, so als würde sie schlafen.

James stand vor ihr. Sie trug abgenutzte kurze Reitstiefel, Bluejeans und ein schmutziges weißes Hemd. Ihr kurzes blondes Haar hatte von der Sonne noch blondere Strähnchen bekommen, ihr gebräuntes Gesicht war mit Schlamm bespritzt. Sie hatte den Mund leicht geöffnet, ihre Wangen mit dem Babyspeck, den sie noch nicht verloren hatte, waren schlaff. Sie war groß – genauso groß wie James – und fest gebaut.

Oben auf dem Heuboden war es heiß, heiß, und alles juckte. James starrte auf Joannas ausgebreiteten Körper und dann wieder auf ihr Gesicht. Er konnte sein Blut in den Ohren klopfen hören. Er hob die Kamera an sein rechtes Auge, schloß das linke und spürte, wie er allmählich ruhiger wurde, sich von der Wirklichkeit ihres Körpers entfernte. Er ging auf ein Knie, wobei er sie die ganze Zeit im Sucher hatte, und holte dann ihr Gesicht mit dem Objektiv heran. Jetzt sah er, daß ein dünner Strohhalm quer über ihrer Unterlippe lag, durch ihren Speichel angeklebt. Er stellte den Fokus ein und mußte dabei ein paar Zentimeter zurückweichen, weil er für die Brennweite des Teleobjektivs zu nah war. Dann drückte sein rechter Zeigefinger, ohne daß er einen bewußten Befehl von seinem Gehirn erhalten hätte, auf den Auslöser.

Joanna schlug langsam die Augen auf, blinzelte. Dann weiteten sie sich. Begreifen, Überraschung, Zorn malten sich auf ihrem Gesicht. James war wie versteinert. Und weil er nur ihr Gesicht im Sucher hatte, sah er ihre Hände nicht kommen: Sie packten ihn am Kragen, dann wurde er über Joannas Körper hinweggeschleudert. Er ließ die Kamera los, landete auf dem Rücken, und die Kamera – die an einem Riemen um seinen Hals hing – schwang hinter ihm her, verfehlte knapp sein Gesicht und schlug neben ihm auf dem Boden auf.

»Was zum Teufel soll das?!« schrie Joanna ihn an. »Sich einfach so anzuschleichen! Du elender kleiner Perverser! Mein Gott!« Sie war inzwischen aufgestanden und funkelte ihn aus zornigen Augen an. James starrte wie ein erschrecktes Kaninchen zurück.

»Himmel noch mal!« sagte sie und drehte sich um. Sie starrte aus der Heubodentür, sah aber nichts Bestimmtes an, sondern einfach nur hinaus, um sich zu beruhigen. »Mein Gott!«

James erholte sich wieder, wurde sich seines Körpers bewußt: seines trockenen Mundes, des kalten Schweißes in seinen Achselhöhlen, seiner zitternden Finger. Dann spürte er den Riemen um seinen Nacken, zog ihn über den Kopf und sah sich die Kamera an. Sie war so heftig auf die Bohlen geprallt, daß sie aufgesprungen war, der Verschluß auf der Rückseite war verbogen, und das Teleobjektiv hatte eine Delle. Damit war gleichzeitig auch der Film verdorben, der Film, auf dem sein erstes richtiges Porträt eines Menschen gewesen war.

»Du hast die Kamera kaputtgemacht«, flüsterte James verwirrt.

Joanna wirbelte herum.

»Zum Teufel mit der Kamera«, fauchte sie. Sie kam zu ihm herüber und stellte sich vor ihn, so wie er gerade eben vor ihr gestanden hatte. »Zum Teufel mit der verdammten Kamera, James«, sagte sie. Dann trat sie gegen seinen Fuß. Es war nicht fest genug, um weh zu tun, es war lediglich ein Ausdruck ihres Ärgers. Sie stand da, die offene Heubodentür hinter sich, und James mußte den Kopf heben, um ihr ins Gesicht zu sehen. Er stützte sich auf die Ellbogen. Sie starrte ihn an.

»Bleib mir bloß vom Leib«, sagte sie. Sie rührte sich nicht. Statt dessen trat sie wieder gegen seinen Fuß, fester diesmal, und James verzog das Gesicht.

»Kapiert?« wollte sie wissen.

James setzte sich auf und zog dabei seine Füße an den Körper, aber Joanna hatte ihn wieder getreten, bevor er sie aus ihrer Reichweite entfernen konnte.

»Kapiert?« schrie sie, und er schrie zurück:

»Ja!«

»Also gut«, sagte Joanna. »Bleib mir einfach vom Leib, das ist alles«, sagte sie, dann drehte sie sich langsam um und begann auf die Leiter zuzugehen, die sich am anderen Ende des Heubodens befand. Sie sah dabei um sich, als suche sie nach etwas, das sie vielleicht hatte fallen lassen, und bürstete Strohhalme von ihrem Hemd.

James beobachtete sie. Und dann wurde er wütend, wurde in diesem Augenblick von plötzlichem Zorn erfüllt, weil sie sich so langsam von ihm entfernte. Er stand auf und war mit zwei, drei großen Schritten bei ihr. Sie hatte nur noch die Zeit, sich halb umzudrehen, bevor er sie am Handgelenk gepackt hatte. Sie stürzten beide hin.

»Hmph!« grunzte Joanna, als sie auf den Dielen aufschlug. James landete mit dem Gesicht auf ihrem Bauch. Er kletterte an ihr nach oben, während er haltsuchend in ihr Hemd griff, das daraufhin laut zerriß.

Sie roch nach Milch und Schweiß, und ihr heißer Atem blies ihm ins Gesicht. Zuerst rollte sie von rechts nach links, um ihn abzuschütteln, aber er hing wie eine Klette an ihr. Dann spürte er ihre feuchte Zunge in seinem trockenen Mund. Sie hakte ihren BH auf. Ihre Brüste quollen heraus, und er knabberte an einer mit seinen Lippen. Ihre Finger öffneten seine Jeans, seine Leisten drohten zu bersten. Er ging auf ihren Mund los. Sie waren beide stumm und wütend und überwältigt. Joannas Jeans hingen ihr samt ihren Unterhosen um die Knöchel. Sein Schwanz kam zu spät heraus, er spürte ihn heiß und wogend, und dann sah er stöhnend, wie sein Sperma herausschoß, auf ihren Schenkel spritzte und in den Staub und die Strohhalme auf den Holzdielen.

Sie sagten kein Wort. Joanna zog ihre Jeans wieder hoch, James schloß den Reißverschluß seiner Hose. Sie saßen da, erholten sich wie von einem Unfall. Joanna umarmte James kurz und heftig, dann kletterte sie die Bodenleiter hinunter.

James nahm seine beschädigte Kamera mit auf sein Zimmer. Er schwankte zwischen Verzweiflung und Begeisterung, denn er wußte nicht, ob Joanna enttäuscht oder zufrieden war, ob sie ihn mochte oder ihn für einen Idioten hielt. Er hoffte, daß das mit ihnen weitergehen würde, was immer es auch war, und daß er in Joannas Händen sicher war. Es kam ihm nicht in den Sinn, daß sie genausowenig wie er wußte, was sie da tat.

Am nächsten Tag, einem Samstag, fand in einem großen Dorf, das ein paar Meilen weiter im Hügelland lag, die regionale Landwirtschaftsausstellung statt. James zog aus seinem Rucksack zwei gerahmte Fotos von Margarets Lieblingssau.

»Nur ein kleines Dankeschön«, sagte er leise.

»Was für ein wunderbarer Junge du doch bist!« verkündete Margaret. »Schau dir das an, Sarah, sind die Fotos nicht wunderschön?«

»Das sind sie, Mig«, erwiderte Sarah, nachdem sie einen kurzen Blick darauf geworfen hatte. Sie war gerade dabei, Sandwiches und andere Dinge in einen Korb zu packen. »Wir brauchen mehr Eis, Hilary«, sagte sie, »heute wird es drückend heiß.« Sarah war ganz offensichtlich nervös, sie hatte anderes im Kopf: Vor ihr lag ein großer Tag.

»Meinst du, wir könnten sie an der Wand im Eßzimmer aufhängen, meine Liebe?« fragte Margaret sie.

»Natürlich können wir das, Mig.«

»Wenn du willst, hänge ich sie gleich auf, wenn wir wieder zurück sind«, erbot sich Hilary. »Also hast du doch den Schweinen hinterherspioniert, du schlauer Fuchs«, sagte sie zu James.

»Nicht schlecht, James, nicht schlecht«, sagte Joanna zu ihm. Vor Scham – und auch Verlegenheit – starrte er auf das Tischtuch: James konnte es kaum ertragen, Joanna anzusehen, sein Körper summte vor Verlangen, er war überzeugt, daß die anderen das hören konnten. Er saß mit übergeschlagenen Beinen da und betete, daß sie das Zimmer verlassen würde.

»Am besten, ich komme mit dem Wagen zur Vordertür, Sarah«, schlug Joanna vor und machte eine Kopfbewegung zum Korb und den Flaschen auf dem Tisch. James' Gebete waren erhört worden.

Die Schau fand auf einer riesigen, schräg abfallenden Grasfläche unterhalb des Rathauses statt. Sarah ging sofort zu jenem Zelt, in dem die landwirtschaftlichen Erzeugnisse ausgestellt wurden, und blieb dort den ganzen Tag: Sie hatte sich mit ihrer Marmelade, mit Chutney und Gewürzgurken, mit ihrem selbstgemachten Wein, dem Kuchen, Teegebäck und den Keksen, ebenso wie mit dem Gemüse aus ihrem Garten, in allen Kategorien angemeldet, in denen nach Geschmack und nicht nach Größe geurteilt wurde. In dem heißen Zelt wurde langsam alles schlapp. Sie musterte die Produkte ihrer Rivalinnen und fürchtete, daß sie dieses Jahr nicht eine einzige Rosette gewinnen würde.

Margaret hatte keines ihrer Tiere für den Wettbewerb angemeldet: Sie wußte, daß sie weder einen Bullen noch einen Bock, nicht einmal einen Zwerghahn in ihrem bunten Sortiment von Tieren hatte, der preiswürdig gewesen wäre.

»Es sollte einen Preis für den Bauernhof geben, auf dem die größte Zahl verschiedener Tiere gehalten wird«, sagte Hilary. »Du hättest keine Konkurrenz, Marge.«

Margaret störte das nicht weiter. Sie ging zwischen den Pferchen der anderen Bauern umher und setzte sich zu ihnen ins Bierzelt.

James folgte Joanna, zottelte hinter ihr drein: Sie wurde von Hilary über das von Menschen wimmelnde Feld geschleppt, vorbei an den interessierten Blicken junger Bauern, die alle größer und kräftiger waren als er. Sie warf ihm über die Schulter einen Blick zu, Hilarys Einfluß war jedoch stärker als seiner, und so ging James, als er seinen Onkel Jack und seine Tante Clare mit ihren beiden Söhnen Edward und Thomas entdeckte, zu ihnen hinüber, um hallo zu sagen. Dann begleitete er sie. Da Jack und Clare ständig stehenblieben, um irgendwelche Leute zu begrüßen, wurden die Jungen in der heißen Sonne allmählich unruhig.

»Sie können bei mir bleiben«, erbot sich James. »Ich paß schon auf sie auf.«

Am Rande des Feldes standen überall Buden. James war froh, daß er auf die beiden Jungen aufpaßte, denn so hatte er einen Vorwand, alles auszuprobieren, was dort angeboten wurde: Man konnte versuchen, mit drei Wurfpfeilen dieselbe Spielkarte zu treffen, das Gewicht eines Schweins schätzen (er nahm sich vor, Margaret davon zu erzählen, denn sie würde sicher gewinnen), kegeln, einen Ring über einen gebogenen, elektrischen Draht streifen, ohne daß es summte. Da war ein Trödelstand, an dem er für fünfzehn Pence ein uraltes Weitwinkelobjektiv erwarb, und es gab eine Tombola. An einem Flaschenstand kaufte er nacheinander sechs Lose, weil er den Champagner oder den Whisky gewinnen wollte. Das Ganze endete jedoch damit, daß er Gläser mit Essiggemüse und Tomatenketchup und außerdem eine Flasche Limonensaft mit herumschleppen mußte. Und es gab einen Luftgewehrschießstand. James mißtraute Waffen, aber Edward wollte es unbedingt probieren, und dann mußte Thomas es auch versuchen. Am Ende entschied James, daß er nicht ausgeschlossen sein wollte. Er stellte fest, daß er eine ruhige Hand hatte, und er genoß das leise, dumpfe Klacken des Abzugs. Seine sechs Kugeln trafen alle die quadratischen Papierziele. Er ging im Laufe des Tages noch dreimal dorthin zurück, verbesserte jedesmal seine Trefferzahl und gewann den dritten Preis, eine Fünfpfundnote.

Zum Mittagessen trafen sie sich alle bei Jacks kleinem Lieferwagen und machten es sich auf ausgebreiteten karierten Decken bequem: Die Butter schmolz dahin, Margaret stieß ihren Cidre um, Edward und Thomas stritten sich um das letzte Schokoladentörtchen. Hilary verließ mit Joanna die Familiengruppe, und zwei junge Männer luden die beiden ins Bierzelt ein. James beobachtete sie. Er mußte wegen der Sonne die Augen zusammenkneifen und beschloß, sich eine Sonnenbrille zu kaufen.

Am Nachmittag fanden auf dem mit Seilen abgetrennten Platz in der Mitte des Feldes verschiedene Spiele statt – zuerst kamen die Menschen, dann die Tiere. James wanderte allein herum und sah sich alles an. Er sah zu, wie die beiden Jungen im Dreibeinwettlauf der Kinder übereinanderstolperten und wie Joanna und Hilary beim Sackhüpfen hinpurzelten. Jack patzte beim Eierlauf der Erwachsenen, und Margaret gewann das Heuballenwerfen der Frauen. Sie stellte sich breitbeinig hin, schwang die lange Heugabel nach oben und schleuderte den Ballen mit einem Grunzen hoch über die Stange.

James war überrascht darüber, wie zufrieden er war, wie wenig es ihm ausmachte, nicht innerhalb der Seile zu sein, sich reckend, rennend, keuchend. Der Junge, der früher ständig gerannt war und ohne Unterlaß geredet hatte, war zu einem stillen Beobachter geworden. Er hatte sich vom Zentrum an den Rand bewegt, doch gerade in diesem Moment schien ihm das nichts auszumachen.

James schwankte ziellos über das von Menschen bevölkerte Feld, seine Ohren voll vom Geräusch donnernder Ponyhufe und dem keuchenden Atem der Reiter, die die Rennstrecke umrundeten. Seine Nase war erfüllt vom Geruch nach Schmiere, heißem Metall und brennenden Kohlen, der von den Zugmaschinen aufstieg, die in einer Ecke des Feldes vorgeführt wurden. Vor allem aber sah er, beobachtete er: Er vergaß sein Hinken und seine Schüchternheit und wurde zu einem umherschweifenden Augenpaar.

»Ich bin eine Kamera«, sagte er sich, während er Szenen und Motive auswählte und sie im Geist in den Sucher nahm: eine Reihe von Männern, die hinter einer Abschirmung aus Leinwand pinkelten; ein dunkelhaariger Mann, der aussah wie ein Zigeuner und sich über einen untersetzten Budenbesitzer lustig machte, bis sie anfingen, sich zu prügeln, wobei der Zigeuner immer noch lachte; drei Preisrichter, die in kleinen Schlucken Karottenwhisky probierten, während die Wettbewerbsteilnehmer sie, die ihr gesamtes Schicksal in Händen hielten, mit demselben angstvollen Groll im Blick betrachteten wie die Sterblichen die Götter des Olymp in einem Film, den er einmal gesehen hatte.

Es ist Zeit, Menschen zu fotografieren, beschloß James.

Sie fuhren verschwitzt und lustlos nach Hause, im Auto roch es nach Bier und Feuchtigkeit, saurer Kleidung. James hatte sich zwischen Margaret, die vor sich hin döste, und Hilary, die mit leerem Blick die vorbeifahrenden Autos und vorüberhuschenden Hecken anstarrte, auf den Rücksitz gequetscht. Joanna saß am Steuer, Sarah auf dem Beifahrersitz neben ihr hielt einen Haufen blauer, roter und gelber Rosetten im Schoß, die sie ihrer Sammlung im Eßzimmer hinzufügen konnte.

Sie überredeten Margaret, sich auf dem Sofa in der Küche auszuruhen. Während James den Mädchen einmal ausnahmsweise im Haushalt zur Hand ging, bereitete Sarah im Garten hinter dem Haus ein Barbecue vor. Sie briet so viele Tomaten und Fleischspießchen, daß es leicht für doppelt so viele Leute gereicht hätte und sie alle noch weiteraßen, als sie längst satt waren. Anschließend saßen sie, zum Platzen voll und träge, in der warmen Dunkelheit zusammen und betrachteten den aufgehenden Mond. Schließlich begann Sarah mit dem Aufräumen, wobei sie alle Hilfsangebote ablehnte. Dann stand Margaret auf und sagte:

»Tja, wieder ein Sommer vorbei. Ihr seid brave Mädchen gewesen, ihr beide. Und es war nett, auch dich hier zu haben, junger Mann.«

Hilary folgte ihnen bald gähnend ins Bett. James' und Joannas Hände tasteten sich in der Dunkelheit vorsichtig aufeinander zu. Sie standen auf und gingen wortlos zum Heuboden. Dort küßten sie sich lange. Als sie innehielten, liebkosten sie sich gegenseitig das Gesicht, den Nacken, seinen Bauch, ihre Brüste.

»Du küßt gut, James«, sagte Joanna zu ihm.

»Danke«, flüsterte er. Er fand, das war das Netteste, was je ein Mensch zu ihm gesagt hatte. Mutiger geworden, hätte er sie fast gefragt, ob er von allen Männern, die sie geküßt hatte, der beste war, wollte aber dann sein Glück nicht herausfordern. Er hätte ihr auch gern ein Kompliment gemacht. Verschiedene Möglichkeiten

schossen ihm durch den Kopf: Ich habe mich in deine Brüste verliebt, Joanna, dein Körper ist eßbar, ich könnte zum Kannibalen
werden, du bist wie Milch, ich habe das Gefühl, in dir zu ertrin-
ken. Nichts davon klang richtig.

»Du bist toll«, flüsterte er. Joanna zog sich aus. James tat dasselbe, ließ dabei seine ungeduldige Erektion ins Freie. Aber er wußte,
daß es diesmal kein Problem war, sein Körper beherrschte sich.

Sie küßten sich wieder, ruhig, während ihre Hände gegenseitig
das fremde Terrain des anderen Körpers erforschten. Joanna roch
nach Milch, Bier und Pilzen. Sie öffnete sich und nahm ihn in sich
auf, es kam ihm vor, als ob er *tatsächlich* ertrank, und er sackte,
vor Erleichterung und Glück bebend, auf ihr zusammen, als er das,
was von seiner Jungfräulichkeit noch übrig war, verlor.

Am nächsten Morgen verabschiedete sich James von Joanna, bevor Margaret und Sarah sie und Hilary nach Hause fuhren. Sie
küßten und umarmten sich und tauschten Adressen aus.

»Ich schreibe dir«, sagte Joanna zu ihm.

»Ich ruf dich an«, sagte er zu ihr und wußte, daß keiner von
ihnen sein Wort halten würde.

Statt dessen telefonierte James mit Lewis, um zu fragen, ob er
ihn vom Hof abholen könnte. Er hatte zu viele Sachen dabei, um
sie noch mit dem Bus transportieren zu können, außerdem wollte
er Lewis auch gern wiedersehen.

»Ich kann es gar nicht erwarten, dich zu sehen, Lew!« erklärte
James ihm.

»Du brauchst nicht so zu schreien, Jay«, sagte Lewis.

»Ich schreie doch gar nicht!« erwiderte James.

Lächelnd machte James einen letzten Rundgang über den Bauernhof.

»Zeit, wieder in die Stadt zu gehen«, sagte er zu sich. Er atmete
tief ein und füllte seine Lungen mit Landluft. Er fühlte sich wohl.
Und in Hochstimmung.

Als sie den Feldweg hinter sich gelassen und die Hauptstraße erreicht hatten, fuhr Lewis mit dem Wagen seines Vaters so schnell,
daß die Karosserie zu beben anfing. Der Motor stöhnte. Lewis'
Hände auf dem Lenkrad zitterten wie die eines alten Säufers.

»Die verdammte Karre geht nicht schneller«, entschuldigte er sich. »Ich kann es gar nicht erwarten, endlich eine eigene Kiste zu haben, Jay.«

Das war so ziemlich alles, was Lewis für den Rest der Fahrt sagte, denn es gelang ihm nicht, seinen Freund zu unterbrechen, der zu seiner Überraschung die alte, flüsternde Zurückhaltung abgelegt hatte und ihm mit einer völlig neuen Stimme seine letzten Wochen ausführlich schilderte. James hatte jahrelang nur geflüstert, so daß es Lewis vorkam, als sei James mit seinen achtzehn Jahren erst jetzt in den Stimmbruch gekommen.

»Die Sache mit den Frauen ist, daß man nie wirklich weiß, was sie denken, Lew. Aber das ist o. k. so, denn dadurch macht es im Grunde erst so richtig Spaß, verstehst du. Du wirst es schon noch herausfinden. Wie dem auch sei, Joannas Freundin, das andere Mädchen, heißt Hilary. Sie wäre wahrscheinlich mehr dein Typ, ich meine, sie ist ziemlich cool, weißt du, überhaupt nicht entgegenkommend. Einmal ist sie mit dem Traktor zum Obstgarten gefahren, genau, und...«

Lewis nahm von dem, was James sagte, kaum etwas auf. Er hörte gar nicht zu. Er wartete nur darauf, daß James endlich über das, was bei ihm zu Hause passiert war, zu sprechen begann. Und allmählich dämmerte ihm, daß James gar nichts *wußte*.

»Wie lange bist du überhaupt dort draußen gewesen?« gelang es ihm einzuwerfen. »Hat dich denn niemand angerufen?«

»Nein«, sagte James und plapperte weiter.

Lewis wußte, daß er jetzt etwas sagen mußte, er mußte James auf das vorbereiten, was ihn erwartete. James jedoch zeigte keinerlei Interesse an dem, was in seiner Abwesenheit geschehen war. Statt dessen erzählte er weitschweifig davon, wie er den Sommer verbracht hatte, was Lewis, falls er tatsächlich zugehört hätte, so gelangweilt hätte, daß er am Steuer eingeschlafen wäre. Da James aufgrund seiner Schüchternheit keinerlei Übung im Geschichtenerzählen hatte, schloß er jedes unwesentliche Detail in seinen Bericht mit ein, unterließ es, dort zu übertreiben, wo es nötig gewesen wäre, und lachte laut über Dinge, die nur er komisch fand. Daß Lewis schwieg, registrierte er überhaupt nicht.

Als sie die Umgehungsstraße erreicht hatten, nahm Lewis den Fuß vom Gas, damit James Zeit hatte, abzuschließen und sich nach seiner Familie zu erkundigen. Während sie am Stadtrand entlangfuhren, mußte Lewis jedoch einsehen, daß sein netter, besorgter Spielkamerad aus Kindertagen erwachsen geworden war und sich binnen eines kurzen Sommers in einen aufgeblasenen Langweiler verwandelt hatte.

»Ich habe fünfzehn Filme mit Schweinefotos geschossen, kannst du dir das vorstellen? Es sind Margarets Lieblingstiere, und ich wollte ihr einen Gefallen tun. Weißt du, was sie immer sagt? ›Eine Katze sieht auf dich herab, ein Hund sieht –‹« »James!« unterbrach Lewis ihn. »Hör zu, James, es gibt da etwas, das ich dir sagen sollte. Es ist einiges passiert, während du nicht zu Hause warst. In eurem Haus. In deiner Familie.«

»Spar dir das, Lewis«, sagte James zu ihm. »Ich möchte alle überraschen. Und mir selbst will ich die Überraschung auch nicht verderben. Jedenfalls«, fuhr er fort, »denke ich, daß ich am Freitag mit dir ins Cave mitkommen werde. Jetzt weiß ich, wie ich mit mir klarkomme, verstehst du –«

»James!« Lewis versuchte es noch einmal. »Jetzt kapier doch endlich, du Blödmann, es ist etwas passiert. Du solltest es wissen.«

»Ist irgend jemand gestorben?«

»Nein.«

»Dann entspann dich, Lew. Mach dir keine Sorgen, Mann. Ich will es gar nicht hören. Es ist einfach phantastisch, dich wiederzusehen. Ich kann es gar nicht erwarten, dir ein Foto von Joanna zu zeigen. Ich meine, zuerst muß ich die Bilder natürlich entwickeln, aber dann rufe ich dich sofort an.«

An diesem Punkt gab Lewis auf. Er umrundete den Kreisverkehr, fuhr von der Umgehungsstraße herunter und bog in die London Road ein, von der er langsam auf das große weiße Haus auf dem Hügel zusteuerte.

»Setz mich unten ab, Lew«, sagte James zu ihm. »Ich möchte die Auffahrt zu Fuß hinaufgehen.«

James zerrte seinen Rucksack vom Rücksitz und machte sich auf den Weg. Jeans, T-Shirt und die zerrissene Jacke flatterten an seiner knochigen Gestalt. Lewis sah zu, wie er davonhinkte.

Ich habe versagt, habe dich im Stich gelassen, du blödes Arschloch, dachte Lewis. Dabei bin ich stärker als du, du halsstarriger Idiot. Ich hätte dich *zwingen* sollen, mir zuzuhören. Er legte den ersten Gang ein und fuhr davon.

Laß das nie wieder zu, tadelte Lewis sich. Er konnte nicht wissen, daß er eines Tages noch einmal derselben Herausforderung gegenüberstehen sollte, und auch nicht, wieviel schwieriger sie dann sein würde.

Draußen war niemand zu sehen. Es war alles ruhig, als James sich dem Haus näherte. Er ging geradewegs zum Hintereingang. Als er die Tür öffnete, begriff er, wohin ihn seine Schritte führten: Er wollte vor allem Laura sehen.

Irgend etwas fehlte. Nicht nur, daß kein Geräusch zu hören war, es stand auch nichts auf dem Herd. Der Geruch, der sonst von der Küche aus durch den hinteren Korridor zog, der verlockende Duft nach Gebäck und Kräutern, Gewürzen und Fleisch, das langsam vor sich hin schmorte, der Geruch, der leise sang: »Das Abendessen ist fast fertig!«, er fehlte.

Aber James blieb nicht stehen. Er ging geradewegs zu Lauras Zimmer und dachte: Wahrscheinlich ist sie nicht da, sie wird bei Alice sein, oben, draußen, jedenfalls nicht hier. Er klopfte an ihre Zimmertür, drückte, ohne eine Antwort abzuwarten, die Klinke herunter und trat ins Zimmer. Laura saß an ihrem kleinen Tisch am Fenster und starrte hinaus. Sie hatte James den Rücken zugekehrt. Das Herz schwoll ihm in der Brust. Er war froh und nervös zugleich.

»Laura«, sagte er mit seiner neuen Stimme. »Hi. Ich bin's.«

Sie drehte sich langsam um. James erwartete, ihre Mandelaugen zu sehen, ihr hübsches Gesicht, ihr nachsichtiges Lächeln, bei dem immer zwei kleine Grübchen auf ihren Wangenknochen erschienen.

Sie drehte sich langsam um, und während sie sich umdrehte, stieg eine Welle von Übelkeit und Unglauben in James auf. Das Blut wich ihm gleichzeitig aus Beinen und Kopf und sammelte sich in seinem Hals. Er wich zurück, als er sie ansah.

Ihr Gesicht war blau, grün und violett; entstellt, unförmig. Ein Auge war zugeschwollen, das andere lediglich ein Schlitz, nur seine Pupille und ein Stück blutunterlaufenes Weiß waren zu sehen. Ihre Wangen waren dick, die Lippen ebenfalls, ihre Nase schief. Sie war offensichtlich gebrochen.

James wankte rückwärts. Er bekam keine Luft und kämpfte sich wie durch Wasser den Korridor entlang.

Er taumelte durch die Küche, stieß dabei einen Stuhl um und riß eine Pfanne herunter, die scheppernd auf die Fliesen krachte.

Er stapfte wie ein Zombie die Treppe in den dritten Stock hinauf und schwankte den Gang entlang am Kinderzimmer vorbei zu Roberts Zimmer. Er stieß die Tür auf und sah Robert, im Schneidersitz auf dem Boden. Auf Zeitungspapier um ihn herum ausgebreitet lagen die Einzelteile eines Plattenspielers. James warf sich auf seinen Bruder, der vollkommen überrascht und deshalb nicht in der Lage war, sich zu verteidigen. James packte Robert mit beiden Händen am Hals, setzte sich rittlings auf ihn und hielt seine Arme mit den Knien fest. Obwohl Robert viel kräftiger war als James, schaffte er es, überwältigt von James' Zorn, nicht, sich zu wehren, als er ihm mit aller Kraft den Hals zudrückte.

Hinterher waren alle viel zu erschrocken, um darüber nachzudenken, was passiert wäre, wenn Simon sich nicht mit zwei Freundinnen in seinem Zimmer aufgehalten hätte: ob James seinen eigenen Bruder erwürgt hätte. Die drei zerrten ihn hoch, mußten dabei aber ihre ganze Kraft einsetzen: James stöhnte, während er Robert würgte, angetrieben von einem Zorn jenseits aller Vernunft, der nur mit noch größerer Gewalt zu überwinden war. Während Simon an James' Nacken zerrte, schafften sie es schließlich, seinen Griff von Roberts Hals zu lösen. Dann schleiften sie ihn ächzend aus dem Zimmer. Robert blieb, kaum noch bei Bewußtsein, nach Luft ringend, auf dem Boden liegen.

Im Zimmer nebenan beruhigte sich James allmählich. Simon schickte die Mädchen fort und schenkte ihm ein Glas Wein ein.

»Ich habe gesehen, was dieser Scheißkerl getan hat«, stieß James hervor.

»Er war es nicht, James, er hat das nicht getan«, sagte Simon zu ihm. »Nimm's nicht so schwer, James.« Er saß da und hielt ihn an den Schultern, um ihn zu trösten, gab ihm ein Taschentuch, damit er sich schneuzen konnte.

»Dieser Scheißkerl!« rief James.

»Er war es nicht«, wiederholte Simon.

»Natürlich war er es.«

»Nein«, erklärte Simon. »Es war Stanley. Es war ihr Vater, James.« Er hielt inne, schenkte Wein nach. »Hör zu, ich erzähl dir am besten alles.«

Also erklärte Simon: Laura war schwanger geworden. Sie hatte es Edna erzählt, die es wiederum Stanley erzählte. Stanley hatte Laura verprügelt. Nicht nur, weil sie schwanger geworden war, sondern auch wegen desjenigen, von dem sie sich hatte schwängern lassen. Ihm sei einfach eine Sicherung durchgebrannt, sagte Simon. »So wie dir gerade eben auch«, fügte er hinzu.

James hörte, den Kopf in die Hände gestützt und mit hämmerndem Herzen, zu. »Und von wem ist sie schwanger geworden?« fragte er schließlich, obwohl er die Antwort schon wußte.

»Nun, von Robert natürlich«, sagte Simon zu ihm. »Von wem sonst?«

Sie hatte vor drei Tagen eine Abtreibung gehabt. Das schlimmste war jedoch, daß Edna einen Herzanfall erlitten hatte und, obwohl sie nicht mehr in Lebensgefahr war, immer noch im Krankenhaus lag.

James stand auf. »Ich gehe jetzt spazieren«, sagte er zu Simon. Als er sich zum Gehen wandte, erschien Robert in der Tür. Ohne James anzusehen, erklärte er Simon:

»Wenn dieses wahnsinnige Arschloch jemals wieder so etwas versucht«, sagte er, »dann bringe ich ihn um.«

James schob sich an ihm vorbei, ging die Treppe hinunter und verließ das Haus.

Er nahm einen Bus quer durch die Stadt und fuhr zum Kino. Er kaufte eine Karte für einen Film, der schon längst angefangen hatte, und schlich sich in den dunklen Zuschauerraum. Als der Film zu Ende war, stolperte er ins Foyer hinaus, schloß sich der Schlange an, kaufte wieder eine Karte und sah denselben Film noch einmal. Dann ging er nach draußen und stellte sich bei der Reihe an, die im Regen stand und auf die Spätvorstellung wartete. Auch diesen Film sah er sich bis zum Schluß an. Der Geruch nach feuchter, warmer Kleidung und alkoholisiertem Atem beruhigte ihn. James ließ sich in den Film hineinfallen: Er nahm seinen Verstand vollkommen in Anspruch. Gleichzeitig ging er durch ihn hindurch, unverdaut, hinterließ keine Erinnerung, während die Bilder und Töne über seine Augen und Ohren hinwegspülten wie Wasser. Mittendrin schlief er ein und hatte zum ersten Mal seit vielen Monaten seinen wiederkehrenden Traum.

Leute tanzten in einem großen weißen Zelt, Discotanz, die Musik stampfte dicht und rhythmisch und unglaublich laut. Lichter – blau, rot, grün – blitzten und zuckten durch das überfüllte Zelt. Die Leute tanzten alle auf unterschiedliche Weise, tanzten ihren eigenen Tanz, so als hörten sie alle eine andere Musik. Zoe hüpfte und sprang von einem Fuß auf den anderen. James selbst fehlte jedes Rhythmusgefühl, er wußte, daß er unkoordiniert herumzuckte, aber das störte ihn nicht. Er grinste und war klatschnaß vor Schweiß. Alice tanzte mit geschlossenen Augen in ihrer eigenen Welt. Lewis stand am Mischpult. Kinder spielten mit Luftballons Fußball. Laura tanzte mit dem Rücken zu James. Es war ein wunderschöner Anblick, ihre Hüften und Schultern bewegten sich im Einklang mit der Musik, so als wäre die Musik improvisiert und würde sich an ihre Bewegungen anpassen.

Dann veränderten sich die Lichter zu einem Stroboskopeffekt. Die Leute waren plötzlich isoliert, wirkten wie aufgezogene Gliederpuppen. Lauras weißes Kleid war jetzt leuchtend purpurn. James versuchte, sich um sie herumzubewegen, um sie von vorn zu sehen, aber es gelang ihm nicht, weil sie sich mit ihm mitbewegte – so als hätte sie Augen am Hinterkopf – und ihm stets den Rücken zudrehte, das Gesicht abgewandt. Er bewegte sich tanzend weiter im Bogen um sie herum. Das Zelt war von Stroboskopblitzen erfüllt, und sie hielt weiter ihr Gesicht abgewandt, während sie in violetter Isolation dahintanzte.

Das Stroboskop hörte auf, und das purpurne Licht wurde rot, aber jetzt befand sich James nicht mehr in dem Zelt, sondern in seiner Dunkelkammer. Im infraroten Schein starrte er auf ein weißes Blatt Papier in der Entwicklerschale. Allmählich tauchte durch das Weiß hindurch ein Grau auf, wie unter Schnee. Formen entwickelten sich. Das Bild schien darum zu kämpfen, an die Oberfläche zu kommen, aber es wurden nur unzusammenhängende Teile davon sichtbar – ein Kopf, ein Arm, Hände, Füße. Teile von einem oder mehreren Menschen. Bis James klar wurde, daß es nicht an dem Bild lag, sondern an seinem Verstand, der sich abmühte, dem Bild einen Sinn abzugewinnen, und ganz plötzlich *ergab* es einen Sinn: Ein Kind, ein kleines Mädchen, rannte auf ihn zu. Es trug ein weißes Kleid, das mehr als die Hälfte des Bildes einnahm. Er betrachtete das Gesicht des Kindes: Es war ihm sowohl vertraut als auch fremd.

War es Laura? Und lachte sie, oder spiegelte der Ausdruck auf ihrem Gesicht Panik wider? Aber er kam zu keinem Schluß, weil das Bild sich einfach weiterentwickelte und schwarz wurde.

James wachte schlagartig auf, als um ihn herum die Sitze zurückklappten: Der Abspann lief, die Leute verließen das Kino. Er merkte, daß er gesabbert hatte, und wischte sich das Kinn ab. Der Zuschauerraum leerte sich allmählich, der Film war zu Ende, und die Lichter gingen an. Die letzten Zuschauer reckten sich und verließen den Saal. Schweigen erfüllte das Kino.

James blieb reglos sitzen. Er hörte Türen aufschwingen und eine Stimme: »Wir schließen jetzt.« Es klang fröhlich. »Es ist Zeit, nach Hause zu gehen.« Es war Zoes Stimme. Dann folgte eine Pause.

»James!« Das Geräusch ihrer Schritte und klimpernder Armreifen. »James, du Gauner!« Ihre Schritte kamen zwischen den Sitzen auf ihn zu. »Du bist ja wieder da, du hinterlistiger Maulwurf, hast dich einfach hier reingeschlichen, ohne hallo zu sagen. Was hast du dir denn dabei gedacht?«

Sie stand jetzt neben ihm. Er sah sie nicht an. Dann wieder ihre Stimme, ernst: »Komm, James«, und ihre Hand, die seine nahm. Sie nahm ihn mit nach oben in ihre Wohnung über dem Kino, ließ ihm ein heißes Bad ein, parfümiert mit Geraniumöl. Sie kam ungeniert mit einem Armvoll Kleidung, die ihrem Vater gehörte, ins Badezimmer.

Als James sich angezogen hatte, schenkte Zoe ihm einen Kognak ein und rubbelte ihm das Haar mit einem blauen Handtuch trocken, während sie ihm gleichzeitig langsam den Kopf massierte.

Als seine Haare trocken waren, ließ Zoe das Handtuch fallen, streichelte aber weiter seinen Kopf. Musik aus ihrem Plattenspieler trieb in sein Bewußtsein.

Queen Victoria,
do you have a punishment under the white lace,
will you be short with her,
make her read those little Bibles …

Schließlich sagte James: »Ich gehe nie wieder dorthin zurück.«

»Du kannst hierbleiben«, sagte Zoe zu ihm. »Das weißt du.«

»Ich gehe nie wieder dorthin zurück«, flüsterte James.

Zweiter Teil

Das Krankenhaus II

Zoe betrat das Krankenzimmer in der neurologischen Abteilung und trat an James' Bett. Sie beugte sich hinunter, um ihn zu küssen – vorsichtig, da er nicht nur an Drähten und am Tropf hing, sondern auch an einen Sauerstoffapparat angeschlossen war –, dann sah sie, daß er jetzt einen Verband um den Hals hatte, der einen Schnitt verdeckte. In die Wunde hatte man ein metallenes Objekt eingeführt.

»Das ist ganz normal«, sagte eine Stimme hinter Zoe. Sie drehte sich um. Es war Gloria, die Krankenschwester. »Eine Tracheotomie. Es wird seinem Körper helfen, wieder von selbst zu ventilieren.«

Zoe nickte. »Danke«, sagte sie. Gloria ließ die beiden allein.

Zoe nahm die Blumen aus der Vase auf dem Nachttisch und ersetzte sie durch neue: gelbe Rosen, deren pfirsichartiger Duft, wie sie hoffte, zu ihm durchdringen würde. Sie setzte sich hin, nahm seine Hand und hielt sie lange Zeit gedankenverloren fest.

»An warmen Sommerabenden, wenn der letzte Film angelaufen war, haben wir auf dem Dach des Kinos gesessen, Weißwein getrunken, Oliven gegessen und geraucht. Einen Schluck Wein im Mund gehalten, bevor man ihn herunterschluckte, ein Zug von einer Zigarette. Wir haben über alles und nichts geredet, die Zeit verging. Eine schwarze Olive, ein Stück Apfelsine. Auf dem Dach an einem warmen Sommerabend.«

»Ich möchte Ihnen etwas zeigen.«

Zoe merkte, daß man sie angesprochen hatte, und drehte sich um. Es war die Stationsschwester.

»Schauen Sie«, sagte sie. »Der Patient ist nicht bei Bewußtsein. Er befindet sich in einem dauerhaften vegetativen Zustand. Er kann Sie nicht hören. Sein Körper erhält Herzschlag, Blutdruck,

Ventilation und Atmung aufrecht, aber das ist auch schon alles. Gelegentlich blinzelt er, mehr nicht. Seine Reaktion auf die Welt um ihn herum ist rein mechanisch.« Sie versetzte James durch die Bettdecke hindurch einen Schlag auf das Zwerchfell, und seine Gliedmaßen bewegten sich im Reflex. »Das hat er nicht gespürt«, erklärte sie. »Er ist komatös. Aber«, fügte sie hinzu, als sie sich zum Gehen wandte, »es ist schließlich Ihr Atem, den Sie verschwenden.«

Zoe blieb noch eine Weile sitzen, um ihre Fassung wiederzugewinnen. Dann drückte sie James zum Abschied die Hand und verließ das Zimmer.

5

Klarheit

James blieb einige Wochen bei Zoe. Er leistete seinen Beitrag für Kost und Logis dadurch, daß er im Kino Eintrittskarten und Eis verkaufte. Er trug die abgelegte Kleidung von Zoes Vater, die an seinem knochigen Körper lose herumhing. Dann las James, daß in der Lokalzeitung, dem *Echo*, eine Praktikantenstelle für einen Fotografen frei war. Zoe half ihm, das Bewerbungsformular auszufüllen, einen Lebenslauf zu tippen und sich bei einem späten Frühstück in ihrer kleinen Küche auf das Bewerbungsgespräch vorzubereiten: Während sie französische Cineastenzigaretten rauchte und ekelhaften Kräutertee trank, las ihm Zoe laut jene Fragen vor, die sie am Abend vorher, nachdem James ins Bett gegangen war, vorbereitet hatte und die ihn jetzt gleichzeitig verunsicherten und ärgerten.

»Stimmst du mit Auden darin überein, James«, fragte sie, »daß die Fotografie eine neue Traurigkeit in die Welt gebracht hat?«

»Eine neue *Traurigkeit*?« fragte James irritiert.

»O. k.: Ist die Fotografie unweigerlich weniger ein ästhetisches Medium als ein anthropologisches Hilfsmittel?«

»Weiß *ich* doch nicht«, beklagte sich James. »Frag mich doch etwas über Brennweiten«, schlug er vor. »Darüber weiß ich Bescheid.«

»Schau, James«, sagte Zoe, verärgert darüber, wie begriffsstutzig ihr Cousin war. »Denk darüber nach. Wie Lévi-Strauss sagte, ist die Geschichte die Quelle unserer größten Besorgnis: Die Vergangenheit, die einst harmonisch war, liegt jetzt zerbrochen und zerfallen vor deinen Augen. Wir suchen Trost im Wissen, doch dieses Wissen schenkt uns keine Hoffnung, keinen Optimismus, lediglich einen gewissen inneren Abstand, wenn wir Glück haben. Richtig?«

James starrte sie verständnislos an. »Ja?«

»Also: Auf Fotos sehen wir nur die Vergangenheit. Ob es nun ein Foto von einer Person ist, einem Gebäude, einer Landschaft, egal was, in erster Linie dokumentiert es etwas, was wir *kennen* – wie Lucretius dargelegt hat –, es hat sich seitdem verändert, ist zerfallen. Was uns wiederum an unsere eigene Vergänglichkeit erinnert und uns mit Pessimismus erfüllt.«

James runzelte die Stirn. »Und mit so etwas hat sich Auden befaßt?«

Zoe wedelte mit ihrer Zigarette ungeduldig durch die Luft. »Nein, nein, James, er meinte etwas anderes. Er bezog sich darauf, daß Fotos uns zwingen, Dinge anzusehen, bei denen wir sonst wegsehen. Jedenfalls –«

»Aber, Zoe«, unterbrach sie James, »die wollen doch nur wissen, ob ich die verschiedenen Härtegrade der Kopierpapiere kenne und solches Zeug. Hier, frag mich die Tiefenschärfetabelle ab.«

»Diese Art von Fragen *sollten* sie aber stellen«, erwiderte Zoe und erhob dabei ihre Stimme. »Und wenn nicht, dann solltest *du* das tun. Sie sind grundlegend. *Liest* du denn nie etwas, James?«

Zoe fuhr zum Haus auf dem Hügel, um James' Kleidung und das, was er am dringendsten brauchte – vor allem seine Fotoausrüstung –, zu holen, außerdem seine Schachteln mit Abzügen. In Zoes kleiner Wohnung breiteten sie die Abzüge dann auf dem Boden aus, um die besten für eine Mappe auszuwählen. Zum ersten Mal sah Zoe, was James in seiner hermetisch abgeschlossenen Jugendzeit getan hatte. Sie war beeindruckt, wenn schon nicht von den unoriginellen und banalen Bildern selbst, so wenigstens von seinem Engagement.

»Du hast dich da wirklich reingekniet, nicht wahr?« sagte sie, während sie sich die Abzüge genau ansah.

»Sicher habe ich das«, erwiderte James ruhig.

James bekam den Job nach einem verwirrend kurzen Bewerbungsgespräch, das der Cheffotograf, ein Mann namens Roger Warner, der einen krummen Rücken hatte, mit ihm führte. Er warf kaum einen Blick auf die Mappe, denn es schien ihm weniger um James' fachliche Eignung als um dessen formalen Anstellungsvertrag zu gehen.

»Wir wollen niemanden, der nach London geht, sobald wir ihn ausgebildet haben«, erklärte er James.

»Das habe ich nicht vor«, versicherte James ihm aufrichtig.

Er bot James den Job vom Fleck weg an, am Montag konnte er anfangen. Als James sich schon auf dem Weg zur Tür befand, fragte er ihn: »Sind Sie zufällig mit *Charles* Freeman verwandt, James?«

»Ja«, erwiderte James knapp und verließ eilig das Zimmer.

Die Wohnung über dem Kino, die Zoe von ihrer Großmutter Agatha geerbt hatte, bestand aus einer Reihe winziger Zimmer. »Natürlich bin ich doppelt so groß, wie sie es war«, sagte Zoe zu James. »Vielleicht brauchten die Menschen früher auch weniger Platz. Kein Wunder, daß Harold auf Reisen gegangen ist: Wahrscheinlich hat er hier Platzangst bekommen.«

Sein beengtes Quartier kam James, der in dem großen Haus auf dem Hügel aufgewachsen war, wie ein Museum en miniature vor, dessen Kuratorin beschlossen hatte, lieber selbst darin zu wohnen, als es der Öffentlichkeit zugänglich zu machen. Es war mit Artefakten vollgestopft, die Harold seiner Mutter als Geschenk und Zoe später für sich selbst als Andenken mitgebracht hatte: eine Makondeschnitzerei, kenianische Sandsteinskulpturen, eine Voodoomaske aus Haiti, tibetanische Glocken, eine Holzstatue aus Benin, ein dickbäuchiger Buddha und ein Schrumpfkopf aus Borneo. Alle diese Dinge stapelten sich übereinander, Totems ferner Kulturen, die sich gegenseitig den Platz streitig machten.

An den Wänden hingen türkische Teppiche, das auf Leder gemalte Bild eines australischen Ureinwohners und indische Miniaturen, die Episoden aus dem *Kamasutra* illustrierten, so daß nur wenig Platz für die Hunderte von eselsohrigen, von den Reisen zerfledderten Taschenbüchern blieb, die Zoe gehörten. Sie las sehr schnell, konnte aber kein Buch wegwerfen, ganz egal, wie mitgenommen es war, und so hatte sie sie, weil der Platz für Bücherregale nicht reichte, an Stellen untergebracht, an die andere Menschen überhaupt nicht gedacht hätten: zu beiden Seiten der Treppe, so daß nur noch ein schmaler Durchgang übrigblieb; auf dem Toilettenspülkasten; unter Stühlen und in Fensterrahmen gezwängt, was, wie sie James erklärte, sowohl gut vor Kälte und Lärm schützte, als einem auch das Geld für Vorhänge sparte.

»Aber sie nehmen das Licht weg, Zoe«, machte er sie aufmerksam.

»Du hast es vielleicht noch nicht bemerkt, Herzchen, aber ich bin ein nachtaktives Wesen«, erklärte sie ihm. »Ich bin eine richtige Nachteule.« Das stimmte. Nachdem sie abends um elf – oder freitags und samstags um ein Uhr früh nach der Spätvorstellung – das Kino geschlossen hatte, saß Zoe noch die halbe Nacht da und las. Sie zündete ein Räucherstäbchen an, schenkte sich ein Glas Kognak ein und rollte sich einen Joint, den sie mit James teilte, woraufhin es ihm gleich noch komischer wurde, als es ihm vom Duft des Räucherstäbchens ohnehin schon war: Er bekam einen trockenen Mund und Kopfschmerzen. Sowie der Joint seine Verankerung in der Realität löste, kam in ihm eher Angst als Entspannung auf. Also drehte er einen für Zoe, wobei ihm das Ritual mehr Vergnügen machte als die Droge selbst. Er klebte drei Papiere zusammen, um eine Art Tüte herzustellen, brach eine normale Zigarette auseinander und verteilte den Tabak darin. Dann hielt er eine Flamme an Zoes Brocken roter Libanese, bis er sich ganz leicht zerbröseln ließ.

»Beeil dich, James«, schalt Zoe ihn. »Ich warte schon.«

James rollte den Joint zusammen, leckte das Papier an und drückte es vorsichtig fest. Er drehte ein Ende zusammen und riß dann einen kleinen Pappstreifen von der Zigarettenpackung ab, den er in das andere Ende steckte. Er reichte Zoe den fertigen Joint. Sie hielt sein krummes, zerknittertes Werk vor sich.

»Üb weiter, Kleiner«, seufzte sie.

»Soll ich es noch einmal versuchen?« fragte James eifrig und streckte die Hand aus.

»Bloß nicht«, erwiderte Zoe und zog ihm den Joint weg. »So geduldig bin ich nun auch wieder nicht.«

Zoe zündete den Selbstgedrehten an und machte einen tiefen Zug. Sie behielt den Rauch in ihren Lungen – wobei sie aussah, als würde sie von irgendeiner schmerzlichen Erinnerung heimgesucht –, bevor sie ihn wieder ausatmete: Der berauschende Geruch vermischte sich mit dem Duft des Räucherstäbchens.

»Es ist wie Kaffee«, meinte James, »es riecht besser, als es schmeckt.«

Sie redeten über die Familie. Zoe erzählte ihm, was sie erfahren hatte, als sie zum Sonntagsessen, das in ziemlich gedämpfter Stimmung stattgefunden hatte, zum Haus hinaufgefahren war: daß

Lauras Verletzungen allmählich heilten; daß Edna aus dem Krankenhaus entlassen worden war; daß alle sich ruhig verhielten und hofften, alles würde sich wieder einrenken. Was hätten sie auch sonst tun können?

»Es ist ein böses Haus«, sagte James. Er war zornig und verwirrt. Er haßte Stanley, seinen Vater, Robert. Und er haßte Laura, weil sie schwanger geworden war – von Robert –, ohne daß er sich diesen Haß wirklich eingestand und ohne das alles zu begreifen. Zoe hörte ihm geduldig zu. Sie erklärte ihm, daß Familien manchmal Mist bauten und daß er bei ihr stets eine Zuflucht finden würde.

Sie lasen gemeinsam. Es war eine Gewohnheit, die Zoe sich auf den Reisen mit ihrem Vater zugelegt hatte, erklärte sie James. Wie einschlägige Studien zeigten, informierte sie ihn weiter, waren Reisende fünfzehn Prozent ihrer Zeit unterwegs, fünf Prozent verbrachten sie damit, sich einen Platz zum Essen und Schlafen zu suchen, und achtzig Prozent damit, auf Bahnhöfen, an Kais, auf Flughäfen und am Straßenrand zu warten. Also verschlang sie Bücher geradezu, tauschte sie mit Mitreisenden.

»Hör dir das an«, sagte sie. »Orwell hatte ein Foto, das ihn als Kind zeigt, auf dem Kaminsims stehen, ja? Er sagt: ›Mit dem Jungen auf dem Foto habe ich nichts gemein, außer daß er und ich dieselbe Person sind.‹ Gut, hm, James?«

James hatte noch niemanden erlebt, der so schnell wie Zoe las. Sie überflog eine Seite, dann die nächste und blätterte schon wieder um. Jedesmal, wenn er hinsah, um herauszufinden, was sie gerade las, schien sie ein neues Buch in der Hand zu haben. James, der ihrem Beispiel zu folgen versuchte, ertappte sich dabei, daß er sie ständig beobachtete. Ihre unglaubliche Lesegeschwindigkeit war ein hypnotisierendes Schauspiel.

»Wie kannst du auf diese Weise überhaupt etwas aufnehmen?« wollte James wissen. »Ich begreife nicht, wie das gehen soll.«

»Nun«, überlegte Zoe, »vermutlich stellt man mit dem Älterwerden fest, daß man irgendwie weiß, wonach man sucht.«

»Du bist also einfach durch Übung immer schneller geworden?«

»Wer, ich? Nein. Ich habe schon immer so schnell gelesen.«

Oft vergaß Zoe James' Gegenwart und legte sich mit den Autoren an.

»Ach, das ist doch Scheiße!« verkündete sie.

»Was ist los?« fragte James erschrocken. »Hab ich was falsch gemacht?«

»Was? Wie?« erwiderte Zoe geistesabwesend. »Hast du etwas gesagt?«

»Nein, du hast etwas gesagt«, erklärte er ihr.

»Aber warum bist du zusammengezuckt?« fragte sie.

»Bin ich nicht, du hast – ach, nichts«, sagte er. »Vergiß es.«

Oder aber er hörte sie murmeln: »Gut beobachtet. Interessant.«

»Was ist interessant?« erkundigte sich James.

»Himmel, du kannst wohl Gedanken lesen, James«, informierte Zoe ihn. »Ich habe dir ja schon einmal gesagt, daß du vielleicht ein Medium bist. Hör zu, ich habe gerade gelesen: ›Jemand, der eine wahre Idee hat, weiß das in diesem Moment auch und kann die Wahrheit dessen nicht bezweifeln… Wie das Licht sowohl sich selbst als auch die Dunkelheit offenbart, so ist die Wahrheit das Richtmaß für sich selbst und für das Unwahre.‹«

James lächelte. »Du hast mit dir selbst diskutiert, Zoe.«

»Nein, das habe ich nicht«, erwiderte sie. »Ich habe mit Spinoza gesprochen.« Es schien für sie ganz normal, daß ihre einzigen intellektuellen Gefährten schon seit Jahrhunderten tot waren.

Wenn James ein Kapitel *seines* Buchs (das er sich aus Zoes Bibliothek ausgeliehen hatte) beendet hatte, klappte er es gähnend zu und ging zu Bett. In den ersten Nächten seines Aufenthalts hatte Zoe ihm auf ihrem kleinen Sofa ein Laken und Decken zurechtgelegt. Er wachte jede Stunde auf, weil ihm etwas anderes weh tat. Morgens fand Zoe ihn dann, verrenkt und schnarchend, halb auf dem Sofa liegend, halb auf den Boden gerutscht. Schließlich hatte sie Erbarmen und teilte ihr Bett mit ihm, eine Doppelmatratze, die den größten Teil des Fußbodens in Zoes Schlafzimmer einnahm, so daß im Zimmer nur noch Platz für eine flache Kommode blieb. Genaugenommen war das das Überraschendste an Zoes gesamter Wohnung: James hatte sich eingebildet, daß sie einen riesigen Kleiderschrank besitzen müßte, da sie immer etwas anderes anhatte, wenn er sie sah. In Wirklichkeit trug Zoe stets eine ihrer beiden Jeans oder einen Baumwollrock, dazu eine Bluse oder einen Pullover. Die scheinbare Vielseitigkeit ihrer Kleidung war eine Illusion, die von Schals, Halstüchern, Perlenketten, Armreifen und Ringen herrührte.

246

In Zoes Bett schlief James tief und fest. Sie informierte ihn am Morgen ungewöhnlich schlechtgelaunt, daß er die ganze Nacht geschnarcht, geschnieft und sich hin und her geworfen hatte. Sie sei deswegen alle fünf Minuten aufgewacht. Er entschuldigte sich zerknirscht und wortreich, und sie sah gnädig davon ab, ihn wieder aufs Sofa zu verbannen. Er selbst wurde nur dann wach, wenn mitten in der Nacht parfümierte Dampfschwaden aus dem Badezimmer drangen oder wenn es in der Küche klapperte, wo sich Zoe, von Schlaflosigkeit geplagt, einen Imbiß zubereitete.

Jetzt, da James einen Job hatte, war es an der Zeit, daß er sich eine eigene Wohnung suchte. Zoe hatte ihm zwar angeboten, er könne bei ihr bleiben, solange er wollte, und er wußte diese Großzügigkeit zu schätzen, er wollte ihr aber nicht weiter zur Last fallen. Außerdem kam er sich in ihrer winzigen Wohnung, wo er ständig mit dem Kopf oder den Ellbogen anstieß oder ihre Antiquitäten aus der dritten Welt in Gefahr brachte, ziemlich unbeholfen vor. Ihm war klar, daß er sie zwangsläufig in ihrem Leben einschränkte, einem Leben, das von Kartenverkauf, Verhandlungen mit den Filmverleihen, Sondervorstellungen mit geladenen Gästen – Schauspielern, Regisseuren –, die sie gut zu kennen schien, bestimmt wurde. Obwohl sie erst dreiundzwanzig war, schien sie viel älter zu sein als er, und er nahm an, daß er ihr langsam auf die Nerven ging. Deshalb stellte sich James von vornherein auch gar nicht die Frage, ob sie, wenn er nicht da war, allein in ihrer kleinen Wohnung über dem Kino lesen und rauchen würde.

»Du kannst bleiben, solange du willst, Schätzchen«, sagte sie zu ihm. »Es ist schön, daß du da bist, James.«

»Danke, Zoe«, sagte er, während er die Mietangebote in der Zeitung durchsah.

Es stimmte, was Zoe James von der gegenwärtigen Situation im Haus auf dem Hügel berichtet hatte: Robert hielt sich zurück und übernachtete selten dort. Lauras Verletzungen verheilten tatsächlich, und zwar bemerkenswert rasch und gut. Edna war aus dem Krankenhaus entlassen worden, ihr Herz flatterte jetzt nicht mehr – statt dessen verhärtete es sich. Und es blieb vieles ungesagt.

Edna war eine sehr direkte und sachliche Frau, Stanley von

Natur aus sehr wortkarg, und deshalb merkte außer Laura niemand, daß Edna, nachdem sie aus dem Krankenhaus entlassen worden war, beschlossen hatte, kein Wort mehr mit ihrem Mann zu reden. Sie konnte ihm nicht verzeihen, daß er ihre Tochter so mißhandelt hatte, und so fungierte Laura von da an als Botin zwischen den beiden. Die erste Nachricht, die Edna von ihr übermitteln ließ, war, Stanley zu sagen, er solle für getrennte Schlafgelegenheiten sorgen: Also tauschte er das Ehebett gegen zwei Einzelbetten aus einem Gästezimmer. Edna hatte eigentlich getrennte Schlafzimmer gemeint, aber mit Laura als Unterhändlerin wollte sie keinen Streit, nicht einmal eine Verhandlung, und so akzeptierte sie dieses Arrangement. Von nun an schliefen sie und Stanley also an den entgegengesetzten Seiten des Schlafzimmers.

Stanley war durch die Heftigkeit seines Zorns ebenfalls wie betäubt gewesen. Er war jedoch zu stolz, um sich bei irgend jemandem zu entschuldigen. Edna weigerte sich, mit ihm zu reden, und *er* brachte die Worte, die er hätte sagen sollen – dieses »Es tut mir leid« –, einfach nicht über die Lippen.

Seltsamerweise verstand ihn Laura – sowohl seinen kurzen, plötzlichen Gewaltausbruch als auch seinen Stolz. Sie wußte, daß er sein Handeln zutiefst bereute, daß ihm aber kein Mittel zur Verfügung stand, dies auch auszudrücken. Sie verstand seine Bedrücktheit als Entschuldigung und verzieh ihm, was Stanley jedoch nicht wußte. Er arbeitete weiter, nahm seinen Platz am Eßtisch ein, er sah in dem kleinen Wohnzimmer im rückwärtigen Teil des Hauses fern, und er legte sich in ein einzelnes Bett schlafen, das, von Ednas getrennt, am anderen Ende des Zimmers stand. Manchmal wachte Edna auf, weil ihr Mann im Schlaf weinte.

Was Laura betraf, so war die einzige bleibende körperliche Folge der Mißhandlung ein leichter Knick in ihrer Nase. Der Gynäkologe versicherte ihr, daß ihre Fortpflanzungsorgane keinen Schaden genommen hatten. Auch ihre Persönlichkeit schien keinen bleibenden Schaden davongetragen zu haben. Wenn überhaupt, dann entwickelte sie jetzt, da Edna nicht mehr mit ihrem Vater redete, eine größere Nähe zu ihm. Die Rolle der Botin zwang sie in eine Art mitfühlender Komplizenschaft. Sie verbrachte aber auch noch mehr Zeit mit ihrer Mutter, der sie nach der Schule in der Küche half. Da weder Mutter noch Tochter wußten, wie sie ihre

Gefühle direkt äußern sollten, taten sie dies über das Hilfsmittel des Kochens. Ednas Herz hatte sich zwar gegenüber ihrem Mann verhärtet, nicht jedoch gegenüber anderen Menschen, und so gab sie Laura ihre Grundrezepte weiter, vermittelte ihr die Kochkunst als eine Wissenschaft, die mit exakten Mengen, präziser Vorbereitung und genauer Kochzeit arbeitete, während Laura ihrerseits ihrer Mutter nahebrachte, daß es, wenn man einmal ein Gericht gekocht hatte, Spaß machte, das nächste Mal damit herumzuexperimentieren.

James brauchte eine Weile, bis er sich in die Büroräume der Zeitung wagte. Aufgrund seiner Schüchternheit hielt er sich nämlich lieber in der Fotoabteilung auf, ordnete dort Negative, entwickelte Filme und assistierte Keith, dem Reprotechniker, in der Dunkelkammer, wo er auch die technischen Verfahren lernte.

Keith war ein rundlicher und rätselhafter junger Mann mit bleichem, speckigem Gesicht, der die Welt durch eine getönte Brille beäugte und dabei aussah wie eine ängstliche Fledermaus. James, der den größten Teil seiner Jugend in seiner Dunkelkammer verbracht hatte, stellte einerseits fest, daß er schon bald ein weit besserer Reprotechniker war als Keith, daß das andererseits aber nicht von Bedeutung war. Keith hatte sich die notwendige Fertigkeit angeeignet, um Abzüge für die Vervielfältigung in der Zeitung vorzubereiten.

»Was machst du denn da?« wollte er von James wissen, als dieser ein Stück Pappkarton als Maske benutzte, damit er einen Teil eines Abzugs einer stärkeren Belichtung aussetzen konnte.

»Ich brenne das Gebäude dort ein, Keith«, erklärte er.

»Nein, das läßt du bleiben, Kumpel, murks bloß nicht mit dem Negativ herum«, ermahnte Keith ihn. »Mr. Baker kann es nicht leiden, wenn irgend etwas geschönt wird.«

Ansonsten jedoch war Keith ein guter Lehrer: Er machte einfach seine Arbeit. James konnte zusehen, konnte, wenn er wollte, jederzeit Fragen stellen, und er durfte Fehler machen. James lernte, peinlich sauber und systematisch zu arbeiten, was vorher nicht unbedingt zu seinen Stärken gehört hatte. Im Büro würde man James' Negative und Abzüge mit der Lupe prüfen, also kehrte James, nachdem die anderen nach Hause gegangen waren, allein wieder in die Dunkelkammer zurück und entwickelte bis spät in die Nacht hinein Fotos.

»Bei dieser Zeitung«, erzählte Keith ihm eines Nachmittags im Büro, »ist eine Familie von Setzern beschäftigt, die ihren Stammbaum bis zur Zeit von William Caxton zurückverfolgen kann.«

»Ach, wirklich?« erwiderte James so leichtgläubig, wie er schüchtern war.

»Es wird sich alles ändern«, behauptete Keith. »Sie haben dort unten schon alles perfekt gemacht, Kumpel«, sagte er und zeigte durch den Boden. »Wir haben Gewerkschaftszwang. Aber das wird sich alles ändern.«

»Du weißt doch gar nicht, wovon du redest, Keith«, unterbrach ihn Robert Warner. »Hör einfach nicht hin, James. Nichts wird sich ändern. Wir arbeiten zusammen, die Zeitung kommt jeden Tag pünktlich raus, sie wird von den kleinen Wettern gekauft. Es funktioniert alles, und das ist gut so.«

»Es funktioniert verdammt noch mal eben nicht«, brummte Keith.

»Roger will dir weismachen, daß in dem Laden hier alles in Butter ist«, erklärte Derek, einer der Fotografen, achselzuckend. »In Wahrheit ist es so, daß wir die Gewerkschaft unten und die Bosse oben haben. Wenn sie die Zeitung auf vollautomatischen Betrieb umstellen könnten, dann würden die Mistkerle das auch tun. Es ist nur die starke Gewerkschaft, die unsere Jobs hier sichert, deinen eingeschlossen, mein Sohn. Du solltest dir klar darüber sein, auf welcher Seite du stehst.«

»Heh, jetzt mach mal halblang«, sagte Roger, »der Bursche ist noch keine fünf Minuten hier, und schon setzt du ihm Flausen in den Kopf. Laß ihn in Ruhe. Unser Job, Jim, mein Junge, ist es, Fotos zu machen. Gute Fotos. Überlaß die Politik den Gewerkschaftsfunktionären. Und was dich angeht«, fügte er an Derek gewandt hinzu, »solltest du nicht schon längst unten im Besprechungsraum sein?«

»Ich bin schon auf dem Weg«, sagte Derek zögernd und leerte seinen Becher. »Auf der Tagesordnung haben sie heute Hunde, die die Gehsteige verschmutzen. Scheiße kommt immer gut an.«

James dachte, daß das als Witz gemeint war, aber er traute sich nicht zu lächeln, weil niemand sonst lächelte. Wenn Derek versuchte, etwas Komisches zu sagen, dann erkannte man das nur daran, daß er es noch knapper und heftiger sagte als sonst.

James kam sich bei der Zeitung ebenso fehl am Platze vor wie damals in der Schule oder zu Hause, aber das war für ihn kein Problem, denn es war klar, daß es den anderen Fotografen genauso ging: Sie waren Einzelgänger, die nichts außer ihrer Arbeit miteinander gemein hatten. Hinzu kam, daß sie alle unterschiedlich alt waren: Roger Warner war über sechzig. Die anderen beiden Fotografen der Zeitung, Derek Moore und Frank Spackman, waren um die Fünfzig, beziehungsweise um die Vierzig, während Keith, der Reprotechniker, Ende Zwanzig war. James erkannte, daß er eine Art Förderband betreten hatte, aber das störte ihn nicht, da er nichts anderes als fotografieren wollte.

Nach einiger Zeit schickte man James auf Botengänge: den Redakteuren Kontaktbögen zur Prüfung vorlegen, Abzüge in die Setzerei hinunterbringen, wo sie in Druckplatten für die Pressen umgewandelt wurden, und Informationen aus dem Archiv heraussuchen. Es gab drei Stockwerke: Im Erdgeschoß, hinter der Anmeldung, wo man die Besucher empfing, standen die Druckerpressen; im ersten Stock saßen die Journalisten, und ganz oben befanden sich das Management und die Verwaltung. Dort waren auch die Konferenzräume, die James jedoch nie zu Gesicht bekam.

Das mittlere Stockwerk wurde durch einen langen Gang geteilt, den Trennwände aus braunem Metall und Milchglas säumten. Auf der einen Seite zogen sich Büros entlang. Der Chefredakteur Mr. Baker saß am einen Ende des Gangs, der Schreibpool war am anderen Ende untergebracht. Dazwischen befanden sich zwei lange Großraumbüros, in denen die Reporter und die Redakteure arbeiteten.

Auf der anderen Seite des Ganges lagen die Toiletten, die Fotoabteilung, das Archiv und ganz am Ende die Redaktion der *Gazette*, des wöchentlich erscheinenden Ablegers des *Echo*.

Anfangs sprach James außerhalb der Fotoabteilung kaum ein Wort. Die Umgebung, der Lärm der Druckerpressen, die in den Eingeweiden des Gebäudes stampften wie die Maschinen eines Ozeandampfers, die allgemeine Hektik, vor allem aber die Leute schüchterten ihn ein. Am schlimmsten waren die Redakteure. Es waren seltsame Monster, die darunter litten, daß ihr Tag in zwei Teile gespalten war: Morgens waren sie konzentriert und gereizt, die reinsten Tyrannen. Sie brüllten die Schreibkräfte an, beschimpften die Journalisten und machten die Fotografen runter, während sie gleichzeitig erste Entwürfe überarbeiteten, sich den Kopf über Schlagzeilen zerbrachen, Seiten zerschnitten und neu zusammenklebten, Artikel zusammenrollten und sie dann per Rohrpost zu den Schriftsetzern hinunterschickten.

Telefongespräche, die noch in letzter Minute geführt werden mußten, traumatisierte Egos und blank liegende Nerven taten das Ihre und steigerten das Ganze jeden Vormittag zur Krise, bis schließlich, kurz nach Mittag, die erste Ausgabe in Druck ging. Dann leerte sich das Büro, die Redakteure verschwanden bis auf den letzten Mann, und James trat in einen gespenstisch stillen Raum, in dem das Echo der Flüche verklungen war wie auf der Brücke eines Schiffes, das der Kapitän aufgegeben hatte und das nun verlassen dahintrieb. Das erste Mal war er in die Dunkelkammer zurückgestürzt.

»Sie sind alle weg«, berichtete er Keith. »Sicher brennt es irgendwo, und wir haben den Feueralarm überhört.«

Keith lächelte hinter seinen getönten Gläsern. »Sie sind in den Pub gegangen«, erklärte er. »Das sind doch alles lauter alte Saufköpfe«, fügte er hinzu.

Ein oder zwei Stunden später kam die Redaktion geschlossen wieder zurück. Da sie den Sturm überstanden hatten und nun wieder in ruhigeren Gewässern kreuzten, verwandelte das flüssige Mittagessen sie in gönnerhafte Witzbolde und Spaßvögel. Sie prüften die druckfrische Ausgabe, die schwarz auf ihre Finger abfärbte, und verbrachten die restlichen Stunden ihres Arbeitstages damit, in deutlich entspannterer Stimmung spätere Ausgaben durch aktuellere Nachrichten auf den neuesten Stand zu bringen, mit den Sekretärinnen zu flirten und mit den Setzern geschmacklose Witze zu reißen, ohne dabei das geringste Bedauern darüber zu zeigen, daß sie nur wenige Stunden zuvor wie die Berserker gewütet hatten.

James waren diese Monster nur allzu vertraut, es waren verkleinerte Ausgaben seines eigenen Vaters. Wenn einer von ihnen ihn anbrüllte, er solle dieses beschissene Foto noch einmal abziehen, man könne den verdammten Bürgermeister ja nicht von der dämlichen Statue unterscheiden, und er wolle den Abzug in genau drei Minuten auf dem Schreibtisch haben, sonst könne er sich in das Loch verpissen, aus dem er hervorgekrochen sei, dann fiel James jedesmal in eine Art Schockzustand, und ihm zitterten beim Entwickeln des Abzugs die Hände.

»Was ist denn mit dir los?« fragte Keith ihn. James erklärte, daß er sich in den wenigen Wochen, die er jetzt hier arbeitete, schon jemanden zum erbitterten Feind gemacht hatte.

Keith grinste. »Du darfst das nicht persönlich nehmen, Kumpel«, sagte er. »Die behandeln doch jeden so. Es gehört zu ihrem Job. Davon nimmt keiner mehr Notiz.«

Keith hatte recht. Zwischen den Redakteuren und dem Rest der Mannschaft spielte sich tagtäglich ein Kampf ab, auf den dann ein beiderseitiger Gedächtnisschwund und schließlich heitere Geselligkeit folgten. Allein die Reporter, mit denen sie einen unsicheren Waffenstillstand geschlossen hatten, waren davon ausgenommen.

Die Reporter waren ein weniger launenhafter Menschenschlag, von denen es, wie James schnell herausfand, zwei Sorten gab: Da waren die jüngeren, ehrgeizigen Journalisten, die den Job bei dieser Provinzzeitung als Sprungbrett zu einem der überregionalen Blätter ansahen und die deshalb ständig auf der Suche nach Stories waren, mit denen sie sich einen Namen machen konnten; und da waren die älteren Zeitungsschreiber, von denen ein jeder über ein eigenes Netzwerk an Kontakten verfügte (bei Polizisten, Angestellten der Gemeinde, Gastwirten und anderen Leuten in der Stadt). Sie beherrschten ihr Handwerk so gut, daß sie, anders als ihre jüngeren Kollegen, die über ihre Schreibmaschinen gebeugt dahockten, den Schreibkräften ganze Artikel aus dem Kopf diktieren konnten und am Ende auch noch die genaue Wortzahl wußten. Sie formulierten frei und konsultierten dabei nur flüchtig die rätselhaften Hieroglyphen in ihren Notizbüchern. Jeder von ihnen hatte dazu seine persönliche Kurzschrift entwickelt, weniger, um schneller arbeiten zu können, als vielmehr deshalb, weil das einzige, was sie mit den jüngeren Reportern gemein hatten, die Überzeugung war, daß alle anderen nur hinter ihrer großen Story her waren.

Der Schreibpool war ein kleiner Raum, in dem drei gelangweilte junge Frauen saßen, die sich die Nägel lackierten oder Kreuzwort-

rätsel lösten, bis das Telefon läutete oder irgend jemand herein-
stürzte, der in einer Minute seinen Abgabetermin hatte: Dann
drückten die Mädchen ihre Zigaretten aus, spuckten ihren Kau-
gummi in den Papierkorb und begannen zu James' Erstaunen mit
ihren schlanken Fingern auf die schweren Tasten ihrer uralten
Schreibmaschinen einzuhämmern. Sie stießen dabei nicht wie die
Reporter mit zwei Fingern auf die Tasten herab, nein, sie brachten
sie eher zum Tanzen, veranlaßten sie, mühelos Fußspuren auf dem
weißen Papier zu hinterlassen. Es machte den Eindruck, als würde
sich der Artikel von ganz allein schreiben, ohne daß die Mädchen
damit etwas zu tun hatten. James wußte, daß dies eine mechanische Fertigkeit war, die im Grunde jeder lernen konnte, aber es *sah*
magisch aus. Es war das typographische Pendant zu einem Bild,
das in der Dunkelkammer auf dem Kopierpapier erschien, und
James liebte es, den Mädchen beim Tippen zuzusehen. Wenn sie
jedoch nichts mehr zu tippen hatten, zündeten sie sich eine Zigarette an und zogen den linkischen jungen Mann damit auf, daß sie
ihm scherzhaft vorwarfen, er hielte seine vielen Freundinnen vor
ihnen geheim, worauf er, Entschuldigungen stammelnd, in die
Dunkelkammer zurückschlich, wo niemand sah, daß er rot geworden war.

Unten standen die Druckerpressen, die unablässig klapperten
und stampften, so daß man schreien mußte, wenn man sich verständlich machen wollte. Die Männer – dort unten arbeiteten nur
Männer – unterhielten sich bei der Arbeit gelegentlich in unvoll-
ständigen Sätzen. Sie brüllten sich, während sie an ihren Maschinen standen, in den kurzen Pausen ein paar Worte zu, die nur in
Zusammenhang mit einem anderen solchen Satz, der eine Viertelstunde zuvor den Raum gekreuzt hatte, einen Sinn ergaben. So
kam es, daß zwei Männer, die Seite an Seite arbeiteten, den ganzen
Vormittag brauchten, um über das Fußballspiel vom Abend vorher zu diskutieren.

James fühlte sich inmitten all der Schmiere, Tinte und Hitze und
dem Geruch glühenden Metalls unbehaglich (vor allem, weil die
Leute ihn immer anbrüllten). Er konnte sich gut vorstellen, daß es
Robert dort gefallen hätte, er selbst aber fühlte sich hier völlig fehl
am Platze. Es handelte sich zwar um das Erdgeschoß, aber da die
Fensterscheiben aus irgendeinem unerklärlichen Grund mit Farbe

zugestrichen worden waren, hatte man den Eindruck, im Untergeschoß, in den Eingeweiden des Gebäudes, zu sein. Die Pressen
schienen nicht Zeitungen zu drucken, sondern, wie die Maschinen
eines Schiffs, das Gebäude selbst anzutreiben. Wenn James in den
Raum hinunterging, in dem die Druckplatten hergestellt wurden,
hätte es ihn nicht überrascht, wenn Wasser die Treppen hinunter-
gelaufen wäre oder sich Pfützen auf dem Boden gebildet hätten,
während er, der »Drunken Sailor«, wie sein Vater ihn genannt
hatte, zwischen den Maschinen entlangschwankte.

Am Ende seiner zweiten Woche bei der Zeitung erhielt James die
erste Lohntüte seines Lebens, einen braunen Umschlag, der einen
Gehaltsstreifen enthielt, auf dem der Bruttolohn und die Abzüge
für Einkommenssteuer, Sozialversicherung und freiwillige Ge-
werkschaftsbeiträge einzeln aufgeführt waren. In der Tüte befand
sich außerdem sein Nettolohn in bar von £ 27,80, der mit einer
Woche Rückstand gezahlt wurde. Er überredete Zoe dazu, ihrer
Platzanweiserin, die als Teilzeitkraft bei ihr arbeitete, für diesen
Abend das Kino zu überlassen, und ging mit seiner Cousine chine-
sisch essen.
   Zoe, die in der Zeitung nur die Filmkritiken las, war nicht überrascht, als James ihr die Alkoholiker, die Leute, die beim Arbeiten
ständig auf die Uhr sahen, und die Rohlinge beschrieb, mit denen
er es zu tun hatte.
   »Nun, Schätzchen«, meinte sie mitfühlend, »du weißt, daß du
nicht ewig dort arbeiten wirst. Im Grunde könntest du auch sofort
gehen. Es gibt andere Jobs.«
   »Was meinst du damit, Zoe?« fragte James. »Es ist großartig.
Bald werde ich auch fotografieren.«
   Sie mußte zugeben, daß er glücklicher aussah. »Hast du denn
schon irgendwelche Freunde gefunden?« fragte sie ihn, jetzt heite-
rer. Er erzählte ihr von Keith und dem traurigen Derek.
   »Das Problem ist nur«, sagte sie zu ihm, »daß wir beide vom selben Schlag sind. Im Grunde sind wir beide Einzelgänger.«

James antwortete auf eine Reihe von Wohnungsanzeigen, die im
Echo aufgegeben wurden. Da er direkt an der Quelle saß, war er
stets der erste, der sich meldete. Manchmal kam ein Vermieter ge-

rade aus dem Büro der Zeitung nach Hause zurück und stellte fest, daß bei ihm bereits das Telefon klingelte. Zoe begleitete James. Sie riet ihm zur Vorsicht, und James nahm sich ihren Rat zu Herzen. Er lehnte Zimmer in Häusern ab, die sich in der Nähe des College of Further Education befanden, denn dort hätte er Studenten als Mitbewohner gehabt (»Studieren verhindert, daß man erwachsen wird, Schätzchen. Du kannst drauf wetten, daß sie ihre Wäsche immer noch daheim von Mami waschen lassen«), er zog auch nicht bei berufstätigen Nichtrauchern in Batley ein (»Kleinbürgerliche Typen, die nicht über ihre Analphase hinausgekommen sind, James. Du würdest binnen einer Woche die Wände hochgehen«).

Sie besichtigten ein winziges Apartment an der Blockley Road. (»Hier drin kann sich ja nicht mal eine Katze umdrehen«, meinte Zoe verächtlich. »Keine Haustiere!« sagte die Vermieterin. »Ich dachte, das hätte ich in der Anzeige erwähnt! Haustiere sind nicht erlaubt!«)

Sie schlugen möblierte Zimmer aus, die so verwahrlost waren, daß sich sogar der Makler dafür entschuldigte. Auch eine Mansarde in Northtown im Haus einer Witwe, die, anstelle Miete zu verlangen, lieber wollte, daß ihr Mieter im Garten das Unkraut jätete und ihr laut vorlas, fand nicht ihre Zustimmung.

»Sie wird von dir verlangen, daß du dir ihre Lebensgeschichte anhörst und sie zum Friedhof begleitest«, versicherte Zoe James. »Sie wird dir keine Ruhe lassen. Dieses Zimmer kannst du wirklich vergessen.«

»Es ist sauber«, protestierte James. »Und es ist ruhig.«

»Es ist absolut nicht das Richtige, Dummerchen. Komm schon, gehen wir nach Hause und trinken eine Tasse Tee.«

Schließlich mußte sie ihn jedoch gehen lassen. Ende Oktober zog James in ein Zimmer in einem großen Haus ein, das weniger als eine halbe Meile vom Kino entfernt war.

Das Haus hatte drei Stockwerke und ein Untergeschoß. Es war in acht möblierte Zimmer aufgeteilt worden, von denen jedes an der schlichten weißen Tür ein eigenes Sicherheitsschloß hatte. Bis auf ein Telefon, mit dem man lediglich Anrufe entgegennehmen konnte, und bis auf die Wurfpost und die an längst verzogene Mieter adressierten Briefe, die sich an der Wand hinter der Eingangstür stapelten, war der Flur vollkommen leer. Der unordentliche Stapel wurde einmal in der Woche von der Putzfrau weggeworfen, einer kleinen, beängstigend barschen jungen Frau, die, während sie die Teppiche saugte, die Fenster putzte und das Bad schrubbte, leise vor sich hin fluchte. Statt mit den Bewohnern zu reden, sah sie diese immer nur finster an, denn schließlich waren sie es ja, die für die Seifenränder in der Badewanne und den Staub, die Haare und Hautschuppen, die ihren Staubsauger füllten, verantwortlich waren. James vermutete, daß sie gar kein Englisch sprach. Sie sah aus wie eine verärgerte spanische Bäuerin. Er ging ihr lieber aus dem Weg.

Es hingen keine Spiegel im Flur, auch im Bad gab es nur eine einzige Spiegelkachel, die man über das Waschbecken an die Wand geklebt hatte. Das Badezimmer war ansonsten kahl, da die Bewohner ihre Toilettenartikel in ihrem Zimmer aufbewahrten. Wenn sie, den Toilettenbeutel mit Zahnpasta, Zahnbürste, Shampoo, Seife und sogar Klopapier in der Hand, auf der Treppe aneinander vorbeigingen, wirkten sie wie Wanderarbeiter.

Es gab weder ein gemeinsames Wohnzimmer noch eine gemeinsame Küche, nur acht separate, möblierte Zimmer, die jedes mit einer Spüle und einem kleinen Herd ausgestattet waren. Im ersten Stock befand sich ein Badezimmer, im Untergeschoß ein zusätzlicher Waschraum mit einer Dusche, die immer tropfte. Dem Haus haftete eine trostlose und lieblose Atmosphäre an, aber hinter den acht verschlossenen Türen befanden sich acht einsame kleine Welten. James fühlte sich zu Hause. Er trug seine Tasche mit Lebensmitteln auf Zehenspitzen durch den Flur und die Treppe hinauf; er betrat sein Zimmer im ersten Stock und kochte sich ein einfaches Reisgericht mit Gemüse, da es ihn in keiner Weise nach den üppigen Mahlzeiten seiner Kindheit gelüstete; und er brachte seine Abende voller Zufriedenheit damit zu, im Radio John Peel zu lauschen und die Taschenbücher zu lesen, die er sich von Zoe ausgeliehen hatte. Meistens suchte er sich Penguin Classics des neunzehnten Jahrhunderts aus. Ermutigt durch die entfremdeten jungen Menschen des zaristischen Rußlands, erlag er eine kurze Zeit lang der Illusion, daß er in der Geschichte seines eigenen Lebens vielleicht die Hauptfigur sein könnte anstatt ein Beobachter am Rande. Sein Leben war im Aufbruch.

Es dauerte Wochen, bis Charles auffiel, daß James nicht mehr im Haus auf dem Hügel wohnte, da er seine kurze *Rückkehr* gar nicht bemerkt hatte. Es hatte sich niemand dazu entschließen können, ihm zu sagen, daß James sein Zuhause verlassen und geschworen hatte, niemals wieder zurückzukommen. Das war eines der Probleme als Tyrann: Wenn man die Angewohnheit hatte, den Boten zu erschießen, weigerten sich die Leute irgendwann, einem unangenehme Nachrichten zu überbringen. Schließlich meinte Charles Mitte November zu Simon: »Ich finde, es ist höchste Zeit, daß wir wieder einmal eine Party geben, außerdem habe ich von Judith gehört, daß James diese Woche Geburtstag hat. Wo ist unser unbeholfener Eremit überhaupt? Wir müssen eine Gästeliste machen.«

»Er wohnt nicht mehr hier, Vater«, offenbarte ihm Simon.

»Denn wenn man zu einer Familie gehört«, fuhr Charles fort und ignorierte Simon, »hat man gewisse Verpflichtungen. Eine davon ist, eine angemessene Zahl von Parties zu geben – selbst wenn man bei sich zu Hause wie ein Einsiedler lebt.« Er hielt inne. »Was in aller Welt meinst du damit, daß er nicht mehr hier wohnt?«

Tapfer erklärte Simon, daß James in die Stadt hinunter gezogen sei und einen Job bei der Zeitung angenommen hatte.

»Warum zum Teufel hat mir das niemand gesagt?« wollte Charles wissen. Simon befürchtete schon das Schlimmste. »Ich hätte kurz mit dem Eigentümer sprechen können. *Und* mit dem Verleger. Wie kommt James nur darauf, er könne ohne meine Hilfe weiterkommen?«

»Das war gar nicht nötig, Vater. Er hat den Job ja auch so bekommen.«

»Bist du sicher?« fragte Charles. »Nun, gut für ihn«, entschied er. »Er ist eigensinnig. Wenn er auf eigenen Füßen stehen will, dann erkenne ich das durchaus an.«

Über Charles' milde Reaktion erleichtert, berichtete Simon, daß James vom Bauernhof zurückgekehrt, daß er über Robert hergefallen war, und sogar davon, daß er geschworen hatte, nie wieder zurückzukommen.

»Nun, er hat sich diese Suppe eingebrockt, jetzt kann er sie verdammt noch mal auch auslöffeln«, entschied Charles. »Schade«, schloß er, »eine Party hätte uns im Augenblick ganz gutgetan.«

Charles hatte zumindest eine gewisse Rechtfertigung dafür, daß er in dieser Zeit nicht mitbekam, was in seinem eigenen Haus vorging (und daß er das Bedürfnis nach einer Party hatte). Gerade eben nämlich wurde seine Alleinherrschaft in der Firma von der Gewerkschaft in Frage gestellt, von Ausländern zerrüttet und, so erklärte er jedem, von einem inkompetenten Kabinett unterminiert. Um gegen die Wirtschaftspolitik der konservativen Regierung zu protestieren – die zur Eindämmung der Inflation die Löhne und Preise eingefroren hatte –, traten die Arbeiter der Energiewirtschaft, Bergleute und Eisenbahner in den Streik. Die Regierung reagierte damit, daß sie den Ausnahmezustand ausrief: Binnen weniger Wochen stellten Soldaten, die ausgebildet worden waren, für ihr Land zu töten und füreinander zu sterben, fest, daß sie ebenjene Jobs erledigten, denen sie einst zu entkommen hofften, nämlich die Elektrizitätswerke mit Kohle und damit das Land mit Energie zu versorgen. Die Länder im Mittleren Osten hatten inzwischen ihre Öllieferungen – die andere große Energiequelle – auf die Hälfte heruntergefahren und gleichzeitig die Preise vervierfacht.

Jeder war betroffen. Die Bankzinsen stiegen, die Kreditaufnahme der öffentlichen Hand wurde beschränkt und die öffentlichen Ausgaben gekürzt. An den Tankstellen, an denen man gegen Coupon immer nur eine Gallone Benzin auf einmal kaufen konnte, bildeten sich lange, qualmende Autoschlangen, und wenn die Autofahrer sich dann wieder auf offener Straße befanden, mußten sie sich an eine Geschwindigkeitsbegrenzung von achtzig Stundenkilometern halten. Die allgemeine politische Entwicklung traf Roberts Gebrauchtwagenhandel besonders schlimm.

Mitten am Abend wurde der Bildschirm plötzlich dunkel (was Simon endgültig von seiner Fernsehsucht kurierte). Familien waren angehalten, nur ein einziges Zimmer zu beheizen und den Rest des Winters dort gemeinsam zu verbringen. Man schickte Schulkinder nach Hause, damit die Klassenzimmer nicht geheizt werden mußten – was für Alice eine bedeutsame Konsequenz haben sollte –, während der Betrieb in den Krankenhäusern von Notstromaggregaten aufrechterhalten wurde und man in Polizeistationen bei Kerzenlicht Dienst tat.

Mit Beginn des neuen Jahres wurde die Dreitagewoche eingeführt.

»Meine Arbeiter – oder besser gesagt diese Drückeberger – arbeiten drei Tage, und ich muß sieben Tage schuften, um das wieder wettzumachen!« donnerte Charles.

Um die Gewerkschaften mit Hilfe der Wählerschaft wieder in ihre Schranken zu verweisen, setzte der Premierminister im März unter dem Schlagwort »Wer regiert Großbritannien?« allgemeine Wahlen an.

»Du jedenfalls nicht mehr, du verdammter Idiot!« brüllte Charles in den Fernseher.

»Er gibt sein Bestes, Vater«, meinte Simon. Simon bewunderte einen Politiker, der nicht nur Junggeselle war, sondern der Politik anscheinend als eine pflichtgemäße Ablenkung von wesentlich interessanteren Beschäftigungen betrachtete, wie zum Beispiel mit einer Rennjacht an einer Regatta teilzunehmen oder ein Orchester zu dirigieren.

»Nun, dann ist das eben verdammt noch mal nicht gut genug!« rief Charles. Viele im Lande waren ebenfalls dieser Meinung und verhalfen der Labour-Partei zum Wahlsieg.

»Also, damit hat man uns den Rest gegeben!« verkündete Charles, als die Bergarbeiter eine Lohnerhöhung von fünfunddreißig Prozent erhielten.

Die Stromsperren, die zur vorübergehenden Schließung der staatlichen Schulen geführt hatten, lieferten Charles genau die Ausrede, die er brauchte, um seine meritokratischen Prinzipien aufzugeben, ohne daß man ihm das zum Vorwurf machen konnte. Es war offensichtlich, daß Alice von den Kindern die größte wissenschaftliche Begabung hatte. Sie schien, was in der Familie eine ungewöhnliche Ausnahme darstellte, tatsächlich gern in die Schule zu gehen. Charles fand, er sei es sich schuldig, dafür zu sorgen, daß wenigstens einer seiner Sprößlinge auf die Universität ging. Auch Alice wäre er das schuldig. Also meldete er sie in einem privaten Mädcheninternat an, dessen astronomisch hohe Gebühren ihn fast ebenso beeindruckten wie die hervorragenden Examensergebnisse.

»Sie haben dort ein voll ausgestattetes Labor«, sagte er zu Alice.

»Du bist jetzt wohl zu der Ansicht gelangt, daß wir alle auf eine Privatschule hätten gehen sollen«, meinte Simon vorsichtig.

»Blödsinn!« erwiderte Charles. »Mädchen sollten unbedingt auf eine reine Mädchenschule gehen, weil sie sich so leicht ablenken lassen. Wenn Jungen auf eine Jungenschule gehen, hat das katastrophale Auswirkungen«, erklärte er und fügte dann noch hinzu: »Wie jeder weiß.«

»Ja, Vater«, pflichtete Simon bei, wie er das stets tat. Da er im Marketing gut zurechtgekommen war, hatte Charles eine weitere Beförderung angeordnet: Simon saß jetzt in einem eigenen Büro mit einem Schild an der Tür, auf dem »Stellvertretender Leiter der Personalabteilung« stand.

»Du hast wirklich Glück, Alice«, sagte Simon zu ihr.

»Ja, Simon«, stimmte sie zu.

»Diese Chance haben wir anderen nicht bekommen«, fuhr er fort. Er wußte, daß er damit nur die Ansichten seines Vaters wiederholte, was ihm, es sei denn, Charles befand sich in unmittelbarer Nähe, normalerweise nicht leichtfiel. »Wie dem auch sei«, fügte er hinzu, »hast du die Uniform schon gesehen? Rotbraun: Die Farbe wird dir gut stehen.«

Alle anderen zeigten großes Mitleid: Als Zoe am folgenden Sonntag beim Mittagessen davon erfuhr, nahm sie Alice beiseite.

»Du armes Ding«, sagte sie und streichelte Alice über das kastanienbraune Haar. »Ins Internat. Das ist, als müßtest du zur Armee.«

»Ja, Zoe.«

»Das wichtigste ist, daß du nicht vergißt, wer du bist, Alice. Wenn sie dich schikanieren, dann such dir einfach ein stilles Eckchen und sag vor dich hin: ›Ich bin ein Individuum. Ich bin Alice Freeman.‹ Wie ein Mantra.«

»Danke, Zoe.«

Laura war von allen am meisten betroffen. Am Abend vor Alices Abreise lehnte sie sich weinend an deren Schulter. »Du kommst doch wenigstens in den Ferien nach Hause?«

»Natürlich, Laura.«

»Und wir können uns schreiben. Du kannst mich sogar anrufen, wenn du dich einsam fühlst«, schniefte Laura. »Das ist einfach nicht *fair*«, schluchzte sie.

»Ich weiß, Laura«, stimmte ihr Alice zu und versuchte dabei krampfhaft, sich selbst auch ein paar Tränen abzuringen. In Wahrheit freute sie sich nämlich auf das Internat. Die Dinge, die den anderen so große Sorgen machten, schüchterten sie keineswegs ein: die militärische Ordnung, der Verlust der Privatsphäre, Schlafsäle, kalte Duschen, Sport bei Wind und Wetter und die erschreckende Aussicht, mitten im Schuljahr als neue Schülerin in eine Klasse zu kommen. All das beunruhigte Alice nicht, da sie in einer ganz eigenen Welt lebte. Außerdem verblaßte all das neben jenen Dingen, auf die sie sich freute: Inzwischen langweilte sie sich nämlich in der Schule und saß gähnend über ihren Hausaufgaben, die viel zu leicht für sie waren. Mit ihren Klassenkameradinnen konnte sie nicht über die Chemieexperimente diskutieren, weil diese immer noch mit den grundlegenden Formeln kämpften, während sie selbst unbedingt die Experimente von Marie Curie wiederholen wollte, deren Porträt sie über ihr Bett gehängt hatte, dort wo bei anderen Mädchen Marc Bolan und David Cassidy hingen. Alice ließ sich in der Schule nicht durch Jungen ablenken – sie hatte sich auch nicht durch Harry Singh ablenken lassen –, aber sie langweilte sich. Sie freute sich auf den strengeren Unterricht unter Lehrkräften, von denen sie vielleicht inspiriert würde, die sie aber zumindest als ihr ebenbürtig ansehen könnte.

Harry Singh war inzwischen todunglücklich. Im Gegensatz zu ihrer Familie im Haus auf dem Hügel hatte er Alice bereits seit Monaten nicht mehr gesehen. Die Schulferien hatten schon im Juni begonnen, und da James den Sommer über auf dem Bauernhof war, gab es für Harry auch keinen Vorwand mehr, dem Haus auf dem Hügel einen Besuch abzustatten. Im September war er dann nach Manchester gegangen, um dort Volkswirtschaft zu studieren. Ein Urlaubsjahr stand für ihn nicht zur Debatte: Er hatte keine Zeit zu verlieren, da er bereits wußte, was er vom Leben erwartete und wie sein Weg aussah. Sein Problem war nur, daß zu jenen Dingen, die er gerne haben wollte, auch Alice gehörte. Er hatte seine Wahl getroffen – oder genauer gesagt, das Schicksal hatte, allein durch die Tatsache, daß es Alice gab und daß sich ihrer beider Wege gekreuzt hatten, die Wahl für ihn getroffen –, und wenn Harry Singh sich einmal etwas in den Kopf gesetzt hatte, dann war er nicht mehr in der Lage, andere Alternativen in Erwägung zu ziehen.

Das Studium in einer Universitätsstadt bedeutete, daß man von zu Hause ausziehen mußte, und das erfüllte einen doppelten Zweck: Zum einen diente es der Ausbildung, zum anderen lernte man, unabhängig zu werden und jene Beziehungen zu knüpfen, die zum Erwachsensein gehörten. Das erste fiel Harry nicht schwer, da er in der Schule stets ein Einserschüler gewesen war. Er besaß vielleicht nicht den Intellekt seiner Angebeteten, aber er war zielstrebig. Er schrieb Essays, las Lehrbücher, wiederholte und bestand Prüfungen ganz methodisch und mit so wenig Aufhebens wie möglich. Das andere Ziel jedoch verfehlte er: Seine Kommilitonen betranken sich in der subventionierten Bar und bekifften sich mit Gras von schlechter Qualität. Sie verloren sich in den brennenden Schatten lärmender Discos, in schlüpfrigen Küssen und verwirrten sexuellen Beziehungen. Sie nahmen an Demonstrationen für freie Empfängnisverhütung und Bürgerrechte in Nordirland teil und verzettelten sich in heftigen Diskussionen über den Sinn des Lebens, die die ganze Nacht dauerten und in kleinen, überfüllten Zimmern stattfanden, wo sie dann mittags in den Armen einer unbekannten Geliebten aufwachten.

All dem wohnte Harry als gut angezogener Zuschauer bei (er trug im College einen Anzug und wurde ständig für einen besonders jungen Dozenten oder ein Mitglied des Verwaltungspersonals gehalten). In den Discos stand er abseits, Marihuana rauchte er nur passiv, und während andere Plakate schwenkten, verkroch er sich in der Bibliothek in seine Bücher. Harry war der einzige Student im Wohnheim, der jede Nacht in seinem eigenen Bett schlief und das auch noch allein. Ihm blieb nicht einmal der Alkohol als Trost, da er Abstinenzler war, das aber nicht aufgrund seiner Erziehung, sondern weil er es einmal damit versucht und dabei das Gefühl gehabt hatte, seiner selbst nicht mehr sicher zu sein. Und Harry Singh hatte regelrecht das *Bedürfnis*, klarzusehen. Gerade jetzt jedoch sah er *allzu* klar, und zwar nichts anderes als Alice Freeman. Ihr Bild schwebte vor ihm, gerade außerhalb seiner Reichweite. Solange er sich mit seinem Studium beschäftigte, war er hinreichend von ihr abgelenkt, den Rest der Zeit jedoch mußte er unablässig an sie denken: Sie war das, was er nicht hatte.

Harry verwendete die gesamten Weihnachtsferien 1974 zu Hause darauf, einen Blick von Alice zu erhaschen. Er ging sogar am Weihnachtsmorgen in die Kirche. Da er nicht wußte, wann er

aufstehen, sich setzen oder hinknien sollte, und somit immer zu
spät dran war, fühlte er sich im traditionellen Herzen jener Kultur,
als deren Teil er sich betrachtete, so unbehaglich, so fremd, daß er
während eines der Choräle fast die Flucht ergriffen hätte. Aber er
zwang sich zu bleiben. Mehr noch, als Alice (die zwei Reihen vor
ihm saß) sich der Schlange von Gläubigen anschloß, die zum
Abendmahl gingen, sprang er auf und folgte ihr, um dann zum ersten Mal in seinem Leben und ohne mit der Wimper zu zucken
Brot und Wein zu empfangen.

Zusammen mit seinem Vater und seinem Bruder besuchte er
auch den Tempel und stellte zu seiner Bestürzung fest, daß er
seinen angepaßten, engstirnigen Bruder Anil in gewisser Weise beneidete, ebendiesen geduldigen Bruder ohne Ehrgeiz, der im Alter
von acht Jahren bereits die Preise sämtlicher Artikel im Laden
kannte, der am Abend lieber Regale einräumte als fernzusehen, der
klaglos vor Morgengrauen aufgestanden war, um noch vor der
Schule Zeitungen auszutragen. Anil nämlich hatte sich mit zehn
Jahren damit einverstanden erklärt, daß seine Eltern ihm eine ferne
Cousine in Indien als Braut aussuchten. Ein paar Jahre später war
er dann mit seinem Vater dorthin geflogen, man hatte die beiden
Kinder (Anils Braut war drei Jahre jünger als er) einander vorgestellt, und sie kamen, obwohl unbeholfen, gut miteinander aus.
Von da an trug Anil stets ein Paßfoto seiner Verlobten bei sich, das
jedes Jahr durch ein aktuelles ersetzt wurde. Die alten klebte er in
ein kleines Album, das zeigte, wie sie langsam älter wurde, zur
Frau heranwuchs und damit immer mehr in seine Reichweite kam.

Man war übereingekommen, daß Anil in Indien heiraten würde,
wenn er einundzwanzig und seine Braut achtzehn war, und daß die
beiden dann in England leben sollten. Die Hochzeit würde erst in
fünf Jahren stattfinden, aber Anil war ein geduldiger Mensch. Und
das, so dachte Harry, war er selbst auch – es war eine der wenigen
Charaktereigenschaften, die er mit seinem Bruder gemeinsam
hatte. Er konnte ebenfalls warten, jedenfalls solange er wußte, daß
ihm das, worauf er wartete, sicher war.

Alices anmutiges Auftreten in einer christlichen Kirche, dazu die
Tatsache, daß er sie später noch ein- oder zweimal kurz gesehen
hatte, retteten Harry über die Ferien hinweg. Als er jedoch wieder
im College war, verfiel er erneut in Melancholie. Er kaute an den

Fingernägeln, wachte mitten in der Nacht auf, ernährte sich unvernünftig und nahm zu.

Es wurde Februar, der düsterste Monat des Jahres, aber mit dem Februar kam auch der Valentinstag. Harrys Wohnheim war erfüllt von heimlichen Liebesaffären und Gerüchten. In den Postfächern tauchten selbstgemachte und gekaufte Karten auf, einzelne rote Rosen lagen vor den Türen in den weißen Gängen, rätselhafte Botschaften waren an die Schwarzen Bretter geheftet, im Mitteilungsblatt des Campus erschienen kindische Anzeigen (Mauseschnäuzchen, sei mein Valentinsschatz, dein Schnurrlikater), und in der Nacht wurde ein riesiges Transparent an den Deckenbalken der Mensa aufgehängt. Beim Frühstück konnte dann jeder lesen:
SUE ICH ❤ DICH, KEV
Als Harry das sah, verging ihm plötzlich der Appetit.

Am folgenden Wochenende fuhr Harry mit dem Zug nach Hause. Am Samstag morgen ging er, einen kleinen Strauß Schlüsselblumen in der Hand, die Auffahrt zum großen Haus hinauf. Laura, die die Tür öffnete, erkannte Harry Singh, da er Schulsprecher gewesen war und sie ihn außerdem gelegentlich zusammen mit James im Haus gesehen hatte. Allerdings hatte er damals stets eine billige Sofortbildkamera dabeigehabt und keine Blumen.

»Weißt du denn nicht, daß James gar nicht mehr hier wohnt?« fragte sie. »Er wohnt unten in Gath. Ich kann dir seine Nummer geben –«

»Nein«, unterbrach Harry sie. »Ich wollte zu Alice.«

»Alice?« Laura runzelte die Stirn. »Nun, die wohnt auch nicht mehr hier. Sie ist doch jetzt im Internat.«

»Oh, nein«, erwiderte Harry und ließ die Schultern hängen. Er machte einen Schritt rückwärts, dann wieder einen nach vorn. Dann drehte er sich um und ging langsam zwei oder drei Stufen hinunter. Fasziniert von seiner verwirrten Unentschlossenheit, stand Laura reglos auf der Schwelle. Nach einer Weile sah sie, daß er tief Luft holte und dabei seinen Rücken und seine hängenden Schultern straffte. Er drehte sich wieder zu ihr um.

»Ist Mr. Freeman zu Hause?« erkundigte sich Harry.

»Mr. Freeman?« fragte Laura. Für *wen* waren denn die Blumen? fragte sie sich.

Laura führte ihn in die Bibliothek und ließ ihn dort warten. Die Bibliothek war ein Raum, in den er im Vorbeigehen immer nur kurz einen Blick hatte werfen können und den er schon immer einmal hatte betreten wollen. Und jetzt war er also hier. Vielleicht war es eben diese Befriedigung, die sein Herz schneller schlagen ließ, denn eingeschüchtert war er keineswegs, als er die Reihen ungelesener Bücher musterte, die eindrucksvollen Porträts, die ungeheuren, ausladenden Lehnsessel, die Perserteppiche und Charles' mächtigen Schreibtisch am anderen Ende. Harry Singh – dessen Familie in einer Wohnung lebte, die, wie er schätzte, leicht in diese Bibliothek hineingepaßt hätte – sah sich in aller Ruhe um und dachte: Das ist gut, genauso habe ich es mir vorgestellt. So gefällt es mir, obwohl mir persönlich die Farbe der Vorhänge nicht zusagt.

Plötzlich wurde die Flügeltür aufgestoßen, und Charles Freeman betrat mit großen Schritten den Raum. Mit seinem fast eins neunzig großen und hundertfünfzehn Kilo schweren Körper brachte er die Bücher in den Regalen zum Erbeben, als er wie eine Dampfwalze auf Harry zukam und dabei gutmütig wissen wollte: »Nun, junger Mann, was kann ich für Sie tun?« Schließlich blieb er, wie es seine Angewohnheit war, nur wenige Zentimeter von Harrys Gesicht entfernt stehen.

Harry zuckte jedoch mit keiner Wimper. »Ich bin gekommen, Sir«, erklärte er, »weil ich Sie um die Hand Ihrer Tochter bitten wollte.«

Charles blieb stumm. Sein breites Lächeln verschwand, und sein Gesicht blieb danach eine Zeitlang ausdruckslos. Er sah aus wie Harrys Großmutter, wenn sie viele Stunden vor dem Fernseher gesessen hatte. Atmete er überhaupt noch? Es sah zumindest nicht so aus – seine Augen hatten alles Leben verloren. Dann aber bewegten sich seine Lippen.

»Wie bitte, junger Mann?« fragten sie ganz von selbst in einem Gesicht aus Stein. »Wie bitte?«

»Ich bitte Sie um die Erlaubnis«, erwiderte Harry mit klopfendem Herzen, aber klarem Kopf, »Ihre Tochter heiraten zu dürfen.«

»Meine Tochter?« intonierten die leblosen Lippen.

»Ja, Sir. Ihre Tochter Alice.«

»Ich verstehe«, sagten die Lippen. Und dann erlebte Harry Singh zum ersten (und in der Tat letzten) Mal eine von Charles Freemans Standpauken, für die der große Boß berühmt war. Binnen eines Augenblicks schaltete Charles ohne jede Vorwarnung von Teilnahmslosigkeit auf Zorn um und brüllte den unglücklichen jungen Mann aus nur wenigen Zentimetern Abstand an.

»Du unverschämter, dämlicher Idiot! Du hochnäsiger Nachwuchsganove! Du zurückgebliebener, verdammter brauner Trottel, wie kannst du es wagen? WIE KANNST DU ES WAGEN? Du pickeliger, grüner, hungerleidender Krämersohn, du asiatischer Emporkömmling, *du* besitzt die Frechheit, *mich* um die Hand meiner einzigen Tochter, meiner entzückenden Tochter Alice, zu bitten, die gerade einmal *vierzehn* Jahre alt ist?«

Charles tobte. Sein nach Ei und Speck riechender Atem, Speicheltröpfchen und sein heißer Zorn stürzten als Kaskade auf Harry Singhs Gesicht herab, und er hätte noch eine Ewigkeit so weitergemacht – er *hätte* so weitergemacht –, nur daß das, was sonst immer geschah, diesmal nicht eintrat: Der junge Harry Singh ging unter dieser Attacke nicht zu Boden. Genaugenommen schien der Junge, wie Charles ungläubig feststellte, sogar zu *lächeln.* Der gewohnten Kapitulation seines Opfers beraubt, verhallte die Schimpfkanonade des Despoten, versiegte der Zorn des Tyrannen.

»Hohlköpfiger… ausländischer… nichtsnutziger…« Charles, dessen massiger Körper bebte, hörte sich plötzlich nicht mehr fluchen, sondern nur noch angestrengt nach Luft ringen. Er bemerkte auch, daß der Atem des jungen Mannes nach Kardamom roch.

»Affiger… alberner… *Teufel*!« stieß Charles noch hervor, bevor er schließlich seine Schmährede abbrach.

Ohne den Blick von Charles zu wenden und ohne dabei sein mildes, freundliches Lächeln zurückzunehmen, wischte sich Harry mit dem Handrücken übers Gesicht.

»Sind Sie jetzt fertig, Sir?« fragte er respektvoll. Als er darauf keine Antwort erhielt, fuhr er ganz ruhig fort (obwohl er sehr wohl seinen eigenen Puls in den Ohren dröhnen hörte): »Vielen Dank, daß Sie sich Zeit für mich genommen haben, Sir. Ich freue mich, daß wir miteinander plaudern konnten, und ich weiß Ihre vorläufige Antwort zu schätzen. Ich versichere Ihnen, daß ich mich als würdiger Bewerber um die Hand Ihrer Tochter erweisen werde, für die ich die ehrenwertesten Gefühle hege, ebenso wie ich die größte Achtung vor Ihrer Familie habe.«

Nach diesen Worten nickte Harry und ging an der massigen Gestalt vorbei zur Tür. Dann blieb er stehen.

»Ach«, fügte er hinzu und drückte dem erstaunten Charles ein zerdrücktes Sträußchen Schlüsselblumen in die Hand, »die sind für Ihre Frau, Sir.«

»Meine *Frau*?« stotterte Charles. Unter normalen Umständen hätte Harrys idiotischer Fehler Charles sofort wieder zur Raserei gebracht. Diesmal aber war er zu nichts anderem fähig, als dazustehen und zuzusehen, wie der junge Mann mit beschwingtem Schritt das Zimmer verließ.

Anders als für die Redakteure, deren Arbeitstag in zwei Hälften zerfiel, oder für die Journalisten, die ständig unterwegs auf der Jagd nach Schlagzeilen waren, verlief der Tag für die Fotografen des *Echo* zwar nicht voraussagbar, aber im großen und ganzen doch entspannt. Sie begleiteten einen Reporter, sehr oft aber schickte man sie auch allein los, damit sie mit einem Foto und einer kurzen Bildunterschrift über ein Ereignis berichteten.

In der Zeit dazwischen saßen sie in ihrem Büro, tranken Tee und aßen Brote. Sie sagten wenig, während sie Abzüge auswählten und Filme in ihre Kameras einlegten. In den Pub gingen sie nie.

»Du kannst zwar mit zitternden Fingern tippen, Jim, mein Junge«, sagte Roger Warner zu James, »aber ein ordentliches Foto kannst du nur machen, wenn du stocknüchtern bist. An deiner Stelle würde ich mich von den Schreiberlingen besser fernhalten«, riet er ihm. »Ein Fotograf braucht drei Dinge: ein gutes Auge, starke Nerven und eine ruhige Hand.«

Auch vom Verleger erhielt James Ratschläge. Mr. Baker (niemand schien seinen Vornamen zu kennen, geschweige denn, ihn damit anzusprechen) war ein mürrischer, gewissenhafter Mann, der selten sein Büro verließ. Er haßte schlampigen Journalismus und nahm es mit den Details einer Geschichte überaus genau. Er war bekannt dafür, daß er die Druckerpressen stillstehen und später dann die Lastwagen der Großhändler mit laufendem Motor warten ließ, während Kioskbesitzer nervös und Straßenverkäufer ungeduldig wurden und Zeitungsjungen überall in der Stadt untätig bleiben mußten, weil er eben noch einen kontroversen Artikel unter die Lupe nahm – manchmal unterstützt von einem

Juristen aus dem oberen Stockwerk – und prüfte, ob die Fakten auch stimmten. Wenn er aber einmal von deren Richtigkeit überzeugt war, dann brachte er die Story, ganz egal, wie skandalös sie auch sein mochte. Der gute Ruf seiner Zeitung gründete sich nicht so sehr auf Wahrheit als auf Sorgfalt.

Überladene Beschreibungen, Schlamperei und unwichtige Details konnte Mr. Baker noch weniger leiden als Parteilichkeit. Diese nämlich ließ sich durch einen Artikel in der nächsten Ausgabe ausgleichen, Unsinn und Unklarheit hingegen waren nicht wiedergutzumachen. Sie hinterließen beim Leser einen wirren Eindruck, und das war's. Fotos hatten, dem Stil des Hauses entsprechend, ähnlich objektiv zu sein.

Anfang 1975, kurz nachdem James seine Lehrzeit in der Dunkelkammer beendet hatte und nun als Fotoreporter unterwegs war, rief Mr. Baker ihn in sein Büro. Er hatte zufällig entdeckt, daß James der Sohn von Charles Freeman war. Und über Charles Freeman, den bekannten Geschäftsmann, Mitglied der Tafelrunde und Stütze der Gemeinde, wurde nicht nur regelmäßig berichtet, es hatten sich auch ein oder zwei Artikel über gekränkte ehemalige Angestellte und verärgerte Konkurrenten kritisch mit ihm beschäftigt. Zu seiner Beruhigung konnte Mr. Baker bald feststellen, daß dieser stotternde junge Mann zumindest kein Unruhestifter war. Als er James fragte, was denn sein Ziel sei, erhielt er zur Antwort:

»Ich möchte einfach fotografieren, Mr. Baker.«

»Dann hoffe ich, daß Sie viele gute Bilder für uns machen werden«, bekräftigte der Verleger. »Nichts Protziges. Unsere Leser sind ganz normale Leute. Sie verdienen ein ordentliches Bildmaterial, und das ist es, was wir ihnen zu geben versuchen.«

James hatte inzwischen seine Mitbewohner kennengelernt oder grüßte sich zumindest mit ihnen. Allerdings schien es eine ungeschriebene Regel zu geben, daß sie einander weder in ihre Zimmer einluden noch sich besuchten. Statt dessen begegneten sie sich auf der Treppe oder wechselten, wenn sie gleichzeitig das Haus verließen, ein paar höfliche Worte über das Wetter. Am Abend läutete gewöhnlich ein- oder zweimal das Telefon im Eingangsflur. Wer immer gerade vorbeikam oder in der Nähe war, nahm ab und rief den Namen desjenigen ins Treppenhaus hinauf, der am Apparat verlangt wurde – meistens war es einer der beiden Studenten ganz oben.

Im ersten Stock neben James wohnte Jim – was zu einiger Verwirrung hätte führen können, nur daß Jim nie einen Anruf bekam. Er war ein Mann mittleren Alters, der zufällig in der Freeman-Fabrik arbeitete und sich bei Morgengrauen mit dem Fahrrad durch die Stadt auf den Weg zur Frühschicht machte. Das Fahrrad trug er stets die Treppe hinauf und nahm es mit in sein Zimmer, wo er auch ein paar Reservestiefel, Kleidung zum Wechseln, fünf Büchereibücher, die Lebensmittel, die auf seinem kargen Speiseplan standen, und ein Regal voller Notizbücher aufbewahrte, in denen er seine Gedanken und Beobachtungen festhielt.

»Eines Tages werde ich sie veröffentlichen«, vertraute er James an. »Behalte das aber für dich, ich habe es sonst noch niemandem gesagt.«

»Mach ich«, stimmte James zu.

»In einem einzigen Band. Ich werde es ›Tagebuch eines einfachen Mannes‹ nennen.«

»Klingt gut«, ermutigte James ihn.

»Nun, es ist bescheiden«, erklärte Jim. »Und ironisch, wohlgemerkt«, fügte er hinzu. »Es wird ein paar Leute aufrütteln, das sage ich dir.«

Die Studenten oben im Haus – ein Stockwerk über James und Jim – teilten sich, anders als die übrigen Bewohner, eine Spüle, einen Herd und die Küchenschränke auf ihrem winzigen Treppenabsatz. Es war ganz gut, daß sie im obersten Stockwerk wohnten: Der Qualm verkohlter Toasts und angebrannter Pfannengerichte stieg zum größten Teil nach oben, ebenso wie die Klänge der drei Platten, *Dark Side of the Moon, Yessongs* und *Tubular Bells*, die sie pausenlos spielten.

Unter James wohnte eine junge Frau, Pat. Sie blieb tagelang in ihrem Zimmer, wenn sie sich aber blicken ließ, hatte sie es immer eilig, so daß James Monate brauchte, bis er entdeckte, daß sie, wie sie es nannte, eine Aktivistin war – woraufhin er weise nickte und sich fragte, was das wohl bedeutete. Sie kannte Zoe, weil sie ihr ganzes Stempelgeld fürs Kino ausgab, wo sie sich alle Filme ansah, die dort liefen. Sie erzählte James auch etwas über den Mann im Untergeschoß: Er war Pförtner in der Nervenklinik in Middlemore und litt unter Schlaflosigkeit. Wenn er nicht schlafen konnte, sägte er in seinem Zimmer Holz.

»Aber hindert *dich* das denn nicht am Einschlafen?«

»Sicher«, sagte sie und zuckte dabei gleichzeitig mit den Achseln und runzelte die Stirn. »Ich habe ihm gesagt, er solle damit aufhören, aber er meinte, er würde verrückt, wenn er nicht sägen könne. Er fragte mich, was mir lieber wäre: ein Nachbar, der gelegentlich Lärm macht, oder ein Wahnsinniger im Kellergeschoß? Und dann hat er mir Watte gegeben, die ich mir in die Ohren stopfen sollte.« Sie zuckte wieder mit den Achseln. »Nun, man gewöhnt sich an alles.«

Anders als Jims Zimmer war das von Pat vollgestopft. Ein echtes möbliertes Zimmer, dachte James, als er einen Blick durch die Tür warf, die sie offengelassen hatte, um ans Telefon zu gehen, denn das Zimmer sah aus, als hätte man ein ganzes Haus in einen einzigen Raum gepackt: Die eine Wand diente als Küche, die andere war für Kleidung reserviert, an der dritten stand ein Bett, über dem Bücherregale hingen, und an der vierten, neben der Tür, befand sich ein Schreibtisch mit Schreibmaschine, Karteikästen, Papier und Stiften. Oben auf dem Schrank waren Schuhe gestapelt, Kassetten lagen über den Boden verstreut.

Neben Pat, im Zimmer an der Vorderseite des Hauses gleich neben der Eingangstür, lebte eine Frau, von der niemand wußte, wie sie hieß, da sie weder Anrufe noch Post erhielt. Die anderen Bewohner nannten sie die Pflanzenfrau, weil auf ihrem Fensterbrett lauter Blumenkästen standen und an der Gardinenstange keine Vorhänge, sondern Töpfe mit Ampelpflanzen hingen. Das einzige, was man in ihrem Zimmer durch das Blattwerk erspähen konnte, waren noch mehr grüne Blätter in verschiedener Form und Fülle. Sie war eine Frau in mittlerem Alter und mit tadellosem Äußeren; da sie ihr Zimmer jedoch selten verließ, bekamen die anderen sie kaum zu Gesicht. In dem stillen Flur konnte man allerdings manchmal hören, wie sie hinter ihrer Zimmertür mit angenehm murmelnder Stimme Selbstgespräche führte.

Unter der Pflanzenfrau, im Kellergeschoß (neben dem holzsägenden Verrückten), wohnte Shirley, eine große Frau, die wohl etwa so alt war wie die Pflanzenfrau, im Gegensatz zu dieser jedoch immer heillos unordentlich wirkte: Sie trug Kleidung, die ihr entweder zu eng oder aber viel zu weit war, so als hätte sie über Nacht unglaublich zugenommen und sich eilig von irgend jemandem etwas zum Anziehen ausleihen müssen. Sie hatte James von Anfang an freundlich gegrüßt, allerdings traf er sie nie vor Mittag. Shirley war von allen Bewohnern am geselligsten: Sie ging jeden Abend aus und kam spät in der Nacht angeheitert und in Begleitung verstohlener junger Männer nach Hause, die sie stets dazu anhielten, leise zu sein, wenn sie kichernd die Stufen ins Kellergeschoß hinuntertorkelte.

James war es recht, daß er seine Mitbewohner nur flüchtig kannte. Er konstruierte lieber imaginäre Lebensläufe für sie, diese Nebenfiguren in der sich entwickelnden Geschichte seines eigenen Lebens: Jim, ein im Exil lebender Intellektueller; Pat, eine gefährliche Revolutionärin; die Pflanzenfrau, eine vornehme Dame, die alles verloren hatte; Shirley, eine stets betrunkene Prostituierte; der verrückte Pförtner, der kurz davor stand, selbst zum Patienten zu werden, und fade, chaotische Studenten im obersten Stock. Das einzige, was sie alle gemeinsam hatten, war, daß sie die Privatsphäre der anderen respektierten.

Es gefiel James, in einem einzigen Zimmer zu leben. Es gab dort viel Platz. Er hatte eine Kommode für seine Kleidung und einen großen Bücherschrank für seine Fotoausrüstung, die einfach aus Kameras und Objektiven bestand – eine Dunkelkammer brauchte er nicht, weil er abends die Dunkelkammer im Verlag benutzen konnte. Und was Bücher anging, so brauchte er nicht mehr Platz dafür, als die paar eingebauten Regalbretter über seinem Bett boten. Anders als Zoe sah er keinen Sinn darin, Bücher zu behalten, die er sowieso nie wieder lesen würde. Das, was er las, lieh er sich aus der öffentlichen Bibliothek aus. Die einzigen Bücher, die er sich tatsächlich kaufte, waren Fotobände, die er stundenlang studierte, während er sich Zoes Kassette *Italienisch für Anfänger* anhörte.

Er machte es der Pflanzenfrau nach und legte sich ein paar Topfpflanzen zu, die jedoch bald braune Blätter bekamen und welk wurden, egal wie gut er sie goß und mit Pflanzendünger versorgte. Er hatte ein schlechtes Gewissen, weil er rauchte, es drückte ihn jedoch nicht so sehr, daß er damit aufgehört hätte. Schließlich gab er es mit den Topfpflanzen auf und begann, sich an jedem Zahltag nach der Arbeit einen Blumenstrauß zu kaufen, was zu einer lebenslangen Gewohnheit werden sollte. Es sollte jedoch noch eine Weile dauern, bis er die Blumen auch für jemand anderen kaufte.

Als James bei der Zeitung anfing, erhielt er den Lohn eines Lehrlings. Zehn Pfund pro Woche brauchte er davon für die Miete. Nach Abzug einiger anderer Kosten blieb ihm nur wenig Geld für Essen übrig, und so ernährte er sich höchst einseitig von Porridge zum Frühstück, Käsebroten zu Mittag und einem geschmacklosen Eintopf am Abend. Es war kein Problem für ihn, daß ihm als einzige Kochmöglichkeit lediglich ein Baby Belling zur Verfügung stand und daß er keinen Kühlschrank hatte und seine Milch deshalb wie seine Mitbewohner draußen aufs Fensterbrett stellen mußte. Der einzige Luxus, den er sich leistete, war kolumbianischer Kaffee aus der Markthalle, wo die Bohnen mit einer Maschine gemahlen und der Kaffee dann in feste, weiße Papiertüten verpackt wurde. Jeden Samstagmorgen kaufte er als erstes ein Pfund Kaffee und steckte es in seine Jackentasche, so daß der wunderbare Duft ihn auf seinem Heimweg durch die Stadt begleitete.

Als James erst einmal zum Fotografenteam der Zeitung gehörte, bekam er eine Lohnerhöhung. Nun hatte er mehr Geld zur Verfügung, und sein Lebensstandard stieg: Er rasierte sich mit Boots' Rasierschaum, anstatt sich Schaum aus gewöhnlicher Seife zu schlagen, und brachte seine Kleidung in den Waschsalon, wo er sie waschen ließ, anstatt stundenlang vor der Maschine zu warten und zuzusehen, wie sie sich in der Trommel drehte. In der Ecke des Zimmers, die ihm als Küche diente, wurde das Sonnenblumenöl von kaltgepreßtem Olivenöl abgelöst, Margarine durch Butter ersetzt und Orangenlimonade durch reinen Fruchtsaft. Sein Vorrat an Äpfeln weitete sich zu einer abwechslungsreichen Obstschale aus. In der französischen Patisserie, die vor kurzem in der Gray's Road eröffnet hatte, kaufte er Croissants und im Delikatessengeschäft in der Nähe des Kinos Wein. James lebte zufrieden im Rahmen seiner Mittel. Aufgrund seines Presseausweises und seiner Kamera erhielt er freien Zutritt bei Musikveranstaltungen, Fußballspielen und Premierenvorstellungen im Stadttheater. Er drehte sich seine Zigaretten selbst (durch Übung war er besser geworden, so daß Zoe sich jetzt nicht mehr über die Joints beschwerte, die er für sie drehte, wenn er auf Besuch war) und kaufte auf Flohmärkten und in den Geschäften der Wohltätigkeitsorganisationen ein.

Eines Abends klopfte es an der Tür seines möblierten Zimmers. In der Erwartung, Pat oder Jim vor der Tür stehen zu sehen, öffnete er. Es war Simon. Er warf an James vorbei einen Blick ins Zimmer.

»Mein Gott«, rief Simon. »Was ist das denn für ein Rattenloch!«

James machte für sie beide Kaffee, und Simon wollte wissen, wie lange sich James noch von der Familie fernhalten würde. »Wenn du schon in einem Loch sitzt, Schätzchen, dann hör um Himmels willen auf zu graben.«

»Ich gehe nie mehr zurück«, erklärte James ihm. »Ich werde es aus eigener Kraft schaffen. Da gibt es nichts mehr zu diskutieren, Simon.«

»Du bist ein eigensinniges kleines Arschloch«, hielt Simon ihm vor. »Und nebenbei bemerkt«, sagte er, da er akzeptiert hatte, daß es zu diesem Thema wirklich nichts mehr zu sagen gab, »wie erträgst du es, die Kleidung von Verstorbenen zu tragen?«

»Nun, die hat wenigstens schon jemand für mich eingetragen«, meinte James lächelnd.

»Wenn ich dich das nächste Mal besuche«, sagte Simon beim Gehen, »lade ich dich zum Essen ein. Du bist ja dürr wie eine Bohnenstange.«

Es dauerte nicht lange, bis James sich unter den Fotografen der Zeitung etabliert hatte. Was immer ihm an Selbstbewußtsein fehlte, glich er mit seiner Bereitschaft, auch ungeliebte Aufgaben zu übernehmen, aus. Anfangs hieß das, daß er mit langweiligen Routinejobs betraut wurde, wie zum Beispiel Fotos von Stadträten zu machen, die Bäumchen pflanzten, von Gebäudefassaden, hinter denen etwas passiert war, und von sommerlichen Verkehrsstaus auf der Umgehungsstraße. Bald jedoch wurde er auch früh am Morgen oder in dringenden Fällen mitten in der Nacht angerufen – weshalb James sich gezwungen sah, eine eigene Telefonleitung in sein Zimmer legen zu lassen, da die anderen Bewohner des Hauses anfingen, sich zu beschweren. Die einzigen Aufgaben, die zu übernehmen er sich weigerte, waren jene, die mit seinem Vater zu tun hatten, worauf Roger diese taktvoll jemand anderem zuwies.

Im Laufe des Jahres 1975 lernte James nach und nach die Stadt kennen, in der er aufgewachsen war. Als Kind hatte er sich stets in Gebäuden und einzelnen, begrenzten Gebieten (seinem Zuhause, der Schule, den Elternhäusern seiner Freunde, dem Swimmingpool) aufgehalten und hatte sich auf Straßen und Wegen bewegt, die wie die gebogenen Speichen eines verbeulten Rades vom Haus auf dem Hügel wegführten. Wenn er jetzt auf seinem Rennrad, die Kamera in einer Satteltasche verstaut, unterwegs war, lernte er wie ein Taxifahrer alle Straßen der Stadt und den Verkehrsfluß kennen, dazu die Rad- und Fußwege, den Treidelpfad am Kanal entlang und Hunderte von Abkürzungen.

Er prägte sich die Geographie der Stadt als Serie von Karten mit spezieller Bedeutung ein, die er im Geiste wie ein von A bis Z durchnumeriertes Gitter über die Stadt legen konnte, wobei bestimmte Orte farbig gekennzeichnet waren: grün die Parks und Fußballfelder; rot, blau und orange (später kam noch ein weiteres, dunkleres Grün hinzu) die Häuser der Stadträte; gelb die Schulen; violett die Wirkungsstätten der verschiedenen Künstler der Stadt – Schriftsteller, Maler, Sänger, Musiker; schwarz die dunklen Pubs und Clubs und braun die Aussichtspunkte, von denen man einen guten Blick auf die Stadt im Tal hatte.

James bekam von den anderen Fotografen schon bald einen Spitznamen verpaßt. Roger beugte sich über James' Kontaktbögen, deutete auf Fehler, die er seiner Meinung nach begangen hatte, und gab ihm Ratschläge, wie er Rahmung und Komposition den Erfordernissen entsprechend verbessern konnte, und das hieß, wie Mr. Baker einmal erklärt hatte, vor allem nach Schlichtheit zu streben. Es war Roger, dem zuerst auffiel, daß sich auf fast jedem Kontaktbogen zumindest ein Bild fand, das ein wenig schief war. Außerdem gab es immer einzelne Fotos, die hastig, im Laufen, geschossen worden waren.

»Seht euch seinen Gang an«, machte Derek Moore die anderen aufmerksam. »Seht, wie er torkelt. Kein Wunder, daß die Fotos schief sind. Eigentlich müßte man erwarten, daß sie es *alle* sind.«

Und so nannten sie ihn in der Anfangszeit den Torkler und forschten auf seinen Filmrollen nach Fotos, die diese These erhärteten. Wenn sie dann ein eklatantes Beispiel gefunden hatten, machte Keith eine Vergrößerung davon, die sie im Büro an die Wand hefteten und beim Tee mit gespieltem Ernst diskutierten.

»Seht euch an, wie der Torkler das hier komponiert hat«, sagte Frank: »Er hat den Rahmen gekippt, so daß es aussieht, als würde die Bürgermeisterin gleich links aus dem Bild herausrutschen.«

»Ja«, stimmte Derek zu, »das ist ein subtiler Hinweis darauf, daß das Ende ihrer Amtszeit naht.«

»Und auch, so denke ich«, sagte Keith, »eine versteckte Kritik an dem ganzen pompösen Drum und Dran. Ich habe doch recht, Kumpel?«

»Das ist ziemlich subversives Material, Torkler«, sagten sie zu ihm. »Mr. Baker wird das zwar niemals durchgehen lassen, aber zumindest ist es ein interessanter Versuch.«

James lächelte matt, machte gute Miene zum bösen Spiel und konzentrierte sich im folgenden dann bei jedem Auftrag darauf, diese Eigenart aus seinen Arbeiten zu eliminieren. Zuerst regte ihn diese Neckerei – und noch mehr der Grund, der dahintersteckte – auf, und er vertraute sich Zoe an.

»Alles, was ich dazu sagen kann, ist: Vergiß den Rat, den ich dir gegeben habe«, sagte sie, als sie einige der schiefen Fotos sah.

James runzelte die Stirn. »Welchen Rat?« fragte er.

»Das Fotografieren aufzugeben und Filme zu machen. Sie wären alle ganz verwackelt, James. Außer, natürlich«, sie zögerte, und ihr Blick wanderte in die Ferne, »außer du verzichtest auf die Handkamera. Heh, vielleicht torkelt Bresson ja auch.«

»Du bist mir wirklich eine große Hilfe«, beklagte sich James, Zoe aber beachtete seinen Einwurf gar nicht.

»Und Ozu ebenfalls«, fuhr sie fort. »Trotzdem«, überlegte sie, »erklärt das nicht, warum er alles aus Kniehöhe filmt.«

»Wovon redest du überhaupt, Zoe?« stöhnte James. »Du hast mir gar nicht zugehört.«

»Natürlich habe ich dir zugehört, Schätzchen«, sagte sie. »Schau, James. Kümmere dich nicht darum, was andere Leute sagen. Oder nimm dir wenigstens Cocteaus Rat zu Herzen: Er meinte, ein Künstler solle sich genau merken, was den Kritikern an seinen ersten Arbeiten nicht gefällt, denn möglicherweise wäre dies das einzig Schöpferische und Wertvolle an seinem Werk.«

James runzelte die Stirn. »Ich bin kein Künstler. Und überhaupt, wer ist Kocktoh?« fragte er.

Zoe schlug sich mit der Hand an die Stirn. »Ach, diese jugendliche Ignoranz! Du gehst jetzt auf der Stelle nach unten. Ich zeige dir einen sagenhaften neuen Film aus Griechenland über eine wandernde Theatergruppe. Er lief erst letzte Woche auf dem Londoner Filmfestival.«

»Ich muß jetzt gehen, Zoe, ich bin verabredet.«

»Unsinn. Du siehst dir diesen Film an, und wenn ich dich an deinem Sitz festbinden muß.«

Die anderen Fotografen waren wahrscheinlich zu sehr damit beschäftigt, bei James nach schiefen Aufnahmen zu suchen, um zu registrieren, daß seine Fotos im Laufe jener ersten Jahre immer gewagter wurden. Beeinflußt von den Meisterfotografen, deren Bildbände er in seinem möblierten Zimmer studierte, machte er Nahaufnahmen von Lokalpolitikern und anderen Würdenträgern und zeigte sie im Stile von Arbus oder Brand in grellem Licht oder halb im Schatten, je nachdem, was er bei ihnen an Eigendünkel oder Verlogenheit entdeckte. Wenn man ihn losschickte, um eine Fotoserie vom Stadtzentrum zu machen, streifte er, mit scharfem Blick wie ein Raubvogel, stundenlang zwischen Passanten und Arbeitern umher und suchte wie Cartier-Bresson nach dem besonderen Augenblick. Wenn er Kindersportveranstaltungen ablichten sollte, nahm er mechanisch die Gewinner auf und trödelte dann herum, in der Hoffnung, ein Bild mit dem Charme und dem Humor eines Doisneau zu erhaschen. Seine Fotos hatten immer noch nichts Originäres, im Kontext der Provinzzeitung waren sie jedoch radikal.

Es war Mr. Baker, dem als erstem auffiel, daß die Abzüge, die James den Redakteuren unterbreitete, alles andere als konventionell waren. Er rief James in sein Büro: Auf seinem Schreibtisch lagen drei neuere Ausgaben der Zeitung ausgebreitet, jeweils auf einer Seite aufgeschlagen, auf der eines von James' Fotos zu sehen war. Mr. Baker begann, noch einmal die Richtlinien darzulegen und zu erklären, was die Leser von dieser Zeitung erwarteten: Klarheit und Schlichtheit. James hörte ihm ruhig, höflich und dankbar für die Zurechtweisung zu. Erst als der Verleger geendet hatte, sagte James: »Vielen Dank, Mr. Baker, ich bin mir dessen bewußt«, bevor er das Zimmer verließ.

Da jeder wußte, daß es einer milden Rüge gleichkam, in Mr. Bakers Büro gerufen zu werden, allerdings einer, die eine schärfere gar nicht nötig machte, weil man daraufhin spurte oder sich einen anderen Job suchte, wurde auch den anderen Fotografen James' Nonkonformismus bewußt. Sie nahmen aber an, daß es sich dabei um eine jugendliche Phase handelte, die von ihrem wachsamen Verleger sowohl erkannt als auch beendet worden war. Das war jedoch nicht der Fall. James besaß weder den Mut noch das Selbstvertrauen, um ein Rebell zu sein, aber eines besaß er – und das sollte er während all dieser Jahre der Freiheit und Einsamkeit auch nicht ablegen –, und das war Eigensinn. Sein Torkeln war vergessen, als die Kollegen seine Kontaktbögen statt dessen nach unerlaubten Bildern absuchten, die todsicher nicht den Richtlinien entsprachen, an die man sich hier zu halten hatte.

»Das kriegst du bei Mr. Baker niemals durch«, sagte Keith zu ihm und starrte dabei auf den feuchten Abzug, auf dem ein örtliches Parlamentsmitglied zu sehen war, das auf einer Gartenparty vor einer Gruppe loyaler Wähler eine Rede hielt. Der Redner war mit Weitwinkelobjektiv aufgenommen, während die Sonne direkt hinter ihm stand und auf diese Weise einen sardonischen Heiligenschein um seinen Kopf bildete.

Keith hatte in diesem Fall recht, aber James war nicht dumm: Er sicherte sich stets mit einfacheren Fotos ab. Es hatte keinen Sinn, arbeitslos zu sein. Er hatte nicht die Absicht, zu den frühesten Abenteuern mit einer leeren Kamera zurückzukehren. Aber er war sich sicher, daß seine kühneren Fotos auch die besseren waren. Mit der Zeit sicherte er sich immer weniger ab.

Erst im langen heißen Sommer von 1976 merkten die Bewohner des Hauses auf dem Hügel langsam, daß Edna sich verändert hatte, denn sie klagte niemals und veranstaltete nie großen Wirbel. Die Marotten der Kinder, Charles' Stegreifparties, Simons Launen und das endlose, unvorhersagbare Kommen und Gehen, bei dem sie nie wußte, wie viele Personen am Abendbrottisch sitzen würden, damit war sie über all die Jahre fertig geworden und hatte lediglich einmal eine Augenbraue hochgezogen. Ihre Fähigkeit, den Inhalt der Speisekammer zu strecken, während sie mit stets guter Laune die Geschmacksknospen mit meisterlichen Torten, Pasteten und Mehlspeisen verwöhnte, war so unaufdringlich, daß das alle als selbstverständlich nahmen.

Selbst Simon mit seinem hochempfindlichen Gaumen brauchte eine Weile, um zu merken, daß Ednas Speisen immer mehr ihren Geschmack verloren. Er schaffte es nicht, Edna das zu sagen, nicht so sehr, weil er sie nicht aufregen wollte, sondern weil sie unnahbar geworden war: Er war so daran gewöhnt, daß sie seinen Morgengruß beim Frühstück oder seine Bitte um ein besonderes Gericht mit einem unterwürfigen Lächeln auf ihrem dicken Gesicht erwiderte, daß er ein trauriges Angstgefühl in der Magengrube verspürte, als sie plötzlich damit aufhörte. Also nahm er Laura beiseite und informierte sie darüber, daß die Gerichte ihrer Mutter keinen Geschmack mehr hatten.

»Ich weiß«, stimmte Laura zu. »Ich denke, sie hat zu essen aufgehört.«

»Das kann nicht sein«, sagte Simon. »Sie ißt genauso wie immer«, behauptete er, da Edna sich immer noch zum Abendessen hinsetzte und sich die übliche Spatzenportion auf den Teller auftat. Laura mußte ihm klarmachen, daß Edna stets mehr gegessen hatte als alle anderen, weil sie, ohne daß ihr das bewußt gewesen wäre, von allem, was sie gerade kochte, immer wieder einen Bissen gekostet hatte, um den Geschmack zu überprüfen.

»Damit hat sie aufgehört«, erklärte Laura. »Sie arbeitet jetzt ganz automatisch, mißt und wiegt nach den Rezepten ab. Sie *riecht* die Speisen nicht einmal. Wenn ich ihr sage, daß sie irgendwo mehr Knoblauch oder Koriander verwenden könnte, schickt sie mich einfach aus der Küche.«

Laura beschloß, Stanley ins Vertrauen zu ziehen. Sie erzählte ihm von Simons Beobachtung und davon, daß Edna sich nicht mehr mit kleinen Häppchen durch den Tag knabberte. Stanley war erleichtert.

»Das erklärt, warum sie so abnimmt«, erwiderte er.

»Sei nicht albern, Papa«, meinte Laura zu ihm, »sie hat nicht ein Gramm verloren.«

Laura hatte recht, aber Stanleys Fehlinterpretation war verständlich: Mit Edna passierte irgend etwas, und was immer es war, es hatte starke Ähnlichkeit mit einer Fastenkur. Dunkle Schatten lagen unter ihren Augen, die einen gehetzten Ausdruck angenommen hatten. Ihre einst fließenden Bewegungen wirkten verwischt, so als setzten sie ein wenig später ein, als sie es eigentlich hätten tun sollen. Und man fand sie jetzt, nachdem sie ein Leben lang ständig in Bewegung gewesen war, wie sie, eine Rührschüssel im Schoß, in der Küche auf einem Schemel saß und ins Leere starrte.

Allmählich begannen auch andere etwas zu merken. »Tante Edna hat ja ein ganz rotes Gesicht«, meinte Alice, die in den Ferien nach Hause gekommen war, zu Laura. »Geht es ihr nicht gut?«

Einer der Gärtner erzählte Stanley, daß er Edna auf dem Weg zum Komposthaufen hätte stolpern sehen, und dann rief seine Schwester Pauline an, weil sie gehört hatte, daß man Edna an diesem Morgen auf dem Markt zum Taxi hatte führen müssen. Selbst Robert – der die meiste Zeit Gott weiß wo verbrachte und sein Erscheinen zu Hause auf das sonntägliche Mittagessen beschränkte – rief am nächsten Tag an. Wie es der Zufall wollte, nahm Laura ab.

»Hallo«, sagte er.

Es folgte eine Pause. »Ist Simon da?« hörte sie die vertraute, kiesige Stimme.

Laura zögerte ebenfalls kurz. »Ich gehe nachsehen«, erwiderte sie.

Simon kam herunter und nahm den Hörer.

»Kennst du meinen Kumpel Radko?« fragte Robert.

»Nein«, erwiderte Simon. »Sollte ich das?«

»Also«, erklärte Robert, »er hat heute Kleidung aus der Reinigung bei euch abgeliefert, das macht er schon seit Jahren. Und er sagte, Edna hätte ihn nicht erkannt. Sie hat ihm sonst immer etwas von ihrem Gebäck gegeben und ist herausgekommen, um seinen Hund im Lieferwagen zu streicheln. Heute aber hat sie ihn nicht erkannt.«

»Danke, Robert«, sagte Simon, überrascht darüber, wie gesprächig sein Bruder war.

»Ist mit ihr irgend etwas nicht in Ordnung, Simon?« fragte Robert.

»Es geht ihr gut, Robert«, versicherte Simon ihm. »Aber ich halte die Augen offen und sag dir Bescheid.«

»Gut. Wir sehen uns am Sonntag.«

Es war an einem Sonntagmorgen in den Osterferien 1977, als Charles Alice bat, alle, die sie im Haus finden konnte, alle, außer Edna, auf einen Sherry in sein Arbeitszimmer zu bitten. Als sie sich – einschließlich Zoe und einer mit Simon befreundeten Sekretärin – dort versammelt hatten, erklärte Charles Stanley, daß er das Gefühl habe, Edna hätte in letzter Zeit zu hart gearbeitet.

»Ich dachte«, fuhr er fort, »wir beide könnten diesen jungen Leuten hier klarmachen, daß wir Edna ein bißchen mehr achten und ein bißchen weniger von ihr verlangen sollten. Wir haben das, was sie für uns tut, immer als selbstverständlich angesehen.«

Charles beendete seine kurze Rede als Familienoberhaupt und war enttäuscht darüber, daß ihm die anderen Mitglieder des Haushalts offenbar ein gutes Stück voraus waren. Zumindest aber hatten sie sich auf seine Veranlassung hin im selben Zimmer zusammengefunden, und während sie in der nächsten halben Stunde über ihre Besorgnis, ihre Beobachtungen und ihre Erinnerungen sprachen, wurde ihnen reichlich spät klar, daß diese fröhliche, runde Tante ihnen allen wie eine Mutter gewesen war, und das nicht erst seit Marys Tod, sondern auch schon vorher.

Sie wurden vom nachdrücklichen Scheppern des Gongs im Flur unterbrochen, mit dem Edna sie zum sonntäglichen Mittagessen rief. Während des ganzen Essens, dessen Hauptgang aus zähem Rindfleisch, klebrigen Bratkartoffeln, schwerem Yorkshirepudding, faden Erbsen, geschmacklosen Pastinaken und wäßriger Soße bestand, unterhielt man sich weiter. Es war eine Unterhaltung voll gezwungener Jovialität, in der sie Edna in den höchsten Tönen lobten, ohne ihr dabei in die Augen zu sehen. Sie pickte die wenigen Erbsen von ihrem Teller, räumte den Tisch ab, servierte das Dessert und setzte sich hin. Dann knallte sie plötzlich ihr Schälchen auf den Tisch und stand wieder auf.

»Um Himmels willen«, japste Edna, »haltet ihr mich denn alle für blöd? Kann man denn nicht ein bißchen Sodbrennen haben, ohne daß es gleich zum Stadtgespräch wird?«

Sie starrten alle mit ängstlich verlegenem Blick auf ihre Teller. Nur Charles und Laura sahen sie direkt an.

»Es reicht mir jetzt, Charles«, erklärte Edna. Sie wandte sich an Laura. »Und sag deinem Vater, daß er das Auto aus der Garage holen soll. Ich fahre zu meiner Schwester.«

Sie marschierte auf die Hintertür zu, die zu ihrem Wohnbereich führte. Stanley stieß, sich selbst vergessend, hervor: »Was willst du denn da?«

Edna drehte sich um, sprach aber nicht Stanley, sondern Laura an. »Sag deinem Vater, daß ich meine Schwester schon viel zu lange nicht mehr gesehen habe und es Zeit ist, daß ich Urlaub mache. Sag ihm, daß Laura das Kochen übernehmen kann«, fügte sie hinzu und verheddere sich dabei in ihrer absurden, im Zickzack verlaufenden Kommunikation. »Wenn sie inzwischen nicht gelernt hat, ordentlich zu kochen, dann lernt sie es ohnehin nicht mehr.«

Edna hinterließ ein angespanntes Schweigen, als sie in ihr Zimmer ging und ihren Koffer packte. Es reicht mir, entschied sie. Dieses Haus mit diesem rechthaberischen Hanswurst, der glaubt, er sei sonstwer – Winston Churchill vielleicht? –, steht mir bis hier. Und dazu noch seine Söhne, dieser Robert zum Beispiel, ich habe ihm nie getraut und traue ihm auch jetzt nicht, und dann der aufgeblasene Simon, der mich wie eine Sklavin behandelt. Was für eine Sippschaft, da kochst du tagein, tagaus für sie, es geht zum einen Ende rein und kommt am anderen wieder raus, ohne daß du jemals ein Wort des Dankes zu hören bekommst. Wofür? Ich habe jetzt genug von diesem dummen, hilflosen Mädchen, wie konnte sie das nur tun? Das, was man ihr angetan hat, hat sie nicht verdient, aber wie konnte sie nur so dumm sein? Alice wäre so etwas nicht passiert, das arme Mädchen, sie hätte meine Tochter sein sollen. Laura ist die Tochter ihres Vaters: Man braucht sie nur anzusehen, es liegt auf der Hand. Der Mistkerl, verprügelt unser Kind, weil er in seinem Stolz verletzt ist, nur weil es der Sohn vom Boß war, und dann weint er sich jede Nacht in den Schlaf. Er hat jetzt zwei Jahre Zeit gehabt, um zu sagen, daß es ihm leid tut, und er kann es immer noch nicht, wie konnte ich ihn nur je lieben?

Zum Teufel noch mal, dachte sie, ich habe dieses lächerliche Herzklopfen wirklich satt. Beruhige dich, Frau, atme tief durch, genau so, setz dich, laß den Koffer einfach auf dem Boden stehen. Dieses Gehämmere in meinem Inneren steht mir bis hier, dieses ewige Bumm-bumm. Wenigstens kann es niemand hören. Aber vielleicht können sie es doch. Bumm-bumm, bumm-bumm, bumm-bumm.

Laura räumte in der Küche den Tisch ab, während Simon zum

ersten Mal in seinem Leben abspülte. Zoe und Simons Freundin trockneten schweigend ab. Stanley fuhr den kleinen Lieferwagen im Rückwärtsgang aus der Garage. Charles und Robert blieben am Tisch sitzen. Niemand sagte ein Wort.

Es war Robert, der plötzlich seinen Stuhl zurückschob und mit entschlossenem Schritt zu Stanleys und Ednas Schlafzimmer ging. Er steckte den Kopf zur Tür herein und war sehr erleichtert: Edna machte einfach nur ein Nickerchen. Sie lag friedlich auf ihrem Bett, die Hände über dem Bauch verschränkt. Robert wollte sich leise zurückziehen, aber er konnte nicht. Er wußte, daß er seiner schlimmen Vorahnung mehr trauen konnte als seinen Augen. Gerade eben – während er am Tisch saß – hatte er nämlich dasselbe Brennen in der Stirn und das gleiche flüchtige und undefinierbare Wechseln des Lichts gespürt wie damals an jenem Nachmittag vor vielen Jahren, als er von der Schule nach Hause gekommen war und Alfred tot zwischen den nackten Rosenstöcken gefunden hatte.

»Scheiße«, sagte Robert zu sich. Ich will das nicht, dachte er.

Robert ging zögernd ins Zimmer und zum Kopfende von Ednas Bett. Ihre Augen mit den dunklen Schatten und ihr verzerrter Mund waren leicht geöffnet. Auf ihrem bleichen Gesicht lag ein Ausdruck der Überraschung.

Diesmal grinste Robert nicht, aber der Tod machte ihm auch keine angst. Er schloß ihr die Augen, formte ihren Mund so, daß er zufriedener aussah, und hoffte, daß er nicht wieder aufklappen würde. Dann verließ er das Zimmer, um es zuerst Stanley zu sagen.

Da keiner der Anrufe James erreicht hatte, die Simon und Zoe mit der Bitte um Rückruf bei ihm zu Hause machten, erfuhr er erst am nächsten Morgen bei der Arbeit von Ednas Tod, als eines der Schreibmädchen in der Fotoabteilung anrief und von der Todesanzeige berichtete, die gerade vom Haus auf dem Hügel aufgegeben worden war. James schickte Laura eine Kondolenzkarte und ging mit einem Kranz zum Begräbnis, blieb aber ganz hinten stehen und stahl sich davon, bevor er Stanley oder jemand anderem sein Beileid aussprechen mußte.

Im Sommer 1977 hatte die Königin ihr fünfundzwanzigjähriges Krönungsjubiläum. Tagsüber war James für die Zeitung in der

Stadt unterwegs und fotografierte Straßenfeste, die, wie überall im Land, zu Ehren der Monarchin stattfanden. Die Männer kletterten auf Leitern, befestigten an den Dachrinnen Schnüre, zogen sie kreuz und quer über die Straßen und hängten Flaggen daran. Union Jacks flatterten im Wind, während die Frauen Picknicks mit Wurstbrötchen, Tomatensalat, Krönungshühnchen, Pastetchen, Sandwiches, Biskuitdesserts, Götterspeise und Brause zubereiteten. Die Kinder stopften sich voll und wurden von all dem Zucker ganz überdreht. Sie zappelten während schwülstiger Reden nervös herum und rannten durch die Straßen, so wie ihre Großeltern es einst getan hatten. Nachbarsfehden waren vergessen, ältere Leute, einsame Menschen, denen der Tod ihre Lieben geraubt hatte, fanden sich plötzlich mitten im Leben wieder, und Familien, die sich hinter selbsterrichteten Mauern und Gartenhecken versteckt hatten, kamen jetzt hervor, unterhielten sich miteinander und sagten: »Das Ganze ist doch eigentlich etwas für die Kinder, oder?«, bevor sie für die Nationalhymne unsicher Haltung annahmen.

Überall war das Bildnis Ihrer Majestät zu sehen: auf Plakaten, Tellern, Kaffeebechern und Münzen.

Pat, die Mieterin aus dem Erdgeschoß, stand gerade im Flur, als James nach Hause kam. »Das alles ist so verdammt deprimierend, findest du nicht auch?« fragte sie. »Hast du Lust auf eine Tasse Tee? Dann komm in die Republik Gath.«

Außer ihr war niemand mehr im Haus: In der Straße, in der sie wohnten, fand ebenfalls eine Party statt. James, der sich eilig durch die Menge hindurchgeschlängelt hatte, war überrascht – und enttäuscht –, als er entdeckte, daß auch seine exzentrischen Mitbewohner mitfeierten und genauso normal wie alle anderen wirkten.

1977: Das war der Sommer der *Sex Pistols*. Nachts ging James in einen oder auch in beide der schmuddeligen Pubs in der Stadt, in denen Hinterhofbands aus der Gegend spielten und gelegentlich auch eine Punkgruppe auftrat. Junge Leute mit erstaunlichen Frisuren und Sicherheitsnadeln durch Ohren und Nase, in Mohairpullovern, löchrigen Drillichanzügen, zerrissenen T-Shirts, Strumpfhosen mit Laufmaschen und mit einem Ausdruck mürrischer Herablassung auf dem Gesicht kamen aus verborgenen Ecken der Stadt in diese beiden Pubs, das Oranges and Lemons an der South Bridge und das Queen's Head in der Nähe des Bahnhofs.

Die Bands schlugen auf ihre Instrumente ein, traktierten sie, bis diese unmelodische Lärmeruptionen von sich gaben. Es waren kurze Lieder voll wütender, komprimierter Energie. Das Publikum empfing die Bands nicht mit Applaus, sondern mit Speichel, einem Schauer von Schleimklumpen, der auf die Gitarren klatschte und deren Zorn noch steigerte. Hielt die Band dem jedoch stand, gewann sie über ihre Zuhörer allmählich die Oberhand, während diese Pogo tanzten, einen Tanz wilder Befreiung, bei dem sie gegeneinander anrannten und wie geistesgestörte Lachse in die Luft sprangen.

In diesem Jahr hatte James stets eine alte Kamera und ein lädiertes Objektiv dabei. Er knipste die Bands und deren Fans – machte Fotos, von denen er einige an die Musikpresse verkaufte, meistens aber verschenkte er sie, entweder an die in dieser Zeit wie Pilze aus dem Boden schießenden Fanzines oder an die Bands selbst –, deponierte seine Kamera dann hinter der Bar und warf sich in die wogende Masse von Leibern. Er konnte nicht tanzen. Wegen seiner unsicheren Hüften und seines mangelnden Rhythmusgefühls hatte er die verschiedenen Discos, in die man ihn gelegentlich mitgeschleppt hatte, gehaßt. Pogo zu tanzen war jedoch etwas anderes. Das konnte jeder. Es sah lächerlich aus, aber man fühlte sich herrlich dabei. James schob sich in die Menge wie in einen überfüllten Strafraum, sprang anderen Leuten auf die Schultern, um an Höhe zu gewinnen, und prallte gegen ihre Leiber, während Schweißtropfen aus nassen Haaren durch die dunkle Luft sprühten, in diesem asexuellen Tanz voll sexueller Energie, in diesem Getöse aus Musik und Rückkopplung, das aus den Lautsprechern brüllte, in diesem Hüpfen und Springen, bis man alles vergaß.

Im Frühherbst des Jahres 1978 genehmigte der Stadtrat zum ersten und letzten Mal ein Punkkonzert in der Stadthalle. Es standen drei Bands auf dem Programm: *Suicide* – zwei kummervolle Amerikaner im Anzug, mit Sonnenbrille und Synthesizern –, eine heisere Frauenband, die *Slits*, und, als Stars des Abends, *The Clash*.

Gegenüber dem Mischmasch aus Studenten, Rastafaris, Althippies, Greasers und vor allem Stadtbewohnern ohne Stammeszugehörigkeit – unter ihnen auch Laura und Alice, die sich in diesem Sommer gerade zwischen Schule und College befanden, und Lewis, der mit seiner mobilen Disco in den Pausen für Musik sorgte –, bildeten die wirklichen Hardcorepunks eine kleine Minderheit.

Das Konzert war schnell ausverkauft. Die einzige Jugendgruppierung, die dem Ereignis offenbar nicht beiwohnen wollte, waren die Skinheads aus der Siedlung im Süden. Sie kamen aber dennoch in die Stadt, um wie ein böser Wespenschwarm aus den Gassen des Stadtzentrums über die Punks herzufallen, bis schließlich die Polizei eingriff. Trotzdem gelang es einigen Skinheads, dank ihrer Aggressivität, sich ohne Karten durch die Eingangstüren und die breite Treppe hinauf in den Saal zu drängen, wo sie mit finsterem Gesicht umhergingen und hier und da eine Schlägerei provozierten, bis selbst sie von der dichten, erwartungsvollen Atmosphäre in Bann gezogen wurden.

Die breite Treppe endete in einem Absatz, über den man durch eine Flügeltür direkt in den Hauptsaal gelangte. Zu beiden Seiten des Absatzes befanden sich weitere Türen. Dahinter führte jeweils eine Treppe zu einem Balkon hinauf, der seitlich und hinten um den Saal herumlief. Man hatte diese Treppen mit einem Seil abgesperrt, die Türen konnte man jedoch nicht absperren, weil das auch die Fluchtwege nach unten zu den Notausgängen blockiert hätte.

Während die erste Band spielte, standen viele Konzertbesucher noch an der Bar an der Seite des Treppenabsatzes, während andere gerade erst eintrafen. Es gab noch viel Platz im Saal. Das Publikum zeigte sich bislang nur begeistert beim Spucken. Der Speichelschauer wurde immer dichter, bis die bemitleidenswerten amerikanischen Musiker hinter ihren Synthesizern schlappmachten – fast schien es, als weinten sie hinter ihren dunklen Sonnenbrillen – und mitten im Stück die Bühne verließen. Sie sahen dabei aus, als wollten sie auf der Stelle ihrem Bandnamen Ehre erweisen – und sich umbringen. (James machte ein Foto von der schleimigen Attacke, das in der darauffolgenden Woche im *New Musical Express* veröffentlicht wurde, zusammen mit einem Leitartikel, der unter der unbeholfenen Überschrift AUSHUSTEN VERBOTEN etwas verdammte, was das Magazin früher verteidigt hatte.)

Als nach einer ungewöhnlich langen Pause die *Slits* auf die Bühne kamen, wogten im Saal bereits die Menschenmassen, und dies in einem Saal, der für eine solche Menschenmenge nicht ausgelegt war, jedenfalls nicht für eine, die außer Rand und Band geraten war. In diesem Saal fanden zwar oft Konzerte statt, aber dann mit klassischer Musik, Blaskapellen oder dem Stadtchor. Die Stabilität der Bodendielen wurde an Mittwochabenden beim Tanztee vorsichtig geprüft und ein wenig nachdrücklicher bei professionellen Wrestlingveranstaltungen, weniger von den Kämpfern selbst (ihr Ring war ein Stück vom Boden entfernt aufgebaut) als vielmehr von Handtaschen schwingenden Zuschauerinnen, die angesichts der gemeinen Finten des Schurken in gerechten Zorn gerieten.

Später sickerte durch, man hätte, obwohl der Balkon an diesem Abend gesperrt gewesen war, so viele Karten verkauft, als wäre er, wie üblich, offen gewesen. Das hatte zur Folge, daß Nachzügler und die Besucher der Bar, die sich nicht mehr hinten in den Saal hineinquetschen, geschweige denn die herumkreischenden Furien auf der Bühne sehen konnten, über die Seilabsperrung kletterten und die Seitentreppen zum Balkon hinaufstiegen. In diesem Bereich gab es zu wenig Ordner, um die Leute aufzuhalten, so daß sie den Versuch bald aufgaben und statt dessen die Seile ganz entfernten, damit wenigstens niemand zu Fall kam.

Die *Slits* hatten mit ihrem unablässig hämmernden Schlagzeuger, der kühl distanzierten Gitarristin und der kreischenden Sängerin, einem grell aussehenden Schulmädchen mit Medusenhaar, inzwischen ein unmelodiöses Klangchaos entfacht, mit dem es ihnen aber nichtsdestotrotz gelungen war, die aufgeregte Atmosphäre noch aufzuheizen. Gegen Ende ihres Auftritts hatte man vorn an der Bühne bereits zu tanzen begonnen.

Als die Gruppe die Bühne verlassen hatte, pumpte Lewis' Soundanlage ohrenbetäubend laute Reggaeklänge in den Saal. Der Baß war so weit aufgedreht, daß sich die pulsierenden Schläge an den Wänden entlang fortpflanzten. Der süße Duft von Cannabis mischte sich mit dem Geruch von Schweiß und verschüttetem Bier. Vom Balkon aus sah James – der dort hinaufgestiegen war, um einen neuen Blickwinkel zu bekommen –, wie die Musik in die wehrlosen Körper der Leute fuhr und eine langsame, wellenförmige Bewegung durch das Publikum lief: Die Menge stand kurz davor, zur entfesselten Masse zu werden.

Der an diesem Abend verantwortliche Leiter des Ordnungsdienstes, der an der Eingangstür des Saales stand, starrte über die Köpfe hinweg durch den Tabakdunst zu den betrunkenen jungen Männern und ausgelassenen Mädchen hinauf, die sich über die Balkonbrüstung lehnten. Dies wäre der Zeitpunkt gewesen, etwas zu unternehmen, jedenfalls wenn er das vorgehabt hätte.

James hatte sich inzwischen wieder hinunter in den Saal gearbeitet und zwängte sich gerade durch das Publikum nach vorn, als *The Clash* urplötzlich aus dem Dunkeln auf der Bühne erschienen. Seelenruhig schlossen sie ihre Gitarren an, die sie über die Schultern gehängt hatten, ohne durch ein Wort, einen Blick oder irgendeine Geste anzudeuten, daß sie das erwartungsvolle Publikum interessierte. Einer von ihnen spuckte ins Mikrophon: »Eins-zwei-drei-vier«, und wilde Musik drang aus den Lautsprechern und ließ das Publikum entflammen: Im Nu brodelte der Saal wie ein Hexenkessel.

Beim dritten oder vierten Stück hatte sich das Chaos bis zum Balkon ausgebreitet: Auch dort oben sprangen die Zuhörer in die Luft und gegeneinander und warfen im befreienden Krach das Bewußtsein ihrer eigenen Sterblichkeit ab.

Der Leiter des Ordnungsdienstes starrte jetzt voller Entsetzen zum Balkon hoch, der heftig vibrierte. Ihm wurde klar, daß eine Katastrophe von entsetzlichem Ausmaß drohte. Einen Moment lang verspürte er den Drang, die Notfalltreppe hinabzurennen und sich irgendwo tief unten im Keller zu verstecken. Aber er widerstand dieser Versuchung und rannte statt dessen die Haupttreppe hinunter und auf die Straße, wo er sich den ranghöchsten Polizisten schnappte, den er finden konnte, und ihn in den Saal schleppte.

»Wir müssen das Gebäude sofort räumen!« stieß er hervor, als sie die Treppe hinaufstiegen.

Im Saaleingang starrte der Leiter des Ordnungsdienstes wieder den bebenden Balkon an, der Polizist hingegen musterte das pulsierende, wogende Publikum. Seine Erfahrungen mit Massen von ausgerasteten jungen Leuten beruhten hauptsächlich auf dem, was er bei Fußballspielen mit brutalen Hooligans erlebt hatte. Die

Hooligans aber hatten sich bei weitem nicht so wild aufgeführt wie das Publikum hier.

»Wenn Sie glauben, ich würde diesem Haufen Verrückter hier sagen, daß die Party vorbei ist«, brüllte er dem Ordner ins Ohr, »dann haben Sie nicht die geringste Ahnung von Massenpsychologie. Die nehmen doch sofort den Saal auseinander.«

Sie musterten beide den Balkon. Er ruhte auf Balken, die aus der Wand ragten, und wurde von massiven Trägern gestützt, die jetzt vibrierten. Putz fiel in Flocken von der Wand.

»Nun«, sagte der Ordner zögernd – obwohl er den Polizisten anbrüllen mußte –, »*möglicherweise* hält er auch.«

»Hält er oder hält er nicht?« brüllte der Polizist zurück.

Der Leiter des Ordnungsdienstes fühlte sich plötzlich entsetzlich einsam. »Verdammt noch mal, ich weiß es doch auch nicht!« schrie er zurück.

Sie trennten sich, um jeder eine Seite des Saales zu inspizieren, und trafen am Treppenabsatz wieder zusammen. »Und?« brüllte der Polizist, denn selbst hier draußen herrschte noch ohrenbetäubender Lärm.

»Meine Seite *scheint* sicher zu sein«, sagte der Ordner vorsichtig.

»Meine auch«, erklärte der Polizist. »Ich denke, der Balkon wird halten.«

Und so ließen sie das Konzert weiterlaufen. Der Ordner zitterte fast so sehr wie der Balkon. Der Polizist empfand angesichts der zurückgehaltenen Macht, des entfesselten Chaos, ein seltsames Hochgefühl. Die Katastrophe als solche reizte ihn mehr als der Gedanke, sie zu verhindern und sich am nächsten Tag von irgendeinem Ingenieur dann anhören zu müssen: »Dieser Balkon ist doch für solche Belastungen ausgelegt, *wußten* Sie das nicht? Wer zum Teufel hat das Ganze eigentlich abgeblasen? Welcher Idiot ist für den Tumult verantwortlich?«

Die Masse, die jetzt auch James einschloß, war sich der Gefahr nicht bewußt. Als er genügend Fotos gemacht hatte, versteckte er seine Kamera hinter einem der Lautsprecher und warf sich in die Menschenmenge, die nicht mehr aus einzelnen Individuen bestand, sondern einen einzigen sich windenden Organismus aus ekstatischen Anhängern des Vergessens bildete, aus provinziellen Derwischen in Little England. Als er irgendwann einen Satz zur Seite machte – und mit Laura zusammenprallte –, registrierte er gar nicht richtig, daß sie real war. Dann wurden sie beide wieder in verschiedene Richtungen abgedrängt und verschwanden in der Menge.

Der Balkon hielt. *The Clash* pumpten zwei Stunden lang ihren heftigen, mitleidsvollen Zorn in die Menge. Nachdem das Publikum so lange gejubelt, geklatscht und mit den Füßen gestampft hatte, bis sie eine dritte Zugabe spielten, gingen schließlich die Lichter im Saal wieder an, und die Menge begann, nach draußen zu strömen, Zombies, die jetzt jeglichen Grolls beraubt waren. James holte seine Kamera und ging zum Ausgang. An den gekalkten Wänden lief Kondenswasser herunter. Sein Gang war unsicher, sein Kopf leer, und in seinen Ohren pfiff es. Er trat in eine unheimliche Nacht hinaus.

Ein paar Nächte später bekam James Besuch vom Tod.
　　Er ging zu Bett, drehte sich auf die rechte Seite und wartete auf den Schlaf. Er schloß die Augen, und sein Gehirn begann, sich langsam in seinem Schädel zu drehen. Er hatte an diesem Abend nur Kaffee getrunken. Er öffnete die Augen, und das Drehen hörte auf, er wußte aber, daß es nicht weg war. Nervosität breitete sich in kleinen Wellen in seinem Körper aus, bis sie die Schweißporen in seiner Haut erreicht hatte.
　　James schloß die Augen. Wieder begann das Drehen, sanft, in einem gemächlichen Rhythmus. Er konnte sich keinen Reim darauf machen. Es beunruhigte ihn nur leicht, und so lag er da und ließ es geschehen, während er versuchte, es zu studieren. Dann merkte er, daß es nicht nur sein Kopf war, der sich merkwürdig verhielt: Er spürte, daß er sich bewegte, so als wäre er flüssig, obwohl sein Körper ganz still unter der Bettdecke lag.
　　Dann hörte er auf, sich zu bewegen, und verharrte einfach ein paar Zentimeter von seinem Körper entfernt in der Schwebe, so als würde er Wasser treten, aber ohne die geringste Anstrengung. Es war jedoch kein *Ich*, das jetzt von einem *mir* losgelöst war. Es gab kein Subjekt und Objekt. Er wußte, daß er nur die Augen zu öff-

nen oder die Hand von seinem Oberschenkel zu nehmen brauchte, um zum Normalzustand zurückzukehren. Er besaß darüber die Kontrolle. Und er brauchte sich nur zu unterwerfen, loszulassen, und er würde den Körper ganz verlassen.

Er hatte die Wahl, aber wie konnte er eine solche Wahl treffen? Er hätte gern gewußt, ob es ihm möglich wäre, zurückzukehren, wenn er seinen Körper erst einmal verlassen hatte, oder ob diese Entscheidung eine endgültige sein würde. Und er wollte wissen, wohin er dann ging. Er war sich lediglich der zitternden Finger von Gevatter Tod bewußt. Vielleicht würde er ihn von seiner Vergangenheit abpflücken und fallen lassen. Er hatte keinen Beweis dafür, daß es ein Leben nach dem Tode gab. Aber was andererseits gab es, wofür es sich hierzubleiben lohnte?

Diese Gedanken gingen ihm durch den Kopf. Es waren Fragen, von denen er wußte, daß er keine Antwort darauf erhalten würde, und so ließ er sie unter sich wegsinken. Nachdem sein Kopf wieder gedankenleer war, versuchte er, seine anderen Sinne zu aktivieren: Vielleicht würde ihm das helfen. Ein paar Augenblicke lang: nichts. Dann fand das ferne Geräusch eines Flugzeugs den Weg an seine Ohren. Die Maschine wurde lauter und schien direkt über ihm hinwegzufliegen. Die Leute dort drin kennen mich nicht, dachte er, und sie werden mich auch nie kennenlernen. Einige schlafen vielleicht, andere denken an ihre Freunde oder ihre Familie, die sie nach ihrer Landung erwarten. Alle sind sie Fremde, ihr Leben wird weitergehen, egal wie ich mich entscheide. Oder?

Das Triebwerkgeräusch wurde leiser, als das Flugzeug sich entfernte. Schließlich verstummte es endgültig, und es herrschte wieder Stille. James blieb reglos in der Schwebe, bis dieses Vakuum zu prickeln begann, und er wußte, daß es sinnlos war, noch länger zu warten. Er hatte noch ewig Zeit, um sich zu entscheiden, solch leere Zeit würde ihm jedoch nichts bringen.

Seine Hand bewegte sich von seinem Schenkel weg über seinen Bauch und hob die Bettdecke. Er öffnete die Augen und knipste das Licht an. Ob aus Angst, aus Arroganz oder aus welchem Grund auch immer, er hatte das Angebot abgelehnt.

Da er den Drang verspürte, die Rückkehr in seinen Körper zu bestätigen, masturbierte er, wusch sich, rauchte eine Zigarette und fiel bald darauf in einen tiefen Schlaf.

Während Alice im Herbst 1978 wegging, um zu studieren, tat Laura genau das Gegenteil: Sie nahm Charles' Angebot, für sie als Köchin zu arbeiten, an und verankerte sich damit noch fester im Haus auf dem Hügel. In den anderthalb Jahren seit Ednas Tod hatte Charles bereits eine ganze Reihe von Frauen eingestellt, von denen jedoch keine mit den exzentrischen Forderungen seiner Familie zu Rande gekommen und länger als ein paar Monate geblieben war. Was Laura betraf, so war das eine merkwürdige Entscheidung: Weder die anderen Familienmitglieder noch ihre Freundinnen in der Schule konnten begreifen, warum sie das Haus auf dem Hügel nicht verließ – wenn sie schon Spaß am Kochen hatte, warum machte sie es nicht zu ihrem Beruf?

Es war allerdings unbestreitbar, daß sie dort das hatte, was ihr an Familie noch geblieben war. Nach Ednas Tod hatte Stanley rapide abgebaut: Er mußte jetzt doppelte Schuldgefühle unterdrücken, und diese Anstrengung schien all seine Energie aufzuzehren. Er alterte sichtbar, schlief zwölf Stunden am Stück und war nicht mehr in der Lage, das Haus instand zu halten. Farbe blätterte von den Wänden, Teppiche wellten sich, ein Geländer lockerte sich und wurde nicht repariert, eine zerbrochene Scheibe wurde mit Klebeband geflickt und nicht ersetzt.

Bevor Charles jedoch mit ihm darüber reden konnte, war Stanley, nicht einmal ein Jahr, nachdem Edna gegangen war, auch gestorben. Niemand war überrascht, und nicht einmal Laura trauerte sehr lange.

Lauras erste Monate in ihrem Job fielen mit Simons Berufung zum Vegetarier zusammen. Als wäre diese Idee etwas ganz Neues – so als hätte Alice nicht schon die letzten zwölf Jahre auf Fleisch verzichtet –, erklärte er, daß rotes Fleisch die Menschen aggressiv mache, daß Fleisch zu essen ein historischer Irrweg sei, ein Fehler der Evolution. Er zitierte berühmte Vegetarier der Geschichte, angefangen beim Dichter Shelley bis hin zum Pazifisten Gandhi. Als Robert Adolf Hitler nannte, irritierte das Simon nicht im geringsten. »Das ist die Ausnahme, die die Regel bestätigt, mein Lieber«, erwiderte er.

Zuerst aß Simon nur rohes Gemüse, verzehrte Berge von Karotten, Gurken und Kohl, so wie er das früher mit Obst gemacht hatte, allerdings mit weniger Vergnügen. Selbst diese banale Kost war im Grunde noch zu üppig, erklärte er mit verschwommenem Blick, als er in anscheinend sehnsüchtigem Ton die unbelastenden, reinigenden Blumen und Gewürze aufzählte, von denen die Götter im Elysium gelebt hatten. Woher Simon solch geheimnisvolle Ephemera kannte, war allen ein Rätsel. Nichts, was man ihn in der Schule gelehrt hatte, war hängengeblieben, und die einzigen Bücher, die er las, waren Ratgeber zur Selbsthilfe, verfaßt von Psychologen mit äußerst fragwürdigen akademischen Abschlüssen. Aber er hatte den Blick einer Elster für schillernde Kleinigkeiten und markige Anekdoten und pickte diese im Vorbeigehen auf.

Simons Begeisterung für rohes Gemüse war die kürzeste all seiner Diäten, da er seine im Grunde sinnenfrohe Natur nie lange unterdrücken konnte. Glücklicherweise aber hatte der Vegetarismus viele Varianten, und so entdeckte Simon nacheinander verschiedene Landesküchen, deren Komplexität Laura ausloten mußte. Wenn seine Forderungen allzu unvernünftig waren, erklärte sie ihm, daß er sich das Gewünschte gefälligst selbst kochen sollte. Im Grunde aber war dies eine schöne Zeit für Laura, in der die Wohlgerüche Indiens und des Mittleren Ostens durch das große Haus auf dem Hügel zogen, wenn sie kochte. Die Gerichte waren so köstlich, daß der Rest der Familie immer noch danach verlangte, auch als Simon schon längst das Interesse daran verloren hatte.

Es waren die libanesischen Vorspeisen, die beim sonntäglichen Mittagessen als fleischlose Alternative serviert wurden, und Pythagoras' Verteidigung des Vegetarismus, die Zoe endgültig überzeugten. Die geräucherte Auberginenpastete ließ einem das Wasser im Mund zusammenlaufen, außerdem respektierte sie bereits Pythagoras' Lehren in bezug auf die Seelenwanderung.

»Ich denke, es war mir eigentlich schon immer *vorbestimmt*, Vegetarierin zu sein«, sagte Zoe zu Simon. »Ich könnte selbst kein Tier töten, also ist es feige, wenn ich das jemand anderes für mich tun lasse.«

»Mach dir keine Gedanken um die blöden Tiere, Schätzchen«, erwiderte Simon. »Das ist doch gar nicht die Frage. Es geht darum, den Körper zu reinigen.«

Charles und Robert hingegen ließen sich weniger leicht beeindrucken. Als Laura versuchte, Hacksteaks aus Nüssen herzustellen, die aussahen wie Brisoletts, und für den Auflauf statt Fleisch Sojaeiweiß verwendete, kostete Charles einen Bissen davon und sagte: »Du solltest auf der Stelle den Metzger wechseln, Laura. So etwas hätte sich deine Mutter niemals andrehen lassen.«

Im großen und ganzen fiel Laura die Einarbeitungszeit nicht schwer. Das Haus war leerer, als es das je gewesen war. Die einzigen ständigen Bewohner waren Charles und Simon (obwohl Robert seit Stanleys Tod nun öfter da war). Es sollte sich bald wieder füllen – die chaotischen Jahre waren vorbei, die verrückten aber sollten noch kommen. Bis dorthin würde Laura ihre Küche jedoch vollkommen unter Kontrolle haben. Sie sollte, wenigstens in der näheren Umgebung, für ihre Kochkünste berühmt werden.

Während Laura ihr erstes Jahr als Köchin in dem großen Haus verbrachte und ihre kulinarischen Fähigkeiten weiterentwickelte, belegte James seinen nächsten Kurs in der schwierigen Kunst der Liebe, in der er sich sporadisch weiterbildete.

Eines Samstags im Juni 1979 fand in der Stadt ein von der Anti-Nazi-Liga organisierter Sternmarsch statt, der in einer Kundgebung im Südpark gipfelte. Auf die Ansprachen folgte ein Musikprogramm, und James verschoß zwei Rollen Filme.

Am Montag nachmittag kehrte er von einem anderen Auftrag zurück und stellte fest, daß seine Kollegen beim Tee gerade mit seinen Kontaktbögen von dem Marsch hantierten. Als James hereinkam, feixten und johlten sie.

»Eine Freundin von dir?« fragte Derek.

»Du hast Geschmack, du Schwerenöter«, fügte Frank hinzu.

»Wovon redet ihr überhaupt«, wollte James wissen. »Laßt mich mal sehen!«

Er schnappte sich einen der Kontaktbögen und betrachtete ihn. Bei vierzehn Bildern lag der Fokus auf einer jungen Frau, die mit wirbelndem dunklen Haar vor der Bühne tanzte. Beim zweiten Bogen war es dasselbe.

»Verdammt«, sagte James und wurde rot. »Das habe ich überhaupt nicht gemerkt.«

»Ja, ja«, feixte Derek. »Das ist ein Dreißigmillimeterobjektiv, du mußt also ziemlich nah dran gewesen sein.«

»Okay, ich erinnere mich an sie«, gab James zu, »aber ich kann mich nicht daran erinnern, so viele Fotos von ihr gemacht zu haben.«

»Warum hast du nicht mehr von Tony Benn gemacht?« beklagte sich Keith.

»Die zeigst du Roger besser nicht, geschweige denn Mr. Baker«, riet Frank ihm.

»Wir können nicht ein einziges davon gebrauchen«, pflichtete Keith ihm bei.

»Warum denn nicht?« wollte James wissen, der sich inzwischen wieder gefaßt hatte und die Fotos jetzt auf ihre kompositorische Qualität untersuchte. »Das hier ist doch wirklich gut«, sagte er. »Hinter ihr auf der Bühne sieht man die Band. Und *dort* in der Ecke ist Tony Benn, schaut, dort drüben steht er.«

»Dann sieh dir mal ihr T-Shirt an, du Trottel. Vorn und hinten steht dasselbe, für den Fall, daß wir's nicht gleich kapiert haben.«

»Oh, Scheiße«, sagte James und wurde wieder rot. Da stand in großen schwarzen Buchstaben auf weißem Grund: ZUM TEUFEL MIT DER KUNST, LASST UNS TANZEN.

»Und komm bloß nicht auf die Idee, mir vorzuschlagen, ich soll das rausretuschieren«, warnte Keith ihn. »Mr. Baker reißt mir den Arsch auf.«

Nachdem die anderen an diesem Abend gegangen waren, machte James einen Abzug von der dunkelhaarigen, tanzenden Frau, den er daheim an die Wand heftete. Wenn ich sie wiedersehe, schwor er sich, dann spreche ich sie an.

Am folgenden Mittwochabend war James im Kino und sah sich auf Zoes Empfehlung hin Fellinis *Casanova* an. Es war ein seltsamer Film mit einer ganz eigenen Stimmung, aber James konnte sich nicht konzentrieren. Während des Films lachte eine Frau, die direkt hinter ihm saß, immer wieder an den unpassendsten Stellen laut auf. Es war ein heiseres Lachen, teils spöttisch, teils unanständig und teils ungehemmt lustvoll. Der Klang ließ James die Haare zu Berge stehen. Es ärgerte ihn und bewirkte gleichzeitig, daß er einen Steifen bekam.

Als das Licht anging, stand er auf und drehte sich um. Und da war sie, die tanzende Frau von seinem Foto. Sie war mit einer

Gruppe von Freunden gekommen – die eine ganze Sitzreihe einnahmen –, und sie sprachen Italienisch. James hantierte mit seinem Jackett herum und sah dabei, so oft er es für gerade noch vertretbar hielt, kurz zu ihr hinüber. Ihre Blicke trafen sich einen Augenblick. Sie lächelte, als sie wieder wegsah und sich ihren Freunden anschloß, die im Gänsemarsch nach draußen drängten.

James sah zu, wie sie sich in der Menge entfernte. Du hast es versprochen, du rückgratloser Idiot, schalt er sich. Was hast du denn schon zu verlieren, du dämliches Arschloch? Er schob sich nach vorn, quetschte sich durch die Menschenmenge, die im Foyer wartete, und holte die junge Frau draußen auf dem Bürgersteig ein. Wenigstens hielt sie nicht mit einem ihrer Freunde Händchen, stellte er fest. James' Herz hämmerte, er schwitzte unter den Achseln.

»*Scusi*«, rief er und mußte tief Luft holen. »*Mi permesso*«, stotterte er, als er entdeckte, daß es ihm ohne Hilfe nicht gelang, mehr als vier Silben von sich zu geben.

Die Frau war stehengeblieben und sah ihn an, so ruhig, wie James nervös war. Auf ihrem Gesicht lag weder Argwohn noch Interesse, lediglich ein leises, neutrales Lächeln, während sie darauf wartete, daß James sich erklärte.

»*Sono* James«, verkündete er, »James Freeman.« Er holte wieder Luft. Bevor er jedoch fortfahren konnte, unterbrach sie ihn:

»Ich bin Anna Maria Sabato«, sagte sie und reichte ihm die Hand. »Es freut mich, dir kennenzulernen, James James Freeman.«

»Ich bin Fotograf«, erklärte James, »bei unserer Lokalzeitung. Ich habe dich wiedererkannt, weil ich am letzten Samstag auf der Kundgebung Fotos gemacht habe. Im Park, weißt du, und auf einigen davon bist du zu sehen.«

»Ach?«

»Ja, und, äh, vielleicht hättest du ja gern eines, willst du sie dir ansehen?« James' Herz klopfte laut. Die Frau sah ihn an. Es kam ihm vor, als taxiere sie ihn eine Ewigkeit, obwohl es sich wahrscheinlich nur um zwei oder drei Sekunden handelte.

»Das ist sehr schrecklich«, erklärte sie schließlich.

»Was?« fragte James verwirrt.

»Bilder von mir. Sehr schreckliche Fotos.«

»Oh, nein«, widersprach James. »Sie sind sehr gut. Ich meine, nicht weil ich sie gemacht habe«, stammelte er, »sondern weil du drauf bist... ich meine, sie sind gut, sie werden dir bestimmt gefallen.«

»Gut«, entschied sie. »Ich nehme sie, und dann zerstöre ich die Negativ.«

»Oh, ich bin mir nicht sicher, ob du das darfst«, sagte James. »Ich meine, sie gehören der Zeitung, weißt du, aber –«

»Keine Problem«, fiel sie ihm ins Wort. »Wo treffen wir uns, James James Freeman?«

Er nannte ihr den Namen eines Pubs. Sie verabredeten sich für den nächsten Tag, dann ging Anna Maria mit ihren Freunden die Straße hinunter davon. James kehrte in das jetzt leere Foyer zurück, öffnete die Tür, die zur Vorführkabine und Zoes Wohnung hinaufführte, und setzte sich dort auf die Treppe.

Anna Maria roch nach der See, obwohl sie weit von ihrem heimatlichen Neapel entfernt war. Sie war in diese kleine Stadt mitten auf einer fremden Insel gekommen, um Englisch zu lernen. James lernte sie Ende Juni kennen und war geblendet – ob von ihr oder der Sommersonne, wußte er zuerst nicht. Sie hatte dunkelbraune Augen, die die Sonnenstrahlen absorbierten, während James mit seinen hellblauen Augen, den Augen eines Waldtieres, eines Höhlenbewohners, die in der Sonne schmerzten und tränten, ständig blinzeln mußte. Er versteckte sich in jenem strahlend hellen Juli unter Hüten und hinter getönten Gläsern, mußte seine Augen dann aber immer noch zusammenkneifen, und das sah aus, als würde er Anna Maria ständig böse anblicken. In seiner papierdünnen Haut zeigten sich bereits im Alter von zweiundzwanzig Jahren Krähenfüße.

Erst nachts, nach Sonnenuntergang, war James in der Lage, Anna Maria direkt ins Gesicht zu sehen und ihre Schönheit richtig wahrzunehmen. Und sie war in der Tat schön, wenn auch nur aufgrund einer seltsamen Harmonie eigentlich unvereinbarer Elemente: Anna Maria hatte große, eng zusammenstehende Augen, eine Nase, die gleichzeitig platt und krumm war, einen Mund, der von vorstehenden Zähnen leicht nach vorn geschoben wurde, und ein eckiges Kinn. All diese Komponenten zusammengenommen –

dazu ihr braunes Neapolitanerinnenhaar – machten Anna Maria
zu einer so wunderschönen Frau, wie James sie noch nie gesehen
zu haben glaubte.

Sie war fünfzehn Zentimeter kleiner als James, was ihn, wenn er
sie beide nebeneinander in einer Schaufensterscheibe gespiegelt sah,
überraschte, denn aufgrund der Proportionen ihres Körpers wirkte
sie größer, als sie tatsächlich war. Und James war so groß, wie er es
eben war: »Ein Mensch spürt nicht, wie groß er ist«, erklärte er ihr.
»Er stößt nur dann und wann mit dem Kopf an einem niedrigen
Türrahmen an. Die *Dinge* sagen es einem, wenn man zu groß ist!«

Aber er war nicht zu groß – *sie* war nicht zu klein –, um sich bequem küssen zu können. Sie ging an diesem ersten Abend nach
dem Pub mit zu ihm, suchte sich aus seiner kleinen Plattensamm-
lung etwas aus (zu seiner Überraschung war es die einzige Klassikplatte, die er besaß, Tschaikowskys *Schwanensee*) und setzte
sich auf sein Bett.

»Also, James James Freeman, das also ist deine Palast. Du führst
mir doch einmal herum, oder?«

»Du bekommst eine richtige Tour mit Fremdenführer«, erwiderte er, während er eine Flasche Rotwein entkorkte.

»Wir haben Stratford gesehen, wir haben die Tower von London gesehen, wir haben Oxford und Bath gesehen. Ich habe das gemacht, was man als Tourist eben macht, James James. Es ist nicht
meine Ding.«

Sie sahen sich weitere Fotos an. Als sie die Flasche Wein halb geleert hatten, küßten sie sich. Ihr Atem war warm und schwer. Sie
stießen mit den Zähnen zusammen, und Anna Maria lachte. Sie
zogen sich aus. Sie roch nach der See. Kurz bevor sie miteinander
schlafen wollten, verlor James seine Erektion. Es war etwas Außergewöhnliches, plötzlich und unerklärlich. Sie lagen eine Zeitlang
nebeneinander, dann ging James ins Badezimmer unten im Kellergeschoß. Die Dusche tropfte. Er setzte sich auf die Toilette und
überdachte seine Möglichkeiten. Die erste – die offensichtlichste
und reizvollste – war sofortiger Selbstmord. Die andere … ihm fiel
eigentlich keine andere ein. In der unbelüfteten Kabine, in der
irgend jemand vor Stunden geduscht hatte, war es immer noch
feucht. James' selbstmitleidige Flüche wurden darin auf fast sar-
donische Weise verstärkt.

»Scheiße«, sagte James zu sich und kehrte in sein Zimmer
zurück. Anna Maria war immer noch da. Er beschloß, ihre Hilfe
in Anspruch zu nehmen.

»Schau«, sagte er, »es liegt nicht an dir. Und an mir auch nicht,
es hat nichts mit mir zu tun. Ich habe einen Feind. Du bist wunderschön, ich weiß also nicht, was es ist, aber ich kann ihn besie-
gen, wenn du mir dabei hilfst.«

»Natürlich«, sagte Anna Maria zu ihm. »Mach dir kein Sorge,
James. So was passiert. Ständig.«

»Wirklich?« fragte er. »Dir?«

»Mir? Machst du Witze?« erwiderte sie. »Natürlich passiert
das«, fügte sie hinzu. »In Italia, ja, natürlich.«

Sie schlief bald in seinen Armen ein. Er folgte ihr viel später in
einen schweren, traumlosen Schlaf.

James wachte mit einem erschreckten Japsen auf und stellte fest,
daß Anna Maria ihn gerade in sich hineinsteckte. Das Ganze ging
so schnell, und James befand sich in so großer sensorischer Verwirrung, daß die Erektion, die Anna Maria beim Aufwachen entdeckt hatte, keine Zeit hatte, wieder zu verschwinden.

»Siehst du?« sagte sie, während sie rittlings auf ihm saß und sich
bewegte, »keine Problem, James. Sowieso es ist besser, am Morgen
Liebe zu machen.« Sie legte ihre Hände auf seine Brust, und er
schloß die Augen.

»Danke«, murmelte er, als er spürte, wie sich von ganz tief drinnen sein Höhepunkt ankündigte.

James hatte nie wieder derartige Probleme. Von nun an brauchte
Anna Maria ihn nur zu berühren, er brauchte sie nur zu riechen, zu
sehen, und schon war er erregt. Er begehrte sie unablässig. Sie taten
jedoch beide so, als würde im Hintergrund stets der Feind der Im-
potenz lauern und müsse ständig überlistet werden: Sie brachte
ihm bei, sie zu küssen, während sie sich gegenseitig die Finger in die
Ohren gesteckt hatten (»Küsse sind Schlüssel, James«). Sie liebten
sich mit verbundenen Augen (»Wenn man eine Sinn wegnimmt,
James, werden die anderen größer«). Und, nur um sicherzugehen,
drückte Anna Maria ihm die Kehle zu (»Wie die Amerikaner,
James«) unter der Bedingung, daß er dasselbe auch bei ihr tat.

Anna Maria kaufte eine gebrauchte Vespa, die wie eine Ente schnatterte, während sie damit ohne Helm über rote Ampeln fuhr. An den Wochenenden fuhr James mit ihr um die Wette – er auf seinem Rad, sie auf ihrer Vespa – zu einer Flußbiegung, wo der Fluß sich dem Stausee, der das Tal versorgte, näherte, so als würden sich die beiden Gewässer anziehen.

Sie badeten unter einer Weide am Ufer im Fluß und liebten sich im Gras. Dann nahm Anna Maria ein Sonnenbad, und James rieb sie mit Kokosöl ein, während er sich hinter Hemd und Handtuch, Hut und Sonnenbrille versteckte.

»Wenn du immer eine bißchen auf eine Mal machst, James«, versicherte Anna Maria ihm, »dann bist du am Ende braun. Das ist ein wissenschaftliche Regel.«

»Ich nicht«, entschuldigte er sich. »Ich werde lediglich krebsrot. Du kannst mich weiß oder rot haben, aber nicht braun. Bei mir ist nur eine begrenzte Anzahl von Farben verfügbar. Tut mir leid.«

»Und wie kannst du dich eine Fotograf nennen, wenn du die Welt nur durch eine Sonnenbrille siehst?« schalt sie ihn.

»Alle großen Fotografen haben dunkle Brillen getragen«, versicherte er ihr. »Sie hatten alle empfindliche Augen.«

»Ach, ja?« sagte sie.

»Das ist eine wohlbekannte historische Tatsache«, log er. »Ansonsten hätten sie doch Farbfotos erfunden anstatt Sepia, oder? Das ist der Beweis. Denk darüber nach, Anna.«

Er litt, so erklärte er ihr, an Photophobie: einer Abneigung gegen das Licht. Was bei einem Fotografen ein reichlich paradoxer Zustand war, womit er sich aber, wie er sagte, in guter Gesellschaft befand. Eines Tages würde man ihn in eine Reihe mit dem tauben Komponisten Beethoven, dem verkrüppelten Fußballer Garrincha, dem blinden Maler Alan Benson, dem stotternden Dichter Charles Lamb stellen.

»Idiota«, murmelte Anna Maria. Sie lag auf dem Bauch, und ihr Rücken wurde braun, während James sich, im Schatten seiner Umhüllung verborgen, von seiner These hinreißen ließ: Er würde seine späten Meisterwerke erst produzieren, wenn das Leiden ein fortgeschrittenes Stadium erreicht hatte und er ganz und gar im Dunkeln lebte. Seine Fotos würden in schmerzlicher Weise auf seinen Zustand hinweisen – auf seine menschliche Zerbrechlichkeit, seine zerbrechliche Menschlichkeit –, und die Leute würden, von Mitleid ergriffen, *weinen*. Bis, so verkündete er, selbst das Infrarotlicht in der Dunkelkammer zu hell für seine Augen wäre und er sich für immer in die Dunkelheit zurückziehen würde.

»Meine letzten Bilder werden schwarz sein«, erklärte James. »Aber was für ein Schwarz! Ein Schwarz, das über das Schwarz des Todes hinausgeht, die reine Sterblichkeit, ein Schwarz, das sich des Bewußtseins bewußt ist. Du verstehst doch, was ich meine, oder?«

Anna Maria gab keine Antwort. Sie war in der Sonne eingeschlafen.

Anna Maria hielt sich immer öfter bei James in seinem beengten Zimmer auf, bis sie praktisch bei ihm wohnte. Tatsächlich verbrachte sie mehr Zeit dort als James und kannte schließlich die anderen Mieter des Hauses besser als er. Die Pflanzenfrau schenkte ihr eine Chrysantheme in einem Terrakottatopf, Jim flickte ihr ein Loch im Reifen ihres Rollers, und sie schaffte es sogar, der jungen Putzfrau ein Lächeln zu entlocken.

»Ich mag die Engländer«, sagte sie zu James. »Sie sind nicht neugierig.«

»Ich hoffe doch nicht«, erwiderte James. Er befürchtete nämlich, seine Vermieterin könnte womöglich die Miete verdoppeln, wenn sie von der zusätzlichen Bewohnerin erfuhr.

Bald hatte Anna Maria mehr Kleidung in James' Zimmer als er selbst, alles in einem großen Haufen auf dem Boden. James quetschte daraufhin seine gesamte Kleidung in eine der beiden tiefen Schubladen in der Kommode. »Die andere ist jetzt frei«, sagte er, »du kannst deine Sachen dort hineintun.« Anna Maria stopfte ihre Sachen hinein, binnen weniger Tge lag das meiste davon jedoch wieder auf dem Teppich verstreut im Zimmer.

»Das Zimmer ist sehr klein«, meinte James vorsichtig, »vielleicht sollten wir versuchen, es ein bißchen in Ordnung zu halten.«

James war von Anna Marias Gewohnheiten ebenso irritiert wie bezaubert. Sie trocknete ihre Wäsche an einer Wäschespinne vor seinem Fenster im ersten Stock. Sie kaufte Zigaretten nur in Päckchen zu zehn Stück, da sie morgen sowieso das Rauchen aufgeben würde, rauchte dann die letzte, zwei Minuten nachdem die

Läden geschlossen hatten, und stibitzte daraufhin den ganzen Abend welche von ihm – so daß sie vor Mitternacht *beide* keine Zigaretten mehr hatten. Aus demselben Grund kaufte sie auch nie ein Feuerzeug. Abgebrannte Streichhölzer steckte sie wieder in die Schachtel zurück, und das waren genau jene, die James erwischte, wenn er versuchte, sich im Dunkeln eine Zigarette anzuzünden.

Wenn es Anna Maria nach einem *Espresso* verlangte, machte sie gleich eine ganze Kanne superstarken Kaffee (so daß James schon mitten in der Woche zum Markt mußte), und wenn sie etwas kochte, gelang es ihr trotz des kleinen Baby Belling immer irgendwie, gewaltige, verschwenderische Portionen zuzubereiten, da sie an die großzügigen Maßstäbe neapolitanischer Gastfreundlichkeit gewöhnt war.

Und sie kam immer zu spät zu ihren Verabredungen, weil sie nie eine Uhr trug. Sie behauptete, irgend etwas in ihr (»meine magnetische Gefühl, James«) würde jede Uhr binnen einer Woche kaputtgehen lassen.

»Dann nimm einen Wecker in deiner Handtasche mit«, flehte James sie an. »Ich *schenke* dir einen.«

Anna Maria lehnte das Angebot jedoch ab. »Es ist nur meine Körper, der das tut, was ich tun will«, sagte sie zu ihm. »Warum sollte ich nach die Zeit von jemand anderes leben?«

»Es ist *meine* Zeit«, stöhnte er vergeblich.

Anna Maria brachte viele ihrer Angewohnheiten ins Bett mit – vielleicht schien das aber auch nur so, weil sie so viel Zeit dort verbrachten. Sie schnitt auch ihre Zehennägel im Bett, und das Klicken ihrer Nagelschere machte James ganz nervös. Es konnte passieren, daß sie den ganzen Tag vergaß, etwas zu essen. Wenn sie sich geliebt hatten und James kurz vor dem Einschlafen war, knurrte Anna Maria plötzlich der Magen, worauf sie aus dem Bett sprang und mit einem Teller voller Kartoffelchips, Obst, Käse und Keksen zurückkehrte, um diesen Imbiß dann neben ihm zu vertilgen und dabei Apfelkerne und Krümel im Bett zu verteilen.

War James dann endlich eingeschlafen, wachte er in der Nacht immer wieder auf, allerdings weniger, weil Anna Maria ihn mit irgendwelchen Geräuschen oder Bewegungen gestört hätte, sondern eher wegen des ungewohnten Gefühls, daß neben ihm jemand lag.

»Ich bin sicher, daß ich dieses Problem nie hatte, als ich bei Alice und Laura geschlafen habe«, meinte er am Morgen zu ihr (*bevor* er ihr mehr von seiner Familie erzählt hatte).

Anna Maria schaffte es, James zu beißen, sich anzuziehen, den Chrysanthementopf nach ihm zu werfen – er zerschellte an der Wand über seinem Bett –, seine einzige Klassikplatte zu zerbrechen und ihn gleichzeitig die ganze Zeit in unverständlichem Kauderwelsch zu beschimpfen, bevor ihm ein Licht aufging und er endlich begriff, was los war.

»Die beiden sind meine Schwester und meine ... *Beinahe*schwester«, schrie er hinter einem Kopfkissen hervor. »Sie waren *acht* Jahre alt.«

Anna Maria unterbrach ihre Schimpfkanonade eine Sekunde, schnappte nach Luft und funkelte ihn zornig an. »Dann bist du auch noch eine dreckige, ekelhafte englische *Schwein*«, rief sie, bevor sie aus dem Zimmer stürmte.

James verbrachte den Tag von Gewissensbissen gequält, gleichzeitig war er wie betäubt. An diesem Abend fand er Anna Maria dann in dem Pub, wo sich ihre Mitschüler trafen. Er hatte ihr Blumen mitgebracht und eine Rede vorbereitet, in der er sich für seine Dummheit entschuldigen und ihr alles erklären wollte. Zu seiner Überraschung hatte Anna Maria eine Platte mit Puccinis *Madame Butterfly* für ihn gekauft.

»Opern sind besser als *balletto*, James«, sagte sie und küßte ihn. »Italienisch ist besser als Russisch.«

James war verwirrt. Er dachte, er hätte einen Fehler gemacht und müsse diesen nun dadurch wiedergutmachen, daß er gegen ihren Stolz anging und um ihre Zuneigung warb. Er war sich zwar noch nicht so recht klar darüber, was er eigentlich tun sollte, glaubte aber, daß es eine schwierige und vielleicht langwierige Angelegenheit werden würde. Tatsächlich hatte es Anna Maria jedoch so eilig mit der Versöhnung, daß sie sich binnen einer halben Stunde in seinem Zimmer wiederfanden. Es dauerte dann keine fünf Minuten mehr, bis sie im Bett lagen. James fand, daß sie gerade erst begonnen hatten, sich kennenzulernen, während Anna Maria der Meinung war, sie wären bereits vertraut genug für die typischen Streitereien zweier Liebenden. Von da an flogen bei ihnen zweimal wöchentlich beim geringsten Anlaß die Fetzen.

»Du Mistkerl«, schimpfte sie, als sie eines Morgens gemeinsam das Haus verließen.

»Hä?«

»Ich sehe doch, wie du die kleine Putzfrau ansiehst«, warf Anna Maria ihm vor. »Wie lange putzt sie *deine* Dreck schon weg, du treulose englische Ziege?«

»Spinnst du?« jammerte James. »Die Frau macht mir *angst*.«

»Ich lasse mir von dir keine Unsinn mehr erzählen«, erklärte Anna Maria ihm entschlossen, als sie wütend ihre Vespa startete. »Such dir eine andere dumme Mädchen aus die Ausland, die du ruinieren kannst«, rief sie ihm zu, als sie davonfuhr.

»*Du* machst mir angst«, flüsterte James der sich entfernenden Gestalt hinterher. Ihr Ausbruch war für ihn so unvermittelt gekommen, daß er jetzt vor Schreck und Sorge Herzklopfen hatte.

Ein paar Tage später war sie den ganzen Tag über mürrisch. Als es ihm reichte und er sich erkundigte, was denn los sei, kam heraus, daß sie geträumt hatte, James hätte ihre Lehrbücher gestohlen.

»Du machst mich allen Ernstes für deine *Träume* verantwortlich?« wollte James wissen. »Ich soll an deiner verrückten Psyche schuld sein? Das ist das Unsinnigste, was ich je gehört habe.«

Anna Maria war zwanzig, zwei Jahre jünger als James, aber sie war eher wie ein Kind, so daß James sich in ihrer Gegenwart fühlte wie im fortgeschrittenen Alter: langweilig in seiner Gelassenheit, hitzig in seinem banalen Ärger. Wie ein Mann mittleren Alters, aber einer, der nichts von den Geheimnissen zwischen Mann und Frau wußte.

Als sie das nächste Mal zum Fluß fuhren, war an ihrem Lieblingsplatz eine Gruppe junger Leute, und so schlugen sie ihr Lager ein Stück weiter entfernt auf. Die Eindringlinge kletterten auf die Weide, deren Zweige über das Wasser ragten, und sprangen von dort aus in den Fluß. Eines der Mädchen war oben ohne. James merkte, daß Anna Maria ihn dabei beobachtete, wie er das Mädchen betrachtete. Diesmal war er jedoch vorbereitet. Er freute sich bereits auf die Auseinandersetzung und die darauf folgende wütende Aussöhnung im Schilfgras, als er sagte: »Ich hätte mein Teleobjektiv mitnehmen sollen.« Er grinste. »Einen solchen Anblick bekommt ein Mann schließlich nicht jeden Tag zu sehen. Nicht in diesem Teil der Welt.«

Er drehte sich großspurig zu Anna Maria um und machte sich auf eine wütende Attacke gefaßt. Sie war jedoch nicht wütend, sondern sah eher wie ein verwirrtes Kind aus. Bevor James Zeit hatte, die Situation richtig einzuschätzen, brach sie in Tränen aus.

Er hatte es also wieder falsch gemacht. Nicht ganz allerdings: Eine Stunde später, nach zwei parallelen Tränenströmen, einer Kaskade besänftigender Worte und Liebkosungen und einem Reservoir von Versprechen, liebten sie sich, im Schilf verborgen, am langsam dahinfließenden Fluß, während sich der Himmel über ihnen nach und nach bewölkte.

James wußte nie, was Anna Maria im nächsten Moment tun würde, aber er wußte, daß er sich verliebt hatte. Da er seinen Vater nicht fragen wollte und seine Mutter nicht mehr fragen konnte, wollte James seine Geliebte von Zoe begutachten lassen. Er lud sich zusammen mit Anna Maria bei Zoe zum Abendessen ein, einem Essen, das mit Vorspeisen begann, die großzügige Mengen an Haschisch enthielten. James verbrachte den restlichen Abend in benommenem Schweigen, während Zoe und Anna Maria bis weit nach Mitternacht miteinander kicherten.

Am nächsten Tag rief James Zoe von der Arbeit aus an.

»Sie ist großartig«, versicherte Zoe ihm. »Ich finde sie sehr sympathisch. Eine Sommerromanze, das ist genau das, was du gebraucht hast, Schätzchen.«

»Ich denke, ich habe mich verliebt, Zoe«, meinte er vorsichtig.

»Natürlich hast du das«, sagte sie. »Das *solltest* du auch.«

Anna Maria traf sich nach der Arbeit mit ihm, und sie gingen durch den leise fallenden, warmen Regen nach Hause.

»Es näselt, James«, sagte sie.

»Du hast recht«, stimmte er zu und drückte ihr die Hand.

Sie kochte ihm auf seinem Baby Belling ihr italienisches Lieblingsgericht, eine cremige *carbonara* mit Pasta, und sie tranken Rotwein. Sie fragte ihn, ob er glaube, der Kurs hätte dazu geführt, daß sie seine lächerlich irreguläre Sprache nun besser beherrsche.

»Ich liebe es, wie du sprichst«, sagte er. »Es hat mir schon gefallen, als ich dich kennengelernt habe.«

»Nun, es ist deine Schuld, daß ich nicht gut geworden bin, James. Ich habe zuviel Zeit mit dich verbracht. Du bist eben zu unanständig. Natürlich ich konnte mich in die Unterricht nicht konzentrieren.«

James lächelte. Daß Anna Maria ihren Kurs nicht bestanden hatte, schien tatsächlich ein Maßstab für seinen eigenen Wert zu sein. »Moment mal«, kam es ihm. »Willst du damit sagen, daß er zu Ende ist?«

»Natürlich«, erwiderte Anna Maria, ohne ihn anzusehen. »Heute ist die letzte Tag. Habe ich dir nicht gesagt?«

»Nein, das hast du nicht«, erwiderte James.

»Ich bin sicher, ich habe dir gesagt«, murmelte sie.

»Und was *jetzt*?« fragte er tapfer.

»Meine Rückflug ist übermorgen«, erklärte sie ihm. »Von Heathrow.«

Diesmal war es James, der weinte – und der schließlich auch wütend wurde. *Und* es gab eine weitere Versöhnung – in ihrer kurzen gemeinsamen Geschichte war dies der Sex mit der größten Gefühlsverwirrung –, bevor sie schließlich in den frühen Morgenstunden der Realität ins Auge sehen mußten.

»Ich komme dich bald besuchen«, sagte James. »Ich kann mir Urlaub nehmen. Ich komme nach Neapel«, schlug er vor. »Was meinst du?«

»Vielleicht doch nicht, James«, erwiderte Anna Maria. »Vielleicht ist das kein gute Idee.«

»Du willst nicht, daß ich dich besuche. Du willst mich nicht wiedersehen.«

»Mach jetzt nicht alles kaputt, James. Ich werde dich nie vergessen.«

»Natürlich nicht«, meinte er finster.

»Wirst du mich vergessen?« fragte sie.

»Ach, Anna«, stöhnte er. »Wie kannst du mich so etwas überhaupt fragen?«

»Nun, James James«, sagte sie, »du bist mein englische Junge. Wenn ich von dir träume, dann schicke ich eine Kuß über die Ozean.«

»Wenn du von mir träumst, dann sei einfach nicht zornig, das ist alles«, meinte James besänftigt.

»Und du schickst mir auch manchmal eine Kuß, James.«

»Küsse sind Schlüssel«, sagte er und küßte sie. Der Regen, der jetzt dichter fiel, klatschte an die Fensterscheibe. Anna Maria schlief als erste ein. Sie roch nach der See. Als James schließlich auch einschlummerte, glaubte er, in seinem kleinen Zimmer in dieser Stadt mitten in England das entfernte Murmeln des Ozeans zu hören.

6

Die beharrliche Brautwerbung des Harry Singh

1975 war zum ersten Mal eine Frau zur Vorsitzenden der Konservativen gewählt worden, und nun, vier Jahre später, führte sie ihre Partei in den Parlamentswahlen zum Sieg. Ihr Vater war Ladenbesitzer. Sie kannte Napoleons Ausspruch – daß England ein Volk von Krämern sei –, und sie nahm das als Kompliment (obwohl sie natürlich wußte, daß dieser Satz als Beleidigung gemeint war, und das verzieh sie den Franzosen nie).

Die neue Premierministerin war eine Frau mit unversöhnlichen Überzeugungen und von unerschütterlicher Entschlußkraft. Sie erinnerte James an Robbie, das ehemalige Kindermädchen der Freemans, und es war tatsächlich so, daß die Premierministerin in den Herzen der Menschen eine Sehnsucht nach den Gewißheiten ihrer Kindheit weckte: Sie beantwortete die ermüdenden Fragen der Journalisten geduldiger und nachsichtiger, als es die Pflicht verlangt hätte, und behandelte sie wie Kinder. Ihre Gegner im Unterhaus und in ihrem eigenen Kabinett schüchterte sie mit einer Mischung aus weiblichem Charme und männlicher Stärke ein, und was die Wähler anging, so sagte sie ihnen nicht nur wie andere Parteivorsitzende, was sie vorhatte, sondern auch, was Sache war.

Nach einer Generation von Konsenspolitikern provozierte sie zwei höchst gegensätzliche Reaktionen, Feindschaft und Bewunderung. Sie profitierte von beidem: Ersteres stärkte ihre Überzeugungen, letzteres ihre Ambitionen als Premierministerin. Sie war ein Kindermädchen mit königlichen Ansprüchen. Sie spaltete jede Wählergruppe – die Aristokratie, die Arbeiterklasse, die Angestellten, Frauen, Männer, Rentner, Studenten und Hausfrauen.

Auch die Bewohner des Hauses auf dem Hügel waren höchst unterschiedlicher Meinung. Charles war ein großer Bewunderer. Seit dem Tod von Marilyn Monroe war er nicht mehr derart von einer Person des öffentlichen Lebens hingerissen gewesen. Robert mochte sie, aber er war schließlich auch Robbies Liebling gewesen, also war das nicht überraschend. Laura war der Meinung, sie sei für die Frauen ein großes Vorbild (Laura teilte mit ihr auch das Mißtrauen gegenüber den ausländischen Nachbarn. Ausdruck hierfür war, daß sie die höhnische Bemerkung eines anderen Franzosen neben den Herd an die Wand geheftet hatte: »England hat hundert Religionen, aber nur eine Soße«). Viele Jahre später sollte Lauras Tochter die Frage stellen, ob auch ein Mann Premierminister werden dürfe, was als Bestätigung von Lauras damaliger Meinung hätte interpretiert werden können, nur daß Laura ihre Meinung zu diesem Zeitpunkt schon längst geändert hatte. Alice ihrerseits war selbst damals anderer Ansicht als Laura – Alice war sich nämlich nicht sicher, ob die Premierministerin überhaupt eine Frau war.

Simon, der sich wie immer an Charles' Meinung orientierte, bewunderte die Premierministerin, obwohl (und vielleicht auch gerade weil) er sich nicht vorstellen konnte, daß sie es ernst meinte mit dem, was sie sagte. Er glaubte nicht, daß irgend jemand tatsächlich so kompromißlos denken konnte, und vertrat die Meinung, sie würde nur schauspielern. Da er als Geschäftsmann selbst eine Art Kopie darstellte, nahm er an, sie würde die Politiker parodieren, besonders wenn sie eine Predigt über die Staatsfinanzen hielt und dabei die Staatsquote mit dem wöchentlichen Budget einer Hausfrau gleichsetzte.

»Sie verarscht uns, Schätzchen, merkst du das denn nicht?« erklärte er Alice. »Siehst du nicht das Glitzern in ihren Augen?«

»Natürlich sehe ich es«, erwiderte Alice. »Das ist der Wahnsinn, Simon.«

Alice machte an der Universität gerade ihre radikale Phase durch. Das Internat – oder Ladies College, wie es irreführenderweise genannt wurde – hatte ihr gutgetan. Es bestand aus einer Gruppe klassizistischer Gebäude – dazu ein moderner naturwissenschaftlicher Block –, umgeben von einem grünen Meer von Sportplätzen, und bildete ein Zwischending aus Militärakademie und Waisenhaus, dem eine bemerkenswerte Direktorin vorstand. Miss Lipton war klein und mannhaft, eine achtbare ledige Frau mittleren Alters von zimperlicher Tugendhaftigkeit. Das einzig Merkwürdige an ihr war, daß sie zu klein für ihren eigenen Körper wirkte, so als wäre sie irgendwann in ihrem Leben zusammengequetscht worden. Und genau dies war vor vielen Jahren tatsächlich auch passiert: Als junge Frau war sie am Steuer ihres Morris Oxford eingeschlafen und in einem Krankenhausbett mit einer Niere, einem Lungenflügel und einem Fuß weniger aufgewacht. Ihr Skelett war regelrecht zusammengestaucht worden. Miss Lipton hatte diese Gebrechen jedoch überwunden und sich die für Behinderte typische Unverwüstlichkeit angeeignet, so daß niemand im gesamten Internat auf die Idee gekommen wäre, ihr linker Fuß bestünde nicht aus Fleisch und Blut, sondern aus Plastik. Generationen von Lehrern und Schülern, Alice eingeschlossen, sollten dies erst Jahre später, als sie in der *Times* ihren Nachruf lasen, erfahren.

Miss Lipton besaß sowohl die Hingabe als auch die Entschlußkraft einer wahren Pädagogin und hegte ein grundlegendes Mißtrauen gegenüber allen Eltern, die, wie sie sicher war, nicht die geringste Vorstellung davon hatten, was für ihre Töchter das Beste war: Sie weigerte sich, im voraus Einzelheiten des Lehrplans preiszugeben, da die Eltern ihrer Meinung nach einen Vertrag abgeschlossen hatten, bei dem sie ihr, zusammen mit den überhöhten Gebühren, auch die gesamte Verantwortung für das Wohl ihrer Töchter übergaben. Der Ruf der Schule war so außergewöhnlich gut, daß es stets mehr Bewerberinnen als Plätze gab. Eltern schickten ihre geliebten kleinen Mädchen ins Internat und bekamen sie in den Ferien als Fremde zurück – aber als so intelligente, gesetzte und wohlerzogene Fremde, daß sich niemand darüber beklagte.

Alice gewöhnte sich schnell ein. Der strenge Stundenplan, die Hausaufgabenbetreuung, die intensiven Freundschaften, die Schwärmerei für die Lehrer und der aktive Sport taten ihr gut. (Ihre Brüder wären erstaunt gewesen, hätten sie gesehen, wie ihre zarte und unbeholfene kleine Schwester sich in die rabiatesten Mannschaftssportarten, Hockey und Lacrosse, stürzte. Glücklicherweise paßten die kastanienbraunen Uniformen der Mädchen gut zu ihren allgegenwärtigen blauen Flecken.) Alice sang im Chor, sie lernte in der Turnhalle Gesellschaftstänze (wobei die Mädchen abwechselnd den männlichen Part übernahmen) und setzte sich schon nach kurzer Zeit in den naturwissenschaftlichen Fächern an die Spitze ihrer Klasse.

Als Alice in den Ferien zum ersten Mal nach Hause kam, stellte

Laura ihr Hunderte von Fragen. (»Müßt ihr auch am Wochenende eure Schuluniform tragen? Wie ist das Essen? Gibt es einen Süßwarenladen? Wer ist deine beste Freundin? Stimmt es, daß ihr Gemeinschaftstoiletten im Freien habt? Werdet ihr schikaniert?«) Sie erhielt jedoch auf keine der Fragen eine befriedigende Antwort, denn Alice hatte gelernt, den Austausch von Geheimnissen auf den Schlafsaal zu beschränken. Lauras letzter Frage – »Wo trefft ihr euch mit den Jungen?« – begegnete sie mit einem gleichgültigen Achselzucken.

»Wer braucht schon irgendwelche Jungen? *Wir* nicht, Laura«, erwiderte Alice. Sie beherrschte inzwischen die Kunst, an den Burschen, die am Schultor herumlungerten, hocherhobenen Hauptes vorbeizugehen und sie vollkommen zu ignorieren.

Harry Singh allerdings ignorierte Alice nicht mehr: Jetzt, da sie von seinem Interesse wußte, lachte sie ihn aus. Laura hatte ihr von seinem kühnen Besuch und seinem exotischen Heiratsantrag erzählt, und die beiden Mädchen machten sich während Alices gesamter Osterferien über ihn lustig – wobei sie ihre schwesterliche Bindung wieder festigten.

»Du hättest deinen Vater sehen sollen, nachdem Harry wieder gegangen war. Also, Mut hat Harry schon, das ist sicher.«

»Für mich klingt das eher nach Dummheit.«

»Trotzdem ist er toll. Gefällt er dir denn gar nicht?«

»Er ist ein großer Trottel, so wie alle Jungs.«

Ungefähr von diesem Zeitpunkt an erhielt Alice einmal wöchentlich einen Brief von Harry Singh. Sie reichte seine Briefe im Schlafsaal herum, wo sie dann laut vorgelesen wurden und spöttische Heiterkeit hervorriefen. Sie antwortete ihm nicht ein einziges Mal. Die Briefe trafen jedoch weiterhin pünktlich ein. Ziemlich bald freuten sich die übrigen Mädchen im Schlafsaal schon darauf, und ab einem bestimmten Zeitpunkt ging es Alice genauso.

So, wie die Mädchen miteinander Walzer und Charleston tanzen lernten, übten sie im Schlafsaal nach Einbruch der Dunkelheit modernere Tanzschritte. Da man ihnen strengstens verboten hatte, irgendwelchen Lärm zu veranstalten, lief das Ganze stets so ab, daß eines der Mädchen mit dem Kopfhörer eine Discoplatte anhörte und zu tanzen anfing. Die anderen Mädchen orientierten sich an den Bewegungen der Tänzerin, nahmen so den Rhythmus auf und gaben ihn untereinander weiter, wobei sie mehr geschmeidig als rhythmisch swingten, damit sie die Bodendielen nicht erschütterten. So tanzten sie in der stillen Dunkelheit dahin.

Vieles wurde im Schlafsaal geteilt. Stimmungen, Regelblutungen, Heimweh und Witze kamen und gingen in gemeinschaftlichen Wellen. Es war die gesündeste Zeit in Alices Leben, zumindest kam ihr das so vor, weil auch die Krankheiten peinlich genau miteinander geteilt wurden: Statt wie zu Hause allein zu leiden, war Alice nun nur eines von einer ganzen Reihe von Mädchen, die an einem Winterabend in ihren Betten saßen und unter Handtüchern Kräuterdampf inhalierten. Am nächsten Tag ging sie dann, anstatt das Bett zu hüten, wie gewöhnlich zum Unterricht, wo sie die ganze Zeit entschlossen schniefte. Eine einfache Erkältung war für Miss Lipton nämlich kein Grund, dem Unterricht fernzubleiben.

»Ihr Mädchen seid die Elite«, erklärte Miss Lipton Alices Jahrgang bei dessen letzter Zusammenkunft. »Ihr besitzt Privilegien und Verantwortung«, verkündete sie (und klang dabei genau wie Alices Vater). »Vor allem«, erklärte Miss Lipton ihnen, »seid ihr für euch selbst verantwortlich. Wenn ihr dieses Internat verlaßt, werdet ihr niemanden mehr brauchen, der euch unterstützt. Meine Mädchen machen als unabhängige Frauen, die nicht auf fremde Hilfe angewiesen sind, ihren Abschluß.«

Als Alice die Schule verließ, hatte sie in fünf Fächern das Abitur gemacht und überall Einsen bekommen. Sie war eine sittsame, bescheidene junge Dame, so wie Charles sich das erhofft hatte. Dies allerdings nur äußerlich. Ihre tatsächlichen Ansichten unterschieden sich stark von dem, was er sich möglicherweise gewünscht hätte. Alice verspürte jedoch wenig Lust, ihre Meinung öffentlich kundzutun. Während der vier Jahre unter dem Einfluß von Miss Liptons Kombination aus Tradition, Disziplin und schwesterlichem Selbstvertrauen war Alice ohne unnötige Ablenkungen durch die unruhigen Gewässer der Adoleszenz gesegelt. Als sie das Erwachsenenalter erreichte, war der Charakter, der ihr in die Wiege gelegt worden war, immer noch unverbildet. Mit ihren acht-

312

zehn Jahren war sie in vieler Hinsicht noch dieselbe Sechsjährige, die eines Tages gelassen verkündet hatte, daß sie von nun an Vegetarierin sei, und ihr ganzes Leben dabei geblieben war.

Alice kam, wie es sich gehörte, dem Wunsch ihres Vaters nach, daß wenigstens eines seiner Kinder auf die Universität gehen sollte. Sie wollte in Oxford Chemie studieren und schrieb sich auf Miss Liptons Anraten in einem der letzten reinen Frauencolleges ein. Erfreulicherweise war das Studium für sie weitgehend eine Fortsetzung der Internatszeit, und obwohl in jenem Labor, in dem einst das Penizillin entdeckt worden war, auch Jungen von anderen Colleges arbeiteten, stellten sie in ihren geschlechtslosen weißen Kitteln keine allzu große Störung dar.

Was den Sport anging, gab Alice die rauhen Mannschaftssportarten auf und trat in den Ruderclub ein. Da sie die kleinste unter den Neuzugängen war, wurde sie sofort zur Steuerfrau gemacht. Das Ganze dauerte nicht lange: Alice fehlte die Aggressivität, andere Menschen anzuschreien. Selbst mit einem Megaphon schaffte sie es nicht, sich durchzusetzen. Ihre Stimme wurde damit zwar lauter, aber in keiner Weise gebieterischer. Alices Entschlußkraft war etwas Innerliches. Sie konnte sie auf das anwenden, was sie in sich aufnahm – konnte den Verzehr von Fleisch stoppen oder noch mehr lernen –, aber nicht auf das, was herauskam.

Nach ihrer kurzen Karriere auf dem Fluß begann Alice mit dem Joggen. Es machte ihr nicht unbedingt Spaß, aber vielleicht wußte sie, daß sie die Veranlagung hatte zuzunehmen und daß es deshalb notwendig war, irgendeinen Sport zu betreiben. Also setzte sich Alice jeden Tag am frühen Abend einen Sony Walkman auf und hörte sich das an, was sie gerade im Schulchor einstudierte. Andere Läufer mit Kopfhörer kamen an ihr vorbei. Während diese jedoch zu Schlagzeugrhythmen über den Boden stampften, joggte Alice zur Musik von Thomas Tallis und William Byrd durch die Universitätsparks, ohne Notiz davon zu nehmen, daß andere sich gelegentlich nach ihr umdrehten: So wie sie in der Abgeschlossenheit des Internats den emotionalen Krisen des Erwachsenwerdens ausgewichen war, hatte sie die körperlichen ebenfalls umschifft. Anders als viele hübsche Kinder war sie mit ihrem präraffaelitischen kastanienbraunen Haar, ihren verschiedenfarbigen Augen, ihren zarten Gesichtszügen und ihrer blassen Haut nun auch zu einer attraktiven Frau geworden.

Alice wußte, daß sie hübsch war. Es ärgerte sie jedoch, daß sie – wie sie ebenfalls wußte – nicht sexy war. Sie hatte reichlich Zeit gehabt, um das zu akzeptieren, da es von jenem Augenblick an offensichtlich gewesen war, als sie und Laura vor vielen Jahren – vor fast einem halben Leben – die Kleider ihrer Cousine Zoe anprobiert, mit Lippenstift herumgespielt und sich vor dem Spiegel als Frauen zurechtgemacht hatten. Lauras Sexualität war schon lange vor der Pubertät sichtbar gewesen, wohingegen Alice noch lange *danach* etwas Weltfremdes und Unnahbares an sich hatte.

Alice hatte die Angewohnheit, ihren Kopf anmutig zu neigen und dabei gleichzeitig wegzudrehen, wenn sie jemanden begrüßte. Sie küßte dann mit einigen Zentimetern Abstand in die Luft, während sie es ihrem Gegenüber erlaubte, flüchtig ihre Wangen zu streifen. Da ihr gewelltes kastanienbraunes Haar ihr Gesicht umrahmte, waren Freunde und Bekannte daran gewöhnt, daß ihnen nach der Begrüßung Haarsträhnen an den feuchten Lippen klebten. Alice küßte wie eine Herzogin, die jeden Körperkontakt vermeiden wollte: Sie schob ihren Kopf in freundlicher Absicht nach vorn, schien es sich dann jedoch anders zu überlegen und drehte ihn weg. Es war einfach so. Alice war auf Distanz herzlich. Sie lud Männer nicht dazu ein, Annäherungsversuche zu machen, und diese wiederum hielten sich im großen und ganzen auch damit zurück.

In ihrem zweiten Studienjahr lud sie ein Chemiestudent, ein großgewachsener junger Mann mit dicker Brille, auf ein Bier ein.

»Ich trinke nicht, vielen Dank«, sagte Alice zu ihm.

»Nein?« erwiderte er ungläubig.

»Nun, jedenfalls nicht zum Vergnügen«, sagte Alice.

»Ich dachte, das wäre der einzige Grund, oder?« sagte er und ging in seinem weißen Kittel davon. Alice war ein Blaustrumpf, obwohl sie das nicht sein wollte. Im Grunde sehnte sie sich danach, anders zu sein. Sie hätte liebend gerne sexy Kleidung angezogen, die auch sexy an ihr aussah. Aber sie wußte, daß ihr einziges schwarzes Kleid, selbst wenn es ihren üppigen Busen vorteilhaft zur Geltung brachte, ein wenig absurd an ihr aussah, so als hätte sie sich verkleidet. Sie wußte, daß Wimperntusche, weit davon entfernt, ihre Augen (eines grün, das andere blau) zu betonen, sie nur schlampig und überschminkt wirken ließ.

Niemand jedoch, nicht einmal ihre beste Freundin an der Universität, Natalie Bryson, eine hochgewachsene, waschechte Londonerin, die wie sie in der Women's Action Group des College war, konnte sich vorstellen, daß Alice Freeman sich um solche Dinge Gedanken machte, so ruhig und selbstzufrieden wirkte sie. Alice sagte in dieser Hinsicht auch nie ein Wort zu Natalie, denn sie beide waren viel zu beschäftigt: Sie verteilten kostenlose Spiegel, damit die Frauen ihren eigenen Körper kennenlernen konnten, marschierten durch die Straßen der Stadt und forderten die Nacht zurück und protestierten vor dem Ashmolean Museum, weil dort frauenfeindliche Darstellungen gezeigt wurden.

»Eine Frau ohne Mann ist wie ein Fisch ohne Fahrrad«, sagte Natalie zu Alice.

»Eine gute Verdauung ist besser als schlechter Sex«, erklärte eine ihrer Freundinnen.

Also behielt Alice jene Gedanken für sich, alle anderen aber teilte sie wie damals im Schlafsaal des Internats mit ihrer Freundin. Obwohl Natalie von einer Gesamtschule im Londoner Stadtteil Hackney kam, dachte sie über Privilegien und Verantwortung genau wie Alice: Sie schworen sich gegenseitig, daß sie ihr Leben nicht vergeuden würden, daß sie ihre Intelligenz und Bildung dafür einsetzen würden, die Welt ihrer Schwestern zu verbessern, und zwar für die gegenwärtige wie für künftige Generationen. Zu Beginn ihres Abschlußjahres ließ Alice sich ihr prächtiges Haar so kurz schneiden, wie Natalie es trug. Den Selbstverteidigungskurs, den Natalie für Studentinnen gab, besuchte sie allerdings nur ein einziges Mal, weil sie ständig kichern mußte.

Natalie war eine androgyne Göre, zu der die Leute ständig sagten: »Vielen Dank, junger Mann« und »Gewiß, Sir«. Sie hatte reihenweise Freundinnen, die meisten davon nicht Studentinnen, sondern Sekretärinnen aus der Innenstadt. Nur ein einziges Mal fragte Natalie Alice – spätnachts in Alices Zimmer, nach einem Discobesuch, bei der sie für die Frauen in Nicaragua Geld gesammelt hatten –, ob sie sie küssen wolle.

»Tut mir leid, Nat«, meinte Alice zögernd. »Ich liebe dich, aber ich habe kein sexuelles Interesse an dir.«

»Du scheinst keine Männer zu mögen«, meinte Natalie.

»Ich denke schon«, erklärte Alice ihr.

»Du armes Schaf«, meinte Natalie mitleidig. »Bei dem Schrott, der einem so über den Weg läuft.«

»Wir werden sehen«, erwiderte Alice.

»Was willst du übrigens hinterher machen?« fragte Natalie sie. »Hast du dich schon entschieden? Du willst doch nicht wirklich diese Lehrerausbildung anfangen?«

»Doch. Ich mag Kinder«, erwiderte Alice.

»Du spinnst«, erklärte Natalie ihr.

Und so verbrachte Alice ihre Jahre auf der Universität damit, daß sie Vorlesungen besuchte, Essays schrieb, im Chor sang, durch die Parks joggte, sich an feministischen Aktionen und Debatten beteiligte und im weißen Kittel im Chemielabor arbeitete. Von Experimenten, die die menschliche Chemie betrafen, hielt sie sich jedoch, genau wie Harry Singh, weiterhin fern.

Harrys Briefe waren Alice in der Zwischenzeit vom Internat zur Universität gefolgt, wenngleich er in den Semesterferien keinen Versuch unternommen hatte, sich mit ihr zu treffen. Alice hatte Harry, seit er das letzte Mal mit James im Haus auf dem Hügel gewesen und, seine Alibikamera in der Hand, die Treppe zur Dunkelkammer hinaufgestapft war, nicht mehr gesehen (und selbst an diese Begegnung konnte sie sich nicht mehr genau erinnern). Er schrieb ihr einfach weiter jede Woche einen Brief. Als Alice ihren Abschluß machte (mit erstklassigen Noten), schätzte sie, daß sie inzwischen etwa dreihundertfünfzig davon erhalten hatte (sie hob sie erst auf, seit sie in Oxford war. Die ersten zweihundert – im Schlafsaal verhöhnt, zusammen mit Laura verlacht, in Papierkörbe geworfen – waren hier und dort verstreut dem Vergessen anheimgefallen). Harry hatte jedoch nicht einen einzigen Versuch unternommen, sie zu sehen. Wie seltsam die Männer doch sind, dachte Alice, wie überaus seltsam. Bis es ihr plötzlich dämmerte, daß er möglicherweise einfach auf eine Antwort wartete.

Harry Singhs Briefe an seine Liebste waren freundliche, einseitige Gespräche, in denen er ihr im unpersönlichen Ton eines Kindes, das einen Dankesbrief schreibt, von seinem Leben berichtete. Sie wirkten wie knappe Tagebucheinträge, eine Liste des Weltlichen, ein banal erzähltes Protokoll. Er erwähnte weder eine Hochzeit, noch machte er eine einzige Liebeserklärung, gab keinen Hinweis auf ein wie auch immer geartetes Gefühl. Jeder Brief endete gleich, und zwar unten auf der zweiten Seite: »Mit vorzüglicher Hochachtung, Harry Singh.«

Die Briefe erzählten Alice von Harrys Leben. Er hatte die Universität verlassen und war nach Hause zurückgekehrt, wo er einen Job bei einem Grundstücksmakler angenommen hatte.

»Ich dachte, du wolltest es einmal weit bringen«, machte sich sein Bruder Anil über ihn lustig. »Du hast doch immer gesagt, du wolltest unabhängig sein«, spottete er. »Harry, der Karrieretyp, der ganz schnell reich wird, das war doch dein Ziel. Grundstücksmakler!« schnaubte er. »*Ich* bin wenigstens selbständig. Ich habe jetzt sogar eine Lizenz, Alkohol zu verkaufen.« Anil schüttelte den Kopf. »*Mir* liegt es jedenfalls nicht, einfach von neun bis fünf zu arbeiten, Harry.«

Sein Vater jedoch war beeindruckt. »Das ist eine gute, vernünftige Arbeit«, sagte er, als Harry ihm davon erzählte. »Der Immobilienmarkt in diesem Land ist stabil. Und die Leute brauchen immer ein Dach über dem Kopf. Gut für dich, mein Junge.«

»Danke, Papa«, erwiderte Harry.

Der Makler schickte Harry auf Lehrgang, was für ihn bedeutete, daß er am Abend noch stundenlang büffeln mußte. In diesem Kurs und während der Arbeit lernte Harry etwas über Feuchtigkeitsisolierschichten, Isolierung von Mansarden, Dachausbau, abbröckelnde Grundmauern, Baugenehmigungen, tragende Wände, Schutzbestimmungen, denkmalgeschützte Gebäude, Grenzmarkierungen und gute Aussichtspunkte (und Alice durch seine wöchentlichen Sendschreiben ebenfalls). Binnen eines Jahres stand Harrys Name auf der internen Firmenliste ganz oben. Im Alter von dreiundzwanzig Jahren war er der höchstbezahlte Makler der Firma.

Harrys Geheimnis war, daß er hart arbeitete: Er machte seine Hausaufgaben, er kannte den Unterschied zwischen beeindruckenden und ansehnlichen Häusern, zwischen eleganten Apartments und vorzüglich präsentierten Wohnungen, dem platten Land und einem ländlichen Ausblick, zwischen unverdorbenen und guterhaltenen Dörfern, zwischen restaurierten, umgebauten und wieder aufgebauten Scheunen. Er führte seine Kunden aber nie mit faulen Tricks hinters Licht. Er führte sie in dem Objekt herum und kommentierte es in phlegmatischem Ton – ähnlich dem in seinen Briefen an Alice. Er erklärte die architektonischen, dekorativen und baulichen Eigenschaften des Hauses und fügte auch noch andere Dinge hinzu, die für seine Kunden möglicherweise von Interesse waren: verläßliche Bauhandwerker, Einkaufsmöglichkeiten, Einzugsbereiche von Schulen, das Angebot an Babysittern in der Nachbarschaft und die Verbrechensstatistik der Gegend. Und er beantwortete jede Frage wahrheitsgemäß.

Harry Singh war mit seinem ausgeprägten Unterkiefer, dem gepflegten Schnurrbart und den dunklen, müden Augen, die ihm ein verwegenes Aussehen gaben, ein gutaussehender Mann. Er wirkte wie ein wohlgenährter, phantasieloser Sohn, der weiß, daß er niemals große Anstrengungen im Leben unternehmen müßte, weil es stets Frauen geben würde, die sich um ihn kümmerten. Doch dieser Eindruck täuschte. Zwar bewegte er sich und arbeitete in einem trägen, gleichmütigen Tempo, dies tat er aber unentwegt. Harry war als Grundstücksmakler ebenso beharrlich wie als briefeschreibender Verehrer. Im Büro war er unbeliebt: Seine Kollegen hielten ihn, der weder fernsah noch am Abend auf ein Bier mitkam oder am Wochenende in einer Sportmannschaft mitspielte, für ein stures Arbeitstier, einen uninteressanten Gesprächspartner, der nur dann etwas beizutragen hatte, wenn sich das Gespräch um irgendwelche dämlichen Gebäude drehte. Bestimmt langweilte er seine Kunden so lange, bis sie schließlich aus purer Verzweiflung ein Haus kauften, das sie eigentlich gar nicht haben wollten. Und danach ging er wahrscheinlich nach Hause, um die sechzehn Enzyklopädien durchzuarbeiten, die notwendig waren, wenn man die juristischen Feinheiten der Eigentumsübertragung begreifen wollte.

Tatsächlich hatten Harrys Kollegen nur zur Hälfte recht. Harry betrachtete seinen Job, der bei weitem nicht seine gesamte Zeit in Anspruch nahm, als zeitlich begrenzte Lehre, die ihm, neben einem ordentlichen Taschengeld, auch persönliche Kontakte und eine grundlegende Sachkenntnis auf dem Gebiet des Kaufs und Verkaufs von Immobilien brachte. Er hatte bereits mit seiner wirklichen Arbeit angefangen: Kurz nachdem Harry wieder nach Hause zurückgekehrt war, hatte er eine Hypothek auf ein baufälliges Reihenhaus in Easttown aufgenommen und war dort eingezogen. Mit einem weiteren Kredit beschäftigte er Schwarzarbeiter – junge Klempner, Elektriker und andere Handwerker aus der asiatischen Gemeinschaft –, um das Haus zu renovieren, und zwar »vom Keller bis zum Dach, außen wie innen«, wie er Alice schrieb. Das Ganze nahm drei Monate in Anspruch, dann verkaufte er das Haus mit einem Gewinn von fünfundzwanzig Prozent – an einen Asiaten –, kaufte ein weiteres Haus, zog dort ein und begann wieder von vorn. Er beschäftigte immer nur einen Maurer oder Zimmerer auf einmal, und zwar ausschließlich am Abend und am Wochenende, und er ging seinen Handwerkern zur Hand, sowohl, um Geld zu sparen, als auch, um sich deren Fachkenntnisse anzueignen, »denn man kann nur übers Ohr gehauen werden, wenn man keine Ahnung hat«, berichtete er Alice.

Harry Singh war ein fleißiger Mann. Bis sechs Uhr abends arbeitete er als Grundstücksmakler, bis Mitternacht als Bauhandwerker in seinen eigenen Häusern, bis zwei Uhr früh büffelte er, und bis acht Uhr schlief er. Weder seine Kollegen noch sein Arbeitgeber ahnten etwas von seinem Doppelleben, weil er nur von Asiaten kaufte und an sie verkaufte und ausschließlich illegale Einwanderer beschäftigte – und auch, weil er jeden Abend reichlich Swarfega and Boots' Feuchtigkeitscreme benutzte, um »die Hände eines Arbeiters in die eines Schreibtischhengstes zu verwandeln«, wie er es in einem seiner Briefe an Alice ausdrückte.

Die einzige Verschnaufpause, die Harry sich gönnte, war der Sonntagabend. Um vier Uhr nachmittags legte er sein Werkzeug weg und ging seine Familie besuchen. Unterwegs hielt er beim indischen Delikatessengeschäft in der Factory Road an, um dort Lebensmittel einzukaufen, und verbrachte dann drei Stunden mit Kochen. Es war dies Harrys einziges Hobby und seine einzige Entspannung. Er schnitt mit seinem Vater Gemüse, zerstieß Gewürze und aß dann mit der Familie (bald gesellte sich auch Anils zukünftige Ehefrau dazu) oben in der Wohnung über dem Geschäft zu Abend. Sie hatten einander nicht viel zu erzählen, aber das war auch gar nicht nötig. Sie waren zufrieden damit, die *massalas* und *muktaajs* zu genießen, alle außer Harrys Großmutter, die in den letzten Jahren jeglichen Appetit verloren hatte und lieber vor dem Fernseher saß und Luftpolsterfolie zum Zerplatzen brachte.

Wenn er dann zu seiner vorübergehenden Bleibe in einem seiner Häuser, das sich gerade in Renovierung befand, zurückkehrte, schrieb Harry, umgeben von Bauschutt, seinen wöchentlichen Brief an seine Liebste. Nun waren diese Briefe alles andere als die oberflächlichen Zehnminutenübungen, als die sie Alice erschienen. Harry brauchte viele Stunden und zerknüllte viele Bögen seines Basildon-Bond-Papiers, bis es ihm gelungen war, der Frau, die er sich erwählt hatte und die er so beharrlich umwarb, genau das zu sagen, was er sagen wollte, und dazu noch auf exakt zwei Seiten und in exakt dem richtigen Ton. In zahllosen Sonntagnächten kletterte er, erschöpft von der vorausgegangenen Arbeitswoche, in den frühen Morgenstunden ins Bett, um weit weniger als seine üblichen sechs Stunden Schlaf zu bekommen. Am Montagmorgen tauchte Harry jedoch stets mit neuer, wenn auch phlegmatischer Energie auf, um die Arbeitswoche, die vor ihm lag, in Angriff zu nehmen. Wie Charles Freeman, der große Boß im Haus auf dem Hügel, sein zukünftiger Schwiegervater (den er vor acht Jahren törichterweise um die Hand seiner Tochter gebeten hatte, bevor es ihm überhaupt gelungen war, dieses Thema bei Alice persönlich zur Sprache zu bringen), hatte Harry Singh begonnen, sich ein kleines Imperium zu schaffen.

Im letzten Brief, den Alice während ihrer Lehrerausbildung im Westminster Teacher-training College in Oxford bekam (es war der allerletzte Brief, den sie von ihm bekommen sollte), informierte Harry sie, daß er bei der Maklerfirma gekündigt hatte; daß er acht Immobilien in verschiedenen Stadien der Renovierung besaß; daß er auf dem Papier £ 372.428 wert war, obwohl sich, wie er schrieb, in seinem Geldbeutel tatsächlich nur £ 180 befanden (so ehrlich war er); und daß er binnen zwei Jahren Millionär sein würde. Außerdem verblieb er natürlich »Mit vorzüglicher Hochachtung, Harry Singh«.

1982, während des Falklandkriegs, ließ Charles auf dem Rasen des großen Hauses einen Fahnenmast aufstellen, an dem ein großer

Union Jack flatterte. Wenn Zoe vom Sonntagsessen nach Hause kam, kochte sie stets vor Wut. Jegliche Diskussion darüber war nämlich abgewürgt worden, da Edward, der Sohn von Uncle Jack und Tante Clare, auf der HMS Sheffield Dienst tat. Familiäre Disloyalität stellte ein absolutes Tabu dar, ganz gleich, welcher politischen Meinung man auch sein mochte.

»Ich darf meinen Cousin nicht als Kanonenfutter bezeichnen, auch wenn es stimmt«, meinte Zoe verzweifelt, als sie mit James zusammen in ihrer Wohnung Tee trank.

»Vergiß es«, riet er ihr. »Die Wahnsinnigen haben die Anstalt übernommen, Zoe. Nimm einfach keine Notiz davon.«

»Aber sie wird die nächste Wahl gewinnen, weil sie eine Kriegsherrin ist, eine Boadicea, ein verdammter Churchill im Rock.«

»Ignoriere sie einfach, Zoe. Wir haben genügend eigene Probleme, auch ohne daß die Politiker uns noch zusätzlich welche schaffen.«

»Was für Probleme hast *du* denn?« wollte sie wissen. »Sag bloß, du verzehrst dich immer noch nach deiner italienischen Freundin?«

»Ich habe dabei nicht an mich gedacht«, protestierte James. »Ich habe das nur ganz allgemein gesagt. Jedenfalls weiß ich, daß ich ein Idiot war. Ich werde mich nicht wieder verlieben.«

»Du, James, wirst dich *immer* wieder verlieben«, spottete Zoe.

»Nein, das werde ich nicht«, behauptete er und biß die Zähne aufeinander. »Nicht noch einmal.«

»Ach, Gott«, erinnerte sich Zoe, »ich hatte ganz vergessen, daß du ein eigensinniger kleiner Mistkerl bist. Jetzt fang bloß nicht noch an, deine Gefühle zu verstecken.«

»Es sind *meine* Gefühle«, erklärte er ihr.

James hatte zu dieser Zeit andere Dinge im Kopf. Er war der Künstlergruppe der Stadt beigetreten – etwas mehr als zwanzig Leute, unter denen sich auch drei Fotografen befanden –, die sich einmal im Monat traf, um Materialien zu Großhandelspreisen einzukaufen, beim Gemeinderat und anderen Körperschaften Zuschüsse zu beantragen und sich gegenseitig moralisch zu unterstützen. Inspiriert vom Besuch eines Mitglieds in Boston, bestand ihr gegenwärtiges Projekt darin, eine Kunstwoche ins Leben zu rufen, in der Bildhauer, Maler und Kunsthandwerker ihre Ateliers dem Publikum öffnen würden. Für diesen Zweck entwarfen sie einen besonderen Stadtplan. James erbot sich, Fotos für die Werbebroschüre zu machen, allerdings weniger, um sich zu integrieren, sondern vielmehr, weil die Fotografen, die der Gruppe bereits angehörten, sich weigerten, ihre Kameras für solch niedere Zwecke zu benutzen.

James stellte fest, daß seine Freizeit in den folgenden Wochen mit Besuchen in den Ateliers ausgefüllt war. Man hatte mit überwältigender Resonanz per Zeitungsanzeige nach Teilnehmern gesucht: In jeder Straße, jeder dunklen Allee und verborgenen Sackgasse arbeitete offensichtlich jemand in stiller Isolation vor sich hin, der Aquarelle malte, webte oder töpferte. James bekam jeden Tag eine neue Adresse, die er aufsuchen mußte.

»Überall in der Stadt gibt es Künstler«, sagte er zu Zoe und zeigte ihr den ersten Probedruck des Spezialstadtplans (der mit einer neuen imaginären Karte in James' Kopf übereinstimmte), auf dem sich überall kleine Grüppchen von roten Punkten befanden.

»Künstler?« fragte sie. »Das ist ein großes Wort, James.«

»Es sind über hundert«, behauptete er.

Nicht, daß James sich selbst als einen solchen betrachtet hätte (»Ich kann ja wohl kaum die Fotoabteilung in der Zeitung dem Publikum zugänglich machen, oder?« sagte er). Er war zufrieden damit, die anderen Fotografen der Künstlergruppe nach ihren Besprechungen im Pub näher kennenzulernen. Zuerst war er enttäuscht, als sich das Gespräch nicht um ihre Arbeit, sondern hauptsächlich ums Geld drehte, da sie alle pleite waren. James hatte in gewisser Weise ein schlechtes Gewissen, da er der einzige mit festem Einkommen war: Die anderen drei bestritten ihren Lebensunterhalt mehr schlecht als recht mit Gelegenheitsjobs, Fotounterricht, Bilderrahmung, Kurierfahrten und dem, was es an staatlichen Beihilfen gab.

Als die Kunstwoche näherrückte, bekam er jedoch ihre Arbeiten zu Gesicht. Karel, ein großer, tschechischer Flüchtling mit watschelndem Gang, komponierte ausgezeichnete Stilleben aus Flaschen, Holz, Blumen und nackten Frauen. Terry war in den Sechzigern zu Ruhm gekommen, hatte sich vor diesem Glanz jedoch in die dunklen Gassen seiner Imagination zurückgezogen, wo er winzige Details des Lebens fotografierte, deren Aussage die Leute zwar nur verschwommen begriffen, die sie aber als Anzeichen einer verblüffenden Integrität werteten. Und Celia schuf lange und, wie sie es nannte, »erzählende« Sequenzen, auf denen niemals Personen zu sehen waren, bis sie, was einen gewaltigen Schritt darstellte, ein einziges Foto von einem zerwühlten Bett machte, das jemand offenbar erst vor kurzem verlassen hatte. Als Celia das Bild gerahmt sah (auf der der Kunstwoche beigeordneten Ausstellung im Touristenzentrum), fühlte sie sich nackt, bloßgestellt, glaubte, zuviel von sich preisgegeben zu haben, und beschloß daraufhin, dies nie wieder zu tun und zu unbelebten Motiven zurückzukehren.

Als James die Fotografen der Künstlergruppe besser kennenlernte, zeigten sie sich, nach anfänglichem Argwohn, nun freundlicher. Er hatte das Gefühl, eine zweite Lehrzeit durchzumachen, da sie ihm ihre Mentoren nannten und ihm Bücher ausliehen (er entdeckte, daß es während des Prager Frühlings nicht nur bedeutende Filmemacher gegeben hatte, auf die Zoe ihn bereits hingewiesen hatte, sondern auch große Fotografen. Terry überzeugte ihn von der verschwommenen Klarheit eines Robert Frank; Celia brachte ihm das Werk von Eugene Atget nahe). Was ihre eigenen Arbeiten anging, wurden sie jedoch keineswegs mitteilsamer. Sie zogen es immer noch vor, darüber zu diskutieren, wie man Arbeitskleidung von der Steuer absetzen konnte und ob es eine Möglichkeit gab, am Enterprise Allowance Scheme, dem neuen Arbeitsbeschaffungsprogramm, teilzunehmen, wo man £ 40 die Woche fürs Fotografieren bekam und immer noch Gelegenheitsjobs annehmen durfte, ohne sie dem Gesundheits- und Sozialamt verschweigen zu müssen.

James hielt seine neuen Freunde vor seinen Kollegen in der Zeitung geheim. Für Roger und die anderen war das Fotografieren ein Job. Sie strebten in ihren Bildern nach Klarheit, andere ästhetische Kriterien gab es für sie nicht. Aber man konnte sich damit auf ehrliche Weise seinen Lebensunterhalt verdienen. Die Ansichten der Stadt oder des Umlands, die sie fotografierten, um eine freie Stelle in der Sonntagsausgabe zu füllen, waren ein Luxus, den sie sich gelegentlich erlaubten. Das war aber schon das Äußerste, wie sie betonten, wann immer auf der Kulturseite die Ausstellung eines der neuen Bekannten von James besprochen wurde.

»Da haben wir wieder einen von diesen Knipsern reingekriegt«, sagte Frank. »Schaut, er schafft es nicht einmal, scharfe Fotos zu machen. Was soll denn dieser Wischer hier?«

»Scheißkünstler, alle miteinander«, sagte Derek.

»Ich würde gern mal sehen, was der macht, wenn er einen ordentlichen Job erledigen müßte.«

»Er kann ja für dich einspringen, wenn du das nächste Mal Urlaub hast.«

»Es würde keine Woche dauern, dann wäre er gefeuert«, sagte Roger.

Die Zeitungsleute spotteten über die ehrgeizigen Künstler, deren Werke niemand kaufte. Sie waren nicht nur Amateure, nein, sie bildeten sich auch noch etwas darauf ein und marschierten hocherhobenen Hauptes, aber mit Löchern in den Schuhen durch die Gegend. Ihre bloße Existenz war es, was Roger wirklich ärgerte, und dies war auch die einzige Gelegenheit, bei der James ihn je fluchen hörte.

»Verdammt, die machen doch, was sie wollen, das ist das Problem«, erklärte er James. »Anders als wir, Junge.«

»Du hast recht«, stimmte James zu. »Das sehe ich auch so.«

Was seine Kollegen über die anderen Künstler gesagt hätten, die überall in der Stadt aus der Anonymität aufgetaucht waren, wagte James sich gar nicht vorzustellen. An einem oder zwei der älteren Aquarellmaler hätten sie möglicherweise Gefallen gefunden, den Möbelschreiner in Otley und vielleicht auch die Töpferin in Northtown hätten sie respektiert. Den Rest, der sich zum einen aus Sonntagsmalern und zum anderen aus jungen Leuten rekrutierte, die in dem Staub dahinstolperten, den die Avantgarde aufgewirbelt hatte, verstand James größtenteils selbst nicht. Einige holten ihre Materialien von Schrottplätzen und aus Wertstoffcontainern. Andere machten gemeinsame Ausstellungen mit Titeln wie *Arbeitsabläufe, Zeichen auf Papier* oder *Formen im Raum*. Sie waren irregeleitet, aber unverzagt, dachte James, untalentiert, aber hartnäckig. Sie hatten nicht wirklich etwas zu sagen, waren aber entschlossen, das auf jeden Fall zu tun. Er nahm Zoe und Simon am Eröffnungstag der Kunstwoche auf einen Rundgang durch die Ateliers mit.

»Wenigstens haben sie den Mut, ihre Arbeiten auszustellen«, machte Simon geltend.

»Irgendwo muß man eben anfangen«, stimmte James zu. »Sie können nur besser werden.«

»Es ist meistens Schrott, aber solange wir das erkennen, was soll's?« sagte Zoe. »Wann wirst *du* deine Bilder ausstellen?«

»Oh, soweit bin ich noch nicht«, protestierte James.

»Meine Füße bringen mich um, ihr Lieben«, klagte Simon. »Was würdet ihr dazu sagen, wenn ich euch beide zu einem Sahnetee ins Rosie's einlade?« bot er an, hakte sich rechts und links bei Zoe und James unter und führte sie zum Tee.

Mitten unter der Woche schleppte James Zoe zur Vorführung einer Filmkooperative in der Old Fire Station. »Jetzt bin *ich* an der Reihe«, sagte er schadenfroh. »Komm mit, Cousine.«

Der erste Film lief gerade drei Minuten, da zischte Zoe James ins Ohr. »Ich habe mir in meiner Zeit Andy Warhol, Michael Snow und Alfred Hitchcock angesehen, Schätzchen. Auf *das* hier kann ich verzichten.« Sie stand auf und ging, womit sie vielleicht die erste war, die letzte war sie gewiß nicht. Selbst enge Freunde des Filmemachers schlichen sich hinaus, bevor der Film zu Ende war, verließen, im rechten Winkel nach vorn gebeugt, den Raum. Ob sie das taten, um den Projektor nicht zu blockieren oder um Groucho Marx nachzuahmen, war schwer zu sagen.

Alles in allem war diese erste Kunstwoche jedoch ein Erfolg, wenn auch nicht in künstlerischer (geschweige denn kommerzieller), so doch wenigstens in gesellschaftlicher Hinsicht. Die einsamen Bildhauer und Maler fühlten sich weniger unerwünscht und allein auf der Welt. Ihren Nachbarn gefiel die Vorstellung, daß ein Künstler unter ihnen lebte, ein Künstler, der in ihrer Straße ansässig war, und von da an grüßten sie einander in Geschäften und Postämtern mit einer neuen Kameradschaftlichkeit.

Kurz nachdem die Kunstwoche vorbei war, kehrte Alice mit einem Lehrerdiplom in der Tasche nach Hause zurück (»Ich habe immer schon gesagt, daß du das Schicksal auf deiner Seite hast, Alice«, meinte Simon zu ihr), um eine Stelle als Chemielehrerin in einer Gesamtschule am Rand der Sozialsiedlung anzutreten, wo sie die Elf- bis Dreizehnjährigen unterrichten würde. Sie hatte sich heimlich um diese Stelle beworben. Es war die einzige, um die sie sich überhaupt bemüht hatte.

Die Schule breitete sich im Schatten der beiden Hochhäuser als Masse aus Glas- und Betongebäuden aus. Gegenüber dem Sportplatz standen die Fabrikgebäude der Freeman Company, wo die meisten der Schüler einmal zu arbeiten hofften.

»Ich habe dir schon immer gesagt, daß du ziemlich verrückt bist, Schätzchen«, erklärte Simon. »Jetzt ist es offensichtlich, daß ich recht hatte.«

»Ich habe mein ganzes Leben lang in einem Elfenbeinturm gelebt, Simon«, sagte Alice zu ihm. »Was hast du an ein bißchen Realität auszusetzen?«

»Du hast das nicht *nötig*, meine Liebe, das habe ich daran auszusetzen«, erwiderte er.

Alice zog wieder in ihr altes Zimmer im dritten Stock des Hauses.

»Ich hätte nie gedacht, daß du hierher zurückkommen würdest«, sagte Laura. »Ich dachte, du hättest das hier hinter dir gelassen, Alice.«

»Das habe ich auch«, versicherte Alice ihr. »Ich gehe nicht rückwärts, ich gehe vorwärts. Jedenfalls«, fügte sie hinzu, »liebe ich diese Stadt.«

»Du *kennst* diese Stadt doch gar nicht«, machte Laura sich über sie lustig.

»Also gut, Laura, in Wahrheit bin ich deinetwegen und wegen deiner Kochkünste zurückgekommen. Das ist der eigentliche Grund.«

»Du bist mir wirklich ein Rätsel, Alice«, sagte Laura nüchtern. »He, erinnerst du dich noch an Harry Singh? Er hat dir doch früher immer geschrieben?«

»Früher?«

»Schau, im *Echo* von heute ist ein Bild von ihm.« Sie schlug die Zeitung auf und reichte sie Alice: Dort war ein Foto von Harry zu sehen, wie er dem hiesigen Abgeordneten der Konservativen die Hand schüttelte und einen riesigen Scheck in der Hand hielt. Darüber stand: »Jungunternehmer des Jahres«.

»Das Foto hat James gemacht, siehst du?« wies Laura sie hin. »Eines muß man Harry Singh zugute halten: Sein Anzug ist viel modischer als der des Politikers.«

»Ich dachte, unser Abgeordneter wäre von der Labour-Partei«, meinte Alice nachdenklich. »Er kam doch früher immer zu Papas Parties.«

»Das war einmal, Alice. Himmel, wo bist du denn gewesen? Der hier ist so schwarz, wie man nur sein kann. Ich glaube, dein Vater mag ihn nicht besonders, obwohl die beiden in fast allem einer Meinung sind.«

»Nun, jedenfalls sieht es so aus, als würde Harry ihn mögen!« sagte Alice.

»Ich denke, *ich* würde jemanden, der mir fünfhundert Pfund schenkt, auch mögen«, stimmte Laura zu.

Am nächsten Tag, als es niemand sah, nahm Alice die Zeitung vom Stapel in der Vorratskammer und schnitt Harrys Bild aus. Es sollte einen ironischen historischen Wert erlangen, denn es stellte eine Situation dar, die sich in den folgenden Jahren stets wiederholte, nur daß der Scheck mit jedem Mal höher ausfiel und nicht nur in eine Richtung wanderte.

Charles indessen war hoch erfreut, seine Tochter wieder zu Hause zu haben, aber er war auch bestürzt, daß sie nur Lehrerin geworden war.

»Du hast uns doch immer gesagt, daß wir Verantwortungsgefühl zeigen sollten, Papa«, erinnerte sie ihn.

»Ganz richtig!« erklärte Charles. »Und ich bin auch stolz auf dich, Alice. Aber die Zeiten ändern sich. Das Leben ist härter geworden. Nun kommt es darauf an, daß die Starken Stärke beweisen.«

»Und was ist mit den Schwachen?«

»Die Schwachen wollen auch nicht länger verhätschelt werden«, behauptete Charles. »Sie sind es leid. Sie brauchen Anreize, Initiative, Fleiß. Heutzutage überleben die Schlanken und Fitten.«

Alice grinste ihren massigen Vater an.

»Das war rein rhetorisch gemeint, junge Dame, wie du sehr wohl weißt!« dröhnte er. »Du bist noch nicht zu alt, um von mir übers Knie gelegt zu werden.«

»Sei nicht albern, Papa«, lachte Alice. »Du hast das nie getan, als ich noch klein war. Wie dem auch sei, es gibt nachweislich eine Verbindung zwischen Übergewicht und Herzproblemen. Und einem aufbrausenden Temperament; da macht man sich schon so seine Gedanken.«

»Um mich brauchst du dir keine Sorgen zu machen«, versicherte Charles ihr. »Ich bin stark wie ein Ochse.«

Bald nachdem Alice nach Hause gekommen war, tat sie noch ein Zweites: Sie schickte Harry Singh eine kurze Nachricht, in der sie ihn über ihre Rückkehr informierte und ihn einlud, nächsten Mittwoch auf einen Drink mit ihr auszugehen. Harry las die Nachricht ein dutzendmal und war sich nicht sicher, was das bedeuten sollte. Er starrte eine Stunde oder länger auf das Blatt Papier. War dies ein Rätsel, das er lösen sollte? Ein übler Scherz, Gott behüte? Ein Witz? Seine Briefe waren so viele Jahre lang unbeantwortet geblieben, daß er ab einem gewissen Punkt keine Antwort mehr erwartet hatte und nur noch aus einer Mischung aus Willenskraft und Gewohnheit heraus weitergeschrieben hatte. (Hinzu kam, daß es sich bei seiner täglichen Post, die oft so umfangreich war, daß sie gar nicht in seinen Briefkasten paßte, nur um maschinengeschriebene Briefe, um offizielle Dokumente, die mit Immobilien und Geld zu tun hatten, handelte. Harry konnte sich nicht erinnern, je einen persönlichen, handgeschriebenen Umschlag erhalten zu haben.)

Schließlich akzeptierte Harry jedoch, daß die Nachricht wahrscheinlich genau das meinte, was sie sagte, nämlich, daß er sich mit Alice am Mittwoch abend um halb acht in Diego's Wine Bar treffen sollte. Er griff zum Telefon, um ihr zu sagen, er würde kommen, stellte aber fest, daß der Hörer in seiner Hand zitterte. Also antwortete er ihr statt dessen schriftlich. Eigentlich wollte er ihre Nachricht lediglich mit einem kurzen Memo beantworten, aber wegen der Disziplin, die er sich in den letzten acht Jahren durch seine wöchentlichen Briefe angewöhnt hatte, konnte er nicht anders, als auch noch die neuesten Neuigkeiten einzuschließen. Auf diese Weise füllte er zwei Seiten (hinzu kam eine Anzahl von gescheiterten Versuchen, die nun zerknüllt im Papierkorb lagen) und endete wie stets: »Mit vorzüglicher Hochachtung, Harry Singh.«

Bis halb acht am Mittwoch abend hatte Harry sich wieder beruhigt: Es war gleichermaßen Überraschung wie verliebte Beklommenheit gewesen, die ihn so nervös gemacht hatte. Alice war ebenfalls gelassen. Sie setzten sich in eine Ecke und berichteten einander, was sie gerade taten und welche Pläne sie hatten. Alice stellte fest, daß Harry im Grunde so war, wie sie das erwartet hatte: Sie unterhielt sich mit keinem Fremden, sie kannte ihn. Seine Briefe hatten (abgesehen von ihrer Regelmäßigkeit) nichts Außergewöhnliches an sich gehabt, sie hatten weder große Einblicke in Harrys Seelenleben gegeben noch irgendwelche Offenbarungen enthalten. Aber sie war beim Lesen mit seinen phlegmatischen, selbstbewußten Ansichten über die Welt und seinen Platz in dieser Welt vertraut geworden. Einer Welt, die (obwohl er das nie ausgesprochen hatte) auch sie an seiner Seite mit einschloß.

Er hatte sich wegen der lauten Musik aus den Lautsprechern zu ihr nach vorn gebeugt. Sein Atem roch nach Kardamom (Alice fragte sich, ob das Basildon-Bond-Papier nicht auch ganz schwach danach geduftet hatte). Während er redete, kamen ihr sowohl der Inhalt als auch der Ton seiner Worte beruhigend vertraut vor.

»Immobilien«, erklärte er, »sind für uns Briten ein Fetisch. Für den Engländer gilt: ›My home is my castle‹, und so treiben wir die Preise hoch, und die Leute machen das mit. Das Ganze hat *per se* nichts mit Angebot und Nachfrage im üblichen Sinn zu tun, es ist ein seltsam willkürlicher Markt, was die meisten Leute aber gar nicht erkennen –«

»Harry«, unterbrach Alice ihn lächelnd, »du bist im wirklichen Leben genauso aufgeblasen wie in deinen Briefen.«

»Tatsächlich?« meinte er stirnrunzelnd.

»Keine Bange«, beruhigte sie ihn. »Das ist auf seine Art liebenswert.«

»Wirklich?«

Was Harry betraf, so merkte er, während Alice von ihren Plänen erzählte, daß *er* überhaupt nichts von *ihr* wußte. Sie war ihm vollkommen fremd, ein unbekanntes Wesen. Außerdem war er ein wenig entsetzt darüber, daß sie sich das kastanienbraune Haar hatte abschneiden lassen. Während sie redete, dämmerte es ihm langsam und mit schrecklicher Gewißheit, daß er seine Briefe acht Jahre lang ins Leere geschickt hatte.

»Als wir auseinandergingen, haben wir einen Pakt geschlossen, Harry, und zwar, daß wir tun würden, wofür wir am besten qualifiziert sind. ›Fußsoldaten des Feminismus‹ hat Natalie uns genannt. Sie hat einen Job im Frauenhaus angenommen, ja, und sie wird bei uns wohnen, weißt du, als Untermieterin, was hältst du davon? Du würdest sie mögen. Aber vielleicht auch nicht. Du bist ein solcher Blender, Harry.«

»Tatsächlich?«

»Aber du hast denselben Haarschnitt wie sie«, lachte Alice, »mit viel Gel.«

»In meinem Beruf ist es wichtig, gut auszusehen«, sagte Harry, der sich nicht sicher war, ob Alice ihn bestärken oder aufziehen wollte. »Ich lasse meine Kleidung nach Maß fertigen«, fuhr er fort. »Meine Kunden müssen vollkommenes Vertrauen zu mir haben. Kleider machen Leute, Alice, das ist ein alter, aber wahrer Spruch.«

»Mit Simon wirst du dich jedenfalls gut verstehen«, erklärte Alice ihm. »Er ist genauso aufgeblasen wie du.«

»Ich meine das ernst, Alice«, erwiderte Harry. »Ich weiß, was ich will, und ich werde es bekommen.«

»Und was willst du?« fragte sie ihn.

Harry zögerte. »Dich«, antwortete er.

»Wie kannst du dir da sicher sein?« wollte sie wissen. »Du kennst mich doch gar nicht.«

»Ich weiß«, sagte er zu ihr. »Ich weiß.«

Alice nippte wieder an ihrem Cocktail. »Dieser White Russian ist köstlich«, sagte sie und wechselte damit das Thema. »Möchtest du kosten, Harry?«

»Nein danke, ich trinke keinen Alkohol.«

»Ich auch nur selten. Aber ich könnte jetzt damit anfangen.«

Harry trank Mineralwasser. Alice trank ihren Cocktail in kleinen Schlucken mit einem Strohhalm. Sie hatte keine Ahnung, ob sie sich beleidigt oder geschmeichelt fühlen sollte, weil Harry sie, die er kaum kannte, so zielstrebig ausgesucht hatte. Was sie jedoch mit Bestimmtheit empfand, war ein starkes beruhigendes Gefühl.

Harry seinerseits fühlte sich keineswegs beruhigt. Was war, wenn er sie kennenlernte und dann gar nicht mochte? Sie war natürlich wunderschön, aber das war die Basis für die Techtelmechtel seiner Mitstudenten und seiner Arbeitskollegen: Mit seiner Korrespondenz hatte er sich auf ein ganz anderes Terrain vorgewagt. Was für ein Idiot ich doch bin, dachte er. Ich bin auch nicht anders als die anderen, ich will sie einfach vögeln, das ist alles. Mein verdammter kleiner Bruder hat recht, lauf den weißen

Mädchen nach und heirate jemanden aus deinem eigenen Volk. Meine Eltern haben recht, verdammt, ich hätte mir von ihnen jemanden aussuchen lassen sollen.

Harry hatte eine solche Ehe zurückgewiesen, weil er sich seine Ehefrau selbst aussuchen wollte. Vielleicht, so gestand er sich nun zum ersten Mal ein, waren Heiratsvermittler doch besser qualifiziert als er. Das Ganze war zweifellos ein Glücksspiel, und Harry Singh spielte nicht gern, es sei denn, er wußte genau, daß er gewinnen würde. Seine ganze Theorie war davon ausgegangen, daß Alice seinen Annäherungsversuchen fraglos nachgeben würde, wenn es einmal soweit war. Nun aber war ihm klar, daß sie das natürlich nicht tun würde. Er war verrückt. Sie war nur aus Spaß gekommen, um sich diesen Geistesgestörten, der ihr all die Jahre Briefe geschrieben hatte, genauer anzusehen. Verdammt, dachte er und trank von seinem Perrier. Was mache ich hier eigentlich? Er setzte sein Glas ab und sah Alice an. Sie starrte gerade irgend etwas in der Bar an, zog die Augenbrauen hoch, seufzte und nahm dann den Strohhalm in den Mund, um wieder einen Schluck von ihrem Cocktail zu trinken. Zwischen den Eiswürfeln auf dem Boden ihres Glases gab es ein schlürfendes Geräusch. Wer ist diese Frau, fragte Harry sich.

»Ich trinke zwar nichts«, brach Harry das Schweigen. »Aber ich esse.«

»Das freut mich zu hören, Harry«, versicherte Alice ihm.

»Was ich damit meine, ist, daß ich koche. Ziemlich gut sogar, wenn ich das so sagen darf. Darf ich dich nächste Woche zu mir nach Hause zum Essen einladen?«

»Gern«, erwiderte Alice. »Aber ich sollte dich warnen, ich bin Vegetarierin.«

»Das«, meinte Harry zu ihr, »ist nun überhaupt kein Problem.«

Und so trat Harry Singhs Werbung um Alice Freeman in ihre zweite Phase ein. Zuerst trafen sie sich einmal wöchentlich, und das war ihnen beiden angenehm, da Alice ebensoviel zu tun hatte wie Harry. Sie liebte ihren Beruf als Lehrerin. Man hatte ihr in der Lehrerausbildung geraten, während der ersten sechs Wochen in ihrer Klasse nicht zu lächeln, da die Kinder das als Schwäche auslegen würden. Nach dieser Zeit würde ein Lächeln dann als

Freundlichkeit gedeutet. Alice jedoch brauchte nicht auf solche Taktiken zurückzugreifen. Die Jungen verliebten sich auf der Stelle in ihre hübsche Lehrerin, die jünger aussah als einige der Schülerinnen in den letzten beiden Jahrgangsstufen, und bemühten sich verzweifelt um ihre Anerkennung, die Mädchen folgten ihnen bald. Sie war eine unvoreingenommene Lehrerin ohne Lieblingsschüler, aber sie widmete den jüngeren Mädchen besondere Aufmerksamkeit, da sie wußte, daß ihr nur wenig Zeit blieb, um bei ihnen das Interesse für ein naturwissenschaftliches Fach zu wecken, bevor sie durch die Pubertät abgelenkt wurden.

Alice war auch deshalb beliebt, weil sie, anders als andere Lehrer, keinen Groll gegenüber ungehobelten oder aufsässigen Schülern hegte. Das lag in Wirklichkeit allerdings daran, daß sie ein unverschämtes Verhalten, das im übrigen bald aus ihrem Klassenzimmer verschwand, gar nicht als solches erkannte, da sie es selbst nie an den Tag gelegt hatte. Die einzige Strafe, die sie verhängte, war, daß sie sich über alberne oder faule Kinder lustig machte. Dies tat sie aber auf eine so neckende Art, daß die Betreffenden sich genau wie Harry Singh nicht sicher waren, ob ihre Chemielehrerin sie nun tadelte oder mit ihnen herumschäkerte. Also rissen sie sich zusammen, um nicht ihre Gunst zu verlieren.

Unter der Woche korrigierte Alice am Abend Hefte und bereitete ihren Unterricht vor, die Wochenenden verbrachte sie in Gesellschaft von Laura und von Natalie, ihrer Freundin aus der Universität, die jetzt im Haus zur Untermiete wohnte. Es war dies eine Zeit, zu der die Leute wie aus einem Traum erwachten und feststellten, daß sie von amerikanischen Luftstützpunkten umgeben waren. Es gab einen, der zehn Meilen westlich von der Stadt entfernt lag. Flugzeuge kamen aus dem Nichts angeschossen und donnerten über die Hausdächer, so daß die Hunde jaulend nach drinnen rasten und alte Leute in einen Starrkrampf verfielen. Die Kinder blickten zum Himmel und sahen die Düsenjäger so niedrig über ihre Köpfe hinwegfliegen, daß sie jede Metallplatte und jede Niete im Fahrwerk erkennen konnten. Das Bild sollte ihnen für immer im Gedächtnis haftenbleiben.

»Sie sind unsere Verbündeten«, versuchte Simon zu erklären. »Sie sind unsere Freunde.«

Essen, Kleidung und Ermunterung im Gepäck, besuchten Natalie und Alice samstags immer eine kleine Gruppe Frauen, die vor dem Stützpunkt campierten, um so dagegen zu protestieren. Außerdem nahmen sie an Demonstrationen teil, die zu Natalies Enttäuschung auf dem Prinzip des passiven Widerstands basierten.

Natalie trug einen Bürstenschnitt und Männerkleidung. Sie begleitete Alice wie eine Leibwächterin, wann immer sie konnte, obwohl das nicht so oft der Fall war, wie sie wünschte, da auch sie viel zu tun hatte. Das Frauenhaus, in dem mißhandelte Frauen und deren verängstigte Kinder Zuflucht fanden, war überbelegt. Das Gebäude, ein vierstöckiges Reihenhaus, war ein sorgfältig gehütetes Geheimnis, stand gleichzeitig aber jeder Frau, die unter häuslicher Gewalt litt, vierundzwanzig Stunden am Tag offen. Wenn einer der gewalttätigen Ehemänner nach seiner Frau suchte, verbrachte Natalie die Nacht oft auf dem Sofa im Büro, denn sie war diejenige, die Gewalt mit Gewalt begegnen konnte. Sie leitete bereits einen Selbstverteidigungskurs im Bürgerzentrum an der Factory Road.

»Die Frau, die letzte Nacht zu uns kam, ist seit neunzehn Jahren verheiratet«, erzählte Natalie Alice und Laura eines Abends nach dem Abendessen. »Sie sieht reizend aus, ist etwas über vierzig, vielleicht auch jünger. Ihr Mann hat sie regelmäßig einmal in der Woche geschlagen, und das seit ihrem zweiten Ehejahr. Sie mußte sich hinsetzen, dann ging er die Ereignisse der Woche mit ihr durch und sagte ihr, was sie alles falsch gemacht hatte – daß einmal das Essen fünf Minuten zu spät auf dem Tisch gestanden hatte, daß sie das Auto nicht vollgetankt hatte, solche Scheiße eben. Wenn man sucht, findet man immer etwas, oder? Und dann hat er ihr einen Faustschlag versetzt, gerade so fest, daß sie einen ordentlichen Bluterguß bekam, aber immer an einer Stelle, die niemand sah, versteht ihr?«

»Wer macht denn so was?« fragte Alice.

»Und er hat immer gesagt: ›Dein Gesicht, dein wunderschönes Gesicht werde ich nie anrühren.‹ Es war ihr Oberschenkel und dann ihre Schulter oder ihr Rücken, wo auch immer. Aber das ist gar nicht so außergewöhnlich. Das Unheimliche war, daß er ihren Sohn dabei zusehen ließ. Er sagte dann: ›Siehst du, was deine Mutter getan hat? Dafür muß sie jetzt bestraft werden.‹ Natürlich hat der Junge das schließlich als völlig normal angesehen. Der Mann hat ihn immer gefragt, wo er seine Mutter denn diesmal schlagen solle.«

»Jesus«, sagte Alice. Laura hörte aufmerksam, aber schweigend zu. Sie wußte, wie Männer ausrasten konnten.

»Und warum ist die Frau ausgerechnet jetzt zu euch gekommen?« fragte Alice.

»Die Leute haben auch eine Tochter. Die Frau hat immer dafür gesorgt, daß sie vor diesen Sitzungen schon im Bett war. Letzte Woche bekam das Mädchen zum ersten Mal seine Periode. Vor ein paar Tagen saß die Familie gerade vor dem Fernseher, da schaltete der Mann das Gerät aus, setzte sich neben das Mädchen und fing an, die Ereignisse der Woche durchzugehen. ›Am Dienstag hast du dich nach der Schule verspätet. Am Donnerstag hast du verschlafen.‹ Dabei hat er dem Jungen zugezwinkert.«

»Oh, Jesus«, sagte Alice.

»Und hat er es getan?« fragte Laura.

»Nein. Diesmal noch nicht. Aber die Frau sagt, ihre Tochter hätte neben ihm auf dem Sofa gesessen und gezittert. Einfach nur gezittert. Er sagte schließlich noch: ›Also sieh zu, daß du nicht unartig bist, denn unartige Mädchen werden bestraft.‹ Dann grinste er und schaltete den Fernseher wieder ein. Also kam die Frau gestern mit ihrer Tochter zu uns. Sie möchte von hier wegziehen, irgendwohin, wo sie niemand kennt, möchte von vorn anfangen, aber sie weiß nicht, wie. Sie sagt, sie hätte das alles die ganzen Jahre nur wegen der Kinder ertragen. Nun, wegen des Mädchens. Ist noch Tee in der Kanne, Laura?«

»Sicher.«

»Manchmal habe ich Angst, daß ich mich vergessen könnte, wenn einer dieser Typen uns findet und seine Frau holen will. Ich meine, du hörst diese ganzen Geschichten. Die Frauen erzählen dir, was sie erlebt haben, und sie sind so niedergeschlagen, wißt ihr, so verstört und leer. Ich bin mir nicht sicher, ob ich aufhören könnte, wenn ich erst einmal richtig in Fahrt bin.«

Natalie schüttelte den Kopf und trank ein paar Schluck Tee. Laura fragte sich, ob sie Natalie jemals erzählen würde, daß auch *sie* geschlagen worden war. Und sie fragte sich, ob sie es nicht vielleicht schon von Alice wußte.

»Ich kann mir nicht vorstellen, daß Harry je etwas Derartiges tun würde«, sagte Alice.

»Ach, komm schon, Alice, sei nicht so naiv. Wenn du wüßtest, was bei den Asiaten alles abläuft, du würdest es nicht glauben.«

»Du darfst nicht alle Männer über einen Kamm scheren, Nat.«

»Alle Männer sind potentielle Schläger, Alice, dein geschniegelter Freund eingeschlossen. Das mindeste, was du tun solltest, ist zu lernen, wie du dich selbst verteidigen kannst. Wenn du stark bist, dann wirst du nicht zum Opfer. Du wirst nur zum Opfer, wenn du schwach bist und Angst hast.«

»Es überrascht mich, daß du es mit mir noch nicht aufgegeben hast«, meinte Alice lachend. »Du bist ganz schön hartnäckig, Nat.«

Trotz ihres Fehlschlags in Oxford versuchte es Natalie an stillen Abenden im Haus auf dem Hügel immer wieder mit spontanen Kursstunden. Alice konnte das jedoch immer noch nicht ernst nehmen. Die Vorstellung, jemandem, der so tat, als wolle er sie erwürgen, die kleinen Finger zurückzubiegen, ihn gegen das Schienbein zu treten oder seine Hoden zu packen, veranlaßte sie lediglich zu einem nervösen Kichern, vor allem, wenn der Angreifer eine Frau war. Laura schenkte Natalies Unterricht mehr Aufmerksamkeit. Als sich Simon jedoch erbot, einen Straßenräuber zu spielen, und Laura in seine riesigen Pranken schloß, konnte sich Alice angesichts ihres kugelrunden Bruders, der Laura fast erdrückte, während diese verzweifelt versuchte, irgendeinen empfindlichen Körperteil zu fassen zu bekommen, vor Lachen nicht mehr halten. Natalie mußte der Übung mit einem ohrenbetäubenden Kampfschrei Einhalt gebieten, um zu verhindern, daß Laura ohnmächtig wurde.

»Du dämliches Walroß«, rief Alice, während ihr Tränen über die Wangen liefen. »Du brutaler Kerl.«

»Aber ich habe doch gar nichts gemacht«, protestierte Simon.

»Er ist einfach zu groß«, japste Laura, die endlich wieder Luft bekam. »Er ist einfach zu *fett*.«

»Er ist *weich*«, erklärte Natalie ihr. »Bei ihm ist es ganz einfach. Du mußt es nur wollen.«

»Äh, o. k., ich gehe jetzt wohl besser«, schlug Simon vor.

»Es ist, als würde man von einer riesigen Krake zerquetscht«, erklärte Laura.

»Ich habe dir doch gesagt, daß ich das bei einem ehemaligen

Angehörigen eines Kommandos gelernt habe«, sagte Natalie. »Ein paar von uns blieben immer noch eine Weile da, und dann zeigte er uns die *echten* Tricks. Wenn Simon nicht ein Freund wäre, dann würde ich es jetzt demonstrieren. Er läge in zwei Sekunden auf dem Boden.«

»Also, dann macht ihr Mädchen mal schön weiter, ich gehe jetzt«, sagte Simon und verschwand durch die Tür.

»Je größer sie sind, Laura«, schloß Natalie, die ihre Ratschläge jetzt nicht mehr weiter an Alice verschwendete, »desto unsanfter fallen sie. Wenn du keine Angst mehr hast, kann dir nichts mehr etwas anhaben.«

»Tut mir leid, Nat«, sagte Alice, die sich inzwischen wieder etwas erholt hatte. Sie ging zu Natalie hinüber und legte ihr den Arm um die Schulter. »Das mit der Selbstverteidigung liegt mir eben nicht. Also wirst du einfach immer in meiner Nähe bleiben müssen, damit du mich beschützen kannst, nicht wahr?«

Natalie ließ sich erweichen und erwiderte die Umarmung ihrer Freundin. »Dann werde ich wohl auf dich aufpassen müssen, Schwester, stimmt's?«

»Auf mich auch, Natalie«, schloß Laura sich an. »Alice wird nichts passieren. Ihr tut doch sowieso niemand etwas. Ich bin diejenige, die deinen Schutz braucht.«

»Also dann auch auf dich«, stimmte Natalie zu. »Ich werde auf euch beide aufpassen, ihr hilflosen Weibchen«, sagte sie, als Laura sie nun ebenfalls in den Arm nahm.

Laura war dreiundzwanzig Jahre alt. Sie arbeitete genauso hart wie ihre Mutter damals, aber sie ließ sich nicht wie eine Sklavin ausbeuten. Sie kombinierte Arbeit und Freizeit und ging gern allein auf dem Land spazieren: Stundenlang brütete sie über Landkarten und plante komplizierte Routen an Fuß- und Saumpfaden entlang, in deren Brennpunkt eine Forellenfarm lag, eine Käserei, ein Hof, auf dem seltene Schweinerassen gezüchtet wurden, eine Gärtnerei mit rein biologisch angebautem Gemüse, wo sie ihre Lebensmittel direkt beziehen konnte. Oder aber sie hatte Körbe dabei und blieb immer wieder stehen, um Blaubeeren, Pilze, Haselnüsse oder Schlehen zu sammeln. Von solchen Ausflügen kam sie stets mit zerkratzten und schmutzigen Händen nach Hause.

Laura war auch auf Flohmärkten und in den Geschäften der

Wohltätigkeitsorganisationen zu Hause. Anders als James suchte sie dort jedoch nicht Kleidung, sondern Kilner-Krüge, in denen sie die Pflaumen und Birnen, Aprikosen und schwarzen Johannisbeeren einmachte, die sie gesammelt oder auf Plantagen selbst gepflückt hatte. Die Krüge stellte sie auf freistehende Regale. An sonnigen Wintertagen brach sich das Licht in ihnen und erfüllte ihre ordentlich aufgeräumte Küche mit einem sirupfarbenen Ton.

Natalie wollte ihre Freundin als Anstandsdame begleiten, wenn sie mit Harry Singh ausging, Alice lehnte dieses Angebot jedoch dankend ab. Natalie wäre allerdings zufrieden gewesen, hätte sie mitgehört, wie Alice Harry geduldig erklärte, daß sich die Rolle der Frau in der Gesellschaft gewandelt hatte und auch sie unabhängig war. Sie stellte kategorisch fest, daß die Männer nicht mehr Jäger und die Frauen nicht mehr die ergebene Beute waren. Beide Geschlechter seien vielmehr in jeder Hinsicht gleichgestellt, einer Frau stünde es deshalb auch frei, einem Mann Avancen zu machen, ohne gleich als Flittchen oder Hure abgestempelt zu werden. Harry war daraufhin so eingeschüchtert, daß er es nicht mehr wagte, ihr nun seinerseits welche zu machen. Er nahm an, daß sie ihm damit sagen wollte, sie würde den ersten Schritt unternehmen, wenn sie den Zeitpunkt für gekommen hielt.

Es war der Sommer 1983. Nachdem Alice ihr erstes Jahr als Lehrerin hinter sich gebracht hatte, genoß sie die großen Ferien.

»Das ist der wirkliche Grund, weshalb sie sich diesen Beruf ausgesucht hat«, meinte Simon beim Frühstück zu Charles, während Alice drei Stockwerke über ihnen immer noch im Bett lag und schlief. »Sie ist also doch nicht so dumm.«

»Sie lädt ihre Batterien wieder auf«, erklärte Laura ihm. »Wenn die Lehrer keine großen Ferien hätten, wären sie schnell ausgebrannt. Immerhin stehen sie jeden Tag dreißig kleinen Rowdies gegenüber.«

»Ich stehe täglich *dreihundert* Rowdies gegenüber«, wandte Charles ein. »Sie werden jedes Jahr schlimmer. Allerdings können einige von ihnen bald mit verlängerten Ferien rechnen.«

Charles war zu dieser Zeit in überschwenglicher Stimmung. Die Konservativen hatten gerade wieder die Wahlen gewonnen. Zoe hatte recht gehabt: Nach dem Falklandsieg wurde der Wahlkampf nun als Wettkampf zwischen einer Kriegsherrin und einem Pazifisten aufgezogen. Zwar stimmten diesmal mehr Leute gegen die Premierministerin als bei der letzten Wahl, einem Kriegsdienstverweigerer trauten sie jedoch auch nicht. Also gaben sie ihre Stimme lieber einer dritten Partei, der *Liberal-Social Democratic Alliance*, dem Wahlbündnis zwischen Liberalen und Sozialdemokraten, was allerdings zur Folge hatte, daß sich die Oppositionswähler aufspalteten. Die Premierministerin sah sich inzwischen mit einem Glitzern in den Augen bereits nach neuen Gegnern um.

Simon konnte sie immer noch nicht ernst nehmen. Sie hatte eine besondere Beziehung zum amerikanischen Präsidenten aufgebaut.

»Gemeinsam sind sie unschlagbar«, sagte Simon zu Alice. »Er spielt den Clown und sie die Ernste. Das ist eine schwierige Rolle – sieh dir Ernie Wise an oder Margaret Dumont. Sie ist wirklich gut.«

Die Kommunalwahlen in der Stadt jedoch waren einem Schema gefolgt, das dem Wählerverhalten im Land zuwiderlief. Wie in einem kompensatorischen Reflex war hier eine Labour-Mehrheit gewählt worden, und so entwickelte sich auf Kommunalebene eine eigene Politkultur: Während die Einkommensteuer drastisch sank, blieben die Kommunalsteuern – besonders für Unternehmen – weiterhin hoch. Die Einnahmen wurden für Dinge ausgegeben, die einige Bürger erfreuten, andere erzürnten und Wahlbezirke, Straßenzüge und sogar Haushalte weiter polarisierten.

Der Stadtrat stellte ein zweites Gebäude für ein weiteres Frauenhaus zur Verfügung, und Natalie pendelte zwischen den beiden Häusern hin und her, um mit ihren Karatekenntnissen für Sicherheit zu sorgen und weiteren schrecklichen Geschichten ihr Ohr zu leihen. Die Straßenbeleuchtung wurde ausgebaut, und an verschiedenen Stellen in der Stadt wurden Wertstoffcontainer für Glas und Papier aufgestellt. Es wurde ein Park-and-ride-System für Einkaufsbummler und Pendler eingerichtet und das Parken im Stadtzentrum eingeschränkt, um Autofahrer fernzuhalten. Robert hatte jetzt einen weiteren Grund zum Fluchen, während er hinter dem Haus an seinen wiederbelebten Wracks herumbastelte – er war schon wütend darüber, daß seit kurzem Sicherheitsgurte zwingend vorgeschrieben waren. Zur selben Zeit wurden an einigen

Straßen Fahrradwege ausgewiesen, so daß James nun noch schneller in der Stadt vorankam.

Zoe traf in der Zwischenzeit mit dem Stadtrat eine Vereinbarung, laut der Rentner und die wachsende Zahl von Arbeitslosen gegen Vorlage eines Ermäßigungsausweises für £ 1 die Nachmittagsvorstellung besuchen konnten. Ebensoviel kostete für sie der Eintritt in die Sportzentren, Tennisplätze und das Schwimmbad. Letzteres besänftigte Robert wieder: Er besorgte sich ebenfalls einen Ermäßigungsausweis – obwohl *er* gewiß nicht arbeitslos war – und nützte ihn dazu, täglich seine fünfzig Bahnen im Schwimmbecken zurückzulegen.

Es war das Jahr, in dem junge Leute im Rahmen der Arbeitsbeschaffungsmaßnahmen am Flußufer neben der Wotton Link Road, der Straße, die Robert als Teststrecke für seine instand gesetzten Autos nutzte, zur Freude von vorbeikommenden Pendlern und Schulkindern 45 000 Narzissenzwiebeln pflanzten. Schulen wurden ebenfalls ermuntert, Blumen anzupflanzen. Im Zuge eines ähnlichen Beschäftigungsprogramms der Stadt ließ man um die Betonbauten von Alices' Gesamtschule herum Rosenbeete anlegen, und zwar hauptsächlich von ehemaligen Schülern.

»Was für eine ungewöhnliche Art der Geldverschwendung«, meinte Simon.

»Red doch keinen Stuß, Mann!« erwiderte sein Vater instinktiv. »Arbeitslos zu sein ist ein Fluch, es ist unwürdig. Jeder Mensch sollte das Recht auf Arbeit haben.«

»Aber Vater, wir wissen doch alle, daß das keine richtigen Jobs sind«, beharrte Simon.

»Das stimmt«, räumte Charles ein. »Trotzdem, Simon«, sagte er, da ihm anscheinend wieder eingefallen war, daß er erst vor kurzem seine diesbezüglichen Ansichten geändert hatte, »muß man irgendwie die Arbeitslosenzahlen runterdrücken. Die Leute sind zwar wie Schafe, aber sie lassen sich nicht alles gefallen. Irgendwann schlägt das Geblöke in etwas Schlimmeres um.«

»Vermutlich hast du recht, Vater«, akzeptierte Simon.

Als Haushälterin gewöhnte Laura sich an, das *Echo*, das am Nachmittag ausgetragen wurde, vor Charles zu verstecken, bevor dieser von der Arbeit nach Hause kam: Im Gegensatz zu dem Vergnügen, das er empfand, wenn er beim Frühstück die *Financial Times* las, dort den Wert seiner Aktien nachprüfte und sich die Reden der Premierministerin zu Gemüte führte, brachte ihn die Lokalzeitung regelmäßig zum Kochen.

»Dieser verdammte Stadtrat!« tobte er eines Tages. »Er hat die Stadt zu einer atomwaffenfreien Zone erklärt! Was ist denn das schon wieder für ein verdammter Blödsinn?« rief er wütend und zerriß die Zeitung auf seinem Weg ins Arbeitszimmer in kleine Fetzen.

Alice entdeckte die Schlagzeile zufällig auf einem Zeitungsständer vor dem Geschäft der Singhs und kaufte sich ein Exemplar. Sie und Natalie hatten den vorangegangenen Sonntag auf einer Demonstration gegen Marschflugkörper verbracht. Wie um ihren Vater zu ärgern, schnitt Alice den anstößigen Artikel aus und heftete ihn in der Toilette an die Wand. Charles war am nächsten Morgen schon halb mit seinem Geschäft fertig, als er den Artikel sah, ihn von der Wand riß und noch einmal in kleine Schnipsel zerfetzte. Also legte Laura die Zeitung von da an nicht mehr auf den Tisch im Flur, sondern unter die *Radio Times* im Wohnzimmer.

Bei manchen Themen gerieten die Staats- und die Kommunalverwaltung in direkten Konflikt. Die Mieter von gemeindeeigenen Wohnhäusern wurden ermutigt, ihre Wohnungen zu Preisen, die weit unter dem Marktwert lagen, käuflich zu erwerben. Weit davon entfernt, den Immobilienmarkt zu überschwemmen, wie man es vielleicht erwartet hätte, trug dies nur dazu bei, ihn zu beleben, und Harry Singh sammelte seine erste Million so schnell an, daß er kaum mit dem Zählen nachkam. Andererseits war es den Kommunalbehörden untersagt, den Erlös aus solchen Verkäufen für den Bau weiterer Sozialwohnungen zu verwenden. Wie die Gewinne aus dem Nordseeöl, die zu dieser Zeit einen Höchststand erreicht hatten, schien dieses Geld sich statt dessen in Luft aufzulösen.

»Sie verwenden es natürlich dafür, die Steuersenkungen zu subventionieren«, führte Zoe an diesem Sonntag beim Mittagessen im Haus auf dem Hügel aus. Alice hatte erstmals auch Harry eingeladen, da sie hoffte, daß Charles dessen letzten Besuch inzwischen vergessen hatte. »Um den Schlag künstlich abzudämpfen«, fuhr

Zoe fort. »Wenn dann das Ölgeld zur Neige geht und die geplanten Änderungen den Wohlfahrtsstaat treffen, werden die Steuern so niedrig sein, daß es undenkbar ist, sie wieder auf ein vernünftiges Niveau anzuheben.«

»Wir sind alle von deinen volkswirtschaftlichen Ausführungen höchst beeindruckt«, stichelte Charles seine Lieblingsgegnerin. »Mir war bislang nicht klar, daß ein Kino zu betreiben ein derart komplexes Unterfangen ist.«

»Mach dich nur lustig, Papa«, sagte Alice zu ihm. »Aber die Leute sind wirklich beunruhigt. Du hättest die Stimmung im Lehrerzimmer erleben sollen. Alle haben darauf gewartet, ob das nächste Lohnangebot tatsächlich so niedrig ausfallen würde, wie sie alle befürchten. Die Ferien kamen gerade noch rechtzeitig.«

»Den Lehrern ging es jahrelang viel zu gut, Alice, das wissen doch alle«, erklärte Simon ihr.

»Die meisten Lehrer sind Vollidioten«, steuerte Robert zum Gespräch bei.

»Da spricht die Stimme der Vernunft«, sagte Laura.

Robert funkelte sie böse an. Natalie, die Laura zur Seite springen wollte, sah daraufhin Robert böse an, während Laura aufstand, um den Tisch abzuräumen und die Nachspeise zu servieren.

»Offen gestanden weiß ich gar nicht, weshalb ihr euch alle so aufregt«, meinte Simon an Alice gerichtet. »Du kannst dein Einkommen immer noch damit aufbessern, daß du am Abend Privatunterricht gibst: Heutzutage gibt es Hunderte von Kursen für Erwachsenenbildung, angefangen bei Makramee bis hin zu Bridge für Anfänger.«

»Es wäre wirklich schön, wenn du uns Lehrer nicht so herabsetzen würdest, Simon«, meinte Alice zu ihm, während sie zu Laura in die Küche ging, um ihr beim Dessert zu helfen.

»Das tue ich doch gar nicht«, rief Simon. »Ich habe mir das Kursprogramm selbst angesehen, weil ich nämlich einen Meditationskurs suche. In den Staaten bietet man den Managern so etwas als den letzten Schrei an. Die Kursgebühren sind übrigens auch vernünftig. Das Ganze wird subventioniert.«

»Ich glaube kaum, daß man dabei an dich gedacht hat«, machte Natalie ihn aufmerksam. »Die Kurse werden subventioniert, damit Arbeiter, Hausfrauen und Arbeitslose sich weiterbilden können.«

»Mit allem gebotenen Respekt«, sagte Harry, der bis dahin höflich geschwiegen hatte, plötzlich. »Die verrückten Linken würden auch das Atmen subventionieren, wenn sie es könnten.«

»Hört, hört«, pflichtete Charles bei.

»Mein Cousin Kapil hat gerade eine Fußballmannschaft gegründet«, fuhr Harry fort. »Er hat beim Stadtrat einen Zuschuß beantragt, und zwar mit der Begründung, daß es sich dabei um ein multikulturelles Unternehmen handle. Sie haben ihm zweihundert Pfund für einen kompletten Trikotsatz bewilligt.«

»Sein Geschäftssinn ist zu bewundern«, bemerkte Simon.

»Ich verstehe nicht, was so seltsam daran sein soll«, sagte Zoe. »Für mich klingt das ziemlich vernünftig.«

»Nun, um es kurz zu machen«, informierte Harry sie, »mein Cousin ist bei dem ganzen Verein der einzige Nichtweiße. Selbst wenn er der Manager ist.«

Eine der anderen Initiativen des Stadtrats in diesem Sommer bestand darin, an vier verschiedenen Sonntagen eine Veranstaltung zu organisieren, die sich »Spaß im Park« nannte und auf dem Hügel unterhalb des Hauses abgehalten wurde. Jedes der Ereignisse hatte ein eigenes Thema – Sport, Völker der Welt, Musik. Die Veranstaltung, die an diesem Sonntag stattfand, war der Gesundheit gewidmet, und so gingen Zoe, Simon und Natalie gemeinsam mit Harry und Alice nach dem Mittagessen dorthin. Robert lehnte es rundheraus ab mitzukommen, während Laura sagte, daß sie zwar gern mitkäme, für die kommende Woche aber noch einiges vorbereiten müsse.

Nicht, daß es Natalie Spaß gemacht hätte, Harry und Alice nun zum ersten Mal als Anstandsdame zu begleiten. Sie hatte keine Ahnung, wie weit die Beziehung zwischen den beiden gediehen war oder ob sich überhaupt schon etwas entwickelt hatte; über dieses Thema sprachen sie und Alice nie. Es fiel ihr deshalb schwer, ihre Aufmerksamkeit auf das zu richten, was ringsum geboten wurde. Statt dessen hielt sie ständig nach Hinweisen auf ein intimeres Verhältnis der beiden Ausschau, nach Fingern, die sich berührten, einem geflüsterten privaten Scherz, einem verstohlenen Kuß. Obwohl sie nichts dergleichen bemerkte, bestärkte sie das nur in ihrer Überzeugung, daß Alice sich nur zurückhielt, um ihr nicht weh zu tun.

An einem der Stände unterzog sich Simon einem Fitneßtest, bei dem sein Blutdruck und sein Lungenvolumen bestimmt wurden. Außerdem wurde gemessen, wie schnell sich sein Puls nach Belastung wieder normalisierte. Die Daten wurden dann in einen Computer eingegeben. Der städtische Beamte studierte den Ausdruck und erklärte Simon, daß er den Körper eines Neunzehnjährigen hätte.

»Mann«, rief Zoe, »ich wette, er wollte einfach keine Arbeit mit dir haben.«

»Nein, das ist phantastisch, Simon«, meinte Alice anerkennend. »Das zeigt nur, daß all deine Diäten die Mühe wert waren.«

Anstatt überglücklich zu sein, weil er trotz seiner Fülle so fit war wie jemand, der zehn Jahre jünger war, zeigte sich Simon höchst verärgert. »Sie müssen irgend etwas falsch gemacht haben«, erklärte er dem Mann. »Vielleicht haben Sie meinen Puls nicht richtig gemessen.«

»Die Messungen wurden alle ganz exakt durchgeführt«, versicherte man ihm. Simon, der Hypochonder, hörte jedoch nicht auf zu murren, als sie weiterschlenderten.

»Wenn man es genau bedenkt, dann untersuchen sie nur das Herz und die Lunge. Das ist nichts. Was ist mit den anderen Organen? Du könntest an einer tödlichen Krankheit leiden, und das würde bei diesem dämlichen Test nicht einmal auffallen. Das ist unverantwortlich, genau das ist es.«

»Jetzt hör mit dem Genörgel auf«, sagte Zoe zu ihm. »Du bist ja wie ein altes Weib.«

»Zoe!« rief Natalie und vergaß dabei einen Augenblick lang ihre Rolle als eifersüchtige Anstandsdame. »Was soll diese sexistische Bemerkung!«

Sie wanderten in der heißen Nachmittagssonne durch die Menschenmenge. Nach einer Weile schlug Zoe vor, sich aufzuteilen, und die Gruppe trennte sich: Sie und Simon gingen in die eine Richtung, Alice und Harry in die andere – gefolgt von Natalie. Zoe sauste hinter ihr her und nahm sie am Arm.

»Heh, Nat«, sagt sie, »sehen wir uns doch die Taekwondovorführung an. Du kannst mir erklären, worum es dabei geht.«

Natalie kam nur widerstrebend mit. Als Zoe ihr dann ins Ohr flüsterte: »Lassen wir das Liebespaar eine Weile in Ruhe, hm?«, wurde sie bleich.

»Meine Füße bringen mich um. Es wird Zeit, nach Hause zu gehen«, schlug Simon kurz darauf vor. »Wir haben Robert und Laura lange genug allein gelassen.«

»Robert und Laura?« fragte Zoe. »Was haben die beiden denn jetzt noch miteinander zu tun?«

»Du solltest deine Augen aufmachen, Schätzchen«, meinte Simon zu ihr.

Harry war gegenüber dem, was um ihn herum geschah, fast ebenso blind wie vorher Natalie. Wenn er nämlich mit Alice zusammen war, wußte er nicht so recht, was er sagen oder tun sollte. Es war eine unangenehme Situation für ihn, weil er in keinem anderen Bereich seines Lebens in diese Verlegenheit geriet.

Sie verließen den Park, tranken Tee in St. Peter's und gingen zurück zum Hügel. Sie schlenderten die Auffahrt zum Haus entlang. Es war ein warmer Abend. Ganz in der Nähe wurden die Gläubigen mit Glockengeläut zur Abendandacht gerufen – sie sahen, wie Simon auf die Seitentür in der Gartenmauer zurannte. Hinter dem Haus brachte Robert gerade den Motor eines seiner Autos auf Touren. Im Rosengarten konnten sie Laura sehen, die, in einem Regenmantel aus Gabardine, Blütenblätter einsammelte, um damit eine Schale zu füllen. Als sie weiter auf die Haustür zugingen, verschwand sie wieder aus ihrem Blickfeld.

Das Haus schwebte im sanften Abendlicht. Harry spürte, wie seine Schritte weit unter ihm ausholten. Sie erreichten die Eingangsstufen.

»Also, Babu«, sagte Alice, »willst du mir an irgendeinem Abend in dieser Woche eine Passanda kochen, oder was?«

Harry ließ seinen Blick über den Garten hinwegschweifen und betrachtete den Sonnenuntergang. »Alice«, erwiderte er stirnrunzelnd, »ich würde dich gern küssen.«

Alice folgte seinem Blick über den Rasen. »Nun, dann tu es«, sagte sie ihm. Er machte einen Schritt nach vorn, und sie wandte sich ihm zu. Ihre Lippen trafen sich und blieben eine Weile in einem langen, leidenschaftslosen Kuß zusammengepreßt. Schließlich lösten sie sich wieder voneinander.

344

»Du hast dir zweifellos viel Zeit damit gelassen«, erklärte Alice.
»Ich?« erwiderte er. »Was ist mit –«

»Aber das war nett von dir, Harry«, unterbrach sie ihn. »Sehen
wir uns am Mittwoch?« Sie beugte sich nach vorn, gab ihm noch
einen kurzen Kuß, lächelte und ging ins Haus.

Harry machte unwillkürlich einen Schritt hinterher. Alice hatte
die Tür jedoch bereits hinter sich geschlossen, ohne sich noch einmal umzusehen. Also machte Harry wieder einen Schritt zurück –
genau denselben Schritt, so als wolle er damit den vorangegangenen rückgängig machen –, drehte sich um, ging langsam die Treppe
hinunter, blieb stehen und sah über die Schulter gewandt die glatte
weiße Tür an, bevor er sich nachdenklich auf den Weg machte. Er
wiederholte damit die unentschlossene Choreographie von vor
neun Jahren, als er Charles Freeman um die Hand seiner Tochter
gebeten hatte. Es war bezeichnend: In den folgenden Jahren sollte
Harry Singh geradlinig seinen Weg machen, nur daß er gelegentlich innehielt und wegen seiner Frau schwankend eine kleine Acht
beschrieb.

Harry brauchte weitere sechs Monate – während derer ihre Küsse
an Leidenschaft gewannen und ihre Verabredungen, einschließlich
der Sonntagsessen mit *seiner* Familie, häufiger wurden –, bevor er
den Mut aufbrachte, Alice einen Heiratsantrag zu machen. Und
dann brauchte er noch sehr viel mehr Mut. Alice unterbreitete ihm
nämlich eine lange Liste von Bedingungen, die einen weniger be-
harrlichen Mann geradewegs in eine von seinen Eltern arrangierte
Ehe getrieben hätte, eine Ehe, für die es, wie sie ihm gelegentlich
versicherten, noch nicht zu spät war.

»Erstens«, erklärte Alice, »werde ich meinen Beruf nicht aufgeben. Er ist ebenso wichtig wie deiner, auch wenn ich nicht so viel
verdiene wie du. Das hat keine Bedeutung, es zeigt lediglich, wie
korrupt diese Gesellschaft ist. Ich werde meine Karriere nicht aufgeben, Harry, ich werde weder von dir noch von irgendeinem anderen Mann abhängig sein. Und das ist der zweite Punkt. Ich will
ein eigenes Bankkonto haben.«

»Heißt das ja oder nein?« versuchte Harry einzuwerfen, aber
Alice hatte wieder ihren geistesabwesenden Gesichtsausdruck und
ignorierte ihn völlig.

»Drittens will ich keine Kinder haben. Jedenfalls jetzt noch nicht. Vielleicht aber auch nie. Ich weiß es nicht, und ich möchte mich nicht festlegen lassen. Es hat keinen Sinn, persönliche Freiheit zu fordern und dann die Sklavin plärrender Babys zu werden, oder? Ich denke, es ist nur fair, dich zu warnen.«

»Es gibt bereits genügend Kinder auf dieser Welt, nehme ich an«, akzeptierte Harry tapfer. »Allerdings dachte ich, du magst Kinder.«

»Viertens«, fuhr Alice fort und überhörte seine Zustimmung, »werden wir uns die Haushaltspflichten teilen: Ich werde auf keinen Fall deine Putzfrau spielen, Harry Singh. Ich habe gesehen, wie sich deine Mutter für euch undankbaren Haufen abrackert. Kochen, Haushalt, Garten, alles: Wir werden also einen Vertrag aufsetzen.«

»Einen Vertrag?« fragte Harry, und seine Selbstsicherheit geriet ins Wanken.

»Keinen gesetzlichen, Fischgesicht! Sei nicht albern! Ich meine einen nur zwischen uns. Wir können ihn nachträglich ändern, wenn wir wollen, aber nur durch beidseitige Übereinstimmung. Zum Beispiel könnte es ja sein, daß du das Kochen ganz übernehmen willst – das kannst du tatsächlich besser als ich. Ich hasse Kochen, falls du das noch nicht bemerkt haben solltest. Wenn du willst, daß *ich* koche, dann sing für dein Abendessen. Kapiert?« Alice kicherte.

»Was soll ich kapiert haben?« fragte Harry verwirrt.

»Singh für dein Abendessen, Dummerchen«, wiederholte Alice. Da er darauf nichts erwiderte, fuhr sie fort: »Jedenfalls könntest du das Kochen ganz übernehmen, und ich übernehme dann das Putzen. Solange alles fair bleibt.«

»Das sollte es auf jeden Fall«, stimmte Harry zu. »Aber lautet deine Antwort nun ja oder nein?« fragte er.

»Andererseits«, schweifte Alice ab, »sollten wir nicht einfach annehmen, daß wir zusammen wohnen werden. Ich habe oft gedacht, daß Simone de Beauvoir und Jean-Paul Sartre eine ideale Beziehung geführt haben. Ich möchte im Grunde nicht ausziehen, es ist ein so großes Haus, weißt du.«

»Du hast recht, Alice.«

»Und Nummer … fünf«, sagte sie und nahm ihre Finger als Gedächtnisstütze zur Hilfe, da sie viele Monate Zeit gehabt hatte, ihre Liste einzustudieren. »Nummer fünf ist, daß ich meinen Namen nicht ändern werde, ich werde nicht deine Leibeigene sein, Harry, einfach ein weiteres Anhängsel an eine patriarchalische Linie. Wir können Singh-Freeman heißen oder Freeman-Singh, oder jeder seinen Namen behalten. Ich bin mir da noch nicht sicher, das können wir noch ausdiskutieren.«

Harry hätte weinen mögen. »Aber was *willst* du?« stöhnte er. »Willst du mich haben?« wollte er wissen.

Alice sah ihn lächelnd an. »Natürlich will ich dich haben, Babu«, sagte sie.

Am folgenden Abend, kurz bevor die Familie mit dem Abendessen fertig war, verkündete Alice, die vorher die ganze Zeit mit Simon den ernährungsphysiologischen und geistigen Wert von Ginseng diskutiert hatte, abrupt: »He, hört mal alle her! Fast hätte ich es vergessen: Harry hat mich gestern abend endlich gebeten, ihn zu heiraten.«

Am Tisch wurde es still. Jeder wartete auf Charles' Reaktion.

»Ich werde Harry heiraten«, Alice – die sich von den Wutanfällen ihres Vaters noch nie hatte beeindrucken lassen – kicherte. Die anderen wappneten sich für das, was da kommen sollte.

Charles lächelte. »Er ist ein heller Kopf, der junge Mann«, verkündete er. »Hat einen guten Geschäftssinn. Ich mag ihn. Gut für dich, Alice. Er wird es einmal weit bringen«, sagte Charles. Er wußte damals noch nicht, *wie* weit.

Alle atmeten erleichtert auf und stießen auf Alice und ihren abwesenden Zukünftigen mit einem Beaumes-de-Venise an, den Laura aus der Küche geholt hatte.

Charles rief Mr. Singh an, ließ eine Verlobungsanzeige in die *Times* und ins *Echo* setzen und ermunterte Alice, mit der Planung für ihre Hochzeit zu beginnen. Er sicherte ihr dabei alle Hilfe zu, die sie brauchte, nicht nur, weil er wettmachen wollte, daß Alices Mutter nicht dabeisein konnte, sondern auch, weil er, der große Boß, sich wie immer auf eine ordentliche Party freute.

Alice und Harry heirateten an einem heißen Samstag im Sommer 1984. Die Trauung, der eine Segnung im hinduistischen Tempel vorangegangen war, fand in derselben Kirche statt, in der Alice einst im Chor gesungen hatte, und wurde vom selben kichernden Priester vollzogen.

Harry nahm den Ring von Simon, der sein Trauzeuge war, entgegen (wie Alice vorhergesagt hatte, waren die beiden Freunde geworden, darüber hinaus hatte Harry keine anderen) und steckte ihn Alice an den dritten Finger der linken Hand. Und dann wiederholte Harry mit seiner phlegmatischen Stimme die Worte des Vikars: »Ich, Harry, nehme dich, Alice, nach Gottes heiligem Sakrament, zu meiner angetrauten Ehefrau. Ich verspreche, dich zu lieben und zu ehren, in guten wie in schlechten Tagen, in Reichtum wie in Armut, in Gesundheit wie in Krankheit, bis daß der Tod uns scheidet, und so schwöre ich dir meine Treue.« Alice mußte einen Kicheranfall niederkämpfen, weil sie dachte, Harry würde noch ein »Mit vorzüglichster Hochachtung, Amen« anschließen.

Charles Freeman führte seine Tochter mit leichtem Herzen zum Altar. Sein jüngstes Kind war mit vierundzwanzig Jahren das erste, das heiratete, und er freute sich aufrichtig für sie. Trotz des Todes seiner Ehefrau betrachtete Charles die Ehe als eine gute Voraussetzung für ein gemeinsames Leben.

»Es wird Zeit, daß du dich zusammenreißt«, hatte er Simon vor ein paar Wochen an dessen dreißigstem Geburtstag erklärt. »Es ist ja schön und gut, daß bei dir so viele Frauen ein und aus gehen, aber du solltest langsam daran denken, dich mit einer von ihnen häuslich niederzulassen«, riet er ihm. Er hatte keine Ahnung.

Die Kirche war brechend voll. Harry hatte eine große, weitverzweigte Familie, deren Mitglieder die ersten sechs Bankreihen auf der Seite des Bräutigams füllten, und er hatte eine große Zahl von Bekannten, deren Beziehung zu ihm sich über Geld, Immobilien oder den Austausch von Gefälligkeiten definierte.

James kam mit seiner Kamera. Draußen vor dem Tempel, wo nur die engsten Familienangehörigen anwesend waren, machte er ein Foto von Harry und Alice, das wegen des Regens aus Reiskörnern ganz unscharf wurde. Sie mußten sich die Körner aus den Haaren und der Kleidung schütteln, bevor sie in die Kirche gehen konnten, nur um auf dem Weg nach draußen erneut überschüttet zu werden, diesmal mit Konfetti. Bevor sie in Charles' Rover mit

Chauffeur zum Empfang im großen Haus auf dem Hügel aufbrachen, warf Alice ihren Brautstrauß über ihre Schulter. Er flog geradewegs auf ihre erste Brautjungfer Natalie zu (die sich geweigert hatte, ein Kleid anzuziehen, und statt dessen einen Pagenanzug trug). Natalie bewies große Geistesgegenwart und pritschte den Strauß, ohne ihn aufzufangen, wie einen Volleyball rasch wieder in die Luft, und diesmal fiel er in Lauras Hände. *Sie* hielt ihn fest und wurde mit einem Chor von Pfiffen und Jubelrufen bedacht. Unwillkürlich warf sie einen kurzen Blick in Roberts Richtung, der mit einem verstohlenen Grinsen reagierte.

Mit einem automatischen Schnellaufzug fing James diese Sequenz in einer Serie von Fotos ein, anstatt dann aber am Empfang teilzunehmen, ging er nach Hause.

»Ich weiß, daß du geschworen hast, nie wieder dorthin zurückzukehren«, hatte sich Zoe ein paar Tage zuvor mit ihm gestritten. »Aber das ist die Hochzeit deiner Schwester, um Himmels willen.«

»Ich betrete dieses Haus nie wieder«, entgegnete James, der in ihrer kleinen Küche saß.

»Du hast dir das doch nur *selbst* geschworen«, rief Zoe. »Du würdest nicht einmal vor irgend jemandem das Gesicht verlieren. Was hast du denn von deinem Starrsinn, James?«

»Dort sind schon genug schlimme Dinge geschehen. Wenn ich zurückkehre, wird wieder etwas Schlimmes passieren, also bleibe ich weg.«

»Wovon redest du überhaupt?«

»Wenn der Empfang irgendwo anders stattfinden würde, dann würde ich auch hingehen. Sie müssen ihn ja nicht dort abhalten.«

»Jesus, James!« rief Zoe aufgebracht. »Mit dir ist einfach nicht zu reden, du bist so unvernünftig. Ich gehe jetzt nach oben. Du findest allein raus«, sagte sie zu ihm und fügte hinzu: »Du bist der eigensinnigste Mensch, dem ich je begegnet bin. Meine Großmutter *eingeschlossen.*«

Harry und Alice verbrachten ihre Flitterwochen in Indien, wo sie zuerst Harrys Familie, die in Bombay wohnte, besuchten. Nahe Verwandte, von denen er kaum gehört hatte und die er schon gar nicht persönlich kannte, standen Schlange, weniger, um Harry zu sehen, als vielmehr, um seine englische Ehefrau kennenzulernen.

Nachdem sie eine Woche lang pausenlose Gastfreundschaft genossen hatten – Harry hatte sich dabei täglich eine Stunde zurückgezogen, um mit seinem Büro zu telefonieren, da er seinem kleinen Stab von Mitarbeitern keine eigenen Entscheidungen zubilligte –, mußte Harry Alice regelrecht wegzerren, damit sie ihren eigentlichen Urlaub antreten konnten.

»Deine Tante Padma hat uns zu sich nach Hause eingeladen, Harry. Wir kommen so gut miteinander aus.«

»Sie ist eine tratschende Hausfrau, sie paßt überhaupt nicht zu dir, Alice. Ich verstehe das nicht. Wie dem auch sei, unsere Zugkarten sind gebucht.«

»Und dein Onkel Jave ist ein richtiger Schäker, Harry.«

»Er ist ein unanständiger alter Mann, Alice.«

»Und die Zwillinge sind so süß. Großmutter Singh sagte, ich wäre außer ihr die einzige, die sie auseinanderhalten kann.«

»Die beiden sind ungezogene Bälger, wenn du meine Meinung wissen willst. Sie rennen rum und brüllen das ganze Haus zusammen. Wie in aller Welt sollen wir das zusätzliche Gepäck transportieren? Was ist mit den Geschenken, die wir bekommen haben, und deinen Einkäufen? Ich werde das Ganze separat aufgeben müssen.«

»Sei nicht so mißmutig, Opa. Obwohl, wenn ich darüber nachdenke, dann kann ich nur hoffen, daß wir dieses Übergepäck nicht teuer bezahlen müssen.«

»Du kannst auf jeden Fall davon ausgehen, daß die Fluggesellschaft ganz schön an uns verdienen wird«, bemerkte Harry, der Alices schreckliches Wortspiel entweder ignorierte oder, was wahrscheinlicher war, nicht verstanden hatte.

Die letzte ihrer Flitterwochen verbrachten sie in Goa. Es war Harrys Idee gewesen, doch als sie dort ankamen, brannte er bereits wieder darauf, zu seiner Arbeit zurückzukommen, da er immer mehr zu der Überzeugung gelangte, seiner Firma drohe ohne ihn der sofortige Konkurs. Seine täglichen Telefonate dehnten sich auf zwei Stunden aus, und er ließ sich von einem Mitarbeiter, der auf diese Weise zu einem kostenlosen Flug kam, Fotokopien aller Transaktionen und Verträge der letzten Wochen, dazu alle Ausgaben der *Financial Times* und der *Property News* bringen.

»Klingt nach einer echten Aufstiegsposition für den Burschen«, bemerkte Alice.

»Das ist ein einmaliger Auftrag, Alice«, erklärte Harry ihr.

Ihre ersten beiden Tage in Goa verliefen nicht besonders glücklich. Harry war außerstande, sich länger als zehn Minuten am Strand zu entspannen oder im Meer zu baden, bevor er wieder zu seinen Unterlagen zurückhastete, um immer wieder das Kleingedruckte von Immobiliarverträgen zu lesen. Alice blieb aber auch nicht länger am Strand: Mit ihrer hellen Haut bekam sie Sonnenbrand und mußte sich in den Schatten zurückziehen.

»Versuch, dich zu entspannen, Harry«, flehte Alice ihn an. »Wenigstens einer von uns beiden sollte dieses Paradies genießen.« Er rieb ihr die Schultern mit der stärksten Sonnenlotion ein, die es gab: Sie schützte vor der ultravioletten Strahlung, verhinderte gleichzeitig aber auch, daß ihre Haut braun wurde.

»Hör auf damit, Harry«, meinte Alice zu ihm. »Ich mach es selbst: Du bist so zappelig, daß ich auch ganz nervös werde.«

Trotz alledem war Goa der Ort, wo Alice und Harry endlich ein entspannteres Verhältnis zueinander fanden: Sie sollten von ihrer Hochzeitsreise nach Hause zurückkehren und die forschende Zaghaftigkeit von Frischvermählten gegen die zwanglose Vertrautheit eines alten Ehepaares eingetauscht haben.

Am dritten Tag aßen Harry und Alice das gleiche Gericht und wurden von einer schweren Lebensmittelvergiftung außer Gefecht gesetzt. Bis dahin hatten sie beide eine gewisse Schamhaftigkeit an den Tag gelegt – waren sich nicht sicher gewesen, ob sie sich gleichzeitig im Badezimmer aufhalten sollten, und hatten sich jeder auf seiner Seite des Bettes entkleidet, um dann nackt unter die Bettdecke zu schlüpfen.

Mitten in jener Nacht jedoch wachte Alice aus einem widerwärtigen Traum auf, in dem sie sich, im warmen Indischen Ozean schwimmend, von Quallen umringt sah. Mit wallenden Tentakeln schwammen sie um sie herum. Nach ihrem anfänglichen Schrecken merkte Alice jedoch, daß keine von ihnen sich ihr näherte: Sie wollten sie nicht stechen. Und plötzlich begriff sie auch, warum: Sie war nicht das Opfer dieser Tiere, sondern eine Art Brutofen für sie – sie bewachten sie, weil sie ihre Eier in ihr abgelegt hatten. In ihrem Inneren zappelten die gallertartigen Körper heranwachsender Jungquallen.

Alice erwachte aus ihrem Alptraummeer und fand sich in der Realität wieder. Ihr war furchtbar übel. Sie wankte aus dem Bett und ins Badezimmer der Hotelsuite und entdeckte dort Harry, der über der Toilettenschüssel kauerte, wo er bereits das tat, was sie innerhalb der nächsten zwei Sekunden ebenfalls tun mußte. Sie taumelte zur Duschkabine, sank auf die Knie und gab einen gallertartigen Schwall Erbrochenes von sich.

Harry hatte sich inzwischen schwer atmend aufgerichtet und auf die Toilettenschüssel gesetzt, denn kaum hatte er seinen Magen geleert, gab es in seinen Eingeweiden eine Eruption, und geschmolzene Lava floß heraus.

Schließlich beruhigten sich Harrys Magen und seine Gedärme, und er wurde sich der Welt jenseits der Grenzen seines eigenen Körpers wieder bewußt: Alice war in die Dusche gekrochen und lag dort zusammengekauert in ihrem Dreck. Harry taumelte zu ihr hinüber.

»Alice. Bist du o. k.?« krächzte er.

Sie wimmerte mit geschlossenen Augen und flüsterte dann, ohne sie zu öffnen: »Hilf mir, Harry.«

Er half ihr aufzustehen und das schmutzige T-Shirt auszuziehen. Dann drehte er die Dusche auf. Als das Wasser Alices Ausscheidungen weggespült hatte, hielten sie sich unter dem warmen Wasser aneinander fest, bis sie sauber waren. Sie hatten kaum die Kraft, sich abzutrocknen, bevor sie wieder auf dem Bett zusammensanken.

Die nächsten zwölf Stunden lang spürten Alice und Harry immer wieder warnende Wellen in sich aufsteigen (manchmal abwechselnd, manchmal genau gleichzeitig) und schlugen dann müde die Bettdecke zurück, um stöhnend ins Badezimmer zu wanken, wo das bösartige Bakterium wider alle Logik in den Tiefen ihrer Eingeweide weitere unverdaute Nahrung entdeckte und sie ausstieß.

Sie umsorgten einander abwechselnd – legten dem anderen warme Handtücher auf die Stirn, feuchteten die vom Erbrochenen wunden Lippen an. Harry streichelte Alices Arm, was ihr das Gefühl vermittelte, in ihrem Elend nicht isoliert zu sein, da sie dieses

Streicheln noch aus ihrer Kindheit kannte. Laura hatte das immer getan.

Als der Brechdurchfall endlich vorbei war, schliefen Harry und Alice, einem heftigen Sturm der Übelkeit entronnen, völlig erschöpft, vierundzwanzig Stunden lang aneinandergeschmiegt in ihrem Bett. Sie erwachten gesund und ausgehungert, ließen sich vom Zimmerservice sechs Portionen traditionelles englisches Frühstück mit drei Kannen Tee bringen, stopften sich voll, ohne (abgesehen von geräuschvollen Rülpsern) irgendwelche Nachwirkungen zu verspüren, und legten sich wieder schlafen. Dann endlich wachten sie in der Morgendämmerung, vielleicht auch der Abenddämmerung, eines unbekannten Tages langsam auf und liebten sich mit einer Hingabe, die keiner von beiden für möglich gehalten hätte.

Den Rest ihres Urlaubs verließen sie ihre Suite nur, um, piekfein angezogen, im Restaurant zu Mittag zu essen. In dieser Zeit wurden Tabletts mit schmutzigem Geschirr weggeräumt und ihre Bettwäsche gewechselt. Wenn sie in ihr Zimmer zurückkehrten, entledigten sie sich ihrer förmlichen Kleidung und erforschten das Reich der sexuellen Lust.

Harry verschob den Rückflug um eine Woche, und bis zum Ende ihrer verlängerten Flitterwochen kannte Alice seinen Körper besser als ihren eigenen. Harry litt unter einem angenehmen Gedächtnisverlust, der alles betraf, was mit dem englischen Immobilienmarkt zu tun hatte. Sie entwickelten außerdem eine Gewohnheit, angesichts derer die eine Hälfte ihrer Kinder später peinlich berührt zurückweichen, die andere vor Begeisterung johlen sollte: Während sie still, Seite an Seite, im Bett lagen, furzten sie unter der Bettdecke abwechselnd mit einer so großen Geräuschvielfalt, Ausdauer und Geruchsentwicklung, wie es ihnen möglich war, wobei sie einander Noten von eins bis zehn gaben. Es war überdies eine Angewohnheit, durch die Alice das letzte Geheimnis von Harrys Körper entdeckte, nämlich, wo bei ihm der Humor saß, denn er lachte sogar noch lauter als sie und johlte dabei wie ein schuldbewußter Schuljunge.

Harry und Alice Singh-Freeman (wie sie sich zu nennen übereingekommen waren) kehrten nach England zurück, wo sie aber nicht in einer von Harrys Immobilien einzogen, wie man es vielleicht erwartet hätte, sondern im Ostflügel des Hauses auf dem Hügel. Harry hatte sich auch mit diesem Punkt auf Alices Liste von Heiratsbedingungen einverstanden erklärt – er war wie sie der Meinung, daß sie durch eine eigene Wohnung nichts gewännen, er sei kein stolzer Mann, und wenn sie einen Flügel des Hauses für sich hätten, wäre ihnen ein ausreichendes Maß an Ungestörtheit sicher –, ohne ihr je zu offenbaren, daß es seit dem Tag, an dem er Charles um ihre Hand gebeten hatte, sein Traum gewesen war, in ebendiesem Haus zu wohnen.

Die Frachtkiste mit ihren Geschenken hatte das Haus bereits vor ihnen erreicht, und auf einer spontanen Willkommensparty reichten sie die Präsente herum, die Alice gekauft hatte: Slipper aus Kamelleder für Charles; ein steinernes Mahlwerk für Laura, zusammen mit einem Vorrat seltener Gewürze; eine Statuette des Elefantengottes Ganesh für Simon (»Weil er dick und weise ist wie du«, erklärte Alice); einen Kriegerdolch der Sikh, dessen Heft Smaragde zierten, für Natalie; türkische Päckchen *Bidi*-Zigaretten für Robert und einen prächtigen Seidensari für Zoe, den sie von da an immer trug, wenn sie in ihrem Kino einen indischen Film wie zum Beispiel *Apus Weg ins Leben* oder *Warten in der Dämmerung* zeigte, was allerdings nur ein trauriger Ersatz für die Reisen ihrer Jugend war.

Während Harry ins Büro ging, um sich wieder seinen Geschäften zu widmen, nutzte Alice die verbleibenden vierzehn Tage ihrer Sommerferien dazu, den Ostflügel des Hauses, in welchem sich in den letzten Jahren kaum jemand aufgehalten hatte, neu zu möblieren. Er war seit über zwanzig Jahren nicht mehr renoviert worden. Abermals wurden Maler beauftragt, die diesmal nicht nach den Anweisungen des großen Bosses, sondern seines jüngsten Kindes arbeiteten.

Alice nahm Laura auf eine stürmische Tour durch die Ausstellungsräume der Möbelgeschäfte in der Otley Road mit, die Deko-Abteilungen in den Kaufhäusern der Stadt und in die Teppichhäuser jenseits der Umgehungsstraße. Um Platz für ihre Lieferungen zu schaffen, mietete sie drei Container für das alte Mobiliar, das ausrangiert werden sollte.

Natalie kam mittags von ihrer Nachtschicht im Frauenhaus

nach Hause und sah die Container, die von Matratzen, Teppichen, Schränken, herausgerissenen Regalbrettern und abgenutzten Sesseln überquollen. Sie stürmte durch den Ostflügel und rief dabei in so wütendem Ton nach Alice, daß die Maler sich platt an die Wand drückten, um sie vorbeizulassen. Sie fand Alice in einem Zimmer weit hinten im zweiten Stock, wo sie sich gerade Notizen machte.

»Was zum *Teufel* soll das? Wie kannst du die ganzen Möbel rauswerfen, die noch absolut in Ordnung sind!« wollte Natalie wissen.

»Oh, ich habe eine Menge neue Sachen bestellt«, meinte Alice lächelnd.

»Aber, *Alice*!« schrie Natalie. »Du bist doch im Frauenhaus gewesen. Die Sachen in den Containern sind verglichen mit dem Zeug, das wir haben, die reinsten Louis-quatorze-Möbel.«

»Das stimmt«, sagte Alice. »Darüber habe ich noch gar nicht nachgedacht«, entgegnete sie fröhlich.

»Glaubst du nicht, daß du das eigentlich hättest tun sollen?« wollte Natalie wissen. »Warum bist du plötzlich so unsensibel? Und warum verschwendest du überhaupt so viel Geld für das alles hier?«

»Hier in diesem Stockwerk werden die Gästezimmer sein«, erklärte Alice.

»Gäste?« fauchte Natalie. »Was für Gäste? Weich mir nicht aus, Alice, du bist dabei, dir ein Nest zu bauen. Du baust dir gerade das größte Nest in dieser niederträchtigen Stadt.« Sie drehte sich um und marschierte aus dem Zimmer. Alice folgte ihr und rief ihr durch den Korridor hinterher:

»Du kannst dir gern ein paar von den Sachen aus den Containern nehmen, Nat.«

»Das habe ich verdammt noch mal auch vor!« schrie sie zurück, ohne sich umzudrehen.

Es wurde ein chaotischer Nachmittag. Natalie fand Robert in der Garage, wo er gerade mit zwei seiner Kumpel Dosenbier trank, und verlangte, daß er ihr den Luton-Lieferwagen, den er gerade instand gesetzt hatte, und zudem seine Arbeitskraft zur Verfügung stellte.

»Und euch gebe ich je einen Fünfer«, erklärte Natalie seinen Lederjackenfreunden. »Davon könnt ihr euch Bier kaufen.«

»Und was springt dabei für mich raus, Baby?« fragte Robert sie.

»Tja, Robert«, sagte Natalie, »stell dir einfach vor, daß du etwas für die Gemeinschaft lediger Mütter tust. Schließlich arbeitest du ja auch eifrig daran, deren Zahl zu vermehren.«

Einer der Automechaniker lachte.

»Halt 's Maul, Weasel«, fuhr Robert ihm über den Mund. »Was soll das heißen?« wollte er dann von Natalie wissen.

»Du kannst dich zwar vor deiner Verantwortung drücken, aber vor den Gerüchten kannst du nicht davonlaufen«, erklärte Natalie ihm.

»Ach, komm schon, Rob«, sagte der andere seiner Kumpel. »Dann laß uns eben verdammt noch mal ein bißchen wohltätig sein, hm?«

Die Maler brachten in regelmäßigen Abständen weitere Möbelstücke nach draußen, die sie dann in der Auffahrt abstellten, anstatt sie in die Container zu werfen, da Natalie und ihre ungewöhnlichen Helfer aus diesen alle Tische und Schränkchen herauszerrten, die noch intakt waren.

Dann kamen die *neuen* Möbel: Lastwagen rollten über den knirschenden Kies die Auffahrt hinauf und manövrierten um die Container und um Roberts Lieferwagen herum. Die Fahrer klappten die Hecktüren auf und begannen, Teppiche und Schränke ins Haus zu tragen. Alice kam sich wie eine Verkehrspolizistin vor, da sie, um ihre Stimme nicht erheben zu müssen, Handzeichen gab.

Gerade in diesem Augenblick kam jedoch Simon von der Arbeit nach Hause und beschloß mitzumachen. Er hatte sehr wohl Spaß daran, seine Stimme zu erheben, insbesondere, wenn er Ratschläge geben konnte. Er zog sein Jackett aus, krempelte die Ärmel hoch, steckte sich die Krawatte in die Knopfleiste seines Hemdes und nahm die Sache in die Hand, bevor ihm irgend jemand eine sinnvollere Aufgabe zuweisen konnte.

»Stellen Sie das dort drüben ab!« brüllte Simon einem gerade eingetroffenen Lastwagenfahrer entgegen. »Sie haben noch *reichlich* Platz, jetzt bücken, die linke Seite nach unten und gerade nach hinten. Weasel!« schrie er, »du hast die Stehlampe dort übersehen! Trag sie in den Luton. Teppiche!« rief er. »Wo sollen die Teppiche hin, Alice? Erster Stock? O. k., rauf in den ersten Stock. Achtung, sie bringen gerade eine alte Kommode herunter, wartet, ich regle das. Auf die Seite kippen!« kommandierte er. »So ist es besser, gut so, vorsichtig um die Ecke rum. Ja, noch ein Stück. Da ist reichlich Platz. Hoppla! Gut. Tja, also, ihr steckt fest. Paßt auf den Lack auf, Jungs.«

Laura kam mit Tabletts voller Erfrischungen, einschließlich Schmalzbroten für Roberts Kumpels, und verschaffte ihnen damit eine Atempause in dem Chaos.

»Die sind nicht nur für dich, sondern auch für deine Freunde«, erklärte sie Robert.

Er zog sie an sich und flüsterte ihr etwas ins Ohr. Laura machte sich los und ging in die Küche zurück, aus der sie nach ein paar Minuten mit Tee, Kuchen und Keksen zurückkehrte. Bevor irgend jemand die Gelegenheit hatte, sie herumzureichen, so daß die Männer sich, ohne Zeit zu verschwenden, im Vorbeigehen etwas nehmen konnten, brüllte Simon aus vollem Halse: »Teepause, Leute!« und dirigierte Laura mit ihren Tabletts zum Rasen.

Zwanzig Männer und drei Frauen saßen gerade im Gras um den Teich herum, als fünf Minuten später der Rover die Auffahrt herauffuhr kam. Charles sprang vom Rücksitz und kam mit großen Schritten auf sie zugestürmt.

»Oh, mein Gott«, sagte Simon, der plötzlich ein Déjà-vu-Erlebnis hatte, das ihn erzittern ließ. »Gleich wirft er die Leute wieder in den Teich«, flüsterte er, nahm sofort eine Embryonalhaltung ein und tat so, als würde er schlafen.

»Was ist denn hier los?« brüllte Charles. »Wer in aller Welt hat eine Teepause für so viele faule Arbeiter angeordnet?«

Köpfe wandten sich langsam herum, Blicke wanderten in Richtung des Riesenbabys, das da im Sonnenschein döste.

»Spitzenidee!« rief Charles. »Bravo! Wie wär's, wenn du dem alten Herrn auch etwas gibst?« sagte er Laura. »Na, wie läuft's denn so?« fragte er Alice.

Harry kam erst nach Einbruch der Dunkelheit nach Hause. Die Maler und Lieferanten waren schon lange fort. Nach dem Abendessen ging Alice mit ihm in den Ostflügel: Ihre Schritte raschelten auf den Plastikplanen, mit denen die Fußböden abgedeckt waren. Die meisten Fenster standen offen, aber in den Räumen hing noch immer der Geruch von Öl- und Emulsionsfarbe.

»Ich bin so glücklich, Alice«, sagte Harry zu ihr. Sie gingen Hand in Hand die Treppe hinauf. »Gut gemacht, meine Frau, du bist ja so klug«, sagte er. »Ich wußte, daß ich das am besten dir überlasse.«

»Ich hatte ein *wenig* Hilfe, du Dummerchen«, gab sie zu.

Die Zimmer waren meist leer: Die neuen Möbel hatte man, bis die Malerarbeiten beendet waren und das Mobiliar an seinen endgültigen Platz gestellt werden konnte, in zwei Räumen im ersten Stock untergebracht. Sie erreichten das erste dieser Zimmer, und Harry ließ Alices Hand los.

»Was ist denn das?« fragte er ruhig und trat in den Raum. Er wanderte zwischen den einzelnen Möbelstücken hin und her und strich mit der Hand darüber.

»Das sind die neuen Sachen, die ich heute gekauft habe, für –«

»Das geht auf keinen Fall«, unterbrach Harry sie. Die eisige Ruhe in seiner Stimme verschlug Alice den Atem. Harry schüttelte den Kopf. »Nein, das hier ist nicht das richtige, daran müssen wir etwas ändern.«

Alice zwang sich weiterzuatmen. »Ist irgend etwas nicht in Ordnung, Harry?« fragte sie schließlich.

»Nein, es ist nichts, mein Schatz«, erwiderte er. »Bis auf diese Möbel. Sie sind alle neu, verstehst du. So etwas kann doch jeder kaufen. Sie sind einfach nicht exklusiv genug. Für meine Ehefrau, verstehst du? Für uns. Wir brauchen Antiquitäten, Alice.« Er kam zu ihr zurück und sah sie an. »Das ist es, was wir wirklich brauchen.«

»Jetzt bist du böse, Harry«, sagte sie.

»Ich? Ich werde niemals böse, mein Schatz«, versicherte er im selben ausdruckslosen Ton. Er nahm sie wieder bei der Hand und ging mit ihr in den Korridor zurück und auf die Treppe zu.

»Aber ich habe das alles doch schon bezahlt«, sagte Alice zu ihm. »Ich kann es nicht wieder zurückbringen.«

»Das ist kein Problem«, erwiderte er. »Ich überlege mir nämlich, ins Mietgeschäft einzusteigen, weißt du. Gerade habe ich ein paar Wohnungen an der Stratford Road gekauft. Dort werde ich das ganze Zeug reinstellen. Mach dir keine Gedanken, mein Schatz, überlaß das alles mir. Jetzt laß uns ins Bett gehen. Ich habe schon den ganzen Nachmittag an dich gedacht«, sagte er zu ihr, während seine Hand über ihren Po wanderte.

»Und an wen hast du heute *vormittag* gedacht, Harry«, wollte Alice wissen. »Harry, mein heißer Held«, neckte sie ihn und ging damit erleichtert und dankbar auf den Ausweg aus ihrem Machtkampf ein, den Harry ihr gerade angeboten hatte. Sie vermied es dadurch, sich mit der Tatsache auseinanderzusetzen, daß sie ihn zwar, wann immer sie wollte, necken und umschmeicheln konnte, bis er sich in demütiger Verwirrung befand, daß dies aber nicht mehr als ein Spiel war. Hinter seiner aufgeblasenen, phlegmatischen Fassade war der heiße Harry, der begossene Pudel, das Fischgesicht oder wie immer sie ihn auch nannte, so beharrlich wie ein Gletscher. Und als sie sich, kichernd und einander in die Rippen pieksend, auf den Weg zu ihrem vorläufigen Schlafzimmer im dritten Stock des Haupthauses machten, wußte Alice, daß sie ihm in Wirklichkeit gerade aus dem Weg ging.

Nachdem sie sich geliebt hatten und Alice, den Kopf an Harrys Brust geschmiegt, dalag, fragte er sie: »Habe ich das heute früh vor dem Aufwachen nur geträumt, oder habe ich tatsächlich gehört, wie du dich im Badezimmer übergeben hast?«

»Ja«, bestätigte sie, »mir war ein bißchen komisch.«

»Du glaubst doch nicht, daß das noch von dieser verdammten Lebensmittelvergiftung kommt, die wir in Indien hatten?« fragte Harry.

Alice kicherte. »Jetzt sei nicht albern, Fischgesicht«, sagte sie zu ihm.

7

Die Freeman-Zehn

James hatte so viel Zeit mit anderen Fotografen und Künstlern der Stadt verbracht, daß er den Kontakt zur Musikszene völlig verloren hatte. Als er wieder mehr Zeit hatte, auf Konzerte zu gehen und Fotos von neuen Bands zu machen, stellte er fest, daß es inzwischen keine mehr gab. Man spielte auf den Bühnen in den Pubs keine Livemusik mehr, weil sie dafür zu klein waren. Auch die Pubs selbst machten eine Zeit des Wandels durch: Überall in der Stadt hatten Brauereien die unabhängigen Wirte ausgezahlt und Handwerker beauftragt, die diese Bars ausräumten und sie dann in verschiedenen Rottönen und einem Stil aufpolierten, der irgendwo zwischen edwardianischem Landhaus und Autobahnraststätte lag. Die Biere ansässiger Brauereien wurden durch Massenabfüllungen von Großbrauereien ersetzt (die Marktforschung zeigte, daß dieses Lagerbier in größeren Mengen getrunken wurde, obwohl es dafür keine wissenschaftliche Erklärung gab). Unter den Regalen mit Spirituosen standen plötzlich Kaffeemaschinen, und die Küchen wurden den Hygienebestimmungen der EWG entsprechend renoviert: Dahinter steckte die Idee, daß die Pubs kontinentales Café, englische Bierschenke und feines Restaurant in einem werden sollten. Domino- und Backgammonspiele wurden verboten, alte Männer, die seit dem Krieg in den Bars zum Stammpublikum gehört hatten, kamen jetzt nicht mehr, während alleinstehende Frauen zum ersten Mal für sich die Möglichkeit sahen, allein etwas trinken zu gehen. Zur Mittagszeit fielen ganze Familien in die Biergärten ein, und am Abend gab es statt Livemusik jetzt Karaokeveranstaltungen, denn was hatte es schon für einen Sinn, eine unbekannte Band dafür zu bezahlen, daß sie Lärm machte, wenn die Kunden den lieber selbst veranstalteten?

Eines Abends, nach einem Treffen der Künstlergruppe, überredete Karel James, mit ihm zusammen in den Nachtclub unter dem Theater im Zentrum zu gehen.

»Dort trifft man immer verdammt viele ausländische Frauen.«

Im Nachtclub bestellte Karel für sich und James ein Bier, drehte sich eine Zigarette und lehnte sich dann an den Tresen, um die Tanzfläche zu beobachten. Er hatte James bereits vergessen. Nach einer Weile verließ Karel die Bar, und James sah ihm zu, wie er sich durch die Masse tanzender Leiber hindurcharbeitete, weniger auf eine bestimmte Frau zu, als vielmehr mitten hinein in die Menge aus Blickkontakten und Tanzbewegungen.

James folgte. Die Zeit, in der er damals zur Musik von Punk-bands Pogo tanzte, hatte ihm seine Hemmungen genommen, aber auch jede Chance verbaut, so etwas wie Rhythmusgefühl zu ent-wickeln. Er trat in die Umlaufbahn verschiedener Frauen ein, bemühte sich aber mehr, ihre Tanzbewegungen zu imitieren, als Kontakt zu knüpfen, und sie verließen die Tanzfläche stets, bevor ihm eins von beiden gelungen war. Also schloß James die Augen, ließ die stampfende Discomusik in seinen Körper eindringen und tanzte in einer eigenen Welt vor sich hin.

Ihm fiel gar nicht auf, daß Karel inzwischen gegangen war. Er machte immer wieder eine Pause, um sich auszuruhen und ein Glas Wasser zu trinken, dann tanzte er weiter, ohne die Tänzer um sich herum zu beachten oder zu merken, wie die Zeit verging, bis plötz-lich die Musik aufhörte. In der ohrenbetäubenden Stille leerte sich der Club rasch. James ging die Treppe nach oben und trat in die kalte, finstere Nacht hinaus: Die kühle Luft erfaßte seinen ver-schwitzten Körper, und ein Geräusch wie von tausend Zikaden zirpte in seinen Ohren. Er hatte gerade mal zwei Bier getrunken, aber er schwankte, trunken vom Tanzen, nach Hause.

Ein paar Tage später ging James, der noch bis spät am Abend in der Dunkelkammer gearbeitet hatte, mit steifem Nacken und mü-den Augen allein in den Nachtclub. Er passierte den stiernackigen Türsteher mit Fliege, zahlte an der Kasse, stieg die mit rotem Tep-pich ausgelegte Treppe hinunter, gab sein Jackett an der Garderobe ab und bahnte sich durch die Menge seinen Weg zur Bar. Während er langsam sein erstes Bier trank, beobachtete er die pulsierende Tanzfläche, über die vielfarbige Lichter hinwegflirrten, ein wogen-des Meer von Leibern. Und dann entdeckte er den DJ: Es war Lewis.

James ging zu ihm hinüber. Als Lewis ihn sah, strahlte er, beugte sich über das Mischpult, streckte ihm grüßend die langen Arme entgegen und sagte etwas, wovon James wegen des Lärms kein Wort verstand.

»WAS?« schrie er. Lewis bedeutete ihm mit einer Geste, er solle an der Bühne entlanggehen und zu ihm heraufkommen.

Während Lewis Platten wechselte, führten die beiden eine schwierige Unterhaltung, bei der James seine eigene Stimme nicht hören konnte und sich deshalb nicht sicher war, ob er auch sagte, was er sagen wollte. Glücklicherweise schien Lewis von den Lippen lesen zu können. James schaffte es in dem Lärm, einzelne von Lewis' Silben herauszufiltern und sich daraus zusammenzureimen, daß er vier Abende pro Woche in diesem Club arbeitete. Er war einer der beiden Haus-DJs. James war es jedoch zu mühsam, das Gespräch weiterzuführen, also versicherten sie sich gegenseitig, daß sie sich gefreut hätten, einander wiederzusehen, und daß sie wieder einmal miteinander plaudern würden. Dann widmete James sich wieder seiner ursprünglichen Mission, die darin bestand, sich auf der Tanzfläche zu verlieren.

Trotz seiner Ungeschicklichkeit tanzte James inzwischen ausgesprochen gern. Und er ging gern um ein oder zwei Uhr morgens zu Fuß durch die verlassenen Straßen nach Hause. Die einzigen Menschen, denen er begegnete, waren Betrunkene oder Arbeiter auf dem Weg zur Frühschicht, die blindlings und mit gesenktem Kopf auf dem Fahrrad an ihm vorbeistrampelten. Die Pubs, Restaurants, selbst die Hamburgerstände hatten um diese Zeit geschlossen. Einzig und allein in der Bäckerei, die ein paar hundert Meter von dem Haus, in dem er wohnte, entfernt lag, herrschte rege Betriebsamkeit. Die Bäcker arbeiteten die ganze Nacht. Wenn er sich der Bäckerei bis auf eine bestimmte Distanz genähert hatte, begrüßte ihn der Geruch von frischem Brot und lockte ihn heimwärts. Er machte stets kurz halt und kaufte bei einem der Bäcker, der ihm mit mehligen Fingern das Wechselgeld aus einer Plastikschale an der Tür herausgab, was immer gerade aus dem Ofen gekommen war – einen heißen Doughnut, ein warmes Brötchen. Zu Hause aß er, was er gekauft hatte, und trank dazu einen Becher Tee, um nach dem Tanzen und der viel zu lauten Musik zur

Ruhe zu kommen. Dann ging er ins Bett und schlief wie ein Murmeltier.

James fuhr mit dem Rad in der Stadt herum, er tanzte bis zum Morgengrauen und war noch nie so fit gewesen.

Den ganzen Winter und den Frühling des Jahres 1985 besuchte er mindestens einmal in der Woche den Nachtclub. Er kam stets allein, und für gewöhnlich ging er auch allein, obwohl er manchmal plötzlich eine Tanzpartnerin hatte. Einmal tanzte auch eine Spanierin mit ihm: Er begleitete sie zum YWCA, wobei sie auf dem menschenleeren Bürgersteig weniger kommunizierten, als sie das in der lärmenden Menge getan hatten. Sie sprach kaum Englisch und er kein Wort Spanisch. An der Tür der Herberge sagten sie einander gute Nacht und *buenos dias*. James sah sie nie wieder. Eine andere seiner Tanzpartnerinnen war Amerikanerin. Sie nahm ihn in ihr Hotel in der Nähe des Bahnhofs mit, wo sie sich rasch und heftig liebten und sie anschließend prompt einschlief. James befreite sich vorsichtig aus ihren Armen und ging nach Hause, während er die Straßenlaternen, deren Licht sich in den Pfützen spiegelte, angrinste und sich fragte, warum ihn die Engländerinnen nicht mochten.

James frischte seine Freundschaft mit Lewis auf – er verließ den Club öfter mit ihm als in Begleitung einer Frau. Die beiden gingen dann noch zu Lewis nach Hause, der in einem Haus in der kleinen, modernen Wohnsiedlung an der nördlichen Umgehungsstraße wohnte. Dort tranken sie gemütlich Tee, ohne sich davon stören zu lassen, daß James am Morgen zur Arbeit mußte oder daß im oberen Stockwerk hin und wieder eine Freundin auf Lewis wartete.

»Ich mach mich besser auf den Weg, Lew«, bot James an, wenn er seinen Becher geleert hatte.

»Entspann dich, Mann«, sagte Lewis zu ihm. »Bleib noch. Frauen mögen es, wenn man sie warten läßt, es tut ihnen gut. Sie sollen ja schließlich nicht das Gefühl haben, man wolle sie einengen.«

Lewis hatte einen richtigen Junggesellenhaushalt. Abgesehen von einer kleinen Küche (in der es als Kochmöglichkeit nur einen Microwellenherd gab), bestand das gesamte Erdgeschoß aus einem großen Wohnzimmer, das mit einem dichten Velourstep-

pich, einem Sofa und Sesseln ausgestattet war, die so einladend
wirkten, daß jeder, der dort Platz nahm, spürte, wie sich auf der
Stelle sein Pulsschlag verlangsamte und jeglicher Tatendrang
schwand: Lewis' Besucher saßen stundenlang bei ihm herum, und
Lewis hatte immer irgendwelche Besucher, Männer unterschied-
lichster Nationalitäten und Hautfarbe, die er im Club kennengelernt hatte. Er schien sich mit den meisten von ihnen in ihrer Muttersprache unterhalten zu können. Viele sagten jedoch kaum ein
Wort, ganz gleich in welcher Sprache, schienen aber durchaus zufrieden damit, einfach herumzuhängen, Musik zu hören und fernzusehen.

Lewis war einer der ersten in der Stadt, die sich eine Satelliten-
schüssel auf dem Haus montieren ließen. Das einzige, was er sich
ansah, war allerdings jeweils einer der dreißig Sportkanäle aus
aller Welt, und der einzige Sport, den Lewis mochte, war Fußball.
Er konnte zu jeder Tages- und Nachtzeit in einen Sessel sinken und
mit der Fernbedienung von einem Spiel zum anderen zappen.
James erkannte, daß es der Fußball war, der seinen Freund poly-
glott hatte werden lassen.

Lewis war noch immer eine Führungspersönlichkeit, James war
sich nur nicht sicher, welcher Art. Er wirkte wie der Priester einer
unsichtbaren Religion. Seine Besucher mußten ihre Schuhe an der
Tür auszuziehen, damit sie die Teppiche nicht beschmutzten. Es
durfte bei ihm nicht geraucht werden, und obwohl sich dieses Verbot nicht auf Alkohol erstreckte, gab es in seinem Haus keine Spirituosen, da Lewis selbst selten etwas trank. James fühlte sich bei
Lewis wohl – und er kam gern hin und wieder auf einen kurzen Besuch, um sich bei ihm von seinem umtriebigen, aber, wie er erkannte, gleichermaßen ziellosen Leben zu erholen.

»Wenn man keine Zeit hat, muß man sie sich eben nehmen«, erklärte Lewis ihm. »Reib dich nur auf, wenn du willst, ich jedenfalls habe das nicht vor. Sieh dir meinen alten Herrn an, der arme
Kerl, er hat sich dermaßen viel Verantwortung aufgeladen, daß er
jetzt auf dem Zahnfleisch kriecht. Das ist es nicht wert.«

»Wahrscheinlich hast du recht«, pflichtete James ihm bei. »Ich
kann dir im Grunde nicht widersprechen.«

»Du warst schon immer ein Träumer, Jay. Ich habe dich bewundert, weißt du.«

»Tatsächlich?«

»Sicher. Das ist auch heute noch so. Ich würde übrigens gern mal deine Fotos sehen. Ich meine nicht die für die Zeitung – deine eigenen.«

»Ich bring dir ein paar mit. Versprochen.«

»Vergiß es aber nicht.«

»Nein.«

Einen Fabrikationsbetrieb zu leiten, in dem dreihundert Arbeiter beschäftigt waren, stellte eine unglaublich anspruchsvolle Tätigkeit dar, vor allem für einen Menschen, der die Ansicht vertrat, Verantwortung zu delegieren sei, wie er Simon einmal erklärte, »nur ein anderes Wort für ›sich davor zu drücken‹«.

»Wenn du es erst einmal anderen überläßt, Entscheidungen für dich zu treffen«, riet Charles seinem Sohn, »dann entscheiden sie schließlich, daß sie dich nicht brauchen.«

Simon bewunderte den Führungsstil seines Vaters sehr, die freimütige und lockere Art, in der er mit zahllosen geschäftlichen Aspekten umging, die geprüft, vorhergesagt, gegeneinander abgewogen und irgendwie ausbalanciert werden mußten: Gewinn und Verlust, die Kräfte des Marktes, Forschung und Entwicklung, Löhne, Versicherungen, Rohmaterialien, Transport, neue Fabrikanlagen, Abnutzung, Entlassungen, Ruhestand und Maßnahmen zur Vorbeugung von Arbeitsunfällen.

Nachdem Simon sein sechsmonatiges Traineeprogramm in jeder der Abteilungen beendet hatte, war er – auf eigenen Wunsch – in die kleinste, die Personalabteilung, zurückgekehrt. Normalerweise wäre das, da er der Sohn des Chefs war, lachhaft gewesen, doch es kam niemandem seltsam vor, weil Simon, der Quatschkopf, ein so sympathischer Mensch war. Also wurde er stellvertretender Direktor der Personalabteilung. Er hörte sich die arbeitsbezogenen Beschwerden und die persönlichen Anliegen der Angestellten an, traf sich monatlich mit Abteilungsleitern und den Gewerkschaftsvertretern zu einem Jour fixe und bügelte so viele unangenehme Falten aus wie möglich, ohne den Boß, seinen Vater, damit zu belästigen.

Simon hoffte, eines Tages die Nachfolge von Rupert Sproat als Personaldirektor anzutreten. Das wäre genau das richtige für ihn gewesen. Er hatte leidlich begriffen, wie jede der einzelnen Abtei-

lungen arbeitete; wie sie aber miteinander verzahnt waren, um ein
funktionierendes – und in der Tat gewinnbringendes – Ganzes zu
ergeben, das ging über sein Verständnis hinaus. Er besaß die Statur seines Vaters, dessen geselliges Wesen und dasselbe unbeküm-
merte Selbstvertrauen, wobei letzteres bei Simon allerdings Fassade, sein persönlicher *Modus operandi* war. Bei Charles hingegen
kam es von innen, war Teil seiner Natur.

Natürlich lag darin das Geheimnis von Charles' Führungsstil. Er
setzte sich mit den Unwägbarkeiten auseinander, bevor er irgendeine größere Entscheidung traf, und er hörte sich Ratschläge an.
Manchmal gelangte er zu einer Entscheidung, nachdem er sorgfältig Verkaufsanalysen, Forschungsergebnisse und Statistiken studiert hatte, manchmal verließ er sich einfach auf seinen Instinkt.
Manchmal lag er richtig, manchmal irrte er sich. Aber was immer
er entschied, er tat dies mit solcher Überzeugung, daß seinen Entscheidungen eine übernatürliche Autorität anhaftete.

Dies war auch der Grund, weshalb die Beschäftigten der Freeman Company länger als anderswo brauchten, bis sie erkannten,
daß in diesem Sommer, dem Sommer 1985, an der Spitze ein Um-
denken stattgefunden hatte. Vielleicht hatte Charles aber auch eine
Offenbarung gehabt. Die Beschäftigten brauchten deshalb länger,
weil Charles' Führungsstil stets tyrannisch gewesen war, immer
aber Wohlstand und Wohlergehen zum Vorteil aller gebracht hatte
– auch wenn dieser Vorteil ein wenig ungleich verteilt war. (So be-
klagten sich lediglich die paar verrückten Kommunisten – alles un-
gelernte Arbeiter. Die Gewerkschaft aber hatte sich ebenso auf Gehaltsdifferenzen festgelegt wie das Management.) Als sie
schließlich erkannten, was da geschah, war es zu spät. Aber das
wäre es vielleicht ohnehin gewesen.

Nicht einmal Simon erkannte es, obwohl er, abgesehen von Judith Peach, der einzige Mensch war, dem Charles von seiner Offenbarung erzählte.

»Ich habe nie richtig begriffen, wie einfach das ist«, vertraute
Charles ihm an. »Es dreht sich alles nur ums Geld, Simon. Um den
Gewinn.«

»Natürlich, Vater«, erwiderte Simon. »Das hast du mir schon
hundertmal erklärt. Ich hab dir genau zugehört, da kannst du
sicher sein.«

»Nein, du dämlicher Trottel«, sagte Charles zu ihm. »Ich meine, das ist das *einzige*, worum es sich dreht. Es muß die Grundlage für jede einzelne Entscheidung sein, in jedem einzelnen Fall. Alles andere muß sich dem unterordnen.«

»Natürlich, Vater«, stimmte Simon zu. »Das weiß ich.«

»Du weißt überhaupt nichts, du Idiot!« brüllte Charles und stampfte aus seinem Arbeitszimmer.

Jeden Monat stiegen die Arbeitslosenzahlen. »Das ist gut«, erkärte Charles dem Hauptbuchhalter. »Kürzen Sie die Löhne.«

»Keine Lehrlinge mehr«, sagte er zum Personalchef. »In Zeiten wie diesen ist das eine zu unsichere Investition.«

Der Leiter der Forschungsabteilung wurde in sein Büro gerufen. »Ihre Assistenten sind gefeuert«, sagte Charles ihm. »Ach, ja, und Sie auch«, fügte er hinzu.

Eine Gruppe von Maschinenschlossern wurde gerade auf den Computer umgeschult. »Wir müssen sie feuern«, ordnete Charles an. »Bieten Sie die Jobs statt dessen ihren Ehefrauen an. Teilzeitkräfte. Frauen. Niedrigerer Stundenlohn. Weniger Sozialversicherung. Kein Krankengeld.«

Er marschierte zum Fuhrpark hinüber. »Informieren Sie die Fahrer«, sagte er zum Fuhrparkleiter dort, »daß sie ab dem Ersten des nächsten Monats selbständig sind. Sie können die Lastwagen per Ratenzahlung von der Firma erwerben. Die Raten ziehen wir ihnen vom Lohn ab… ich meine, von ihrer Vergütung.«

»Was soll dieser ganze Quatsch mit Überstunden?« stellte Charles den Leiter der Produktion zur Rede. »Anderthalbfacher Lohn nach sechs Uhr?« fragte er. »Doppelter Lohn nach Mitternacht?« wollte er wissen. »Dreifacher Lohn sonntags und an öffentlichen Feiertagen *und* einen verdammten Tag als Ausgleich?« sagte Charles lächelnd. »Nein, nein«, stellte er ruhig fest. »Hier werden keine Überstunden mehr gemacht. Es wird nur noch Standardlohn gezahlt. Es gibt viele Leute, die es sogar *vorziehen*, nachts zu arbeiten. Und noch viel mehr, die sich um einen Job am Sonntag reißen.«

Der Leiter der Produktion und seine fünf Kollegen, die ebenfalls leitende Positionen innehatten, belagerten Charles' Büro.

»Das sind unerhörte Maßnahmen«, riefen sie. »Sie sind menschenverachtend.«

367

»Menschenverachtend nicht, aber radikal, Gentlemen. Sie sind vom ökonomischen Standpunkt her notwendig und deshalb unausweichlich.«

»Aber was sollen wir der Belegschaft sagen?« jammerten sie.

»Sagen Sie den Leuten, was Sie wollen«, erwiderte Charles. »Das ist Ihr Job.«

»Das werden sie sich nicht gefallen lassen, Charles«, warnte sein Buchhalter – der älteste unter ihnen.

Charles lachte laut auf. »Sie werden sich das nicht nur gefallen lassen, Peter«, erklärte er ihm, »binnen eines Jahres, wenn sie den Bonus in ihrer Lohntüte sehen, werden sie vor dieser Tür draußen Schlange stehen, um sich bei uns zu bedanken.«

»Nun, vielleicht diejenigen, die dann noch da sind«, murmelte David Canning, der junge Verkaufsleiter, leise.

Alle Köpfe fuhren zu ihm herum. In der plötzlichen Stille sahen alle wieder Charles an. Das Blut stieg ihm ins Gesicht, so daß es langsam den vertrauten Purpurton annahm. Mit unangenehmer Vorahnung warteten alle darauf, daß Charles explodierte, während sie ihren ungestümen Kollegen bedauerten.

Statt dessen jedoch beherrschte Charles sich. Die roten Schleier vor seinen Augen verschwanden, und er lächelte. »Da haben Sie ganz recht, junger Mann. Aber das läßt sich nun einmal nicht ändern, verstehen Sie. Guten Tag, Gentlemen.«

Es dauerte keine vierundzwanzig Stunden, bis der Vertrauensmann der Gewerkschaft dem Boß einen Besuch in dessen Büro abstattete.

Garfield Roberts hatte bislang weder große politische Ambitionen noch ideologische Überzeugungen an den Tag gelegt. Als vor etwa fünf Jahren der Gewerkschaftsposten frei geworden war, weil der damalige Amtsinhaber – ein radikaler Waliser, den die Arbeitssuche vor langer Zeit aus Südwales in diese Stadt geführt hatte – in den Ruhestand trat, hatte man Garfields Namen auf die Wahlvorschlagsliste gesetzt. Die anderen drei Kandidaten waren alle politisch motivierte Idealisten, die jeder einer anderen Partei angehörten – ein Kommunist, ein Revolutionär und ein Sozialist –, und so war es Garfield, den die Arbeiter wählten, da sie der Meinung waren, die Politiker sollten sich lieber untereinander streiten als mit dem Boß.

Garfield war damals bereits seit über zwanzig Jahren in der Firma, und jeder kannte ihn. Nach zehn Jahren am Fließband war er Sicherheitsbeauftragter geworden (eine Vollzeitstelle, die auf Charles' Anordnung hin extra geschaffen worden war). Durch diesen Job kam er in der ganzen Fabrik herum. Er besaß die unheimliche Fähigkeit, sich den Namen jedes einzelnen seiner dreihundert Kollegen zu merken, sprach, ohne einen Augenblick zu zögern, den jüngsten Lehrling und die kleinste Sekretärin mit Vornamen an, genauso wie er das bei den Führungskräften und tatsächlich auch beim Boß machte. Dieses Kunststück war deshalb möglich, weil Garfield nicht einmal den Versuch unternahm, sich irgendwelche Nachnamen einzuprägen (die einzigen Nachnamen, die er parat hatte, waren die seiner Mitspieler in der Kricketmannschaft, in der er gleichzeitig Schlagmann, Kapitän und Sekretär war).

Selbst Arbeiter, die die schlimmsten Rassenvorurteile hegten, konnten kein böses Wort gegen Garfield sagen. Das Wort, das im Zusammenhang mit ihm in der Tat am häufigsten fiel, war »solide«. Es beschrieb sowohl seine Statur als auch seinen Charakter. Garfield verband die Freundlichkeit, mit der er alle duzte, mit einer gewissen distanzierten Würde. Dreihundert Kollegen betrachteten ihn als Vertrauensperson – und konnten sich darauf verlassen, daß er eine defekte Schutzhaube oder einen kaputten Sicherungskasten genau zum versprochenen Zeitpunkt reparieren ließ –, ohne daß einer von ihnen sein Kumpel gewesen wäre. Die meisten Männer hatten einen oder zwei besonders enge Freunde, Männer, mit denen sie zusammenarbeiteten, mit denen sie auch auf ein Bier oder zum Fußballspiel gingen und mit denen sie einschließlich der Ehefrauen Urlaub machten.

Wenn irgend jemand sagte: »Du kennst doch Alan« und hinzufügte: »Dannys Kumpel«, war damit klar, wer gemeint war. Niemand aber sagte: »Garfield? Er ist mein Kumpel.« Statt dessen konnte jeder sagen: »Garfield? Der ist in Ordnung. Er ist solide.« Und so war Garfield vor fünf Jahren in einer offenen Abstimmung mit beispielloser Mehrheit zum gewerkschaftlichen Vertrauensmann gewählt worden. Tatsächlich waren die einzigen Hände, die für seine weit links orientierten Rivalen hochgingen, die ihrer persönlichen Freunde.

Jetzt kam Garfield in Charles' Büro und nahm vor dem breiten Schreibtisch Platz. Sie kamen gut miteinander aus und begannen, was auch immer der Anlaß des Gesprächs sein mochte, zuerst damit, sich nach ihren Familien zu erkundigen.

»Also, Charles«, sagte Garfield, als die Höflichkeiten ausgetauscht waren. »Ich muß dir sagen, daß du diesmal in ein Wespennest gestochen hast. Es wäre schön, wenn du mir erklären würdest, warum du das tust.«

Charles ging mit ihm die verschiedenen radikalen Maßnahmen durch, die er plante, und endete mit den Lohnkürzungen.

»Arbeitskraft ist eine Ware wie jede andere auch«, verkündete er, »und im Moment gibt es davon ein großes Überangebot. Wenn es von irgendeiner Ware oder Dienstleistung auf dem Markt ein Überangebot gibt, dann gehen die Preise runter. Mit den Löhnen ist es dasselbe. Das ist doch logisch, oder? Wenn wir konkurrenzfähig bleiben wollen, müssen wir unsere Kosten niedrig halten.«

Garfield antwortete niemals sofort, es sei denn, es handelte sich um einen Gruß. Was immer man zu ihm sagte, er dachte einen Moment lang darüber nach, bevor er eine Antwort gab. Das tat er auch jetzt, dann erwiderte er: »Deine Logik leuchtet mir ein, Charles, aber du mußt auch verstehen, daß ich als Gewerkschaftsmann eine Lohnkürzung unmöglich gutheißen kann. Du warst immer einverstanden, daß das absolute Minimum, auf das wir uns verständigen, eine Lohnerhöhung zum Ausgleich der Inflationsrate ist.«

»Das stimmt, Garfield!« pflichtete Charles bei, »aber du verstehst doch sicher, daß das der Vergangenheit angehört? Die Zeiten sind härter geworden, Mann, die Bedingungen haben sich geändert. Wenn wir uns nicht anpassen, dann sind wir ganz schnell weg vom Fenster.«

»Also, ich werde meinen Leuten deine Vorschläge unterbreiten, aber ich kann dir jetzt schon sagen, daß ihnen das nicht gefallen wird«, sagte Garfield ernst. »Und mir gefällt es im übrigen auch nicht, Charles«, fügte er hinzu.

Was folgte, war die hitzigste Sitzung, zu der die Gewerkschaftsfunktionäre seit der Einführung der Dreitagewoche vor zehn Jahren zusammengetreten waren. Garfield, der in seiner Amtszeit nichts erlebt hatte, was dieser Debatte auch nur annähernd gleichgekommen wäre, versuchte, die Ordnung wiederherzustellen.

»Ich höre, was ihr sagt, Brüder, und ich werde dem Chef eure Anliegen vortragen. Ich bin sicher, daß er mit sich reden läßt.«

»Der verarscht uns doch«, rief Steve Innes, Garfields junger Stellvertreter. Er war Elektriker und trug den Spitznamen »Wire« – Draht –, sowohl wegen seines Berufs als auch, weil er so mager war und ein so kantiges Wesen hatte. Er war außerdem als militanter Gewerkschafter bekannt. »Ein Mistkerl wie der läßt doch nicht vernünftig mit sich reden, er versteht nur die Sprache der Gewalt. Es wird langsam Zeit, daß wir ihm damit begegnen.«

»Ich glaube, da irrst du dich«, behauptete Garfield. »Wir haben bislang immer alles vernünftig ausdiskutiert.«

Es folgten tagelange Verhandlungen, in denen sich Charles und seine beiden Stellvertreter auf der einen Seite und Garfield, der Wire und ihr Verbandssekretär auf der anderen Seite gegenübersaßen, während Rupert Sproat, der Direktor der Personalabteilung, unglücklich dazwischen hockte.

Charles Freeman zeigte sich von seiner unversöhnlichsten Seite und wandte alle möglichen Verzögerungstaktiken an. Im Gegensatz zu seinen vergangenen wilden Tagen führte er diese Verhandlungen jedoch mit einer für ihn unnatürlichen Ruhe, da ihm jetzt nämlich alles so viel klarer erschien. Bei jedem Einwand gegen seine Pläne meinte er nur lächelnd: »Wenn von den Gentlemen irgend jemand eine bessere Idee hat, wie man Geld sparen könnte, dann wäre ich überaus erfreut, seinen Vorschlag zu hören.«

Die Verhandlungen zogen sich bis in die Nacht hinein, keine der beiden Seiten erklärte sich zu einem Kompromiß bereit. Schließlich überredete Garfield seine Kollegen, die Neueinstufung der Schwertransportfahrer als freie Mitarbeiter zu akzeptieren, nur, um dann feststellen zu müssen, daß vom Management kein gleichwertiges Entgegenkommen zu erwarten war. Er merkte, wie der Wire vor Empörung kochte. Er konnte die nervöse Energie neben sich direkt spüren. Manchmal verlangte der Wire eine Toilettenpause. Dann schleppte er Garfield mit in den Waschraum, wo er voller Zorn gegen die Kabinentüren trat.

»Er verarscht uns, Mann, das schwöre ich dir«, rief der Wire.

»Wir müssen streiken«, erklärte er. »Wir müssen auf jeden Fall streiken.«

Garfield bemühte sich, seine Kollegen zu beruhigen, selbst Würde zu bewahren und die Verhandlungen in Gang zu halten. Niemand wußte, wie sehr er in dieser Zeit litt, da er in der Fabrik keine wirklichen Vertrauten hatte und seine Frau Pauline daheim auch nicht belasten wollte. Es war schon schlimm genug, daß sie einander so wenig sahen. Garfield behielt seine Gefühle für sich, schluckte alles herunter und besänftigte sein Magengeschwür heimlich mit Tabletten, während sein schwarzes Afrikanerhaar Tag für Tag grauer wurde.

Das letzte, was Garfield wollte, war ein Streik. Die Vorstellung, Gerechtigkeit könne durch Arbeitskampfmaßnahmen erreicht werden, war ihm zuwider. Früher einmal, vor langer Zeit, war dies vielleicht der einzige Weg gewesen, aber heutzutage doch nicht mehr. Er hatte seine Kinder Lewis und Gloria in dem Glauben erzogen, daß grundlegende menschliche Werte wie Respekt vor den Älteren, Gastfreundschaft gegenüber Fremden, Fürsorge für die Schwachen, Selbstachtung und Gottvertrauen zu einer besseren Welt führen würden. Diese würde sich allein durch Höflichkeit und gute Manieren ändern lassen.

An dem Tag, an dem die Forschungs- und die Schulungsabteilung geschlossen wurden – wodurch mit einem Schlag zwanzig Angestellte ihren Arbeitsplatz verloren –, hatten die Verhandlungen noch immer keine nennenswerten Fortschritte gebracht. Als der Wire an diesem Abend nach einer Pause rief, zerrte er, anstatt Garfield mitzunehmen, den Verbandssekretär – einen alten Mechaniker, der schon fast das Pensionsalter erreicht hatte – zur Herrentoilette. Ein paar Minuten später merkte Garfield, daß ihn tatsächlich seine Blase drückte. Als er sich dem Waschraum näherte, hörte er den Wire mit hitziger Stimme sagen: »Wir müssen morgen eine Urabstimmung abhalten. *Du* siehst das doch ein, oder? Er wird uns keinerlei Zugeständnisse machen. Der Onkel ist zu weich, er will das einfach nicht einsehen. Der Mistkerl macht mit ihm doch, was er will.«

»Ja«, stimmte der betagte Verbandssekretär zu. »Wir müssen uns jetzt wehren. Du hast recht. Nur eins noch, Steven«, fügte er hinzu. »Ich will nie wieder hören, daß du ihn Onkel nennst. Du bist ein kleiner Giftzwerg, aber ich bin noch nicht zu alt, um dir eine Ohrfeige zu verpassen.«

Garfield schlüpfte in die leere Damentoilette nebenan, um sich dort zu erleichtern. Er beugte sich nach vorn und lehnte beim Pinkeln die Stirn an die Wand über dem Spülkasten. Er fühlte sich müde.

»Du hättest doch nach Amerika gehen sollen«, sagte er zu sich.

Die Abstimmung in der Kantine brachte eine klare Mehrheit für eine spontane Arbeitsniederlegung. Der Wire hielt der Belegschaft von seiner Tischplattform aus eine zündende Rede, ließ sie eine schiefe Interpretation von »There is Power in Our Union« anstimmen und endete damit, daß er die Faust in die Luft reckte und verkündete: »Solidarität, Brüder und Schwestern!«

Es wurde laut gejubelt und geklatscht. Dann wurde es still. »Und was machen wir jetzt?« meldete sich eine einsame Stimme und artikulierte damit eine Frage, die vielen auf der Zunge lag. Es konnten sich nämlich nur sehr wenige an den letzten Streik erinnern, und niemand war sich noch ganz sicher, wie man in einem solchen Fall vorging: Stellte man die Maschinen ab und legte die Werkzeuge ins Regal, räumte man die Unterlagen weg und knipste das Licht aus? Oder ging man einfach? Schließlich kletterte Garfield auf den Tisch und erklärte, daß die Arbeiterklasse kein Pöbelhaufen sei: Er stellte für die Zeit des Streiks den Informationsfluß sicher, und die Fabrik wurde auf ordentliche Art und Weise stillgelegt.

Die Gewerkschaft wartete nun darauf, daß das Management mit ihr in Verhandlung trat. Als ein paar Tage später noch immer keine Reaktion erfolgt war, machte der Verbandssekretär einen zaghaften Telefonanruf und erhielt zur Antwort, daß der Chef nichts zu sagen hätte, bis die Belegschaft an ihre Arbeitsplätze zurückgekehrt sei.

»Natürlich wird er nicht sofort nachgeben«, erklärte der Wire. »Wir haben ihn beim Wickel, aber es wird dauern, bis ihm die Luft ausgeht.«

Nach einer Woche hatten sich beide Seiten immer noch keinen Millimeter aufeinander zubewegt.

»Da steckt die Regierung dahinter«, entschied der Wire. »Sie haben einen Handel miteinander abgeschlossen: Sie wollen, daß er die Gewerkschaft hier in die Knie zwingt, und haben ihm als Gegenleistung, wenn alles vorbei ist, Regierungsaufträge versprochen. Ihr werdet schon sehen.«

»Einige von uns können es sich aber nicht leisten, abzuwarten«, machte Garfield ihn aufmerksam. Ihre Gewerkschaftszentrale hatte sie nämlich zwischenzeitlich informiert, daß sie kein Geld aus der Streikkasse bekamen, weil es sich um einen wilden Streik handelte. Selbst bei halbem Lohn konnte der Ortsverband nicht mehr als einen dreiwöchigen Streik für die Belegschaft finanzieren. Dann waren die Ressourcen erschöpft.

»Die Leute müssen ihre Kinder ernähren und Hypotheken abzahlen«, meinte Garfield besorgt.

»Dann hätten sie sich nicht ködern lassen und gemeindeeigene Häuser kaufen sollen!« schimpfte der Wire. »Als nächstes erzählst du mir, daß sie ihre Aktien zu Geld machen müssen.«

Garfield überlegte wie üblich einen Moment, bevor er antwortete: »Das stimmt.«

Garfield rang seinem Gewissen – ebenso wie seinem Verstand – eine weitere Woche des Patts ab. In dieser Zeit gingen sorgenvolle Gerüchte unter den Arbeitern um: Gerade im Augenblick würde aus den Bergarbeiterdörfern in Yorkshire eine vollkommen neue Belegschaft rekrutiert. Man würde Soldaten anfordern, die die Maschinen in Gang halten sollten. Charles Freeman stünde für Diskussionen nicht zur Verfügung, weil er gar nicht da sei. Er hätte die Fabrik bereits an die Japaner verkauft.

An diesem Sonntag machte sich Garfield nach der Kirche auf den Weg zum Haus auf dem Hügel. Seine Nichte Laura öffnete die Hintertür.

»Bring mich zu Charles' Arbeitszimmer, ohne daß mich jemand sieht, Mädchen«, bat Garfield. »Sag Charles, daß ich da bin. Und, Laura«, fügte er hinzu. »Zu keinem Menschen ein Wort, daß du mich hier gesehen hast. Ich meine, wirklich zu *keinem*.«

»Garfield!« rief Charles, nachdem er die Tür hinter ihm geschlossen hatte. »Setz dich doch. Trink einen Sherry mit mir!« Es war, als hätten sie sich gerade erst gestern auf der jährlichen Betriebsfeier gesehen. Glücklicherweise hatte Garfield nichts anderes erwartet. Charles setzte sich, und Garfield zählte langsam und pedantisch eine Liste von Vorschlägen auf, die sie, wie er hoffte, den gegenwärtigen toten Punkt überwinden ließen.

Anders als Garfield sann Charles selten über etwas nach: »Ausgezeichnet!« antwortete er. »Ich bin ganz deiner Meinung. Jetzt laß uns eine Lösung finden, wie wir das alles auf anständige Weise in die Praxis umsetzen. Ansonsten, Alter, steckst du wirklich in der Scheiße.«

Um fünf vor eins hatten sie ihren Plan fertig ausgearbeitet, und es wurde Zeit, daß Charles sich zum gemeinsamen Sonntagsessen an den Tisch setzte. An der Tür des Arbeitszimmers nahm Garfield Charles' Hand und schüttelte sie.

»Weißt du, Charles«, sagte er. »Ich habe immer gewußt, daß du ein vernünftiger Mensch bist. Ich habe meinen Leuten erklärt, daß wir beide alles ausdiskutieren könnten.«

»Ich weiß, daß du das gesagt hast«, meinte Charles fröhlich zu ihm. »Wir hatten ein Mikrophon in der Toilette installiert.«

Garfield wurde bleich.

»Das war doch nur ein Witz, Alter«, lachte Charles. »Ich war mir einfach nur sicher, daß du das sagen würdest. Genau dasselbe habe ich übrigens auch über dich gesagt.«

»Weißt du«, meinte Garfield, der nun wieder würdevoll wirkte, »es bedeutet mir sehr viel, diese Sache zu einem guten Ende zu bringen. Wirklich sehr viel. Danke, Charles.«

»Bedank dich nicht bei mir«, erklärte Charles. »Wenn überhaupt, dann gebürt dir der Dank. Es sind deine Ideen, und jede davon ergibt in finanzieller Hinsicht einen Sinn. Schade eigentlich«, bemerkte er. »Du solltest im Management sitzen. Du begreifst ziemlich schnell, wenn es um ökonomische Realitäten geht, was bei meinen sogenannten leitenden Angestellten nicht unbedingt der Fall ist. Wir hätten gemeinsam einiges bewegt.«

»Ich hoffe, das haben wir bereits«, erwiderte Garfield.

Am Montag morgen wurden die Repräsentanten der Gewerkschaft höflich zu einer Unterredung gebeten. Rupert Sproat legte noch einmal die Vorschläge der Firma dar, und der Wire umriß noch einmal die Position der Gewerkschaft.

»Kommen wir nun zur Sache, Gentlemen«, erklärte Charles, und dann führten er und Garfield zum wortlosen Erstaunen der anderen Anwesenden ein wildes Wortgefecht aus Argumenten und Gegenargumenten, Abmachungen und Gegenabmachungen, Forderungen, Zugeständnissen und Kompromissen. Es war ein verbales Pingpongspiel, das eine halbe Stunde dauerte und in dem anscheinend keiner der beiden Luft holte, geschweige denn eine Pause machte, so daß irgendein anderer etwas hätte einwerfen können.

Binnen einer Stunde waren die Verhandlungen abgeschlossen. Während die Vereinbarungen in schriftlicher Form fixiert wurden, unterrichtete Garfield die Belegschaft durch seine Informationsketten im Schneeballsystem davon, daß sich alle um drei Uhr nachmittags am Fabriktor einfinden sollten: Männern und Frauen, die inzwischen am Fluß angelten, die Schlafzimmer ihrer Kinder tapezierten, im Pub vor einem Bier saßen, Gartenarbeit machten, auf dem Sofa eingedöst waren, gerade Schmuck ins Pfandhaus trugen, das vor kurzem in der Factory Road eröffnet hatte, und andere Dinge taten, zu denen sie in jenen Tagen der erzwungenen Untätigkeit Zuflucht genommen hatten.

Der Wire erklärte der Menge, man habe sie verraten und verkauft. Er riet den Leuten, weiterzustreiken, bis man auf all ihre Forderungen, und zwar bis auf die letzte, eingegangen wäre. Da das Management ganz eindeutig langsam die Nerven verlor, wie dieser faule Kompromiß bewies, wäre dies ohnehin bald der Fall.

»Sorgen wir dafür, daß zukünftige Generationen sagen: *Hier* haben sich die Arbeiter behauptet«, rief er, »und *hier* begann die endgültige Kapitulation der kapitalistischen Ausbeuter.«

Garfield las daraufhin die Liste der Vorschläge vor – vor jedem machte er eine Pause, so als würde er ihn erneut überdenken –, und dann stimmte die Belegschaft dafür, wieder an ihre Arbeitsplätze zurückzukehren, und zwar mit einer noch größeren Mehrheit, als sie sich für den Streik ausgesprochen hatte. Alle bis auf wenige Ausnahmen erkannten, daß Garfield Roberts – in einer Besprechung, deren dramatischer Verlauf bald allen bekannt war – dem Boß nie erträumte Zugeständnisse abgerungen hatte.

Sie gingen frohen Herzens zurück an ihre Arbeit, akzeptierten bedenkenlos die £ 500 in bar, die für jeden bereitlagen, der eine Erklärung unterschrieb, daß er in Zukunft auf sein Streikrecht verzichtete; sie akzeptierten auch die neuen Produktivitätsprämien, die die Kürzung des Grundgehalts bald wettmachen würden; den freiwilligen Frühruhestand für Männer über fünfzig; die Privatisierung der von der Firma unterhaltenen Kantine; den Austausch der Überstundenzuschläge gegen jährliche, gewinnabhängige Auszahlungen; einen zusätzlichen Urlaubstag pro Person und Jahr; die Abschaffung von Dienstwagen für Führungskräfte, die als eine Art Provokation ohnehin nur den ganzen Tag auf dem Parkplatz herumstanden (Charles' Rover war, wie alle wußten, sein Privatwagen), und die durch betriebsbedingte Gründe notwendig gewordene Entlassung der Mitarbeiter, die noch keine sechs Monate im Betrieb arbeiteten und deshalb ihre Probezeit noch nicht hinter sich hatten. Es war dies eine Klausel, die schon seit langem in allen Arbeitsverträgen stand, die bis dahin jedoch allgemein als reine Formsache betrachtet worden war.

Die wenigen, die Garfield Roberts' Zugeständnisse nicht zu würdigen wußten, waren die Maschinenschlosser, die man auf Computerarbeit umgeschult hatte: Ihre geänderte Arbeitsplatzbeschreibung machte neue Verträge notwendig, wodurch sie jetzt in die Kategorie jener Mitarbeiter fielen, denen aus betrieblichen Gründen gekündigt worden war, weil sie ihre sechsmonatige Probezeit noch nicht beendet hatten. Bei diesem Punkt hatte Charles sich als unflexibel erwiesen. Es hatte ihn nämlich niemand davon überzeugen können, daß es sinnvoll war, Männer zu ihrem ursprünglichen Lohn als ausgebildete Maschinenschlosser zu beschäftigen (je nach Dauer der Firmenzugehörigkeit war er aufgrund von Zuwachsprämien sogar noch höher), damit sie auf einer Computertastatur vor sich hin hämmerten, wenn junge weibliche Teilzeitkräfte dasselbe nach einer Woche Einarbeitungszeit effizienter erledigen konnten.

Zuerst akzeptierte jeder – sowohl jene, die wieder zur Arbeit gingen, als auch jene, die entlassen worden waren – die Realität der Situation, und in der ganzen Fabrik wurde die Produktion mit neuem Optimismus und Entschlossenheit wiederaufgenommen. Es wurden jedoch so viele Arbeiter aus betrieblichen Gründen ent-

377

lassen – Lehrlinge am einen Ende der Skala, ältere Männer, die in den Frühruhestand gingen, am anderen, dazu Mitarbeiter in verschiedenen Abteilungen, die ihren gegenwärtigen Job weniger als sechs Monate innehatten –, daß es, nachdem sie ihre Arbeitspapiere abgeholt hatten, mehr als eine Woche dauerte, bis klar wurde, daß es eine Gruppe gab, die übersehen worden war.

Zehn der zu Computerkräften umgeschulten Maschinenschlosser arbeiteten seit über fünf Jahren im Betrieb. Die anderen zwanzig Mann hatten ihr Los akzeptiert, sich in die Stempelgeldschlange eingereiht und waren auf Arbeitssuche gegangen. Die zehn jedoch, wütend angesichts ihrer Lage, gingen zur Gewerkschaft.

»Also gut, Mr. Wundertäter«, fragte der Wire Garfield, »was sollen wir deiner Ansicht nach mit diesen Männern machen? Ich würde sagen, wir verlangen ihre sofortige Wiedereinstellung und drohen mit einer erneuten Arbeitsniederlegung, erst einmal für einen Tag, dann sehen wir weiter.«

Garfield dachte darüber nach. »Wir werden gar nichts unternehmen, Steven«, entschied er endlich. »Wir haben einen Vertrag unterschrieben, und den werden wir auch einhalten.«

»Du machst wohl Witze!« rief der Wire. »Das war doch der reine Beschiß. Die Gewerkschaft ist nicht verpflichtet, einen sittenwidrigen Vertrag einzuhalten. Absolut nicht.«

Garfield blieb ruhig. »Wir haben uns mit der Geschäftsleitung geeinigt, Steven. Unsere Mitglieder haben das durch Abstimmung bestätigt. Der Streik ist vorbei. Schluß, aus, Amen. Wir können für diese Männer den Hut rumgehen lassen«, schlug er vor. »Wir können eine Spendenaktion organisieren, um ihnen bei ihrem Neuanfang zu helfen. Aber wir dürfen wegen diesen Männern keinen weiteren Arbeitskampf in Erwägung ziehen. Das steht außer Frage.«

Der Wire stand auf. »Ich weiß nicht, was du mit diesem Mistkerl zusammen ausgeheckt hast, aber man hat uns verraten und verkauft, Onkel. Diese armen Schweine sind die Sündenböcke in deinem Pakt mit dem Teufel. Ich will nichts damit zu tun haben«, verkündete der Wire. Er sammelte seine Sachen ein, ging seinen Spind ausräumen und marschierte um elf Uhr vormittags durch das Fabriktor davon.

Am nächsten Tag war der Wire wieder da, zusammen mit den zehn entlassenen Maschinenschlossern. Sie stellten sich draußen vor das Tor, eine kleine inoffizielle Streikpostenkette, die versuchte, die Leute, die gerade zur Arbeit kamen – mit dem Auto, dem Fahrrad oder zu Fuß –, am Betreten der Firma zu hindern.

Dieser Streikposten war das sichtbare Vermächtnis des kurzen Streiks und des Handels, der ihn beendet hatte. Und es war ein dauerhaftes Vermächtnis. Den ganzen Herbst 1985 und bis in den Winter hinein schlugen die Männer täglich ihr Lager vor dem Tor auf. Sie brachten Klappsessel und eine Kohlenpfanne mit, um sich an kalten Tagen zu wärmen, entrollten Transparente und stellten neben der Straße ein großes Schild auf, das vorbeifahrenden Autofahrern verkündete: »HUPEN SIE, WENN SIE UNS UNTERSTÜTZEN.«

Die Freeman-Zehn, wie sie genannt wurden, kamen in den lokalen und überregionalen Medien groß heraus. Pat, die Aktivistin in James' Hausgemeinschaft, drehte ein Video, das überall im Land auf Veranstaltungen lief, auf denen Spendengelder gesammelt wurden. Ihre Sympathisanten klapperten in der Fußgängerzone mit den Sammelbüchsen. Die Zehn brachten viele in eine peinliche Lage: die Gewerkschaft, die erklären mußte, warum sie sich weigerte, von ihnen Notiz zu nehmen, und auch ihre ehemaligen Kollegen, die mit gesenkten Köpfen in die Fabrik schlurften, während sie versuchten, die Schimpfworte wie »Streikbrecher« und »Speichellecker«, die auf sie einhagelten, zu überhören. Garfield fuhr immer mit dem Rad zur Arbeit. Er hatte richtig gehandelt, da war er sich absolut sicher. Er fuhr mit erhobenem Kopf durch das Tor, seinen Blick aber hielt er geradeaus gerichtet, weil er dem Wire nicht in die Augen sehen konnte. Garfields Gewissen war rein, aber seine Ideale hatte er verloren.

Der einzige, dem überhaupt nichts peinlich war, das war Charles Freeman. Das mit diesen Männern sei ein Jammer, erklärte er den Medien, aber es sei sein Job, die Firma zu größerer Effizienz und Produktivität zu führen. Mit Glück würde er, sobald die Rezession vorbei sei, expandieren und könnte die Leute dann sogar wieder einstellen. In der Zwischenzeit jedoch behielt die Vereinbarung, die er mit den offiziellen Vertretern der Gewerkschaft getroffen hatte – und die der aufrührerische Trotzkist, der draußen vor dem Tor am lautesten schrie, mit unterzeichnet hatte –, ihre Gültigkeit.

Die Mehrzahl der Beschäftigten legte in dieser Zeit einen schuld-
bewußten Optimismus an den Tag; eine Minderheit, deren Töchter und Nichten an ihrer Statt tatsächlich Teilzeitjobs in der Firma
angenommen hatten, weil schließlich irgend jemand die Brötchen
verdienen mußte, verspürte Bitterkeit. Nicht nur Bitterkeit, sondern auch Verwirrung. Männer, die Streikposten standen, sahen
zu, wie ihre Töchter an ihnen vorbei in die Fabrik fuhren, während
Ehefrauen, deren Männer in der Fabrik arbeiteten, sich aus Prinzip der verbalen Barrikade anschlossen und ihren eigenen
Ehemännern »Streikbrecher« entgegenschrien. Zur allgemeinen
Peinlichkeit der Situation kamen noch private Bitterkeit und Tränen. Aber das war auch schon alles.

Alice litt zwei Monate lang an morgendlicher Übelkeit, da sie in
ihren Flitterwochen »auf die klassische Art«, wie Harry es erfreut
ausdrückte, schwanger geworden war. Ihr erstes Kind wurde im
April 1985 geboren. Es war eine Tochter, die den Namen Amy
Padma bekam.

Bei den nächsten beiden, Sam und Tom (die ebenfalls im Sternzeichen des Stiers geboren wurden, da die Fruchtbarkeit ihrer
Mutter so präzise wie ein Uhrwerk war), sollte es genauso sein.
Vielleicht waren ihre englischen Namen eine Art Kompromiß:
Alice hatte ursprünglich einen sechsmonatigen Mutterschaftsur-
laub in Anspruch genommen, als der jedoch vorbei war, beschloß
sie, nicht wieder in den Schuldienst zurückzukehren. Sie gab ihren
Beruf ohne jedes Bedauern auf. Nachdem sie ihren letzten Ge-
haltsscheck erhalten hatte, löste sie außerdem ihr eigenes Konto
auf. Sie nutzten nun beide Harrys Konto. Sie erledigte nur ihren gerechten Anteil an Haushaltspflichten, das stimmte, aber Harry tat
ebenfalls nicht mehr, da an fünf Vormittagen in der Woche eine
Putzfrau kam. Und sie brauchte auch nicht zu kochen, weil bereits
eine Köchin, Laura, im Haus war und es undenkbar gewesen wäre,
wenn sie nicht alle gemeinsam gegessen hätten. Die einzige Veränderung bestand darin, daß Harry einmal in der Woche, am Samstagabend, für alle ein indisches Gericht zubereitete.

Tatsächlich hatte Alice ihren mündlichen Vertrag mit Harry einseitig gekündigt. Sie verzichtete auf alle Vereinbarungen, die sie
mit Harry Singh getroffen hatte, auch auf die letzte. Als sie Amys

Taufschein ausfüllte, gab sie ihr seinen Namen – Amy Singh – und verwendete ihn fortan für sich selbst ebenso wie für ihre Kinder.

»Ich will nur, daß du es mir erklärst, das ist alles«, forderte Natalie. »Erklär mir einfach, warum das keine totale Kapitulation ist.«

»Das ist doch keine große Sache, Nat«, versicherte Alice ihr. »Ich vermeide damit einfach eine Menge Mühe, für mich *und* für die Kinder.«

Natalie war nicht überzeugt. »Vermutlich kommt das von den Hormonen«, murmelte sie bedrückt in sich hinein.

»Nein, das kommt es nicht, Tantchen Nat«, erwiderte Alice, »es ist einfach nur logisch. Und überhaupt, warum machst du dich für den Namen Freeman so stark? Es ist ohnehin nur der Name meines Vaters. Und der seines Vaters.«

»Das stimmt schon«, räumte Natalie ein. »Aber *irgendwo* müssen wir schließlich anfangen, Alice«, schimpfte sie. »Und es wäre schön, wenn du mich nicht Tantchen nennen würdest. Ich hasse das.«

»Aber das bist du doch, Dummerchen«, versicherte Alice ihr.

Es war kein Wunder, daß Lauras Gerichte bei allen so großen Anklang fanden. Sie war eine weit bessere Köchin, als Edna je gewesen war, neugierig und experimentierfreudig. Sie machte allein Urlaub im Ausland, um gastronomische Erfahrungen zu sammeln, kam dann mit Zutaten und neuen Rezepten nach Hause und verwandelte die Küche in ein Versuchslabor.

Sie servierte geschmorte Rochenflügel, die so viele Gräten hatten, daß sie drei Stunden brauchten, um sie zu essen, und machte Kaffee-Eis aus so starkem Kaffee, daß alle zitternd vom Tisch aufstanden. Sie tischte ein köstliches Mahl der französischen *Nouvelle cuisine* auf, fünf winzige Portionen, angerichtet auf großen weißen Tellern: Alice holte eine Lupe, mit der sie demonstrativ ihr Essen auf dem Teller suchte. Laura fand das nicht besonders komisch, deshalb erzählten sie ihr auch nicht, daß Charles die anderen hinterher um sich versammelt hatte und sie alle gemeinsam in seinem Rover losgefahren waren, um an der Factory Road Fish'n Chips zu essen.

Ein andermal versuchte Laura, Pilze zu füllen: Nach zweieinhalb

Stunden stand ihr das Experiment bis zum Hals. Sie warf alles weg und bereitete im Mixer statt dessen aus Olivenöl, Parmesan, Basilikum, Knoblauch und Salz rasch ein Pesto zu, das zu ihrem Verdruß daraufhin für einige Monate das allgemeine Lieblingsgericht wurde.

Es war eine Zeit des Experimentierens, und die Küche ähnelte Alices Zimmer damals, als sie noch zur Schule ging und sich als Nachwuchschemikerin betätigt hatte. Nachdem sie in Barcelona gewesen war, machte Laura einen Gazpacho, der so köstlich schmeckte, daß keinem auffiel, wieviel Knoblauch in der Suppe war. Erst nachdem sie aufgegessen hatten, konnten sie einander beobachten, wie sie jeder ein paar Zentimeter über ihrer Sitzfläche schwebten. Charles sagte auf Judith Peachs gutgemeinten Rat hin alle Besprechungen am nächsten Tag ab. Harry nahm an *seinen* Besprechungen zwar teil, aber auch nur, weil er den ganzen Tag über Unmengen von Kardamomsamen kaute.

Nicht soviel Glück hatte Harry allerdings, als Laura sich mit einem Gericht, wie es sich der Maharadscha von Madras hätte auftischen lassen, auf sein Territorium wagte. Sie warnte alle vor den eingelegten Limonen, aber Harry meinte:

»Unsinn, Laura, vergiß nicht, daß ich mit solchen Gerichten aufgewachsen bin. Ich bin daran gewöhnt.« Nur um anzugeben, aß er dabei, ein selbstgefälliges Lächeln auf dem Gesicht, munter ein paar Löffel davon. Im nächsten Augenblick wurde er ganz steif. Er starrte einen Punkt, dreißig Zentimeter von seiner Nase entfernt, an und krallte sich am Tisch fest, während ihm Tränen aus den Augen schossen und über die Wangen liefen. Dann plötzlich kam wieder Leben in ihn. Er schnappte sich sämtliche Wassergläser auf dem Tisch, kippte deren Inhalt hinunter und leerte dann auch noch den Wasserkrug. Erleichtert holte er Luft.

»Puh, Laura, das Zeug ist ziemlich scharf«, seufzte Harry. »Nur gut, daß ich gewöh ...« Harry konnte seinen Satz nicht mehr beenden, denn das Wasser hatte alles nur noch schlimmer gemacht. Er bekam einen Schweißausbruch, als hätte er Tropenfieber, griff sich an die Kehle und rannte nach draußen. Die anderen sahen sich an und liefen hinterher. Sie kamen gerade noch rechtzeitig, um zu sehen, wie Harry eine perfekte Bauchlandung in den Gartenteich vollführte.

Wenn man einmal von den kleineren Problemen absah, die bei ihren Experimenten gelegentlich auftraten, hatte Laura von ihrer Mutter die Fähigkeit geerbt, mühelos so viele Gäste zu bewirten, wie gerade da waren, und das Haus auf dem Hügel füllte sich wieder. Dann saßen nicht nur Alice und Harry und deren schnell wachsende Familie am Tisch, Charles lud zum ersten Mal seit Marys Tod auch Geschäftspartner und Konkurrenten, dazu Judith, zum Abendessen ein. Simon brachte Leute aus seinem Meditationskurs mit, damit sie in den Genuß von Lauras neuester Kreation kamen, Natalie kam mit ihren Freundinnen, und Robert hielt sich seit seiner Kindheit jetzt zum ersten Mal wieder häufiger im Haus auf.

Lauras Beziehung zu Robert war eine Tatsache, die zwar jedem bekannt war, über die aber niemand sprach. Es war ein Geheimnis, an dem man besser nicht rührte. Merkwürdigerweise verhielt sich Laura ebenso verstohlen, wie Robert das schon immer getan hatte. Ob das seine Ursache in ihrer zehn Jahre zurückliegenden Abtreibung und der Mißhandlung hatte oder einfach nur eine Angewohnheit war, ließ sich schwer sagen. Jedenfalls machte es den Eindruck, als würde sie vor der Welt ein Verlangen verleugnen, das sie am liebsten auch vor sich selbst verleugnet hätte, was ihr aber nicht gelang. Die beiden zeigten sich nie gemeinsam in der Öffentlichkeit und hielten auf gesellschaftlichen Anlässen deutlich Abstand voneinander. Es wußte jedoch jeder, daß Robert mitten in der Nacht, wenn es still im Haus geworden war, die dunkle Hintertreppe hinunterschlich. Beide schienen es nicht anders zu wollen.

In seiner Freizeit war James viel mit seiner Kamera in der Stadt unterwegs. Sich als Zeitungsfotograf seinen Lebensunterhalt zu verdienen hatte ihm den Spaß am Fotografieren nicht verdorben. Alles andere als das. Ohne seine Kamera fühlte er sich auf der Straße nackt. Mehr noch, jedesmal, wenn er sie nicht dabeihatte, sah er brillante Motive und hätte sich dann in den Hintern treten können, weil er sie nicht festhalten konnte.

Für James erfüllte dies einen doppelten Zweck: Ob seine Fotos nun in der Zeitung erschienen oder in der Ausstellung gezeigt wurden, die er inzwischen plante, er erstellte eine Chronik der Stadt und des Lebens ihrer Bewohner. Darüber hinaus war das Ganze jedoch auch sein persönlicher Versuch, der Welt und seinem Platz in ihr einen Sinn abzugewinnen. Ersteres war ein achtbares Unterfangen, letzteres war zum Scheitern verurteilt: Wie sollte er die Leere, die er in sich spürte, dadurch füllen, daß er Bilder von anderen Menschen machte? Tatsache war, daß James nach Hinweisen suchte. Niemand sonst war wie er leer, das schien ihm offensichtlich. Er brauchte sich die anderen Leute nur anzusehen – irgend jemanden, groß oder klein, jung oder alt –, und er konnte erkennen, daß sie Substanz hatten. Sie bewegten sich, handelten, sprachen, ja atmeten sogar zielstrebig. James hoffte, daß er auf einer gewissen Ebene in seinen Fotos das Geheimnis ihrer Zielstrebigkeit einfangen würde, ihre Festigkeit, die Souveränität, mit der sie den ihnen zugeteilten Platz auf der Erde ausfüllten. Vielleicht, überlegte er, war eben diese Suche, die vielleicht niemals enden würde, der Zweck, den *er* erfüllte.

Und so durchstreifte James die Straßen der Stadt. Am frühen Morgen fotografierte er die verschrobenen Straßenkehrer in ihren orangen Overalls und dann die Heerscharen von Menschen, die über die South Bridge zur Arbeit gingen, rannten, mit dem Rad oder dem Auto fuhren. Er lernte die Menschen kennen, deren Reich die Straße war: Polizisten und Politessen, auch jene Furie, die unwissende Besucher der Stadt anschnauzte, wenn sie in die als Fußgängerzone ausgewiesene High Street hineingefahren waren; die Straßenhändler, die die Luft mit dem Duft von Blumen und Kaffee und im Winter mit dem verlockenden Geruch von gerösteten Maronen erfüllten; die Straßenmusiker, die in der Stadt ihr Gastspiel gaben, und jenen einen Musikanten, der mit seiner Drehorgel jeden Tag im Stadtzentrum stand: Er drehte an einer Kurbel, und mechanische Figuren zappelten wenig lebensecht zu einem monotonen Gebimmel, das Verkäufer irritierte und Kinder entzückte.

James lernte langsam, die Verrückten zu erkennen, jene, die zurechnungsfähig genug waren, um in denselben Straßen wie James herumzuwandern – und die, anders als er, anscheinend zu *viel* Zielstrebigkeit besaßen. Er gab ihnen Namen: der Geher, ein dunkelhäutiger Mann mit schwarzem Bart, der bei jedem Wetter einen dicken Dufflecoat trug. James sah ihn überall in der Stadt, wie er, einen Stoß alter Zeitungen unter dem Arm, dahinschritt, als befände er sich auf einem Einmannkreuzzug für die Umwelt und sei auf dem Weg zum nächsten Papiercontainer. Dann gab es da die Spinnenfrau, einen magersüchtigen Transvestiten und die Mutter, die einen leeren Kinderwagen vor sich herschob und dabei aussah, als wolle sie gleich weinen, was sie aber nie tat. Und Jock, der, ganz in Schottenkaro gekleidet, reglos vor Marks and Spencer stand. Wenn die Glocke von St. Andrew die Stunde schlug, vollführte er ein paar Schritte eines schottischen Reel, bevor er wieder seine geisterhafte Schaufensterpuppenhaltung einnahm.

James fotografierte sie in ihrer Freiheit und ihrer Einsamkeit.

Wenn er nach einem seiner Streifzüge durch die Straßen bei Zoe im Kino vorbeischaute, erkannte sie schon am Ausdruck seiner Augen, wo er gewesen war. Sein Blick war dann seltsam leer – so als wäre die Leere, die er mit Hilfe seiner Augen zu füllen versucht hatte, statt dessen durch sie hindurch sichtbar geworden.

»Du guckst dir noch die Augen aus dem Kopf, Schätzchen«, erklärte sie ihm. »Mit deinem vielen Schauen guckst du dir irgendwann die Augen aus dem Kopf«, warnte sie.

»Gerade eben habe ich ein tolles Foto gemacht«, erzählte er ihr. »Ein paar Typen, die nach der Arbeit im Park ein bißchen rumgekickt haben, mit zwei Mannschaften, weißt du. Acht oder neun Spieler auf jeder Seite. Aber sie hatten alle verschiedenfarbige Oberteile an, jeder, Zoe. Ich meine, das sah höchst verwirrend aus, absolut chaotisch. Die *Spieler* wußten genau, wer zu welcher Mannschaft gehört, verstehst du, es ist eine Art Wunder, die das menschliche Gehirn vollbringt. Ich habe eine ganze Filmrolle verbraucht, aber ich glaube, ich habe es eingefangen.«

»Was hast du eingefangen?«

»*Das*. Das, was ich eben gesagt habe. Die Ordnung im Chaos, die Ordnung im Kopf der Spieler. Ein Muster. Ich *denke*, ich habe es festhalten können.«

»Gut«, sagte Zoe. »Gut gemacht, Kleiner.«

»Tja, also, ich mach mich besser wieder auf den Weg. Ich muß noch ein paar Fotos schießen, solange es hell ist und noch Leute unterwegs sind. Danke für den Tee, Zoe. Bis bald.«

»Bis bald, Schätzchen«, rief sie ihm hinterher. Sie sah zu, wie er verbissen die Straße entlangtorkelte. »Warum machst du bloß deine Augen nicht auf?« flüsterte sie.

Die Straßen der Stadt wurden inzwischen nicht mehr allein von Pendlern und Passanten bevölkert. Normalerweise hätte sich James über diese neue Vielfalt gefreut, aber es handelte sich um Menschen, die nicht hätten unterwegs sein sollen: Sie waren nicht freiwillig auf der Straße. In jenen Tagen tauchten in den Straßen immer mehr Betrunkene und Bettler auf, obdachlose Kinder, Schizophrene, die unverständliche Flüche brüllten, Landstreicher, die mit ihren Hunden in den Ladenpassagen schliefen. Es war eine merkwürdige Zeit: Den Leuten wurde die Wäsche von der Leine gestohlen, und die Polizei gab bekannt, daß sie zwielichtige Gestalten festgenommen hatte, die wie der verbrecherische Fagin bei Charles Dickens Banden von zehnjährigen Taschendieben und Fahrraddieben für sich arbeiten ließen.

Jock, die Spinnenfrau und die anderen mußten ihren Platz auf dem Bürgersteig jetzt mit arbeitslosen Jugendlichen teilen, die Dosenbier tranken und den Passanten ins Gesicht rülpsten; mit missionierenden Guerillas aus der Jesus Army, die statt des Zeichens des Kreuzes oder des Lammes das Schwert trugen; Exilanten aus dem Mittleren Osten, die Passanten aufforderten, sich Polaroidfotos von Folteropfern anzusehen und für deren Befreiung Geld zu spenden.

Kämpfer für irgendeine Sache, Bettler, Tippelbrüder, sie alle sahen James kommen. Selbst die Heruntergekommensten und Mittellosesten konnten ihn schon von weitem in der Menge ausmachen, eine leichte Beute. Es störte ihn nicht. Er war durch seine Kamera geschützt; und er hatte einen Handel anzubieten: Er gab ihnen Geld dafür, daß sie fotografieren und auf diese Weise in die Chronik seiner Stadt aufnehmen durfte.

Es gab allerdings zwei Menschen, die James zwar häufig sah, die er aber *nicht* fotografierte. Sie waren ein seltsames Paar: ein schwarzer Junge und eine untersetzte weiße Frau mit schlohweißem Haar. Der Junge ging auf Krücken, aber er bewegte sich sehr rasch fort und starrte dabei nach vorn wie ein Sprinter. Die Frau, die offensichtlich gut in Form war, hielt mühelos und ähnlich zielstrebig mit ihm Schritt. James sah die beiden oft, wie sie die

Stratford Road herauf- oder heruntereilten. Das Merkwürdige war, daß der Junge, ganz gleich, ob es glühend heiß oder eiskalt war, stets dieselbe Kleidung trug: Turnschuhe, Shorts und einen Fahrradhelm auf dem Kopf, während sein kräftiger Rumpf unbekleidet den Elementen ausgesetzt war.

Dieser Spaziergang war ganz offensichtlich eine physikalische Therapie für den Jungen, obwohl es *aussah* wie eine Bestrafung, so wie ihn die mürrische, ernste Frau über den Bürgersteig jagte. Wenn er langsamer wurde, dann schlug sie ihm zur Strafe für sein Gebrechen womöglich auf den nackten Rücken oder die Beine.

Jedesmal, wenn James die beiden sah, wollte er vom Rad steigen, sie nach ihrer Lebensgeschichte fragen und sie fotografieren. Aber er tat es nie. Er konnte sich einfach nicht dazu überwinden, ihren entschlossenen Marsch zu unterbrechen. Und, wenn er ehrlich war, fürchtete er, sie in ihrer hermetischen Würde zu verletzen, wenn er sie um die Erlaubnis für einen Schnappschuß bat.

Das war schon irgendwie merkwürdig: Er war Fotograf, aber ausgerechnet bei den Menschen auf den Straßen seiner Stadt, die er am liebsten fotografiert hätte, fürchtete er, sie damit herabzuwürdigen.

James lernte Sonia im Nachtclub kennen – ihre Blicke begegneten sich zufällig auf der Tanzfläche –, und wann immer sie wieder tanzten, was noch oft geschehen sollte, fragte James sich, ob der Erfinder des Tanzes, dem in grauer Vorzeit erstmals der Gedanke gekommen war, seinen Körper zur Musik zu bewegen, Sonia als fernes Ideal im Kopf gehabt hatte. Sie war groß und schlank, trug ein rotes Paillettenkleid und tanzte den ganzen Abend mit der Energie einer Aerobiclehrerin und der geschmeidigen Anmut einer Bauchtänzerin. Das einzige, was Sonia in ihrem Leben bedauerte, so sollte sie James später erzählen, war, daß sie nicht schwarz und Backgroundsängerin bei Diana Ross oder James Brown war.

James verbrachte an diesem ersten Abend viel Zeit damit, in ihre Richtung zu sehen und dann die Augen zu schließen. Wahrscheinlich tanzte er merkwürdiger denn je, allzu schlimm konnte es aber nicht sein, denn wenn er die Augen öffnete, sah er manchmal, daß sie zu ihm hinüberschaute. Dann lächelten sie einander kurz an.

Sonia war mit einer Gruppe von Freunden unterwegs. Einer von ihnen kannte James und lud ihn ein, mit ihnen zusammen – es war gegen Mitternacht, also noch früh für James – zu Sonia zu gehen und dort einen Kaffee zu trinken.

Sie waren ein halbes Dutzend Leute. Als sie das Haus, in dem Sonia wohnte, betraten, kam gerade ein junges Mädchen, ein Teenager noch, aus der Tür. Sonia führte sie ins Wohnzimmer. Das war ein großer, luftiger Raum mit geschmirgelten Holzböden, Türen aus geschältem Pinienholz und Habitatmöbeln, die aussahen, als wären sie von einem Schaufensterdekorateur arrangiert worden.

James ließ die anderen im Wohnzimmer zurück und ging weiter in die Küche, wo Sonia gerade Kaffee machte.

»Brauchst du Hilfe?« fragte James.

»Ich glaube nicht«, erwiderte Sonia. »Ach ja, du kannst mir die Flasche Bailey's dort runterreichen.«

»Ich frage mich die ganze Zeit«, sagte James, »ob wir uns schon mal begegnet sind.«

»Ich glaube nicht«, sagte sie. »Wo? Bei Gericht?«

»Nein, nein. Ich war es nicht. Ich habe ein Alibi. Warum, bist du Richterin?«

»Worüber sollte ich denn urteilen?« fragte Sonia. Sie hatte Röntgenaugen, die seinen Körper unter der Kleidung zu taxieren schienen.

»Der Kaffee«, sagte er. »Was ist das für einer? Riecht gut.«

»Wiener Kaffee. Mit Feigen.« Sonia machte eine Kanne und stellte sie zusammen mit einem halben Dutzend Becher auf ein Tablett.

»Du wohnst nett hier«, sagte James. »Nah am Stadtzentrum. Nur ein paar Minuten vom Bahnhof entfernt.«

»Wir sind ganz zufrieden«, sagte sie zu ihm.

»Wir?«

»Ich habe zwei Kinder. Wir drei.«

»Soll das ein Witz sein? Hier ist alles so ordentlich«, sagte James und deutete in Richtung Wohnzimmer. »Kein Spielzeug oder so.«

»Sie wissen, daß ich alles, was sie unten liegenlassen, in den Mülleimer werfe. Also lassen sie hier unten nichts liegen. Sie haben oben ihr eigenes Reich.«

Auf der überfüllten Tanzfläche hatte James während des Tanzens seine Augen geöffnet und sie mit seinem Blick gesucht. Hier in der kleinen Küche, in der sie beide allein waren – ihre Freunde sich nebenan unterhielten, gleichzeitig nah und doch weit weg –, hier bemühte er sich genauso heftig, sie *nicht* anzusehen. Im hellen, unangenehmen Neonlicht konnte James fühlen, wie es seinen Körper zu ihr hinzog.

»Weißt du was?« fragte er.

»Ja?« antwortete sie.

»Ich würde dich gern küssen«, sagte er.

»Ich habe gerade dasselbe gedacht«, erwiderte sie. Sie gingen aufeinander zu. Ihre Lippen begegneten sich, dann spürte er ihre Zunge in seinem Mund. Er schloß die Augen, und der grelle Schein der Neonbeleuchtung prägte sich auf der Innenseite seiner Lider ein.

»Wo bleibt denn der Kaffee?« kam eine Stimme von nebenan.

»Psst! Du weckst noch die Kinder auf«, war eine andere gleich darauf zu hören.

Sonia löste sich aus seiner Umarmung. »Du gehst besser wieder rein«, sagte sie zu ihm.

James war der erste, der eine Stunde später ging, denn es sah nicht so aus, als würden Sonias Freunde bald aufbrechen wollen, und er wiederum wollte nicht warten, bis er todmüde war. Sie brachte ihn zur Tür. Im Flur küßten sie sich noch einmal, dann tauschten sie ihre Telefonnummern aus und versprachen, einander anzurufen.

Ein paar Tage später kam James mit einer Flasche Wein vorbei, nachdem Sonias Kinder zu Bett gegangen waren. Sie sanken auf ihr Sofa und knutschten, tranken Rotwein und erzählten sich voneinander. Sonia und ihr Mann hatten sich vor vier Jahren getrennt.

»Wir haben uns im Grunde nicht geliebt«, erklärte sie ihm. »Mir wurde klar, daß ich ihn nicht brauchte, also haben wir uns scheiden lassen. Es war eine ziemlich saubere Sache. Die Jungen sehen ihn am Wochenende.«

Bei ihrer zweiten Verabredung sagte sie zu ihm: »Hör zu. Ich verspreche dir nichts, o. k.? Ich möchte mich nicht gleich in eine feste Beziehung stürzen. Verstehst du?«

»Ja«, sagte James. »Ich verstehe.«

Sonia war Anwältin. Sie erzählte ihm mehr über die Intrigen in ihrem Büro als über ihre aktuellen Fälle, was, wie er annahm, an ihrer anwaltlichen Schweigepflicht lag.

Zuerst fuhr James meistens um etwa neun Uhr abends mit dem Rad zu Sonia hinüber. Er kam dann direkt aus der Dunkelkammer oder von irgendeinem Ereignis, bei dem er fotografiert hatte. Sie liebte ihn mit einer Begierde, die James den Atem nahm. Dann wartete sie ungeduldig darauf, daß er sich erholte, um wieder von vorn anfangen zu können, bis er schließlich entdeckte, was sie wirklich wollte, so daß sie bei der Liebe zu größerem Einklang fanden.

Sonia hatte langes, schwarzes, wallendes Haar, das sie für gewöhnlich oben auf dem Kopf zusammengesteckt trug, wobei einzelne lose Strähnen ihr Gesicht umrahmten: Sie war elegant, mit einem Hauch von Unordentlichkeit. Ihre Gesichtszüge waren fein, und die tiefliegenden Augen gaben ihr, wenn sie müde war, ein erschöpftes Aussehen. Sie gehörte jedoch zu den Menschen, die nach wenigen Stunden Schlaf wieder erholt aussahen. Und sie hatte eine lange, dünne Narbe, die seitlich an ihrem Rumpf entlanglief.

»Stammt das von einem Kaiserschnitt?« fragte James sie.

Als Sonia sich von ihrem Lachanfall erholt hatte, erklärte sie ihm, daß die Narbe von einer Nierenoperation in ihrer Kindheit herrührte. Sie war damals dreizehn Jahre alt gewesen: dasselbe Alter, in dem auch James operiert worden war. Ihre Narbe war nicht unattraktiv, was ihm seine eigene weniger auffällig erscheinen ließ.

Die beiden Schwangerschaften hatten an Sonias Körper keine Spuren hinterlassen. James fragte sich, ob sie ihre beiden Kinder tatsächlich selbst zur Welt gebracht hatte. Vielleicht waren sie ja auch adoptiert. Sie hatte einen flachen Bauch und kleine Brüste und war wesentlich fitter als er. An den Wochenenden ging sie tanzen und zweimal in der Woche zum Aerobictraining. Von dort kam sie, ohne geduscht oder sich umgezogen zu haben, auf direktem Weg nach Hause, um James das Vergnügen zu gewähren, sie aus ihrem schweißnassen Gymnastikanzug zu pellen.

Zuerst verließ James sie stets am frühen Morgen, bevor ihre Söhne aufwachten. Und das war wirklich sehr früh: David, der jüngere, schlief nie länger als bis sieben Uhr. James ging vorn zur

Haustür heraus, scheuchte am Kanal, den die Straße querte, eine Schar Enten auf, die dann herumwatschelten und wie empörte Klatschbasen schimpften: »Schaut! Schaut! Da ist er! Da schleicht er sich davon, der dumme Mensch! Quack, quack!«

Dann wachte David eines Morgens viel früher auf als sonst und krabbelte zu seiner Mutter ins Bett. James war zu schläfrig, als daß ihm das peinlich gewesen wäre, und Sonia schien es nichts auszumachen. Danach wäre es einfach albern gewesen, weiterhin eine Begegnung mit den Kindern zu vermeiden. Er blieb, um mit ihnen zu frühstücken, dann verließen sie alle gemeinsam das Haus, James auf seinem Fahrrad, Sonia und die Jungen, die sie auf dem Weg zur Arbeit an der Schule absetzte, in ihrem Peugeot.

Sonia arbeitete lange und unregelmäßig. Wenn sie nach der Arbeit zu einem Umtrunk oder zum Essen eingeladen war, nahm sie James einfach mit. Sie hatte die Angewohnheit, unter dem Tisch aus ihrem Schuh zu schlüpfen und mit dem Fuß James' Leistengegend zu streicheln oder ihn in fremde Küchen zu ziehen, um ihn dort kurz und intensiv zu küssen. Er kam sich in ihrem Bekanntenkreis fehl am Platze vor, sie aber zeigte keinerlei Interesse, seine Künstlerfreunde zu treffen, mit ihm ins Kino zu gehen oder Ausstellungen zu besuchen. Um ihre Kinder kümmerte sich nach der Schule eine Tagesmutter und am Abend ein Babysitter. Die Wochenenden verbrachten die Jungen bei ihrem Vater und dessen neuer Frau.

»Auf diese Weise haben sie bestimmt eine Menge Bezugspersonen«, meinte James vorsichtig. Er selbst kam sich ihnen gegenüber mehr wie ein großer Bruder vor denn als Ersatzvater, eine Vorstellung, die ihn ohnehin beunruhigte.

»Ich weiß. Das ist doch gut so, oder?« erwiderte Sonia. »So sind sie, wenn sie älter werden, nicht zu sehr von ihrer Mutter abhängig. Jungen sollten das ohnehin nicht sein. Du hast ganz recht.«

»Eigentlich habe ich gemeint –«

»Heh, James, sie sind morgen bei ihrem Vater. Gehen wir doch tanzen.«

»Ja, gern.«

James hatte den Jungen gegenüber ein schlechtes Gewissen, weil er die Aufmerksamkeit ihrer Mutter so in Anspruch nahm. Es war nämlich klar, daß sie sie heiß verehrten, mit einer besonderen Verehrung, die James nicht unbekannt war.

Aber es fiel ihm schwer, nicht egoistisch zu sein. Sonia fand James' Kleidungsstil unmöglich und zwang ihn, sich neu einzukleiden. Sie half ihm bei der Auswahl. James kaufte einen zweireihigen Anzug, außerdem weiße Hemden, eine Seidenkrawatte und ein Paar feste Straßenschuhe. Zu seiner Überraschung war er danach keineswegs finanziell ruiniert, nein, er fühlte sich auch maskuliner und schritt, nachdem er sein ganzes Leben lang eine bescheiden gebeugte Haltung eingenommen hatte, mit gestrafften Schultern und geradem Rücken einher.

Sonia kaufte ihm ihr Lieblings-After-shave und ging an diesem Samstag mit ihm zu ihrem Friseur. Als James sah, wie sie ihn im Spiegel anlächelte, war er stolz, mit einer so großartigen Frau zusammenzusein, und entschied, daß sie doch kein so merkwürdiges Paar abgaben. Als er merkte, mit welcher Leichtigkeit er immer tiefer in diese Beziehung hineinrutschte, war er überrascht. Da er mehr und mehr Zeit mit Sonia verbrachte, drängte sich sein übriger Tag, der immer sehr arbeitsreich gewesen war, hier zusammen, ließ dort Freiraum entstehen. Er traf sich weniger mit anderen Freunden, ließ den Kontakt zu Bekannten einschlafen und gab jene Dinge auf, die er allein getan hatte. Einschließlich des Fotografierens. James hoffte, daß dieses zeitliche Zusammentreffen einfach nur ein Zufall war. Er hatte nämlich beschlossen, daß er über genügend Fotos verfügte, um sich an eine eigene Ausstellung heranzuwagen.

Abends blieb James länger in der Zeitung und machte in der Dunkelkammer große Abzüge von seinen privaten Negativen, aber nichts von seiner Pressearbeit. Das hatte er so beschlossen. Jene waren sein Job, diese hier waren Kunst. Es waren die Bilder, die er in seiner Freizeit gemacht hatte, auf den Straßen, in Parks und Clubs, selbst auf Hochzeiten von Freunden und Verwandten.

Letztere hatten ihm am meisten Spaß gemacht. Jedesmal, wenn er die Kontaktbögen studierte oder Negative auf dem Lichtkasten prüfte, kicherte er leise in sich hinein. Mit seiner Ausstellung würde er die Kluft zwischen seinen Berufskollegen bei der Zeitung und seinen Künstlerfreunden überbrücken. Er würde ihnen allen beweisen, daß es möglich war, beiden Seiten anzugehören. Was ihn aber am meisten amüsierte, war die Tatsache, daß seine besten Fotos eben jene waren, die er auf Hochzeiten geschossen hatte. Und wenn es etwas gab, was die Presse und die künstlerisch orientierten Fotografen einte, dann war es ihre Geringschätzung gegenüber Hochzeitsfotografen.

Keiner seiner Künstlerfreunde – weder Karel noch Terry oder Celia – verdiente sich mit seiner Arbeit seinen Lebensunterhalt. Sie nahmen Gelegenheitsjobs an, körperliche Arbeit – »Ich komme mir verdammt noch mal wie zu Hause vor«, sagte Karel – und wurstelten so vor sich hin. Die einzige Möglichkeit, sich als Fotograf auf leichte Art Geld zu verdienen, hätte darin bestanden, Hochzeiten zu fotografieren. Um sich ein Grundeinkommen zu sichern, würden vier Samstage pro Monat reichen. Es könnte nicht einfacher sein.

»Ihr könntet das doch mit geschlossenen Augen«, sagte James.

Doch keiner von ihnen hätte auch nur im Traum an etwas Derartiges gedacht. Sie zogen diese Möglichkeit zwar in Erwägung, aber nur im Scherz, um sie mit einem gönnerhaften Lächeln wieder verwerfen zu können, gewissermaßen als Standardwitz, der immer wieder komisch war.

»Karel müßte sich einen ordentlichen Anzug kaufen«, stichelte Celia.

»So ein verdammtes Ding habe ich doch!« beschwerte sich Karel.

Hier ging es ums Prinzip – und es war eine Frage des Stolzes. Es war etwas anderes als Werbefotografie, womit sie ihre Seele verkauft hätten (und worüber sie sich nicht lustig machten, sondern böse wurden). Es war eher so, daß sie dann niemand mehr ernst nehmen würde, weder andere noch sie sich selbst.

Und so kicherte James jetzt in sich hinein, als er in der Dunkelkammer der Zeitung stand, denn er konnte es gar nicht erwarten, ihre Gesichter zu sehen, wenn sie zu der Ausstellung kamen, die er bald zeigen würde. Nicht, daß es sich um gewöhnliche Hochzeitsfotos gehandelt hätte, Gruppenfotos mit Braut und Bräutigam, Brauteltern und das alles. Wenn James gebeten wurde, auf der Hochzeit von Freunden oder Bekannten zu fotografieren, erklärte er ihnen immer, daß er das gerne tat, daß sie für die obligatorischen Gruppenbilder aber noch einen offiziellen Fotografen beauftragen müßten: Er selbst würde andere Fotos machen, ungestellte Schwarzweißaufnahmen von ihnen und ihren Gästen. Die besten davon würde er ihnen später in einem Album als Hochzeitsgeschenk überreichen. Die Frischvermählten pflegten diese Alben ihren Freunden zu zeigen, die James dann wiederum auf *ihre* Hochzeit einluden. Im Laufe seiner Twen-Jahre war er so auf über hundert Hochzeiten gewesen. Das war sein Geheimnis.

James wußte nicht warum, aber auf Hochzeiten war er immer in besonderer Stimmung. Genau wie beim ersten Mal, als er als achtjähriger Junge auf der Hochzeit von Onkel Jack und Tante Clare gewesen war und seine Mutter ihm aus Sorge, er würde während der Trauungszeremonie nervös herumzappeln, einen Fotoapparat gekauft hatte, berührte ihn dieser Anlaß stets von neuem. Er reagierte auf die Emotion, die dem feierlichen Rahmen innewohnte, wenn sie auch nicht offen zutage trat. Was er nicht wußte, war, warum er sich überhaupt angewöhnt hatte zu fotografieren.

James fragte sich manchmal, ob er nicht Fotos machte, um die Welt auf Distanz zu halten. Jedesmal, wenn er auf den Auslöser drückte, hielt er Menschen fest, die sich in einem gewissen Abstand zu ihm befanden. Wenn sie zu nahe kamen, waren sie nur noch verschwommen zu sehen. Er verlor sie aus dem Blick, die Welt rückte ihm auf den Leib, und das Bild wurde unscharf. Wenn er fotografierte, war er manchmal so konzentriert, daß er sich selbst ganz vergaß und nur noch beobachtete: Er wurde zu einem Augenpaar – zu einem einzigen Auge, das durch den Sucher blickte –, alles andere vergessend und für andere Leute unsichtbar. Wenn das geschah (was allerdings nur gelegentlich und unvorhersagbar vorkam), stimmte er sich auf Gesten, Haltung und Gebaren der Menschen ein, Dinge, die (wie er hoffte) in einer Momentaufnahme etwas von der Wahrheit des Wesens dieser Menschen verrieten.

Auf Hochzeiten verfiel James jedoch immer in diesen Zustand und blieb darin, ein Auge, das Szenen einkreiste, Gruppen infiltrierte, auf den Auslöser drückte und sich weiterbewegte.

Hinterher kam er erschöpft wieder zu sich, erwachte wie aus einer Trance und stellte fest, daß er ein Dutzend Filmrollen umklammert hielt.

Im Oktober nahm James Sonia und ihre Jungen auf Tante Margarets Bauernhof zum Äpfelpflücken mit. Er hatte Margaret seit Jahren nicht mehr gesehen. Er wußte, daß sie, seit ihre Freundin Sarah vor fünf Jahren gestorben war, zur Einsiedlerin geworden war (sie hatte schon seit langem keine Betriebshelferinnen mehr übernommen und ihre Herde Milchkühe ebenso wie den Großteil des restlichen Viehbestands langsam zusammenschrumpfen lassen). Ihre Schwester Clare lebte auf dem Nachbarhof und sah ab und an nach ihr, aber Margaret war ein zähes altes Luder, wie Sarah sie oft genannt hatte. Sie war mit ihrer Einsamkeit zufrieden und reagierte mit Verachtung, wenn andere sie bemitleideten.

James wollte Sonia einen Teil seiner Vergangenheit zeigen, und außerdem schien es eine gute Idee, die Jungen draußen auf dem Land herumtoben zu lassen. Also rief er Margaret an, um ihr einen Besuch vorzuschlagen.

»Was haben Sie gesagt!?« schrie sie in den Hörer, so als flüsterte James immer noch. »Sprechen Sie doch lauter! Wie sagten Sie, sei Ihr Name?!«

»Hier ist James«, sagte er zu ihr, »dein Neffe, Tante Margaret.«

»James!« schrie sie. »Natürlich, du bist es, James! Wie geht es dir in der Schule, junger Mann?«

Der Hof war so schmuddelig, wie er immer gewesen war. Zwar gab es keine übellaunigen Gänse mehr, die sie begrüßten, doch ein Schäferhund, der im Vorbau gedöst hatte, stand schwanzwedelnd auf, um sie demütig willkommen zu heißen. Margaret, die nach draußen kam, wirkte ebenfalls unverändert. Sie schien sogar noch immer dieselbe alte Kordhose und dieselbe knopflose Jacke zu tragen. Sie war so robust und rotwangig wie eh und je, nur ihr drahtiges Haar hatte eine nebelgraue Farbe bekommen.

Margaret kam auf sie zu. Sie betrachtete kurz Sonia und David, musterte John dann einen Augenblick länger, sah James an, dann wieder John, bevor sie zu einem Entschluß zu kommen schien: Sie streckte James die Hand entgegen.

»Wie geht es dir, junger Mann?« Sie umschloß seine Hände. »Wie schön, dich zu sehen. Kommt doch rein. Ich war gerade dabei, Tee zu kochen.«

Als er durch den Flur in die große Küche trat, sank James das Herz in die Hose. Das Zimmer war völlig verwandelt. Sarahs peinlich saubere häusliche Szenerie war einem schmutzigen Durcheinander aus dreckverkrusteten Küchenutensilien, verschimmelten Lebensmitteln, schmutziger Kleidung, Staub und Ruß gewichen. Den Duft nach Gebackenem, Gebratenem und frischen Kräutern aus seiner Erinnerung hatte ein schaler, abgestandener Gestank abgelöst. James schämte sich für seine Tante, vor allem, da sie sich dieses Niedergangs anscheinend nicht bewußt war und anfing, mit den schmutzigen Bechern an der schmierigen Spüle zu hantieren. Ihm wurde klar, daß Sonia ihre Söhne in diesem Raum weder einen Bissen essen noch einen Schluck trinken lassen würde, ganz egal, worum es sich handelte.

»Eigentlich haben wir gerade Tee getrunken, Margaret«, sagte James. »Können wir nicht nach draußen gehen? Wir waren die ganze Zeit im Auto eingepfercht.«

»Gute Idee«, erwiderte sie. »Lassen wir die Burschen hier ein bißchen rumrennen, hm?« sagte sie und versetzte James einen Klaps auf den Rücken. Als sie das Zimmer verließen, warf James einen Blick hinaus auf Sarahs alten Küchengarten an der Rückseite des Hauses. Der einst so gepflegte Rasen war verwildert, das Gemüsebeet von Unkraut überwuchert. Allein eine Reihe von Sträuchern mit schwarzen Johannisbeeren sah aus, als hätte sich jemand um sie gekümmert. Die Sträucher schienen erst in diesem Frühjahr beschnitten worden zu sein.

Der Obstgarten war jedoch schon lange vernachlässigt. Als James vor fünfzehn Jahren auf dem Bauernhof gewesen war, hatten die Bäume immer noch so viele gute Äpfel getragen, daß es sich lohnte, sie zu einer Chutney-Fabrik in der Nähe zu bringen, doch auch das war längst vorbei. Während James auf den Obstgarten zuging, betrachtete er die Weiden, auf denen kein Vieh mehr stand, die kaputten Zäune, und wurde sich der gespenstischen Stille bewußt. Erschrocken stellte er fest, daß der alte Schäferhund im Vorbau das einzige Tier auf der Farm war – abgesehen natürlich von Kaninchen und Ratten. In diesem Augenblick blieb Margaret stehen und legte die Hand auf seinen Arm.

»Gestern morgen«, sagte sie und zeigte auf den Fluß, der hinter dem Flecken Land, der einst als Kuhweide gedient hatte, vorbeifloß, »habe ich Soldaten aus dem Nebel kommen sehen.« Sie nahm die Hand wieder von seinem Arm. »Dort unten im Tal«, fügte sie hinzu und machte sich auf den Weg in den Obstgarten.

Sie verbrachten zwei Stunden damit, kleine, verschrumpelte Äpfel zu pflücken, die fast ungenießbar waren. Es war reine Zeitverschwendung, aber James wollte Margaret nicht dadurch verletzen, daß er einfach mit dem Pflücken aufhörte. Außerdem machte es den Jungen Spaß, im knorrigen, trockenen Astwerk herumzuklettern. Er warf Sonia einen Blick zu und hoffte, daß sie verstand und die traurige Scharade mitmachte.

Sie schleppten Einkaufstaschen voller Äpfel zum Auto zurück. Beim Abschied sagte Margaret: »Komm doch wieder einmal vorbei, junger Mann. Und wärst du so gut und würdest mir einen Laib Brot mitbringen? Mir geht immer das Brot aus, und heutzutage kann man einfach nirgends mehr Mehl kaufen, weißt du.« Dann gab sie den Jungen einen Klaps auf den Rücken, und sie stiegen ins Auto. James setzte sich auf den Beifahrersitz und kurbelte das Fenster herunter.

»Auf Wiedersehen, Margaret«, sagte er. Er wußte nicht, was er sonst hätte sagen sollen.

»Weißt du, James«, meinte sie zu ihm. »Das war damals ein sehr netter Sommer. Du warst ziemlich oft hier, nicht wahr? Sarah hat dich sehr gemocht. Ich denke, es war unser schönster Sommer.« Dann trat sie zurück und winkte ihnen zum Abschied hinterher.

»Großer Gott!« sagte Sonia. »Die ist ja total daneben! Nur gut, daß ich mich noch nicht zu sehr an dich gebunden habe, bevor ich deine Familie kennengelernt habe.« Sie schüttelte den Kopf. »Komplett durchgedreht.« Erst jetzt sah sie zu James hinüber.

»Oh, es tut mir leid«, sagte sie. »Ich hab's doch nicht so gemeint.« Sie nahm eine Hand vom Lenkrad, schob sie in eine ihrer Jeanstaschen, zog ein zerknittertes Taschentuch heraus und reichte es ihm. James schneuzte sich. Die Jungen auf der Rückbank starrten ihn an.

»Sie war immer so stark, sie war einfach einmalig, weißt du?« sagte er.

»Was für ein Jammer«, sagte Sonia.

»Ja. Nun, ich werde ihre Schwester Clare anrufen, wenn wir zurückkommen. Allerdings nehme ich an, daß Margaret allein zurechtkommt.«

»Sicher tut sie das«, pflichtete Sonia bei. »Sie kriegt das schon hin.«

In diesem Winter verbrachte James so viel Zeit bei Sonia, daß er sich schon fragte, ob er nicht ihr statt seiner Vermieterin Miete zahlen sollte. Im Dezember trank er in seinem möblierten Zimmer seinen letzten Becher Kaffee aus und zog alle Stecker heraus.

»Warum ziehst du nicht ganz zu mir?« fragte Sonia ihn.

»Nein«, meinte James zögernd. »Ich möchte nicht das Gefühl haben, daß ich dich in etwas hineindränge. Ich weiß, daß du keine Verpflichtung eingehen willst.«

»Das tue ich auch nicht«, sagte sie. »Wirklich. Trotzdem, die Jungen haben dich wirklich gern.«

»Ich mag sie auch.«

»Und überhaupt, wenn du hier wärst, könnte ich ein bißchen auf dich aufpassen, stimmt's?« flüsterte sie und streichelte seinen Schritt. »Und ich würde keinen anderen Mann ansehen.«

Kurz nach Weihnachten 1985 wurde es sehr kalt. Wenn sie nicht zum Abendessen eingeladen waren, gingen sie irgendwo in der Stadt in einem Restaurant essen und entwickelten dabei ein eigenes System, nach dem sie Sterne vergaben. Zum ersten Mal in seinem Leben entspannte sich James und löste sich von jenen beiden eng miteinander verwandten Seinszuständen, die er für unvermeidlich gehalten hatte: Einsamkeit und Freiheit.

Hinterher, wenn sie mit vollem Bauch und vom Wein benebelt in Sonias Wohnung zurückkehrten, liebten sie sich langsam bis in die frühen Morgenstunden. Manchmal kam keiner von beiden zum Höhepunkt, und sie waren sich beide nicht sicher, ob das daran lag, daß sie die Lust des anderen verlängern wollten, oder ob eine größere Leidenschaft sich außerhalb ihrer Reichweite befand.

»Du machst mich verantwortungslos«, sagte sie zu ihm.

»Tue ich das?« fragte er.

»Zuviel Sex. Zuwenig Schlaf«, gähnte sie. »Und zuviel *Wein*«, fügte sie hinzu. »Ich kann mich nicht auf meine Fälle konzentrieren. Nach dem Mittagessen nicke ich ein. Und ich denke ständig an dich, statt an die Prozeßunterlagen, die ich eigentlich vorbereiten sollte. Und *dann* ist es plötzlich Zeit zu gehen. Ich habe dir erzählt, daß man mir vielleicht eine Partnerschaft anbieten wird, aber das ist alles andere als eine Formalität.«

»Das tut mir leid«, sagte James.

»Wir sollten weniger Wein trinken«, sagte sie zu ihm.

398

Die Streikpostenkette vor den Fabriktoren kämpfte sich durch den Winter. Die Kohlenpfanne wurde jeden Tag angezündet. Die Kohle dafür war von einem ehemaligen Bergarbeiterdorf in Wales gespendet worden. Die Streikposten beschimpften jene, die an ihnen vorbei durch die Tore gingen, inzwischen nicht mehr als Streikbrecher. Manchmal brachten ehemalige Kollegen auf ihrem Weg zur Arbeit Würstchen zum Grillen vorbei. Die Autofahrer hupten immer noch, aber es schien sich allmählich ein spöttischer Unterton einzuschleichen. James hatte sich angewöhnt, wann immer er vorbeikam, anzuhalten und rasch ein Foto zu machen, das er im Büro an Roger weitergab: Hin und wieder, wenn sie einen Freiraum ausfüllen mußten, veröffentlichten sie eines davon in der Zeitung. Das letzte erschien im Februar. Bis zum Ende dieses Monats waren die Freeman-Zehn auf sieben zusammengeschrumpft. Ihr Kampf war aussichtslos.

An einem Mittwoch Mitte März gaben sie schließlich auf. Sie rollten ihre Transparente ein, trugen die Kohlenpfanne und die Klappstühle davon und schüttelten einander pathetisch die Hand, um sich auch in der Niederlage ihre Solidarität zu beweisen. Der Wire jedoch tauchte am nächsten Tag wieder auf, nur um zu zeigen, daß *er* sich nicht geschlagen gab: Er wußte, man würde ihm weder einen Job noch eine Abfindung anbieten, aber darum ging es ihm inzwischen gar nicht mehr. Man mußte Widerstand leisten, selbst wenn man verloren hatte.

Zum ersten Mal seit sechs Monaten hielt Garfield Roberts mit seinem Fahrrad an. Sechs Monate lang hatte er den Wire als verwischten Fleck am Rande seines Gesichtsfelds wahrgenommen und ihn »Streikbrecher!« krächzen hören.

Jetzt hielt Garfield an und sah dem jungen Mann in die Augen. Der Wire erwiderte seinen Blick: Die alten Kollegen waren zu Gegnern geworden. Vielleicht, überlegte Garfield, waren sie in Wahrheit schon immer Gegner gewesen. Vielleicht, so dachte der Wire andererseits, waren sie immer noch Kollegen. Plötzlich grinste er.

»Also, Onkel«, sagte der Draht, »du fährst immer mit hocherhobenem Kopf auf diesem rostigen alten Fahrrad zur Arbeit, das muß man dir lassen. Du hast dich nie hineingeschlichen, wie einige andere das getan haben.«

Garfield überlegte. »Du bist ein guter Mann, Steven«, sagte er schließlich. »Was hast du vor, jetzt da das hier vorbei ist?«

»Vorbei?« rief der Wire. »Du machst wohl Witze.«

Garfield wurde blaß.

»Nichts ist vorbei, Onkel. Hast du denn nicht von dieser Gemeindegebühr gehört, die die Kommunalsteuer ersetzen soll? Diesmal verarschen sie uns wirklich: Faktisch bedeutet das eine Rückkehr zur Kopfsteuer. Sie haben die Macht der Gewerkschaft zerschlagen, die Arbeiterklasse aber werden sie niemals brechen. Wart's nur ab.«

Charles ging es inzwischen besser denn je. Der Streik und dessen Ende, sogar die Streikpostenkette vor seinen Fabriktoren, schienen ihm neue Energie verliehen zu haben. Jene, die schon ihr ganzes Leben lang in der Firma arbeiteten, sagten, es wäre wie in alten Tagen. Der Boß benahm sich wieder ganz wie früher. Das konnte jeder sehen: Am letzten Tag vor der Privatisierung der Kantine mußten die Sekretärinnen aus dem Schreibpool in ihren kurzen Röcken und hochhackigen Schuhen die Teewagen in der Firma herumschieben, weil der Boß die vier in den Ruhestand tretenden Damen, die sonst immer den Tee servierten, in seinem Rover auf einen Tagesausflug ans Meer mitgenommen hatte.

Ein paar Wochen später fuhr Charles in Begleitung zweier seiner Manager zu einer Konferenz nach London. Der eine der beiden – David Canning, der junge Verkaufsleiter – war sich in irgendeiner Sache mit dem Boß uneinig (niemand wußte genau, um was es ging, jeder erzählte später etwas anderes), woraufhin Charles seinen Chauffeur aufforderte, er solle auf der Standspur anhalten. Charles feuerte David Canning nicht nur auf der Stelle, er nötigte ihn auch, am Rand der M 1 aus dem Wagen zu steigen, wo er dann zusehen konnte, wie er nach Hause kam.

Es stimmte, Charles hatte wieder neue Kräfte. Er hatte schon vor langer Zeit sein Vermögen gemacht und dann zwanzig Jahre lang nur wenig mehr getan, als es zu verwalten. Jetzt hatte er neue Pläne. Nach der Entdeckung des reinen Prinzips der Geldvermehrung hatte das Leben für ihn plötzlich seine Komplexität verloren, und Charles' bombastischer Blutkreislauf strömte nun frei durch seine Adern. Der Eifer eines Bekehrten gab ihm den Mut, seinen

Instinkten zu vertrauen. Er begann, kleine konkurrierende Unternehmen aufzukaufen, um sie dann zu schließen. Seine Manager erklärten ihm, daß dies finanziell keinen Sinn ergäbe, woraufhin er ihnen entgegenhielt, es wäre sowieso an der Zeit, auf neue Produkte umzustellen. Er würde zwei Fliegen mit einer Klappe schlagen, wenn er die Konkurrenz ausschaltete und mit einem Schlag den Immobilienmarkt betrat. Er schüchterte sie so ein, daß sie alles ohne jeden Widerspruch akzeptierten. Oder aber er kaufte die Sperrminorität kränkelnder Firmen, die kurz vor einer feindlichen Übernahme standen. Charles präsentierte sich dann stets als Arbitrageur, als weißer Ritter, nur um seine Anteile prompt *beiden* Seiten anzubieten und sie so anzutreiben, gegeneinander zu bieten, wovon nur er profitierte.

Charles hatte sich nie auch nur einen Pfifferling darum gekümmert, was die Leute von ihm dachten.

»Vater? Dem ist das alles scheißegal, Schätzchen«, sagte Simon voller Bewunderung zu Natalie.

»Merk dir eins, Simon«, erklärte Charles seinem ältesten Sohn. »Die Knochen schwacher Männer lassen sich durch die Zungen anderer Männer brechen. Sie erkennen nicht, daß eine Beleidigung einfach eine andere Form der Schmeichelei ist.«

Seine persönliche Assistentin Judith Peach war mit Anmut gealtert: Sie war jetzt eine Matrone in mittleren Jahren, aber sie hatte das Überreife ihrer Zwanziger beibehalten und stellte für die männlichen Angestellten im Hauptbüro weiterhin das Objekt ihrer Tagträume dar. Judith sah jeden Morgen die Zeitungen durch, schnitt alle Artikel aus, in denen über den Chef berichtet wurde, und legte sie ihm auf den Schreibtisch. Je heftiger die Kritik, je makabrer die Karikatur, desto lauter lachte Charles. Mit dem Streik war der junge Unternehmer von vor zwanzig Jahren, der in verwirrenden Aphorismen sprach, in die Schlagzeilen zurückgekehrt. Im Februar verfaßte ein parlamentarischer Staatssekretär im Schatzamt, Mitglied der dem rechten Flügel angehörenden Strategiekommission, einen vertraulichen Bericht, in dem er vorschlug, man solle die von Charles durchgesetzten Lohnkürzungen in der öffentlichen Verwaltung übernehmen: In diesem Bericht wurde argumentiert, daß es den Arbeitern egal sein konnte, ob die Inflationsrate herunterging, wenn ihre Löhne ohnehin im Einklang mit der Inflationsrate stiegen. Für sie war allein wichtig, ob sie Geld in ihren Taschen hatten. Eine jährliche *Kürzung* ihrer Löhne bedeutete hingegen, daß es in jedermanns Interesse lag, die Inflationsrate zu senken.

Die wunderbare Logik dessen, was der Bericht die Freeman-Maxime nannte, ließ Tory-Hinterbänkler und Industriekapitäne in Verzückung geraten. Der Inhalt des Berichts sickerte zu den Medien durch, bevor das Kabinett eine Chance hatte, ihn intensiv zu diskutieren. In dem anschließenden Aufruhr wurde der für den Bericht verantwortliche parlamentarische Staatssekretär entlassen, ein Minister bezeichnete den Vorgang als Versagen der Regierung (das Leck ließ sich bis in die Downing Street Nr. 10 zurückverfolgen) und trat zurück, und der Finanzminister war gezwungen, im Unterhaus eine Erklärung abzugeben, in der kategorisch klargestellt wurde, daß ein solch absurder Vorschlag niemals offizielle Politik der Regierung Ihrer Majestät werden würde.

Charles störte das nicht im geringsten. Er genoß die traurige Berühmtheit, selbst die Schmähungen, die im Mai noch zunahmen, als er eine gewaltige Lohnerhöhung für seine Führungskräfte und eine von 73 Prozent für sich selbst ankündigte.

»Das ist absolut vernünftig«, erklärte er einem Fernsehreporter. »Es schafft für alle anderen den erforderlichen Anreiz, sich nach oben zu arbeiten. Außerdem«, betonte er, »haben wir uns diese Lohnerhöhungen durch den Nettogewinn, den wir erzielt haben, verdient.«

»Aber sind das nicht zum Teil Gewinne, die auf wegrationalisierten Arbeitsplätzen basieren?« hielt ihm der Reporter entgegen.

Charles runzelte die Stirn. »Ja, wir sind jetzt in der Tat effizienter«, war alles, was er sagte. Er schien die Frage nicht verstanden zu haben.

Charles genoß seine Medienpräsenz. Er wunderte sich über Industriemagnaten, die gegen die Medien einstweilige Verfügungen erwirkten und Verleumdungsklagen anstrengten. Hochachtung hatte er dagegen vor denen, die bereit waren, die freie Rede zu fördern, und zusätzlich zu ihrer übrigen Verantwortung auch noch Zeitungseigentümer wurden. Und das, obwohl sie mit den technischen Veränderungen, die in den Verlagen notwendig waren, auf den erbitterten Widerstand der Gewerkschaften stießen. Über die

Streiks und Demonstrationen vor *deren* Gebäuden wurde weit *mehr* berichtet als über die Charles-Freeman-Zehn.

Es waren überregionale Zeitungen. Wenn die technologische Revolution in London erst einmal vollzogen war, wären die Lokalzeitungen an der Reihe. Und eines Tages kam Charles zu Ohren, daß der Eigentümer des *Echo*, ein ehemaliger Harrow-Schüler, der die redaktionellen Aufgaben stets Mr. Baker überlassen hatte, nach einem Käufer suchte. Er hatte die Zeitung vor vierzig Jahren von seinem Vater geerbt, und sie hatte den größten Teil des Familienvermögens aufgezehrt. Hinzu kam, daß er, anders als Charles Freeman, zu alt für eine Revolution war, zu müde für einen Konflikt.

Eines Sonntags beim Mittagessen enthüllte Zoe, daß sie ihr Kino renovieren und es in zwei Säle mit je einer Leinwand aufspalten wollte.

»Expandieren«, erkannte Charles. »Ausgezeichnete Idee!« begeisterte er sich und bot seiner Nichte ein Darlehen an, da er schließlich nicht nachtragend war und keine Notwendigkeit sah, sich durch ihre politischen Differenzen eine geschickte Investition verderben zu lassen. Zoe schlug das Angebot jedoch aus. Sie zog einen Bankkredit vor.

»Du bist eine Hippie-Unternehmerin«, sagte James an diesem Abend zu ihr.

Zoe war empört. »Nein, das bin ich nicht«, erwiderte sie. »Ich mache Geld, ohne es tatsächlich zu wollen.«

»Das macht doch niemand«, behauptete James.

»Ich tue nur, was getan werden muß«, behauptete sie. »Das ist ein ziemliches Glücksspiel. Genausogut könnte ich morgen bankrott sein.«

Sie hatte bereits mit einem anderen Glücksspiel begonnen: Inzwischen waren Videofilme auf den Markt gekommen und hatten sofort große Beliebtheit erlangt. Großbritannien avancierte in der westlichen Welt bald zum Land mit der höchsten Zahl von Videorekordern pro Haushalt. Überall in der Stadt schossen Videotheken wie Pilze aus dem Boden. Bei den dort angebotenen Filmen handelte es sich meistens um billige Horrorstreifen und Pornofilme, die man für ein Publikum, das von der Vorstellung eines Miniaturkinos im eigenen Wohnzimmer fasziniert war, aus den Studiogrüften wiederauferstehen ließ. Eine ganze Generation änderte über Nacht ihr Sozialverhalten: Statt am Samstagabend auszugehen, bestellten sie Pizza und sahen sich zu Hause einen Horrorfilm an.

Zoe, die anders als andere Kinobesitzer angesichts dieser Entwicklung keineswegs bestürzt war, sah die Möglichkeiten dieser anrollenden Kommunikationsrevolution. »Wir haben Kabelfernsehen und Satellitenschüsseln. Es wird immer mehr Kanäle geben«, erklärte sie James. »Es ist etwas Neues. In Zukunft werden wir eine unvorstellbare Auswahl haben, und das bedeutet, daß es auch viel Raum für Qualität geben wird, wir müssen diese Qualität nur liefern.«

Und so zog Zoe eine neue Firma auf, mit der sie unter dem Label »Electra Video Classics« Kassetten mit ausländischen Filmen aus ihrem alten Katalog vertrieb.

»Was ist mit dem Kino?« fragte James sie. »Du gräbst dir damit doch selbst das Wasser ab.«

»Das glaube ich nicht«, meinte sie zu ihm. »Ich denke, das wird die Leute ins Kino *zurück*bringen. Auf diese Weise wird sich ein Publikum für anspruchsvolle Filme herauskristallisieren.«

»Irgendeine Logik muß wohl dahinterstecken«, sagte James.

»Schau«, sagte sie, »wir müssen die Aufmerksamkeit der nächsten Generation wecken, sonst verlieren wir sie für immer an Computerspiele, die virtuelle Realität und anderen Schwachsinn. Du siehst nur das, was du unmittelbar vor der Linse hast, James. Aber die Zukunft, die siehst du nicht.«

Es war allerdings eine schwierige Zeit für Zoe. Sie hatte mehr denn je zu tun, aber sie stürzte sich teilweise auch deshalb so sehr in die Arbeit, weil sie sich damit von ihrer Reiselust, die mit kurzen Urlauben nicht mehr zu befriedigen war, ablenken wollte.

»Mir fällt die Decke auf den Kopf«, gestand sie James. »Ich werde noch wahnsinnig.«

»Dann verkauf doch einfach alles«, schlug er vor.

»Vielleicht sollte ich das tatsächlich tun«, stimmte sie zu.

Zoe stellte fest, daß sie plötzlich nur noch Bücher las, wenn sie von Eric Newby oder Freya Stark geschrieben waren. Sie schlief neuerdings mitten in einem Film ein, etwas, was ihr früher nie passiert war, und sie hatte die lebhaftesten Träume von Orten, die sie noch nie gesehen hatte. Wenn sie sich eine Zeitung kaufte, schlug sie als erstes nach, was ein Flug nach Katmandu oder Caracas kostete, und studierte daraufhin die Kleinanzeigen, die von tapferen und einsamen Seelen, die eine Reisebegleitung suchten, in die Zeitung gesetzt worden waren.

Und dann kamen die Reisenden plötzlich zu ihr.

Seit einigen Jahren gab es in Großbritannien immer mehr Menschen ohne festen Wohnsitz, die sich den umherziehenden Zigeunern anschlossen: Althippies; umherreisende Musiker, Clowns und Feuerschlucker; druidische Mystiker; Hauseigentümer, die eine Hypothek aufgenommen, dann ihre Arbeit verloren hatten und sich nun in einem klapprigen Heim auf vier Rädern wiederfanden, mit dem sie durchs Land zogen.

Allmählich wuchsen sie zusammen und trafen sich auf freien Festivals, die die unternehmungslustigeren unter ihnen organisierten: Sie schlugen dann irgendwo auf Gemeindeland ihr Lager auf und verbrachten dort ein paar Tage damit, untereinander Handwerkertips, zerfledderte Exemplare von *Kostenlos essen* und Jongliertechniken auszutauschen. Dann entdeckten die Nomadenscharen, daß ihnen allen ein spirituelles Zentrum gemeinsam war: Stonehenge, das prähistorische Monument aus Megalithen auf der Ebene von Salisbury.

Und damit begann der Ärger: Aus allen Ecken des Landes bewegten sich zusammengewürfelte Konvois von Reisenden, die sogenannten Travellers, auf Stonehenge zu, um dort die Sommersonnenwende zu feiern. Wann immer sie auf ihrem Weg anhielten, brachten sie die ortsansässige Bevölkerung mit ihrem achtlos liegengelassenen Dreck und ihrer unanständigen Freizügigkeit gegen sich auf. Je länger sie unterwegs waren, desto öfter passierte es, daß ihre psychedelischen Laster und ihre umgebauten Krankenwagen eine Panne hatten oder in der Sommersonne heißliefen. Sie betrachteten solche erzwungenen Unterbrechungen weniger als Katastrophe denn als Gelegenheit, am Straßenrand Gitarre zu spielen und Tambourin zu schlagen, während sich hinter ihnen Schlangen von vor Wut schäumenden Autofahrern bildeten. Es war ein Problem, das durch die wachsenden Gruppen von Nomaden, die ihnen die Medien hinterherschickten, nicht gerade kleiner wurde.

Ganz zu schweigen von der Polizei: Zuerst eskortierten verschiedene Polizeieinheiten die Travellers zu den Grenzen der Grafschaften und wünschten ihnen gutgelaunt auf »Nimmerwiedersehen«. Die Regierung hatte jedoch andere Pläne und versprach den Wählern, sie von diesen mittelalterlichen Straßenräubern zu befreien, so wie sie auch mit den anderen Bedrohungen der öffentlichen Moral und nationalen Sicherheit, den streikenden Bergarbeitern, fertig geworden war. Die oftmals zögerlich agierenden Polizeikräfte wurden genötigt, unter einer koordinierten Strategie zusammenzuarbeiten und gegen alle, die zum Stonehenge People's Free Festival unterwegs waren, vorzugehen.

Im Sommer 1985 wurden die anarchischen Pilger durch einen massiven Polizeieinsatz an der Anreise gehindert, zerstreut, blockiert, zurückgeschickt, in Gewahrsam genommen und, wenn es gar nicht anders ging, verprügelt. Stonehenge konnte daraufhin wieder von den anständigen Tagesausflüglern und ehrlichen Touristen in Besitz genommen werden.

Jetzt, ein Jahr später, waren die Travellers weniger ein Sunshine Circus, ein Sonnenscheinzirkus, wie sie sich selbst nannten, als vielmehr die Versprengten einer Lumpenarmee auf dem Rückzug. Einige waren verbittert und zu genau den gewalttätigen Schlägern geworden, als die man sie hingestellt hatte; sie legten sich mit der Polizei an, wie viele das vorausgesagt hatten. Andere übertrugen ihre spirituelle Bindung von Stonehenge auf Glastonbury und das Musikfestival, das dort jedes Jahr stattfand. Viele jedoch zogen, jetzt wieder als isolierte Stämme, einfach durchs Land, wie sie das vor fünf Jahren schon getan hatten, nur war ihr unschuldiger Optimismus jetzt einem mutlosen, müden Zynismus gewichen.

An einem Mittwoch mitten im Juni sah Zoe Männer und Frauen mit Rastalocken, Ringen in Ohren und Nase und in Drillichanzügen und ausgeblichenen Blümchenröcken. Sie gingen auf dem Bürgersteig am Kino vorbei, gefolgt von schmutzigen Kindern in Zweierreihen und lebhaften Hunden, und kamen dann mit Lebensmitteln und Bierdosen im Arm wieder zurück.

Am nächsten Tag lehnte Zoe am Kartenschalter, starrte nach draußen und wartete darauf, daß diese Leute wieder vorbeikamen. Plötzlich rutschten ihr die Ellbogen weg, sie sprang auf und rannte aus dem Foyer.

»Luna!« rief Zoe einer Frau zu, die gerade langsam auf dem Bürgersteig entlangging, ein Baby auf den Hüften, ein Kleinkind auf den Schultern, während ein drittes neben ihr herlief und sich an ihrem Rock festhielt. »Luna, bist du das?«

»Zoe!« antwortete die Frau. Sie umarmten sich herzlich, wenn auch wegen der Kinder etwas unbeholfen.

»Sind das alles deine?« fragte Zoe.

Luna kontrollierte kurz. »Ja, das sind alles meine«, bestätigte sie. »Kommst du gerade aus dem Kino? Was für ein Zufall. Du liebe Güte, ich bin schon so lange … eigentlich *ewig* nicht mehr im Kino gewesen«, lachte sie.

»Das Kino gehört mir«, sagte Zoe. »Ich bin die Eigentümerin.«

»Du bist *was*?« stieß Luna hervor. »Du bist die Eigentümerin? Du lieber Himmel, die Zeiten ändern sich, Zoe.«

Zoes Vater Harold und die Mutter von Luna waren vor vielen Jahren in Casablanca ein Liebespaar gewesen, und die beiden Mädchen – beides Einzelkinder – hatten auf diese Weise sechs Monate lang eine Schwester gehabt.

»Wie lange haben wir uns jetzt nicht mehr gesehen, fünfzehn Jahre? Zwanzig?« schätzte Luna. »Du siehst toll aus, Zoe. Hör zu, du mußt uns besuchen kommen, wir sind auf der großen Wiese dort drüben. Dort lernst du auch meinen Mann Joe the Blow kennen.«

»Gerne«, sagte Zoe. »Ist er der Vater?« fragte sie.

Luna ließ ihren Blick wieder kurz über ihre Kinder schweifen. »Von zweien«, meinte sie dann. »Ja, dem Baby und diesem hier«, sagte sie und deutete auf das Kleinkind, das auf ihren Schultern saß und Zoe anstarrte.

Luna und ihre Freunde hatten ihr Lager zwischen der Grasniederung und der Eisenbahnlinie aufgeschlagen, dort wo früher die Müllgrube war, die man mit Erde aufgefüllt, begrünt und zum Naturschutzgebiet erklärt hatte. Zoe ließ das Kino in der Obhut ihrer Platzanweiserin zurück und begleitete Luna zum Lagerplatz. Dort standen verstreut zwanzig Laster; an einigen von ihnen schraubten ölverschmierte Männer herum. Andere Leute sammelten oder schlugen Holz. Kinder halfen ihnen mehr schlecht als recht dabei, Hunde dösten vor sich hin. Joe the Blow, ein kleiner, untersetzter Mann mit Engelsgesicht, das er hinter einem widerspenstigen Bart und knotigem Haar versteckte, arbeitete mit ein paar anderen Männern gerade daran, die Verstärker auf einer kleinen Bühne, die sich von einem Anhänger aus fächerförmig ausbreitete, miteinander zu verkabeln.

Nachdem Luna Zoe vorgestellt hatte, nahm sie sie zu ihrem Wohnwagen mit, einem Commer Walk-Through, in dem ein weiteres, älteres Kind saß und las.

»Caz, das ist Zoe«, sagte Luna. »Ich habe sie kennengelernt, als ich in deinem Alter war. Wärst du so nett und machst uns einen Tee?«

Die beiden Frauen erzählten einander von ihrem Leben.

»Ich kann dir gar nicht sagen, was ich fühle, jetzt, da wir uns wiedergetroffen haben und ich das hier alles sehe«, sagte Zoe. »Ich habe vergessen, wie Menschen riechen!« meinte sie lachend. »Ich bin gleichzeitig wehmütig und begeistert. Und neidisch, Luna.«

»Beneide mich nicht«, erwiderte Luna. »Eine Weile war es o. k. so, aber jetzt ist unser Leben ziemlich mühsam geworden, Zoe. Wir dachten immer, wir bekämen Beifall, weil wir ein solch einfaches Leben führen, weißt du, alles wiederverwerten, meine ich, das einzig Schlechte, was wir verbrennen, ist Benzin. Und das auch nur, weil die Ölkonzerne die Entwicklung von solargetriebenen Fahrzeugen blockieren. Aber kaum hinterlassen wir ein bißchen Unrat auf einem Parkplatz, bezeichnen uns die Leute schon als Tiere.«

»Die Leute denken nicht an all die Scheiße, die sie selbst produzieren, weil sie die einfach wegspülen und sie sie dann nicht mehr sehen«, stimmte Zoe zu.

»Hast du die Pubs und einige der Läden hier gesehen? Wir sind erst gestern hier angekommen, und sie haben schon Schilder in die Tür gehängt: KEINE TRAVELLERS. Und die Bullen schikanieren uns neuerdings einfach nur zum Spaß. Ehrlich, Zoe, das ist die Mühe inzwischen nicht mehr wert. Was wir wirklich wollen, ist, unsere Wanderbühne in Schwung zu bringen. Das ist unser Traum. Aber das kostet Geld. Also habe ich Joe gesagt, wir müßten uns für den

Herbst nach etwas Festem umsehen. Die Kinder in die Schule schicken und so weiter.«

»Macht er da mit?«

Luna lachte. »Er will in Portugal überwintern. Er sagt, dort unten gäbe es eine Szene. Aber«, sagte sie, »er lebt auf einem anderen Stern.«

Am Abend vorher waren Musikfetzen und der Geruch von Cannabis in die Stadt getrieben. Während Ladeninhaber und Gastwirte die Gitter herunterließen, gingen deren Kinder nach Sonnenuntergang zur ehemaligen Müllgrube hinunter, wo ein spontanes, freies, aber nicht angemeldetes Festival stattfand.

James, dessen Zimmer sich in größerer Nähe zur ehemaligen Müllgrube als zum Kino befand, war mitten dabei. Er war mit seiner Kamera gekommen. Als er Zoe an Lunas Lagerfeuer entdeckte, ging er zu ihnen, verließ sie aber von Zeit zu Zeit, um Gesichter im flackernden Feuerschein und die Musiker auf der Bühne zu fotografieren.

»Siehst du den Typen mit der Flöte?« fragte Luna ihn, als er gerade wieder einmal bei ihnen war. »Er hat früher bei der *Incredible String Band* gespielt.«

»Wer?« fragte James.

»Nein, wirklich?« fragte Zoe.

»Das hat jedenfalls jemand gesagt«, erwiderte Luna. »Joe meint, daß diese Typen wirklich gut sind, daß sie aber keinen Plattenvertrag unterschreiben wollen. Sie sind alle schon mal über den Tisch gezogen worden.«

Lunas Kinder gingen aus eigenem Antrieb ins Bett, sie folgte ihnen jedoch, um sie noch zuzudecken, und kam dann mit gebackenen Kartoffeln und Linsen wieder, die sie herumgehen ließ, bevor sie mit dem Angebot, Kaffee zu machen, wieder verschwand.

James, der in weiser Voraussicht eine Flasche Whisky mitgebracht hatte, hatte davon selbst ein paar kräftige Schlucke getrunken und fühlte sich schläfrig. Er wollte allerdings nicht einschlafen, weil er sich nicht sicher war, ob seine Kamera noch da wäre, wenn er aufwachte. Inzwischen fand man sich um das Feuer herum zu einer Jamsession zusammen. James hatte das Gefühl, daß man ihn einfach vergessen hatte. Er überlegte gerade, ob er nach Hause gehen sollte, als Zoe neben ihm plötzlich rief: »Heh! Robert! Komm doch her!«

James fuhr aus seiner Benommenheit auf, blickte nach oben und sah seinen Bruder. Er trug Jeans, ein T-Shirt und eine Lederjacke. An seinem Gürtel baumelte ein Schlüsselbund, der gegen seinen Oberschenkel klatschte, während er auf sie zukam. Dann sah Robert James. Er blieb einige Schritte entfernt zögernd stehen. James sah ihn an. Sein Herz klopfte.

»Was ist denn mit euch beiden los?« wollte Zoe wissen. »Ich muß euch doch nicht miteinander bekannt machen? Komm schon, setz dich, Robert.« Alkohol und Nostalgie hatten ihre Wirkung getan, und so war es Zoe entfallen, daß die beiden Brüder nicht mehr miteinander gesprochen hatten, seit James vor über zehn Jahren versucht hatte, Robert zu erwürgen. Sie hatten einander gesehen – auf Alices Hochzeit, in der Stadt –, waren einem Gespräch aber stets aus dem Weg gegangen.

»Dir geht's gut?« fragte James.

Robert nickte. »Ja. Alles o. k.«, erwiderte er mit seiner kiesigen Stimme. »Und dir?«

»Gut«, sagte James.

Robert setzte sich neben Zoe auf die andere Seite. »Ein paar von den Leuten hier brauchten Ersatzteile für ihre Laster«, sagte er zu ihr. Dann flüsterten sie miteinander. Robert griff in seine Tasche und gab Zoe etwas. Sie wiederum gab ihm Geld. Luna kam mit einem Tablett voller Becher heraus, ließ sie herumgehen und setzte sich neben Robert. Zoe stellte sie einander vor.

»Noch ein Cousin?« sagte Luna. »Von deinen Cousins hast du mir in Marokko gar nichts erzählt.« Sie lachte zu Robert hinüber und warf ihm einen verstohlenen Blick von der Seite zu.

»Sie waren damals doch noch kleine Kinder, du Schaf«, erwiderte Zoe.

»Möchtest du Kaffee?« bot Luna Robert an. »Hier, du kannst meinen haben.«

»Soll das ein Witz sein?« brummte Robert. »Gibt's hier nichts Stärkeres?«

»Du kannst hiervon den Rest haben«, sagte James und reichte ihm die Whiskyflasche.

»Danke«, sagte Robert. Er kramte in seinen Taschen. »Möchtest du Kolumbianischen?« fragte er.

»Kaffee?«

»Hasch, du Arsch«, sagte Robert mit einem affektierten Grinsen.

»Robert, wirst du denn nie lernen, dich zu benehmen?« schimpfte Zoe, die zwischen den beiden saß.

»Wenn du willst, kannst du ein Achtel haben«, meinte Robert zu James. »Zwölf Pfund. Also gut, für dich zehn.«

»Nein, danke«, erwiderte James. »Was? Du verkaufst das Zeug?«

Robert steckte das Päckchen wieder ein.

»Du dealst?«

»Jetzt schau mich nicht so an.« Robert starrte James wütend ins Gesicht. »Dieser Blick stand mir schon bis oben, als wir noch Kinder waren.«

»Was soll das, Robert?« fragte James.

»Es ist doch nur Hasch, Mann, ich bringe weder Koks noch Schnee unter die Leute«, sagte Robert. »Sieh mich nicht so an. Zoe, sag ihm lieber, daß er sich nicht so aufspielen soll.«

»Du dealst mit Drogen.« James schüttelte den Kopf.

»Scheiße«, widersprach Robert. »Ich kaufe und verkaufe alles mögliche, Autos, Antiquitäten, jeder weiß das. *Dieses* Zeug hier sollte sowieso legal sein.«

»Gewiß.«

»Was geht dich das überhaupt an?«

»Oh, nichts, Robert. Nichts. Vergiß es.« James starrte in die Glut des Lagerfeuers, dann sah er Zoe an. »Ich nehme an, du …«, begann er. »Ist er dein …?« versuchte er zu fragen.

Zoe starrte unverwandt in die glühende Asche. »Jetzt sei doch nicht so ein Moralapostel, Schätzchen«, sagte sie ruhig. »Das steht dir nicht zu Gesicht.«

»Zum Teufel, du hast recht«, flüsterte James, nahm seine Kameratasche und erhob sich. »Was weiß ich denn schon!« sagte er und ging über das Ödland und durch die Dunkelheit nach Hause.

Am nächsten Morgen wachte Zoe sehr spät in ihrer Wohnung über dem Kino auf. Ihr Haar roch nach Rauch. Sie duschte und frühstückte gemütlich, während sie sich alte Fotos ansah. Es fand sich jedoch keines von Luna und ihrer Mutter darunter. Um ein Uhr ging sie nach unten, um den Filmvorführer hereinzulassen: Ihm folgten Luna, Joe the Blow und die Kinder ins Foyer, dahinter kam noch eine weitere kleine Gruppe. Sie alle waren mit so vielen Taschen bepackt, wie sie tragen konnten.

»Was ist los?« fragte Zoe. »Was in aller Welt ist denn passiert?«

Die Polizei, so berichteten sie ihr, wäre frühmorgens zu ihrem Lagerplatz gekommen. »Nein, es war keine Nacht-und-Nebel-Aktion, das muß man euren Leuten zugute halten«, sagte Joe. »Sie waren die ganze Zeit bestens gelaunt, die Schweine.« Sie hatten das Naturschutzgebiet von den Travellers geräumt und diese dann, sobald sie auf der Straße waren, angehalten und ihre Fahrzeuge kontrolliert.

»Sie haben die Hälfte für nicht verkehrstauglich erklärt«, erzählte Joe, »deshalb durften wir keinen Meter mehr fahren, sonst müßten wir Strafe zahlen. Und wenn wir versuchen, sie ohne schriftliche Genehmigung irgendwo abzustellen, verhaften sie uns auf der Stelle.«

»Was für eine Wahl hattet ihr denn dann noch?« fragte Zoe.

»Du hast's erfaßt«, sagte Joe zu ihr. »Keine. Ein verdammt mieser Trick. Sie haben uns freundlich angeboten, die Fahrzeuge abschleppen zu lassen.« Er lachte bitter. »Sie haben unsere Laster verhaftet und uns gehen lassen. Nun ja, unserer pfiff ohnehin schon aus dem letzten Loch.«

»Die anderen«, warf Luna ein, »stapeln sich jetzt in den Wohnwagen, die noch in Ordnung sind. Man hat sie aus eurer Stadt eskortiert. Aber es war nicht genug Platz für uns alle, Zoe.«

»Also gut«, sagte Zoe, »dann kommt erst einmal nach oben, und laßt uns nachdenken.«

Es war schon eng gewesen, als James der einzige Mitbewohner in Zoes Wohnung über dem Kino war, deshalb konnte sie jetzt unmöglich die ganze Gruppe bei sich unterbringen. Sie überlegte, ob sie Simon fragen sollte – im Haus auf dem Hügel gab es genug Platz –, aber sie war sich nicht sicher, wie die Leute mit Charles zurechtkommen würden.

»Er ist ein alter Faschist. Wahrscheinlich würde er die Armee rufen, um sein Haus räumen zu lassen«, sagte sie in ihrer winzigen Küche.

»Wer würde das?« fragte Luna. Sie machten gerade Rührei und Toast für die vielen Leute, die sich in ihrem Wohnzimmer drängten.

»Wer?« wiederholte Zoe. »Oh, niemand. Ich habe nur laut gedacht.«

»Weißt du, was *ich* gerade denke?« sagte Luna. »Was ich wirklich gerne täte? Einen Film ansehen! In deinem Kino! Das wäre wirklich toll. Wenn ich Joe dazu überreden kann, auf die Kinder aufzupassen. Was läuft denn gerade? Nicht, daß mir das wichtig wäre.«

»Luna«, sagte Zoe. »Du bist genial.«

»Ach?«

»Ihr könnt im Kino *wohnen*«, sagte Zoe. »Ihr könnt dort *schlafen*. Ihr alle. Wir versuchen, ein paar Feldbetten oder etwas Ähnliches aufzutreiben, und ihr könnt in den Gängen schlafen.«

Und so kam es, daß Zoe, nachdem sie monatelang von fernen Orten geträumt hatte, in ihrem Kino nun einer Gruppe von Nomaden Unterschlupf gewährte. Nachmittags hielten die Frauen und Kinder ein Picknick in der Grasniederung, während die Männer ins Stadtzentrum gingen und dort musizierten. Am Abend drängten sich alle bis auf Luna, die sich eine ganze Woche lang jeden Abend begeistert *Vagabonde* und *Ein Jahr der ruhenden Sonne* ansah, in Zoes Wohnung. Wenn die letzte Vorstellung vorbei war, machten sie vorn im Zuschauerraum ein riesiges Lager aus Matratzen, Kissen und Decken und legten sich alle in einem einzigen großen unordentlichen Haufen schlafen.

Insgesamt wohnten sie jedoch nicht länger als eine Woche dort. Schon nach zwei Tagen begannen sich die Kinobesucher über den Geruch von Gras und Patschuli zu beklagen. Ladenbesitzer und Zoes Nachbarn fanden schnell heraus, was da vor sich ging. Irgend jemand informierte das Rathaus, ein anderer sammelte Unterschriften dagegen, daß in einer kommerziellen Einrichtung Unterkunft und Verpflegung bereitgestellt wurden. Nicht jeder unterzeichnete, aber viele.

»Bald haben wir dann Hunderte von denen hier.«

»Und die stellen dann mit ihren Lastern die Anwohnerparkplätze zu.«

»Sie beutet sie aus, macht mit den Obdachlosen auch noch Gewinn.«

»Sie verlangt Geld von ihnen?«

»Von jedem zwanzig Pfund.«

»Wirklich?«

»Einschließlich der Kinder. Und stellen Sie sich einmal vor, Sie müßten in einem Kinosessel schlafen.«

»Natürlich bezahlen *die* nicht selbst. Die holen sich das Geld doch von der Sozialhilfe.«

»Das heißt also, von uns.«

»Also, du fühlst dich doch auch nicht sicher, oder? Ich habe Adrian gesagt, er soll einen Stuhl gegen die Tür stellen, bevor er ins Bett kommt.«

»Ich habe gehört, sie können keine Toiletten mehr benutzen. Oder wollen es nicht. Sie gehen zum Kanal runter, um ihr Geschäft zu erledigen.«

»Igitt. Das ist ja widerlich. Dort unten gehe ich doch immer mit meinem Hund spazieren.«

Am fünften Tag erschien ein Beamter des Gesundheitsamts und erklärte Zoe, die die Anwesenheit ihrer Gäste nicht verleugnete, daß diese das Gebäude verlassen müßten.

»Aber das sind meine Freunde«, sagte sie.

»Sie dürfen nicht im Kino schlafen«, erklärte er ihr. »Das verstößt leider gegen die Gesundheits- und Hygienevorschriften.«

»Nun, wenn das nächste Mal jemand in einem Tarkowski-Film einschläft, rufe ich Sie an«, sagte Zoe dem Mann vom Gesundheitsamt beim Gehen.

Ein paar Tage später verließen die Travellers unter den wachsamen Augen zweier Hilfsbeamter des Stadtrats wieder die Stadt. Zoe hatten ihnen einen neuen Wagen gekauft – ironischerweise eine alte grüne Minna, die Robert instand gesetzt hatte –, und sie stiegen hastig ein, so als würden sie mit diesem Gefährt dem Gefängnis entkommen und einen Ausflug ans Meer machen. Was wahrscheinlich auch zutraf.

»Ich hatte mich schon auf das neue Programm gefreut«, sagte Luna und machte eine Kopfbewegung in Richtung der Plastikbuchstaben auf der Kinofront. »Danke, Zoe«, sagte sie und umarmte ihre Freundin. »Wir schauen mal wieder bei dir vorbei«, versprach sie. »Das nächste Mal, wenn wir hier durchkommen.«

»Auf jeden Fall«, sagte Zoe. »Wir bleiben in Kontakt.«

Sie fuhren ohne großes Aufhebens davon, und Zoe sah ihnen neidlos hinterher. Diese Geschichte hatte ihre Ungeduld in gewisser Weise besänftigt. Es hatte ihr sowohl Spaß gemacht, ihre Gastfreundschaft anzubieten, als auch, ihre Nachbarn zu ärgern. Vielleicht hatte sie auch für sich selbst einen goldenen Mittelweg gefunden: Solange sie sich hier nicht allzu heimisch fühlte, konnte sie vielleicht mit einer gewissen Zufriedenheit leben. Damals konnte sie noch nicht ahnen, daß man ein paar Jahre später an ihren Sitzen festgekettete Zuschauer aus ihrem Kino schleppen würde und daß ihnen, während sie in moderne grüne Minnas verfrachtet wurden, eine große Menschenmenge, zurückgehalten von Sperren, zujubeln würde. Was sie auch nicht ahnen konnte, war, daß sie, Zoe, die Stadt dann für immer verlassen würde, und zwar mit einem kleinen Mädchen, dessen Schicksal, ohne daß dies jemand wußte, gerade in diesem Augenblick seinen Lauf nahm, als ein Ei, befruchtet vom Sperma seines Vaters, in der Gebärmutterschleimhaut seiner Mutter Zuflucht suchte.

Ein weiterer Zeuge der Abreise der Travellers war James: Von Zoe alarmiert, hatte er seine Kamera mitgebracht, verschoß aber nicht wie üblich einen ganzen Film, sondern machte nur ein einziges Foto. In der Zeitung fertigte Keith einen Abzug davon an und legte ihn, zusammen mit James' kurzer Bildunterschrift, in Rogers Ablagekorb.

Als James an diesem Nachmittag von einem anderen Auftrag zurückkehrte, stellte Roger ihn zur Rede.

»Das können wir nicht gebrauchen«, erklärte er. »Warum gibt es von dieser Sache nicht mehr Fotos?«

»Es waren nicht mehr nötig«, erklärte James. »Was gibt es an dem Foto denn auszusetzen?«

»Du weißt, was es daran auszusetzen gibt«, sagte Roger ihm offen.

Das einzelne Foto zeigte Luna, die Joe the Blow, der sich bereits im Wagen befand, das Kleinkind hinaufreichte. Das Kind hatte sich gerade den Ellbogen an der Wagentür angeschlagen und heulte. Hinter Luna standen die beiden Hilfsbeamten in ihren dicken Arbeitsjacken. Der Gesichtsausdruck der beiden Männer ließ sich sowohl als gelangweilte Gleichgültigkeit als auch als tyrannische Herzlosigkeit deuten.

»Es ist die Wahrheit, so wie ich sie gesehen habe«, erklärte James.

»Wie du sie sehen *wolltest*«, korrigierte Roger ihn. »Das ist keine objektive Berichterstattung, James, das ist eine subjektive Interpretation der Ereignisse. Du bist jetzt schon seit über zehn Jahren hier bei dieser Zeitung, Mann, also was soll das?« Er schüttelte verständnislos den Kopf. »Und in weniger als einem Monat gehe ich in Ruhestand«, klagte er.

»Nun, es tut mir leid, daß ich in deinen letzten Tagen noch solche Unruhe verursache.«

»Das ist keine Berichterstattung«, fuhr Roger fort. »Und außerdem ganz untypisch für dich. Unprofessionell. Was ist denn los mit dir?«

»Nichts ist los«, erwiderte James schlechtgelaunt.

»Ich kann dir eins sagen, James. Mr. Baker wird das nicht gefallen. Überhaupt nicht.«

»Ach, Mr. Baker kann mich mal«, erklärte James und verließ mit steifem Schritt das Büro.

James wollte auf seiner Ausstellung in der Old Fire Station im September 1986 fünfzig Fotos zeigen. Die endgültige Auswahl zu treffen war eine überaus schwierige Aufgabe. Bei etwa dreißig Fotos war die Entscheidung klar, aber für den Rest starrte er stumm die Kontaktbögen an, die ein und dasselbe Motiv in verschiedenen Blickwinkeln zeigten, entschied sich dann endlich für ein Foto, nur um fünf Minuten später seine Meinung wieder zu ändern. Es war unmöglich.

Sonia war seine Rettung. Sie war eine strenge Kritikerin und hatte keine Bedenken, ihm auch zu sagen, wenn sie etwas schlecht fand, wobei sie sich offensichtlich nicht bewußt war, daß es ihm weh tat, das aus dem Mund eines anderen Menschen zu hören, selbst wenn er derselben Meinung war wie sie. Trotz seines Unbehagens war ihr Urteil genau das, was er brauchte. Er engte seine

Auswahl zu einem bestimmten Thema auf drei oder vier Fotos ein, die er Sonia dann vorlegte, und sie verkündete: »Das hier ist das Beste. Der Rest ist Mist, James.«

Gewöhnlich hatte sie recht. Sonia hatte in den meisten Dingen recht. Sie war realistisch und nüchtern, verfolgte zielstrebig ihre Karriere, genoß ihr Sozialleben, widmete sich der Erziehung ihrer Söhne. Jeder Tag war für sie eine Reise. Sie begann mit dem Frühstück, mit gebügelten Röcken und einer gut organisierten Aktentasche, mit eingepacktem Mittagessen und geputzten Zähnen und damit, daß sie das Haus pünktlich verließ. Sie segelte durch ihren Tag, bis sie an dessen Ende mit James an ihrer Seite einschlief. Sie vermittelte James das Gefühl, normal zu sein, und er war ihr dafür dankbar. Sie verankerte ihn im Leben, sie füllte die Leere in ihm.

Als der Eröffnungstag der Ausstellung näher rückte, nahm James kaum noch wahr, was um ihn herum vor sich ging. In der Zeitung erledigte er seine Aufgaben rasch und mechanisch.

»In letzter Zeit sind deine Arbeiten ausgezeichnet«, sagte Frank (sein neuer Chef, nachdem Roger in Rente gegangen war). »Sie sind präzise und schlicht«, sagte er. »In Zeiten wie diesen möchte Mr. Baker alles ganz geradlinig haben.«

James hörte gar nicht zu. Er beteiligte sich auch nicht an den düsteren Gesprächen beim Kaffee im Büro. Auch die Kantine, wo Drucker und Journalisten beim Mittagessen besorgt Gerüchte austauschten, mied er. James brachte jede freie Minute in der Dunkelkammer zu, dann trug er seine letzten Arbeitsabzüge zum Framing Workshop an der Factory Road, wo Karel ihn von seinem Vorhaben, für jedes Bild den gleichen schlichten Rahmen zu verwenden, abzubringen versuchte.

»Sie unterscheiden sich doch alle voneinander«, meinte Karel. »Warum willst du dann dieselben verdammten Rahmen verwenden? Wir haben eine riesige Auswahl hier.«

»Das wird die Fotos miteinander verbinden«, beharrte James. »Es trägt dazu bei, sie zu einer einzigen homogenen Gruppe zu machen.«

»Wenn die Fotos nicht homogen sind, dann helfen dir auch die verdammten Rahmen nicht dabei. Aber schließlich ist es dein Geld, nicht wahr?«

James ließ für die Vernissage Einladungen drucken, außerdem Flugblätter, auf denen die Ausstellung angekündigt wurde. Er forderte damit einen Gefallen ein, den man ihm schon lange schuldete. Er ließ kleine Stapel von Flugblättern in Geschäften und Pubs, Restaurants und Cafés zurück, in der öffentlichen Bibliothek und dem Sportzentrum, ebenso wie in Zoes Kino und Lewis' Nachtclub.

»Wo bist du denn in letzter Zeit gewesen?« fragte Lewis. »Du hast dich mit dieser tollen Frau schon seit Wochen nicht mehr hier sehen lassen.«

»Kein Bange«, schrie James, um sich in dem Lärm verständlich zu machen. »So schnell wirst du uns nicht los.«

In der Old Fire Station konnte man einen einzigen großen, luftigen Raum zu einer festgesetzten Gebühr mieten, außerdem stand eine Empfangsdame zur Verfügung, die das Geld für jedes verkaufte Bild entgegennahm. Zoe schlug James vor, er solle Laura bitten, für die Speisen und Getränke zu sorgen.

»Ich soll die Köchin des alten Herrn bitten?« James runzelte die Stirn. »Das soll wohl ein Witz sein.«

»Nein, wußtest du denn nicht, daß Laura so was macht. Sie hat neben ihrer Tätigkeit als Köchin im Haus auch einen Partyservice. Sie hat expandiert.«

Also rief James Laura an. Sie hatten einander jahrelang kaum gesehen, aber sie reagierte, als hätten sie erst gestern miteinander gesprochen.

»Sicher, James, das ist kein Problem«, erwiderte sie. »Warum schaust du nicht hier vorbei, und wir besprechen alles.«

»Ich werde nicht zum Haus kommen, Laura«, sagte James zu ihr. »Das mußt du doch wissen.«

»Natürlich weiß ich das«, sagte sie. »Ich wollte dich nur testen, um zu sehen, ob du noch immer so eigensinnig wie früher bist. Ganz offensichtlich ist das der Fall. Also treffen wir uns irgendwo in der Stadt.«

Ein paar Tage darauf trafen sie sich in einem Café in der Markthalle. James war ein paar Minuten früher da. Als er aufblickte und Laura sah, die zwischen den Tischen hindurch auf ihn zukam, spürte er, wie sein Herz zu klopfen anfing. Seine Lungen schienen plötzlich keinen Platz mehr in seinem Brustkorb zu haben, und ihm fiel das Atmen schwer: Denn entweder war das Kleid, das sie trug, äußerst unschmeichelhaft, oder aber sie bekam wieder ihren Babyspeck, so daß sie erneut ihrer Mutter ähnelte. Oder aber ... Laura war ungefähr im siebten Monat schwanger. James lenkte seinen Blick von Lauras Magengrube zu ihrem Gesicht und stand auf, um sie begrüßen.

»Du siehst wunderbar aus«, sagte er spontan. »Du siehst großartig aus, Laura. Es stimmt, was man gemeinhin über die Schwangerschaft sagt: Du strahlst richtig von innen heraus.«

Laura lächelte und bedankte sich. Er holte ihr am Tresen einen Becher Pfefferminztee.

»Mir hat kein Mensch etwas davon gesagt!« platzte es aus James heraus. »Ich bin einfach platt.«

»Nun, sie sind alle ein bißchen zurückhaltend damit«, sagte Laura rätselhaft. »Auf dem Weg hierher habe ich mich gefragt: Wird er etwas sagen, wenn er mich sieht? Ich dachte nein. Und was tust du? Du sprichst mich direkt darauf an. Das bedeutet, du hast dich doch verändert, James.«

»Wie?«

»Nun, du bist kein ängstlicher Junge mehr.«

»Danke, Laura!« meinte James lachend. »Du bist aber, wie es scheint, immer noch eine gönnerhafte jüngere Schwester. Ich bin dreißig, weißt du.«

»Wir haben uns kaum gesehen, nicht wahr?« meinte Laura stirnrunzelnd. Sie hatte die Hand auf James' Arm gelegt. Es war eine instinktive Geste. Sie merkte nicht einmal, daß sie das getan hatte.

»Ich habe im Grunde so gut wie niemanden gesehen«, sagte James zu ihr.

»Warum tust du, als wärst du ein Fremder?« fragte Laura.

James seufzte. »Ich weiß, daß es albern klingt, aber ich kann mit diesem Mann nicht unter einem Dach wohnen.«

»Du meinst deinen Vater.«

»Es sind schlimme Dinge geschehen, und wann immer ich darüber genau nachdenke, lassen sie sich alle auf ihn zurückführen.«

»James«, sagte Laura ernst und drückte seinen Arm. »Es war nicht dein Vater, der mich verprügelt hat. Oder der mich zur Abtreibung gezwungen hat oder der für irgend etwas, das damals passiert ist, verantwortlich ist. Es war *mein* Vater.«

»Ich weiß, Laura, aber es war nicht allein diese Sache mit dir. Das war nur der Auslöser.«

»Ich wollte immer, daß du wieder zurückkommst.« Sie schluckte. »Ich habe mich immer dafür verantwortlich gefühlt, daß du dich deiner Familie entfremdet hast.«

»Was?« rief James. »Das meinst du doch nicht im Ernst, Laura. Das ist eine Sache nur zwischen mir und ihm, es ist nichts, weshalb *du* ein schlechtes Gewissen haben müßtest.«

»Nun, das hatte ich aber«, erwiderte sie mit gesenktem Kopf. »Und, was dazukommt«, sagte sie, und ihre Miene erhellte sich, »ich habe dich vermißt. Ich meine, du, ich und Alice, wir waren damals doch richtige Kumpel, nicht wahr, und jeder weiß, was mit der armen Alice passiert ist.«

»Was ist mit Alice passiert?« fragte James beunruhigt.

»Sie ist zu einer der ›Stepford-Frauen‹ mutiert, das ist passiert«, informierte Laura ihn.

»Ach, so«, sagte James erleichtert. »Vielleicht ist sie ja glücklich so«, meinte er achselzuckend. Er lachte. »Ich dachte, wir würden uns treffen, um über belegte Brote und Käsehäppchen zu diskutieren, Laura, und das wär's dann. Ich habe gehört, daß du ziemlich geschäftstüchtig bist.«

»Das bin ich auch«, erwiderte sie und nahm einen Notizblock und einen Stift aus ihrer Tasche.

»Warte«, sagte James und legte seine Hand auf *ihren* Arm. »Wer ist denn der werdende Vater? Ich meine, bist du mit jemandem fest zusammen? Du bist doch nicht *verheiratet*, oder?«

»Weißt du das denn nicht?« Laura runzelte die Stirn.

»Ich wußte doch nicht einmal, daß du schwanger bist«, sagte James.

»Es ist Robert, James«, sagte sie zu ihm.

James erstarrte. Laura sah weg. Dann sagte sie: »Wir sind nicht zusammen oder so. Wir haben einen Fehler gemacht. Nun, *ich* habe den Fehler gemacht, denke ich. Es ist *mein* Körper. Tja, jetzt ist es nun einmal, wie es ist.«

Sie sah James wieder an. »Ich werde mein Kind allein erziehen, James«, sagte Laura zu ihm. »Nach dem, was ich so gehört habe, hast du da ja nichts dagegen.«

James sah erstaunt aus. »Nein«, sagte er.

420

»Ich habe gehört, daß du mit einer Frau, die zwei Kinder hat, zusammenlebst«, fing sie wieder an.

»Fast«, erwiderte James. »So gut wie.« Er spürte wieder ihre Hand auf seinem Arm.

»Also hast du dich verliebt, James?« fragte Laura lächelnd.

Das Kind ist die Frau, dachte James. Sie hat sich nicht verändert. Sie hat mich damals entwaffnet, und jetzt, zwanzig Jahre später, entwaffnet sie mich immer noch. Es war nicht nur so, daß er sie nicht anlügen wollte oder konnte. In dem Moment, in dem Laura ihm diese Frage stellte, wußte er einfach, wie die Antwort lautete.

»Nein«, sagte er zu ihr. »Ich bin nicht verliebt.«

Laura schien es leid zu tun, daß sie gefragt hatte. Sie hatte nicht die Absicht gehabt, seinen Verteidigungswall zu durchbrechen, schließlich machte sie nur Konversation. James tat es leid, daß er geantwortet hatte.

»Also, was ist nun mit diesem Empfang?« fragte er. »Was kannst du mir anbieten?«

Erleichtert nahm Laura ihren Notizblock und ihren Stift zur Hand, und sie begannen auszurechnen, was sie an Oliven und Kanapees brauchen würden.

Die Vernissage fand am zweiten Samstag im September um sieben Uhr abends statt. Trotz seiner Nervosität schlief James die Nacht zuvor wie ein Murmeltier. Als er wach wurde, stellte er fest, daß Sonia ebenfalls gerade dabei war aufzuwachen. Benommen ertasteten sie sich gemeinsam ihren Weg aus dem Schlaf. James war am Morgen viel leichter erregbar als abends. Er fragte sich, ob das auf die meisten Leute zutraf, und wenn ja, warum sie sich dann immer abends umeinander bemühten. Sonia brauchte sich nur schlaftrunken an ihn zu kuscheln, und schon bekam er eine Erektion.

Unter der Daunendecke war es warm, draußen war es kalt. Sie hatten beide die Augen geschlossen. James reckte sich gähnend und nahm Sonias Brust in den Mund. Er leckte an ihrer Brustwarze. Er spürte, wie ihre Hand seinen Körper streichelte und schließlich sein erigiertes Glied erreichte.

»Willst du wirklich?« flüsterte er schläfrig. »Es ist schon spät.«

»Wir haben Samstag«, murmelte Sonia. »Die Jungen sitzen bestimmt schon vor dem Fernseher.«

Sie küßten sich. Ihr warmer, abgestandener Morgenatem blies ihm ins Gesicht. Sie schob ihn vorsichtig in sich hinein. »Machen wir schnell«, murmelte sie.

Vielleicht lag es daran, daß er noch nicht ganz wach war, vielleicht auch, weil sie sich normalerweise sehr gemächlich liebten, aber als James ejakulierte, traf ihn der Orgasmus wie ein Elektroschock, der sein Gehirn zerschmetterte.

»Jesus«, sagte er, als er wieder Luft bekam. »Das war eine wirklich tierische Nummer.«

»Es war toll«, flüsterte Sonia.

»Bei dir auch?« fragte er.

»Hmmm«, sagte sie.

James verbrachte den größten Teil des Tages damit, die Fotos in dem großen, hellen Ausstellungsraum aufzuhängen. Eigentlich hatte er diese Aufgabe für Freitag geplant, aber da er schon bei der Auswahl der Bilder so unschlüssig gewesen war, hätte er wissen müssen, wie schwierig das werden würde. Bei fünfzig Bildern in einem Raum bot sich eine unendliche Zahl an Kombinationsmöglichkeiten, und sein ursprünglicher Plan, die Bilder in chronologischer Reihenfolge aufzuhängen, erschien ihm plötzlich zu einfallslos – das hatte er einsehen müssen, als er sie am Freitag vormittag an die Wand lehnte. Also hatte er den Rest des Tages damit verbracht, sie nach Themen zu ordnen: hier eine Gruppe von Fotos, die er auf Musikveranstaltungen gemacht hatte, dort Sportfotos, alle Kinder zusammen an der einen Wand, Hochzeitsfotos an der anderen. Als er aber *dieses* Ergebnis betrachtete, schien ihm das noch banaler, als die Bilder in chronologischer Reihenfolge zu ordnen. Es mußte seiner Meinung nach ein passenderes Ordnungsprinzip geben, eines, das weniger offensichtlich, aber aussagekräftig war.

Wie schon zuvor brauchte er jemanden, der ihm dabei half, seine Arbeiten zu gruppieren. Er wollte Sonia nicht darum bitten – zumindest nicht direkt. Am Freitag abend, als sie sich danach erkundigte, wie er vorangekommen sei, ließ er eine Bemerkung fallen. Nein, alles sei prima, keine Probleme, es hinge nur noch keines der Bilder an der Wand, das sei alles. Er hätte noch nicht entschieden, welche am besten zueinander paßten, aber das würde er morgen schon noch hinkriegen.

»Sicher wirst du das«, beruhigte Sonia ihn. »Schließlich bleibt dir gar nichts anderes übrig, oder?« meinte sie lachend und unterließ es, ihm ihre Hilfe anzubieten. Am Samstag morgen rief James Zoe an, und sie kam gegen Mittag zu ihm in die Old Fire Station. Sie drehte sich eine Zigarette, kramte nach einem Feuerzeug und ging dann langsam und nachdenklich im Raum umher, während sie sich die Bilder ansah, die, einander überlappend, an die Wand gelehnt dastanden.

»Sehr gut, James«, verkündete Zoe, als sie einmal rundherum gegangen und wieder an der Tür angekommen war. »Sehr gut. Also, ich werde sie jetzt hier und da umstellen, und du sagst mir, wie es aussieht, o. k.? Ich bin die Assistentin des Galeriedirektors und stehe zu deinen Diensten.«

Von da an war es einfach. Sie hängten die Bilder abwechselnd an lange oder kurze Nylonschnüre, die an einer um den ganzen Raum herumlaufenden Bilderleiste befestigt waren. James hatte keinerlei Schwierigkeiten, sich zu entscheiden – Zoe machte den ganzen Nachmittag nur ein oder zwei eigene Vorschläge –, er brauchte einfach nur jemanden, der seine Entscheidungen bestärkte, der nickte oder kurz ein zustimmendes »Ja« von sich gab. Oder der überhaupt einfach nur da war, so daß James durch Augen sehen konnte, die nicht seine eigenen waren.

James war mit Zoe einer Meinung gewesen, daß die meisten anderen Künstler der Stadt, deren Arbeiten sie gesehen hatten, unbedeutende Dilettanten waren, so verzweifelt um Aufmerksamkeit bemüht, daß sie ihre Ausstellungen schon organisierten, lange bevor sie überhaupt die Bilder dafür hatten.

Er hatte kein Wort zu Zoe gesagt, aber vielleicht konnte sie seine Gedanken lesen. »Einer meiner Yogalehrer«, hörte er sie sagen, »hat mir erklärt, es zählt nicht das, was du jetzt tust, sondern das, was du tust, wenn du fünfzig bist.«

»Du meinst, ich brauche noch einmal zwanzig Jahre?« fragte er sie.

»Nun, eigentlich habe ich da eher an mich gedacht, Schätzchen«, meinte sie lächelnd.

»Danke, daß du mir geholfen hast«, sagte James zu ihr. »Ich bin wirklich froh. Du hast mich wieder mal aus einem Loch herausgeholt. Das ist bei dir schon richtig zur Angewohnheit geworden, weißt du. Du bist immer für mich da.«

»Nun, du würdest wahrscheinlich nicht anders handeln, wenn jemand dich braucht. Jetzt gehst du aber besser nach Hause und ziehst dich um, damit du rechtzeitig wieder hier bist. Es ist schon fast sechs.«

Der Abend verlief wie ein Traum.

Als James mit Sonia und ihren Söhnen eintraf, hatte Laura bereits Rot- und Weißwein, Sekt und Fruchtsäfte vorbereitet und auf einem Zeichentisch Vorspeisen angerichtet: Taramosalàta, Kohlsalat, Guacamole, Räucherlachs, würzige Häppchen, Cocktailtomaten, Schüsseln mit Obst, Pitta und Knäckebrot, gefüllte Eier, Galantine und andere kalte Fleischgerichte, Salami, Würstchen und Pasteten, Shrimps und Avocado.

»Was für ein Festessen«, stieß James hervor. »Die Leute tun gut daran, wenn sie alle kommen.« Sonia und die Jungen bedienten sich. James brachte nichts herunter: Er war viel zu nervös, er schwitzte heftig, gleichzeitig war ihm eiskalt.

Lewis baute einen Plattenspieler und Lautsprecher auf: Er hatte sich erboten, für die Musik zu sorgen, hatte sich eine Auswahl von Klassik- und Popplatten für die Untermalung zusammengeborgt. Lewis begrüßte James mit einem freimaurerischen Handschlag, der seine Zugehörigkeit zur Unterwelt des Nachtlebens signalisierte.

»Sieht gut aus, Jay«, erklärte Lewis. »Das dort gefällt mir am besten«, sagte er und zeigte auf ein Foto von zwanzig Männern in einem Park, alle in verschiedenfarbigen T-Shirts, von denen jeder auf der Jagd nach einem unsichtbaren Fußball in eine andere Richtung davonzustürmen schien. Es hing zwar ein Fußball in der Luft über ihren Köpfen, den aber schienen sie nicht zu beachten.

An der Wand neben dem Bild sah James einen kleinen roten Aufkleber. Er sah Lewis an, der grinste.

»Ja. Ich wollte der erste sein, der eins kauft, Jay. In meiner Bude wird es bestimmt großartig zur Geltung kommen.«

Dann trafen langsam die Gäste ein, und neben immer mehr Fotos erschienen rote Aufkleber: James hatte von jedem Foto eine Serie von zehn Abzügen erstellt, die er zu £ 50 das Stück verkaufte.

Zoe kam mit einem Mann wieder, den sie Dog nannte, und kaufte ein Foto, das James auf einer ihrer Matineen gemacht hatte. Es zeigte eine Gruppe Kinder, die gebannt und mit offenem Mund auf die Kinoleinwand starrten.

»Ich werde es im Foyer aufhängen«, sagte Zoe zu ihm. »Es erinnert mich an *Der Geist des Bienenstocks.*«

»Es erinnert mich an uns«, sagte Laura.

»Wen?« fragte James.

»*Uns*«, wiederholte sie. »Erinnerst du dich nicht daran, wie wir auf dem Nachhauseweg immer gestritten haben?«

Seine Künstlerfreunde trafen ein. Sie steuerten direkt auf das Buffet zu, wobei Karel murmelte, man solle ihn bloß nicht für die verdammten Rahmen verantwortlich machen. Dann erschienen die Berufsfotografen, James' Kollegen. Sie und die Künstler schienen einander zu kennen, so entschlossen gingen sie sich gegenseitig aus dem Weg. Keith, der Reprotechniker, verbrachte lange Zeit damit, kopfschüttelnd jedes einzelne Foto durch seine getönten Gläser anzustarren, während Roger, James' pensionierter Chef, ihm zur Klarheit seiner Bilder gratulierte. Dann aber kamen sie zu drei nebeneinander hängenden Fotos, auf denen Leute in überfüllten, schweißigen, verrauchten Pubs zur Musik irgendeiner unsichtbaren Band tanzten.

»Ach du liebe Zeit«, sagte Roger. James lächelte und ließ ihn stehen. Seine anderen Arbeitskollegen standen alle auf einem Haufen zusammen.

»Gut gemacht, mein Sohn«, sagte Frank. »Wir hatten schon befürchtet, du würdest irgendwelchen überkandidelten Scheiß machen.«

James war enttäuscht. »Habe ich das nicht?« fragte er.

»Es sind alles *Menschen*«, sagte Frank zu ihm.

»Ja, richtig, Menschen«, unterbrach Derek. »Das hier ist gutes Material, Jim. Wirklich, das ist es, allerdings ist es schade, daß du, als man dich von der Leine ließ, nicht ein bißchen mehr... nun, daß du nicht ein bißchen kritischer warst.«

»Ich nehme an, du hast bereits davon gehört, mein Sohn,« sagte Frank. »Wir haben es gerade heute nachmittag erfahren.«

»Was soll ich gehört haben?« fragte James.

»Nun, die Gerüchte haben sich als wahr erwiesen«, sagte Keith.

»Welche Gerüchte«, wollte James wissen.

»Zum Teufel, manchmal macht er es einem wirklich schwer«, sagte Frank zu Keith. »Das mit deinem alten Herrn«, meinte er dann zu James.

»Was *ist* mit ihm?« wollte James ärgerlich wissen.

Die beiden Männer wechselten einen Blick, dann sahen sie wieder James an. »Er hat die Zeitung gekauft«, erklärte Frank ihm.

»Was?« fragte James verwirrt. »Welche Zeitung. Du meinst doch nicht…«

In diesem Augenblick kamen jedoch Alice und Harry mit ihren beiden kleinen Kindern, außerdem Onkel Simon und Tantchen Nat herein. Simon drückte James in einer Bärenumarmung an sich und sagte: »Das ist wunderbar, James! Unser kleiner Bruder ist ein richtiger Star. Und was für ein gut angezogener noch dazu! Wer hätte das je gedacht?«

Nachdem Simon James aus seinem schwammigen Griff freigegeben hatte, brauchte er ein paar Sekunden, bevor er wieder Luft bekam und sein Gleichgewicht wiederfand. Aber er konnte seinem älteren Bruder nicht gram sein. Simon hatte sich nämlich verpflichtet, dafür zu sorgen, daß Charles nicht auf der Vernissage auftauchte – wozu er durchaus fähig gewesen wäre.

Alice küßte James auf eine Wange und wollte ihn gerade auf die andere küssen, da entdeckte sie Zoe und ließ ihn mit gespitzten Lippen stehen, um ihre Cousine zu begrüßen.

Natalie, die an diesem Abend offiziell als Kindermädchen zu fungieren schien, hatte Amy an der Hand und Sam auf der Hüfte. Als sie Sonia sah, ging sie zu ihr, um sich vorzustellen. Harry betrachtete die Fotos, während Simon begann, sich Fremden vorzustellen und dann Fremde miteinander bekannt zu machen, so daß er, zwei Minuten, nachdem er den Raum betreten hatte, schon zum selbsternannten Gastgeber des Abends avanciert war. James, der mit einem Mal allein dastand, wurde plötzlich von einer heftigen Zuneigung zu seinem Bruder erfaßt, zu seinem Bruder, der Eigenschaften besaß, die er, James, niemals haben würde.

Die nervliche Anspannung macht mich müde und gefühlsduselig, dachte er. Er spürte, wie jemand seinen Arm berührte: Es war Laura mit einem Glas Wein.

»Du siehst aus, als könntest du das gebrauchen«, sagte sie und kehrte wieder hinter das Buffet zurück. Dankbar trank er einen kräftigen Schluck, gerade als noch mehr Besucher eintrafen.

Pat, politische Aktivistin und neuerdings Videofilmerin (von seinen Mitbewohnern die einzige, mit der er soweit befreundet war, daß er sie eingeladen hatte), überreichte ihm ein kleines Bündel Umschläge.

»Ich dachte, ich bringe dir deine Post mit«, sagte sie. »Du könntest dein Zimmer genausogut weitervermieten, so wenig, wie du noch da bist. Ach ja, was ich noch sagen sollte, ich werde selbst nicht mehr lange dort wohnen.«

»Was, kaufst du dir ein Haus?« fragte er.

»Du machst wohl Witze«, schnaubte sie. »Ich bin dermaßen pleite, daß ich Videobänder aus dem Mülleimer einer Videothek verwende. Nein, ich gehe auf die Filmakademie. Ich habe einen Platz bekommen.«

»Gratuliere«, erklärte James.

»Ja, toll, nicht? Zu deiner Ausstellung hier wollte ich dir übrigens auch gratulieren. Es tut mir nur leid, daß ich es mir nicht leisten kann, eines deiner Werke zu kaufen.« Pat, die ihren Blick durch den Raum hatte schweifen lassen, bekam plötzlich leuchtende Augen, als sie Lauras Buffet sah. »Oh, was zu essen!« rief sie. »Super!«, und schon war sie weg.

Der Raum füllte sich mit James' Bekannten, von denen einige auch auf den Fotos zu sehen waren. Die Leute stutzten immer wieder, wenn sie das menschliche Original und dessen fotografisches Ebenbild entdeckten. Der Wein floß in Strömen, und der Raum wurde immer voller. Die Gespräche vermischten sich zu einer unbestimmbaren Geräuschkulisse. James kreuzte durch dieses Meer hindurch. Als er hörte, wie Karel Natalie erzählte: »Du hast einen wunderbaren Kopf. Ich würde dich gern einmal fotografieren«, flüsterte er ihm ins Ohr, daß er völlig auf dem Holzweg sei und sich seine Mühe sparen könne. Karel flüsterte zurück. »Hau ab.«

James sah, daß sich die Fotografen – Künstler wie Bildreporter – an der hinteren Wand schließlich doch zusammengetan hatten und nun gemeinsam bedauerten, daß James sich so weit herabgelassen und Hochzeitsfotos gemacht hatte. Und gleich so viele! James, der schon ganz berauscht war, mußte angesichts ihrer ungeteilten Bestürzung grinsen.

Harry kam zu ihm herüber und schüttelte ihm die Hand. »Sehr schön, James«, sagte er. »Sehr interessant. Öffnet mir in gewisser Weise die Augen. Ich denke, ich habe dich wohl unterschätzt.«

»Tja, danke, Harry«, erwiderte James.

»Ja. Sehr interessant. Fünfzig Bilder, von jedem zehn Abzüge zu fünfzig Pfund: Das sind möglicherweise fünfundzwanzig Riesen. Abzüglich der Ausgaben, natürlich. Angenommen, du verkaufst alle, dann würdest du nicht allzu viele Ausstellungen wie diese im Jahr machen müssen, um gut leben zu können.«

»Ich werde nicht alle verkaufen, Harry«, wandte James ein.

»Gewiß nicht.«

»Ich habe selbst eins gekauft. Das mit dem Stukkateur und seinem Kumpel, die vor einer frisch verputzten Wand stehen. Es stimmt mich so nostalgisch. Gefällt mir.«

»Danke, Harry.«

Auch neben einem Foto aus jener Zeit, als die Freeman-Zehn ihre Streikpostenkette gebildet hatten, klebte ein roter Aufkleber. Es zeigte Charles Freeman, den Boß, der auf dem Rücksitz seines Rovers an den Streikenden vorbeigefahren wurde. Er hatte frappierende Ähnlichkeit mit einem lächelnden Buddha, während durch das Fenster auf der anderen Seite des Autos wie in einem Rahmen das wütende Gesicht des Wire zu sehen war, der seinen ehemaligen Arbeitgeber wüst beschimpfte.

Gerade in diesem Augenblick tauchte Simon neben James auf. James zuckte zurück, weil er dachte, sein Bruder würde ihn gleich mit einer weiteren Bärenumarmung beglücken, aber Simon gab sich damit zufrieden, nur einen Arm um James' Schulter zu legen.

»Ich mußte mit Vater natürlich ein Abkommen treffen«, dröhnte er ihm ins Ohr.

»Ein Abkommen?«

»Richtig, ein Abkommen. Woher wußtest du das?«

»Du bist genauso besoffen wie ich!« sagte James zu ihm.

»Ich habe nur ein, zwei Schluck Wein getrunken, mein Lieber. Wie dem auch sei, er hat mich beauftragt, für ihn eines deiner Fotos zu kaufen.«

»Scheiße, Simon, ich möchte mit dem alten Mistkerl nichts mehr zu tun haben.«

»Jetzt sei nicht so verbiestert, James. Er ist einfach ein potentieller Käufer wie alle anderen. Rate mal, welches Bild ich für ihn gekauft habe.«

»Doch nicht das mit dem Auto?« fragte James grinsend.

»Genau dieses!« bestätigte Simon.

»Er sieht darauf aus wie ein böser Kobold«, kicherte James.

»Der Wire rastet gerade völlig aus«, wieherte Simon.

»Er wird es schrecklich finden«, gluckste James.

»Er wird begeistert sein!« schrie Simon.

»Hör auf, Simon, ich pinkle mir gleich in die Hose«, stieß James hervor.

»Hab ich schon!« japste Simon, als sie sich mitten in dem überfüllten Raum vor Lachen kringelten.

Sie wurden von Lewis gerettet: Genau in diesem Moment, um exakt zehn Uhr, dämpfte er das Licht und drehte die Musik auf. Die Vernissage verwandelte sich in eine Disco.

Die älteren, die jüngeren und die gesetzteren unter den Gästen gingen, die meisten aber blieben. Eine Freundin von Sonia brachte deren Söhne nach Hause.

»Der Abend ist ein voller Erfolg«, schrie Sonia James ins Ohr.

»Was?« schrie er zurück. Sonia kam nah zu ihm heran, beruhigte seine hektischen Tanzbewegungen, dann begannen sie, sich langsam im Kreis zu drehen.

Zoe tanzte mit dem schwerfälligen Dog, einem Baum von einem Mann. Harry hatte seine Kinder nach Hause gebracht und Alice in Natalies Obhut gelassen. Karel hatte seine Aufmerksamkeit inzwischen auf eines der Schreibmädchen der Zeitung gerichtet. Simon trank mit den Pressefotografen.

James machte sich auf die Suche nach einer Toilette. Anstatt danach gleich in den Ausstellungsraum zurückzukehren, ging er zu einem großen Erkerfenster im Korridor, öffnete es und lehnte sich hinaus. Der Nachhall der Musik summte noch in seinen Ohren, und er fühlte sich vom Alkohol und der Aufregung wie betäubt. Er zündete sich eine Zigarette an. Nach einer Weile hörte er Schritte. Als er sich umdrehte, sah er Laura auf sich zukommen. Sie trat zu ihm ans Fenster.

»Du tanzt gar nicht?« fragte sie.

»Ich mache nur eine Pause«, sagte er zu ihr. »Und du?«

»Ich habe schon Feierabend gemacht. Mit Getränken können sich die Leute selbst bedienen. Es ist ohnhin nicht mehr viel da. Es ist gut gelaufen. Du kannst wirklich zufrieden sein.«

»Bin ich auch«, erwiderte James. »Ich habe etwas Wichtiges erkannt. Nun, für mich ist es wichtig.«

»Und was hast du erkannt?«

James nahm einen letzten Zug von seiner Zigarette und warf sie aus dem Fenster. »Daß ich kein Künstler bin«, sagte er. »Ich bin einfach ein Knipser. Ich wollte immer Künstler sein. Ich dachte, ich wäre einer.«

Laura widersprach ihm nicht. Sie ließ ihn weiterreden.

»Ich bin nur ein Chronist kleiner Ereignisse, ich dokumentiere sie für eine Weile, nicht einmal für die Nachwelt. Meine Fotos sind zu mittelmäßig, um lange Zeit zu überdauern.«

»Du klingst aber gar nicht enttäuscht«, sagte Laura zu ihm.

»Bin ich auch nicht. Ist das nicht komisch? Aber ich bin es wirklich nicht, vermutlich, weil es die Wahrheit ist, und *das* ist das Wichtige. Zu wissen, wer man ist, was man kann. Himmel!« Er lachte. »Vor zwei Minuten war ich vom Alkohol noch ganz benebelt und habe wirr vor mich hin gegrübelt. Und jetzt, wo ich mit dir rede, bin ich wieder klar im Kopf und sehe alles ganz deutlich.«

»Diese Wirkung habe ich nun einmal auf die Menschen«, sagte Laura lächelnd. »Ich ernüchtere sie. Ah!« rief sie.

»Was ist los?« fragte James.

»Das Baby hat mich getreten.« Als sie seinen besorgten Blick sah, versicherte sie ihm: »Das tut nicht weh.«

»Darf ich mal fühlen?« fragte James sie.

»Sicher«, erwiderte Laura. »Versuch es ruhig.« Sie nahm seine Hand und drückte sie gegen ihren Bauch. Er spürte den Stoff ihres Baumwollkleides. »Hier«, sagte Laura und öffnete ein paar Knöpfe. Sie schob seine Hand auf ihre nackte Haut.

»Es ist ein bißchen Glückssache. Man weiß nie, wann oder wo er gerade hintritt.«

»Er?«

»Nur Jungen strampeln und zappeln wie dieses Kind. Das sagt jedenfalls meine Tante Pauline. Da! Hast du es gespürt?«

»Ja.« James malte sich aus, wie sich ein winziger Fuß durch das Fruchtwasser hindurch gegen seine Handfläche preßte. Ein paar Augenblicke später geschah es wieder, dann zog James seine Hand zurück, und Laura knöpfte ihr Kleid wieder zu.

»Danke, daß du das Buffet gemacht hast, Laura. Es war vorzüglich«, sagte James.

»Ich verdiene damit meinen Lebensunterhalt, James«, meinte sie lachend.

»Natürlich«, sagte er hastig. »Schick mir die Rechnung, sobald du möchtest. Wenn du willst, können wir das aber auch gleich regeln. Ich kann dir einen Scheck geben.«

»Oh, nein, das ist schon alles erledigt«, sagte sie zu ihm.

»Was meinst du damit?« fragte er. »Ich habe dir doch nichts im voraus bezahlt, oder?«

»Dein Vater hat mich bereits bezahlt«, stellte Laura nüchtern fest.

»Wovon redest du?« wollte James wissen. »Was hat das denn mit ihm zu tun?«

»Er hat mir letzte Woche gesagt, ich solle ein Fünf-Sterne-Buffet liefern. Von allem das Feinste. Ich hatte angenommen, ihr hättet das so besprochen.«

»Laura!« stöhnte James. »Wie konntest du nur? Du *weißt* doch, daß ich kein Wort mehr mit ihm rede. Du *weißt*, daß ich ihn nicht ausstehen kann.«

»Hast du denn die ganzen Speisen heute abend nicht gesehen?« wollte Laura wissen. »Du bist doch nicht blind, oder? Ein blinder Fotograf? Wir haben doch besprochen, was das Ganze kosten soll. Ich sollte ein paar Dips und ein paar Flaschen billigen Wein hinstellen. Ist es dir denn nicht in den Sinn gekommen, daß dieses Bankett ein klein bißchen üppiger war, als wir ausgemacht hatten?«

»Ja. Ich meine, nein«, erwiderte James. »Mir ist klar, daß ich das eigentlich hätte merken müssen, aber –«

»Ich dachte, es wäre besser so«, unterbrach sie ihn. »Deinen Gästen ist es egal, wer bezahlt. Ich dachte, du würdest dich darüber *freuen*, James.«

»Himmel, Laura«, erwiderte James. Er war völlig aus der Fassung geraten. »*Du* dachtest, es wäre besser, meinen Vater das bezahlen zu lassen. *Du* dachtest, ich würde mich freuen. Wofür hältst du dich eigentlich? Und wofür hältst du mich? Mein Gott, du bist vielleicht gönnerhaft…« James' Stimme verlor sich. Er schüttelte den Kopf. Plötzlich fühlte er sich wieder desorientiert und betrunken. Er fuhr sich mit der Hand durchs Haar.

»Ich bin verwirrt«, sagte er.

»Du bist undankbar«, meinte Laura kühl zu ihm und wandte sich zum Gehen.

»Warte, Laura, es tut mir leid«, rief er ihr hinterher, aber sie ging weiter und verschwand.

»Scheiße!« fluchte James. Er spürte, wie Zorn seinen Kopf füllte und darin herumzuwirbeln begann, eine verwirrende Wut. Verwirrend deshalb, weil er sich gar nicht über Laura ärgerte, auch nicht über seinen Vater oder die Tatsache, daß er nur ein mittelmäßig talentierter Fotograf war. Er ärgerte sich weder über seine blöden Kollegen noch über seine arroganten Freunde. Sein Zorn richtete sich gegen niemanden von ihnen – er richtete sich gegen jemanden, der gar nicht da war, gegen seinen Bruder Robert. Und trotz alledem vielleicht *doch* auch gegen Laura. Und irgendwie, auf eine Art und Weise, die er nicht verstand, gegen sich selbst.

»Scheiße!« schrie er. Seine Hand wurde zur Faust. Er holte aus und stieß sie durch eine der Glasscheiben im Fenster vor ihm.

8

Freiheit und Einsamkeit

Als Laura zu Hause ankam, machte sie sich noch immer Vorwürfe. Warum mache ich so etwas? fragte sie sich. Ich verlange von anderen Menschen immer, daß sie sich kühl und rational verhalten. Aber das tun sie nicht. Was ist los mit ihnen? Warum um Himmels willen können die Menschen nicht einfach vernünftiger sein? Aber sie sind ja gar nicht schuld. Was ist bloß los mit mir? Warum tue ich so etwas? Ach, James, ich bin so dämlich. Ich bin alles andere als schlau. Schluß damit. Hör auf, dich wegen etwas zu quälen, was du sowieso nicht ändern kannst, Frau. Vergiß es. Ich stinke nach Rauch, schrecklich. Die vielen Raucher.

Nachdem Laura geduscht hatte, ging sie an ihrem Spiegelbild im hohen Schlafzimmerspiegel vorbei, drehte sich um und stellte sich davor. Ihr Siebenmonatsbauch, sowohl ein Teil von ihr als auch eine groteske, magische Mißbildung ihres Körpers, stand weit vor. Sie setzte sich hin und rieb die Haut an ihrem Bauch mit Öl ein. Sie dachte über ihr vergangenes Leben nach und an die Menschen, die ihr am nächsten standen – an ihre Eltern, Robert, James, Alice –, und sah sich plötzlich der nackten Wahrheit gegenüber, daß sie nie jemanden geliebt hatte, jedenfalls nicht wirklich. Vielleicht war sie gar nicht dazu fähig. Vielleicht war das eine natürliche Begabung, die einige Menschen besaßen und andere, so wie sie zum Beispiel, eben nicht. Noch nie hatte sie sich so einsam gefühlt. Sie weinte Tränen des Selbstmitleids, die ihr übers Gesicht liefen und dann auf ihren Bauch fielen, Tränen, die sie, wie ihr schließlich klar wurde, weniger um sich selbst als um das Kind, das in ihr heranwuchs, vergoß.

James hatte sich an der Scheibe die Hand aufgeschnitten. Es blutete stark, und Simon fuhr ihn rasch ins Krankenhaus. Es war Lewis' Schwester Gloria, die in dieser Nacht in der Notaufnahme Dienst hatte.

»Was ist denn mit dir passiert, James?« fragte sie und wickelte dabei das blutdurchtränkte Handtuch ab.

»Ich wollte jemandem eine verpassen und habe danebengeschlagen«, meinte er mit verzerrtem Gesicht.

»Oh, das ist nicht weiter schlimm«, sagte sie. »Du hast Glück, daß du nicht eine Arterie erwischt hast. Für einen Samstag ist das hier nur ein Kratzer. Ich werde das mit ein paar Stichen nähen.«

James bat Simon, Sonia anzurufen – sie war nach Hause gegangen, um ihre babysittende Freundin zu erlösen –, ihr zu sagen, daß sie sich keine Sorgen machen solle, und ihn dann zu sich nach Hause zu fahren.

»Du möchtest allein sein?« fragte Simon, als er ihn vor dem Haus absetzte.

»Ich muß ein bißchen nachdenken«, sagte James.

»Das ist eine gefährliche Angewohnheit«, sagte Simon zu ihm. »Übertreib es damit nicht.«

Gloria hatte ihm eine örtliche Betäubung gespritzt, deren Wirkung bald nachließ. James hatte das Lebensmittelregal in seinem Zimmer leer geräumt, aber es war noch eine halbvolle Flasche Kognak da. Er trug sie zusammen mit einem Glas in der unverletzten Hand zu seinem einzigen Sessel hinüber und blieb dort sitzen, bis er nichts mehr spürte.

James wachte mit schmerzenden Lungen und entzündetem Hals auf. Er lag im Bett, nackt, konnte sich aber weder daran erinnern, daß er sich ausgezogen hatte, noch wußte er, wie er ins Bett gekommen war. Seine Blase war voll. Er setzte sich auf, weil er auf die Toilette gehen wollte. Sofort hatte er das Gefühl, ihm würde jemand mit aller Kraft den entwässerten Kopf zusammenquetschen. Gleichzeitig schoß ein brennender Schmerz durch seine Hand.

James stöhnte und sank in die Kissen zurück. Er verfluchte sich, weil er es nicht geschafft hatte, sich ins Bett zu schleppen, bevor die Schachtel Zigaretten und die Flasche Kognak leer waren. Der Wecker zeigte Viertel nach sieben. Er pinkelte ins Waschbecken, trank sehr viel Wasser, und es gelang ihm schließlich, wieder in das Reich gnädigen Schlafes Einlaß zu finden.

Als James zum zweiten Mal aufwachte, war es fast Mittag. Sein Kater war weg und der Schmerz in seiner Hand erträglich geworden. Er ging zum Kino.

»Du mußt etwas frühstücken«, sagte Zoe zu ihm. »Du hast Glück, ich gehe heute nicht zum Sonntagsessen.«

Sie briet Spiegeleier mit Tomaten, Pilzen, Brot und Bohnen und machte eine große Kanne Kaffee. James aß, bis er zum Platzen satt war, dann zündete er sich die erste Zigarette des Tages an.

»Eigentlich bin ich gekommen, weil ich dich bitten wollte, mich aus der Wildnis zu führen«, meinte James lächelnd. »Aber jetzt fühle ich mich schon wieder wie ein Mensch, auch ohne ein Wort gesagt zu haben. Mir ist klargeworden, daß es keinen Sinn hat, Selbstmord zu begehen.«

»Wovon redest du? Wo liegt das Problem?« fragte sie. »Worüber hast du dich, abgesehen von der verwundeten Pfote, eigentlich zu beklagen? Du stehst wohl nicht mehr ganz auf dem Boden der Tatsachen, James Freeman.«

»Ich sehe in den Spiegel. Ich bin dreißig Jahre alt. Und was sehe ich? Ein unreifes Kind, dasselbe, das ich vor fünfzehn Jahren auch schon gesehen habe, nur daß dieses hier ein paar Falten hat. Ganz zu schweigen von den Geheimratsecken und dem schlaffen Bauch.«

»Klingt einzigartig.«

»Ich war mir nicht einmal sicher, ob ich tatsächlich *da* war. Es ist nicht einfach so, daß ich hinter meiner Kamera unsichtbar wäre. Ich habe keine Substanz. Ich bin hohl. Nein, hör mir zu, Zoe, das ist kein Selbstmitleid. Schau, die anderen Leute, die leben ihr Leben. Sie sind massiv. Du brauchst dir nur meine Familie anzusehen, diejenigen, die noch in diesem Haus wohnen, das ich verlassen habe: Da ist mein Vater mit seinem vereinnahmenden Ego, er strotzt vor Geld und Macht, und es geht ihm *bestens*. Ich war entschlossen, nicht davonzulaufen, weißt du, ich wollte in dieser Stadt bleiben und sie zu der meinen machen, aber ich schaffe es einfach nicht, ihm zu entkommen. Er hat die Zeitung gekauft, wußtest du das? Es ist klar, daß ich dort aufhören werde.«

»Vielleicht solltest du die Stadt jetzt tatsächlich verlassen«, schlug Zoe vor. »Geh doch nach London. Oder irgendwo anders hin.«

»Nein«, sagte er. »Es ist auch meine Stadt. Wie dem auch sei, darum geht es nicht einmal. Und dann die anderen: Simon, er ist ein großer Kuschelbär, und er ist brillant. Ich meine, er tut zwar, als wäre er jemand anderes, er macht sich zu einer Art Fälschung, aber er trägt immer noch all seine Großzügigkeit in sich, seine ganze noble Gesinnung. Er schafft es, daß die Menschen sich in seiner Gegenwart wohl fühlen, das ist wirklich so.

Und da ist Alice mit ihren Kindern. Ich weiß nicht, vielleicht war das schon immer ihre Bestimmung, und vielleicht verwirklicht sie sich auf diese Weise: Sie ist mit einem Mann zusammen, der bekommt, was er will. Und dann sind da Laura und Robert, Himmel, die ganzen Jahre haben sie miteinander gevögelt. Ich dachte, sie würde ihn hassen, aber nein, da ist etwas zwischen ihnen, was ich nie begreifen werde. Ein Teil des Lebens, zu dem ich, anders als andere Leute, keinen Zugang habe. Es ist, als würden sie ihr Leben leben und ich würde das meine vom Schicksal so formen lassen, wie es sich gerade ergibt. Und deshalb sage ich von Simon, daß er zwar vorgibt, jemand anderer zu sein, aber es ist immer noch er, der das Schiff steuert. Ach, Zoe, das ist alles so schwer zu erklären.«

James schenkte sich noch einen lauwarmen Kaffee ein und zündete sich wieder eine Zigarette an. Er begegnete Zoes Blick und zuckte mit den Achseln: Sie machte ein Gesicht, das sagte, daß sie ihn kannte, daß sie genau wußte, was er meinte. Oder aber, daß sie absolut nicht verstehen konnte, was er durchmachte, und deshalb keine Möglichkeit sah, ihm zu helfen.

»Du bist so ziemlich der eigensinnigste, entschiedenste und unabhängigste Mensch, den ich oder sonst irgend jemand kennt. Du siehst nur manchmal nicht, was sich direkt vor deiner Nase abspielt, das ist alles. Aber was dein Leben angeht...«

»Nun, es ist eine Illusion«, sagte James zu ihr. »Seit ich ein Kind war, habe ich diese beiden Grundvoraussetzungen meines Seins gespürt: Freiheit und Einsamkeit. Im Augenblick spüre ich aber weder das eine noch das andere, und das ist das Problem. Vielleicht ist es meine Bestimmung, frei und einsam durchs Leben zu gehen, und ich sollte mich nicht dagegen wehren, ich sollte es akzeptieren, es willkommen heißen.«

Zoe schüttelte den Kopf. Ihr gelocktes Haar zitterte, und ihre Messingohrringe klimperten.

»James Freeman«, sagte sie, »vielleicht bist du zum Psychoanalytiker bestimmt. Vielleicht bin gerade *ich* nicht die Richtige, um dir da rauszuhelfen.«

Sie stand auf.

»Ich muß mich um den nächsten Film kümmern«, sagte sie. »Ich habe ein Kino zu betreiben. Wenn du das Geschirr abgespült hast, findest du ja allein raus.«

Als sie an der Tür war, drehte sie sich um. »Nichts, was ich sage, wird dich dazu bringen, dich selbst zu akzeptieren«, meinte sie zu ihm. »Aber ich akzeptiere dich. Mehr als das. Ich... weißt du, ich... Ach, Scheiße.« Sie drehte sich um und ging die Treppe hinunter. James trug die Teller zur Spüle.

James ging. Aus dem Kino hinaus und hinunter zum Kanal, am ausgetretenen, schlammigen Treidelpfad entlang, der in nördlicher Richtung aus der Stadt hinausführte, und hinüber zur Grasniederung. Es war ein warmer Spätsommertag. James dachte nach. Ich bin erbärmlich, dachte er. Das hier ist meine Stadt, und das hier ist James, der spazierengeht...

Weiter auf die Grasniederung hinaus, zweihundert Hektar flaches Land, zweihundert Hektar Platz zum Atmen, an diesem bewölkten Spätsommersonntag. Da waren blaue Krähen, die Sonne brach durch die Wolken: Kühe und Pferde wandten sich ihr langsam zu. Zwischen den Bäumen an der Eisenbahnlinie das zuckende Bild vorbeifahrender Kohlewaggons.

Er überquerte die Grasniederung und ging nachdenklich zum Fluß hinunter. Ich bin wertlos, aber ich bin in der Lage zu sehen, und er wollte aus sich heraussehen. Am Ufer stand ein Reiher. Ein Boot des Ruderclubs näherte sich. Der Steuermann, ein Zwerg, schrie die Ruderer an, Schlafwandler, die, ihre Augen geschlossen, in einem qualvollen Traum gefangen waren. Ihre Ruder klatschten auf das Wasser, hoben sich und schlugen das Boot wie eine Trommel. James war ebenfalls ein Schlafwandler, und er spürte ihre Qual, die athletische Ekstase ihrer Ausdauer.

Kinder in Dinghis, deren bunte Segel flatterten und knatterten, tanzten wie Glühwürmchen um einen schwerfälligen Flußkahn herum. Ein wilder Enterich flog am Wasser entlang. James dachte, in Wirklichkeit ist er unter Wasser, und das in der Luft ist nur sein Spiegelbild. Es steckt immer mehr hinter den Dingen. Er ging wieder über die Grasniederung zurück. Ein angestrengter Jogger in maulbeerfarbener Hose scheuchte eine Schar Gänse – grau auf grünem Gras – aus ihrer stillen Meditation auf. Sie stoben schnatternd auseinander, erhoben sich mit gewölbten Schwingen und flogen zwischen ihm und der Sonne vorbei.

Dahinter sammelte ein Gärtner mit einer Schaufel Pferdeäpfel ein, ein Drachen riß den Himmel auf, Männer ließen Modellflugzeuge fliegen. Das Dröhnen ihrer Motoren: eine unerklärliche Musik. Ein müdes Liebespaar schlenderte langsam barfuß dahin. Der Geruch von Minze, durch ihre Schritte ausgelöst, wird die beiden immer an diesen Augenblick erinnern.

Er durchquerte die Schrebergärten. Drahtige Männer und wettergegerbte Frauen mit gebeugtem Rücken verstauten ihre Werkzeuge in den Geräteschuppen. Zwiebeln quollen aus den Körben auf uralten Fahrrädern. Er pflückte sich einen Apfel von einem verlassenen Apfelbaum, und es gab weder Vergangenheit noch Zukunft.

Er ging geradewegs weiter zum Krankenhaus und dort den Hauptkorridor entlang. Obwohl oder vielleicht auch gerade weil er als Junge dort eingekerkert gewesen war, liebte er den Geruch von Krankenhäusern, in deren Zimmern Wunder stattfanden und wo die Kranken die Zähne zusammenbissen und darum beteten, wieder in die menschliche Gemeinschaft zurückkehren zu dürfen.

Vor der Eingangstür stand eine Gruppe von Menschen, die sich unterhielten. Sie hatten Plakate dabei, auf denen stand UNTERSTÜTZT DIE SCHWESTERN und RETTET UNSER KRANKENHAUS und HÄNDE WEG VOM GESUNDHEITSSYSTEM.

Auf der Straße fischte ein gelbgekleideter Straßenkehrer mit seiner Schaufel Abfall aus der Gosse. Ein Schwarzer in einem weißen Auto mit Schiebedach fuhr vorbei und ließ eine Spur von Musik hinter sich zurück, ein Aroma, verlockend, einen klopfenden Rhythmus, einen dumpfen Baß und eine Stimme, die sagte: PUMP UP THE VOLUME, PUMP UP THE VOLUME, PUMP UP THE VOLUME, DANCE! DANCE! Die Musik brach in James' Kopf hinein, und er stimmte in das Lachen des Mannes ein, der der Welt auf diese Weise mitteilte, daß er lebte.

Ein anderer Autofahrer warf Abfall aus seinem Fenster. Ein Junge und ein Mädchen hockten im Schneidersitz mit ihren Hunden auf dem Bürgersteig und spielten auf billigen Flöten. James leerte all sein Kleingeld aus der Tasche und gab es dem Mädchen, das geflochtenes Haar und einen Ring in der Nase hatte. Als er sich zu ihr hinunterbeugte, konnte er Sandelholz riechen. Er ging an einem Mann Mitte Fünfzig vorbei, der geistesabwesend und zahnlos an einer Zigarette zog. Seine Hose war zu kurz: das grausame, gedankenlose Merkmal des Heims. So viele Bilder. Ich bin eine Kamera.« »Eines Tages guckst du dir noch die Augen aus dem Kopf, James«, sagte Zoe in seinen Gedanken.

James betrat den Park. Aus allen Richtungen kamen Geräusche. Ein zögernder Schlag vom Tennisplatz. Kleine Jungen, deren Fahrräder in Wirklichkeit Motorräder waren, schalteten mit heiserem Winseln in einen anderen Gang. Das *Klock-Klock* von einer Kegelbahn, wo Rentner in Zeitlupenduellen wieder jung wurden. Dann verlor er sich zwischen den Bäumen auf der anderen Seite, mächtigen Bäumen, Eichen, Buchen, Platanen. Der Wind kicherte, die Bäume flüsterten einander etwas zu. Es klang wie die Stimmen kleiner Kinder.

Der Himmel wurde blau und leer, allein die Kondensstreifen lautloser Flugzeuge waren noch zu sehen. Zwei Schwestern, die Knie voller Grasflecken, schlugen mit fliegendem Pferdeschwanz auf dem Rasen Rad. Ein Mann und eine Frau lagen Seite an Seite auf der Wiese. James konnte von dort aus, wo er gerade entlangging, nicht sagen, ob sie weinten oder seufzten. Es gab viel zu sehen.

Kinder rannten, ein Hund bellte. Auf einem verlassenen Spielplatz schaukelte James höher und höher, während sein Magen lachte.

Er ging den Hügel hinauf, am Haus auf dem Hügel vorbei, vorbei an dem von einer Mauer umgebenen Garten seiner Kindheit, ging in der Dämmerung weiter, hinaus zur Umgehungsstraße und weiter zur Fabrik seines Vaters am Stadtrand. Er blieb dort nicht stehen, sondern ging in der Dunkelheit zurück zur Factory Road. Das hier ist meine Stadt, dachte er. Ich muß alles sehen.

Die Factory Road entlang auf dem Weg in die Stadt kam er an vier indischen Restaurants vorbei, zwei chinesischen, einem jamaikanischen, zwei italienischen, fünf Pubs, zwei kleinen schmuddeligen Lokalen, einem Kebabstand, einem Stand, wo es Fish'n Chips gab, und einem Kentucky Fried Chicken.

Vorbei an Geschäften, deren Schilder verkündeten: Golden Scissors Hair Salon, Tattoo Studio, Honest Stationery, Valumatic Laundry, Joe's Discount Store, Gala Bingo, Bilash Tandoori Take Away (wir liefern frei Haus), Bombay Emporium, Fundamental Wholefood, Good Gear Second Hand, Inner Bookshop, Vinyl 1234 (wir kaufen, verkaufen, tauschen CDs, MCs, Platten), Bangladeshi Islami Education Center and Mosque, Chopstick Restaurant, Ashraf Brothers General Grocers & Halal Meat, Hughes Cars of Distinction, Star of Asia (Alkoholausschank – Klimaanlage), Boots, Tesco. Vorbei an der Pfarrkirche St. Mary und St. John und unzähligen anderen Geschäften und Institutionen, die sich an der Straße befanden. Dies hier ist meine Stadt.

An der Brauerei hinter dem Gefängnis traf er wieder auf den Kanal und folgte ihm in Richtung Stadtzentrum. Der Matsch auf dem Treidelpfad war getrocknet, hatte die Spuren von Kinderwagen, Pferden und Fahrrädern knochenhart werden lassen. Hier waren die Fußabdrücke eines Kindes zu sehen, verewigt bis zum nächsten Regen. In diesem Augenblick spürte er, wie Regentropfen sanft sein Gesicht küßten, und sah andere hell auf der Wasserfläche glitzern.

Er ging an Sonias Haus vorbei und überquerte die Brücke, die ins Stadtzentrum führte. Aus einem Radio ertönte die *Mondscheinsonate*, und der Regen fiel im Licht der Straßenlaternen. Er ging im Regen an Pubs vorbei, aus denen stille Mädchen und heisere Mädchen kamen, fröhliche junge Leute und vom Bier aggressive junge Leute und zwei menschliche Wracks, die bettelnd dahintorkelten, Verstand und Körper eine Masse. Zwanzig Meter weiter lagen Glasscherben auf dem glitzernden Pflaster.

Bei einem Araber, den er über Lewis kannte, schnorrte er an einem Kebabstand eine Dose Cola. Er lehnte sich im Regen an eine Mauer, trank die Cola und rauchte eine Zigarette, bis diese ganz durchnäßt war. Ich bin frei und einsam, dachte er. Er fühlte sich leer, und er verspürte eine Hochstimmung, die ihn im Regen zittern ließ. Er ging weiter und kehrte in sein möbliertes Zimmer zurück, zog sich aus, rubbelte sich mit einem Handtuch trocken und ließ sich aufs Bett fallen.

James reichte bei der Zeitung seine Kündigung ein. Niemand war überrascht.

»An deiner Stelle würde ich dasselbe tun«, sagte Frank zu ihm. »Für *meinen* alten Herrn hätte ich auch nicht arbeiten wollen.«

Niemand machte großes Aufhebens um James' Kündigung – keine Party, keine Verabschiedung –, da andere Angestellte die Zeitung ebenfalls verließen. Auch der Herausgeber Mr. Baker ging. Es hieß, er sei zu einer Besprechung mit dem neuen Eigentümer Charles Freeman nach oben gebeten worden. Als er wieder in sein Büro herunterkam, hätte er seinen Schreibtisch leer geräumt, ohne ein Wort zu sagen. Nicht einmal mit seiner Sekretärin hatte er gesprochen.

James kündigte auch sein möbliertes Zimmer und ließ die Wagenladung von Habseligkeiten von Lewis mit einem gemieteten Van in eine Mietwohnung schaffen, die über einer Apotheke in der Factory Road lag. Eine zweite Fahrt war nötig, um seine Sachen von Sonia abzuholen.

»Was, glaubst du, ist Liebe?« wollte sie wissen. »Wir waren fast soweit, du Trottel. Ich war verdammt noch mal nie eine Prinzessin. Du siehst, wie ich meine Kinder anschreie, du siehst mich, wenn ich müde und schmutzig bin. Ich weiß, daß du mich für oberflächlich hältst. Wie sollte ich wissen, was du willst? Hast du es mir je gesagt? Du redest doch nie. Daran mußt du noch arbeiten, James.«

»Es tut mir leid, Sonia«, sagte er.

»Ich scheiß auf dein ›Es tut mir leid‹«, sagte sie zu ihm. »Du bist so dämlich. Ich dachte, du meinst es ernst. Ich hätte merken sollen, daß das falsch war. Du bist immer noch nicht erwachsen, oder? Du hast keine Ahnung, wie es wirklich läuft, stimmt's?«

Sonia weinte nicht. Dazu war sie viel zu wütend, aber sie hielt ihren Zorn im Zaum. Lewis wartete draußen mit dem Van, James packte so rasch er konnte und blieb gerade lange genug, um der abrupten Beendigung seiner Beziehung jene Endgültigkeit zu verleihen, für die er sich entschieden hatte.

»Du bist ein Arschloch, James«, sagte Sonia auf der Schwelle zu ihm. »Ich hoffe um der anderen Frauen willen, daß du endlich erwachsen wirst.«

Sie hatte wohl recht. Aber er hatte keine Schuldgefühle. Zumindest wurde das, was er an Reue empfand, durch Erleichterung und ein

Gefühl des Befreitseins aufgewogen. Seine neue Wohnung war schmutzig und billig. Sie lag im zweiten Stock über einer weiteren Wohnung im ersten Stock und der Apotheke im Erdgeschoß und hatte zwei große und ein kleines Zimmer, außerdem eine Küche und ein Bad. Das Treppenhaus war mit Brettern vernagelt worden, so daß er die Wohnung nur über eine Eisentreppe an der Rückseite erreichen konnte. Die Metallstufen bogen sich unter den Füßen und schnellten dann einen Augenblick später wieder in ihre alte Position zurück, so daß man unweigerlich das Gefühl bekam, verfolgt zu werden.

James legte seine Habseligkeiten mitten in dem großen Zimmer, das zur Straße hinaussah, auf einen Haufen und kaufte weiße Farbe, einen Roller und Pinsel. Er strich alles weiß – Wände, Decken, Fußleisten, Fenster und Türen. Während der Malerarbeiten, die eine Woche in Anspruch nahmen, spielte er immer wieder dieselben Kassetten ab: Vivaldis *L'Estro Armonico*, Glenn Gould mit Bachs *Goldberg Variationen*, Monteverdis *Marienvesper*. Die Musik wirbelte durch den Raum. Die Wohnung wurde wieder neu und stank nach Ölfarbe und Emulsion.

Er kaufte sich einen Anrufbeantworter. Auf das Band sprach er folgende Nachricht: »James Freeman ist nicht erreichbar. Sprechen Sie nach dem Pfeifton, ich rufe Sie zurück.« Er ließ das Telefon klingeln und wartete, bis sich der Anrufbeantworter einschaltete. Dann stand er da und hörte, was ihm die Anrufer aufs Band stotterten. Er antwortete jedem, aber nicht mit einem Gegenanruf, sondern mit Postkarten, von denen er ein halbes Dutzend aus eigenen Fotos herstellte. Er teilte mit, daß er momentan sehr beschäftigt sei, und bat, ihn wieder anzurufen.

Er kaufte sich auch eine kleine gebrauchte Waschmaschine, die allerdings ihren eigenen Willen hatte. Beim Schleudern hüpfte sie durch die Küche und erinnerte James an die lärmtrunkenen Pogo-Nächte von vor zehn Jahren. In jenen ersten Wochen hüpfte er tatsächlich manchmal mit, stieß sich dabei den Kopf an der Decke an und kicherte wie ein geistesgestörter Einsiedler in sich hinein, während *The Clash* in voller Lautstärke in seinem Schädel dröhnten. Dies tat er so lange, bis schließlich seine Nachbarn ein Stockwerk unter ihm – drei Studenten vom College of Further Education – alle auf einmal vor der Tür standen. Sie baten ihn zu sich nach unten und zeigten ihm, daß in ihrer Küche der Putz von der Decke fiel und ihnen ins Abendessen rieselte.

»Ich werde die Waschmaschine verkeilen, damit sie an Ort und Stelle bleibt«, versprach James. »Sonst darf ich mich meinerseits nämlich nicht beschweren, wenn ihr Parties veranstaltet.«

»Mach dir unseretwegen keine Sorgen«, versicherten sie ihm. »Wir werden dir bestimmt nicht auf die Nerven fallen.«

»Warum denn nicht?« fragte er. »Ihr seid doch Studenten, da gehört das doch dazu.«

»Für so etwas haben wir keine Zeit«, erklärten sie. »Wir müssen unseren Abschluß machen. Wir wollen schließlich einmal einen guten Job kriegen.«

»Im Vergleich zu euch fühle ich mich ziemlich alt«, sagte James. »Oder ziemlich jung. Ich bin mir nicht sicher, was von beidem.«

Laura war im achten Monat schwanger, als sie in Alfreds Gartenhäuschen einzog. Alle drei Gärtner, die Alfreds Nachfolge angetreten hatten, waren Spezialisten. Ron hegte die Blumenbeete, Henry verschwand jeden Tag in dem von einer Mauer umgebenen Gemüsegarten, und der junge John mähte den Rasen. Sie hatten alle ihre eigene Batterie von Elektrogeräten – Kettensägen, elektrische Heckenscheren, Rasenmäher und Flymos –, mit denen sie beim Arbeiten einen Höllenlärm veranstalteten. Dennoch gelang es ihnen nicht, den gärtnerischen Standard zu erreichen, dem der herumwerkelnde alte Alfred bis zum Schluß gerecht geworden war, weil das Geheimnis harter Arbeit, wie er oft erklärt hatte, nicht Angeberei, sondern Beständigkeit war. Die drei Gärtner kamen von außerhalb und begannen (wie alle Angestellten von Charles) jeden Morgen um acht Uhr mit ihrer Arbeit. Alfreds Häuschen hatte deshalb seit seinem Tod leer gestanden.

Laura wachte eines Tages im herbstlichen Morgengrauen auf, weil das Baby in ihrem Bauch strampelte. Sie hatte zum ersten Mal seit vielen Jahren von ihrer Mutter geträumt. Der Traum kam einer Erinnerung so nah, wie es überhaupt möglich war: Edna an ihrem Küchentisch, ihr engelsgleiches Lächeln auf dem dicken Gesicht, umringt von den Freeman-Kindern, die einen Kuchen nach dem anderen von ihr verlangten. Einen jeden mußte sie auf der Stelle irgendwie aus den Zutaten, die vor ihr lagen, zusammenrühren.

Ihre dicken Finger verloren sich in Teig und Marmelade, Sahne und Zucker, während sie kulinarische Zaubertricks vollführte, eine Apfeltasche für Simon zauberte, einen Doughnut mit Marmelade für Robert, eine Meringe für Alice, Gebäck in den Ofen schob, es aus dem Ofen holte. Die ganze Zeit lächelte sie dabei durch eine bleiche Wolke aus weißem Mehl hindurch ihr breites Lächeln. Doch Laura, die in ihrem Traum vom anderen Ende der Küche aus zusah, wußte, daß ihre Mutter, diese willige, unendlich gefügige Dienstbotin, obwohl sie lächelte und glücklich war, gleichzeitig auch starb.

Laura wachte auf, zog ihren Morgenmantel an und ging im stillen, nebligen Morgen durch den Garten zu dem leerstehenden Häuschen hinüber. Alfreds Möbel waren in all den Jahren mehr oder weniger unberührt geblieben. Laura schritt durch die muffigen Zimmer, während sich die Gedanken in ihrem Kopf überschlugen und sie kaum etwas von dem sah, was sich tatsächlich vor ihren Augen befand, sondern vielmehr, wie sie alles umgestalten konnte.

Beim Frühstück erklärte Laura Charles, daß es für sie an der Zeit wäre, aus dem großen Haus auszuziehen. Sie fragte ihn, ob er etwas dagegen hätte, wenn sie das Häuschen an der Südmauer übernähme. Charles war einverstanden. Er behandelte Laura mit mehr Respekt, als er ihrer Mutter jemals entgegengebracht hatte: Wenn er einen italienischen Medienzar übers Wochenende als Gast beherbergen oder zum nächsten Sonntagsessen noch zusätzlich jemanden einladen wollte, erkundigte er sich stets zuerst, ob das in Ordnung ging, anstatt ihr solche Überraschungen einfach zuzumuten.

Das Häuschen hatte fünfzehn Jahre lang leer gestanden. Vielleicht hatte es einfach niemand beachtet, weil es sich in so unmittelbarer Nähe des Hauses befand. Charles beglückwünschte sich zu seinem Entschluß, es nicht anderweitig zu nutzen, so daß es jetzt zur Verfügung stand.

Bis zur Geburt ihres Kindes hatte Laura die meisten Möbel im Gartenhaus ausgetauscht, hatte es von oben bis unten renoviert und die Küche komplett umgebaut, da sie vorhatte, mit ihrem Partyservice zu expandieren, sobald sie sich von ihrer Entbindung erholt hatte. Die Bewohner des großen Hauses schauderten, wenn sie sahen, wie sie, mit Stirnband und Arbeitshosen ausgerüstet, trotz ihres dicken Bauchs Tische und Stühle hin und her rückte, von früh bis spät Tapeten von den Wänden kratzte, Löcher verspachtelte und eine Leiter hinauf und hinunter watschelte, um an frischen Oktobervormittagen die Fensterbretter zu streichen. Aber Laura wußte, daß sie stark war. Und sie vermutete, daß der Junge, der in ihr heranwuchs, sogar noch mehr Stärke besaß.

Das Kind in ihrem Bauch war so aktiv, daß Laura das Gefühl hatte, es versuche buchstäblich aus seinem Gefängnis auszubrechen. »Laß mich raus!« schien es zu schreien. »Ich will dort draußen leben!«

Robert ließ sich nicht blicken. Er hatte sich während der ganzen Schwangerschaft nicht blicken lassen. Niemand hatte ihn gesehen, niemand wußte, wo er war. Nur hin und wieder hieß es gerüchteweise, er sei in der Stadt gesehen worden. Alice hatte genug mit ihren eigenen Sprößlingen zu tun, Natalie aber blieb stets in Lauras Nähe.

Als Laura gerade dabei war, die Decke des letzten Zimmers im Gartenhaus zu streichen, setzten die Wehen ein. Sie legte sich keuchend auf den Boden, da erschien plötzlich Natalie, selbst ganz atemlos, in der Tür. Sie brachte Laura, trotz ihrer Proteste, daß das doch nur Vorwehen seien, sofort zum Auto.

»Auf das, was die Hebammen sagen, kannst du dich nicht verlassen«, erklärte Natalie ihr nervös. »Wir werden also kein Risiko eingehen.«

Als sie im Krankenhaus ankamen, hatten die Wehen bereits wieder nachgelassen. Nachdem die Ärztin Laura kurz untersucht hatte, riet sie ihnen, wieder nach Hause zu fahren.

»Der Muttermund ist noch nicht weit genug geöffnet«, erklärte sie. »An Ihrer Stelle würde ich versuchen, mich noch einmal ordentlich auszuschlafen. Da es Ihr erstes Kind ist, sollten Sie sich darauf einrichten, daß Sie lange in den Wehen liegen werden.«

Als sie durch die Tür der Entbindungsstation traten, sagte Laura Natalie, daß sie auf die Toilette müsse. Also machten sie kehrt und gingen zur Damentoilette. Natalie weigerte sich, Laura von der Seite zu weichen, und folgte ihr. Laura betrat eine leere Kabine. Anstatt sich jedoch auf die Toilettenschüssel zu setzen, wie sie es vorgehabt hatte, hockte sie sich abrupt auf den Boden, und ihre

Fruchtblase platzte. Kurze Zeit später brachte Laura ebendort ihre Tochter Adamina zur Welt, die der erstaunten Natalie glitschig in die ruhig aufgehaltenen Hände rutschte, bevor es ihr überhaupt gelungen war, eine Schwester zu rufen.

Zoe, die an Reinkarnation glaubte, hatte Laura geraten, sie solle dafür sorgen, daß jemand ihr Baby bei der Geburt genau beobachtete. Adamina trat, nachdem sie monatelang gezappelt und gestrampelt hatte, in einem Zustand völliger Ruhe in diese Welt. Sie hatte die Augen geöffnet und starrte die Menschen um sie herum – ebenso wie die Wände und die Ausstattung der Damentoilette – mit neugierigem Blick an, so als hätte sie ein Déjà-vu-Erlebnis und stellte gerade fest, daß sich, seit sie das letzte Mal hier gewesen war, kaum etwas verändert hatte. In ihrem Blick lag, wie Laura behauptete, aber auch etwas Zielstrebiges, so als wolle sie sagen: »In Ordnung, Leute. Diesmal machen wir es so, wie *ich* es will.«

Dann erst öffnete sie den Mund, entfaltete ihre Lungen und stieß einen Schrei aus, der in den Kabinen widerhallte.

James ließ Visitenkarten drucken, auf denen stand: JAMES FREEMAN – FREIER FOTOGRAF. Er richtete sich in dem kleinen Zimmer seiner Wohnung eine Dunkelkammer ein und eröffnete ein Konto bei einem Farblabor in St. Peter's.

Er fing mit Postkarten an. Es war am günstigsten, Karten gleich in großer Stückzahl drucken zu lassen. Also ließ er von jeder fünfhundert Stück machen und verkaufte die überschüssigen in den Geschäften ringsum, um die Druckkosten hereinzuholen. Dabei fiel ihm auf, daß es kaum Postkarten von der Stadt selbst gab. Es war stets dieselbe kleine Auswahl von Motiven, die in jedem Geschäft auftauchten und die, nach den Nummernschildern der Autos und der Kleidung der Leute zu urteilen, vor zwanzig Jahren gemacht worden waren. Ihre Ecken rollten sich in den Ständern auf wie bei alten Butterbroten.

»Die Nachfrage ist nicht besonders groß«, sagte die Ladeninhaberin zu ihm.

»Das überrascht mich nicht«, stimmte James zu.

»Unsere Stadt ist nicht gerade eine Touristenattraktion, oder?« meinte sie.

»Ich dachte, wir hätten viele Besucher«, wandte er ein. »Nun, zumindest einige.«

Das ganze Frühjahr und den ganzen Sommer des Jahres 1987 stand James an fünf Tagen der Woche eine Stunde vor Morgengrauen auf und fuhr dann mit seinem Fahrrad jeweils zu einem anderen Aussichtspunkt auf den Hügeln vor der Stadt. Dort stellte er sein Stativ auf und wartete auf den Sonnenaufgang. Wenn der Tag grau und bewölkt war, packte er seine Ausrüstung wieder ein und fuhr nach Hause. Oft jedoch ließ die Sonne die braunen Sandsteingebäude erglühen. Die Silhouette der Stadt war, wie James zugeben mußte, ziemlich nichtssagend, aber aus dem Morgennebel im Flußtal erhoben sich Kirchtürme als Blickfang, und er verwendete Teleobjektive und Farbfilter.

Dann näherte er sich allmählich der Stadt, fotografierte sie über den Fluß und die Grasniederung hinweg und von jenem Hügel aus, auf dem das große Haus stand. Zum ersten Mal zog er ernsthaft in Erwägung, dieses Haus wieder zu betreten: Er erinnerte sich daran, wie er als Kind verbotenerweise auf dem Dach gesessen und auf die Stadt herabgesehen hatte, und überlegte, ob er sich heimlich hineinschleichen und die Hintertreppe hinaufsteigen sollte. Dann aber verwarf er diesen Gedanken wieder und gab sich mit den Aufnahmen zufrieden, die er vom Park unterhalb des Hauses aus schoß.

Als James in seine Wohnung eingezogen war, konnte er anfangs wegen des nächtlichen Lärms, der durch die Dunkelheit noch verstärkt zu werden schien, nicht einschlafen: die Stimmen Betrunkener, das Knallen von Autotüren, aufheulende Motoren, wenn gedankenlose Nachtschwärmer aus den Lokalen der belebten Straße ihre Autos starteten. Er gewöhnte sich jedoch daran, so wie er sich auch an das frühe Aufstehen gewöhnt hatte: Inzwischen hatte er ein Alter erreicht, in dem es ihm keinen Spaß mehr machte, morgens noch lange im Bett liegenzubleiben. Und wenn er erst einmal vor Morgengrauen draußen war, war er dankbar dafür. Er sah, wie sich die Welt langsam mit Licht füllte, hörte den Gesang der Vögel und vereinzelte Geräusche menschlicher Aktivitäten, die eine nüchterne Version der vorangegangenen Nacht darstellten und sich zur rauhen Symphonie der Rush-hour steigern würden.

»Ich könnte richtig süchtig danach werden«, sagte er zu Zoe. Sie hatte öfter als alle anderen auf seinen Anrufbeantworter gesprochen und war mit jedem Mal wütender über seine blasierte Ansage und seine ärgerlichen Postkarten geworden.

»Ich weiß, daß du da bist, James Freeman!« hatte sie bei ihrem letzten Anruf geschrien. »Nimm endlich den verdammten Hörer ab und rede mit mir!«

James hatte vor dem Telefon gestanden.

»Also gut! Dann war's das eben, du dämliches Arschloch!« hatte Zoe gefaucht und den Hörer auf die Gabel geknallt.

Eines Morgens kam sie bei ihm vorbei, ganz früh, weil sie ihn aus dem Bett scheuchen wollte. Sie traf ihn jedoch an der Haustür, als er gerade mit seiner Kameratasche und seinem Stativ nach Hause kam. Er machte Kaffee und Toast.

»Also, was ist los?« wollte Zoe wissen. »Verwandelst du dich jetzt in ein krepuskuläres Tier?«

James zuckte mit den Schultern.

»Das bedeutet Dämmerung«, erklärte sie ihm. »Es heißt auch dunkel, noch nicht aufgeklärt. Es paßt also in beiderlei Hinsicht auf dich.«

»Tut mir leid, Zoe. Ich hatte wirklich viel zu tun. Ich habe jeden Job angenommen, den man mir angeboten hat, und mich außerdem noch nach weiteren umgesehen: Ich habe Porträtfotos gemacht, Haustiere fotografiert, Werbeaufnahmen für Laienspielgruppen, dieses Tanzzentrum –«

»In Ordnung.« Zoe hob die Hände. »Ich habe genug gehört.«

»Ich habe gerade meine ersten Farbpostkarten drucken lassen. Schau sie dir mal an.«

Er öffnete eine Schachtel. Zoe blätterte die Postkarten durch und rümpfte dabei angewidert die Nase.

»So sieht unsere Stadt doch nicht aus«, erklärte sie. »Bei dir wirkt sie ja wie Bath oder Oxford. Wie hast du es hingekriegt, daß man die Fabrik nicht sieht? Und die Hochhäuser? Und die Hochspannungsmasten?«

»Die Kamera lügt niemals«, meinte James lachend.

»Merchant-Ivory Postcards Incorporated«, sagte Zoe.

»Du brauchst gerade zu reden! Ich habe gesehen, wie die Leute vor deinem Kino Schlange standen, um sich ihre Filme anzusehen.«

»Nur weil ich ein Zuhälter bin, heißt das nicht, daß du auch Hure sein mußt. Nein, wirklich nicht.«

»Also bin ich jetzt ein rein kommerzieller Fotograf«, sagte er. »Da ist doch nichts Schlimmes dabei.«

Die im Sternzeichen des Stiers geborenen Kinder von Alice und Harry waren von Anfang an still und wohlerzogen. Wenn Alice ihre braven Kinder im Kinderwagen durch die Geschäfte schob, zog sie die neidischen und bewundernden Blicke jener Mütter auf sich, deren Nachwuchs kreischend in den Gängen Fangen spielte. Tatsächlich nahmen die meisten Leute an, Alice wäre ein Kindermädchen: Sie hatte immer noch ihr kindliches Elfengesicht und war so klein, daß die Leute vermuteten, sie würde bestimmt noch ein Stückchen wachsen. Und sie bestand noch immer hauptsächlich aus Armen und Beinen, bewegte sich unkoordiniert, so als wisse sie noch nicht so recht, wie sie ihre Gliedmaßen gebrauchen sollte. Aus der Entfernung wirkte Alice wie ein Kind, das immer noch ausprobiert, wie das Gehen am besten funktioniert. Die älteren ihrer Kinder sahen erwachsener aus als sie selbst.

Während Alice fälschlicherweise für das Kindermädchen ihrer eigenen Kinder gehalten wurde, hielt man ihr indisches Au-pair-Mädchen – es kam jeweils eine von Harrys jungen Cousinen für sechs Monate oder ein Jahr aus Indien herüber – regelmäßig für deren Mutter. Alle fünf Kinder von Alice und Harry sollten mit hellbrauner Haut und dunkelbraunem Haar zur Welt kommen. Wenn sich bei ihnen ein rotbrauner Schimmer in den Haaren zeigte, nahmen die Leute an, dies sei auf den Gebrauch von Henna zurückzuführen. Die Kinder sollten von ihrem Vater auch die schwarzen Augen erben. Alices Augen – eines blau, eines grün – blieben somit ein genetischer Ausreißer, etwas Einmaliges, und verloren sich in der Familiengeschichte. Sie hatte sich einen Partner gewählt, dessen Chromosomen sich als dominant erwiesen.

Alice, die ihren Beruf aufgegeben hatte, setzte ihre wissenschaftliche Begabung und ihre pädagogische Ausbildung in ihrer Mutterschaft ein. Sie erfand für ihre Sprößlinge technische Spielereien. Sie befestigte Spiegel an den Scheuerleisten, damit ihre Kinder sich in ihrer Welt orten konnten, und baute aus Möbeln Labyrinthe, in deren Mitte sie die Kleinen dann hineinsetzte, damit sie sich krabbelnd ihren Ausweg suchten.

Alice konstruierte auch Drahtkäfige, in die sie den Kindern ihr Essen stellte und die sich nur öffnen ließen, wenn die Kleinen gewisse Hebel in genau der richtigen Reihenfolge drückten. Die Mahlzeiten wurden so für sie zu einer anstrengenden intellektuellen Herausforderung.

»Die armen Dinger, sie müssen sich ja wie in einem Versuchslabor fühlen«, protestierte Onkel Simon. »Es sind kleine Kinder, Schätzchen, keine Laborratten. Schau!« wandte er ein. »Sie würden viel lieber mit mir spielen.« Das stimmte. Simon tat nichts lieber, als auf dem Boden herumzukugeln und seine Nichten und Neffen auf sich herumklettern zu lassen. Sie liebten ihn heiß und innig. Wenn er den Ostflügel des Hauses betrat, hatte er die Taschen stets voller Süßigkeiten und Zettel, auf denen Rätsel und Witze standen.

»Was kommt raus, wenn man einen Dinosaurier mit einer Mandarine kreuzt?« fragte er Amy zum Beispiel.

Wenn Harry Simon mit seinen Kindern über den Teppich kriechen sah, bekam er ein komisches Gefühl im Magen.

»Sein Benehmen ist würdelos«, sagte er zu Alice, als sie allein waren. »Ich fürchte, er wird unsere Kinder noch völlig verziehen.«

Harry liebte seine Kinder abgöttisch, aber mit Distanz. Vielleicht nahm er an, sie wüßten, für wie wunderbar er sie hielt. Sie waren wahre Wunder der Schöpfung. In jedem von ihnen sah er ein kleines Spiegelbild seiner selbst, in ihrem Äußeren, ihren Gesten, ihrem Charakter, und das rührte ihn. Und was noch besser war, er sah in ihnen auch Alice, die Frau, die er vergötterte, und er liebte seine Kinder dafür, daß Alice in ihnen als Echo in Zeit und Raum weiterlebte.

Harry war voll und ganz mit Alices wissenschaftlichen Experimenten einverstanden (allerdings bat er sie, sich damit auf das Spielzimmer zu beschränken, da ihre Kreationen, so funktional sie auch waren, alle hoffnungslos selbstgebastelt aussahen und nicht zu den Antiquitäten paßten, mit denen sie ihren Flügel des Hauses nun doch ausgestattet hatten). Harry war nicht nur damit einverstanden, er förderte es auch noch, weil er vom sogenannten Hot-housing aus Amerika beeindruckt war: Er engagierte einen Musiklehrer, der seine Kinder auf Miniaturinstrumenten unterrichtete, und meldete sie für Computer-, Gymnastik- und Schach-kurse an.

Im übrigen sahen weder Harry noch Alice einen Grund, zu warten, bis ihre Kinder auf der Welt waren, bevor sie ihnen die Reize anboten, die sie brauchten, um ihr Potential auszuschöpfen. Alice wurde weiterhin in regelmäßigen Abständen schwanger und brachte ihre Kinder im Sternzeichen des Stiers zur Welt. Sie und Harry kauften Kassetten mit Herzschlagrhythmen, die Alice während ihres Mittagsschlafs auf ihrem Bauch abspielte, um dem sich entwickelnden Gehirn des Fötus, den sie in sich trug, Energie zuzuführen. Sie nahmen auch selbst Kassetten auf, die sie mit Nachrichten besprachen wie: »Mami liebt dich. Papi liebt dich. Wir können es gar nicht erwarten, dich kennenzulernen. Wir wünschen dir einen schönen Tag.«

»Unsere Kinder sind etwas Besonderes«, sagte Harry zu Alice.

»Ihre Kinder sind unheimlich«, sagte Natalie zu Laura. »Und die beiden selbst auch.«

»Jetzt übertreib mal nicht, Nat«, tadelte Laura sie. »Sie sind wohl nur ein bißchen übereifrig.«

»Sieh bloß zu, daß dein Kind ihrem Küchenkindergarten fernbleibt«, warnte Natalie.

»Irgendwie habe ich das Gefühl, daß sie den sowieso nicht brauchen wird«, entgegnete Laura.

Man hatte Laura in ihrem Schwangerschaftskurs vor einer möglichen postnatalen Depression gewarnt. Als sich diese dann aber tatsächlich bei ihr einstellte, vergaß sie alle Ratschläge und ließ sich vollkommen gehen. Es war ihre körperliche Verfassung, die sie so bedrückte: Laura sah die Welt um sich herum plötzlich nicht mehr farbig, die Farben verschwanden, und alles war nur noch schwarz-weiß. Sie wurde schlafsüchtig. Wenn ihr Baby schlief, schlief auch Laura. Wenn es wach war, sehnte Laura sich danach, wieder ins Bett zu gehen.

Einige Tage lang zog sie sich nicht einmal mehr an. Sie warf lediglich einen Bademantel über, wenn sie etwas aß und Adamina fütterte. Die Köchin, die sie eingestellt hatte, um das große Haus zu versorgen, arbeitete selbständig und kam nur gelegentlich, um etwas mit Laura zu besprechen. Ansonsten schleppte Laura sich aus dem Haus und zur Post hinunter, um ihre Kindergeldschecks einzulösen und ein paar Lebensmittel einzukaufen.

Alice hatte gerade ihr drittes Baby, Tom, bekommen und hatte im Ostflügel alle Hände voll zu tun. Als Natalie und Simon bei Laura vorbeischauten, erklärte sie ihnen, es ginge ihr gut und sie brauche nichts. Sie wolle nur noch ein Nickerchen machen, solange Mina schlief. Es würde ihnen doch nichts ausmachen, wenn sie sich jetzt gleich ein wenig hinlegte?

Nachdem ihre Eltern gestorben waren, hatte Laura das Gefühl gehabt, von den Menschen in ihrer Umgebung weit entfernt zu sein. Als sie jedoch genauer darüber nachdachte, erkannte sie, daß sie sich schon *immer* so gefühlt hatte. Sie war als Einzelkind aufgewachsen, aber am Rand dieser großen Familie. Sie hatte nach dem Tod ihrer Eltern weiter im Haus gewohnt, war sich dabei aber nicht sicher gewesen, ob sie nun Waise, eine Schmarotzerin oder wie ihre Mutter die Hüterin seines Herzens war. Ob sie in diesem Haus voller Narren die einzig Normale war, deren Aufgabe oder deren Schicksal darin lag, es irgendwie zusammenzuhalten.

Jetzt, da sie ein Kind hatte, das vollkommen von ihr abhängig war, fühlte sich Laura so isoliert wie noch nie. Von jenem Tag an, als sie sich ihrer Schwangerschaft sicher gewesen war, hatte Robert kaum mehr ein Wort mit ihr gewechselt. Ihr anfänglicher Zorn wich der Erleichterung: Auf diese Weise herrschte Klarheit. Dies war ihr Kind, sie war allein dafür verantwortlich. Sie würde es so aufziehen, wie sie es wollte, und darüber niemandem Rechenschaft ablegen müssen.

Aber das bedeutete auch, daß Laura allein war. Sie wußte, daß die Leute sie für unabhängig hielten, sie immer dafür gehalten hatten. Dieser Eindruck war nicht ganz falsch. Laura war sich nicht einmal sicher, ob sie einsam war, so wie andere Menschen einsam sein konnten, selbst wenn sie sich in Gesellschaft befanden. Laura fehlte es nicht an Selbstsicherheit, sie war einfach allein. Und jetzt, da sie in eine depressive Betäubung versunken war, gab es niemanden, der sie dort herausholte.

Sie fand den Ausweg selbst – das Kochen. Sie verwendete allmählich wieder mehr Zeit auf die Zubereitung ihrer Mahlzeiten und probierte bei dieser Gelegenheit neue Rezepte aus. Der Geschmackssinn war, wie sie James eines Tages erzählen sollte, der erste ihrer Sinne, der wieder zum Leben erwachte. Ihm folgte der Geruchssinn.

Laura begann mit bislang vernachlässigten Rezepten aus den geerbten Kochbüchern herumzuexperimentieren, modernisierte sie, entdeckte vergessene Aromen wieder und ersetzte althergebrachte Zutaten durch neue. Dabei wurde ihr klar, wie beschränkt ihre Fähigkeiten als Köchin tatsächlich waren (und die ihrer Mutter damals ebenfalls): Laura hatte bei ihrer Mutter eine Art Lehre gemacht und sich unter ihrer Aufsicht in der prosaischen Kunst einer Proviantmeisterin geübt, die einen ganzen Haushalt versorgen muß. Dann hatte sie geglaubt, daß sie ins Ausland gehen müsse, um an neue Ideen und Zutaten zu gelangen, und hatte diese dann als Formel mit nach Hause gebracht, um sie in der Küche des großen Hauses nachzukochen.

Jetzt beschaffte ihr ein Antiquar in der High Street ein in viktorianischer Zeit verfaßtes Kochbuch mit dem Titel *Modern Cookery* von Eliza Acton und Alexis Soyers *Shilling Cookery for the People*; außerdem Mrs. Raffalds *Experienced English Housekeeper* und Hannah Glasses *Art of Cookery* aus dem achtzehnten Jahrhundert, und schließlich ein Faksimile von Robert Mays *The Accomplisht Cook* von 1660.

Laura las in den historischen Kochbüchern, während sie Adamina stillte. Jetzt aber ging sie, nachdem sie Adamina schlafen gelegt hatte, nicht wieder zu Bett, sondern runter in die Küche. Ihre Welt war auf einen kleinen, aber aufregenden Bereich reduziert, ihre Küche wurde zum Versuchslabor, in dem sie wichtige Zutaten wiederentdeckte: Fleisch und Fisch, Obst und Gemüse, Kräuter und Gewürze, Mehl, Käse und Sahne. Hier zerkleinerte sie knackige Gemüse, knetete Teig, schlug Eier auf, backte Kuchen und briet Fleischstücke, mischte Säfte und kochte Eintöpfe, klopfte Fleisch und zerstieß mit dem Mörser Gewürze, sautierte Zwiebeln und Knoblauch in heißer Butter. Sie garte, kochte und dünstete.

Lauras Fingerspitzen waren ständig verbrannt oder zerschnitten, aber das störte sie nicht weiter, weil sie stundenlang damit beschäftigt war, die kompliziertesten Gerichte in winzigen Portionen herzustellen, nur um sie zu kosten und das Ergebnis dann auf Karteikarten festzuhalten.

Laura hatte sich eine Aufgabe gestellt, so ungeheuer und so fesselnd, und vergaß einfach, wie unglücklich sie war. Sie entdeckte außerdem, daß sie nicht völlig allein war. Jane Grigson und Elizabeth David sahen ihr über die Schulter und ermutigten oder tadelten sie, rieten ihr, das Maiskeimöl fortzuwerfen, es tauge nichts. Stell stets deine eigenen Gewürzsträußchen her, Frau, sei nicht träge, und vergiß beim Fisch nicht die Zitronenschale, und versuch es auch einmal mit Fenchel, und wie wär's mit Estragon? Nicht so faul, Mädchen.

Laura ließ sich von einem der Gärtner ein Stück Boden neben dem Häuschen umgraben und legte dort einen mittelalterlichen Garten an, in dem sie kleine Mengen Rauke, Liebstöckel, Melde, Knoblauch, Griechisches Heu, Malve, Gartenraute und Gänsefingerkraut anpflanzte, außerdem Sauerampfer, Petersilie, Schnittlauch, Zitronenmelisse, Thymian, Minze, Karotten, Zwiebeln, Lauch, Schalotten und Artischocken.

Im Haus ließ sie einen Brauch des sechzehnten Jahrhunderts wieder aufleben und verbrannte Rosmarin, Wacholder oder Lorbeerblätter, um mit dem Kräuterduft die Wohnung zu parfümieren, oder sie streute einfach Gewürzkräuter auf den Küchenboden, so daß deren Duft sich entfaltete, wenn sie darüberging.

Aus Lauras Gartenhaus strömten die Aromen und Gerüche ihrer Kochkunst. Simon und Natalie kamen immer öfter bei ihr vorbei. Laura schickte die beiden jetzt nicht mehr fort, sondern bat sie statt dessen herein, damit sie die Makrele in Stachelbeersoße oder das Lamm mit Pflaumen kosteten: Schmeckte das Gebäck aus Seetang dazu genausogut, oder sollte sie bei dem Ragout bleiben, das sie letzte Woche gemacht hatte? Wann immer Simon bei Laura hereinschaute, bat er sie um einen Topf Crème brulée, und sie gewöhnte sich an, immer einen bereitstehen zu haben, selbst wenn sie ihn jedesmal vergeblich zu überreden versuchte, doch »gebrannte Creme« zu sagen.

»Das hier ist Nektar«, meinte Simon salbungsvoll. »Die Franzosen wissen schon, was sie tun.«

»Ich habe dir schon hundertmal erklärt, Simon, daß das ein englisches Gericht ist«, ermahnte Laura ihn. »Es wurde exportiert, nicht importiert.«

»Hast du noch etwas von diesen verrückten Pilzen mit Paranüssen?« fragte er sie. »Die Schirme oder so.«

»Von den Parasolpilzen ist nichts mehr da, aber ich habe heute morgen Wiesenchampignons im Park gefunden. Ich werde dir ein paar mit verdickter Sahne auf Toast machen. Das wird dir bestimmt schmecken.«

Als Laura sechs Monate nach Adaminas Geburt zu ihrer Arbeit im großen Haus zurückkehrte, war sie wieder fest in der Realität verankert.

Sie gab Adamina keine Schuld an ihrer depressiven Phase (für sie jetzt nur noch eine verschwommene Erinnerung). Ihre Tochter war pflegeleicht. Adamina schien sich vom ersten Tag an in der Welt zu Hause zu fühlen. Besucher gluckste und lächelte sie an, so daß diese sofort ihre Befangenheit verloren. Aber auch wenn sie allein war, wirkte sie zufrieden: Sie lag in ihrem Bettchen und gurrte und seufzte vor sich hin, als würde sie in Erinnerungen schwelgen.

»Sie war schon einmal hier«, sagte Laura zu Alice. »Sie sieht sich um, als ob sie eine Bestandsaufnahme macht und dabei einzelne Posten abhakt.«

»Sie besitzen von Anfang an ihre eigene Identität«, stimmte Alice zu. »Sie kommen mit fertigem Charakter aus dem Bauch. Jede Mutter kann das beobachten.«

Weil Adamina so still und zufrieden war, vergaß Laura gelegentlich, daß sie überhaupt ein Baby hatte. Wenn sie dann das Mobile über Adaminas Bettchen klimpern hörte oder einen Schrank öffnete und darin lauter Babysachen lagen, war sie überrascht.

Laura erzählte Alice nicht, daß sie eines Tages spontan beschlossen hatte, einkaufen zu gehen, sich einen Mantel übergeworfen und das Haus verlassen hatte. Sie war ins Auto gestiegen, hatte den Zündschlüssel umgedreht und war schon halb die Auffahrt heruntergefahren, als ihr plötzlich einfiel, daß sie Mutter eines sechs Monate alten Babys war, das zu Hause lag. Laura hatte auf der Stelle gewendet, war ins Haus gestürzt und hatte Adamina leise vor sich hin seufzend in ihrem Bettchen gefunden.

Adamina war ein so angenehmes Kind, daß Laura nicht wußte, ob sie fälschlicherweise zustimmen oder wahrheitsgemäß widersprechen sollte, wenn die Leute mitleidig meinten, daß man es als alleinerziehende Mutter doch sehr schwer hätte. Einzig und allein nachts machte Adamina Probleme: Sie schien einfach nicht ein-

schlafen zu können. Tagsüber hatte sie damit keinerlei Schwierigkeiten. Sie nickte schon ein, während sie noch an der Brust trank.
Ihre Augen wurden glasig, fielen zu, und ihre Lippen ließen die
Brustwarze los. Laura legte sie dann in ihr Bettchen, und Adamina
schlief tief und fest – auch wenn sie die seltsame Angewohnheit
hatte, sich im Schlaf stets einmal ganz herumzudrehen, so daß sie
schließlich mit den Füßen auf ihrem Kopfkissen aufwachte.

Wenn Laura Adamina nachts hinlegte, gurrte sie wie üblich vor
sich hin, allmählich aber wurde sie immer quengeliger und zappe-
liger, bis sie schließlich vor purer Müdigkeit zu weinen anfing.

»Misch ihr doch einen Schuß Kognak in die Milch, Schätzchen«, riet Simon Laura, als er sie eines Abends besuchte. Er
mußte brüllen, um das schreiende Baby zu übertönen.

Um ihrer Tochter das Einschlafen leichter zu machen, trug
Laura Adamina auf der Schulter herum und summte ihr beruhigende Töne ins Ohr. Sie schaukelte sie in der Küche in ihrem Kinderwagen hin und her, während sie nebenbei in einem alten Kochbuch las. Es dauerte jedoch nicht lange, da entdeckte Laura, daß
der einzige Ort, wo Adamina garantiert immer einschlief, ein fah-
rendes Auto war. Laura konnte schon gar nicht mehr zählen, wie
oft sie um den Block gekurvt war, bis Adamina auf dem Sitz neben
ihr eingeschlafen war.

»Du weißt, was das bedeutet?« wollte Zoe beim sonntäglichen
Mittagessen wissen. »Es bedeutet, daß sie eine Reisende ist.«

»Es bedeutet überhaupt nichts«, erwiderte Laura. »Es ist einfach die Schaukelbewegung, die sie beruhigt.«

»Alles hat eine Bedeutung, Laura«, versicherte Zoe ihr.

An Adaminas erstem Geburtstag im Dezember 1987 klopfte es
spätabends an der Tür des Gartenhauses. Laura schaltete die
Küchenmaschine aus, wischte sich die Hände an der Schürze ab
und öffnete die Tür. Vor ihr standen so viele Päckchen, alle in das
gleiche rote, glänzende Papier eingepackt und eines auf das andere
gestapelt, daß sie einen Moment brauchte, um zu erkennen, daß
dahinter noch jemand stand.

Laura ließ ihren Blick von Robert zu dem Stapel von Geschenken wandern, sah wieder ihn an, dann wieder die Geschenke. Sie
konnte angesichts dieser Großzügigkeit – es sah aus, als wäre

Robert in ein Spielwarengeschäft gegangen und hätte dort von allem etwas gekauft – ein Gefühl der Dankbarkeit nicht unterdrücken und mußte sich erst wieder sammeln.

»Was soll das?« fragte sie.

»Unsere Tochter hat heute ihren ersten Geburtstag, nicht wahr?« meinte Robert lächelnd. »Hier sind ein paar Dinge, die ihr vermutlich gefallen werden. Eine Schaukel. Ein Planschbecken. Spielzeug. Spiele.«

»Bist du völlig übergeschnappt?« fragte Laura. »Du hast mich – auch deine Tochter – die ganze Zeit ignoriert, und jetzt fällt es dir plötzlich ein, mit all dem Zeug anzukommen? Es ist zu spät, Robert.«

»Wir können doch miteinander reden«, schlug er vor. »Willst du mich nicht reinbitten?«

Laura schüttelte den Kopf. »Nein«, schloß sie, während sie hinter sich griff und die Tür schloß. »Nein, das will ich nicht.«

Robert ließ sich nicht abschrecken. »Die Geschenke sind nicht alle für die Kleine, Baby. Das ganz oben ist für dich.«

»Das ist mir egal«, erwiderte sie.

»Ich zeig es dir«, sagte Robert und machte einen Schritt nach vorn. Er nahm ein kleines Päckchen oben vom Stapel herunter und riß das Geschenkpapier auf: Es kam eine Schmuckschachtel zum Vorschein, die er ebenfalls öffnete und Laura entgegenhielt, so daß sie die Kette aus zwanzigkarätigem Gold sehen konnte, die er für sie gekauft hatte.

Laura rieb sich die Stirn. »Es ist nicht mehr wie früher, verstehst du das nicht? Ich bin über dich hinweg, Robert. Ich brauche dich nicht, und Adamina braucht dich auch nicht. Ich habe mich entschieden.«

»Wenn hier jemand entscheidet, wann etwas vorbei ist, dann bin das ich«, erwiderte Robert.

»Diesmal nicht, Robert«, sagte Laura. Sie drehte sich um und ging wieder ins Haus. Nachdem sie die Tür hinter sich geschlossen hatte, schob sie den Riegel vor.

Eine halbe Stunde später warf sie einen Blick aus dem Fenster und sah Robert immer noch reglos vor der Tür stehen. Er hatte sich keinen Zentimeter von der Stelle gerührt. Als sie ein paar Stunden später zu Bett ging, sah sie noch einmal hinaus. Er war immer noch da. Sie konnte seine Zigarette in der Dunkelheit rot glühen sehen.

Am Morgen jedoch war er verschwunden und seine Geschenke mit ihm.

Adamina war nicht nur pflegeleicht, sie war auch frühreif. Erstens krabbelte sie nie, sondern beobachtete Laura, wie diese im Haus umherging. Eines Tages stand sie auf und versuchte, es ihr nachzumachen. Natürlich gelang ihr das nicht sofort, aber davon ließ sie sich nicht abschrecken. Lieber fiel sie hundertmal hin, als zu der konventionelleren Fortbewegungsweise zurückzukehren und auf dem Bauch zu kriechen wie eine Schildkröte auf dem Strand.

»Du *bist* doch ein Meereslebewesen«, versuchte Laura sie zu überzeugen. »Du kannst nicht erwarten, daß du, nachdem du monatelang in der Gebärmutter geschwommen bist, über Nacht zum aufrechten Gang auf dem trockenen Land übergehen kannst. Sei geduldig, meine Kleine.«

Adamina nahm davon keine Notiz. Sie zog sich mit konzentriertem Gesicht an einem Stuhl hoch und warf sich dann nach vorn, um einen oder zwei lächerliche, wackelige Schritte zu machen, bevor sie erstaunt hinpurzelte. Wollte Laura ihr aber helfen, schob Adamina nur ihre Hand weg, richtete sich unsicher wieder auf und versuchte es ein weiteres Mal. Sie war offensichtlich entschlossen, diese Aufgabe allein zu meistern. Vielleicht war dies auch der Grund, weshalb sie so großen Spaß daran hatte: Binnen weniger Wochen war Adamina so weit, daß sie auf ihren Beinchen quer durch das Wohnzimmer wackelte. Sie tat dies mit vergnügtem Lachen und ließ Laura nun gern daran teilhaben, während sie über den Teppich in die Arme ihrer Mutter torkelte.

Mit dem Sprechen war es nicht anders. Als Adamina wie alle Kleinkinder mit den ersten Silben experimentierte, antwortete Laura, um sie zu ermutigen, auf dieselbe Weise.

»Ku ku pa?« fragte Adamina und zeigte aus dem Fenster.

»Ku ku pa, ja«, pflichtete ihr Laura bei. »Ku ku pa.«

Anstatt sich aber über diese unsinnige Solidarität zu freuen, starrte Adamina ihre Mutter böse an und sagte gar nichts mehr. Während Alices Kinder endlose Ströme von Kauderwelsch von sich gaben, in denen manchmal einzelne Worte zu erkennen waren, blieb

458

Adamina stumm. Nicht, daß sie irgend jemand für zurückgeblieben gehalten hätte: Es war klar, daß sie einfach beschlossen hatte, sich Zeit zu lassen, da die Babysprache unter ihrem Niveau war. Und so kam es auch: Als es ihren Altersgenossen endlich gelang, verständliche Wörter zu Sätzen zusammenzufügen, geruhte Adamina plötzlich, sich ihnen anzuschließen. Das stumme Kind lernte über Nacht sprechen, und das einzig Exzentrische an ihrer Sprache war, daß sie mit der Zunge anstieß. Vielleicht, weil sie sich geweigert hatte, durch Versuch und Irrtum zu lernen, vielleicht aber auch nicht.

Adamina schaffte es schließlich auch einzuschlafen, ohne um den Block gefahren zu werden. Dafür entwickelte sie allerdings die Angewohnheit, mitten in der Nacht aufzuwachen, verschlafen in Lauras Zimmer zu stolpern und zu ihr ins Bett zu klettern, ohne diese aufzuwecken. Den Rest der Nacht schliefen Mutter und Tochter dann Seite an Seite.

Laura war es schließlich so gewöhnt, Adamina morgens beim Aufwachen neben sich zu finden, daß sie, wenn das Bett neben ihr einmal leer war, sofort in Adaminas Zimmer stürzte, um nachzusehen, ob alles in Ordnung war. Wenn Laura ihre Tochter so friedlich neben sich schlafen sah, konnte sie manchmal der Versuchung nicht widerstehen, und kuschelte sich an sie, um noch ein paar Minuten lang gemeinsam mit ihr die tröstliche Behaglichkeit des warmen Bettes zu genießen.

Anstatt ihre Arbeitsbelastung zu reduzieren, expandierte Laura, als Adamina älter wurde, noch mehr. Sie handelte mit Charles eine Lohnerhöhung aus und stellte die Frau, die während der Zeit nach der Geburt für sie eingesprungen war, als Teilzeitkraft ein. Sie riß einige Wände im Gartenhaus nieder und verwandelte das ganze Erdgeschoß in eine einzige große Küche, wo sie gelegentlich noch eine weitere Hilfskraft beschäftigte. Den Wohnbereich verlegte sie nach oben. Sie bereitete Gerichte vor und belieferte damit ein- oder zweimal in der Woche Abendgesellschaften. Sie spezialisierte sich außerdem auf die traditionelle englische Küche.

Laura hatte diese Pläne bei einem der sonntäglichen Mittagessen enthüllt – einem Essen, das aus einem Rinderbraten, Yorkshirepudding, Bratkartoffeln und frischem Gemüse bestand.

»Das hier ist das beste Essen auf der Welt«, verkündete Simon.

»Aber was ist mit den übrigen sechs Tagen in der Woche?« wollte er wissen. »Ganz abgesehen vom Frühstück und vom Abendessen. Englische Küche, du bist ja verrückt, Laura!«

»Da muß ich dir aber widersprechen«, warf Harry ein. »Unsere Nationalküche bietet vieles, wofür wir dankbar sein können, aber es ist wieder einmal typisch, daß wir sie heruntermachen, anstatt sie zu pflegen.«

»Ha!« stieß Alice hervor. »Was weißt du denn schon, Mr. Harry Haute Cuisine? Das einzige, wovon du eine Ahnung hast, ist, wie man Curry kocht!«

»Ich dachte, mein Curry schmeckt dir«, jammerte Harry.

»Das tut es doch auch, du Dummerchen, es ist sogar mein Lieblingsessen. Du bist ein Muglai-Zauberer, Harry, du bist der Chapata-Meister. Du bist der König der Passandas, mein Schatz. Aber seit wann bist du Experte für englisches Essen?«

»Es gibt tatsächlich viele Dinge, auf die diese Insel mit Recht stolz sein kann: Käsetoast, Hackfleischauflauf mit Kartoffelbrei –«

»Gebratene Pastinaken«, fügte Simon hinzu.

»Fish'n Chips!« trug Amy bei.

»Ich dachte eigentlich an bekömmlichere Gerichte«, versuchte Laura einzuwerfen.

»Blumenkohl-Käse-Speise«, fuhr Simon sie ignorierend fort.

»Eiscreme!« sagte Sam, der nicht ganz begriffen hatte, worum es ging.

»Rinds- und Nierenragout«, fing Harry wieder an. »Brotpudding, Kohleintopf mit Kartoffeln, Rinderschmorbraten mit Klößen.«

»Harry«, meldete sich Charles, der sich bei dieser Unterhaltung bislang ungewohnt zurückgehalten hatte. »Ich denke, du hast da gerade etwas Wichtiges gesagt«, meinte er, nachdem er in dem Gespräch offenbar einen Aspekt entdeckt hatte, der ihn interessierte. »Die letzten hundert Jahre haben wir damit zugebracht, die Gerichte anderer Völker zu importieren. Es ist höchste Zeit, daß wir unsere jetzt *exportieren.*«

»Nun, ja, in der Tat«, stimmte Harry zu. »Weißt du, Charles, wir singen eben nicht unser eigenes Loblied. Wir ziehen es vor, unseren Mitbewerbern zuzuhören. Aber stell dir vor, was für ein Markt da draußen auf uns wartet.«

»Ungeheuer«, schwärmte Charles. »Unberührt.«

»Und Schokoladensoße!« schrie Sam.

»Ja, *danke*, Sam«, sagte Alice zu ihm. »Das reicht.«

»Danke euch *allen*«, sagte Laura, stand auf und räumte den Tisch ab. »Ihr seid mir wie gewöhnlich alle eine große Hilfe gewesen.«

»Biskuitdessert!« brüllte Sam.

»Psst!« schimpfte Alice. »Du weckst noch das Baby auf.«

»Nein«, sagte Simon, »er hat schon recht. Biskuitdessert ist wirklich ein sehr gutes Beispiel.«

Adamina wuchs wie ihre Mutter in der Küche auf. Ihr erstes Spielzeug waren Töpfe, Pfannen und weniger empfindliche Gemüsesorten. Sie wurde mit Formen vertraut, indem sie sie aus Teig zuschnitt, sie lernte zählen, indem sie Zutaten zusammenrechnete, und begriff durch den Gebrauch eines Meßbechers, was Gewicht und Menge war. Die ersten Bücher, die sie las, waren weniger Kindergeschichten als illustrierte Rezepte.

Lauras Kochkünste sprachen sich herum, und ihr Kundenstamm wuchs ständig. Eines Abends im Sommer 1989, als Adamina fast drei Jahre alt war, rief Natalie an, um Laura zu sagen, daß es im Frauenhaus Probleme gäbe und sie nicht zum Babysitten kommen könne. Also packte Laura Adamina zusammen mit ihren Gerichten ins Auto. Sie machte sich keine Sorgen, denn sie wußte, daß Adamina sich auch in einer fremden Küche wohl fühlen würde. Ihre Kunden wohnten im Südwesten, ein paar Meilen außerhalb der Stadt. Unterwegs ging Laura im Geiste noch einmal alles durch: Was frisch gekocht und was lediglich warm gemacht werden mußte, wie sie die Vorspeisen anrichten würde. Adamina saß still neben ihr. Laura vergaß ihre Gegenwart (außer daß sie jedesmal, wenn sie bremste, die linke Hand vom Steuer nahm und vor Adaminas Brust hielt), deshalb bemerkte sie auch nicht, daß das Kind verwirrt die Stirn runzelte. Als sie etwa die Hälfte des Weges zurückgelegt hatten, fragte Adamina plötzlich: »Mami, bist du schon mal in dem Haus gewesen?«

»Nein, noch nie«, erwiderte Laura.

Adamina schwieg wieder. Zehn Minuten später meldete sie sich abermals zu Wort. »Mami?«

461

»Ja, Mina?«

»Wenn du noch nie da gewesen bist, woher weißt du dann, wie du fahren mußt?« wollte sie wissen. Adamina hatte eine halbe Stunde lang verblüfft beobachtet, wie ihre Mutter bei jeder Kreuzung und Abzweigung sicher gewesen war, ob sie nun links oder rechts abbiegen oder geradeaus fahren sollte.

Laura brauchte einen Augenblick, bis ihr klar wurde, was Adamina meinte.

»Mami weiß doch alles, Schätzchen, weißt du das denn nicht?«

»Nein, das tust du nicht«, erwiderte Adamina. Sie ließ sich nicht zum Narren halten. Also erklärte Laura ihr, was Wegweiser waren.

»Keine Sorge, Mina«, schloß sie. »Du wirst sie bald lesen können. Dann findest du dich auch überall zurecht.«

Vielleicht war es eine Reaktion auf die vorsichtige Kritik von Onkel Simon und Tantchen Natalie. Vielleicht war es aber auch so, daß selbst Alice fand, es ginge zu weit, als Harry Amy zu ihrem fünften Geburtstag im April 1990 einen Computer schenkte. Was immer auch der Grund sein mochte, jedenfalls ging Alice eines Tages in die Stadt und kam mit einem Hund nach Hause.

»Ein Spielkamerad für die Kinder«, sagte sie zu Harry. »Sie werden gemeinsam aufwachsen.«

Weder Harry noch Alice hatten selbst je ein Haustier besessen. Tatsächlich war der Hund das erste Haustier, das in dem großen Haus einzog.

»Bist du sicher, daß das da ein Hund ist?« fragte Harry. Er war verdutzt. »Für mich sieht dieses Tier eher wie eine Ratte aus.«

»Es ist ein Welpe, Dummerchen«, sagte Alice zu ihm. »Er ist noch keinen Monat alt.«

»Dann wird er vermutlich groß wie ein Wolf und beißt die Kinder, oder?« fragte er sie. »Das war möglicherweise sehr verantwortungslos von dir, Alice.«

»Nein, das wird er nicht, du Sauertopf. Es ist ein Kurzhaarterrier. Diese Rasse bleibt ziemlich klein.«

Die Kinder tauften den Hund Dick und waren von ihrem Schoßtier bezaubert. Sie piekten und knufften ihn, trugen ihn durch die Gegend, badeten ihn und ärgerten ihn mit einem langen

Band, dem Dick wütend im Kreis hinterherjagte, bis er seinen eigenen kurzen Schwanz entdeckte und statt dessen den jagte.

Es kam niemandem in den Sinn, Dick abzurichten, und so entwickelte er schnell seinen eigenen Kopf. Schon bald wurde offensichtlich, daß er keine Kinder mochte. Er verlor jeglichen Respekt, und wenn sie versuchten, sein drahtiges Fell zu zausen oder seinen Bauch zu streicheln, schnappte er nach ihnen. Dick behandelte Lebewesen, die etwa so groß wie er selbst waren, mit äußerster Geringschätzung. Die einzigen Menschen, die er als gleichgestellt betrachtete, waren jene, die hoch über ihm aufragten. Er ließ die Kinder links liegen und trottete im Haus beschwingt hinter Erwachsenen her, die ihn erst bemerkten, wenn sie ihn getreten hatten oder über ihn gestolpert waren und ihn schließlich mit Fußtritten fortscheuchten.

Tragischerweise konnte keiner der Erwachsenen Dick leiden. Harry hatte recht gehabt: Selbst als ausgewachsener Hund sah Dick mit seinem kurzen, drahtigen Haar und seiner häßlichen Schnauze eher wie eine Ratte aus. Die Kinder waren über ein solch oberflächliches Urteil erhaben, er aber verließ eines Sonntagmorgens mit stolzem Schritt ihr Zimmer und marschierte ins Schlafzimmer von Harry und Alice. Er ging zum Bett hinüber, machte ohne Vorwarnung einen Satz in die Luft und landete genau auf den beiden. »Ahhh!« schrie Harry. »Runter!« Da er nicht abgerichtet war, lernte Dick der Hund nur die Dinge, die ihm paßten, und erwarb sich dadurch die eigensinnige Verschrobenheit eines Autodidakten. Er packte mit seinen Vorderpfoten begeistert Weihnachtsgeschenke aus, die ihm nicht gehörten, hielt hinten auf dem Aga wie eine Katze ein Mittagsschläfchen und trug Schuhe von einem Zimmer ins andere – wobei er einen natürlichen Hang zur Ordnung zeigte, da er stets zweimal ging, um die einzelnen Paare nicht durcheinanderzubringen.

Andererseits war Dick trotz seiner Intelligenz so neurotisch, daß er völlig unberechenbar wurde. Wenn er, was allerdings selten geschah, beobachtete, daß ein anderer Hund gestreichelt wurde, so drehte er verärgert immer engere Kreise um diesen, zog sich voller Eifersucht auf wie eine Feder, bis er urplötzlich mit einem selbstmörderischen Schnappen losschnellte, auch wenn der andere Hund doppelt so groß war wie er.

Obwohl Dick die Menschen, die er eigentlich hätte mögen sollen, nicht leiden konnte und diejenigen, die er gern hatte, ihn wiederum nicht mochten, kam es nie jemand in den Sinn, ihn wegzugeben. Bis auf Robert, der bei einem seiner seltenen Besuche im Haus anbot, den häßlichen kleinen Köter zu beseitigen.

»Ich zieh ihm eins über den Schädel, ersäuf und verscharr ihn dann. Vorbei und vergessen«, erbot sich Robert.

»Oh, wie kannst du nur, Robert?« tadelte Alice ihn. »Schau, Sam ist ganz verstört.«

»Sag später nicht, ich hätte es dir nicht angeboten«, meinte Robert zu ihr.

Harry fand diesen Vorschlag durchaus reizvoll. Ihn, der unter allen Umständen gelassen blieb, vermochte nämlich eine einzige Sache in Rage zu bringen. Von Dick war gewöhnlich nicht mehr als ein leises Knurren zu hören, wenn er in irgendeiner Ecke einen alten Tennisball zerbiß. Ab und an jedoch trollte er sich in die Diele und begann zu kläffen – ein unerträgliches, schrilles Gebell, das in den Ohren weh tat. Sofort stürzten zornige Hausbewohner aus allen Richtungen an, Harry aber war zuerst da, packte Dick am Schlafittchen, trug ihn nach draußen und ließ ihn in den Teich fallen.

»Ich frage mich wirklich«, meinte Harry das nächste Mal vorsichtig, als er einmal zufällig mit Robert allein war, »ob ihn irgend jemand vermissen würde, wenn man ihn in aller Stille beseitigt.«

»Du brauchst nur ein Wort zu sagen«, antwortete sein Schwager.

»Ich bin mir nicht ganz sicher«, meinte Harry ausweichend. »Bei Kindern weiß man nie.«

»Das Problem ist, daß er nicht abgerichtet ist«, stellte Robert fest.

»Ich weiß«, stimmte Harry zu. »So etwas ist unverantwortlich. Aber jetzt ist es zu spät.«

»Es ist nie zu spät«, sagte Robert zu ihm. »Soll ich dir was sagen? Wenn ich das nächste Mal auf die Jagd gehe, nehme ich ihn mit, wenn du willst. Er sieht aus wie ein gestauchtes Frettchen. Falls er eine Nase für Kaninchen hat, dann werde ich ihn abrichten.«

Harry war sich nicht sicher, was Robert vorhatte, aber es klang nach einem großzügigen Angebot.

»Danke, ja, gute Idee«, sagte er.

Von da an verschwand Dick von Zeit zu Zeit, und wenn jemandem seine Abwesenheit auffiel, dann wurde ihm stets versichert: »Er wird bei Robert sein.« Robert nämlich holte den Hund einfach, ohne jemandem Bescheid zu sagen. Manchmal nahm er ihn für ein paar Stunden, manchmal sogar für mehrere Tage mit. Und dann war Dick einfach wieder da, ebenfalls ohne Vorwarnung – aber sein Verhalten hatte sich verändert. Er verlor das Interesse an Tennisbällen, hörte ganz mit dem Kläffen auf und stand stundenlang in angespannter Haltung und mit zurückgelegten Ohren wartend in der Diele. Bis er, nach Tagen – Wochen – neurotischer Geduld, Roberts Pfeife hörte, aufsprang und wie ein Hase durch die Hundeklappe schoß.

James' Postkarten wurden in der ganzen Stadt verkauft. Die rosig überhauchten, von der Sonne geküßten Bilder definierten allmählich das Image der Stadt. Es stimmte, daß nicht genügend Touristen in die Stadt kamen, um die Verkaufszahlen in schwindelerregende Höhen zu treiben. Aber die Einwohner kauften die Karten selbst und schickten sie an ferne Freunde und Verwandte, um ihnen zu zeigen, in was für einer entzückenden Stadt sie wohnten. Die Postkarten waren James' Hauptverdienst. Genaugenommen stellten sie praktisch sein *gesamtes* Einkommen. Er wollte als freier Fotograf arbeiten, aber als es soweit war, zeigte sich schnell, daß er sich nicht richtig verkaufen konnte. Er zog kaum Aufträge an Land.

»Du mußt Werbung für dich machen«, erklärte Zoe ihm. »Wurfsendungen, Mappen, Briefpapier mit Aufdruck. Und wirf dich in Schale, James, das ist so üblich. Kaum bist du umgezogen, wirkst du schon wieder schmuddelig.«

Aber James war nicht wirklich mit dem Herzen dabei. Gelegentlich nahm eine Marketingagentur, die seine Postkarten gesehen hatte und die irgendein Produkt mit dem Image idyllischer englischer Natürlichkeit vermarkten wollte, Kontakt mit ihm auf. Zu Zoes Überraschung lehnte James diese Aufträge jedoch ab.

»So was brauche ich nicht zu machen«, erklärte er. »Ich bin nicht am Verhungern. Ich habe keine Familie zu ernähren.«

»Irgendwo mußt du aber anfangen«, legte sie ihm nahe.

»Nein, muß ich nicht«, sagte er.

James erhielt auch Anrufe von Leuten, die zwar Fotos machen lassen wollten, seine Dienste aber nicht bezahlen konnten. Es waren Leute, die er einst kostenlos fotografiert hatte: junge Schauspieler und Musiker, die sich jetzt für die Aidsforschung und gegen die Kopfsteuer engagierten.

»Ihr müßt mir zumindest die Filme und die Chemikalien bezahlen«, erklärte James (obwohl es ihm dann immer schwerfiel, die Leute an ihre Schulden zu erinnern), und er erklärte auch, daß er Demonstrationen haßte und dort nicht fotografieren wollte.

»Warum nicht?« fragte man ihn. »Solche Aktionen sind doch absolut wichtig.«

»Ich fühle mich unter Massen von Menschen, mit denen ich einer Meinung sein muß, nicht besonders wohl«, erwiderte er. »Ich bin nicht gern Teil einer Menschenmenge.«

»Das wirst du auch nicht sein«, versicherten sie ihm. »Du wirst, wo immer du bist, außen vor bleiben. Die Leute trauen Fotografen nicht mehr.«

James arbeitete am liebsten an einem Projekt, ebenfalls unbezahlt, das er sich selbst ausgesucht hatte. Er war in dem abgeschirmten Haus auf dem Hügel aufgewachsen und hatte dann zehn Jahre in einem möblierten Zimmer in einem stillen Viertel der Stadt verbracht. Jetzt lebte er in einer Wohnung an der Factory Road. Sie stellte eine Hauptschlagader der Stadt dar und war lebendiger als das Stadtzentrum, da hier viele Anwohner lebten und die meisten Inhaber der kleinen Läden und Restaurants gleich über ihren Geschäften wohnten.

Bald nachdem James eingezogen war, hatte er ein Stativ vor seinem Wohnzimmerfenster aufgestellt und im Stil von André Kertész Bilder von der belebten Straße unter ihm gemacht. Er entdeckte dabei, daß Leute sich am leichtesten von oben beobachten ließen, da offenbar nie ein Mensch nach oben sah. Er empfand das andererseits aber auch als unehrlich und unbefriedigend. Er kam sich vor wie ein Paparazzo für gewöhnliche Menschen. Also ließ er das Stativ oben stehen und ging mit seiner Kamera nach unten. Er wanderte hin und her, beobachtete den Strom von Passanten, Spaziergängern, Arbeitern, Kindern, Eltern. Und er fotografierte. Schließlich merkte er, daß die Passanten ihn beobachteten.

Fotografen waren verschlagen, das wußte James. Gestalten wie er ohnehin, deren alleiniges Ziel es war, den Menschen, unter denen sie sich bewegten, ein Bild zu entreißen, es zu stehlen, heimlich wie Taschendiebe, mit kaltem Blick und herzlos. In einer Menschenmenge bei einem öffentlichen Ereignis spielte das keine Rolle: Jedermann, ob nun Darsteller oder Publikum, stellte sich hier mit allgemeiner Zustimmung in gewissem Ausmaß zur Schau.

In einer Wohngegend war es anders. James war hinter seiner Kamera nicht unsichtbar. Er fühlte sich so auffällig wie damals vor vielen Jahren, als er sich zum ersten Mal über die Mauern, die das große Haus umgaben, hinausgewagt hatte, um in der Stadt zu fotografieren, und dort herumgestoßen und angeschrien wurde, bis er sich schließlich wieder nach Hause zurückgezogen hatte. Hier war es nun genauso, weil die Menschen nicht zu einem besonderen Anlaß gekommen waren – sie lebten einfach hier. Trotz des Verkehrs, der Leute, die ihre Einkäufe machten, der Ghettoblaster, Fahrräder, Busse, Kinder und Hunde registrierten Anwohner und Ladeninhaber gleichermaßen, was um sie herum vorging, und sie registrierten den torkelnden Mann, der Fotos machte. James spürte ihren Argwohn und ihre Feindseligkeit.

Es dauerte nicht lange, bis er eine Lösung fand. Da er sowieso nicht anonym blieb, ging er die Straße auf und ab und stellte sich den Leuten vor, die immerhin seine Nachbarn waren. Und er fragte sie, ob er sie fotografieren dürfe, weil er, wie er erklärte, seine – und ihre – gemeinsame Umgebung dokumentierte. Sie stimmten alle zu. Er fotografierte sie vor ihren Ladenschildern, ihren Gemüseauslagen, ihren Sonderangebotsplakaten, ihren lebensgroßen, lächelnden Metzgern aus Pappkarton, vor ihren Gebrauchtmöbeln, ihren Zeitungsständern. Er lichtete die blaßgesichtigen Kellner im Burgerrestaurant ab, den schlechtgelaunten Chinesen in seiner Imbißbude, die unbekümmerten Griechen in ihrem Fish'n-Chips-Laden, die freundlichen Gangster in dem libanesischen Restaurant, den melancholischen Türken an seinem Kebabstand. Er ließ sich von August Sander inspirieren und fotografierte sie in ihren Schürzen, Mützen und anderer Arbeitskleidung und ließ sie dabei direkt in die Kamera starren. Jemand nannte ihn den Fotomann, und der Spitzname blieb ihm: Binnen weniger Wochen war er jedem bekannt. Die Leute winkten und riefen ihm etwas zu, jetzt aber, um ihn freundlich zu grüßen. Sie baten ihn, eine neue Verkäuferin, einen Kellner oder einen Verwandten, der gerade auf Besuch war, zu fotografieren.

James ging dazu über, täglich die Straße auf und ab zu trotten. Er frühstückte meistens im Café Milano, er spielte mit den Kindern auf dem Rasen vor dem Bürgerzentrum Fußball, er teilte sich auf einer Parkbank mit arbeitslosen Jugendlichen eine Dose Bier. Wann immer er Zeit hatte, ging er auf die Straße. Nachdem er Porträts gemacht und den Betreffenden Abzüge davon geschenkt hatte, durfte er jene spontanen Fotos schießen, die er am liebsten machte. Er hatte jetzt die Erlaubnis dazu.

Lewis gehörte zu den Freunden, die zwei oder drei Nachrichten auf James' Anrufbeantworter hinterließen und es – da sie als Antwort lediglich James' nichtssagende Postkarten erhielten – dann bleiben ließen. Ein paar Jahre lang hatten sie sich weder gesehen noch gesprochen. Wie groß, fragte sich James, mußte eine Stadt sein, damit Menschen, die einander gut kannten, ihr Leben lebten, ohne Kontakt zu haben.

Dann traf James Lewis eines Tages im Dezember zufällig auf der Straße, und sie verabredeten sich für den kommenden Samstag zu einem Heimspiel ihrer Fußballmannschaft. Lewis holte James ab, parkte in der Nähe des Sportplatzes, und sie schlossen sich zu Fuß den an ihren Vereinsschals erkennbaren Fans an. Lewis ging mit federndem, lässigem Schritt. James hastete neben ihm her, um mitzuhalten.

Die Mannschaft spielte in der vierten Liga. Das Spielniveau war bodenlos. Der Ball sprang planlos auf dem Feld herum, die Spieler jagten ihm blindlings hinterher und traten auf ihn ein, als wollten sie ihn für seinen Eigensinn bestrafen.

James und Lewis standen auf der Haupttribüne. Zum gegnerischen Team gehörte ein Schwarzer. Jedesmal, wenn er am Ball war, kreischten die Fans der Heimmannschaft wie eine Horde aufgeregter Affen. In der eigenen Mannschaft spielten *zwei* Schwarze, deren Hautfarbe schien jedoch noch niemandem aufgefallen zu sein: Die Fans bejubelten ihre Aktionen oder sie buhten sie aus wie alle anderen auch.

Nach zehn Minuten interessierte Lewis das Spiel offensichtlich nicht mehr. Er wurde still und nachdenklich und wirkte plötzlich sehr zurückhaltend und wachsam. Als der Pfiff das Ende der ersten Halbzeit verkündete, sagte er: »Gehen wir.« James folgte ihm nach draußen.

Sie gingen schweigend zu Lewis' Auto. Lewis fuhr James nach Hause, ohne ein Wort zu sagen. James wollte Lewis noch auf eine Tasse Tee einladen, aber der schüttelte den Kopf.

»Das sind doch Idioten«, sagte James, bevor er aus dem Wagen stieg. »Scheiß einfach drauf, Lew.«

Lewis starrte weiter durch die Windschutzscheibe. »Es sind Engländer.«

»Sicher«, stimmte James zu.

Lewis seufzte. »Als ich noch klein war, hat mich meine Mutter manchmal zum Einkaufen mitgenommen. Wenn wir an einer Gruppe von Westinderinnen vorbeikamen, schnalzten die mit der Zunge und zischten meine Mutter an. Aber nur, wenn sie zu mehreren waren, wohlgemerkt. Du weißt doch, daß meine Schwester im Krankenhaus arbeitet?«

»Natürlich. Sie hat damals meine Hand genäht.«

»Vor ein paar Monaten hatten sie dort eine Patientin, die der Stationsschwester erklärt hat, sie ließe sich von dieser farbigen Krankenschwester nicht anfassen.«

»Von Gloria? Himmel, das muß ja eine blöde Kuh gewesen sein.«

»Ja, und was noch hinzukommt, diese Patientin war Asiatin und außerdem noch gar nicht so alt.«

Robert erzählte niemandem, was er so tat. Er war von Natur aus verschwiegen: Wenn er etwas schrieb, und sei es nur, daß er einen Scheck ausfüllte, dann schirmte er wie ein argwöhnisches Schulkind seine Schreibhand mit dem anderen Arm ab. Seine Gegenwart im Haus wirkte geisterhaft. Er war der einzige, der immer noch sein Mansardenzimmer aus Kindertagen bewohnte. Etwa zu der Zeit, als Alice Harry heiratete, war Simon in ein großes Zimmer im zweiten Stock gezogen. In diesem Stockwerk wohnten bereits Charles und auch Natalie. Robert übernahm die alten Zimmer seiner Geschwister. Dort lagerte er Kisten mit unbekanntem Inhalt, die die Hintertreppe hinauf- und hinuntergeschleppt wurden, und beherbergte zu nächtlicher Stunde unsichtbare Gäste.

Nur Simon besaß den Mut – und die Hartnäckigkeit –, seinen schweigsamen Bruder etwas zu fragen, wenn dieser eines seiner seltenen Gastspiele am Frühstückstisch gab.

»Diese Lieferwagen, die uns heute in der Nacht geweckt haben, sind die in irgend etwas Kriminelles verwickelt?« wollte er wissen. »Was in aller Welt *machst* du eigentlich, Robert?«

»Ein bißchen von diesem, ein bißchen von jenem«, erwiderte Robert, ohne seinen Blick vom Toast zu nehmen, den er gerade mit Butter bestrich.

»Und die Schritte, die wir ständig hören«, fuhr Simon fort. »Verstecken sich diese Leute etwa vor der Polizei? Wird unser Haus jetzt zu so etwas wie einer konspirativen Wohnung?«

»Es sind nur ein paar Kumpels«, murmelte Robert mit vollem Mund.

»Laß deinen Bruder in Ruhe«, sagte Charles zu Simon. »Du klingst ja wie ein Inquisitor.«

Keiner der Familie betrat Roberts Reich im Dachgeschoß, und er forderte auch niemanden dazu auf. Wenn die anderen ihm etwas mitzuteilen hatten, hinterließen sie eine Nachricht oder riefen ihn in dringenden Fällen unter seiner Privatnummer an, die auf einstimmigen Wunsch zur selben Zeit eingerichtet worden war wie die von Harrys Kindern: Robert war normalerweise ein überaus schweigsamer Mensch, desto merkwürdiger war, daß er manchmal stundenlang das Telefon belegte und mit nörgelndem, scherzhaftem Unterton endlose lange, belanglose Gespräche führte.

Selbst die Putzfrau ging nicht mehr in den dritten Stock hinauf: Sie saugte die Treppe bis zum Treppenabsatz. Jenseits davon hatte der Teppich an jeder Kante einen Fusselrand.

Robert kam und ging, als lebte er zwar innerhalb des Hauses, aber in einer anderen Dimension. Dennoch tauchte er gelegentlich unvermittelt beim sonntäglichen Mittagessen auf, oder er erschien, unpassenderweise im Anzug, in Simons Zimmer, wenn dieser gerade Gäste hatte, wo er sich dann an die Wand lehnte und die anwesenden Frauen mit vorsichtigem Interesse betrachtete.

Und tatsächlich bewegte sich Robert zwischen verschiedenen Welten. Am wohlsten fühlte er sich in Gesellschaft von Männern aus der Siedlung im Westen der Stadt, die als Asozialenviertel verschrien war: Die Statistiken für Arbeitslosigkeit, Schulschwänzen,

Analphabetentum, kaputte Familien, Autodiebstahl und andere Verbrechen wurden in den Ratszimmern zwischen den Parteien immer wieder höchst kontrovers diskutiert.

Robert kaufte viele der Autos, die er instand setzte, den arbeitslosen Männern dieser Siedlung bar ab und schleppte diese mit zweifelhaften Fahrzeugpapieren und nachträglich eingebauten Stereoanlagen ausgestatteten Fahrzeuge nach Hause ab. Die Männer aus der Siedlung – einige von ihnen, wie Docker und Weasel, alte Kameraden und Gegner aus Roberts Boxertagen – waren für ihre Härte berühmt. Ihr Haarschnitt hätte sogar einen Fallschirmjäger vor Neid erblassen lassen. Sie liefen im tiefsten Winter ohne mit der Wimper zu zucken im T-Shirt herum, betrachteten ein Lächeln als Beweis für Homosexualität und trugen ihren Männlichkeitswahn zur Schau, indem sie sich Dobermänner, Rottweiler und Pitbullterrier als Schoßtiere hielten.

Diese harten Helden begleiteten ihre Frauen (die im Winter *Miniröcke* trugen) gern mit stolzgeschwellter Brust zum Einkaufen und achteten peinlich genau darauf, ob irgendein anderer Mann es wagte, den Quell ihres Stolzes anzublicken. Ihren unehelichen Kindern hingegen schenkten sie kaum Beachtung, es sei denn, sie ohrfeigten ihre kleinen Söhne, weil sie Gefühle gezeigt hatten, oder ihre Töchter, weil sie es gewagt hatten, eine eigene Meinung zu äußern. Sie betrachteten Kunst in jeder Form ebenfalls als ein Zeichen für Homosexualität. Lediglich die Tätowierungen, mit denen sie ihre Körper schmückten, bildeten eine ehrenvolle Ausnahme, weil ihnen nicht bewußt war, daß jede Kunst Schmerz bereitet.

Robert fühlte sich in ihrer Gesellschaft wohl. Nachdem er mit ihnen um den Preis der Autos gefeilscht hatte, ging er mit ihnen im Long Barrow einen trinken. Der Long Barrow war der größte Pub in der Siedlung und bestand aus einem einzigen großen, rechteckigen Raum. Sie warfen sich gegenseitig Beleidigungen an den Kopf, was offenbar ihre Form der Unterhaltung war, und tranken große Mengen Lagerbier, bis sie sich plötzlich, ab einem gewissen Stadium der Trunkenheit –, und zur Begleitung von Country- und Westernsongs – nicht mehr verstellen konnten. Die harten Männer fielen einander in die Arme, erzählten sich schmutzige Witze, rissen sich darum, die nächste Runde spendieren zu dürfen, und wetteiferten im Armdrücken, das zu verlieren niemandem etwas ausmachte, weil das Kräftemessen stets in der Proklamation ewiger Freundschaft mündete.

Auch was die Frauen anging, bewegte sich Robert zwischen zwei Welten, und er verführte sie in beiden. Die Frauen, denen er im gesellschaftlichen Rahmen seiner Familie vorgestellt wurde, registrierten seinen verächtlichen, zusammengekniffenen Blick und seine rauhen, harten Arbeiterhände. Er brauchte kein Wort zu sagen, brauchte nur zu lächeln, und schon verschwanden sie wie durch Zauberei, bald nachdem er selbst das Zimmer verlassen hatte, um ihm über die Hintertreppe ins Dachgeschoß zu folgen. War er jedoch mit seinen Freunden zusammen – arbeitslosen Mechanikern, Rockern in Lederkluft –, warteten die Frauen, wenn sie seine Füße unter einem Auto hervorragen sahen, bis er irgendwann darunter hervorkam, um Luft zu schnappen, damit sie den abtrünnigen Sohn des Bosses, der sie so faszinierte, etwas mit seinem ungewöhnlichen Akzent sagen hören konnten.

Roberts Familie erfuhr von seinem Leben mehr durch Hörensagen als aus seinem eigenen Mund. Er war, so hieß es, immer noch von Schlössern begeistert. Er war imstande, ins Haus einer Geliebten einzudringen, während sie nicht da war: Wenn sie dann zurückkehrte, ging sie in ihren vier Wänden ahnungslos ihren Geschäften nach, bis sie irgendwann plötzlich eine Gänsehaut bekam, weil sie merkte, daß ein Eindringling in der Dunkelheit saß und sie beobachtete.

Bei Charles' kompliziertem Tagesplan, Simons Diäten, Roberts Überfällen auf den Kühlschrank, Natalies Schichten im Frauenhaus, Alices Vegetarismus, Harrys Vorliebe für Gewürze und dem wunderlichen Geschmack der Kinder mußte Laura zwangsläufig die Flexibilität ihrer Mutter entwickeln, um nicht den Verstand zu verlieren.

Die meiste Mühe machte nach wie vor Simons Kost. Er stürzte sich immer noch regelmäßig auf irgendeine neue Ernährungsform als Allheilmittel gegen alle Übel des Lebens – manchmal war es eine, die er bereits vor Jahren ausprobiert und vergessen hatte – und konnte weder akzeptieren, daß er von Natur aus das Gewicht eines Sumoringers hatte, noch daß er, wie sein Hausarzt behauptete, der gesündeste Mensch war, der je seine Praxis betreten hatte.

»Ich werde eine zweite Meinung einholen«, brummte Simon und kehrte zu einer Heildiät, die er sich selbst ausgedacht hatte, zurück. Nachts jedoch schlich er sich in die Küche (wo er manchmal auf Robert traf) und stopfte sich voll, bis ihm schlecht wurde. Danach machte er stets reuevoll wochenlange Fastenkuren, bis ihm schwindlig wurde, er desorientiert durch die Gegend lief und sein Körper das Aroma von heißem Metall verströmte.

Simon war so empfindlich, daß er, obwohl er über die gesündeste Konstitution in der Familie verfügte, am häufigsten krank war. Er spürte jeden Muskel, der zwickte, und jede Sehne, die zwackte, jeden Virus und jedes Unwohlsein, die im Anflug waren. Der leiseste Hinweis auf eine Magenverstimmung ließ ihn eilig die Toilette aufsuchen.

Für alle anderen hingegen war es offensichtlich, wie gesund Simon war. Seinen Körper umgab eine Aura von Reichtum, da er einen ansehnlichen Teil seines Einkommens für Duftwässer, Maniküre und Pediküre ausgab, sich einmal pro Woche die Haare schneiden ließ und sich dazu eine Luxusrasur genehmigte. Er war außerdem Mitglied im exklusiven Fitneßclub in Northtown, dessen Kunden mit der goldenen Kreditkarte bezahlten. Simon blieb in der Tür zum Trainingsraum stehen und feuerte die ehrgeizigen Manager und die wunderbaren, gelangweilten Hausfrauen an, die sich an Maschinen quälten, deren Konstruktion, wie er ihnen darlegte, offensichtlich mittelalterlichen Folterwerkzeugen nachempfunden war.

»Gestehen Sie!« rief Simon schließlich noch, bevor er sich kichernd auf den Weg zur Sauna machte, wo er aus allen Poren schwitzte, um seinen üppigen Körper von Schlacken zu befreien. Von dieser Strapaze erholte er sich dann mit einer Ganzkörpermassage, die sich vom Masseur des Clubs verabreichen ließ.

Danach ging Simon in einer abscheulichen Badehose im Warmwasserbecken schwimmen und kehrte, vor Gesundheit nur so strotzend, nach Hause zurück, um prompt zu klagen, daß er sich im zugigen Umkleideraum des verdammten Clubs gerade eine Erkältung geholt hätte.

Simon mußte unweigerlich früher oder später merken, daß es mehr als eine Methode gab, einem Hasen das Fell über die Ohren zu ziehen, wie Laura es taktlos formulierte: Etwa um diese Zeit begann er sich in den Wartezimmern verschiedener Kliniken mit anderen Hypochondern anzufreunden. Da war zum Beispiel Mr. Smith, ein klapperdünner Mann, dessen Magen anscheinend nicht in der Lage war, sich Nährstoffe aus der Nahrung zu holen, oder die kahle Frau, die eine Perücke trug. Die kichernden Sekretärinnen gehörten zu Charles' Enttäuschung nun der Vergangenheit an: Charles wartete nämlich immer noch darauf, daß sein Sohn der Freeman-Dynastie einen rechtmäßigen Stammhalter schenkte. Es dauerte nicht lange, und das Wohnzimmer des großen Hauses ähnelte einem Wartezimmer, weil Simons neue Freunde direkt vom Chiropraktiker oder dem Homöopathen, vom Stimmtherapeuten oder vom Geistheiler kamen.

Charles war wütend, als er feststellte, daß es in seinem Haus plötzlich von Drückebergern und Simulanten wimmelte (die ihn in gewisser Weise an die Mitglieder von Marys Dichterzirkel erinnerten). Simon hielt ihm entgegen, daß die meisten von ihnen genau wie er einem Beruf nachgingen.

»Wie dem auch sei, Vater«, erklärte er, »du bekommst solche Behandlungen ohnehin nicht auf Krankenschein: es handelt sich um alternative Heilmethoden, und die mußt du *privat* bezahlen.« Und da dies etwas war, was Charles guthieß, ließ er seinen ältesten Sohn gewähren.

Sie trafen sich nach der Arbeit und tauschten ihre Erfahrungen mit japanischer Shiatsu-Massage, chinesischer Akupunktur und indischem Yoga aus. Kurzzeitig gesellte sich auch Zoe zu ihnen, stets daran interessiert, etwas über neue Lehren zu erfahren. Sie kam jedoch bald zu dem Schluß, daß Simon und seine Freunde weniger spirituell interessiert, als vielmehr harmlose Spinner waren.

»Der Körper ist der Tempel der Seele, Schätzchen«, versuchte Simon ihr zu erklären.

»Ja, Simon, und jener, der als Narr geboren wird, findet nie Heilung«, erwiderte sie.

Simon ließ sich nicht irritieren. Trotz seiner Sensibilität gegenüber der kleinsten Temperaturschwankung und jedem Anstieg der Pollenzahl pro Kubikmeter Luft war er gegen böse Bemerkungen immun. Er kehrte ins Wohnzimmer zurück, wo er der Zeremonienmeister war und wo seine Freunde im Kreis saßen und über Körperteile und deren Funktionen diskutierten, als würden sie exotische Stätten beschreiben, die sie auf Reisen in ferne Länder gesehen hatten. Und sie waren tatsächlich Forscher, nämlich stets auf der Suche nach den unbekannten Quellen menschlicher Leiden. Hatte einer von ihnen eine neue Entdeckung gemacht, berichtete er beim nächsten Besuch im Haus auf dem Hügel darüber. Zum Beispiel, daß es so etwas wie Meridiane gab, die mit den groben Instrumenten der modernen Medizin nicht zu erkennen waren und die von Energieknoten blockiert werden konnten, so daß man krank wurde, oder daß in der Sohle eines jeden Fußes 70 000 Nerven endeten und man seinen Körper nur durch intensive Massagen der Fußsohlen in gutem Zustand halten konnte.

Einige der Entdeckungen, die diese Gruppe machte, bezogen sich auf radikale neue Heilmethoden, die meisten jedoch waren altüberlieferte Verfahren aus fernen, reineren Kulturen. Sobald die Mitglieder der Gruppe von einer solchen erfuhren, verspürten sie zum ersten Mal in ihrem Leben prompt eben jene Symptome, die diese Methode heilen sollte.

»Ja, es stimmt!« stellte die kahle Frau fest. »Meine Leber tut tatsächlich weh, wenn du dort hindrückst. Es funktioniert! Mach weiter!«

Geradeso, wie Zoe die Angewohnheit hatte, ein Aspirin in einer Tasse starken Kaffees aufzulösen und auf diese Weise den Kopfschmerz gleichzeitig auszulösen und zu bekämpfen, begrüßten Simon und seine Freunde freudig Heilmethoden gegen Krankheiten, deren Existenz sie vorher nicht einmal geahnt hatten.

Harry Singh war nie krank – zumindest war er das seit der Lebensmittelvergiftung damals in den Flitterwochen nicht mehr gewesen. Vielleicht lag das an den Kardamomsamen, die er ständig kaute. Gesund sah er allerdings nicht aus: Er hatte das traurige Gesicht und die umflorten Augen seines Vaters geerbt, verfügte aber über die robuste Konstitution eines Workaholics. Harry fehlte einfach die Zeit, krank zu sein. Er hatte ein altes georgianisches Haus in einer vornehmen Gegend in Northtown in ein Bürogebäude umgewandelt und war mit seinem Unternehmen dort eingezogen. Den einzigen Hinweis darauf, daß das Haus nicht einfach ein komfortabler Familienwohnsitz war, gab das kleine Messingschild an der

Eingangstür, auf dem HARRY SINGH UND TEILHABER stand. Wer seine Teilhaber jedoch waren, falls sie überhaupt existierten, wußte niemand.

Harry verbrachte sechzehn Stunden täglich in seinem Büro. Die Immobilienpreise hatten ein unvorhersehbar hohes Niveau erreicht, und Harry verkaufte seine Häuser mit außerordentlichem Gewinn. Dann jedoch legte er, wider jede Vernunft (wenn auch nicht wider jeden Rat, da er einen solchen nie in Anspruch nahm), sein gesamtes Kapital, anstatt weitgefächert zu investieren, wiederum in Grundbesitz an. Und nicht nur das, er bemühte sich bei allen Banken, Baufirmen und Handelskreditgesellschaften, die ihm Gehör schenkten, um Darlehen, mit denen er dann jedes Haus kaufte, das sich auf dem Markt befand. Diese Häuser verkaufte er jedoch nicht, noch vermietete oder renovierte er sie. Sie standen einfach leer, während er sich um weitere Darlehen bemühte.

Der einzige Mensch, dem Harry sich anvertraute, war sein Bruder Anil, der das Familiengeschäft inzwischen übernommen hatte, während sein Vater immer noch am Postschalter hinten im Laden stand. Ihre Mutter war an der Kasse von Anils indischer Ehefrau abgelöst worden und hatte sich zur Ruhe gesetzt. Auf seinem Nachhauseweg von der Arbeit schaute Harry oft dort vorbei, um Pralinen für Alice zu kaufen.

»Du bist ja völlig wahnsinnig«, sagte Anil zu ihm. »Bekloppt. Und verantwortungslos dazu. Du hast jetzt Frau und Kinder. Es ist ja schön und gut, wenn du bankrott gehst und ins Gefängnis kommst, aber was wird aus deiner Familie?«

»Ich komme nicht ins Gefängnis«, wehrte sich Harry.

»Sogar ich weiß, daß die Immobilienpreise einen Höchststand erreicht haben. Jetzt werden sie wieder fallen.«

»Das glaube ich nicht«, gestand Harry.

»Total überhöht, diese Preise. Das weiß doch jeder. Wie kommst du darauf, daß sie noch weiter steigen werden?«

Harry sah weg. »Ich weiß nicht«, gab er zu. »Es ist einfach so ein Gefühl.«

Harry konnte zwar auch nicht mit Bestimmtheit sagen, wie sich der Markt entwickeln würde, aber er behielt die Nerven. Und er sollte recht behalten. Die Preise stiegen weiter, und sechs Monate später stieß er seine Häuser ab. Viele wurden von Pendlern gekauft, die vorher in London gewohnt hatten und jetzt mit dem Frühzug wieder in die Stadt zur Arbeit fuhren, und sie gingen an Leute, die unbedingt ein eigenes Haus haben wollten, ganz gleich, was es kostete: Je teurer die Häuser wurden, desto mehr lag den Käufern anscheinend daran, sie zu erwerben. Es schien ihnen eine unglückselige, gefährliche Lust zu bereiten.

Als Harry seine letzten Immobilien verkaufte (ein halbes Dutzend hielt er zurück, um Mietwohnungen daraus zu machen), hatten die Preise dann tatsächlich ihren Höchststand erreicht. Die Leute hatten kaum Zeit, nach dem kometenhaften Anstieg ihres Lebensstandards und ihres gesellschaftlichen Status Atem zu schöpfen, da mußten sie feststellen, daß es mit genauso atemberaubender Geschwindigkeit bergab ging. Die Konkurse häuften sich, es wurden immer mehr Menschen arbeitslos, in der Stadt wechselten Geschäfte mit erschreckender Häufigkeit den Besitzer. Der pompöse Finanzminister trat zurück – als Grund gab er Differenzen mit der Premierministerin an. Das passierte kurz bevor auch der letzte merkte, was da im Gange war: Es gab wieder Rezession.

Viele von Harrys Häusern tauchten im folgenden Jahr wieder auf dem Markt auf, da deren Eigentümer nicht in der Lage waren, sie zu halten. Harry widerstand der Versuchung, sie zurückzukaufen, obwohl er das aus der Portokasse hätte bezahlen können. Selbst nachdem er seine Kredite getilgt hatte, war er noch überaus vermögend. Seine einzige Konzession an diesen Status bestand darin, daß er das Schild an seinem Büro durch ein etwas kleineres und diskreteres ersetzen ließ. Auf diesem stand einfach: HARRY SINGH. Seine geheimnisvollen Teilhaber waren verschwunden.

Bei einem Whisky mit Charles und Simon erzählte Harry Charles, daß seine Karriere als Grundstücksmakler vorüber sei, und wagte zum ersten und einzigen Mal in seinem Leben – zweifellos war dies der Wirkung des mit Wasser verdünnten Whiskys zuzuschreiben –, Charles einen Rat zu geben.

»Die Zukunft fächert sich vor uns in unvorhersehbare Richtungen auf«, erklärte Harry mit seiner gewohnten (von Alkohol verstärkten) Schwülstigkeit. »Kluge Männer mögen sie vielleicht vorhersagen. Männer, die Herr ihres Schicksals sind, diktieren sie.«

Es kam Charles nicht in den Sinn (was auch ganz gut so war,

dachte Simon), daß Harry damit vor allem ihn angesprochen hatte. Charles war es gewöhnt, Ratschläge zu geben, nicht aber, sie anzunehmen. Im September 1987 hatte er seine Börsenmakler angewiesen, fünfzig Prozent seines Eigenkapitals auf Wertpapiere und sichere Staatsanleihen umzustellen.

»Warum?« fragten sie angesichts dieser Sinnesänderung des Spielers verwirrt. »Warum sicher, Charles?«

»Ihr sollt meine Autorität nicht in Frage stellen!« bellte er. »Tut es einfach.«

Im Oktober sahen sie betrübt zu, wie auf diese Weise Gewinne aus gewöhnlich hoch gehandelten Aktien verlorengingen, bis es am Neunzehnten urplötzlich einen Börsenkrach gab, der als schwarzer Montag in die Annalen eingehen sollte. Während alle anderen ringsum Millionenverluste machten, lachte Charles Freeman nur herzhaft.

»Woher wußte er das nur?« fragten sich seine Makler. »Er ist ein Magier.«

So kam es, daß Charles jetzt annahm, es handle sich bei dem, was sein phlegmatischer Schwiegersohn gesagt hatte, einfach nur um eine dahingeworfene Meinung.

»Es geht nicht darum, auf den Markt zu reagieren, sondern ihn zu schaffen«, erklärte Harry. »Nicht, ihm ausgeliefert zu sein, sondern, ihn zu steuern.«

»Dummes Zeug!« erklärte Charles vergnügt. »Aufschwung, Rezession, Aufschwung, Rezession«, sagte er. »Das ist das Gesetz des Kapitalismus. Schlicht und einfach. Man muß nur immer daran denken«, fügte er hinzu, »daß es bestimmte Möglichkeiten gibt, während einer Konjunktur Geld zu verdienen, und ebenso während einer Rezession.«

Harry runzelte die Stirn, zuckte mit den Achseln und ließ es dabei bewenden.

»Nach dem, was ich so höre«, sagte Simon geistesabwesend, »versteht sich der arme James nur darauf, Geld zu *verlieren*, ganz gleich, ob wir uns nun in einer Rezession oder einer Zeit der Hochkonjunktur befinden.«

»James?« fragte Charles. »Dein Bruder hat vor langer Zeit eine Entscheidung getroffen. Wenn er je meine Hilfe braucht, dann soll er kommen und mich darum bitten. Mit eingekniffenem Schwanz.«

478

Nachdem Alice Harry lange überredet hatte, flog er mit ihr und ihren mittlerweile fünf Kindern (Amy, Sam, Tom, Susan und Mollie) zu einem einmonatigen Urlaub nach Indien. Sie wurden dabei von ihrem Au-pair-Mädchen und von Natalie begleitet. Das Ganze entwickelte sich zu einer chaotischen Reise, allerdings ohne gravierende Zwischenfälle: Natalie war die einzige, die krank wurde, aber nicht ernsthaft, Alice frischte ihre Bekanntschaft mit Verwandten auf, die sich von ihrer regelmäßigen Fruchtbarkeit beeindruckt zeigten, die Kinder entspannten sich, und Harry schlief die meiste Zeit und füllte so den Energievorrat wieder auf, den seine unterdrückten Ängste in den vergangenen Jahren aufgebraucht hatten. Harry kehrte als Bauträger in die Schlacht zurück. Er begann, an ungewöhnlichen Stellen in der Stadt Grundstücke zu kaufen. Wenn auf diesen Grundstücken Gebäude standen – die er aus einer Konkursmasse oder von verschuldeten Eigentümern zu Tiefstpreisen übernommen hatte –, ließ er sie abreißen. Einige der Grundstücke ließ er brachliegen, andere erschloß er. Das, was ihnen gemeinsam war, ließ sich mit einem Wort zusammenfassen: Tradition.

Er erklärte Stadtplanern, Unternehmern und den Inhabern von Ladenketten, daß das Zeitalter der Betonbrutalitäten vorbei sei, und vergab Aufträge an Architekten, die den Sechzigern den Rücken gekehrt hatten.

»Es wird Zeit, daß wir der Architektur wieder ein menschliches Antlitz geben«, erklärte er, »daß wir eine menschliche Umgebung schaffen.« In der Vergangenheit liege die Zukunft, verkündete er und verwendete dabei eine Sprache, hinter der eine fein ausgearbeitete Marketingstrategie steckte. Aber Harry wäre nicht Harry gewesen, wenn er nicht bald an seine eigenen Worte geglaubt hätte. Er war ein so aufrichtiger Verkäufer, daß die erste Person, die er überzeugte, stets er selber war.

»Wir haben den Bezug zu unseren Wurzeln verloren«, verkündete er (»*Du* hast das, Kumpel«, sagte Anil zu ihm), als sein erstes großes Kaufhaus an der Umgehungsstraße hochgezogen wurde.

»Es hat die Dimensionen einer römischen Villa, verstehen Sie, und es werden nur Baumaterialien aus der Umgebung verwendet.«

»Das Plastik hier stammt aus der *Umgebung*?« fragte jemand.

»Und wir haben die umliegenden Hänge landschaftlich gestaltet und Bäume im Stil eines Landhauses aus dem achtzehnten Jahrhundert angepflanzt.«

»Sehr hübsch.«

Als nächstes beschäftigte sich Harry mit einem bereits bestehenden Einkaufszentrum: An der Factory Road, am Rande der großen Wohnsiedlung, befand sich eine zickzackförmige Arkade mit Supermärkten und kleineren Geschäften, die sich bei der leisesten Brise in einen Windkanal verwandelte. Rentner zogen ihre Einkaufswagen hinter sich her und mußten sich dabei im Fünfundvierziggradwinkel gegen den Wind stemmen, junge Mütter nahmen ihre Kinder fest bei der Hand, weil sie befürchteten, sie würden einfach davongeweht. In dunklen Ecken stank es nach Urin und Alkohol. Am Abend übernahmen Jugendbanden das Revier, schnüffelten Klebstoff und flitzten zur Musik aus riesigen Ghettoblastern auf ihren Skateboards herum.

»Der Klassizismus war mehr als nur ein Stil«, verkündete Harry seinen Teilhabern – diese gab es nun tatsächlich. »Man wußte die Gebäude zu den Menschen in Relation zu setzen, es war eine Mischung aus Funktion und Ästhetik.«

In der Arkade wurde ein neuer Fliesenboden gelegt und ein Dach aus Sicherheitsglas installiert. Die Eingänge wurden mit großen gläsernen Wänden abgeschirmt, dazu kamen schwere Türen, die Sicherheitsleute nachts absperrten. Man stellte Kübelpflanzen auf und gestaltete die Fassade der Geschäfte neu. Der Wind verschwand, der Gestank, die Hunde und die Teenagerbanden ebenfalls.

»Wir haben die Tradition unserer Vorfahren vernachlässigt«, erklärte Harry und beschwor dabei den Geist von Wren, Hawksmoor und Capability Brown, ebenso wie er sich auf die vergleichsweise junge königliche Meinung berief.

Einige Jahre lang hatten sich der Busbahnhof und der Wochenmarkt auf einem heruntergekommenen Gelände hinter der Old Fire Station am Rande des Stadtzentrums gegenseitig den Platz streitig gemacht. Dieses Areal wurde zu einem von Harrys wichtigsten Bauprojekten: ein großer doppelter Halbkreis in Form eines E. In die eine Hälfte kam der Busbahnhof, in die andere der Markt, der an marktfreien Tagen zu einer großen Fußgängerzone mit Cafés, Tischen und Stühlen wurde. Der vierstöckige Gebäudekomplex beherbergte im Erdgeschoß Geschäfte, im ersten Stock Büros und in den beiden oberen Stockwerken Wohnungen. Aufgrund der verschiedenfarbigen Ziegel, der Türmchen und Türme, der kleinen Fenster an ungewöhnlichen Stellen, der Brüstungen und Zinnen erinnerte das Gebäude an ein Märchenschloß. Bei der Einweihung war die ganze Familie zugegen.

»Das ist ja nicht mehr wiederzuerkennen«, verkündete Charles.

»Jedenfalls sieht es besser aus als diese architektonischen Mißgeburten aus Beton«, stimmte Laura zu.

»Ich würde gern in einer dieser Wohnungen wohnen«, meinte Simon.

»Sie sind schrecklich«, sagte Natalie.

»Zumindest bieten sie einen menschlichen Maßstab, Schätzchen«, meinte Simon.

»Das ist ein Maßstab für Puppen«, sagte Natalie zu ihm.

»Architektur«, erklärte Harry dem Abgeordneten, der das Band zerschnitt, »Architektur ist für mich, nun, gefrorene Musik, wenn Sie so wollen.«

»Sehr schön gesagt, Mr. Singh«, bemerkte der Politiker.

Aufgrund seines Erfolges wurde Harry zu einer Diskussionsrunde im Regionalfernsehen eingeladen. Dort machte er allerdings einen so erbärmlichen Eindruck, daß ihm alle rieten (sie warteten nicht, bis er fragte), nie wieder eine Einladung zu einer öffentlichen Diskussion auch nur in Erwägung zu ziehen: Mit seiner monotonen Stimme und seinem müden Gesichtsausdruck wirkte Harry auf dem Bildschirm sogar noch schwülstiger und humorloser als im wirklichen Leben. Die Kamera vermochte die stille, verborgene Kraft seiner Persönlichkeit, die alle spürten, wenn sie ihm tatsächlich gegenüberstanden, nicht zu erfassen. Und den Geruch nach Kardamom selbstverständlich auch nicht.

Harry bedauerte die Kürze seiner Präsenz im Fernsehen nicht. Er zog es sowieso vor, nicht aufzufallen. Als er Natalie für das Frauenhaus eine beträchtliche Spende zukommen ließ, sorgte er dafür, daß sich das nur diskret herumsprach.

»Ich bin sehr stolz auf dich, Harry«, sagte Alice zu ihm. »Es freut mich, daß ich einen Philanthropen geheiratet habe.«

»Das war nicht Philanthropie«, gestand Harry, »sondern Vetternwirtschaft.«

»Ach, das ist nicht gut«, tadelte Alice ihn.

»Im Gegenteil«, sagte er zu ihr. »Natalie gehört doch zur Familie.«

Harry empfahl Lauras Partyservice den Ehefrauen seiner Geschäftspartner. Es dauerte eine ganze Weile, bis Laura auffiel, wie viele ihrer Kunden Mr. Singh kannten, »diesen feinen Menschen, der in seiner stillen Art so viel für unsere Stadt tut«.

In den Fluren des Hauses traf Harry mit Robert heimliche Abmachungen für die diskrete Entfernung von säumigen oder widerspenstigen Mietern aus seinen Wohnungen. Und dann stattete er James eines Tages einen Besuch ab.

»Ist mit Alice alles in Ordnung?« wunderte James sich.

»Meine geliebte Frau ist wohlauf wie immer«, sagte Harry zu ihm.

»Und deine Kinder?« fragte James.

»Deine Neffen und Nichten wachsen und gedeihen«, versicherte Harry ihm. »James«, sagte er und kam damit rasch zur Sache. »Wie du weißt, ist Small talk nicht unbedingt meine Stärke. Kommen wir also zur Sache. Ich brauche einen Fotografen für meine Firma. Es wäre ein Vollzeitjob. Es erstaunt mich immer wieder, wie viele Fotos unserer Objekte wir brauchen. Vermutlich hat das zwei Gründe: zum einen die Tatsache, daß Präsentation heutzutage alles ist, und zum anderen der Erfolg unserer Firma. Jedenfalls möchte ich dir die Stelle zuerst anbieten, bevor ich sie in die Zeitung setzen lasse. Simon sagte mir, daß du inzwischen gezwungen seist, Postkarten und Ähnliches zu verkaufen.«

»Harry«, sagte James, »danke für das Angebot, aber ich kann unmöglich für dich arbeiten.«

»Du mußt dich nicht sofort entscheiden«, riet Harry. »Laß dir Zeit. Denk darüber nach. Über dein Gehalt können wir noch reden, aber es wird großzügig sein, wenn du das meinst.«

James grinste. »Harry, wir waren Klassenkameraden, damals, als wir noch Rotznasen waren. Du bist mit meiner Schwester verheiratet. Wie könnte ich für dich arbeiten?«

Harry runzelte die Stirn. »Ich tue mein Bestes«, sagte er geheimnisvoll. »Ruf mich an, falls du es dir doch noch anders überlegst.«

»Mach ich, Harry«, meinte James kopfnickend. »Mach ich.«

Etwa um diese Zeit lud Harry öfter Gäste in den Ostflügel des Hauses ein. Zum ersten Mal seit Marys Tod vor zwanzig Jahren fanden in dem Haus auf dem Hügel Cocktailparties statt. Es waren dies etwas gedämpftere Ereignisse, da der Gastgeber die Atmosphäre bestimmte, aber die Drinks waren besser: Cocktails waren wieder in Mode gekommen, und Harry engagierte zwei Barkeeper, die für die neuen Reichen der Stadt White Russians, Bloody Marys und Gin Slings mixten.

Genaugenommen hatte Harry wenig Spaß an seinen Parties. Er fühlte sich in großen Menschenansammlungen nicht wohl, und das sah man ihm auch deutlich an. Er wanderte auf seinen eigenen Parties herum wie jemand, der sich verlaufen hat. Mehr als einmal erklärte ihm ein Gast, der nicht wußte, daß er gerade dem Gastgeber gegenüberstand, freundlich, wo er die Toilette finden konnte.

Am besten amüsierte sich Charles, selbst wenn es ihn ein wenig verwirrte, zu einer Party in seinem eigenen Haus eingeladen zu sein. Gelegentlich vergaß er, daß er selbst Gast war, und begleitete Harrys Gäste zur Tür, bedankte sich für ihren Besuch und wünschte ihnen eine gute Heimfahrt. Dann waren die Gäste verwirrt. Sie bedankten sich für die reizende Party und verabschiedeten sich, während sie an der massigen Gestalt des Bosses vorbeispähten, um ihren tatsächlichen Gastgebern zum Abschied wenigstens *zuzuwinken*. Aber meist stand Harry allein in irgendeiner Ecke, und Alice sammelte gerade ihre Kinder ein. Es war für alle, die im Haus auf dem Hügel wohnten, eine verwirrende Zeit, die sich erst im Rückblick klären sollte.

Charles verursachte zwar Verwirrung, blieb selbst jedoch davon unberührt, möglicherweise, weil er sich darüber freute, seine Ansichten buchstäblich schwarz auf weiß sehen zu können. Er verbrachte mehr Zeit in der Chefetage der Zeitung als in der Fabrik. Judith Peach mußte sogar dorthin umziehen. Obwohl Charles anfänglich redaktionelle Unabhängigkeit versprochen hatte, dauerte es nicht lange, bis jene, die ihn kannten, in den Leitartikeln seine Handschrift entdeckten: Hier und da erschien ein Artikel, der offener und streitsüchtiger war als üblich und der an Charles' Memos erinnerte (und genau wie dort war Miss Peach für die Orthographie, die Interpunktion und die Grammatik zuständig).

Im Herbst 1990 wurde die Premierministerin, die fünfzehn Jahre lang unangefochten an der Spitze ihrer Partei gestanden hatte, auf dramatische Weise aus dem Amt entfernt. Der Mann, der hauptsächlich dafür verantwortlich zeichnete, schien für ihre Nachfolge prädestiniert, in letzter Minute trat jedoch in aller Bescheidenheit noch ein anderer Bewerber ans Licht der Öffentlichkeit: der Finanzminister. Obwohl er als Protegé der Premierministerin galt, schien er, im krassen Gegensatz zu ihr, ein netter Mann ohne eigene Meinung zu sein. In einem der Leitartikel, der unverkennbar aus Charles' Feder stammte, wurde der Amtsanspruch des Finanzministers rückhaltlos unterstützt, da es nun an der Zeit wäre, von persönlichkeitsgebundener Politik Abstand zu nehmen, und er außerdem der richtige Mann für den Job sei. Die Wirtschaft sei ein viel zu wichtiger Bereich, um ihn den Politikern zu überlassen, also wäre es durchaus ratsam, wenn ein Finanzexperte das Ruder in die Hand nähme.

»Kann auch ein Mann Premierminister werden, Mami?« fragte Adamina Laura.

Der bescheidene Finanzminister gewann, wie sich das gehörte, die Wahl und wurde so der jüngste Premierminister in diesem Jahrhundert.

»Was für ein netter Mann«, sagte Alice.

»Er ist ein Schwächling«, sagte Robert.

»Er ist zäher, als er aussieht«, sagte Harry.

»Er zieht sich entsetzlich geschmacklos an«, sagte Simon.

»Warten wir ab, was er für die Frauen tut«, sagte Natalie.

»Sie sind alle gleich«, sagte Laura. »Man darf keinem von ihnen trauen.«

Bevor Charles das *Echo* übernahm, hatte die Zeitung schon seit längerer Zeit rote Zahlen geschrieben. Für Charles jedoch waren Verluste ein Fluch. Er hatte die Zeitung nicht in erster Linie gekauft, um Geld zu verdienen, aber er hatte etwas dagegen, welches zu verlieren. Als erste Änderung verkleinerte er das Format auf die Hälfte und verwendete einen klareren Schrifttyp: Der ständige Rückgang der Verkaufszahlen kam darauf bereits zum Stillstand. Dann halbierte er die Preise für die Gebrauchtwagenanzeigen und ließ außerdem kleine Fotos der angebotenen Autos drucken, worauf die Verkaufszahlen erstmals wieder stiegen.

Die Autos für die Verkaufsanzeigen zu fotografieren wurde für Derek zum Vollzeitjob. Eines Tages begegnete er James auf der Factory Road und erzählte ihm, daß ihn das wohl bis zu seiner Pensionierung ernähren würde.

»Ich will damit nicht sagen, daß es eine anspruchsvolle Aufgabe ist«, sagte er bitter. »Du mußt dafür sorgen, daß das Typenschild klar zu erkennen ist. Das ist es, was die Redakteurin mir sagte. ›Es muß gut zu lesen sein‹, sagte sie, so als wolle sie sich über Mr. Baker lustig machen. Stell dir vor, Jim, mein Junge, ich nehme immer eine Flasche Wasser und einen Putzlumpen mit, um die verdammten Nummernschilder sauberzuwischen.«

Charles riß sich nicht nur die Leitartikel unter den Nagel, er interessierte sich auch für die Nachrichtenredaktion. Wenn er einen Journalisten auf dem Gang traf, erkundigte er sich stets, woran er gerade arbeitete.

»Wir wollen darüber berichten, wie die Schulbehörde die Pläne für die neue Grundschule in der East Side blockiert, Mr. Freeman.«

»Das ist doch völlig uninteressant«, entschied Charles. »Kommen Sie mit mir mit. Ich gebe ein Geschäftsessen im Golf Club. Darüber können Sie berichten.«

»Aber Mr. Freeman, Eva sagte –«

»Wer zahlt Ihre Löhne?« donnerte Charles.

»Nun, Sie –«

»Wer ist hier der Boß?«

»Sie.«

»Dann kommen Sie mit.«

Charles ordnete an, daß der Redaktionsassistent alle Ausgabenposten direkt mit ihm abzusprechen hatte. Eines Tages erklärte der Mann, es wäre Zeit, daß die beiden Chefredakteure neue Firmenwagen bekämen.

Charles studierte das Ersuchen. »Sie werden keine brauchen«, entschied er.

»Sie werden keine brauchen, Sir?«

»Nein. Sie sind nämlich gefeuert«, sagte Charles.

Seine Begeisterung für technische Spielereien fiel nun mit der Notwendigkeit zusammen, jederzeit mit seinen Lakaien zu kommunizieren, und so ließ Charles in seinem Büro ein Telex, ein Fax, einen Anrufbeantworter, eine Satellitenleitung, ein Telekommunikationssystem für Konferenzschaltungen und eine ganze Batterie von Telefonen installieren. Außerdem trug er noch drei Mobiltelefone mit sich herum, so daß die Taschen seiner Savile-Row-Anzüge ausbeulten. Da er diese Technik aber in keiner Weise beherrschte, nahm er ständig den falschen Hörer ab, fotokopierte ein Dokument, anstatt es nach London zu faxen, oder schleuderte eine Computertastatur gegen die Wand.

In den folgenden Monaten organisierte Charles die Zeitung allmählich neu. Jetzt gab es an einem bestimmten Tag in der Woche einen Freizeitteil, an einem anderen eine Rubrik für Heim und Garten. Er führte Farbfotos ein. Er warf die Buchkritik heraus und ersetzte die Kunstbesprechungen durch Börsenberichte. Und er führte ein wöchentlich erscheinendes Hochglanzmagazin ein, das die Leser des *Echo* jeden Freitag kostenlos erhielten. Mit jeder dieser Änderungen stiegen die Verkaufszahlen.

»Dieses Zeitungsgeschäft ist ein Kinderspiel«, sagte Charles eines Abends zu Simon. »Es gefällt mir. Ich werde expandieren.«

Auf der zweiten Hauptversammlung nach seiner Übernahme gab Charles bekannt, daß der Zeitungsverlag nun in Freeman Communications Corporation umbenannt und in einen multimedialen, hochtechnologisierten Mischkonzern umgewandelt werden sollte. In seinem Bericht verkündete er, eine lokale Kabelfernsehgesellschaft kaufen zu wollen, die ein paar Jahre zuvor in drei Städten in den Midlands Kabel hatte verlegen lassen, ihr Projekt jedoch eingestellt hatte, als sich das Satellitenfernsehen etablierte. Außerdem plante er eine Aktienminderheit am unabhängigen regionalen Fernsehsender und eine Aktienmehrheit an der neuen kommerziellen lokalen Radiostation zu erwerben. Die Skeptiker, die sich fragten, woher er das Geld für eine solch breit angelegte Expansion nehmen wollte, brauchten sich nur die Geschäftsbücher anzusehen: Der Gewinn vor Steuern war um 80 Prozent gestiegen. Charles Freemans lebhafter Optimismus schien durchaus gerechtfertigt.

Womit sich jedoch kein enthusiastischer Aktionär und kein verblüffter Statistiker genauer auseinandersetzte, war die Tatsache, daß Charles die Gründung der Aktiengesellschaft FCC dadurch absicherte, daß deren Hauptaktionär die Freeman Company wurde, eine Gesellschaft mit beschränkter Haftung. Da die Aktienpreise noch stiegen, war dies eine Taktik, die beiden Seiten seines expandierenden lokalen Imperiums zum Vorteil gereichte.

Der neue Finanzminister stritt inzwischen eifrig ab, daß sich das Land in einer Rezession befand. Bald jedoch änderte er seine Meinung und behauptete, aufgrund seiner Politik stünde der Aufschwung unmittelbar bevor. Er und seine Kollegen drängten die Bürger, wieder zu konsumieren. Man appellierte an ihren Patriotismus und forderte sie auf, Geld auszugeben, um dem Land aus der Krise zu helfen: Der Winterschlußverkauf begann schon zur Jahreswende, und der Sommerschlußverkauf zog sich in den Herbst, bis beides schließlich ineinander überging und die roten REDUZIERT-Schilder ständig zu sehen waren. Dies provozierte einen von Charles' zusammenhängenderen Leitartikeln. »Die produzierende Industrie stellt in jeder hochentwickelten Nation die Basis des Reichtums dar«, hieß es dort. »Wir brauchen starke Konkurrenten, die es sich leisten können, mit uns in Geschäftsbeziehung zu treten.«

Charles war inzwischen so mit der Zeitung beschäftigt, daß er seine *eigene* Firma – die Basis *seines* Reichtums – völlig vernachlässigte.

Harry lud Simon auf einen Drink in sein Arbeitszimmer ein. Harry hatte zwar auch eigene Interessen, wollte sein Ziel jedoch nicht dadurch erreichen, daß er seine Pflicht versäumte.

»Es gibt ein paar Dinge von wirklichem Wert«, sagte er zu Simon. »Land ist eines davon, Eigentum ein anderes. Nicht von absolutem Wert, meine ich, aber so dauerhaft, wie wir es uns vorstellen oder vorhersagen können. Gold natürlich auch. Alkohol, wage ich zu behaupten, ebenfalls.«

»Ich bin ganz deiner Meinung«, erwiderte Simon. »Wenn wir schon dabei sind –«

»Alles andere sind nur Waren. Ihr Wert fluktuiert.«

»Ganz recht«, stimmte Simon zu. »Natürlich tun sie das. Übrigens, hast du die Plakate für den chinesischen Zirkus gesehen? Er gibt nächste Woche im Park ein Gastspiel. Warum siehst du dir nicht mit Amy und Sam eine Vorstellung an?«

»Bitte, Simon«, flehte Harry ihn an, »ich versuche dir gerade etwas zu sagen. Unter uns gesagt, ich befürchte, daß Charles gewisse Dinge aus dem Auge verloren hat. Zum Beispiel, daß das, was die Fabrik produziert, nicht mehr von wirklichem Wert ist. Er muß flexibler werden.«

»Ganz richtig, Harry. Natürlich tut er das. Das ist ja der Grund, weshalb er in alle Richtungen expandiert. Der alte Herr schafft das spielend, da bin ich mir sicher.«

»Aber die Basis garantiert die Expansion, und die Basis ist…«, begann Harry wieder und zögerte. Ich habe meine Pflicht getan, dachte er. Jetzt ist es an Simon, den Gedanken selbst zu Ende zu denken und Charles zu warnen, oder es eben nicht zu tun.

»Da ist noch etwas«, sagte er. »Es ist streng vertraulich.«

Simon breitete die Arme aus und lächelte. »Wir sind Freunde, Harry, und wir sind miteinander verschwägert. Ich verspreche dir, niemandem etwas zu sagen.«

»Gut«, sagte Harry. »Simon, würdest du gern für mich arbeiten? Wir wissen beide, wie schwer ich mir mit Menschen tue – und ich habe mit einer wachsenden Zahl von Menschen zu tun. Die meisten von ihnen sind dumm. Ich brauche einen Sympathieträger, einen PR-Mann. Ich denke, wir wären gute Partner.«

»Partner?«

»Metaphorisch natürlich«, stellte Harry klar. »Ich brauche nicht nur einen Mitarbeiter, meine ich. Eher einen Adjutanten. Eine rechte Hand. Genauer gesagt: einen Stellvertreter. Was hältst du davon? Du siehst überrascht aus, Simon.«

»Also«, sagte Simon, »das bin ich auch. Das ist ein verdammt gutes Angebot, Harry, da bin ich mir sicher. Allerdings denke ich nicht daran, den alten Herrn zu verlassen. Er braucht mich.«

Harry runzelte die Stirn. »Ich verstehe dich nicht, Simon. Dies ist ein rein geschäftlicher Vorschlag, Simon. Eine berufliche Veränderung, so was in der Art. Es wäre für dich gewiß von Vorteil.«

Simon schüttelte den Kopf. »Nein, Harry. Ich werde Vater nicht verlassen. Aber gib mir noch was zu trinken. Das kann ich jetzt gebrauchen.«

James hatte mit Lewis und seinen ausländischen Freunden ein bißchen herumgekickt und war dann mit ihnen in den Pub gegangen. Er fuhr mit seinem Fahrrad in Schlangenlinien nach Hause und betrat torkelnd seine Wohnung. Sein Anrufbeantworter hatte eine Nachricht aufgezeichnet, und er drückte auf PLAY. James erkannte die Stimme sofort: Es war Laura. Er verstand kaum, was sie sagte.

»Klingt u-undeutlich«, nuschelte James vor sich hin. Er nahm die Kassette heraus und legte sie in den Rekorder seiner Stereoanlage.

»James, hier ist Laura«, hörte er ihren nüchternen Tonfall. »Ich frage mich, ob du vielleicht daran interessiert wärst, ein paar meiner Gerichte zu fotografieren. Ruf mich an, wenn du kannst. Hast du meine Nummer? Sie lautet 43 62 14. Es wäre schön, wenn wir uns wieder mal sehen würden.«

»Das fände ich auch schön«, sagte er laut. »Glaube ich jedenfalls«, fügte er hinzu. Er schrieb sich die Nummer auf und wählte, dann merkte er, daß er sich setzen mußte.

»Hallo.«

»Laura? Hier ist James.«

»Hallo, James. Danke, daß du gleich zurückrufst.«

»Ich habe deine Nachricht gekriegt. Ich habe F-Fußball gespielt.«

»Du spielst Fußball. Ich wußte nicht, daß du das kannst. Was ist mit deinen Hüften?«

»Nun, es macht mir viel Schbaß, deshalb tu ich es.«

»Bist du o. k.? Du hast doch nicht etwa einen Ball an den Kopf bekommen?«

»Es geht mir p-rima. Und dir?«

»Gut.«

»Schön. Wie geht es deiner Tochter?«

»Ihr geht es gut.«

»Ich habe sie noch gar nicht kennengelernt.«

»Ich weiß, James. Das solltest du schleunigst nachholen.«

»Gern.«

Es folgte eine Pause. James sprach hastig weiter.

»Ich kann mich nicht mehr daran erinnern, warum ich dich angerufen habe«, platzte es aus ihm heraus.

»Ich habe dich angerufen, James, weil –«

»Nein, ich bin mir sicher, daß ich dich angerufen habe, Laura. Ich habe sogar«, sagte er triumphierend, »deine Nummer hier vor

mir.« Er wedelte mit dem Zettel vor dem Telefon herum und sagte:
»Ich habe ein Stück Papier in meiner Hand –«

»James«, unterbrach ihn Lauras Stimme kühl.

»Was?« fragte er.

»Du erinnerst dich wahrscheinlich nicht mehr daran, aber wir
haben das letzte Mal vor drei Jahren miteinander gesprochen, und
damals warst du auch betrunken. Willst du mich nicht zurückrufen, wenn du wieder nüchtern bist?«

Ein wohlvertrautes Gefühl stieg in James auf. Als es nachließ,
war er plötzlich stocknüchtern.

»Nein. Es tut mir leid, Laura«, beschwichtigte er. »Du hast mich
wegen eines Auftrags angerufen«, sagte er in geschäftsmäßigem
Ton. »Ich soll etwas zu essen fotografieren.«

»Ich werde ein paar Gerichte kochen und möchte sie dann fotografieren lassen. Würdest du das für mich tun?«

»Essen habe ich noch nie fotografiert. Nun, ich könnte es jedenfalls probieren.«

»Ich suche nicht nach jemandem, der etwas probiert, James. Ich
möchte ein paar gute Fotos von meiner Arbeit haben.«

»Oh, Scheiße, Laura«, rief er. »O. k., ich werde gute Fotos
machen. Natürlich werde ich das.«

Sie besprachen das Weitere. Er müßte die Fotos irgendwo
machen, wo Laura auch kochen konnte. James wollte keinesfalls
ins Gartenhaus kommen, also schlug er vor, in seiner Wohnung ein
Studio einzurichten. Sie vereinbarten einen Termin für den folgenden Sonntag. Inzwischen mietete James ein paar Lampen und ging
in die Bibliothek. Dort sah er sich dann Hunderte von Fotos in
Kochbüchern an: Einige davon waren so schlecht, daß man gleich
den Appetit verlor, andere ließen einem das Wasser im Mund zusammenlaufen. James war entschlossen, alles richtig zu machen.

Laura hatte ihre Recherchen der traditionellen englischen Küche
fortgesetzt. In ihrer Freizeit hatte sie alte Rezepte ausgegraben und
damit herumexperimentiert. Das Ergebnis hatte sie an den Bewohnern des großen Hauses getestet und die besten Gerichte ins
Angebot ihres Partyservice aufgenommen. Jetzt hatte sie beschlossen, eine Farbbroschüre drucken zu lassen, um damit für ihr Unternehmen zu werben. Sie wollte drei luxuriöse Bilder von vollständigen Menüs haben.

Am Sonntag morgen traf Laura, die Adamina für diesen Tag in Natalies Obhut zurückgelassen hatte, frühzeitig in James' Wohnung ein. Ihr Auto war mit Kisten und Taschen vollgepackt. James war seit sechs Uhr auf den Beinen und hatte sein Wohnzimmer, das er am Abend zuvor ausgeräumt hatte, schon vorbereitet. Er hatte den Teppich gesaugt und die Küche geputzt. Er hatte die Lampen und Reflektoren überprüft, einen Film in seine 5 × 4 Kamera eingelegt, das Abdunklungsmaterial entfernt, das er an die Fenster geheftet hatte, und er hatte die Schachteln mit Requisiten durchgesehen, die er gekauft oder gemietet hatte: Flaschen, Kelchgläser und Glaskaraffen, ausgefallenes Besteck, Salz- und Pfefferstreuer, Tischtücher, Blumen. Er war immer noch nervös. Er würde gute Fotos machen, verdammt, er würde es ihr schon zeigen.

Sie mußten mehrmals die Eisentreppe hinauf- und hinuntersteigen, um alles hochzuschaffen. Dann sah sich Laura nachdenklich in der engen Küche um.

»Reicht der Platz?« fragte James.

»Natürlich«, versicherte sie ihm und packte einen elektrischen Mixer, verschiedene Schneebesen, Messer und anderes Handwerkzeug, die Insignien ihres Berufsstandes, aus. James bemerkte Filzstiftspuren auf ihrem Rock.

»Gut, jetzt kannst du die Küche für die nächsten paar Stunden mir überlassen«, verkündete sie. »Ich habe zwar gestern schon eine Menge vorbereitet, aber ich muß noch alles fertigmachen.«

»Aha?« James war überrascht. »Nun, o. k. Zwei Stunden?«

Er kaufte sich ein paar Zeitungen und ging ins Café Milano.

»Wo ist deine Kamera, Fotomann?« fragte Fabrizio ihn. »Was nimmst du heute? Ein englisches oder ein kontinentales Frühstück?«

Aber James war viel zu nervös, um etwas zu essen. Er las die Beilagen zweier Sonntagszeitungen und trank dazu drei Tassen Kaffee, bis ihm die Augen weh taten und die Finger vom vielen Koffein zitterten. Er wanderte zur Brücke hinunter, ohne dabei der schläfrigen Welt um ihn herum allzuviel Aufmerksamkeit zu schenken, und kehrte dann in seine Wohnung zurück.

»Gutes Timing«, sagte Laura zu ihm. »In zwei Sekunden bin ich soweit.«

James machte sich an den Lampen zu schaffen. Laura kam aus der Küche.

»O. k.«, sagte sie.

»O. k.«, erwiderte er, »fangen wir an.«

Und so fingen sie an zu arbeiten. Der Tag verging schnell, weil sie beide konzentriert und sich bemerkenswert (und, soweit es James betraf, unerwartet) einig waren, was die Details jeder Einstellung anging. Laura hatte drei komplette Menüs gekocht, ein Gericht aus elisabethanischer, eines aus georgianischer und eines aus viktorianischer Zeit. Sie dekorierten jedes Arrangement mit den passenden Requisiten. James machte ein paar Schwarzweißfotos.

»Ich möchte nur Farbfotos haben«, erinnerte Laura ihn.

»Man kann nie wissen, vielleicht sind sie eines Tages doch zu etwas nütze«, sagte er.

Der einzige unharmonische Moment war am Beginn ihrer Arbeit aufgetreten. Laura betrachtete ihr erstes Arrangement, nachdem sie es eine Stunde lang aufgebaut hatte, durch die Kamera.

»Es steht ja alles auf dem Kopf«, verkündete sie.

»Verdammt!« rief James und griff sich mit beiden Händen an die Stirn. »Ich glaube es nicht! Wir hätten den Tisch verkehrt herum aufstellen sollen. Wie dumm ich doch bin!«

Laura starrte ihn mit offenem Mund an. »Was?« wollte sie wissen. Ihre Augen waren schmal geworden, und sie hatte die Hände in die Hüften gestemmt.

James senkte die Hände. »Das Bild *muß* doch auf dem Kopf stehen«, sagte er. »Ich weiß schon, was ich tue, Laura.« Er sah, daß sie sich nicht sicher war, ob sie lächeln oder fluchen sollte.

Sie entspannte sich. »Tut mir leid, James. Natürlich weißt du das.«

Als sie beschlossen hatten, das letzte Foto zu machen – von falschen Krabben, *poulet sauté à la plombière*, Eiscremedessert und Savoy-kuchen in ausgefallenen Formen –, war es sieben Uhr abends. Um den von Spots beleuchteten Tisch herum herrschte das reinste Chaos: Reflexionsmaterial hatte sich von der Decke gelöst und hing in Fetzen herunter; die Requisiten hatten sie einfach alle an der Wand unter den Fenstern abgestellt, wo sie nun ein wirres Durcheinander bildeten; auf allen Oberflächen haftete Klebeband. Im Zimmer roch es nach heißem Plastik und schmelzendem Essen. In der Küche war es noch schlimmer. James brachte seine Fotoausrüstung und die Filme ins Schlafzimmer und räumte auf, während Laura den Berg von Abwasch in Angriff nahm. Das, was von den Gerichten überlebt hatte, stellte sie auf die Anrichte.

»Was ist damit?« fragte James.

»Hast du Hunger?«

Daran hatte er gar nicht gedacht. Zwar hatte er den ganzen Tag lang Essen fotografiert, doch er war so konzentriert bei der Sache gewesen, daß er keinen Hunger verspürt hatte – bis jetzt.

»Ich habe seit gestern nichts mehr gegessen«, gestand er.

»Dann mußt du ja am Verhungern sein. Ich brauche zwei Minuten, James. Deck schon mal den Tisch.«

Laura machte Portionen von verschiedenen Gerichten warm. James holte die Möbel aus seinem Schlafzimmer, und das Fotostudio verwandelte sich allmählich wieder in ein Wohnzimmer zurück. Sie begannen mit Eiern in Senfsoße und Austernbrot.

»Das ist köstlich«, rief James.

Er aß einen Kapaun in Zitronensoße und Birnen in Sirup.

»Mein Gott, das ist phantastisch«, sagte James.

»Du sollst nicht mit vollem Mund essen«, schalt Laura ihn.

»Ich soll nicht mit vollem Mund *essen*?«

»Ich meine ... du weißt schon, was ich meine.«

»Das hier ist hervorragend, Laura. Du bist eine Pionierin.«

»Nein, keineswegs. Aber es macht mir wirklich großen Spaß, alte Rezepte auszugraben. Es ist eine Art kulinarischer Archäologie.«

»Ich nehme an, das sind alles alte englische Rezepte, richtig? Mit Zutaten, die hier bei uns wachsen und seit jeher hier angebaut werden, als Teil eines autarken Wirtschaftssystems?«

»Nun, eigentlich nicht«, widersprach Laura ihm. »Abgesehen von ein paar Bauerngerichten und Fisch natürlich. Ansonsten haben wir schon Lebensmittel importiert, bevor die Römer hier waren. Vor dem Gold waren Gewürze Zahlungsmittel. Wenn ich sage ›englisches Essen‹, nehmen die Leute immer an, daß ich mich mit rein nationaler Kost beschäftige, die frei von fremden Einflüssen ist. Aber es ist fast das Gegenteil der Fall, James: Die Geschichte des Essens ist eine Geschichte des Handels und der Völkerwanderungen. Wir waren noch nie ein kleines, isoliertes Eiland.

Im Mittelalter haben wir Orangen, Zitronen, Korinthen und Rosinen importiert, Feigen, Datteln und Pflaumen, Zucker, Mandeln, Pfeffer. Natürlich rede ich von den Reichen. Und für uns Engländer war es eine teure Angelegenheit, Gewürze zu importieren, weil wir sie auf dem Kontinent einkaufen mußten. Aber wir haben es getan, weil sie den mittelalterlichen Geschmack beherrschten: Ingwer und Zimt, Muskatnuß, Macisblüte, Kardamom, Nelken. Wir haben unser eigenes Salz aus Minen oder aus dem Meer gewonnen und Senf und Safran angebaut.«

James konnte sich nicht erinnern, Laura je so begeistert erlebt zu haben, nicht einmal als Kind.

»Halt mich bloß zurück, James«, warnte sie ihn, »sonst erzähle ich noch stundenlang weiter. Na ja, besser nicht, ich muß jetzt nämlich gehen und Natalie erlösen.«

»Ich finde das interessant, Laura. Ich würde gern mehr darüber erfahren, wenn du Zeit hast. Und vor allem würde ich gern mehr davon *kosten*.«

»Sicher«, sagte sie und stand auf. »Das wäre nett. Es war ein schöner Tag, ich habe ihn sehr genossen.«

»Du hebst dir dein Urteil besser auf, bis du das Ergebnis gesehen hast«, warnte er.

»Das hatte ich fast vergessen.« Laura lachte laut. James hatte im Verlauf des Tages bemerkt, daß Laura nur selten und dann auch nur nervös gelächelt hatte. Jetzt lachte sie jedoch wie ein Kind, das jemandem einen Streich gespielt hat und dabei ertappt worden ist. Es war ein kehliges Lachen. James sah, daß dabei immer noch Grübchen über ihren Wangenknochen erschienen.

»Ich habe ganz vergessen, daß wir das nicht nur zum Spaß gemacht haben«, sagte sie.

»Ich denke, das geht uns beiden so«, meinte James. »Glücklicherweise haben wir beide Berufe, die uns Spaß machen.«

»Du fotografierst gerne?«

»Natürlich. Zumindest weiß ich nicht, was ich sonst tun sollte. Ich würde gar nichts anderes tun *wollen*.«

»Das nächste Mal«, sagte Laura, »werde ich dir etwas über das Essen erzählen, und du erzählst mir etwas übers Fotografieren. Bringst du die Fotos vorbei, wenn sie fertig sind?«

»O. k. Das wird wohl Dienstag oder Mittwoch sein.«

»Danke, James.« Sie berührte beim Abschied seinen Arm. »Dann also bis bald.«

DRITTER TEIL

Das Krankenhaus III

Zoe kam ins Krankenzimmer. Gloria war gerade bei James. Sie entfernte seinen Tropf und führte eine Magensonde ein. Zoe wartete und sah zu, wie sie anschließend James' Augen befeuchtete.

»Sie trocknen sonst aus«, sagte sie zu Zoe. »Wir streichen eine Salbe darauf, damit sich keine Entzündung bildet.«

Zoe setzte sich neben James, nahm seine Hand und erzählte ihm über eine Stunde lang aus seinem Leben.

Im Stationszimmer spürte Gloria, wie ihre Kollegin neben ihr zornig wurde.

»Was für eine Zeitverschwendung, mit jemandem zu reden, der einen nicht hören kann«, sagte die Schwester.

»Ich weiß nicht«, meinte Gloria nachdenklich. »Warum ärgert Sie das so?« fragte sie dann.

»Ich kann diese falsche Hoffnung, die sich die Menschen machen, weil sie keine Ahnung von medizinischen Vorgängen haben, einfach nicht ertragen«, erwiderte die Schwester.

»Angenommen, er kann sie hören«, sagte Gloria.

»Um Himmels willen, Sie haben doch die Scans gesehen: die vielen kleinen Blutungen. Er liegt in tiefem Koma.«

»Und warum ist er dann noch nicht gestorben? Er hat seine Prognose bereits überlebt. Inzwischen sollte er eine Lungenentzündung haben oder eine Harnweginfektion, die sich auf die anderen Organe ausbreitet. Es könnte doch sein, daß sie ihn mit ihren Geschichten am Leben hält. Wir wissen es nicht. Es ist vielleicht eine Glaubensfrage.«

»Jetzt reicht es«, meinte die Schwester aufgebracht. »Ich bin froh, wenn ich in Rente gehe. Warum sehen Sie nicht nach, ob Ihr Patient Stuhlgang hatte. Gehen Sie und sehen Sie nach. Vielleicht hat er das ja gehört.«

Zoe drückte James zum Abschied die Hand und verließ das Krankenzimmer.

9

Die Belagerung

James holte die Abzüge und die Farbdias für Lauras Broschüre aus dem Labor ab, brachte sie jedoch nicht persönlich bei ihr vorbei, denn er wollte das Grundstück auf dem Hügel keinesfalls betreten. Statt dessen ließ er sie von einem Kurier bei ihr abgeben. Laura rief ihn am Abend an.

»James, die Fotos sind hervorragend«, rief sie. »Sie sind genau das, was ich wollte. Sie sind sogar noch besser.«

Er versuchte, ihr beizupflichten, ohne dabei arrogant zu klingen, er wollte aber auch nicht den Eindruck erwecken, es handle sich um einmalige Zufallstreffer. Also erklärte er, ihre Menüs sähen so köstlich aus, daß es nicht schwierig sei, sie ins Bild zu setzen.

»Warum hast du die Fotos nicht selbst vorbeigebracht?« fragte sie.

»Ich hatte viel zu tun«, log er. »Ich mußte noch woandershin, und ich wollte, daß du sie gleich siehst.«

»Nun, wir sollten das beizeiten wiederholen. Oder uns einfach so treffen.«

»Sicher. Ich rufe dich an, oder du rufst mich an.«

»Gut. O. k. Danke noch mal, James. Tschüs.«

James hatte tatsächlich viel zu tun. Sein Projekt nahm den Großteil seiner Zeit in Anspruch. Wenn er sich nicht auf der Straße befand, dann hielt er sich höchstwahrscheinlich in seiner Dunkelkammer auf. Er katalogisierte Negative und erstellte Vergrößerungen für sein stetig wachsendes Archiv. Daneben kam er gewissenhaft dem Versprechen nach, die Menschen, die er fotografiert hatte, mit Abzügen zu versorgen. Sie freuten sich darüber und verwöhnten den Fotomann als Gegenleistung: In den Cafés mußte er in den seltensten Fällen seinen Kaffee selbst bezahlen, und in den Restaurants, wo er allein aß und mit ungeduldigem Blick die Menschen um sich beobachtete, wurde er auch meistens eingeladen.

James' Status in der Straße änderte sich auf subtile Weise, je länger sein Projekt dauerte. Zuerst hatten die Bewohner seine Aufmerksamkeit akzeptiert, dann hatten sie sich geschmeichelt gefühlt. Er hatte bewiesen, daß es ihm mit seinem Vorhaben, das Leben in dieser Straße zu dokumentieren, ernst war, und sie freuten sich, Teil davon zu sein.

Aber wieviel Zeit, so fragten sie sich selbst – und schließlich auch gegenseitig –, widmet jemand einem solchen Unternehmen? Sechs Monate? Vielleicht sogar ein Jahr? Inzwischen hatte er alle Geschäftsinhaber und Angestellten, die in der Straße wohnten, fotografiert, dazu eine große Anzahl anderer Menschen, die regelmäßig auf dem Bürgersteig vorbeigingen oder die – wie Lieferanten, Geschäftskunden und Vertreter – oft in der Straße zu tun hatten. Immer noch aber sah man ihn, den Fotomann, bei gutem Wetter wie bei schlechtem, früh am Morgen oder spät am Abend, auf der Straße. Er stand wachsam in den Ladeneingängen, sprach Leute an und bat sie, ein Porträt von ihnen machen zu dürfen, oder fotografierte sie einfach im Vorbeigehen.

James gab einen Großteil seines mageren Einkommens aus dem Postkartenverkauf für Filme, Papier und Chemikalien aus. So, als wäre er wieder zu seinen Anfangstagen, nach dem Auszug von zu Hause, zurückgekehrt, kaufte er sich seine Kleidung wieder in den Geschäften der Wohltätigkeitsorganisationen und aß kaum mehr als das, was man ihm spendierte. Er erwarb sich den Ruf – und das Aussehen – eines Exzentrikers.

Davon gab es allerdings noch viele andere. Es war die Zeit, als Krankenhausabteilungen geschlossen wurden und Langzeitpatienten sich plötzlich auf der Straße wiederfanden. An den meisten Tagen konnte man diese verwirrten Evakuierten auf der Bank am Spielplatz vor dem Gesundheitszentrum sehen, und James ähnelte ihnen immer mehr: in seinem zwanghaften Bemühen, in seiner schlechtsitzenden Kleidung und in seinem wachen Interesse an den Menschen um ihn herum.

Tatsächlich hatte James sein Projekt selbst schon in Frage gestellt: Er wußte nicht, ob er es ausweiten sollte – vielleicht sollte er eine reine Wohnstraße aus dem Straßengewirr hinter seiner Wohnung mit einbeziehen – oder aber in der Factory Road weitermachen, dies aber dann systematischer. Zum Beispiel konnte er sie zu bestimmten Tages- oder den Jahreszeiten dokumentieren und sich über eine bestimmte Zeitspanne hinweg auf ein spezielles Thema konzentrieren.

Eines Abends radelte er zum Kino, um Zoe zu fragen, was sie dazu meinte. Dog machte ihnen stumm Tee, während Zoe sich einige von James' Abzügen durchsah.

»Was machst du damit?« fragte sie. »Planst du eine neue Ausstellung?«

»Nein. Vermutlich sind sie eher für ein Archiv«, sagte er.

»Ich dachte, du hättest das mit der Nachwelt aufgegeben.«

»Ich denke, ich habe meine Meinung geändert«, räumte er ein.

Dog ging wortlos, und Zoe rief ihm noch nach: »Trink einen für mich mit, Dog.«

James glaubte, ein Grunzen als Antwort gehört zu haben.

»Redet ihr überhaupt miteinander, Zoe?« fragte James.

»Natürlich tun wir das«, antwortete sie.

»Ich meine, redet er auch mit dir?« beharrte er.

»Was meinst du damit?« fragte sie herausfordernd.

James zögerte. »Es geht mich zwar nichts an, aber ich frage mich, was er dir gibt.«

»Du, James, hast kein Recht, eine solche Frage zu stellen.«

»Tut mir leid. Es geht mich wirklich nichts an.«

»Das meine ich aber auch«, sagte sie schroff. »Hör zu, ich muß nach unten und die Spätvorstellung vorbereiten. Warum bleibst du nicht hier? Wir zeigen *Withnail and I*.«

»Noch nie davon gehört.«

»Es ist ein Kultfilm, James. Wir zeigen ihn alle drei oder vier Monate und sind immer ausverkauft. Tu dir doch selbst diesen Gefallen.«

Es war nicht viel, was James von dem Film in Erinnerung bleiben sollte, außer daß er nicht verstand, warum die Leute ihn komisch fanden, und daß sie die Dialoge zu kennen schienen und lachten, *bevor* die Pointe kam, was ihn irritierte. Der Zuschauerraum – es war der größere von Zoes beiden Sälen, der ein paar hundert Leute faßte – war bis auf den letzten Platz besetzt. Als James langsam nach draußen schlurfte, entdeckte er Laura in der Menge vor sich. Er wollte sich schon zu ihr durchkämpfen, als er sah, daß sie in Begleitung eines hochgewachsenen, distinguierten

Herrn mit silbergrauem Haar war, der aus dem ansonsten jungen Publikum regelrecht heraußstach. Anstatt sie zu begrüßen, blieb James stocksteif stehen. Die anderen Besucher schoben sich an ihm vorbei.

Harry und Alice meldeten jedes ihrer Kinder, gleich nachdem sie dessen Geburt ins Personenstandsregister hatten eintragen lassen, an einer Privatschule im Norden der Stadt in der Nähe von Harrys Büro an, wo man den Namen der Kinder auf die Warteliste setzte, außerdem an einer Internatsschule für später. Bei den drei Mädchen war dies das Internat, in das Alice früher gegangen war.

Inzwischen war Sam wie Amy ins Schulalter gekommen, und die nächsten beiden, Tom und Susan, waren alt genug, um in die Vorschulkindergärten zu gehen, die der Jungen- und der Mädchenprivatschule angegliedert waren. Harry verließ das Haus frühmorgens, und Alice fuhr die Kinder in die Schule. Am Nachmittag brachte sie sie gelegentlich nach Absprache bei ihm im Büro vorbei: nicht, wie man vielleicht hätte erwarten können, wenn es sein Terminkalender zuließ, sondern eher bei einer Besprechung mit einem wichtigen Klienten. Er hatte nämlich festgestellt, daß es aus solchen Besprechungen die Anspannung nahm, wenn seine wohlerzogenen Kinder eins nach dem anderen ins Büro hereinmarschiert kamen, ihrem Vater zeigten, was sie in der Schule gemalt hatten, und die Fragen von Harrys Klienten mit untadeliger Höflichkeit beantworteten, bevor sie das Büro in einer wohlgeordneten Reihe wieder verließen. Seine Klienten merkten, daß sie doch keinem schwierigen, knallharten Geschäftsmann gegenübersaßen, sondern einem netten Familienvater, der eine reizende Frau und bezaubernde Kinder hatte, woraufhin die Verhandlungen in entspannter Atmosphäre weiterliefen.

Adamina ging am Vormittag inzwischen in eine Spielgruppe. Wenn Laura sie mittags von dort abholte, schlüpfte sie manchmal leise ein wenig früher herein und sah den Kindern eine Weile zu. Sie war überrascht, als sie feststellte, daß ihre Tochter ganz offensichtlich das herrschsüchtigste Kind der Gruppe war: Adamina dachte sich Spiele aus und teilte den anderen Kindern ihre Rollen zu, nicht durch Androhung von Gewalt, sondern mittels irgendeiner anderen Kraft. Sie gab einfach mit ruhiger Stimme und leichtem Lispeln Anweisungen, und die anderen gehorchten. Wenn die Betreuer die Spiele, die Adamina sich ausgedacht hatte, abbrachen und die Kinder wieder unter ihre Fittiche nahmen, stampfte Adamina weder trotzig mit dem Fuß auf, noch machte sie sonst Theater. Sie zog lediglich die Stirn kraus, als sei sie enttäuscht darüber, daß ihre Betreuer so dumm waren. Dann spielte sie einfach allein weiter.

Eines Nachmittags kam Harry von der Arbeit nach Hause und sah vier seiner Kinder im Garten mit Adamina spielen. Amy und Sam waren älter und größer als Adamina, dennoch ließen sie sich, wie die anderen auch, von ihr in einer unergründlichen Formation aufstellen, von der aus dann alle fünf auf Adaminas Zeichen zur nächsten Position gingen oder auf unsicheren Kinderbeinchen wackelten und, wenn Adamina das Kommando gab, stehenblieben und einen Hüpfer oder einen Sprung machten. Verwirrt von der rätselhaften Choreographie und angesichts der totalen Ergebenheit seiner Kinder beunruhigt, sah Harry dem Spiel eine Weile zu.

An diesem Abend sagte er zu Alice im Bett: »Weißt du, mein Schatz, es wäre mir lieber, die Kinder würden nicht mit Adamina spielen.«

»Was meinst du damit?« fragte Alice.

»Sie ist ein wenig eigenartig. Ist dir das nicht auch schon aufgefallen?« sagte Harry.

»Sie ist ein kleines Mädchen«, machte Alice ihn aufmerksam. »Es sind doch alles noch kleine Kinder, Harry.«

»Nun, ich gebe eben meine Meinung zum besten, Schatz. Und ehrlich gesagt, ich würde dir gern auch noch etwas anderes geben.«

»Du bist verrückt, Harry«, kicherte Alice. »Haben wir denn nicht schon genug Kinder?«

»Schon in Ordnung«, versicherte er ihr. »Es ist absolut sicher. Es ist Juni. Du weißt, daß du nur im August oder September schwanger wirst, weil du den ganzen Sommer brauchst, um fruchtbar zu werden, Schatz.«

»*Soweit* hast du recht«, stimmte Alice zu.

»Und ich denke, ich werde diesen Sommer genießen«, verkündete Harry und schmiegte sich in die Arme seiner Frau.

Simon nahm jedes Jahr im Juni Urlaub, und jedes Jahr flog er allein auf eine griechische Insel, nachdem er die Winterabende damit verbracht hatte, Prospekte zu studieren, die »Ferien für Geist, Körper und Seele« anboten. Simon entschied sich jedesmal für etwas anderes. Dieses Jahr hatte er zwischen »Das innere Kind ehren«, »Astrologie: Die Logik und das Mysterium« und »Der Pfad des Schamanen« geschwankt. Er hatte über die Jahre hinweg auf den Inseln viele Freunde gewonnen, mit denen er während langer Telefongespräche über die Kurse, die sie belegt hatten, diskutierte und Unterlagen austauschte. Schließlich machte er sich auf den Weg nach Heathrow, um den Pfad der Krieger des Geistes zu beschreiten.

Simon kehrte von seinen Urlauben stets braun, fit und voller Zufriedenheit zurück. Die Krankheitssymptome, über die er sich das übrige Jahr beklagte, waren verschwunden. Erstaunlich war allerdings, daß Simon die Familie, die so an seine Bekehrungsversuche zu der erstaunlichen Heilwirkung seiner neuesten Diäten und Arzneien gewöhnt war, in diesem Falle nicht damit beglückte. Es grenzte gewissermaßen an ein Wunder, daß er sie nicht mit Einzelheiten über diese eine Behandlungsmethode langweilte, die, wie sogar er zugeben mußte, tatsächlich bei ihm wirkte.

Nur Natalie wußte, warum Simon so zurückhaltend war. Die anderen waren angesichts seines Schweigens viel zu erleichtert und wagten nicht, sich zu erkundigen, wie sein Urlaub gewesen sei. Sie wollten nicht riskieren, von einem Redeschwall überflutet zu weren, und bemerkten nicht, daß die ganzheitlichen Ferien vierzehn Tage dauerten, Simon aber jedesmal einen ganzen Monat wegblieb.

Natalie war die einzige, die den Verdacht hatte, daß hinter Simons Urlauben mehr steckte, als auf den ersten Blick ersichtlich war. Sie hatte nämlich Freundinnen in der Stadt, die ebenfalls auf gewissen griechischen Inseln Urlaub machten. Natalies Verdacht wurde in diesem Jahr durch Augenzeugenberichte bestätigt. Als Simon aus seinem Urlaub zurück war, schleppte Natalie ihn – der wie jedes Jahr nach seinem Urlaub eins mit der Welt war – am Sonntag zu einem Spaziergang in den Garten. Dick der Terrier folgte ihnen und trippelte auf seinen dünnen Beinen hinter Simon her wie eine eifrige Kurtisane. Der Duft von Geißblatt wehte über den Rasen.

»Du hattest also einen schönen Urlaub?« fragte Natalie.

»Es war wunderbar«, meinte er lächelnd.

»Du siehst so zufrieden aus, wie ein Bär, der Honig geschleckt hat. Hast du neue Freunde kennengelernt?«

»Massenweise«, erklärte Simon. »Du solltest auch mal dort Urlaub machen, Nattie«, riet er ihr. »Dann bekommst du ein bißchen Sonnenbräune, Schätzchen.«

»Simon«, sagte sie. »Du weißt doch sicher, daß in London nächstes Wochenende der Pride March stattfindet.«

»Das Poster an deiner Schlafzimmertür ist ja kaum zu übersehen«, machte Simon sie aufmerksam.

»Warum kommst du dann nicht einfach mit?« fragte Natalie ihn.

Simon blieb abrupt stehen, und Dick krachte von hinten gegen seine Waden.

»Ich weiß, wohin du fliegst, Simon. Ich kenne Leute, die auch auf dieser Insel waren. Du kannst dort kaum anonym bleiben.«

Simon hob seine Füße, als würde er sie aus dem Matsch ziehen, und setzte seinen Weg fort, ohne den Blick vom Boden zu heben.

»Es heißt, du wärst das Herz und die Seele einer jeden Strandparty«, fuhr Natalie fort. »Simon«, sagte sie, »ich kapier es einfach nicht. Bist du ein Tier, das sich nur in der Brunftzeit paart – in deinem Fall vierzehn Tage in der zweiten Junihälfte? Auf einer fernen, sonnigen Insel? Warum scheust du dich vor einem Comingout? Um Himmels willen, es würde doch niemanden überraschen.«

Simon blieb wieder stehen. Diesmal sah er Natalie in die Augen: »Ich will nicht, daß sich mein alter Herr aufregt«, sagte er zu ihr.

»Und du willst das bestimmt auch nicht.«

»O. k.«, räumte sie ein, »er ist wohl der einzige, der überrascht wäre. Er bildet sich immer noch ein, daß du den halben Schreibpool flachlegst.« Sie lachte, und Simon, der ungewöhnlich ernst gewirkt hatte, wurde wieder lockerer. »Er denkt, deine Hypochondrie ist deine Masche, Krankenschwestern zu verführen«, scherzte Natalie.

»Auf sich aufzupassen ist keine Hypochondrie«, erinnerte Simon sie.

»Tut mir leid«, sagte sie. »Aber du darfst nicht nur für deinen Vater leben. Er weiß übrigens, daß ich lesbisch bin, Jesus, und es ist ihm egal. Wir schreiben das Jahr 1991, Simon. Und du bist sechsunddreißig Jahre alt.«

»Das Alter hat damit rein gar nichts zu tun«, sagte er. »Du verstehst das nicht, Natalie, du gehörst nicht zur Familie. Er ist mein Vater, und ich werde ihm nicht weh tun.«

»Und was ist mit dir?« wollte sie wissen. »Wie wäre es, wenn du um deiner *selbst* willen ehrlich und offen bist, anstatt eine Lüge zu leben? Ich denke, diese Sache mit deinem Vater ist Quatsch, Simon. Ich denke, du bist nur feige.«

Simon rückte seine Seidenkrawatte zurecht. Während er über ihren Vorwurf nachdachte, wanderte sein Blick im Garten umher, als hoffe er, zwischen den Rosen oder drüben in den Obstbäumen eine passende Antwort zu finden.

»Vielleicht bin ich ja wirklich feige«, erwiderte er schließlich. »Aber auf jeden Fall habe ich niemandem weh getan«, sagte er in einem Ton, der Natalie signalisierte, daß das Gespräch für ihn beendet war.

Sie schlenderten schweigend zum Haus zurück, bis Sam, der Simon kommen sah, loskreischte und mit den anderen auf den wohlbeleibten Onkel zurannte. Simon kugelte mit ihnen im Gras, und sie warfen sich auf ihren bereits vor Lachen glucksenden Onkel wie kleine Fußballer auf den Torschützen.

An einem Freitagabend Ende Juli gaben Harry und Alice wieder eine ihrer Parties. Sie hatten geplant, das Ganze im Freien stattfinden zu lassen, mit Krocket und Blumen und Pimms statt der üblichen Cocktails, aber es regnete den ganzen Nachmittag, und so fand die Party wie gewöhnlich in ihrem Wohnzimmer im Ostflügel statt.

Es war ein Sommerregen an einem schwülwarmen Tag, und die Leute tranken vielleicht deshalb mehr als sonst. Die Barkeeper hatten viel zu tun, während Tabletts mit gefüllten Pilzen und Kanapees, die die Kinder herumreichten, fast unberührt wieder in die Küche zurückgingen. Laura warf alles fort, bevor Natalie es sah. Natalie nämlich würde, obwohl sie nach einer ihrer üblichen 60-Stunden-Arbeitswochen gerade erst Feierabend gemacht hatte, alles sofort in Pappkartons packen und zum Frauenhaus oder dem Nachtasyl in der Stadt fahren.

506

Charles trank mit dem großtuerischen Gehabe eines herzlichen Gastgebers, schnappte sich von jedem Tablett, das an ihm vorbeigetragen wurde, ein Glas und ermahnte andere, es ihm gleichzutun. Tatsächlich jedoch nippte er an jedem Glas nur kurz, bevor er es irgendwo abstellte: Es gelang ihm so, den Eindruck zu erwecken, fröhlich zu zechen, während er den ganzen Abend nicht mehr als ein einziges Glas Champagner trank.

Harry war praktisch abstinent, während Alice zwei oder drei White Russians nicht widerstehen konnte. Natalie hingegen trank nur Bier. Sie mußte es sich selbst mitbringen und erschien auf Harrys Parties deshalb stets mit einem Viererpack Ruddles Bitter unter dem Arm. Sie trank gleich aus der Dose. Simon bekam trotz seiner Leibesfülle schon von einem halben Glas Wein einen Schwips. Es war bekannt, daß er bei solchen gesellschaftlichen Anlässen irgendwann einfach verschwand und man ihn schließlich schnarchend in einem ruhigen Zimmer fand.

Robert andererseits konnte jede beliebige Menge Alkohol trinken. Er trank stetig ohne eine sichtbare Wirkung, außer daß er ab einem gewissen Punkt noch stiller wurde als üblich und dann von einer Ecke aus das Zimmer mit dunklem, verschwommenem Blick musterte.

Charles hielt sich am Ende dieses Abends zurück und erlaubte Harry und Alice, ihre Gäste schon bald nach Einbruch der Dunkelheit selbst zu verabschieden. Laura brachte die Barkeeper zur Tür und räumte dann mit Natalies Hilfe in der Küche auf.

»Schau doch später noch auf einen Sprung vorbei, ich glaube, es kommt ein guter Film im Fernsehen«, bot Laura auf dem Weg nach draußen an.

»Danke. Vielleicht komme ich auf dein Angebot zurück«, erwiderte Natalie.

Es war eine mondhelle Nacht. Laura ging zum Gartenhaus hinüber, das fünfzig Meter von der Hintertür des großen Hauses entfernt lag. Sie betrat den Vorbau und ging geradewegs in die geräumige Küche, die das gesamte Erdgeschoß einnahm. Sie durchquerte den eisblauen Raum und stieg die Treppe hinauf. In Adaminas Zimmer brannte Licht: Adamina ging oft allein zu Bett. Laura fand sie dann in ein Gespräch mit ihren Teddybären vertieft oder schlafend. Das war einer der Vorteile von Lauras Job und der

Tatsache, daß sie sehr beschützt auf dem von Mauern umgebenen Grundstück lebten. Laura ging an der offenen Wohnzimmertür und der Tür ihres Schlafzimmers vorbei und betrat Adaminas Zimmer: Ihre Tochter lag zusammengerollt im Bett und schlief. Die Füße hatte sie an der Wand, da sie sich im Schlaf bereits halb herumgedreht hatte, eine Angewohnheit, die sie noch nicht ganz abgelegt hatte. Laura schob die Hände unter Adaminas leichten kleinen Körper und drehte sie herum, so daß ihr Kopf wieder auf dem Kopfkissen zu liegen kam. Adamina verzog das Gesicht, wachte aber nicht auf. Laura küßte sie auf die Stirn.

Laura ging ins Bad, das gegenüber von Adaminas Zimmer lag, und pinkelte, ohne das Licht anzuknipsen. Sie sah dabei in Adaminas dunkles Zimmer hinüber: Das Mondlicht reichte nicht bis zu Adaminas Bett, aber sie konnte sich ihre schlafende Tochter dort genauso deutlich vorstellen, als sähe sie sie tatsächlich. Die Frage, die ihr zu dieser Tageszeit oft in den Sinn kam, schoß ihr auch jetzt durch den Kopf: Sie war sich nicht sicher, ob sie ihr Leben in einer Einfriedung verbrachte oder ob sie in Freiheit lebte. Das Gartenhaus, in dem sie mit ihrer Tochter wohnte, war wie eine Zelle in einem Gefängnis. Innerhalb dieses fest definierten Bereiches war sie frei. Sie spülte. Das Geräusch war laut, dann verebbte es in der Stille des Häuschens.

Sie ging ins Wohnzimmer. Das Mondlicht war gespenstisch. Es tauchte den Raum in ein kühles, blaues Licht, so daß selbst vertraute Gegenstände unheimlich wirkten. Es wäre schade gewesen, die Atmosphäre durch grelles elektrisches Licht zu zerstören. Sie wollte sich gern ein Weilchen in diesem blauen Licht hinlegen und Musik hören. Was? Miles Davis, entschied sie: *Concerto de Aranjuez*. Laura ging zur Stereoanlage hinüber und suchte nach der Kassette. Plötzlich setzte ihr Herz einen Schlag aus: Sie war nicht allein. Es war noch jemand im Zimmer. Mit einem Mal konnte sie ihre Gliedmaßen nicht mehr koordinieren, schaffte es aber noch bis zum Lichtschalter. Sie drückte das Licht an und drehte sich um.

Im Sessel saß Robert: Er hatte dort im Dunkeln gesessen – wie lange wohl? Vom grellen Licht geblendet, blinzelte er und senkte den Blick, dann sah er wieder auf. Er ließ die Arme schlaff zu beiden Seiten des Sessels herunterbaumeln. Eine Flasche hing lose in seiner Hand und berührte den Boden. Sein Blick war stumpf.

Laura atmete tief durch. »Was zum Teufel machst du hier?« wollte sie wissen. Ihre Stimme kam ihr höher vor als normal. Sie klang verstört. Sonderbar, daß sich die Worte überhaupt formten. Ihre Zunge und ihr Mund waren wie gelähmt, sie fühlte sich wie eine Marionette.

Robert starrte sie an. »Ich bin gekommen, um meine Tochter zu sehen«, sagte er. »Ich habe ihr beim Schlafen zugesehen.«

Zorn stieg in Laura hoch. »Wie kannst du es nur wagen? Verschwinde von hier«, sagte sie zu Robert.

»Es ist Zeit, daß wir uns miteinander unterhalten«, erklärte Robert. »Setz dich.«

»Raus hier«, sagte Laura in so beherrschtem Ton, wie sie konnte. Sie wollte ihn anschreien, aber ihr war klar, daß Adamina auf keinen Fall wach werden durfte. Ihr fiel ein, daß die Tür zu Adaminas Zimmer offenstand. Sofort ging sie hinüber, um sie zu schließen, bevor sie wieder ins Wohnzimmer zurückkehrte. Diese wenigen Schritte halfen ihr, das Gleichgewicht wiederzufinden und ihr hämmerndes Herz zu beruhigen.

»Verschwinde aus meinem Haus, Robert«, sagte Laura.

»Es ist nicht dein Haus. Ich bin gekommen, um meine Tochter zu sehen, und jetzt werden wir miteinander reden.«

»Du Mistkerl«, rief Laura. »Ich habe dir doch gesagt, daß wir dich nicht brauchen. Sie ist fast vier Jahre alt, und jetzt stiehlst du dich wie ein Dieb hier herein. Verschwinde, Robert.«

»Willst du dich nicht hinsetzen?« fragte Robert. Sein Blick war stumpf, und seine kiesige Stimme klang monoton.

Laura legte eine Hand auf den Rücken des Sofas, hinter dem sie stand. Mit der anderen rieb sie sich über die Stirn und die geschlossenen Augenlider.

»Du hast mit mir genauso gefickt wie ich mit dir«, sagte Robert. »Es mag dir vielleicht nicht gefallen, aber sie ist meine Tochter genauso wie deine. Ich will sie besuchen. Ich will ihr Sachen schenken. Ich will –«

»*Raus*!« schrie Laura.

Robert erhob sich mühsam aus dem Sessel, stolperte, fand die Balance wieder und kam auf sie zu. Er stieg auf das Sofa und warf sich nach vorn, um sie zu packen. Sie sprang zur Seite, das Sofa kippte nach hinten, und Robert fiel darüber hinweg. Er landete auf dem Boden und krachte gegen ein Sideboard. Bücher fielen auf ihn.

Laura wußte nicht, was sie tun sollte. Was konnte sie überhaupt tun? Sie konnte nicht einfach wegrennen und ihn hier mit Adamina im Gartenhaus allein lassen. Sie ging auf die andere Seite des Zimmers und stellte sich hinter den Sessel, in dem er gerade gesessen hatte. Robert rappelte sich schwer atmend auf und kam wieder auf sie zu.

»Du hältst dich wohl für verdammt schlau«, sagte er.

»Nein, Robert«, murmelte Laura. Sie wußte nicht, was sie tun sollte, und merkte, daß sie gleich weinen würde. Sie begann sich auf die Schläge einzustellen, die gleich kommen würden, ein ergebenes Opfer, sie war wieder vierzehn, und ihre Knie gaben unter ihr nach.

Der erste Schlag traf ihre Hand, mit der sie ihr Gesicht bedeckt hatte, so daß sie ein Stück zurücktaumelte. Sie bereitete sich auf den nächsten vor. Sie konnte seine Schritte hören, merkte, wie er ihr näher kam, roch seinen Whiskyatem, spürte, wie er ausholte…

Ein unglaublicher Lärm zerriß die Luft: ein rauher, wütender animalischer Schrei, der sowohl Robert als auch Laura lähmte. Beide drehten langsam den Kopf zur Tür, und dort stand Natalie, die Robert anstarrte. Laura atmete auf, Erleichterung stieg in ihr hoch. Sie blinzelte, wischte sich die Tränen vom Gesicht und straffte den Rücken. Als sie beide wieder anschaute, sah sie, daß keiner auch nur mit einem Muskel gezuckt hatte: Sie hielten einander mit ihrem Blick fest. Die Erleichterung, die Laura verspürt hatte, verebbte abrupt wieder. Sie wußte, wozu diese beiden Menschen fähig waren. Ihr wurde klar, daß sie alle drei kurz vor etwas weit Schlimmerem standen als dem, was vielleicht einen Augenblick vorher passiert wäre.

Jetzt jedoch war sie Herr ihrer Angst. Ihr Verstand war ganz klar, ihr Körper eisig. Sie hatte ihn unter Kontrolle.

»Natalie«, sagte Laura in unbeschwertem, freundlichem Ton. »Hi. Robert ist gerade auf einen Kaffee vorbeigekommen. Willst du dir den Film ansehen?« Sie sprach mit warmer, normaler Stimme und bewegte sich langsam: Sie schob den Sessel beiseite, als wolle sie ihn wieder zurechtrücken, und bückte sich, um die Flasche aufzuheben, die umgefallen war. Der Whisky war auf den Teppich geflossen.

»Wann fängt er an? Bald? Willst du auch einen Kaffee? Robert, du kannst ebenfalls bleiben. Aber ich glaube, du willst doch lieber gehen.«

Die beiden gaben langsam ihre drohende Körperhaltung auf und entspannten sich – zuerst Natalie, dann Robert.

»Sieh doch bitte in der Fernsehzeitung nach, wann er anfängt, Nat«, schlug Laura vor und nickte dabei in Richtung des Fernsehers, der links neben der Tür in der Ecke stand. Natalie sah Laura fragend an. Laura nickte wieder. »Da drüben«, sagte sie. Natalie bewegte sich vorsichtig von der Tür weg.

»Wolltest du noch einen Kaffee, Robert?« fragte Laura. Roberts Blick war Natalie gefolgt und kehrte jetzt langsam zu Laura zurück. Da er betrunken war, dauerte es bei ihm länger, bis seine Verwirrung sich legte.

»Ich werde über das, was du gesagt hast, nachdenken«, sagte Laura zu ihm. »Wir können dann noch einmal darüber reden.«

Robert gab keine Antwort. Dann aber löste sich sein Körper aus seiner Erstarrung, und er marschierte auf die Tür zu und aus dem Zimmer. Laura und Natalie warteten, bis sie seine Schritte auf der Treppe hörten und wie die Eingangstür geöffnet und wieder geschlossen wurde.

Natalie machte sich auf den Weg nach unten – um sich zu vergewissern, ob Robert auch wirklich gegangen war –, Laura aber schoß an ihr vorbei und stürzte in Adaminas Zimmer. Sie war sich sicher, daß sie ihre Tochter ängstlich im Bett kauernd vorfinden würde. Aber das war nicht der Fall. Adamina war weder durch Lauras laute Worte noch durch Natalies Kampfschrei aufgewacht. Sie lag noch genauso da, wie Laura sie hingelegt hatte, und schlief.

Laura strich Adamina übers Haar. »Mein Schatz«, flüsterte sie, »mein Herz, daß dir nur nie etwas passiert.«

Laura ging ins Wohnzimmer zurück. Natalie hatte zwei Gläser eingeschenkt mit dem, was von Roberts Whisky noch übrig war.

»Das war toll, Laura«, sagte sie. »Himmel, das war so cool. Wo hast du das gelernt? Ich hätte ihn nämlich umgebracht.«

Sie gab Laura ein Glas. Laura nahm es und merkte erst jetzt, wie sehr ihre Hand zitterte. Sie sah zu, wie ihr das Glas langsam aus den Fingern rutschte und zu Boden fiel. Sie bebte am ganzen Körper. Natalie nahm sie fest in den Arm.

»Es ist alles o. k.«, beruhigte Natalie sie, »es ist o. k. Er ist weg.«
Sie hielt die zitternde Laura fest und streichelte ihr den Rücken.
»Ich sagte, daß ich dich beschützen würde, erinnerst du dich? Ich
sagte, ich würde dasein. Es ist jetzt alles o. k.«, sagte sie, während
sich Laura in ihren Armen noch lange nicht beruhigte.

Eines Samstag nachmittags im August kam James mit einer großen
Einkaufstasche voller Filme und Fotopapier aus dem Fotogeschäft
in der High Street. Sein Fahrrad hatte er in der Straße um die Ecke
abgestellt. Er zog seinen Schlüsselbund aus der Hosentasche.
Während er den Schlüssel für das Fahrradschloß heraussuchte,
wäre er auf dem Bürgersteig fast mit zwei Fußgängern zusammen-
gestoßen.
    »Verzeihung. Tut mir leid«, sagte James. Als er aufsah, stand
Sonia vor ihm.
    »James«, sagte sie. »Hallo. Wie geht's dir?«
    »Sonia. Oh, prima. Du siehst gut aus. Du hast dich kein bißchen
verändert.«
    »Das ist David. David – James.«
    James schüttelte dem elegant gekleideten Mann mittleren Alters,
der durchscheinend blaue Augen hatte, die Hand.
    »Wie läuft es so bei dir?« fragte James Sonia.
    »Gut«, erwiderte sie. »Gehst du noch immer tanzen?«
    »Nicht mehr so oft«, sagte er. »Du siehst gut aus.«
    Sie hatten nicht mehr miteinander gesprochen, seit er sie vier
Jahre zuvor verlassen hatte. Jetzt wechselten sie verlegen nichtssagende Worte. Schwer zu glauben, daß sie ein Paar gewesen waren,
daß er mit dieser Fremden ins Bett gegangen war. Er sah den Mann
mit dem gebräunten Gesicht und den durchscheinenden Augen an.
An seiner Stelle hätte jetzt er, James, sein können, dachte er.
    »Also. Bis irgendwann, James«, sagte Sonia.
    »Paß auf dich auf«, meinte er zu ihr.

Robert kehrte nüchtern und zerknirscht zu Lauras Häuschen
zurück. Er hatte ein Bündel Banknoten dabei, das er ihr für Adaminas Unterhalt anbot, außerdem versprach er, in Zukunft regelmäßige Unterhaltszahlungen zu leisten.
    Laura war vorbereitet. Sie hatte darüber nachgedacht und sich

beraten, nicht mit Natalie, sondern mit Zoe: Natalies Zorn, das wußte Laura, mochte sich zwar gegen körperliche Gewalt als nützlich erweisen, aber nicht bei den diplomatischen Verhandlungen, die jetzt anstanden.

Also schilderte Laura Zoe die Situation. Zoe stimmte mit ihr überein, daß, ganz gleich wie die rechtliche Lage aussah, Roberts Rechte als Vater kaum von Lauras Position im Haushalt, dem Gartenhaus und der Familie getrennt werden konnten. Laura hätte zwar ausziehen und sich ihren Lebensunterhalt mit ihrem Partyservice verdienen können, erklärte sie Zoe, aber nicht einmal das war sicher: Wenn die Familie nämlich gegen Laura Front machte und Charles Freeman und Harry Singh beschlossen, dann gegen sie zu arbeiten, so wie sie ihr vorher geholfen hatten, würde die Zahl ihrer Kunden rasch zurückgehen.

Aber noch wichtiger war Adamina selbst. Robert war nun einmal ihr Vater, ohne ihn wäre sie nicht auf der Welt, sie trug seine Gene in sich. Hatte Laura also das Recht, zu verhindern, daß sie eine Beziehung zu ihrem Vater aufbaute? Würde er ihr nicht etwas geben – abgesehen vom Geld, das er ihr jetzt und dereinst als Erbschaft zukommen lassen würde –, was Laura ihr nicht geben konnte?

Zoe hörte ihr geduldig zu und unterbrach sie nur selten. »Das Leben ist noch viel komplizierter als irgendwelche gesetzlichen Regelungen«, sagte sie schließlich. »Aber warum hat er dich geschlagen? Warum war er jetzt so aggressiv, nachdem er jahrelang kein Wort mit dir gesprochen hat?«

»Ich weiß es nicht«, sagte Laura. »So etwas hat er noch nie getan. Ich denke ... weißt du, er ist damals, an Adaminas erstem Geburtstag, gekommen, um mich und sie zu sehen. Er kam mit einem ganzen Berg von Geschenken an. Ich sagte ihm, ich würde ihn nicht brauchen, und ich wollte auch nicht, daß sie ihn braucht.«

»Ich verstehe«, sagte Zoe.

»Ehrlich gesagt, wünschte ich, er wäre ... einfach nicht da. Ich meine, ein Teil von mir will ihn noch immer, Zoe. Nachts, wenn ich allein bin. O Gott, es wäre um so vieles leichter, wenn er nicht hier wäre.«

»Tja, das ist er aber nun mal.«

»Ich weiß.«

513

Und so war Laura auf Roberts zerknirschte Reue, seine Angebote und auch seine Forderungen gut vorbereitet. Sie nahm das
Geld an, und sie vereinbarten, daß er Adamina an einem Sonntag
im Monat sehen durfte.

Laura setzte Adamina vor sich hin, um sie auf diesen neuen
Aspekt in ihrem Leben vorzubereiten. Sie hatte immer gewußt, daß
Adamina eines Tages Fragen stellen und eine Antwort verlangen
würde. Vielleicht war es ganz gut so, wie es jetzt gekommen war.
Also erklärte sie Adamina, daß Robert, ja, Amys und Toms Onkel
Robert, ihr Vater sei und daß er, obwohl er und Laura keine
Freunde mehr seien, gerne etwas Zeit mit ihr verbringen wolle. Er
würde sie vormittags abholen, und Mami hielte das für eine gute
Idee. Laura hatte keine Ahnung, wie Adamina reagieren würde.

Adamina hörte, abgesehen von einem leichten Stirnrunzeln und
einem Zucken, das gelegentlich über ihr Gesicht huschte, teilnahmslos zu. Es schienen dies weniger Reaktionen auf das zu sein,
was Laura sagte, als vielmehr äußerliche Zeichen dafür, daß ihr
Verstand diese Informationen verarbeitete.

»Wann?« fragte sie.

»Morgen«, erklärte Laura ihr.

Adamina legte die Stirn langsam in Falten, dann glättete sie sich
plötzlich wieder. »Wohin gehen wir?«

»Er dachte, du würdest vielleicht gern schwimmen gehen.«

Adamina lachte. »Ich kann doch gar nicht schwimmen, Mami«,
sagte sie.

»Würdest du es nicht gern lernen?« fragte Laura.

Sie dachte eine Weile darüber nach. »Sicher«, sagte sie dann mit
einem leichten Lispeln.

Anfangs lief alles wunderbar. Robert holte Adamina am Sonntag
zur verabredeten Zeit ab und brachte ein glückliches Kind zurück.
Die Sonntagvormittage dehnten sich allmählich zu ganzen Tagen
aus: Nachdem sie schwimmen gegangen waren, nahm Robert
Adamina zum Mittagessen in die Stadt mit, am Nachmittag ging
er mit ihr in einen Naturpark oder auf einen Rummelplatz. Allmählich aber begann er, sich wieder feindseliger zu verhalten.

Es fiel Laura nicht leicht, ihm Adamina zu überlassen, und
Robert zeigte wenig Neigung, es ihr leicht zu machen. An einem

514

Sonntag tauchte er eine Stunde zu früh auf und wollte Adamina sofort mitnehmen, wo waren ihr Badeanzug und ihr Handtuch, und warum ließ Laura ihn verdammt noch mal so lange warten? Im darauf folgenden Monat kam er zwei Stunden zu spät aus dem großen Haus herübergeschlendert. Lauras Vorhaltungen waren ihm egal, sogar, daß Adamina sich Sorgen gemacht hatte, kümmerte ihn nicht: Sie hatte die ganze Zeit draußen auf der Treppe gesessen und auf ihn gewartet.

Robert nahm Adamina bei der Hand und erklärte Laura, daß sie vielleicht pünktlich wieder da wären, vielleicht aber auch nicht. Statt dessen kam er schon vor der vereinbarten Zeit. Er war mit Adamina schwimmen gegangen und hatte sie dann sofort wieder zurückgebracht (Adamina war sichtlich enttäuscht). Wann auch immer Robert sie jedoch nach Hause brachte, er war jedesmal schlecht gelaunt und behandelte Laura mit einem Unwillen, den sie nicht verstehen und dem sie unmöglich etwas entgegensetzen konnte.

»Ich will sie nächste Woche sehen«, verlangte Robert mit seiner kiesigen Stimme.

»Am ersten Sonntag im Monat, wie üblich«, erwiderte Laura.

»Das dauert mir zu lange.«

»Aber wir haben das so vereinbart.«

»Will Adamina das auch so? Sie möchte mich bestimmt öfter sehen, nicht wahr, Schätzchen, das willst du doch?«

»Bring sie nicht in Verlegenheit, Robert.«

»Es ist dir doch scheißegal, was *sie* will.«

Adamina stand zwischen ihnen und sah verwirrt von einem zum anderen.

»Geh nach drinnen, Mina«, sagte Laura zu ihr. »Dein Vater und ich müssen etwas besprechen.«

»Gib deinem Papa einen dicken Kuß.«

Adamina ging zwar ins Haus, beobachtete sie aber durch das Fenster im Obergeschoß.

»Ich wette, du hättest gern, daß ich auch hereinkomme, oder?« fragte Robert sie.

»Warum behandelst du mich so?« fragte Laura ihn.

»Weil du dich für so verdammt überlegen hältst«, sagte Robert zu ihr.

»Das tue ich nicht. Das ist doch idiotisch. Also wirklich.«

»Sogar die Art und Weise, wie du das sagst, ist schon ein Beweis dafür«, sagte er.

»Was *willst* du denn von mir, Robert?« rief sie.

»Nichts«, sagte er. »Ich will gar nichts von dir, Laura.«

Was alles noch komplizierter machte, war die Tatsache, daß Adamina so großen Spaß an den Ausflügen mit ihrem Vater hatte. Es stellte sich heraus, daß sie unglaublich gern schwamm und Robert ein geduldiger Lehrer war, dem es nichts ausmachte, Stunden im Kinderbecken zu verbringen, wo Adamina in ihrem blauen Badeanzug und ihren roten Schwimmflügeln herumplanschte.

»Ich bin ganz allein durch das große Becken geschwommen, Mami«, erzählte sie Laura, nachdem Robert sie wieder abgegeben hatte.

»Gut gemacht, Mina«, sagte Laura zu ihr. »Du bist ein kluges Mädchen.« Laura zeigte sich pflichtschuldig von allem begeistert, was Adamina ihr erzählte, und achtete peinlich genau darauf, daß sie nichts Negatives über Robert sagte.

Nach dem Schwimmen ging Robert mit Adamina gewöhnlich zu McDonalds. Laura fand das besser, als wenn er sie zum Sonntagsessen ins große Haus mitgenommen hätte, obwohl sie sich nicht sicher war, *warum*. Es war eine derart heikle und verwirrende Situation.

Jeden Monat, den ganzen Winter und Frühling hindurch, hoffte Laura, Robert würde sich entspannen und seine unverständliche Feindseligkeit ihr gegenüber aufgeben. Er schien neuerdings wieder mehr Zeit im großen Haus zu verbringen. An den Sonntagen zeigte er sich ihr gegenüber zwar feindselig, begegneten sie sich jedoch in Gegenwart anderer, verhielt Robert sich absolut korrekt. Vielleicht absorbiert die Familie seinen Zorn, hoffte Laura. Vielleicht würde seine Beziehung zu Adamina ihn auch ihr gegenüber freundlicher werden lassen. Wie auch immer, genau zu dieser Zeit jedenfalls gab Robert im Haus eine Party.

Die Party sollte an einem Samstag stattfinden. Charles war übers Wochenende auf Geschäftsreise. Die Expansion der Freeman Communications Corporation schritt zügig voran: Er hatte zwischenzeitlich einen Computerhersteller in Birmingham und eine

Softwarefirma in Coventry übernommen. Da er nicht mehr in der Lage war, solche Käufe mit dem Geld der Freeman Company zu finanzieren, nahm er Bankdarlehen auf. Er verbrachte immer mehr Zeit mit Kreditverhandlungen.

»Es ist eine ungünstige Zeit für Kreditaufnahmen; die Zinssätze steigen«, meinte sein Steuerberater.

»Unsinn«, entgegnete Charles. »Es gibt keine ungünstige Zeit, um sich etwas zu borgen«, entgegnete er lachend. »Heh, das gefällt mir, Judith! Notieren Sie das.«

Charles war also nicht da, alle anderen wurden von Robert ordnungsgemäß vorgewarnt.

»Es wird vielleicht ein bißchen laut«, sagte er.

»Ist das eine Einladung?« fragte Simon.

»Ich habe nichts dagegen, wenn du kommst«, erwiderte Robert unverbindlich.

Es machte jedoch niemand anderweitige Pläne, da sich keiner vorstellen konnte, daß es wirklich laut würde, denn dazu hatte Robert gar nicht genügend Freunde. Als gegen Mittag dann aber ein Lastwagen, dessen Seiten die Aufschrift HOUSE OF TROY zierte, die Auffahrt hinaufrollte und Männer mit Ziegenbärtchen und in Jeans, deren Schritt in den Knien hing, Batterien von Scheinwerfern und Kabeln, Schaltpulten und Lautsprechern anschleppten, begannen sie, sich doch Gedanken zu machen.

»Vielleicht sollten wir heute lieber im Hotel übernachten«, schlug Alice vor.

»Das wird sicher nicht notwendig sein«, erwiderte Harry. »Ich glaube nicht, daß das Radaubrüder sind.« Er hatte gehört, wie klappernde Lastwagen vorfuhren. Als er aus dem Fenster sah, stellte er fest, daß dort Kasten um Kasten abgeladen wurde. Die Flaschen in den Kästen enthielten aber nicht Bier oder Schnaps, sondern Orangensaft, Coca-Cola und Mineralwasser.

»Ich habe das Gefühl, daß das ein Haufen ist, der sich zu benehmen weiß«, meinte Harry selbstzufrieden. »Gönnen wir den Kindern doch das Vergnügen und lassen sie länger aufbleiben.«

Es war ein heißer, trockener Tag – glücklicherweise, weil schließlich zweihundert Autos auf dem harten, von der Sonne festgebackenen Rasen parkten. Es kamen aber auch viele zu Fuß und wanderten die Auffahrt zum Haus hinauf. Die drei ältesten Singh-

Kinder mischten sich unter die ankommenden Gäste, während Harry und Alice allein zu Hause aßen: Es war ein linder Juniabend, der Alice an ihre Flitterwochen auf Goa erinnerte, und sie und Harry waren mit sich und der Welt zufrieden.

»Es könnte gar nicht besser werden, als es jetzt schon ist, nicht wahr, Harry?« sagte Alice. »Denkst du nicht auch manchmal, wieviel Glück wir haben?«

»Ich weiß, wieviel Glück ich habe, Schatz«, sagte Harry zu ihr. »Aber besser werden kann es immer.«

Das Au-pair-Mädchen brachte den Säugling Mollie und die kleine Susan ins Bett, während Harry und Alice schweigend dasaßen, ein Paar, das sich nichts Neues zu erzählen hatte, für das dieser Zustand aber nicht Langeweile, sondern tiefe Zufriedenheit bedeutete.

Und dann, kurz vor neun Uhr, zerriß urplötzlich ein vibrierender elektronischer Schlag aus den Lautsprechern die wohltuende Stille des Hauses.

Es handelte sich anscheinend um eine einzige Platte, die in den nächsten neun Stunden ohne Unterbrechung gespielt wurde, denn das, was die ganze Nacht mit 120 Beats pro Minute durch die Wände in jedes einzelne Zimmer wummerte und den Garten des Hauses auf dem Hügel mit einem Lärmteppich überzog, war offenbar immer derselbe höllische Krach.

Da die Kinder, die Harry unbeaufsichtigt hatte herumlaufen lassen, nicht wieder auftauchten, machte er sich auf die Suche nach ihnen. Er ging nach unten ins Erdgeschoß des Ostflügels – dessen Leere unheimlich wirkte, da der Lärm ihn bereits wahnsinnig machte und die Wände erbeben ließ – und betrat dann den Hauptteil des Hauses.

Das große Wohnzimmer war wie durch Zauberhand leer geräumt worden. Man hatte sämtliche Möbel und sogar den Teppich hinausgeschafft. Statt dessen hingen nun psychedelische Poster an den Wänden, davor türmten sich Batterien von Lautsprechern. Vielfarbige, zuckende Lichter erfüllten den Raum. Das Zimmer sah aus, als hätte es nie einem anderen Zweck gedient. Hunderte von Leuten drängten sich darin, tanzten mit epileptischen Bewegungen und erschrecktem Blick. Die meisten waren jung, wie jung genau, konnte Harry jedoch nicht sagen, da er sich nicht erinnern konnte, selbst jemals in diesem Alter gewesen zu sein.

Das Haus hatte sich in ein Labyrinth aus schmelzenden Kaleidoskopfarben verwandelt. In anderen Zimmern spielten die Partygäste auf Trommeln oder lagen einfach nur herum und sahen sich auf einem Videoschirm computergenerierte Bilder an. Die Badewanne in einem der Bäder war mit Eis gefüllt (es schien das einzige zu sein, was man hier aß), und der Kaltwasserhahn am Waschbecken lief ununterbrochen, da die Gäste Schlange standen, um ihre Mineralwasserflaschen aus Plastik wieder aufzufüllen.

Harry Singh stolperte durch eine fremde Welt, aus der man die Sprache verbannt hatte, wo ihn aber völlig Fremde mit geweiteten Pupillen anlächelten wie alte Freunde. Einer oder zwei schlossen ihn sogar in die Arme, und er mußte sich aus ihrem schweißnassen Griff befreien.

»Ich bin kein gewalttätiger Mensch«, sagte Harry sich und ballte dabei die Fäuste. Er war von Haß auf diese Leute erfüllt, die ihm den Weg zu seinen Kindern versperrten, wo immer diese sich auch gerade befinden mochten. Allmählich drängte sich ihm der Verdacht auf, daß dies weniger eine Disco als eine Art religiöser Zeremonie war. Er fühlte sich ebenso fehl am Platz wie damals, als er Alice vor vielen Jahren zum Weihnachtsgottesdienst in die Kirche gefolgt war.

Harry wanderte auf der Suche nach Amy, Sam und Tom im Haus umher und verlor wegen der gnadenlosen Musik, die so laut dröhnte, daß sie jeden zusammenhängenden Gedanken im Keim erstickte, allmählich die Orientierung. Schließlich gab er alle Hoffnung auf, seine Sprößlinge jemals wiederzusehen. In diesem Augenblick nahm ihn eine Frau bei der Hand und führte ihn in ein ruhiges Zimmer – Harry hielt es für Charles' Arbeitszimmer, war sich aber nicht ganz sicher – und kramte unter einem Berg von Kleidung nach ihrer Handtasche.

»Sieh dich einmal an«, sagte sie mit italienisch klingendem Akzent. »Du siehst schon ziemlich fertig aus. Wenn du die Nacht durchmachen willst, mußt du etwas dafür tun. Halt die Hand auf.«

Verwirrt tat Harry, wie ihm geheißen, und die Frau legte ihm eine Reihe von Tabletten und Kapseln auf die Handfläche. Sie erklärte ihm dabei, daß sie ihm Vitamin E gäbe, um seine Nierenfunktion zu unterstützen, blaugrüne Algen als Energiespender, Spirulina als Nahrungsergänzung, Ginkgo für die periphere Durchblutung und Guarana, ein heiliges Lebensmittel vom Amazonas.

»Schluck das«, sagte sie und reichte ihm eine Wasserflasche, »dann fühlst du dich morgen nicht wie ein platt gefahrener Igel.«

Harry kam ihrem Wunsch nach.

»Und das hier ist eine *White Dove*«, sagte sie. »Es ist für dein *anahata*, das Herzchakra.«

Gehorsam schluckte Harry die weiße Tablette. »Ich suche meine Kinder«, erklärte er ihr, den Tränen nahe.

»Wirklich? Das ist ja interessant«, erwiderte sie, dann dachte sie nach. »Ich glaube, ich suche meine Mutter«, mutmaßte sie. »Vergiß bloß nicht, viel Wasser zu trinken. Komm. Gehen wir zu den Salamandern zurück«, sagte sie, oder etwas Ähnliches. Harry war sich nicht ganz sicher, weil das Pfeifen in seinen Ohren nicht mehr aufhörte.

Er ging zum Wohnzimmer zurück und nahm seine Suche wieder auf. Voller Erleichterung entdeckte er Amy in einer Ecke, als er sich aber bis dorthin durchgekämpft hatte, war sie wieder weg. Dann entdeckte er Sam neben einem der Lautsprecher und schob wild tanzende Körper grob zur Seite. Als er jedoch an der Stelle angelangt war, wo er Sam gesehen hatte, war auch dieser wieder verschwunden. Harry ging im Zimmer herum und beschrieb dabei sinnlos Kreise, wobei er unwissentlich Dr. Griffins Hypothese bewies, daß jemand, der einen anderen auf einem Rave finden will, um so weniger Erfolg haben wird, je verzweifelter er sucht, da Raver sich in der willkürlichen Art und Weise subatomarer Partikel bewegen, also von einem Fleck verschwinden und sich an einem anderen wieder materialisieren.

Das Problem ließ sich nur dadurch lösen, tanzend an einer Stelle zu bleiben, dann nämlich kam der Gesuchte von allein zu einem. So sollte es auch bei Harry sein: Zu guter Letzt blieb er besorgt und erschöpft mitten im Wohnzimmer stehen, während die Wucht der Töne ihn zu zerquetschen drohte. Die monotone elektronische Musik schien genau das geschafft zu haben, was bislang noch nie passiert war: Sie hatte das, was von Harry Singhs versteckter Willenskraft noch übrig war, erschöpft.

Als Harry jedoch völlig ausgelaugt dastand, stellte er plötzlich fest, daß seine Gliedmaßen zu zucken anfingen und er automatisch die ekstatischen Bewegungen der Tänzer ringsum imitierte. Eine merkwürdige Wärme stieg in seiner Magengrube auf und strömte langsam durch seinen Körper. Er spürte, wie sein Herz sich weitete, daß es in seinem Kopf wie Brause zu sprudeln begann und etwas mit seinen Ohren geschah: Zu seinem größten Erstaunen realisierte Harry, daß der Einheitsbrei aus Lärm, der auf ihn eingeprasselt war, sich in seinem Kopf zu ordnen schien. Auf einmal offenbarte sich ihm eine innere Logik, die aus einer sich wiederholenden Abfolge von vier Takten mit jeweils vier Beats bestand: Die Musik ergab einen Sinn. Gleichzeitig brannte sie sich in sein Gehirn ein. Überrascht stellte er fest, daß seine Hände im Einklang mit diesem geheimen Beat gegen die Luft trommelten. Er merkte auch, daß seine Beine in einem anderen, unterschiedlichen Rhythmus innerhalb dieses akustischen Mahlstroms stampften.

Neben ihm tanzte ein junger Mann. Er starrte Harry mit einem breiten Grinsen an und schrie: »Yeh. Yeh.« Da Harry wußte, daß er selbst sich genauso verhielt, brauchte er einen Augenblick, um sich darüber klarzuwerden, daß der Mann kein Spiegelbild von ihm war. Er hatte das unheimliche Gefühl, daß, wer auch immer diese Musik machte, seine Gedanken lesen konnte – möglicherweise war es auch umgekehrt. Der Geruch von Schweiß, Parfüm, Zigaretten und irgend etwas Chemischem in Kapseln, das ein paar Leute schnupften, stieg ihm mit berauschender Intensität in die Nase.

Irgend jemand bot Harry seine Mineralwasserflasche an. Er trank dankbar einen kräftigen Schluck und umarmte den Spender. Er empfand eine ungeheure Liebe für alle um ihn herum, und er spürte auch etwas, was er noch nie zuvor gespürt hatte: vollkommen und uneingeschränkt akzeptiert zu werden.

Dort, auf der Tanzfläche mitten in der Menge, fanden zuerst Tom, dann Sam und schließlich Amy ihren schweißgebadeten, euphorischen Vater, der mit zusammengebissenen Zähnen tanzte. Sie hängten sich einer nach dem anderen wie Kletten an ihn. Mit großer Mühe gelang es ihnen dann schließlich, ihn, zerrend und schiebend, zurück zum Ostflügel zu bugsieren. An der Tür drehte er sich um. »Seht, Kinder«, sagte er mit furchterregendem Lächeln, »wir kommen gerade aus dem zwanzigsten Jahrhundert.«

Alice und die anderen Bewohner des Hauses lagen für den Rest der Nacht in ihren Zimmern wach und schäumten vor ohnmächtiger Wut. Erst als die Musik um sechs Uhr früh abrupt aufhörte, konnten sie endlich schlafen und hatten diese Belagerung von innen überstanden. Sie sollten Roberts Rave jedoch nicht so schnell vergessen, und die Leute in der Stadt unten ebenfalls nicht: Mit seinen bunterleuchteten Fenstern, den Wänden, die zu beben schienen, und dem monotonen Rhythmus, der herausdröhnte, hatte das Haus auf dem Hügel wie ein Raumschiff ausgesehen.

Amy, Sam und Tom wachten etwa um elf Uhr auf und spazierten in den Hauptteil des Hauses zurück, wo sie sich inmitten der Spuren eines merkwürdigen Massakers wiederfanden: Die meisten Gäste waren im Morgengrauen gegangen, viele aber hatten so lange weitergetanzt und weitergeschluckt, bis sie an Ort und Stelle einfach zusammengebrochen waren. Die morgendliche Stille wirkte überirdisch. Die Sonnenstrahlen, die durch die Fenster hereinfielen, verbreiteten einen unwirklichen Schein.

Allmählich kam in jene Leute, die unter selbstverschuldetem Jetlag litten, jedoch wieder Leben. Sie waren ausgedörrt und hungrig. Die Kinder führten sie in die Küche hinunter, wo sie die Speisekammer und die Tiefkühltruhe plünderten, um sich mit einem zusammengewürfelten Frühstück und einem Becher Tee zu versorgen. Danach zottelten sie zu Fuß oder mit dem Auto davon.

Wie es der Zufall wollte, kam Charles schon am frühen Nachmittag nach Hause. Er war wütend. Allerdings war nicht sofort klar, ob er so aufgebracht war, weil er eine Party verpaßt hatte, oder ob er sich über die letzten Faulenzer aufregte, die gerade ihre Autos von seinem Rasen wegfuhren, nachdem sie das Haus in absolutem Chaos zurückgelassen und die Gastfreundschaft seines Sohnes – und somit auch seine eigene – auf so schamlose Art und Weise ausgenutzt hatten.

Als sich im Laufe der nächsten Stunden die anderen Mitglieder des Haushalts und die Nachbarn über den Alptraum, der über sie hereingebrochen war, bei Charles beschwerten, reagierte er angesichts Roberts Naivität ungeheuer enttäuscht. Allerdings nur so lange, bis er Robert persönlich zur Rede stellte und von diesem erfuhr, daß er Eintritt und außerdem unverschämt hohe Preise für die Getränke verlangt hatte. Auf diese Weise hatte er in einer Nacht mehr verdient als mit seinen Autos und den Antiquitäten in einem ganzen Monat. Charles sprach Robert im Vertrauen seine Anerkennung aus, sie kamen jedoch überein, daß dies den anderen zuliebe ein einmaliges Ereignis bleiben sollte.

»Schade«, sagte Charles. »Ich habe nämlich das Gefühl, daß ich eine verdammt gute Party verpaßt habe. Bestimmt hätte ich mich prima amüsiert.«

Robert mußte zugeben, daß sein Vater damit wahrscheinlich sogar recht hatte.

James war gerade zu Hause, als Anfang Oktober das Telefon klingelte. Da der Anrufbeantworter eingeschaltet war, konnte James einfach daneben stehen und zuhören. Es war Laura. Als er ihre Stimme erkannte, nahm er den Hörer ab und schaltete damit den Anrufbeantworter zum ersten Mal, seit er ihn gekauft hatte, ab.

»Ich rufe an, weil ich dich zu meinem dreißigsten Geburtstag zum Essen einladen will«, erklärte Laura. »Es wird kein großes Fest. Ich gehe nur mit ein paar Freunden in dieses jamaikanische Restaurant in deiner Straße. Dort, wo dieser Mann die Speisekarte erdichtet.«

»Und die Rechnung.«

»Wirklich? Nun, das organisiert Simon für mich, es ist seine Sache. Hinterher gehen wir noch zu einem bunten Abend – das organisiert dann Natalie. Ich weiß nicht, wo das stattfindet. Auch irgendwo bei dir in der Nähe, denke ich.«

»Ich komme gerne«, erwiderte James. »Klingt toll.«

»*Wohin* gehst du?« wollte Lewis wissen, als er am nächsten Tag bei James auf einen Sprung vorbeischaute. »Leute in deinem Alter gehen zu einem bunten Abend? Das kann doch nicht sein, James. Das ist einfach unsittlich.«

»Es war nicht meine Idee, Lewis«, versicherte James ihm. »Ich war noch nie auf einem. Vielleicht macht es ja Spaß.«

»Spaß? Du hast bestimmt schon mal Moriskentänzer gesehen«, beharrte Lewis. »Du wirst aussehen wie sie. Ich werde mir eine Videokamera leihen und euch dann mit dem Band erpressen.«

»Sei nicht so dogmatisch, du alter Discofreak«, jammerte James. »Es ist dir ja vielleicht noch nicht aufgefallen, Lew, aber so jung sind wir nun auch nicht mehr.«

Lauras Geburtstagskreis bestand aus Simon, Natalie, Alice und Harry, Zoe und Dog und drei weiteren Freunden von Laura, die James nicht kannte. Er war allerdings froh, daß keiner von ihnen silbergraues Haar hatte. Sie kamen zu spät ins Restaurant und aßen viel zu schnell und viel zuviel. Als sie im Festsaal des Bürgerzentrums ankamen, legten sie Jacken und Taschen auf Stühlen und leeren Tischen ab und gingen sofort zur Tanzfläche. Der Ansager bat gerade inständig darum, es sollten sich doch mehr Paare zum ersten Tanz des Abends dort einfinden.

James setzte sich zu Harry an die Bar. Harry hatte versucht, sich nach dem Essen zu verabschieden, aber Zoe und Natalie hatten ihn nicht gehen lassen.

»Er tanzt nicht«, sagte Alice ihnen. »Macht euch keine Mühe.«

»Du siehst aus, als hättest du einen Stock verschluckt, Harry«, sagte Natalie zu ihm. »Entspann dich, amüsier dich.«

»Ich bin durchaus in der Lage, mich zu amüsieren«, protestierte Harry. Fast hätte er gefragt, ob irgend jemand eins von diesen Dingern, diesen *White Doves*, bei sich hatte, aber er beherrschte sich.

Harry hielt sich an seinem Mineralwasser fest, während James den Tänzern zusah, die unbeholfene Achterfiguren und Bögen bildeten, durch die die anderen dann hindurchschritten. Die Bewegungen hatten etwas unelegant Züchtiges an sich, das auf schmerzhafte Weise englisch wirkte, dachte James. Lewis hatte doch recht gehabt.

Als der erste Tanz vorbei war, holte ihn Zoe sich jedoch für den zweiten als Partner auf die Tanzfläche, und als auch dieser zu Ende war, entdeckte James, daß selbst zu tanzen etwas ganz anderes war, als die Tanzenden zu beobachten. Der Ansager erklärte die einfachen Schritte, trotzdem machten fast alle Tänzer sie falsch, aber das spielte keine Rolle. Die Musik ratterte wie ein Zug weiter, ohne anzuhalten, und man mußte lachend einfach wieder irgendwie aufspringen.

Am Ende dieses Tanzes holte sich die Gruppe die Getränke, die Harry an ihren Tisch gebracht hatte.

»Wo ist Harry überhaupt?« fragte Simon. Sie sahen sich um, konnten ihn aber nirgends entdecken. An Harrys Platz an der Bar, von wo aus er mit wachsendem Unbehagen die Windmühlenbewegungen der Tänzer beobachtet hatte, stand lediglich ein halbleeres Glas Mineralwasser auf einem Bierdeckel.

»Er ist nach Hause gegangen«, stellte Alice unbekümmert fest. »Ich habe es euch ja gleich gesagt.«

Der Rest der Gruppe blieb und machte bei den meisten Tänzen mit. Sie tauschten ihre Partner, was aber nicht viel bedeutete, da man, sobald ein Tanz angefangen hatte, den Kontakt zu dem Partner, mit dem man losgetanzt war, sowieso verlor und zum nächsten Tänzer in der Reihe oder im Kreis weiterrückte. James konzentrierte sich sehr darauf, die Anweisungen des Ansagers auszuführen.

»Du tanzt ja zu einer ganz anderen Musik, James«, sagte Natalie zu ihm, aber das störte ihn nicht. Es machte eindeutig mehr Spaß, wenn man die Schritte nicht kannte und immer ein oder zwei Taktschläge hintendran war. James taten die wenigen geübten Tänzer leid, die mit pompöser Eleganz und einem gequälten Gesichtsausdruck dahinschwebten und sich alle Mühe gaben, die Idioten, die ständig mit ihnen zusammenstießen, zu ignorieren.

Simon, der sich mit einer Leichtigkeit bewegte, die seine knapp über hundert Kilo Lügen strafte, gehörte nicht zu diesen Idioten. Auch Natalie nicht, die während einer Atempause erklärte, daß sie im Jahr höchstens ein-, zweimal zu einem Ceilidh ging, damit sie sich nicht allzu genau an die Schritte erinnerte. Sie wollte beim Tanzen nämlich ihren Spaß haben. Nur die geübten Tänzer sahen aus, als wären sie lieber woanders. Natalie fand es, wie sie selbst sagte, außerdem gut, daß stets mehr Frauen als Männer da waren. Sie übernahm den männlichen Part und bat die Frauen um einen Tanz.

»Bei diesen Gelegenheiten«, flüsterte sie Zoe zu, »triffst du immer Lesben, die gar nicht wissen, daß sie welche sind.«

Sie kauften Bier in Flaschen, die Laura mit einem Einwegfeuerzeug öffnete. Sie hatte früher einmal geraucht, es aber wieder aufgegeben, weil es ihren Geschmackssinn zu sehr beeinträchtigte. Das Einwegfeuerzeug hatte sie jedoch immer noch in der Tasche, um die Leute mit diesem Trick zu beeindrucken.

»Laß mich das auch mal probieren«, sagte James. Er verpaßte zwei Tänze, während er vergeblich versuchte, eine Flasche zu öffnen. Schließlich blieb ihm nichts anderes übrig, als Lauras Geschicklichkeit zu bewundern. Andererseits war sie eine überraschend unelegante Tänzerin. Nicht, daß sie kein Rhythmusgefühl gehabt hätte, es lag eher an ihren Bewegungen, die abrupt und gestelzt wirkten. Manche Menschen – wie Simon und Alice – schienen sich beim Tanzen wohler zu fühlen als beim Gehen: Ihre Körper flossen dankbar in die Bewegung hinein.

Das Ceilidh dauerte bis Mitternacht. Der Saal war brechend voll, und beim letzten Tanz machten alle mit, bevor sie dann nach draußen stolperten. James, der ein Stück weiter die Straße hinauf wohnte, wartete noch, während sich die Gruppe zerstreute. Zoe und Dog riefen sich ein Taxi, um in die Stadt zurückzufahren. Lauras Freunde gingen gemeinsam. Die anderen stiegen in Simons Auto. Laura war die letzte, die einstieg, aber sie hielt inne und sagte:

»Nat, könntest du vielleicht den Babysitter nach Hause schicken? Ich habe Lust, zu Fuß nach Hause zu gehen.«

Natalie runzelte die Stirn. »Bist du sicher, daß du allein losmarschieren willst?« fragte sie.

»Ja, das geht schon in Ordnung«, versicherte Laura ihr. »Ich habe einfach Lust dazu.«

Das Auto fuhr davon, und Laura und James standen allein auf dem Bürgersteig.

»Willst du wirklich zu Fuß nach Hause gehen?« fragte James. »Ich meine, ich habe auch Lust, mir ein bißchen die Beine zu vertreten, wenn du also möchtest...«

»Das wäre nett«, erwiderte Laura.

Sie spazierten ein Stück die Factory Road entlang. »He, Fotomann!« rief jemand. Auf der Straße herrschte noch immer reger Verkehr. Autos, vollbesetzt mit Nachtschwärmern, die zu irgendwelchen Parties unterwegs waren, oder mit lauten, betrunkenen jungen Leuten, fuhren an ihnen vorbei, also gingen sie durch das Wohngebiet, den Hügel hinauf zum Park, den sie am oberen Ende umrundeten, und weiter auf das Haus zu. Nachdem sie sich gegenseitig bestätigt hatten, wieviel Spaß sie und alle anderen – mit Ausnahme von Harry – gehabt hatten, sagte fünf oder zehn Minuten lang keiner von beiden etwas. Während sie um den Park herumgingen, wurden sie immer langsamer, so als wäre ihnen bewußt, wie nah sie dem Haus auf dem Hügel inzwischen gekommen waren. Dann sprachen sie beide gleichzeitig. Sie lachten, entschuldigten sich und drängten den anderen, doch zu sagen, was er gerade hatte sagen wollen. James aber meinte: »Ach, es war nichts Wichtiges«, und Laura sagte: »Bei mir auch nicht« und schüttelte den Kopf.

»Weißt du«, begann sie nach einer Weile, »ich hatte gehofft, daß wir noch spazierengehen würden. Ich wollte nämlich mit dir reden.«

»Wirklich?«

»Seit wir die Fotos gemacht haben, habe ich im Geiste mit dir gesprochen, habe mich mit dir unterhalten. Jetzt, wo du vor mir stehst, spüre ich eine Mauer zwischen uns.«

»Was für eine Mauer?« fragte James. »Ich errichte doch keine Mauer. Oder etwa doch?«

»Ich weiß es nicht, James. Weißt du, ich habe dich vor einiger Zeit im Kino gesehen. Du hast ein paar Reihen weiter vorn gesessen.«

»Tatsächlich?«

»Als der Film vorbei war, wollte ich mit dir reden, aber du hast ausgesehen, als wäre dir der Film wirklich nahegegangen. Erst hinterher kam mir der Gedanke, daß das eigentlich nicht die Art von Film war, die einem nahegeht. Es war einer meiner Lieblingsfilme. Vielleicht warst du eingeschlafen!«

»Wer war dein Begleiter?« platzte es aus James heraus. »Ich habe dich nämlich auch gesehen«, gab er zu. »Ist er ein Freier?«

Laura lachte. »Was für ein kurioses Wort. Vermutlich ist er das. Oder war es. Ein Kunde, den ich ein paarmal für eine Abendgesellschaft beliefert habe. Er hat mich ein- oder zweimal ausgeführt. Ein paarmal eben. *Ihm* hat der Film übrigens nicht gefallen.«

Sie gingen immer langsamer.

»Magst du ihn?« fragte James.

»Er war mein Liebhaber. Ich habe das Bett mit ihm geteilt. Er behandelt mich gut, und ich fühle mich wohl bei ihm. Aber über ihn wollte ich gar nicht reden. Verdammt, es ist diese Mauer, James, sie reflektiert einfach alles.«

»Tut mir leid«, sagte James, ohne zu wissen, warum er das sagte.

»Erinnerst du dich noch«, fuhr sie fort, »wie es war, als wir noch klein waren, ich weiß nicht, zwölf oder dreizehn? Wir sind alle zusammen schwimmen gegangen, ihr vier und ich. Simon hatte diesen orangen VW. Ach, du erinnerst dich bestimmt nicht mehr daran.«

»Doch, daran erinnere ich mich«, versicherte James ihr. »Was wolltest du sagen?«

»Nun…« Laura zögerte. Sie bewegten sich jetzt kaum mehr vorwärts. Laura hustete nervös. »Ich erinnere mich ganz deutlich daran, daß mir an diesem Tag zum ersten Mal bewußt wurde, daß ich mich zu dir hingezogen fühlte.«

»Zu mir?« japste James. »Du?«

»Ich hatte deshalb ein schlechtes Gewissen. Schließlich warst du wie ein Bruder für mich. Jedenfalls habe ich immer gespürt, daß du irgendwie etwas Besonderes bist, und ich spüre es immer noch. Aber jetzt weiß ich, daß es nichts gibt, weshalb ich ein schlechtes Gewissen haben müßte. O Gott, ich bin so unbeholfen. Du mußt nichts darauf antworten, weißt du. Ich wollte dir das einfach nur mal sagen.«

»Ich weiß gar nicht, was du mir eigentlich genau sagen willst.«

»Ich auch nicht. Ich habe so etwas noch nie gesagt.«

»Was ist mit Robert?« wollte James wissen.

»Mit ihm? *Er* ist nicht wie ein Bruder für mich. Er ist nicht einmal wie ein Bruder für *dich*, oder?«

»Aber wenn du mich gern gehabt hast, warum bist du dann mit ihm gegangen?« fragte James.

»Anfangs? Weil er sich um mich bemüht hat und du nicht. Es war ohnehin etwas anderes. Außerdem gehört das alles der Vergangenheit an, James. Ich mußte das einfach mal loswerden.«

Sie waren stehengeblieben. Vor ihnen, fünfzig Meter entfernt, war das Tor zum Grundstück des Hauses.

»Ich weiß nicht, was ich sagen soll«, sagte James.

»Sag nichts«, meinte Laura zu ihm. Ihre Augen glänzten in der Dunkelheit.

»Ich weiß nicht, was ich denken soll«, sagte er. »Die Welt steht Kopf«, flüsterte er, während er einen halben Schritt auf Laura zuging und sie küßte. Sie küßten sich ein, zwei Minuten lang. Es war, als würden sie damit etwas besiegeln, vielleicht das Ende von etwas, vielleicht auch den Anfang. Sie wußten es nicht, aber egal, was es war, es gab keinen Grund zur Eile. Dann umarmten sie einander und spürten beide, daß dies keine traurige Abschiedsumarmung, sondern die Umarmung zweier Menschen war, die sich nach langer Trennung wiedergefunden hatten. Sie gingen zum Tor.

»Du kommst nicht mit rein, oder?« fragte Laura.

»Nein«, sagte James.

Sie küßten sich wieder, diesmal ohne jede Zurückhaltung.

»Wir hätten das tun sollen, als wir dreizehn waren«, sagte James.

»Sag das nicht«, erwiderte Laura. »Was machen wir jetzt?« fragte sie. »Sehen wir uns morgen?«

»Ja, morgen«, stimmte James zu. »Ich rufe dich an.«

Er sah ihr nach, wie sie durch das Tor die Auffahrt hinaufging und nach links zum Gartenhaus abbog. Dann machte er sich auf einen langen Heimweg. Er ging nicht den direkten Weg, weil er nicht wollte, daß die Nacht zu Ende ging. Es war immer noch warm, und die Stadt roch fremd. James blieb stehen, um sich eine Zigarette anzuzünden, und schlenderte dann weiter. Er hob die Hände ans Gesicht, um den Geruch von Lauras Haut und den ihres Parfüms an seinen Handflächen einzuatmen.

Am nächsten Vormittag fuhr Laura zu James' Wohnung hinunter. Er führte sie geradewegs ins Schlafzimmer, wo sie sich hastig und ungeschickt liebten, als könnten sie die lange aufgeschobene Erfüllung abermals verpassen. Ein Damm brach, und das aufgestaute Verlangen schlug in einer einzigen Woge über ihnen zusammen.

Als sie sich wieder erholt hatten, liebten sie sich ohne Eile, ohne Angst und ohne Verzweiflung: Bei jeder Liebkosung, bei jedem Laut hatten sie weniger das Gefühl, etwas zu erforschen, sondern eher etwas, das sie bereits kannten, bestätigt zu finden. Ihre Bewegungen waren die verwirklichten Teile eines imaginären Puzzles, das sie in abstrakter Form zu einer anderen Zeit, an einem anderen Ort bereits zusammengesetzt hatten.

Danach stellten sie fest, daß ihnen die Worte fehlten, und so hielten sie einander schweigend in den Armen, bis sie eingeschlafen waren. Irgendwann nachmittags wachte James mit dem Gefühl auf, sich an einem fremden Ort zu befinden, als hätten sich die Einrichtung und die Abmessungen seiner Wohnung unmerklich verändert. Er stellte fest, daß Laura ihn ansah. Sie hatte das wächserne Aussehen von jemandem, der gerade aufgewacht ist.

»Hallo«, sagte sie lächelnd.

Nachdem sie sich abermals geliebt hatten, nahmen sie nacheinander ein Schaumbad – James' Wanne war für zwei Personen nicht groß genug –, schrubbten einander den Rücken und massierten sich gegenseitig.

James und Laura waren sich ihrer körperlichen Schwächen bewußt, vermittelten dem anderen aber das Gefühl, daß jeder Teil seines Körpers begehrenswert war. Laura schien die Hemmungen wegen der Schwangerschaftsstreifen auf ihrem Bauch, ihrer X-Beine und ihrer kleinen Brüste verloren zu haben.

»Du hättest sie sehen sollen, als ich Adamina gestillt habe«, sagte sie zu James. »Sie waren wie Melonen.«

»Ich ziehe Avocados vor«, versicherte er ihr und trug sie ins Schlafzimmer zurück. »Und Birnen. Melonen sind protzig«, sagte er.

»Ist es möglich, daß sich die erogenen Zonen ausbreiten und miteinander verschmelzen, bis sie den ganzen Körper bedecken?« fragte Laura ihn: Es kam ihr vor, als könne sie ihren Körper, angefangen bei ihrem großen Zeh bis hinauf zu den gespaltenen Spitzen ihrer haselnußbraunen Haare, summen hören.

Laura überzeugte James indessen, daß seine dünnen Beine, seine Fischgrätnarben und sein schlaffer werdender Bauch, selbst die abstehenden Ohren seine Männlichkeit nicht minderten, sondern steigerten. Und da er ihr glaubte, taten sie dies seltsamerweise auch.

Sie machten den anderen auf diese oder jene körperliche Eigenheit an sich aufmerksam und fanden sich komisch, ohne daß es ihrer Leidenschaft Abbruch getan hätte, denn beide entdeckten überrascht, wie man schamloses Lachen in Verlangen verwandelte: Als sie das vierte Mal miteinander schliefen, gerieten sie in einen Zustand kaum zu unterdrückender Hysterie, und ihr Kichern verlieh den Stößen ihres Liebesakts einen zusätzlichen, gefährlichen Rhythmus.

Das fünfte Mal an diesem Abend war nicht weniger spaßig, nur daß sie, als sie sich dem Höhepunkt näherten, nicht nur über die erstaunliche Absurdität des Sexes lachten, während sie gleichzeitig vor Lust stöhnten, sondern sie vergossen auf einer verrückten Reise in ihre gleichermaßen verborgenen Herzen auch Tränen der Verzweiflung. Kurz vor dem Orgasmus trieben sie aus den Stromschnellen verwirrter Gefühle und Empfindungen jedoch wieder in ruhigere Wasser. Im entscheidenden Augenblick schloß James die

Augen und murmelte: »Das ist es«, worauf Laura etwas stöhnte, das nur Zustimmung sein konnte.

Um ihren Hunger zu stillen, der in den Pausen ihre Mägen knurren ließ, ging Laura nackt in die Küche. James nutzte die Gelegenheit, um eine Zigarette zu rauchen. Er lauschte dem Kratzen und Geklappere, das ins Schlafzimmer drang, gefolgt von einem Duft, der seinen Magen noch lauter knurren ließ. Er fragte sich, warum Laura so lange brauchte, um die Kekse, den Käse und vielleicht noch ein Glas Oliven oder Essiggurken zu holen. Mehr würde sie nämlich in seinem Junggesellenkühlschrank nicht finden.

Laura erschien mit einem Tablett voller Häppchen in unglaublicher Vielfalt und den verschiedensten Geschmacksrichtungen: Gegrillte Käsestreifen auf Toast mit sonnengetrockneten Tomaten und Majoran, mit Mandeln gefüllte Oliven, gekochte Eier, Anchovis und Kapern in Mayonnaise.

Sie aßen und tranken dazu Bier. James bestand darauf, daß Laura die Flaschen mit ihrem Feuerzeug öffnete.

»Das kannst du nicht alles aus dem, was in der Küche war, gemacht haben«, zweifelte James. »Das übertrifft ja noch das Wunder der Brotvermehrung. Das ist einfach nicht möglich. Du hast das schon vorher zubereitet, oder?«

»Nein, das habe ich nicht«, versicherte Laura ihm. »Ich habe einfach das genommen, was ich gefunden habe. Die Leute haben immer mehr in ihrer Küche, als sie denken.«

»Du mußt die Zutaten an deinem Körper versteckt hereingeschmuggelt haben«, beharrte er.

»Sei nicht albern«, meinte Laura lachend. »So ein Imbiß ist nur eine Frage der Phantasie und der Übung.«

»Das glaube ich dir einfach nicht«, sagte James und stellte das Tablett auf dem Nachttisch ab. »Ich werde auf der Stelle nach weiterer Schmuggelware suchen müssen.«

»Ich bin nackt!« erklärte sie.

»Ich weiß«, meinte er streng. »Deshalb habe ich auch einen Spürhund angefordert. Und hier ist er auch schon: Das bin nämlich ich. Rühr dich nicht«, murmelte er, leckte sich die Lippen und fügte hinzu: »Ich bin bald wieder da.« Dann glitt er an ihrem Körper hinunter.

Als Laura schließlich ging, war es spät geworden. Ihr Aufbruch gestaltete sich zu einer langwierigen Angelegenheit, da James sie den ganzen Weg durch seine Wohnung hindurch, die Eisentreppe hinunter, durch den Gang neben der Apotheke, auf die Straße hinaus, über den Bürgersteig zu ihrem Auto und selbst beim Einsteigen immer wieder zum Stehenbleiben veranlaßte, damit er ihr noch einen letzten Gutenachtkuß geben konnte. Sie gehen zu lassen erforderte nämlich eine Willenskraft, die er nicht besaß. Als es James endlich mit heroischer Selbstverleugnung gelang, sie die Autotür schließen und den Wagen starten zu lassen, und er gerade die Hand hob, um ihr zum Abschied zu winken, öffnete Laura plötzlich die Tür und stieg wieder aus.

James nahm an, daß sie noch nicht genug von seinen unwiderstehlichen Küssen hatte, statt dessen schloß sie ihn jedoch fest in die Arme. Sie drückte ihn eine Weile an sich, so daß er über ihre Schulter hinweg die Hausdächer vor dem städtischen Nachthimmel betrachten konnte und zum ersten Mal in seinem Leben zu der Gewißheit gelangte, daß er sich auf dem Planeten Erde an genau dem Platz befand, an dem er sein sollte.

Schließlich ließ Laura ihn los, sah ihn einen Moment lang an, sagte: »Danke, James«, sprang in ihr Auto und fuhr davon.

Am Dienstag kam Laura wieder zu ihm, und dann am Donnerstag – James wollte sie im Gartenhaus, auf dem Grundstück, das zum Haus gehörte, nicht besuchen. Am Sonntag kam Laura ebenfalls zu ihm in seine Wohnung.

»Gibt es heute kein Mittagessen im Haus?« fragte James. »Ich dachte, das wäre eine hochheilige Einrichtung.«

»Das ist es auch immer noch«, erklärte Laura ihm. »Aber jetzt kocht Harry. Er hat früher immer am Samstagabend etwas Indisches gekocht, und irgendwie hat sich das auf Sonntagmittag verschoben. Glücklicherweise.«

»Du hast letzten Abend auch etwas Indisches gegessen«, sagte James.

»Woher weißt du das?« wollte Laura wissen.

»Deine Achselhöhlen riechen nach scharfen Gewürzen«, sagte er zu ihr.

»Oh, das tut mir leid«, entschuldigte sich Laura und wich zurück.

»Nein, komm her, das ist wunderbar«, versicherte er ihr. »Ich möchte dich mit Haut und Haar verspeisen.«

Ohne daß sie es beabsichtigt hätten, rutschten James und Laura in eine halb verschwiegene, halb offizielle Beziehung. Laura wollte nicht, daß Adaminas Welt aus den Fugen geriet: Sie hatte gesehen, wie einige ihrer Bekannten, alleinerziehende Mütter wie sie, einen Mann nach dem anderen nach Hause schleppten. Für die Kinder, die an diesen Ersatzvätern schließlich mehr hingen als sie selbst, war es schmerzlich, sie wieder zu verlieren. Stabilität, glaubte Laura, war etwas Essentielles, und sie war entschlossen, ihrer Tochter diese Stabilität zu geben – vor allem jetzt, da Robert, ihr leiblicher Vater, zu ihrem Leben gehörte.

Laura wußte jedoch, daß die Sache mit James mehr als eine kurze Affäre war, und ihr war auch bewußt, daß sie ihre Beziehung zu ihm ebenso heimlichtuerisch gestaltete wie damals die zu Robert. Sie mußte sich beweisen, daß sie diese Heimlichkeit nicht suchte. Außerdem bestand die Gefahr, daß sie Adamina vernachlässigte, wenn sie so viel Zeit bei James verbrachte – ganz abgesehen davon, daß sie Adamina an den Sonntagen, an denen sie nicht mit Robert unterwegs war, Natalie aufbürdete und sich unter der Woche noch zusätzlich andere Babysitter suchen mußte.

Der fünfte November 1992, der Guy Fawkes Day, fiel in diesem Jahr auf einen Donnerstag: Am Samstag, dem siebten, dem Termin für das jährlich stattfindende Gespräch am runden Tisch, wurde im Park auf dem Hügel unterhalb des Hauses ein großer Scheiterhaufen angezündet und ein Feuerwerk veranstaltet. Dieses Ereignis war fester Bestandteil des Familienkalenders, und jetzt hatte eine neue Generation ihre Freude daran. Harry und Alice nahmen ihre Kinderschar mit; Simon hatte in seinem Leben noch keinen einzigen Guy Fawkes verpaßt; Natalie würde mit ihrer neuen Freundin kommen. Der einzige, der nicht hinging, war Charles selbst, weil er, trotz seiner Begeisterung für gesellige Anlässe, Feuerwerke verabscheute und sehr erleichtert gewesen war, als seine Kinder das Alter erreicht hatten, sich dieses Schauspiel allein anzusehen.

Laura wählte diesen Anlaß für ein Treffen zwischen James und

Adamina. Zuerst besuchte sie ihn mit ihr zusammen in seiner Wohnung zum Tee, damit sie die beiden einander richtig vorstellen konnte.

»James ist dein Onkel«, erklärte Laura Adamina. »Er ist der Bruder deines Vaters.«

»Warum wohnst du denn nicht im Haus?« wollte Adamina wissen.

»Das ist eine lange Geschichte«, erklärte James ihr. »Ich bin zu alt dafür«, entschied er dann.

»Bist du älter als Onkel Simon?« fragte Adamina ihn.

»Nein«, antwortete er.

»Warum wohnt *er* dann im Haus?«

»Nun, weil er dort glücklich ist«, erwiderte James.

Meistens jedoch schwieg Adamina. James, der sich danach erkundigte, wie es ihr in der Schule ging, antwortete sie nur kurz angebunden, dann beobachtete sie James und ihre Mutter beim Essen, Reden, Gestikulieren. So zurückhaltend die beiden auch miteinander umgingen, Adamina nahm ihre ungezwungene Vertrautheit wahr. Als sie mit dem Essen fertig waren, den Tisch abgeräumt hatten und sich Schal und Mantel anziehen wollten, ging Laura noch schnell auf die Toilette. Adamina sah zu, wie James sich die Schuhe zuband.

»Ich mag dich nicht«, sagte sie zu ihm.

Er blickte langsam auf. »Nun, ich denke, das geht in Ordnung«, sagte er.

»Ich weiß«, erwiderte Adamina.

Sie gingen zu Fuß. Es war ein feuchter Abend. In der Luft hing Nebel, der in der Stadt allerdings von den Straßenlaternen und der Wärme, die der Boden ausstrahlte, aufgelöst wurde.

Im Park jedoch, einer großen offenen Wiese an der Flanke des Hügels, die von einem Eisengeländer eingeschlossen wurde, war das anders. James, Laura und Adamina gingen dorthin, wo man den großen Scheiterhaufen errichtet hatte: Sie konnten ihn zwar nicht sehen, aber sie wußten, wo er aufgeschichtet war, da sie in der vergangenen Woche beobachtet hatten, wie er gewachsen war, ein Berg von alten Reifen und Paletten, Möbeln und Holz.

Es war dunkel und deshalb schwer einzuschätzen, wie dicht

der Nebel war – aber gewiß würde er doch das Feuerwerk an diesem einzigen Tag des Jahres, an dem überhaupt ein Feuerwerk abgebrannt werden durfte, nicht sabotieren. Das war unvorstellbar.

Rings um sie herum gingen auch andere Leute über das Parkgelände: Stimmen waren im Nichts zu hören, dann tauchten Menschen wie Geistererscheinungen auf und verblaßten wieder, als wären sie in eine andere Dimension verschwunden. Plötzlich kam ein Stachelschwein in Technicolor auf sie zu – ein Mädchen, das batteriebetriebene, beleuchtete Plastikrohre verkaufte. James kaufte Adamina eines davon, das sie dann in der Luft herumwirbelte. Ein Mann verkaufte fluoreszierende Stirnbänder.

Sie erreichten den Rand der Menge, die sich bereits hinter einer Seilabsperrung versammelt hatte, und drängten sich dann nach vorn, damit Adamina besser sehen konnte. Es hatte wenig Zweck. Der Nebel schien mit jeder Minute dichter zu werden: Anfangs sahen sie noch, wie die Feuerwerkskörper angezündet wurden und in die Höhe schossen, sehr bald jedoch blieb ihnen – und mit ihnen allen anderen – nichts anderes übrig, als auf das Zischen der aufsteigenden Raketen zu warten, um dann nach oben zu blicken, wo sie durch den dichten Nebel lediglich ein vages Glühen und irrlichternde Farben sahen. Sie hörten gedämpftes Knallen und Krachen, als fände dort im Nebel vor ihnen eine große Schlacht statt, eine zweite Schlacht um England mit Luftangriff, Flakfeuer und Fliegerduellen am Himmel.

Kleine Kinder weinten, ob aus Angst oder einfach aus Enttäuschung, war schwer zu sagen. Die gesamte Menschenmenge, eingehüllt in Nebel und angesichts der Widrigkeiten der Natur von einer Art stoischem, englischem Optimismus erfüllt, rührte sich nicht vom Fleck. Es hätte nicht viel gefehlt, dachte James, und die Leute hätten zu singen angefangen. Hier und da konnte er im Nebel jenes Bonmot (»Bei diesem Wetter wäre Guy Fawkes entkommen«) hören – Ausdruck stummen Trotzes. James, der nie patriotische Gefühle empfunden hatte, spürte jetzt (vielleicht, weil er die Menge, zu der er gehörte, nicht *sehen* konnte) eine merkwürdige Freude in sich aufsteigen. Er legte Laura den Arm um die Schultern und küßte sie – und merkte, wie sie sich ihm entzog. Enttäuschung stieg in ihm auf und machte ihn traurig, aber nur so lange, bis er nach unten sah. Adamina funkelte ihn böse an. Da wurde ihm klar, daß sie ihre Mutter von ihm weggezerrt hatte.

Die Menge wurde dann doch für ihre Standhaftigkeit belohnt, als man den Scheiterhaufen anzündete. Er war so riesig und so heiß, daß er den Nebel wegzubrennen schien. Man konnte ihn ganz deutlich sehen. Flammen wirbelten herum, als wären sie flüssig, rote Funkenschauer stoben nach oben. Die Guy-Fawkes-Puppe auf dem Scheiterhaufen fing zu rauchen an, schwankte und fiel. Die Leute jubelten. Adaminas verzaubertes Gesicht glühte orange.

James begleitete Laura und Adamina den Hügel hinauf bis zur Pforte in der Mauer beim Gartenhaus.

»Sag danke zu James«, sagte Laura zu Adamina.

»Danke zu James«, sagte Adamina an den Boden gerichtet.

James grinste, bevor Laura ihre Tochter tadeln konnte. Laura hauchte ihm einen Kuß auf die Wange und flüsterte: »Das kommt schon in Ordnung.«

»Es *war* in Ordnung«, versicherte er ihr.

Laura sah ihn an und sagte dann zu Adamina: »Geh schon vor, ich komme gleich, Mina. Gieß uns beiden ein Glas Milch ein.« Adamina zögerte eine Sekunde, dann tat sie, wie ihr geheißen. Laura drehte sich wieder zu James um. »Ich möchte heute nacht mit dir zusammensein«, sagte sie zu ihm. »Aber ich werde Mina nicht allein lassen. Kommst du später noch zu mir?«

»Ich möchte auch mit dir zusammensein«, erwiderte James und überlegte. »Aber ich will dieses Grundstück nicht betreten. Und das weißt du.«

»Ja, aber glaubst du nicht, daß es das wert ist?«

»O. k.«, entschied er. »Ich komme.«

Ein paar Stunden später radelte James wieder den Hügel hinauf und an der Straße entlang, die außen an der niedrigeren Grundstücksmauer entlangführte. Hundert Meter von der Pforte in der Mauer entfernt, in deren Nähe sich Lauras Gartenhaus befand, schloß er sein Rad mit der Fahrradkette an einem Laternenpfahl an. Er ging fast auf Zehenspitzen über den Asphalt. Als er sich in seine Vergangenheit hineinschlich, kam er sich vor wie ein Einbrecher.

»Das ist einfach lächerlich«, murmelte James in sich hinein. Er öffnete die Pforte, die nicht abgeschlossen war, und betrat den Garten. Im großen Haus waren zwei oder drei einzelne Fenster erleuchtet, aber es war weder jemand zu sehen, noch war etwas zu hören. Der Himmel war bedeckt, die Nacht dunkel. James war froh, nicht nur, weil ihn niemand sehen konnte, sondern auch, weil er selbst ebenfalls nicht viel sah. Er konnte kaum den Umriß des großen Hauses ausmachen. Es schien kleiner, als er es in Erinnerung hatte.

James klopfte verstohlen bei Laura an der Haustür, und sie ließ ihn hinein.

»Hi«, sagte sie ruhig.

»Hi«, sagte er.

Sie lächelte ihn an. »Na, war das jetzt so schwer?« fragte sie.

»Nein«, gab er zu. »Das war es nicht.« Sie gingen nach oben, wo Adamina schon fest schlief.

»Weißt du, ich bin fünfunddreißig«, sagte James zu Laura. »Ich habe das Haus verlassen, als ich achtzehn war. Ich bin seit siebzehn Jahren nicht mehr hier gewesen.«

»He, James«, sagte Laura. »Ich bin beeindruckt. Ich hatte keine Ahnung, daß du so gut im Rechnen bist.«

»Aber ich bin fast so viele Jahre nicht hier gewesen, wie ich hier gelebt habe.«

»Das ist mir klar. Willst du jetzt einen Preis für deine Sturheit oder was?«

»Ich will keinen Preis«, sagte er. »Abgesehen von dir.«

Sie liebten sich. Hinterher verspürte James den starken Drang davonzulaufen: Allerdings war er sich nicht sicher, ob er nur dem großen Haus oder ob er Laura entfliehen wollte. Er wartete, bis sie eingeschlafen war, dann stahl er sich davon.

10

Die Rivalin

Zum Glück war es Herbst, und es wurde früh dunkel, denn James weigerte sich, bei Tageslicht das Gartenhaus zu betreten. Er schlich abends durch die Pforte in der Mauer, nachdem er den ganzen Tag mit wachsender Ungeduld darauf gewartet hatte, daß es endlich dämmerte. Er stand dann völlig aufgewühlt vor Lauras Tür. Dieser Zustand grenzte schon fast an Ärger, und er mußte sich schütteln, um das Gefühl loszuwerden. Wenn er eintrat, stellte er fest, daß sich Laura anscheinend in einer ähnlichen Verfassung befand, aus der sie nur mit fremder Hilfe wieder herausfand.

Während jener Nächte entdeckte Laura, daß sie James an den Rand des Höhepunkts führen und ihn dann mit überaus subtilen Mitteln unbegrenzt in einem Zustand qualvoller Glückseligkeit verharren lassen konnte. Selbst wenn sie ihn hatte schwören lassen, keinen Ton zu äußern, damit er ihr weder Anweisungen geben noch ihr seine innersten Bedürfnisse mitteilen konnte, wußte sie ganz genau, wie weit er war.

James hingegen sah manchmal, daß Laura nicht mehr bei ihm war. Dann wurde ihr Blick glasig, ihre Haut wechselte die Farbe, und sie war zu einem fernen Planeten in einem anderen Universum unterwegs, einem Ort, der nichts mehr mit ihm zu tun hatte, außer daß er es war, der sie dorthin steuerte.

Hinterher schmiegte sie sich an ihn. Er sagte nichts, damit sie in aller Ruhe wieder zur Erde zurückkehren konnte, bevor sie ihn wissen ließ, wenn sie sich wieder in der Realität befand.

»Hier ist die Bodenstation«, flüsterte James. »Wir haben wieder Funkkontakt.«

Sie widmeten sich dem Liebesakt mit solcher Hingabe, daß sie schließlich beide daran zweifelten, ob sie selbst nicht doch erfahrener waren, als sie bislang angenommen hatten, ganz zu schweigen von dem anderen.

»Wer hat dir denn das beigebracht, James?« fragte Laura. »Diese Italienerin?«

»Nein, das warst du«, versicherte er ihr.

»Wie kommt es, daß du all diese Dinge weißt?« wollte James nun seinerseits wissen. »Du hast zwar gesagt, daß du nie auf einem College gewesen bist, aber du hast bestimmt an irgendeiner Fernuniversität studiert, wie man einen Mann erfreut. War dieser Mann mit dem silbergrauen Haar vielleicht dein Tutor?«

»Du bist mein Tutor«, erwiderte Laura. »Wir lernen aneinander.«

»Ist das bei anderen Leuten auch so?« wunderte sich James. »Ist das normal?«

»Nein, es ist in der Geschichte der Menschheit etwas Einmaliges«, meinte Laura lachend. »Jetzt weiß ich, was die Leute meinen, wenn sie davon sprechen. Wenigstens glaube ich das. Falls es dasselbe ist, was ich empfinde. Allerdings kann man Worten nie trauen.«

»Du mußt Bücher gelesen haben, die ich noch nicht einmal kenne«, sagte James zu ihr.

»Ich lese sie dir vor, James. In der Badewanne. Jetzt bleib so. Rühr dich nicht. Und sag nichts«, befahl sie. »Weck Adamina nicht auf«, fügte sie hinzu, als sie sich erhob und genüßlich anfing, James am ganzen Körper sacht und aufreizend zu beißen.

Tagsüber ging Laura ihrer Arbeit in einem tranceartigen Zustand nach. Sie verließ sich dabei mehr auf ihre Rezepte als auf ihren Gaumen oder spontane Eingebungen. Es war eine Art entspannter Erschöpfung. Im Gegensatz zu den dunklen Monaten, die auf Adaminas Geburt gefolgt waren, hatte sie jetzt aber nicht den Wunsch, sich in Schlaf zu flüchten. Statt dessen schwelgte sie, eins mit sich und der Welt, in einer paradoxen trägen Vitalität.

James hatte noch nie mit solcher Intensität und gleichzeitig mit einer derart unbekümmerten Hingabe fotografiert. Gleich nach dem Frühstück verließ er seine Wohnng und durchstreifte die Stadt, als würde ihn jemand antreiben, als würde ihm die Zeit knapp. Er kehrte mit Rollen belichteter Filme zurück, die er entwickelte, aber dann wochenlang in der Dunkelkammer liegenließ, weil er zu beschäftigt war, um Kontaktabzüge zu machen. Dennoch empfand er all diesen Einsatz als mühelos. Er suchte und sah und drückte auf den Auslöser.

James weitete sein Projekt aus und machte sich daran, die Straßen der ganzen Stadt zu dokumentieren, ein verrücktes Unterfangen, nur daß er selbst jetzt nicht mehr verrückt war. Er tat einfach das, von dem er wußte, daß er es tun mußte. Er machte Bilder von Politessen und Polizisten, Taxifahrern und Straßenkehrern, Rentnern und Kindern, Leuten, die auf den Bus warteten, und Eltern, die ihre Sprößlinge von der Schule abholten.

Er fotografierte nur Menschen: verdrießliche Angler, die am Fluß saßen wie Mönche beim Gebet; einen jungen Mann mit tätowiertem Gesicht und verschiedene hoffnungslos Betrunkene und traumlose Bettler; Junkies, die durch Shutterbuck Woods stolperten; Grüne, die nackt in der Kiesgrube im Norden der Stadt badeten; Angestellte und Sekretärinnen, die mittags im Park ein Nickerchen machten; Kahnführer mit krummen Rücken am Kanal.

Zusätzlich zu seinen ruhelosen Aktivitäten in der Stadt hatte James ein neues Motiv gefunden: Laura. Bis zu diesem Zeitpunkt war sein einziger Versuch, eine Frau als solche zu fotografieren, das verschwommene Bild eines blonden Mädchens auf einem Pferd gewesen, welches sich gerade anschickte, über seinen auf dem Boden ausgestreckten Körper hinwegzuspringen. Seitdem hatte er nicht mehr als einzelne Schnappschüsse von seinen wenigen Freundinnen gemacht. Inzwischen hatte er seine Kamera jedoch jederzeit zur Hand und machte als erstes Nacktfotos von Laura.

»Wie kommt es, daß du nicht dick bist wie deine Mutter, wo du doch auch Köchin bist?« wollte James wissen.

»Ich schlage eben meinem Vater nach«, sagte Laura.

James stellte fest, daß er Laura stundenlang beim Lesen oder Kochen zusehen konnte, fasziniert von ihrem Gesicht mit den Mandelaugen, der kleinen Nase und dem Mund mit den leicht vorstehenden Zähnen, ihrem wechselnden Gesichtsausdruck und dem Spiel ihrer Gesichtsmuskeln. Ihre Mutterschaft und die Zeit hatten sie um die Taille dicker werden lassen und ihren Bauch gerundet. Als James ein Frauenmagazin durchblätterte, das wegen der Rezepte auf dem Küchentisch lag, fragte er sich, warum die Moderedakteure Modelle wählten, die wie Puppen aussahen, zumal dies nur zur Folge hatte, daß sich normale Frauen gezwungen sahen, mit Hilfe qualvoller Diäten, mörderischer Gymnastikübungen und einschnürender Kleidung zu versuchen, den Mannequins nachzueifern.

In einer plötzlichen Eingebung hatte James ein internationales Komplott vor Augen – ein Zusammenspiel von Zeitschriftenverlegern, Schönheitschirurgen, multinationalen Make-up-Firmen, herrischen Supermodels und deren millionenschweren Liebhabern. Als er jedoch versuchte, Laura diese Theorie darzulegen, verstand sie ihn völlig falsch.

»Du findest mich also häßlich?« wollte sie wissen.

»Nein, Laura«, widersprach James, »genau das ist es ja, ich finde dich wunderschön. Die anderen sind es, die das falsch sehen. Die Models wirken so perfekt, daß sie total uninteressant sind.«

»Es sind meine Zähne, nicht wahr?« meinte sie. »Oder sind es meine X-Beine? Ich weiß, daß meine Gelenke krachen.«

»Nein, du bist hinreißend«, versicherte er ihr.

Laura nickte, aber auf eine Weise, die erkennen ließ, daß sie beleidigt war. »Gut, wenn dir nicht gefällt, was du siehst, dann weißt du ja, wo die Tür ist«, sagte sie schroff.

»Menschenskind«, murmelte James. Aber ganz leise. Wenn Laura sich nämlich über ihn ärgerte, bog sie ihm den kleinen Finger der rechten Hand zurück, wie Natalie ihr das einmal gezeigt hatte, woraufhin er wie eine entsetzte Fledermaus quietschte, um Gnade bettelnd auf die Knie fiel und schwor, alles zu tun, was sie verlangte, verdammt, wirklich alles, wenn sie nur seinen Finger wieder losließ.

Nachdem er versprochen hatte, Laura für den Rest ihres Lebens die Wäsche zu bügeln und ihr jeden Abend die Füße mit Lavendelöl zu massieren, ließ sie ihn los. Dann sagte er: »Das ist ja ein toller Trick. Nur gut, daß ich meine anderen Finger gekreuzt hatte.« Bevor sie seine verletzlichen Extremitäten wieder packen konnte, hob er rasch die Hand zum Schwur und rief: »Nein, aber du hast recht! Ich erkläre mich mit allem, was du willst, einverstanden!«

Laura umarmte ihn und hielt ihn fest. Sie hatte dabei ein leises Lächeln in den Mundwinkeln und übte Druck auf seine unteren

Regionen aus, was sofort ein ganz bestimmtes Verlangen in ihm aufsteigen ließ. Dann sagte sie: »Nun, in diesem Fall beweist du das am besten.«

Sein Lieblingsfoto zeigte eine lachende Laura, den Kopf zurückgeworfen, die Mandelaugen strahlend, während direkt über ihren Wangenknochen zwei kleine Grübchen zu sehen waren.

Adamina war das Einzelkind einer alleinerziehenden Mutter und bereits im Alter von sechs Jahren deren beste Freundin. Laura holte Adaminas Meinung ein, wenn es darum ging, was sie anziehen sollte oder ob diese Anrichte in der Küche oder im Eßzimmer besser aussah. Sie fragte sie, was sie Natalie zum Geburtstag schenken sollte oder ob es eine gute Idee war, ihren VW Golf umrüsten zu lassen und Geld für einen Kat auszugeben? Adamina hörte ihrer Mutter ruhig zu, dachte still über die Frage nach und gab ihre Meinung dann in einem Tonfall kund, der gleichzeitig wie der eines Kindes und der einer nachsichtigen Schwester klang und in den sich ein leichtes Lispeln mischte.

Wenn eine von beiden etwas beunruhigte, wenn es ein Problem zu Hause oder in der Schule gab, dann setzten sie sich zum Tee zusammen, um es in aller Sachlichkeit zu besprechen.

Laura teilte mit Adamina ihre Stimmungen und Hoffnungen. Ihre kleine Tochter war ihre Vertraute, ihre Kameradin und ihre Partnerin. Niemand jedoch hätte Adamina für verzogen gehalten, da Verdrießlichkeit und Gequengel unter ihrer Würde waren: Laura behandelte ihre Tochter als gleichgestellt und gab ihr dadurch niemals Grund, ein unreifes Verhalten an den Tag zu legen.

Sie gingen immer gemeinsam im großen Kaufhaus an der Umgehungsstraße einkaufen. Adamina verlangte nicht nach den geschickt an der Kasse plazierten Süßigkeiten wie andere Kinder, sie deutete statt dessen auf Toilettenpapier, das zu Hause zur Neige ging, auf umweltschonendes Spülmittel, eine Flasche bulgarischen Weißwein, der im Angebot war, aber nicht den roten, obwohl der billiger ist, aber du weißt, daß du davon Kopfweh bekommst, Mami, und eine Flasche sprudelndes Mineralwasser, wir sollten nämlich nicht aus dem Wasserhahn trinken, das schmeckt schrecklich, und wahrscheinlich ist es auch nicht gut für dich.

Trotz der Tatsache, daß ihre Mutter von Beruf Köchin war, ernährte sich Adamina von gebackenen Bohnen, ofenfertigen Pommes frites und Marsriegeln (dazu kam am Sonntag noch ein Burger bei McDonald's). Und wenn Adamina je einmal einen Wutanfall bekam, dann, wenn ihre Mutter versuchte, ihr etwas anderes schmackhaft zu machen. In solchen Dingen war Adamina äußerst unflexibel. Sie wäre lieber verhungert, als daß sie nachgegeben hätte.

Adamina hatte James von Anfang an als Rivalen angesehen. James spürte, daß er sie ebenso umwerben mußte wie Laura. Er organisierte einen Ausflug zur Kunsteisbahn; als sie jedoch dort ankamen, zeigte Adamina deutlich, daß ihm das Schlittschuhfahren offensichtlich weit mehr Spaß machte als ihr (was zweifellos auch stimmte). Dann arrangierte er einen Besuch im Whipsnade Zoo; da sich Adamina dann aber in letzter Minute weigerte mitzukommen, mußten sie den Ausflug abblasen.

Trotz Lauras Warnung, daß seine Mühe völlig zwecklos sei, erschien James stets mit Obst, Süßigkeiten und Getränken. Adamina verschmähte seine Mitbringsel jedoch ohne Ausnahme und tat so, als wolle er sie dazu verführen, irgendwelche religiösen Fastenvorschriften zu brechen. Einen winzigen Sieg errang er schließlich doch. Als nämlich einmal niemand hinsah, nippte Adamina ein klein wenig am Birnensaft, kippte daraufhin begeistert die ganze Flasche hinunter und erklärte ihm dann beiläufig, sie wäre, falls er darauf bestand, weiterhin all dieses Zeug mitzubringen, bereit, hin und wieder ein bißchen Birnensaft zu trinken, nur damit er sich besser fühlte.

James traf manchmal ziemlich spät bei Laura ein, nur um festzustellen, daß Adamina trotzdem noch wach war. Um länger aufbleiben zu können, hatte sie herumgetrödelt, sich in ihrem Pyjama verheddert, vorgegeben, plötzlich so altersschwach zu sein, daß sie vergessen hatte, wo ihr Schlafzimmer war. Laura tadelte sie, während sie gleichzeitig lachen mußte, und versprach, ja, sie dürfe heute nacht wieder in Mamis Bett schlafen. James und Laura blieb dann nichts anderes übrig, als auf einem improvisierten Matratzenlager im Wohnzimmer zu nächtigen. Oder aber Adamina täuschte Schlaflosigkeit oder Magenbeschwerden vor, kam ständig ins Wohnzimmer, wollte, in Lauras Arme gekuschelt, vor dem Kamin sitzen und sagte: »Ich kann nicht schlafen, Mami«, selbst wenn klar war, daß es ihr nur durch außerordentliche Willensanstrengung gelang, überhaupt noch die Augen offenzuhalten. Während sie dann bei ihrer Mutter auf dem Schoß saß, warf sie einen verstohlenen Blick, ein kurzes angedeutetes Lächeln zu James hinüber, gerade soviel, um ihn wissen zu lassen, daß sie es war, die hier alles beherrschte, auch das Herz ihrer Mutter, und daß er nichts anderes als ein Betrüger war.

James wollte mit Laura darüber reden, wußte aber nicht, wie. Laura ärgerte sich manchmal über Adamina, am Ende aber kapitulierte sie stets vor Adaminas so überzeugendem wie vielfältigem Arsenal an Taktiken. Wenn es so aussah, als führte eine Methode vielleicht doch nicht zum Erfolg, dann schwenkte sie blitzschnell auf eine andere um, wechselte von einer Minute zur nächsten von Schlaflosigkeit zu Verdauungsbeschwerden, von Alpträumen zu existentieller Verzweiflung und jammerte: »In der Schule haben sie gesagt, daß das Universum einen Durchmesser von dreißig Milliarden Lichtjahren hat, Mami, und es ist dort *schrecklich* gefährlich.« Bis ihre Mutter schließlich klein beigab.

Nachdem sie den ersten Sonntag im Dezember mit ihrem Vater verbracht hatte, wurde es noch schlimmer. Als sie zurückkam, waren sowohl ihre Sprache als auch ihr Benehmen gröber geworden. Sie behandelte James jetzt mit offener Feindseligkeit, ignorierte ihn und belegte ihn mit Schimpfwörtern (worüber Laura zu seiner Bestürzung lachen mußte). Ihr griesgrämiges Verhalten bekam auch ihre Mutter zu spüren, der gegenüber sie aber weniger grob war. Adamina fragte Laura, ob sie den Tag ohne sie genossen hätte und warum sie nicht bei ihrem Vater lebten.

»Könnt ihr, du und Robert, meinetwegen nicht zusammenleben?« fragte sie. »Bin ich daran schuld, Mami?«

»Nein, Schatz, nein, das bist du nicht«, versicherte Laura ihr. »Ich hab dich sehr lieb.« Sie umarmte ihre Tochter, die James daraufhin heimlich einen Blick zuwarf. Mutter und Tochter näherten sich einander wieder, während James ausgeschlossen blieb.

James war über seine kleine Gegnerin verblüfft. Sie umkreisten einander, kreisten um Laura, suchten nach Schwachstellen in der

Deckung des anderen. Aber nur Adamina holte zum Schlag aus. Sie kritzelte seinen Namen mit einem grellen Filzstift und in großen Buchstaben in Büchereibücher, die er im Gartenhaus hatte liegenlassen. Eines Morgens versteckte sie seine Schuhe unter dem Waschbecken im Bad. Während James fluchend überall danach suchte, weil er einen Termin in der Stadt hatte und bereits ziemlich spät dran war, erzählte sie Laura, daß dieser böse Hund von Sam und Amy vorhin hiergewesen sei, vielleicht hätte er ja die Schuhe verschleppt.

Als Laura am darauf folgenden Samstag mit Adamina bei James vorbeischaute, war er gerade dabei, Abzüge zu machen. Adamina blieb bei ihm in der Dunkelkammer, ließ sich erklären, was er da tat, und überredete ihn dazu, sich von ihr helfen zu lassen. Das infrarote Licht schien sie zu besänftigen.

Als er mit seiner Arbeit fertig war, aß Adamina in der Küche ihr Mittagessen, das Laura in der Zwischenzeit zubereitet hatte, während James und Laura im Wohnzimmer saßen und plauderten. Laura hielt sich selbst für einen unsentimentalen Menschen. Ohne es jedoch zu merken, hatte sie sich angewöhnt, ihrem Liebsten Kosenamen und unanständige Worte ins Ohr zu flüstern, bei denen sie zusammengezuckt wäre, wenn sie sie aus dem Mund eines anderen gehört hätte. Während sie miteinander flüsterten und lauter lachten, als es ihnen bewußt war, leerte Adamina in der Küche gerade eine Flasche Whisky in die Spüle, spülte sie aus und füllte sie mit Birnensaft aus dem Kühlschrank (der Saft hatte die Verstopfung, die von ihrer ungesunden Kost herrührte, sofort behoben). James wurde wütend, woraufhin Adamina in Tränen ausbrach und ihrer Mutter schluchzend erklärte, daß sie James doch nur hatte zeigen wollen, wie sie sich über seine Geschenke freute.

Sie war eine unberechenbare Gegnerin, die sein Angebot der Zuneigung verschmähte, ihn gleichzeitig aber ständig damit plagte, er solle etwas mit ihr spielen.

»Erzähl mir ein Rätsel«, verlangte sie.

»Welcher Tor läuft um die ganze Erde?«

»Weiß nicht.«

»Der Äquator.«

Zu James' Freude lachte sie genauso laut wie er.

»Ich habe noch eins«, sagte er. »Mal sehen, ob du die Lösung findest«, meinte er begeistert. »Welcher ist der kälteste Vogel?«

Adamina zuckte mit den Achseln und seufzte.

»Der Zeisig, denn er ist hinten eisig«, sagte James und wollte sich vor Lachen ausschütten. Adamina sah ihn jedoch nur verächtlich an, hob die Augenbrauen und sagte: »Was soll daran denn komisch sein? Das ist doch doof. Mami«, rief sie dann, »hast du gehört? James' Rätsel sind doof.«

Adamina ihrerseits nötigte James jedoch, sich weitschweifige Geschichten anzuhören, die sie während des Erzählens erfand und die weder eine Pointe noch sonst einen Knalleffekt hatten, und sie stellte ihm Rätsel, auf die es keine Antwort gab.

»Wie alt bin ich?«

»Sechs.«

»Nein.«

»Fünf?«

»Nein.«

»Ich gebe auf.«

»Das darfst du nicht!«

Neun? Zwölf? Siebenundzwanzig?

Nein, nein, nein.

»Ich weiß es nicht, ich gebe auf.«

»Das verbiete ich dir!«

Sie versuchte, Zeit herauszuschinden, um eine Lösung für ihr Rätsel zu finden, aber es gelang ihr nicht, dazu fehlte ihr dann doch die Intelligenz. Und so antwortete sie, des Spiels überdrüssig geworden, auf James' müdes »Fünfunddreißig?« mit einem »Ja!«. Als er sie dann aber fragte, warum das so sei, kam sie mit irgendeiner unsinnigen, unbefriedigenden Antwort daher. Sie erinnerte James an seine Schwester Alice.

Sie umkreisten einander, täuschten an, parierten, zogen sich zurück, kreisten um Laura. Während dieser hastigen Wochen teilten James und Laura – trotz der Unterbrechungen – ihren Körper und ihre Geheimnisse miteinander. James wurde von einer Mischung aus Hochstimmung und Furcht ergriffen, als er merkte, daß sich ihre getrennten Schicksale langsam miteinander verwoben, vorwärts gezogen wurden und sich dabei miteinander verbanden; und das mit einer Geschwindigkeit, die er nicht mehr kontrollieren konnte. Das einzige, was sie nicht miteinander teilten, das einzige, worüber James mit Laura nicht sprechen konnte, war sein Verdacht, daß Adamina ein Hindernis für ihre Beziehung darstellte.

Mitte Dezember fuhren sie zu dritt für ein verlängertes Wochenende nach Devon. Auf dem Weg dorthin machten sie viele Umwege, besuchten Bauernhöfe, die in Patrick Rances *Book of British Cheese* erwähnt wurden. James entdeckte bei dieser Gelegenheit, daß Laura eine puritanische Ader hatte: Sie brauchte selbst für einen Kurzurlaub einen Grund. Sobald sie ihn als Geschäftsreise bezeichnen konnte, hatte sie kein so schlechtes Gewissen mehr, weil sie sich frei nahm.

»Das ist der Fluch der Selbständigen«, meinte James mitfühlend.

»*Du* bist doch auch selbständig«, erwiderte sie.

»Ich bin Workaholic *und* Faulpelz zugleich«, sagte er.

»Aber du nimmst doch deine Kamera auch überallhin mit«, machte sie ihn aufmerksam.

»Das stimmt«, gab er zu.

James erklärte, wie sehr er Autos haßte, aber Laura überzeugte ihn davon, endlich Fahren zu lernen: Sie brachte Anfängerschilder an ihrem VW Golf an und gab ihm auf kleinen abgelegenen Straßen Fahrunterricht. Es war eine einzige Katastrophe. James bremste, beschleunigte und schlingerte ständig vor und zurück. Seine Fahrweise war unglaublich ruckartig. Er fuhr, wie er tanzte. Bei jeder Kreuzung, jeder Ampel und jeder Biegung reagierte er so, als sei sie ganz unerwartet vor ihm aufgetaucht. Er improvisierte fortwährend, wohingegen Laura, die auch im Leben ausgeglichen wirkte (wenn auch unbeholfen auf der Tanzfläche, wo die Analogie aufhörte), ruhig und gelassen dahinfuhr. Sie nahm eine Gefahrenquelle schon lange vorher wahr und wurde unmerklich langsamer, oder aber sie beschleunigte sanft, wenn alles frei war.

»Du erinnerst mich beim Fahren an deine Mutter«, sagte James zu Laura, »sie hat sich in der Küche genauso fließend bewegt. Wenn du fährst, schwebt das Auto dahin.« Und James, der sich absolut sicher fühlte, während sie mit 130 Stundenkilometern dahinbrausten, döste ein. Wenn Laura bremste, hielt sie mit einer ihr kaum bewußten Fürsorglichkeit den linken Arm vor James, wie sie das früher bei Adamina (die jetzt angeschnallt auf dem Rücksitz saß) getan hatte. Wenn Laura hingegen *ihn* fahren ließ, war sie noch aufmerksamer, als wenn sie selbst am Steuer gesessen hätte. Sie hockte so verkrampft auf dem Beifahrersitz, daß ihr schließlich die Knie weh taten.

Schließlich faßte sich Laura ein Herz und sagte James, daß sie doch lieber selbst führe. Das Autofahren strenge sie nicht besonders an, sie müßten also nicht einmal eine Pause einlegen. Vielleicht wäre es für ihn ja doch nicht so wichtig, daß er Adamina mit dem Auto abholen konnte. Sie ging so taktvoll wie möglich vor, denn sie wußte, daß das einzige, was die Leute noch schlimmer fanden als den Vorwurf, sie hätten keinen Humor, die Behauptung war, sie könnten nicht Auto fahren.

»Das ist mir recht«, erwiderte James erleichtert. »Aber nur, wenn du das wirklich willst. Ich weiß, ich bin ein beschissener Autofahrer. Ich hasse Autos.«

Zu Fuß war es dasselbe. James und Laura gingen mit unterschiedlicher Geschwindigkeit und mußten erst lernen, entspannt nebeneinander herzulaufen. Anfangs nämlich schoß James einfach davon, ohne daß ihm das bewußt gewesen wäre: Er war in seinem Leben so viel allein zu Fuß unterwegs gewesen, war dabei mit schußbereiter Kamera forsch ausgeschritten, während seine Augen nach rechteckigen Kompositionen in der vorbeifließenden Welt gesucht hatten. Laura, die nicht mit ihm Schritt halten konnte, mußte ihm hinterherrufen: »Warte, Harry Dean Stanton. Warum hast du es denn so eilig, James? Himmel, wir sind doch nicht auf der Flucht, wir gehen doch nur spazieren. Wir sind im Urlaub.«

Manchmal blieb sie einfach stehen und wartete mit verschränkten Armen, bis James sich endlich daran erinnerte, daß er nicht allein unterwegs war. Wenn er sich dann umdrehte, sah er Laura ein gutes Stück entfernt in hämischer Pose dastehen.

Als Adamina auf der Wanderung durch Dartmoor müde wurde, setzte James sie auf seine Schultern. Die Sonne ging gerade unter, ein Felsturm warf seine Schatten über das meergrüne Heideland. Laura führte ihre Recherchen mit Besuchen in den Küchen von Häusern des National Trust in Saltram, Buckland Abbey und Castle Drogo fort: Sie studierte, welche Gerichte man im achtzehnten und neunzehnten Jahrhundert serviert hatte, und sie bestaunten gemeinsam das, was man einst als innovative, arbeits-

sparende Haushaltsgeräte betrachtet hatte: mechanische Brat-
spieße und Dreifüße auf dem Küchenherd, verzinnte Raspeln und
Schäler, Obstentkerner und Gemüsehobel.

»Wie in aller Welt haben sie es geschafft, mit diesen Dingern
solche Festmähler zuzubereiten?« wunderte sich James.

»Sie hatten noch eine andere arbeitssparende Erfindung«,
machte ihn Laura aufmerksam. »Sie nannte sich Dienstboten.«

Während sie auf verschlungenen Wegen über das Heideland und
an der Küste entlang unterwegs waren, spielten sie Autospiele, in
denen James und Adamina eine Gemeinsamkeit entdeckten, von
der Laura ausgeschlossen blieb. Laura war rational und wählte, da
sie solche Spiele als erzieherisch betrachtete, für »Ich sehe was, was
du nicht siehst« Objekte aus, die Adamina erraten konnte, wenn
sie logisch nachdachte. Wohingegen Adamina von James nur ein
kleines Stichwort zu bekommen brauchte, um ihre Phantasie spielen zu lassen: Anstatt an konkrete Dinge, Menschen oder Tiere zu
denken, dachte sie an eine Rätselfrage, die James ihr einmal gestellt hat (Frage: »Was ist gelb, hat zweiundzwanzig Beine und
zwei Flügel?« Antwort: »Eine chinesische Fußballmannschaft«),
oder an den Ausdruck, den Natalie ein paar Tage zuvor auf dem
Gesicht gehabt hatte, als sie von Simons Kamillentee gekostet
hatte.

Während James die Hände hinter den Beifahrersitz hielt, damit
Adamina ihm auf die Handflächen schlagen konnte, beklagte sich
Laura: »Aber Mina, es soll doch tierisch, pflanzlich oder minera-
lisch sein. Es soll etwas sein, was es wirklich gibt, Spatz.«

»Aber Natalies Gesicht war doch wirklich, Mami«, entgegnete
Adamina.

»Natürlich war es das«, stimmte James ihr zu.

Oft schlief Adamina jedoch auf dem Rücksitz ein – vielleicht
noch ein Relikt aus jener Zeit, als Laura sie im Auto zum Einschlafen um den Block gefahren hatte. Während Adamina hinten
schlummerte, fuhren James und Laura damit fort, sich einander zu
offenbaren, in einem Auto, das durch einen dunklen Dezember-
nachmittag fuhr und einen abgeschlossenen, intimen Raum darstellte.

»Was wünschst du dir, James?« fragte Laura.

»Wie meinst du das?«

»Was hast du für Träume? Du weißt schon, wenn du im Lotto gewinnen würdest oder so.«

»Ich bin wunschlos glücklich«, sagte er zu ihr.

»Ach, komm schon, du Spielverderber, das ist jetzt endlich mal ein Spiel, das mir gefällt«, drängte sie ihn.

Soviel James auch nachdachte, das einzige, was er sich wirklich wünschte, war Laura.

»Nun«, begann er, »ich hätte vermutlich gern ein großes Haus auf dem Land, dazu einen Wald mit Buchen und Birken –«

»Auf dem Land?« unterbrach sie ihn. »Ich dachte, du wärst durch und durch Stadtmensch, James. Das hat mir jedenfalls Zoe gesagt. Sie meinte, es gäbe *nichts*, was dich dazu bewegen könnte, aufs Land zu ziehen.«

»Das stimmt«, gab James zu, »aber es ist doch nur ein Spiel, oder? Und ich versuche, es zu spielen.«

»O. k. Was wünschst du dir noch?«

»Laß mich überlegen. Hinter dem Haus gibt es einen Fußballplatz, nicht in voller Größe, aber mit Flutlicht und saftig grünem Gras und weißen Kalklinien. Und es gibt Tiere, viele Tiere, aber es ist kein Bauernhof, sondern eher eine Zufluchtsstätte für Tiere, eine Arche. Und auch Kinder, viele Kinder. Ich würde eine große Tischtennisplatte in einem Zimmer aufstellen, so daß eine ganze Gruppe gleichzeitig daran Tischtennis spielen könnte, ohne daß sich die Spieler ständig gegenseitig auf die Füße treten. Ich hätte ein Bett, so groß, daß ich mich darin verlieren könnte. Einfach, weil es Spaß macht, dich dort wiederzufinden.«

James merkte, daß die Phantasie mit ihm durchgegangen war. Er hatte einen Fehler gemacht – Laura wollte ja vielleicht gar nicht in diesem Bett seiner Phantasiezukunft liegen. Bedräng sie nicht.

»Eine Dunkelkammer«, fügte er hastig hinzu. »Natürlich mit der modernsten Ausstattung. Und ein Badezimmer mit einer großen in den Boden eingelassenen römischen Wanne und Borden mit Duftseifen, Ölen und schäumenden Badezusätzen. Und ein Gärtner würde täglich in jedes Zimmer frische Blumen stellen.« James hielt inne.

»Ist das alles?« fragte Laura.

»Nein«, antwortete er. »Es geht schon noch weiter«, sagte er und fuhr fort. Er zählte dann Wunschobjekte auf, die er in keiner

Weise begehrte, nicht einmal in seiner Phantasie. Es war einfach ein banales Traumbild, das er aus dem Stegreif improvisierte, um ihr das eine nicht zu sagen, was er sich wirklich wünschte. Allerdings fiel ihm das nicht leicht, denn er sah Laura vor sich, wie sie sich in der römischen Badewanne räkelte. Die Fotos, die er in seiner High-Tech-Dunkelkammer entwickelte, waren Fotos von ihr, und die Blumen waren bedeutungslos, es sei denn, sie roch daran.

»Was ist mit der Küche?« fragte Laura. »Die hast du noch gar nicht erwähnt.«

»Oh, nein. Keine Küche«, erwiderte James. »Ich würde mir das Essen von einem Heimservice liefern lassen.«

»Auf dem Land?«

»Du sagtest doch, ich wäre reich, also könnte ich mir das leisten, und die Lieferanten bekämen von mir ein großzügiges Trinkgeld, so daß die Fahrt sich für sie lohnt.«

»Ohne eine Küche ist ein Haus kein Zuhause«, sagte Laura.

»Also gut, o. k., ich hätte eine Küche, aber dann bräuchte ich eine Köchin. He, du könntest dich doch um diesen Job bewerben.«

»Vielen Dank.«

»Du müßtest aber verdammt gute Referenzen vorweisen«, warnte er sie.

»Das ist durchaus fair.«

»Ich könnte dir ein Zeugnis schreiben, wenn du willst. Ich weiß nur nicht, ob dir das etwas nützen würde.«

»Sie sind zu gütig, Sir.«

»Laß uns das Thema wechseln«, schlug James vor.

»Aber es ist mein –«

»Ich weiß!« unterbrach James sie. »Schallplatten für die einsame Insel.«

»Dann fang du an«, meinte sie stirnrunzelnd.

»Bach: *Goldberg-Variationen*.«

»Bach klingt wie ein Uhrwerk, James. Seelenlos. Ich bin dran. Die Pogues: ›Thousands are Sailing‹.«

»Das sind doch nur besoffene Rüpel, Laura. Außerdem spielen sie total falsch. Kate Bush: ›Running Up That Hill‹.«

»Also, für mich klingt das, was sie macht, ziemlich abgedreht. Miles Davis: *Concerto de Aranjuez*.«

»Jazz? Damit kann ich nichts anfangen.«

»Dann entgeht dir was.«

»Wahrscheinlich hast du recht. The Clash. Ich weiß nicht, was, irgendeine Platte.«

»Dieses ganze Punkzeug ist doch nur Krach. Was hat das denn noch mit Musik zu tun? Maria Callas in... ich weiß auch nicht, irgendeine Partie. Darauf können wir später zurückkommen. Das nächste.«

»Elgar. *Cello Concerto.*«

»Das nimmt doch jeder.«

»Es ist aber wunderschön, Laura.«

»Es ist zu englisch.«

»Zu englisch?«

»Robert Wyatt: ›Shipbuilding‹.«

»Das ist o. k.«

»Danke, James.«

»Ich würde es aber nicht mitnehmen.«

James wollte eine Bach-Kassette in den Kassettenrekorder einlegen.

»Wenn du das tust, dann kannst du verdammt noch mal auch fahren«, warnte Laura ihn. »Und ich setze Ohrenschützer auf.«

»Ich möchte diese Dinge mit dir *teilen*«, beschwerte sich James.

Laura hätte ihm beinahe gesagt, daß dieses anmaßende Bedürfnis offenbar ein Erbe seines Vaters war, sie hielt sich aber zurück. »Ich liebe dich um *deinetwillen*«, sagte sie, »nicht wegen deiner Vorliebe für einschläfernde Musik.«

»Wie kannst du so etwas nur sagen?« jammerte James. »Diese Musik ist *brillant.*«

Bei Büchern war es dasselbe. James war bestürzt, als er entdeckte, daß sie nicht reifer geworden waren und sich immer noch genauso stritten wie damals vor vielen Jahren über die Filme in den Samstagsmatineen. Laura wählte Yamuna Devis *Lord Krishna's Cuisine* als Lektüre für die einsame Insel, James aber bestand darauf, daß sie sich auf Romane beschränken sollten. Er mußte nicht nur feststellen, daß ihr Geschmack in puncto Literatur ebenso weit auseinanderging wie in der Musik; soweit er es beurteilen konnte, las Laura nur Bücher, die von weißen Engländerinnen des neunzehnten Jahrhunderts oder schwarzen Amerikanerinnen des späten zwanzigsten Jahrhunderts geschrieben worden waren: Sie wechselte zwischen Jane Austen und Toni Morrison, zwischen George Eliot und Marsha Hunt.

»Warum?« fragte James. »Steckt da ein Prinzip dahinter?«

»Nur das Lustprinzip«, meinte Laura achselzuckend.

James' Stimmung besserte sich schlagartig, als Adamina eine Vorliebe für die Beatles entwickelte und sie auf der Fahrt immer wieder eine Kassette mit der Aufnahme eines Live-Konzerts abspielten. Bald kannten sie den gesamten Text, selbst den von John Lennons boshaften Ansagen. (»Hier ist ein Lied für die Älteren unter euch: Es kam letztes Jahr heraus.«) So begeistert, wie sie bei »Yellow Submarine« mitsangen – und auf diese Weise ihr eigenes Auto-Karaoke veranstalteten –, würden sie diese Kassette wohl *alle drei* zu ihrer Liste von Lieblingsplatten fügen, dachte James.

»Du hast Glück, du entdeckst durch dein Kind vieles wieder«, sagte James zu Laura. »Wahrscheinlich wird sie die Stones lieben, noch bevor sie sieben ist.«

»Und mit acht zum Dylan-Fan werden«, stimmte Laura zu. »Da fällt mir ein, ich hatte vergessen, ›Sarah‹ auf meine Liste für die einsame Insel zu setzen.«

Adamina haßte es, wenn sie irgend etwas verpaßte. Wenn sie nach ihrem Nickerchen auf dem Rücksitz im Auto aufwachte, fragte sie als erstes: »Ihr habt doch nicht ohne mich weitergespielt, oder?«

»Nein, Spatz, wir haben einfach nur schweigend dagesessen«, versicherte Laura ihr.

»Dann ist es gut«, sagte sie. »Ich denke gerade an etwas.«

»Tier, Pflanze oder Mineral?« fragte Laura.

»Ich geb euch einen Hinweis: Es ist etwas, das ich geträumt habe«, verkündete Adamina.

»Das ist knifflig«, sagte James.

»Ich glaub's einfach nicht«, stöhnte Laura.

Adamina wollte überall dabeisein. An ihrem letzten Tag in Devon übernachteten sie in einem Bauernhaus bei Moretonhampstead. In der Scheune stand eine große Tischtennisplatte. Sobald James und Laura zu spielen anfingen, plagte Adamina sie damit, daß sie es auch versuchen wollte: Fünf Minuten lang verfehlte sie jeden Ball, dann schätzte sie, als sie einen Sprung nach vorn machte, um eine weiche Angabe zurückzuschlagen, die Flugbahn des Balles und ihre eigene Distanz zur Tischtennisplatte falsch ein – vielleicht war sie aber auch nur gestolpert, es geschah alles so schnell – und krachte mit der Nase gegen die Kante der Tischtennisplatte.

Es blutete, aber zum Glück war nichts gebrochen. Laura tupfte Adamina Arnikatinktur auf die Nase, tröstete und streichelte sie, bis sie sich von ihrem Schreck erholt und der Schmerz nachgelassen hatte. Am nächsten Morgen jedoch hatte Adamina eine geschwollene Nase, zwei blaue Augen und einen Bluterguß, der für sich genommen schon schrecklich genug aussah, der James – und Laura – darüber hinaus aber auch daran erinnerte, wie Laura damals ausgesehen hatte, als ihr Vater sie verprügelt hatte. Damals an jenem Tag vor siebzehn Jahren, als James von seinen Ferien auf dem Hof seiner Tante zurückgekehrt war, Laura so gesehen und das Haus auf dem Hügel daraufhin nie wieder betreten hatte.

Als sie aus Devon zurückkamen, dachte James, Adamina hätte ihren Widerstand gegen ihn aufgegeben, weil sie ihre Sachen aus Lauras Schlafzimmer herausräumte und sich ein Nest auf dem Treppenabsatz machte, wo sie von da an tief und fest schlief. Daß sie Laura und ihn nun ungestört ihre Abende genießen ließ und ihren Anspruch auf Lauras Bett aufgab, verstand James als großmütige, wenn auch unbewußte Geste.

Aber er hatte sich getäuscht.

Es war am letzten Samstag vor Weihnachten, einem kalten und feuchten Tag, an dem sie alle drei zu einem offenen Bauernhof außerhalb der Stadt fuhren. Sie kauften Tüten mit Getreidekörnern und fütterten Ziegen und Hühner, kraulten freundliche Schweine hinter den Ohren, bliesen Pferden in die Nüstern. Sie hielten sich stundenlang auf dem Spielplatz auf. Laura ging ins Café, um einen Tee zu trinken, während James mit Adamina weiter auf dem Spielplatz herumtobte.

Sie fuhren zusammen in die Stadt zurück, weil James' alter Freund Karel an diesem Abend in einer Galerie in Northtown eine Vernissage veranstaltete. James und Laura gingen selten ohne Ada-

mina aus. Diesen Abend wollten sie jedoch allein mit James'
Freunden verbringen, einen Abend, an dem geredet und getratscht,
gegessen und getrunken und später vielleicht auch getanzt wurde.
Ein Abend, den vermutlich nicht einmal ein so frühreifes Kind wie
Adamina genießen würde.

James hatte seine Kleidung mitgebracht. Als er und Laura sich
fertigmachten, wurde Adamina immer stiller. Sie nahm mit Laura
ein Bad. Während Laura sich dann schminkte, lag Adamina im Pyjama zusammengerollt auf Lauras Bett und starrte blicklos in die
Ferne.

»Ich fühle mich nicht besonders gut, Mami«, flüsterte sie.

Laura, die mit ihren Vorbereitungen beschäftigt war, sagte:
»Das wird schon wieder besser, Schatz.« Als sie auf dem Weg zu
ihrem Schrank am Bett vorbeikam, beugte sie sich hinunter, um ihr
geistesabwesend einen Kuß zu geben.

In diesem Augenblick betrat James das Zimmer. Er war gerade
dabei, sich seine Manschettenknöpfe anzustecken. Obwohl er im
Alltag ziemlich schmuddelig herumlief, freute er sich noch immer
über jede Gelegenheit, sich herauszuputzen. Er sah, wie Laura, nur
mit Slip und schwarzen Feinstrumpfhosen bekleidet, wieder zu
ihrer Frisierkommode ging, und ihm wären vor Verlangen fast die
Sinne geschwunden. Er spürte, wie sich sein Penis mit Blut füllte
und wuchs, während Laura sich in keiner Weise bewußt war, wie
sexy sie in diesem Augenblick wirkte. Er wollte sie hier und jetzt,
dringend, rasch, aber dazu war keine Zeit. Außerdem war ja Adamina da, die auf dem Bett zusammengerollt lag, ein Bild des Jam-
mers, fürchterlich elend. James wandte sich ihr zu. Sie sah so wehr-
los aus. Er spürte, wie Besorgnis in ihm aufstieg, aber nicht wegen
ihrer Schwäche, sondern wegen ihrer Stärke.

Als die Babysitterin eintraf, schwitzte Adamina bereits heftig,
gleichzeitig klapperte sie mit den Zähnen, ihre Nase lief, und sie
wurde von einem trockenen, schmerzhaften Husten geschüttelt.
Innerhalb einer Stunde war aus einem kerngesunden ein todkran-
kes Kind geworden.

»Geh nur, Mami«, wimmerte sie. »Mir geht es gut.«

Laura steckte ihr ein Thermometer in den Mund und faßte ihr
an die Stirn.

»Wir kommen zu spät«, sagte James.

»Sie hat Fieber«, sagte Laura zu ihm.

»Bis morgen geht es ihr wieder besser, sie braucht nur ordentlich Schlaf.«

»Manchmal kannst du wirklich herzlos sein, James. Schau, sie hat eine Temperatur von fast achtunddreißig. Vielleicht sollte ich den Arzt rufen.«

»Sie ist heute viel herumgerannt, sie ist müde, das ist alles. Wir kommen noch zu spät, Laura.« Er spürte, wie es in ihm zu brodeln anfing. Laura streichelte Adaminas Stirn.

»Geh du schon vor«, sagte Laura. »Ich komme nach.«

»Nein«, hörte er sich flüstern. Er wollte mit ihr zusammen hingehen. Ohne sie würde er nicht gehen.

»Was?« fragte sie geistesabwesend. »Geh schon, James. Ich komme gleich, ehrlich.«

Vielleicht hatte er sich das alles ja nur eingebildet, und in Wirklichkeit war gar nichts. Vielleicht hatte er es nur gesehen, weil er es erwartet hatte, sogar hatte sehen wollen. Jedenfalls *glaubte* er gesehen zu haben, daß sich Adaminas Mundwinkel zu einer ganz leisen Andeutung eines Lächelns verzogen, zu einem Lächeln des Triumphs.

Jetzt platzte James der Kragen. »Um Himmels willen, Laura!« rief er. »Merkst du denn nicht, daß sie dir was vorspielt? Sie macht das doch ständig.«

»Was?« fragte Laura verblüfft. »Ein sechsjähriges Mädchen spielt mir eine Temperatur von achtunddreißig vor? Mach dich nicht lächerlich.«

»Dieses Mädchen *kann* das. Sie spielt mit dir wie mit einem – ach Scheiße, Laura, und du fällst jedesmal wieder darauf rein.«

Adamina lag klein, blaß und klaglos mitten auf dem Doppelbett. Sie fröstelte und hatte dunkle Ringe unter den Augen. Sally, die Babysitterin, stand verlegen in der Tür. Sie war trotz ihres Unbehagens noch zu jung, um zu merken, daß sie sich bei der Szene, die sich da vor ihr abspielte, einfach hätte zurückziehen sollen.

Laura stand auf. »Wie kannst du es wagen!« schrie sie James an.

Bislang unausgesprochene Verdächtigungen und Niederlagen, über die er geschwiegen hatte, all das brach nun aus James hervor. »Begreifst du das denn nicht, Laura? Sie macht das doch nur, damit wir nicht zusammensein können, heute ist der *einzige* Abend, an dem wir etwas ohne sie unternehmen wollen. Sie ist ein schlaues kleines *Biest*. Sie manipuliert dich.«

»Himmel, James, du bist herzlos *und* dumm«, stieß Laura hervor. »Und grausam und blöd. Du hast keine Ahnung von Kindern, wie konntest du nur? Du hast keine Ahnung von *Menschen*!« schrie sie. »Du hast keine Ahnung von *mir*!«

Die wunderbare Frau, die sie wenige Augenblicke zuvor gewesen war, hatte sich in ein wütendes, kreischendes Tier verwandelt. James wollte sie in seinem Zorn packen, aber die Vorstellung, sie überhaupt zu berühren, war ihm widerwärtig. Er kochte, gleichzeitig hatte er Angst. Er wußte nicht, ob er sie schlagen, ficken oder ihr zu Füßen fallen sollte.

Laura ging zu Adamina zurück, die wie ein ängstlicher, kranker Spatz wirkte, und kniete neben dem Bett nieder. Sie wandte sich James halb zu, wenn auch nur, um ihrer Tochter nicht ihren zornigen, heißen Atem ins Gesicht zu blasen.

»Verpiß dich, James. Du bist mir keine Hilfe. Hau einfach ab.«

James fühlte sich schwach, ausgepumpt. Mit matter Stimme sagte er: »Kommst du?«

»Natürlich komme ich nicht!« sagte sie. »Schau, was du angerichtet hast. Jetzt ist sie auch noch ganz verstört.« Sie streichelte Adaminas fiebrige Stirn. »Na, na, Mina«, tröstete sie ihre Tochter mit einer Stimme, die noch immer vor Zorn bebte, »ist schon gut, Mami bleibt ja bei dir.«

James schob sich unbeholfen an Sally vorbei, die noch immer in der Tür stand, und ging allein zur Galerie. Er versuchte das, was gerade passiert war, zu verdrängen, versuchte nett zu seinen alten Freunden zu sein, aber er trank zu schnell und zu viel und stolperte daraufhin in den hellen weißen Zimmern umher. Das klingelnde, klaustrophobische Geschnatter, das auf ihn einstürzte, benebelte ihn. Er rempelte andere Gäste an und stand den größten Teil des Abends betäubt und allein in der Gegend herum. Als der Galeriebesitzer die letzten Gäste hinauskomplimentierte, wurde James sogar aggressiv, und man mußte ihn beruhigen. Draußen auf dem Bürgersteig übergab er sich dann.

James' Fehler war, zum Gartenhaus zurückzukehren. Er fühlte sich entsetzlich elend und glaubte, er könne die Situation wieder ins Lot bringen, wenn er etwas unternahm, bevor sich der Streit verselbständigte. Er hatte nicht genügend Erfahrung mit Krach zwischen Liebenden. Damals bei Anna Maria war alles nur ein Spiel gewesen.

Es war halb zwei morgens. Er schlich die Treppe hinauf und in Lauras Schlafzimmer: Er hatte erwartet, daß Adamina dort neben ihr im Bett schlafen würde, aber zu seiner großen Erleichterung war Laura allein. Er schlüpfte aus seinen Schuhen und ging auf Zehenspitzen den Korridor entlang zu Adaminas Zimmer. Sie schlief. Ihr Atem rasselte und pfiff.

James kehrte in Lauras Zimmer zurück. Er machte, nicht ganz unabsichtlich, beim Ausziehen ein wenig Lärm und schlüpfte dann nackt unter die Daunendecke. Laura lag mit dem Rücken zu ihm. An ihrem Atem konnte er nicht erkennen, ob sie schlief oder wach war. Er flüsterte ihren Namen, »Laura«, aber es kam keine Antwort. Sie war so ruhig und still, daß er überzeugt war, sie müsse wach sein. Er flüsterte wieder ihren Namen – »Laura«. Abermals kam keine Antwort.

Falls sie schlief, dann schlief sie wirklich tief. Wenn James sie noch lauter ansprach und sie damit weckte, würde sie mit Recht böse auf ihn sein. Und was sollte er überhaupt sagen? Er würde sie wecken, woraufhin sie sich aus den Tiefen des Schlafs in unwillkommene Wachheit hinauftasten mußte. Sie würde mit halb schläfriger, halb ärgerlicher Stimme fragen: »Was?«, und er würde ihr antworten: »Nichts.« Und dann wäre sie wirklich verärgert. Entweder würde sie dann sagen: »Laß mich in Ruhe«, oder aber sie würde sich umdrehen und sagen: »Verdammt noch mal, was ist denn? Zum Teufel, wie spät ist es überhaupt?« Er wäre in einer hoffnungslosen Lage…

»Nichts.«

»Nichts? Du hast mich wegen nichts aufgeweckt?«

»Ich wollte nur…«

»*Was?* Du wolltest nur *was*, James? Himmel Herrgott!«

Oder aber sie war wach. Und das wäre noch schlimmer. Es bedeutete, daß sie ihn absichtlich ignorierte, damit er sich genauso elend fühlte, wie er es verdient hatte. Trotzdem war es entsetzlich. Er lag ihr zugekehrt, ihrem Hinterkopf zugekehrt, sein Körper nur wenige Zentimeter von ihrem Körper entfernt. Ihrem Körper, den er liebte, ihrem Körper, der so gut zu seinem Körper paßte, ihrem Körper, der sich so mühelos in Einklang mit dem seinen bewegte.

Jetzt lag sie da und hatte ihm den Rücken zugekehrt, feindselig, abweisend. James fühlte sich erbärmlich, und er fühlte sich machtlos. Sein Verstand war isoliert. In seinem Kopf pulsierte es, sein Magen war leer und übersäuert, sein Penis klein und wie aus Gummi. Er hatte kalte Füße.

James versuchte nachzudenken, aber es gelang ihm einfach nicht. Um sich abzulenken, versuchte er, seine Gedanken auf etwas anderes zu richten und sich die Fotos in Erinnerung zu rufen, die er in dieser Woche gemacht hatte. Vor seinem inneren Auge wollten jedoch keine Bilder entstehen. Da war nichts als gesichtsloser, charakterloser Nebel. Er fühlte sich erbärmlich und merkte, daß dieses Gefühl ein Gefühl schrecklicher Einsamkeit war, aber anders als alles, was er in seinem Leben je erfahren hatte. Es hatte Zeiten gegeben, da er sich von der Welt abgeschnitten gefühlt hatte. Er hatte keine Kameraden gehabt, die ihn verstanden, keine engen Freunde, die sich um ihn sorgten, und keine Frau, die er liebte. Damals hatte er gedacht: Es gibt nichts Schlimmeres. Aber ich werde es überleben, es ist nur emotional, es sind nur Emotionen, es ist mein Schicksal. Aber es gibt nichts Schlimmeres.

Jetzt wußte er, daß es doch noch etwas Schlimmeres gab. Die schlimmste Einsamkeit war nämlich jene, die man empfand, wenn man eine Frau gefunden hatte, die man liebte und die sich dann vor einem abschottete, einem den Rücken zudrehte. Daß er überhaupt irgendein Geräusch von sich gegeben hatte, merkte er erst, als Lauras barsche, heisere Stimme durch seine Gedanken schnitt.

»Um Himmels willen, hör auf zu schniefen«, sagte sie.

Beschämt und verletzt rollte er sich zur Seite, stand auf und zog sich an. Laura rührte sich nicht. James schlich aus dem Zimmer, ging die Treppe hinunter und fuhr mit dem Rad nach Hause, wo er bis zum folgenden Mittag schlief.

Der Arzt kam und diagnostizierte Masern. Adamina mußte eine Woche im Bett bleiben. Mit laufender Nase, triefenden Augen, einem entzündeten Hals und rauhem Husten lag sie bei zugezogenen Vorhängen, da das Licht ihren Augen weh tat, in ihrem Zimmer und versuchte verzweifelt, sich nicht an den juckenden roten Stellen zu kratzen, die ihren ganzen Körper bedeckten.

Kleinlaut brachte James ihr verfrühte Weihnachtsgeschenke – Spiele, Comics, Kassetten und Puppen –, die Adamina, matt und teilnahmslos, gnädigerweise akzeptierte. Er kaufte Laura Blumen und entschuldigte sich für sein Verhalten. Sie akzeptierte seine Entschuldigungen, wirkte aber zerstreut, da sie befürchtete, daß Adamina als Komplikation eine Lungenentzündung oder eine Ohrenentzündung bekommen könnte.

Es war eine Schlacht der Willenskraft gewesen, und James akzeptierte, daß Adaminas Willen stärker war als seiner und daß Lauras Loyalität, obwohl sie ihn liebte, natürlich ihrer Tochter galt, sollte diese sie – wie sie es getan hatte – vor die Wahl stellen.

Auf merkwürdige Weise fühlte sich James sowohl in Hochstimmung als auch bestürzt. Er hatte das Gefühl, auf eine große Lebenswahrheit gestoßen zu sein. Daß er gegen dieses kleine Mädchen verloren hatte, war absurd. Es war einfach lächerlich, daß er und Laura sich wegen der kindlichen Marotten ihrer Tochter entzweien sollten. Folglich mußte dahinter irgendein größeres Schema stehen: Vielleicht hatten ihre Seelen ein zu unterschiedliches Alter, vielleicht war er in Wirklichkeit ein Kind, Laura eine Frau, Adamina aber alt und mächtig, und sie brauchten jeder den anderen nicht so, wie sie *dachten*, sondern auf eine andere, geheimnisvolle und tiefer gehende Art. Vielleicht mußte James genau auf diese Weise leiden, mußte in einer Wüste der Einsamkeit verweilen, vielleicht mußte Laura eine unbedeutendere Wahl akzeptieren, vielleicht war Adamina durch ihr Schicksal gezwungen, andere unglücklich zu machen, um so zu lernen, ihre Macht im Zaum zu halten.

Das war alles Unsinn, aber der Gedanke faszinierte James und tröstete ihn über die folgenden Tage hinweg. Er beschloß, seine Niederlage genauso bereitwillig zu akzeptieren wie Adamina ihren Sieg. Am Abend vor Heiligabend besuchte er Laura noch spät am Abend, und sie liebten sich sanfter und geduldiger denn je. Er konnte nicht mehr mitzählen, wie oft er nahe an einen Höhepunkt herankam und sich dann wieder zurücknahm. Sie lagen eine Weile da, veränderten dann ihre Position und fingen wieder an.

Sie sagten kaum ein Wort. Beide wußten, daß dem anderen vieles durch den Kopf ging. Sie liebten sich langsam, bis sie so müde

waren, daß sie fast einschliefen, während er noch in ihr war. Sie
lösten sich jedoch im selben Augenblick voneinander, ohne daß
einer von beiden etwas gesagt hätte. Keiner von ihnen war befriedigt, beide waren sie erschöpft. Und sie sanken beide unter der
traurigen Last der Trennung in den Schlaf.

Als James am Morgen aufwachte, brauchte er ein paar Augenblicke, um zu begreifen, daß es nicht Laura war, die ihre Gliedmaßen um seine geschlungen hatte: Laura lag nämlich drei Handbreit von ihm entfernt. Es war Adamina, die sich zwischen sie
beide gequetscht hatte. Sowohl sie als auch ihre Mutter schliefen
noch. James wollte keine von beiden wecken, genausowenig
wollte er diesen Moment plötzlicher, unbewußter Intimität verlieren. Adamina war wie er völlig nackt. Sie hatte ihm im Schlaf das
Gesicht zugewandt und den Kopf geneigt, so daß ihr Scheitel an
seiner Brust ruhte, ihr Arm an seiner Seite, ein Bein über seinem,
der blasse Pfirsich ihres kindlichen Geschlechts nur Zentimeter
von seinem schlaffen Penis entfernt, ein Pastiche, eine Farce des
Geschlechtsakts. Er neigte ebenfalls den Kopf, roch an ihrem sauberen Haar und nickte wieder ein.

Laura weckte sie mit einer Kanne Tee und einem Teller Toast.
Dann saßen sie zu dritt gemütlich zusammen im Bett, knusperten
Toast und leckten sich Marmelade von den Fingern.

»Es geht mir besser, Mami«, sagte Adamina zu Laura. »Schau,
die Flecken sind schon fast weg.«

Laura kitzelte Adamina, Adamina kitzelte James, und dann kitzelten sie beide vergeblich Laura. Unter der warmen Bettdecke
juckten überall die Krümel.

Adamina sprang aus dem Bett, rannte zum Fenster und zog die
Vorhänge weit auf. »Draußen scheint ja die Sonne!« rief sie. Sie
kletterte bibbernd wieder ins Bett zurück, kuschelte sich an James
und sagte: »Was machen wir heute, Papa?«

Beim Mittagessen erzählte Laura James, daß sie sich in der letzten
Woche nicht nur um Adamina gekümmert hatte, sondern auch
sehr in der Küche beschäftigt gewesen war. Sie hatte alte Rezepte
aufgefrischt und neue ausprobiert, denn man hatte sie vor ein paar
Tagen gebeten, eine besondere Aufgabe zu übernehmen: Am Tag

nach dem zweiten Weihnachtsfeiertag sollte Laura für eine Woche nach Amerika fliegen. Zwei ihrer Stammkunden hatten ein Landhaus in den Cotswolds, wo sie acht Monate im Jahr verbrachten, und ein Apartment in Manhattan. Sie hatten die Idee, um die Jahreswende herum ihre New Yorker Bekannten einzuladen und sie an sechs verschiedenen Abenden mit englischen Speisen zu verwöhnen. Da ihre amerikanische Köchin eine kranke Verwandte pflegen mußte, sollte nun also Laura für jeden der sechs Abende ein anderes Menü zubereiten. Es würde ein Arbeitsurlaub werden, und außerdem eine Reise, die man nur einmal im Leben macht.

James' Erleichterung über seine Versöhnung mit Laura wurde auf der Stelle von der schrecklichen Aussicht gedämpft, daß sie vielleicht für immer in New York bleiben könnte. Als sie in dieser Nacht miteinander schliefen, war sich James zum zweiten Mal sicher, sie seien zur Trennung verurteilt. Diesmal jedoch war ihr Liebesakt so energiegeladen und heftig, daß er sich hinterher zufrieden und von sich losgelöst fühlte.

Am Weihnachtsmorgen wachte er auf, weil er am Fuß von Lauras Bett, wo die Nikolausstrümpfe hingen, etwas rascheln hörte. Es waren die Weihnachtsgeschenke. Dann saßen sie alle drei da und packten Mandarinen und Äpfel und noch viel mehr Schnickschnack aus, als nach physikalischen Gesetzen in die Sportsocken hineinpassen dürfte. Während James eine Kamera auswickelte, die Wasser verspritzte, wenn man den Auslöser betätigte, eine Haarbürste, ein Paar Manschettenknöpfe, ein Zippo-Feuerzeug, ein Opinel-Taschenmesser, Fahrradklammern, eine Geldbörse und eine Kassette mit einem Bootleg eines Konzerts der Clash von 1978, Geschenke, die Laura schon seit Wochen zusammengetragen haben mußte, dämmerte es ihm allmählich, daß ihr eine Trennung niemals in den Sinn gekommen war.

Er stahl sich bald danach davon, weil Laura drüben im Haus ein großes Weihnachtsessen für die Familie vorbereiten mußte, hinterher aber ließ sie Adamina dort und kam zu ihm in die Wohnung. Sie beköstigte ihn mit den schmackhaftesten Ergebnissen ihrer neuesten Experimente, aber das bedrückte James: Je wunderbarer ihre Speisen waren, desto sicherer war es, daß zumindest einer der amerikanischen Partygäste sie wegen ihrer einmaligen Kochkünste würde einstellen wollen.

»Jeder weiß, daß die Amerikaner eine Menge für englische Kultur übrig haben«, jammerte er. »Ich kann mir diese reichen New Yorker direkt vorstellen, was für ein gesellschaftlicher Coup das wäre. Du wirst von allen Seiten Angebote bekommen, als Köchin in New York zu bleiben.«

»Sei nicht albern, James. Das kommt überhaupt nicht in Frage. Es steht nicht auf meinem Plan, und Schluß«, erklärte Laura, verschwieg ihm allerdings, daß ihr diese Möglichkeit immer verlockender vorkam, je mehr er davon redete. Die Vorstellung, ganz von vorn anzufangen, weit weg von diesem Ort, an dem sie ihr gesamtes Leben verbracht hatte, weit weg von den komplizierten Gegebenheiten, die die Beziehung zwischen Robert und Adamina prägten, war durchaus reizvoll.

Vor ein paar Wochen hatte Laura gerade gekocht, und Adamina hatte gelangweilt am Fenster gesessen und vor sich hin gesungen:

»Hast du nachts den Mann gesehn,
der da stand, oh, Schreck!
Aber als ich wollt hingehn,
war er wieder weg.«

Es war ein eintöniges Leiern im Hintergrund, das Laura, die sich nur auf ihre Arbeit konzentriert hatte, zuerst nur verschwommen wahrnahm. Dann plötzlich waren die Worte in ihr Bewußtsein gedrungen und hatten ihr das Blut in den Adern gefrieren lassen. Sie packte Adamina am Arm.

»Wer war da?« wollte Laura wissen. »War dein Vater hier im Haus?« Mit ihrer Panik hätte sie Adamina fast zum Weinen gebracht, bevor sie akzeptierte, daß es lediglich ein Kinderreim war, den ihre Tochter in der Schule aufgeschnappt hatte.

»Hast du schon mal mit dem Gedanken gespielt, von hier wegzuziehen?« fragte sie James vorsichtig. »Das ist eine rein hypothetische Frage. Würde dich Amerika überhaupt reizen?«

»Was in aller Welt sollte ich denn dort machen?« wollte James wissen.

»Fotografieren. Menschen sind schließlich Menschen, oder etwa nicht?«

»Laura, begreifst du denn nicht? Das hier ist meine Stadt. Ich dokumentiere meine Stadt. Es ist mein Leben. Ich dachte, das wäre dir klar.«

»Natürlich. Es war ja auch nur eine hypothetische Frage.«

James begleitete Laura in düsterer Stimmung nach Heathrow – sie mußten mit dem Bus fahren, weil er es nicht geschafft hatte, Auto fahren zu lernen. Sie gaben einen Koffer mit Kleidung und einen weiteren mit Küchenutensilien auf, dann setzten sie sich in eine klimatisierte Cafeteria, in der sich Reisende aus aller Herren Länder drängten. Leute, die aus anderen Zeitzonen kamen und mit resigniertem Gesichtsausdruck anachronistische Mahlzeiten zu sich nahmen oder, auf ihren Sitzen ausgestreckt, eingeschlafen waren. Sie quetschten sich zu zweit in einen Fotoautomaten und ließen vier farbige Paßfotos von sich machen, die James mit seinem Opinel-Taschenmesser in zwei Hälften schnitt.

»Ich bin doch nur zehn Tage fort«, sagte Laura. »Und wenn ich zurückkomme, bleibe ich für immer hier.«

»Es gibt kein ›für immer‹«, sagte James zu ihr. Sie boxte ihn in die Rippen. »Ich weiß, daß ich melodramatisch bin«, gab er zu, »aber es liegt auch an diesem Flughafen, an all den Leuten, die ihre Lieben begrüßen oder von ihnen Abschied nehmen: Der ganze Ort hier ist voller Emotion. Es ist wie auf einer riesigen internationalen Hochzeit.«

James' Melancholie hätte sich möglicherweise noch verschlimmert, wenn sein Fotografenauge nicht zu entzückt gewesen wäre. Er befand sich in einem Turm zu Babel, nur daß dieser hier nicht zerstört werden würde. Seine Bewohner – Araber, Asiaten, Chinesen, Afrikaner, in wallenden Gewändern und mit Schleier, in Anzug und Krawatte, in Toga und Sari, in Kimono und Dschellaba – würden statt dessen einfach davonfliegen. Das lenkte ihn ein wenig vom bevorstehenden Abschied ab.

»Du guckst dir noch die Augen aus dem Kopf«, sagte Laura zu ihm.

»He, komm her, Frau«, drängte James sie. »Tut mir leid. Hör zu, ich hoffe, daß du dort drüben eine tolle Zeit hast. Und sieh zu, daß du auch ein bißchen von New York siehst.«

Ein paar Tage später rief Laura an. Sie hatte einen angenehmen Flug gehabt. Allerdings hatte sie schon bald ihre Schuhe ausgezogen, weshalb ihre Füße bei der Landung so angeschwollen waren, daß sie das Flugzeug barfuß verlassen mußte. Die Zeitverschiebung machte ihr ganz offensichtlich keine Probleme, sagte sie. Gerade wäre sie dabei herauszufinden, wo sie ihre Zutaten einkaufen konnte. New York sei einfach phantastisch.

»Es ist wie im Film«, erzählte sie ihm. Sie wohnte im Penthouseapartment eines Wohnblocks an der Upper East Side. »Von der einen Seite aus habe ich einen Blick auf den Central Park«, sagte sie, »und von der anderen auf die City. Um die beleuchteten Antennen auf den Wolkenkratzern kreisen Helikopter. Sie sehen aus wie behäbige, leuchtende Bienen, James. Unten auf den Straßen jagen Polizeiautos mit heulenden Sirenen ihrer Beute hinterher. Und von den Straßen steigt Dampf auf, wirklich.«

James versuchte, sich mit ihr zu freuen. Die Telefonverbindung über den Atlantik war ganz klar. Wären da nicht die Pausen, die Verzögerungen zwischen Rede und Gegenrede gewesen, hätte man glauben können, Laura riefe aus der Nachbarschaft an.

»Ich vermisse dich, Laura«, sagte James. Es folgte eine lange Pause. James bekam einen trockenen Mund.

»Ich vermisse dich auch«, antwortete sie schließlich, so als hätte sie sich zu einer Antwort gezwungen. »Ich freue mich darauf, dich wiederzusehen«, sagte sie. Diesmal war es Laura, die sich einer langen Pause gegenübersah. Es war unheimlich, sie hielt die Luft an.

»Ich mich auch«, kam endlich James' Antwort. »Laura«, sagte er, während sein Puls raste. »Ich liebe dich.« Das hatte er in seinem Leben noch zu niemandem gesagt: Die Worte waren einfach aus ihm herausgesprudelt. Ein langes, beklemmendes Schweigen folgte. Es schien, als versuche sie mit aller Macht zu entscheiden, was *sie* denn eigentlich fühlte. Liebte sie ihn, liebte sie ihn nicht? Eine schwierige Frage. Was sollte sie sagen? Wie sollte sie es formulieren? James hätte vor lauter Panik fast den Hörer auf die Gabel geknallt. Schließlich hörte er wieder ihre Stimme.

»Ich liebe dich auch«, sagte sie. Dann beendeten sie, beide vor Anspannung zitternd, dieses Gespräch, das sie über dreitausend Meilen hinweg geführt hatten.

Während Laura in Amerika war, wurde James bewußt, daß er sich seit dem Guy Fawkes Day mit keinem anderen Menschen mehr getroffen hatte. Zwei Monate lang hatte er keinerlei Bedürfnis nach Gesellschaft gehabt, hatte sie nicht einen Augenblick lang vermißt. Nicht, daß die anderen ihm unbedingt die Tür eingerannt hätten: Er und Laura strahlten die Ausschließlichkeit eines frisch verliebten Paares aus, angesichts dessen andere den Wunsch verspürten, entweder dazwischenzugehen oder davonzulaufen.

Jetzt, da Laura nicht da war, hatte James das Bedürfnis, ihre Abwesenheit dadurch wettzumachen, daß er Lewis von ihr erzählte. Also radelte er an diesem Sonntag zum Park, wo Lewis mit seiner Mannschaft Fußball spielte. Danach setzten sie sich noch in Lewis' Wohnung zusammen.

»Ich glaube, daß ein Mann nicht allein sein sollte, Lew. Im Grunde ist das nämlich unnatürlich. Ein Mann braucht eine Gefährtin, und ich denke, ich habe einfach Glück gehabt, daß ich eine gefunden habe.«

Lewis stöhnte und flüchtete in die Küche, um Tee zu machen. James folgte ihm, um ihm zu erklären, daß Laura ebenjene eine unter einer Million war, und er hätte sie in einer Stadt mit zweihunderttausend Einwohnern gefunden. Statistisch gesehen hatte er also sogar noch mehr Glück, als anzunehmen war. Er rühmte die Tugenden jener Frau, die Lewis' Cousine war – mit der Lewis und seine Schwester in ihrer Kindheit jedes Jahr in die Ferien gefahren waren –, und endete mit dem Bekenntnis, daß sie jetzt seit zwei Monaten miteinander schliefen und ihre Beziehung immer noch nicht langweilig geworden sei, nein es würde immer besser, nun, was sagte er dazu?

»Ich meine, ich wußte, daß Sex Spaß machen kann, Lew, aber mir war nicht klar, daß es die beste Sache der Welt ist.«

Lewis schüttelte traurig den Kopf. »Das ist nur eine vorübergehende Neuordnung der chemischen Prozesse im Gehirn«, sagte er wie zu einem Dritten.

»Ich brauche deine Diagnose nicht, du Zyniker.«

»Das ist wissenschaftlich bewiesen, Kumpel. Die Forschungsergebnisse werden allerdings zurückgehalten. Das Problem ist nur, daß die Leute heiraten. Wenn sich dann die Chemie wieder normalisiert hat, stellen sie plötzlich fest, daß der Mensch, den sie da geheiratet haben, ein Fremder für sie ist.«

»Heiraten? Wer sagte denn was von heiraten?«

»Mehr noch«, fuhr Lewis fort, »genau das, was sie am anderen vorher so überaus liebenswert und entzückend gefunden haben, finden sie nun absolut ärgerlich und nervtötend. Um das wiederum auszugleichen, bekommen sie Kinder, in der Hoffnung, diese würden sie wieder zusammenschweißen. Aber das funktioniert nicht. Es führt nur dazu, daß sie sich noch weiter auseinanderleben.«

»Vielleicht hast du ja auch Kinder«, meinte James. »Weißt du das denn?«

»Ich kann mich schon gar nicht mehr daran erinnern, wann ich das letzte Mal ohne Kondom mit einer Frau geschlafen habe«, entgegnete Lewis. »Du bist dumm, wenn du nicht auf Nummer Sicher gehst.«

»Ich kann mich nicht mehr erinnern, wann ich das letzte Mal eins benutzt habe«, gestand James.

»Dann bist du dumm.«

»Und du bist nicht nur ein Zyniker, sondern auch ein Frauenhasser, Lew.«

»Das ist doch Käse, Mann. Ich bin nur einfach nie auf irgendwelche Märchen hereingefallen. Wir sind nicht als monogame Wesen angelegt. Du weißt, daß ich die Frauen liebe. Und du weißt auch, daß sie etwas für mich übrig haben.«

Laura rief erst wieder an, um ihre genaue Ankunftszeit mitzuteilen. Natalie fuhr mit Adamina und James zum Flughafen, um sie abzuholen. Sie warteten vor dem Ausgang für die ankommenden Passagiere. Nachdem eine Unmenge von Fremden durch die Schranke geströmt war, die alle wirkten, als hätte man sie, unwahrscheinlich braungebrannt, soeben aus der Gefangenschaft entlassen, kam endlich Laura, einen Kofferkuli schiebend, um den Sichtschutz herum. Von den vielen Menschen eingeschüchtert, suchte sie nach vertrauten Gesichtern. James, Natalie und Adamina sahen sie jedoch zuerst.

»Mami!« schrie Adamina. Sie riß sich von Natalies Hand los, schlüpfte unter der Schranke hindurch und rannte zu Laura, die in die Hocke ging und ihre Tochter in die Arme schloß. James und Natalie warteten, bis Laura den abgetrennten Bereich verlassen hatte, bevor sie sie ebenfalls umarmten.

Laura saß mit Adamina zusammen auf dem Rücksitz und bestritt auf dem Heimweg fast die gesamte Unterhaltung. Sie setzten James vor seiner Wohnung ab: Laura wußte, daß er das Grundstück des großen Hauses bei Tag nicht betreten würde, selbst jetzt noch nicht.

»Sehen wir uns später?« fragte sie.

»Heute abend«, stimmte er zu.

»Oh, ich habe dir einen Brief geschrieben«, sagte Laura.

»Ich habe keinen bekommen«, erwiderte James.

»Ich habe ihn ja auch nicht abgeschickt«, sagte sie. »Hier. Du bekommst ihn jetzt.«

An diesem Nachmittag las James immer wieder Lauras Brief.

27. DEZEMBER

Lieber James,

es ist sehr kalt hier. New York ist in Frost erstarrt. Morgens findet man erfrorene Obdachlose auf den Gehsteigen, im Central Park. Das Hausmädchen (in Bluejeans und Turnschuhen, wohlgemerkt) fährt mit mir frühmorgens im Taxi zum Einkaufen, und wir kehren, bepackt mit extravaganten Lebensmitteln, in unsere warme Penthousezuflucht zurück. Ganz oben in diesem Elfenbeinturm.

Draußen ist alles ganz betäubt; nur Beton und Asphalt auf der gefrorenen Erde, so als wäre die Welt eine einzige große Tiefkühltruhe. Es gibt keine Gerüche.

Im Gegensatz dazu erscheint diese Küche um so saftiger und grüner, ein kleines Reich der Sinne. Die Flamme des Gasherds fängt klickend zu brennen an. Wasser, Öl, Butter werden heiß, Zutaten brutzeln in der Pfanne, Aromen entfalten sich, entströmen dem Inneren von Fleisch und Pflanzen, erfüllen den Raum.

In der Küche arbeite ich ganz konzentriert, dort verliere ich mich. Ich hacke Zwiebeln, während ich daneben das kalte Wasser laufen lasse, schneide frische, geriffelte Selleriestengel, breche krachenden Pfeffer auf, zerdrücke Knoblauchzehen mit der flachen Messerklinge, und schon bin ich irgendwo, nirgendwo.

Jedes Gemüse hat seine eigene Struktur: Schäl eine Zwiebel, und es kommt die äußerste jener Membranen zum Vorschein, die wie Blattgold zwischen den einzelnen Schichten liegen und der festen Zwiebel eine tückische Schlüpfrigkeit verleihen.

Von Weihnachten war noch Truthahn übrig, also habe ich heute eine meiner Lieblingssuppen gemacht: Truthahn mit Mandeln.

Habe rosa Fleisch von der Keule kurz in Fleischbrühe geköchelt – nur um es anzuwärmen. Dann im Mixer zerkleinert und in die gespülte Pfanne passiert.

Haben Dir die gesalzenen Mandeln aus Deinem Nikolausstrumpf geschmeckt? Hast Du sie schon aufgegessen? Wann immer ich mir bei einem Essen unsicher bin, gebe ich gesalzene Mandeln als Appetithäppchen. Mandeln importieren wir schon seit zweitausend Jahren, seit die Römer uns damit bekannt gemacht haben. Vermutlich sind wir süchtig danach.

Mandeln erinnern mich an Muttermilch. Warum nur? Als ich Mina stillte, habe ich von meiner Milch gekostet, sie schmeckte nicht nach Mandeln. Sie war hell, dünn und süß.

Ich erinnere mich noch, wie ich, von ihrem Weinen aus dem Schlaf aufgeschreckt, aus meinen Träumen gerissen wurde und mein Schicksal beklagte. Dennoch schoß als Reaktion auf ihr Schreien bereits die Milch in meine Brüste ein: strömte Kanäle hinunter in den Warzenhof. Dann der Druck ihres zahnlosen Mundes, ihre saugende Zunge, ihre Kehle, trinkend, und ich spürte, wie die Milch pulsierend aus meiner Brustwarze rann. Von der Folter zu tiefer, müder Zufriedenheit.

Nun liegst Du an meiner Brust, ich sauge -- meine Lippen umschließen dich, meine Zunge – ich, ein trinkendes Kind, locke Deine Milch, bis sie kommt, herausspritzendes Eiweiß, geschmacklos bis auf einen leichten Nachgeschmack von Blut, und von Mandeln...

Du fehlst mir bereits. Dreitausend Meilen entfernt. Du ziehst von der anderen Seite des Atlantiks her an mir, Deine Abwesenheit zerrt an meinem Inneren.

28. DEZEMBER

Gestern habe ich Lammkeule, gefüllt mit Krabben, gemacht. Ja, ich versicherte ihnen, es wäre ein altes englisches Rezept, obwohl es im frühen neunzehnten Jahrhundert aus der Mode gekommen ist und erst vor ein paar Jahren in London von einem französischem Küchenchef wieder aufgegriffen wurde.

(Du weißt, daß man annimmt, eine der frühesten Arten des Kochens hätte darin bestanden, den Magen eines erlegten Tieres über einem offenen Feuer zu schmoren: Im Magen befand sich gewöhnlich halbverdaute Nahrung, die dem Fleisch eine nicht voraussagbare, aber starke Würze verlieh. Wann immer ich eine Bratensoße mache, nehme ich mir vor, es selbst einmal zu versuchen. Ich habe es immer noch nicht getan.)

Die Krabben machen das Fleisch pikant, nicht fischig, sondern nussig. Die Gäste wußten nicht, woraus die Füllung bestand, und der Gastgeber ließ sie raten. Schließlich erriet es auch jemand. Ich habe sie heimlich beobachtet.

Später aß ich etwas von den Resten. Als ich davon kostete, stellte ich mir Deine Zunge vor, nicht meine, Deinen Speichel, nicht meinen. Ich stellte mir vor, wie Du es genießt, James.

29. DEZEMBER

Immer wenn ich nach draußen gehe, trage ich Lippenbalsam auf – und creme alle zehn Minuten nach. Ich bin entschlossen, diesen Winter keine aufgesprungenen Lippen zu bekommen. Ich muß sie schützen, bis ich zurückkomme, zu Dir. Wenn man auch im Winter geschmeidige Lippen haben will, ist der Speichel eines anderen dafür das beste Mittel. Oder?

He, als wir unsere Lieblingsdinge für die einsame Insel aufgelistet haben, haben wir nie vom Essen gesprochen, von unseren Lieblingsgerichten. Vermutlich ist es Dir gar nicht in den Sinn gekommen, weil es Dir – obwohl Du meine Kochkünste stets in den höchsten Tönen lobst – wenig bedeutet. Es hat keinen Zweck, das zu leugnen, mein Schatz, ich kenne Dich: Du bist als Mann nicht anders, als du als Kind warst.

Oder ist es mir gelungen, Deinen Geschmackssinn zu wecken? Ich glaube nicht. Dafür ist es inzwischen bestimmt zu spät, nach den vielen Zigaretten. Hast Du Dir je ausgerechnet, wie viele Du inzwischen geraucht haben mußt? Welche Chance haben Deine Geschmacksknospen da noch?

Nun gut, selbst Dein Gaumen hätte auf das Dessert reagiert, das ich ihnen heute abend zubereitet habe. Ich habe eine Schokoladencremespeise gemacht, aus dem siebzehnten Jahrhundert, als Schokolade noch ein seltener Luxus war und in den Schokoladenhäusern Londons und anderer großer Städte vor allem als Getränk serviert wurde.

Der Geruch schmelzender Schokolade ist unwiderstehlich. Warst Du schon einmal in Norwich? Ich wette, nein. Du fängst ja schon an zu zittern, wenn Du Dich über die Stadtgrenze hinauswagst. Ich war einmal dort, nur für eine paar Stunden: In der Nähe des Stadtzentrums muß irgendwo eine Süßwarenfabrik sein, weil die Luft an diesem Tag nach Schokolade roch. Eine ganze Stadt, die unwiderstehlich gut roch.

Schokolade enthält denselben Stoff, der im Gehirn freigesetzt wird, wenn wir uns verlieben. Ich hatte nicht die Absicht, mich zu verlieben. Ich habe es nie erwartet, nicht einmal gewollt. Ich habe Frauen gesehen, die ihr Glück von Männern abhängig gemacht haben, und ich fand dies sehr seltsam. Ohne mich.

Ich weiß noch nicht, ob ich mir das leisten kann. Ich war unangreifbar, genügte mir selbst, war sicher. Ich war auch durchaus glücklich. Durchaus.

Ich werde Dich am Vormittag anrufen.

30. DEZEMBER

Ich habe Heimweh.

Heute haben sie mich eingeladen, diese Amerikaner, mich zu ihnen und ihren Gästen an den Tisch zu setzen – so als hätte ich inzwischen meine Probezeit bestanden und bewiesen, daß ich vorzeigbar bin. Nein, jetzt bin ich gemein, es war nett von ihnen. Ich habe ihnen klipp und klar gesagt, daß ich das nicht wollte, nicht einmal am Schluß. Hoffentlich haben sie es einfach als Frage der Etikette angesehen. Tatsache ist, daß die Gäste sich verpflichtet fühlen würden, mir Komplimente zu machen, wenn ich mich zu ihnen an den Tisch setzte. Aber es ist vulgär, dem Essen zuviel Aufmerksamkeit zu widmen: Über nichts anderes zu reden als das Essen, das man gerade zu sich nimmt, ist pervers. Das hieße schlemmen. Das Wichtigste an einer gemeinsamen Mahlzeit ist die Unterhaltung, die Gemeinschaft.

Vielleicht kann ich aber auch einfach nur keine Komplimente annehmen. Zumindest nicht, wenn man sie mir direkt sagt. Es reicht mir – und das ist das Vorrecht der Köche –, von der Küche aus auf die ersten Reaktionen der Gäste zu lauschen. Natürlich brauche ich das: Ein Essen hat wenig Bedeutung, wenn es nicht gekostet und genossen wird. Ansonsten könnten wir uns genausogut auch von Nüssen und Beeren in den Wäldern ernähren.

1. JANUAR

Sonntag. Am Nachmittag bin ich im Central Park spazierengegangen. Kalt, aber klarer, blauer Himmel, und ein Heer von Joggern, Walkern, Radfahrern und Inline-Skatern. Einige sehen aus, als würden sie sich einer schmerzhaften Behandlung unterziehen, die ihnen ein sadistischer Arzt verschrieben hat, andere, als wäre ihnen eine Strafe für vergangene Schandtaten auferlegt oder als suchten sie Erlösung durch Schmerz und befänden sich auf einer modernen Pilgerfahrt.

Ganz wenige wirkten wunderschön, in ihrem Element, Tiere, zwanglos in ihrem Schritt. Alle jedoch auch ein wenig dekadent, da sie Fitneß um ihrer selbst anstreben – nicht um einen Hund spazierenzuführen, einen Garten umzugraben, mit dem Rad zur Arbeit zu fahren, einen Berg zu ersteigen, in einer Mannschaft zu spielen. Nicht, daß ich je irgend etwas davon gemacht hätte! Ich bin nur die Köchin der Reichen.

Zumindest blieben sie dabei warm. Als ich zum Apartment zurückkehrte, fielen mir fast die Zehen ab, meine Zähne klapperten, ich hatte ganz taube Finger, die Ohren taten mir weh, ich war durchgefroren und bibberte. Vor allem aber wünschte ich mir, Du wärst hier und würdest mich massieren. Wieder Wärme in meinen Körper kneten, die Durchblutung wieder in Schwung bringen, meine Haut von den äußersten Enden meiner Glieder bis hin zum Zentrum wiederbeleben.

Habe ich Dir eigentlich gesagt, wie sehr ich das liebe? Die Art, wie Du die Vorhänge zuziehst, den Heizkörper hochdrehst, eine Kerze anzündest, eine Platte auflegst; wie Du einen Duft für das Öl auswählst; Deine warmen Hände auf meine Haut legst und sie nicht mehr wegnimmst. Die Art und Weise, wie sich dieses Gefühl von dort, wo Du meine Haut massierst, ausbreitet, bis ich nicht mehr sagen kann, wo sich Deine Hände tatsächlich befinden. Warme Ströme, die aus Deinen Fingern fließen, mich schmelzen lassen.

Ich weiß nicht, ob Du ein guter Masseur bist. Du hast es nie gelernt, oder? Du kennst Dich nicht wirklich mit der menschlichen Anatomie aus. Es ist einfach Instinkt, Gespür. Nun, mir tut es jedenfalls gut. Ich vermisse Dich in meinem Körper, James.

Manchmal weiß ich, was Du am Tag vorher gegessen hast. Wir lieben uns, Du schwitzt, ich rieche Kumin, Koriander, Knoblauch in Deinen Achselhöhlen, Ingwer auf Deiner Haut. Ich koste Deinen Schweiß, er ist nicht nur salzig, sondern schmeckt auch nach Rosmarin, Minze.

Jemand, den man liebt – Geliebter oder Kind –, wird eßbar. Wo gehen Liebe und Kannibalismus ineinander über?

Weißt Du, daß man in Japan Kühe für ein bestimmtes Sushi züchtet? Sie bekommen Bier und werden massiert. Gehätscheltes Fleisch. Glaubst Du, daß die Kannibalen ihre Opfer mit bestimmten Speisen gefüttert haben, um sie schmackhafter zu machen? Ich werde Dich einsperren, werde Dir eine Woche lang phantastisch gewürzte Gerichte vorsetzen und Dich dann langsam verspeisen!

Nun, Du warst natürlich nicht hier. Keine Massage. Statt dessen eine andere Art von Behagen, ich machte ein Bananenbrot. Habe alles mit den Händen in einer Schüssel verknetet: Bananen sind so breiig, es gibt ein ungeheures Gemansche – wodurch das Brot nach dem Backen natürlich saftig bleibt. Ich liebe es, wenn ich Zeit habe, meine Hände zu gebrauchen. Es fühlt sich an, als hätte ich meine Finger direkt im Rezept, im Herstellungsprozeß.

Es ist ein Rezept meiner Mutter – Du solltest Dich daran erinnern. Der Laib muß genau richtig aus dem Ofen kommen. Zu trocken, und er zerkrümelt Dir im Mund, der Geschmack ist weg, er schmeckt alt. Zu pappig, und er klebt Dir an den Zähnen, und Du mußt auf jedem Bissen herumkauen wie auf einem Gummiball, bis du ihn endlich schlucken kannst. Ist er aber genau richtig, dann ist seine Konsistenz allein schon ein Vergnügen, Du beißt hinein, spürst ihn auf Deiner Zunge und spielst damit in Deinem Mund herum, weich und mulchig.

Und dann der Geschmack: Bananen, die wie ein Gewürz duften; Walnüsse, holzig; saure Zitronen (warum rufen Zitrusfrüchte bei uns Speichelfluß hervor? Etwa, um den Gaumen vor dem sauren Saft zu schützen?). Serviere es abgekühlt, in dünne Scheiben geschnitten, großzügig mit Butter bestrichen. Ein Winteressen. Ein tröstliches Essen. Je länger Du es aufhebst, desto besser schmeckt es. Allerdings fällt das schwer: Du mußt es verstecken, sonst verschwindet es aus jeder Küche.

Nachdem das Abendessen vorbei, alles abgespült und aufgeräumt war, zog ich mich warm an und ging mit einem Brandy hinaus auf den Balkon. Ich mußte daran denken, was für Alpträume ich hatte, als ich nach meiner Schulzeit die Küche in dem großen Haus übernommen habe. Zum Beispiel habe ich geträumt, daß die Leute lebende Shrimps oder Sprotten auf ihren Tellern fanden oder daß Insekten aus ihrem Gemüse krochen. Oder daß ich beim Servieren feststellte, daß ich nur für drei Leute gekocht hatte, obwohl zwanzig am Tisch saßen.

Ich hatte solche Angstträume schon seit Jahren nicht mehr. Ich habe inzwischen genügend Selbstvertrauen, um zu wissen, daß es nichts gibt, was sich nicht in den Griff bekommen ließe. Weißt Du, einmal habe ich eine Artischockensuppe gemacht, bevor ich wußte, daß man die Artischocken zehn Minuten lang kochen muß, bevor man sie brät. Dein Vater hatte Gäste zum Abendessen. Danach sind sie einer nach dem anderen mit einer Entschuldigung zur Toilette gerannt, wo sie sofort die Spülung gedrückt haben, um das Geräusch ihrer Blähungen zu übertönen.

3. JANUAR

Heute ist mein letzter Tag. Das letzte Menü ist gekocht. Erinnerst Du Dich noch an diesen einen Laurel-und-Hardy-Film, in den Du mich damals geschleppt hast. Ollies Frau kommt mit einer riesigen, schweren Bratpfanne ins Wohnzimmer gestürmt?

»Willst du etwas braten?« fragt Stanley.

»Ja«, sagt sie, »ich will diese Gans braten.« Aber sie ist so klein, daß sie auf einen Stuhl steigen muß, um Ollie die Pfanne über den Schädel zu hauen. Als er bewußtlos nach hinten umfällt – auf ein Sofa, das praktischerweise dort steht –, flattert er zum Abschied mit den Händen, und Du hörst dabei Vogelgezwitscher.

Erinnerst Du Dich daran? Ich muß zugeben, das war wirklich komisch.

Die Zeit hier war eine etwas zwiespältige Erfahrung für mich. Die Arbeit hat mir Spaß gemacht, aber ich habe so wenig von der Stadt gesehen. Zum Teil aus Zeitmangel, weil ich es schließlich gut machen wollte, zum Teil aber auch, weil Du nicht da bist. Es ist so merkwürdig. Ich wollte dies alles mit Dir teilen. Gedanken, Gefühle, Eindrücke, Gespräche, alle Arten von Erfahrungen, gute und schlechte, triviale und tiefgehende. Ich möchte Dir davon erzählen, mehr als das möchte ich aber, daß Du daran teilhast – genau wie ich wissen möchte, was Du denkst, fühlst, siehst.

Früher kannte ich dieses Bedürfnis nicht. Ich war zufrieden damit, mein Leben allein zu leben. Die Erfahrungen als solche waren mir genug.

Jetzt aber nehme ich, weil Du da bist – und im Augenblick weil Du eben nicht da bist –, mein eigenes Leben deutlicher wahr, spüre es deutlicher. Gleichzeitig wird das, was ich sehe, denke und fühle, abgeschwächt, wenn Du nicht da bist, um es mit mir zu teilen.

Ist das Liebe? Wenn ja, wie seltsam.

Morgen fliege ich nach Hause. Bald bin ich bei Dir.

Laura

Nachdem sie sich an diesem Abend geliebt hatten, hielten sie einander noch im Arm.

»Bist du müde?« fragte James.

»Nein, in New York ist es jetzt ungefähr sieben Uhr abends. Der Abend fängt gerade erst an«, sagte sie, während sie ihn streichelte. »Die Nacht ist noch jung«, flüsterte sie ihm ins Ohr.

Sie liebten sich wieder. »Bist *du* denn müde«, fragte Laura James.

»Ja«, erwiderte er, »aber auch glücklich. Ich habe dich so sehr vermißt, Laura. Aber ich bin auch froh, daß du nach New York geflogen bist. Es hat mir klargemacht, was ich fühle. Ich habe es dir am Telefon gesagt.«

»Ich weiß«, murmelte sie.

»Ich möchte mit dir zusammensein. Ich möchte alles mit dir teilen.«

Laura setzte sich neben ihm im Bett auf. »Du wärst also bereit, mit mir nach New York zu gehen?« fragte sie heiter.

James' Eingeweide krampften sich vor Angst zusammen. »Meinst du das ernst?« fragte er. »Du hast also ein Angebot bekommen?«

»Nein«, gestand Laura. »Ich mache nur Spaß. Kein Mensch hat mir ein Angebot gemacht.«

James atmete erleichtert auf. »Du blöde Kuh«, sagte er, »du bist wirklich schrecklich.« Er packte sie und rollte sie herum. Laura wehrte sich.

»Du ärgerst mich noch immer wie eine große Schwester, du gemeines Biest«, beschwerte sich James, als er sie festhielt und kitzelte.

Zu dumm für James, daß Laura nicht kitzlig war. Er schon. Nach einem längeren Gerangel gaben sie beide kurz nach, nur um wieder anzugreifen, als der andere nicht mehr auf der Hut war. Schließlich vereinbarten sie einen Waffenstillstand.

Laura machte Tee und kam damit wieder ins Bett. Sie tranken eine Weile schweigend, bis James plötzlich sagte: »Laura, laß uns heiraten.«

Laura reagierte erst nach ein paar Sekunden, die aber erschienen James wie eine Ewigkeit. Es war wieder wie eine der atemlosen transatlantischen Pausen.

»Ist Heiraten bei den Leuten unserer Generation überhaupt noch üblich?« fragte sie.

»Wir sind nicht Leute«, sagte James. »Wir sind du und ich. Wir können tun, was wir wollen. Ich bin so lange allein gewesen, und ich habe mich allmählich daran gewöhnt. Ich bin mir der Freiheit, die ich habe, durchaus bewußt, Laura. Aber ich würde gern mein Leben mit dir teilen. Ich würde mich dir gern zum Pfand geben. Das ist es, was ich will, und es ist mir egal, ob das nun altmodisch ist oder nicht.«

Die Worte waren nicht einstudiert, sie folgten einander wie Schritte, die auf einen Abgrund zuführten. James wußte, daß er gleichzeitig kühn und dumm war. Ihr Brief hatte ihm Mut gemacht. Dennoch: Er hätte sich langsam vortasten, über jeden Schritt mit Laura verhandeln sollen, ausloten, wie weit ihre Gefühle auf Gegenseitigkeit beruhten. Statt dessen war er blind drauflosgestürmt, im Alleingang, bis ihm die Worte ausgingen, er keinen festen Boden mehr unter den Füßen hatte und sich umdrehte, um zu sehen, ob sie noch da war. James wurde klar, wie wenig er Laura eigentlich kannte – sie kennen *konnte* –, denn er hatte keine Ahnung, wie sie jetzt reagieren würde. Vielleicht würde sie zu ihm aufschließen. Genauso war es aber auch möglich, daß sie sagte, tut mir leid, James ich habe andere Pläne, du gehörst zu meiner Gegenwart, aber nicht zu meiner Zukunft. Ich liebe dich auch, aber das heißt nicht für immer, James. Es gibt kein ›Für immer‹.

James konnte Laura nicht ansehen. Statt dessen musterte er seine Knie. *Sag doch was!* flehte er sie im Geiste an. *Sag nichts!* schrie er dann innerlich. *Sag nichts!* Er trank schlürfend seinen Tee. Dann wurde ihm langsam bewußt, daß Laura neben ihm weder etwas sagte noch schwieg: Sie weinte. Zuerst dachte James, sie weinte, weil sie wußte, daß sie ihn mit dem, was sie ihm sagen mußte, verletzen würde. Sie *wollte* ihn nicht verletzen. Vielleicht aber weinte sie auch, weil er das, was zwischen ihnen war, kaputtgemacht hatte. Es war entsetzlich, wenn jemand, der so stark war, weinte. Er streckte den Arm aus. Sie lehnte sich an ihn und weinte nun offen und heftig, wurde dabei von ihren Schluchzern geschüttelt. James begriff, daß sie um weit mehr weinte, als er angenommen hatte. Ihre Tränen fielen auf ihre nackten Körper.

James griff nach einer Packung Taschentücher auf dem Nachttisch, und Laura schneuzte sich.

»Ich weine um meine Mutter, ich weiß, daß das verrückt ist«, schniefte sie. »Und um meinen Vater. Und um mich. Da schau nur, was du angerichtet hast, James.«

»Ist schon gut, weine nur«, beruhigte er sie.

»Denkst du wirklich, daß ich wie eine große Schwester bin«, meinte Laura schniefend, »verantwortungsvoll, selbstsicher, alles kontrollierend? Ich weiß, daß das jeder denkt. Ich weiß auch, daß das stimmt. Aber so ist es nicht, innerlich bin ich eine Waise. Seit Mama starb, habe ich kein einziges Mal geweint, bis kurz vor Minas Geburt.« Sie holte tief Luft. »Ich mußte mich immer abseits halten, damals, als ich mit euch aufwuchs. Ich war keine von euch, ich wußte, ich durfte es nicht sein. Und ich habe mich seitdem stets abseits gehalten. Ach, James«, sagte sie, »weißt du, was du mir da anbietest? Weißt du überhaupt, worauf du dich da einläßt?«

»Wahrscheinlich nicht«, meinte er.

»Ja, ich würde dich sehr gern heiraten«, sagte Laura zu ihm.

Simons Gesundheitsgruppe traf sich den ganzen Winter über einmal pro Woche im Wohnzimmer des großen Hauses. Zu den regelmäßigen Besuchern zählte auch ein vierzigjähriger Anthropologe namens Trooper. Er hatte langes Haar, einen dichten Bart und trug eine Hornbrille und Sandalen, die aus alten Autoreifen gefertigt waren. Trooper hatte die letzten Jahre auf Exkursionen in Südamerika verbracht. Er hatte dort erforscht, wie die Eingeborenen des Regenwaldes natürliche Haluzinogene verwendeten, und ergötzte die Gruppe nun mit berauschenden Geschichten über Reisen durch die Geisterwelt mit seinem eigenen Geistertier, einem schwarzen Jaguar. Gegenwärtig wohnte er bei seinen Eltern in Northtown, wo er auch aufgewachsen war, ganz in der Nähe von Lewis.

Simon, der die Gruppe leitete, versuchte zu verhindern, daß Trooper ständig das Wort an sich riß. Er selbst war momentan bei Mr. Nakamoto, einem kleinen, aggressiven Shiatsu-Meister, in Behandlung, der Simon mit Schreien und Grunzlauten auf seinem Behandlungstisch herumwarf, die diesem ein wenig zu begeistert klangen, als daß er sich dabei noch wohl gefühlt hätte.

Dann tauchte Trooper bei einem Treffen der Gruppe eines Tages in Socken und Schuhen und mit einer Kurzhaarfrisur auf. Statt der Hornbrille trug er Kontaktlinsen, der Bart war weg. Er hatte einen Job als Computerprogrammierer gefunden. Außerdem hatte er damit begonnen, sich mit transzendentaler Meditation zu beschäftigen. Simon war von Troopers Verwandlung so beeindruckt, daß er ihm erklärte, er wolle das auch lernen.

»Mein wirklicher Name ist John, Simon«, erklärte Trooper.

»Oh, ist das eine Art spirituelles Akronym?« fragte Simon.

»Nein, das ist mein Vorname«, erwiderte er.

Und so ging Simon in der darauffolgenden Woche mit einer Blume und einem weißen Taschentuch zu einer Einführungsveranstaltung, die von einem Mann in weißem Anzug und einer Frau in einem Laura-Ashley-Kleid gehalten wurde, und begann daraufhin jeweils morgens und abends zwanzig Minuten lang zu meditieren. Er verwendete dabei ein persönliches Mantra, das ihm sein Lehrer gegeben hatte. Simon hätte den anderen nur zu gern gesagt, wie es lautete, um herauszufinden, ob ihres dasselbe war.

In der Folgezeit ließ sich John auf den wöchentlichen Treffen von Simons Gruppe nicht mehr blicken. Anfang März jedoch tauchte er wieder auf und verkündete, daß er ihr neuer Wahlkreiskandidat für die bevorstehenden Parlamentswahlen sei, und fragte an, wie es denn mit einer kleinen Parteispende stünde.

Die Natural Law Party, die Naturgesetzpartei, war über Nacht gegründet worden und hatte in jedem Wahlkreis Kandidaten aufgestellt. Ihr Parteiprogramm beruhte auf der These, daß sich die Quadratwurzel der Bevölkerung nur einer fortgeschrittenen Meditationstechnik, die als Yogi-Fliegen bekannt war, widmen müsse, damit im Universum gewisse Wirkprinzipien der Naturgesetze zum Tragen kamen, was wiederum zu einem Rückgang von Verbrechen und Arbeitslosigkeit und einer Vermehrung der Gesundheit und des Reichtums führen würden. Dieses schlichte Versprechen war in ein Programm von schwindelerregender Komplexität verpackt. Es wurde durch die Lehren der Weden, durch die Quantenfeldtheorie der modernen Physik und durch statistische Diagramme gestützt, die die Ergebnisse von über 500 wissenschaftlichen Studien in 210 Universitäten und Instituten in 27 Ländern der Erde repräsentierten.

Im Grunde genommen hätte dieser Prozeß in einer Sozialsiedlung am Rande Liverpools bereits eingesetzt, erklärte John. Das war zwar eine unerhörte Behauptung – deren Richtigkeit der dortige Polizeipräsident und Mitarbeiter des Gesundheitsdienstes nach der Wahl beweisen würden –, aber Simon und seine Freunde sicherten John ihre Unterstützung zu.

Die etablierten Parteien ignorierten die neue Partei (so wie dies auch die meisten Wähler tun sollten) und begannen mit dem üblichen Wahlkampfgeplänkel, wobei sie die größten Anstrengungen darauf verwendeten, sich gegenseitig zu verhöhnen. Charles verbrachte mehr Zeit denn je in der Zeitung und schrieb dort vor allem Leitartikel. In einem dieser Artikel beklagte er den mangelnden Weitblick der Regierung. Um endlich der Faulenzer und

Schnorrer Herr zu werden, schlug er eine Reihe von Maßnahmen vor, die die Privatisierung der Polizei, der Armee und des Ministeriums für soziale Sicherheit, oder besser des Ministeriums für soziale Unsicherheit, wie es seiner Meinung nach umgetauft werden sollte, miteinschlossen. Er sprach sich auch für eine schärfere Bestrafung von Kriminellen aus, besonders von Autodieben: Die Stadt litt gegenwärtig darunter, daß Jugendliche gestohlene Autos frisierten und sich damit vor zahlendem Publikum im Industriegebiet bei der Fabrik Rennen lieferten – Robert wäre angesichts dessen gern noch einmal jünger gewesen. Charles schrieb, die Opposition verstehe unter einer Bestrafung anscheinend, den Jugendlichen ein eigenes Auto zu geben, wohingegen die meisten vernunftbegabten Menschen sie lieber über eine Klippe jagen würden. Außerdem sollte es anständigen Bürgern erlaubt sein, ihre Autos mit Geräten auszurüsten, die Autodieben einen Stromschlag verpaßten. Es war dies einer seiner populärsten Leitartikel.

Charles begriff nicht wirklich, was man unter Unparteilichkeit der Medien verstand. Er zahlte, also bestimmte er auch. Niemand besaß den Mut, ihm die Wahrheit zu sagen: daß die Finanzen langsam erschöpft waren.

Anstatt schnelle Gewinne zu erzielen – diese wären dringend nötig gewesen, um die Kosten der Expansion zu decken –, schrieb die Freeman Communications Corporation in vielen Bereichen rote Zahlen. Die Kabelfernsehgesellschaft hatte sich als nicht marktfähig erwiesen. Die Computerprogramme, in die Charles investiert hatte, waren mit den Systemen, die sich auf dem Weltmarkt durchgesetzt hatten, inkompatibel. Der Radiosender wurde von der Bevölkerung nicht angenommen. Ein Großteil seiner Werbeeinnahmen kam von anderen Unternehmen der FCC, weil Charles seinen alten Trick anwendete, Geld zwischen seinen verschiedenen Gesellschaften hin und her zu schieben, um den Eindruck zu erwecken, das Unternehmen sei gesünder, als das in Wirklichkeit der Fall war. Dieser Trick hatte bislang immer funktioniert, da, wie er oft erklärte, »Vertrauen ein ebenso kostbarer Rohstoff wie Gold« war.

Das Problem war nur, daß man mit Vertrauen allein keine Kredite zurückzahlen konnte. Er mußte weitere aufnehmen, nur um seine Schuldzinsen begleichen zu können, und das tat er, indem er den Banken Aktien der FCC als Sicherheit übergab.

»In einer Krise muß man das Geld im Fluß halten«, erklärte er seinem Buchhalter. »Es kommt schon alles in Ordnung, das war noch nie anders«, versicherte er jedem, während der Schuldenberg stetig wuchs. Je mehr Geld er aufnahm – und je höher seine Schulden wurden –, desto anfälliger waren die FCC-Aktien. Dann aber mußte er noch mehr Aktien für weitere Kredite übertragen, die ein wankendes Finanzgebäude sichern sollten, dessen Fundament aus nichts anderem als der heißen Luft bestand, die der Mann in dessen Zentrum abließ.

Zoe, die ein Exemplar der Zeitung gekauft hatte, machten die Ansichten ihres Onkels ebenso wütend wie die Diskussionen mit ihm damals beim Sonntagsessen im Haus auf dem Hügel. Sie arrangierte im Vorfeld der Wahl hastig eine Woche mit Spätvorstellungen, in der sie Filme wie *Comrades, High Hopes* und *The Ploughman's Lunch* zeigte. Jede war ausverkauft (ein seltenes Ereignis in jenen Tagen, da an der Umgehungsstraße, auf Harrys Grund und Boden, ein neues Kinozentrum mit zehn Sälen eröffnet hatte). Charles hörte die Neuigkeit von Natalie und Simon, und er fand die Zeit, Zoe von seinem Büro aus anzurufen.

»Es freut mich zu hören, daß du dein Gespür für Geldangelegenheiten nicht verloren hast«, stichelte er.

»Nach der Wahl wird dir das Lachen schon vergehen«, sagte Zoe zu ihm.

»Das bezweifle ich sehr«, erwiderte er.

James sah sich *Paris bei Nacht* an, weil Laura an diesem Abend auswärts zu tun hatte. Nach einer Viertelstunde verließ er den Vorführsaal und ging nach oben, wo Zoe an einem Miniaturkaffeetisch in ihrem winzigen Wohnzimmer saß und ihre Buchhaltung machte.

Zoe nahm ihre Brille ab, stutzte und sagte: »Nein, nein, sagen Sie nichts. Warten Sie, ich kenne Ihr Gesicht. Es ist mir vertraut. Ich habe Sie schon irgendwo einmal gesehen, oder?«

»Zoe, ich bin –«

»Nein, lassen Sie mich raten. Wir sind uns schon einmal begegnet, vor langer Zeit... Warten Sie, gleich hab ich's... Es liegt mir auf der Zunge... Ja natürlich, jetzt weiß ich wieder, wer Sie sind. Sie sind James Freeman, der bekannte Fotograf, der treue Freund, der immer so gewissenhaft zurückruft, wenn man ihm etwas auf seinen Anrufbeantworter spricht. Sehen Sie, ich habe Sie erkannt. Natürlich haben Sie sich verändert, sehr sogar, Sie sind zweifellos älter geworden, aber ich erkenne Sie trotzdem. Kriege ich dafür einen Preis?«

Nachdem Zoe James schließlich dazu gebracht hatte, sich unterwürfigst zu entschuldigen und schmeichlerisch um Vergebung zu flehen, weil er sich monatelang nicht mehr bei ihr hatte blicken lassen, stand sie auf und schloß ihn in die Arme. Ihm wurde bewußt, daß die Umarmung seiner Cousine, der Duft ihrer Hippieöle und das Klingeln ihrer Armreifen die einzigen tröstlichen Konstanten in seinem Leben gewesen waren.

Sie schenkte ihnen einen Kognak ein. Er versuchte zu erklären, warum er sich nicht gemeldet hatte, aber sie unterbrach ihn.

»Um Himmels willen, James, worüber, glaubst du, hat die Familie den ganzen Winter lang gesprochen? Es ist schon in Ordnung, du darfst dich doch verlieben. Ich wußte, daß das eines Tages passieren würde. Allerdings habe ich dabei nie an Laura gedacht.«

»Ich glaube, ich auch nicht«, gestand er.

»Stimmt es, daß ihr heiraten wollt?«

»Ja. Was meinst du dazu?«

»Was ich dazu meine?« Zoe neigte den Kopf. »Nun, Schätzchen, ich meine…« Sie hob den Kopf wieder und sah ihm in die Augen. »Ich meine, Laura hat großes Glück. Es ist wunderbar, James. Ich freue mich sehr für euch beide.«

Die letzte Vorführung dieser Wahlwoche fand statt, nachdem die Wahllokale bereits geschlossen hatten. Es war eine Doppelvorstellung, in der beide Teile von *1990*, gefolgt von *Die Marx Brothers im Krieg*, gezeigt wurden. Sie endete erst im Morgengrauen. Das Publikum war von einem ungeheuren Optimismus erfüllt, als es in das grelle, realistische Licht des neuen Tages hinaustrat, um dort dem milden Lächeln des Premierministers zu begegnen, der immer noch aussah wie jemand, der sich rein zufällig nach Westminster verlaufen hat – und der jetzt seine Macht wiedererlangt hatte.

In jener Zeit diskutierten James und Laura – in Lauras Auto, in James' Wohnung, auf ihren sonntäglichen Spaziergängen über die

Grasniederung und nachts, wenn er zu ihr ins Gartenhaus geschlichen kam – viele Stunden über ihre Hochzeit und ihre Pläne danach. Es war wie ein neues Spiel.

Sie versprachen beide, offen und ehrlich zu sagen, wie ihre Hochzeit aussehen sollte, bevor sie irgend etwas arrangierten. Das einzige, worin sie übereinstimmten, war, daß sie bald heiraten wollten, im Frühsommer. Alles andere stand – bei ihrem gegensätzlichen Geschmack nicht anders zu erwarten – zur Diskussion: James wünschte sich eine standesamtliche Trauung ohne großen Aufwand, Laura wollte lieber eine kirchliche Hochzeit mit Hunderten von Gästen. James schlug vor, den größten Saal der Stadt für einen kurzen Empfang zu mieten, gefolgt von einem einzigartigen, phantastischen bunten Abend, während Laura das weniger zusagte. Er stellte sich Flitterwochen in Italien vor, sie wollte von Felixstowe bis King's Lynn an der Küste von East Anglia entlangfahren und in den besten Fischrestaurants Rezepte sammeln.

»Du lieber Himmel, es sollen Flitterwochen werden, keine Geschäftsreise«, wandte James ein.

Laura erstellte eine Liste mit den verschiedenen Alternativen. Obwohl sie sich bald entscheiden mußten, um die Räumlichkeiten zu mieten und Einladungen drucken zu können, machte James sich auf langwierige Verhandlungen gefaßt. Als es dann jedoch soweit war, gab es so gut wie keine Diskussionen: Laura sagte, welche Art von Empfang sie haben wollte, und alles andere würde sie, unter der Bedingung, daß er in diesem einen Punkt nachgab, James überlassen.

»Wir werden den Empfang hier geben«, erklärte sie vorsichtig. »Nicht im Gartenhaus: im großen Haus. Auf dem Rasen wird ein großes Zelt aufgestellt. Es gibt Spiele im Freien, später wird getanzt. Die Gäste werden hier übernachten. Wir werden nicht eilig davonstürzen, sondern die Nacht im Gartenhaus verbringen.«

James hörte ungläubig zu.

»Die Gäste können im Haus übernachten«, fuhr sie fort, »und im Zelt. Sie können auch selbst Zelte auf dem Rasen aufbauen, wenn sie wollen. Wir werden aufstehen und herumspazieren und mit ihnen frühstücken. Und *dann* werden wir am Sonntag nachmittag zum Flughafen fahren. Und nach Italien fliegen.«

»War es das?«

»Das war's«, bestätigte Laura.

»Du bist ja total verrückt«, sagte James zu ihr. »Du mußt doch wissen, daß das völlig ausgeschlossen ist. Wie kannst du so etwas überhaupt nur vorschlagen?«

»Weil es mir«, sagte sie langsam, »jetzt reicht, mein Schatz. Ich habe endgültig genug davon, in einer Art Schattenwelt zu leben, im Schatten dieses Hauses, im Schatten deiner Familie. Ich habe mich damals heimlich mit Robert treffen müssen, im Dunkeln, und jetzt ist es mit dir ganz genauso, obwohl unsere Beziehung etwas ganz anderes ist, obwohl ich will, daß uns alle zusammen im Sonnenlicht sehen. Ich habe genug von deinem Starrsinn, James, und von der Kluft zwischen dir und deinem Vater. Ich habe genug davon, daß Adamina das Kind dieser Schattenwelt ist und daß sie bald gezwungen sein wird, sich darin mühsam voranzutasten.

Das muß aufhören, mein Schatz. Ich möchte, daß alles offen zutage liegt. Du mußt dich deinem Vater stellen. Und das kannst du auch, James, weil ich nämlich an deiner Seite sein werde.«

11

Chinesisches Raunen im Wind

Charles Freeman, der Boß, wirkte stets unverwundbar. Bei keiner seiner Unternehmungen hatte es Zweifel an deren Erfolg gegeben, höchstens daran, wie groß er sein würde. Den Menschen seiner Umgebung ließ er seinen Beistand und seine Stärke zukommen, sosehr er sie andererseits auch einschüchterte. Selbst seine langjährigen Konkurrenten machten sich weniger Gedanken darüber, welche Schwachstellen er vielleicht haben könnte, als vielmehr, wie sie ihre eigenen vor ihm verbergen konnten.

Trotz der Gerüchte hatte Charles' Ruf, aufgrund der puren Kraft seiner Persönlichkeit und seiner zuversichtlichen, übertriebenen Gewinn- und Wachstumsvoraussagen in den Geschäftsberichten der Freeman Communications Corporation (deren Zahlen von Wirtschaftsprüfern mit untadeligem Ruf bestätigt wurden), keinen Schaden genommen. Der Kurs der Freeman-Aktien blieb weiterhin hoch, und die Gläubiger ließen sich noch in Schach halten.

Der Zusammenbruch von Charles' kleinem Imperium, das er in dieser Stadt in Mittelengland über vierzig Jahre hinweg aufgebaut hatte, erfolgte binnen weniger Stunden. Auslöser war Charles' Fehler, einen Kredit bei einer Schweizer Bank und einen weiteren bei einer amerikanischen Maklerfirma aufzunehmen. Beiden Gläubigern hatte er zur Sicherheit FCC-Aktien übereignet. Während britische Banken sich weiterhin von Charles Freemans Zuversicht und Versprechungen überzeugen ließen, nahmen die ausländischen Banken eine distanziertere und kritischere Haltung ihm gegenüber ein. Sie waren es, die die Lawine lostraten.

Im April drängte die Schweizer Bank zum erstenmal auf den Ausgleich der Darlehenszinsen, die seit sechs Monaten überfällig waren. Im Mai stellten die amerikanischen Makler ein Ultimatum: Zahlen Sie sofort, oder wir nehmen Rückgriff auf die Sicherheit.

Charles war nicht in der Lage zu zahlen. Am Donnerstag, dem

21. Mai, verkaufte die New Yorker Firma eine große Tranche ihrer FCC-Aktien. Da sich die vorschriftsmäßige Bekanntmachung des Verkaufs noch um zwei Geschäftstage aufschieben ließ, setzten sie die FCC am Dienstag, dem 26. Mai, davon in Kenntnis – der Montag war ein Bankfeiertag. Vierundzwanzig Stunden später informierte Charles' Geschäftsführer die Börse über den Verkauf. Donnerstag um ein Uhr lief eine kurze Mitteilung über die Monitore der Makler, daß die amerikanische Firma ihren Aktienanteil an der FCC auf den Markt geworfen hatte. Binnen einer Stunde begann die Talfahrt des Aktienkurses.

Danach gab es zahllose Stimmen, die der Welt verkündeten, sie hätten die ganze Zeit gewußt, daß Charles auf den Untergang zusteuerte. Sie hätten es kommen sehen, es sei doch alles offensichtlich und unausweichlich gewesen, mehr noch, es sei ihnen schon lange klar gewesen, daß Charles ein tyrannischer Schwindler, ein Gauner und Betrüger sei.

Tatsächlich hatte nur ein einziger Mensch in der Stadt Charles' drohenden Untergang vorhergesehen *und* sich darauf vorbereitet, und das war Harry Singh. Alle anderen, die durchaus hätten erkennen können, was da vor sich ging, hatten Charles auf seine Bitte hin bereitwillig noch mehr Geld gegeben. Dann kam jener Mittwochnachmittag, und die Welt stand kopf. Die Zahlen, die über die Computerbildschirme flackerten, waren wie das Wimmern eines erschöpften Tieres. Die Jäger nahmen alsbald die Spur auf und eröffneten die Hatz. Sie wußten, daß Charles sich in Schwierigkeiten befand, und so ging die ganze Meute auf ihn los. Sie wußten nämlich auch, daß sie sich mit ihm in Schwierigkeiten befanden. Charles' Schutzschild – die Illusion der Macht – zerbrach. Sie beteiligten sich alle, die Finanziers, die Bankmanager und Makler. Sie waren panisch und kannten kein Erbarmen. Und mußten feststellen, daß Harry Singh schon vor ihnen dagewesen war.

Es war Samstag, der 23. Mai (zwei Wochen vor James' und Lauras Hochzeit). Laura bereitete ein frühes Abendessen zu, das um sechs Uhr auf dem Tisch stand, damit die Erwachsenen zu Hause essen und dann noch etwas unternehmen konnten, wenn sie wollten, und die Kinder Zeit hatten, das Essen zu verdauen, bevor sie zu Bett gingen. Alice half ihrem Au-pair-Mädchen Poonam, die Kinder nach oben zu bringen. Sam zerrte seine Mutter am Arm und fragte: »Kann Großpapa noch ein bißchen mit uns spielen?«

»Kann Onkel Simon noch eine Geschichte erzählen?« fragte Amy.

»Ich bin sicher, Simon hat etwas Besseres vor«, sagte Harry.

»Ach, das mache ich doch gern«, sagte Simon und fragte, aus welchem Buch er denn vorlesen solle. Während fünf verschiedene Wünsche auf Simon einprasselten, nutzte Harry das Durcheinander, um sich zu Charles herüberzubeugen.

»Ich denke, es ist Zeit, daß wir uns einmal miteinander unterhalten, Charles«, sagte er. »Ich habe dir einen Vorschlag zu machen.«

Die beiden Männer stahlen sich aus dem Eßzimmer und gingen über den Flur in Charles' Arbeitszimmer. Er goß sich selbst einen Bourbon und seinem Schwiegersohn ein Mineralwasser ein. Dann setzte er sich, was untypisch für ihn war, schweigend hin und bat Harry fortzufahren.

Sie blieben den ganzen Abend in Charles' Arbeitszimmer, wo Harry ihm sein Rettungspaket erklärte: Er schlug vor, die Freeman Company, die noch immer eine Ein-Mann-GmbH war, von der Aktiengesellschaft zu trennen, um so wenigstens die Fabrik, die zwar inzwischen nahezu wertlos war, und das Haus vor den Gläubigern der FCC zu schützen. Charles war ruhig, pedantisch und wiederholte jedes Detail. Was Harry ihm sagte, war zwar höchst ärgerlich, aber so zwingend, daß Charles sich mit der Tatsache abfand, in einer Zwangslage zu stecken, aus der er sich weder mit Bluffs noch mit Prahlerei allein befreien konnte.

Als Charles dann die Verträge unterzeichnete, die Harry gleich mitgebracht hatte, und ihm die Eigentumsurkunden für die Fabrik und das Haus übergab, war er sich nicht sicher, ob sein phlegmatischer Schwiegersohn nun Dämon oder Retter war.

»Ich würde das gern noch einmal rekapitulieren, Charles«, sagte Harry.

»Ja, ja«, erwiderte Charles.

»Halten wir fest, daß dies hier eine Formalität, ein Stück Papier ist. Infolgedessen wird sich hier im Haus nicht das geringste ändern: Du bist weiterhin das Familienoberhaupt, und dies ist jetzt nicht weniger dein Haus, als es das vorher war. Du vererbst es eben nur ein wenig früher als normalerweise üblich.«

»Ganz wie du meinst«, stimmte Charles zu. Er spürte, wie ihm eine tiefe Müdigkeit in die Knochen kroch, und konnte sich selbst nicht erklären, warum ihm darauf keine andere Antwort einfiel. Der Motor in seinem Inneren war ins Stottern geraten, er hatte keinen Treibstoff mehr. Das war es, dachte er: Harry war so vernünftig und respektvoll, selbst wenn er einem gerade die Eier abriß. Dagegen kam man einfach nicht an, überlegte er. Er fragte sich, warum er bei seinen Verhandlungen über die Jahre nicht selbst solche Taktiken angewendet hatte. Dann bemerkte er, daß Harry wegsah und in sich hineinlächelte.

»Was gibt es da zu lachen?« fragte Charles.

»Ach, nichts«, erwiderte Harry. »Ich habe mir nur gerade die Vorhänge angesehen.«

»Was ist damit?« wollte Charles wissen.

»Mir hat die Farbe nie gefallen, das ist alles«, erklärte Harry.

Laura arrangierte alles: den Gottesdienst, den Empfang, das große Zelt, Speisen und Getränke, die Musik, die Kleider der Brautjungfern, sogar einen echten Hochzeitsfotografen, den sie in den Gelben Seiten gefunden hatte. Sie arrangierte auch die Versöhnung, die der Hochzeit vorausgehen sollte: einen Spaziergang eine Woche davor, ein Treffen auf neutralem Boden.

Laura fuhr mit James, Adamina und Zoe zum Heideland im Westen der Stadt, wo sie sich mit den anderen trafen: Charles, Simon, Natalie und Lucy, Harry und Alice mit ihren Kindern und Dick dem Hund.

Sie ließen die Wagen stehen und gingen zum Heideland hinunter, einem sumpfigen Areal, in dem sich Gräben, Buschwerk, kümmerliche Weiden und am Rand ein paar urbare Felder abwechselten. Es war ein Gebiet, das die Ornithologen mehr schätzten als die Bauern.

Den anwesenden Erwachsenen war klar, daß der Hauptzweck der Übung darin bestand, Charles und James dazu zu bringen, wieder miteinander zu reden, und so waren sie selbst redseliger als üblich, sowohl um in dieser gekünstelten Versammlung peinliche Gesprächspausen zu vermeiden, als auch in der Hoffnung, daß ihre Heiterkeit ansteckend wirken würde.

Simon ging voran. Er hatte zwar eine Generalstabskarte dabei, aber keine Ahnung, wie sie zu lesen war, also folgte er statt dessen dem, was er für einen Weg hielt. Natalie und Adamina waren ihm dicht auf den Fersen und erklärten immer wieder, daß sie sich unweigerlich verlaufen würden. Als nächstes kam Charles, umringt von seinen älteren Enkelkindern, die eine Art Blindekuh spielten. Alice, Laura und Lucy unterhielten sich über die Hochzeitsvorbereitungen. James ging neben Zoe und Harry, der seine Jüngste, Molly, auf den Schultern trug.

James lauschte Zoe, wie sie Harry stichelte: Kürzlich hatte man die M 40 von London nach Norden bis Birmingham, das westlich der Stadt lag, ausgebaut. Die ursprüngliche Strecke hätte direkt durch das Heideland führen sollen, und Harry hatte ein Konsortium geleitet, das versuchte, den Bauern ihr Land abzukaufen, noch bevor der Staat ihnen ein Angebot unterbreitet hatte. Man war ihnen jedoch zuvorgekommen. Eine lokale Umweltschützergruppe hatte – in einer Aktion, die als Sieg der Grünen gefeiert wurde – von einem gleichgesinnten Bauern dessen Felder erworben und sie dann in zahllose winzige Parzellen aufgeteilt, die sie an Freunde und Sympathisanten in aller Welt weiterverkauften. Der Staat hätte also jede einzelne dieser Parzellen zwangsenteignen müssen, um sie in seinen Besitz zu bringen, was sich wegen des gigantischen bürokratischen Aufwands als nicht durchführbar erwies. So wurde die Streckenführung der Autobahn weiter nach Westen verlegt, durch ein Gebiet, das für die wildlebenden Tiere und Pflanzen von geringerer Bedeutung war.

»Es ist mir wirklich egal, wie die Straße verläuft«, sagte Harry gerade. »Wie dem auch sei, ich bin froh, daß ich damit letztendlich doch nichts zu tun habe: Ich glaube sowieso nicht, daß diese ländliche Gegend etwas für mich ist. Ich werde meine Grundstücksgeschäfte auf das Gebiet innerhalb der Umgehungsstraße beschränken.«

»Das sagst du doch nur, weil du verloren hast«, erwiderte Zoe, »weil wir dich geschlagen haben.«

»Das mag schon stimmen«, gab Harry zu. »Allerdings sehe ich keine Notwendigkeit, daß du gleich den Pluralis majestatis verwendest.«

»Wovon redest du überhaupt? Möglicherweise gehen wir gerade

über meinen Grund und Boden. Mir *gehört* nämlich eine der Parzellen hier.«

»Ist das dein Ernst?« fragte Harry.

»Sicher«, sagte Zoe zu ihm. »Ich bin eine der besagten zweihundert.«

»Das wußte ich nicht«, meinte Harry ruhig.

James' Aufmerksamkeit schweifte ab. Er richtete den Blick nach vorn und beobachtete seinen Vater, der mit den Kindern spielte. Charles schlenderte dahin und sah sich die Gegend an. Anscheinend bemerkte er dabei gar nicht, daß die Kinder sich an ihn heranschlichen. Dann plötzlich drehte er sich brummend wie ein wütender Grizzly um und setzte den schreiend davonstiebenden Kindern schwerfällig hinterher.

Wie jeder andere in der Familie wußte James inzwischen von Charles' geschäftlichem Scheitern. Außerdem war er in groben Zügen darüber informiert, wie Harrys Rettungsaktion ausgesehen hatte – daß Harry das Haus (und die Fabrik) zum Nominalwert gekauft hatte, damit beides vor Charles' Gläubigern sicher war und in der Familie blieb. James beobachtete die Kinder, die großen Spaß an Charles' extrovertierten Possen hatten. Sie, die eine Generation von seiner erdrückenden väterlichen Umarmung entfernt waren, spielten unbekümmert und begeistert mit ihm. James spürte, wie unnötig sein Groll war, dieser Haß auf seinen Vater, den er seine ganze Kindheit hindurch empfunden und ins Erwachsenenleben mitgenommen hatte. Sein Vater hatte noch immer etwas Monströses an sich, aber es erschien ihm nun eher grotesk als grausam. Er war ein Schwätzer, der lauter heiße Luft abließ – es bestand keine Notwendigkeit mehr, sich darüber aufzuregen. Nicht mehr.

»Wie dumm ich doch war«, sagte eine heitere Stimme in James' Kopf. »Es sind nur Menschen«, sagte die Stimme, ein Echo von Zoes Worten. »Es sind nur Menschen, James.« Zum ersten Mal seit seiner Kindheit sah er die Vorteile des extrovertierten Wesens seines Vaters: Hier war er, mitten im persönlichen Ruin, und spielte mit seinen Enkeln ein Kinderspiel.

Simon hatte sie inzwischen auf eine verlassene Wiese geführt. Als sie sie halb überquert hatten, entdeckten sie allerdings, daß sie doch nicht ganz verlassen war: Plötzlich kam aus einer Ecke ein Dutzend Ochsen auf sie zugetrabt. Oder genauer gesagt, auf Dick, den Hund, der, beunruhigt durch diese großen unbekannten Tiere, zwischen seinen Menschenkameraden Schutz suchte.

Simon schritt forsch aus. »Folgt mir alle«, erklärte er und ging dabei auf ein Tor zu, das etwa fünfzig Meter entfernt war. Die Ochsen schienen die Menschen kaum wahrzunehmen: Sie waren von Dick fasziniert. Sie senkten ihre Nasen zum Boden, schnaubten aufgeregt und starrten ihn mit weit aufgerissenen Augen an. Die Kinder drängten sich um ihre Eltern. Genau wie einen Augenblick zuvor, als sie mit Charles gespielt hatten, waren sie auch jetzt gleichzeitig begeistert und entsetzt, so als handle es sich um eine Fortsetzung des Spiels von eben.

Zu James' Erstaunen gab es unter ihnen jemanden, der tatsächlich Angst hatte, und zwar jemand, bei dem er das am wenigsten erwartet hätte: Natalie krallte sich regelrecht an Simon fest, während dieser forsch auf das Tor zumarschierte. Sie klammerte sich mal rechts, mal links an ihn, an welcher Seite sie sich gerade den meisten Schutz versprach, denn die Ochsen kreisten die Gruppe langsam ein.

»Beeil dich!« zischte sie Simon mit zusammengebissenen Zähnen zu. »Ach, Scheiße!« rief sie. »Sie kommen immer näher! Lucy!«

»Kein Grund zur Panik, Schätzchen«, verkündete Simon. »Wir dürfen jetzt nur nicht losrennen. Es sind einfach dumme Geschöpfe, sie haben mehr Angst vor uns als wir vor ihnen. Sie werden sich nicht an uns heranwagen.«

»Sie *sind* uns doch schon auf den Fersen, du Blödmann«, zischte sie.

Die Person, *der* sie auf den Fersen waren, war Alice. Dick hatte nämlich bei seinem Frauchen Schutz gesucht und sprang nun zwischen ihren Beinen hin und her, so daß sie beim Gehen ständig über ihn stolperte.

»Ist schon gut«, erklärte sie einem Ochsen, der kaum einen Meter von ihr entfernt war, stolpernd, »ist schon gut, wir sind Vegetarier«, worauf James schallend lachen mußte.

»Was findest du denn zum Teufel so komisch?« schrie ihn Natalie schrill an, bevor sie sich entschied, über die verbleibenden zehn Meter bis zum Tor einen Sprint hinzulegen, um dann unbeholfen, aber rasch hinüberzuklettern.

Die anderen folgten ihr. Inzwischen war jedes der Kinder von einem Erwachsenen in Obhut genommen worden. Charles und James hatten Tom und Susan hochgenommen und erreichten gleichzeitig das mit einem Vorhängeschloß versehene Tor. Charles gab Tom an James weiter, der den Jungen im Arm hielt, bis es Charles gelungen war, das Tor zu übersteigen, ohne es dabei gleich in Trümmer zu legen. Dann reichte James Tom zu Charles hinüber, der ihn absetzte und Susan in Empfang nahm.

Als sie sich alle sicher auf der anderen Seite befanden, wurden rasch Vorwürfe laut: Natalie standen ungewohnte Tränen in den Kriegeraugen, während sie Simon zurechtwies, woraufhin Amy zu schluchzen anfing und dann auch Tom. Das war der Punkt, an dem Harry seinem Schwager vorwarf, er hätte im Hinblick auf die vielen kleinen Kinder, für die sie schließlich die Verantwortung trugen, grob fahrlässig gehandelt. Nicht, daß alle kleinen Kinder angemessen verängstigt aussahen: Die Ochsen hatten sich inzwischen im Halbkreis um das Tor geschart, wo ihnen Adamina, auf dessen Mittelsprosse stehend, vornübergebeugt die entblößten Arme entgegenreckte. Sie verloren ihr obsessives Interesse an Dick (der sich hinter seiner Familie in Sicherheit gebracht hatte), und bald kam der Mutigste unter ihnen einen Schritt nach vorn und leckte ihr mit seiner rauhen, nassen Zunge kurz über einen der nackten Arme.

»Schau, Mami«, rief sie. Sam kletterte neben ihr aufs Tor.

»Du weißt doch, daß ich vor diesen verdammten Biestern Angst habe. Das habe ich dir doch gesagt«, schluchzte Natalie.

»Mein Gott!« rief Simon. »Dann soll doch jemand anderes die Karte lesen. Ich kann mir durchaus was Schöneres vorstellen, wenn ihr es genau wissen wollt.«

»Es besteht kein Grund, gleich eingeschnappt zu sein«, sagte Laura. »Du siehst doch, daß sie ganz durcheinander ist.«

»Er leckt das Salz ab«, sagte Zoe.

»Ich will nach Hause«, jammerte Amy.

»Verlaß dich auf einen Mann, und du bist verlassen«, sagte Lucy.

»Sei vorsichtig, Sam«, riet Harry.

James und Charles standen ein wenig abseits des Hexenkessels aus Tränen und Vorwürfen, Kindern und Tieren. Sie betrachteten die Szenerie und sahen sich dann an.

»Manche Dinge ändern sich vermutlich nie«, sagte James.

»Hoffentlich. Sonst wäre es nämlich verdammt langweilig, oder?«

»Erinnerst du dich noch daran, wie du mit Stanley in den Keller gegangen bist, um Champagner zu holen?« fragte James. »Und als du in die Küche zurückkamst, ein totales Chaos vorgefunden hast, eines, für das du ausnahmsweise nicht verantwortlich warst?«

»Ich denke schon«, erwiderte Charles. »Wir machen alle Fehler, das ist sicher. Ist bei euch für nächste Woche alles klar?« fragte er James. »Braucht ihr noch irgend etwas?«

»Nein«, erwiderte James. »Ich denke, es ist alles geregelt. Wir haben, was wir brauchen.«

»Das ist gut«, sagte Charles. »Wir freuen uns alle darauf, James. Und ich freue mich darauf mehr als sonst irgend jemand.«

James nickte. »Schön«, sagte er, dann wurden sie von einer lautstarken Auseinandersetzung unterbrochen. Die Karte vor sich ausgebreitet, stritten Simon, Lucy und Zoe heftig miteinander.

»Wir *können* gar nicht auf diesem Weg hier sein«, behauptete Simon. »Er ist nicht rot.«

»Nur weil er auf der Karte rot ist, heißt das doch nicht, daß er in Wirklichkeit auch rot ist, du Trottel«, machte Zoe ihn aufmerksam.

»Gütiger Himmel!« sagte Lucy.

Dann kam Amy zu ihnen herüber. »Kannst du mich tragen, Großpapa?« fragte sie Charles, und er nahm sie auf den Arm. Sie machten sich auf den Rückweg zu den Autos. Diesmal ging Harry voran. Da er jahrelang intensiv Baupläne studiert hatte, besaß er von allen die besten Voraussetzungen, um eine Generalstabskarte lesen zu können – obwohl es nicht gerade hilfreich war, daß an diesem warmen Nachmittag ein stürmischer Wind die Karte jedesmal, wenn er sie aufzufalten versuchte, wie ein Segel flattern ließ.

Sie gingen über flache Wiesen, während der Wind um sie herum und zwischen ihnen hindurch wirbelte.

»Hoffen wir, daß das Wetter nächsten Samstag nicht genauso ungemütlich ist«, sagte Simon.

»Nein, die Langzeitvorhersage ist ausgezeichnet«, sagte Laura zu ihm.

James ging zwischen Zoe und Natalie und mußte sich anstrengen, um mitzubekommen, worüber sie redeten: Der Wind blies ihre Worte davon, deutlicher konnte er dafür Fetzen einer Unterhaltung vor ihm hören und dann einen Satz, den eines der Kinder hinter ihm sagte.

»Manche Menschen haben einfach eine heilende Energie, Schätzchen, sie können nichts dafür«, hörte er Simon Lucy erklären.

»Du hast große rote Ohren, Großpapa«, hörte er Amy sagen.

»Man muß sich für eine Richtung entscheiden und dann dabei bleiben«, wehte Harrys Stimme zu ihm herüber.

»Sie knipsen tagsüber das Licht aus, genau wie wir, Sam«, hörte er Adamina lispeln. »Deshalb können wir jetzt keine Sterne sehen. Das weiß doch jeder.«

Was Zoe neben ihm sagte, konnte James nicht verstehen, statt dessen ließ ihn der Wind andere, auseinandergerissene Gespräche belauschen. Verwehte Worte, Sätze, chinesisches Raunen im Wind. Sind Familien so? fragte er sich. Wir verstehen nicht wirklich, was man zu uns sagt, wir schnappen nur von Zeit zu Zeit unverständliche Botschaften auf. Unsere Aufmerksamkeit schweift ab und wandert umher, während wir an einem Frühlingsnachmittag zu den Autos zurückgehen.

Laura trieb die Wiedervereinigung nicht weiter voran: Die Mitglieder der Gruppe stiegen alle in ihre eigenen Wagen und fuhren getrennt in die Stadt zurück. Laura setzte James und Zoe am Kino ab, weil sie an diesem Abend noch eine Abendgesellschaft zu versorgen hatte.

»Bist du o. k.?« fragte sie ihn. »Es ist alles gut gelaufen, nicht wahr?«

»Es lief prima«, sagte James zu ihr. »Ich hatte in diesem Punkt sowieso Vertrauen zu dir. Ich wußte, daß alles gutgehen würde.«

Laura lachte und küßte ihn. »Bis morgen«, sagte sie.

Zoe machte in ihrer Wohnung Tee.

»Wie geht es Dog?« fragte James.

»Wem? Dog, oh, dem geht es gut, denke ich. Du solltest dir keine falschen Vorstellungen machen, James.«

»Was?«

»Nur weil ihr beide ein romantisches Liebespaar seid, brauchst du nicht zu glauben, daß das bei allen anderen auch so ist. Himmel«, sagte sie, »ich klinge wohl ziemlich verbittert? Das ist schrecklich. Tut mir leid.«

»Nein«, sagte James, »du hast schon recht, es gibt nichts Ekelhafteres als auf sich selbst fixierte, gurrende Turteltauben. Treffen wir eine Abmachung: Du versuchst nicht verbittert, und ich versuche nicht ekelerregend zu sein.«

»Abgemacht«, stimmte Zoe zu. Sie trank einen Schluck Tee.

»Weißt du, ich habe mich nie richtig bei dir bedankt«, sagte James.

»Wofür?« fragte Zoe.

»Nun, dafür, daß du immer für mich da warst. Daß du Geduld gezeigt hast, wenn ich mich wieder idiotisch benommen habe. Daß du eine so gute Freundin bist. Du bist eine großartige Frau, Zoe.«

»Hör auf, sonst bilde ich mir noch etwas auf mich ein.«

»Und ich weiß, daß du etwas Besseres als Dog verdienst. Warst du schon einmal verliebt, Zoe?« fragte er plötzlich mit etwas ungeschicktem Timing, einer Eigenheit, die er noch nicht ganz abgelegt hatte.

»James, was ist das denn für eine Frage?« antwortete Zoe. »Ja, natürlich.«

»In wen?« fragte er weiter.

»Herrgott, James, jetzt hör aber auf. Vergiß es. Trink deinen Tee aus, *Urga* fängt nämlich in drei Minuten an. Diesen Film darfst du dir nicht entgehen lassen, James. Er ist wunderbar.«

Als James aus dem Kino kam, dämmerte es bereits. Er beschloß, nicht direkt nach Hause zu gehen, sondern einen Umweg über die Grasniederung zu machen. Im Mondlicht, das sich mit den Lichtern der Stadt vermischte, waren Kühe und Pferde zu sehen. James blieb eine Weile stehen und stellte sich vor, er befände sich auf einer weiten Ebene in der Mongolei, wo er sich mit seiner Frau in der Dunkelheit ein kärgliches Mahl teilte. Dann machte er sich durch die nächtlichen Straßen der Stadt, wo das Leben pulsierte, auf den Heimweg.

Da dies der letzte Samstag seines Junggesellendaseins war, fragte er sich, ob er überhaupt schon so früh nach Hause gehen sollte. Er hatte sich dagegen entschieden, seinen Junggesellenabschied zu feiern: Mit Saufkumpanen durch die Pubs zu ziehen war noch nie seine Sache gewesen. Ich könnte ja ganz allein feiern, dachte er: Ich könnte wie früher in Lewis' Nachtclub gehen, auf der Suche nach einem letzten One-Night-Stand. Aber er ging weder langsamer, noch änderte er seine Richtung, als er über diese Möglichkeit nachdachte: Er ging nach Hause.

Als James unten vor seiner Wohnung ankam, freute er sich einfach auf ein Glas Wein und das Buch, das er schon zur Hälfte gelesen hatte: Es war ein Buch über Jazz, mit dem er sich befaßte, damit er Lauras Vorliebe für diese Musikrichtung teilen konnte, so als wäre das geschriebene Wort in der Lage, sein Ohr für eine Musik zu öffnen, die sich ihm durch bloßes Hören nicht erschloß. Und es schien zu funktionieren, hatte er ihr erzählt, wirklich, es war wunderbar, woraufhin Laura nur die Augen verdrehte.

Etwas zu trinken und ein Buch. Das muß entweder die Liebe oder das Alter sein, räumte James ein. Anstatt jedoch hinten über die Eisentreppe zu gehen, betrat er das Haus durch die Tür neben der Apotheke: Er hatte zwischenzeitlich die Wohnung des vormaligen Studenten im ersten Stock übernehmen können. Dort würden Laura und Adamina einziehen. James hatte im Treppenhaus oben und unten die Trennwände zwischen den beiden Wohnungen herausgeschlagen. Er und Laura hatten bereits tapeziert. Ihre Möbel würden sie aber erst holen, nachdem sie von ihrer Hochzeitsreise aus Italien zurück waren.

James durchquerte die leere Wohnung, stieg die Treppe zu seiner eigenen Wohnung im Obergeschoß hinauf und ging direkt in die Küche: Im Kühlschrank stand eine offene Flasche Weißwein. Zumindest *glaubte* er das. Er öffnete die Kühlschranktür, und Licht strömte heraus. Da war kein Wein. Wie merkwürdig, dachte er. Aber schließlich bestand der Alltag aus Hunderten trivialer, ständig wechselnder Dinge, die man im Kopf behalten mußte: Da waren Lebensmittel einzukaufen, Wäsche zu waschen, Telefonate zu führen, Abzüge zu trocknen und so weiter und so fort. Daß man sich dabei gelegentlich einmal irrte, akzeptierte er als unvermeidlich. Besonders, wenn man älter wurde.

James beschloß, sich eine Flasche am Kiosk unten auf der Straße zu holen. Er schloß den Kühlschrank wieder und ging durch die dunkle Wohnung zur Treppe. In dem Augenblick, als er sie erreichte, sagte eine kiesige Stimme: »Warte.«

James blieb fast das Herz stehen. Im Wohnzimmer war jemand, da saß jemand im Dunkeln.

James knipste das Licht an. Robert auf dem Sofa schloß langsam die Augen – so als signalisierte ihm das Licht einzuschlafen. Die Weinflasche – natürlich – lag leer auf dem Boden zu seinen Füßen, obwohl er ganz eindeutig mehr getrunken hatte als nur den Wein. Ein paar Augenblicke später öffnete Robert die vom Trinken glanzlosen Augen, blinzelte und sah James mit verschwommenem Blick an.

»Wie bist du hier reingekommen?« wollte James wissen. »Was willst du hier?«

Robert lächelte mit schiefem Mund in James' Richtung. »Wie geht es dem verlorenen Sohn?« sagte er schleppend.

»Wovon redest du eigentlich?« fragte James. »Was hast du hier zu suchen?«

»Du hast beschlossen, nach Hause zu kommen, stimmt's?« fuhr Robert fort. »Nach Hause zu kommen und dir das Mädchen zu holen? Nun, für das Geld ist es jedenfalls zu spät.« Er lachte und hustete gurgelnd, bevor er sich wieder faßte. »Für den Fall, daß du es noch nicht gehört haben solltest, es ist nichts mehr da. Der alte Herr hat alles verpulvert. Für uns ist nichts mehr da.«

»Das habe ich gehört«, sagte James entschieden. »Wenn du nur gekommen bist, um mir das zu sagen, kannst du jetzt gehen. Es sei denn, du willst noch etwas anderes.«

Roberts Blick verdunkelte sich. »Ja, da ist noch etwas anderes«, sagte er. »Eine kleine Sache nur, du selbstgerechtes Arschloch. Sie ist meine Tochter, und du wirst sie nicht bekommen. Ich weiß, du und Laura, ihr seid beide gleich, ihr denkt, ihr könnt tun, was ihr wollt, aber das könnt ihr nicht.«

»Natürlich ist Adamina deine Tochter. Nichts könnte das je ändern. Sei doch nicht so dämlich.«

»Ich bin verdammt noch mal nicht *dämlich*«, rief Robert. »Ich lasse es dich nur wissen, das ist alles.« Er erhob sich schwankend vom Sofa. »Ich wollte dir das nur sagen, damit du Bescheid weißt. Du wirst mich nicht los.«

Robert torkelte an James vorbei aus der Wohnung, die er auf demselben Weg verließ, wie er gekommen war, nämlich über die Eisentreppe. James stand reglos da und lauschte, wie sein Bruder mit unsicherem Schritt die Stufen hinunterstolperte. Dann legte er sich eine Weile auf den Boden und rauchte eine Zigarette, während er wartete, daß sich sein Puls beruhigte. Er beschloß, Laura nichts von diesem Besuch zu erzählen, und wünschte sich, er könnte irgendwo in gedankenloses Vergessen hineintanzen.

James träumte, er stieg im Dunkeln die Eisentreppe zu seiner Wohnung hoch. Er konnte hören, wie ihm jemand folgte, aber wenn er sich umdrehte, war niemand zu sehen. Er wußte, daß es nur die Blechstufen waren, die, von seinem Gewicht befreit, in ihre ursprüngliche Position zurückfederten. Trotzdem blieb er immer wieder stehen und drehte sich um, bevor er seine Wohnung schließlich mit klopfendem Herzen betrat.

Er ging geradewegs in die Dunkelkammer, nahm ein Blatt belichtetes Fotopapier und ließ es ins Entwicklerbad gleiten. Lange Zeit blieb es weiß. Er wollte schon aufgeben, dann sah er, wie langsam doch noch ein Bild erschien. Er entspannte sich, doch plötzlich lief der Entwicklungsprozeß so schnell ab, daß das Papier im Nu schwarz war und er nichts erkennen konnte.

Er nahm ein weiteres Fotopapier und legte es in die Entwicklerschale. Diesmal wußte er, daß er es herausnehmen mußte, sobald etwas darauf zu sehen war, trotzdem verpaßte er den Zeitpunkt, so schnell ging alles: Abermals konnte er nicht erkennen, was auf dem Bild war.

Er versuchte es viele Male, und jedesmal passierte dasselbe. Er verdünnte die Chemikalien, nahm das Blatt heraus, bevor sich überhaupt etwas zeigte, und schaltete das Licht ein. Stets jedoch dauerte es eine Ewigkeit, bis sich auf dem Blatt etwas entwickelte, und wenn es dann soweit war, wurde innerhalb von Sekundenbruchteilen alles pechschwarz.

Morgens lag James in seinem Bett und fragte sich, ob sein Gehirn diese Bilder aus seinem Traum irgendwo gespeichert hatte: Er hatte das vage Gefühl, daß sein Unterbewußtsein sie kannte, daß sie sich irgendwo in seinem Kopf befanden. Er stöhnte frustriert und rollte sich aus dem Bett.

Obwohl sowohl James als auch Laura Agnostiker waren, fand in der Kirche am Fuße des Hügels ein Trauungsgottesdienst statt. Der Vikar, damals (bei der ersten Hochzeit, auf der James gewesen war) ein kichernder Jungpriester, war mit seinen fünfundfünfzig Jahren inzwischen zu einem beliebten und geachteten Gemeindepfarrer geworden, in dessen lockigem Haar sich bereits die ersten weißen Strähnen zeigten. Er gehörte sowohl der anglikanischen Staatskirche als auch einer Freikirche an: Die jungfräuliche Empfängnis betrachtete er als Ammenmärchen, die Auferstehung des Fleisches als eine Metapher, aber er hielt unverrückbar an den kirchlichen Riten fest.

»Ich bin von der subjektiven Natur der menschlichen Erfahrung überzeugt«, erklärte er Laura und James, als sie zum Traugespräch bei ihm waren. »Unsere Wahrnehmung ist etwas Individuelles: Die Vorstellung vom Leben nach dem Tode zum Beispiel hat für jeden von uns eine andere Bedeutung. Deshalb ist es auch um so besser, je formeller, ja sogar je überladener unsere Riten sind. Desto offener sind sie dann nämlich für unsere Interpretationen. Und man sollte nicht vergessen, daß sie damit gleichzeitig auch die Möglichkeit einer transzendentalen Erfahrung bieten.«

James war sich nicht ganz sicher, ob er der Logik des Vikars folgen konnte, hatte jedoch den Verdacht, dieser halte die Tradition für unantastbar. Der Vikar würde nicht mit sich reden lassen, sondern ihnen den Ablauf des Trauungsgottesdienstes in jedem Punkt vorschreiben. Tatsächlich war jedoch genau das Gegenteil der Fall. Der Vikar entlockte ihnen ihre Ansichten über Gott, Glauben, Ehe und Familie, und James und Laura hörten sich Dinge sagen, über die miteinander zu sprechen ihnen noch nie in den Sinn gekommen war. Dann diskutierten sie alle drei gemeinsam den Gottesdienst als solchen, klärten, welche Gelübde und Gebete gesprochen, welche Lieder gesungen und welche Lesungen gehalten werden sollten. Das Gespräch dauerte fast drei Stunden.

»Mir scheint«, sagte der Vikar, als er sie zur Tür brachte, »daß sich unter der Oberfläche der Dinge – die für sich genommen schon schön ist – ein tiefes Geheimnis verbirgt.«

»Ehrlich gesagt finde ich auch die Oberfläche ziemlich geheimnisvoll«, gestand James.

»Ich beneide Sie um Ihre Arbeit, wissen Sie«, sagte der Vikar zu ihm. »Das Unsichtbare sichtbar zu machen: ein großartiges Anliegen.«

»Nun, ein solches Ziel würde ich mir nicht anmaßen«, meinte James lachend.

»Aber das ist doch gewiß der Sinn der Kunst?« fragte der Vikar.

»Vielleicht«, räumte James ein, »selbst wenn es unbewußt geschieht.«

»Andererseits«, fuhr der Vikar fort und wandte sich dabei an Laura, »würde ich um nichts in der Welt *Ihren* Job machen wollen. Ich finde nämlich nur wenige Dinge im Leben so nervenaufreibend wie Kochen.«

»Das ist reine Übung«, sagte Laura zu ihm, »wie alles andere auch. Außerdem hatte ich eine gute Lehrmeisterin. Sie müssen unbedingt einmal zum Essen kommen, wenn wir uns in der Wohnung eingerichtet haben.«

»Ja«, pflichtete James bei, »unbedingt.«

»Darauf freue ich mich schon«, sagte der Vikar.

»Was für ein netter Bursche«, sagte Laura auf dem Heimweg zu James.

»Finde ich auch. He, was hast du vorhin eigentlich gemeint«, fragte er, als ihm wieder einfiel, was sie bei dem Traugespräch gesagt hatte, »als du vom Beten gesprochen hast. Das hast du mir nie gesagt. Wie kannst du zu einem Gott beten, an den du gar nicht glaubst?«

»Ich weiß nicht«, gestand sie. »Ich tue es nur manchmal.«

Die Kirche war am Samstag, dem 6. Juni 1992, nur halb so voll wie bei Harrys und Alices Hochzeit vor acht Jahren: Es waren weder Geschäftsfreunde noch Würdenträger der Stadt anwesend. Dafür waren ein Dutzend Bänke rechts und links vom Mittelgang mit Fotografen, Fußballern, Künstlern und Musikern, alleinerziehenden Müttern und ein paar Kunden von Laura, die inzwischen zu ihren Freunden zählten, besetzt. Die Familie saß ganz vorn. Neben Pauline und Gloria Roberts war jeweils ein Platz leer.

Laura wurde von ihrem Onkel Garfield zum Altar geleitet, dahinter folgten als Brautjungfern Natalie, Amy und Adamina. Natalie hatte doch tatsächlich versucht, Laura zu überreden, sich von *ihr* zum Altar führen zu lassen.

»Ich bin deine Freundin«, behauptete sie. »Ich bin diejenige, die dich verliert. Deinen Onkel siehst du doch kaum. Soll *er* doch mit einem Sträußchen hinter uns hergehen.«

Simon las die Gebete vor. Zoe las das Gedicht »Er wünscht sich die Tücher des Himmels« von Yeats. Sie sangen Psalm 121 »Ich hebe meine Augen auf zu den Bergen«. Alice las ein Gebet aus dem Roman *Die Brüder Karamasow:* »Herr, möge ich deine gesamte Schöpfung lieben, das Ganze und jedes Körnchen Sand darin.«

Lewis war James' Trauzeuge. Er übergab auch die Ringe für den Eheschwur. Die einzige Änderung gegenüber der Version im Gebetbuch bestand darin, daß Laura dasselbe gelobte wie James und das Versprechen, ihm zu gehorchen und zu dienen, wegließ und ihm statt dessen ihren Beistand zusicherte.

»Willst du diese Frau zu deinem angetrauten Eheweib nehmen, mit ihr nach Gottes Sakrament im heiligen Stand der Ehe leben? Willst du sie lieben, ihr beistehen, sie ehren und zu ihr halten in Krankheit wie in Gesundheit und allein ihr treu sein, solange ihr lebt?«

»Ich will«, sagte James.

»Das, was Gott zusammengefügt hat, soll der Mensch nicht scheiden«, verkündete der Vikar.

Nachdem sich James und Laura vor dem Kirchenportal hatten fotografieren lassen und bevor sie in einem Regen von Konfetti, mit einem Wagen, den Harry bestellt hatte, davonfuhren, warf Laura ihren Brautstrauß über ihre Schulter nach hinten: Durch einen verrückten Zufall (oder Fluch, wie sie sagte) segelte er direkt auf Natalie zu, die ihn, genau wie vor acht Jahren, wie einen Volleyball nun über *ihre* Schulter zurückpritschte – zu Simon, der ihn huldvoll auffing.

»Was willst du werden, eine Braut Christi?« flüsterte Natalie ihm zu, als die Mitglieder der Hochzeitsgesellschaft zu ihren Autos gingen, um hinter James und Laura den Hügel hinaufzufahren. »Oder eine der Schwestern im Orden vom Immerwährenden Hedonismus? Übrigens«, fügte sie hinzu, »falls aus deiner Familie tatsächlich noch jemand heiraten sollte, dann kannst du vergessen, mich das nächste Mal einzuladen.«

»Jetzt sei doch nicht so griesgrämig«, schalt Lucy sie und nahm sie beim Arm. »Ich weiß gar nicht, warum du so gegen die Ehe bist.«

Adamina hatte sich entschlossen, das kurze Stück Weg mit Zoe mitzufahren. Sie liebte Zoes alten Morris Minor und war von Dogs dichtem Bart begeistert. Es störte ihn nicht, daß sie ihn von hinten zwirbelte, während er seelenruhig auf dem Beifahrersitz saß.

»Wie viele Väter hast du?« fragte sie ihn.

»Einen«, erwiderte Dog.

»Ich habe jetzt zwei«, sagte Adamina zu ihm. »Aber als ich noch klein war, hatte ich gar keinen. Was ist mir dir, Zoe?«

»Ich habe einen Vater. Er lebt in Schottland. Ich habe ihn schon ewig nicht mehr gesehen. Was ich aber nicht habe, Mina, ist eine Mutter.«

Adamina seufzte. »Du mußt einfach Geduld haben, Zoe«, riet sie ihr. »Vielleicht kriegst du eine, wenn du es gar nicht mehr erwartest.«

»Danke, Mina, das werde ich mir merken.«

Lewis fuhr mit seiner Familie. Er hatte neben seinem Vater auf dem Beifahrersitz Platz genommen. Garfield saß äußerst korrekt hinter dem Steuer. Sein Haar war grau meliert.

»Wäre es für dich nicht langsam auch an der Zeit zu heiraten?« wollte er von Lewis wissen. »Oder hast du vor, ewig mit diesem Disco-Quatsch und deinem komischen Fußball rumzumachen?«

»Laß ihn in Ruhe, Papa«, bat Gloria von hinten.

»Zu dir komme ich gleich noch, junge Dame«, sagte Garfield über die Schulter gewandt. Gloria sah ihre Mutter an und verdrehte die Augen. Garfield warf einen finsteren Blick in den Rückspiegel.

»Du sollst sie nicht auch noch unterstützen, Frau«, sagte er, »sie ist siebenundzwanzig und damit auch nicht mehr die Jüngste.«

Die Meteorologen hatten recht behalten: Es war ein herrlicher Tag, heiß und trocken. Die Gäste legten ihre Jacketts und Jacken ab, während sie auf dem Rasen Champagner tranken, bevor sie sich dann im großen weißen Zelt zu einem kalten Buffet mit Hühnchen, Reissalaten und kaltem Braten, gefüllten Eiern und Nußhacksteaks niedersetzten, gefolgt von Baisertorte und Sommerpudding.

Es gab Kaffee, und leere Gläser wurden für die Ansprachen wieder gefüllt. Lewis sprach von der Mischung aus Bewunderung und Mitleid, die die Leute für James empfanden, weil er über so viele Jahre hinweg so entschlossen sein verrücktes Projekt verfolgt hatte. Er sagte, James hätte keine Ahnung, wie viele Leute in der Stadt den Fotomann kannten – er war zu einer richtigen Berühmtheit geworden. Lewis machte auch die üblichen derben Scherze. Er gestand, daß weder er noch irgendwer sonst, der James kannte, sich nur annähernd vorstellen könnte, was für einen Ehemann ein so selbstsüchtiger Mann wie er abgeben würde. Sie könnten nur hoffen, daß Laura wußte, worauf sie sich einließ, da sie ihn ja schon ihr Leben lang kannte.

Garfield sprach mit einer Autorität und Überzeugung, die ihren Ursprung in den vielen Ansprachen an seine Gewerkschafter hatte. Nachdem er Laura mit Anekdoten aus gemeinsamen Familienurlauben in Verlegenheit gebracht hatte, sang er ihr Lob mit solcher Überzeugungskraft, daß jeder Mann im Zelt das Gefühl hatte, einen persönlichen Verlust zu erleiden.

Lauras Ansprache war kurz. Sie bedankte sich beim Vikar, den Brautjungfern und anderen, denen sie verpflichtet waren, einschließlich Charles, der daraufhin wieder einmal bewies, daß er sich einfach nicht zurückhalten konnte (obwohl Simon ihm in aller Deutlichkeit erklärt hatte, daß er keine Rede zu halten brauchte). Charles klopfte mit den Fingerknöcheln auf den Tisch und erhob sich.

»Ach du liebe Güte«, zischte Alice Harry zu. »Papa muß einfach immer im Rampenlicht stehen.«

»Nein«, flüsterte Harry, »das ist es nicht.«

Vor zehn Tagen hatte Charles dem Verkauf der Zeitung an einen Medienmogul aus Birmingham, dem bereits fünf andere Blätter gehörten, zugestimmt. Charles hatte seinen letzten Leitartikel geschrieben. Die Aktien der FCC waren inzwischen fast wertlos geworden, an der Börse wurden sie gehandelt wie saure Zitronen. Ein paar Tage später würde Charles seinen Rückzug aus dem Geschäft offiziell bekanntgeben. Dank Harry würde eine ganze Reihe von Gläubigern feststellen müssen, daß sich ihre Einlagen und Darlehen in Luft aufgelöst hatten: Man würde Charles mit Schimpf und Schande bedecken (die Schmähungen wurden größtenteils in

jener Zeitung gedruckt, die einmal ihm gehört hatte). Charles
Freeman durchlebte seine letzten Tage als großer Boß. Er erhob
sich und klopfte mit einer Gabel an sein Champagnerglas.

»Freunde«, dröhnte er, »leider bin ich der letzte überlebende El-
ternteil dieser beiden jungen Leute. Und ich möchte einfach nur
sagen, daß ich das Gefühl habe, eine Köchin verloren, aber eine
Tochter gewonnen zu haben. Und ich habe einen Sohn *wieder*gewonnen. Sie haben sich zu wunderbaren Menschen entwickelt,
und ihre heutige Hochzeit erfüllt mich mit so viel Stolz und Glück,
daß es auch für vier Leute reichen würde.« Er hob sein Glas. »Auf
das Brautpaar.«

»Auf das Brautpaar«, kam die Antwort.

Nachdem die Hochzeitstorte angeschnitten war, wurde ein paar
Stunden lang getanzt. Vom Essen, Trinken und der Wärme träge
geworden, dösten die Erwachsenen vor sich hin, spielten Krocket
oder frischten ihre Bekanntschaft mit Freunden oder Verwandten
auf, die sie sonst nur selten sahen, während die Kinder, vom
Zucker und den Emotionen euphorisiert, im Haus und im Garten
herumtobten.

Natalie schnappte sich Laura. »Mein Versprechen ist nun nicht
mehr bindend, jetzt, da du einen Mann an deiner Seite hast«, verkündete sie.

»Welches Versprechen?« fragte Laura.

»Dasselbe, das ich auch Alice gegeben habe: euch zu beschützen.«

»Aber James hat nur versprochen, mich zu lieben, mir beizuste-
hen, mich zu ehren und für mich zu sorgen. Wir haben nichts davon gesagt, daß wir uns gegenseitig beschützen werden.«

»Ach«, sagte Natalie verwirrt. »Da bin ich mir nicht so sicher.«

»Wie wäre es, wenn wir das Gelöbnis aufrechterhalten, aber auf
einer inoffiziellen Basis?« überlegte Laura.

Natalie dachte darüber nach, dann schüttelte sie den Kopf.
»Nein, das ist wohl nicht nötig. Du brauchst meinen Schutz nicht
mehr, Laura. Es gibt Frauen, die ihn nötiger haben als du. Weißt
du was?«

»Was?«

»James ist in Ordnung. Er ist sanft. Ich glaube nicht, daß er dich
schlecht behandeln wird.«

»Vielen Dank, Nat«, sagte Laura. »Ich werde ihm sagen, daß er deinen Segen hat. Bestimmt wird ihn das sehr freuen.«

Natalie machte ein finsteres Gesicht. »Nur weil du jetzt eine verheiratete Frau bist, heißt das noch lange nicht, daß dich das davor schützen wird, von mir in den Teich geworfen zu werden.«

James unterhielt sich mit Jack und Clare, Garfield und Pauline. Er versuchte, die Cliquen an den verschiedenen Tischen miteinander in Kontakt zu bringen, und machte Natalie und Lucy mit ein paar Fußballern bekannt, Harry mit den Fotografen (vielleicht würde er ja einen von ihnen einstellen) und seine Nachbarn, die ihr Café und ihren Gemüseladen zugesperrt hatten, mit Alice, die daraufhin deren Kinder mit ihren eigenen Sprößlingen bekannt machte. Adamina war nicht bei den Kindern: James hatte die Idee gehabt, ihr einen Fotoapparat zu schenken, so wie er damals selbst an einem solchen Tag einen geschenkt bekommen hatte, und so ging sie herum und fotografierte die Gäste.

Ist das die letzte Stufe? fragte er sich. Werde ich zum Sonntagsessen hierherkommen – zum indischen Sonntagsessen? Oder haben wir, inzwischen gereift, einfach nur einen Waffenstillstand geschlossen, aus Erschöpfung ein Übereinkommen getroffen, so daß wir in Zukunft ohne Haß und Groll leben können? Wahrscheinlich ist es so, aber Robert hätte durchaus kommen können, er hätte ja nicht lange bleiben müssen, der Mistkerl. Vielleicht ist es das, überlegte James, vielleicht habe ich all die Jahre nur geglaubt, ich würde meinen Vater hassen, dabei war es in Wirklichkeit mein Bruder, den ich haßte. Ich bewältige im Alter von fünfunddreißig Jahren gerade einen Ödipuskomplex und muß jetzt feststellen, daß es da noch ein Problem mit Esau gibt. Oder bin ich Esau, und Robert ist Jakob? Verdammt, ich habe zuviel Champagner getrunken.

Er ging auf die Toilette und machte dann neugierig einen Spaziergang durchs Haus. Er sah sich den Ostflügel an, wo Harry und Alice wohnten, ihre Zimmer, die mit Antiquitäten möbliert waren, die mit Telefonen und PCs ausgestatteten Zimmer der Kinder. Wehmütige Erinnerungen lenkten seine Schritte zu seinem alten Kinderzimmer im Dachgeschoß des Westflügels, aber er kam nur bis zum zweiten Stock: Er verharrte einen Augenblick am Rand jenes Bereichs, der nun Roberts Territorium war – ließ seinen Blick die staubigen, schmutzigen Treppenstufen hinaufschweifen und fragte sich, ob sich sein Bruder im Augenblick tatsächlich dort oben aufhielt. James ging wieder in den ersten Stock zurück, wo er auf eine Schar schnatternder Kinder traf, die Verstecken spielten. Adamina kam gerade um eine Ecke und stieß mit ihm zusammen.

»Versteck dich hier drin«, sagte James automatisch und öffnete die Tür zu seiner alten Dunkelkammer. Er tastete nach dem Lichtschalter, fand ihn und knipste das Licht an. Das Zimmer wurde infrarot. Er sah auf den ersten Blick, daß es noch genauso war, wie er es verlassen hatte, wenn auch voller Spinnweben und Moder, dann schloß er die Tür hinter sich.

Abgesehen von der Dunkelkammer hatte sich in den oberen Stockwerken alles verändert. Im Erdgeschoß sah es dagegen noch aus wie früher. Selbst die Polsterbezüge der Sessel im Wohnzimmer erschienen ihm vertraut. Im Arbeitszimmer seines Vaters sah er dieselben Bücher in den Regalen – vermutlich waren sie noch immer ungelesen –, dasselbe Klavier, auf dem nicht gespielt wurde, und dieselben Porträts an den Wänden.

Zwischen dem, was gleich geblieben war, stach das Neue besonders hervor: Und das waren, hier und dort plaziert, James' Fotografien in wunderschönen Rahmen. Die frühen, von denen Charles behauptet hatte, sie gehörten ihm von Rechts wegen, da er das Hobby seines Sohnes finanzierte, hingen im Korridor, der zur Küche führte: eine Gruppe von vier ähnlichen Fotos, die anscheinend leere Klassenzimmer zeigten, auf denen bei näherem Hinsehen jedoch die geisterhaften Schemen von Lehrern und Kindern zu erkennen waren.

Im Arbeitszimmer, hinter Charles' Schreibtisch, hing das Foto, das Simon auf James' Ausstellung gekauft hatte: Es zeigte Charles, der zur Arbeit chauffiert wurde, und dahinter, durch das Autofenster eingerahmt, den Wire in der Streikpostenkette. Er schleuderte Charles mit wutverzerrtem Gesicht Beleidigungen entgegen, während dieser ein erhaben gleichgültiges Lächeln auf den Lippen hatte.

Im Flur sah James zwei weitere Fotos, die er für die Zeitung gemacht hatte, als er noch dort arbeitete: Entweder hatte Charles diese Abzüge schon damals bestellt, oder er hatte sie sich später, nachdem er die Zeitung gekauft hatte, aus dem Fotoarchiv kommen lassen. Das eine zeigte eine tanzende Menge bei einem Konzert im Park am Hügel. Weiter oben im Hintergrund war das Haus zu sehen. James hatte damals gar nicht bemerkt, daß es auch auf dem Bild war, sein Verstand mußte es völlig ausgeblendet haben. Vermutlich war dies jedoch genau der Grund, weshalb Charles das Bild gekauft und gerahmt hatte: ein Foto von einer Party, und dazu noch sein Haus.

Das andere war einer von James' wenigen Aufträgen, die ein Spiel der Fußballmannschaft der Stadt betrafen: Es zeigte einen Spieler waagerecht einen knappen Meter über dem Boden. Einen ganz kurzen Augenblick hätte man denken können, er schwebe frei in der Luft, bevor man merkte, daß das Foto genau in dem Augenblick geschossen worden war, in dem er von rechts nach links hechtete, um den Ball zu köpfen. Am linken Bildrand machte sich der Torwart schon bereit. Der Ball selbst war jedoch nicht zu sehen, und man konnte unmöglich sagen, ob er gleich ins Bild kommen würde oder die Szenerie gerade verlassen hatte. War das Tor gefallen, oder hatte der Torwart den Ball gehalten? Nicht zu übersehen war jedoch direkt unter dem hechtenden Spieler das Wort FREEMAN auf einer der Reklametafeln an der anderen Seite des Spielfelds. Das, so erinnerte sich James, hatte er damals durchaus bemerkt: Keith, der Reprotechniker, war mit dem noch tropfnassen Foto aus der Dunkelkammer ins Büro gekommen.

»Der Kerl ist ein Genie«, hatte Keith zu den anderen gesagt. »Er schafft es, seine Fotos schon beim Aufnehmen zu signieren.«

Sogar in der Toilette, wo einst die Zeitungskarikaturen seines Vaters hingen, zierten jetzt rahmenlose Bildhalter mit James' Postkarten der Stadt die Wand.

James ging wieder nach draußen. Er fühlte sich ein wenig benommen und kam sich töricht vor. Auf der Eingangstreppe begegnete er Natalie. »Ich glaube, deine Frau sucht nach dir«, meinte sie grinsend. »So frisch verheiratet, und schon gibt es Ärger«, spöttelte sie. James machte einen Satz auf Natalie zu, die ihm aber geschickt auswich und leise kichernd ins Haus marschierte. Dann aber stand sie vor der verschlossenen Toilettentür, hinter der sie jemanden jammern hörte.

»Was ist da drin los?« fragte Natalie nach einer Weile, »ist kein Klopapier mehr da?«

Das Weinen verebbte zu einem Schniefen. Natalie hörte, daß reichlich Toilettenpapier vorhanden war, da die Rolle wie ein Laufrad in einem Hamsterkäfig abgespult und ein offensichtlich langes Stück abgerissen wurde, das dann jemand zum Schneuzen verwendete. Der Wasserhahn wurde aufgedreht, dann die Toilettenspülung gedrückt, die Tür aufgesperrt und geöffnet.

»Bist du o. k., Zoe?« fragte Natalie.

»Ja, mir geht's gut«, erwiderte Zoe.

»Was ist los?« fragte Natalie sie.

»Nichts«, versicherte Zoe ihr. »Heuschnupfen«, sagte sie.

»Wir sehen uns draußen.«

Sie tanzten in dem weißen Zelt drei Stunden zur Musik einer Ceilidh-Band. Als die Musiker zu spielen anfingen, zögerten erst viele Gäste und beobachteten das Ganze argwöhnisch, zum Schluß aber tanzte jeder – abgesehen von Harry, was aber ganz gut so war, weil jemand die erschöpften Kinder ins Bett bringen mußte.

Adamina hatte größere Ausdauer als ihre Altersgenossen und auch als die Band: Die Ceilidh-Musiker machten Lewis und seiner Disco Platz. Lewis spielte ein Potpourri, in dem er Chic, Sister Sledge und Bee Gees mit Pop House mischte und auf diese Weise Lauras Vorliebe für die Sechziger mit James' Begeisterung für das überschäumend Neue kombinierte. Adamina tanzte mit James zu »Rhythm is a Dancer«. Als das Stück vorbei war, blieb sie stehen und sagte etwas zu ihm.

»Was?« schrie er über die ersten Takte der nächsten Platte hinweg und beugte sich zu ihr hinunter.

»Ich gehe jetzt ins Bett«, rief sie ihm ins Ohr und gab ihm einen Gutenachtkuß. Dann lief sie zu Laura hinüber, gab ihr ebenfalls einen Kuß und ging allein über den Rasen auf das Gartenhaus zu, den kleinen Fotoapparat immer noch in der Hand.

Alice tanzte mit Simon, amüsierte sich dabei aber in ihrer eigenen Welt. Natalie und Lucy tanzten Bump mit zwei arabischen Fußballern, die sich, wie James annahm, keine allzu großen Hoffnungen machten. Charles wirbelte eine von Lauras Kundinnen herum. Harrys Bruder Anil und seine Frau tanzten ängstlich hinter einem Zeltpfosten. Zoe machte an einem Tisch Pause. Der Geruch von Cannabis zog durchs Zelt. Pauline saß an einem anderen

Tisch, während Garfield mit seiner Tochter eine Art Calypso tanzte. Nicht, daß sie das ebenfalls getan hätte: Gloria war eine noch bessere Discotänzerin als Alice, sie hatte mehr Übung (allerdings selten mit ihrem Bruder als DJ). Sie und ihr Vater bildeten ein schönes, wenn auch höchst widersprüchliches Paar, genauso wie Dog und der Vikar, die sich nicht weit voneinander entfernt, um einen Preis für den Tänzer mit dem schlechtesten Rhythmusgefühl im Zelt zu bewerben schienen. Das war jedoch das einzige, was sie gemein hatten: Statt zu tanzen, zappelte Dog vor sich hin und schaffte es dabei auch noch, sich völlig gegen den Takt zu bewegen, während der Vikar einem Stummfilmpolizisten ähnelte, der mitten in der Rush-hour den Verkehr regelt.

»Verdrücken wir uns«, schlug Laura James vor. Kurz bevor sie das Gartenhaus erreichten, drehten sie sich noch einmal um und sahen über den Rasen zum Zelt zurück. Mit seinen blitzenden Discolichtern wirkte es wie der Schalenpanzer eines sagenhaften Meereslebewesens, oder besser, es machte den Eindruck, als würde man eine ganze Familie von Meerestieren durch die Öffnung der Schale sehen.

»Ich faß es nicht«, sagte Laura. »Harry tanzt.«

James spähte zum Zelt hinüber. »Ich kann ihn nicht sehen.«

»Dort, auf der rechten Seite.«

»Ist das Harry? Das kann nicht sein. Harry ist doch jemand, der sich gut bewegen kann. Das kann er nicht sein.«

»Ich sage dir, er ist es. Und? Hat es dir gefallen?«

»M-hm. Wir waren dabei, oder?« Er legte den Arm um ihre Schulter.

»Was meinst du damit?«

»Als die Astronauten vom Mond zurückkehrten, haben sie sich die Fernsehaufzeichnungen mit den Reaktionen der Leute angesehen, und Buzz Aldrin sagte zu Neil Armstrong: ›Wir haben es verpaßt.‹«

»Du bist verrückt, mein Schatz.«

»Ich habe Dinge verpaßt, über die ich als Fotoreporter berichtet habe. Ich habe versucht, das Wesentliche eines Ereignisses in Bildern einzufangen, statt es selbst zu erleben. Aber diesmal nicht.«

Später flüsterte James: »Morgen um diese Zeit sind wir in Italien.« Laura murmelte zustimmend und kuschelte sich noch enger an ihn. »He«, sagte sie dann und stupste ihn in die Seite, »hast du gesehen, wie Simon und dein Vater mit Pauline und Clare die Gondel gemacht haben? Sie haben bestimmt geglaubt, sie würden *fliegen*.« James spürte ihre Rippen, die beim Lachen vibrierten.

»Träum was Schönes, Schatz«, flüsterte sie. Er spürte, daß sie bereits in den Schlaf wegglitt – in eine eigene Welt. So wie seine, die *ihn* erwartete, das war unbestreitbar. Aber vielleicht, überlegte er, treffen wir uns heute nacht in unseren Träumen. Es war sein letzter Gedanke, bevor er einschlief.

James wachte abrupt auf, aber nicht aus einem Traum. Er erinnerte sich nicht daran, etwas geträumt zu haben, da war nicht einmal das Gefühl der Erinnerung an eine Traumwelt, die ihm durch die Finger glitt. Er war hellwach. Er und Laura hatten sich während der Nacht im Bett voneinander entfernt. Er sah über ihre Schulter hinweg auf den Wecker: zwanzig vor sieben, sinnlos früh. James schloß die Augen: Er wechselte die Lage, rollte sich zusammen und hoffte, wieder in den Schlaf zurücksinken zu können. Aber es hatte keinen Zweck, sein Körper war ruhelos. Hochzeit oder nicht, es war Sonntagmorgen, und wie üblich konnte er nicht mehr schlafen, obwohl der Sonntag der einzige Tag war, an dem er ohne schlechtes Gewissen hätte ausschlafen können.

James stieg aus dem Bett, sammelte seine Kleidung ein, schlich die Treppe hinunter, pinkelte, zog T-Shirt, Shorts und Turnschuhe an, öffnete den Kühlschrank und trank einen großen Schluck Grapefruitsaft direkt aus dem Karton.

Er schrieb, nur für den Fall, eine Nachricht: »Konnte nicht mehr schlafen, bin hellwach und glücklich. Bin joggen gegangen.« Er ging wieder nach oben und legte den Zettel vor der Schlafzimmertür auf den Boden, dann warf er einen Blick in Adaminas Zimmer: Sie schlief mit entspannt geöffnetem Mund.

»Schlaf weiter«, flüsterte er, ging wieder die Treppe hinunter und nach draußen.

Über dem Junimorgen lag ein zaghaftes Leuchten, so als würde jemand das volle Strahlen des Tages noch zurückhalten. Es schien, als müsse die Erde erst demütig darum bitten. Der Garten hatte nach der Party etwas angenehm Verlassenes: Man hatte den Gästen angeboten, dort zu übernachten, damit sie sich keine Gedanken darum machen mußten, wie sie nach Hause kamen, und auch damit sie in den Genuß eines gemeinsamen Frühstücks kamen. Ein paar hatten am Rande der Rasenfläche und zwischen den Obstbäumen ihre Zelte aufgeschlagen, andere hatten es sich einfach mit Schlafsäcken im großen Zelt bequem gemacht. Sie schliefen jetzt wie Schmetterlingspuppen in dem weißen Licht. James sah Lewis' Rastalocken aus einem roten Schlafsack hervorquellen.

James trabte die Auffahrt entlang zum Tor hinunter. Er joggte eigentlich nicht wirklich gern, weil sich dann nämlich seine immer noch instabilen Hüften bemerkbar machten: Er kam sich langsam und unbeholfen vor. Manchmal jedoch verlangte ihn nach frischer Luft in seinen Lungen, nach Schweiß, Schmerz und überwundenem Schmerz, nach Bewegung. Entweder, wenn er die Einsamkeit in seinem hohlen Zentrum gewaltsam vertreiben wollte, oder aber, so wie jetzt, wenn es vor Glück übervoll war und er ein Ventil brauchte. Er joggte den Hügel hinunter, über die Straße und in den Park hinein.

Es waren nur wenige Autos auf den Straßen, ein oder zwei Spaziergänger waren bereits mit ihren Hunden unterwegs; Vögel; ein Eichhörnchen hastete keckernd vor ihm davon. Kirchenglocken fingen zu läuten an und riefen die Gläubigen zum Frühgottesdienst. Simon hatte ihm erzählt, daß die hiesige Kirche keine Nachfolger für die alten Glöckner bekommen hatte und man deshalb ein Band mit Glockengeläut abspielen mußte. James hörte jetzt, daß das einer von Simons Scherzen gewesen war, denn die Töne kamen so willkürlich: Es klang, als wären ungeübte Lehrlinge am Werk. Oder aber es war doch ein Band, das der Vikar eben wegen dieser unglücklichen Authentizität benutzte. Als er an den Vikar dachte, freute er sich, ihn wiederzusehen.

Zwei junge Reiterinnen kamen die Allee, die am Park entlangführte, heraufgetrabt. So nah am Stadtzentrum wirkte das widersinnig, als wären sie träge Vorboten eines anderen – früheren – Zeitalters, das da nahte. Ein junger roter Setter sprang heran, während ihm sein Besitzer vergeblich hinterherpfiff. James blieb stehen, um das aufmerksame, sabbernde Gesicht zu streicheln. Er rannte weiter und bekam Seitenstechen: Entschlossen, es zu ignorieren, stellte er sich Fußballer nach dem Siegestreffer vor (und ver-

mischte dabei das Bild der Spieler mit seinem eigenen): einen sal-
toschlagenden Hugo Sanchez, Ian Wright in roboterhafter Haltung, Jairzinho, der jubelnd auf die Knie fällt und sich bekreuzigt.

Nicht lange nach James war Natalie drüben im großen Haus aufgewacht. Sie hatte sich ebenfalls von ihrer Geliebten davongestoh-
len und war nach unten gegangen. Anders als James hatte sie nur
selten Probleme damit, am Sonntagmorgen auszuschlafen. Sie hatte
getanzt, bis Lewis irgendwann zwischen zwei und drei mit der
Musik aufgehört hatte. Ihre steifen Knie stellten dies hinlänglich
unter Beweis, ebenso ihr fürchterlicher Kater.

James joggte an dem häßlichen Gebäude des College of Further
Education vorbei. Es erinnerte ihn an einen Ausflug nach Oxford,
den er als Kind gemacht hatte – an jenen Ausflug, bei dem er sich
mitten auf einem Stakkahn am liebsten verkrochen hätte, um sich
vor dem Wortschwall seines Vaters zu verstecken. Sie waren damals an einem schloßähnlichen College vorbeigekommen, und
sein Vater hatte verkündet, daß ihr Großonkel dort kurze Zeit studiert hatte. »Besteht irgendeine Chance, daß es ihm einer von euch
Dummköpfen nachmacht?« hatte er seine Kinder vorwurfsvoll gefragt.
   Dann hatte seine Mutter ihnen erzählt, ein berühmter Gelehrter
hätte das College nach dem Bau als so häßlich empfunden, daß er
sich für seinen täglichen Verdauungsspaziergang eine neue Strecke
suchte, um den Anblick nicht ertragen zu müssen. Zeit und Wetter
hatten seine vulgäre Fassade inzwischen jedoch gemildert, es von
seiner Aufdringlichkeit geheilt. Würde die Zeit bei diesem entsetzlichen Betonklotz dasselbe bewirken? Würde er lange genug stehen, um ebenfalls geheilt zu werden? Die Zeit, dachte James –
dachte dies im Rhythmus seiner stampfenden Schritte –, die Zeit
wandert, die Zeit versiegelt, die Zeit vergeht, die Zeit heilt; bis er
sich wieder ins Laufen vertiefte.

Natalie hatte sich erboten, für das Frühstück zu sorgen, und nahm
an, daß es das war, was sie so verdammt früh hatte aufwachen
lassen – Stunden bevor irgend jemand überhaupt etwas essen
wollte. Sie schenkte sich ein großes Glas Mineralwasser ein und

stürzte es in einem einzigen Zug hinunter, dann suchte sie nach Paracetamol.

James' Körper schüttete beim Laufen Endorphine aus, er hatte ein zweites Hoch, flog dahin und fraß Meter um Meter. Nein, ich bin nicht Lederstrumpf in den Wäldern, nein, ich bin James Freeman, der sich einen Weg durch seine Stadt bahnt.

»Du hast die Welt so lange angestarrt«, hatte Zoe zu ihm gesagt, »vielleicht hast du dich ja in sie verliebt.« Er hatte sie ausgelacht. Er dachte an Laura, die immer noch schlief, ihre Wärme, ihren Duft, ihren Körper, den sie mit ihm teilte. »Die Liebe ist nicht schmerzlos«, hatte Zoe ihm einmal gesagt.

Er hörte in der Ferne einen Schuß und wunderte sich, daß der Schall von Shutterbuck Woods, wo es von Kaninchen nur so wimmelte, so weit trug. Dann hörte er einen zweiten Schuß. Am Sonntagmorgen beten und jagen, dachte James. Und joggen.

Schweiß ließ seinen weißen Körper glitschig werden, flog in Tropfen aus seinem Haar. Er brannte ihm in den Augen und rann ihm salzig in den Mund. Er bekam wieder Seitenstechen. Ich werde weiterlaufen, bis es wieder aufhört, beschloß er, und versuchte, sich erneut in den Rhythmus des Morgens zu vertiefen.

Natalie bereitete das Frückstück zu. Da sie annahm, daß die Leute draußen essen wollten, stapelte sie Schüsseln, Teller, Messer, Gabeln, Löffel und Becher auf dem Küchentisch, dazu Getreideflocken und Marmelade. Wie eine Fernsehköchin stellte sie alles in Reichweite bereit: das Brot neben dem Toaster, Croissants auf einem Blech im Ofen, Kaffee in der Cafetiere und Teebeutel in einer Kanne neben dem gefüllten Wasserkessel, Eier und Speck, Würstchen, Pilze und Tomaten, verrührt, zerteilt, in Scheiben geschnitten, auf der Anrichte. Auf dem Herd daneben die Bratpfannen.

Was für ein Überfluß, dachte Natalie. Was mache ich überhaupt, um *hier* zu leben? fragte sie sich wohl zum hundertsten Mal, bevor sie dankbar anerkannte, daß diese reiche Familie ihr mit einer solchen Selbstverständlichkeit ein Zuhause gegeben hatte, eine Zuflucht, in der sie jene Kraft schöpfen konnte, die sie für ihre Arbeit brauchte.

Natalie sah auf ihre Uhr: zehn vor acht. Sie lachte. Bestimmt würde es noch mindestens eine Stunde dauern, bis irgend jemand aufstand. Im Haus war es still. Dann hörte sie ein Geräusch, es war ein *Geräusch* gewesen, das sie aufgeweckt hatte. Oder? Sie schlenderte in den rückwärtigen Flur. Da saß Dick, der neurotische kleine Hund, mit angespanntem Körper und starrte die Hintertür an. Natalie öffnete die Tür, hielt Dick mit dem Fuß zurück und ging nach draußen. Dort war es genauso ruhig wie drinnen im schlafenden Haus. Etwas sagte ihr, daß sie nicht wegen des Frühstücks aufgewacht war. Sie begann zu rennen, rannte auf das Gartenhaus zu – als sie das Krachen einer Schrotflinte hörte.

Natalie stürzte durch Lauras Haustür und stürmte die Treppe hinauf. Sie sah Robert aus Lauras Schlafzimmer kommen. Er wirkte benommen und schien sie nicht zu hören: Er wandte sich nach rechts, wo sich Adaminas Zimmer befand, und hatte es fast schon erreicht, als Natalie oben auf der Treppe ankam. Jetzt erst hörte er sie und drehte sich um. Sie standen da und starrten sich an. Robert hielt die Flinte locker mit beiden Händen, der Lauf wies auf den Boden. Natalies Gedanken überschlugen sich: Falls Robert, der vier oder fünf Meter von ihr entfernt war, sich wieder umdrehte, um in Adaminas Zimmer zu gehen, könnte sie ihn von hinten anspringen. Wenn sie sich jetzt sofort auf ihn stürzte, würde er sie umbringen. Vielleicht hatte er ja ohnehin schon entschieden, sie zu erschießen. Sie würde ihn also in jedem Fall angreifen müssen, ganz egal, ob das Selbstmord war oder nicht. In ihrem Kopf war kein Gedanke an Laura und James: Was immer den beiden passiert war, es war bereits geschehen.

Sie starrten sich eine Ewigkeit lang an. Natalie kam sich vor, als würde sie schweben. Sie dachte kurz daran, mit ihm zu reden, vernünftig, versöhnlich, mitfühlend, um ihm seine einsame Psychose auszureden. Aber so war sie nicht, nicht sie. Sie konnte das nicht. Sie starrten einander an, reglos. Und dann veränderte sich Roberts Gesichtsausdruck langsam. Natalies Nerven waren zum Zerreißen gespannt, sie war auf dem Sprung. Sie sah, daß er lächelte. Er hob das Gewehr: Natalie spannte die Muskeln an, aber er hob den Lauf immer höher, bis er sein Kinn berührte.

In diesem Augenblick tauchte Adamina verschlafen im Flur hinter ihm auf und starrte den Rücken ihres Vaters an, der stocksteif dastand. Natalie spürte, wie ihr die Augäpfel fast aus den Höhlen traten, so sehr mußte sie sich anstrengen, nicht an Robert vorbei Adamina anzusehen. Die Arme ganz gestreckt, drückte Robert auf den Abzug und entleerte den zweiten Lauf in seinen Kopf.

Natalie ignorierte das versteinerte Kind und Roberts gräßlich zugerichteten Körper und rannte in Lauras Zimmer. Und dann wurden jene in dem großen Haus, die von den beiden Gewehrschüssen noch nicht geweckt worden waren, von einem unmenschlichen Schrei aus dem Schlaf gerissen, der wie eine Mischung aus Kampfschrei und dem Schrei eines gequälten Tieres klang.

James hörte Sirengeheul, als er den Hügel hinaufjoggte. Seine Beine waren müde, und seine Lungen brannten: Sein T-Shirt war vom Schweiß klatschnaß. Er rannte durch das Tor. Menschen hier und da verstreut. Vor dem Gartenhaus standen Krankenwagen und Polizeiautos und eine Menschentraube. Erschreckend blaue Lichter wirbelten durch den Garten: Sie wirkten wie eine Alptraumversion des vorangegangenen Abends, huschten vom großen Zelt hinüber zum Gartenhaus.

Lewis war als erster bei James. James lief langsamer, Lewis hielt ihn fest, zerrte ihn vom Gartenhaus fort, auf das große Haus zu. James war vom Schweiß ganz glitschig: Vorerst jedoch ließ er sich dirigieren, während er benommen zu dem Durcheinander hinüberstarrte und darauf wartete, daß sich das alles irgendwie aufklärte. Dann spürte Lewis, wie James langsamer wurde.

»Komm weiter, Jay«, sagte er, »komm mit.«

»Was ist hier los?« fragte James.

»Ich sage es dir, wenn wir drinnen sind«, sagte Lewis. Er hatte einen Arm um James' Schultern gelegt, eine Hand an seinem Handgelenk, und schob ihn jetzt mit größerem Nachdruck vorwärts. Sie näherten sich der Haustür: Es waren nur noch zwanzig Meter, schätzte Lewis. Solange James sich nicht losriß. So helfe mir doch jemand, flehte er im stillen.

»Was ist passiert?« fragte James. »Ich will es sehen.«

»Nein, das willst du nicht«, sagte Lewis.

Er spürte, wie James sich anspannte, da tauchte plötzlich Zoe auf. Gott sei Dank, dachte Lewis. James wurde durch sie soweit abgelenkt, daß es ihnen gelang, ihn in die Mitte zu nehmen und durch die Tür ins Wohnzimmer zu manövrieren.

»Zoe, was ist passiert?« fragte James und sank wie ein verwirrter Junge aufs Sofa. Jemand brachte ihm ein Glas Mineralwasser: James hatte seinen Durst vergessen, er spürte ihn nicht mehr. Aber er trank das Glas in einem Zug leer.

Plötzlich schrie James: »Verdammt, sagt es mir!« Er zitterte. Lewis, der hinter ihm stand, legte ihm eine Jacke um die Schultern.

»Ich werde es dir jetzt sagen«, sagte Zoe. »Versprochen.«

Ein Mann betrat das Zimmer, wechselte einen Blick mit Zoe und ging zu James hinüber.

»Ich werde dir jetzt sagen, was passiert ist«, wiederholte Zoe, als der Mann ihm eine Spritze gab, die, wie James wußte, ein Beruhigungsmittel enthielt. Er brannte darauf, zu erfahren, was geschehen war, bebte vor Anspannung, gleichzeitig wollte er es auf ewig hinausschieben, er wünschte sich, daß die Zeit einfach stehenblieb, daß sie sich langsam zurückdrehte, zurück in die kostbare Vergangenheit.

Im Flur entstand plötzlich Hektik. Simon und Alice trafen, aus verschiedenen Richtungen kommend, vor der Wohnzimmertür zusammen. Die Leute im Zimmer drehten sich um und beobachteten die Szene, die sich im Türrahmen abspielte.

»Wir können Mina nicht finden«, sagte Alice.

»Hat Nat irgend etwas gesagt?« fragte Simon.

»Sie hat immer noch einen Schock, man hat sie ins Krankenhaus gebracht.«

»Verdammt«, sagte Simon. »Ach, verdammt, Alice.« Er sah aus, als würde er gleich kollabieren, dann aber holte er tief Luft und sagte: »Sie *muß* irgendwo auf dem Grundstück sein. Komm mit.« Die beiden verschwanden. Die Gruppe auf dem Sofa hatte während dieses kurzen Auftritts wie erstarrt dagesessen. Jetzt kam wieder Leben in sie.

»Wir müssen ihnen suchen helfen«, sagte James und stand auf, bevor ihn irgend jemand daran hindern konnte.

»Nein, Schatz«, sagte Zoe und packte ihn bei der Hand. »Setz dich. Ich muß es dir sagen.«

»Nein«, sagte er und befreite sich. »Die Einzelheiten kannst du mir später erzählen.«

»Sie werden in wenigen Augenblicken einschlafen«, sagte der Arzt.

»Dann lassen Sie uns die noch nutzen«, erwiderte James. Er ging aus dem Zimmer in Richtung Küche, einen Seitenflur entlang und dann die Hintertreppe hinauf. Niemand folgte ihm: Er hatte sie mit seiner Entschiedenheit einfach abgeschüttelt. Er kam zu seiner alten Dunkelkammer und drückte die Türklinke herunter: Die Tür war abgesperrt. Er wußte, daß das nur von innen möglich war. Ohne zu zögern, warf sich James mit der Schulter gegen die Tür und sprengte sie mühelos auf. Die kleinen Schrauben des Türhakens waren aus dem Rahmen gesplittert.

James schloß sie hinter sich. Das Zimmer war infrarot erleuchtet. Adamina hatte sich unter der Bank in eine Ecke gequetscht. Sie saß da, die Knie an die Brust gezogen, die Arme fest darum geschlungen. Sie schien ihn weder gehört noch gesehen zu haben. James ging in die Hocke. Er mußte sich sowieso hinsetzen, merkte er, so schläfrig war er plötzlich. Er robbte über den Boden. Adamina sah ihn nicht an, statt dessen drückte sie sich noch tiefer in ihre Ecke, verschloß sich noch mehr.

»Ich bin jetzt da«, sagte James schleppend. »Wir bleiben eine Weile hier, oder?« konnte er noch lallen, während er sich, einen Meter von Adamina entfernt, auf den Rücken rollte. Seine schweren Lider schlossen sich von selbst. Er streckte die Hand nach ihr aus, aber sein Arm fiel neben ihrem Bein schlaff auf den Boden. Er verlor das Bewußtsein.

12

Topographie des menschlichen Herzens

Es war Mittag, als Alice schließlich die Tür der Dunkelkammer öffnete und die beiden fand: James auf dem Rücken liegend und Adamina immer noch in der Ecke kauernd, während sie dem Schlafenden die Hand hielt. Sie reagierte erst, als Alice sie hochzuheben versuchte, dann aber preßte sie sich mit aller Kraft an die Wand und hielt dabei James' Hand fest. Sie gab keinen Ton von sich. Der Arzt kam und spritzte ihr ein Beruhigungsmittel. Als auch sie eingeschlafen war, trennte man sie von James und trug die beiden in angrenzende Schlafzimmer im selben Stockwerk.

Adamina hatte gesehen, wie sich ihr Vater das Gehirn aus dem Kopf geblasen hatte, dann war sie Natalie in Lauras Zimmer gefolgt und hatte ihre tote Mutter gesehen, neben deren Leiche Natalie zusammengebrochen war. Adamina hatte sich umgedreht und war, ohne einen Laut von sich zu geben, davongerannt.

Adamina hörte auf zu sprechen. In den kommenden Wochen und Monaten weigerte sie sich, zu irgend jemandem ein Wort zu sagen. An diesem ersten Tag wachte sie am Abend auf, blickte sich um, ignorierte Alice, die tröstend auf sie einredete, und kämpfte sich mühsam aus dem Bett. Sie verließ das Zimmer, wandte sich nach links und sah ins nächste Zimmer: Es war leer. Sie versuchte es mit dem übernächsten – ebenfalls leer.

»Was suchst du denn, Liebes? Hier ist deine Tante Alice, Adamina, ich bin hier.«

Adamina erreichte das Ende des Flurs, drehte um und ging an Alice vorbei, als wäre sie unsichtbar. Als sie das Zimmer erreichte, das ihrem gegenüberlag, hörte sie durch die geschlossene Tür einen Mann stöhnen und trat ein. James saß auf der Bettkante und rang nach Luft, während Zoe ihn tröstete. Adamina ging zu ihm hinüber, kletterte hinter ihm auf das Bett, in dem er geschlafen hatte, und drückte sich an seinen bebenden Rücken.

James wechselte ständig zwischen einer zombieähnlichen Betäubung, in der er wie leblos dasaß, und einem wütenden, schuldgequälten Kummer hin und her. Zoe blieb bei ihm und hörte seinen Monologen, den Monologen eines Rasenden, zu, während er sich mit dem entsetzlichen Rätsel von Lauras Tod herumschlug, einem apokalyptischen Vexierbild, das er drehte und wendete. Warum hatte Robert das getan? War er schon immer verrückt gewesen? Warum bin ich aufgewacht und joggen gegangen? Hat Robert mich beobachtet und gewartet, bis ich weg war? Oder hatte er eigentlich vor, mich umzubringen? Oder uns beide? Ich bin joggen gegangen, und ich bin am Leben. Wäre sie noch am Leben, wenn ich dageblieben wäre?

James versuchte, seine heftigsten Gefühlsausbrüche zu unterdrücken, bis Adamina eingeschlafen war oder den Raum verlassen hatte. Er selbst blieb ununterbrochen bei zugezogenen Vorhängen in diesem einen Zimmer, Adamina stahl sich von Zeit zu Zeit davon.

»Laß sie gehen«, sagte James zu Zoe. »Sie kommt wieder.«

Adamina wanderte wie eine Schlafwandlerin auf der Suche nach jemandem in ihren Träumen umher. Sie ging durch das Haus, in den Garten, zum Gartenhaus, ohne die Menschen, die ihren Weg kreuzten, zu beachten. Manchmal blieb sie stehen und wartete geduldig darauf, daß man ihr ihre Mutter zurückgab. Wenn sie sich bei James im Zimmer aufhielt, kniete sie in dem Zwischenraum zwischen den zugezogenen Vorhängen und dem Fenster – im düsteren Zimmer waren nur ihre Unterschenkel zu sehen – und hielt nach ihr Ausschau.

Nachts schliefen sie zusammen in einem Bett. Adamina weinte nur im Schlaf und weckte James mit ihren nassen Tränen.

Die Familie klammerte sich aneinander. Zoe blieb im Haus. Harry stellte Leute ein, die die Presse und die Fernsehteams auf Abstand hielten. Wenn Natalie nach Hause kam, hielt sie sich meistens mit Lucy in ihrem Zimmer auf. Sie hatte Adamina das Leben gerettet, wollte das aber nicht zugeben: Für sie stand im Vordergrund, daß sie Laura nicht hatte helfen können. Natalie hatte so viele geprügelte Frauen gesehen, hatte eine oder zwei von ihnen beschützt, wenn ihre betrunkenen Männer sie im Frauenhaus fanden. Ihre

Freundin hatte sie jedoch nicht beschützen können, und so versank sie in eine tiefe Verzweiflung, die von ihren Schuldgefühlen genauso wie vom Gefühl des Verlusts genährt wurde.

Charles war ein gebrochener Mann. Genau wie Adamina schien der alte Herr nicht mehr sprechen zu wollen und saß einfach nur wie betäubt in einem Sessel. Alice kümmerte sich effizient und energisch um ihre Kinder, tat Dinge, die normalerweise das Aupair-Mädchen erledigte, und brach dann ohne Vorwarnung weinend zusammen.

Nur Simon schaffte es, sich sowohl um die praktischen als auch um die emotionalen Dinge zu kümmern. Er sprach mit der Polizei, dem Vikar und dem Arzt, ging zur Tür, wenn es läutete, und ans Telefon, er stellte aber auch seine breiten Schultern zur Verfügung, damit sich andere daran anlehnen konnten.

James blieb bis zur Beerdigung im Haus. Natürlich gab es zwei Beerdigungen, aber nur Simon begleitete Charles zu Roberts Begräbnis. Wie sollte man um einen Sohn, einen Bruder trauern, der solch ein Blutbad angerichtet hatte.

Lauras Begräbnis fand in privatem Rahmen, fast heimlich statt. Man hatte James dazu überredet, sich Lauras Leichnam nicht anzusehen, da die Hälfte ihres Gesichts fehlte und selbst der Kunst des Leichenbestatters Grenzen gesetzt waren. Sie wurde auf dem Friedhof beigesetzt.

Der Vikar, der James' und Lauras agnostische Einstellung kannte, ging in seiner Trauerrede nicht allzusehr auf die christlichen Hoffnungen ein. Aber von dem, was er sonst sagte, nahm James jedes einzelne Wort in sich auf: Sie dampften in seinem Kopf, so rein wie purer Alkohol, trösteten ihn und machten ihn dann wieder wütend.

»Der Mensch, der von dem Weibe geboren ist, wandelt nur kurze Zeit durch dieses Jammertal«, las der Vikar am Grab. »Wie eine Blume wächst er und wird geschnitten, er eilt wie ein Schatten dahin und verweilt nie an einem einzigen Ort.«

Ja, Schatten, mehr sind wir nicht, dachte James. Adamina klammerte sich die ganze Zeit an seine Hand. Schatten, mein Liebling, und ich werde dir folgen. Ich werde mich zu dir flüchten.

»Inmitten des Lebens sind wir im Tod«, las der Vikar. »Wo sollen wir Beistand suchen, wenn nicht bei dir, o Herr, der du über unsere Sünden zu Recht ungehalten bist?«

Ihre Sünden, was für verdammte Sünden? brodelte es in James' Gehirn. O Herr, du mieses Arschloch, ungehalten bist du, du Wichser? Bist du jetzt zufrieden, wo du deine Sünderin bei dir hast?

»Dennoch, o Herr, o heiliger und allmächtiger Gott, o heiliger und gnädiger Erlöser, übergib uns nicht den bitteren Qualen des ewigen Todes.«

Simon stand auf der anderen Seite neben James. Er hielt ihn am Arm fest und bewahrte ihn so davor zusammenzubrechen, wenn er spürte, daß seine Knie nachgaben.

»Du kennst, Herr, die Geheimnisse unseres Herzens. Verschließe deine gnädigen Ohren nicht vor unseren Gebeten, sondern verschone uns, o heiliger und allmächtiger Gott, o heiliger und gnädiger Erlöser, du ewiger Richter, dulde nicht, daß wir in der Stunde unseres Todes, und sei sie auch qualvoll, von dir abfallen.«

Als sie jeder eine Handvoll Erde auf den Sargdeckel warfen, fuhr der Vikar fort: »Da es Gott dem Allmächtigen in seiner unendlichen Gnade gefallen hat, die Seele unserer lieben verstorbenen Schwester zu sich zu rufen, übergeben wir ihren Körper der Erde, Erde zu Erde, Asche zu Asche, Staub zu Staub...«

Danach kehrten sie – nur die Familie, Garfield und Pauline, Lewis, Gloria und der Vikar – zu einem feierlichen und entsetzlichen Leichenschmaus zum Haus zurück. Es wurde nur dadurch erträglich, daß Harry und Alice ihre Kinder herumtoben ließen. Die drei Jüngsten, die sich der Trauer nicht bewußt waren, verlangten, daß man mit ihnen ganz normal umging, und machten es ihnen allen leichter, die Bürde, die auf ihnen lastete, zu tragen. Adamina blieb immer bei James und hielt sich, stumm und in sich gekehrt, von den anderen Kindern völlig fern. Die Sechsjährige schien um ein Jahrhundert gealtert.

Irgendwann hörte James, der gerade von der Toilette zurückkam, wie sich Alice in der Küche mit Zoe unterhielt.

»Wir können uns um sie kümmern«, sagte Alice gerade. »Ein Kind mehr macht doch kaum einen Unterschied.«

»Du hast wahrscheinlich recht«, sagte Zoe. »Wenn du dir sicher bist. Bist du dir denn sicher?«

»Wir können ihr auf einen Schlag eine ganze Familie bieten, sie kennt uns alle. Mit ein bißchen Glück wächst sie einfach hinein.«

James stürmte in die Küche. »Was für eine Scheiße redet ihr da?« wollte er wissen. »Wie könnt ihr es überhaupt *wagen*, so über Mina zu diskutieren?«

Alice wurde blaß.

»Sachte.«

»Ich bin ihr Stiefvater«, rief James. »Ich bin ihr gesetzlicher Vormund, falls euch das nicht klar sein sollte. Ich werde mich um sie kümmern. Wir beide werden uns umeinander kümmern.«

»Wir überlegen gerade, was wir ihr bieten können«, sagte Alice matt.

»Verpiß dich, Alice«, sagte James. Er war bereits wieder auf dem Weg ins Wohnzimmer.

»Gehen wir«, sagte er zu Adamina, und sie folgte ihm. Sie gingen zum Gartenhaus hinüber, wo James wie ein verwundeter Bär herumstolperte und Adaminas Sachen in einen Koffer stopfte.

»Wir kommen zurück und holen, was wir vergessen haben«, sagte er zu ihr. Er rief ein Taxi. Sie gingen durch die Pforte in der Mauer, um sich dort abholen zu lassen.

Drüben im Haus saßen und standen die anderen herum, matt und unnütz, wie Marionetten, die darauf warteten, daß der Puppenspieler die Fäden zog.

»Laßt ihn wüten«, sagte Zoe schließlich. »Er braucht das jetzt.«

»Sie braucht Hilfe«, sagte Alice.

»Sie braucht mehr als das«, sagte Natalie. Lucy streichelte ihr den Rücken.

»Also, ich werde die beiden besuchen gehen«, sagte Zoe. »Ich werde sehen, wie es ihnen geht, und ich halte euch auf dem laufenden, in Ordnung?«

»Ich bin da, wenn Sie etwas brauchen, das wissen Sie«, sagte der Vikar an Simon gewandt. »Ich werde ohnehin in ein paar Tagen bei James vorbeisehen.«

»Ich kann mich um eine Sozialarbeiterin bemühen«, sagte Gloria. »Und ich kenne eine Kinderpsychiaterin, die wirklich gut ist.

Ich meine persönlich. Wie auch immer. O. k.?« Sie gab Zoe ihre Nummer zu Hause und im Krankenhaus.

Lewis nippte am lauwarmen Tee. Jedesmal wenn er die Tasse auf die Untertasse zurückstellte, rasselte es. Garfield, der neben ihm stand, legte ihm die Hand auf die Schulter. Charles saß stumm in einem Sessel in der Ecke.

Als Zoe ging, kam ihr Harry hinterher und fing sie an ihrem Auto ab. »Geld ist kein Problem«, erklärte er und drückte ihr ein Bündel Banknoten in die Hand. »James sollte das wissen. Aber sag du es ihm.«

In seiner Wohnung machte James für Adamina auf dem Sofa im Wohnzimmer ein Bett zurecht. Sie verbrachte den Abend am Fenster, von wo aus sie auf die belebte Straße hinuntersah. James setzte sich, mit dem Rücken zur Wand, neben sie und trank Whisky direkt aus der Flasche. Als sie leer war, war Adamina auf seinem Schoß eingeschlafen. Er trug sie stolpernd zum Sofa hinüber, dann taumelte er in sein Schlafzimmer, wo er sich ins Bett fallen ließ.

Mitten in der Nacht wurde James wach, weil er ein Rumpeln und Scharren und dazu ein angestrengtes Keuchen hörte. Adamina hatte das Sofa bis zur Tür geschoben und gezerrt. James lächelte trunken: Sie sah aus wie ein Möbelpacker, der mit dem Möbelstück eines Riesen kämpft.

»Das Leben ist kein Märchen«, lallte er. Er wollte ihr helfen, sagte sich aber, daß er es gar nicht erst zu versuchen brauchte. Er sank wieder in die Kissen zurück.

Morgens schlief Adamina dann auf dem Sofa, das sie im Türrahmen verkeilt hatte. James kletterte über sie hinweg und ging ins Bad. Der Kater, der seinen Kopf zusammenquetschte, erschien ihm als durchaus passender Schmerz. Er genoß ihn, selbst als er in großen Schlucken aus dem Hahn trank und sich sein taubes Gesicht mit Wasser bespritzte.

In der Küche warf James das Brot und das Obst weg, das in den vergangenen Tagen schimmelig geworden war, und schüttete die saure Milch in den Ausguß. Er machte für Adamina gebackene Bohnen warm, trank selbst schwarzen Kaffee und aß dazu ein paar Äpfel.

Nach dem Frühstück schrieb Adamina ihm einen Zettel: »Gehen wir sie heute suchen?«

»Ja, das machen wir«, stimmte James zu. »Wir gehen sie suchen.«

Und so machten sie sich auf den Weg, gingen durch die Stadt, suchten Laura. James ging vorneweg, Adamina ein Schatten, der ihm auf dem Fuße folgte. Gelegentlich spürte er Adaminas Hand in der seinen, dann gingen sie Seite an Seite. Als sie am Nachmittag müde wurde, zupfte sie ihn am Ärmel, worauf er sie hochhob und auf seine Schultern setzte.

»Von dort oben kannst du besser sehen«, sagte James. »Das ist dein Ausguck.«

Sie gingen durch die Straßen, durch die James vorher mit seiner Kamera gestreift war und wo er aus allem, was ihm vor die Linse gekommen war, rechteckige Bilder ausgeschnitten hatte. Dies hier war jedoch anders: Sie suchten jemanden. James wußte, daß sie Laura nicht finden würden. Er war sich nicht sicher, ob Adamina das auch wußte, aber es war ihr Spiel, und es war ein überaus ernsthaftes Spiel. Er würde mitspielen, so gut er konnte.

Gegen sechs Uhr kehrten sie müde und hungrig in die Wohnung zurück und stellten fest, daß der Kühlschrank und die Vorratsschränke mit Lebensmitteln gefüllt waren: Zoe war mit dem Schlüssel, den James ihr gegeben hatte, in die Wohnung gekommen. Er dankte ihr im stillen und nahm es dann als selbstverständlich hin, daß er sich auch in Zukunft nicht ums Einkaufen würde kümmern müssen. Allerdings kannte Zoe Adaminas eingeschränkten Geschmack nicht. Er sah gerade den Vorrat an gebackenen Bohnen, Marsriegeln und Coca-Cola durch, als Adamina den Kühlschrank öffnete, sich Milch und Käse herausnahm und dann – während James sie erstaunt beobachtete – eine Tomate, eine Banane und einen Pfirsich aus der Obstschale: Von diesem Augenblick an gab sie die einseitigen Ernährungsgewohnheiten ihrer Kindheit auf und aß, was immer man ihr vorsetzte.

Sie wanderten jeden Tag durch die Stadt, so wie ihre Schritte sie zufällig führten. Während jener ersten Tage hatten sie schönes Wetter, so daß sie sich mit ihrer Aufgabe mühelos vertraut machen konnten. James kaufte einen Stadtplan: Jeden Abend, wenn sie zurückgekehrt waren, breitete Adamina diesen Plan auf dem

Wohnzimmertisch aus und fuhr die Straßen, Gassen und Alleen, die sie an diesem Tag entlanggegangen waren, mit einem roten Filzstift nach, so daß die Karte bald wie ein Labyrinth in einem Rätselbuch für Kinder aussah.

James stellte das Sofa ins Schlafzimmer. Nachdem sie gebadet und gegessen hatten, ging Adamina früh schlafen. James blieb im Wohnzimmer sitzen und trank Whisky. Der Alkohol befreite und betäubte gleichzeitig seinen Verstand, versetzte ihn in einen merkwürdigen Zustand der Trauer, der kläglich und unlogisch war. »Was soll ich nur machen?« murmelte er. »Warum hast du mich verlassen? Was erwartest du von mir? Ich stehe kurz davor zusammenzubrechen, aber das darf ich nicht. Verdammt, du mußt gewußt haben, daß so etwas passieren könnte. Warum hast du nichts gesagt? Was für eine Mutter, was für eine Frau warst du, daß du mich auf diese Weise verläßt? Was mache ich nur?« Er trank, bis er seine eigenen Worte nicht mehr verstehen konnte und in seinem Kopf und in seinem Mund alles durcheinandergeriet. Aber er trank weiter, bis die Flasche leer war. Dann kroch er ins Bett und fiel sofort in einen traumlosen Schlaf.

Sie fanden bald ihr eigenes Tempo. Bis zu den entfernteren Stadtteilen waren es ein oder zwei Stunden Fußweg, und oft gingen sie tatsächlich auch so weit. An einem solchen Tag liefen sie dann alle Straßen in diesem Gebiet ab. Gelegentlich sah Adamina in der Ferne eine Frau und rannte, James an der Hand hinter sich herziehend, auf sie zu: James machte eifrig mit, täuschte Hoffnung vor, ließ dabei niemals die bevorstehende Enttäuschung ahnen. Wenn Adamina auf seinen Schultern saß und jemanden entdeckt hatte, zeigte sie in die entsprechende Richtung und trieb ihn wie ein Jockey vorwärts. Dann stolperte er auf die Fremde zu, bis die Ähnlichkeit verblaßte. Es kam ihnen vor, als wären überall in der Stadt verkleidete Frauen unterwegs, Lauras mehr oder weniger glaubwürdige Doubles oder Spiegelbilder, die ihren Weg kreuzten.

James beschloß, daß die Wochenenden weniger anstrengend sein sollten, und so verbrachten sie diese im Stadtzentrum, wo sie eine Bank zu ihrer Ausgangsbasis machten. Manchmal setzte sich ein Penner zu ihnen, manchmal eine ältere Frau, die einkaufen gewesen war und nun ihre Einkaufstüten abstellte, um auf den Bus zu warten. Adamina schrieb: »wir suchn meine Mami haben sie sie gesehen?« und zeigte ihnen den Zettel, bis sie spürte, daß James das nicht wollte, und sie damit aufhörte.

»Weißt du, ich habe auch einmal meine Stimme verloren«, sagte James zu ihr. »Ich war damals älter als du. Ich hatte sie auch nicht völlig verloren, ich habe geflüstert. Es ist schon in Ordnung, du brauchst nichts zu sagen.«

Manchmal schoß Adamina allein in die Menge davon und lief einer Passantin hinterher. Sie kehrte jedoch stets wieder zur Bank zurück. James wußte das.

Er beschloß, seine Bekannten einfach zu ignorieren. Es gab viele, die ihn, den Fotomann, auf der Straße erkannten, aber sie hatten auch gehört, was geschehen war – es hatte in der Zeitung gestanden, man hatte im Fernsehen darüber berichtet, ein Skandal, eine Tragödie –, und so vermieden auch sie es, ihm in die Augen zu sehen. Nur wenige waren mutiger, freundlicher, stärker und durchbrachen die Barriere, die die Unglücklichen um sich herum errichtet hatten. James haßte diese Momente. Sein Nachbar Mr. Khan, der Lebensmittelhändler, der auch auf der Hochzeit gewesen war, kam eines Abends, als James und Adamina gerade nach Hause zurückkehrten, mit einer Gemüsekiste aus seinem Laden. Er stellte die Kiste ab.

»Es tut mir so leid, mein Freund«, sagte er und klopfte James auf die Schulter. James nickte. »Es ist so schrecklich. Meine Frau und ich, mein Freund, wenn Sie wollen –«

Aber James schob sich an ihm vorbei, während ein Kloß in seinem Hals wuchs. Er nickte heftig und brachte gerade noch ein »Ja, ja«, heraus. Er schob sich an Mr. Khan vorbei, um in seiner Wohnung Zuflucht zu suchen, unfähig, mit der Freundlichkeit seines Nachbarn fertig zu werden.

Adamina gewöhnte sich daran, daß sie sich täglich im Freien aufhielten, und so war sie abends immer weniger müde. Eines Abends verschwand sie nach dem Abendessen. Eine Stunde später merkte James, daß sie gar nicht schlafen gegangen war. Also ging er zum ersten Mal in die leeren, weißtapezierten Zimmer der anderen Wohnung hinunter: Bislang war ihm dies zu sehr wie ein Abstieg in eine frisch vorbereitete Gruft vorgekommen. Dort aber fand er jetzt Adamina, die mit ihren Filzstiften eine der weißen Wände bemalte. Sie zeichnete ein Festmahl von oben, auf einem Tisch, ein Mahl, das von ihrer Mutter hätte sein können. Adamina war noch zu klein, um eine versierte Zeichnerin zu sein, deshalb konnte James auch nicht alles, was sie gemalt hatte, identifizieren: Er sah sich die Dinge zuerst genau an, bevor er eine Vermutung äußerte, die Adamina dann mit einem Nicken bestätigte oder einem Kopfschütteln verneinte.

»Das ist sehr klug von dir«, sagte er. »Du hast mich auf eine Idee gebracht. Mach du dieses Zimmer, und ich nehme das nächste, o. k.?«

Sie hatten jetzt ein Projekt für drinnen, für die Abende und die Regentage, die es Anfang August gelegentlich gab. Während Adamina sich weiter mit ihrem Wandgemälde beschäftigte, holte James sein Vergrößerungsgerät aus der Dunkelkammer, schraubte eine Infrarotbirne in den Lampensockel und verdunkelte die angrenzende Zimmertür. Er kaufte flüssiges Fotopapier, das er in Rechtecken auf die Wände strich, dann projizierte er die Negative darauf. Jedes nahm viel Zeit in Anspruch: Er mußte Probestreifen aufstreichen, sie entwickeln, wieder überstreichen. Den Entwickler, das Spülwasser und die Fixierlösung mußte er mit einer Pflanzenspritze aufsprühen. Die Flüssigkeiten rannen an den Wänden hinunter und sammelten sich in altem Zeitungspapier und Handtüchern am Boden.

James folgte Adaminas Beispiel und begann mit einer der wenigen Schwarzweißaufnahmen von Lauras Gerichten, die er bei jenem ersten Mal in seiner Wohnung fotografiert hatte. »Man kann nie wissen, vielleicht sind sie eines Tages doch zu etwas nützlich«, hatte er damals zu ihr gesagt.

Er sichtete die Negative, die Laura und Adamina zeigten oder die er bei gemeinsamen Unternehmungen gemacht hatte, und kopierte sie mühsam auf die Zimmerwände, fotografische Fresken fast, da die Bilder in die Struktur der Wände hineinzusinken schienen. Adamina, die auf einem Felsturm in Dartmoor stand; Laura, die schlief; Laura, die mit Alice an ihrem Geburtstag beim Ceilidh tanzte; James und Adamina, die auf Laura zurannten – wer hatte dieses ein wenig unscharfe Foto geschossen? –, auf einer Wiese in Somerset, im Hintergrund eine Käserei; Laura, die lächelte, wobei zwei kleine Grübchen über ihren Wangenknochen erschienen.

James sperrte die Eingangstür zu. Seine Wohnung betraten sie ausschließlich über die Eisentreppe. Auch die Tür zu der leeren Wohnung unten sperrte er ab, wenn sie wieder nach oben gingen.

James ging nie ans Telefon. Auf seinem Anrufbeantworter sammelten sich die Nachrichten, bis das Band bei der siebenundzwanzigsten schließlich voll war. Ohne es abzuhören, drehte er die Kassette um, so daß sich auf der anderen Seite weitere Anrufe ansammeln konnten.

Zoe brachte zweimal in der Woche Lebensmittel vorbei. Schließlich kam sie an einem verregneten Morgen, als sie zu Hause waren, auf einen Besuch. James kam aus der leeren unteren Wohnung herauf.

»Wie geht es euch?« fragte Zoe. »Seid ihr o. k.?«

»Wir sind o. k.«, versicherte James ihr.

»Was macht ihr?« fragte sie ihn.

»Wir suchen Laura«, sagte er zu ihr und merkte dabei, daß er inzwischen ebenfalls glaubte, sie auch zu finden. Er sah Zoes Besorgnis. »Sie kann ja schließlich nicht für immer weg sein«, erklärte James. »Das ist wohl kaum möglich, oder?« sagte er ruhig.

»James«, sagte Zoe. »Du siehst schrecklich aus. Schläfst du überhaupt noch?«

»So etwas Ähnliches«, erwiderte er. »Aber dank dir esse ich jedenfalls etwas.«

»Die Leute haben mir erzählt, daß sie dich und Adamina ständig in der Stadt sehen. Ihr seid den ganzen Tag zu Fuß unterwegs.«

James nickte, lächelte blasiert.

»Sie ist sechs Jahre alt«, sagte Zoe.

»Die Scheiße kannst du für dich behalten«, warnte James sie.

»Ich muß einfach wissen, ob es ihr gutgeht«, sagte Zoe zu ihm.

»Ich habe euch doch gesagt, daß ich auf sie aufpasse. Ich bin ihr Vormund.«

»Ja, und ich der deine, du Idiot«, sagte Zoe. »Dürfen wir uns denn nicht um euch kümmern? Mußt du das Ganze denn allein durchstehen, du eigensinniger Mistkerl?«

Jetzt erschien Adamina in ihrer mit Farbe beklecksten Kleidung oben auf der Treppe und ging ins Wohnzimmer.

»Hallo, Herzchen«, sagte Zoe. Adamina ging zu James hinüber, stellte sich neben seinen Sessel und starrte Zoe ausdruckslos an.

»Schaut«, sagte Zoe, »ich weiß zwar nicht genau, was ihr vorhabt, aber ihr solltet wissen, daß es nicht ewig so weitergehen kann.«

»Vertrau mir ruhig«, sagte James.

»Das versuche ich ja«, sagte sie. »Ich werde euch ohnehin vorerst die Familie vom Hals halten. Brauchst du Geld?«

James antwortete nicht, senkte aber den Blick. »Hier«, sagte Zoe und drückte ihm ein paar Banknoten in die Hand. »Hier, nimm das. Es ist ein Darlehen, o. k.? Zahl es uns später zurück.«

Zoe fuhr zum Haus hinauf. Sie traf auf Alice, wie sie gerade Roberts Zimmer ausräumte, und berichtete ihr von ihrem Besuch bei James.

»James ist o. k.«, log sie. »Es geht beiden gut.«

»Nächste Woche fängt die Schule wieder an«, machte Alice sie aufmerksam. »Auch für Mina.«

»Sie brauchen beide Zeit. Sie holt das schon auf.«

»Hat sie etwas gesagt?« fragte Alice. »Spricht sie wieder?«

»Ein paar Worte«, log Zoe abermals.

Auf dem Heimweg flehte Zoe James im Geiste an: Laß mich nicht im Stich, James. Ist das hier ein zu großes Wagnis? Habe ich das Recht, es dich eingehen zu lassen? Ich habe keine Kinder, was weiß ich schon? Laß mich bloß nicht hängen, James.

Sie wurde aus ihren Gedanken gerissen, als sie merkte, daß sie in einen Stau geraten war, der bis über die Kanalbrücke und weiter zur High Street reichte. Jemand klopfte an ihr Fenster. Zoe kurbelte es herunter. Ein großer Mann mit orangem Bart sprach sie an: »Tut mir leid, wenn Ihnen diese Verzögerung Unannehmlichkeiten bereitet«, sagte er, »aber dieses Flugblatt erklärt den Grund für die Demo.«

»Demo? Was für eine Demo?«

»Wir radeln um den Kreisverkehr an der Brücke. Wir kämpfen für mehr Radwege und weniger Autoverkehr in der Stadt.«

»Und wie lange wird die Demonstration noch dauern?« fragte Zoe ihn.

»Noch zehn Minuten oder so, es sei denn, die Polizei vertreibt uns vorher. Sind Sie nicht die Frau vom Kino? Wie auch immer, ich verteile besser weiter meine Flugblätter.«

Zoe parkte ihren Morris Minor am Straßenrand und ging zu Fuß zur Brücke hinüber. Über hundert Radfahrer drehten um den Kreisverkehr ihre Runden und verwandelten ihn so in ein Karussell: Rennräder, Tourenräder, Mountainbikes, Hollandräder, Dreiräder, von Kindern gefahren, ein paar Tandems und viele klapprige Drahtesel mit Einkaufskörben. Sie klingelten mit Fahrradglocken und Harpo-Marx-Hupen, und das zornige Hupen der Autofahrer steuerte eine angemessene frenetische Geräuschkulisse zu dieser Karnevalsatmosphäre bei.

Zoe sah zu, bis sie ein letztes Mal um den Kreisverkehr herumfuhren und dann, wie auf ein unsichtbares Zeichen, in einer rollenden Kavalkade über die Brücke und die High Street hinauf abzogen.

An diesem Abend rief Zoe unter der Telefonnummer an, die auf dem Flugblatt stand, das man ihr gegeben hatte. Sie stellte sich vor und bot an, einen Filmabend zu veranstalten, der dazu dienen sollte, Spenden für die Kampagne zu sammeln. Man nahm ihr Angebot dankbar an und schickte einen der Organisatoren bei ihr vorbei, der die Idee mit ihr besprechen sollte: Es kam der Mann mit dem orangen Bart. Er hieß Matt und war der Eigentümer des Fahrradgeschäfts weiter oben in der Lambert Street. (Da Zoe kein Fahrrad besaß, hatte sie das Geschäft noch nie betreten.) Sie überlegten gemeinsam, welche Filme für den geplanten Filmabend in Frage kamen und ob diese innerhalb eines Monats, bis zum ersten freien Termin im Spielplan des Kinos, erhältlich sein würden.

Ein paar Tage später kam Matt mit einem groben Layout für ein Flugblatt, mit dem für den Filmabend geworben werden sollte, noch einmal vorbei.

SONDERVORSTELLUNG
ZUGUNSTEN DER
KAMPAGNE FÜR SAUBERE LUFT

FAHRRADDIEBE
VIER IRRE TYPEN: WIR SCHAFFEN ALLES, UNS SCHAFFT NICHTS
A SUNDAY IN HELL

SONNTAG, DEN 4. OKTOBER 1992
ELECTRA CINEMA
Eintritt: £ 10

RADFAHRER DER WELT, VEREINIGT EUCH!
AUSSER EUREN KETTEN
HABT IHR NICHTS ZU VERLIEREN

Zoe fand in ihrem Büro ein Standfoto von *Fahrraddiebe.*

»Gehört dir das Fahrradgeschäft?« fragte sie Matt bei einer Tasse Tee.

»Es ist für fünfundzwanzig Jahre gepachtet«, sagte er zu ihr. »Es gehört einer Firma in London, der Meredith Holding.«

»Wie bei mir«, erwiderte sie. »Nun, das Gebäude war ursprünglich für neunundneunzig Jahre gepachtet, aber die Pacht muß nächstes Jahr verlängert werden. Ich denke, ich werde diesmal für fünfundzwanzig Jahre abschließen. Das dürfte lang genug sein: Ich bezweifle nämlich, daß es in fünfundzwanzig Jahren überhaupt noch Kinos geben wird. Die Leute werden sich diese Virtual-Reality-Sachen ansehen. Sie werden in den Filmen der Zukunft leben. Sie werden Teilnehmer, Helden der Stories sein.« Zoe lachte bitter. »Was für ein Blödsinn. Als ob das jetzt nicht auch schon so wäre.«

Der Abend wurde ein großer Erfolg. Sie sammelten mehr als £ 1500 für die Kampagne. Allerdings waren die Aktivisten nicht unbedingt begeistert, als sie an dem entsprechenden Abend zum Kino kamen und feststellen mußten, daß die Vorstellung schon im Vorverkauf völlig ausverkauft gewesen war: Die Karten waren ihnen von Radfans weggeschnappt worden, die sich auf den Demonstrationen nie hatten blicken lassen. Sie kamen von kilometerweit her angefahren, ketteten ihre glänzenden Räder draußen mit Dreifachschlössern an und brachten mit ihrer grellen Lycrakleidung schockierend viel Farbe ins Kinofoyer: Zoe und ihre Platzanweiserin waren erleichtert, als sie alle auf ihren Plätzen saßen und die Lichter ausgingen. Zoe schlüpfte ebenfalls in den Saal, um sich die Filme anzusehen. Ihr Publikum saß leuchtend in der Dunkelheit.

James und Adamina marschierten nicht einfach durch die Gegend, als befänden sie sich auf einer militärischen Übung. Oft blieb Adamina in einer nichtssagenden Straße stehen und beobachtete eine Weile die Bewohner, die Häuser und Wohnblocks betraten oder verließen. James fürchtete, sie könnte auf die Idee kommen, an Türen zu klopfen und durch Fenster zu spähen, aber sie schien sich mit einem wohlüberlegten Kompromiß abzufinden: Sie begnügte sich damit, anscheinend unbekümmert in einer bestimmten Straße herumzuschlendern und wie ein Tier darauf zu warten, daß der Wind ihm den Geruch seiner Beute zuträgt, so als könnte Adamina Laura wittern, falls sie in der Nähe war. Irgendwann dann zupfte sie James am Ärmel, offensichtlich überzeugt davon, daß sie Laura hier nicht finden würden, und sie fuhren anderswo mit ihrer Suche fort.

Manchmal jedoch blieben sie zu lange. Gardinen wurden zur Seite gezogen, Gesichter erschienen an den Fenstern, Augen beobachteten *sie*, die Suchenden. James sorgte dafür, daß er und Adamina täglich badeten, er war stets rasiert, und sie trugen saubere Kleidung, die jedoch nicht neu war und die wegen des vielen Laufens und des Wetters langsam verschliß. Gelegentlich kam ein wachsamer Hausbesitzer auf sie zu: War er freundlich, so fragte er, ob er ihnen helfen könne, ob sie sich verlaufen hätten, ob sie auf jemanden warteten. War das Gegenteil der Fall, wollte er barsch wissen, was sie hier zu suchen hätten, die Menschen seien hier auf der Hut, denn man hätte schon von Männern mit Kindern als Komplizen gehört, und Kinder seien bekanntlich nicht strafmündig. Sie sollten auf der Stelle verschwinden, sonst würde er die Polizei rufen.

An einem kalten Dienstagnachmittag rief dann jemand tatsächlich die Polizei. Sie befanden sich gerade in einer sauberen und ordentlichen Sackgasse. Die Gasse wirkte auf unheimliche Weise unbewohnt, nirgendwo parkte ein Auto, und vielleicht war ebendies der Grund, weshalb Adamina nicht dort wegwollte: Es wirkte alles so merkwürdig, daß durchaus auch das Außergewöhnliche passieren konnte.

Sie saßen gerade auf einer Mauer, als der Polizeiwagen auf der Straße vor ihnen hielt. James hatte keine Angst, er war lediglich verärgert darüber, daß die fröstelnde Adamina bei ihrer Suche gestört wurde. Eine Polizistin bat Adamina, sich ins warme Auto zu setzen, während James aufgefordert wurde, zu erklären, was sie hier machten. Er sagte, das ginge niemanden etwas an, und fragte, ob es denn ein Gesetz gäbe, das ihnen verbieten würde, sich an einem öffentlichen Ort aufzuhalten. Der Polizist sagte, die Sache ginge ihn durchaus etwas an und es sei ein Verstoß gegen die öffentliche Ordnung, wenn er hier herumvagabundiere. Eben deshalb wolle er feststellen, was James hier mache. James entgegnete, er hätte dafür private Gründe, woraufhin ihm der Polizist erklärte, daß eine solche Antwort weder der Polizei noch ihm oder dem frierenden Kind weiterhelfe. James meinte, das sei doch wirklich zu schade, nicht wahr, woraufhin der Polizist erklärte, daß es ebenfalls eine Ordnungswidrigkeit sei, seiner Auskunftspflicht nicht nachzukommen. Von da an dauerte es nicht mehr lange, bis sie James und Adamina auf das Polizeirevier an der Westbridge verfrachtet hatten.

Sobald man sie trennte, kam James wieder zur Vernunft.

»Bringen Sie sie nicht weg«, meinte er voller Panik, »sie wird bei mir bleiben wollen.«

»Daran hätten Sie vorher denken sollen«, erklärte man ihm barsch. Also erzählte er ihnen ihre Geschichte. Er war froh, daß sie eher verärgert als mitleidig reagierten und den Namen von Adaminas Schule wissen wollten. Schließlich entließen sie ihn und Adamina mit der Warnung, ihre Zeit nicht noch einmal so sinnlos in Anspruch zu nehmen.

James nahm Adamina mit zum Gartenhaus hinauf. Anders als bei Adaminas Kleidung, die sie voller Hast eingepackt hatten, ließen sie sich bei Lauras Sachen viel Zeit: Es wurde ein Ritual, bei dem der eine etwas hochhielt – Ohrring, Lippenstift, Haarbürste,

Schuh, Küchenutensil – und der andere ja, nein oder weiß nicht signalisierte, wobei James wie Adamina kein Wort sprach.

Als sie wieder in der Wohnung waren, ordneten sie, abermals schweigend, die Sachen in der unteren Wohnung auf dem Boden an und errichteten so einen geheimen Schrein aus kleinen Besitztümern.

»Ihre Sachen liegen jetzt für sie bereit«, sagte James, als sie fertig waren.

An schönen Tagen indessen füllte der rote Filzstift die Straßen auf dem Stadtplan aus, die sie abgelaufen waren. James konnte in Adaminas Verhalten eine Erregung spüren, als immer weniger schwarze Straßen übrigblieben, als die Hoffnung unerbittlich weiter schrumpfte. Sie veranlaßte ihn, langsamer zu gehen, täuschte Müdigkeit vor, ließ sich auf Parkbänke plumpsen, deutete auf graue Wolken und zerrte ihn, schon bald nachdem sie aufgebrochen waren, wieder heimwärts. Es genügte ihr, nur ein oder zwei Straßen zu markieren, bevor sie wieder zu ihren Wandgemälden in der unteren Wohnung zurückkehrte.

Am letzten Samstag im Oktober machten James und Adamina das Denkmal am Ende der Queen Street, um dessen Treppenstufen sich Jugendliche und Penner fortwährend stritten, zu ihrem Ausgangspunkt. Im Sommer waren die Jugendlichen in der Überzahl, wenn es aber kühler wurde, eroberten die verschrumpelten Säufer ihr Territorium zurück, von wo aus sie dann jene, die schon ihre ersten Weihnachtseinkäufe erledigten, anbettelten oder verspotteten. Ihre Gesellschaft konnte James verkraften, er konnte mit ihnen reden und wußte, daß sie ihn nicht mit ihrem Mitleid quälen würden.

»Ich habe meine Beine verloren«, erzählte ihm ein Mann im Rollstuhl. »Sie haben sie abgehackt. Ich kann sie aber immer noch spüren.«

»Die Leute leben in der Erinnerung an jene Menschen, von denen sie geliebt wurden«, sagte ein anderer. »Ich erinnere mich an meine Frau, als wäre sie erst gestern gestorben. Wie hieß sie doch gleich? Das vergesse ich immer. Einzelheiten vergesse ich. Kann mich auch nicht mehr daran erinnern, wie sie ausgesehen hat.«

»Du bist doch nie verheiratet gewesen, du dämliches Arschloch«, sagte der Mann ohne Beine zu ihm.

»Ich kann nicht vergessen«, sagte der Mann. »Sie lassen mich nicht. Sie geben mir Drogen, damit ich mich erinnere und sie vor mir sehe mit ihrem rabenschwarzen Haar, eine Krähe, schwarz wie die Nacht, langes, schwarzes, seidiges Haar.«

Während James abgelenkt war, Apfelwein trank, entdeckte Adamina in ihrer Tasche ihren zerknitterten Zettel – »wir suchn meine Mami haben sie sie gesehen« – und zeigte ihn einer grämlichen Frau auf der anderen Seite des Denkmals.

»*Ich* bin deine Mutter«, sagte sie.

Adamina schüttelte den Kopf.

»Ich bin ihre Reinkarnation«, beharrte die Frau. »Ich habe dich auch gesucht, mein Schatz. Komm her.«

Adamina wich zurück, ging wieder zu James und zog ihn fort.

Den nächsten Tag, Sonntag, verbrachten sie im Park nördlich vom Stadtzentrum. James beteiligte sich inzwischen nicht mehr daran, die Passanten zu mustern, Adaminas Aufmerksamkeit hatte in all der Zeit aber kaum nachgelassen.

»Du siehst dir noch die Augen aus dem Kopf, Spatz«, sagte James zu ihr.

Sie umrundeten den Park, rasteten auf einer Bank, spazierten wieder um den Park herum, aßen Brote, gingen wieder weiter. Am frühen Nachmittag nach ihrer siebten oder achten Runde stellten sie fest, daß ihre Bank besetzt war. Sie wollten daran vorbeigehen, da sagte eine Stimme: »James.« Er drehte sich um, ohne stehenzubleiben, und war sofort auf der Hut.

»James Freeman.«

Er erkannte sie ebenfalls und entspannte sich. Sie hieß Jos und hatte in einer Band gesungen, für die er einmal Werbefotos gemacht hatte. Sie waren erfolglos geblieben. Von anderen hatte er dann gehört, daß sie die Musik aufgegeben und zu trinken angefangen hätte, sich herumtrieb, an der Nadel hing.

»Nett, dich zu sehen«, meinte sie lächelnd.

»Gleichfalls«, sagte James. »Wie geht es dir?«

»Ich mußte mal raus«, sagte sie zu ihm. »Du weißt ja, wie das ist. Hast du Kleingeld? Schau, ich habe meinen Roman dabei. Ich kann ihn nicht in der Pension lassen.« Sie deutete auf eine Einkaufstüte zu ihren Füßen, die mit Schreibheften und losen Blättern vollgestopft war.

James nahm ihre Hand, die vor Kälte ganz blau war. »Wie lange bist du schon hier draußen?« fragte er.

»Eine halbe Stunde«, erwiderte sie. »Hast du wirklich kein Kleingeld?« Ihre Pupillen waren wie Sterne, wie schwarze Schneeflocken, die schmolzen. »Ich habe Acid dabei, ich brauch es nicht. Ich verkaufe es dir.«

James zögerte. »Nein, danke, aber –«

»Ich brauche das Geld, verdammt!« schrie Jos ihn plötzlich an.

Er kaufte ihr die vier Plättchen, die sie hatte, ab, dann verließen er und Adamina den Park.

Nachdem Adamina an diesem Abend schlafen gegangen war, ließ James die Plättchen eins nach dem anderen auf seiner Zunge zergehen und spülte sie mit Whisky herunter. Eine halbe Stunde später lösten sich allmählich die Muster in seinem Teppich auf, sie zerschmolzen und schwammen. Staubkörnchen tanzten lebhaft um ihn herum. Die Fenster veränderten ihre Form, wurden zu pulsierenden Löchern, die ihm angst machten. Die Gegenstände im Zimmer verströmten ihre Farbe. Es war verrückt, und ihm wurde vor Lachen ganz schwindelig. »Das ist es, wofür ich leben werde«, sagte er oder glaubte er zu sagen, »für einen Film, der in der Lage ist, die Farben so zu zeigen, wie sie wirklich sind.«

Er befand sich hoch über dem Gebäude und sah auf seine Wohnung herab, dann tauchte er in die Möbel ein, verlor sich in den Atomen anorganischer Materie.

Irgendwann merkte er, daß er die Zähne zusammengebissen hatte, stöhnte und wie ein Affe schwitzte, während sich alles um ihn herum verflüssigte und voller Gift durch ihn hindurchströmte. Er wußte, daß Adamina irgendwann aufgewacht war. Sie hatte etwas zu ihm gesagt und ihn im Arm gehalten.

Am nächsten Tag war er wie leer. Sie gingen die Straßen ab, und in dieser Nacht nahm er wieder zum Alkohol Zuflucht. Nur zum Alkohol.

James trank, um nicht zu träumen, und meistens funktionierte das auch. Hin und wieder tauchte im Nebel seiner Trunkenheit ein Bild von Laura auf, ganz von allein, ein Bild nüchtern und herzzerreißend, und er wachte voller Hoffnung auf, nur um sich der vernichtenden Realität gegenüberzusehen.

Er hätte noch mehr getrunken, um auch diese wenigen, flüchtigen Bilder auszulöschen, sie im Alkohol zu ertränken. Da er aber für Adamina sorgen mußte, blieb er bei einer Art kontrolliertem Alkoholismus. Er wartete, bis sie eingeschlafen war, bevor er mit dem Trinken anfing. Morgens kämpfte er sich dann aus dem schmerzhaften Schlamm seines trunkenen Schlafs heraus, um ihr ein Bad einzulassen, sich zu waschen, zu rasieren, das Frühstück zu machen.

Keine Träume mehr, und keine Fotos mehr. James wollte nicht mehr fotografieren, und Adamina, so schien es, ebenfalls nicht. Sie hatte ihren Fotoapparat weggelegt. Eines Abends Anfang November dann holte sie ihn aus einer Schublade hervor. Sie brachte ihn zu James hinüber und machte ihm mit den entsprechenden Handbewegungen klar, daß sie den belichteten Film zurückgespult haben wollte, was James auch gehorsam tat. Er öffnete den Fotoapparat und nahm den Film heraus. Adamina zog James in Richtung Dunkelkammer.

»Es ist schon spät«, sagte er. »Zeit, ins Bett zu gehen.« Sie aber blieb hartnäckig. »Warum hast du es denn plötzlich so eilig damit?« fragte er. »Dieser Film war doch schon seit Monaten in deiner Kamera.«

Ohne auf seine Frage zu reagieren, ging sie zur Dunkelkammer, wo sie, die Hände in die Hüften gestemmt, im Türrahmen stehenblieb. James spürte, wie er ärgerlich wurde.

»Wir werden das morgen machen«, sagte er zu ihr. »Du gehörst ins Bett.«

Adamina rührte sich nicht. Sie funkelte ihn von der Tür aus nur zornig an und zeigte damit einen Charakterzug, der in diesen letzten Monaten, in denen sie sich gegenseitig gestützt hatten, verschüttet gewesen war. Ungehorsam, Eigensinn, ein Schritt in Richtung Normalität, einer Normalität, zu der sie irgendwann einmal zurückkehren mußten. Sie war ein siebenjähriges Kind. Natürlich müßte er wie alle Eltern wenn nötig auch streng sein. Aber jetzt noch nicht.

»O. k.«, sagte James. »Wir schließen einen Kompromiß. Wir treffen eine Abmachung. Du gehst ins Bett, und ich versprech dir, daß ich den Film noch heute abend entwickle, dann können wir morgen die Abzüge machen. Was meinst du? Ist das in Ordnung?«

Adamina dachte über sein Angebot nach und nickte dann. Abgemacht.

James steckte seine Hände durch die Gummimanschetten in den schwarzen Wechselsack. Er klappte den Metallrand der winzigen Kapsel hoch, wobei er seine Fingernägel zu Hilfe nahm, zog den Film heraus, befestigte das Ende an der Spirale der Entwicklerdose und wickelte ihn auf. Er zog den Film von seiner alten Spirale und löste den kleinen Streifen Klebeband ab. Er lud die Spirale in die Entwicklerdose und schraubte den Deckel fest. Er prüfte genau nach, ob er den Film nicht schief aufgewickelt hatte, dann öffnete er den Reißverschluß des Wechselsacks.

Den Entwickler hineinschütten, die Dose auf den Kopf kippen und wieder umdrehen, schütteln, damit die Flüssigkeit in Bewegung blieb und den aufgerollten Film ganz benetzte. Die Dose mit Wasser ausspülen und die Prozedur mit dem Fixierer wiederholen. Dann den Deckel abschrauben, die Dose ins Waschbecken stellen und kaltes Wasser aus dem Hahn darüber laufen lassen, so daß sie gründlich durchgespült wird. Vertraute Gerüche, ein langweiliges, besänftigendes Ritual.

Nachdem James den nassen, fertig entwickelten Filmstreifen herausgenommen hatte, hielt er ihn gegen das Licht und sah ihn sich genau an, nicht, um die Negative zu betrachten, sondern um sicherzugehen, daß kein Teil unentwickelt geblieben war und daß er vor allem ausreichend belichtet war, damit brauchbare Abzüge daraus wurden. Dann hängte er den Negativstreifen zum Trocknen auf, wobei er an dessen unterem Ende ein Gewicht befestigte, damit die Schwerkraft den Streifen glattzog. Er brauchte dringend einen Drink. Er zitterte bereits.

Eine Stunde später saß James friedlich auf dem Sofa, die Whiskyflasche hatte er bereits zu einem Drittel geleert, und sah wie jeden Abend fern: Seine Aufmerksamkeit wanderte zum Bildschirm, und nichts von dem, was er sah, drang in sein Bewußtsein. Ob er träumte und der Whisky die Erinnerung daran auslöschte oder ob der Alkohol die komplizierten Nervenverbindungen, die zum

Träumen nötig waren, überflutete, wußte er nicht. Aber fernzusehen und nichts davon aufzunehmen war ein perfektes Betäubungsmittel.

Ihm war nicht klar, was ihn dazu veranlaßt hatte, jedenfalls war er selbst überrascht, als er feststellte, daß er zur Dunkelkammer ging und plante, Adamina am Morgen zu überraschen.

Der Negativfilm war inzwischen getrocknet. Er schnitt ihn in Streifen zu je sechs Aufnahmen. Er goß die Chemikalien in ihre Schalen und schaltete des Dunkelkammerlicht auf Infrarot, legte die Negativstreifen auf ein Blatt Fotopapier, darüber eine Glasplatte, damit sie flach auf die Unterlage gepreßt wurden, und belichtete einen Kontaktstreifen. In der Flüssigkeit entwickelte er sich schnell, James wässerte ihn und legte ihn dann ins Fixierbad, wo er ihn liegen ließ, während er die Negative in die Taschen einer Plastikhülle schob. Das erste davon legte er in den Negativhalter des Vergrößerungsgeräts ein, um eine Kopie zu machen. Er schnitt ein Stück Kopierpapier in Probestreifen, die er dann in ihre schwarze Plastikpackung zurücksteckte, und schaltete die Hauptbeleuchtung ein. Dann spülte er den Kontaktstreifen eine Weile mit Wasser und hielt ihn ans Licht, um besser sehen zu können.

Es waren die Bilder, die Adamina bei der Hochzeit gemacht hatte. Sie begannen vor dem Kirchhof mit einem grinsenden James, der sich vor einer Konfettikaskade abschirmte, von Laura war jedoch nur der Rücken zu sehen, weil sie sich gerade umgedreht hatte, um ins Auto zu steigen. Die Fotos gingen mit dem Empfang im großen weißen Zelt auf dem Rasen weiter und endeten mit Bildern, die immer undeutlicher wurden, da sie bei Einbruch der Dunkelheit und im Freien gemacht worden waren. Die letzten waren schließlich vollkommen schwarz.

James machte von jedem einen Abzug. Sie waren aus merkwürdigen Winkeln aufgenommen, manchmal hatte Adamina den Leuten mit ihrer exzentrischen Rahmung Arme oder Beine abgeschnitten. Einige waren unscharf, obwohl James das nicht mit Bestimmtheit sagen konnte, da er mit Tränen in den Augen arbeitete. Er machte Abzüge im Format 18 × 24 cm von Laura, die über etwas lachte, das Natalie gerade sagte, von Simon, der mit Alices Kindern herumalberte, von Charles, der seine Rede hielt, von Laura, die mit Garfield tanzte. Das letzte Foto, das James vergrößerte, war in der Dämmerung, vom Zelt aus in Richtung Haus, aufgenommen worden: die leere Rasenfläche und dahinter, am sonnenbeleuchteten Fenster auf dem Absatz direkt über der Eingangstür, Robert, der dort stand und beobachtete. Auf dem Kontaktbogen hatte James die Gestalt nicht gesehen. Jetzt tauchte sein Bild auf dem Papier im Entwicklerbad auf, und James zog es hastig mit der bloßen Hand aus der Flüssigkeit, hielt es hoch und starrte es an, bis es, da er es nicht abspülte und der Entwickler deshalb weiter wirkte, schwarz war. Und so mußte James eine weitere Vergrößerung machen, während seine Finger vor Haß zitterten. Er wünschte sich mehr als alles in seinem Leben, es wäre ihm damals, vor vielen Jahren, als er nach Hause kam und die verprügelte Laura gesehen hatte, gelungen, seinen Bruder zu erwürgen.

Er machte von allen Negativen Abzüge und fragte sich dabei, ob er all die Jahre von ebendiesem Augenblick geträumt hatte, davon, in dieser Dunkelkammer zu stehen und die Fotos von seiner Hochzeit zu entwickeln, die Adamina gemacht hatte. Um vier Uhr früh ging er zum ersten Mal seit Monaten nüchtern zu Bett. Der Wecker riß ihn aus einem verblüffend banalen Traum von einem Fußballspiel.

Charles Freeman begegnete allem mit Tapferkeit. Er hatte stets die Ansicht vertreten, daß man sich mit Selbstbeobachtung nur verrückt machte, außerdem sah er keinen Sinn darin, rückwärts zu schauen: Er lebte in der Gegenwart und blickte in die Zukunft. Im Leben passierten unangenehme Dinge, man mußte sie einfach ignorieren und weitermachen. Wie konnte ein Mensch mit dem, was Robert getan hatte, fertig werden, wenn er ständig darüber nachgrübelte? Man mußte nach vorn sehen, Hoffnung und Grund zur Freude in anderen Dingen suchen, sagte er zu Alice. Wie ihre Kinder, die ihnen allen den Weg nach vorn zeigten, sagte er: Sie liefen nicht mit Jammermiene herum, sie wußten, daß sie ihr Leben leben mußten und daß es sie nur behindern würde, wenn sie über Dinge nachbrüteten, die nicht ungeschehen zu machen waren.

Was die Arbeit anging, so war Charles, inzwischen vierundsiebzig, in den Frühruhestand getreten, wie er es nannte: Der Bankrott war gerade rechtzeitig gekommen, erklärte er, ansonsten hätte er den Rest seines Lebens möglicherweise als gestreßter Workaholic verbracht, ohne Zeit für seinen Garten, seine Enkelkinder und für die Yogaübungen, die Simon ihm empfohlen hatte. Hunderte von Leuten, die für ihn gearbeitet hatten, waren aus betriebsbedingten Gründen entlassen worden und haßten jetzt den Boß, den sie einst so sehr bewundert hatten. Falls Charles jedoch Schuldgefühle hatte, zeigte er sie nicht. Er drängte alle anderen, die veränderten Umstände, so wie er, als neue Chance zu begreifen.

»Das Leben fängt gerade erst an«, sagte er zu Alice in einem Ton, der wenig überzeugt klang.

In Wirklichkeit geschah etwas mit Charles, es konnte nur niemand genau sagen, was es war. Seine Gesichtszüge bekamen etwas ungewohnt Hageres, seine einst so energischen Bewegungen eine gewisse Schwerfälligkeit.

»Funktioniert deine Verdauung denn richtig, Vater?« fragte Simon ihn.

»Ich weiß nicht«, antwortete Charles. Niemand hatte je erlebt, daß ihm diese drei Worte über die Lippen gekommen waren.

Charles begann, sich regelmäßig zu wiegen, und vertraute Simon eines Abends an, daß er weniger wog als vergangene Woche und daß er vergangene Woche weniger gewogen hatte als die Woche davor. War es möglich, so fragte er sich, daß er von innen her an Gewicht verlor? Stand das in Zusammenhang mit der Müdigkeit, die er in seinen Knochen spürte? Er wurde jedoch nicht dünner: Seine maßgeschneiderten Anzüge paßten ihm immer noch wie angegossen. Seine Gürtel schloß er immer noch auf demselben Loch. Er wurde nicht schmaler, er wurde leerer, er verlor Substanz.

Simon riet seinem Vater zu einer kohlehydratreichen Kost und gleichzeitig viel Bewegung.

»Weißt du was, ich mache mit, Vater«, sagte er. »Gehen wir spazieren. Mach dir keine Sorgen um dein Gewicht, es ist normal, daß sich bei einer Veränderung der Lebensweise auch der Stoffwechsel ändert. Das renkt sich von ganz allein wieder ein.«

Sie schlenderten durch das Tor und die Straße entlang, die stadtauswärts führte. Die Macht der Gewohnheit ließ sie jenen Weg einschlagen, den sie allmorgendlich entlanggefahren waren, und so gingen sie in Richtung Fabrik, die sie nach einer halben Stunde erreichten. Nur, daß die Fabrik gar nicht mehr da war. Man hatte das gesamte Gelände abgetragen, hatte alles eingeebnet, brutal gehäutet wie ein Tier. Vor ihnen erstreckte sich eine weite Ebene aus Sand und Schlamm. In einer Ecke hinten lag ein Schutthaufen, ein letzter Rest der abgerissenen Gebäude, der noch nicht weggeräumt war. In der gegenüberliegenden Ecke, an der Straßenseite, war der Wiederaufbau bereits im Gange. Sie gingen an großen Tafeln vorbei, die *East Side Industriepark* verkündeten und *Gewerbeflächen* zum Verkauf boten. Darunter stand groß HARRY SINGH DEVELOPMENTS und die Namen der Architekten und Bauunternehmer.

Drei lagerhausähnliche Gebäude schienen bereits fertiggestellt, wenn auch noch nicht bezogen. Sie sahen unglaublich neu aus, wie aus Plastik, makellos. Simon konnte sich nicht vorstellen, daß dies die funktionellen Werkstätten einer industriellen Produktion sein sollten. Er und Charles gingen langsam über das verlassene Baugelände dorthin, wo gerade andere Gebäude entstanden. Zwei riesige Kräne ragten über ihnen auf, eine lange schwere Kette schwang langsam und scheppernd hin und her. Die Bauarbeiter hatten bereits vor ein oder zwei Stunden eingepackt und waren gegangen, etwas von der Energie ihres Tuns war jedoch zurückgeblieben. Man konnte sich schwach den Baulärm vorstellen. Simon fühlte mit dem, was sein Vater empfinden mußte: Die Fabrik, die er aufgebaut hatte, in der zu ihren besten Zeiten fünfhundert Männer und Frauen beschäftigt gewesen waren, war endgültig getilgt. Die Firma, einst der größte Arbeitgeber in der Stadt, die ihre Produkte in die ganze Welt exportiert hatte, war tatsächlich weg. Man hatte die Fabrik, die Basis von Charles Freemans Imperium, einfach von der Erdoberfläche wegradiert.

»Weißt du, Vater«, sagte Simon, »ein persischer Chirurg der Antike, Rhazes, hat sich den Standort für das erste Krankenhaus in Bagdad so ausgesucht, daß er an verschiedenen Punkten in der Stadt Kadaver aufhängte. Dort, wo das Fleisch am längsten brauchte, um zu verwesen, bauten sie das Krankenhaus.«

»Wenn es einen Markt für nutzlose Informationen gäbe«, erwiderte Charles, »dann wärst du ein sehr reicher Mann, Simon.«

Simon stand hinter seinem Vater und blickte über das Gelände. Er bemerkte, daß er einige Zentimeter größer war als sein Vater, was ihm bis dahin noch gar nicht bewußt gewesen war. Er legte seinem Vater beruhigend die Hand auf die gebeugten Schultern und drückte sie. Sein Vater roch nach Holz.

Ein paar Augenblicke darauf drehte sich Charles um. Er hatte ein schiefes Grinsen auf dem Gesicht.

»Nun, mein Sohn«, sagte Charles, »wir hatten eine faire Chance, oder? Und es hat bis zum Schluß Spaß gemacht. Jetzt ist eben ein anderer dran.«

Simon schüttelte den Kopf, wandte sich ab und starrte über das Ödland. Er ändert sich nie, der eigensinnige alte Kerl, dachte er. Als er sich wieder umdrehte, hatte sich Charles auf einen Stapel Ziegelsteine gesetzt.

»Ich muß mich nur kurz ausruhen«, murmelte er. »In einer Minute bin ich wieder fit.«

Charles war natürlich nicht der einzige, der durch die Schließung seiner Fabrik arbeitslos geworden war. Simon hatte ebenfalls seinen Job verloren. Aber er kümmerte sich – auf Harrys Vorschlag hin – um den Verkauf der EDV-Anlage (deren Installation vor Jahren den ganzen Ärger ausgelöst hatte). Das meiste davon verkaufte er an eine kleine Firma, die auf dem zukunftsträchtigen Markt für Hard- und Software tätig war. Man fragte Simon, ob er nicht mehr Computer beschaffen könne, also tat er das, und bevor es ihm so richtig klar wurde, verdiente er sich auf diese Art und Weise seinen Lebensunterhalt.

Er hatte noch ein weiteres Talent entdeckt. Seine wöchentlichen Diskussionsrunden zu alternativen Heilmethoden hatten sich zu einem Zwischending aus Sprechstunde und Seminar entwickelt. Es kamen Experten und hielten Vorträge, unter ihnen auch ein amerikanischer Arzt, der erklärte, daß die meisten ernsten Erkrankungen von einer chronischen Dehydrierung des Körpers herrührten. Wenn die Menschen täglich nur zehn Glas Leitungswasser tränken, könnten sie ihre Osteoporose, rheumatische Arthritis, Migräne, ihren Bluthochdruck, ihr Asthma und ihre Magengeschwüre leicht selbst heilen.

»Die Leute denken, sie hätten Durst, wenn sie einen trockenen Mund haben«, erklärte er. »Ein trockener Mund ist jedoch das letzte und nicht das erste Zeichen für Durst.«

Die Gruppe nahm sich seinen Rat zu Herzen und stellte fest, daß es funktionierte. Diejenigen unter ihnen, die mehr zu tun hatten, mußten ihre Wasserkur allerdings etwas einschränken, da sie es sich nicht leisten konnten, ständig zum Pinkeln zu verschwinden. Das Ganze ging so lange, bis ein anderer geladener Experte dafür eintrat, den eigenen Urin zu trinken, da dieser sowohl Melatonin enthielt, womit Ekzeme und Schuppenflechte geheilt werden konnten, als auch eine auf natürliche Weise verdünnte homöopathische Dosis aller Krankheiten, an denen man litt, so daß ein regelmäßiger Schluck als *Nosode* wirkte, die das Immunsystem stärkte.

Gleichzeitig stellte Simon fest, daß es am Ende jeder Sitzung immer länger dauerte, bis sich alle verabschiedet hatten: Die Leute schüttelten ihm die Hand und schienen sie nur ungern wieder loszulassen, sie umarmten ihn, die Kühnsten unter ihnen baten ihn sogar, er möge seine Hand auf einen ihrer schmerzenden Körperteile legen. Die kahle Frau wollte nicht gehen, bevor er nicht die Hände auf ihren glatten Schädel gelegt hatte, Mr. Smith ließ sich von Simon am Bauch berühren.

Sie beendeten ihre Sitzungen mit einer Gruppenmassage, bei der sich die Teilnehmer abwechselnd auf eine Matte legten und dann von allen gemeinsam durchgeknetet wurden, wobei sich jeder einen anderen Körperteil vornahm und sie sich dabei über Techniken und Wirkung austauschten. Immer öfter geschah es jedoch, daß die anderen zu massieren aufhörten, um Simon zuzusehen und zu lauschen, wie derjenige, dem seine heilsame Berührung zuteil wurde, ohne es zu merken, wie eine Katze behaglich vor sich hin schnurrte.

Anfang November kam eine Geistheilerin zu einem Vortrag: Ihre Demonstration war wenig erfolgreich. Hinterher gestand sie Simon, daß sie von seiner Aura abgelenkt gewesen sei. Diese stelle nämlich ein Spiegelbild der ihren dar.

»Sie verfügen über heilende Kräfte«, sagte sie zu ihm, »Sie sollten sie nutzen.«

In der zweiten Novemberwoche liefen James und Adamina die letzten jener Straßen ab, in denen sie noch nicht gewesen waren – unzugängliche Wege und ein paar Sackgassen, die nur über Straßen zu erreichen waren, durch die sie schon einige Male gegangen waren. Adamina brütete über dem Stadtplan, um sie aufzuspüren.

Ich könnte Taxifahrer werden, dachte James. Er sagte das nicht laut, denn es klang zu respektlos. Außerdem wußte er, daß Adaminas Spiel immer ernsthafter wurde, je mehr sie sich dessen Ende näherten. Die Karte erzählte eine Geschichte, obwohl sich James nicht sicher war, ob Adamina das ebenso empfand. Entweder erstickten die unerbittlichen Striche des roten Filzschreibers die Hoffnung immer weiter, oder aber sie näherten sich beständig dem Zentrum des Labyrinths – selbst wenn dieses sich schließlich genau am anderen Ende der Stadt, in Wotton, befand: eine Sackstraße, die durch die Umgehungsstraße abgeschnitten worden war.

An diesem Morgen, Donnerstag, dem 12. November, sahen sie auf die Karte, bevor sie aufbrachen.

»Heute gehen wir dorthin«, zeigte James Adamina. Sie sah sich die Karte einen Augenblick genau an, drehte sich dann um und rannte die Treppe hinunter in die untere Wohnung.

Sie will nicht dahin gehen, dachte James. Sie versteckt sich unten. Ich rauche nur eine Zigarette, dann gehe ich sie holen. Wir müssen das heute hinter uns bringen. Er setzte sich. Vielleicht sollten wir es aber auch nicht tun, vielleicht sollten wir den Stadtplan an die Wand heften und es dabei belassen, mit dieser einen letzten Straße, die wir nicht aufgesucht haben.

Adamina jedoch tauchte wenige Minuten später wieder auf. Sie hatte ein paar von Lauras Sachen mitgebracht: ein Armband, Ohrringe, ihren Führerschein, einen hölzernen Rührlöffel mit einem Loch in der Mitte.

»Was willst du damit?« fragte James sie.

Sie zuckte mit den Achseln: Sie wußte es offenbar selbst nicht. Sie stopfte alles in ihre Manteltaschen.

Als sie nach draußen gingen, sah Adamina zum grauen Himmel hoch und runzelte die Stirn.

»Ich habe den Schirm dabei«, sagte James und nahm sie bei der Hand. »Komm.«

Auf dem Weg durch die Stadt sang James drei oder vier Lieder, wie er das oft tat, wenn sie unterwegs waren, Lieder aus seiner Kindheit, die er schon lange vergessen und dann durch eine von Adaminas Kassetten, die sie auf langen Reisen in Lauras Auto gespielt hatten, wiederentdeckt hatte.

»Eine Kuh, die saß im Schwalbennest
mit sieben jungen Ziegen,
die feierten ihr Jubelfest
und fingen an zu fliegen.
Der Esel zog Pantoffeln an,
ist übers Haus geflogen.
Und wenn das nicht die Wahrheit ist,
so ist es doch gelogen.«

James hoffte auf die therapeutische Wirkung der Musik, hoffte,
daß Adamina sich leichter damit tun würde, Worte zu singen als
zu sprechen. Eine begleitende Melodie ließ ihr die Sprache vielleicht weniger beängstigend erscheinen. Er legte keinen großen
Wert auf dieses Ziel – er wollte sie keinesfalls unter Druck setzen –
und sang oder summte einfach beim Gehen vor sich hin. James
war völlig unmusikalisch, er sang hoffnungslos falsch. Mit Adamina als unfreiwilligem Publikum jedoch hatte er keine Hemmungen, als sie die breite, großzügig angelegte Wotton Road entlanggingen – vorbei an der Kirche, dem Sozialamt und der
Führerscheinstelle, die in alten Wellblechhütten ein Stück von der
Straße zurückversetzt untergebracht war. Adamina fand sogar Gefallen daran: Wenn er vor einer Zeile zögerte und sie dann mit
großem Trara von sich gab, wenn er auf dem breiten Bürgersteig
eine schnelles Tänzchen im Einklang mit dem Reim hinlegte, dann
grinste sie und klatschte sogar Beifall, als er sich verbeugte. Aber
sie machte nie mit: Adamina blieb eine stumme Zuschauerin.

 Sie gingen weiter, bis nach Wotton Village hinein, wie das ehemalige Dorf immer noch genannt wurde, obwohl die Stadt es längst
verschluckt und so zu einem weiteren Vorort, aber einem mit alten
Häusern, gemacht hatte. Sie kamen an einem kleinen Laden vorbei. Ein Kunde hatte draußen einen Hund, eine struppige Prome-
nadenmischung, angebunden. Adamina blieb stehen, um ihn zu
streicheln. Er genoß schwanzwedelnd ihre Zuwendung, wobei er
seinen Blick aber weiter aufmerksam auf die Ladentür geheftet
hielt, durch die bald sein Herrchen oder sein Frauchen kommen
mußte.
 Sie gingen weiter, an strohgedeckten und von Glyzinien be-

wachsenen Landhäusern vorbei, und erreichten die Straße, die ihr Ziel war. Sie erstreckte sich etwa achtzig Meter weit vor ihnen, machte dann eine Kurve und führte, wie James vom Stadtplan wußte, noch einmal ungefähr achtzig Meter weit bis zur Umgehungsstraße. Den dort herrschenden Verkehrslärm konnten sie deutlich hören. Genau an der Ecke stand ein einzelnes Haus, am Ende der Straße würden sie noch eine kleine Gruppe von Häusern finden.

»Wir sind da, Mina«, sagte James. »Gehen wir nachsehen«, erklärte er heiter, dann aber spürte er ein Zupfen an seinem Ärmel und hörte ein Wort:

»Warte.«

»Willst du noch ein bißchen stehenbleiben?« fragte er. »In Ordnung«, fügte er hinzu, bevor ihm bewußt wurde, daß Adamina etwas gesagt hatte.

»Heh«, sagte er und wandte sich ihr zu, sie aber unterbrach ihn.

»Gehen wir zum Grab, Mami besuchen«, schlug Adamina vor. Sie sprach mit heiserer, rauher Stimme, ohne zu lispeln. James nickte stumm. Sie kehrten um und gingen den Weg, den sie gekommen waren, wieder zurück. James war vor Erleichterung darüber, daß Adamina etwas gesagt hatte, völlig sprachlos. Ihre Stimme hatte sich verändert. Sie klang zögernd – was angesichts der mangelnden Übung verständlich war – und dadurch ernster, älter, ein Eindruck, der durch das fehlende Lispeln noch verstärkt wurde. Dennoch kam ihm ihre neue Stimme, obwohl sie anders war, sogar vertrauter vor als früher. Er sehnte sich danach, daß sie mehr sagte, aber er wollte ihr Stimme nicht verscheuchen. Vielleicht waren ihr die Worte einfach so herausgeschlüpft, und sie würde sich wieder hinter ihren Schutzwall aus Schweigen verschanzen.

Sie gingen durch den Vorort zurück und kamen wieder auf die Wotton Road. Adamina hatte nichts mehr gesagt, aber ihr einziger Satz hallte in James' Gedanken wider. Wie kam es, daß er ihm so vertraut war? Er ging dieser Frage jedoch vorerst nicht nach, denn als sie den Straßenabschnitt überquerten, wo er auf dem Hinweg gesungen hatte, löste die Assoziation in seinem Kopf eine Melodie aus. Er hatte ein Lied auf den Lippen, ohne daß er sich dessen überhaupt bewußt war.

»Wau-wau, bellt der Hund,
die Bettler sind in der Stadt.
Die einen, die kommen zerfetzt und zerlumpt,
die andern im Festtagsstaat.«

Als sie an den Wellblechbaracken vorbeikamen, rief Adamina
plötzlich: »Es regnet.«

»Tatsächlich?« fragte James und streckte seine Hand aus. »Du
hast recht«, meinte er dann. Er spürte Regentropfen, so fein und
vereinzelt, daß schwer festzustellen war, ob das, was er spürte, von
außen kam oder sich unter seiner Haut befand. Auf dem Asphalt
wurden jetzt die ersten Tropfen sichtbar.

»Schau«, sagte James, »man kann wirklich nicht sagen, ob sie
von oben herabfallen oder von unten durchsickern, was meinst
du?«

Adamina sah ihn stirnrunzelnd an. »Jetzt sei aber nicht albern,
Papa«, sagte sie. Da wußte James plötzlich, daß ihm ihre Stimme
einfach deshalb vertraut war, weil sie ihn an die von Laura erinnerte: Das Kind hatte begonnen, die Intonation seiner Mutter anzunehmen.

Sie kamen zum Friedhof und gingen zu Lauras Grab. Inzwischen
nieselte es.

LAURA FREEMAN
1960–1992
UNVERGESSEN

In einem Gefäß standen Blumen, zwei oder drei Tage alt. Wer hatte
sie dorthin gestellt? Alice? Natalie?

»Wir hätten Blumen mitbringen sollen«, räumte James ein. »Wir
könnten noch welche kaufen und dann wieder herkommen.«

»Ich habe das hier dabei«, sagte Adamina und zog Lauras
Schmuck, den Führerschein und den hölzernen Rührlöffel aus
ihren Taschen.

»Möchtest du das hier vergraben?« schlug James vor. Adamina
dachte nach und nickte. James holte das Opinel-Taschenmesser
hervor, das er immer bei sich trug.

»Das hier muß uns als Schaufel genügen«, sagte er. »Wo sollen wir die Sachen eingraben?«

Adamina zeigte ihm drei Stellen. James hackte mit dem Messer in die Erde und kratzte mit den Fingern loses Erdreich weg. Jetzt regnete es richtig. Adamina sah ihm unter ihrem Schirm zu.

Es regnete in die drei kleinen Gruben, die James ausgestochen hatte. Adamina legte Lauras Sachen hinein, und James schüttete die Löcher mit den Händen wieder zu, füllte sie mit klumpiger Erde.

»Mami wird sich darüber freuen, nicht wahr?« fragte Adamina.

»Ja, bestimmt«, pflichtete James ihr bei. Er drückte Adamina fest an sich, spürte durch seine durchnäßte Kleidung hindurch ihren Spatzenkörper. »Wir gehen jetzt besser nach Hause«, sagte er, »sonst erkälten wir uns nämlich noch. Möchtest du auf den Ausguck?« fragte er. Er hob sie auf die Schultern. Der Regen trommelte auf den Schirm über ihrem Kopf.

Es war noch früh am Nachmittag, aber der Himmel hatte sich verdunkelt. Es regnete immer heftiger, zuerst ein Platschen, dann ein Trommeln, schließlich ein unsichtbares Tosen. Das Wasser sammelte sich in Pfützen und stürzte durstig im Rinnstein entlang. Autoscheinwerfer wurden eingeschaltet, Leute rannten platschend los, um sich unterzustellen, während die Regentropfen um ihre Füße herum hüpften und tanzten.

Ein Blitz erhellte die Stadt, wenige Sekunden später grollte der Donner. James schritt so schnell aus, wie es ihm mit Adamina auf den Schultern möglich war.

»Geht es dir gut da oben?« schrie er.

»Es ist eine Sintflut«, schrie sie zurück.

Er konnte ihr Gesicht nicht sehen, aber an ihrem Ton merkte er, daß sie grinste.

»Mein Name ist Noah«, rief James. »Du bist mein Äffchen, und wir müssen schleunigst zur Arche zurück.«

Ein paar Straßen von ihrer Wohnung entfernt erreichten sie die Factory Road. Es regnete jetzt so heftig, daß viele Autofahrer einfach am Straßenrand angehalten hatten, um abzuwarten, bis der Wolkenbruch vorbei war. Wenn ein Blitz zuckte, krachte unvermittelt darauf der Donner. Leute suchten in Ladeneingängen Schutz. James überquerte die Straße: Er watete mit nassen Schuhen durch das Wasser auf den gegenüberliegenden Bürgersteig zu, so als durchquerte er eine Furt.

Schaufensterbeleuchtung, Verkehrsampeln, Autoscheinwerfer und Rücklichter, Fenster, Neonschriftzüge, alles glitzerte im strömenden Regen. Verdammt, das ist wunderschön, dachte James angesichts dieser plötzlichen Alchimie von Mensch und Natur.

»Das ist wunderschön!« schrie er nach oben.

Sie hatten noch fünfzig Meter bis zur Wohnung. Auf halber Strecke zwischen ihnen und der Wohnung schoß Mr. Khan aus seinem Laden, schnappte sich eine Kiste voll Gemüse vom Ständer und rannte damit wieder ins Trockene. James hielt Adaminas Unterschenkel fest. Der Regen und der Verkehr waren so laut, daß er nichts anderes mehr hörte. »Orange ist die Farbe der menschlichen Seele«, kam ihm ein Zitat in den Sinn. Und dann geriet ein Auto außer Kontrolle.

Es war ein Vauxhall Viva, gefahren von einem Achtzehnjährigen, der noch zwei Freunde dabeihatte. Er hätte versucht, die beiden zu beeindrucken (sagten sie später), und sie hätten ihn angestachelt (behauptete er). Die Polizei schätzte seine Geschwindigkeit auf siebzig Stundenkilometer. Die Wischer gingen träge hin und her: Der Regen verwandelte die Scheibe in eine märchenhafte Wand aus Regentropfen, die gegen die Wasserkaskade explodierten, bevor sie mit ihr verschmolzen. Durch die Windschutzscheibe war kaum etwas zu sehen. Der Anblick war außerdem so hypnotisierend, daß man das auch gar nicht wollte (gestand der Fahrer ein).

Vierzig Meter von James und Adamina entfernt, streifte das Auto einen geparkten Lieferwagen und schlitterte dann quer über die Straße. Der Fahrer riß das Steuer nach links, so daß der Wagen wieder auf seine Straßenseite schleuderte, wobei er einen entgegenkommenden Bus nur knapp verfehlte. James' Hände preßten Adaminas Unterschenkel gegen seine Brust. Mr. Khan kam aus seinem Laden: Als er nach links blickte, sah er in ein paar Metern Entfernung den Fotomann und das kleine Mädchen, klatschnaß, auf sich zukommen. Was er nicht sah – und nicht hören konnte –, war das Auto, das sich wesentlich schneller mit quietschenden Reifen von rechts näherte. In diesem Augenblick nahm er noch traurig an, James starre so verbissen weg, um den Blickkontakt mit ihm zu vermeiden.

Aber James starrte auf das Auto. Der Fahrer hatte, weil er zu weit nach links kam, abermals das Lenkrad herumgerissen, diesmal nach rechts, und schlug, als der Wagen reagierte, zwanzig Meter vor James wieder nach links ein. Es geschah alles ganz schnell, dennoch lief es wie in Zeitlupe ab: Das Auto war nicht mehr steuerbar, die Reifen blockierten, und es rutschte seitlich weg. Es kam schräg auf James zu, der Kotflügel der Fahrerseite zielte direkt auf ihn.

James' Finger packten Adaminas Unterschenkel fester. Er drückte seine Hände nach oben, hob ihren Körper über seinen Kopf und spürte dabei ihr Gesäß auf der Rückseite seiner Fäuste. Das Auto war noch zehn Meter entfernt. Das rechte Vorderrad schoß auf den Bürgersteig, ohne den Wagen dadurch auch nur gerigfügig von seinem Kurs abzubringen. James hatte keine Zeit, Schwung zu holen: Er warf sich nach vorn, schleuderte Adamina weg von dem steuerlosen Auto zu Mr. Khan hinüber, der in dem Augenblick, als James erfaßt wurde, das durch die Luft segelnde Kind auffing und dabei rückwärts über das fiel, was von seinen regennassen Obst- und Gemüsekisten noch auf dem Bürgersteig stand.

VIERTER TEIL

Das Krankenhaus IV

James erlitt bei dem Unfall ein Schädel-Hirn-Trauma. Durch die Wucht des Aufpralls war die sogenannte weiße Substanz, die Nervenfaserzone im Gehirn, verletzt worden, was zu einer Reihe von Blutungen und dem Ausfall der Gehirnfunktion geführt hatte.

Zoe saß neben James und hielt seine Hand, während sie ihm aus ihrem Tagebuch Erinnerungen vorlas, dann legte sie das Buch weg und nahm ihre Brille ab.

»Es ist besser, sich in seinen Beobachtungen zu irren als überhaupt nicht zu beobachten«, sagte sie. »Du mußtest beobachten. Du mußtest dir immer erst eine Meinung über etwas bilden, bevor du gehandelt hast. Das ist etwas, was mir erst im Laufe der Zeit klargeworden ist. Selbstbewußtsein oder Sicherheit, das bedeutet: die Fähigkeit, spontan zu handeln.

Es gibt Menschen, die werden mit dieser Fähigkeit geboren, oder aber sie erwerben sie. Andere besitzen sie nie, sie schaffen es nicht, sie zu entwickeln. Sie sind sich bewußt, daß sie ihnen fehlt.

Ich habe sie wohl schon immer besessen – deshalb habe ich eine Weile gebraucht, um überhaupt zu begreifen, was das ist. Ich denke, du hast sie früher auch besessen, James, und dann verloren.

Wenn man sich in seiner Haut wohl fühlt, kann man handeln. Wenn nicht, dann muß man beobachten, herausfinden, wie die Regeln sind. Du bist überzeugt, daß es Regeln gibt, die jeder kennt. Du merkst nicht, daß es keine gibt. Du denkst, all die selbstbewußten Leute dort draußen kennen die Regeln, dabei wissen sie in Wirklichkeit einfach nur, daß sie keine Regeln brauchen, daß es keine gibt.«

Zoe hielt James' Hand und sah sich in der stillen, halbleeren Station um: Es waren keine anderen Besucher da, nur zwei oder drei

Patienten. Maschinen summten. Ferne, klappernde Echos aus den labyrinthischen Tiefen des Krankenhauses.

»Kannst du mich hören, James?« sagte sie. »Oh, Gott, ich gäbe mein Leben dafür, wenn du wieder gesund würdest.«

Tief unten in einer stillen Welt träumte James. Er trat durch das Tor des großen Hauses auf dem Hügel und ging die Auffahrt hinauf. Er sah sich gehen: sein sandfarbenes Haar, das von der Sonne ganz ausgeblichen war und fast weiß wirkte, seine abstehenden Ohren, den ängstlichen Gesichtsausdruck eines Jungen, der sich fragt, warum die Welt leer ist. Er lief auf das Haus zu, sein Schulranzen schlug ihm gegen den Rücken.

Es mußte der heißeste Tag dieses oder irgendeines Sommers gewesen sein: Die ganze Welt war blendend hell, beinahe weiß unter dem grellen Licht einer riesigen Sonne, die nur wenige Meter über ihm am Himmel zu hängen schien.

Er begann, auf das Haus zuzurennen. Während er rannte, wurde er älter, aber das war nichts Ungewöhnliches in einem Traum. Er spürte, wie sein ängstliches Herz raste. Dann sah er jemanden im Garten, eine Frau, die ihm den Rücken zugekehrt hatte. Sie trug einen langen Regenmantel. Ihr Haar fiel ihr um die Schultern. Sie schnitt gerade welke Blütenköpfe ab oder etwas Ähnliches, er konnte es nicht genau sehen. Er rannte mit hämmerndem Herzen auf sie zu, rief: »Laura!«, nur daß das Wort nicht aus seinem Mund kommen wollte, während er auf sie zurannte. Und die Sonne hing tief am Himmel und sank immer tiefer, die Hitze war flüssig, die Welt blich aus.

Sie beugte sich über die Blumen. Ihr Haar fiel ihr um die Schultern. »Laura!« rief er, während er auf sie zurannte, und sie drehte sich langsam um, drehte sich zu ihm um. Aber es war nicht Laura, es war Mary, seine Mutter. Dann sah er sich wieder, und er war doch nicht älter geworden, er war ein achtjähriger Junge. Seine Mutter lächelte, als er auf sie zurannte. Die Sonne hing riesig und tief am Himmel, und sie sank weiter, die Welt blich aus, wurde weiß, und er rannte in die Arme seiner Mutter.

Zoe spürte, wie ihre Hand gedrückt wurde. Sie sprang auf und starrte James an. Dann drehte sie sich um und rief nach einer

Schwester. Gloria kam an James' Bett. Sie fühlte seinen Puls. Er hatte aufgehört zu schlagen.

»Es ist vorbei«, flüsterte Zoe.

Nachdem Zoe gegangen und der Arzt gekommen war, um den Totenschein auszustellen, bahrte Gloria James' Leichnam auf: Sie verschloß seine Körperöffnungen, wusch ihn, band seinen Kiefer hoch, schloß seine Augen und kreuzte die Arme über seiner Brust, bevor die Totenstarre einsetzte.

Nicht zum ersten Mal in ihrem Berufsleben als Krankenschwester hatte sie das merkwürdige Gefühl, mit diesem letzten Ritual für einen Patienten mehr zu tun, als sie getan hatte, solange er noch am Leben gewesen war. Draußen ging die Sonne unter und verbreitete ihr Licht, weich wie Kerzenschein, in der dämmrigen Intensivstation.

Als Gloria mit dem Aufbahren fertig war, rief sie unten in der Leichenhalle an.

13

Die Reisenden

In jenem Winter 1992/93 holte Zoe Adamina jeden Samstagmorgen vom großen Haus ab. Sie kauften Blumen und legten sie auf Lauras Grab, in dem nun auch James lag und auf dessen Grabstein man seinen Namen dem ihren hinzugefügt hatte.

Danach nahm Zoe Adamina mit zum Kino, lud sie zum Mittagessen ins Café ein und ließ sich von ihr helfen, Plakate aufzuhängen, Eiscreme aus der Tiefkühltruhe zu holen und Karten für die Kindermatinee auszugeben. Manchmal schlich sich Adamina in die Vorführkabine. Der Filmvorführer war ein scheuer junger Mann mit langem blonden Haar, Stirnband und Patchworkkleidung. Er überließ Adamina sich selbst. Sie hätte sich auch in den Zuschauerraum setzen können, aber sie sah lieber von hier oben aus zu, durch ein kleines Fenster, in der Nähe des hellen Projektionsstrahls und direkt neben dem Gerät, das diesen Strahl in die Dunkelheit warf. Hin und wieder drehte sie sich um und sah zu, wie der Film gleichmäßig seinen Weg von der Rolle zur Aufwickelspule zurücklegte, so als wolle sie sich überzeugen, daß dieses Gerät tatsächlich jene Schatten auf die Leinwand dort unten projizierte.

Adamina erkundete wie einst auch James die Wohnung über dem Kino. Da sie aber, anders als er, sogar noch kleiner als Zoes Großmutter Agatha war, fühlte sie sich in deren Abmessungen wohl.

Wenn Zoe Adamina erklärte, daß es an der Zeit sei, zum großen Haus zurückzukehren, und sie in fünf Minuten losfahren würden, war Adamina plötzlich verschwunden. Zoe fand sie dann schmollend in den Toiletten oder hinter der Popcornmaschine.

»Komm schon, Herzchen«, redete sie ihr zu, »Alice macht sich sonst noch Sorgen.«

Adamina schrieb ihr einen Zettel.

»Ich möchte hierbleiben«, stand darauf.

»Ach, Schätzchen, du kannst nicht hierbleiben«, sagte Zoe zu ihr. »Ich meine, ich würde dich gern hierbehalten, aber ich kann dir nicht all das geben, was du brauchst. Komm her, setz dich. Schau, ich bin allein, und ich habe außerdem sehr viel zu tun, es gibt Tage, da komme ich nicht vom Telefon weg, manchmal muß ich sogar zu Besprechungen nach London fahren.«

Adamina suchte sich einen Stift und kritzelte auf dasselbe Stück Papier eine weitere Botschaft.

»Nimm mich mit.«

»Liebes, das geht nicht. Du mußt zur Schule gehen, und du solltest mit Gleichaltrigen zusammensein. Du weißt doch, daß hier nur zu den Samstagsmatineen Kinder herkommen.«

Adaminas Schweigen, entdeckte Zoe, machte sie selbst gesprächig. Sie war vierzig Jahre alt und bekam langsam die rauhe Stimme einer langjährigen Raucherin.

»Ich weiß, daß Alices Kinder ein bißchen fade sind, aber sie sind nicht übel. Es sind natürlich alles Stiere, eine *Herde* von Stieren, könnte man sagen, hm? Sie sind vielleicht langweilig, aber sie sind ehrlich, und sie sind nett, nicht wahr? Du kannst mich doch jederzeit besuchen kommen. Nicht nur am Samstag. Wir zeigen dir dann, wie man den Projektor bedient, wie wäre das? Du kannst mein Filmvorführerlehrling sein. Komm schon, ich muß dich jetzt nach Hause bringen.«

Zoe war nicht zum Feiern zumute, aber genau das war es, was sie gerade plante: eine Feier »Hundert Jahre Kino«. Über das genaue Datum dieses Jubiläums war viel diskutiert worden, da die Geburtsstunde des Kinos eher eine lange Reihe von Experimenten als eine einmalige Erfindung darstellte. Einige nannten 1891 als das entscheidende Jahr, das Jahr, in dem Thomas A. Edison ein Patent für seinen Kinematographen anmeldete. Andere sprachen sich für 1893 aus, da in diesem Jahr in New York die erste Vorführung des mittlerweile perfektionierten Kinematographen stattgefunden hatte.

Das British Film Institute hatte schließlich entschieden, daß 1995 das Jahr sein sollte, in dem die offiziellen Feierlichkeiten, Veröffentlichungen und Vorführungen stattfinden würden: Es war dies die Hundertjahrfeier der ersten Filme der Brüder Lumière.

Vielleicht deshalb hatte Zoe, aus einer Art Widerspruchsgeist heraus, für 1994 plädiert, weil genau ein Jahrhundert früher der erste kinematographische Salon in London eröffnet hatte: Sie mußte dabei an ihre Großmutter Agatha denken, die als Kind einer Vorführung des Kinematographen im Rathaus beigewohnt hatte. Zoe erzählte Natalie, sie plane, im folgenden Jahr einhundert große Filme zu zeigen. Sie wollte sie selbst auswählen, um sich nicht unter die anderen Kinos einzureihen, die alle dieselben Titel zeigten.

»Selbstverständlich sind nicht alle, die ich haben wollte, auch erhältlich, oder aber man bekommt sie zwar, aber die Kopien sind total ramponiert«, erklärte Zoe, »wie du aus dieser Liste hier ersehen kannst.«

Natalie sah sich Zoes Filmauswahl mit den vielen Streichungen und Ergänzungen an. Daneben stand jeweils der Name des Vertriebs. Natalie sagte ihr lieber nicht, wie wenige der Filme sie überhaupt kannte.

»Und bei welchen dieser Filme hat eine Frau Regie geführt?« fragte sie.

Zoe wurde bleich.

»Keine Panik«, sagte Natalie zu ihr. »Ich erwarte ja nicht, daß du sie auf Anhieb alle nennst. Sag mir einfach nur ein paar.«

Zoe schnappte Natalie die Liste aus der Hand und ging sie durch. »Mist«, sagte sie.

»Was ist?« fragte Natalie.

»Bei keinem einzigen«, gestand Zoe. »Daran habe ich überhaupt nicht gedacht. Ich habe einfach meine Lieblingsfilme ausgewählt. Hundert sind im Grunde ja nicht viel.«

Natalie sah sie voller Verachtung an. »Dann solltest du langsam anfangen, dir Gedanken zu machen.«

Und so wurden der Liste dank Natalie – die von der Materie keine Ahnung hatte – Filme von Larissa Shepitko, Margarethe von Trotta und Leni Riefenstahl hinzugefügt. Eine Liste von hundert Filmklassikern für hundert Jahre Kino, die niemals gezeigt werden sollten.

Kurz nachdem Natalie gegangen war, erhielt Zoe einen Anruf von ihrem Anwalt.

»Es geht um die Pacht«, sagte er.

»Ich dachte, wir hätten das geklärt«, erwiderte sie. »Sie sagten doch, die Pachtverlängerung sei eine reine Formsache.«

»Das war sie auch«, bestätigte er. »Aber es gibt da eine neue rechtliche Situation.« Er zögerte. Sie hörte ihn husten. »Die Sache ist die, die Makler haben mir gerade mitgeteilt, daß die bisherigen Eigentümer einen Zwangsräumungsbescheid erhalten haben.«

»Können Sie mir das erklären?« fragte Zoe ruhig.

»Das Kino liegt auf dem Gelände einer geplanten inneren Ringstraße. Laut Stadtrat und Verkehrsministerium soll dadurch das Stadtzentrum vom Verkehr entlastet werden.«

»Das ist das erste Mal, daß ich davon höre«, rief Zoe. »Klingt ziemlich schwachsinnig.«

»Da kann ich Ihnen nicht widersprechen«, stimmte der Anwalt zu. »Anscheinend haben die neuen Eigentümer diese Streckenführung nordwestlich vom Zentrum vorgeschlagen. Sie werden für ihren Grund und Boden weit mehr als den Marktwert bekommen. Offensichtlich gehören ihnen an der vorgeschlagenen Trasse noch einige andere Grundstücke.«

»Himmel, ich habe Ihnen doch gesagt, daß wir die Makler hätten übergehen sollen, als wir letztes Jahr, oder wann es war, so eine Ahnung hatten«, sagte Zoe ärgerlich.

»Nun, wie ich sagte, das Grundstück hat jetzt *neue* Eigentümer«, machte er sie aufmerksam.

»Und wer sollen die sein?« wollte sie wissen.

»Sie nennen sich Harry Singh Developments«, sagte er. »Ich glaube aber, das ist so eine Art One-Man-Show.«

»Verdammt, ich weiß, wer das ist«, platzte Zoe zornig heraus. »Oh, *Himmel*!« rief sie.

Das Messingschild mit dem Namen war so klein, daß Zoe ganz nah hingehen mußte, um sicher zu sein, tatsächlich vor dem Büro der HARRY SINGH DEVELOPMENTS zu stehen. Sie betrat das klassizistische Gebäude. Die Tür schloß sich hinter ihr, und vom Verkehrslärm war auf einen Schlag nichts mehr zu hören.

»Kann ich Ihnen helfen?« flüsterte die Empfangsdame.

»Ich würde gern Mr. Singhs Sekretärin sprechen«, bat Zoe.

»Wen soll ich melden?«

Zoe nannte ihren Namen, und man wies ihr den Weg, eine mit

dickem Teppich ausgelegte Treppe hinauf in den ersten Stock. Ihre Schritte wurden gedämpft, aber ihre Armreifen klirrten laut. Ihr buntes Blümchenkleid wirkte vor der beigen Wand wie ein Farbklecks, und ihr Patschuliparfüm verbreitete sich in der Raumluft, die mit Potpourridüften parfümiert war. Sie wurde von einer eleganten Frau mit Porzellanhaut empfangen.

»Ich würde gern Mr. Singh sprechen«, bat Zoe.

»Ich glaube nicht, daß Sie einen Termin haben«, sagte die Sekretärin. »Vielleicht möchten Sie einen vereinbaren. Wenn Sie mir erklären, worum es geht, sage ich Mr. Singh Bescheid. Wenn Sie in der Zwischenzeit bitte warten wollen, ich bin gleich wieder zurück.«

»Sagen Sie ihm einfach, daß ich da bin.«

»Mr. Singh hat heute leider einen vollen Terminkalender«, meinte die Sekretärin lächelnd.

»O. k.«, sagte Zoe. »Wo ist sein Büro?« Vom Treppenabsatz führte eine Reihe von Türen weg.

»Möchten Sie sich setzen?« sagte die Sekretärin, jetzt sichtlich nervös.

»Im Grunde nicht«, antwortete Zoe, schritt auf eine Tür zu und öffnete sie. Drinnen beugte sich ein Zeichner gerade über ein Zeichenbrett.

»Das können Sie doch nicht machen«, sagte die Sekretärin zu ihr. »Bitte setzen Sie sich oder aber gehen Sie, sonst muß ich den Sicherheitsdienst rufen.«

»Das können Sie sich sparen«, sagte Zoe unbekümmert zu ihr. Sie versuchte es mit einer anderen Tür: eine kleine Küche. Die Sekretärin hatte sich zurückgezogen. Vielleicht stand sie auch händeringend hinter ihr. Zoe war sich nicht sicher. Es war ihr auch egal. Sie öffnete eine dritte Tür. Harry saß am gegenüberliegenden Ende eines großen Schreibtischs und starrte auf einen Computerbildschirm, der ein mattes, blaues Licht auf ihn warf.

Zoe knallte die Tür hinter sich zu. Harry blickte auf. Er brauchte einen Augenblick, um aus seinem hypnotisierten Zustand aufzutauchen.

»Erklär mir einfach, Harry Singh«, forderte Zoe, bevor er die Möglichkeit hatte, sie auch nur zu begrüßen, »wie du mir das antun konntest.«

663

Harry runzelte die Stirn. »Du meinst, das Kino zu verkaufen«, vermutete er. »Das ist einfach mein Geschäft. Es war ein guter Schachzug.«

»Und was ist mit meinem Kino?«

Er runzelte wieder die Stirn. »Bau ein neues«, schlug er vor. »Ich weiß, daß es gut läuft. Vielleicht investiere ich selbst in dieses Geschäft, falls du Kapital brauchst. Denk darüber nach; ein neues Kino, ganz modern ausgestattet, ganz so, wie du es haben willst.«

»Ich *lebe* dort«, rief sie. »Es ist mein *Zuhause*.«

»Komisch: Ich konnte mir nie vorstellen, daß diese enge Wohnung für dich mehr als nur eine vorübergehende Bleibe sein könnte. Du kannst dir jetzt doch etwas Eigenes kaufen.«

»Und das Schlimmste ist«, fuhr Zoe fort, »daß du derjenige bist, der unsere Stadt durch diese neue Straße mitten durchschneidet. Ist dir das denn wirklich so scheißegal? Um Himmels willen, du hast doch *Kinder*, die hier aufwachsen.«

Hinter ihr wurde die Tür aufgerissen, aber Zoe drehte sich nicht um. Sie sah, wie Harry jemanden wegwinkte und sich dann in seinem Sessel zurücklehnte. Er versteifte sich und bekam schmale Augen.

»Du weißt, Zoe, daß ich ein wirklich friedliebender Mensch bin, aber wenn ich eins nicht ausstehen kann, dann diese selbstgerechte Einstellung. Es besteht Bedarf für eine neue Straße, und ich werde meinen Teil dazu beitragen, diesem Bedarf gerecht zu werden.« Er stand auf. »Wir sind doch keine Kinder, Zoe. Um es genau zu sagen: Du bist eine nicht mehr ganz junge, erfolgreiche Geschäftsfrau. Und hier geht es ums Geschäft, um nichts anderes.«

»Ach, tatsächlich?« Sie lachte. »Ich dachte, du bist ein Verfechter der Vetternwirtschaft, Harry Singh.«

»Ich glaube, für angeheiratete Cousinen zweiten Grades gilt das nicht unbedingt«, sagte er.

Zoe sah ihn ungläubig an.

»Das war ein Scherz«, erklärte Harry. »Ich gebe zu, daß ich nicht unbedingt für meine guten Witze bekannt bin.«

»Soviel also zu hundert Jahren Kino«, sagte Zoe unvermittelt.

»Deine Pacht von neunundneunzig Jahren ist abgelaufen«, bemerkte Harry. »Diese Ironie des Schicksals ist auch mir nicht entgangen.«

»Ich werde gegen dich kämpfen«, sagte Zoe zu ihm.

»Wie du willst«, akzeptierte er. »Aber du wirst nicht gewinnen. An deiner Stelle würde ich meine Energie in ein neues Kino und ein neues Zuhause stecken.«

»Ich *will* aber nirgendwo anders wohnen«, rief sie.

»Wie du willst, Zoe.« Harry zuckte mit den Achseln.

Shobana, das Au-pair-Mädchen, holte die Kinder von der Schule ab: zuerst Mollie aus dem Kindergarten, dann die Jungen und schließlich die drei Mädchen, Amy, Susan und Adamina. Harry kam für die Gebühren von Adaminas Privatschule auf.

Eines Dienstags rief Shobana Alice vom Büro der Schuldirektorin aus an. »Adamina ist verschwunden«, sagte sie.

»Wahrscheinlich bummelt sie irgendwo herum«, erwiderte Alice. »Schaut in den leeren Klassenzimmern nach.«

»Das haben wir schon getan«, erklärte Shobana. »Wir haben überall gesucht.«

»Am besten, du bringst die anderen erst einmal nach Hause«, sagte Alice zu ihr, »und wir nehmen das dann von hier aus in die Hand.«

Alice sprach mit der Direktorin. Sie rief Zoe an und fragte, ob Adamina vielleicht bei ihr im Kino war, aber dort war sie auch nicht. Dann telefonierte sie mit Harry. Er fuhr zur Schule, wo schon ein Polizist auf ihn wartete. Sie fanden heraus, daß Adamina am Nachmittag noch im Unterricht gewesen, dann aber verschwunden war, bevor sie sich mit Amy und Susan am Schultor hätte treffen sollen.

Natalie kam von der Arbeit nach Hause, als eine Polizistin gerade die Mädchen befragte und sich ein Foto von Adamina geben ließ. Shobana war in Tränen aufgelöst, da sie sicher war, etwas falsch gemacht zu haben. Simon kam dazu, um den Grund für die ganze Hektik zu erfahren, und fand sie alle in der Küche versammelt.

»Adamina ist entführt worden«, sagte Natalie zu ihm.

»Das wissen wir doch noch gar nicht«, tadelte Alice sie.

»Wann werden Sie einen Suchtrupp zusammenstellen?« wollte Natalie von der Polizistin wissen.

Harry kam nach Hause. »Wie wäre es, wenn jemand die Kinder

zu Bett bringt?« schlug er vor, aber dafür waren diese viel zu aufgeregt. Susan begann zu schluchzen, woraufhin Tom ihr erklärte, sie solle sich nicht so aufspielen.

»Ich stehe nicht gern rum und kaue an meinen Fingernägeln«, sagte Natalie zu Simon. »Nehmen wir ein Auto und suchen sie.«

»Und wo bitte sollen wir anfangen?« fragte er.

»Es wäre jedenfalls besser, als hier rumzustehen und immer nervöser zu werden«, rief sie.

»Kann ich mitkommen?« fragte Sam.

»Ich will auch mit!« rief Susan.

»Warum putzt du dir nicht einfach die Nase und bringst die Kleinsten nach oben?« fragte Alice Shobana.

»Für so etwas gibt es fast immer eine einfache Erklärung«, versuchte die Polizistin sie alle zu beruhigen.

»Ja, ein Perverser«, erwiderte Natalie schroff.

Genau in diesem Augenblick hörten sie, wie die Hintertür geöffnet und geschlossen wurde. Alle erstarrten. Kurz darauf erschien Adamina mit einer vollgepackten Einkaufstüte in der Küchentür. Sie musterte die versammelte Gesellschaft stumm und drehte sich dann auf dem Absatz um.

»Ich gehe schon«, sagte Alice rasch und folgte Adamina auf ihr Zimmer. Adamina zog gerade verschiedene Sachen – Malkreide, Handschuhe – aus dem Einkaufsbeutel.

»Wo bist du gewesen, Mina?« fragte Alice sie mit fester Stimme. »Im Kino?«

Adamina packte weiter die Plastiktüte aus: ein Fotoalbum, ihren Paß, einen Pullover.

»Bist du in James' Wohnung gewesen, um das zu holen?« fragte Alice.

Adamina nickte.

»Du bist allein dorthin gegangen und bist allein wieder zurückgekommen?«

Sie nickte abermals. Alice setzte sich neben sie aufs Bett und fiel vor Erleichterung förmlich zusammen.

»Das darfst du niemals wieder tun. Einfach wegzugehen, ohne irgend jemandem etwas davon zu sagen. Niemals. Hast du mich verstanden?«

Adamina zuckte mit den Schultern, stand auf und trug ihren

Pullover zur Kommode hinüber. Alice ging zu ihr und nahm ihre Hände.

»Hör zu. Du mußt mir versprechen, so etwas nie wieder zu tun«, sagte sie.

Adamina nickte entschieden und zog ihre Hände weg.

Solange James im Krankenhaus gelegen hatte, hatte Harry weiter die Miete für die leerstehende Wohnung bezahlt. Er wußte, daß das sinnlos war, aber er verstand auch, daß Alice – und ebenso alle anderen – solche Gesten brauchte, aus denen sie Hoffnung schöpfen konnte. Jetzt war es jedoch Alice, die Harry erklärte, sie würde mit Sylvia, ihrer Putzfrau, hinunterfahren, um die Wohnung auszuräumen. Die beiden hatten bereits im Gartenhaus saubergemacht.

Sie stiegen die Eisentreppe hinauf und sperrten auf. In der Wohnung roch es überraschend sauber und frisch, so als wären deren Bewohner nur übers Wochenende und nicht schon seit Monaten fort gewesen.

»Hier müßten wir uns leichter tun als im Gartenhaus«, sagte Sylvia. »Abgesehen von dieser Eisentreppe. Die möchte ich mit meinen schlimmen Knien nicht allzuoft rauf- und runtergehen müssen.« Sie hatte bereits damit begonnen, Müllsäcke von einer dicken Rolle abzuwickeln. Jetzt betrat sie die Küche, wo sie sich sofort daranmachte, halbleere Marmeladengläser, Päckchen mit Getreideflocken und andere Schachteln und Kartons in einen der Säcke zu werfen.

»Sieht aus, als müßten wir später eine Menge Flaschen wegbringen«, rief sie Alice zu, nachdem sie unter der Spüle eine Kiste mit leeren Whiskyflaschen gefunden hatte.

Sylvia stürzte sich in ihre Aufgabe, ohne zuerst neugierig die Wohnung zu inspizieren, nachzusehen, was sich darin befand, was weggeworfen oder gesäubert werden mußte: Es wäre Zeitverschwendung gewesen. Jetzt verlangte die Küche ihre ganze Aufmerksamkeit, der Rest lief ihr bestimmt nicht davon. Der Satz, den sie täglich wiederholte, wenn sie ihre Kaffeetasse abstellte, lautete: »Tja, Alice, das alles macht sich nicht von allein.«

Sylvia hielt Alice an, dieselbe Haltung einzunehmen. Also ließ sie ihren Blick durch die Wohnung wandern, während sie die Fenster öffnete, um die Frühlingsluft hereinzulassen. Sie riß einen alten Stadtplan, der mit roten Linien bedeckt war, von der Wand und knüllte ihn zusammen und sah sich dann im Schlafzimmer um, während sie alte Kleidung von James – und Adamina – in Müllsäcke stopfte. Auf dem Nachttisch fand sie unter einem Stapel zerfledderter Taschenbücher einen schlanken Gedichtband, in dem mit verblaßter Tinte eine Widmung stand: *Meinem kleinen Mann, der mir geholfen hat, meine Stimme zu finden.* Alice steckte ihn in ihre Tasche.

Sie brachten den Abfall hinaus und stapelten die Mülltüten neben der Hintertür, machten eine Kaffeepause, die in Sylvias Fall eine Zigarettenpause war: Eine Zigarette, damit belohnte sie sich für ihre harte Arbeit, und sie ließ sich durch nichts beim Rauchen stören. Lieferanten, die etwas im großen Haus abzuliefern hatten, mußten warten, bis sie ihre Zigarette zu Ende geraucht und ausgedrückt hatte. Dann erst nahm Sylvia sie überhaupt wahr.

»Was kommt als nächstes?« fragte Alice, als sie ausgetrunken hatte. »Soll ich den Staubsauger heraufholen?«

»Wohin führt diese Tür hier?« fragte Sylvia und öffnete sie. »Schauen Sie, da sind Treppen.«

»Natürlich«, fiel Alice jetzt ein. »Die Wohnung im ersten Stock. Laura sollte dort einziehen. Keine Ahnung, was da unten ist.«

»Sehen Sie doch nach«, schlug Sylvia vor. »Ich bringe inzwischen ein paar von den Säcken raus. Die bewegen sich nämlich nicht von allein.«

Alice ging zögernd die Treppe hinunter. Hier hingen Spinnweben, Staub lag auf den Fußleisten. Unten angekommen, überquerte sie den kleinen Treppenabsatz, ging an einer kahlen Küche und einem Bad vorbei. Dann betrat sie das Zimmer, dessen Wände Adamina bemalt hatte. Alice starrte die chaotischen Wandgemälde der Sechsjährigen, die unidentifizierbaren Figuren, vielfarbigen Formen, Linien und Kringel an. Sie bedeckten die Wände vom Boden bis zur Decke: James mußte eine Art Gerüst für sie aufgestellt haben.

Auf dem Boden ausgebreitet lagen Gegenstände und Kleidungsstücke, die Alice als Lauras Eigentum wiedererkannte. Vorsichtig suchte sie sich ihren Weg dazwischen hindurch, um die Wände genauer anzusehen. Sie konnte keine Struktur in den Malereien erkennen, nur formlose, übereinandergemalte Zeichen. Hatten sie für Adamina irgendeine Bedeutung? fragte sie sich. Gewiß nicht. Dann jedoch entdeckte sie etwas Konkreteres, ganz unten an einer der Wände: Ein liegender Körper, darüber und darum herum waren viele rote Filzschreiberlinien gemalt. Der Kopf war entstellt, ob aufgrund von Adaminas mangelndem Können oder einer Verletzung, konnte nur jemand sagen, der die Geschichte kannte. Und Alice *kannte* die Geschichte. Vielleicht erzählte das wirre Mosaik auf den anderen Wänden jemandem, der in der Lage war, es zu deuten, ja noch viel mehr.

Alice ging ins andere Zimmer hinüber. Dort war alles vollkommen deutlich und klar. Während sie die Fotos betrachtete, empfand sie keine Traurigkeit, sie war eher von der seltsamen Schönheit dieses Zimmers beeindruckt: In diesem Raum, der keine Galerie, aber auch kein Wohnraum mehr war, in dieser Mietwohnung über einer belebten Straße befanden sich zwanzig Fotos auf den Wänden – *in* den Wänden. Auf einem davon erkannte sie sich, hinter Laura stehend. Das war an Lauras dreißigstem Geburtstag gewesen, auf dem bunten Abend im Stadtsaal. Sie hatte keine Ahnung gehabt, daß James an diesem Abend überhaupt fotografiert hatte. Aber schließlich hatte er seine Kamera ja überallhin mitgenommen, hatte gewissermaßen im Vorbeigehen Fotos gemacht. Oft hatte man es gar nicht bemerkt. Es stimmt, daß Schwarzweißfotos realistischer sind als Farbaufnahmen, dachte sie, nur daß sie genau das nicht zeigen, was den Leuten an mir immer auffällt: mein blaues und mein grünes Auge.

Was, so fragte sie sich, machen wir jetzt mit diesem privaten Schrein der Liebe und der Trauer?

Eine Erinnerung schoß ihr plötzlich durch den Kopf: Ihr großer Bruder James nahm sie und Laura zum Kino ihrer Großtante mit. Sie waren vielleicht sieben, James elf (sie konnte sich nicht vorstellen, daß sie ihren eigenen Kindern heute so etwas erlauben würde). Sie gingen den Hügel hinunter zur Bushaltestelle. Vielleicht war es ihr erster derartiger Ausflug, da Alice sich daran erinnerte, eine gewisse Beklommenheit in der Magengrube gespürt zu haben – sie *fühlte* es jetzt sogar wieder. Es hatte keine Grenzen gegeben, nur starre Regeln, die sie ignorieren, über die sie sich hinwegsetzen konnten. Wer wußte, was dann geschehen mochte?

Aber dann war der Bus gekommen, sie waren eingestiegen, James hatte bezahlt, und sie hatten sich auf ihre Plätze gesetzt. Sie erinnerte sich jetzt wieder lebhaft an die Busfahrt durch die Stadt – an den ächzenden Rhythmus des Busses, den Geruch der Sitzpolster und der anderen Fahrgäste, daran, wie sie die Stadt vor den Busfenstern hatte vorbeigleiten sehen, während Laura und James neben ihr saßen, und an ihr Gefühl, sowohl ein Abenteuer zu erleben als auch beschützt zu werden – von ihrer Beinaheschwester und ihrem älteren Bruder.

Alice wurde aus ihrer Träumerei gerissen, als sie draußen vor dem Fenster Sylvias schweren Schritt auf der Eisentreppe (und das Echo der zurückschnellenden Stufen) hörte und ihren Schatten über die gegenüberliegende Wand gleiten sah. Sylvia betrat soeben die obere Wohnung.

»Ist dort unten alles in Ordnung?« rief sie hinunter.

»Alles o. k.«, antwortete Alice. »Allerdings«, fügte sie hinzu, »werden wir jede Menge weiße Farbe kaufen müssen.«

Als sie die Treppe hinaufstieg, dachte sie: Vielleicht werden die künftigen Bewohner irgendwann einmal diese Fotos, diese Gesichter durch die verblassende Farbe hindurchschimmern sehen, oder aber sie werden von Archäologen der Zukunft entdeckt wie Kirchenfresken aus der Zeit vor der Reformation.

»Diese Gruft ist leer. Versiegelt sie«, hörte Alice sich murmeln, als sie oben an der Treppe angekommen war.

Alice und Sylvia hatten die obere Wohnung leer geräumt und waren mit Alices Volvo zweimal zur Müllkippe gefahren. Die Wohnung unten würden sie morgen streichen. Alice blieb noch da, und ein paar Stunden später kam Harry auf seinem Heimweg von der Arbeit ebenfalls vorbei. Er zog sein Jackett aus, um Alice zu helfen, das Badezimmer fertig zu putzen. Als Alice ihren Mann dabei beobachtete, war sie von seiner Energie überrascht: Trotz jahrelanger Schreibtischtätigkeit stürzte er sich mit Vergnügen und der offensichtlichen Effizienz der Gewohnheit in diese körperliche Arbeit.

»Vergiß nicht, wieviel ich bei der Renovierung meiner Häuser körperlich gearbeitet habe«, sagte er zu ihr, während er das Bad schrubbte. »Es ist vermutlich so wie mit dem Fahrradfahren: Wenn man es einmal kann, verlernt man es nie mehr.«

»Du kannst doch gar nicht fahrradfahren«, machte Alice ihn aufmerksam. »Was mich an einen alten Uni-Witz erinnert. Eine Frau ohne Mann ist wie ein Fisch ohne Fahrrad.«

»Den verstehe ich nicht«, erwiderte Harry. »Klingt mir aber nach einem von Natalies Witzen.«

Sie putzten eine Weile schweigend vor sich hin, dann unterbrach Alice ihre Arbeit. »Das hier macht mich sehr traurig, Harry«, sagte sie. »Warum mute ich mir das überhaupt zu?«

»Irgend jemand muß es schließlich tun«, antwortete er.

»Aber es bleibt doch immer alles an uns hängen, oder?« sagte sie. »Ich meine, ich habe es angeboten, okay. Aber immer machen wir die Arbeit. Warum immer wir, Harry? Ich denke nur nach. Und jetzt haben wir auch noch Adamina bei uns. Ich meine, es macht mir nichts aus, weißt du, ich finde das selbstverständlich. Ich frage mich einfach nur, warum es immer wir sind. Verstehst du, was ich meine?«

Harry unterbrach seine Arbeit nicht – er polierte weiter die Hähne am Waschbecken mit Putzlappen und Reinigungsmilch. »Weil wir es sind, mein Schatz, die stark sind«, schnaufte er. »Wir stehen mit beiden Beinen fest auf dem Boden. Wir sind normal und wir sind langweilig, aber wir sind stark. Wir können andere tragen. Das ist unsere Pflicht, nicht wahr?«

Er richtete sich auf. »Nun, ich denke, hier sind wir so gut wie fertig. Alles blitzsauber. Muß unten nur gestrichen werden? Das könnten wir doch auch von einem Maler machen lassen, oder?«

»Da ist noch etwas«, sagte Alice zu ihm. »Komm und sieh es dir an.«

Sie führte ihn zu James' Dunkelkammer, öffnete die Tür und knipste das Licht an: An sämtlichen Wänden des kleinen Zimmers standen Regale, die mit Schachteln und Mappen vollgestopft waren.

»Negative«, erklärte Alice. »Und Kontaktabzüge. Chronologisch geordnet, auf jedem sind Monat und Jahr vermerkt, mehr nicht. Als hätte er sich sowieso an alles erinnert, was darauf zu sehen ist. Es sind Tausende. Was um Himmels willen sollen wir damit machen?«

Harry überlegte. »Ich sag dir was«, schlug er vor. »Fragen wir doch deinen Vater.«

Am nächsten Morgen betrat Alice mit Charles die Wohnung, in die man ihn vorher noch nie gebeten hatte. Während sie und Sylvia Farbe und Plastikplanen, Pinsel und Roller nach unten brachten, belegte Charles die Dunkelkammer mit Beschlag. Mit Hilfe einer Lupe, die er auf dem Arbeitstisch gefunden hatte, studierte er die Kontaktabzüge und steckte jeden dorthin zurück, wo er ihn herausgezogen hatte. Er verbrachte den ganzen Tag dort: Bis zum Abend hatte er dennoch nicht mehr als eine oberflächliche Vorstellung vom vollen Ausmaß dessen, womit James sich beschäftigt hatte, aber er war schon jetzt höchst erstaunt. Während Alice und Sylvia unten die Wände strichen, die von James' und Adaminas Trauer zeugten, sichtete Charles James' Arbeit und erforschte so das Leben des Sohnes, den er nie wirklich gekannt hatte. Diese Fotos von dem, was James gesehen, was er miterlebt hatte, wurden nun ihrerseits – ein jedes eine Art Spiegel – zu Zeugen seines Lebens.

Es war Charles' Idee, die Sammlung zu ordnen und zu klassifizieren und sie komplett der heimatkundlichen Abteilung der öffentlichen Bibliothek im Stadtzentrum als Schenkung zu überlassen. Er wollte sie das Freeman-Archiv nennen, änderte den Namen dann aber noch rechtzeitig in James-Freeman-Fotoarchiv um.

Die Sammlung wurde schon bald der Bibliothek übergeben. Charles ging danach fast jeden Wochentag hin, um bei der Katalogisierung zu helfen. Manchmal hatte James tatsächlich irgendwelche Informationen – Personen, Orte – auf die Rückseite der Kontaktbögen gekritzelt, sehr viel öfter ließ sich jedoch kein Hinweis finden. Zusammen mit dem einen oder anderen Heimatkundler, den er hatte gewinnen können, ging Charles sie langsam durch, um Gebäude, Straßen, Geschäfte und so viele Menschen wie möglich zu identifizieren.

Es war eine mühsame Arbeit, die Charles in jenen Monaten aber vollkommen gefangennahm: Das Ganze wurde zu seinem Projekt, es ließ ihn wieder aufleben. Er wurde nebenbei selbst zu einer Art Heimatkundler und freundete sich dabei mit anderen an. Mit den bescheidenen Menschen, die die Bibliothek häufig aufsuchten: die sich, über Microficheschirme gebeugt, in den Ästen ihres Familienstammbaums verloren; die die mündlichen Überlieferungen

aus ihrer Straße mit den Tatsachen verglichen oder alte Zeitungs-
ausgaben nach Informationen über Menschen durchforsteten, die
schon längst verstorben waren.

Allmählich wurde Charles klar, daß der Name seines Sohnes
seinen eigenen überleben würde. Er fand sogar Geschmack an dieser Ironie des Schicksals – wenn man bedachte, wie anonym James'
Leben und wie öffentlich sein eigenes gewesen war. In Wahrheit jedoch war er sich die meiste Zeit gar nicht bewußt, daß all die Fotos, die er sich ansah, von James stammten. Diese Fotos von Menschen und Orten in dieser Stadt, seiner Stadt, zu ihren Lebzeiten.
Gelegentlich zog er eines hervor, auf dem jemand aus der Familie
oder aus seinem Bekanntenkreis zu sehen war. Dann sagte Charles
zu seinem Mitarbeiter: »Ah, diese Frau dort kenne ich. Dieses Foto
können wir einsortieren.«

»Ich werde dem alten Herrn zum Geburtstag einen Anorak kaufen.
Er wird langsam zum Trainspotter«, sagte Simon eines Abends.

»Was hat das denn mit Zügen zu tun?« wollte Harry wissen.

»Erklär du es ihm, Alice«, gab Simon auf. »Er ist schließlich
dein Mann.«

Am nächsten Morgen wachte Harry wie üblich als erster auf. Er
wusch sich im angrenzenden Badezimmer, goß Alice eine Tasse Tee
aus dem Teebereiter ein, bevor er sie weckte, und wollte dann nach
unten gehen, um vor dem Frühstück noch einige Anrufe zu erledigen. Alice räkelte sich im Bett hinter ihm.

»Laß den Tee nicht kalt werden«, riet Harry ihr, als er die Schlafzimmertür öffnete, aus dem Zimmer trat, sich in Richtung Treppe
wandte und beinahe auf einen unordentlichen Haufen zu seinen
Füßen getreten wäre. Er riß seinen Fuß wieder in die Höhe und
machte einen Satz nach vorn über das Hindernis, sprang dabei
aber zu weit und schoß über den Treppenabsatz hinaus. Durch
seine instinktive Ausweichbewegung hatte er so viel an Schwung
gewonnen, daß er nicht mehr bremsen konnte. Er purzelte Hals
über Kopf die acht Stufen bis zum nächsten Absatz hinunter, wo
die Treppe einen Bogen machte, und blieb als Knäuel von Gliedmaßen wie betäubt liegen. Er stöhnte.

Alice stürzte zur Schlafzimmertür. Harry entwirrte gerade vorsichtig seine Arme und Beine.

»Ich hätte mir alle Knochen brechen können«, ächzte er und rieb sich dabei den Ellbogen. Als sich herausstellte, daß dem nicht so war, prustete Alice, die bis dahin ihr Lachen unterdrückt hatte, lauthals los.

»Ich habe gesehen, wie du die Treppe *hinuntergesprungen* bist, du Dummkopf«, sagte sie.

»Irgendein Trottel hat dieses Federbett hier liegenlassen«, klagte Harry. »Ich finde das gar nicht witzig.«

»Nun, jedenfalls war es sehr rücksichtsvoll von dir, daß du nicht draufgetreten bist«, sagte Alice. »Komm her, Babu, ich massiere dich.«

Harry blickte auf, und sein gekränkter Gesichtsausdruck verschwand. »Ich habe mir im Grunde nicht sehr weh getan, aber du kannst mich trotzdem massieren«, schlug er vor und hinkte die Treppe hinauf.

»Ich frage mich, was ich nehmen soll«, meinte Alice grinsend. »Vaseline? Oder eine Kompresse mit Ingwer und Kurkuma?«

»Honig aus dem Honigtopf«, knurrte Harry und betrat die vorletzte Treppenstufe. In diesem Augenblick regte sich zwischen ihnen raschelnd das Federbett auf dem Treppenabsatz. So als hätte sich irgendein nachtaktives Tier – ein Igel vielleicht – darunter versteckt. Alice machte einen Schritt zurück zur Schlafzimmertür, Harry machte einen Schritt zurück ins Leere: Er klammerte sich jedoch gerade noch rechtzeitig am Treppengeländer fest und verhinderte damit, daß er, zur Abwechslung rückwärts, zum zweiten Mal die Treppe hinunterfiel.

Die Daunendecke regte sich wieder, und Adaminas verschlafenes Gesicht erschien. Bevor Harry etwas sagen konnte, meinte Alice: »Sag nichts, Harry«, worauf er die Stirn runzelte, den Kopf schüttelte, auf dem Absatz kehrtmachte und die Treppe hinunterstapfte. Alice ging in die Hocke. »Was ist los, Mina, hattest du einen Alptraum?«

Adamina sah verwirrt aus. Sie schüttelte den Kopf.

»Gefällt dir dein Zimmer nicht?« fragte Alice. »Oder die Sachen, die wir dir ausgesucht haben?«

Adamina reagierte nicht. Sie sah sich lediglich, ihrer selbst nicht ganz sicher, im Flur um.

»Ich kann mich erinnern, daß deine Mami mir einmal erzählt

hat, du hättest manchmal auf dem Treppenabsatz geschlafen. Vielleicht ist es ja das«, schloß Alice. Sie half Adamina auf. »In einer Minute gibt es Frühstück. Komm, wir bringen die Zudecke in dein Zimmer und ziehen uns an, hm?«

Die nächsten paar Tage hielt Harry, wenn er morgens die Schlafzimmertür öffnete, vorsichtig Ausschau, ob Adamina nicht wieder zu einer Tretmine geworden war, die ihn durch die Luft fliegen und die Treppe hinunterstürzen lassen würde. Aber es war nichts von ihr zu sehen. Er warf einen Blick in ihr Zimmer, und da lag sie schlafend in ihrem Bett. Nach ein paar Tagen ging Harry wieder ohne zu zögern die Treppe hinunter. Die anderen hatten sich zu ihm an den Tisch gesetzt und begannen gerade, ohne Adamina zu frühstücken – Shobana hatte an ihrer Tür geklopft –, als Simon die Küche betrat. Im Arm hatte er ein Federbett, in welches die noch immer schlafende Adamina eingewickelt war.

»Seht, was ich vor meinem Zimmer gefunden habe«, erklärte Simon. Als die Familie das Bündel anstarrte, regte sich Adamina und blickte sich um wie ein neugeborenes Tier.

»Ich bringe sie nach oben«, schlug Simon vor und fügte, als er das Zimmer verließ, noch hinzu: »Du hast mir nie gesagt, daß sie Schlafwandlerin ist, Alice. Das muß sie von unserer Mutter geerbt haben.«

Und genau das war der Fall. Alle paar Tage war Adaminas Bett leer – sowohl sie als auch ihr Federbett waren verschwunden –, und Shobana und die Kinder suchten dann vor dem Frühstück überall nach ihr. Sie machte sich im ganzen Haus ihre Nester, aber stets in einem Flur oder auf einem Treppenabsatz, nie in einem anderen Zimmer, so daß es nicht schwer war, sie zu finden, in ihrem Leinenkokon, ihrem weichen Daunenpanzer.

Zoe hatte sich einen neuen Anwalt genommen – einen Iren, der schneller redete, als andere Leute denken konnten – und ihn beauftragt, die Verlängerung ihres Pachtvertrages zu erwirken. Sie erreichten jedoch lediglich eine Reihe von kurzen Verschiebungen des Termins, bis zu dem Zoe das Gebäude zu räumen hatte. Schließlich wurde ein letzter Termin gesetzt – gegen diesen gab es keine Rechtsmittel mehr –, doch bis dahin hatte Zoe bereits mit einigen Gleichgesinnten die Initiative »Bürger von Gath gegen die

Ringstraße« gegründet. Sie war, ebenso wie die anderen Mitglieder der Initiative, bereit, jetzt auch andere Mittel in Betracht zu ziehen.

Die innere Ringstraße sollte, vom Busbahnhof im Norden kommend, einen Kilometer an der Lambert Street entlang zum Kino führen, nach weiteren zweihundert Metern einen Knick nach rechts machen und dann der Barnfield Road folgen, um schließlich in die Stratford Road, die nach Norden führende Hauptverkehrsader der Stadt, zu münden. Laut Bebauungsplan begann das auszubauende Straßenstück, das den Abriß einiger Gebäude nötig machte, kurz vor dem Kino und verlief dann weiter an der Lambert Street entlang. Der größte Teil der Straße und auch die Barnfield Road waren bereits breit genug, so daß nur eine andere Spurführung nötig war.

Von den Abrißmaßnahmen betroffen waren unter anderem der Pub neben dem Kino, ein Klaviergeschäft, ein chinesischer Imbiß, ein kleiner Lebensmittelladen, ein Hamburgerrestaurant und etwa dreißig Häuser, von denen einige bereits leer standen und mit Brettern vernagelt worden waren. Die meisten der anderen Hauseigentümer oder Mieter hatten dieselbe Verschleppungstaktik angewendet wie Zoe, hatten ihre Rechtsberater gemeinsam gegen das Bauvorhaben vorgehen lassen, jetzt aber waren auch ihre Rechtsbehelfe ausgeschöpft, die Räumung war nicht mehr zu vermeiden.

Es wurde gemunkelt, daß man laut einer Vereinbarung zwischen dem Eigentümer – Harry Singh Developments –, dem Straßenbauunternehmen und dem Verkehrsministerium am Kino ein Exempel statuieren wollte: An dem für die Zwangsräumung festgesetzten Tag wollte man mit dem Abriß des Kinos beginnen, denn dieses war sowohl in faktischer wie in symbolischer Hinsicht das herausragendste Gebäude, das der neuen Straße im Weg stand.

Die Bürgerinitiative setzte sich aus Bewohnern der vom Abriß bedrohten Häuser, anderen Anwohnern, einigen Filmfreaks aus alten Zeiten und Umweltschützern zusammen, die aus Prinzip gegen den Bau der neuen Straße waren. Das Kino, so kamen sie überein, sollte der Kriegsschauplatz sein.

Nicht *alle* Anwohner machten bei der Initiative mit. Einige hatten bereitwillig ihre Häuser oder Ladenlokale zu einem ansehnlichen Preis verkauft und waren weggezogen. Andere wohnten in Nebenstraßen und waren froh über einen Verkehrsweg, der die Autofahrer davon abhalten würde, eine Abkürzung durch *ihr* Wohngebiet zu nehmen. Wiederum andere bekundeten eine gewisse Sympathie für die Initiative im allgemeinen, weniger aber für das Kino: Sie erinnerten sich an diese faulen Hippies, denen Zoe einst Obdach gewährt hatte (viele der jetzt Protestierenden, die von Gott weiß woher gekommen waren, ähnelten ihnen auffallend), außerdem gingen sie ohnehin nicht mehr ins Kino. Wer *wollte* das denn bei all dem Sex, der Gewalt und den unanständigen Ausdrücken heutzutage noch tun?

Der betreffende Tag, Mittwoch, der 15. September 1993, rückte näher. Zoe war klar, daß man sie an diesem Tag unweigerlich vertreiben und ihr Kino abreißen würde. Alles was blieb, war ein letzter Protest, und so beschlossen sie, am Abend vorher das Kino zu besetzen.

»Wir zeigen die ganze Nacht lang Filme«, hatte Zoe bei einem Treffen der Initiative im Bürgerzentrum von Gath vorgeschlagen. »Sie werden uns schon mit Gewalt aus dem Zuschauerraum herauszerren müssen.«

Zoe räumte ihre Wohnung, da sie aber noch keine neue Bleibe gefunden hatte, verkaufte oder verschenkte sie ihren ganzen Besitz – ihre Makondeschnitzerei, die Voodoomaske aus Hawaii, die tibetanischen Glocken, sogar ihre Bücher, die Simon ihr ins Oxfam-Geschäft in der High Street bringen half.

»Warum ziehst du nicht ins Gartenhaus?« schlug Alice am Samstag morgen vor. »Nur so lange, bis du weißt, was du machen willst. Ich ertrage es nicht, es leer stehen zu sehen, genausowenig ertrage ich den Gedanken, daß ein Fremder dort einziehen könnte. Aber bei dir wäre das etwas anderes, Zoe. Es würde irgendwie den Geist bannen.«

»Du weißt, daß ich das nicht kann«, sagte Zoe zu ihr. Sie war nicht einmal in der Lage, Harry auch nur anzusehen, ohne vor Wut zu kochen. Wenn sie Adamina abholen kam, richtete sie es stets so ein, daß sie ihm nicht begegnete.

»Wie dem auch sei«, fügte sie hinzu. »Ich weiß außerdem schon, was ich machen werde. Ich habe es nur noch niemandem erzählt.«

Das stimmte nicht ganz: Zoe *hatte* es jemandem erzählt, vor einer Woche, und zwar Adamina.

Adamina war am Samstagabend immer so unwillig gewesen, in das große Haus zurückzukehren, daß Zoe sie inzwischen das ganze Wochenende über bei sich behielt. Adamina schlief in Zoes Bett, half ihr beim Frühstück, malte, während Zoe die Sonntagszeitung las. Sie war eine stille, anspruchslose Gefährtin. Und dann, wenn es Zeit war zurückzufahren, schlich sie immer noch ins Kino hinunter und versteckte sich zwischen großen Zuschauern, so daß Zoe warten mußte, bis sich ihre Augen an die Dunkelheit gewöhnt hatten, bevor sie Adamina ausfindig machen konnte.

Am vorangegangenen Sonntag hatte Zoe Adamina mit nach oben genommen, nachdem diese ihr geholfen hatte, sämtliche Karten für die Nachmittagsvorstellung zu verkaufen. Während Zoe redete, nippte Adamina an ihrer Coke, anscheinend, ohne ihr zuzuhören – ebenso taub wie stumm. Zoe aber hatte gelernt, zu erkennen, wann sie sich Adaminas Aufmerksamkeit sicher sein konnte, selbst wenn es schwierig war, das an etwas Bestimmtem festzumachen: etwas in ihrer Schulterhaltung, ein gelegentlicher Lidschlag offenbarte, daß Adamina Zoes Worten lauschte und darauf reagierte.

»Ich werde dir jetzt etwas sagen«, begann Zoe, »was ich sonst noch niemandem erzählt habe. Und ich möchte auch nicht, daß du es weitererzählst. Also sei kein Plappermaul«, scherzte sie und fragte sich, ob das, was sie da eben gesehen hatte, ein unterdrücktes Lächeln gewesen war.

»Ich gehe weg von hier«, fuhr Zoe ruhig fort. »Weißt du, hier hält mich nichts mehr – abgesehen von dir, Herzchen. Das Kino gibt es bald nicht mehr, mein Zuhause auch nicht.« Adaminas Gesicht verriet keine Regung. Zoe legte Adamina die Hand auf die Schulter, aber das Mädchen zuckte weg, und Zoe zog ihre Hand wieder zurück.

»Du bedeutest mir sehr viel, Mina, und ich möchte dich gern wiedersehen. Ich werde eine Weile herumreisen, und wenn ich mich irgendwo niedergelassen habe, kommst du mich hoffentlich besuchen. Auch für länger. Du bist immer willkommen, weißt du, jederzeit und… Du wirst es hier gut haben, Herzchen, das weiß ich. Alice wird dir eine tolle… Tante sein, und du hast auf einen

678

Schlag viele Geschwister bekommen. Nur für mich gibt es hier nichts mehr. Ich bin vierzig Jahre alt, das sagt dir vielleicht nicht viel, und vielleicht ist das auch noch gar nicht so alt, aber ich hatte ohnehin nie vor hierzubleiben, das ist das Merkwürdige. Ich wollte meinem Vater nur durchs College helfen, und dann bin ich einfach geblieben und...«

Sie brach ab. Du solltest ihr das nicht erzählen, ermahnte sie sich: einem siebenjährigen Kind, du unverbesserliche Egoistin. Aber die stumme, ernste Gegenwart dieses Kindes veranlaßte Zoe, mehr zu sagen, als sie wollte.

»Weißt du, da gibt es noch etwas, was ich nie jemandem erzählt habe: Ich habe James sehr geliebt. Selbst er hat das nicht gewußt. Er glaubte nämlich nicht, daß ihn irgend jemand lieben *könnte*. Deshalb war das mit deiner Mutter und ihm – es war ein Wunder. Kein großes Wunder Gottes, meine ich, aber ein kleines, menschliches Wunder. Ich war nicht eifersüchtig auf Laura, das war das Komische. Ich habe mich für die beiden sogar sehr gefreut.«

Adamina saß zusammengekauert da und tat so, als hörte sie nicht zu, den Blick abgewandt. Zoe schneuzte sich, da spürte sie plötzlich Adamina an ihrer Seite. Diesmal zuckte sie nicht weg, als Zoe den Arm um sie legte und sie fest an sich drückte.

»Komm her«, sagte sie. »Wir sind beide Waisen, nicht wahr? Ich habe schon seit Jahren nicht mehr geweint. Jedenfalls nicht außerhalb des Kinos, nicht bei Tageslicht. Du wirst es gut haben, das weiß ich. Du schaffst das schon. Du mußt es einfach schaffen.«

Obwohl Zoe Harrys Handeln als Geschäftsmann nicht von ihrem Schicksal trennen konnte – tatsächlich war sie *froh*, daß sie das nicht konnte, weil sie nämlich auch gar keine Lust dazu hatte –, wollte sie keinen Unfrieden in das Haus auf dem Hügel tragen: Deshalb bat sie auch niemanden aus der Familie, an der Protestaktion teilzunehmen. Natalie erfuhr jedoch davon und erklärte Zoe sofort, daß sie auf jeden Fall mit von der Partie sein wollte. Als sie dann am Sonntag nachmittag auf einen Sprung bei ihr hereinschaute, war auch Simon dabei.

»Nat hat mir alles erzählt, Schätzchen«, erklärte er. »Du kannst einen Platz für mich freihalten. Falls du ausgebucht bist, kannst du mir im Grunde auch *ihren* Platz geben. Meine Körpermasse könnte in einer Situation wie dieser nämlich ganz nützlich sein, Zoe. Nat ist zu mager, man wird sie einfach am Schlafittchen packen und aus dem Kino tragen.«

»Das kannst du dir abschminken«, ging Natalie hoch. »Wenn irgend jemand versucht, *mich* rauszutragen, dann laß ich ihn zusammenfallen«, behauptete sie und mußte daran erinnert werden, daß es eine gewaltlose Demonstration werden sollte.

»Was ist mit Harry?« fragte Zoe Simon. »Ihr seid doch nicht nur verschwägert, sondern auch befreundet. Wird er sich nicht ziemlich aufregen, wenn er hört, was du vorhast?«

»Er weiß es bereits, daß ich bei der Aktion mitmachen will«, verkündete Simon. »Er sagte –«

»Ja, ich weiß«, unterbrach ihn Zoe. »Es ist doch nur ein Geschäft.«

»Nein«, korrigierte Simon sie. »Er sagte, er würde auch mitmachen, wenn das rechtlich nicht so problematisch wäre.«

»Und wenn ich ihn überhaupt durch diese verdammte Tür lassen würde!« brauste Zoe auf.

»Nun, das Gebäude gehört ihm inzwischen nicht mehr, er hat es weiterverkauft. Es ist jetzt Staatseigentum. Also«, fuhr Simon fort, »soll ich dir von Vater ausrichten, daß er in dieser Sache auf deiner Seite steht. Falls wir ihn brauchen, wird er ebenfalls kommen.«

»Was? Ist das dein Ernst?«

»Nun, er hat zwar abgenommen und ist nicht mehr so schwer wie früher, aber er ist immer noch ein massiger Mann.«

Zoe sah Natalie flehend an: »Bin ich verrückt, oder sind sie es?« Sie wandte sich an Simon. »Sag ihm, daß ich ihm für sein Angebot danke, aber wie du weißt, gehört Charles in dieser Stadt nicht gerade zu den Beliebtesten. Ich glaube kaum, daß seine Anwesenheit unserer Aktion förderlich wäre.«

Es gab aber jemanden, dessen Anwesenheit durchaus förderlich war: Lewis hatte von der geplanten Besetzung gehört und bot Zoe an, ihre Tonanlage zu verbessern. Da sie nur einen Zuschauerraum besetzen würden, wollte er dort zusätzlich die Lautsprecher der kleineren Leinwand anschließen, um auf diese Weise für einen Dolby-Surround-Effekt zu sorgen.

»Außerdem wird man mich mit meinen langen Beinen am Morgen bestimmt nicht so leicht aus dem Sitz bekommen«, sagte er zu ihr. »Ich tue mich schon selbst schwer genug damit, weil ich immer so zusammengequetscht dasitzen muß, weißt du.«

Zoe machte sich außerdem Gedanken darüber, welche Filme sie bei dieser letzten Vorstellung zeigen sollte. Sie fand, daß Protestfilme der einen oder anderen Art am besten zu diesem Anlaß passen würden, daß es aber vielleicht keine besonders gute Idee war, beim Publikum Emotionen hervorzurufen: Die Leute sollten zwar entschlossen, aber auch friedlich sein. Und so entschied sie sich für eine radikal gekürzte Version des Programms, das sie eigentlich zum hundertjährigen Kinojubiläum hatte zeigen wollen. Oder, um es anders zu sagen, Zoe würde sich mit einem halben Dutzend ihrer persönlichen Lieblingsfilme verabschieden.

»Ich werde wieder auf Reisen gehen«, sagte sie sich. »Vielleicht sehe ich jahrelang kein Kino mehr von innen. Ich brauche eine starke Dosis, um diese Zeit zu überstehen.«

Das Ganze sollte Dienstag um zehn Uhr abends mit *Atalante* beginnen, gefolgt von *Die Marx Brothers im Krieg*, *Die Spielregel* und *Manche mögen's heiß* (damit die Leute mitten in der Nacht etwas zu lachen hatten). Dazwischen sollte es im Foyer jeweils eine fünfzehnminütige Kaffee- und Zigarettenpause geben. Die Filme, für die sie sich letztlich entschieden hatte, waren zwar nicht ihre absoluten Lieblingsfilme, aber schließlich mußte sie auch andere Überlegungen berücksichtigen, vor allem, daß die Leute nicht einschlafen durften. Schließlich wären nur wenige echte Filmfreaks wie sie selbst anwesend, die Übung darin hatten, sich düstere Meisterwerke anzusehen und dabei nicht einzuschlafen.

Amarcord würde sie durch die Morgendämmerung begleiten, und dann, so stellte sie sich vor, würde sie ihrem Publikum etwas Schwereres vorsetzen. Allerdings nahm sie davon Abstand, ihren absoluten Lieblingsfilm, *Der Spiegel*, von einem Mann gemacht, der ihr vor zwanzig Jahren damit die Augen geöffnet hatte, in ihre Liste aufzunehmen. Das Publikum wäre nicht in der richtigen Stimmung für diesen Film. Statt dessen wählte sie einen anderen aus, *In der Glut des Südens*, der im selben Jahr entstanden und hauptsächlich während der magischen Stunde gedreht worden war, was gut zur Morgendämmerung paßte, die sie im Zuschauersaal nicht mitbekommen würden.

Zoe entschied sich auch gegen *Tokyo Story*, da der Film die Zuschauer möglicherweise so traurig machen würde, daß sie nicht einmal mehr zum passiven Widerstand fähig wären: *Time of the Gypsies* würde als nächstes kommen, dann *Shadows of Our Forgotten Ancestors*, und zu diesem Zeitpunkt würden die Vollstreckungsbeamten bereits an die gläserne Eingangstür des Kinos klopfen. Würden sie sie gleich zertrümmern? In Stücke schlagen?

Wie lange würde es dauern, bis sie das Publikum, das das Kino besetzt hielt, die protestierenden Zuschauer, hinausgetragen hatten? Vielleicht eine Stunde, vielleicht auch etwas länger. Für diesen Fall – vorausgesetzt sie könnten die Vorführkabine verbarrikadieren und den Generator, den sie zu installieren planten, am Laufen halten – sollte das Publikum noch etwas zum Abschluß zu sehen bekommen. Zoe hätte für diesen Zweck gern *Das Piano* gehabt, wovon sie in London gerade eine Vorabkopie gesehen hatte, aber sie fürchtete, daß *sie* gewalttätig werden würde, wenn man sie während dieses Films wegschleppte. Also entschied sie sich für *Koyaanisquatsi* und, als Ersatz, für *Die Ferien des Herrn Hulot*, herrliches Lachen für die letzten Tapferen. Sie merkte, daß sie wieder nur Filme von Männern ausgesucht hatte, beschloß aber, daß Natalie sich eben mit den außergewöhnlichen Frauen auf der Leinwand zufriedengeben müßte: Dita Parlo, Margaret Dumont, Marilyn Monroe, Linda Manz, die Großmutter in *Time of the Gypsies*.

Sam, der ältere der Singh-Jungen, war Harrys Liebling. Er war der einzige, der Harry stören durfte, wenn dieser an seinem Schreibtisch daheim in seinem Arbeitszimmer saß. Harry hob ihn dann hoch und setzte ihn auf den Schreibtisch.

»Wie geht es dir heute, Samuel? Du siehst ja ganz verträumt aus. Bist du verliebt?«

»Ja«, gab Sam unklugerweise zu.

»Wirklich? Und in wen? Eines der Mädchen aus Susans Klasse?«

»Nein, in Shobana. Ich werde sie heiraten.«

»Du kannst sie unmöglich heiraten«, sagte Harry zu ihm. »Begreifst du das denn nicht? Sie ist eine Cousine vom Lande, ein Dorfmädchen, sie kann ja kaum lesen und schreiben.«

»Sie hat aber gesagt, daß ich sie heiraten könnte. Ich sehe ihr immer zu, wenn sie Tanzen übt.«

»Nun, vielleicht sollte ich mir diesen Tanz auch einmal ansehen«, schlug Harry listig vor.

»Nein! Das darfst du nicht«, erklärte ihm sein Sohn.

Beim Abendessen neckte Harry Shobana mit der Frage, ob sie wüßte, daß sie von ihren Schützlingen verehrt wurde, und ob ihr klar sei, daß sie deren Verlangen mit ihrem Tanz noch weiter schürte? Shobana wurde rot, Sam starrte wütend aufs Tischtuch, die anderen Kinder kicherten. Nur Adamina ignorierte, was um sie herum vorging.

Harry beugte sich zu Sam, der neben ihm saß, hinunter und flüsterte ihm etwas ins Ohr. Sam sah Adamina über den Tisch hinweg an, wandte sich wieder seinem Vater zu und sagte: »Sie ist doch *doof*.«

Adamina nahm daraufhin ihren Dessertlöffel, beugte sich nach vorn und schlug Sam damit auf die Stirn: Es klang wie hartes Holz. Sams Gesicht wurde vor Überraschung ganz starr – so als wäre er Zeuge eines erstaunlichen Vorgangs geworden und hätte noch gar nicht richtig wahrgenommen, daß *er* der Betroffene war –, dann verzog er das Gesicht und heulte los. Tumult brach aus. Shobana beugte sich über den Tisch, um sich Adamina zu schnappen, aber die war bereits aufgesprungen.

»Du gehst sofort auf dein Zimmer, Mädchen!« schrie Harry.

Adamina flitzte an Alice vorbei, die gerade am anderen Ende des Tisches aufstand und zu Sam ging, um ihn zu trösten: Er plärrte lauthals. Auf seiner Stirn zeigte sich bereits eine kleine runde Beule.

Es war Dogs Idee, Schlösser zu verwenden. Sie kam ihm, als er Zoe dabei half, alte Plakate rauszuschaffen, und ihm dabei zufällig eins von der Fahrradfilmvorstellung in die Hände fiel.

»Ketten wir uns doch an die Sitze!« schlug Dog vor. »Das wird ihnen ganz schön Arbeit machen.«

»Tolle Idee«, stimmte Zoe zu, worauf er erklärte, er würde sich persönlich um die Angelegenheit kümmern. Sie fragte sich, ob sie ihm sagen sollte, daß sie die Stadt verließ, entschloß sich aber da-

683

gegen. Er hatte sie nicht gefragt, außerdem sahen sie sich ohnehin immer seltener.

Am Dienstag morgen tauchte Dog mit Hunderten von langen, U-förmigen Fahrradschlössern auf.

»Matt vom Fahrradladen sagte, es sollte jeder mehr als eines haben«, verkündete er. »Schau, wir werden uns mit Händen und Füßen an die Sitze fesseln, wie an einen elektrischen Stuhl. Ich habe das schon ausprobiert. Diese Schlösser sind aus Karbonstahl. Wenn sie versuchen, sie durchzusägen oder aufzuschweißen, brauchen sie *Tage*.«

Sie hatte Dog noch nie so munter erlebt: Er war ein wirklicher Revolutionär.

»Und wenn sie es tatsächlich schaffen, werden sie sich wundern, was sie da entfesselt haben. Wie bei Frankensteins Monster.«

»Verdammt. *Der Geist des Bienenstocks*«, murmelte Zoe.

»Einen Bienenstock?«

»Nein, nichts. Es ist sowieso schon zu spät.«

Lewis montierte im kleinen Vorführsaal die Lautsprecher ab und schloß sie im großen Zuschauerraum an. Im Laufe des Nachmittags brachten andere Helfer den Generator. Der Filmvorführer bereitete die zahlreichen Filmspulen vor. Es wurde für reichlich Kaffee, Popcorn und Eiscreme gesorgt.

Die Vorstellungen an diesem Abend waren nicht öffentlich. Einigen, die von der Besetzung gehört und nach Karten gefragt hatten, mußte Zoe deshalb absagen.

»Wir sind ausverkauft«, sagte sie ihnen. »Aber wenn Sie können, dann kommen Sie doch am Morgen vorbei. Um so lustiger wird es, wenn sie uns rausschaffen.«

Später trafen dann jene ein, die Karten hatten: Nachbarn; Umweltschützer; ein Labour-Stadtrat; Protestler mit Rastalocken, die jungen Veteranen des Widerstands gegen den Bau der Straße; Filmfreaks, die noch trauriger aussahen als bei Agathas Begräbnis, noch erschöpfter denn je; Natalie und Simon. Sie nahmen in ihren Sitzen Platz. Der Vorsitzende der Initiative »Bürger von Gath gegen die Ringstraße« hielt eine kurze Ansprache, die Lichter erloschen, die Leinwand erwachte flackernd zum Leben, der Vorspann von *Atalante* erschien, und es ging los.

Es war tatsächlich wie eine Reise, dachte Zoe, die ganz hinten neben dem Durchgang saß – und später würden sie sich dann sogar in den Sitzen festschnallen. Eine Reise durch die Kinogeschichte. Sie hätte ein Road Movie dazunehmen sollen. *Alice in den Städten* vielleicht. Sie dachte an Adamina und schämte sich, daß sie das Kind mit ihren Tränen belastet hatte. Sie dachte an James und versuchte, sich zu erinnern, ob er *Atalante*, dieses seltsam schöne Gedicht auf schwarzweißem Zelluloid, geschaffen von einem Mann, dessen Leben fast zehn Jahre kürzer gewesen war als das seine, gesehen hatte oder nicht. Und dann vergaß sie James, als die Bilder auf der Leinwand vor ihr, in ihrem Kino, dem Kino ihrer Großmutter, sie in ihren Bann zogen.

Die Nacht schritt voran, die Filmmeter spulten sich ab. Hilfloses Lachen bei der manischen Satire der Marx Brothers; faszinierte Aufmerksamkeit beim inneren Zusammenbruch der französischen Aristokratie; sporadisches Lachen über Jack Lemmon und Tony Curtis in Frauenkleidern. Leute schliefen ein, sabberten sich auf die Brust, wachten mit steifem Nacken auf und gingen ins Foyer, um einen Kaffee zu trinken. Pillen der verschiedensten Art wurden genommen. Während *Amarcord* war jedoch offensichtlich, daß das Interesse des Publikums langsam nachließ: In den wenigen stillen Augenblicken war Schnarchen zu hören, Leute wanderten langsam und schwankend wie Schlafwandler zur Toilette hinaus – oder wie die hypnotisierten Schauspieler in *Herz aus Glas*, dachte Zoe. Sie war beunruhigt. Nur die Filmfreaks richteten ihre ganze Aufmerksamkeit auf die Leinwand, wo der verrückte Onkel im Olivenbaum gerade schrie: »*Voglio una donna!*« Sie starrten auf die Leinwand wie faszinierte Vampire, die sich nicht von Blut, sondern von Bildern ernährten.

Zoe begegnete Simon an der Popcornmaschine und gestand ihm ihre Besorgnis.

»Sie brauchen nur ein ordentliches Frühstück«, sagte er zu ihr.

»Scheiße! Ich bin vielleicht blöd. Daran habe ich überhaupt nicht gedacht«, gab sie zu.

»Kann man deine Küche oben noch benutzen?« fragte er.

»Ja, schon«, erwiderte Zoe. »Aber es ist nichts zu *essen* da.«

»Gut. Schön. Überlaß das nur mir, Schätzchen. Laß mich nur einfach hier raus, in einer Stunde bin ich wieder da.«

Simon kehrte mit Kartons voller Lebensmittel zurück. Keiner wußte, wo er diese Mengen um diese Zeit aufgetrieben hatte.

»Ich sorge für das Frühstück«, versprach er, »allerdings werde ich jemanden brauchen, der mir dabei hilft.« Er fand einen Donga-Krieger, der sich in den kleinen Zuschauersaal davongeschlichen hatte und dort friedlich ein Nickerchen hielt, und stupste ihn mit dem Fuß an.

»Heh, du da, komm«, verlangte Simon. »Komm und mach dich nützlich.«

Was Simon dann, während das Publikum in die epische Dreiecksgeschichte von *In der Glut des Südens* vertieft war, fertigbrachte, war ein wahres Wunder. Nicht ein kleines, menschliches Wunder, wie Zoe Adamina später erzählen sollte, sondern ein großes Wunder Gottes. Als der Film zu Ende war und das Licht wieder anging, verkündete Simons zwangsrekrutierter Helfer mit den Rastalocken, daß es während der jetzt folgenden Pause in der Wohnung oben Frühstück gebe. Genau in diesem Moment schnupperten die Leute den köstlichen Geruch von gebratenem Speck, der ihnen in die Nase stieg. Sie schoben und drängten sich ungeduldig ins Foyer und nach oben, wo Simon und George ein englisches Frühstück auf Papptellern austeilten.

»Nicht ein oder zwei oder ein halbes Dutzend Portionen«, sollte Zoe sich später immer noch ungläubig wundern, »sondern ganze zweihundert, Mina. Du erinnerst dich sicher noch, wie eng es dort oben war. Die Leute saßen, die Teller auf dem Schoß, auf den Treppenstufen und überall, wo noch ein Fleckchen frei war. Jeder bekam ein Frühstück, Eier und Speck für die Fleischesser und, als Alternative für die Vegetarier, Sojawürstchen mit Bohnen auf Toast. Dazu gab es Kaffee *und* Fruchtsaft. Ich hatte in dem ganzen Trubel keine Chance, ihn zu fragen, wie er das geschafft hatte – er murmelte etwas Spaßiges über Mikrowellen und militärische Ausbildung und daß wir das alles dem Improvisationstalent seines Freundes George zu verdanken hätten –, ich habe es nie in Erfahrung bringen können.«

Gestärkt und erfrischt kehrte das Publikum in den Saal zurück, um sich *Time of the Gypsies* anzusehen und sich von diesem opernhaften Film mitreißen zu lassen. Normalerweise hätten sie länger gebraucht, um wieder in die Realität zurückzufinden, wenn nicht jene, die ins Foyer gegangen waren, um sich die Beine zu vertreten, durch die Glastüren gesehen hätten, daß draußen auf der Straße die Vorbereitungen anliefen. Das erste Polizeiauto war eingetroffen, Passanten blieben stehen, ein großer gelber Van fuhr vor.

»Es geht los«, verkündete jemand, der in den Saal zurückkam. Bevor der nächste Film anfing, wurden die Fahrradschlösser verteilt. Dog, ein großer, aber scheuer Mann, erklärte dem Vorsitzenden der Initiative, wie sie angelegt werden mußten. Dieser wiederholte die Anweisungen dann so laut, daß sie alle hören konnten: Die Leute legten die Schlösser an, machten sich selbst zu Gefangenen, nachdem sie in letzter Minute noch einmal rasch zur Toilette gegangen waren und jetzt mit nervösem Lachen erkannten, daß sie das letzte Schloß jeweils von ihrem Sitznachbarn anlegen lassen mußten. Simons Hilfskoch George kam und setzte sich neben ihn, Natalie schickte er an den Platz, auf dem er selbst gesessen hatte.

»WAS IST MIT DEN SCHLÜSSELN?« schrie jemand.

»Was ist mit den Schlüsseln?« fragte der Vorsitzende Dog.

»Ja«, erwiderte der. »Ich sammle sie ein und gebe sie dem Filmvorführer.«

»ER KOMMT SIE EINSAMMELN!« brüllte der Vorsitzende.

Das Ganze dauerte länger als geplant. Zuschauer in der Mitte verschiedener Reihen stellten fest, daß sie von Mitstreitern umringt waren, die bereits fest angekettet dasaßen, während sie selbst noch einen Arm frei hatten. Also mußte jemand über die Festgeketteten in ihren Sitzen hinwegklettern, um zu ihnen zu gelangen und sie ebenfalls festzuketten. Dog machte sich daran, das zu erledigen, walzte mit seinem großen Körper dabei aber so unbeholfen über die Reihen hinweg, daß die Leute vor Schmerz aufschrien, woraufhin Natalie, die selbst noch nicht angekettet war, sich erbot, diese Aufgabe zu übernehmen.

Als die letzten festgekettet waren (»ALLE MANN AN BORD DER ENTERPRISE!« rief jemand laut), fiel Dog auf, daß er *selbst* nicht vollständig angekettet sein konnte: Der allerletzte würde einen Arm frei behalten.

»Halt ihn einfach wie die anderen, dann merkt es niemand«, riet Zoe ihm.

»Eine Täuschung!« erwiderte er. »Es könnte durchaus funktionieren. Ich gebe jetzt die Schlüssel ab. Laß mich dich anketten, Zoe. Du bist die vorletzte.« Er fesselte Zoe an ihren Sitz und schickte einen Eimer an einer Schnur zum kleinen Fenster des Filmvorführers hinauf.

»Gib ihm ein Zeichen, daß er anfangen soll«, rief Zoe Dog zu. Er kam der Aufforderung nach. Der nächste Film fing an, *Shadows of Our Forgotten Ancestors*, und während sich das Publikum allmählich in den Film vertiefte, steigerten sich *draußen* die Aktivitäten. Ein Vollstreckungsbeamter in Anzug und Krawatte klingelte zuerst und klopfte dann an der Glastür. Als keine Reaktion erfolgte, wies er – mit Zustimmung des ranghöchsten anwesenden Polizisten – einen Arbeiter an, die Tür mit einem Vorschlaghammer einzuschlagen.

Es war 8.30 Uhr. Inzwischen hatten sich bereits mehr als hundert Menschen auf der Straße vor dem Kino versammelt: Sie standen auf dem gegenüberliegenden Bürgersteig und drückten gegen die Absperrungen, die man an diesem Morgen errichtet hatte, als warteten sie darauf, daß die strahlenden Stars einer Hollywoodpremiere zu einer großen Galavorstellung in ihren Limousinen vorfuhren. In Wirklichkeit warteten sie jedoch darauf, daß andere, bescheidenere Stars aus dem Kino *heraus*kamen.

Drinnen konnte man deutlich hören, wie das Glas splitterte, und obwohl ein oder zwei unverbesserlich phantasievolle Zuschauer das Geräusch wie bei einem Traum in den Film einbauten, wurden die meisten jetzt doch bleich. Einige Zuschauer in den hinteren Reihen hörten sogar das Buhen, mit dem die Menge draußen auf die Aktion reagierte.

Wenige Augenblicke später betraten der Vollstreckungsbeamte und die Sicherheitsleute in gelben Jacken den Zuschauerraum.

»Suchen Sie die Lichtschalter«, ordnete der Vollstreckungsbeamte an. »Schalten Sie das Licht an.«

Als das geschehen war, wurde das Bild auf der Leinwand blaß, blieb aber immer noch sichtbar. Wie vorher abgesprochen, richteten die Zuschauer ihre Aufmerksamkeit weiter auf den Film und ignorierten die Eindringlinge (oder taten zumindest so). Wie zweihundert erwachsene Adaminas, dachte Zoe.

»Verdammt«, sagte der Chef der Sicherheitsleute zum Gerichtsvollzieher, »die haben sich alle an die Sitze gekettet.«

»Dann lassen Sie eben ein paar Sägen holen.«

»Das sind Karbonschlösser. Das dauert Stunden.« Der Chef des Sicherheitsdienstes ließ seinen Blick über die Sitzreihen schweifen. »Tage«, korrigierte er sich.

»Dann holen Sie eben einen Schlosser«, schlug der Vollstreckungsbeamte vor.

»Diese Fahrradschlösser sind praktisch nicht zu knacken. Mein Junge hat auch so eins.«

»Verdammt, bei diesem Lärm kann ja kein Mensch klar denken. Gehen Sie und stellen Sie den Projektor ab«, befahl der Vollstreckungsbeamte.

»Wir kommen nicht in die Vorführkabine rein. Sie ist komplett mit Brettern vernagelt: Der Filmvorführer hat sich dort drin verbarrikadiert.«

»Nun, dann sperren Sie den Strom. Aber stellen Sie den verdammten Film ab, und lassen Sie Taschenlampen holen.«

Ein Elektriker suchte den Sicherungskasten und schaltete die Hauptleitung ab. Der Film kam zum Stillstand, der Ton verstummte jaulend. Das Publikum saß völlig im Dunkeln. Aus der Vorführkabine oben kamen jedoch Geräusche, und jene, die sich den Hals verrenkten, konnten dort auch Licht sehen. Dann lief der Generator summend an. Der Projektor setzte sich wieder in Bewegung, die Bilder erwachten zum Leben, und der Ton fand seine Stimme wieder.

»Das hat uns gerade noch gefehlt«, rief der Gerichtsvollzieher. »Die haben einen Generator, verdammt.«

»Jetzt sind wir wieder da, wo wir angefangen haben«, machte ihn der Chef des Sicherheitsdienstes aufmerksam.

»Gut beobachtet«, sagte der Gerichtsvollzieher zu ihm. »Wo zum Teufel bleiben die Taschenlampen?«

Zoe und Dog, Simon, Natalie, Lewis und das übrige Publikum hatten die nächsten paar Minuten ihre Ruhe, da sich die Leiter der

Räumungsaktion zur Beratung nach draußen zurückzogen. Die Sicherheitsleute in ihren gelben Jacken blieben zwar im Kino, hatten allerdings strengste Anweisung erhalten, von jeglicher Gewaltanwendung Abstand zu nehmen, denn es waren von früheren Vorfällen dieser Art noch mehrere Verfahren wegen Körperverletzung vor Gericht anhängig. Anstatt also Einschüchterungstaktiken anzuwenden, drängten sie sich nun im Gang.

Der Vollstreckungsbeamte beriet sich im Foyer mit dem Einsatzleiter der Polizei, dem Geschäftsführer der Abbruchfirma und einem Beamten des Verkehrsministeriums, während die Menge draußen weiter wuchs. Inzwischen war die Straße gesperrt, der Verkehr wurde umgeleitet. Ein Kran mit einer Abrißbirne traf ein. Einige Leute sprangen über die Absperrung und legten sich auf die Straße, um ihn an der Weiterfahrt zu hindern: Er blieb dreißig Meter vom Kino entfernt stehen, während die Polizei die Protestierenden, die kein Glied rührten, wegtrug. Zeitungsfotografen schossen Fotos, ein Fernsehteam filmte sie und auch den Kranführer, der hoch oben in seiner Kabine saß und rauchte.

Der Vollstreckungsbeauftragte und die anderen Beamten betraten wieder den Zuschauerraum, diesmal mit Taschenlampen – was ihrem Auftritt einen farcehaften Zug verlieh: Da der Generator den Projektor sowieso mit Strom versorgte, hätten sie die Hauptsicherung durchaus wieder einschalten können, damit sie Licht hatten. Auf diese Idee kam aber anscheinend niemand. Zoe mußte sich auf die Zunge beißen, um den Vorschlag für sich zu behalten. Nicht, daß diese Szene mit den vier Männern, die diskutierten, wie man zweihundert reglose, an ihre Sitze gefesselte Menschen, von denen sie weiterhin stumm ignoriert wurden, aus dem Saal entfernen konnte, nicht schon absurd genug gewesen wäre.

»Wir können nur eins tun«, erklärte der Geschäftsführer der Abrißfirma schließlich. »Die Sitze abmontieren und die Leute mitsamt den Sitzen raustragen.«

»Da bin ich mir nicht so sicher«, meinte der Regierungsbeamte.

»Wir müssen uns überlegen, was wir tun, wenn wir sie draußen haben«, sagte der Polizeibeamte.

»Wir haben Schraubenschlüssel und Spreizer draußen«, sagte der Chef der Sicherheitsleute.

In der Menge draußen verbreitete sich das Gerücht, die Leute drinnen würden verprügelt: Warum wohl hielt man sie, nachdem sich der Vollstreckungsbeamte gewaltsam Zutritt verschafft hatte, sonst noch im Kino *fest*? Warum ließ man sie nicht *raus*?

Drinnen schraubten Arbeiter die Sitze von ihren Verankerungen los, wobei sie sich um die Füße der Zuschauer herumwinden mußten, während ihre Kollegen ihnen mit Taschenlampen leuchteten.

Zur Erleichterung, aber auch zur Bestürzung der aufgeregten Menge wurde jetzt der erste der Kinobesetzer herausgetragen, und das war passenderweise Zoe selbst, die ganz hinten neben dem Durchgang gesessen hatte. An ihren Sitz gefesselt, wurde sie auf den Schultern von vier Sicherheitsleuten in gelben Jacken aus dem Kino getragen. Die Menge schob sich gegen die Absperrung, klatschte und jubelte ihr laut zu, Fotografen schossen Fotos, Nachrichtenteams filmten sie, als sie ihr Kino zum letzten Mal verließ, hinausgetragen wie im Triumphzug. Zoe war enttäuscht, daß sie nicht zurückwinken konnte. Sie lächelte nicht: Festgekettet an ihrem Sitz, wurde sie vom grellen Tageslicht, dem Mangel an Schlaf, dem Anblick der Menschenmenge und dem Gedanken an ihre bevorstehende Abreise übermannt. Ihr liefen die Tränen über die Wangen. Sie war außerstande, sie zurückzuhalten oder zu verstecken, und sie wurden von einem ganzen Heer von Kameras in Großaufnahme festgehalten.

Der Rest des Publikums folgte überraschend schnell, wobei alle auf dieselbe Weise herausgetragen wurden: militante Protestler, die schrien: »KEINE STRASSEN MEHR! KEINE STRASSEN MEHR!«; Filmfreaks, die die übernächtigten Augen geschlossen hatten; Simon, der strahlte, während er von sechs keuchenden und schnaufenden Männern getragen wurde, die fürchteten, sie könnten ihre Last fallen lassen; Lewis, der die langen Beine baumeln ließ; Anwohner, die verwirrt waren, weil sie sich plötzlich im Zentrum der Aufmerksamkeit sahen, und Natalie, die einen Ausdruck kriegerischer Wachsamkeit auf dem Gesicht hatte, angesichts dessen jene, die sie kannten, froh waren, daß sie sich nicht rühren konnte.

Keiner von ihnen konnte die beifallklatschende Menge grüßen. Außer Dog natürlich, der vielleicht erkannte, daß er in diesem Augenblick eine gewisse Verantwortung trug. Er zog seinen freien

Arm unter dem Fahrradschloß hervor, das lediglich auf seinem Handgelenk lag, und winkte. Dann aber kam er sich plötzlich ziemlich albern vor, senkte den Kopf, ballte die Hand zur Faust und reckte sie nach oben.

Als die Sicherheitsleute in ihren gelben Jacken die Protestierenden erst einmal aus dem Kino getragen hatten, übergaben sie diese nur zu gern den noch zögernden Polizisten, die sie, da ihnen nichts Besseres einfiel, dann um die Ecke in die Branagh Street tragen und dort auf dem Bürgersteig abstellen ließen.

Ein paar hastig angeforderte Schlosser begannen mit der mühsamen Arbeit, die Schlösser zu öffnen. Im Kino wurde die Vorführkabine aufgebrochen. Der Filmvorführer kam mit der Schachtel voller Schlüssel heraus: Die Schlösser hatten ihren Zweck inzwischen erfüllt.

Die Presse stürzte sich auf Zoe, noch bevor sie von ihren Schlössern befreit war. Sie hatte ihr inneres Gleichgewicht noch nicht wiedergefunden, als sie, von drängelnden Männern und Frauen mit Notizblocks und Mikrophonen belagert, in ihrem Sitz angekettet, auf dem Bürgersteig ein unzusammenhängendes Interview gab, bis man sie befreite und sie bereitwillig geübteren Sprechern Platz machte.

Als die Besetzer von ihren Sitzen losgebunden waren, gesellten sie sich zu ihren Freunden auf der anderen Seite der Absperrung. Einige der ganz Hartnäckigen machten kehrt und legten sich vor den Kran, so wie dies andere schon getan hatten – zu Zoes Überraschung war unter ihnen auch Simon, der sich zu seinem Hilfskoch George auf den Asphalt legte –, woraufhin die Polizei die Geduld verlor und die Leute festnahm. Die Polizisten zeigten jetzt weniger Zurückhaltung, als sie die Demonstranten in bereitstehende Polizeiwagen beförderten. Verstärkung erschien, um die wachsende Menge zurückzuhalten.

Vom Fenster der Wohnung über dem Waschsalon auf der anderen Straßenseite wurde ein Transparent enthüllt, auf dem stand: Rettet unser Kino.

Das kommt wohl ein bißchen spät, dachte Zoe. Sie mischte sich unter die Menge. Leute klopften ihr auf die Schulter, sagten Dinge wie »Gut gemacht« und »Das ist eine himmelschreiende

Schande«. Sie sah, daß überall ringsum Fremde miteinander redeten und sich Zigaretten anboten. Rentner stimmten in den Sprechgesang ein, mit dem die jungen Leute angefangen hatten: KEINE STRASSEN MEHR! KEINE STRASSEN MEHR! Zwei Kellner waren aus dem indischen Restaurant neben dem Waschsalon herausgekommen und verstärkten den Chor von Buhrufen, der den Arbeitern galt, die die Hauptleitungen für Strom, Wasser und Gas unterbrachen.

Das ist es, das ist Gemeinschaft, dachte Zoe überrascht. Nicht daß es jetzt noch einen Unterschied macht. Ich bin eine Reisende.

Kurz vor Mittag rollte der Kran schließlich an seine Position, und der Kranführer tat seine Arbeit. Die massive, schwere Abrißbirne begann zu schwingen, zuerst ganz langsam, dann gewann sie allmählich an Schwung: Sie schwang über die gähnend leere Straße, dann wieder zurück, auf die Fassade des Electra Cinema zu, wobei sie mit jedem Mal ein bißchen näher kam. Zoe schoß eine Erinnerung durch den Kopf, etwas, das sie schon lange vergessen hatte. Sie mußte damals noch ganz klein gewesen sein. Sie hatte bei ihrem Vater auf den Schultern gesessen, als sie es gesehen hatte: In einer Kirche voller Leute, nein, gewiß einer Kathedrale, wurde ein Weihrauchgefäß an einer Kette durch das Mittelschiff geschwenkt, wobei sich Rauch ausbreitete und ein lautes Zischen zu hören war. Sie konnte wieder den beißenden Geruch des Weihrauchs in der Nase spüren.

Die riesige Abrißbirne berührte jetzt zum ersten Mal die Vorderseite des Kinos, es war nur eine Berührung, sacht wie ein Kuß, wie die rituelle Begrüßung eines Boxers, bevor der Kampf begann. Sie schwang wieder weg und kehrte mit einem trägen Aufschlag zurück, der kaum Wirkung zeigte: Ein paar Plättchen Farbe und Putz flatterten zu Boden, während die Abrißbirne wieder ausholte. Der dritte Schlag kam mit einem weiteren dumpfen Aufprall und richtete auch nur oberflächlichen Schaden an. Es war absurd, aber einen Moment lang fragte Zoe sich tatsächlich, ob dies vielleicht wirklich eine Art von Kampf war, ein Angriff, dem das Kino möglicherweise standhielt, so daß der Kran irgendwann aufgab. Der nächste Schlag machte diese Vorstellung jedoch zunichte, denn nun zeigten sich überall in der Fassade Risse, wie materialisierte Schmerzensschreie, beim übernächsten fielen die ersten Ziegel heraus.

Jeder Aufprall wurde mit erregten Buhrufen aus der Menge beantwortet, die zu einer geisterhaften Begleitung anschwollen. Der Kranführer, bemerkte Zoe, hatte Ohrenschützer auf: Er konnte die Mißbilligung seines Handelns nicht hören. Vielleicht hatte er sogar einen Walkman angeschlossen, vielleicht hörte er Musik, während er das Kino abriß. Sie spürte, wie ihr jemand auf die Schulter klopfte und etwas ins Ohr sagte.

»Wir sind dann soweit«, flüsterte die Stimme. Zoe drehte sich um. Es war Joe the Blow, der Mann ihrer alten Freundin Luna.

»O. k.«, sagte sie und folgte ihm. Sie stahl sich aus der Menge davon, weg vom Schauplatz des Geschehens, und ging die Straße entlang, während der Lärm der Abbrucharbeiten und der laute Protest der Menge hinter ihr allmählich verklangen.

Zoe drehte sich nicht mehr um: Sie ging in die Zukunft hinein. Sie merkte nicht, daß ihr jemand folgte, hörte die Schritte nicht, die wie ein Echo ihrer eigenen klangen.

Der neue Van von Joe the Blow war in einer Seitenstraße geparkt. Dahinter standen zwei weitere Wagen, die auf der Seite den Schriftzug ELECTRA WANDERBÜHNE trugen. Im Van wartete Luna mit zwei ihrer Kinder. Sie öffnete die Tür.

»Wie ist es gelaufen?« fragte sie.

»Nun, es war ein großer Abgang, Luna«, erwiderte Zoe. »Ich erzähl dir unterwegs mehr.«

»Du hast alle deine Angelegenheiten geregelt?« fragte Luna.

»Alle bis auf ein paar hundert«, meinte Zoe lachend. »Himmel, die sollen allein damit klarkommen.«

Sie schickte sich an, in den Van zu steigen, da spürte sie etwas an ihrem Rock zupfen und sah nach unten. Neben ihr stand Adamina. Sie hatte eine Einkaufstüte in der Hand und sah mit entschlossenem, erwartungsvollem Blick zu Zoe hoch.

»Mina! Was in aller Welt …? Wie bist du denn nur hierhergekommen?« fragte Zoe. Mina aber sagte weder etwas, noch änderte sich ihr Gesichtsausdruck.

»Bist du zu Fuß durch die ganze Stadt gegangen?« fragte Zoe. Adamina nickte. »Du verrücktes Mädchen«, sagte Zoe. Sie ging vor Adamina in die Hocke.

»Es ist soweit, Herzchen«, sagte sie. »Ich gehe jetzt weg. Wir haben doch schon darüber gesprochen. Ich kann dich nicht mitnehmen.« Zoe suchte nach einer Erklärung, warum das nicht möglich war. »Wir gehen ins Ausland«, sagte sie. »Wir fahren jetzt direkt nach Dover.«

Adamina sah in ihre Einkaufstasche und zog ihren Paß heraus. Zoe konnte nicht anders, sie mußte lauthals lachen. »Du denkst wirklich an alles, nicht wahr?« sagte sie. »Tut mir leid«, sagte sie dann zu Luna und Joe. »Das hier ist Adamina, sie ist meine ... ich weiß nicht genau, was sie ist. Was bist du?« fragte sie Adamina. »Die Stieftochter meines besten Freundes. Die Nichte meiner Cousine. Was hast du denn noch alles dabei?«

Adamina holte zwei, drei Kleidungsstücke heraus und zwei Fotoalben. Zoe schlug sie auf: Eines enthielt die Schwarzweißbilder, die Adamina auf Lauras und James' Hochzeit gemacht und die James für sie entwickelt hatte, das andere James' Fotos von seiner Familie. Zoe sah die Alben kurz durch. Sie war sich nicht sicher, ob sie schon soweit war, daß sie sich diese Fotos ansehen konnte. Selbst wenn sie Zeit gehabt hätte. Und jetzt hatte sie keine Zeit. Sie klappte das zweite Album zu.

»Was machen wir denn jetzt mit dir?« fragte sie, und Adamina zeigte auf den Van.

»Wir kommen vielleicht nie wieder hierher zurück, weißt du«, sagte Zoe zu ihr.

Adamina nickte ernst. Zoe sah Luna und deren zwei Kinder an: einen Jungen von etwa acht Jahren, ein etwas älteres Mädchen.

»Ach, Gott, ich weiß es nicht«, rief Zoe und setzte sich in die Seitentür des Van. Sie sah nach oben und entdeckte graue Wolken am warmen Himmel.

»Ich will dich ja nicht drängen, Zoe«, sagte Joe, »aber wenn wir die Fähre kriegen wollen und vorher die Kleine noch irgendwo absetzen müssen ...«

»Nein, müssen wir nicht«, entschied Zoe. »Wir nehmen sie mit. Komm, Mina, steig ein. Wir fahren.«

Adamina kletterte in den Van, Zoe zog die Tür zu. Joe gab den Fahrern hinter ihnen ein Zeichen, und der kleine Konvoi fuhr los. Zoe ging nach vorn und nahm auf dem Beifahrersitz Platz, kurbelte das Fenster herunter und drehte sich eine Zigarette. Adamina

setzte sich neben sie und schnallte sich an. Sie nahm das Ende von
Zoes Sicherheitsgurt und reichte es ihr.

»Noch nicht, danke«, sagte Zoe. »Himmel, bin ich müde«, murmelte sie.

»Dieses Biest zu fahren ist das reine Vergnügen«, sagte Joe zu ihr
und schaltete. »Es war eine gute Investition, Zoe.«

»Das hoffe ich doch«, erwiderte sie. »Funktioniert das Telefon?«

»Natürlich.«

»Ich sollte Alice sagen, daß es Mina gutgeht.«

Zoe wußte nicht, was vor ihnen lag, aber sie war froh, daß sie die
Stadt endgültig verließ. Sie würde Alice ein zweites Mal anrufen,
wenn sie Calais erreicht hatten, obwohl sie *sagen* würde, daß sie
von Dover aus telefonierte: Jetzt, da sie sich entschieden hatte,
wollte sie nicht, daß es am Zoll Ärger gab. Sie wußte, daß man noch
keinen gesetzlichen Vormund für Adamina bestimmt hatte. Vielleicht waren Alice und Harry ja froh, wenn Zoe sie zu sich nahm.

Sie legte den Arm um das stumme Kind neben ihr. »Sollen wir
uns gegenseitig adoptieren?« fragte sie, als sie die Stratford Road
entlang aus der Stadt hinausfuhren.

Da sie die ganze Zeit auf Reisen waren, wurde Zoe erst nach über
zwei Jahren (während deren sie mit Alice durch wöchentliche
Telefonate in Kontakt geblieben war) und einem verwickelten Ad-
optionsverfahren Adaminas gesetzlicher Vormund. Aber Adamina
fühlte sich inzwischen etwas weniger verwaist und Zoe ebenfalls.
Harry verwaltete einen Treuhandfonds. In diesem Fall war Zoe
wie er der Meinung, daß sie Geschäft und Gefühl voneinander getrennt halten sollten: Es bestand kein Zweifel daran, daß Adamina
bis zu ihrer Volljährigkeit mit seiner finanziellen Unterstützung
rechnen konnte.

Zoe Freeman vermißt ihr Kino noch immer. Sie hat die Truppe
überall auf dem Kontinent immer wieder anhalten lassen, damit
sie ein paar Stunden in irgendeinem abgelegenen kleinen Kino oder
bei einer Open-air-Vorstellung auf einem sommerlichen Markt-
platz verbringen konnte. Es ist eine gewisse Genugtuung für Zoe

gewesen, daß die Bilder von den Leuten, die, an ihre Sitze festgekettet, aus dem Kino getragen wurden (besonders ein Foto von
Dog, dem friedfertigsten aller Menschen, mit gesenktem Kopf und
trotzig in die Luft gereckter Faust), eine große Rolle dabei spielten,
den Protest gegen die innere Ringstraße in der Stadt zu mobilisieren. Da landesweit über die Initiative berichtet worden war, erhielt
sie über Nacht großen Zulauf, und der Widerstand gegen das
Straßenprojekt wuchs. Der Verkehrsminister lastete das Projekt
der Inkompetenz von Whitehall an und verkündete drei Monate
später neue Pläne: eine Fußgängerzone im Stadtzentrum, die ein
wahres Prunkstück werden sollte, eine Verbesserung des Park-
and-ride-Systems und eine Erweiterung der Umgehungsstraße –
sein einziger taktischer Fehler. Innerhalb eines Satzes hatte er einen
Protest beschwichtigt und den nächsten ausgelöst. Ihm war das
Wesentliche völlig entgangen.

Harry Singh andererseits entgeht nichts. Er bedauert nicht, daß
das Ringstraßenprojekt gescheitert ist: Er hatte seine Grundstücke
bereits an das Verkehrsministerium verkauft, einige davon kaufte er
sogar mit Gewinn wieder zurück. Harry hat erreicht, was er sich
vorgenommen hatte. Er ist ein zufriedener Mann. Er ist wohlha-
bend, er ist der Eigentümer des Hauses auf dem Hügel, er liebt seine
Ehefrau – eine zerstreute Person, die von den drei Gärtnern zwei entlassen hat und selbst viel Zeit im Garten verbringt. Ihre Kinder sind
immer noch wohlerzogen und ein Muster an Anstand. Die älteste,
Amy, ist jetzt zehn Jahre alt. Sie kommt bald in die Pubertät, und die
anderen auch, und wer weiß, welch rebellische Gedanken selbst jetzt
schon in ihren aufblühenden Herzen schlummern mögen?

Was Charles angeht, so schrumpft seine Welt – so wie sein Gewicht – immer mehr zusammen. Er läßt sich kaum sehen, und nur
wenige von denen, die ihn tatsächlich zu Gesicht bekommen, erkennen ihn als Charles Freeman, den großen Boß. Er schreit die
Leute nicht mehr an, und er begrüßt sie nicht mehr mit seiner erdrückenden Bärenumarmung. Alice sagt, ihr Vater ginge am Stock,
langsam, als müsse er sich durch den Nebel vorantasten. Charles ist
nicht unglücklich, er hat einfach nur seine Energie verloren. Er ist
ein müder alter Mann, der seine Tage in der Einsamkeit verlorener
Macht verbringt und sie mit gewohnten Tätigkeiten ausfüllt.

Inzwischen hat er alle Fotos identifiziert und katalogisiert. Seine

Arbeit ist beendet. Das James-Freeman-Fotoarchiv in der heimatkundlichen Abteilung der öffentlichen Bibliothek wird regelmäßig
und gerne genutzt, sowohl von Leuten, die aus persönlichen Gründen die Ortsgeschichte durchforsten, als auch für kommerzielle
Zwecke. Man spricht bereits von einem Buch.

Simon ist jetzt seltener zu Hause – und wenn doch, dann sitzt er
die meiste Zeit in einem Zimmer vor dem Computer. Das unter-
scheidet sich jedoch erheblich von jener kurzen Periode, in der er
einst als Teenager seine gesamte Freizeit vor dem Fernseher verbracht hatte. Simon wurde nämlich durch die Kinobesetzung und
seine Verhaftung elektrisiert: Heute steht er über E-mail für eine
Gruppe, die sich Earth Action nennt, mit Umweltschützern auf der
ganzen Welt in Kontakt.

Es mag auch sein, daß Simon durch die Liebe elektrisiert wurde.
Sein Hilfskoch bei dem wundersamen Frühstück von damals
wurde sein Lebenspartner. Die beiden stellen in ihrem jeweiligen
Freundeskreis ein überaus seltsames Paar dar: bei den anspruchs-
vollen Hypochondern von Simons Gesundheitsgruppe, bei den Re-
genbogenkriegern aus Georges Bekanntenkreis. Sie organisieren
immer noch erstklassige, spontane Frühstücke – im Haus auf dem
Hügel genauso wie in dem Indianerzelt in einem Waliser Tal, das
George sein Zuhause nennt.

Den Rest seiner Zeit verbringt Simon in einer Praxis, die er mit
drei seiner Kollegen aus der Gesundheitsgruppe in Northtown
eröffnet hat. Sie nennt sich die Back Clinic, und es werden dort
ausschließlich Rückenbeschwerden behandelt: Ischias, Bandschei-
benvorfall, Rheuma, Hexenschuß, Bindegewebsentzündung, Mus-
kelzerrung, Gelenkentzündung und ganz gewöhnliche Rückenschmerzen. Was, wie sie bald entdeckten, so gut wie jeden in der
Stadt betrifft, der über dreißig ist. Die anderen drei sind ein Chiropraktiker, ein in der Alexander-Technik ausgebildeter Therapeut
und ein Osteopath. Das, was Simon tut, bezeichnet er selbst als
griechische Massage, aber jeder weiß, daß das nur ein Vorwand
dafür ist, den Patienten seine dicken Hände aufzulegen, damit sie
die flüssige Hitze spüren, die wie Honig durch ihre Körper fließt.

Simon hat Natalie Bryson einen Computer für das Frauenhaus
geschenkt. Sie sagte, sie hätten dafür keine Verwendung, aber er
drängte ihr das Gerät trotzdem auf. Jetzt benutzen ihn die Kinder

dort für ihre Computerspiele. Er hat ihr auch ein Fax und ein Ko-
piergerät geschenkt, die beide von größerem Nutzen sind. Natalie
ist letztes Jahr ins Gartenhaus gezogen. Als sie das letzte Mal mit
Zoe telefonierte, sagte sie ihr, sie hätte nichts dagegen, sich eine
andere Beschäftigung zu suchen, falls es keinen Bedarf mehr für ein
Frauenhaus gäbe. Diesen Bedarf würde es jedoch immer geben,
und da sie die Freundin, der sie ihren Schutz versprochen hatte, im
Stich gelassen hatte, wollte sie künftig verhindern, daß so etwas je
wieder passiert.

Lewis Roberts arbeitet nicht mehr als DJ. Er wird nächstes Jahr
vierzig und fand, daß entweder seine Glaubwürdigkeit oder sein
Gehör Schaden genommen hätten, wenn er so weitergemacht
hätte. Er hat jetzt eine Bar, zusammen mit einem seiner alten Fuß-
ballerfreunde, es geht ihm gut.

Gloria ist inzwischen Stationsschwester in einem städtischen
Hospiz. Sie schreibt gerade ein Buch über die Pflege von Sterben-
den und hofft, daß sie damit fertig wird, bevor der Krankenhaus-
träger das Hospiz privatisiert, wie gemunkelt wird. Falls das passieren sollte, hat sie vor, ihren Beruf aufzugeben. Ihrer Ansicht
nach ist eine Hochzeit ohnehin ein guter Zeitpunkt für einen Be-
rufswechsel: Gloria ist mit Nick verlobt, einem Bewährungshelfer.
Die beiden wollen nächsten Sommer heiraten. Ihr Vater, Garfield,
freut sich über die Aussicht, endlich Enkelkinder zu bekommen,
und ist so taktlos, ständig danach zu fragen. Er hat bereits überall
verkündet, daß er sicher sei, es werde bald einen weiteren ordentlichen Kricketspieler in der Familie geben. Schließlich könne man
von ihm nicht erwarten, noch länger zu spielen.

Damals wußte Zoe von all dem nichts. »Sollen wir uns gegenseitig
adoptieren?« fragte sie Adamina.

Der Konvoi fuhr die Stratford Road entlang aus der Stadt hinaus und um den Kreisverkehr herum. Ein paar hundert Meter weiter führte die Straße über eine Brücke und den Fluß.

»He, halt mal an, Joe«, rief Zoe.

Joe tat, worum sie ihn gebeten hatte. Auch die anderen Vans
bremsten und blieben hinter ihnen stehen.

»Es dauert keine Minute«, erklärte Zoe, als sie die Tür öffnete,
aus dem Wagen sprang und sich auszog.

»Fahrt weiter, wir treffen uns auf der anderen Seite«, sagte sie.

»Was machst du denn da, Zoe?« fragte Luna. Ihre Kinder rissen erstaunt die Augen auf.

»Ich gehe weg, und das werde ich richtig tun«, erwiderte Zoe. »Wir sehen uns in einer Minute«, sagte sie zu Adamina. »Gut, daß nicht viel Verkehr ist«, fügte sie dann hinzu, als sie sich nackt ausgezogen hatte und die Uferböschung zum Wasser hinunterstieg. Alle sahen ihr zu, wie sie hinabkletterte.

»Du suchst am besten gleich ein Handtuch raus«, schlug Joe Luna vor. »Deine Tante ist verrückt«, sagte er zu Adamina.

Plötzlich kam Leben in Adamina, die bis dahin alles reglos beobachtet hatte. Sie sprang aus dem Van, riß sich ihre Kleider vom Leib und hastete Zoe hinterher. Sie erreichte sie gerade in dem Augenblick, als diese vorsichtig ins kalte Wasser stieg.

»Mina, was soll denn das?« wollte Zoe wissen. »Geh zurück zum Van, das hier ist zu gefährlich für dich.«

Adamina schüttelte den Kopf. Zoe blickte finster zum grauen Himmel hoch, sah dann wieder Adamina an, aber das Kind wich nicht von der Stelle. Ein weicher, warmer Regen setzte ein und sprenkelte die Wasserfläche.

»Schau: Laß uns unser neues Leben nicht mit einem Streit beginnen«, flehte Zoe. »Ich bin keine gute Schwimmerin. Und eine Rettungsschwimmerin bin ich schon gar nicht. Und ich werde *nicht* splitterfasernackt hier stehenbleiben, wo mich jeder sehen kann, und mich mit dir streiten. Du gehst jetzt auf der Stelle zum Van zurück!«

Adamina warf einen Blick zum anderen Ufer hinüber, dann sah sie wieder Zoe an und lächelte. Es war keine so weite Strecke. So breit war der Fluß gar nicht. Außerdem hatte ihr, wie sie Zoe später erzählte, jemand das Schwimmen beigebracht, ein sehr guter Lehrer. Sie machte einen Kopfsprung ins Wasser und schwamm in elegantem Bruststil auf das andere Ufer zu.

Danksagung

An dieser Stelle möchte ich mich für das Autorenstipendium der Southern Arts bedanken.

Weiterhin gilt mein Dank Tinker Stoddart, Mandeep Dillon, Atalanta Duffy, Mr. Peter Teddy, Alison Charles-Edwards und Mariella de Martini für ihre Auskünfte und ihren Rat.

Besonders zu Dank verpflichtet bin ich Bill Scott-Kerr von Transworld für seine Arbeit an der Endfassung des Buches; Greta Stoddart, die mir ihre Unterstützung und ihren Scharfsinn zukommen ließ, als ich sie am dringendsten brauchte; und Alexandra Pringle, ohne deren Lektorat ich die Übersicht verloren hätte.

Elizabeth George
bei Blanvalet

Mein ist die Rache
Roman. 478 Seiten

Gott schütze dieses Haus
Roman. 382 Seiten

Keiner werfe den ersten Stein
Roman. 445 Seiten

Auf Ehre und Gewissen
Roman. 468 Seiten

Denn bitter ist der Tod
Roman. 478 Seiten

Denn keiner ist ohne Schuld
Roman. 620 Seiten

Asche zu Asche
Roman. 768 Seiten

Im Angesicht des Feindes
Roman. 736 Seiten

Denn sie betrügt man nicht
Roman. 768 Seiten

Aus dem Amerikanischen von Mechtild Sandberg-Ciletti

»Hier erzählt eine Autorin mit großer Menschenkenntnis
und noch größerem Gespür für die Abgründe hinter der Fassade
des Normalen.«
Brigitte